Chicago, Illinois, 1893

Am Ende ist es doch auch nur Fleisch«, sagte der große Mann mit dem sorgsam gezwirbelten Schnurrbart. Dann schwang er das Schlachterbeil mit solcher Vehemenz, dass es mit einem Zischen durch die Luft fuhr, ohne spürbaren Widerstand durch Haut, Fleisch und Knochen schnitt und sich tief ins schwarze Holz der Tischplatte grub. Der kleine Finger, die Hälfte des Ring- und die Kuppe des Mittelfingers flogen in unterschiedliche Richtungen davon. Der Schlächter zog sein Werkzeug mit einem Ruck wieder zurück, und ein dünner, aber kräftiger Strahl hellen Blutes schoss aus den Stümpfen wie aus einem zerrissenen Druckschlauch. Er traf die Lederschürze des Bärtigen und zerspritzte zu Hunderten winziger Tröpfchen. Einige davon besudelten die Wange des Mannes, woraufhin dieser zurückwich und sich angeekelt mit beiden Händen durch das Gesicht fuhr. Erschrocken wie er war, vergaß er in seiner Hast das Schlachterbeil, und die Schneide, so scharf wie ein Barbiermesser, kappte nicht nur die Spitze seines Schnurrbartes, sondern hinterließ auch noch eine heftig blutende Wunde in seiner Wange.

Sein ebenso schmerzerfülltes wie zorniges Zischen ging im gellenden Schrei des Mannes unter, der auf dem Tisch festgeschnallt war. Als hätte der grausame Schmerz sein Gehirn mit einiger Verspätung erreicht oder er sich im ersten Moment nicht eingestanden, dass ausgerechnet ihm etwas so Unvorstellbares widerfahren sollte, reagierte er mit Verzögerung, dafür aber umso heftiger. Er stieß einen spitzen Schrei aus und bäumte sich so vehement auf, dass die schweren Ledermanschetten ächzten, mit denen er gebunden war.

Es war ein sehr kräftiger Mann, ein gutes Stück über sechs Fuß groß und um die zweihundert Pfund schwer. Obwohl er nackt war und sich offenkundig mehr gehen ließ, als gut sein konnte, verliehen ihm Entsetzen und körperliche Qual ungeheure Kraft. Aber seine Fesseln waren so überdimensioniert, dass sie selbst dem Wüten eines noch viel Stärkeren standgehalten hätten. Der Mann, der sie angebracht hatte, wusste nur zu gut, wozu Todesangst und Agonie einen Menschen befähigen konnten.

Der Bärtige fuhr sich abermals mit dem Handrücken durch das Gesicht, fluchte ungehemmt, als er den frischen Schnitt berührte, und riss das Beil in die Höhe. Pure Mordlust mischte sich in den Schmerz in seinen Augen.

»Peizel!« Die Stimme war nicht einmal besonders laut, aber so scharf wie das Knallen einer Peitsche.

Das Schlachterbeil, das diesmal auf das Gesicht des Mannes zielte, erstarrte mitten in der Bewegung. Für einen kurzen Moment erschien noch etwas anderes in den Augen des Schlächters, etwas, das schlimmer war als pure Mordlust und sich nicht nur auf sein Opfer richtete, sondern dem Mann auf der anderen Seite der Folterbank galt.

»Gedulden Sie sich, Sie Narr!«, sagte dieser ungerührt. Er war ein gutes Stück kleiner als Peizel, schmächtig und hatte ein ebenso gut aussehendes wie sanftes Gesicht. Er zeigte sich jedoch weder von Peizels Größe noch von seiner brutalen Ausstrahlung im Geringsten beeindruckt. Seine Stimme wurde ganz im Gegenteil sogar noch schärfer.

»Und nehmen Sie das Beil herunter. Sie machen sich lächerlich!«

Peizel – dessen Name nicht wirklich so lautete, für jedermann in diesem Land aber derart unaussprechlich war, dass er sich niemals gegen diese Verballhornung gewehrt hatte – funkelte sein Gegenüber noch eine Sekunde lang auf dieselbe bedrohliche Weise an, doch dann erlosch das kalte Feuer in seinen Augen. Er ließ das Beil sinken, und Trotz löste die Mordlust auf seinem Gesicht ab.

»Bringen Sie ihn zum Schweigen, Sie Dummkopf!«, sagte der kleinere Mann, wohl wissend, dass seine Worte hoffnungslos im Kreischen des gepeinigten Opfers untergehen mussten. »Aber geben Sie acht, dass Sie ihn nicht noch mehr verletzen.«

Ohne eine Antwort abzuwarten, fuhr er auf dem Absatz herum, ging hinaus und kam mit einem abgewetzten braunen Arztkoffer in der Hand zurück. Der gequälte Mann auf dem Tisch wehrte sich noch immer, doch selbst ohne die Fesseln hätte er wohl keine Chance gegen Peizel gehabt, der zwar nicht einmal außergewöhnlich muskulös wirkte, aber von jener drahtig-zähen Art war, hinter der sich oft mehr Kraft verbirgt als hinter reiner Muskelmasse. Peizel drückte ihn mit nur einer Hand und schon fast verächtlicher Beiläufigkeit auf den Tisch. Mit der anderen Hand hielt er ihm Mund und Nase zu, so dass aus seinem Schreien nur noch ein gequältes Wimmern wurde.

»Passen Sie auf, dass er noch Luft bekommt«, sagte der Mann mit dem Arztkoffer. »Tot nutzt uns Mr Porter nämlich wenig. Und Sie wollen das alles hier doch nicht umsonst auf sich genommen haben, oder?«

Peizel sah ganz so aus, als wäre es ihm schon Lohn genug, sein Opfer qualvoll unter seinen Händen ersticken zu sehen, doch dann zog er – widerwillig – die Hand zurück, senkte sie jedoch auch sofort wieder auf Mund und Nase des gefesselten Mannes, als er schreien wollte. Nach ein paar Sekunden hob er die Hand wieder, und sein Opfer hatte verstanden.

Porter biss die Zähne so fest zusammen, dass die Sehnen in seinem Hals wie dünne Stricke unter der Haut sichtbar wurden. Statt eines Schreies kam nur ein gequältes Schluchzen über seine Lippen.

»Ich hatte gehofft, dass Sie vernünftig sind, Mr Porter«, sagte der Mann. In seiner ganzen Art wirkte er gepflegter und irgendwie *zivilisierter* als Peizel – eine Beobachtung, die sich einem in Gegenwart des schlaksigen Riesen mit seinen groben Zügen und den schwieligen Händen geradezu aufdrängte, vor allem jetzt, mit Mordlust in den Augen und blutverschmiertem Gesicht.

»Ich bin wirklich froh, dass wir auf drastischere Maßnahmen verzichten können. Mein Assistent neigt manchmal zu etwas groben Umgangsformen ... aber das haben Sie ja bereits bemerkt, nicht wahr?« Der Mann schüttelte betrübt den Kopf. »Ich würde es wirklich ungern ihm überlassen, Sie zum Schweigen zu bringen.«

»Damit ... kommen Sie nicht ... durch«, stieß Porter zwischen zusammengebissenen Zähnen und mit einer Stimme hervor, die vor Angst und Schmerz beinahe brach. »Sie werden den Rest Ihres Lebens ... im Gefängnis verbringen, das schwöre ich Ihnen, Mudgett!«

»Halten Sie das für klug, Mr Porter?«, fragte Mudgett und schüttelte betrübt den Kopf. Eine Sekunde lang sah er auf die verstümmelte Hand des Mannes hinab. Er hatte sie inzwischen zur Faust geballt, so dass die Wunden nicht mehr ganz so heftig bluteten. Trotzdem hatte sich eine große rote Lache unter seinen Fingern gebildet.

»Gestatten Sie mir, mich um Ihre Hand zu kümmern, Mr Porter? Ich möchte nicht, dass Sie uns am Ende noch verbluten. Das ist zwar eher unwahrscheinlich, aber ich will doch lieber sichergehen. Und mich bei dieser Gelegenheit natürlich in aller Form bei Ihnen entschuldigen. Wie gesagt: Mr Peizel ist manchmal ein wenig übereifrig.«

Ohne die Antwort abzuwarten, klappte er den Arztkoffer auf und förderte eine Anzahl altmodisch aussehender chirurgischer Instrumente sowie eine Rolle Verbandsstoff hervor. Mit erstaunlicher Effizienz brachte er die Blutung zum Stillstand und verband die Fingerstümpfe.

»Bitte verzeihen Sie die Unannehmlichkeiten. Es ist lange her, dass ich als Arzt gearbeitet habe, und meine damaligen Patienten waren ... wie soll ich sagen? ... ein wenig duldsamer.«

»Sie verdammter ... Mistkerl«, stöhnte Porter. »Das werden Sie bereuen!« Sein Gesicht war bleich und mit Schweiß bedeckt. Rosa gefärbte Speichelbläschen erschienen in seinen

WOLFGANG HOHLBEIN

MÖRDERHOTEL

ODER

DER GANZ UND GAR UNGLAUBLICHE FALL DES HERMAN WEBSTER MUDGETT

THRILLER

BASTEI LÜBBE TASCHENBUCH

BASTEI LÜBBE TASCHENBUCH
Band 17526

Dieser Titel ist auch als Hörbuch und E-Book erschienen

MIX
Papier aus verantwortungsvollen Quellen
FSC® C083411

Vollständige Taschenbuchausgabe
der bei Lübbe Hardcover erschienenen Hardcoverausgabe

Textredaktion: Jan F. Wielpütz, Bergisch Gladbach
Umschlaggestaltung: Massimo Peter
Einband-/Umschlagmotiv: © shutterstock/Eky Studio/Maren Becker/gyn9037
Satz: Dörlemann Satz, Lemförde
Gesetzt aus der Goudy
Druck und Verarbeitung: CPI books GmbH, Leck – Germany
ISBN 978-3-404-17526-0

2 4 5 3

Sie finden uns im Internet unter www.luebbe.de
Bitte beachten Sie auch: www.lesejury.de

Ein verlagsneues Buch kostet in Deutschland und Österreich jeweils überall dasselbe. Damit die kulturelle Vielfalt erhalten und für die Leser bezahlbar bleibt, gibt es die *gesetzliche Buchpreisbindung*. Ob im Internet, in der Großbuchhandlung, beim lokalen Buchhändler, im Dorf oder in der Großstadt – überall bekommen Sie Ihre verlagsneuen Bücher zum selben Preis.

Mundwinkeln und platzten mit kleinen, schmatzenden Laute. Wahrscheinlich hatte er sich in seinem Schmerz auf die Zunge gebissen.

»Ich frage Sie gerne noch einmal«, sagte Mudgett lächelnd. »Halten Sie es wirklich für klug, so zu reagieren? Immerhin haben wir Sie gewaltsam hier heruntergeschafft, Sie gefesselt und Ihnen sehr wehgetan. Und auch wenn ich Ihnen versichere, dass es nicht in meiner Absicht lag, Ihnen bleibenden Schaden zuzufügen oder Sie gar zu verstümmeln, so ist es dennoch nicht besonders umsichtig, jemandem mit Repressalien zu drohen, der schon bewiesen hat, wozu er bereit ist, wenn er muss.«

Porter presste nur die Lippen aufeinander, und sein Kopf sank auf den Tisch zurück. Mudgett konnte nicht sagen, ob er diese Drohung wirklich begriffen hatte. Es spielte aber auch keine Rolle. Nicht für Porter, für den nichts mehr eine Rolle spielte.

»Ich dachte mir, dass Sie vernünftig sind«, sagte Mudgett fröhlich, bekam keine Antwort und hatte auch nicht damit gerechnet. Pedantisch kontrollierte er noch einmal den Verband an Porters Hand, klappte seinen Arztkoffer zu und ging um den Tisch herum. Er sagte nichts, sondern stellte die Tasche neben Porters anderer Schulter ab und wartete, bis der Mann den Kopf drehte und wieder zu ihm hochsah.

»Was wollen Sie, Mudgett?«, fragte er. »Geld? Oder bereitet es Ihnen einfach nur Vergnügen, anständige Menschen zu quälen und zu erniedrigen?«

»Geld«, bekannte Mudgett rundheraus. »Aber keine Angst, nicht so viel, dass es Sie ruinieren würde.«

Porter starrte ihn weiter hasserfüllt an, doch Mudgett entging keineswegs, wie rasch er sich bereits wieder erholte. Für einen mehr als nur leicht übergewichtigen Mann, der die fünfzig hinter sich gelassen hatte und sowohl dem Sherry als auch dem Zigarrenrauchen weit mehr zugetan war, als für irgendjemanden gut sein konnte, war er von erstaunlich robuster Konstitution, dachte Mudgett. Ein Gefühl wohliger Vorfreude durchströmte ihn. Er würde lange durchhalten. Sehr lange.

Mudgett ließ das Schweigen andauern, bis es auch ganz sicher die Grenze zwischen unangenehm und drohend überschritten hatte, und griff dann wieder nach dem Arztkoffer. Nicht ohne ein wohltuendes Prickeln, das ihm wie Ameisen den Rücken herunterlief, registrierte er, wie Porters Blick jeder seiner Bewegungen aufmerksam folgte, als er die Tasche erneut öffnete. Diesmal zog er jedoch kein weiteres Folterinstrument heraus, sondern einen schmalen Briefumschlag, dem er ein einzelnes Blatt entnahm.

»Das hier ist ein Wechsel über fünftausend Dollar, gezogen auf eine kleine Importfirma, die einer Person meines Vertrauens gehört, und ist datiert auf den Zehnten des kommenden Monats. Einen Tag, an dem Sie längst wieder zuhause und im Kreise Ihrer Familie sein werden, wenn Sie vernünftig sind und diesen Wechsel unterzeichnen.«

»Warum sollte ich das wohl tun?«, schnaubte Porter. »Sie bringen mich doch sowieso um, sobald ich dieses Stück Papier unterschrieben habe, Sie Wahnsinniger!«

»Zum einen deshalb …« Mudgett machte eine kaum sichtbare Geste, woraufhin Peizel Porters verbundene Hand ergriff und ihm auch noch den Zeigefinger brach. Es klang wie das Zersplittern eines trockenen Zweiges, doch der Laut ging beinahe sofort in Porters gepeinigtem Kreischen unter. Peizel machte Anstalten, ihm abermals den Mund zuzuhalten, doch dieses Mal hielt Mudgett ihn mit einem strengen Blick zurück und wartete, bis aus den Schreien wieder ein wimmerndes Schluchzen geworden war.

»Zum anderen habe ich nicht vor, Sie zu töten«, fuhr er dann fort, als wäre gar nichts gewesen. »Ich bitte Sie! Ein Mord ist nicht nur eine hässliche Sache und eine Todsünde, sondern sorgt auch für große Aufregung und ein allgemeines Rätselraten. Die Leute stellen Fragen, und die Polizei fängt an, noch mehr Fragen zu stellen und das Unterste nach oben zu kehren.« Er schüttelte heftig den Kopf. »Daran kann doch keinem von uns gelegen sein. Unterschreiben Sie den Wechsel, und Sie können gehen. Ich gebe Ihnen mein Ehrenwort.«

»Was immer das wert ist.«

»Jetzt werden Sie verletzend«, sagte Mudgett. »Wenn Sie schon an meiner Ehrlichkeit zweifeln, dann wenigstens nicht auch noch an meiner Intelligenz. Warum sollte ich für eine derart geringe Summe das Risiko einer polizeilichen Ermittlung in Kauf nehmen? Niemand weiß, dass Sie hier sind. Ich könnte Sie einfach verschwinden lassen, das ist richtig. Aber es wäre dumm, und es wäre Verschwendung. Beides ist mir zutiefst zuwider. Ich nehme mir die Freiheit, Ihre nächste Frage schon vorwegzunehmen, bevor Sie sie stellen. Ich hege keineswegs die Befürchtung, Sie könnten zur Polizei gehen oder andere Maßnahmen gegen mich ergreifen, sobald ich Sie freigelassen habe.«

»Ach, nein?«, presste Porter hervor. »Und warum nicht?«

»Angst, mein Lieber«, erwiderte Mudgett. »Sie ist ein mächtiger Verbündeter. Umso mehr, wenn Sie sich mit der Vernunft zusammentut. Ganz ohne Zweifel wäre es Ihnen ein Leichtes, mich verhaften und ins Gefängnis werfen zu lassen. Doch was dann? Vergessen Sie nicht, ich kenne Ihre Frau, Ihre beiden Töchter und auch Ihre entzückenden Enkelkinder. Ich persönlich verabscheue Gewalt, aber wie Sie bereits herausgefunden haben, gilt das nicht für Mr Peizel. Ganz im Gegenteil fürchte ich, dass er sogar ein gewisses Vergnügen dabei empfindet, Menschen zu quälen. Sie möchten doch bestimmt nicht, dass er Ihrer Familie eines Nachts einen Besuch abstattet, oder dass es einer seiner zahllosen Freunde tut? Also werden Sie diesen Wechsel unterschreiben, und ich gebe Ihnen mein Ehrenwort, dass niemandem aus Ihrer Familie ein Haar gekrümmt wird.«

Porter starrte ihn nur weiter an. Auf seiner Stirn perlte noch immer Schweiß, und nun, da der Schock der Verletzung allmählich nachließ, begann er am ganzen Leib zu zittern. Doch trotz aller Schmerzen und Angst waren seine Augen jetzt klar, und Mudgett konnte spüren, wie seine Gedanken rasten.

Er zog einen schweren Füllhalter aus der Innentasche seiner Jacke, schraubte die Kappe ab und legte ihn neben Porters unverletzter Hand auf den Tisch. »Mr Peizel wird Ihre Hand jetzt losmachen«, sagte er. »Versuchen Sie nicht, etwas Dummes zu tun. Unterzeichnen Sie diesen Wechsel, und Sie können gehen. Mr Peizel wird Sie zu einem Arzt bringen, der sich Ihrer Hand annimmt.«

»Einem richtigen Arzt, meinen Sie?«

Mudgett lächelte nur.

Porter schenkte ihm noch einen trotzigen Blick, nickte aber schließlich, und Peizel machte seine Hand los. Kaum hatte er es getan, da ballte Porter sie zur Faust. Wäre Peizel nicht ein derart brutaler Riese gewesen, hätte er sie ihm ungeachtet seiner Lage ins Gesicht geschlagen. Doch Mudgett hatte recht: Angst und Vernunft waren mächtige Verbündete, machte ihm das eine doch klar, wie aussichtslos jeder Widerstand sein musste, und das andere, was Peizel ihm und seiner Familie antun würde, wenn er ihm einen Vorwand lieferte. Nach abermaligem Zögern nahm er den Stift und setzte seine Unterschrift auf den Wechsel.

»Das war doch gar nicht so schwer«, sagte Mudgett. Bedächtig nahm er Papier und Schreibgerät wieder an sich, steckte beides ein und gab seinem Gehilfen einen Wink, auf den hin dieser Porters Hand packte und erneut mit der Ledermanschette fesselte.

»Ich wusste, dass man Ihnen nicht trauen kann!«, rief Porter.

»Aber, aber«, tadelte Mudgett. »Machen Sie sich keine Sorgen. Ich möchte lediglich sichergehen, dass Sie nichts Unüberlegtes tun und ich Ihre volle Aufmerksamkeit habe.«

»Damit kommen Sie nicht durch«, versprach Porter, der erneut mit den Zähnen knirschte, mittlerweile aber wohl eher vor Wut. »Eine solche Summe …«

»… ist durchaus belegbar«, fiel ihm Mudgett ins Wort. »Ich versichere Ihnen, dass man die entsprechenden Rechnungen ebenso vorlegen wird wie die entsprechenden Lieferscheine und Quittungen über eine Warensendung an eine Ihrer Firmen.«

»Ich sorge dafür, dass Sie damit nicht glücklich werden«,

versprach Porter, was vielleicht nicht besonders klug war, aber er konnte wohl auch nicht anders. »Ich weiß noch nicht, wie, aber ich sorge dafür, und wenn es das Letzte ist, was ich tue!«

»Kaum. Und es ist schon so, wie man sagt, dass Geld allein nicht glücklich macht, wie ich Ihnen aus eigener Erfahrung versichere. Sehr wohl aber machen es all die wunderbaren Dinge, die man sich damit kaufen kann. Und noch etwas.« Er warf Peizel einen auffordernden Blick zu. »Ich habe gelogen.«

»Was …?«, begann Porter, doch Peizel versetzte ihm einen Faustschlag ins Gesicht, der abgebrochene Zähne und Blut spritzen ließ. Porter heulte vor Schmerz und begann zu würgen. Mudgett trat rasch hinzu und drehte seinen Kopf auf die Seite, so dass er Blut und rosa gefärbten Schleim erbrach.

»Jetzt geben Sie doch acht!«, sagte er tadelnd. »Wir wollen doch nicht, dass der gute Mr Porter erstickt.« Nach einer Sekunde und mit einem schmallippigen Lächeln fügte er hinzu: »Wenigstens noch nicht.«

Porter versuchte etwas zu sagen und gab stattdessen ein würgendes Schluchzen von sich, als Mudgett mit spitzen Fingern über sein Gesicht tastete.

»Sie Dummkopf!«, schimpfte er. »Sie haben ihm den Kiefer gebrochen! Das kostet Sie fünfzig Dollar, das ist Ihnen doch hoffentlich klar, Peizel! Für beschädigte Ware bekomme ich kein Geld!«

Porter wimmerte irgendetwas und versuchte sich aufzubäumen, doch Peizel drückte ihn ohne Mühe wieder auf den Tisch zurück.

Wenn man genau hinsah, dann war es gar kein Tisch, sondern ein gewaltiger Quader aus Holz, wie der ins Absurde vergrößerte Hackklotz eines Fleischers oder ein barbarischer Opferaltar. Seine Oberfläche war von zahllosen Schnitten und Kerben übersät und seine ursprüngliche Farbe nur noch an den Seiten zu erkennen, wo das Holz noch nicht völlig schwarz geworden war vom Blut und anderen Körperflüssigkeiten der zahllosen Opfer. Es kam Mudgett sonderbar vor, dass Porter auch nur eine Sekunde lang geglaubt haben sollte, er würde diesen Raum tatsächlich lebend verlassen, angesichts der klebrigen schwarzen Monstrosität, auf der er aufgewacht war. Andererseits wusste er aber auch, dass Angst ein mächtiges Instrument war, das selbst die Vernünftigsten dazu brachte, sich an die unvernünftigsten Hoffnungen zu klammern.

»Aber ich wollte doch nur …«, begann Peizel, wurde jedoch sofort und in scharfem Ton unterbrochen.

»Sie sollten ihn erschrecken, Mr Peizel, doch Sie haben sich hinreißen lassen und die Beherrschung verloren. Das ist unverzeihlich. Disziplin und ein gewisses Maß an Umsicht sind unverzichtbare Tugenden bei dem, was wir tun. Ich habe wenig Lust, Ihretwegen am Galgen zu enden … ebenso wenig wie Sie, nehme ich doch an.«

Peizel sah jetzt eher betroffen als zornig aus, auch wenn da noch immer ein gerütteltes Maß an Trotz in seinen dunklen Augen war. Aber schließlich senkte er den Blick und tastete mit den Fingerspitzen über den Schnitt in seiner Wange, der immer noch blutete.

»Sie müssen vorsichtiger sein«, sagte Mudgett. »Ein solcher Kratzer kann sich wirklich übel entzünden. Sie wollen doch kein Fieber bekommen oder für den Rest Ihres Lebens eine hässliche Narbe zurückbehalten.« Er streckte die Hand nach seinem Arztkoffer aus. »Ich werde die Wunde säubern. Vielleicht muss sie sogar genäht werden.«

»Später«, sagte Peizel. »Wenn wir hier fertig sind.«

Mudgett hob die Schultern und sparte es sich, Peizel noch einmal zu warnen. Seine Worte waren durchaus ernst gemeint gewesen, doch er wusste auch, dass jeder weitere Versuch, ihm ins Gewissen zu reden, nur verschwendeter Atem wäre. Wenn Peizel eines nicht war, dann vernünftig.

Von allen Gehilfen, die er bisher gehabt hatte, war Peizel zweifellos der beste. Und dennoch war er nicht mehr als ein nützliches Werkzeug. Mudgett wurde sich schmerzhaft der Tatsache bewusst, dass Peizels Zeit zu Ende ging. Er begann Fehler zu machen und – viel schlimmer – gierig zu werden, so wie alle seine Vorgänger es geworden waren, und wie es alle werden würden, die ihm folgen würden. In der Zeit, in der er jetzt für Mudgett arbeitete, hatte er niemals auch nur eine einzige entsprechende Bemerkung gemacht oder sich ihm gar offen widersetzt, doch ihm waren Peizels Blicke nicht entgangen, während er all die Nullen auf den Wechsel schrieb. Und auch die abgetrennten Finger waren kein Unfall gewesen, so wenig wie Porters zertrümmerter Kiefer. Er hatte seine Gier nicht mehr unter Kontrolle, weder die nach weltlichen Gütern noch die nach Blut, und beides war nicht akzeptabel. Wenn man im Geschäft des Tötens unterwegs war, dann waren Geduld und Selbstbeherrschung unabdingbar.

Er würde sich von ihm trennen müssen, dachte Mudgett nicht ohne Bedauern. Vielleicht in einer Woche, vielleicht in einem Monat oder auch erst in einem Jahr, doch er würde sich von ihm trennen.

Der Gedanke erfüllte ihn mit Trauer, was ihn verwirrte. Auf eine komplizierte Art empfand er fast so etwas wie Sympathie für diesen großen, immer ein wenig linkisch wirkenden Mann. Ihn zu töten, würde ihm schwerfallen.

»Ich werde Ihnen den entsprechenden Betrag vom Lohn abhalten müssen, Mr Peizel«, sagte Mudgett. »Aber der Schaden ist nun einmal angerichtet, und wenn Sie schon aus eigener Tasche dafür bezahlen, dann ist es auch nur recht und billig, wenn Sie auch den Nutzen davon haben.«

Er nahm seine Tasche vom Tisch und trat demonstrativ einen Schritt zurück. »Ich werde mich dieses Mal auf die Rolle des Zuschauers beschränken.«

»Mudgett!«, flehte Porter. »Ich beschwöre Sie! Sie können alles haben, was Sie wollen, aber …«

Dann hörte er auf zu flehen und verlegte sich aufs Schreien, als Peizel sich über ihn beugte und zu schneiden begann.

Chicago, Illinois, 1893

Nicht wenige glaubten, dieses ebenso laute wie hässliche technische Unikum wäre der Vorbote der neuen Welt, auf die das ausklingende Jahrhundert mit immer größeren Schritten zustürmte – ein Schatten der Zukunft aus lackiertem Metall und geätztem Glas, der die Menschen mit seinem elektrischen Summen und dem lauten Kollern eiserner Räder auf das vorbereitete, was kommen mochte.

Henry Howard Holmes zog an der Zigarre und sah der Hochbahn nach. Der Triebwagen verschwand samt der beiden vollbesetzten Anhänger, und eine kleine Menschentraube kam die Treppe herab. Nur ein Stück dahinter gewahrte er eine schlanke Frauengestalt in einem eleganten weißen Spitzenkleid, mit dazu passenden Handschuhen, einem Beutel und einem beinahe albern großen Hut. Sie nahm die Treppe mit den übertrieben präzisen Schritten eines Menschen in Angriff, der zum allerersten Mal im Leben eine fünfundzwanzig Fuß hohe Treppe sieht, deren Stufen nicht aus gutem alten amerikanischen Hickoryholz bestanden, sondern einem rostigen Gitter, durch das man bis auf den Boden hinuntersehen konnte. Seine Verabredung, nahm er an.

Holmes machte einen raschen Schritt zur Seite, um nicht von einem geschniegelten jungen Burschen mit Melone und Schnauzbart über den Haufen gerannt zu werden. Er musste sich beherrschen, um ihm nicht die eine oder andere Unfreundlichkeit nachzurufen. Aber er war schließlich nicht hier, um irgendwelchen Dummköpfen Nachhilfe in gutem Benehmen zu erteilen.

In dem kurzen Moment, den er abgelenkt gewesen war, hatte seine Besucherin die Treppe bereits überwunden, obwohl sie sich sehr vorsichtig bewegte und darüber hinaus auch noch eine sperrige Reisetasche mit sich schleppte, wie ihm erst jetzt auffiel. Mit einem übertriebenen Seufzen stellte sie das Gepäck vor ihm ab. Anscheinend hatte sie ihn ebenso erkannt wie er sie.

»Miss Christen, vermute ich?« Holmes setzte dazu an, die Hand auszustrecken, begriff seinen Fauxpas aber gerade noch im letzten Moment und wechselte die Zigarre von der Rechten in die Linke.

»Arlis«, antwortete die junge Frau. »Arlis Christen, um genau zu sein. Und um ganz genau zu sein, Arlis Maria Christen.« Sie legte fragend den Kopf auf die Seite, soweit es ihr die weite Krempe des Hutes erlaubte. Als sie einsah, dass er nicht von sich aus reden würde, fragte sie: »Und Sie sind Mr Holmes?«

»Henry Howard Holmes, stets zu Diensten, Miss Christen.«

Außer dabei, mir mit dem schweren Koffer die Treppe hinabzuhelfen.

Christen sagte das nicht laut, aber er las es deutlich in ihren dunklen Augen. Der Moment gewann noch einmal an Peinlichkeit, als ihm mit einiger Verspätung, dafür aber umso deutlicher klar wurde, wie unglaublich die Ähnlichkeit zwischen Endres und ihr war. Da war ein Altersunterschied von gut drei Jahren, wie er wusste, doch er sah ihn eindeutig nur, weil er darum wusste, nicht weil er wirklich zu erkennen gewesen wäre. Hätte ihm jemand erzählt, er stünde Endres gegenüber, die sich als ihre eigene ältere Schwester verkleidet hatte (und das mit wenig Geschick), er hätte es geglaubt.

»Arlis«, sagte sie mit einem Augenzwinkern, das unter dem großen Hut eher zu erahnen als wirklich zu erkennen war. »Bitte nennen Sie mich Arlis, Mr Holmes. Ich komme mir nicht vor wie eine Miss Christen. Dabei fühle ich mich so schrecklich alt. Außerdem sind Sie ein guter Freund meiner Schwester …«

Holmes musste unwillkürlich lachen.

»Habe ich etwas Falsches gesagt?«, fragte Arlis.

Holmes beeilte sich zwar, den Kopf zu schütteln, konnte das Lächeln aber nicht unterdrücken.

»Nein«, antwortete er. »Es ist nur so, Miss Christen – Arlis –, dass ich unschwer verkennen konnte, dass ich mit Ihnen verabredet bin.«

Als sie mit einem fragenden Blick reagierte, fügte er mit einer entsprechenden Geste hinzu: »Der Hut.«

»Ist es in Chicago nicht üblich, Hüte zu tragen?«

»Nicht solche.« Holmes erwachte endlich aus seiner Starre und nahm die Reisetasche auf. Überrascht stellte er fest, wie schwer sie war.

»Was stimmt nicht mit meinem Hut?«, fragte Arlis. »Ist er aus der Mode? Oder hat er gar die falsche Farbe?«

»Wissen Sie, wie die Einheimischen ihre Stadt auch noch nennen?«

»Chicago?«

»Natürlich. Aber es gibt auch noch einen anderen Namen.«

»Die Weiße Stadt«, sagte Arlis, so hörbar stolz auf dieses Wissen, dass Holmes es nicht über sich brachte, ihren Irrtum richtigzustellen.

»Ja«, bestätigte er stattdessen, während er sich bereits herumdrehte und die Hand mit der Zigarre hob, um William heranzuwinken. »Aber nur, wenn sie mit Fremden über ihre Stadt reden und weil es so mondän klingt. Die, die schon länger hier leben und es besser wissen, nennen sie eher die *Windige* Stadt.«

»Warum?«, fragte Arlis. In diesem Moment fing sich der Wind in den Stützstreben der Hochbahn und erweckte einen ganzen Chor aus wimmernden Klagelauten zum Leben. Die Böe fegte ihr den breitkrempigen Hut vom Kopf und trug ihn in Richtung Straße davon, wo er zweifellos unter die Räder gekommen wäre, hätte Holmes ihn nicht rasch aufgefangen.

»Frauen aus Chicago tragen nicht solche Hüte«, fuhr er lächelnd fort, während er ihr die Kopfbedeckung zurückgab.

»Und wenn doch, dann binden sie sie mit einer Schleife unter dem Kinn fest oder bedienen sich einer Hutnadel.«

»Mit einer Schleife unter dem Kinn?« Arlis sah den Hut an, als befürchte sie ernsthaft, im nächsten Moment von ihm gebissen zu werden. »Aber damit sähe ich aus wie ein kleines Mädchen, das gerade aus der Sonntagsschule kommt, oder eine Farmersfrau aus der Gründerzeit.«

»Ohne die wir allesamt nicht hier wären«, antwortete er.

Arlis sah ihn nur irritiert an, zuckte mit den Achseln und grub einen Moment in ihrem Beutel, bis sie ein schwarzes Samtband gefunden hatte, mittels dessen sie den Hut tatsächlich unter dem Kinn festband. Es sah ziemlich komisch aus; tatsächlich ein bisschen wie ein kleines Mädchen vom Lande, das auf dem Weg zu seinem allerersten Besuch in der Kirche war.

»Ich hoffe, jetzt falle ich nicht mehr jedem auf den ersten Blick als Fremde auf.«

»Ich fürchte doch«, antwortete Holmes.

»Wegen meiner altmodischen Kleider? Oder spreche ich irgendeinen Hinterwäldlerakzent?«

»Wegen Ihres Kleides«, bestätigte Holmes. »Aber nicht, weil es altmodisch wäre oder Ihnen nicht ganz ausgezeichnet stünde. Ganz im Gegenteil. Es sollte mich nicht wundern, wenn die eine oder andere Dame der besseren Gesellschaft bei Ihnen anklopft und fragt, wie Ihr Schneider heißt.«

»Es ist eine Schneiderin«, antwortete sie. »Und ihr Name ist Arlis Christen.«

»Sie haben es selbst genäht?«

»Und entworfen«, bestätigte Arlis. »Und vielen Dank für das Kompliment, auch wenn es gelogen ist. Aber wo ist dann das Problem?«

»Die Farbe.« Holmes machte eine Geste mit der Hand in die Runde. »Niemand hier trägt Weiß. Zumindest niemand, der seine Kleider selbst waschen muss. Oder vorhat, sich längere Zeit im Freien aufzuhalten.«

Christens Blick folgte seiner Geste, und er konnte sehen, wie es hinter ihren Augen zu arbeiten begann. Tatsächlich entsprach seine Behauptung nicht ganz den Tatsachen. Es gab den einen oder anderen hellen Tupfer, die vorherrschenden Farben aber waren eindeutig Schwarz, Dunkelblau oder gedecktes Grau oder Braun. »Und warum ist das so?«

Statt direkt zu antworten, rieb Holmes die Spitze seines Kragens zwischen Daumen und Zeigefinger. Er hatte ein frisches weißes Hemd angezogen, um sie abzuholen, aber seine Finger hinterließen dennoch einen hässlichen braunen Schmierer auf dem Stoff.

»Ich fürchte, das ist der Preis, den man für den Fortschritt zahlen muss.« Holmes hielt kurz inne. »Und natürlich gibt es noch einen weiteren Grund: Wenn es in dieser Stadt noch eine zweite junge Frau von so außergewöhnlicher Schönheit gäbe, dann wüsste ich das. So wie jeder andere Mann im Übrigen auch.«

»Ich verstehe. Ist das jetzt Chicago-Art, mit einer Fremden vom Lande zu flirten?« Arlis überzeugte sich mit spitzen Fingern davon, dass ihr Hut sicher an seinem Platz saß und auch dort bleiben würde. »Ehrlich gesagt hätte ich Sie für ein wenig eloquenter gehalten, Mr Holmes. Oder ist man in der großen Stadt der Meinung, dass man sich für eine Landpomeranze nicht mehr Mühe geben muss?«

»Ich wollte gewiss nicht ...«, begann Holmes hastig und brach dann genauso rasch mitten im Satz wieder ab, als er das spöttische Glitzern in ihren Augen sah. Vielleicht waren es auch Endres' Augen, da war er nicht sicher. Sehr zu seinem Verdruss spürte er jedoch selbst, wie seine Ohren rot anliefen.

»Ja, ich verstehe«, sagte er zerknirscht. »Selbst wenn Sie sich nicht so sehr ähneln würden, dann wüsste ich spätestens jetzt, dass Endres und Sie Schwestern sind. Sie haben wirklich denselben Humor. Auch auf sie bin ich immer wieder hereingefallen.«

»Ich weiß«, sagte Arlis amüsiert.

»Selbstverständlich wissen Sie das.« Holmes bemühte sich um ein noch zerknirschteres Gesicht. »Ich nehme an, Sie haben sich köstlich amüsiert, während sie Ihnen von all den kleinen und großen Streichen erzählt hat, die sich Ihre Schwester immer wieder hat einfallen lassen?«

Arlis lachte, aber er hatte trotzdem das Gefühl, etwas Falsches gesagt zu haben, und sie antwortete auch nicht gleich, sondern sah ihn nur auf eine sehr sonderbare und schon fast beunruhigende Art an, auch wenn er nicht einmal sagen konnte, was daran ihn so beunruhigte. Vielleicht nahm er sich zu wichtig. Was, wenn Endres kaum oder vielleicht auch gar nicht von ihm erzählt hatte und ihr seine vermeintliche Vertrautheit Anlass zu gewissen Überlegungen gab, die er ganz bestimmt nicht provozieren wollte?

Holmes war erleichtert, hinter sich die typischen Geräusche einer Droschke und gleich darauf aufgebrachte Rufe zu hören. Als er sich herumdrehte, sah er, wie William vom Kutschbock stieg. Holmes hatte es zwar nicht gesehen, nahm aber an, dass William den Einspänner wie immer mit der ihm eigenen Rücksichtslosigkeit in Bewegung gesetzt und gewendet hatte, ohne auf den dichten Verkehr zu achten. Ein zweites Fuhrwerk, das deutlich größer war und von zwei Pferden gezogen wurde, stand schräg vor ihm. Der Fahrer kletterte vom Bock und schimpfte lautstark – zumindest so lange, bis er William gegenüberstand, der die Schultern straffte und aus seiner ganzen Höhe von sechseinhalb Fuß auf ihn herabgrinste.

Der Mann hatte es plötzlich sehr eilig, auf dem Absatz kehrtzumachen und wieder auf den Wagen zu klettern.

Holmes ging hin, reichte William die Tasche und beließ es angesichts Arlis' Gegenwart bei einem strafenden Blick anstelle der Standpauke, die er sich eigentlich verdient hätte. Stattdessen öffnete er den Wagenschlag.

»Diese Stadt ist nicht nur ausgesprochen interessant und aufregend, sondern kann zuweilen auch gefährlich sein«, sagte er. »Vor allem für eine so schöne junge Frau wie Sie und in Zeiten wie diesen.«

Als Arlis keinerlei Anstalten machte, in den Wagen zu steigen, ergriff er kurzerhand ihren Arm und bugsierte sie mit mehr oder weniger sanfter Gewalt in den Wagen und auf die

Sitzbank. Arlis war so perplex über diese vermeintlich plumpe Vertraulichkeit, dass sie nicht einmal versuchte, sich zu widersetzen, auch dann nicht, als er auf der schmalen Sitzbank neben ihr Platz nahm statt ihr gegenüber, wie es sich geziemt hätte. Mit jedem Moment, den sie länger zusammen waren, fiel ihm noch deutlicher auf, wie groß die Ähnlichkeit zwischen ihr und Endres war.

Aber sie war nicht Endres, und er tat besser daran, sich das stets vor Augen zu halten, um sich nicht zu einer Vertraulichkeit hinreißen zu lassen, die ihm nicht zustand. Das war er schon ihrer Schwester schuldig.

»Was genau meinen Sie damit: ›Zeiten wie diesen‹?«

»Die Ausstellung«, antwortete Holmes, während er sich vorbeugte und die Tür schloss. »Sie zieht seit Monaten Besucher aus dem ganzen Land an, sogar aus der ganzen Welt. Aber ich fürchte, nicht alle davon kommen mit lauteren Absichten.«

Der Wagen setzte sich mit einem Ruck in Bewegung, und Arlis nutzte die Gelegenheit, um sich aus seinem Griff loszumachen.

»Es tut mir leid«, sagte er. »Ich wollte nicht …«

»Das haben Sie auch nicht«, fiel ihm Arlis ins Wort, ohne ihn anzusehen. Angesichts des beschränkten Platzes hier drinnen war es gar nicht möglich, aber irgendwie brachte sie trotzdem das Kunststück fertig, noch einmal weiter vor ihm zurückzuweichen.

Holmes wechselte auf die gegenüberliegende Seite und lehnte sich vermeintlich entspannt gegen die Wand, um die Distanz zwischen ihnen zumindest symbolisch noch weiter zu vergrößern. Natürlich machte er es dadurch nur noch schlimmer, und die restliche Fahrt zurück zum Hotel verlief in eisigem Schweigen.

Gilmanton, New Hampshire, 1865

Hermans erste Begegnung mit dem Tod fand auf den Tag genau eine Woche nach seinem fünften Geburtstag statt – und das unter eher unerwarteten, auf jeden Fall aber höchst außergewöhnlichen Umständen, so wie es für den Rest seines Lebens bezeichnend sein sollte.

Er rannte um sein Leben.

Vielleicht nicht wirklich. Die beiden Burschen, die hinter ihm her waren, würden ihn vermutlich nicht umbringen – wenigstens nicht absichtlich –, aber für einen Fünfjährigen, der von zwei fast doppelt so alten Jungen gehetzt wurde, machte das nicht wirklich einen Unterschied. Seine Lungen brannten, als versuche er gemahlenes Glas zu atmen, seine Muskeln verkrampften sich bei jedem Schritt ein bisschen mehr, und es war, als würden ihm glühende Nadeln in die Seiten getrieben, wenn er Luft holte.

Er rannte trotzdem weiter, grimmig entschlossen, erst anzuhalten, wenn er seine Verfolger abgeschüttelt hatte, oder einfach weiterzurennen, bis sein Herz platzte und er tot umfiel.

Das Geräusch der Kirchenglocke rief die letzten Nachzügler zum Sonntagsgebet, zu dem auch seine Eltern erscheinen würden. Es erfüllte ihn für einen Moment mit neuer, verzweifelter Hoffnung, doch sein Verstand sagte ihm, dass sich Reverend Folsoms kleine Methodistenkirche am anderen Ende der Stadt befand und er nicht einmal den Hauch einer Chance hatte, sie zu erreichen.

Er versuchte es trotzdem, und als wäre die mahnende Stimme der Vernunft noch nicht schlimm genug, erscholl hinter ihm ein triumphierendes Heulen, unmittelbar gefolgt vom Getrappel schneller, harter Schritte. Herman rannte seinerseits noch einmal schneller (oder versuchte es wenigstens), sah über die Schulter zurück und erkannte gerade noch einen seiner Verfolger, der hinter ihm um die Ecke bog. Da verfing sich seine Schuhspitze, und die Schuhsohle riss mit einem Geräusch ab, als würde ihm die Fußsohle vom Fleisch gefetzt. Zumindest in diesem Moment schien es auch genauso wehzutun.

Herman verlor das Gleichgewicht und schlug der Länge nach hin, wobei er sich nicht nur Handflächen und Wange blutig scheuerte, sondern sich auch die Hose zerriss. Er verlor nicht das Bewusstsein, dazu war er nicht einmal annähernd hart genug gefallen, aber für einen Moment stürzte er in einen Abgrund, in dem kein Platz für andere Sinneseindrücke mehr war. Als er nach einer gefühlten Ewigkeit wieder mehr als rote Schlieren sah, starrte er auf ein Paar grober Arbeitsschuhe, das unmittelbar vor seinem Gesicht aus dem Matsch der Straße wuchs. So voller Schlamm, wie sie waren (und vielleicht in naher Zukunft seinem Blut), kamen sie Herman in diesem Moment schrecklicher vor als alles, was er jemals gesehen hatte; allerdings nur so lange, bis er den Kopf hob und in Matthews breites Grinsen hinaufsah. Vielleicht war es auch Frank, so aufgeregt und verstört, wie er war, vermochte Herman diesen Unterschied nicht mehr zu erkennen.

Matthew nahm ihm die Entscheidung ab, indem er sich an seinen Kumpan wandte, der sich lautstark hinter Herman aufbaute. »Ich hab dir gesagt, dass der Kleine zur Kirche zurückrennt, Frankie«, krähte er. »So dicke, wie er mit dem Reverend ist, wird er sich bestimmt hinter dem Altar verkriechen wollen.«

Er versetzte Herman einen derben Stoß mit der Schuhspitze, der nicht einmal besonders wehtat, ihm in seiner Angst aber trotzdem ein leises Wimmern abnötigte, und Frank antwortete im gleichen gehässigen Ton:

»Wenn wir mit ihm fertig sind, dann passt er sogar *unter* den Altar, da wett ich drauf.«

»Aber ich habe doch nur …«, wimmerte Herman und brach mitten im Satz wieder ab, als Matthew ihm einen zweiten und nun schon deutlich härteren Tritt versetzte.

»Ist mir egal, was du wolltest«, fauchte Matthew. »Wir mögen es gar nicht, wenn sich einer aufspielt, hast du das verstanden?«

Als Herman nicht sofort antwortete, zerrte er ihn mit nur einer Hand und so mühelos in die Höhe, als wöge er nicht mehr als eine junge Katze. Er schüttelte ihn ein paarmal wie eine ebensolche und schlug ihm dann mit der flachen Hand ins Gesicht. »Ob du mich verstanden hast!«

Herman hob schluchzend die Hände vor das Gesicht und versuchte vergeblich, die Tränen zurückzuhalten. Mindestens genauso groß wie seine Angst waren seine Verwirrung und das mit ihr einhergehende Gefühl der Hilflosigkeit. Er wusste ja nicht einmal genau, was er den beiden überhaupt getan hatte. Reverend Folsom hatte Matthew nach einem Bibelzitat gefragt, und Herman hatte ihn ganz automatisch verbessert, als er vollkommen falsch geantwortet hatte. Das war auch schon alles gewesen. Er hatte es ganz bestimmt nicht getan, um den älteren Jungen zu blamieren oder sich gar über ihn lustig zu machen, sondern rein instinktiv. Denn wenn er zuhause nach einer bestimmten Bibelstelle oder einem Psalm gefragt wurde und falsch antwortete, dann drohte ihm zumindest eine gehörige Gardinenpredigt, wenn nicht eine schlimmere Strafe. Nichts anderes, als dies Matthew zu ersparen, war sein Ansinnen gewesen.

Das Ergebnis war allerdings ein anderes: ein allgemeines schadenfrohes Gelächter und ein Blick aus Matthews schmaler werdenden Augen, dessen wahre Bedeutung Herman erst aufgegangen war, als die Sonntagsschule endete und Matthew und sein Kumpan ihm draußen vor der Tür auflauerten. Natürlich nicht direkt vor der Tür – so dumm waren nicht einmal diese beiden –, sondern gerade weit genug von der Kirche entfernt, um nicht mehr von Reverend Folsom gesehen zu werden. Und sie hatten gerade lange genug abgewartet, bis sich die anderen

Sonntagsschüler bereits verteilt und auf den Heimweg gemacht hatten. Erst im Nachhinein hatte Herman auf seiner verzweifelten Flucht begriffen, wie schnell sich die lärmende Kinderschar zerstreut hatte, ganz anders als sonst, und vielleicht hatte es auch den einen oder anderen sonderbaren Blick gegeben, den er viel zu spät als das interpretiert hatte, was er wirklich bedeutete.

Als er auch nach einigen weiteren Augenblicken nicht antwortete, stieß ihm Matthew die flache Hand vor die Brust, so dass er hilflos zurückstolperte und gleich wieder gefallen wäre, hätte Frank ihn nicht aufgefangen und ihm den Arm auf den Rücken gedreht. Dieser Schmerz war von allen bisher der schlimmste.

»Anscheinend hat unser kleiner Freund uns nicht verstanden«, sagte Frank. »Oder kannst du nur in Bibelversen reden und dich wichtigmachen?«

Matthew lachte schrill. Dabei war etwas in seinen Augen, das von diesem Lachen unberührt blieb und eine eisige Kälte ausstrahlte. Er hatte die Hände zu Fäusten geballt, und Hermans Herz machte einen weiteren erschrockenen Satz in seiner Brust, als er sah, dass die dunklen Flecken auf seinen Knöcheln kein Schmutz waren, sondern eine dicke Hornhaut. Dieser Junge schlug oft und gerne mit seinen Fäusten zu, und überhaupt war Herman plötzlich gar nicht mehr so sicher, ob *Junge* die richtige Bezeichnung war. Er mochte gerade einmal zehn oder elf Jahre alt sein, aber trotzdem schon lange kein Kind mehr, sondern etwas anderes, Böses. Vielleicht schon vom Tag seiner Geburt an.

Etwas Sonderbares geschah, das Herman in seiner Furcht und in diesem Moment nicht einmal bewusst registrierte, woran er aber dennoch lange und oft zurückdenken sollte, ohne jemals *wirklich* zu begreifen, wie sehr dieser eine Moment sein ganzes zukünftiges Leben beeinflussen sollte: Zum allerersten Mal begriff er, dass es das Böse in seiner reinen Form gab – allerdings nicht so, wie es sein Vater und Reverend Folsom ihn gelehrt hatten. Es war keine abstrakte Macht, die hinter den

Dingen lauerte und Worte, Gedanken und Taten der Menschen vergiftete, nichts Geerbtes, das vom Vater auf den Sohn und von der Mutter auf die Tochter weitergegeben wurde, und auch keine lächerliche Gestalt mit Hörnern und Schweif und Dreizack, die allenfalls dazu taugte, kleine Kinder zu erschrecken und Reverend Folsoms Beutel mit noch mehr Ablass zu füllen.

Das Böse stand vor ihm. Es hatte eine Gestalt, und es würde ihm wehtun. Nicht weil er ihm einen Grund dafür geliefert oder es gar verdient hatte, nicht einmal weil es ihm Freude bereitete, sondern ganz einfach nur, weil es das konnte.

Und Herman hatte nicht die mindeste Angst davor.

Natürlich *spürte* er Angst. Sein Herz raste. Seine Knie zitterten so sehr, dass er wahrscheinlich gestürzt wäre, hätte Frank ihn nicht festgehalten. In seinem Mund war ein bitterer Geschmack nach Metall, und etwas Warmes lief an seinen Oberschenkeln hinab. Aber es war nur die Angst vor dem, was Matthew ihm antun würde, die Angst vor seinen Fäusten und dem Versprechen auf kommenden Schmerz. Das andere, Schlimmere, diese reine dunkle Bosheit, die er in Matthews Augen las, das machte ihm keine Angst.

Es faszinierte ihn.

Unter all dieser teilnahmslosen Bosheit, tief in diesen kalten Augen, die ebenso gut einer Maschine gehören konnten, die sich vergeblich bemühte, einen Menschen nachzuahmen, war etwas, das ihn rief.

Es war unheimlich; wie ein kehliges Flüstern gerade unterhalb des überhaupt noch Hörbaren oder auch das Kratzen harter Spinnenbeine am Grunde seiner Seele. Da war etwas … *Vertrautes*. Etwas, das er selbst noch lange nicht war, aber um jeden Preis sein wollte.

»Was glotzt du mich so an?«, fauchte Matthew. »Glaubst du vielleicht, dass du damit …?«

Er sprach nicht weiter, sondern presste die Lippen zu einem blutleeren Strich zusammen, und etwas blitzte in seinen Augen auf, von dem Herman annahm, dass es ihm eigentlich Angst machen sollte. Er ballte die Hände so heftig zu Fäusten, dass seine Knöchel wie trockener Reisig knackten. Aber aus irgendeinem Grund schlug er nicht zu, wenigstens noch nicht. Vielleicht nicht der Junge, wohl aber die Dunkelheit hinter seinen Augen hatte etwas Vertrautes in Herman erkannt.

»Lassen wir den Kleinen laufen«, schlug Frank mit schriller Stimme und einem bösartig glucksenden Lachen vor, das die Wahl seiner Worte Lügen strafte. »Er klappert ja vor Angst schon mit den Zähnen. Am Ende macht er sich noch in die Hosen, und wir sind schuld, wenn seine Mutter die Sauerei dann waschen muss.«

»Ist schon passiert, wie es aussieht«, feixte Matthew, indem er Hermans nassen Schritt fast behutsam (aber eben nur *fast*, es tat trotzdem weh) mit der Schuhspitze anstupste, dabei aber auch ein übertrieben angewidertes Gesicht machte. »Der Kleine hat sich in die Hosen gemacht. Was für eine Schweinerei.«

Herman wimmerte vor Schmerz und Scham und versuchte sich wider besseres Wissen loszureißen. Frank verdrehte seinen Arm noch einmal um ein gehöriges Stück. Und doch: Sein Herz schlug so hart, dass es wehtat. Er hatte mehr und größere Angst als jemals zuvor in seinem Leben, und er hatte niemals zuvor so schlimme Schmerzen erlebt. Aber da war auch noch mehr. Ein düsteres Locken und Sehnen, dem er sich weder entziehen konnte noch wollte, und ein Hunger, der stärker war als jede Angst.

»Bitte«, wimmerte er. »Ich will doch nur …«

Matthew schlug ihm so hart mit dem Handrücken auf den Mund, dass seine Unterlippe aufplatzte und Blut über sein Kinn lief. »Ja, ich kann mir vorstellen, was du willst«, fauchte er. »Herkommen und dich aufspielen, nur weil du ein paar Bibelverse aufsagen kannst und deine Eltern es gut mit dem Reverend können, wie? Aber so läuft das bei uns nicht. Wir mögen hier keine Wichtigtuer.«

»Bitte!«, wimmerte Herman noch einmal. »Ich … ich will doch nur … dein Freund sein.«

Matthew riss die Augen auf, starrte ihn an und wollte irgendetwas sagen, brachte aber stattdessen nur ein seltsames Krächzen heraus, und etwas Neues und ebenso Undeutbares wie Erschreckendes flackerte in seinem Blick auf. Dann war es fort, ausgelöscht von rasender Wut, die wie schwarzes Feuer auf seinem Gesicht explodierte.

»Du willst … *was?*«, krächzte er. »Was hast du gesagt, Bibeljunge? *Du willst mein Freund sein?*«

Bei nahezu jedem Wort schlug er erneut zu – in Hermans Gesicht, gegen seinen Kopf und seinen Hals, gegen seine Schläfe und die Brust. Wenn Herman später über diesen Moment nachdachte, dann wurde ihm klar, dass er ihn möglicherweise totgeprügelt hätte, wäre da nicht plötzlich eine weitere Gestalt gewesen, die hinter Matthew auftauchte und irgendetwas rief, das niemand verstand, und Matthew zugleich derb auf die Knie schleuderte. Von weit her drang erneut das Läuten der Glocke, und darunter hörte er in noch größerer Entfernung ein ausgelassenes Kinderlachen, das ihm in diesem Moment fast obszön erschien. Dann stürzte er zum zweiten Mal in einen Schlund aus Chaos und Schmerz, in dem nichts mehr Bestand hatte, nicht einmal mehr Zeit.

Allzu lange konnte er nicht in diesem Zustand gewesen sein; vielleicht für die Dauer eines einzelnen Atemzuges oder zwei, denn als er sich unsicher aufsetzte und das Blut wegzublinzeln versuchte, das ihm in die Augen gelaufen war, lag Matthew noch immer auf dem Rücken. Die Gestalt, die ihn niedergeworfen hatte, stand breitbeinig und in leicht vorgebeugter drohender Haltung über ihm. Von Frank war nichts mehr zu sehen; wahrscheinlich war er weggelaufen, denn wie die meisten Schläger war er im Grunde seines Herzens vermutlich ein Feigling.

»Was hier los ist, habe ich dich gefragt, Bursche«, sagte der Mann in diesem Moment und offensichtlich nicht zum ersten Mal. »Was hat euch der Junge getan, dass ihr gleich zu zweit über ihn herfallt und ihn halb totprügelt?«

Matthew antwortete irgendetwas, das Herman aber nicht

verstand. In seinen Ohren rauschte das Blut, und das Pochen seines eigenen Herzens schien ihm in diesem Moment als das lauteste Geräusch der Welt, so dass er sich darauf konzentrierte, seinen Retter genauer in Augenschein zu nehmen, schon um nicht endgültig in Panik zu geraten.

Es war niemand aus der Stadt. Herman kannte längst nicht alle Einwohner Gilmantons, aber er erkannte einen Fremden, wenn er einen sah, und dieser Mann gehörte eindeutig nicht hierher. Er war sehr groß und dabei so hager, dass er dadurch noch größer wirkte. Er trug einen elegant geschnittenen, wenn auch schon leicht schäbig gewordenen Anzug und hatte so dunkles Haar, dass Herman unwillkürlich den einen oder anderen Indianer unter seinen Vorfahren mutmaßte. Sein Gesicht konnte er nicht erkennen, denn er wandte ihm den Rücken zu, aber etwas an seiner Haltung war sonderbar.

»Willst du mir nicht antworten, Freundchen, oder hat es dir die Sprache verschlagen, jetzt, wo du mal keinem Schwächeren gegenüberstehst?«, fuhr er Matthew an.

»Was geht Sie das an?«, antwortete der Junge trotzig. Er zog geräuschvoll die Nase hoch, stemmte sich auf die Ellbogen und versuchte rücklings vor dem Fremden wegzukriechen, stellte seine Bemühungen aber auch sofort wieder ein, als dieser eine drohende Geste machte. Vielleicht bedeutete sie auch etwas anderes, da war Herman nicht ganz sicher. Da war etwas Seltsames an dem Fremden, das ihn irritierte.

»Es geht mich etwas an, weil ich es nicht mag, wenn man sich an Schwächeren vergreift«, antwortete er. »Der Junge ist doch höchstens halb so groß wie du. Und du brauchst Verstärkung, um ihn zu verprügeln? Das nenne ich wirklich mutig.« Er beugte sich noch ein bisschen weiter vor und hob die linke Hand. »Warum versuchst du nicht mal, dich mit einem Stärkeren anzulegen, du Feigling? Komm schon! Steh auf! Ich lasse dir sogar die beiden ersten Schläge, ohne mich zu wehren. Du hast mein Ehrenwort!«

Matthew hütete sich, darauf zu antworten, aber seine Augen wurden schmal, und Herman war plötzlich ganz und gar nicht mehr sicher, dass diese Worte klug gewählt waren. Er kroch noch ein kleines Stück weiter zurück und richtete sich halb auf. Da war nicht nur eine plötzliche Spannung in Matthews Gestalt, sondern auch etwas Kleines und Schartiges, das kurz unter seiner Jacke aufblitzte, etwas, das ebenso rostig und scharf wie bösartig war, und dem sich Matthews Hand für einen ganz kurzen Moment nähern wollte.

»Ja, warum versuchst du es nicht, Freundchen?«, fragte der Fremde. »Dann hätte ich wenigstens einen Grund, um dich windelweich zu prügeln.«

Das war vielleicht noch weniger klug, dachte Herman. Matthews Hand bewegte sich weiter auf das Messer zu, aber dann zog er den Arm mit einem Ruck zurück und machte ein trotziges Gesicht. »Das sage ich meinem Vater!«, versprach er. »Wenn er hört, dass Sie mich geschlagen haben, bringt er Sie um!«

»Ja, tu das«, antwortete der Fremde. »Und wenn du schon dabei bist, dann erzähl ihm auch gleich, dass dein Freund und du gemeinsam auf einen halb so alten Jungen losgegangen seid. Ich bin sicher, dass er stolz auf seinen tapferen Sohn sein wird.«

In Matthews Augen stand nichts anderes als reine Mordlust geschrieben. Seine Hand kroch noch einmal an das Messer heran, zögerte kurz und schmiegte sich dann so fest um den Griff der Waffe, dass seine Knöchel wie runde weiße Narben durch die Haut stachen.

»Nur zu«, sagte der Fremde grimmig. »Gib mir einen Grund.«

Für eine Sekunde spürten sie wohl beide, dass Matthew die Herausforderung tatsächlich annehmen und im nächsten Moment aufspringen und sein Messer ziehen könnte. Doch dann verstrich der gefährliche Moment, und die Hand kroch wieder vom Messer weg. Möglicherweise hatte die Vernunft gewonnen – schließlich war der Fremde ein Erwachsener und Matthew trotz allem nur ein Knabe von zehn oder elf Jahren. Vielleicht war es aber auch Feigheit, doch wahrscheinlich machte das in diesem Moment keinen Unterschied. Das Messer würde heute kein Blut schmecken, und das war alles, was zählte.

Seltsamerweise empfand Herman fast so etwas wie Enttäuschung; ein Gefühl, dessen er sich schämen sollte, was er aber nicht tat – und was wiederum zu einer noch größeren Verwirrung führte.

Matthew rappelte sich umständlich auf und funkelte den Fremden weiter verächtlich an, während er sich den Schmutz von der Hose klopfte.

»Meine Hose ist zerrissen«, sagte er. »Dafür werden Sie bezahlen, Mister. Ich sag's meinem Vater.«

»Ja, mein Freund«, sagte der Fremde lächelnd. »Ich bin im Hotel, falls dein Vater Probleme hat, mich zu finden.«

»Die Sache ist noch nicht vorbei«, versprach Matthew. »Und das gilt auch für dich, Bibeljunge.« Damit fuhr er auf dem Absatz herum und humpelte los. Nach ein paar Schritten wurde es ihm jedoch zu mühsam, und er vergaß das Hinken und rannte stattdessen lieber. Der Fremde sah ihm kopfschüttelnd nach und ließ ihn nicht aus den Augen, bis er hinter der nächsten Abzweigung verschwunden war.

Dann drehte er sich zu Herman um. »Und wie geht es dir, Junge? Du siehst übel aus.«

»Ich … ich bin kein Bibeljunge«, antwortete Herman, vollkommen sinnlos, aber es war auch das Einzige, was ihm in diesem Moment einfiel. Der Fremde sah ein bisschen verwirrt aus, aber dann lächelte er auf sonderbar wissende Art, während Herman selbst spürte, wie er rote Ohren bekam, einen solchen Unsinn zu reden.

»Du bist verletzt«, sagte der Fremde. »Ich sollte dich zu einem Arzt bringen. Gibt es einen Doktor in der Stadt?«

Herman schüttelte den Kopf, und der Fremde fuhr in noch besorgterem Ton fort: »Dann bring ich dich nach Hause.«

Herman sah ihn erschrocken an. »Das … ist sehr nett, aber ich … ich will nicht nach Hause.«

»Weil du Angst hast, dass deine Eltern dich bestrafen«, sagte der Mann. »Aber ich glaube nicht, dass sie zornig werden. So wie du aussiehst, werden sie froh sein, dass dir nicht noch mehr passiert ist.«

Der Mann kannte offensichtlich seinen Vater nicht, dachte Herman. Er würde ihn nicht bestrafen, wenn dieser Fremde ihn nach Haus brachte und erzählte, was geschehen war. Ganz im Gegenteil. Vater würde sich artig bei ihm bedanken und ihm etwas zu trinken anbieten. Vielleicht würde er ihn sogar zum Essen einladen. Aber sobald er wieder fort war, würde die Strafe kommen – und sie würde nur umso schlimmer ausfallen, weil Herman ihn in die unangenehme Lage gebracht hatte, sich bei einem Fremden bedanken zu müssen.

Es war das Läuten der Kirchenglocke, das ihn rettete. »Ich muss zum Gottesdienst«, sagte Herman. »Mein Vater … meine Eltern warten dort auf mich.«

Er konnte dem Fremden ansehen, wie wenig überzeugend seine Worte klangen. Doch der Mann widersprach nicht, sondern sah nur einen Moment nachdenklich in die Richtung, aus der das Läuten gekommen war, und nickte schließlich. »Dann begleite ich dich dorthin«, sagte er bestimmt. »Ich kenne solche Burschen. Es sollte mich nicht wundern, wenn sie dir auf dem Weg zur Kirche auflauern.«

Herman sparte es sich, noch einmal zu widersprechen, schon weil der Mann vermutlich recht hatte. Er nickte, und sie gingen los.

Auf den ersten Metern sagte der Fremde nichts, sondern beschränkte sich darauf, seinen Schützling besorgt im Auge zu behalten – durchaus zu Recht, wie Herman selber fand. Denn es musste wohl so sein, wie der Mann behauptet hatte: Er musste schlimm aussehen. Jeder einzelne Knochen im Leib tat ihm weh. Das Luftholen bereitete ihm Schmerzen, ihm war schwindelig. Er meinte noch immer jeden einzelnen Hieb zu spüren, den Matthew ihm versetzt hatte. Er konnte nur humpeln.

Zumindest damit war er nicht allein. Auch sein dunkelhaariger Retter zog das Bein hinter sich her, allerdings auf eine Art, die erkennen ließ, wie lange und selbstverständlich er das schon tat. Was sein Gesicht anging, so sah Herman seine Vermutung bestätigt: In seiner Ahnenreihe musste sich mehr als nur ein Ureinwohner dieses Landes befinden, und das letzte rote Blut war spätestens mit seinem Großvater hinzugekommen. Herman war verwirrt und sich seiner eigenen Gefühle nicht sicher. Es war der erste Indianer, den er wirklich zu Gesicht bekam, und er schien nett zu sein – immerhin hatte er seine eigene Gesundheit riskiert, um einem vollkommen Fremden beizustehen, von dem er nicht einmal wusste, ob er nicht sogar verdient hatte, was ihm widerfuhr. Aber der Mann war trotzdem ein halber Indianer, und sein Vater hatte ihm eine Menge schlimmer Geschichten über die Roten erzählt. Man konnte ihnen nicht trauen. Oft taten sie nett und hilfsbereit, verfolgten aber insgeheim ihre eigenen finsteren Pläne. Von seiner Mutter wusste Herman, dass sie noch zu Lebzeiten ihres Großvaters manchmal harmlose Siedler überfallen und grausam zu Tode gefoltert hatten.

»Verrätst du mir, warum die beiden dich verprügelt haben?«, fragte der Indianer, nachdem sie eine Weile gegangen waren.

Herman nickte zwar, sagte aber trotzdem: »Ich weiß es nicht.«

»Ja, das habe ich mir gedacht«, seufzte sein Retter. »Das sind die Schlimmsten, weißt du? Es macht ihnen einfach Spaß, andere zu quälen. Ich komme viel rum, musst du wissen, und fast in jeder Stadt trifft man auf solche Kerle. Und ich habe das Gefühl, es werden immer mehr. Ich weiß nicht, wo die gute alte Zeit geblieben ist. Früher gab es noch so etwas wie Ehre.«

Jetzt wusste Herman gar nicht mehr, was er denken sollte, zumal er zu spüren meinte, dass der Mann auf eine ganz bestimmte Reaktion von ihm wartete. Aber welche? Sollte er ihn fragen, ob es etwa ehrenvoll war, wehrlose Siedler zu überfallen und bei lebendigem Leibe zu verbrennen oder Frauen und Kinder zu häuten und sich an ihren Schreien zu erfreuen?

Der Gedanke erfüllte ihn mit einer sonderbaren Erregung, derer er sich sofort schämte, ohne sie indes abschütteln zu können. Es war ein vollkommen neues, düsteres Gefühl, der morbiden Verlockung gleich, ein brennendes Holzscheit zu betrachten und es anfassen zu wollen, ungeachtet des Wissens, dass nur Schmerz und Verstümmelung am Ende dieser Verlockung warteten.

Herman fragte sich, welche Farbe wohl auf Matthews Messerklinge zu sehen gewesen wäre, hätte er sie in das Fleisch des Indianers getaucht. War das Blut der Wilden auch rot, wie das richtiger Menschen, oder so schwarz wie ihre Seelen?

Hastig verscheuchte er den Gedanken, nickte nur noch einmal dankbar und eilte ohne ein weiteres Wort los, als die Kirche in Sichtweite kam. Er traute sich nicht, zu seinem Retter zurückzublicken, aber er spürte, dass er auf der anderen Straßenseite stehen blieb und ihn beobachtete, ganz wie er es versprochen hatte.

Die Kirche lag am Stadtrand und nur zwei knappe Steinwürfe vom Wald entfernt, der diese Seite von Gilmanton wie eine große grünbraune Hand umschloss. Seine Furcht wollte Herman weismachen, dass Matthew und Frank die Zeit längst genutzt hatten, um ihn zu umgehen und ihm nun verborgen in den Schatten des Waldes aufzulauern. Hermans Verstand sagte aber, dass sie gar nicht hatten wissen können, dass er hierherkommen würde, und dass die Zeit nicht gereicht hatte, sich in einem großen Umweg an ihm vorbeizuschleichen.

Doch was scherte seine Angst die Logik? Für einen kurzen Moment war er ernsthaft in Versuchung, so wie er war, in die Kirche zu flüchten. Doch dann erwies sich die Scham doch als stärker. Er zitterte vor Angst am ganzen Leib, als er den Brunnen in der Nähe der Kirche erreichte. Sein Blick ließ den Waldrand nicht für eine Sekunde los, während er den Eimer in die Tiefe warf und anschließend die quietschende Kurbel betätigte, um ihn wieder nach oben zu ziehen. Selbst wenn die beiden Jungen bisher nicht gewusst hatten, wo er war, musste ihn das laute Quietschen spätestens jetzt verraten.

So rasch und gründlich es das eiskalte Brunnenwasser zuließ, säuberte sich Herman und wusch anschließend auch noch seine besudelten Hosen. Er kam sich unendlich verwundbar vor, wie er halb nackt am Brunnen stand und den groben Stoff immer wieder in den Eimer tauchte und auswrang. Selbst als er fertig war und wieder in die nassen Hosen schlüpfte, wurde es nicht viel besser, denn die Löcher über seinen zerschundenen Knien waren immer noch da, seine Schuhe waren immer noch ruiniert, und der Stoff klebte so kalt auf seiner Haut, dass er mit den Zähnen klapperte.

Wenigstens konnte er sich einreden, dass sein Zittern an der Kälte lag.

Alles in allem hatte er nur wenige Minuten benötigt, bis er schließlich die Hosenträger über die Schultern hob und wieder in die Jacke schlüpfte. Dabei registrierte er, dass einer seiner zahlreichen Stürze auch von ihr seinen Tribut gefordert hatte, aber darauf kam es inzwischen wohl nicht mehr an. Schlimmer – wenigstens in diesem Moment – war, dass er nun auch zu spät zum Gottesdienst kam. Die Glocke hatte aufgehört zu läuten. Reverend Folsom würde schon auf der Kanzel stehen und nicht nur mit seiner Predigt beginnen, sondern auch mit einem einzigen Blick diejenigen seiner Schäfchen registrieren, die nicht zum Gottesdienst erschienen waren. Sein Vater würde mit steinerner Miene auf der harten Bank sitzen und den leeren Platz zu seiner Linken zu ignorieren versuchen, der an diesem besonderen Sonntag für seinen jüngsten Sohn reserviert war.

Aus der Kirche drang die Musik des kleinen Harmoniums, das Reverend Folsom anstelle einer Orgel sein Eigen nannte. Herman ging auf, dass er zumindest noch eine minimale Chance hatte, halbwegs pünktlich neben seinem Vater auf der Bank zu sitzen.

Er rannte los.

Und blieb mit klopfendem Herzen wieder stehen, noch bevor er die halbe Strecke zurückgelegt hatte.

Beiderseits der Kirche tauchten wie aus dem Nichts Matthew und Frank auf. Sie blickten mit einem breiten Feixen zu ihm, das er trotz der großen Entfernung so deutlich sehen konnte, als stünden sie direkt vor ihm.

Herman wandte sich um und sah auf die andere Straßenseite hinüber – dorthin, wo er seinen Beschützer noch immer vermutete. Doch er war verschwunden. Hatte er nicht versprochen, auf ihn achtzugeben? Warum ließ er ihn ausgerechnet jetzt im Stich? Aber das spielte nun wohl auch keine Rolle mehr. Herman war auf sich allein gestellt.

Noch vor einer Stunde oder weniger hätte er aufgegeben und sein Schicksal einfach angenommen, doch das war, bevor er den Indianer kennengelernt und begriffen hatte, wie hinterhältig und gnadenlos das Leben zu denen war, die sich nicht zu verteidigen wussten. Jetzt dachte er nicht einmal darüber nach, was er tat, sondern warf sich mitten in der Bewegung herum, sprintete geradewegs auf den größeren der beiden Jungen zu und rammte ihm mit gesenkten Schultern den Kopf in den Leib, bevor er auch nur richtig begriff, was er tat. Es tat weh, und wäre Frank nicht viel zu sehr damit beschäftigt gewesen, ihn mit offenem Mund anzustarren, dann hätte Hermans erstes wirkliches Aufbegehren gegen das Schicksal wohl an seinem hochgerissenen Knie ein vorzeitiges (und ziemlich blutiges) Ende gefunden. So aber glotzte Frank einfach nur mit ungläubig aufgerissenen Augen, und dann wurden seine Augen noch größer, und er klappte nach Luft japsend wie ein Taschenmesser zusammen, als Herman ihm den Schädel mit aller Gewalt in den Leib rammte.

Sie stürzten beide, aber der Unterschied war, dass Herman den Schwung seines eigenen Fallens nutzte, um wieder auf die Füße zu rollen und unverzüglich weiterzustürmen. Matthew versperrte ihm den Weg zur Kirche, doch die Hauptstraße lag mit all ihren Gebäuden und Nebenstraßen vor ihm. Tausend mögliche Verstecke erwarteten ihn, und Herman baute darauf, dass ihm seine Angst genug Kraft verlieh, um eines davon zu erreichen.

Nach zwei oder drei Dutzend Schritten wagte er es, über die Schulter zu blicken: Frank krümmte sich noch immer auf dem Boden und rang nach Luft. Matthew hatte neben ihm angehalten und beugte sich über seinen Freund. Es schien, als würde das Schicksal Herman doch noch eine Chance gewähren. Er würde sie ergreifen.

Herman rannte noch schneller, bog wahllos nach links und rechts in die Seitenstraßen ab. Er blieb erst stehen, als sich seine Lungen anfühlten, als wären sie mit flüssigem Feuer gefüllt. Alles drehte sich um ihn. Durch das an- und abschwellende Rauschen seines Pulses in den Ohren hörte er plötzlich die Stimmen seiner Verfolger; zumindest die von Matthew, die sich vor Hass beinahe überschlug.

»Mudgett! Bleib stehen, Mudgett! Wir kriegen dich!«, schrie Matthew, noch nicht in Sichtweite, aber auch nicht mehr annähernd so weit entfernt, wie Herman gehofft hatte. »Lauf ruhig weg, aber wir kriegen dich! Und dann bist du tot, Mudgett, hast du verstanden? *Tot!*«

Das war keine leere Drohung. Vor seinem selbstmörderischen Angriff auf Frank wäre er vielleicht noch mit einer schlimmen Tracht Prügel davongekommen, aber jetzt würden sie ihn zweifellos umbringen. Herman wusste es, denn er hatte die Dunkelheit in Matthews Augen gesehen.

Er brauchte ein Versteck. Verzweifelt stürmte er weiter, kletterte über einen niedrigen Bretterzaun und pflügte rücksichtslos durch ein kleines Gemüsebeet, das sich dahinter verbarg. Ein weiterer Zaun, hinter dem eine Wäscheleine mit frischen weißen Tüchern nur darauf wartete, ihn zum Stolpern zu bringen oder spätestens durch die Schmutzflecken zu verraten, die er auf den weißen Laken hinterlassen musste. Schließlich fand er sich in einem dunklen Hinterhof wieder, wo ihm eine hohe Mauer den Weg versperrte – an den beiden anderen Seiten war der Hof von unüberwindbaren Ziegelsteinwänden umgeben.

Jetzt *machte* sich Panik in ihm breit. Er konnte nicht zurück, denn hinter ihm kamen bereits die Schritte seiner Verfolger näher. Aber seine Zeit würde auch niemals reichen, um über diese Mauer zu steigen, die ihm höher vorkam als ein Berg. Und es gab hier auch kein Versteck.

Hermans Gedanken überschlugen sich. Ihm blieb keine

Wahl. Er musste kämpfen, ganz egal wie aussichtslos es auch erscheinen mochte. Er brauchte eine Waffe!

Er sah sich auf dem kleinen Hinterhof um und fand rein gar nichts, das ihm hätte nutzen können. Doch dafür entdeckte er etwas anderes, das ihm in seiner Verzweiflung zunächst entgangen war: die Hintertür des Hauses. Sie stand offen, zwar nur einen Spaltbreit, aber sie war nicht verriegelt.

Ohne weiter nachzudenken, stürmte er los, warf sich durch die Tür und jagte blindlings weiter, besaß aber dann doch genügend Geistesgegenwart, um kehrtzumachen und die Tür zu verriegeln.

Doch das Schicksal hatte sich einen bösen Streich mit ihm erlaubt. Die Tür hatte weder einen Riegel noch ein Schloss. Die braven Bürger von Gilmanton schlossen ihre Türen nicht ab, denn sie vertrauten ihren Nachbarn.

Herman vergeudete kostbare Sekunden, indem er einfach dastand, die Tür anstarrte und sich vergeblich fragte, was er Gott eigentlich getan hatte, dass er ein so grausames Spiel mit ihm spielte. Und vielleicht hätte er auch noch länger so dagestanden, wäre nicht in diesem Moment Matthews schrille Stimme durch die Tür gedrungen, die abermals seinen Namen schrie und ihm versprach, ihn auf der Stelle und auf die schrecklichste nur vorstellbare Weise umzubringen, sobald er seiner habhaft wurde.

Mit größer werdender Verzweiflung sah sich Herman im Halbdunkel des Flures um und erblickte eine schmale Treppe nach oben und drei weitere Türen. Keine von ihnen hatte ein Schloss, doch in einer gab es ein schmales Fenster, durch das Sonnenlicht hereinfiel. Das musste die Haustür sein, die auf die Straße hinausführte. Doch Herman begriff, dass dieser Weg nicht die Rettung bedeutete, sondern das Gegenteil. Selbst mit zwei unversehrten Schuhen und ohne aufgeschürfte Knie und halb verstauchte Knöchel hätte er keine Chance, den beiden Jungen davonzulaufen. Aber der Anblick brachte ihn auf eine Idee, die so verrückt war, dass sie schon wieder funktionieren konnte.

Er eilte zur Tür, öffnete sie einen Spaltbreit und sorgte dafür, dass sie nicht wieder zufiel, bevor er sich umdrehte und die Treppe hinaufjagte.

Und das keinen Moment zu früh. Denn er hatte noch nicht einmal ganz den ersten Absatz erreicht, da flog die Hintertür auf, und die beiden Jungen stürzten herein – was zumindest in Franks Fall durchaus wörtlich zu nehmen war, denn er humpelte stark und ging weit nach vorne gebeugt. Es sah fast ein bisschen komisch aus; nur dass Herman ganz und gar nicht zum Lachen zumute war, während er sich mit angehaltenem Atem gegen die Wand presste und mit einem Schatten zu verschmelzen versuchte, den es gar nicht gab. Die beiden mussten ihn einfach sehen, so ungeschützt, wie er hier oben stand!

Doch ein kleines Wunder geschah: Weder Matthew noch sein humpelnder Kumpan blickten hoch, sondern eilten auf die offen stehende Haustür zu. »Jetzt haben wir ihn!«, triumphierte Matthew. »Er entkommt uns nicht, der Drecksack!«

»Schnapp ihn dir!«, japste Frank. »Aber bring ihn nicht um! Das will ich tun!«

Matthew riss die Tür auf und jagte dicht gefolgt von Frank aus dem Haus. Herman wagte es endlich, wieder zu atmen, auch wenn ihm klar war, dass er allenfalls eine kurze Gnadenfrist bekommen hatte. Die beiden Burschen mochten ja nicht die Hellsten sein, aber wenn sie die Straße leer vorfanden und nirgendwo eine Spur von ihm zu sehen war, dann würden selbst sie begreifen, dass er sie hereingelegt hatte, und zurückkommen. Und auch die Haustür hatte weder ein Schloss noch einen Riegel.

Aber immerhin einen Türknauf.

Fast schon ein bisschen erstaunt über seine eigene Geistesgegenwart eilte Herman die Treppe wieder hinab, drückte die Tür zu und sah sich nach irgendetwas um, womit er sie blockieren konnte.

Das Einzige, was er fand, war ein kunstvoll gedrechselter Stuhl, der aber zugleich so filigran aussah, als würde schon ein scharfer Blick ausreichen, um ihn in Stücke brechen zu lassen.

Er musste genügen. Herman verkeilte den Stuhl unter dem Türknauf und rüttelte dann prüfend daran.

Er hielt. Einem wirklich ernst gemeinten Angriff würde der zerbrechliche Stuhl vermutlich nicht lange widerstehen, aber Herman hoffte, dass die beiden Jungen es nicht wagen würden, am helllichten Tag eine Tür gewaltsam aufzubrechen und in ein Haus einzubrechen. Auch wenn praktisch die gesamte Einwohnerschaft Gilmantons in der Kirche war, mussten sie doch trotzdem damit rechnen, von jemandem dabei beobachtet zu werden.

Noch immer halb außer Atem sah sich Herman um. Zum ersten Mal fragte er sich, wo er überhaupt war. Inzwischen hatten sich seine Augen an das schwache Licht gewöhnt, so dass er seine Umgebung genauer erkannte. Was er sah, das versetzte ihn in blankes Erstaunen.

Er hatte gehört, dass es Häuser wie dieses gab, aber er war ganz und gar nicht sicher gewesen, dass das auch der Wahrheit entsprach. Das einzige Haus, das er in seinem jungen Leben bewohnt hatte, war das seiner Eltern: die kleine Poststation von Gilmanton, die zugleich auch die Wohnung des Postmeisters und seiner Familie beherbergte und alles bot, was seine Familie und er zum Leben brauchten. Es gab Wände, Fenster und Türen und eine Decke, und das war auch schon alles, was sein Elternhaus und dieser Palast gemein hatten.

Die Wände dieses Hauses waren mit kostbarem Holz vertäfelt, das dunkel und so lange poliert worden war, bis es wie schwarzer Samt glänzte. Von der Decke hing ein kunstvoller Leuchter aus geschmiedetem Eisen und funkelndem Kristall, und die wenigen Möbel, die er sah, waren ausnahmslos alt und kostbar und hätten ebenso gut in einem Schloss stehen können. Gleich neben dem Eingang hing ein in Gold gerahmtes Bild, das einen würdevoll dreinblickenden Mann mit einem gewaltigen Backenbart zeigte, daneben ein zweiter Rahmen, in dem eine kunstvoll gestaltete Urkunde zu betrachten war. Da Herman noch nicht lesen konnte, wusste er nicht, was sie bedeutete, aber sie sah wichtig aus.

Neugierig geworden, öffnete er eine der beiden anderen Türen und fand sich unversehens in einer vollkommen unbekannten Welt wieder. Alles hier zeugte von einem so unvorstellbaren Luxus, dass er selbst in diesem Moment nicht daran glauben wollte, da er ihn mit eigenen Augen sah. Wo die Wände eben mit kostbarem Holz getäfelt waren, protzten sie hier mit seidenen Tapeten, deren Muster zumindest so aussahen, als bestünden sie aus purem Gold. Es gab sehr viele Stühle und nur einen einzelnen, schmalen Schrank, in dessen verglaste Türen filigrane Blumenmotive geätzt worden waren, und auf einem langen Tisch stapelten sich Zeitschriften und einige wenige zerlesene Bücher. Auch hier hingen Bilder an den Wänden, die fein herausgeputzte Frauen und Honoratioren mit gewaltigen Bärten und wichtig blickenden Augen zeigten. Ein sonderbarer, ihm unbekannter Geruch hing in der Luft, der abstoßend und irgendwie erregend zugleich war.

Hermans Vernunft meldete sich zu Wort und erinnerte ihn daran, dass die beiden Burschen nicht nur immer noch nach ihm suchten und ihnen vermutlich bereits zu dämmern begann, dass er sie irgendwie übertölpelt hatte, sondern er auch quasi als Einbrecher hier war und besser verschwinden würde, bevor der rechtmäßige Bewohner dieses Palastes zurückkam.

Herman schloss einen Kompromiss mit sich selbst, indem er sich fest vornahm, nur noch einen Blick hinter die nächste Tür zu werfen und das Haus dann auf demselben Weg wieder zu verlassen, auf dem er es betreten hatte. Mit aus mittlerweile vollkommen anderen Gründen heftig klopfendem Herzen und nicht minder stark zitternden Händen schob er die Tür am anderen Ende des Raumes auf – und fand sich abermals in einer vollkommen anderen Welt wieder, nur dass diese ebenso erschreckend und düster war wie die andere luxuriös und schimmernd. Sie war so bizarr und morbide, dass er sowohl die beiden Jungen als auch das Nagen seines schlechten Gewissens auf der Stelle vergaß.

Aber das wäre vermutlich jedem an seiner Stelle so ergangen, denn Herman stand Auge in Auge dem Tod gegenüber.

Er stand auf der anderen Seite des großen Zimmers, hatte die rechte Hand wie zum Gruß gehoben und blickte aus einer Höhe von annähernd sechs Fuß auf ihn herab. *Auge in Auge* stimmte nur im übertragenen Sinne, denn die schreckliche Gestalt hatte gar keine Augen, sondern starrte ihn aus leeren Höhlen an. Es war der Tod in seiner ursprünglichen Form: ein aufrecht stehendes Skelett, dem nur noch die Sense in der rechten Hand und eine schwarze Kutte gefehlt hätten, um genauso auszusehen wie die unheimlichen Bilder in der alten Familienbibel, die sein Vater ihm einmal gezeigt hatte, um ihm vor Augen zu führen, was diejenigen erwartete, die kein gottgefälliges Leben führten.

Es war nicht der erste Totenschädel, den Herman sah. Sie wohnten ganz in der Nähe eines alten Schlachtfeldes aus dem Bürgerkrieg, und es verging kein Frühjahr, in dem sie nicht den einen oder anderen Knochen oder auch ganzen Schädel beim Umpflügen fanden. Erst im zurückliegenden Frühjahr hatten sich seine älteren Geschwister einen Spaß daraus gemacht, ihn mit den Gebeinen eines Toten zu bewerfen und zu behaupten, damit einen schrecklichen Fluch auf ihn zu laden, würde sich der nunmehr ruhelose Geist des Toten doch ganz schrecklich an dem rächen, der ihn aus seiner ewigen Ruhe gerissen hatte. Seine Geschwister hatten sich damit eine gehörige Tracht Prügel eingehandelt, als ihr Vater sie dabei überraschte, und Herman war weder wirklich erschrocken gewesen noch waren ihm danach irgendwelche ruhelosen Geister erschienen, um ihn zu quälen.

Jetzt jedoch erschrak er fast zu Tode, denn er war noch nie einem Skelett in seiner Gänze begegnet, das aufrecht vor ihm stand. Eigentlich sollte das ja auch vollkommen unmöglich sein, verfügte es doch weder über Fleisch noch über Muskeln und Sehnen, um all diese Knochen zusammenzuhalten. Und doch stand es da, real und niederträchtig grinsend, und hinter seinen leeren Augenhöhlen erblickte er dieselbe Schwärze und Gnadenlosigkeit, die er auch schon in Matthews Augen gesehen hatte. In diesem Moment, in dieser einen Sekunde, die sein Leben radikal und unwiderruflich verändern sollte, *wusste* er einfach, dass er dem Tod gegenüberstand, dem grimmigen Schnitter, der gekommen war, um ihn zu holen und für all die Sünden zu bestrafen, die er in seinem noch jungen Leben schon angehäuft hatte. Herman war sich keiner besonderen Missetaten bewusst, doch es musste wohl so sein, denn warum sonst sollte sich der Unhold die Mühe gemacht haben, extra hierherzukommen und auf ihn zu warten? Er würde sterben, hier und jetzt, und der Tod war ganz gewiss nicht der friedvolle lange Schlaf, von dem seine Mutter manchmal sprach, sondern das genaue Gegenteil.

Endlich gewann seine Vernunft wieder die Oberhand und machte ihm nicht nur klar, wie lächerlich das war, was er gerade gedacht hatte, sondern auch, wo er sich wirklich befand, und was seine unheimliche Entdeckung in Wahrheit war. Das Haus, in das er sich gerettet hatte, gehörte Doktor Estan, dem grauhaarigen Landarzt, der nicht nur über die Gesundheit der Einwohner Gilmantons wachte, sondern auch die der umliegenden Gemeinden. Herman kannte ihn gut, denn Doktor Estan hatte es sich schon vor Jahrzehnten zu eigen gemacht, zweimal im Jahr seinen betagten Einspänner aufzuzäumen und jeden einzelnen seiner Schutzbefohlenen zu besuchen, ob er nun krank war oder nicht. Hermans Vater mochte ihn nicht, was aber nichts Persönliches war. Er war eben ein sehr gläubiger Mann und vertrat die Auffassung, dass es allein in Gottes Macht liegen sollte, über das Wohl der Menschen zu entscheiden – außerdem hatten es diejenigen, die krank wurden, wohl auf die eine oder andere Weise auch verdient. Doch dadurch ließ sich Estan weder von seinen halbjährlichen Besuchen abhalten noch davon, die ganze Familie ebenso freundlich wie nachdrücklich in Augenschein zu nehmen. Unterstützung fand er dabei bei Hermans Mutter, die sich in diesem einen Punkt (und nur in diesem) gegen ihren Mann durchgesetzt hatte.

Herman erinnerte sich an den Doktor als einen sanftmütigen und immer zu einem kleinen Scherz aufgelegten alten

Mann, der ihn zwar manchmal abtastete und an Stellen berührte, an denen er es nicht mochte, und manchmal auch alberne Dinge von ihm verlangte – wie zum Beispiel auf einem Bein zu stehen oder ihm die Zunge herauszustrecken –, in dessen beeindruckendem braunen Lederkoffer aber auch immer eine Zuckerstange oder eine andere Leckerei als Belohnung wartete.

Aber wenn er wirklich ein so guter Mensch war, wieso stand dann der Tod hier in diesem Zimmer – und nicht nur der? Nachdem es Herman einmal gelungen war, seinen Blick vom schrecklichen Totenkopfgrinsen des Skeletts loszureißen, gewahrte er noch viel mehr und noch ungleich erschreckendere Dinge. Auf einem Schrank gleich neben dem Schreibtisch, hinter dem Estan wohl normalerweise saß und sich die Klagen und Beschwerden seiner Patienten anhörte, stand eine Reihe großer Gläser, die mit einer leicht gelblichen Flüssigkeit gefüllt waren, in der … *Dinge* schwammen. Manche erinnerten ihn an die inneren Organe der Tiere, die sein Vater manchmal von der Jagd mitbrachte, und die sie dann zusammen ausnahmen, nur dass sie die falsche Größe hatten oder eben doch nicht ganz die richtige Form oder Farbe. Andere waren einfach so grässlich, dass er es nicht über sich brachte, sie mit mehr als einem flüchtigen Blick zu betrachten. In einem meinte er sogar ein Paar menschlicher Augen zu erkennen, die stumm und vorwurfsvoll aus ihrem gläsernen Gefängnis auf ihn herabstarrten, wagte es aber noch viel weniger, genauer hinzusehen und sich zu überzeugen.

Von dem Entsetzlichen, das sich ihm offenbarte, ebenso abgestoßen wie fasziniert trat Herman näher an den Schrank heran und war nicht einmal mehr überrascht, hinter den gläsernen Türen ein wahres Sammelsurium der grässlichsten Folterinstrumente zu entdecken: scharfe Messer in allen nur erdenklichen Größen und Formen, Zangen, Sägen und noch viel bizarrere Gerätschaften, deren Sinn ihm verborgen blieb, auch wenn er zweifellos schrecklich sein musste. Es gab Fläschchen und Tiegel mit kleinen, sorgsam beschrifteten Etiketten und eine Unzahl langer, dünner Nadeln, bei deren bloßem Anblick es ihm schon kalt über den Rücken lief.

Am allerschlimmsten aber war das Bild, das hinter dem Tisch an der Wand hing – gewiss nicht durch Zufall so platziert, dass jeder Besucher es einfach sehen musste, ganz gleich, wie er auch Platz nahm. Es zeigte einen geschlechtslosen nackten Menschen, dessen linke Seite ganz normal schien, während die rechte in verschiedenen Schichten gehäutet war, so dass man die Muskeln, das Fleisch und die inneren Organe und selbst die Knochen unter der Haut sehen konnte, und das so detailliert und naturgetreu, dass es vermutlich niemand sehen *wollte*.

Herman stand lange da und starrte das unheimliche Bild an, und es gelang ihm einfach nicht, die Mischung aus schrecklicher Faszination und purem Grauen abzuschütteln, mit der ihn der Anblick erfüllte. Zwar hatte er noch nie einen toten Menschen gesehen, aber so groß war der Unterschied zu einem gehäuteten Stück Wild eigentlich gar nicht, und davon hatte schon mehr als eines in ihrer Scheune gehangen und darauf gewartet, ausgenommen und zerlegt zu werden.

Aber Menschen sollten nicht so dargestellt werden, denn diese Art der Zurschaustellung nahm ihnen zugleich auch ihre Menschlichkeit, entlarvte sie den Unterschied zwischen Mensch und Kreatur doch als das, was sie wirklich war, pure Illusion.

Und dennoch. An diesem Bild, genau wie an dem ausgestellten Skelett und dem grässlichen Inhalt der Gläser, war etwas, das ihn zugleich auch faszinierte, eine geheime Botschaft in einer Sprache, die er niemals gelernt hatte, und aus einer Zeit, in der er noch gar nicht gelebt hatte. Da war etwas, das getan werden musste, ein Versprechen, das es einzulösen galt, obwohl er es noch gar nicht abgegeben hatte.

Da war ein Geräusch, irgendwo hinter ihm, vielleicht auch auf der Straße, aber es war bedeutungslos und nicht mehr Teil der Welt, die er nun betreten hatte. Er wandte sich wieder dem aufgestellten Skelett zu. Jetzt, einmal seines düsteren Zaubers beraubt, erkannte Herman, was es wirklich war, nämlich ein menschliches Knochengerüst, das von einem messingfarbenen Stab so geschickt gehalten wurde, dass man wirklich meinen konnte, es wäre ein Toter, der aus seinem Grab gestiegen war, um sich an den Lebendigen zu rächen – genau wie Hermans Geschwister es ihm weiszumachen versucht hatten. Sämtliche Gelenke und Sehnen waren durch dünne Drähte und geschickt angebrachte Lederriemen miteinander verbunden worden, selbst der Unterkiefer, den man dergestalt fixiert hatte, dass der Mund des Toten zu einem immerwährenden Lachen geöffnet war, vielleicht auch mitten in einem nur halb ausgesprochenen Fluch erstarrt.

Wieder hörte er ein Geräusch, und es war jetzt eindeutig näher. Aber sosehr sein Verstand auch darauf drängte wegzulaufen, solange er es noch konnte, war er sich auf einer tieferen Ebene (und mit einer einem Fünfjährigen ganz und gar unangemessenen Klarheit) doch bewusst, um wie vieles wichtiger dieser Moment war, und dass er gar nicht mehr zurückkonnte, selbst wenn er es gewollt hätte. Er starrte das Skelett an, das nichts anderes war als ein aufwendiges Demonstrationsobjekt und zugleich doch so vieles mehr. Dieses Skelett war einfach nur ein Skelett und möglicherweise nicht einmal echt, und doch war es zugleich auch der Tod, der ihn hierhergerufen hatte, um ihm die Rechnung für alle seine Sünden zu präsentieren.

Aber er wollte noch nicht sterben. Nicht jetzt, wo sein Leben noch nicht einmal richtig angefangen hatte!

Die Tür flog auf, und Matthew stürmte herein, in kaum einem halben Schritt Abstand gefolgt von seinem Freund. Herman versuchte nicht einmal wegzulaufen, sondern sah den beiden Jungen nur ruhig (und ohne eine Spur von Angst) entgegen, was Matthew jedoch nicht daran hinderte, ihm einen derben Stoß vor die Brust zu versetzen, der ihn zurück- und gegen das Skelett stolpern ließ, das zwar nicht in Stücke zerbrach, wohl aber bedrohlich wankte und lautstark protestierend zu klappern begann.

Herman kämpfte um sein Gleichgewicht, und Matthew verzichtete zu seiner Überraschung darauf, ihm einen zweiten Stoß zu versetzen oder ihm gleich die Faust ins Gesicht zu schlagen. Stattdessen sah er ihn nur lauernd und mit schräg gehaltenem Kopf an. Doch Frank drängte sich an ihm vorbei, hob den Arm und ballte die Faust, um nachzuholen, was sein Freund versäumt hatte.

Herman wappnete sich gegen das, was kommen musste. Doch statt ihn zu schlagen, sog Frank plötzlich scharf die Luft ein, schnitt eine Grimasse und krümmte sich, die Hand gegen die Seite pressend. Offenbar hatte Hermans Kopfstoß einen bleibenden Schaden hinterlassen. In Franks Augen stand jedenfalls blanker Hass geschrieben. Er würde es nicht mehr dabei bewenden lassen, Herman zu verprügeln, sondern ihm etwas viel Schlimmeres antun.

Herman sollte Angst haben. Doch da war etwas hinter den leeren Augenhöhlen des Skeletts, das er hinter seinem Rücken spürte, das ihm diese Furcht nahm.

Matthew machte einen Schritt zur Seite, um Herman den möglichen Fluchtweg abzuschneiden.

»Halt den Kerl fest«, sagte Frank gepresst. »Ich hab was ganz Besonderes mit ihm vor. Der Mistkerl hat mir eine Rippe gebrochen!«

Statt zu antworten, betrachtete Matthew das grinsende Skelett nachdenklich und tat so, als würde er die blank liegenden Rippen zählen. Dann schüttelte er den Kopf.

»Vielleicht hab ich eine bessere Idee.« Er bedeutete Frank, seinen Platz an der Tür einzunehmen, und begann seinerseits durch das Zimmer zu schlendern, wobei er sich aufmerksam aus plötzlich sehr wachen und interessierten Augen umsah.

»Das ist ja spannend hier«, sagte er. »Wer hätte gedacht, dass unser guter alter Doktor sich mit solchen Schweinereien beschäftigt?«

Vor dem Schrank mit den Gläsern blieb er stehen, betrachtete ihren schrecklichen Inhalt einige Sekunden lang und wandte sich dann wieder zu Herman um. »Wie es aussieht, haben wir hier einen Einbrecher ertappt, wie? Vielleicht sollten wir dem Sheriff Bescheid geben.«

»Aber ich bin kein …«, begann Herman, und Matthew streckte grinsend den Arm aus und stieß eines der Gläser vom Schrank. Es zersprang mit einem gewaltigen Klirren und verspritzte seinen Inhalt und einen Hagel scharfkantiger Glassplitter in alle Richtungen. Matthew wich sowohl den Scherben als auch dem widerwärtigen Inhalt des Glases mit einer raschen Bewegung aus, doch Herman war nicht schnell genug. Etwas Kleines aus faserigem grauen Fleisch klatschte gegen sein Hosenbein und rutschte so langsam daran hinab, als versuche es sich mit unsichtbaren Händen in dem Stoff festzukrallen. Ein durchdringender Geruch wie nach Alkohol, zugleich aber auch vollkommen anders und beunruhigend, breitete sich schlagartig im ganzen Raum aus.

»Und nicht nur ein Einbrecher«, sagte Matthew feixend. »Wie es aussieht, wollte er was stehlen, und als er nichts gefunden hat, ist er richtig wütend geworden.«

Er stieß ein zweites Glas vom Schrank. Wie durch ein Wunder zerbrach es nicht, doch sein Inhalt ergoss sich mit einem zähflüssigen Platschen über Hermans Füße. Der Geruch wurde so durchdringend, dass er ihm fast den Atem nahm, und Herman erkannte voller Entsetzen, dass er vorhin richtig gesehen hatte: In der trüben Flüssigkeit schwammen zwei menschliche Augen, die jetzt grässlichen Murmeln gleich über den Boden rollten, wie um in allen Richtungen nach demjenigen Ausschau zu halten, der sie aus ihrer nassen Ruhe gerissen hatte.

Frank machte ein angeekeltes Gesicht, wirkte zugleich aber auch höchst interessiert. Ohne Herman ganz aus den Augen zu lassen, stupste er eines der Augen mit der Schuhspitze an. Es rollte ein kleines Stück davon und blieb so liegen, dass es direkt zu Herman hochsah.

Matthew zerschmetterte ein weiteres Glas. Anschließend ging er um den Tisch herum, griff nach dem Bild des halbierten Menschen und halbierte es tatsächlich, indem er es weit genug einriss, dass es gerade noch nicht von der Wand fiel.

»Das wird dem guten Doktor aber gar nicht gefallen, was unser Bibeljunge mit seiner Praxis angestellt hat«, feixte er. »Wirklich, das wird ihm ganz und gar nicht gefallen.«

Frank versetzte Herman einen Stoß in die Seite, der ihn erneut gegen das Skelett stolpern ließ. Es kippte mit einem Ruck zur Seite und zerschellte auf dem Boden zu einem wirren Haufen aus zerborstenen Knochen und Staub. Der Schädel brach ab und rollte wie ein missgestalteter Ball davon.

»Oh, das tut mir jetzt leid«, feixte Frank.

»Und wie wird es da erst dem armen Doktor ergehen?«, fügte Matthew mit einem noch breiteren Feixen hinzu, wurde aber sofort wieder ernst und betrachtete den Knochenhaufen stirnrunzelnd. »Das reicht dann jetzt aber auch, finde ich. Übertreiben wir es nicht. Ein so kleiner Knirps kann doch allein gar nicht so viel kaputtmachen.«

»Aber vielleicht kann man *ihn* ja kaputtmachen«, sinnierte Frank, bedachte Herman mit einem weiteren breiten Grinsen und stieß ihm dann die flachen Hände so hart vor die Brust, dass er hilflos in die zertrümmerten Reste des Skeletts fiel. Etwas stach wie eine stumpfe Messerklinge zwischen seine Schulterblätter, und als hätte er noch nicht genug Blessuren, schrammte der Stumpf einer zerbrochenen Rippe über seinen Handrücken und hinterließ eine gezackte rote Linie darauf. Es tat weh, und noch während er die Hand vor das Gesicht hob und sich auf die Zunge biss, um einen Schmerzensschrei zu unterdrücken, erschienen zahllose stecknadelkopfgroße dunkelrote Blutstropfen auf seiner Haut und liefen zu schmierigem Rot zusammen, wie um die Schramme nachzuzeichnen.

»Übertreib es nicht«, sagte Matthew.

»Hat sich eben wie ein Wilder gewehrt, der Bibeljunge«, sagte Frank. Er trat nach Herman, und seine Schuhspitze traf so fest, dass Hermans Rippen knackten. Es trieb ihm die Luft aus den Lungen und tat so weh, dass ihm übel wurde. Aber dieser Schmerz war seltsam irrelevant, genau wie das Brennen auf seiner Hand und der pochende Schmerz in seinem Rücken. Frank sagte noch irgendetwas, aber die Worte verblassten zu bloßen bedeutungslosen Lauten, und irgendwie galt dasselbe für den Schmerz und sogar für seine Angst: Beide waren noch da und nach wie vor unverändert schlimm, zugleich aber auch wie der Klang ferner Stimmen, die etwas von großer Wichtigkeit riefen, das er aber nicht verstand. Seine Hände tasteten ziellos umher und schlossen sich um einen Knochen, der länger war als sein ganzer Arm.

Frank hob den Fuß, um ihn noch einmal zu treten, doch Matthew hielt ihn mit einer raschen Bewegung zurück.

»Verschwinden wir von hier. Der Kleine hat genug«, sagte er und wandte sich zum Gehen. Sein Fuß stieß gegen den abgebrochenen Totenschädel, der abermals ein Stück weit davonrollte und so liegen blieb, dass sich der Blick seiner leeren Augenhöhlen direkt in den Hermans bohrte.

Da war noch etwas, das getan werden musste. Herman hatte eine Vereinbarung mit dem Tod, und sein Part des Handels war noch nicht erfüllt.

»Die kleine Ratte hat mir eine Rippe gebrochen! Du glaubst doch nicht, dass ich ihn so billig davonkommen lasse!«, protestierte Frank und ging auf Matthew zu. Beide Jungen beachteten Herman nicht mehr. Er stemmte sich zuerst auf ein Knie, dann ganz in die Höhe.

»Und deshalb sagen wir ja auch dem Sheriff Bescheid«, erwiderte Matthew. »Ich hab jedenfalls gesehen, dass er hier reingelaufen ist. Und du doch auch …«

Herman schlug zu. Nicht besonders fest, aber gezielt und so schnell, dass Matthew keine Chance hatte auszuweichen. Er wurde zurück- und halb ins benachbarte Zimmer geschleudert, wo er auf dem Rücken landete. Noch währenddessen schwang Herman bereits erneut seine improvisierte Keule und drosch damit auf den anderen Jungen ein. Frank duckte sich und riss schützend den Arm vor das Gesicht. Beide Knochen zerbrachen – sowohl der in Hermans Hand als auch der im Arm des Jungen. Frank schrie und sank auf die Knie, während er aus hervorquellenden Augen auf den zersplitterten weißen Dolch starrte, der mit einem Mal aus seinem Fleisch ragte. Dann schlug

Herman noch einmal mit dem Werkzeug zu, das ihm der Tod gegeben hatte, und Franks Schrei brach so abrupt ab, dass die nachfolgende Stille schier in den Ohren schmerzte. Ohnmächtig brach er zusammen. Herman war mit einem einzigen großen Schritt über Matthew, schwang den abgebrochenen Oberschenkelknochen hoch über den Kopf und sammelte noch einmal alle Kraft. Doch er schlug nicht zu, als er die Panik in den Augen des Jungen sah.

»Nicht«, wimmerte Matthew. »Bitte … nicht.«

Herman sah auf ihn hinab, und seine Hände schlossen sich noch fester um den Knochen. Aber er schlug nicht zu. Er wollte es. Alles in ihm schrie danach, seine Waffe zu schwingen und das Gesicht des Jungen zu Brei zu schlagen.

Stattdessen senkte er den Arm, zögerte noch ein allerletztes Mal, ließ den Knochen aber dann ganz fallen und streckte die freie Hand aus.

»Was … was willst du?«, murmelte Matthew. Er starrte Hermans Hand an und versuchte von ihm wegzukriechen, was aber nicht ging, weil Frank auf seinen Beinen lag.

Herman lächelte. »Ich möchte dein Freund sein, Matthew.«

Chicago, Illinois, 1893

Geyer war nicht sicher, ob er wirklich gut beraten gewesen war, diesen Auftrag anzunehmen. Alles daran gefiel ihm nicht: Die Informationen, die er im Vorfeld erhalten hatte, gefielen ihm nicht, was er vermutete (und ihm seine Instinkte als Ermittler rieten) gefiel ihm noch viel weniger, und am allerwenigsten gefiel ihm das Haus.

Dabei war es durchaus beeindruckend, ganz egal nach welchen Kriterien man es auch beurteilte. Stolze drei Stockwerke hoch erstreckte es sich über einen Bereich, der überall sonst in diesem Teil der Stadt schon für einen kleinen Block gut gewesen wäre. Vermutlich kam es nicht nur ihm vor wie ein kleiner Triumph modernster Architektur und menschlichen Erfindungsgeistes, und wenn überhaupt, dann sollte ihm ein Gebäude wie dieses wohl wie ein Wegweiser in das neue Jahrhundert erscheinen, das sich mit Riesenschritten näherte.

Doch Geyer machte es Angst.

Nein, verbesserte er sich in Gedanken. *Angst* war ein zu starkes Wort. Das Haus flößte ihm vielmehr Unbehagen ein. Ganz so, als verberge sich hinter den klaren Linien und großzügigen Fensterfronten eine unterschwellige Bedrohung, wie man sie vielleicht beim Anblick eines besonders farbenprächtigen Schmetterlings empfinden mochte, von dem man eben nicht ganz sicher war, vielleicht irgendwann einmal gelesen zu haben, dass er giftig wäre.

Der Fahrer auf dem Wetter und Temperaturen ausgesetzten Kutschbock räusperte sich und sagte zum zweiten Mal: »Wir sind da, Sir. Das ist die Adresse.«

Geyer streckte die Hand nach dem Wagenschlag aus und sprang auf die Straße hinab. Den vereinbarten Fahrpreis hatte er bereits abgezählt in der Westentasche, fügte aber jetzt noch einen großzügigen Dollar als Trinkgeld hinzu und reichte es dem Fahrer. Der steckte das Geld ein, ohne nachzuzählen, und machte eine Kopfbewegung zur anderen Straßenseite.

»Bleiben Sie hier, oder soll ich auf Sie warten, Sir?«

»Hierbleiben?«

»Das ist ein Hotel, Sir. Andererseits … Sie haben kein Gepäck bei sich.«

»Was ist es denn für eine Art Hotel?«, hakte Geyer nach, schon aus Gewohnheit. »Die, in die man ohne Gepäck eincheckt, weil man nur eine Stunde bleibt?«

Allein der Anblick des hellen Gebäudes mit seinen freundlichen Farben und der großzügigen Ladenzeile im Erdgeschoss beantwortete seine Frage im Grunde schon, aber er war trotzdem gespannt auf die Reaktion des Mannes.

»Das nicht«, antwortete er fast erschrocken. »Mir ist nur aufgefallen …« Er sprach nicht weiter, sondern straffte die Schultern und ergriff die Zügel fester. »Ich soll also nicht auf Sie warten?«

»Ich weiß nicht, wie lange es dauert«, antwortete Geyer. »Aber vielen Dank für das Angebot.« Er konnte sich gerade noch die Bemerkung verkneifen, für den Rückweg ja auch die Straßenbahn nehmen zu können, über deren Gleise die Droschke gerade gerumpelt war. Er hatte zwar vor, genau das zu tun, aber die Zunft der Droschkenfahrer litt schon genug unter den Segnungen der modernen Technik.

Er bedankte sich mit einem stummen Nicken und wartete, bis der Wagen abgefahren war, bevor er die Straße überquerte. Ein Automobil knatterte an ihm vorüber, und der Fahrer versäumte es auch nicht, ausgiebig die Hupe zu betätigen, obwohl er ihm nicht einmal nahe kam – damit auch wirklich niemandem entging, was für ein moderner Mann in diesem Fahrzeug saß; und vor allem einer, der sich ein so teures Spielzeug leisten konnte. Trotzdem beschleunigte Geyer seine Schritte noch einmal und wurde erst langsamer, als er wieder auf sicherem Boden war.

Jetzt sollte er eigentlich aufatmen können, befand sich aber nun noch näher an diesem unheimlichen Bau, der ihn nach wie vor mit Unbehagen erfüllte, und dachte zum ersten Mal ganz analytisch über die Frage nach, woher dieses Unbehagen eigentlich kam. Als berufsmäßiger – und bei aller Bescheidenheit: erfolgreicher – Ermittler war er es gewohnt, auf Fakten zu achten, Spuren zu folgen und Indizien zu werten. Aber er hatte auch schon vor langer Zeit gelernt, auf seine Gefühle zu hören. Manchmal nahm man Dinge wahr, ohne sie wirklich wahrzunehmen, und manchmal waren sie *wichtig*.

Sosehr er darüber nachgrübelte, wollte es ihm jedoch nicht klar werden. Er hatte die Straße ganz bewusst in so spitzem Winkel überquert, dass er einmal an der gesamten Front des großen Gebäudes entlangflanieren musste, um zum eigentlichen Eingang des Hotels zu kommen. Es gab einen winzigen Laden, der alles feilzubieten schien, was einigermaßen legal war, einen Barbiersalon, in dem sich gerade kein Kunde aufhielt, und eine Apotheke, die fast ein Drittel der lang gestreckten Gebäudefront einnahm. In Chicago selbst hatte er Apotheken gesehen, die doppelt oder gar dreimal so groß waren. Für einen Vorort wie Englewood, der nur ganz allmählich aus seinem Dornröschenschlaf erwachte, seit er vor Jahresfrist an das Straßenbahnnetz angeschlossen worden war, erschien ihm eine Apotheke dieser Größe hoffnungslos überdimensioniert. Ein Fakt, der etwas bedeutete. Geyer wusste nur nicht, was.

Er wollte schon weitergehen, doch irgendetwas hinter den spiegelnden Fensterscheiben erregte seine Aufmerksamkeit, also machte er kehrt und betrat die Apotheke, angekündigt vom hellen Bimmeln der kleinen Messingglocke über der Tür.

Im ersten Moment hatte er fast Mühe zu sehen, denn hier drinnen war es unerwartet dunkel. Doch er nahm immerhin wahr, dass er nicht der einzige Kunde war, und das Innere der Apotheke nicht annähernd so groß, als es von außen den Anschein gehabt hatte. Tatsächlich bestand sie nur aus einer sehr langen Theke vor einer dazu passenden Wand, die ausschließlich aus Schubladen und vor geschliffenen Spiegeln angebrachten Regalböden bestand und die gesamte Länge der beeindruckenden Fensterfront draußen nachzeichnete. Ihm fiel der Begriff *Potemkinsches Dorf* ein.

Vielmehr verwirrt als neugierig strengte Geyer die Augen an und versuchte mehr Einzelheiten zu erkennen, erreichte damit aber eher das Gegenteil. Der Raum war auf eine Art asymmetrisch, die er nicht wirklich in Worte kleiden konnte, aber die seinem Gefühl für Ästhetik und geradliniger Ordnung so zuwiderlief, dass es ihm ein schon fast körperliches Unbehagen bereitete. Etwas stimmte mit diesem Raum nicht, und dass er partout nicht sagen konnte, was es war, steigerte sein Unwohlsein nur noch.

Der Apotheker war in ein hitziges Gespräch mit gleich mehreren Kunden vertieft. Geyer verstand nicht genau, worum es ging, aber es hörte sich eher nach einem Streit als einem Kundengespräch an. Er zog sich dezent zurück, soweit es der beschränkte Raum zuließ, und tat zumindest so, als würde er das Angebot studieren, das sich nicht von irgendeiner anderen Apotheke unterschied, die er kannte. Dieser Raum gab vor, mehr zu sein, als er war, und Geyer fragte sich, ob das vielleicht auf das gesamte Gebäude zutraf.

Er wollte es nicht wirklich, kam aber gar nicht umhin, dem Streitgespräch hinter sich zu lauschen.

»… lasse mich nicht länger abwimmeln! Ich habe das Recht auf meiner Seite!«

Unauffällig drehte sich Geyer halb herum und schielte aus den Augenwinkeln zur Theke hinüber. Der Apotheker, mit seinem weißen Kittel, einer horizontal halbierten Lesebrille und einem wirklich sehr unglücklichen Gesichtsausdruck, stand hinter der Theke und schaffte es offenbar gerade noch so, seine Wut im Zaum zu halten.

»Das mag ja alles richtig sein, Mr Pearlman«, sagte er, und das auf eine Art, die Geyer vermuten ließ, dass er es nicht zum ersten Mal tat. »Aber ich bin hier nur Mieter, und …«

»... und wenn man es genau nimmt, dann gehört das alles hier mir!« Sein Gegenüber, ein vierschrötiger Mann mit groben Händen und nicht minder grobem Gesicht, das vor Zorn so gerötet war, als würde es im nächsten Moment einfach explodieren, ließ seine Hand auf die Theke klatschen, wie um dem Ausrufezeichen hinter seinen Worten noch mehr Gewicht zu verleihen. »Dies alles ist noch nicht bezahlt – nur falls Ihr famoser Vermieter vergessen haben sollte, Ihnen dieses kleine Detail mitzuteilen!«

»Das besprechen Sie besser mit Mr ...«, begann der Apotheker, und nun wurde er von dem zweiten Mann unterbrochen, der auf der anderen Seite der Theke stand.

»Mr Holmes, ja.«

Der Mann, der das gesagt hatte, trug die schwarze Uniform und den hohen schwarzen Helm der Chicagoer Polizei. »Was Mr Pearlman sagen will ist, dass es einen rechtsgültigen Gerichtsbeschluss gegen Ihren Vermieter gibt. Es gibt da offensichtlich ein paar ... Unregelmäßigkeiten, was die Bezahlung der Ladeneinrichtung hier angeht.«

»Ich bin hier nur Mieter!«, protestierte der Apotheker abermals. Er sah sehr unglücklich aus, und Pearlman wollte auch sofort wieder auffahren, wurde aber von seinem uniformierten Begleiter mit einer raschen Geste zum Schweigen gebracht.

»Ihr Vermieter sollte sich schnellstmöglich um die Angelegenheit kümmern. Es liegt doch weder in seinem noch in Ihrem Interesse, dass morgen ein Möbelwagen hier steht und die Einrichtung wieder abtransportiert«, sagte er in jenem verbindlichen, aber auch besänftigenden Tonfall, den man sich von Vertretern der Obrigkeit zwar wünscht, aber nur selten zu hören bekommt. »Ich schlage daher vor, dass Sie mit Mr Holmes reden und ihn davon zu überzeugen versuchen, sich bei uns auf der Wache zu melden. Am besten noch heute.«

Der Apotheker setzte zu einer Entgegnung an, überlegte es sich dann anders und machte nur eine Bewegung, die irgendwo zwischen einem Nicken und einem unglücklichen Schulterzucken lag.

»Dann haben wir uns verstanden«, sagte der Beamte und wies Pearlman zur Türe hinaus, bevor er sich abermals echauffieren konnte.

Geyer wartete, bis das Geräusch der Türglocke verklungen war, dann nahm er einen Rasierpinsel aus dem Regal und ging zur Theke zurück.

»Was für ein unangenehmer Mensch«, sagte er mit einem Unbehagen, das er nicht einmal spielen musste. Er hasste solche Auftritte.

Der Apotheker nickte nur knapp. Obwohl offensichtlich unschuldig am Grund für Pearlmans Ärger, wirkte er zerknirscht und mehr als nur ein bisschen verunsichert. Er hob abermals die Schultern und rückte seine Lesebrille zurecht, um den Preis auf der Ware zu entziffern.

»Ich hatte auch schon genug Ärger mit Handwerkern«, plauderte Geyer weiter. »Versuchen Sie einmal, einen Handwerker zu finden, der schnell und zuverlässig arbeitet oder auch nur halbwegs pünktlich ist. Aber wehe, Sie zahlen die Rechnung auch nur einen Tag zu spät.«

»Das macht dann fünfundsiebzig Cent, Sir«, sagte der Apotheker kühl. »Kann ich sonst noch etwas für Sie tun?«

Geyer zählte die verlangte Summe unnötig langsam ab. »Um ehrlich zu sein, sehe ich mich gerade ein wenig in der Gegend um. Ich überlege, unter Umständen hierherzuziehen.«

»Nach Englewood?«

»Kann ein Ort mit einem solchen Namen denn etwas anderes als liebenswert sein?«

»Es ist angenehmer als direkt in der Stadt«, sagte der Apotheker, allerdings in einem Ton, der irgendwie das Gegenteil auszudrücken schien; er fügte auch nach einer kleinen Pause hinzu: »Wenn der Wind nicht falsch steht, heißt das.«

»In der City steht er immer falsch«, bestätigte Geyer betrübt. »Das ist einer der Gründe, aus dem ich mit dem Gedanken liebäugele, umzuziehen.«

Der Apotheker sah ihn nur schweigend an. Er war eindeutig nicht in der Stimmung, mit einem Kunden zu plaudern, der weniger als einen Dollar ausgegeben und den er noch nie gesehen hatte. Nach der hässlichen Szene, die Geyer gerade miterlebt hatte, konnte er das auch gut verstehen. Aber er wollte auch nicht mit leeren Händen gehen.

»Das ist ein … interessantes Geschäft, das Sie hier haben«, sagte er. Es klang sogar in seinen eigenen Ohren unbeholfen. »So etwas habe ich noch nie gesehen, wenn ich ehrlich sein soll.«

»Ich auch nicht«, antwortete der Apotheker. »Der Laden ist total verbaut. Aber die Lage ist günstig, und die Miete hält sich auch in Grenzen. Und es ist die einzige Apotheke in Englewood.«

»Trotzdem eine recht sonderbare Architektur«, beharrte Geyer und steckte den Rasierpinsel ein.

Der Apotheker legte den Kopf auf die Seite und nahm seine Lesebrille ab. Geyer sah endgültig ein, dass er den Bogen überspannt hatte. Erstaunlicherweise bekam er trotzdem eine Antwort. »Es hat mit dem Haus zu tun. Soviel ich weiß, gab es hier immer schon eine Apotheke, und die Vorbesitzer haben das Grundstück nur unter der Bedingung verkauft, dass das auch so bleibt.« Er klappte seine Brille zusammen und ließ sie mit einer geübten Bewegung in die Brusttasche seines weißen Kittels gleiten. »Aber wenn Sie Genaueres wissen wollen, dann sollten Sie besser den Hausbesitzer fragen … wie übrigens alles andere auch, Mr …?«

»Jetzt bin ich aufgeflogen, wie?«, erwiderte Geyer mit einem schiefen Grinsen. Die Frage nach seinem Namen überging er. »Ich nehme an, als Detektiv wäre ich eine ziemliche Niete?«

Das wiederum überging der Apotheker. »Und was wollen Sie wirklich?«

»Ich bin auf der Suche nach jemandem«, gestand Geyer mit perfekt geschauspielerter Zerknirschtheit.

»Also doch Detektiv«, sagte der Apotheker. *Wenn auch kein*

guter. Das sprach er zwar nicht laut aus, aber irgendwie tat er es doch.

»Gott bewahre«, verteidigte sich Geyer. »Ich tue einer guten Freundin einen Gefallen, die auf der Suche nach ihrer Tochter ist. Die beiden haben sich nach einem albernen Streit irgendwann aus den Augen verloren, und nun ist sie krank und möchte ihre Tochter noch einmal sehen ... Sie wissen, wie so etwas ist.«

»Nein«, sagte der Apotheker.

»Jedenfalls hat meine Bekannte gehört, dass jemand ihre Tochter hier in Englewood gesehen haben will. In einem Haus mit einer Apotheke. Und wenn das hier die einzige Apotheke in Englewood ist ... vielleicht haben Sie sie ja gesehen oder erinnern sich sogar an eine Miss Christen? Endres Christen. Anfang zwanzig, ausgesprochen schön ...«

»Sie hat eine Weile für Doktor Holmes gearbeitet«, antwortete der Apotheker, was Geyer nun wirklich überraschte. Er hatte eher damit gerechnet, auf der Stelle rausgeworfen zu werden. »Ich erinnere mich an sie. Sie war regelmäßig hier.«

»Warum?«

»Doktor Holmes bestellt alle seine Materialien hier. Miss Christen hat ihm immer sein Chloroform gebracht ... aber wie gesagt: Das sollten Sie den Doktor am besten selbst fragen.«

»Und ich finde ihn?«

»Um diese Zeit ist er meistens im Hotel oder seinem Büro, oben im dritten Stock«, antwortete der Apotheker mit einer Bereitwilligkeit, die sich Pearlman und sein uniformierter Begleiter sicher gewünscht hätten. »Aber er ist vor einer Stunde weggefahren. Ich weiß nicht, wann er zurückkommt.«

Eine steile Falte erschien auf seiner Stirn und gesellte sich zu dem wachsenden Misstrauen in seinen Augen. »Wie genau hieß noch einmal Ihre Bekannte, für die Sie arbeiten?«

»Ebenfalls Christen. Die Mutter der jungen Frau«, antwortete Geyer.

»Und sie wohnt in Chicago?« Jetzt war das Misstrauen in seiner Stimme unüberhörbar, und wahrscheinlich wurde es noch von dem schlechten Gewissen genährt, dass er einem Fremden gegenüber ein bisschen zu vertrauensselig gewesen war. Geyer musste seine Gedanken nicht lesen, um das zu wissen. Er hatte diese Wirkung auf Menschen, und sie war vielleicht sogar der Hauptgrund für den Erfolg, den er in seinem Beruf hatte.

»*Ich* wohne hier in Chicago«, antwortete er lächelnd. »Deshalb hat sie mich ja auch gebeten, nach ihrer Tochter zu suchen. Sie haben mir sehr geholfen, vielen Dank.«

Der Apotheker setzte dazu an, eine weitere Frage zu stellen, doch Geyer hatte sich bereits herumgedreht, und die Stimme des Mannes ging im Geräusch der Glocke unter.

Geyer hätte ohnehin nicht geantwortet. Schließlich war er hergekommen, um Fragen zu stellen, nicht um sie zu beantworten.

CHICAGO, ILLINOIS, 1893

Nicht nur die Bewohner der Nachbarhäuser und viele andere, die auf ihren täglichen Wegen an dem Gebäude vorbeikamen, nannten es *die Burg*. Auch seine wechselnden Angestellten und Mieter und sogar der eine oder andere Hotelgast hatten diese Bezeichnung schon benutzt – zwar nur hinter vorgehaltener Hand und dann, wenn er es vermeintlich nicht hörte. Dennoch war es ihm letztendlich zu Gehör gekommen (und irgendwie sollte es das wohl auch). Holmes wurde es nicht müde, sich über dieses Wort zu ärgern; auch wenn es ihm zugleich ein wenig schmeichelte, worüber er sich natürlich prompt noch mehr ärgerte.

Dabei tat diese Bezeichnung sowohl dem beeindruckenden Bauwerk als auch seinem Besitzer nichts anderes als Unrecht. Denn weder hatte es irgendeine Ähnlichkeit mit einer mittelalterlichen Trutzburg noch gebot sein Bewohner wie ein Feudalherr über die Menschen in der Umgebung und verbreitete Angst und Schrecken.

»Das ist … beeindruckend«, sagte Arlis, während sie nach seiner galant ausgestreckten Hand griff, um sich aus dem Wagen helfen zu lassen. Sie legte den Kopf in den Nacken, als stünde sie vor einem Berg, dessen Gipfel sich in den Wolken verlor. »Endres hat nicht übertrieben.«

Holmes wäre lieber nicht erneut an ihre verschwundene Schwester erinnert worden. Zudem hatte er das Gefühl, Arlis eher hinderlich zu sein statt behilflich. Trotzdem trat er einen Schritt zur Seite, um ihr Platz zu machen, und ließ ihre Hand auch dann nicht los, als sie wieder auf sicherem Boden stand.

»Was genau hat Ihre Schwester denn erzählt?«

»Über das Haus oder über Sie, Doktor Holmes?«, fragte Arlis. »Sie sagte, dass es sehr groß ist und ein bisschen unheimlich.«

Dann versuchte sie ihre Hand aus der seinen zu lösen, tat es aber mit wenig Nachdruck, was wohl ihrem anerzogenen Begriff von Schicklichkeit geschuldet war. Holmes ignorierte den Versuch. Ein wohlbekannter Ausdruck von Irritation erschien in ihren Augen. Holmes hatte diesen Blick hundertfach gesehen und wusste, was er bedeutete. Sie hatte jetzt das Gefühl, eigentlich empört sein zu müssen, und wunderte sich ein wenig über sich selbst, es nicht zu sein. Holmes wartete noch einen Moment, dann ließ er ihre Hand schließlich los und machte einen Schritt zurück.

William kam um den Wagen herumgeschlurft und ließ Arlis' Reisetasche kurzerhand vor ihre Schuhspitzen fallen. Zwischen ihren Augenbrauen entstand eine senkrechte Falte, wodurch sie nun endgültig wie eine zum Leben erwachte nachkolorierte Fotografie ihrer Schwester aussah.

Sie machte Anstalten, nach der Tasche zu greifen, doch Holmes kam ihr zuvor und bedeutete William zugleich, den Wagen wegzufahren. Dann öffnete er die Tür zum Restaurant und geleitete Arlis hinein.

Er ging zu dem großen Tisch am Fenster und zog ihr einen der Stühle zurück. Arlis nahm auf dem angebotenen Stuhl Platz, während er selbst um den Tisch herumging und sich ihr gegenübersetzte, so dass er direkt in die Sonne blicken musste, wenn er Arlis ansah – auf diese Weise konnte er ihr Gesicht nicht genau erkennen, was ihm ganz lieb war. Holmes überließ selten etwas dem Zufall.

»Ich wusste gar nicht, dass wir zum Essen verabredet waren«, sagte Arlis.

»Sie müssen müde von der langen Reise sein«, antwortete Holmes. »Und für ein gutes Mahl ist immer Zeit, finde ich.«

»Vor allem frage ich mich, warum Sie sich die Mühe gemacht haben, mich eigens in Chicago abzuholen«, sagte Arlis. War da eine Spur von Misstrauen in ihrer Stimme? »Ich glaube draußen eine Eisenbahnstrecke gesehen zu haben.«

»Sogar mehrere«, bekannte Holmes freimütig. »Der Bahnhof ist keine fünf Minuten Fußweg von hier entfernt. Englewood ist eine wichtige Eisenbahnkreuzung, selbst heute noch. Aber glauben Sie mir: Auf einem der Chicagoer Bahnhöfe umzusteigen ist kein Vergnügen, schon gar nicht für eine allein reisende junge Frau, von der Fahrt in einem überfüllten Vorortzug voller schmutziger und lauter Arbeiter ganz zu schweigen. Das wollte ich Ihnen nicht zumuten.«

Arlis hob die Augenbraue, was ausgesprochen anziehend aussah, wie Holmes fand.

Arlis sah sich demonstrativ um, als fragte sie sich, wohin es sie hier eigentlich verschlagen hatte. Es war nicht das erste Mal, dass Holmes eine solche Reaktion erlebte – so erfolgreich er mit seinen übrigen Geschäften auch sein mochte, hatte er sich doch schon vor geraumer Zeit eingestanden, dass seine Talente nicht unbedingt in der Gastronomie lagen. Das Restaurant war sauber und solide eingerichtet, die Preise auf der Speisekarte erschwinglich und die Qualität des Essens akzeptabel. Doch in einer Stadt wie Chicago war das natürlich nicht einmal annähernd genug.

»Sie müssen hungrig sein«, sagte er. »Ich nehme nicht an, dass es einen Speisewagen gab?«

»Doch«, antwortete sie und verzog das Gesicht. »Aber haben Sie das Essen dort schon einmal probiert? Die besitzen sogar die Unverfrorenheit, dafür *Geld* zu verlangen!«

Holmes hatte nichts dergleichen je getan, aber er machte dennoch ein mitfühlendes Gesicht. »Dann betrachten Sie meine Einladung als Versuch einer Wiedergutmachung, Sie nicht vorgewarnt zu haben«, sagte er. »Ich dachte, Ihre Schwester hätte Sie vor den Unannehmlichkeiten der modernen Zugreisen gewarnt.«

»Wir hatten Wichtigeres zu besprechen«, antwortete Arlis. »Und was die Einladung angeht, so bin ich in der Tat ein wenig hungrig, aber ich muss darauf bestehen, meine Rechnung selbst zu übernehmen.«

»Ich lasse es Ihnen auf die Zimmerrechnung setzen«, antwortete Holmes und wurde – ganz wie er es gehofft hatte – zum ersten Mal mit einem Ausdruck echter Überraschung belohnt. »Sie wohnen selbstverständlich hier.«

»Ich hatte Sie gebeten, mir ein Hotelzimmer zu reservieren«, erinnerte sie ihn.

»Und das hier ist ein Hotel«, sagte Holmes und kam ihrem neuerlichen Protest zuvor, indem er ebenso sacht wie entschieden die Hand hob. »Mir ist klar, dass Sie Besseres gewohnt sind, Arlis, aber die Ausstellung nähert sich ihrem Ende, was nichts anderes bedeutet, als dass die Stadt aus allen Nähten platzt, weil jeder noch schnell herkommen will, um einen letzten Blick auf all die Wunder und Absonderlichkeiten zu erhaschen, die es dort zu sehen gibt. Es war mir nicht möglich, ein anderes Zimmer für Sie zu finden.«

»Was Sie zweifellos mit allem Nachdruck versucht haben«, sagte Christen spöttisch.

»Nein«, gestand Holmes. »Um ehrlich zu sein, nicht.«

»Und darf ich fragen, warum nicht?«

»Ich bin Hotelier«, sagte Holmes. »Mein bescheidenes Haus kann sicherlich nicht mit dem *Carlton* oder dem *Four Seasons* mithalten, aber ich weiß, wie es im Moment in der Stadt aussieht. Es wäre vergebliche Mühe gewesen … es sei denn, Sie bestehen darauf, mehr für eine Übernachtung zu bezahlen, als eine ehrliche Arbeiterfamilie in einem ganzen Monat verdient. Und das für ein Zimmer, das noch dazu am anderen Ende der Stadt liegt, was jeden Morgen mindestens eine Stunde Fahrt bedeuten würde.«

»Und warum sollte ich das?«, fragte Arlis. »Jeden Morgen hierherkommen, meine ich?«

»Ich dachte, Sie wären hier, damit wir gemeinsam nach Ihrer Schwester suchen«, antwortete Holmes. »Da ist es doch praktischer, wenn Sie gleich hier residieren.«

»Das mag gewiss *praktisch* sein, aber ich rate davon ab!«

Die Stimme erscholl vom Eingang her, und obwohl sie nicht einmal besonders laut war, enthielt sie eine ganz bestimmte Nuance, die Holmes nicht nur abrupt hochsehen ließ, sondern ihn auch alarmierte.

Der Mann war hereingekommen, ohne dass Holmes es bemerkt hatte. Er war nicht größer als er, aber breitschultriger, hatte schütter werdendes, schulterlanges Haar, das eine beeindruckende Stirnglatze umgab, und einen gewaltigen Backenbart, der nahtlos in einen nicht minder ausladenden Schnäuzer überging, wohingegen sein Kinn glatt rasiert war. Sein rundliches Gesicht hätte gutmütig wirken können, hätte seine Haut nicht jenen teigigen Glanz gehabt, der von einem ausschweifenden Leben zeugte, und wäre da nicht zugleich etwas in seinen Augen gewesen, das diesen Eindruck Lügen strafte.

Und Holmes erkannte ihn sofort als Feind.

»Mr Geyer, nehme ich an?« Arlis stand mit einer fließenden Bewegung auf. Auf ihrem Gesicht erschien ein so ehrliches Lächeln, dass Holmes einen Stich von zwar vollkommen absurder, aber dennoch tiefer Eifersucht verspürte. Sie ging dem Grauhaarigen entgegen und ergriff seine ausgestreckte Hand mit beiden Händen, so wie man einen lieben alten Freund begrüßt.

»Und Sie müssen Miss Christen sein.« Geyer erwiderte Arlis' vertrauten Händedruck. »Und Sie sind Mister …?«

Holmes erhob sich ebenfalls und ignorierte Geyers ausgestreckte Rechte. »Holmes«, antwortete er. »Doktor Henry Howard Holmes.«

»Doktor?«, vergewisserte sich Geyer, und auch Arlis warf ihm einen überraschten Blick zu. Anscheinend hatte ihr Endres doch nicht alles über ihn erzählt. Dann erschien ein breites Feixen auf Geyers Gesicht. »*Henry?* Sind Sie sicher, dass es nicht *Sherlock* heißt?«

»Vollkommen«, antwortete Holmes. Ohne auch nur die Andeutung eines Lächelns – oder gar Geyer seinerseits einen Platz angeboten zu haben – setzte er sich wieder und fügte an

Arlis gewandt hinzu: »Ich praktiziere schon seit vielen Jahren nicht mehr als Arzt.«

Er konnte ihr ansehen, dass sie nach einer passenden Entgegnung suchte und keine fand. Schließlich rettete sie sich, indem sie sich setzte und ihrem ungeladenen Besucher mit einem entsprechenden Kopfnicken bedeutete, Platz zu nehmen.

»Ich … muss mich für diesen Überfall entschuldigen, Mr Holmes«, sagte sie unbehaglich und zum ersten Mal ohne ihm direkt in die Augen zu sehen. »Das ist Mr Geyer. Frank Geyer. Ich hatte ihn gebeten, mich hier zu treffen. Ich hoffe doch, Sie haben nichts dagegen.«

Holmes hatte durchaus etwas gegen Geyer. Doch das sagte er natürlich nicht.

»Mr Geyer ist Detektiv«, fuhr Arlis fort. »Er hat sich bereit erklärt, mir bei meiner Suche nach Endres behilflich zu sein.«

»Detektiv?«, fragte Holmes. »Sie sind Polizist, Mr Geyer?«

»Beinahe«, antwortete Geyer. »Ich bin Versicherungsdetektiv und arbeite für mehrere große Gesellschaften. Aber so groß ist der Unterschied nicht, glauben Sie mir.« Sein Lächeln wurde auf eine unangenehme Weise jovial. »Ganz im Gegenteil. Manchmal stehen uns durchaus mehr Möglichkeiten zur Verfügung als den offiziellen Stellen.«

War da eine Drohung in seinen Worten?, überlegte Holmes und fragte dann: »Warum interessiert sich eine Versicherung für Verschwinden?«

Geyer machte eine wegwerfende Handbewegung. »Ich habe Miss Christens Eltern vor Jahren im Zuge einer anderen Ermittlung kennengelernt.«

»Und nach Endres' Verschwinden habe ich mich an Mr Geyer erinnert«, fügte Arlis hinzu. »Und vor allem daran, wie zufrieden mein Vater damals mit seiner Arbeit war. Also habe ich mich an ihn gewandt und ihn gebeten, mir bei meiner Suche nach Endres zu helfen.«

Holmes sagte auch dazu nichts, sondern beugte sich vor und griff nach dem silbernen Glöckchen auf dem Tisch.

»Ein drittes Gedeck«, bat er, als Sylvia erschien und ihm – wie üblich – nur einen fragenden Blick zuwarf, statt sich nach seinen Wünschen zu erkundigen.

»Wenn das eine Einladung sein soll, so nehme ich sie gerne an«, sagte Geyer, als die junge Kellnerin wieder gegangen war. »So etwas ist normalerweise nicht meine Art, aber aus Ihrer Küche kommt ein gar zu verlockender Duft. Und ich habe eine wirklich anstrengende Nacht hinter mir.«

Holmes hätte gerne gewusst, in welcher Hafenkneipe Geyer sich rumgetrieben hatte, doch er schluckte die Frage hinunter. Der Mann roch nicht nur durchdringend nach kaltem Zigarrenrauch, sondern auch nach billigem Schnaps.

»Ich werde das Kompliment an die Küche weitergeben«, sagte Holmes kühl. Aus der Küche drang allenfalls der Duft nach frisch aufgebrühtem Kaffee, denn der Koch war noch gar nicht da. Die wenigen Gäste, die sich ins Restaurant der *Burg* verirrten, tauchten zumeist erst am späten Nachmittag auf. Aus einem Grund, den er niemals herausgefunden hatte, kam niemand zum Lunch hierher, so dass es sich nicht rechnete, einen Koch für eine zweite Schicht einzustellen. Für Arlis und sich hatte er ein verspätetes Frühstück aus den Resten des gestrigen Abends vorbereiten lassen, was aber niemandem auffallen würde. Was Improvisation und das Verwerten von Resten anging, grenzten Sylvias Talente an Zauberei – was nebenbei bemerkt der einzige Grund war, weshalb er sie überhaupt noch beschäftigte.

»Ich fürchte, wir haben schon viel zu viel Zeit verloren«, meinte Arlis nun in ernstem Ton. »Es ist fast sechs Monate her, seit ich das letzte Mal etwas von Endres gehört habe. Und diese letzte Nachricht war beunruhigend.«

»Inwiefern?«, wollte Geyer wissen.

Sylvia kam und brachte das dritte Gedeck sowie eine Kanne Kaffee, aus der sie ebenso rasch wie ungeschickt einschenkte.

»Haben Sie denn meinen Brief nicht …?«, begann Arlis, doch Geyer unterbrach sie mit erhobener Hand.

»Doch, ich habe ihn erhalten und aufmerksam gelesen. Ich bekomme selten so detaillierte Informationen von einem neuen Klienten.«

»Und warum möchten Sie dann, dass ich alles noch einmal erzähle?«

»Weil ein persönliches Gespräch oft noch mehr Aufschluss liefert als ein Brief, Miss Christen.« Geyer trank einen Schluck Kaffee, bevor er fortfuhr. »Ihre Schwester ist also vor sechs Monaten verschwunden. Hier in Chicago. In ihrem letzten Brief, den Sie mir ebenfalls haben zukommen lassen, berichtet sie von ihren Hochzeitsplänen.« Geyer tippte auf seine Jackentasche. »Wenn ich das Schreiben richtig deute, scheint es von einer sehr glücklichen jungen Frau verfasst worden zu sein.«

»Endres *war* in der Tat sehr glücklich«, bestätigte Arlis. »Sie wollte schließlich heiraten.«

»Bitte verzeihen Sie, wenn ich das so ganz unverblümt frage, Miss Christen: Könnte es nicht auch sein, dass sie genau das getan hat?«

»Was?«

»Geheiratet«, antwortete Geyer. »Dieser junge Mann scheint Ihre Schwester regelrecht vergöttert zu haben. Wäre es nicht auch möglich, dass sie und dieser Mr Mudgett in aller Heimlichkeit geheiratet und die Stadt verlassen haben oder auch gleich das Land?«

»Was für ein Unsinn!«, polterte Arlis. »So dumm ist Endres nicht!« Sie warf Holmes einen Beistand heischenden Blick zu, den dieser allerdings ganz bewusst ignorierte. Nicht weil er irgendein Vergnügen daran empfand, sie im Stich zu lassen, aber ihm gefiel prinzipiell alles, was Arlis gegen Geyer einstimmte.

»Verliebte junge Menschen neigen nun einmal dazu, Dinge zu tun, die anderen ein wenig überstürzt vorkommen mögen«, entgegnete Geyer ungerührt. »Glauben Sie mir, Ihre Schwester wäre nicht die erste junge Frau, die von Ihrer Familie für vermisst erklärt wurde und Jahre später unversehrt und bester

Dinge wieder auftaucht. Was genau hat es mit diesem jungen Mann auf sich, diesem Doktor Mudgett?«

»Dieser famose Doktor Mudgett«, antwortete Arlis scharf, »ist ebenso verschwunden wie meine Schwester. Zusammen mit ihrem gesamten Vermögen.«

»Auch das allein ist noch kein Beweis, dass ein Verbrechen vorliegt«, beharrte Geyer. »Ich möchte einfach nur sichergehen, das ist alles. Meine Dienste sind nicht billig, Miss Christen. Ich möchte nicht, dass Sie mir am Ende Vorwürfe machen, weil ich für sehr viel Geld lediglich herausgefunden habe, dass Ihre Schwester und ihr Ehemann nach Australien gezogen sind, um dort Schafe zu züchten.«

»Das wäre ein äußerst zufriedenstellendes Ergebnis, Mr Geyer«, antwortete Arlis. »Denn es würde zugleich auch beweisen, dass sie noch am Leben ist. Und wenn Sie herausfinden, dass sie zu den Amish konvertiert oder in ein Kloster eingetreten ist, dann soll es mir auch recht sein. Finden Sie sie, mehr erwarte ich nicht. Und machen Sie sich keine Sorgen um Ihre Bezahlung.«

»Das tue ich nicht«, versicherte Geyer. »Ich wollte es nur klarstellen, das ist alles. Und Ihnen sollte auch bewusst sein, dass ich möglicherweise Dinge herausfinde, die Ihnen nicht gefallen. Wollen Sie diese auch erfahren?«

»Unbedingt«, antwortete Christen grimmig. »Und ich versichere Ihnen: Ich kenne meine Schwester besser als mich selbst. Sie würde niemals so einfach verschwinden.«

Geyer besaß genug Weisheit, sich auf diese Diskussion nicht einzulassen, sondern das Thema nur mit einem knappen Nicken zu beenden. Dann wandte er sich Holmes zu. »Doktor Mudgett ist ein Freund von Ihnen, Doktor Holmes?«

»Ein Freund?« Holmes schüttelte den Kopf. »Nein. Und Holmes ist durchaus genug. Ich praktiziere nicht mehr als Arzt.«

»Darf ich fragen, warum nicht?«, erkundigte sich Geyer.

»Ich habe das Studium begonnen, weil mein Vater es von mir erwartet hat«, antwortete Holmes. »Nicht aus Überzeugung oder gar Liebe zum Beruf. Um ehrlich zu sein, war ich kein besonders guter Arzt.«

»Zu viele Grabsteine auf dem Friedhof, auf dem Ihr Name als Absender stehen müsste?«, erkundigte sich Geyer geradeheraus.

»Nein«, antwortete Holmes. »Ich habe früh genug beschlossen, dass meine Talente auf anderen Gebieten liegen.«

»Und Doktor Mudgett?«

»Ich habe ihn während des Studiums kennengelernt«, bestätigte Holmes. »Ich glaube, dass er ein guter Arzt geworden ist, aber nicht einmal das weiß ich genau. Nach dem Studium haben wir uns aus den Augen verloren, aber vor einem Jahr haben wir uns zufällig hier in Chicago wiedergesehen. Wir haben einige Male miteinander zu Abend gegessen, das ist alles.«

»Und trotzdem hat er Sie als Zeuge mit zum Notar genommen?«

»Doktor Mudgett kannte wohl nicht sehr viele Menschen hier in Chicago«, antwortete Holmes, »und ich glaube, es war auch eher Endres' Idee ... Miss Christens.«

»Miss Christen und Doktor Mudgett haben sich hier kennengelernt?«

»In der Zeit, in der sie für mich gearbeitet hat, ja«, antwortete Holmes.

»Sie kennen Doktor Mudgett also nicht wirklich gut.« Geyer hielt einen Moment inne. »Aber Sie wissen vielleicht, wo er wohnt?«

»Ich habe seine Adresse«, antwortete Holmes. »Was wird das, Mr Geyer? Ein Verhör?«

»Ich möchte mir lediglich einen allgemeinen Überblick verschaffen, das ist alles.« Geyer seufzte. »Das ist das Problem bei meinem Beruf, Mr Holmes. Er ist wirklich interessant, aber keiner mag einen, weil man ständig gezwungen ist, Fragen zu stellen, die niemand beantworten will.«

Holmes tat ihm nicht den Gefallen zu widersprechen, sondern sah ihn nur kühl an. In diesem Moment ging die Tür auf, und Sylvia kam herein, um das Frühstück aufzutragen. Als sie fertig war, fragte sie in ihrem schweren slawischen Akzent: »Möchten Sie Wein zum Essen oder etwas Stärkeres?«

Angesichts der frühen Stunde schien die Frage unangebracht. Holmes kam der Reaktionen seiner Gäste zuvor und schüttelte rasch den Kopf. »Nein, es ist alles bestens, Sylvia. Ich rufe Sie, wenn wir noch etwas brauchen. Bitte sagen Sie William, dass er Miss Christens Gepäck in Zimmer elf bringt.«

Sylvia nickte zwar wie üblich nur wortlos, nahm aber noch im Hinausgehen Arlis' Tasche auf. Das Gewicht des schweren Gepäckstückes schien ihr nichts auszumachen.

Geyer wandte sich wieder an Holmes. »Miss Christen hat mir geschrieben, dass ihre Schwester und Sie ein … besonderes Verhältnis hatten. Das ist doch richtig, oder?«

»Wir sind gute Freunde«, bestätigte Holmes, den nicht nur die Frage ärgerte, sondern viel mehr noch das ganz und gar nicht zufällige Stocken in Geyers Worten; von seinem Blick gar nicht zu reden. »Mehr aber auch nicht.«

»Wäre es mehr gewesen, dann hätte sie wohl auch kaum einem anderen das Eheversprechen gegeben, nicht wahr?«, fragte Geyer. »Ich wollte Ihnen gewiss nichts unterstellen, Mr Holmes. Schon gar keine unehrenhaften Absichten.«

»Ihr Vertrauen ehrt mich«, spöttelte Holmes.

»Ich kenne Sie nicht, Doktor Holmes«, sagte Geyer. »Ich habe weder einen Grund, Ihnen zu trauen, noch einen Grund, es nicht zu tun. Aber Miss Christen vertraut Ihnen, und das ist genug für mich, wenigstens für den Moment. Es geht mir nur darum, Informationen zu sammeln.«

»Sie stochern im Nebel«, sagte Holmes.

»Wenn Sie es so nennen wollen.« Geyer beugte sich in seinem Stuhl vor und begann zu essen.

»Sie wollen also bei Mudgett anfangen«, sagte Arlis. Sie klang wenig begeistert. Sie sagte nicht direkt, dass sie auf diesen Gedanken auch ohne seine kostspielige Hilfe gekommen wäre, aber Holmes konnte es deutlich in ihren Augen lesen.

»Irgendwo muss man beginnen«, antwortete Geyer, ungerührt weiter mit vollem Mund kauend. »Ich vermute, Sie haben etwas Dramatischeres erwartet, irgendwie spektakulärer, aber ich muss Sie enttäuschen. In Fällen wie diesen hilft zumeist nur gute alte Kleinarbeit. Glauben Sie mir, Miss Christen, für einen Polizisten ist gutes Schuhwerk weitaus wichtiger als eine glänzende Pistole.«

»Und wohin wird Sie Ihr Weg als Nächstes führen?«, fragte Holmes.

»Zu der Wohnung, in der Ihr Kommilitone und Miss Christen gelebt haben. Und das noch heute.«

Er schluckte geräuschvoll, erinnerte sich gerade noch weit genug an seine Manieren, um sich mit einer Serviette über die Lippen zu tupfen, und wandte sich an Arlis. »Ich würde gerne zusammen mit Ihnen dorthin gehen, Miss Christen. Ich wüsste es zu schätzen, wenn Sie sich ein wenig in der Wohnung umsehen; mit den Augen einer Frau, sozusagen.«

»Gerne«, sagte Arlis. Dann deutete sie zur Tür und sah Holmes fragend an. »Zuvor möchte ich mich gerne für eine Stunde zurückziehen. Zeigen Sie mir den Weg zu meinem Zimmer?«

Gilmanton, New Hampshire, 1865

»Amen!«

Reverend Folsom schloss die uralte Bibel mit einem Knall, der eine Wolke aus Staub zwischen den vergilbten Seiten hervorschießen ließ und wie ein Pistolenschuss durch die kleine Methodistenkirche hallte. Das riss auch den allerletzten des guten Dutzends Sonntagsschüler aus den Tagträumen, in die sich die meisten von ihnen geflüchtet hatten, um dem immer gleichen Sermon des Reverends zu entgehen.

Folsom verharrte reglos hinter der Kanzel und wartete, bis sich das allgemeine Rascheln und Raunen wieder gelegt hatte. Er nutzte diese Zeit, um jedes seiner jungen Schäfchen eingehend zu mustern. Wie immer hatte Herman das Gefühl, dass sein Blick gerade eine Winzigkeit länger auf seinem Gesicht verharrte als auf denen der anderen.

Aber vermutlich erging es allen anderen hier ebenso.

Was Reverend Folsom anging, so war seine Person eine von wenigen Punkten, in denen Herman und sein Vater vollkommen einer Meinung waren. Sie beide mochten ihn nicht, wenn auch aus vollkommen unterschiedlichen Gründen. Herman, weil er ihn schon am ersten Tag durchschaut und begriffen hatte, warum Folsom es so genoss, Macht über die Kinder seiner Gemeinde auszuüben, deren Eltern ihn schon lange aus ihren Herzen ausgeschlossen hatten. Aber auch weil er Herman einen so großen Teil der wenigen Zeit stahl, die er für sich hatte. Sein Vater hasste Folsom, weil er der Meinung war, dass der Reverend die Heilige Schrift viel zu lax auslegte und im Übrigen auch gar kein richtiger Priester war. Unglückseligerweise war er aber auch der einzige Gottesmann, der es jemals länger als wenige Monate in Gilmanton ausgehalten hatte. Und ob er ihn nun mochte oder nicht, Folsom verkündete Gottes Wort, was für Hermans Vater nichts anderes bedeutete, als dass sein Wort Gesetz war – und in der Konsequenz für Herman, dass er auch noch die nächsten fünf oder sechs Jahre Sonntag für Sonntag auf der harten Kirchenbank verbringen und dabei zuhören musste, wie Folsom ihm und allen anderen hier ihre Zukunft in den schwärzesten Farben ausmalte, sollten sie ihre Leben und all ihre Kraft nicht vorbehaltlos in den Dienst des Herrn stellen, oder um genauer zu sein, seines selbst ernannten Sprachrohres auf Erden.

»Bis zur nächsten Woche lernt ihr den Brief an die Korinther auswendig«, schloss Folsom seine Inspektion erwartungsvoll dreinblickender Gesichter ab, deren Interesse allerdings sehr viel weniger dem Korintherbrief galt als dem strahlenden Sonnenschein draußen und der guten Stunde freier Zeit, bis die Glocke sie wieder in dieselbe Kirche rufen würde, um zusammen mit ihren Eltern den Sonntagsgottesdienst zu zelebrieren. Einige der Glücklicheren, das wusste Herman, würden nicht einmal mehr das über sich ergehen lassen müssen, sondern direkt nach Hause oder zu ihren Freunden gehen. Sein Vater hielt ihre Eltern für Ketzer oder doch zumindest sträflich leichtsinnig, so mit dem Seelenheil ihrer Kinder zu spielen. Herman war ein bisschen neidisch auf sie. Vielleicht waren die Eltern dieser Kinder (Familien, mit denen sein Vater außerhalb der Kirche kein Wort sprach) einfach nur großzügig und der Meinung, dass ihre Kinder wenigstens an einem Tag in der Woche ein bisschen Zeit für sich selbst brauchten.

»Und ich werde euch abhören, am nächsten Sonntag!«, fügte Reverend Folsom mit erhobener Stimme hinzu, während seine Schutzbefohlenen bereits von den unbequemen Bänken aufsprangen und dem Ausgang zustrebten. Als auch Herman die rettende Tür ins Freie fast erreicht hatte, rief Gottes Stellvertreter auf Erden: »Und ein ganz besonderes Auge werde ich auf dich haben, Webster Mudgett!«

Herman tat so, als hätte er diese Worte nicht gehört, und versuchte, sich nicht zu ärgern, dass Folsom seinen zweiten Vornamen *Webster* benutzt hatte. Niemand nannte ihn Webster, nicht einmal seine Mutter, obwohl sie selbst ihm diesen Namen gegeben und sich dabei gegen seinen Vater durchgesetzt hatte. Herman selbst hatte das affektierte *Webster* niemals leiden können. Er war sich ziemlich sicher, dass Folsom ihn nur so ansprach, um ihn zu erniedrigen. Aber der Unterricht war vorbei, und der Reverend hatte für die nächsten knapp sieben Tage keine Macht mehr über ihn, und so perlten seine Worte auch einfach an ihm ab wie von einem unsichtbaren Schild, den er vor sich hertrug.

Außerdem war heute ein besonderer Tag, das spürte er, auch wenn er selbst nicht wusste, wieso. Etwas würde heute geschehen, und am nächsten Sonntag, wenn Folsom ihn vor die anderen zitierte und darauf wartete, dass er den Korintherbrief nicht aufsagen konnte, würde er nicht mehr derselbe sein wie heute.

Folsom rief noch etwas. Herman verstand nicht mehr, was, meinte aber, erneut das verhasste *Webster* zu hören, und beeilte sich nur umso mehr, die Kirche zu verlassen.

Als er ins Freie trat, gewahrte er eine Gestalt, die seine Aufmerksamkeit weckte. Soweit Herman gegen die Sonne erkennen konnte, stand ein Stück entfernt auf der anderen Straßenseite ein Mann mit langem, bis über die Schulter fallendem schwarzen Haar. Der Fremde starrte ihn an. Er war viel zu weit entfernt, um mehr als einen verwaschenen Fleck zu erkennen, wo sein Gesicht sein sollte, doch Herman spürte trotzdem, dass er ihn beobachtete.

»Bist du auf der Suche nach einem neuen Freund, oder kennst du den Kerl?«

Herman fuhr erschrockener zusammen, obwohl es nur der vertraute Klang von Matthews Stimme war. Er drehte sich um und blickte in das schmutzige Pickelgesicht des Jungen. Matthew grinste sein übliches, leicht dümmliches Grinsen, hinter dem sich stets eine Spur von Verschlagenheit zu verbergen schien, das aber auf eine Art, die es ebenso unmöglich machte, sie zu greifen, wie sie zu übersehen.

Matthew sah auf ihn herab, denn nicht nur Herman war in den zurückliegenden Jahren ein gutes Stück gewachsen, auch Matthew hatte gewaltig zugelegt und war jetzt schon so groß wie die meisten Erwachsenen, die Herman kannte. Wenn er ausgewachsen war, würde er ein wahrer Riese sein; falls er lange genug lebte und nicht vorher am Galgen endete, erschlagen wurde oder einfach verschwand. Nichts von alledem würde Herman überraschen.

Zwei Schritte hinter Matthew stand Frank und trat unbehaglich von einem Fuß auf den anderen. Auch ihm war Hermans Blick offenbar nicht entgangen. »Kennst du den Kerl?«

»Nein«, antwortete Herman. »Ihr?«

»Er steht schon die ganze Zeit da und starrt die Kirche an«, sagte Matthew, und Frank fügte hinzu:

»Ist irgendwie unheimlich, der Kerl. Wir sollten den Sheriff rufen.«

Herman verbiss sich einen Kommentar. Zum einen gab es keinen Sheriff in Gilmanton, und zum anderen hätte Frank nicht einmal dann einen solchen gerufen, wenn er den Mörder seiner Familie über deren Leichen gebeugt überrascht hätte, das blutige Messer noch in der Hand. Aber er wusste, was Frank meinte, und pflichtete ihm in Gedanken bei. Gilmanton war so klein, dass hier buchstäblich jeder jeden kannte, und mehr oder weniger galt das auch für die Einwohner der Nachbargemeinden. Der Mann war ein Fremder, und Fremde in einer Stadt wie Gilmanton hatten gute Chancen, als unheimlich oder noch schlimmer zu gelten, nur weil sie eben Fremde waren.

Ein Fremder, der ihn anstarrte.

»Ich glaube ich sehe mir den Kerl mal an«, sagte Herman.

»Soll ich mitkommen?«, fragte Frank.

»Nur um einem Besucher in unserer schönen Stadt Hallo zu sagen?« Herman schüttelte den Kopf. »Wer weiß, vielleicht will er ja nur in die Kirche und wartet auf die Glocke, die zum

Gottesdienst ruft.« Er überlegte einen Moment. »Geht schon mal zur Scheune. Ich komme gleich nach.«

Frank sah überrascht aus, und Matthew machte ganz den Eindruck, als wollte er ihm widersprechen, aber dann hob er nur die Schultern, machte auf dem Absatz kehrt und bedeutete Frank mit einer stummen Geste, ihm zu folgen.

Herman sah ihnen nach, bis sie hinter der Kirche verschwunden und auf dem Weg zum Waldrand waren, wobei sie wie üblich einen großen Bogen schlugen, um das Kirchengrundstück nicht zu betreten. Beide waren mit fünfzehn Jahren schon zu alt für die Sonntagsschule, was dem Reverend nur recht gewesen war – in Matthews Fall, weil Matthew eben Matthew war. Frank war aber auch nicht viel besser und seit ihrer kleinen Auseinandersetzung vor ein paar Jahren noch dazu ein Krüppel. Reverend Folsom verachtete Krüppel und machte keinen Hehl daraus, dass er ihr Schicksal prinzipiell für Gottes gerechte Strafe für nicht genauer bezeichnete Sünden hielt. Am letzten Tag, an denen Matthew und Frank die Sonntagsschule noch besuchten, hatte er das auch ganz offen von der Kanzel herab gesagt, und der anschließende Besuch von Franks Vater hatte dafür gesorgt, dass Reverend Folsom seine ganz persönliche Version eines Kirchenbannes gegen die gesamte Familie aussprach, die in dem Versprechen gipfelte, Franks Seele würde für alle Zeiten in der Hölle schmoren, sollte er den heiligen Boden auch nur noch ein einziges Mal betreten. Natürlich hatte Frank herzhaft darüber gelacht; aber seither hütete er sich, der Kirche auch nur nahe zu kommen.

Herman schüttelte den Gedanken mit einem angedeuteten Lächeln ab und wandte sich wieder der Gestalt auf der anderen Straßenseite zu. Sie stand noch immer vollkommen reglos da und hatte die kurze Szene ganz offensichtlich beobachtet. Herman ging los.

Seine Ahnung war richtig gewesen. Es war ein Mann. Er trug einen schäbigen dunklen Anzug, verschlissene Schuhe und ein ehemals weißes Rüschenhemd mit einer schwarzen Kordel anstelle einer Krawatte, wie sie die Cowboys bevorzugten. Aber er war kein Cowboy, sondern das genaue Gegenteil. Herman erinnerte sich und erkannte das scharf geschnittene Gesicht auf halbem Wege wieder. Er war so überrascht, dass er stehen geblieben wäre. Nicht, weil es ihm so ungewöhnlich vorgekommen wäre, den Fremden nach so langer Zeit wiederzusehen – die Welt war ein Dorf, wie seine Mutter immer zu sagen pflegte –, sondern weil er nicht glaubte, dass es ein Zufall war. Heute war ein besonderer Tag. Etwas würde geschehen, und aus einer vagen Ahnung war Gewissheit geworden, noch bevor er die Straße ganz überquert hatte.

»Hallo, Junge«, begrüßte ihn der Indianer. »Also habe ich doch richtig gesehen. Ich war nicht ganz sicher, weißt du? Du bist groß geworden … und ich war ein bisschen überrascht, dich mit den beiden Burschen da zu sehen. Anscheinend habt ihr das Kriegsbeil begraben.«

»Kennen wir uns?«, fragte Herman, der sich an jedes einzelne Wort und jeden Blick erinnerte, den er mit dem Indianer getauscht hatte, aber einfach ein wenig Zeit gewinnen musste, um sich seiner eigenen Gefühle klar zu werden. Er wartete seit Langem auf diesen Tag und hatte instinktiv angenommen, dass er schon wissen würde, was er tun musste, aber nun war er einfach nur verwirrt. Trotz aller Vorbereitung ging mit einem Male alles viel zu schnell, und zum allerersten Mal seit mehr als fünf Jahren hatte er wieder Angst.

»Wahrscheinlich erinnerst du dich nicht mehr an mich«, antwortete der Indianer mit einem Lächeln. »Es ist ziemlich lange her. Mindestens fünf Jahre. Und als ich dich damals getroffen habe, warst du gerade dabei, um dein Leben zu rennen. Jedenfalls sah es so aus.«

Der Indianer musste jetzt um die fünfzig sein, schätzte Herman. Er ergriff die ausgestreckte Hand des Mannes. »Ich habe mich noch gar nicht dafür bedankt, dass Sie mir damals geholfen haben. Mein Name ist Herman. Herman Mudgett.«

»Ich bin Johnny Two Horses«, antwortete der Indianer. »Allerdings ist das nur der Name, den meine Mutter mir gegeben hat. Für alle anderen bin ich John Tohorse. Johnny, für meine Freunde. Und du musst dich nicht bedanken. Ich hätte das für jeden getan. Zwei gegen einen ist unfair, und umso mehr, wenn sie doppelt so groß sind. Es hat mir Spaß gemacht.«

Er ließ Hermans Hand nicht los. »Wie ich gerade sehen konnte, habt ihr eure Meinungsverschiedenheiten inzwischen beigelegt ... oder haben sie mich wiedererkannt und lieber Fersengeld gegeben? Ich möchte nicht, dass du meinetwegen Ärger bekommst.«

Matthew und Frank waren jetzt nicht nur fünf Jahre älter als damals, sondern auch bedeutend stärker und mindestens noch genauso bösartig. Wenn es dieses Mal hart auf hart kam, würden es wohl nicht die beiden Jungen sein, die den Kürzeren zogen.

»Es geht so«, sagte er ausweichend. »Ist eine kleine Stadt. Hier muss man sich vertragen, ob man will oder nicht.«

»Und klug bist du auch noch dazu«, sagte Tohorse. »Du erstaunst mich immer mehr, Herman Mudgett.« Er ließ Hermans Hand immer noch nicht los, und hinter seinen Augen begann es zu arbeiten. Herman fragte sich, ob er vielleicht Grund hatte, sich doch zu fürchten, und nicht doch besser beraten gewesen wäre, auf Matthew zu hören, verwarf den Gedanken aber auch praktisch sofort wieder. Es gab auf der ganzen Welt nur eine einzige Sache, die ihm gefährlich werden konnte, und die hieß ganz gewiss nicht Johnny Two Horses. Neugier nahm die Stelle der Furcht ein.

»Aber wenn du dich wirklich bei mir bedanken willst, dann wüsste ich da vielleicht was. Und wir hätten sogar beide etwas davon.« Der Indianer ließ endlich seine Finger los und deutete mit der frei gewordenen Hand auf die Kirche. »Um ehrlich zu sein, bin ich nicht ganz zufällig hier. Ich habe dich vorhin schon gesehen, als du auf dem Weg zur Sonntagsschule warst, aber ich war nicht ganz sicher.«

Es dauerte einen Moment, bis Herman wirklich begriff. »Sie haben eine Stunde hier auf mich gewartet?«, staunte er.

»Nicht nur auf dich«, gestand der Indianer. »Es war auch

eine gute Gelegenheit, nach interessanten Motiven Ausschau zu halten.«

Herman hatte nicht einmal eine Vorstellung davon, was er damit meinen mochte, aber er nickte trotzdem nur und sah den Indianer erwartungsvoll an.

»Musst du nicht nach Hause?«, fragte der Indianer.

»In einer Stunde beginnt der Gottesdienst. Meine Eltern kommen dann hierher.«

»Verstehe«, sagte Tohorse. »Eine Stunde … nun, das müsste reichen. Willst du dir einen Dollar verdienen?«

Herman riss die Augen auf. »Einen Dollar?« So viel Geld nur für sich allein hatte er noch nie besessen. Um genau zu sein, hatte er überhaupt noch nie Geld nur für sich allein besessen. Doch sofort meldete sich auch sein Misstrauen wieder. »Was soll ich dafür tun?«

»Nicht das, was du jetzt vielleicht denkst«, erwiderte Tohorse lächelnd. »Aber es ist gut, dass du so misstrauisch bist. Die Zeiten sind schlimm, und es ist immer besser, Fremden nicht sofort zu trauen. Aber keine Sorge. Ich bin zwar Indianer, aber das ist auch schon das einzig Schlimme an mir. Außerdem habe ich auch schon mit eurem Pfarrer gesprochen.«

»Reverend Folsom?«

»Wir können zu ihm gehen, und du kannst ihn selbst fragen, wenn du möchtest«, bestätigte Tohorse. »Auch wenn das wertvolle Zeit kosten würde. Ich möchte nicht, dass du zu spät zum Gottesdienst kommst und dir meinetwegen Ärger einhandelst. Ich bin Fotograf, weißt du? Du hast doch schon einmal eine Fotografie gesehen?«

»Selbstverständlich!«, antwortete Herman in leicht beleidigtem Ton, was den Indianer sichtlich amüsierte.

»Und ich bin immer auf der Suche nach Motiven«, fuhr er fort. »Es gibt eine Menge in eurer Stadt, aber das Interessanteste sind immer noch Menschen. Ich würde dich gerne fotografieren.«

»Fotografieren?«, fragte Herman ungläubig. »Mich? Aber ich bin doch nur …«

»Ein einfacher Junge vom Land?«, unterbrach ihn der Indianer. »Genau das wollen die Leute sehen. Ich verkaufe meine Bilder zumeist in der Stadt, die Leute dort lieben solche Motive. Du hast ein interessantes Gesicht, hat dir das noch nie jemand gesagt?«

»Aber wer will denn schon Bilder von einem einfachen Jungen sehen?«

»Wenn du Bilder von den feinen Leuten aus der Stadt sehen würdest mit ihren vornehmen Kleidern und Gehstöckchen und Sonnenschirmen, würdest du sie dir nicht auch ansehen?« Herman nickte, und Tohorse fuhr mit einem seinerseitigen Nicken fort: »Und warum sollte es umgekehrt nicht genauso sein?«

»Einen Dollar?«, vergewisserte sich Herman noch einmal.

»Ich wohne in der Pension unten an der Straße«, sagte Tohorse. »Es ist schon alles aufgebaut. Wenn du willst, dann können wir gleich los. Damit du auch pünktlich zum Gottesdienst wieder da bist.«

Herman warf noch einen abschließenden zögernden Blick in die Richtung, in der die beiden Jungen verschwunden waren – ihr übliches sonntägliches Treffen in der leer stehenden Scheune musste heute einmal ausfallen. Wann bekam er schon die Gelegenheit, so viel Geld zu verdienen? Also stimmte er zu, und sie machten sich auf den Weg.

Miss Manderleys kleine Pension lag nur wenige Minuten Fußmarsch entfernt – was im Prinzip auf alles in Gilmanton zutraf –, und er kannte sowohl das schmucklose zweistöckige Haus als auch seine Besitzerin nur flüchtig, wusste zugleich aber auch fast alles über sie. Schließlich war sein Vater Postmeister, und obwohl er sich eher selbst die Hand abgeschnitten hätte, ehe er das Briefgeheimnis oder auch nur den Text einer Postkarte las, erfuhr man doch nahezu alles über einen Menschen, wenn man nur aufmerksam genug hinsah, welche Post er bekam und verschickte.

Dennoch – wenn man es genau nahm, dann waren die beiden Jungen und Reverend Folsom die einzigen Einwohner Gilmantons, von denen er mehr als ihre Namen kannte.

Es lag nicht daran, dass er es nicht gekonnt oder gar gedurft hätte. Trotz aller Strenge hielt ihn sein Vater nicht wie einen Gefangenen – sobald er seine Aufgaben im Haus erledigt hatte –, sondern hatte schon vor einer ganzen Weile damit begonnen, ihn sogar dazu zu ermutigen, mehr aus dem Haus zu gehen und sich Freunde zu suchen; vornehmlich unter den anderen Schülern Reverend Folsoms. Aber das wollte Herman nicht. Nicht seit jenem schicksalhaften Tag, an dem er seinen Pakt mit dem Tod geschlossen und mit Matthews und Franks Blut besiegelt hatte.

Etwas geschah. Jetzt. Herman fühlte sich von einer wachsenden Erregung ergriffen, die immer nur noch weiter zunahm und ihn bald so kribbelig werden ließ, dass er an sich halten musste, um nicht wie ein kleines Kind neben dem Indianer herzuhüpfen, statt sich seiner leicht hinkenden Gangart anzupassen.

Vielleicht lag es daran, dass heute Sonntag war. Alles Wichtige in Zusammenhang mit seinem Pakt mit dem Tod geschah oder begann zumindest an einem Sonntag, was nicht etwa daran lag, dass Gott irgendetwas mit diesem Pakt zu schaffen gehabt hätte, sondern schlichtweg daran, dass die Stunde zwischen dem Ende der Sonntagsschule und dem Beginn des Gottesdienstes auch die einzige Zeit überhaupt war, die er ganz für sich allein hatte. Eine Stunde mochte nach wenig klingen, doch es war alles, was er hatte, und er hatte sich ebenso beschieden wie in Geduld gefasst und eine Menge in dieser wenigen Zeit erreicht. Und schließlich hatte er ja auch einen mächtigen Verbündeten, von dem außer ihm niemand wusste: den Tod.

Bisher hatte Herman sehr einseitig von dem Pakt profitiert, den er an jenem Morgen in der Arztpraxis mit der Schwärze hinter den leeren Augenhöhlen des Skeletts geschlossen hatte. Doch nun begriff er, was sein Vater meinte, wenn er immerzu sagte, dass es nichts im Leben geschenkt gab. Heute war der Tag, an dem er seine Schulden bezahlen würde, und warum auch nicht? Der Dunkle Schnitter war großzügig gewesen, in den zurückliegenden Jahren, also war es nur recht und billig, wenn er sich nun ebenfalls großzügig zeigte. Herman hatte nicht einmal die mindeste Vorstellung, wie, aber er war fest entschlossen, auch seinen Teil der Abmachung zu erfüllen. Die Zeit des Nehmens war vorbei, und nun war es an ihm, zu geben.

Miss Manderley erwartete sie im Wohnzimmer, einem großen, spärlich eingerichteten Raum, der den Pensionsgästen zugleich auch als Ess- und Aufenthaltsraum diente; wenn sie denn Gäste hatte, was in den letzten Jahren zunehmend seltener der Fall war. Sie war eine dickliche alte Frau, die mit wenig Erfolg sowohl gegen ihr Gewicht als auch die Anzeichen des Alters kämpfte und mit jedem Pfund und jedem zusätzlichen Jahr griesgrämiger wurde. Als Tohorse eintrat, blickte sie nur mürrisch von der Gazette auf, die sie in den Händen hielt, um sich bei dem schlechten Licht hier drinnen endgültig die Augen zu verderben. Als sie Herman gewahrte, erschien jedoch etwas Neues auf ihrem Gesicht. Nichts wirklich Angenehmes.

»Mr Tohorse?«, fragte sie, während sie sich bereits schnaubend aus ihrem Sessel stemmte und die Zeitung dabei in der rechten Hand zerknüllte. »Sie bringen einen Gast mit? Sie wissen, dass ich das …«

»Das ist nur Herman, Miss Manderley«, fiel ihr der Indianer ins Wort, allerdings mit einem so charmanten Lächeln, dass ihr gerechter Zorn davon abperlte wie Wassertropfen von eingefettetem Leder.

»Ich möchte ein paar Aufnahmen von ihm machen.«

»Aufnahmen?«

»Fotografien«, erklärte Tohorse. »Es dauert nicht lange. Und er macht auch bestimmt keinen Lärm.«

Miss Manderleys Blick konzentrierte sich nun ganz auf Herman. »Du bist der Mudgett-Junge, nicht wahr?«, fragte sie. »Weiß dein Vater, dass du hier bist?«

»Nein«, antwortete Tohorse an Hermans Stelle. »Aber ich habe mit dem Reverend gesprochen. Es ist alles in Ordnung.«

Einen Moment lang rang Miss Manderley noch mit sich

selbst, aber dann wog die Erwähnung des Reverends wohl doch schwerer als ihre Zweifel. Sie nickte, ebenso knapp wie widerwillig. »Also gut«, sagte sie. »Aber wenn ich zur Kirche gehe, dann muss er das Haus verlassen. Und lassen Sie die Tür offen.«

»Selbstverständlich«, versicherte Tohorse. »Und wenn Sie vielleicht so freundlich wären, ein Glas Limonade für Herman zu bringen?«

Limonade? Herman kam aus dem Staunen nicht mehr heraus. Heute war wirklich ein ganz besonderer Tag. Süße Limonade war nichts, was er oft bekam. Manchmal machte seine Mutter zwar einen Krug, wenn der Tag besonders heiß war, doch zumeist machten ihm seine älteren Geschwister seinen Anteil streitig.

Miss Manderley sah nun noch viel weniger begeistert aus, deutete aber immerhin ein Nicken an, und sie gingen nach oben. »Eine außergewöhnlich reizende Person, eure Zimmerwirtin«, sagte der Indianer spöttisch. »Es wundert mich, dass Sie überhaupt noch Gäste hat.«

»Es werden immer weniger, sagt mein Vater.«

»Ja, und stell dir vor, ich glaube sogar zu wissen, warum.« Tohorse öffnete die Tür, aber er trat nicht hindurch, sondern machte nur eine auffordernde Geste zu Herman, an ihm vorbeizutreten.

Das Zimmer war viel größer, als er erwartet hätte, mindestens dreimal so groß wie Hermans winzige Dachkammer, die er sich noch dazu mit seinem älteren Bruder teilen musste, und hatte ein nach Süden führendes Fenster, das für ausreichende Beleuchtung sorgte. Die Möblierung war spärlich, aber von guter Qualität und bewies, dass die Herrin über dieses Haus zumindest einmal Geschmack gehabt hatte. Ein leiser Geruch nach kaltem Zigarrenrauch hing in der Luft, obwohl nirgends ein Aschenbecher zu sehen war, und Herman wusste, dass Miss Manderley das Rauchen in ihrem Haus nicht duldete und mit Argusaugen darüber wachte, dass dieses Verbot auch eingehalten wurde.

»Setz dich, Herman.« Tohorse deutete auf einen dreibeinigen Schemel am Fenster. »Ich muss noch ein paar Vorbereitungen treffen. Es dauert nur ein paar Minuten.«

Herman gehorchte und sah ebenso schweigend wie staunend dabei zu, wie der Indianer einen großen Koffer aufklappte und eine Anzahl sonderbarer Gerätschaften herausnahm, die vermutlich seine fotografische Ausrüstung darstellten, obwohl sie für ihn vor allem rätselhaft aussahen.

Schnell und mit einer Selbstverständlichkeit, die langjährige Übung verriet, begann der Indianer seine Ausrüstung aufzubauen. Zwei Armeslängen von Herman entfernt wuchs ein hölzernes Dreibein in die Höhe, das ihn am Anfang an die Staffelei eines Malers erinnerte, dann jedoch in einem wuchtigen Holzkasten mit einem starrenden Glasauge endete, das Tohorse sorgfältig auf ihn ausrichtete.

»Darf ich mich bewegen?«, fragte Herman.

Der Indianer lächelte flüchtig über diese Frage, sah aber nicht einmal in seine Richtung, als er antwortete: »Im Moment noch. Aber nicht zu sehr. Bleib ungefähr so, wie du bist.« Er nahm ein schwarzes Tuch aus seinem Koffer, das er über den Holzkasten drapierte, wobei er sorgsam darauf achtete, das Herman anstarrende Glasauge nicht zu verdecken. »Bist du schon einmal fotografiert worden?«

Herman schüttelte stumm den Kopf. Nach einer Sekunde ging ihm auf, dass Tohorse die Bewegung vermutlich nicht sehen konnte, denn er war mit Kopf und Schultern ebenfalls unter dem Tuch verschwunden, und er antwortete laut: »Noch nie. Aber ich habe gehört, dass man dabei lange sehr stillhalten muss.«

»Das war früher einmal so«, sagte Tohorse mit einem abermaligen, leisen Lachen, dessen Grund Herman nicht ganz klar war. »Aber ich scheine mich nicht in dir getäuscht zu haben. Du bist ein kluger Bursche.«

Darauf sagte Herman nichts mehr, aber er fragte sich erneut und jetzt mit womöglich noch mehr Misstrauen, warum der Indianer all das tat, und wieso er so großen Wert darauf zu legen schien, ihm immer wieder zu schmeicheln. Vielleicht hätte er doch nicht mitkommen sollen. Nicht, dass er ernsthaft glaubte, der Indianer könne ihm etwas antun – obwohl immer noch ein Kind und nicht besonders kräftig für sein Alter, war Herman doch durchaus in der Lage, sich seiner Haut zu wehren, und schließlich war da auch noch Miss Manderley, die vermutlich mit spitzen Ohren unten in ihrem Wohnzimmer saß und auf das geringste verräterische Geräusch wartete, das ihr Anlass geben würde, hier hereinzuplatzen. Aber der Tag entwickelte sich zusehends in eine Richtung, die ihn verstörte. Erneut hatte er das Gefühl, vor etwas Großem zu stehen, einer Veränderung, nach der nichts mehr so sein würde wie zuvor.

Tohorse hantierte noch eine kurze Weile herum, dann bedeutete er Herman mit einer wackelnden Geste, sich so auf dem Stuhl zu drehen, dass er sein Gesicht im Profil sehen konnte, und musterte ihn einen Moment lang kritisch. Offensichtlich zufrieden mit dem, was er sah, nickte er knapp und nahm noch etwas aus dem Koffer, das Herman an einen kurzen Schrubber erinnerte, dem irgendwie die Borsten abhandengekommen waren. Rasch streute er ein silberweißes Pulver auf die metallene Querstange, tauchte erneut mit Kopf und Schultern unter das schwarze Tuch und streckte die Stange in die Höhe.

»Erschrick jetzt nicht«, sagte er, und er hatte es noch nicht ganz getan, da explodierte das Pulver mit einem Zischen und einem Blitz, der das ganze Zimmer in blendend weiße Helligkeit tauchte.

Herman erschrak tatsächlich nicht, aber von der Tür her erscholl ein überraschtes Keuchen, das unmittelbar in ein lautstarkes Scheppern und Klirren überging. Nun fuhr er doch erschrocken zusammen und blinzelte die grünen und orangefarbenen Nachbilder weg, die der grelle Lichtblitz auf seinen Netzhäuten hinterlassen hatte. Dann gewahrte er Miss Manderley, die unter der offenen Tür stand und alle Mühe zu haben schien, das Tablett mit Gläsern und einem großen Krug mit Limonade nicht fallen zu lassen, das sie in beiden Händen trug. Sie blinzelte so heftig, dass es schon fast komisch ausgesehen hätte, wären nicht zugleich ganze Gewitterwolken aus gerechtem Zorn auf ihrem Gesicht aufgezogen.

»Bei allem, was recht ist, Mr Tohorse!«, empörte sie sich. »Was ist das für ein Teufelszeug? Wollen Sie mir das ganze Haus über dem Kopf abbrennen?«

Nirgends brannte etwas. Das weiße Pulver hatte sich in ebenso weißes reines Licht aufgelöst und nicht einmal einen spürbaren Geruch zurückgelassen, und außerdem hatte niemand sie darum gebeten, einfach so hereinzuplatzen. Der Indianer war ganz offensichtlich derselben Meinung, das konnte Herman deutlich in seinem Gesicht lesen, als er unter seinem Tuch auftauchte. Dennoch bemühte er sich um ein Vergebung heischendes Lächeln und auch einen dazu passenden Tonfall, als er antwortete: »Das ist nur mein Blitzlichtpulver, Miss Manderley. Es ist vollkommen harmlos, das versichere ich Ihnen.«

»So sieht es aber nicht aus«, antwortete Manderley, während sie abwechselnd ihn und seine fotografische Ausrüstung auf eine Art musterte, als wäre sie nun endgültig sicher, es mit den Werkzeugen des Teufels persönlich zu tun zu haben; nur noch nicht ganz, was von beiden nun das Schlimmere war.

»Es tut mir leid, wenn ich Sie erschreckt haben sollte«, fuhr Tohorse fort. »Vielleicht darf ich Ihnen als kleine Wiedergutmachung anbieten, auch eine Fotografie von Ihnen anzufertigen?«

»Von mir?« Manderley sah eher noch missmutiger drein. Sie trug ihr Tablett zum Tisch und lud es mit einem noch gewaltigeren Klirren und Scheppern darauf ab, ehe sie weitersprach. Herman fiel auf, dass sie nicht nur den Krug mit der versprochenen Limonade und ein Schälchen mit den geschnittenen Zitronenscheiben gebracht hatte, sondern auch drei Gläser. »Ich bin nicht ganz sicher, ob ich das will, Mr Tohorse. Ich bin eine alte Frau. Wer sollte sich denn schon für eine Fotografie von mir interessieren?«

»Nun, vielleicht Sie selbst«, antwortete Tohorse, bereits damit beschäftigt, eine neue fotografische Platte in seine Kamera einzulegen. Manderley verfolgte jede seiner Bewegungen mit misstrauischen Blicken. »Eine Fotografie ist eine wunderbare Erinnerung. Sie können sie später Ihren Enkelkindern zeigen und sie staunen lassen, was für eine wunderschöne Frau Ihre Großmutter einmal gewesen ist.«

»Ich habe keine Enkelkinder«, erwiderte sie spröde. »Und ich mag keine Schmeicheleien.«

»Nicht einmal, wenn sie der Wahrheit entsprechen?« Tohorse wollte offensichtlich gar keine Antwort hören, denn er griff nach dem Beutel mit seinem Silberpulver. Der Ausdruck von Misstrauen auf Manderleys Gesicht explodierte regelrecht. Sie verkniff sich aber jede Bemerkung und ließ sich so schwer auf einen der zierlichen Stühle fallen, dass das betagte Möbelstück protestierend ächzte.

Der Indianer sagte vorsichtshalber nichts mehr, sondern beschäftigte sich die nächsten Minuten damit, Herman auf seinem Stuhl hin und her zu drehen, ihn den Kopf neigen und wieder heben zu lassen und ihm allerlei andere, scheinbar noch viel sinnlosere Anweisungen zu geben, wie er sich positionieren sollte. Sein weißes Pulver explodierte noch vier- oder fünfmal, während er ebenso viele Aufnahmen anfertigte, und Herman wunderte sich immer mehr, wie viel Mühe – und auch Kosten! – sich der Indianer mit ihm machte. All diese Utensilien mussten doch furchtbar teuer sein!

Schließlich – Miss Manderley trank bereits das zweite Glas Limonade, ohne ihrem Gast oder Herman etwas angeboten zu haben – schien er endlich zufrieden zu sein und bedeutete Herman mit einer entsprechenden Geste, sich von seinem Platz zu erheben. Aus derselben Bewegung heraus wandte er sich zu Miss Manderley um und wies auf den frei gewordenen Stuhl. »Nun? Möchten Sie nicht auch eine Erinnerung an diesen wunderschönen Tag? Es liegt mir fern, anzugeben, aber im Allgemeinen bescheinigt man mir ein gewisses Geschick darin, schöne Frauen zu fotografieren.«

Manderley starrte ihn nur finster an, und Tohorse hielt ihrem Starren gerade lange genug stand, um sie begreifen zu lassen, dass er das stumme Duell keineswegs verlor, dann drehte er sich zu Herman um und griff zugleich in die Jackentasche. Miss Manderleys Stirnrunzeln vertiefte sich abermals, als sie die dreifach zusammengefaltete Dollarnote sah, die er herausnahm. Allerdings machte er keine Anstalten, sie ihm zu geben, sondern legte den Geldschein zwischen ihm und der grauhaarigen Zimmerwirtin auf den Tisch. Es kostete Herman einiges an Überwindung, nicht sofort danach zu greifen.

»Du bekommst das Geld, wenn ich die Bilder entwickelt habe und sehe, dass sie etwas geworden sind«, sagte er. »Es wird vielleicht eine Stunde dauern, möglicherweise etwas länger. Und ich muss die Fenster dafür schließen und den Raum verdunkeln.«

Selbst Miss Manderley musste die Anspielung verstanden haben, tat aber rein gar nichts, um etwa aufzustehen oder das Zimmer gar zu verlassen. Sie rührte sich auch nicht, um Tohorses Einladung anzunehmen und sich auf den Stuhl am Fenster zu setzen.

»Eine Stunde?«, sagte sie, als das Schweigen endgültig unangenehm zu werden begann. »Nun, dann werde ich solange warten und zusehen. Es geziemt sich nicht, dass dieser Junge mit einem Fremden allein in einem dunklen Zimmer bleibt.«

»Das wird wohl auch gar nicht nötig sein«, antwortete Tohorse, immer noch unerschütterlich lächelnd. »Tatsächlich ist das Entwickeln einer fotografischen Platte eine höchst diffizile Aufgabe, bei der ich mich nach Möglichkeit konzentrieren muss.«

»Entwickeln?«, fragte Miss Manderley. »Sie benutzen dazu doch nicht etwa irgendwelche gefährlichen Chemikalien?«

»Chemikalien, ja«, gab der Indianer zurück, indem er sich ächzend auf die Kante des schmalen Bettes setzte, auf dem er auch den Koffer mit seinen Utensilien deponiert hatte. »Gefährlich, nein. In der Tat sind sie so ungefährlich, dass man sie sogar trinken könnte. Aber ein einziger Fehler, und die ganze Arbeit wäre umsonst, von den wertvollen Originalen gar nicht zu reden, die unwiederbringlich zerstört werden könnten.« Er wandte sich wieder direkt an Herman. »Warum begleitest du Miss Manderley nicht in die Kirche, mein Junge? Ich bin sicher fertig, noch ehe der Gottesdienst vorbei ist. Wenn du zurückkommst, kann ich dir die Bilder zeigen.«

»Es ist doch reichlich Zeit bis zum Gottesdienst«, sagte Manderley. Sie hörte sich nicht an, als wäre sie sonderlich begeistert von diesem Vorschlag.

»Dann kannst du mir vielleicht noch einen Gefallen tun«, fuhr Tohorse ungerührt fort. »Ich zahle dir noch einen weiteren Quarter. Und diesmal bekommst du ihn sogar vorher. Du weißt, wo die Werkstatt des Zimmermanns ist?«

»Sicher.«

»Nun, dann könntest du auf dem Rückweg von der Kirche dort vorbeigehen und etwas abholen, das ich in Auftrag gegeben habe.«

»Und was?«, fragte Manderley, bevor Herman Gelegenheit dazu bekam.

»Mein Bein.«

»Ihr was?«, wiederholte Herman verwirrt, und Manderley sah schon wieder misstrauisch aus.

»Mein Bein«, wiederholte der Indianer, amüsierte sich einen Moment lang ganz unverhohlen an seinem und Manderleys verblüfften Gesichtern und klopfte dann mit den Fingerknöcheln gegen sein linkes Schienbein. Es klang hart, nicht wie Fleisch oder Knochen. Noch immer so breit feixend wie ein Schuljunge, dem ein ganz besonders ausgeklügelter Streich gelungen war, beugte er sich vor und rollte das Hosenbein bis dicht unter das Knie hoch. Darunter kam ein schon reichlich zerschlissener schwarzer Strumpf zum Vorschein, in dem jedoch kein Bein aus Fleisch und Blut steckte, sondern eine zerschrammte Imitation aus Holz.

»Genauer gesagt mein Reservebein«, fuhr Tohorse grienend fort. »Mein richtiges Bein ist mir schon vor vielen Jahren abhandengekommen.«

Herman kam aus dem Staunen nicht mehr heraus, aber

Miss Manderley nippte an ihrer Limonade und fragte in schon beinahe feindseligem Tonfall: »Was ist passiert?«

»Es ist so lange her, dass ich mich kaum noch erinnere«, behauptete der Indianer. »Ich glaube, es war bei einem Überfall auf einen Siedlertreck ... aber nein, halt. Es war wohl doch eher eine Postkutsche, die ich zusammen mit meinen Brüdern ausgeraubt habe und ungeschickt dabei war.« Er machte ein übertrieben nachdenkliches Gesicht. »Oder doch nicht? Möglicherweise habe ich es auch nur verlegt und erinnere mich jetzt nicht mehr, wo.«

Miss Manderley starrte ihn noch eine weitere geschlagene Sekunde lang aus Augen an, die unsichtbare kleine Blitze in seine Richtung verschossen, dann jedoch erhob sie sich mit einem Ruck, der die Gläser auf dem Tisch erneut klirren ließ, raffte ihre Röcke und stürmte ohne ein weiteres Wort hinaus.

»Ich fürchte, das war jetzt nicht besonders klug«, seufzte Tohorse, schüttelte aber gleich darauf den Kopf und sah Herman nur noch breiter grinsend an. »Andererseits hat sie es verdient, meinst du nicht auch?«

Herman hütete sich, zu antworten. Zweifellos hatte der Indianer recht, und wäre er nicht selbst noch viel zu verblüfft und auch ein bisschen erschrocken über die kurze Szene gewesen, dann hätte er vermutlich herzhaft darüber gelacht. Aber Tohorse hatte auch recht damit, dass seine Antwort nicht besonders klug gewesen war. Miss Manderley mochte eine zänkische alte Schabracke sein, aber sie hatte eine gewichtige Stimme hier im Ort, und ihre Pension war auch das einzige Gasthaus im Umkreis von zehn oder mehr Meilen.

Als hätte er seine Gedanken gelesen, rollte Tohorse das Hosenbein wieder herunter und bemühte sich nunmehr um ein zuversichtliches Gesicht. »Mach dir keine Sorgen, Junge«, sagte er. »Ich wäre heute so oder so abgereist. Als ich dich vorhin vor der Kirche gesehen habe, da war ich nur auf der Suche nach einem letzten Motiv. Und bis ich auf meiner Tour hier wieder vorbeikomme, ist sie gewiss nicht mehr hier.«

»Wie meinen Sie das?«, fragte Herman beunruhigt. Hatte der Indianer etwa vor …?

»Sie ist krank, Herman«, sagte Tohorse. »Schwer krank. Vielleicht weiß sie es gar nicht, aber ich glaube nicht, dass die arme Frau den nächsten Winter noch erleben wird.«

»Und woher wollen Sie das wissen?«

»Weil ich Indianer bin, mein Junge«, antwortete Tohorse mit unheilvoll gesenkter Stimme und bohrendem Blick. »Haben deine Eltern dir etwa nicht erzählt, dass wir Indianer mit den bösen Geistern im Bunde sind?«

Herman war nicht ganz sicher, wie er darauf reagieren sollte, doch im nächsten Augenblick lachte der Indianer auch schon wieder und fuhr mit einem Kopfschütteln fort: »Nein, die Wahrheit ist sehr viel profaner, fürchte ich. Ich bin Fotograf, weißt du? Ich habe gelernt, genau hinzusehen.«

Was sollte das jetzt schon wieder heißen?, fragte sich Herman. Sahen Fotografen etwa mit anderen Augen als gewöhnliche Menschen?

»Wenn man in diesem Beruf gut sein will, dann muss man lernen, genau hinzusehen«, fuhr der Indianer fort. »Menschen sehen zumeist nur das, was sie sehen wollen, nicht das, was wirklich da ist. Dabei ist es gar nicht so schwer – vor allem nicht, wenn man eine indianische Großmutter hat, die einen gelehrt hat, all die alten Übel und Krankheiten zu erkennen, die ihr Weißen allzu leichtnehmt oder nicht wahrhaben wollt.« Er blinzelte Herman fast verschwörerisch zu, stand auf und hielt wie durch Zauberei plötzlich ein blitzendes Vierteldollarstück in der Hand, das er Herman zuschnippte. Er war so überrascht, dass er zu spät reagierte und danebengriff, und Tohorse lachte abermals, als er sich rasch in die Hocke sinken ließ und nach der fallen gelassenen Münze griff; diesmal aber so gutmütig, dass es Herman einfach nicht gelang, zornig zu sein.

Es gelang ihm auch nicht, Tohorses Bein nicht anzustarren, als er sich wieder aufrichtete.

»Möchtest du wissen, was wirklich passiert ist?«, fragte Tohorse.

»Nein!«, versicherte Herman hastig. »Es ist …«

»… vollkommen natürlich, wenn man neugierig ist«, fiel ihm Tohorse ins Wort. »Das geht uns Erwachsenen nicht anders. Der einzige Unterschied ist, dass ihr Kinder es zugeben dürft.« Er lachte, aber es klang ein bisschen bitter. »Es war tatsächlich eine Postkutsche, nur war die Geschichte nicht ganz so abenteuerlich, wie sie sich vielleicht angehört hat. Ich war nicht sehr viel älter als deine beiden Freunde, weißt du? Und ziemlich dumm. Meine Brüder und ich lebten in einem Reservat. Es war gar nicht so schlimm, wie die meisten glauben, aber es war eben ein Reservat, und es gab nicht viel zu tun, schon gar nicht für ein paar junge Burschen, die sich für unsterblich hielten und fest davon überzeugt waren, die Welt aus den Angeln heben zu können, wenn man ihnen nur einen Hebel gibt, der lang genug ist.«

Herman verstand auch nicht genau, was er damit meinte, legte aber gehorsam den Kopf auf die Seite und sah den Indianer erwartungsvoll an, und Tohorse fuhr fort: »Wir hatten ein Spiel, weißt du? Einmal die Woche kam ein Wagen ins Reservat, um Lebensmittel und Post und anderes zu bringen. Meine Freunde und ich haben immer gewettet, wem es zuerst gelingt, unbemerkt auf den Wagen aufzuspringen und sich an den Fahrer anzuschleichen. Wir spielten Postkutschenräuber. Eure Miss Manderley hätte ihre helle Freude daran gehabt, kann ich mir denken. Ich war gut, aber eben nicht der Beste. Du weißt, wie so etwas ist?«

Herman nickte auch darauf – und ob er das wusste! –, und Tohorses Lippen kräuselten sich zu einem noch bittereren Lächeln. »An diesem Tag hatte ich das Gefühl, besonders gut zu sein. Aber mein älterer Bruder war mir trotzdem voraus. Also habe ich einen riskanten Sprung gewagt, um ihn doch noch zu schlagen. Ich war so sicher, es zu schaffen.«

»Aber das haben Sie nicht«, vermutete Herman.

»Nein.« Der Indianer schüttelte traurig den Kopf. »Ich hätte es fast geschafft, aber dann bin ich doch abgerutscht und unter den Wagen geraten. Eines der Räder ist mir über den Unterschenkel gerollt und hat ihn zerquetscht.«

»Das muss schrecklich gewesen sein«, sagte Herman. Seine Stimme bebte, auch wenn die Erregung ganz anderen Ursprungs war, als der Indianer annehmen mochte.

»Das Schlimmste, was ich jemals erlebt habe«, bestätigte Tohorse. »Ich wäre beinahe gestorben. Meine Großmutter hat mir das Leben gerettet, aber das Bein mussten sie mir abnehmen. Seitdem bin ich ein Krüppel.«

»Das tut mir wirklich leid.«

»Ich glaube, das muss es nicht«, erwiderte der Indianer, und zu Hermans Verwirrung blinzelte er ihm beinahe schon verschwörerisch zu. »Eine Zeit lang wollte ich nicht mehr leben. Ich dachte, alles wäre vorbei und mein Leben hätte keinen Sinn mehr. Aber dann ist ein Fotograf bei uns im Reservat aufgetaucht. Er war ein bisschen so wie ich heute; immer auf der Suche nach neuen Motiven und interessanten Gesichtern. Irgendwie ist er auf mich aufmerksam geworden, ich weiß bis heute nicht, warum. Er hat mir alles gezeigt. Er hat mir beigebracht, zu sehen. Als er weg war, da war ich entschlossen, dasselbe zu tun wie er. Also habe ich das Reservat verlassen und mir Arbeit gesucht. Es war nicht leicht, mit nur einem Bein. Aber am Ende hatte ich genug Geld gespart, um mir meine erste Kamera kaufen zu können. Und seither reise ich kreuz und quer durch das Land und fotografiere Landschaften, interessante Gesichter und zänkische alte Jungfern.«

Da Herman das Gefühl hatte, dass Tohorse es von ihm erwartete, lachte er gehorsam über die letzte Bemerkung, aber unter dieser vorgetäuschten Erheiterung wuchs eine immer größere Erregung heran. Allmählich wurden die Dinge klarer. Er begann zu ahnen, warum er hier war. Trotzdem sagte er: »Das ist eine sehr traurige Geschichte.«

»Findest du?«, fragte Tohorse lächelnd. Er klappte seinen Koffer auf und begann eine Anzahl gläserner Fläschchen und Lederbeutel auf dem Tisch zu arrangieren. »Im ersten Moment mag es sich so anhören. Aber eigentlich stimmt das nicht. Wenn man es genau nimmt, dann war dieser Unfall das Beste, was mir überhaupt passieren konnte.«

»Dass Sie beinahe gestorben sind und das Bein verloren haben?«, fragte Herman überrascht. Was sollte daran *gut* sein?

»Was wäre sonst aus mir geworden?«, fragte Tohorse. »Ich wäre geworden wie meine Brüder und Freunde von damals. Ich wäre erwachsen geworden und hätte heute vielleicht noch zwei gesunde Beine, aber ich wäre immer noch im Reservat und irgendein Indianerjunge, der nichts hat und nichts kann und dem niemand eine Chance gibt. Wahrscheinlich wäre ich wie alle anderen und würde von einem Tag auf den anderen leben und darauf warten, dass die Welt plötzlich gerecht wird, und während ich das tue, würde ich mich jeden Abend betrinken.« Er hörte für einen Moment auf, mit seinen Fläschchen und Schalen zu hantieren, und sah Herman auf sonderbare Weise an. »Vor ein paar Jahren war ich noch einmal im Reservat, weißt du? Zwei meiner vier Brüder leben schon nicht mehr, und meine Freunde von damals sind fast alle so geworden. Ich nicht. Ich reise kreuz und quer durch das Land, kann das tun, was mir die größte Freude bereitet und worin ich wirklich gut bin, und verdiene auch noch gutes Geld damit. Wenn man es so sieht, dann habe ich ein Bein gegen ein gutes Leben eingetauscht. Nicht das schlechteste Geschäft.«

Herman vermochte nicht zu entscheiden, ob aus diesen Worten nun eine tiefe philosophische Wahrheit sprach oder Tohorse sich nur selbst belog, dafür war er umso sicherer, dass der Indianer sich irrte. Möglich, dass der Tod damals entschieden hatte, ihn noch einmal davonkommen zu lassen, aber aus einem gänzlich anderen Grund. Herman wusste jetzt, was er zu tun hatte. Wieso hatte er eigentlich keine Angst davor?

»Jetzt geh und begleite Miss Manderley in die Kirche«, fuhr der Indianer in verändertem Ton fort. Er lachte leise. »Auf dem Weg dorthin kannst du dir ja anhören, was für ein schlimmer Mensch ich bin, und dass man uns Roten nicht trauen darf. Und auf dem Rückweg holst du mein neues Bein vom Zimmermann ab. Er hat mir versprochen, dass es heute fertig ist.«

»Was ist denn mit dem alten?«, fragte Herman, machte sich aber gleichzeitig auch schon gehorsam auf den Weg zur Tür.

Statt direkt zu antworten, verlagerte Tohorse sein Gewicht ganz auf das linke, künstliche Bein und wippte ein paarmal. Ein sonderbares Geräusch war zu hören, ganz leise nur, aber wie von einem uralten trockenen Baum, der im Wind knarrt. »Es ist eben alt«, sagte er. »Es wird sicher noch eine Weile halten, aber ich möchte nicht irgendwann dastehen und keinen Ersatz haben, wenn es plötzlich zerbricht. Und jetzt beeil dich.«

Den letzten Satz hatte er in einem Ton gesprochen, der Herman begreifen ließ, dass er nicht weiter über dieses Thema reden wollte, und auch er selbst hatte es nun eilig. Bis der Gottesdienst begann, war noch viel Zeit, sicher eine halbe Stunde, wenn nicht mehr, aber er musste auch noch eine Menge Vorbereitungen treffen.

Weder wartete Miss Manderley unten auf ihn noch legte sie mehr Wert darauf, von Herman zur Kirche begleitet zu werden, als umgekehrt er auf ihre Gesellschaft. Also verließ er das Haus ohne ein Wort des Abschieds (aber so leise wie möglich) und machte sich auf den Weg zu Benson, der tatsächlich Schmied war und auch als solcher arbeitete, darüber hinaus aber auch sämtliche handwerklichen Arbeiten übernahm, die in Gilmanton anfielen und von den jeweiligen Kunden nicht selbst erledigt werden konnten oder wollten – Letzteres war praktisch niemals der Fall, denn wer gab schon Geld für eine Arbeit aus, die er selbst umsonst erledigen konnte?

Benson war tatsächlich noch in seiner Schmiede, trug aber schon seinen Sonntagsanzug und kramte nur noch ein wenig in seinen Werkzeugen herum. Vermutlich, um die Zeit bis zum Gottesdienst nicht im Haus zubringen zu müssen. Es hieß, er hätte eine zänkische Frau. Als Herman hereinkam, sah er ihn einen Moment lang auf dieselbe, missmutige Art an wie Miss Manderley vorhin, dass sie beide glatt für Geschwister durchgegangen wären, dann hellte sich sein Gesicht auf und wirkte beinahe erleichtert. Herman fragte sich, ob er jemand anderen erwartet hatte.

»Was für ein seltener Besuch«, sagte er. »Du bist der Mudgett-Junge, stimmt's?«

Das verletzte Herman ein bisschen. Da er nur an den Sonntagen Zeit hatte, hierherzukommen, war es eigentlich nicht verwunderlich, dass man ihn nicht wirklich gut kannte. Aber immerhin wussten sie, wer sein Vater war, wieso also machte sich niemand auch nur die Mühe, sich seinen Namen zu merken? Er hatte jedoch Übung genug darin, sich seine wahren Gefühle nicht anmerken zu lassen, und nickte nur, und Benson fuhr nach einem langen, beredten Blick auf seine nicht mehr ganz sauberen Kleider fort: »Wieso bist du noch nicht in der Kirche? Stimmt etwas nicht mit deinem Vater?«

»Ich bin auf dem Weg«, antwortete Herman. »Mr Tohorse hat mich gebeten, etwas für ihn abzuholen.«

»Gebeten, soso«, schmunzelte Benson. »Tohorse?«

»Der Fotograf, der bei Miss Manderley wohnt.«

»Der Indianer.« Nun nickte Benson schon etwas heftiger. »Du sollst sein Holzbein abholen, nehme ich an.« Ohne eine Antwort abgewartet zu haben, schlurfte er zu einem Regal am anderen Ende der Schmiede und kam mit einem in braunes Packpapier eingeschlagenen, langen Bündel zurück. »Es ist ziemlich schwer. Kannst du es tragen?«

Herman streckte ein wenig beleidigt beide Arme aus und gab sich alle Mühe, sich nicht anmerken zu lassen, dass ihm das Gewicht tatsächlich zu schaffen machte. Sowohl Tohorse als auch der Schmied hatten von einem Holzbein gesprochen, ein etwas dickerer Knüppel also nach Hermans Erwartung, doch es wog so schwer, als wäre es aus massivem Gusseisen. Vielleicht war Tohorse doch nicht gut beraten gewesen, zu einem *Schmied* zu gehen, um sich ein neues Bein machen zu lassen.

»Dann richte ihm aus, dass es mir Spaß gemacht hat«, sagte Benson. »Und ich würde mich freuen, zu erfahren, ob er zufrieden ist oder nicht. Wenn er möchte, arbeite ich ihm das alte noch ein wenig auf. So eine Aufgabe bekomme ich ja hier nur selten. Er kann es mir ja nach dem Gottesdienst sagen, aber da wird er vermutlich nicht auftauchen, oder?«

Etwas wie ein sachter Vorwurf schwamm in diesen Worten mit, so als wäre es Hermans Schuld, dass Tohorse ein Indianer war und noch an seine alten Götter glaubte, und Bensons Blick wurde zugleich auch fragend. Herman hob jedoch nur die Schultern, bedankte sich noch einmal mit einem artigen Nicken und beeilte sich dann, zur Pension zurückzukehren. Auf den letzten Schritten begann er das Gewicht des Holzbeins immer deutlicher zu fühlen, und nachdem Miss Manderley ihm aufgemacht und sein neuerliches Erscheinen mit dem erwarteten missbilligenden Stirnrunzeln kommentiert hatte und er die Treppe hinaufgepoltert war, wankte er tatsächlich ein bisschen unter seiner Last.

Er musste dreimal anklopfen, bevor ihm aufgemacht wurde, und Tohorse sah im ersten Moment ein wenig verärgert aus. Dann jedoch blickte er überrascht auf das Paket auf Hermans Armen hinab und nickte schließlich anerkennend. »Das ging schnell«, lobte er. »Hat der Zimmermann noch etwas gesagt?«

»Nur dass ich fragen soll, ob es Ihnen gefällt«, antwortete Herman.

Tohorses Ungeduld war nicht mehr zu übersehen, und Herman befürchtete schon, dass er ihn kurzerhand wegschicken würde, dann jedoch hob er die Schultern und trat einladend einen halben Schritt zurück. »Das kann ich erst sagen, nachdem ich es anprobiert habe. Dann wollen wir den guten Mann nicht zu lange warten lassen. Wer weiß, ob ich seine Hilfe nicht noch einmal brauche.«

Er schlurfte zum Bett, ließ sich mit einem neuerlichen Ächzen auf die Kante sinken und rollte sein Hosenbein hoch; diesmal so weit über das Knie, bis der Stoff spannte und sich nicht weiter aufrollen ließ. Herman hatte Mühe, Einzelheiten zu sehen, denn Tohorse hatte das Fenster zugehängt und im Zimmer brannte nur eine einzelne Kerze, deren Flamme er zudem mit einem gefärbten Glaskolben abgeschirmt hatte, so dass das Licht zu einem blassen Rotton wurde, aber er sah trotzdem, dass das Holzbein mit einem komplizierten Geschirr aus

Lederriemen und Schnallen dicht unter dem Knie am Beinstumpf des Indianers befestigt war.

Rasch und ohne hinzusehen, löste Tohorse die Schnallen, warf das Bein achtlos neben sich auf das Bett und riss das Paket auf, das Herman ihm reichte. Unter dem Papier kam ein kunstvoll nachgebildeter Unterschenkel zum Vorschein, der bereits in einem fertig geschnürten Schuh samt Strumpf steckte, aber von sehr viel feinerer Machart war als der, der nun neben dem Indianer auf dem Bett lag. Das Holz war dunkel und sorgfältig poliert, die Wade verblüffend echt herausmodelliert und selbst das Schienbein so angedeutet, dass es durch die Hose hindurch sichtbar werden musste, wenn Tohorse das Bein hob. Herman staunte innerlich. Er hatte geahnt, dass Benson ein guter Handwerker war, aber nicht, wie gut.

»Das ist wirklich ein gutes Stück Arbeit«, sagte auch Tohorse anerkennend, während er die einzelnen Schnallen und Riemen befestigte. »Du kannst Mr Benson ausrichten, dass ich wirklich sehr zufrieden bin.«

»Er hat gesagt, ich soll das Alte zurückbringen«, log Herman. »Ich glaube, er will es noch ein bisschen aufpolieren.«

Eine ganz sachte Spur von Misstrauen erschien in Tohorses Augen, aber nur für eine halbe Sekunde und so lange, bis er den Kopf drehte und auf das Holzbein hinabsah, das neben ihm auf dem Bett lag.

»Ja, wahrscheinlich hat er sogar recht«, sagte er. »Eine gute Gelegenheit sollte man sich nicht entgehen lassen, nicht wahr? Hier, bring es ihm. Und spute dich, sonst kommst du am Ende wirklich noch zu spät.«

Er warf Herman das Holzbein zu, das dieser ganz instinktiv auffing und überrascht feststellte, dass es tatsächlich nicht einmal halb so schwer war wie das, das Benson gemacht hatte. Herman warf noch einen unverhohlen neugierigen Blick in die Runde und auf das verwirrende Arrangement aus flachen Metallschälchen, Flaschen und anderen Utensilien – und die zusammengefaltete Dollarnote, die dazwischenlag.

»Was ist denn?«, begann Tohorse, in nunmehr hörbar ungeduldigem Ton, doch dann folgte er Hermans Blick.

»Ja, ich verstehe.« Er griff mit der linken Hand nach dem Geldschein und reichte ihn Herman über den Tisch, ohne ihn auch nur anzusehen. »Nimm es ruhig. Du scheinst mir ja ein ehrlicher Bursche zu sein. Ich bin sicher, dass du wiederkommst. Außerdem bist du doch bestimmt auch neugierig auf die Bilder, oder?«

Das war Herman, aber er spürte auch Tohorses immer weiter abnehmende Geduld und beließ es bei einem knappen Nicken, bevor er zum zweiten Mal herumfuhr und aus dem Haus stürmte. Erneut wandte er sich nach links und ging mit rasch ausgreifenden Schritten los, als hätte er es wirklich eilig.

Das hatte er auch, aber sein Ziel war nicht die Kirche. Allmählich nahm ein Plan hinter seiner Stirn Gestalt an; nicht konkret, noch nicht einmal wirklich ein Plan, sondern allenfalls die Ahnung davon, aber er würde wissen, was er zu tun hatte, wenn es so weit war.

Um nicht aufzufallen, ging Herman zwar schnell, hütete sich aber, wirklich zu rennen. Dennoch brauchte er nicht lange, um das Ende der kleinen Ortschaft zu erreichen und auf den schmalen Feldweg abzubiegen, der zur Scheune führte. Er widerstand der Versuchung, sich immer wieder sichernd umzublicken – es gab kaum eine sicherere Methode aufzufallen, als sich möglichst unauffällig verhalten zu wollen –, war sich aber darüber im Klaren, dass er nicht unbemerkt bleiben würde. So klein Gilmanton auch sein mochte, geschah hier nichts, das nicht von irgendjemandem beobachtet wurde. Dennoch war er zuversichtlich. Sein mächtiger Verbündeter würde ihm auch diesmal helfen. Und obwohl seine Erregung mit jedem Schritt wuchs, den er sich der offen gelassenen Scheune näherte, hatte er immer noch keine Angst.

Vielleicht war das das größte Geschenk, das ihm sein stummer Verbündeter gemacht hatte.

In den ersten Jahren seines Lebens war die Furcht sein treuester Begleiter gewesen; Angst vor seinem Vater, Angst vor seinen älteren Geschwistern und der schweren Arbeit in der Scheune, Angst vor dem Winter und den langen und kalten Nächten, die gar zu oft nicht nur Dunkelheit und das Heulen des Windes brachten, sondern auch Hunger, noch mehr Angst vor seinem Vater und selbst vor seiner Mutter, obwohl sie sich dessen weder bewusst war noch es gar verdient gehabt hätte, Angst vor dem Rascheln des Windes in den Baumwipfeln und dem Flüstern der Geisterstimmen, die er mit sich brachte, Angst vor Schatten und selbst vor seinem eigenen Spiegelbild im Wasser, das manchmal zersprang und zu einer zitternden Dämonenfratze wurde, und noch einmal und noch mehr Furcht vor seinem Vater.

Seit jenem schicksalhaften Tag in Doktor Estans Praxis kannte er nichts mehr von alledem. Der Lederriemen seines Vaters hatte ihn oft genug daran erinnert, dass es nicht klug war, die Angst ganz zu vergessen, aber dabei handelte es sich wohl mehr um aus Vernunft geborenen Respekt. Solange er seinen Teil des Paktes einhalten würde, wenn es an der Zeit war, gab es nichts auf dieser Welt, was er fürchten musste oder ihm gar gefährlich werden konnte.

In solcherlei Überlegungen versunken, erreichte er die Scheune, die sie zu ihrem geheimen Treffpunkt gemacht hatten. Schon von Weitem hörte er Matthews Lachen, und noch bevor er das Gebäude ganz erreicht hatte, stieg ihm der Geruch von brennendem Zigarettentabak in die Nase.

Matthew und Frank unterhielten sich so laut, dass man ihre Stimmen schon draußen hören konnte. Die Tür stand offen, und gleich hinter dem Eingang war ein unregelmäßiges Rund aus weißer Asche und ausgeglühten Steinen auf dem Boden, wo sie ein Feuer entfacht und irgendetwas gegart hatten. Wäre heute ein normaler Tag gewesen, hätte Herman das als Anlass zu einer gehörigen Strafpredigt genommen. Diese beiden Dummköpfe würden irgendwann noch das ganze Gebäude abbrennen, wenn sie mit ihrem geliebten Feuer spielten.

Herman dachte diesen Gedanken aber nicht einmal ganz zu Ende, denn heute war kein normaler Sonntag.

Er blinzelte ein paarmal, damit sich seine Augen an das schwache Dämmerlicht hier drinnen gewöhnten. Die Scheune war schon vor einem Menschenalter aufgegeben worden, aber hier lagen überall noch zerbrochene Werkzeuge, Abfälle und andere Dinge herum, die ihre ehemaligen Besitzer zurückgelassen hatten. Weder Frank noch Matthew waren jemals auf die Idee gekommen, das Durcheinander aufzuräumen, und nachdem Herman sein anerzogenes Gefühl für Ordnung und Sauberkeit erst einmal überwunden hatte, musste er zugeben, dass es sich dabei um eine der wenigen guten Ideen handelte, die die beiden jemals gehabt hatten. Niemand, der zufällig hierherkam, sollte schließlich den Eindruck erhalten, dass die Scheune heimliche Bewohner hatte.

Umso mehr ärgerte ihn die für aller Augen sichtbare Feuerstelle direkt hinter dem Eingang.

Beinahe noch mehr ärgerte sich Herman darüber, dass die beiden seine Ankunft nicht einmal zu bemerken schienen, als er die knarrende Leiter zum Heuboden hinaufstieg. Erst als er nach der obersten Sprosse griff und sich mit Kopf und Schultern über den Rand zog, drehte Matthew den Kopf und sah leicht erstaunt in seine Richtung. In seinem Mundwinkel qualmte eine selbst gedrehte Zigarette, von der glimmende Asche auf das trockene Laub hinabregnete, das den Heuboden bedeckte. Auch Frank hatte sich eine Zigarette gedreht und benutzte gerade seinen gesunden Arm, um ein Sturmfeuerzeug aufschnappen zu lassen. Offenbar wollten die beiden die Scheune wirklich mit aller Macht abfackeln.

»Du kommst ja doch noch«, wunderte sich Matthew. »Wir haben schon gar nicht mehr damit gerechnet.«

»Wo warst du denn?«, fragte Frank, während er einen ersten, tiefen Zug aus seiner Zigarette nahm und genießerisch die Augen schloss.

Herman sah aber auch, dass er sich anstrengen musste, um nicht zu husten. Genau wie Matthew hatte sich Frank nie von jenem Tag in Estans Ordinationszimmer erholt. Den verkrüppelten Arm trug er ständig fest an den Leib geschnallt, und obwohl es Estan damals gelungen war, ihn zu retten, so dass er nicht amputiert werden musste, war bis heute nicht sicher, dass er dem Jungen damit tatsächlich einen Gefallen getan hatte. Herman hatte Frank nicht einfach nur den Arm zertrümmert. Vielmehr hatten seine Schläge damals auch seinen Willen zerbrochen, und genau wie der Knochen in seinem Arm war er nur falsch und beinahe nutzlos wieder zusammengewachsen. Äußerlich war Frank derselbe vorlaute und hinterhältige und sicher auch gefährliche Junge wie damals, doch seine Seele war genauso verkrüppelt wie sein Leib. Seit jenem Tag war er ständig krank, und nicht nur Herman wusste, dass er nicht mehr allzu lange leben würde. Allerdings wusste nur Herman, *wie* kurz sein Leben tatsächlich noch sein würde.

»Ich habe mit dem Indianer gesprochen«, sagte er.

»Dem Kerl von der anderen Straßenseite?«, erkundigte sich Frank.

»Und was ist das da?«, fügte Matthew mit einem Stirnrunzeln und einer deutenden Geste mit seinem Zigarettenstummel hinzu. Er hatte das Holzbein entdeckt, das Herman sich unter die linke Achselhöhle geklemmt hatte, um die Leiter hinaufzusteigen.

»Sein Bein«, antwortete Herman wahrheitsgemäß und zog sich mit einer letzten Anstrengung ganz auf den Heuboden hinauf.

»Sein … Bein?« Frank sah ihn fassungslos an.

»Das ist ein Holzbein, du Holzkopf«, sagte Matthew. Seine Augen funkelten amüsiert, aber da war auch schon wieder eine Spur von Misstrauen in seinem Blick. »Hast du ihm das Ding geklaut?«

»Nein«, antwortete Herman. »Er hat mir einen Quarter gegeben, damit ich es zu Benson bringe und er es repariert. Ihr kennt den Kerl übrigens.«

»Woher?« Frank wollte die Hand nach dem Holzbein ausstrecken, doch Herman schob seinen Arm weg. »Ist schon eine Weile her. Erinnert ihr euch noch an den Kerl, der mir damals geholfen hat, am ersten Tag unserer Freundschaft?«

»Die Rothaut, die sich eingemischt hat«, sagte Matthew. »Was wollte er?«

»Mich fotografieren«, antwortete Herman. »Zuerst hab ich gedacht, er wollte wegen damals Ärger machen, aber dann hat sich rausgestellt, dass er nur ein paar Fotos von mir haben wollte.«

»Und warum hast du ihm dann das Bein geklaut?«, wollte Matthew wissen, wobei das Misstrauen in seiner Stimme deutlich durchdrang.

»Ich habe es mir nur geborgt. Ich bringe es später zu Benson.«

Ungeduld ergriff Herman. Er hatte die ganze Zeit gespürt, dass heute ein besonderer Tag war. Und nun würde es geschehen.

Matthew sog an seiner Zigarette. Sein Gesicht leuchtete im roten Licht der Glut, und es sah aus, als würde der Junge binnen Sekunden um Jahrzehnte altern. In seinen Augen erwachte erneut die Dunkelheit, von der Herman wusste, dass sie in den vergangenen Jahren nur geruht hatte, aber immer da gewesen war.

»Was hast du damit vor?«, fragte Matthew.

Hermans Fingerspitzen strichen über das rissige Holz der Beinprothese. Es wurde Zeit.

Er schloss die Hand um den Knöchel des hölzernen Beins und schwang es spielerisch wie eine Keule. Dann verharrte er und sah konzentriert in die Düsternis in Matthews Augen.

Nichts hatte sich wirklich verändert, und Herman spürte die Anspannung, die ihn ergriff. Das Bein in seiner Hand kam ihm mit einem Male doppelt so schwer vor wie noch vor einer Sekunde, und sein Herz klopfte bis zum Hals. Er hatte Angst, und er war sehr sicher, dass Matthew es spürte.

»Ich glaube, hier gibt es Ratten«, sagte Frank von seinem Platz aus.

»Ja«, knurrte Matthew. »Bestimmt. Fragt sich nur, wie viele Beine sie haben.« Ganz kurz und auf eine Art, die Herman einen eisigen Schauer über den Rücken laufen ließ, stand in

Matthews Gesicht reine Mordlust geschrieben. Doch dann schnaubte er nur zornig durch die Nase, klemmte sich die Zigarette wieder zwischen die Lippen und beugte sich vor, um nach der Leiter zu greifen.

Das war der Moment, in dem Herman zuschlug.

Er war nervös. Seine Hände zitterten, und da musste wohl ein winziger Teil in ihm sein, der das nicht tun wollte. Sein Schlag war schlecht gezielt und nicht einmal annähernd fest genug. Zu allem Überfluss schien Matthew im letzten Augenblick etwas zu ahnen oder reagierte einfach instinktiv auf die Bewegung, die er aus dem Augenwinkel heraus wahrnahm, und drehte mit einem jähen Ruck den Kopf. Das Holzbein traf nicht seine Schläfe und zerschmetterte den an dieser Stelle dünnen Knochen, sondern prallte gegen seine Stirn – und das so heftig, dass es Herman um ein Haar aus der Hand gerissen worden wäre. Schmerz explodierte in seinem Handgelenk und raste im Bruchteil eines Augenblickes bis in seinen Rücken, und er kämpfte nicht nur darum, seine improvisierte Waffe nicht fallen zu lassen, sondern auch darum, überhaupt auf den Beinen zu bleiben.

Matthew keuchte vor Schmerz, ruderte wild mit den Armen und schaffte es irgendwie, nicht rücklings über die Kante des Heubodens zu stürzen. Seine Stirn war aufgeplatzt, und Blut schoss in Strömen über sein Gesicht. Alles, was Herman in seinen Augen las, war der bedingungslose Wille, ihn zu töten.

Herman war schneller. Er schwang das Holzbein zu einem weiteren und besser gezielten Schlag. Im Nachhinein war er nicht einmal überrascht, dass es Matthew trotzdem gelang, die Arme nach oben und vor das Gesicht zu reißen, um dem Hieb so die allergrößte Wucht zu nehmen. Doch das kam ihm teuer zu stehen: Der massive Fuß aus Hartholz zertrümmerte gleich drei seiner Finger, die plötzlich in absurden Winkeln abstanden und Blut in alle Richtungen verspritzten. Nun brüllte Matthew vor Schmerz.

Mehr brauchte Herman nicht. Er ergriff seine Keule wieder

mit beiden Händen, schwang sie mit aller Kraft und veränderte die Richtung des Hiebes im letzten Moment, als er sah, dass Matthew ihn trotz seiner schrecklichen Verletzung abfangen würde. Statt erneut auf sein Gesicht zielte er nun nach seinen Knien. Er traf, und das hart genug, um dem Jungen mindestens eine Kniescheibe zu zertrümmern, wenn nicht beide. Matthew heulte nun in schierer Agonie auf und kippte nach hinten in die Tiefe.

Herman fuhr herum, suchte mit gespreizten Beinen nach festem Stand und riss das Holzbein in die Höhe, um sich gegen Franks erwarteten Angriff zu verteidigen.

Es war nicht notwendig. So brutal und kurz der Kampf auch gewesen sein mochte, hätte die Zeit für Frank doch ausgereicht, um sich auf ihn zu stürzen, doch der Junge hatte sich nicht gerührt. Er saß auf dem Boden und sah nicht einmal wirklich überrascht aus. Nur sehr verängstigt.

»Ich habe es gewusst«, sagte er. Seine gesunde Hand zitterte, als er die Zigarette zum Mund hob, um daran zu ziehen. »Eigentlich habe ich schon viel eher damit gerechnet.«

Herman spürte die Furcht des Jungen und trank sie mit großen, genießerischen Schlucken. Endlich war ihm alles klar. Sein Handel mit dem Tod war ganz und gar nicht so einseitig, und auch heute war es längst nicht nur an ihm, zu geben. Alles, was bis heute geschehen war, war nur Vorbereitung gewesen, ein langsames Vorspiel für diesen einen kostbaren Moment. Er hob seine Waffe und ließ sie wieder halb sinken.

»Mach die Zigarette aus«, sagte er. »Wir wollen doch nicht, dass am Ende noch die ganze Scheune abbrennt.«

Frank nahm einen letzten, sehr tiefen Zug, behielt den Rauch mehrere Sekunden lang in den Lungen und blies ihn dann ebenso genießerisch wieder durch die Nase aus. Zugleich drückte er die Zigarette sorgsam aus, nachdem er ein Stück des hölzernen Bodens neben sich frei gewischt hatte. Herman trat mit einem zufriedenen Nicken neben ihn und wartete, bis Frank den Kopf in den Nacken legte und zu ihm hochsah, dann schlug er ihm den Schädel ein.

Frank versuchte nicht, sich zu wehren oder dem ersten Schlag auch nur auszuweichen. Er gab auch keinen Laut von sich, sondern kippte einfach mit gebrochenem Schädel nach hinten und starrte aus leblosen Augen die Decke an.

Ein zweiter Schlag wäre nicht mehr nötig gewesen. Von neuem Wissen und daraus geborener Entschlossenheit durchströmt, hatte Herman ein einziger kraftvoller Hieb gereicht, um ihn auf der Stelle zu töten. Trotzdem schlug er noch einmal zu und noch einmal – so lange, bis Franks Gesicht und Schädel nur noch eine einzige breiige Masse aus Blut und zerfetztem Fleisch und Knochensplittern und grauer Gehirnmasse waren.

Ein plötzlicher durchdringender Gestank stieg ihm in die Nase und bewies, dass Frank im Moment seines Todes die Kontrolle über seine Körperfunktionen verloren hatte. Doch so ekelhaft dieser Gestank auch war, sog ihn Herman doch mit geschlossenen Augen und so tief in die Lungen, wie er nur konnte, denn dies war nicht nur der Gestank des Todes, sondern auch der Geruch seiner Zukunft, der Duft der größten Labsal, die nur derjenige zu schätzen vermochte, der den Mut aufgebracht hatte, sie einmal zu kosten.

Und es war noch nicht vorbei.

Herman maß den leblosen Körper noch einmal mit einem langen, neugierigen Blick, bei dem er sich zugleich beiläufig fragte, warum ihn das entsetzliche Bild eigentlich nicht erschreckte. Dann zwang er seine schmerzenden Muskeln, sich wieder zu bewegen, wandte sich um und ging zur Leiter zurück. Da er seine Kleider nicht besudeln wollte, warf er das Holzbein in die Tiefe und stellte bei dieser Gelegenheit fest, dass Matthew verschwunden war. Aber er machte sich keine Sorgen. Matthew war ein harter Bursche, aber nicht einmal er würde mit einer so schweren Verletzung weit kommen. Und ihn jagen zu müssen, machte es nur spannender.

Trotzdem blieb er auf der Hut und hielt allein auf dem kurzen Stück nach unten zweimal an, um sich aufmerksam umzusehen. Matthew war nicht mehr da, doch dort, wo er aufgeschlagen war, bewies ein großer dunkler Fleck die Wucht seines Sturzes.

Herman ging hin, ließ sich in die Hocke sinken und tastete behutsam mit den Fingerspitzen über den Boden. Er fühlte Blut, dessen Geruch von Leid und großer Angst erzählte. Eine breite Schleifspur führte von dort aus zur Tür und löste sich in der gleißenden Helligkeit draußen auf.

Herman folgte ihr. Es war erstaunlich, wie weit der Junge in den wenigen Minuten gekommen war, die er gebraucht hatte, um Frank zu töten – tatsächlich hatte Matthew den Waldrand nicht nur schon erreicht, sondern war im Unterholz verschwunden. In dem erbärmlichen Zustand, in dem er sich zweifellos befand, hatte er aber mehr als genug Spuren hinterlassen. Herman konnte sogar die Geräusche hören, die er verursachte, während er sich mühsam weiterschleppte.

Er folgte ihnen, wenn auch nicht in direkter Linie, so dass er sich ihm nicht von hinten näherte, sondern ihn in einem respektvollen Bogen umging.

Eine Vorsichtsmaßnahme, die sich als berechtigt erwies. Matthew war ganz offensichtlich schwerer verletzt, als er angenommen hatte, aber das hinderte ihn nicht daran, sich mit beiden Ellbogen und der unverletzten Hand vorwärtszuziehen. Er hatte sogar einen Stein ergriffen, um ihn als Waffe zu benutzen, und Herman verspürte eine neue Art von Erregung. Ein Wild zu jagen, das sich verteidigte, war aufregend.

Trotzdem schwang er das Holzbein wie einen Schneebesen und prellte Matthew nicht nur sofort den Stein aus der Hand, sondern wich auch vorsichtshalber wieder einen raschen Schritt zurück, bevor er seine Keule sinken ließ und Matthews Blick suchte.

»Du bist wirklich stark«, sagte er anerkennend. »Sogar noch stärker, als ich gedacht habe. Fast schon schade, dass es jetzt aufhört. Wir hätten noch eine Menge Spaß haben können.«

»Das können wir immer noch«, antwortete Matthew gepresst. »Was du mit Frank gemacht hast, ist mir scheißegal.

Früher oder später hätte ich die kleine Ratte wahrscheinlich selbst umgebracht. Du musst mich nicht töten.«

Herman glaubte ihm sogar. Matthew sagte das nicht, um sein Leben zu retten, jedenfalls nicht nur. Er meinte es vollkommen ernst, und wäre es andersherum gewesen und er hätte zuerst Matthew erschlagen, so dass Frank nun hier lag und um sein Leben bettelte, dann hätte er ihn vielleicht sogar verschont, wenigstens für eine Weile. Aber nicht Matthew. Sie waren sich viel zu ähnlich.

Er versetzte Matthew einen sachten Stoß mit dem hölzernen Absatz, der eher symbolisch gemeint war und eigentlich kaum wehtun konnte, doch Matthew heulte trotzdem so schrill auf, als hätte er ihm ein glühendes Messer in den Leib gerammt. Herman nahm an, dass er sich bei seinem Sturz weitere Knochen gebrochen oder sich sogar noch schlimmere innere Verletzungen zugezogen hatte.

Er wartete, bis Matthew nicht mehr schrie, sondern nur noch wimmerte, und versetzte ihm einen weiteren (sehr viel behutsameren) Stoß, um ihn auf die Seite zu rollen. Matthew wimmerte lauter, und rosafarbene Schaumbläschen erschienen auf seinen Lippen, um in fast rhythmischem Wechsel zu platzen.

»Ich wette, jetzt würdest du alles darum geben, noch zwei gesunde Beine zu haben, um dich auf mich zu werfen. Was würdest du denn für ein heiles Knie eintauschen? Eine Hand? Einen Arm? Oder sogar dein bestes Stück?«

Bei jeder Frage versetzte er Matthew einen Stoß gegen das bezeichnete Körperteil, auf den dieser mit einem schrillen Aufheulen reagierte. Maßloser Schmerz loderte in Matthews Augen auf, und mindestens genauso große Wut, zu Hermans Enttäuschung aber noch immer keine Angst. Das machte ihn jedoch noch zorniger. Matthew wollte ihn um seinen rechtmäßigen Lohn betrügen, und das würde er nicht zulassen.

»Damit kommst du nicht durch«, presste Matthew hervor.

»Und wie kommst du darauf? Jeder weiß doch, dass wir gute

Freunde sind. Warum sollte ich euch was tun – wo ihr zwei noch dazu so viel stärker seid als ich?«

»Du bringst mich lieber um«, stöhnte Matthew. »Sonst tue ich es, wenn ich wieder laufen kann.«

»Das werde ich.« Herman trat mehrere Schritte zurück, dann legte er mit einer bedächtigen Bewegung das Holzbein auf den Boden. Etliche Sekunden lang stand er einfach nur da und sah an sich herab, bis er schließlich nickte, fast als hätte er sich selbst in Gedanken eine Frage gestellt und auch gleich beantwortet, wich noch ein weiteres Stück vor dem zuckenden Jungen zurück und begann sich auszuziehen.

»Was … was hast du … vor?«, keuchte Matthew.

»Keine Sorge«, sagte Herman lächelnd. »Ich will nur nicht, dass meine Kleider schmutzig werden.«

Er zog alles bis auf die Unterhosen aus und trennte sich nach kurzem Zögern auch noch davon – was ihm ein bisschen peinlich war, aber es wäre ihm schwergefallen zu antworten, wenn seine Mutter ihn bei der nächsten Wäsche fragte, woher das eingetrocknete Blut kam. Er legte alles ordentlich zusammen und deckte es nur zur Sicherheit auch noch mit reichlich trockenem Laub ab. Erst dann hob er das Holzbein wieder auf und ging zu Matthew zurück.

Dessen Blick hatte sich wieder ein bisschen geklärt, und seine Augen waren groß und schwarz vor Zorn. Sein Mund zuckte ununterbrochen, weil er gegen das qualvolle Stöhnen ankämpfte, das ihm über die Lippen kommen wollte. Stattdessen knirschte er nur mit den Zähnen, und Hermans Ärger wuchs. Matthews Tod würde süß sein und ihm Kraft für die nächsten Jahre geben, dessen war er ganz sicher, aber das wirklich Kostbare daran war die Angst. Herman erschauerte jetzt noch innerlich vor Wonne, wenn er daran zurückdachte, wie herrlich Franks Panik geschmeckt hatte. Er würde sich nicht von Matthew darum betrügen lassen. Aber er würde dafür bezahlen, es überhaupt *versucht* zu haben.

Ganz leise wehte das Glockengeläut der Kirche an sein Ohr, und Herman ergriff seine improvisierte Henkerskeule mit beiden Händen und begann in Gedanken zu zählen. Spätestens wenn er bei dreißig angekommen war, würden sich alle in der Kirche versammelt haben und unter Reverend Folsoms gestrengen Blicken das erste Lied anstimmen. Jetzt hatte er Zeit. Sicherlich würde sein Vater ihn verprügeln, weil er den Gottesdienst geschwänzt hatte, aber das würde spätestens dann vergessen sein, wenn der ganze Ort anfing, über ein anderes Thema zu reden.

Nachdem er Matthew noch eine Weile nachdenklich gemustert hatte, ging er langsam um ihn herum und blieb schließlich so stehen, dass der Junge ihn gerade nicht mehr sehen konnte; jedenfalls nicht, ohne sich auf sein zerschmettertes Knie zu rollen.

»Was … was hast du vor?«, fragte Matthew. War das Beben in seiner Stimme immer noch bloßer Schmerz, oder hörte er nun doch eine Spur von erwachender Angst? Er würde es herausfinden.

Herman holte aus und ließ seine improvisierte Keule gleich darauf wieder sinken, als ihm eine Idee kam. Eigentlich kam sie ihm gar nicht jetzt. Sie war die ganze Zeit über schon da gewesen, nur hätte er sie beinahe vergessen; doch schließlich war er nicht allein, und sein unsichtbarer Verbündeter erinnerte ihn zuverlässig an Manderleys erstaunten Blick, als sie den auf so auffällige Weise gefalteten Dollar sah, den Tohorse ihm gegeben hatte.

Er ging noch einmal zu seinen Kleidern zurück, holte den zusammengefalteten Geldschein und schob ihn in Matthews Gesäßtasche; mit einem leisen Gefühl des Bedauerns, aber auch innerlich jubilierend, als er spürte, wie Matthews Furcht regelrecht explodierte.

»Was tust du da?«, wimmerte Matthew. »Was hast du vor? Herman – *bitte!*«

»Das ist nichts, wovor du Angst haben musst«, sagte Herman fröhlich. »Mein Vater würde es eine Investition nennen, weißt du?«

Er ergriff das Holzbein fest mit beiden Händen, aber er

wartete noch, bis der Wind die ersten Töne des Gesanges herantrug.

Er begann bei Matthews Füßen und arbeitete sich langsam bis zu seinem Gesicht hoch.

Und er ließ sich Zeit.

Chicago, Illinois, 1893

»Das dürfen Sie auf gar keinen Fall zulassen«, sagte Peizel. »Wenn sie mit den Nachbarn spricht und sie ihr alles erzählen, woran sie sich erinnern, dann dauert es nicht mehr lange, bis dieser Detektiv zwei und zwei zusammenzählt und auf uns kommt.«

Mudgett war weder der Meinung, dass Peizel recht hatte, noch, dass es ihn etwas angegangen wäre, wäre es der Fall gewesen.

»Da gibt es nicht viel, woran sie sich erinnern können, Mr Peizel«, antwortete er. »Ich war vorsichtig wie immer. Ich wundere mich fast ein bisschen, Ihnen das sagen zu müssen.«

»Es geht nicht um die Nachbarn oder das Mädchen«, antwortete Peizel. »Dieser Detektiv. Ich trau dem Kerl nicht.«

»Weil er zu Ihren natürlichen Feinden gehört?«, erkundigte sich Mudgett belustigt.

Peizel ignorierte die Anspielung. »Ich kenne solche Burschen«, sagte er. »Er spielt den Dummkopf, und wahrscheinlich nehmen ihm die meisten das auch ab. Aber ich nicht. Holmes hätte ihn rauswerfen sollen.«

»Was er aber unglückseligerweise nun einmal nicht getan hat«, erwiderte Mudgett. »Und jetzt beruhigen Sie sich bitte. Selbst wenn dieser Detektiv so gut sein sollte, wie Sie annehmen … es gibt nicht allzu viel, was er herausfinden könnte, das wissen Sie doch. Ich war vorsichtig.«

Peizel sah nicht überzeugt aus, sondern eher noch missmutiger. Immerhin sagte er nichts mehr, sondern begann die ungleich langen Spitzen seines Schnauzbartes zu zwirbeln, wie er es immer tat, wenn er nervös war. Die Wunde, die er sich durch eigenes Ungeschick zugefügt hatte, war so schnell verheilt, wie Mudgett es von ihm gewohnt war – obwohl es ihn selbst noch immer in Erstaunen versetzte –, aber sein Bart war noch längst nicht wieder nachgewachsen, und aus irgendeinem Grund schien er bisher noch nicht einmal auf den naheliegenden Gedanken gekommen zu sein, die andere Hälfte ebenfalls zu kürzen. Das Ergebnis sah einigermaßen lächerlich aus.

»Ich weiß Ihre Sorge wirklich zu schätzen, Mr Peizel«, fuhr Mudgett in weit sanfterem Ton fort, als ihm zumute war. »Aber sie ist auch übertrieben. Glauben Sie mir, da gibt es nichts, was zu uns führen würde. Wie auch? Sie haben Holmes gehört. Er erinnert sich kaum an mich, auch wenn ich gestehen muss, dass mich das ein wenig schmerzt. Und selbst wenn es anders wäre … Sie werden diesen Detektiv im Auge behalten, und im Zweifelsfall verlasse ich mich darauf, dass Sie schon wissen, was zu tun ist.«

Peizel funkelte ihn finster an, und Mudgett verspürte schon wieder einen Anflug jener sonderbaren Trauer, die er sich im Zusammenhang mit Peizel gar nicht erklären konnte. Er hatte sich getäuscht. Nachdem Peizel ihm bisher so zuverlässig gedient hatte, war er wie ganz selbstverständlich davon ausgegangen, dass es immer so weitergehen würde, aber das stimmte nicht. Nun, wo Peizel die Schwelle einmal überschritten hatte, erwachte sein Trotz nur umso rascher und mit unerwarteter Stärke. Ihm würden keine Jahre mehr bleiben. Vielleicht nicht einmal mehr Monate oder Wochen.

»Das gefällt mir nicht«, sagte Peizel. »Der Kerl ist Detektiv, kein kleines Mädchen, dessen Verschwinden niemandem auffällt.«

»Sie haben Angst vor ihm«, stellte Mudgett amüsiert fest.

Peizel gab sich nicht einmal die Mühe, darauf zu antworten. »Wenn so jemand verschwindet, dann fangen die Leute an, Fragen zu stellen. Ein Detektiv bleibt ein Detektiv.«

»Der Bursche ist *Versicherungs*detektiv, kein Polizeibeamter«, antwortete Mudgett geduldig. »Genau genommen ist er ein Zivilist, der nicht mehr Befugnisse hat als Sie oder ich, aber vermutlich sehr viel mehr Feinde als wir beide zusammen. Niemand mag Schnüffler, Mr Peizel.«

Er machte eine ärgerliche Geste, als Peizel abermals widersprechen wollte. »Aber so weit ist es ja noch lange nicht. Vielleicht sollten Sie mit Holmes über Ihre Vermutung sprechen oder mit Miss Christen. Sie wird sicher erfreut sein, dass Sie diesen Mann für so fähig halten.«

Peizel funkelte ihn nun unübersehbar feindselig an, doch Mudgett fuhr schon in abermals verändertem Tonfall fort: »Ich kümmere mich darum, Mr Peizel. Ich behalte Holmes und das Mädchen im Auge, und Sie tun dasselbe mit Mr Geyer. Davon abgesehen: Wie geht es unserem guten Mr Porter?«

»Er ist fertig«, antwortete Peizel. »Wenigstens so gut wie.«

»Was denn nun?«, fragte Mudgett, wobei er ganz bewusst eine sachte Schärfe in seine Stimme einfließen ließ, die Peizel nur zu gut kannte.

»Heute Abend«, brummte Peizel. Er hörte auf, seinen deformierten Bart zu zwirbeln, und wich nun auch seinem Blick aus. »Ich muss noch ein paar Gelenke verbinden. Mir sind die Drähte ausgegangen.«

»Dann besorgen Sie neue«, beschied ihm Mudgett. »Und wenn Sie schon unterwegs sind, dann geben Sie gleich diesem Hausmeister Bescheid, dass wir die Lieferung heute Abend machen, am üblichen Ort.«

»Vereinbart war morgen«, erinnerte Peizel.

»Morgen«, sagte Mudgett, »könnte es schwierig werden. Ich kenne Holmes' Pläne für heute, und sein Besuch ist sicher müde von der langen Reise. Aber was, wenn er Sie morgen den ganzen Tag braucht, um die junge Lady durch die Stadt zu fahren und zu beeindrucken – oder vielleicht auch noch die halbe Nacht? Sie kennen Holmes. Er ist ein Angeber und Charmeur, der keinem Weiberrock widersteht. Nein, wir erledigen es heute.«

Er gab Peizel mit einem kurzen Schweigen Gelegenheit, dagegen zu protestieren, deutete schließlich ein Schulterzucken an und verfiel wieder in eine sanftere Tonart. »Und wenn es Sie beruhigt, Mr Peizel, dann stellen wir unsere Aktivitäten ein, solange Mr Geyer und diese junge Lady anwesend sind. Reicht das aus, um Ihre Befürchtungen zu zerstreuen?«

»Nein«, antwortete Peizel unerwartet offen. »Aber es ist besser als nichts.«

»Dann sind wir uns ja einig«, erwiderte Mudgett kühl. »Und jetzt gehen Sie und besorgen Sie das benötigte Material. Und reden Sie mit diesem Hausmeister. Sie haben ihm gesagt, dass unsere Preise gestiegen sind?«

»Er war nicht begeistert«, antwortete Peizel. »Wollte Schwierigkeiten machen. Aber ich konnte ihn davon überzeugen, dass das keine so kluge Idee war.«

Peizel starrte ihn weiter an, doch dann nickte er, und etwas änderte sich in seinem Blick. Seine Augen funkelten noch immer in genau demselben Zorn, der ihn schon bald das Leben kosten würde, doch nun erschien auch ein Ausdruck von Stolz darin, dessen er sich anscheinend nicht erwehren konnte. Nach einer letzten quälenden Sekunde drehte er sich auf dem Absatz herum und bückte sich gleichzeitig, um sich nicht den Kopf an der niedrigen Tür zu stoßen.

Mudgett sah ihm nicht nur mit unbewegtem Gesicht nach, bis er das gemauerte Kellergewölbe verlassen und die schwere Tür hinter sich zugezogen hatte, sondern folgte ihm auch und legte einen mindestens genauso überdimensionierten Riegel vor. Erst als dieser mit einem schweren metallenen Klacken einrastete, atmete er hörbar auf und ließ die Maske fallen, die er auf sein Gesicht gezwungen hatte.

Blanker Zorn verzerrte seine Züge, und er ballte die Hände so heftig zu Fäusten, dass das Knacken seiner Gelenke wie das Geräusch eines ganzen Büschels Reisig, das zerbrochen wurde, durch das fensterlose Gewölbe hallte.

Der Raum war so niedrig, dass ein groß gewachsener Mann wie Peizel nur unter dem höchsten Punkt des Gewölbes aufrecht stehen konnte, und so verwinkelt, dass er schon fast etwas Labyrinthartiges hatte. Es gab zahlreiche Gaslampen, von denen allerdings nur eine einzelne brannte, so dass Schatten und Dunkelheit vorherrschten und die Einrichtung zu formlos kauernden Umrissen zusammenschmolz. Es gab keine Fenster und hatte auch niemals welche gegeben, um keine verräterischen Gerüche oder gar Schreie aus dem unterirdischen Folterkeller nach außen dringen zu lassen. Luft wurde durch ein System sinnreich angeordneter Kanäle und Schächte hier herunter und verbraucht wieder ins Freie geleitet, und das wenige an Abfällen, das ihre grausige Arbeit zurückließ, konnte in einem gewaltigen Brennofen entsorgt werden, den Peizel und er nicht nur gemeinsam aufgebaut hatten, sondern der auch seiner eigenen Konstruktion entsprang. Darauf gefasst, manchmal viele Stunden hier unten verbringen zu müssen, wenn nicht Tage, hatte Mudgett sogar eine kleine Kochgelegenheit sowie rudimentäre sanitäre Anlagen eingebaut, beides aber noch nie benutzen müssen. Wenn es überhaupt einen Aspekt seiner Arbeit gab, mit dem er nicht zufrieden war, dann der, dass es niemals lange genug dauerte.

Vielleicht lag es an der Auswahl seiner Opfer – die wiederum in ihrer ganz besonderen Art begründet war –, dass sie niemals stark genug zu sein schienen und niemals lange genug durchhielten, um seinen Hunger tatsächlich zu stillen, und vielleicht würde Peizel ja der Allererste sein, der …

Mudgett erschrak so sehr über seinen eigenen Gedanken, dass er ihn nicht einmal ganz zu Ende dachte, geschweige denn ihm gestattet hätte, die dazugehörigen Bilder hinter seiner Stirn entstehen zu lassen, deren Verlockung er sich vielleicht nicht mehr hätte widersetzen können. Er würde sich Peizels entledigen müssen, das wusste er, und das vielleicht eher, als er noch vor einem Tag geglaubt hatte. Doch von allen Menschen, die er jemals kennengelernt hatte, war William Peizel vielleicht derjenige, der dem Begriff *Freund* noch am nächsten kam. Nicht so nahe, dass er es sich leisten konnte, ihn zu verschonen, doch er würde ihm zumindest einen schnellen und schmerzlosen Tod gewähren.

Er überzeugte sich noch einmal pedantisch davon, dass die Tür auch wirklich sicher verschlossen war. Es gab nur eine Handvoll Menschen, die überhaupt von der Existenz dieses Raumes wussten, und selbst diesen wäre es jetzt nicht mehr möglich gewesen, hier hereinzukommen.

Mudgett durchquerte den Raum, wobei er mit traumwandlerischer Sicherheit allen Hindernissen auswich, die in der Dunkelheit auf ihn lauerten, entriegelte eine schmale Tür und betrat jenen Teil des verborgenen Labyrinths, den auch Peizel noch niemals zu Gesicht bekommen hatte, obgleich er als einer von wenigen überhaupt von dessen Existenz wusste. Das Atmen fiel ihm hier spürbar schwerer, denn es gab keine Luftschächte mehr, und es war so dunkel, dass er nicht einmal mehr die sprichwörtliche Hand vor Augen sah. Er hätte eine Lampe anzünden können, von der er auf den Zentimeter genau wusste, wo sie in der völligen Schwärze verborgen stand, aber er verzichtete darauf und bewegte sich weiter mit derselben traumwandlerischen Sicherheit, nur den Bildern folgend, die ihm seine Erinnerung zeigte.

Er legte die letzten Schritte vorsichtiger und mit tastend ausgestreckten Händen zurück, bis er gegen einen schweren Vorhang aus Filz stieß, der dick genug war, um nicht nur alles Licht zu verschlucken, sondern auch jeden Laut. Ein ganz sachter, grauer Schimmer geleitete ihn in einen quadratischen Raum, der keine Decke hatte. Aus der völligen Schwärze, die ihren Platz einnahm, hing eine Anzahl schwerer Ketten, die so sorgsam eingefettet waren, dass sie so gut wie kein Geräusch verursachten, als Mudgett sie zur Seite schob. Dennoch machte er sich in Gedanken eine Notiz, etwas an dieser Konstruktion zu ändern. Sie tat ihren Dienst und war gut, aber eben noch nicht perfekt, und Mudgett hasste es, wenn etwas das Potenzial zur Perfektion hatte und es nicht war.

Der Lichtschein nahm zu, und Mudgett folgte sowohl ihm als auch der besser werdenden Luft eine schmale, aus Beton gegossene Treppe nach oben. Auch war es hier nicht mehr so still wie in der Todesgruft, aus der er kam. Ganz leise war das Murmeln von Stimmen zu hören, möglicherweise auch ein helles Kinderlachen, Schritte und Hantieren und zahlreiche andere Laute, die er einzeln nicht identifizieren konnte und in ihrer Gesamtheit das bildeten, was er für sich den Herzschlag des Hauses nannte.

Mudgett fragte sich nicht zum ersten Mal, ob es sich im Inneren eines menschlichen Körpers auch so anhörte. So tief er bei seiner Arbeit auch in die Geheimnisse des Fleisches vorgedrungen war, so hatte er doch längst nicht alle Rätsel gelöst. Mit jeder Antwort, die er fand, schienen sich ihm zugleich auch mindestens drei neue Fragen zu stellen: War es im Inneren des Menschen eigentlich still? Zweifellos hörte man den Herzschlag, der wie regelmäßiger dumpfer Trommelwirbel in jede einzelne Zelle dieser großen weichen Maschine drang, aber waren da auch noch andere Laute? Was war mit dem Atem, der wie Wind durch die gewaltige Tropfsteinhöhle der Lungen strömen mochte, und hörte man vielleicht das Rauschen des Blutes, das durch das Netzwerk der Arterien und Venen strömte? Was war mit den Säften des Magens und der anderen Organe und den Gasen, die im Verdauungstrakt entstanden? Und überhaupt: Was war mit den Gelenken und Sehnen? Arbeiteten sie lautlos, oder verursachten sie ein beständiges Quietschen und Knarren und Klappern und Schmatzen? Was herrschte im Inneren eines menschlichen Körpers – himmlische Ruhe, oder arbeitete Gottes Mechanik mit gewaltigem Getöse?

Je heller das Licht und je deutlicher die Geräusche wurden, desto vorsichtiger bewegte sich Mudgett. Da die Treppe aus genau diesem Grund aus Beton gegossen war, verursachten seine Schritte nicht den mindesten Laut, und er wusste auch, wie dick die Wände waren, schließlich hatte er etliche davon mit eigenen Händen gebaut. Aber er hatte sich schon vor vielen Jahren angewöhnt, lieber zu vorsichtig zu sein, anstatt nachlässig zu werden. Außerdem wusste er, dass sich erst vor wenigen Tagen ein Gast bei Holmes beschwert und behauptet hatte, er hätte Ratten im Gemäuer gehört. Wie war noch gleich sein Name gewesen?

Richtig. Porter.

Mudgett gestattete sich eines seiner seltenen Lächeln, nahm sich aber zugleich auch sehr ernsthaft vor, sich auch dieses Problems in Bälde anzunehmen. Das Geld, das er von dem Fabrikanten erpresst hatte, war zwar schon zum Gutteil eingeplant, um die dringendsten Löcher zu stopfen, doch er machte sich keine großen Sorgen darum, neues aufzutreiben. Darin war er fast so gut wie im Geschäft des Tötens.

Schwieriger würde es sich schon gestalten, Holmes loszuwerden. Er begann misstrauisch zu werden. Nicht sehr und nicht schnell, aber Mudgett war sensibel genug, um auch diese kleinen Zeichen zu deuten, und er wäre nicht so lange ungestraft mit seinem Tun davongekommen, hätte er zum Leichtsinn geneigt. Er würde sich etwas einfallen lassen müssen, um ihn loszuwerden. Vielleicht fiel ihm ja ein Grund ein, aus dem er Holmes auf irgendeine Reise schicken konnte, möglichst weit weg und am besten für mehrere Tage.

Er erreichte die dritte Etage, blieb einen Moment stehen, um zu lauschen, und wandte sich dann nach links. Holmes hatte dem Mädchen das große Eckzimmer gegeben, eine aus zwei großzügig geschnittenen Räumen und einem separaten Bad bestehende Suite, wie sie die meisten in einem Hotel wie diesem nicht einmal erwarteten – was nicht nur nobel war, sondern ihn auch zwang, das Gebäude einmal zur Gänze zu durchqueren. Mudgett war sehr sicher, dass diese Etage so gut wie leer stand.

Dennoch bewegte er sich so vorsichtig, wie er überhaupt nur konnte, und achtete auch sorgsam darauf, nicht mit den Schultern gegen die Wände des schmalen Ganges zu stoßen und dabei ein verräterisches Geräusch zu verursachen. Holmes war möglicherweise naiv, aber nicht dumm. Wenn die Beschwerden über Mäuse in den Wänden überhandnahmen, dann würde er irgendwann nachsehen.

Bevor er das winzige Guckloch öffnete, lauschte er noch einmal einen Moment und mit angehaltenem Atem. Ein ganz schwaches Geräusch drang durch die dünne Trennwand aus

Stroh und Gips, regelmäßig und nicht wirklich zu identifizieren und allein deshalb ein wenig beunruhigend.

Er würde es nicht herausfinden, wenn er weiter hier herumstand und nichts tat.

Unendlich behutsam hob er die Hand und schob die kleine Holzscheibe zur Seite, die das Guckloch verschloss. Er hatte den Spion, dessen Durchmesser nicht einmal der Größe seines kleinen Fingernagels entsprach, eigenhändig ins Zentrum einer der schwarzen Blumen gebohrt, die die kostbaren Seidentapeten auf der anderen Seite zierten. Es war ausgeschlossen, dass ihn jemand entdeckte. Selbst ihm fiel es schwer, das winzige Loch zu finden, wenn er auf der anderen Seite stand, obwohl er doch wusste, wo er zu suchen hatte. Dennoch öffnete er es sehr vorsichtig und war innerlich darauf gefasst, dem Blick eines misstrauischen Augenpaares zu begegnen und Erschrecken oder auch Zorn darin aufblitzen zu sehen.

Im allerersten Moment sah er allerdings gar nichts. Nahezu total dunkel, wie es hier drinnen war, bot sich die andere Seite seinen Augen als ein weißer Nebel aus schon fast schmerzhaft hellem Licht, in dem sich nur nach und nach die vertrauten Konturen der Einrichtung materialisierten. Das Geräusch wurde lauter, und er hatte erneut das Gefühl, es eigentlich erkennen zu müssen.

Das Zimmer hatte sich verändert. Mudgetts Lippen kräuselten sich zu einem dünnen verächtlichen Lächeln, als er sah, dass Holmes nicht nur die besten Möbel aus den anderen Zimmern zusammengetragen, sondern auch frische Blumen besorgt und zu einem halben Dutzend bunter Sträuße auf Tischen und Anrichten arrangiert hatte.

Arlis hatte sich komplett bis zu den Schuhen angezogen auf dem Bett ausgestreckt und im Schlaf auf die Seite gerollt. Erst als Mudgett in ihr entspanntes Gesicht blickte, identifizierte er den sonderbaren Laut: Sie war nicht nur eingeschlafen, sondern schnarchte auch leise.

Mudgett ertappte sich bei einem abermaligen Lächeln, wenn auch nun von vollkommen anderer Art. Schnarchen war für ihn per se etwas Ordinäres, über das er so wenig reden, geschweige denn es miterleben wollte wie Flatulenzen oder Erbrechen, so natürlich und menschlich es auch sein mochte. Bei den seltenen Gelegenheiten, zu denen er es einer Frau gestattet hatte, in seinem Bett zu übernachten (und es zu überleben), hatte er streng darauf geachtet, dass sie nicht schnarchte, und sie regelmäßig wach gerüttelt – und das eine oder andere Mal diese widerwärtigen Geräusche auch mit seinem Rasiermesser zum Verstummen gebracht.

Bei Arlis war es anders. Statt ihn anzuekeln, weckte das Geräusch seine Beschützerinstinkte. Am liebsten hätte er sein Versteck verlassen und wäre zu ihr gegangen, um sie in die Arme zu schließen; nicht aus irgendwelchen niedrigen Beweggründen heraus, sondern einfach, weil sie das Bedürfnis in ihm wachrief, sie vor der ganzen Welt und dem Leben zu beschützen.

Auch das war etwas, das Arlis mit ihrer Schwester auf schon fast unheimliche Weise gemein hatte. Sie beide gehörten zu den schönsten Frauen, denen er jemals begegnet war, und von Endres hatte er alles bekommen, was sich ein Mann nur von einer Frau wünschen konnte. Dennoch gehörten all die Nächte, in denen er einfach dagelegen und sie in den Armen gehalten hatte, um die Schönheit ihres Gesichts und ihres Körpers mit den Augen zu verschlingen, zu seinen schönsten Erinnerungen.

Trauer überkam ihn, und er spürte das Nagen seines schlechten Gewissens; ein Gefühl, das ihn schon allein deshalb verstörte, weil er es praktisch nicht kannte. Sicherlich war es notwendig gewesen – um genau zu sein, hatte er keine Alternative gehabt –, aber da war ein nicht kleiner Teil in ihm, der darauf beharrte, dass es *falsch* gewesen war, sie zu töten, und es zutiefst bedauerte.

Ganz flüchtig versuchte er sich vorzustellen, wie es sein mochte, ihr Herz zu erobern und noch einmal von vorne zu beginnen. Vielleicht hatte er ja dieses Mal Erfolg, und es würde ihm gelingen, seine Fehler zu vermeiden und alles richtig zu machen. Endres war nicht einfach nur ein weiteres Mädchen gewesen, das er kennengelernt und mit dem er ein wenig Spaß gehabt hatte. Auf eine krude Art hatte er sie geliebt und sie ihn sicherlich auch, wenigstens am Anfang. Wäre alles anders gekommen, wenn sie sich unter anderen Vorzeichen und vor allem *früher* begegnet wären?

Mudgett brachte die Stimme in seinen Gedanken mit einer bewussten Anstrengung zum Schweigen und gestattete sich den kleinen Luxus, noch einige kostbare Sekunden lang einfach dazustehen und ihr schönes Gesicht zu betrachten, ehe er die winzige Klappe genauso lautlos wieder schloss, wie er sie geöffnet hatte, und sich auf den Rückweg machte. Er war zu einem Entschluss gekommen. Wenn es irgendwie möglich war, dann würde er ihr Leben verschonen. So gefährlich ihre Anwesenheit hier auch sein mochte, erschien es ihm einfach nicht richtig, sie zu töten.

Aber vielleicht blieb ihm keine andere Wahl.

Chicago, Illinois, 1893

Holmes war mit wirklich schlimmen Kopfschmerzen aufgewacht, und in den gut anderthalb Stunden, die seither vergangen waren, hatten sie sich nicht gebessert, sondern waren nur noch schlimmer geworden; das körperliche Unwohlsein war nicht einmal das Schlimmste. Da war auch noch die Erinnerung an einen Traum, die nur deshalb schemenhaft blieb, weil er ihr nicht gestattete, Gestalt anzunehmen. Sie hatte etwas mit Arlis zu tun, vielleicht auch mit Endres, und mit ihm und dem Geruch schwitzender Körper und anderer Dinge, die er nicht einmal zu Ende zu denken wagte, denn das hätte ihm nicht nur die Schamesröte ins Gesicht getrieben, sondern es ihm wahrscheinlich auch unmöglich gemacht, Arlis auch nur noch einmal in die Augen zu sehen.

»Es ist jetzt nicht mehr sehr weit«, sagte Geyer genau in diesem Augenblick, als hätte er seine Gedanken gelesen. »Glauben Sie, dass Sie es noch ein paar Minuten durchhalten?«

Die Frage galt Arlis, die auf der schmalen Bank auf der anderen Seite saß und nicht nur ein zusammengelegtes Spitzentuch gegen die Lippen presste, sondern auch sehr blass war.

»Und wenn die Antwort *nein* lauten würde, Mr Geyer?«, fragte sie. »Würden Sie dann mit den Fingern schnippen und mich in Windeseile ins Hotel zurückbefördern, oder würden wir einfach umkehren und eine weitere Stunde durch diesen Gestank und Lärm zurückfahren, und das ganz ohne irgendein Ergebnis?«

Geyer wollte antworten, doch Arlis brachte ihn mit einem strengen Blick zum Verstummen und wandte sich demonstrativ an Holmes. »Wieso ist diese Stadt so hässlich, Mr Holmes?«, fragte sie. »Endres hat mir geschrieben, wie laut und hektisch es hier ist, aber ich hatte ja keine Vorstellung! Man möchte meinen, dass sich all die Leute hier Mühe geben, ihre Stadt absichtlich in den Ruin zu treiben.«

»Das haben sie gewiss nicht vor«, antwortete Holmes, »aber das Ergebnis ist nahezu dasselbe, muss ich gestehen. Ich kann sie jedoch beruhigen, was diese Gegend angeht. Selbstverständlich habe ich sie überprüft, nachdem mir Ihre Schwester erzählt hat, dass sie zu Mudgett zieht. Sie ist sicher, und es handelt sich durchaus um eine der besseren Gegenden.«

»Der besseren Gegenden?«, ächzte Arlis.

»In diesem Punkt hat er leider recht«, stimmte ihm Geyer zu, während er sein Zigarrenetui zückte und eine Havanna herausnahm. Arlis erhob keine Einwände, als er sie ansteckte, maß ihn aber mit einem unverhohlen ärgerlichen Blick.

Geyer sprach erst weiter, als er den ersten Zug genommen hatte und sein Gesicht halb hinter einem Vorhang aus grauen Schlieren verschwand. »Ich kenne dieses Viertel ebenfalls. Ich würde nicht so weit gehen, es als eine der besseren Gegenden zu bezeichnen, aber es ist ruhig und halbwegs sicher. Selbst eine junge Frau wie Ihre Schwester kann sich hier nach Dunkelwerden noch allein auf die Straße wagen, was man längst nicht über alle Teile der Stadt sagen kann.«

»Und das soll mich jetzt beruhigen?« Christen kämpfte sichtlich um ihre Fassung. »Sagen Sie mir, warum Endres in einer solchen Stadt leben wollte, Mr Holmes. Ich kann das nicht glauben! Nicht Endres!«

»Sie muss sehr verliebt gewesen sein«, sagte Geyer.

»Sie sagen das so, als wäre es etwas Schlimmes.«

»Keineswegs«, erwiderte Geyer. »Ganz im Gegenteil. Liebe ist etwas Wunderbares, vor allem in Zeiten wie heute. Aber sie macht bekanntermaßen auch blind. Ohne vorschnelle Schlüsse ziehen zu wollen, aber könnte es nicht sein, dass Doktor Mudgett es von Anfang an nur auf das Vermögen Ihrer Schwester abgesehen hatte?«

»Sie sind ein misstrauischer Mensch, Mr Geyer«, sagte Arlis.

»Das will ich hoffen«, erwiderte Geyer, »immerhin bezahlen Sie mich dafür.«

»Was sollte das ändern?«, fragte Arlis. »Ob Endres diesen Mann nun geliebt hat oder nicht – sie würde niemals *hier* leben wollen. Um nichts auf der Welt.«

»Und woher wollen Sie das wissen, Miss Christen?«

»Ich kenne meine Schwester«, erwiderte Arlis. »Sie könnte an einem Ort wie diesem nicht leben. So wenig wie ich. Und warum auch? Wir sind nicht unvermögend. Vielleicht nicht so reich, wie manche glauben, aber unsere Mittel reichen doch aus, uns überall ein angemessenes Leben zu ermöglichen. Warum also sollte sie ausgerechnet *hier* leben wollen?«

»Das werden wir sie selbst fragen, sobald wir sie gefunden haben«, antwortete Geyer. Er zwang sich zu einem so unechten Lächeln, dass er damit wohl eher das genaue Gegenteil der beabsichtigten Wirkung erzielte, und zog an der Zigarre, bewies aber diesmal immerhin genug Anstand, Arlis den Qualm nicht direkt ins Gesicht zu blasen. Er nutzte die Bewegung, mit der er den Kopf drehte, um einen Moment lang nach vorne zu blicken und dann nach links. »Biegen Sie bei der nächsten Gelegenheit links ab, Wilfred«, sagte er.

»Sein Name ist William. William Peizel«, verbesserte Holmes. »Seien Sie so freundlich und tun Sie, worum Mr Geyer Sie gebeten hat.«

Der kurze Rest der Fahrt verlief in schon fast feindseligem Schweigen. Schließlich bogen sie in die bezeichnete Seitenstraße ein und hielten vor einem wuchtigen dreigeschossigen Ziegelsteinbau, dessen Fenster zur Hälfte mit Brettern vernagelt waren.

»Und Sie sind sicher, dass dies die richtige Adresse ist?«, fragte Arlis.

Geyer nickte, aber er tat es zögerlich und griff in die Jackentasche, um einen kleinen Zettel herauszuziehen. Erst nachdem er einen Blick darauf geworfen und noch einmal genickt hatte, sagte er: »Ja. Jedenfalls ist es die Straße, die in Ihrem Brief stand, Miss Christen.«

Geyer stieg aus und hielt ihr die Tür auf, versäumte es aber (zu Holmes' stiller Zufriedenheit), ihr beim Aussteigen behilflich zu sein. Arlis' Blick kühlte dann auch um gleich mehrere Grade ab.

»Dann gehen Sie voraus«, sagte sie. »Mr Holmes, wenn Sie so freundlich wären?«

Holmes war so überrascht, dass er eine Sekunde lang ihre ausgestreckte Hand anstarrte, bevor er umso hastiger neben sie trat und den Arm anwinkelte, damit sie sich bei ihm unterhaken konnte.

William hatte ein gutes Stück von der Hausnummer entfernt angehalten, die Geyer ihm genannt hatte, so dass sie noch ein Dutzend Schritte zurücklegen mussten, und wenn es nicht sowieso schon geschehen war, dann befanden sie sich spätestens jetzt im Fokus der allgemeinen Aufmerksamkeit. Eine Horde spielender Kinder, die ihnen gerade noch allerhöchstens den einen oder anderen neugierigen Blick zugeworfen hatten, starrte sie jetzt ganz unverhohlen an, und Holmes meinte auch die Blicke anderer, verborgener Augen zu fühlen. Längst nicht alle kamen ihm freundlich vor.

William war mit ihnen ausgestiegen und hatte sich ihnen nicht nur angeschlossen, ohne dass Holmes es bemerkt hatte – was ungewöhnlich war, denn normalerweise blieb er lieber für sich, vor allem wenn Fremde zugegen waren –, jetzt überholte er sie auf den letzten Schritten sogar und wandte sich linkisch an Holmes.

»Sie denken an unseren Termin, Doktor?«, begann er nervös. »Es wäre nicht gut, wenn wir zu spät kämen.«

Im ersten Moment wusste Holmes nicht einmal genau, wovon er sprach; und im zweiten auch nicht, wenn er ehrlich war. Es musste wohl an seinen Kopfschmerzen liegen, die sich nicht wirklich gebessert hatten; und an Arlis' Nähe selbstverständlich. Ihre Berührung in seiner Armbeuge war nicht nur äußerst angenehm, sondern weckte auch einen ganzen Sturm einander widersprechender Gefühle in seinem Inneren. Die meisten waren ebenfalls angenehm, und zum Teil unbekannter Natur, aber nicht alle. Da waren auch ein gewisses Verlangen und die Erinnerung an seinen Traum, die nicht sein sollte. Und Bilder, denen er nicht gestattete, Gestalt anzunehmen.

Es war Geyer, der ihm vollkommen unerwartet zu Hilfe kam. »Es wird nicht allzu lange dauern, Wilfred«, sagte er.

»William«, verbesserte ihn Holmes, ohne dass es jemanden interessierte.

»Ich glaube nicht, dass Miss Christen Wert darauf legt, länger als unbedingt nötig hierzubleiben.«

»Nein, glauben Sie nicht?«, fragte Arlis spröde. »Warum?«

Geyer antwortete nicht, doch Holmes hätte es auch gar nicht mehr gehört. Er hatte genug Mühe, nichts zu tun, was er spätestens in der darauffolgenden Sekunde bedauern würde. Es war Arlis, die sich noch immer bei ihm einhakte, eine Berührung so sanft wie ein Schmetterling, die trotzdem wie Feuer in seinen Adern brannte. Er musste sich beherrschen, um sie nicht wegzustoßen; oder mit derselben Kraft an sich zu ziehen, was beides vermutlich gleich katastrophal gewesen wäre.

»Vielleicht können Mr Geyer und die junge Lady das ja allein erledigen«, sagte William unbehaglich. Sie hatten vor der Tür angehalten, aber er trat noch immer von einem Fuß auf den anderen. »Wir sind wirklich knapp dran, und hier …«

»… wird es nicht lange dauern«, fiel ihm Holmes ins Wort. »Reißen Sie sich zusammen, William. Was soll denn das? Sie tun ja gerade so, als wollten wir Aladins Räuberhöhle erkunden und kein ganz normales Mietshaus!«

»Es ist eine unsichere Gegend«, pflichtete ihm Geyer bei.

»Ach?«, fragte Arlis. »Haben Sie nicht vor ein paar Minuten behauptet, das hier wäre eines der besseren Viertel?«

»Das ist es auch«, bestätigte Geyer ungerührt. »Sie kennen die anderen nicht.«

Arlis presste die Lippen aufeinander, um die Antwort zurückzuhalten, zu der sie angesetzt hatte, und William nutzte die Gelegenheit, um es noch einmal zu versuchen. »Wenn wir zu spät kommen, könnte das wirklich unangenehm werden, Doktor.«

Holmes wusste immer noch nicht ganz genau, wovon er sprach, und Geyer mischte sich abermals ein: »Ich gebe gerne auf Miss Christen acht, wenn es Ihnen im Moment nicht so gut passt, Doktor Holmes.«

Geyer mit Arlis allein in diese Räuberhöhle gehen lassen? Bestimmt nicht.

Statt zu antworten, löste er behutsam Arlis' Hand aus seiner Armbeuge (was den durchaus angenehmen Nebeneffekt hatte, dass sich ihre Finger für einen kurzen Moment berührten) und streckte die Hand aus, um die Tür zu öffnen.

Peizel kam ihm zuvor, indem er ihn schon fast grob beiseiteschob, mit der Linken die Klinke herunterdrückte und sich zugleich mit der Schulter gegen die Tür stemmte, die dadurch mit einem leisen Knacken aufsprang.

»Waren Sie schon einmal hier?«, fragte Geyer prompt.

»Muss ich nicht«, brummelte Peizel. »Die Tür ist verzogen. Das sieht man doch mit bloßem Auge.«

Dunkelheit und ein so übler Geruch schlugen ihnen entgegen, dass Arlis neben ihm erschrocken die Luft anhielt und die Hand mit dem Spitzentaschentuch vor den Mund hob; eine Bewegung, die Holmes durchaus verstand, auch wenn sie in einer Umgebung wie dieser sonderbar affektiert wirkte.

Es gab nur zwei Türen hier unten, von denen sich eine genau in dem Moment schloss, in dem sie eintraten. Arlis wollte sich dorthin wenden, doch Geyer schüttelte rasch den Kopf und ließ die Bewegung in einer Geste auf die Treppe enden.

»Ihre Schwester hat oben gewohnt«, sagte er. »Im dritten Stock. Hier unten wohnt niemand mehr, der sie oder Mudgett gekannt hat.«

Arlis tauschte einen überraschten Blick mit Holmes, auf den er aber nur ein gleichermaßen hilfloses Schulterzucken zur Antwort bekam. Geyer war offensichtlich immer wieder für eine Überraschung gut.

»Sie waren schon einmal hier?«

Geyer antwortete mit einer Bewegung, die sie mit einigem guten Willen als Nicken auslegen konnten, und begann die Treppe hinaufzusteigen; gerade eine Spur zu schnell, dass Arlis ihnen ohne Mühe folgen konnte, wie Holmes mit einer Mischung aus Missmut und widerwilliger Anerkennung feststellte. Dieser Mann war ihm ähnlicher, als er wahrhaben wollte. Auch er überließ offensichtlich nie etwas dem Zufall.

»Ich habe mich hier umgesehen, als ich Ihren Brief erhalten habe, Miss Christen«, berichtete Geyer, während sie hintereinander die schmale Treppe hinaufhasteten. Arlis musste ihre Röcke raffen, um, ohne über den Saum zu stolpern, mit ihm mitzuhalten. »Von den sechs Familien, die hier gelebt haben, als Ihre Schwester und Doktor Mudgett hier eingezogen sind, lebt jetzt nur noch eine hier. Die anderen sind nach und nach weggezogen.«

»Und warum?«, erkundigte sich Arlis etwas kurzatmig.

»Ich fürchte, es wird Ihnen nicht gefallen, Miss Christen«, antwortete Geyer, »aber Doktor Mudgett hat sich in diesem Haus keiner allzu großen Beliebtheit erfreut. Und Ihre Schwester als seine Frau fast automatisch auch nicht.«

»Endres *war* nicht mit ihm verheiratet!«, protestierte Arlis.

»Hier im Haus hat man jedenfalls etwas anderes geglaubt«, antwortete Geyer.

»Und warum sind all diese Leute ausgezogen?«, wollte Holmes wissen.

»Wie es scheint, hat Doktor Mudgett das Haus vor einem guten Jahr gekauft und zuallererst die Mieten erhöht. Im Gegenzug hat er allerdings keinen Cent mehr in die Erhaltung des Hauses investiert. Sie haben doch gesehen, wie es von außen aussieht. Es verfällt.«

Das hatte Holmes in der Tat – und nicht nur er –, aber er war trotzdem nicht sicher, worauf Geyer hinauswollte.

Arlis nahm ihm die entsprechende Frage ab. »Aber warum sollte er so etwas tun? Das wäre dumm.«

Geyer überwand die beiden letzten Stufen mit einem einzigen Schritt und blieb stehen, damit sie zu ihm aufschließen konnten. »Ich habe es gerade durchaus ernst gemeint, als ich gesagt habe, dass es sich um eines der besseren Viertel der Stadt handelt, Miss Christen. Es ist im Aufschwung, und das schon seit einiger Zeit. Ich denke, Ihr möglicher Schwager in spe hat das erkannt. Die Mieten hier sind niedrig. Aber wenn man die alten Mieter loswird und nur ein wenig Geld in ein paar Eimer Farbe und einige Handwerkerstunden investiert, dann kann man leicht das Doppelte, wenn nicht das Dreifache an Rendite erzielen.«

Arlis war auf der vorletzten Stufe stehen geblieben und sah ihn empört an. »Das ist monströs!«

»Nein«, widersprach Geyer paffend. »Das ist Kapitalismus in seiner reinsten Form. Das, was dieses Land groß gemacht hat, Miss Christen.«

»Das ist Unsinn!«, widersprach Arlis. »Selbst wenn Doktor Mudgett einen derart niederträchtigen Plan verfolgt hätte, hätte meine Schwester niemals dabei mitgemacht!«

»Wenn Sie davon gewusst hätte«, gab Geyer zu bedenken.

»Sie zweifeln damit am Verstand meiner Schwester, Mr Geyer«, sagte Arlis, »und damit auch an meinem.«

Geyer lächelte nur. Als hauptberuflicher Überbringer schlechter Nachrichten war er diese Reaktion wohl gewohnt.

»Warum reden Sie nicht mit Miss Winters?«, fragte er gelassen. Mit dem glühenden Ende seiner Zigarre deutete er auf eine von nur zwei Türen hier oben. »Sie hat Ihre Schwester gekannt. Und Doktor Mudgett natürlich auch.«

Er wartete Arlis' Antwort gar nicht erst ab, sondern trat an eine der Türen heran, um zu klopfen. Doch er hatte die Hand noch nicht ganz gehoben, da wurde bereits von innen geöffnet, und eine ältere Frau in ärmlicher Kleidung und mit einem zu einem strengen Knoten zurückgebundenen Haar trat auf den Flur hinaus.

»Miss Winters.« Geyer begrüßte sie im Tonfall wie eine alte Bekannte. »Wie schön, Sie wiederzusehen. Ich hoffe, wir kommen nicht ungelegen. Ich hatte meinen Besuch angekündigt.«

Jetzt war es Holmes, der Arlis einen überraschten Blick zuwarf. Er hatte Geyer trotz allem falsch eingeschätzt.

»Sie haben gesagt, dass …«, begann Winters und brach dann mitten im Wort ab, als sie Arlis erblickte. Ihre Augen wurden groß. »Miss …«

»Christen«, fiel ihr Geyer ins Wort. »Arlis Christen. Miss Mudgett war ihre Schwester.«

»Ist«, verbesserte ihn Christen.

Winters hörte gar nicht zu. Sie starrte Arlis an. Holmes konnte regelrecht sehen, wie sich die Gedanken hinter ihrer Stirn überschlugen.

»Sie haben den Schlüssel?«, fragte Geyer.

»Miss Mudgett war … Ihre Schwester?«, murmelte sie.

»Wann haben Sie meine Schwester das letzte Mal gesehen?«, fiel ihr Arlis ins Wort.

»Vor … ungefähr fünf Monaten«, antwortete Winters zögernd.

»Können Sie sich an einen besonderen Vorfall erinnern?«, fragte Arlis weiter. »Ein Streit. Eine große Auseinandersetzung? Ein Unfall?«

Winters schüttelte den Kopf.

»Der Schlüssel«, erinnerte Geyer.

Die Grauhaarige nickte und verschwand ohne ein weiteres Wort in ihrer Wohnung.

»Eine seltsame Frau«, murmelte Arlis.

»Vielleicht war sie nur überrascht«, meinte Geyer. Er paffte genüsslich an seiner Zigarre.

Winters kam zurück, einen auffallend großen und kompliziert anmutenden Schlüssel in der Hand. Das dazugehörige Schloss befand sich in der zweiten Tür auf diesem Stockwerk, zu der sie sie mit schnellen Schritten führte.

»Sie haben einen Schlüssel zur Wohnung meiner Schwester?«, wunderte sich Arlis.

»Der Doktor hat ihn mir gegeben, damit ich im Notfall nach dem Rechten sehen kann«, antwortete Winters. Sie mühte sich mit dem Schloss ab, das entweder besonders schwergängig oder kompliziert in der Handhabung zu sein schien. Sehr viel Übung hatte sie jedenfalls nicht damit. »Er war oft in seinen Geschäften unterwegs und wollte wohl sicher sein, dass es seiner … Ihrer Schwester gut geht.«

»Eigentlich kann meine Schwester ganz gut auf sich selbst aufpassen«, sagte Arlis.

Das Schloss sprang klackend auf, und Winters drückte die Klinke herunter. Helles Tageslicht und ein Schwall abgestandener Luft schlugen ihnen entgegen, als sie die Tür aufschob. »Daran zweifele ich nicht, aber in ihrem Zustand kann man nicht vorsichtig genug sein.«

Holmes senkte unwillkürlich nicht nur den Blick, sondern zog auch den Hut tiefer ins Gesicht, als ihn das mittlerweile ungewohnte Tageslicht blendete.

»In welchem Zustand?«, hakte Arlis nach. »War meine Schwester krank?«

»Krank?« Winters schob die Tür ganz auf und lächelte gutmütig. »Nein, sie war nicht krank, sondern in freudiger Erwartung, und …«

Dann unterbrach sie sich mitten im Wort, während sie Holmes anstarrte. Alles Blut wich aus ihrem Gesicht. »Aber das …«

»Meine Schwester war *schwanger?*«, keuchte Arlis. »Das kann nicht sein! Sie müssen sich täuschen!«

Winters schien etwas sagen zu wollen, brachte aber keinen Ton heraus.

»Doktor Holmes, wir haben wirklich nicht viel Zeit«, sagte Peizel. »Ihre Verabredung wartet bestimmt nicht. Sie wissen, was auf dem Spiel steht.«

»Doktor … Holmes?«, murmelte Winters. Ihr Blick wanderte zwischen Peizels und Holmes' Gesichtern hin und her, und wieder konnte Holmes ihr ansehen, wie die Gedanken hinter ihrer Stirn rasten. Geyer entging diese Reaktion natürlich nicht. »Sie kennen Doktor Holmes, Miss Winters?«

»Doktor … Holmes? Aber das ist …«

»Ich war niemals hier«, sagte Holmes, »aber ich nehme an,

dass Mudgett von mir erzählt hat. Und Endres – Miss Christen – vermutlich auch.«

»Ich glaube das nicht!«, unterbrach Arlis, die sich offenbar vom ersten Schock erholt hatte. »Meine Schwester kann nicht schwanger gewesen sein. Das wüsste ich!«

»Man konnte es doch sogar schon sehen«, widersprach Winters schleppend. Sie hatte sich wieder gefangen, wenn auch nicht vollständig, und wirkte zutiefst verstört. Immer wieder sah sie verwirrt abwechselnd Holmes und Peizel an, und Geyer hätte schon blind sein müssen, um nicht zu sehen, dass etwas mit ihr nicht stimmte. Sie wandte sich jedoch nun mit einer betonten Bewegung ganz zu Arlis um und nickte übertrieben, um ihre Worte noch zu bekräftigen.

»Glauben Sie mir, Miss Christen, es war nicht mehr zu übersehen. Das Kind muss inzwischen lange auf der Welt sein. Ihre Schwester hat Ihnen nichts gesagt?«

»Ich habe seit sechs Monaten nichts mehr von meiner Schwester gehört«, erwiderte Arlis scharf. »Und schon gar nicht, dass sie ein Kind erwartet!«

Winters schüttelte nur bekräftigend den Kopf. »Sie hat sich sehr auf das Kind gefreut«, beharrte sie. »Ich habe nicht sehr oft mit ihr gesprochen, aber man konnte spüren, wie glücklich sie war.«

»Gehen wir doch hinein.« Geyer deutete auf die offen stehende Wohnungstür, die bisher keiner von ihnen durchschritten hatte, als gäbe es eine unsichtbare Barriere.

»Wir sehen uns um«, sagte Geyer, »und kommen anschließend noch einmal zu Ihnen, Miss Winters. Vielleicht verwöhnen Sie Miss Christen ja mit einer Tasse Ihres köstlichen Tees?«

Winters wollte noch etwas sagen, doch Geyer trat bereits ein und schloss die Tür, kaum dass die anderen ihm gefolgt waren. »Wenn es etwas gibt, das noch schlimmer ist als diese Stadt, dann sind es neugierige Nachbarinnen«, sagte er. »Aber manchmal sind sie auch nützlich, denn ihnen entgeht nicht die geringste Kleinigkeit.«

Holmes fuhr zusammen, als Arlis in diesem Moment scharf

die Luft zwischen den Zähnen einsog und inbrünstig ausstieß: »Das glaube ich nicht!«

Geyer und er fuhren im selben Moment herum, und zumindest Holmes war auf das Schlimmste vorbereitet. Doch alles, was er sah, war ein spärlich möbliertes Zimmer, in dem unübersehbar schon lange niemand mehr gewesen war.

»Miss Christen?«, fragte Geyer.

»Ich glaube nicht, dass meine Schwester freiwillig in einer solchen Bruchbude hausen soll!«, sagte Arlis entrüstet. »Nie und nimmer!«

»Dies ist aber ihre Wohnung«, sagte Geyer, »und Sie haben Winters Reaktion gesehen. Sie dachte wahrscheinlich im ersten Augenblick, dass Ihre Schwester zurückgekehrt wäre.«

»Aber das ergibt keinen Sinn!«, protestierte Arlis. »Ich kenne doch meine Schwester! Um nichts in der Welt würde sie in einem solchen *Loch* hausen!«

Holmes konnte Arlis' Erschrecken beinahe verstehen. Er wäre nicht so weit gegangen, das Zimmer ein *Loch* zu nennen, wie sie es getan hatte, aber die Einrichtung war wirklich sehr bescheiden, und die Monate, die niemand mehr hier gewesen war, taten ein Übriges, um den allgemeinen Eindruck von Verfall und Ärmlichkeit noch zu unterstreichen. Es gab nur sehr wenige und sehr einfache Möbel, die schon alt gewesen sein mussten, als Mudgett und Endres hier eingezogen waren, und überall lag Staub. Es roch schlecht, als wäre schon vor langer Zeit hier drinnen etwas gestorben.

»Ich kann das einfach nicht glauben«, sagte Arlis noch einmal.

Die Wahrheit war wohl eher, dachte Holmes, dass sie es nicht glauben *wollte*; und das wiederum konnte er sehr gut verstehen. Er kannte ihre Schwester nicht annähernd so gut, wie Mudgett es getan hatte oder gar sie selbst, aber doch gut genug, um zu wissen, dass sie kaum freiwillig in so bescheidenen Verhältnissen leben würde. Vor allem nicht in einem solchen Schmutz, der sich keineswegs nur auf die fast makellose Staubschicht beschränkte, die über allem lag. Die Tapeten waren fleckig und hatten schon vor Jahren angefangen, sich an den Nähten abzulösen, vom Holz der Tür- und Fensterrahmen blätterte der Lack, und der ärmliche Teppich unter dem nicht minder einfachen Tisch war so zerschlissen, dass der Boden hindurchschien. Vielleicht war der üble Geruch, den er wahrzunehmen glaubte, nicht der von vergessenen Lebensmitteln, die auf irgendeinem Regalboden vor sich hin moderten, sondern einfach der Geruch der Armut.

»Schauen wir uns um«, sagte Geyer. »Vielleicht finden wir ja etwas, das uns weiterhilft.«

Arlis sah ihn nur zweifelnd an und beteiligte sich auch nicht an der Suche, mit der Geyer unverzüglich begann; ebenso wenig wie Peizel, der mit vor der Brust verschränkten Armen vor der Tür stand und irgendwie hilflos aussah.

Es war schnell getan. Da es nur wenige Möbel gab, mussten sie auch nur wenige Türen und Schubladen öffnen oder potenzielle Verstecke durchsuchen, und dasselbe galt für die Küche, über die die Wohnung verfügte – obwohl Geyer überaus gründlich war und selbst vor dem Kohleofen in die Hocke ging und sich nicht einmal scheute, mit bloßen Fingern in der erkalteten Asche zu graben. Allmählich begann Holmes zu begreifen, warum diese Wohnung ihm im allerersten Moment so sonderbar aufgeräumt vorgekommen war. Sie war es, trotz allem. Die Bewohner dieser Räume waren nicht einfach verschwunden, sondern dergestalt ausgezogen, als hätten sie Wert darauf gelegt, keinen einzigen Beweis dafür zurückzulassen, dass es sie überhaupt jemals gegeben hatte.

Peizel stand noch immer wie versteinert vor der Tür und mühte sich um einen möglichst grimmigen Gesichtsausdruck, als sie ins Wohnzimmer zurückkamen, doch Arlis war verschwunden. Die Tür auf der anderen Seite des Zimmers stand offen, und sie hörten ein gedämpftes Hantieren und Rumoren.

»Warten Sie hier, William«, wies Holmes Peizel an, während er Geyer folgte, der das Zimmer bereits mit raschen Schritten durchquerte. Vielleicht war ihm ja die Vorstellung zuwider, Arlis könnte vor ihm etwas finden, das ihnen weiterhalf.

Allerdings sah es nicht so aus. Hinter der Tür lag das erwartete Schlafzimmer, das deutlich kleiner als der Wohnraum und noch spartanischer eingerichtet war; soweit überhaupt möglich. Es gab ein Bett, das Holmes kaum breit genug für eine Person erschien, geschweige denn für zwei, einen einfachen Toilettenschrank und einen Schemel, und das war auch schon alles. Arlis hatte bereits sämtliche Schubladen aufgezogen und genau das gefunden, was Holmes erwartet hatte – nämlich nichts –, und stand jetzt reglos und in sonderbar verkrampfter Haltung vor dem Bett. Es war nicht bezogen, so dass jedermann sehen konnte, in was für einem bemitleidenswerten Zustand die Matratze war. Sie war so fleckig, dass ihre ursprüngliche Farbe allerhöchstens noch zu erraten war, und der säuerliche Geruch, den sie verströmte, war selbst in drei Schritten Abstand deutlich wahrzunehmen.

Arlis stand stocksteif da und starrte so bleich auf das ekelhafte Ding hinab, dass Holmes sich instinktiv fragte, was sie dort eigentlich sah.

»Ja, das ist in der Tat eine … bescheidene Unterkunft«, sagte Geyer unbehaglich. »Und sie muss schon eine geraume Weile leer stehen.«

Holmes begriff, dass er vermutlich einfach nur plapperte, um den Moment nicht noch unangenehmer werden zu lassen. Er trat an die Kommode, um die leeren Schubladen noch einmal gründlich zu inspizieren, die Arlis bereits kontrolliert hatte. Nachdem er damit fertig war, ging er zum Bett und ließ sich auf alle viere nieder, um ebenso umständlich wie unnötig lange darunterzuspähen.

Etwas polterte, und Holmes sah erschrocken zur Tür und erwartete, Peizel hereinkommen zu sehen, der in seinem Ungeschick wieder einmal irgendetwas umgeworfen oder gleich kaputtgemacht hatte, doch Peizel zeigte sich nicht.

Geyer schob ihn schon fast grob aus dem Weg und stürmte an ihm vorbei aus dem Schlafzimmer. Holmes eilte ihm hinterher.

»Wo waren Sie?« Seine Worte galten Peizel, der genau in

diesem Augenblick die Wohnungstür ins Schloss drückte und sich zu ihnen herumdrehte. »Ich hatte Sie angewiesen, hier zu warten.«

»Ich dachte, ich hätte etwas gehört, und wollte nachsehen«, sagte Peizel, »aber da war niemand.«

Geyer stürmte auf den Hausflur hinaus. Als er aber niemanden entdeckte, kam er wieder und schloss die Tür hinter sich.

»Ich fürchte, hier werden wir nichts finden«, wechselte er das Thema.

»Es sei denn, Sie wollen auch noch die Tapeten herunterreißen«, sagte Holmes.

»Falls das überhaupt die richtige Wohnung ist«, sagte Arlis. »Ich glaube immer noch nicht, dass meine Schwester auch nur einen einzigen Tag hier zugebracht haben soll. Ganz egal, was diese Miss Winters auch sagt.«

»Vielleicht hat sie es nicht freiwillig getan«, sagte Geyer und zog sich damit prompt noch mehr von Arlis' Unmut zu.

»Niemand auf dieser Welt kann meine Schwester zu etwas zwingen, was sie nicht will, Mr Geyer«, fauchte sie. »Auch kein Doktor Mudgett, ganz egal was für schöne Augen er ihr auch gemacht hat!«

Holmes sagte vorsichtig: »Ihre Schwester hat Herman wirklich sehr geliebt, Arlis.«

»Herman?«, hakte Geyer nach.

»Ich meinte, Doktor Mudgett.«

Arlis schnitt ihm mit einer herrischen Handbewegung das Wort ab. »Ich will von diesem Unsinn nichts mehr hören! Ich habe Sie engagiert, damit Sie meine Schwester finden, Mr Geyer. Also tun Sie das!«

Damit riss sie die Tür auf und stürmte hinaus.

Ann Arbor, Michigan, 1883

Herman sah die Bescherung aus den Augenwinkeln kommen, und so konnte er zwar nicht mehr rechtzeitig den Kopf einziehen, aber immerhin noch das Schlimmste verhindern, indem er das Gesicht wegdrehte und Augen und Mund fest zusammenkniff, bevor eine komplette Schaufelladung ebenso nasser wie schwerer Friedhofserde so zielsicher in seinem Gesicht landete, dass es unmöglich ein Zufall sein konnte. Oder auch nur ein Versehen.

Holmes unterliefen keine Versehen, und da Herman seinen manchmal reichlich derben Sinn für Humor kannte, hatte er sich mit Bedacht so platziert, dass er eigentlich sicher war – oder hätte sein sollen, wäre Holmes nicht gewesen, was Holmes nun einmal war, nämlich ein Student von eher mittlerer Begabung, dafür umso fantastischerem Aussehen und einem kindischen Wesenszug, der es manchmal nicht leicht machte, mit ihm auszukommen. Und Herman Mudgetts bester Freund. Nebenbei auch sein einziger.

Im Moment war er allerdings ganz und gar nicht sicher, wie lange das noch so bleiben würde.

»Passen Sie doch auf!«, schimpfte er, spie ein paar Erdkrumen aus, um seine gerechte Empörung noch zu unterstreichen, und fügte etwas leiser hinzu: »Den Anzug habe ich heute erst aus der Reinigung geholt.«

»Und jetzt haben Sie Angst, Sie könnten morgen nach Tod riechen, wenn Sie mir im Seziersaal gegenüberstehen, in dem es immer nach Tod riecht und der darüber hinaus in einem Universitätsgebäude liegt, das nach Tod riecht.«

Holmes nickte mit sehr ernstem Gesicht. »Ja, das kann ich verstehen.«

»Das ist nicht der Grund«, behauptete Herman, obwohl natürlich ganz genau das der Grund war. Trotzdem schüttelte er noch einmal bekräftigend den Kopf und fuhr sich mit beiden Händen durch das Gesicht.

»Natürlich nicht«, sagte Holmes. »War es die in der Mulland Street?«

»Was?«

»Die Reinigung. Der verhutzelte alte Chinese mit der niedlichen Tochter. Ich habe mir schon überlegt, noch einen weiteren Anzug zu kaufen, damit ich ihn öfter in die Reinigung bringen und sie sehen kann. Sie ist wirklich ein ganz reizendes Wesen.«

Herman zog es vor, gar nichts darauf zu erwidern. Ganz davon abgesehen, dass er solcherlei Gespräche nicht mochte, gab es da – Freundschaft hin oder her – noch einen Punkt, den er Holmes neidete, und auf den er auch ein bisschen eifersüchtig war: sein Aussehen.

Holmes war weder besonders groß noch von beeindruckender Statur, sondern schlank und beinahe schon zart gebaut, hatte sanfte Züge und Finger, auf die jeder Pianist neidisch gewesen wäre. Das einzig Auffällige an ihm waren seine hellen Augen, vielleicht noch die sanfte Stimme, und der jungenhafte Schalk, der immer wieder in seinem Blick aufblitzte. Etwas davon – vielleicht auch alles – machte ihn ungemein anziehend für die Damenwelt.

Im Augenblick ähnelte er jedoch eher dem untalentierten Totengräber, als der er sich auch betätigte, wie er so dastand, beide Hände auf dem Stiel seiner Schaufel und das Kinn wiederum auf die Handrücken gestützt. Er feixte noch immer wie ein zu groß geratener Schuljunge, aber er sah genauso erschöpft aus, wie Herman sich fühlte, und obwohl es pünktlich zum Einbruch der Dunkelheit unangenehm kühl geworden war, glänzte sein Gesicht vor Schweiß. Herman musste auch zugeben, dass er bisher den Großteil der Arbeit erledigt hatte. Aber das tat er meistens, und das war auch in Ordnung. Herman hatte dafür den nicht minder komplizierten Part übernommen, sich immer neue und mehr oder weniger glaubhafte Erklärungen einfallen zu lassen, was die Herkunft ihres *Materials* anging.

»Von allem anderen einmal abgesehen«, knüpfte Holmes an seine eigenen Worte an, »ist es nicht besonders klug, seinen besten Anzug anzuziehen, wenn man vorhat, einen Toten vom Friedhof zu stehlen.«

Mit seinem Anzug verhielt es sich ein bisschen so wie mit Hermans bestem Freund: Er war zugleich auch sein einziger. Herman unterließ es, Holmes darauf hinzuweisen, dass es da noch einen fundamentalen Unterschied zwischen ihnen gab: Wie die meisten seiner Kommilitonen hatte auch Herman seine liebe Mühe, sich von Monat zu Monat durchzuschlagen und dabei auch noch die immensen Studiengebühren aufzubringen. Bei Holmes war das etwas anderes. Er war nicht reich, doch seine Eltern hatten ihm eine kleine Erbschaft hinterlassen, die ihn in die komfortable Lage versetzte, sowohl die Unkosten des Studiums als auch einen bescheidenen Lebensunterhalt zu bestreiten. Herman ging nachts auf den Friedhof und grub Leichen aus, um seine Bücher zu bezahlen und nicht hungern zu müssen, Holmes, um seine amourösen Abenteuer und einen gewissen Luxus zu finanzieren.

»Machen wir weiter«, sagte er schließlich. »Wir haben noch eine Menge Arbeit vor uns.« Und morgen früh stand auch noch eine Klausur an, auf die er sich bisher nicht im Geringsten vorbereitet hatte. Missmutig stieß er die Schaufel in die weiche Erde, die so schwer wie Stein darauf lastete, als er sie aus dem metertiefen Loch warf. Sie würden mindestens noch eine Stunde brauchen, um den Sarg freizulegen, und wohl auch nicht nennenswert weniger Zeit, um alles wieder zuzuschaufeln und ihre Spuren zu verwischen. Auch andere Studenten hatten knurrende Mägen, und er hatte wenig Lust, seinen lukrativen Nebenverdienst zu teilen.

Er hatte auch wenig Lust, noch eine weitere Stunde zu schaufeln, doch am Ende wurden fast zwei daraus, und sie brauchten tatsächlich noch einmal eine weitere Stunde, um all die nasse Erde wieder in das Grab zurückzuschaufeln und wenigstens die gröbsten Spuren ihres Frevels zu verwischen.

Mitternacht musste schon vorbei sein, als sie sich endlich wieder auf den Rückweg zum Wagen machten, den sie am anderen Ende des Friedhofs im Schutze eines Gebüschs zurückgelassen hatten. Für den Hinweg hatten sie nur wenige Minuten gebraucht, jetzt schien ihn jeder Schritt ein wenig mehr Kraft zu kosten als der vorherige, und das schwarze Öltuch, in dem sie sowohl die Belohnung für ihre nächtliche Plackerei als auch ihr Werkzeug zwischen sich trugen, schien Zentner zu wiegen. Selbst ihre vereinten Kräfte reichten kaum noch aus, um ihre Last auf die Ladefläche zu hieven, und als Herman die Klappe schließen wollte, unterlief ihm in seiner Erschöpfung ein Missgeschick: Die Plane bewegte sich raschelnd, als hätte es sich der leblose Körper darunter anders überlegt und versuchte nun in sein Grab zurückzukehren, und die Spitzhacke glitt darunter hervor und fiel zu Boden. Herman war so überrascht, dass er gar nicht reagierte, sondern nur mit dumpfem Erschrecken zusah, wie sich das schwere Werkzeug im Fallen drehte und sich die Spitze fast eine Handbreit tief in den Boden grub, kaum einen Zoll neben seinem rechten Fuß. Holmes zog erschrocken die Augenbraue hoch und schwieg genauso schockiert wie Mudgett selbst. Hinter ihnen trat eine Gestalt aus den Schatten und sagte:

»Das hätte jetzt aber auch schiefgehen können, Jungchen.«

Die Gefahr eines durchbohrten Fußes hatte Herman schweigend hingenommen, doch die Stimme ließ ihn erschrocken herumfahren und ein Keuchen ausstoßen, das fast zu einem Schrei geraten wäre. Holmes ging für eine Sekunde in eine geduckte Haltung, und ein entsetzter Ausdruck erschien auf seinem Gesicht. Herman nahm an, dass er selbst im Moment ganz ähnlich aussah.

»Wenn das nicht die Herren Holmes und Mudgett sind«,

sagte der Neuankömmling, während sein Blick zwischen ihnen hin und her wanderte. »Das nenne ich eine Überraschung.«

Herman suchte vergeblich nach Worten und schwankte zwischen der völlig unsinnigen Idee, sich auf sein so plötzlich aufgetauchtes Gegenüber zu stürzen, und dem genauso aussichtslosen Impuls, sein Heil in der Flucht zu suchen. Das eine hätte der muskulöse Mann mit dem Strubbelhaar vermutlich begrüßt, und das andere würde ihm nichts nutzen, sondern seine Lage vermutlich noch verschlimmern. Wenn das überhaupt noch möglich war.

»Mr … Kyle.« Holmes fand seine Stimme zuerst wieder, auch wenn darin nun ein fast hysterischer Unterton mitschwang. »Was machen Sie denn hier?«

Festus Kyle – seines Zeichens Hausmeister, Majordomus, Mädchen für alles der Universität und (mit großer Begeisterung) auch der Mann fürs Grobe – musste den Kopf in den Nacken legen, um in Holmes' Gesicht hinaufzusehen, obwohl auch dieser gewiss kein Riese war. Kyle war der mit Abstand hässlichste Mensch, den Herman jemals gesehen hatte; und er hatte eine Menge gesehen, vor allem seit er sein Studium aufgenommen hatte und Tag für Tag Leichen sah, die zu Lebzeiten gewiss nicht alle junge und schöne Menschen gewesen waren. Kyle stellte das alles jedoch mühelos in den Schatten. Er maß nur wenig über eineinhalb Meter, war aber so massig, dass er fast genauso breit wirkte, und schien nur aus Muskeln, Dreck und Verschlagenheit zu bestehen. Sein Haar stand unter dem speckigen Hut in ebenso wirren wie verdreckten Strähnen in alle Richtungen ab, sein Gesicht war breit und brutal, und das Einzige noch Auffälligere an ihm waren seine Hände, groß wie Schaufeln und mit dicken Stummelfingern. Wenn er sie zu Fäusten ballte – was er oft und gerne tat und sie dann auch benutzte –, waren sie kaum kleiner als ein Kinderkopf. Selbstredend, dass ihm das (nicht nur unter den Studenten) rasch den Spitznahmen *Faustkeil* eingebracht hatte, und Kyle nutzte jede Gelegenheit, um dieser Bezeichnung auch gerecht zu werden.

»Ja, Mr Holmes, was mache ich wohl hier?«, sinnierte Kyle.

»Im Prinzip war ich auf der Suche nach Ihrem Freund und Ihnen … oder um genau zu sein, eigentlich *nur* nach Ihrem Freund. Leider habe ich Sie in Ihrem Zimmer nicht angetroffen, so dass ich die halbe Stadt nach Ihnen absuchen musste.« Seine kleinen, tückischen Augen richteten sich auf Herman. »Bei der Gelegenheit soll ich Ihnen von Ihrer Zimmerwirtin ausrichten, dass sie noch immer auf die Miete für die letzten drei Wochen wartet.«

Herman sagte auch dazu nichts, sondern hielt Kyles bohrendem Blick gerade lange genug stand, um keinen trotzigen Eindruck zu machen, der ihm vielleicht doch noch als Vorwand dienen mochte, seine Fäuste zu benutzen.

Kyle machte keinen Hehl aus seiner Enttäuschung, maß nun Holmes mit einem nicht minder provozierenden Blick und blitzte mit seiner stummen Provokation bei ihm ebenso ab; was Herman aufatmend registrierte. Trotz seines eher zarten Körperbaus und seines unbestritten charmanten Wesens neigte Holmes manchmal zum Aufbrausen. Immerhin waren sie zu zweit und vollkommen allein auf dem abgelegenen Friedhof, und auch Herman hatte ja kurz mit dem Gedenken gespielt, sich auf den kleineren Mann zu stürzen.

Aber er hatte die Idee wohlweislich auch sofort wieder verworfen. Selbst zu zweit hätten sie keine Chance gegen den muskelstrotzenden Zwerg gehabt. Ungeachtet aller anderen Folgen, die eine solche Attacke haben musste, brauchte Kyle wohl nicht einmal beide Hände, um sie beide windelweich zu prügeln.

Herman ertappte sich dabei, die Spitzhacke anzustarren, die kaum einen Fingerbreit neben seinem Schuh in der weichen Erde steckte. Seine schmerzenden Muskeln kündeten noch immer davon, wie schwer das rostige Werkzeug war. Wenn es ihnen gelang, Kyle auch nur für einen kleinen Moment abzulenken …

Plötzlich fiel Herman die Stille auf. Er begegnete Kyles Blick, in dem eine deutliche Herausforderung zu lesen war. Da war plötzlich wieder das Kratzen dürrer Spinnenbeine tief am Grunde seiner Seele und ein lautloses Flüstern, das er nach langer Zeit wieder zu hören begann. Eine Schuld, die noch längst nicht eingelöst war.

Der Gedanke erschreckte ihn bis ins Mark. Noch nicht. Nicht noch einmal. Nicht *jetzt*.

»Ist dir dein Werkzeug runtergefallen, Jungchen?«, griente Kyle. »Warte, ich helfe Ihnen. Ist ja auch verdammt schwer, das Ding.«

Feixend streckte er die linke Hand aus, ergriff den Stiel der Spitzhacke und zog das Werkzeug dergestalt aus dem Boden, dass Herman einen halben Schritt zur Seite tun musste, um nicht doch noch getroffen zu werden.

»Mit solchen Werkzeugen muss man aufpassen, Mr Mudgett«, fuhr Kyle fort. »Man kann sich wirklich übel damit verletzen.«

Herman sagte auch dazu nichts, und Kyle machte noch viel weniger Hehl aus seiner Enttäuschung, deutete aber nur ein Achselzucken an und machte eine Bewegung aus dem Handgelenk, mit der er die Spitzhacke so mühelos auf die Ladefläche des Wagens warf, wie es Herman allenfalls mit einer Gabel möglich gewesen wäre. Das gesamte Gefährt wankte, und das betagte Maultier an der Deichsel steuerte noch ein unwilliges Schnauben bei. Zu Hermans Erleichterung ging es wenigstens nicht durch.

»Oh«, sagte Kyle. »Wie ungeschickt von mir. Hoffentlich habe ich jetzt nichts kaputtgemacht. Sie haben sich den Wagen doch gewiss nur geliehen und wollen ihn unbeschadet zurückgeben.«

Er trat an die Ladefläche heran, hielt dann mitten im Schritt inne und machte ein übertrieben erstauntes Gesicht. »Das ist ja erstaunlich! Einen ganz ähnlichen Wagen haben wir an der Universität auch! Erst heute Morgen habe ich ihn noch in der Remise gesehen! Und sogar der Esel sieht aus wie der gute alte Henry, der bei uns sein Gnadenbrot frisst. Ich wusste gar nicht, dass er einen Zwilling hat.«

Das Maultier drehte beim vertrauten Klang seines Namens den Kopf.

»Und was haben wir denn hier?« Kyle musste sich auf die Zehenspitzen stellen, um über die Klappe zu blicken. »Sogar das Werkzeug sieht aus wie das, das ich in der Remise gesehen habe«, sagte er kopfschüttelnd. »Und da gibt es immer noch Leute, die behaupten, dass es keine Zufälle gibt.«

Er stellte einen Fuß auf die Radnabe und stemmte sich hoch, um besser sehen zu können. Er hielt sich mit seinen dicken Wurstfingern am Aufbau fest und streckte den anderen Arm nach dem schwarzen Öltuch aus. Herman war mit einem Mal noch froher, nicht nach der Hacke gegriffen zu haben, als er sah, mit welcher Leichtigkeit und nur einer Hand Kyle das Bündel umdrehte – das mindestens hundert Pfund wiegen musste, und dabei hatte er die nasse Erde noch gar nicht mitgerechnet – und öffnete.

Vorhin, als sie den Körper aus dem billigen Fichtensarg gehoben hatten, hatte Herman es tunlichst vermieden, den Leichnam anzusehen, doch nun begann sein Magen prompt zu rebellieren. Er spürte einen heftigen Schub jener Übelkeit, die ihn stets in Momenten wie diesem überkam.

Herman selbst hatte es nie verstanden. Denn selbst ohne den geheimen Pakt mit der Dunkelheit war er die Gegenwart des Todes doch spätestens seit jenem Tag gewöhnt, an dem er sein Studium aufgenommen hatte. Die ersten Monate hatten aus praktisch nichts anderem als dem Sezieren von Leichen bestanden. Wie nahezu alle neuen Studenten hatte er sich beim Anblick des ersten aufgedunsenen Leichnams übergeben müssen. Der Gestank und die schrecklichen Laute, die die Toten allen Erwartungen zum Trotz reichlich produzierten, hatten ihn noch eine Woche lang bis in seine Träume verfolgt.

Heute wusste er natürlich, dass nichts davon Zufall gewesen war – spätestens seit Holmes und er ihr zweites Studienjahr begonnen hatten und ihnen die Aufgabe zugefallen war, die ganz besonders unappetitlichen Leichen auszusuchen, mit denen die Debütanten traditionell schockiert wurden. Das Ergebnis war, dass es sich üblicherweise einer von zehn Studenten noch einmal anders überlegte und nicht nur das Frühstück zurückgab, das er leichtsinnigerweise zu sich genommen hatte, sondern gleich auch noch seinen Studienplatz.

An die Toten auf dem Seziertisch hatte er sich gewöhnt. An die Toten in den Särgen würde er sich nie gewöhnen.

Er wollte es auch nicht.

Das blasse Mädchen, dessen eingefallenes Gesicht ihn nun über Kyles Schulter hinweg anklagend anzublicken schien, bildete keine Ausnahme. Der Bestatter hatte es versäumt, ihre Augen zu schließen, vielleicht hatten sie sich auch wieder geöffnet, nachdem ihre Haut zu vertrocknen begann, so etwas kam vor. So oder so schienen ihn ihre leeren Augen so vorwurfsvoll anzublicken, als gäbe sie ihm ganz allein die Schuld an dem, was ihr nun geschah.

War es das, was es ihm so schwer machte, hierherzukommen? Das stumme Wehklagen all derer, die Holmes und er um ihre ewige Ruhe betrogen hatten?

»Und schon wieder eine Überraschung«, drang Kyles Stimme in seine Gedanken. »Die Herren haben einen blinden Passagier. Eine blinde Passagier*in*, um genau zu sein. Dieser Abend wird wirklich immer interessanter.«

»Mr Kyle«, begann Holmes noch einmal, »es ist nicht so, wie Sie vielleicht glauben.«

»Oh doch, ich glaube, es ist ganz genau so, wie ich glaube, Mr Holmes«, sagte Kyle, während er von der Nabe stieg. »Ich frage mich schon lange, wie es zwei Schnösel wie Sie eigentlich schaffen, immer wieder neue Körper für den Schulbetrieb zu besorgen. So viele arme Hunde sterben doch gar nicht in den umliegenden Krankenhäusern, die niemand haben will.«

Herman schwieg wohlweislich. Der Hunger der Universität nach frischen Körpern war unersättlich, und die umliegenden Kranken- und Armenhäuser vermochten ihn schon lange nicht mehr zu stillen. Holmes und er waren nicht die ersten Studenten, die auf den Gedanken gekommen waren, den benötigten Nachschub von den Friedhöfen zu besorgen, was eine schmutzige und anstrengende Arbeit war und außerdem im höchsten Maße gesetzeswidrig. Holmes und er wären auch nicht die ersten Studenten, die im hohen Bogen von der Schule flogen und mit ein bisschen Pech im Gefängnis landeten.

»Und welcher der beiden Herren Studiosi ist auf diese glorreiche Idee gekommen?«

Mudgett sah weg, und Holmes begann unbehaglich von einem Fuß auf den anderen zu wippen, was Kyle als Antwort vollauf zu genügen schien. »Mr Holmes, unser kleiner Charmeur«, sagte er. Er begann sich die Hände an seiner schmierigen Hose abzuwischen, vor allem die, mit der er die Plane angefasst hatte. »Ich nehme an, es ist die kleine Rothaarige, die in der Poststelle arbeitet?«

Herman zwang sich, das bleiche Gesicht der Toten noch einmal anzusehen. Die drei Tage im Sarg hatten ihrem Gesicht schon weit mehr zugesetzt, als er es erwartet hätte, doch er erkannte trotzdem, dass es sich nicht um das Mädchen handelte, von dem der Hausmeister sprach. Herman hatte es nur ein einziges Mal und eher flüchtig in Holmes' Begleitung gesehen, war aber dennoch von ihrer mädchenhaften Schönheit beeindruckt gewesen. Außerdem war das Haar der Toten nicht rot.

»Aber wir haben doch nur …«, begann Holmes.

»Die Totenruhe gestört, ein Grab geschändet und Eigentum der Universität gestohlen«, sagte Kyle, nachdem er ihn mit einem einzigen Blick zum Verstummen gebracht hatte. »War es das, was Sie sagen wollten, Mr Holmes?«

»Den Wagen hätten wir zurückgebracht und das Werkzeug auch.«

»Ja, gewiss«, sagte Kyle. »Ihr wisst, dass ihr geliefert seid? Ihr fliegt von der Schule, und wahrscheinlich geht ihr ins Gefängnis. Das war's dann mit der akademischen Karriere.«

»Aber Sie …«

Kyle unterbrach Holmes. »Vielleicht kommen wir ja doch noch ins Geschäft.«

Herman tauschte einen nervösen Blick mit Holmes.

»Was genau meinen Sie damit?«, fragte er.

»Das erkläre ich euch unterwegs«, antwortete Kyle. »Jetzt

bringt ihr erst einmal den Wagen zurück. Das Grab habt ihr doch hoffentlich wieder ordentlich zugeschaufelt?«

»Aber wir müssen die Leiche wieder …«

»Wo denkt ihr hin«, unterbrach ihn Kyle. »Wäre doch schade um die ganze Arbeit, die ihr euch gemacht habt. Die Leiche nehmen wir natürlich mit!«

Es war ein gutes Stück nach eins, als sie den altersschwachen Karren samt seines kaum jüngeren Zugtieres wieder in die kleine Remise hinter dem Hauptgebäude brachten.

Während Holmes damit beschäftigt war, das Maultier abzuspannen, verschwand Kyle für einen Moment und kam nach kurzem Hantieren mit einer rostigen Grubenlampe in der Linken zurück. »Was für eine Schweinerei!«, beschwerte er sich. »Gehen die vornehmen Herrschaften immer so mit dem Eigentum anderer um? Das werdet ihr so sauber machen, dass es in den Augen wehtut, wenn er in der Sonne steht, habt ihr das verstanden?«

Holmes wollte sich nach Eimer und Wischmopp umsehen, doch Kyle hielt ihn zurück.

»Jetzt nicht. Ladet den Wagen ab.«

Holmes öffnete die Klappe, und gemeinsam hoben sie das schwarze Bündel von der Ladefläche. Es schien schwerer geworden zu sein, und dass sowohl Holmes als auch er die Gesichter ganz instinktiv so weit von der Plane weghielten, wie sie nur konnten, machte es auch nicht unbedingt einfacher.

»Kommt mit«, sagte Kyle.

Sie folgten ihm aus dem Schuppen und eine gemauerte Treppe hinab, an deren Fuß eine massive Holztür wartete. Der Hausmeister öffnete sie mit einem großen Schlüssel, den er aus einer der zahlreichen Taschen seiner Jacke grub, stieß die Tür mit den gespreizten Fingern der anderen Hand auf und machte eine wedelnde Geste mit seiner Lampe.

»Nach Ihnen, die Herren«, sagte Kyle.

»Wohin gehen wir?«, fragte Herman.

»Ist nicht mehr weit«, antwortete Kyle.

Herman und Holmes traten durch die Tür und fanden sich in einer vollkommen unerwarteten Umgebung wieder.

Es war ein Gewölbekeller, wie es sie überall unter dem weitläufigen Gebäudekomplex der Universität gab. Doch das war auch schon das einzig Vertraute an dem Anblick.

Das Gewölbe war nicht sehr hoch, aber so weitläufig, dass nicht einmal das moderne elektrische Licht, das Kyle eingeschaltet hatte, ausreichte, um es komplett zu erhellen. Ein sonderbarer und unangenehm beißender Geruch hing in der Luft, der in der Kehle kratzte und seine Augen brennen ließ. Und da war ein seltsam blubbernd-zischendes Geräusch, das er nicht einordnen konnte.

Der Großteil des Raumes war leer, doch direkt hinter der Tür stand eine Anzahl großer hölzerner Tische, auf denen sich allerlei Flaschen, Tiegel, Glaskolben sowie eine schiere Unzahl chirurgischer Instrumente drängelten. Daneben standen drei emaillierte Badewannen. Zwei davon waren leer, aber aus der dritten stieg dünner grauer Dampf, der von einer unsichtbaren Hand in beständiger Bewegung gehalten zu werden schien.

»Hier. Legt sie dorthin!« Kyle deutete auf einen der großen Holztische. »Aber seid gefälligst vorsichtig, das alles hier war ziemlich teuer.«

Herman spürte, dass Holmes' Kräfte ohnehin kaum ausgereicht hätten, das Gewicht des in nasses Ölzeug eingeschlagenen Bündels zu tragen. Mit einer letzten, auch für Herman nicht unerheblichen Anstrengung hoben sie die Tote an die bezeichnete Stelle und traten zurück. Holmes keuchte vor Erschöpfung und musste sich für einen Moment an der Tischkante festhalten, als ihn die Kräfte verließen. Auch Hermans Herz schlug mittlerweile so schwer, dass er es bis in die Fingerspitzen spüren konnte.

»Sind die beiden Möchtegerndoktoren etwa schon erschöpft?«, höhnte Kyle, während er seine Lampe so nahe an der Tischkante platzierte, dass es eigentlich nur eine Frage der Zeit war, wann sie herunterfiel. »Dabei hat der anstrengende Teil doch noch nicht einmal angefangen.«

Herman tauschte einen beunruhigten Blick mit Holmes. Seinem Freund stand die Furcht ins Gesicht geschrieben.

Diese Umgebung war tatsächlich unheimlich. Unheimlich und verwirrend. Aber anders als Holmes machte sie Herman kein bisschen Angst.

Ganz im Gegenteil: Nachdem er seine erste Überraschung überwunden hatte und nun wenigstens zu hoffen wagte, dass ihm nicht im nächsten Moment der Schädel eingeschlagen würde, nahm er seine Umgebung noch einmal genauer in Augenschein und fand sie auf eine gewisse Art vertraut.

»Und was genau wollen wir jetzt hier?«, fragte Holmes.

»Zuerst einmal sollten sich die jungen Herrn Doktoren doch um ihren Gast kümmern«, sagte er kopfschüttelnd. »Ich weiß ja nicht, wie es in eurer Generation üblich ist, aber als ich jung war, da hat man sich nicht eine junge Dame mit nach Hause genommen und sie dann einfach achtlos irgendwo abgelegt.« Ohne eine Antwort abzuwarten, zog er ein Taschenmesser aus der Jacke, klappte eine erstaunlich lange Klinge heraus, mit der er nicht nur das nasse Ölzeug der Länge nach aufschlitzte, sondern auch die Kleidung und vermutlich auch noch die tote Haut darunter. Mit einem Ruck riss er die Plane herunter, und Herman wappnete sich gegen das Schreckliche, das darunter zum Vorschein kommen musste.

Der Anblick war schlimm, aber nicht annähernd so grässlich, wie er es erwartete. Vorhin in ihrem aufgebrochenen Armensarg hatte die Tote … nun ja, *toter* ausgesehen, so seltsam ihm diese Formulierung auch selbst vorkam. Vielleicht lag es am Licht, vielleicht auch an seiner Erwartungshaltung, aber nun, trotz ihrer schrecklichen Blässe und der unübersehbaren Spuren, die die Schwindsucht in ihrem Gesicht hinterlassen hatte, sah sie eher schlafend als wirklich tot aus.

Sie musste sogar noch jünger gewesen sein, als Herman ohnehin schon angenommen hatte, und wäre gewiss eine sehr schöne junge Frau geworden, hätte das Schicksal nicht anders entschieden.

Kyle benutzte sein Messer ein zweites Mal und noch rücksichtsloser und schnitt ihr auch noch das dünne Leichenhemd vom Leib, wobei er ihr dieses Mal gleich mehrere klaffende Wunden zufügte, die zwar nicht mehr bluten konnten, aber sofort einen Schwall von derart entsetzlichem Gestank entließen, dass Holmes und er gar nicht anders konnten, als entsetzt zurückzuweichen.

»Das hätte mal ein hübsches junges Ding werden können, nicht wahr?« Kyle wischte die Klinge seines Taschenmessers am Oberschenkel der Toten ab, klappte es zusammen und steckte es ein, während die Fingerspitzen der anderen Hand über Oberschenkel und Bauch des Mädchens strichen und dann ebenso kurz wie brutal ihre Brüste kneteten. Holmes wandte sich angewidert ab, und obwohl Kyle nicht einmal in ihre Richtung sah, blieb ihm seine Reaktion natürlich nicht verborgen.

»Wirklich schade«, sagte er noch einmal. Jetzt fuhr sein Zeigefinger über die eingefallenen Lippen des Mädchens, zog sie dann mit Daumen und Zeigefinger so brutal auseinander, dass beide Mundwinkel einrissen, und schüttelte noch einmal den Kopf, als dahinter zwei Reihen so makellos weißer Zähne zum Vorschein kamen, als wollte sie ihn selbst im Tode noch verhöhnen. »Wenn ihr sie nur zwei Tage früher gebracht hättet, hätten wir noch ein bisschen Spaß mit ihr haben können. Aber jetzt ist sie sogar mir zu reif.«

Herman setzte dazu an, ihn zu belehren, dass das Mädchen vor zwei Tagen auch schon tot gewesen war, und begriff gerade noch im letzten Moment, dass Kyle das genauso gut wusste wie er.

Holmes wohl auch, denn er wurde sogar noch einmal blasser und stieß angewidert hervor: »Was für ein Vieh!« Vorsichtshalber allerdings auf Latein, von dem sie beide wenigstens hofften, dass Kyle es nicht verstand.

Der Blick, mit dem der Hausmeister Holmes maß, machte diese Hoffnung jedoch zunichte. Kyle hatte die Worte möglicherweise nicht verstanden, sehr wohl jedoch ihre Bedeutung. Sein Grinsen wurde jedoch nur noch breiter. »Die jungen Herren Doktoren wollen mir doch nicht etwa weismachen, dass sie es noch nie ausprobiert haben?«

»Ich weiß nicht, wovon Sie reden«, antwortete Holmes gepresst. »Aber wenn es das ist, was ich vermute, dann finde ich diese Unterstellung einigermaßen widerwärtig.«

Kyle nickte und machte auch ein angemessen beeindrucktes Gesicht. »Können Sie das noch mal sagen, *Mister* Holmes? Ich höre euch gelehrten Schnöseln so gerne zu, wenn ihr so hochgestochen daherquatscht.« Er seufzte sehr tief. »Du kannst noch eine Menge von mir lernen, Jungchen. Ihr wisst vielleicht hundertmal mehr als ich von dem, was in euren Büchern steht, aber vom Leben habt ihr keine Ahnung.«

»Wenn Sie das damit meinen, was ich vermute, dann verzichte ich auf dieses Wissen«, sagte Holmes. »Ich werde jetzt gehen, und Mr Mudgett auch. Mit so einer Schweinerei will ich nichts zu tun haben.«

»Wie nobel«, sagte Kyle spöttisch. »Aber dann sollten die Herren sich beeilen, denn sobald ich dem Dekan erzählt habe, womit ihr euch das Studium verdient, wird es hier ziemlich ungemütlich für euch. Bei Leichendiebstahl versteht die Polizei nicht viel Spaß, fürchte ich.«

Holmes wollte auffahren, doch Herman legte ihm rasch die Hand auf den Unterarm. »Was genau wollen Sie von uns, Mr Kyle?«, fragte er.

»Ich dachte mir doch, dass wenigstens einer von euch vernünftig ist«, sagte Kyle. Er drehte sich demonstrativ ganz zu Holmes um. »Und du, Jungchen? Brauchst du eine Stunde Vorsprung, um deine Sachen zu packen und zu verschwinden, oder kommen wir ins Geschäft?«

»Was für ein Geschäft?«, fragte Holmes.

»Wenn wir Geld hätten …«

»… dann würdet ihr nicht nachts auf den Friedhof schleichen und aufrechte Christenmenschen aus ihren Gräbern stehlen«, unterbrach ihn Kyle. »Stell dir vor, darauf bin ich sogar schon von selbst gekommen. Und nicht nur ich.«

»Wie meinen Sie das?«, fragte Herman.

»Man redet über euch«, antwortete Kyle. »Eure Kommilitonen, die Lehrer, ja, sogar der Dekan fragt sich schon, wie ihr immer an all die frischen Leichen für den Seziersaal kommt.«

»Der Dekan?«, wiederholte Herman beunruhigt.

»Niemand schaut so genau hin, solange alles seinen geregelten Lauf nimmt«, sagte Kyle, »aber wenn die Leute einmal anfangen zu reden … Die Universität hat einen Ruf zu verlieren, auf den unser Dekan streng achtet. Er hat mich beauftragt, bei den beiden Landärzten nachzufragen, von denen ihr angeblich immer wieder frische Verstorbene bekommt. Und soll ich euch zwei Schlauköpfen etwas sagen? Es gibt keinen Doktor Edgar in Worthingham.«

»Ich verstehe«, sagte Herman. »Und was wollen Sie nun? Einen Anteil?«

»Von den erbärmlichen zehn Dollar, die ihr für jeden Kalten kriegt, den ihr abliefert? Mach dich nicht lächerlich, Jungchen.«

Die *erbärmlichen zehn Dollar* dann und wann – die er noch dazu mit Holmes teilte – ermöglichten es Herman immerhin, sein Studium überhaupt fortzusetzen, ohne allzu oft hungern zu müssen. »Was wollen Sie dann?«, fragte er.

»Eigentlich wollte ich euch einen Anteil anbieten«, antwortete Kyle.

Holmes wirkte einfach nur verwirrt, doch Herman fragte: »Wovon?«

»Schön, dass wenigstens einer von euch vernünftig ist«, griente Kyle. »Ihr seid doch zwei kräftige junge Burschen, die keine Angst vor ein bisschen Arbeit haben, oder? So jemanden kann ich immer gebrauchen.« Er kicherte. »Vor allem, wenn sie so vertrauenswürdig sind.«

Herman wollte etwas sagen, doch Kyle dirigierte sie so zu einer der drei großen Emaillewannen; der, aus welcher der ätzend riechende Dampf stieg.

Mit angehaltenem Atem beugte sich Herman über die Wanne und hatte zwar halbwegs genau das erwartet, was er nun erblickte, erschrak aber trotzdem, und auch sein Magen krampfte sich heftig zusammen. Neben ihm begann Holmes zu würgen, zwang sich aber dennoch, weiter hinzusehen. In der Wanne blubberte eine gelblich weiße Flüssigkeit, in der ein menschlicher Körper lag – oder genauer gesagt etwas, das einmal ein menschlicher Körper gewesen war. Haare und Haut waren ebenso verschwunden wie Augen und Finger- und Zehennägel. Das Fleisch und die inneren Organe befanden sich in verschiedenen Stadien der Auflösung. An zahlreichen Stellen schimmerte bereits der weiße Knochen durch die blutige Masse. Der Gestank war unerträglich. Hermans Magen krampfte sich weiter zusammen. Als Medizinstudent sollte er Schlimmes gewohnt sein und war es auch, doch der Anblick war dennoch beinahe mehr, als er ertrug.

Nun begriff er endlich, *warum* sie hierhergekommen waren und wo sie sich befanden. Es war nicht Kyle, der sie hergebracht hatte, nicht wirklich. Der Hausmeister mochte das glauben, und im Grunde stimmte das auch, doch in Wahrheit war es Hermans geheimer Verbündeter gewesen, der ihnen den Weg gewiesen hatte. Der Beweis dafür lag unmittelbar vor ihm, denn gewiss nicht durch Zufall hatte der ätzende Inhalt der Wanne am Schädel des Leichnams die meiste Arbeit getan, so dass er in ein Totenkopfgesicht sah.

Mühsam löste er den Blick von dem halb zersetzten Körper und sah sich erneut und mit vollkommen anderen Augen um. Mit jeder Sekunde wunderte er sich mehr, wieso er es nicht sofort und auf den ersten Blick erkannt hatte. Dieses Gewölbe war nicht einfach nur ein Keller, in dem Kyle irgendeiner ebenso grässlichen wie abartigen Tätigkeit nachging. Da waren Messer und Knochensägen, Beile und Zangen und Haken und Skalpelle und ätzende Flüssigkeiten und hundert andere Dinge, mit denen sich Fleisch schneiden und das Blut zum Fließen bringen ließ. Der Geschmack des Todes lag in der Luft. Und der köstliche Duft von Schmerz, der jeden Stein und jedes Staubkorn in diesem Tempel des Todes tränkte.

Nichts von allem, was ihn hierhergeführt hatte, das begriff er, plötzlich und mit absoluter Gewissheit, war Zufall gewesen –

weder ihr Ausflug auf den Friedhof noch das vermeintliche Pech, von Kyle ertappt zu werden, und vermutlich nicht einmal der Umstand, dass Holmes und er auf diese ganz spezielle Idee gekommen waren, um ihr schmales Studentenbudget aufzubessern – möglicherweise nicht einmal der Umstand, dass Henry und er sich in der ersten Woche ihres gemeinsamen Studiums kennengelernt hatten und zu Freunden geworden waren, ja, vielleicht noch nicht einmal die Tatsache, dass er überhaupt den Entschluss gefasst hatte, Medizin zu studieren und hierher an die Universität von Ann Arbor zu kommen. Vielmehr war es der Endpunkt eines sorgsam erdachten und mit ebenso großer Präzision ausgeführten Planes, mit dem sein stummer Verbündeter ihn hierhergeführt hatte, an diesen ganz bestimmten Ort und zu diesem ganz bestimmten Moment. Heute würde sich sein Leben verändern. Radikal und für alle Zeiten.

Herman hatte nicht mehr getötet, seit jenem Mittag in der Scheune bei Gilmanton. Ganz im Gegenteil hatte er sich nicht nur noch zu einem Musterschüler und vorbildlichen Sohn entwickelt, sondern ein geradezu sanftmütiges und schon fast zurückhaltendes Wesen entwickelt. Viele, die ihn kannten, führten das auf sein entsetzliches Erlebnis in der Scheune zurück, hatte er doch mit gerade einmal zehn Jahren mit ansehen müssen, wie zwei seiner Freunde brutal ermordet worden waren. Jedermann war damals sehr rücksichtsvoll und behutsam mit ihm umgegangen, und selbst der Sheriff aus der nächstgrößeren Stadt, der den schrecklichen Mord untersucht hatte, hatte ihm volle drei Tage Zeit gelassen, bis er ihn befragt hatte. Er hatte vor Gericht aussagen müssen – selbstverständlich –, doch selbst der Richter hatte Rücksicht auf den verstörten armen Jungen genommen, der nur durch pures Glück noch am Leben war (und den Umstand, gerade im richtigen Moment in den Wald gegangen zu sein, um einem menschlichen Bedürfnis nachzukommen). Er hatte nur einige wenige Fragen gestellt, die nichts mit den eigentlichen Morden zu tun gehabt hatten. Es war auch nicht nötig gewesen, denn die Beweise hatten auch so ausgereicht, und der Indianer war noch im selben Jahr hingerichtet worden.

Seither hatte Herman keiner Fliege mehr ein Haar gekrümmt und sich ganz im Gegenteil in einen sanftmütigen jungen Mann verwandelt, der schon mehr als einmal in eine unangenehme Situation geraten war, weil er sich in einen Streit eingemischt hatte, um ihn zu schlichten.

Tatsächlich mehrten sich die Momente, in denen er sich manchmal fragte, ob er sich das alles nicht nur eingebildet hatte. Vielleicht war es in Wahrheit ja doch so gewesen, wie es der Sheriff angedeutet hatte und Reverend Folsom, seine Eltern und überhaupt ganz Gilmanton anzunehmen schienen, nämlich dass er die grässliche Mordtat doch mit angesehen und sich diese andere Geschichte nur ausgedacht hatte, um nicht an den schrecklichen Bildern zu zerbrechen.

Was für eine naive Vorstellung. Er hatte doch gewusst, dass sein stummer Verbündeter nicht in Jahren rechnete, nicht einmal in Menschenaltern, sondern in Ewigkeiten. Die fünfzehn Jahre, die seither vergangen waren, waren für ihn nicht mehr als ein Lidschlag gewesen, kleiner als die Zeitspanne, die ein Mensch bräuchte, um diesen Gedanken zu formulieren. Was damals in Gilmanton geschehen war, das war ein Test gewesen, um seine Fähigkeiten zu prüfen, doch die Aufgabe, für die er ihn auserwählt hatte, verlangten einen Mann. Heute war der Tag, an dem er endlich erfahren würde, wie sie aussah.

Auch wenn er es tief in sich längst wusste.

»Und was genau wollen Sie jetzt von uns, Mr Kyle?«, fragte Holmes, der auf der anderen Seite der Wanne stand und ob ihres schrecklichen Inhalts sichtbar darum kämpfte, sein Abendessen bei sich zu behalten, den Blick aber zugleich auch nicht davon lösen konnte. Herman hatte auch das Gefühl, dass er diese Frage nicht zum ersten Mal stellte. Wie lange hatte er dagestanden und in seine Vergangenheit gestarrt?

Statt Holmes' Frage zu beantworten, stellte Kyle selbst eine: »Habt ihr beide euch nie gefragt, was mit den Toten passiert, nachdem ihr und die anderen sie in kleine Stücke geschnitten habt?«

»Sie werden verbrannt«, antwortete Holmes.

Kyle antwortete mit einer Bewegung, die ebenso gut ein Nicken wie ein Kopfschütteln sein konnte. »Das Fleisch und der ganze andere unappetitliche Rest, ja«, sagte er. »Aber die jungen Herrn Doktoren wollen doch auch den Schädel und die anderen Knochen studieren, oder?«

»Sie entfernen das Fleisch vom Skelett?«

»Ich habe die Anlage selbst gebaut«, antwortete Kyle stolz. »Zwei Tage und Nächte in dieser Lösung, und es bleiben nur noch saubere Knochen übrig.«

So wie das zusammengeschusterte Gewirr aus Schläuchen und Glas- und Metallbehältern aussah, glaubte Herman das sofort. Eigentlich kam es ihm schon fast wie ein kleines Wunder vor, dass sich Kyle nicht schon längst selbst die Füße weggeätzt oder wenigstens ein paar Finger verloren hatte.

»Und was tun Sie mit all den Skeletten?«, fragte Holmes. Herman stellte sich im Stillen dieselbe Frage. Allein Holmes und er hatten mehr als drei Dutzend Tote hergebracht, seit sie an der Universität hörten, und sie waren nicht die einzigen Studenten, die diesem lukrativen Hobby nachgingen.

»Es geht immer wieder einmal eines kaputt, weil ihr jungen Herrn Studenten so sorglos mit dem Eigentum der Universität umgeht, als würde euch die Welt gehören«, sagte Kyle. »Und was dann noch übrig bleibt, das bringt gutes Geld.«

»Sie verkaufen sie?«

»An andere Universitäten, Ärzte … jeden, der sie gebrauchen kann. Man wird nicht reich damit, aber es ist ein nettes Zubrot.« Sein Blick wurde lauernd. »Ich nehme doch an, dass ihr verschwiegen seid und nichts gegen einen kleinen Nebenverdienst einzuwenden habt? Ihr könnt euer kleines Geschäft weiter betreiben und bekommt zusätzlich zwei Dollar für jedes Skelett, das ihr sauber macht.«

»Und warum?«, fragte Herman. Einmal davon abgesehen, dass er annahm, dass Kyle mindestens die zehnfache Summe einstrich, weckte die plötzliche Großzügigkeit des Hausmeisters vor allem sein Misstrauen.

Kyle machte eine Kopfbewegung auf die Werkbank, auf der sie das tote Mädchen abgelegt hatten. Er zog eine Grimasse. »Nicht alle Toten wiegen weniger als hundert Pfund, Jungchen. Hast du schon einmal versucht, einen Dreihundert-Pfund-Fettwanst ganz allein die Treppe herunterzuschleifen, vor allem nachdem ihr jungen Herrn mit ihm fertig seid und ihn in Stücke geschnitten habt?«

Er schüttelte den Kopf, um seine eigene Frage zu beantworten, und zog eine noch angewidertere Grimasse. »Das ist kein Vergnügen, Jungchen, das kannst du mir glauben. Und ich werde nicht jünger.«

»Sie suchen also einen Geschäftspartner?«, fragte Holmes.

»Geschäftspartner?« Kyle starrte ihn an, als zweifele er ernstlich an seinem Verstand. Er lachte böse. »Ich brauche jemanden, der mir die schwere Arbeit abnimmt, und auf den ich mich verlassen kann. Ich kann mich doch auf euch verlassen, oder?«

Holmes antwortete, doch Herman hörte nicht mehr hin. Holmes wäre nicht Holmes, würde er nicht noch wenigstens ein symbolisches Rückzugsgefecht liefern, und sei es nur, um vor sich selbst das Gesicht zu wahren. Was gab es da zu verhandeln? Er war – endlich – dort angekommen, wohin er gehörte. Die Pläne seines unsichtbaren Verbündeten waren kompliziert und sollten es wohl auch sein, doch nun war ihm alles klar. Er war angekommen, und dies war sein neues Königreich des Schmerzes, errichtet vielleicht von einem Stümper und Metzger, aber bereit für den Meister, der er einmal werden würde. Natürlich nicht morgen. Nicht in einer Woche und vielleicht noch nicht einmal in einem Jahr, aber er würde es lernen. Er hatte Zeit. Und einen mächtigen Verbündeten.

»Sie haben das alles hier wirklich selbst gebaut?«, wandte er sich an Kyle.

»Mit meinen eigenen Händen«, bestätigte der Hausmeister stolz. Aber zugleich wurden seine Augen auch schon wieder schmal und füllten sich wieder mit der normalen Mischung aus Misstrauen und angeborener Heimtücke. »Hat der junge Herr Doktor vielleicht etwas daran auszusetzen?«

»Natürlich nicht«, versicherte Herman hastig. »Ich verstehe mich selbst ein wenig auf technische Dinge und Mechanik, und es ist wirklich eine beeindruckende Konstruktion.«

»Aber?«, fragte Kyle. Auch Holmes schaute nun neugierig.

»Kein Aber«, sagte Herman rasch. »Es ist wirklich ganz wunderbar. Aber ich könnte mir trotzdem die eine oder andere Verbesserung vorstellen. Wenn ich vielleicht den einen oder anderen Vorschlag machen dürfte ...«

Chicago, Illinois, 1893

Arlis war so schnell die steile Treppe hinuntergestürmt, dass Holmes sie erst wieder einholte, als sie den Wagen schon fast erreicht hatte. Dieses Mal nahm Holmes freiwillig auf der gegenüberliegenden Bank Platz.

Der ganze Wagen begann zu schaukeln, als Peizel hinter ihm auf den Kutschbock kletterte. Schließlich und ohne Holmes direkt anzusehen, sagte Arlis: »Es tut mir leid. Ich habe mich unmöglich benommen, und außerdem kann ich einfach nicht verstehen, warum …«

Holmes kam ihr zu Hilfe. »Ihre Schwester hätte es niemals akzeptiert, ich weiß. Geben wir Mr Geyer etwas Zeit. Vielleicht findet er heraus, was das alles zu bedeuten hat.«

Er hätte es niemals zugegeben, nicht einmal sich selbst gegenüber, aber er war mindestens ebenso erleichtert wie sie, dieses seltsame Haus verlassen zu haben. Schon sein Anblick bereitete ihm Unbehagen, obwohl es dafür eigentlich gar keinen Grund gab. Im Gegenteil: Ignorierte man die allgemeinen Anzeichen von Vernachlässigung und Verfall, dann wurde klar, dass es einmal ein schmuckes Gebäude gewesen sein musste, das ihn sogar ein bisschen an das Hotel in Englewood erinnerte.

Während sie in der Wohnung gewesen waren, hatte der Wind offenbar gedreht und brachte nun einen noch schlimmeren Gestank mit sich als vorhin. Selbst Holmes verspürte eine sachte Übelkeit, und Arlis hob rasch das Taschentuch vor das Gesicht.

»Das ist ja widerwärtig!«, sagte sie. »Was um alles in der

Welt ist das für ein Gestank? Verfault diese ganze Stadt von innen heraus?«

»Das sind die Schlachthöfe«, sagte Holmes. »Je nach Windrichtung kann man sie in der ganzen Stadt riechen.«

»Sie denken an Ihre Verabredung, Mr Holmes?«, unterbrach Peizel die Unterhaltung vom Kutschbock aus.

Holmes klappte den Deckel seiner Taschenuhr auf und sah auf das Ziffernblatt, bevor er antwortete. »Wir haben noch Zeit, Mr Peizel. Keine Sorge.«

»Eine Verabredung?«, fragte Arlis.

»Es handelt sich um eine geschäftliche Verabredung, die sich leider nicht verschieben lässt und von außerordentlicher Wichtigkeit ist. Aber es geht schnell, und der Umweg ist wirklich nicht der Rede wert.«

»Es geht um Ihr Hotel?«

»Ich bin nicht nur Hotelier, sondern auch im Besitz mehrerer Patentschriften«, antwortete Holmes. »Hat Ihre Schwester das nicht erzählt?«

»Dass Sie Erfinder sind?« Christen schüttelte den Kopf. »Nein.«

»Tatsächlich haben Mr Peizel und ich eine nützliche Apparatur entwickelt, in deren Markteinführung ich große Hoffnungen setze. Heute treffen wir einen Mann, der in die Idee investieren möchte«, erklärte Holmes.

»Und was ist das für eine famose Erfindung, die Mr Peizel und Sie gemacht haben?«

»Im Prinzip ist es ganz simpel, so wie die meisten wirklich sinnvollen Erfindungen«, antwortete er. »Wenn es erst einmal jemand getan hat, dann fragen sich alle anderen, warum sie nicht selbst auf die Idee gekommen sind. Sie heizen mit einem Kohleofen, nehme ich an?«

»Ich bin nicht ganz sicher«, antwortete Christen, »aber ich glaube ja. Warum?«

»Dann haben Sie sicher auch einen Kohlenkasten in der Küche und kennen die Probleme, die es mit sich bringt, ihn aufzufüllen, ohne einen Heidenlärm und viel Schmutz zu verursachen. Und wenn nicht Sie, dann doch mit Sicherheit Ihr Personal, oder?«

Arlis antwortete nicht auf die Frage, und Holmes sprach mit begeisterter Stimme weiter: »Wir haben einen Kohlenkasten entwickelt, der so einfach zu handhaben ist, dass selbst ein Kind damit umgehen kann, ohne dass auch nur ein Stäubchen danebengeht. Mr Peizel ist selbst Vater eines Jungen und einer ganz entzückenden Tochter, und selbst ihnen gelingt es, eine Schütte mit Kohlen zu befüllen und den Ofen anzuheizen, ohne sich dabei auch nur anzustrengen – und das in einem weißen Anzug beziehungsweise einer weißen Schürze. Und ich garantiere Ihnen, dass Sie hinterher nicht ein Stäubchen darauf sehen werden. Und ich ...«

Er brach mitten im Satz ab und hatte das wirklich unangenehme Gefühl, selbst zu spüren, wie er rote Ohren bekam, als ihm das spöttische Funkeln in Christens Augen auffiel. »Verzeihen Sie.«

»Aber ich bitte Sie!«, schmunzelte Arlis. »Es gibt keinen Grund, für irgendetwas um Verzeihung zu bitten! Was ist so schlimm daran, wenn man so überzeugt von einer Sache ist, dass die Begeisterung mit einem durchgeht?«

»Nichts«, antwortete Holmes, »aber es gehört sich trotzdem nicht.«

»Von einer Idee zu schwärmen, in die man all sein Herzblut gesteckt hat? Ich bitte Sie, Mr Holmes!«

»Ein Grund mehr, Mr Pearlman nicht noch länger warten zu lassen«, mischte sich Peizel ungefragt ein. »Er war das letzte Mal schon ziemlich ungeduldig.«

»Und wozu brauchen Sie einen zusätzlichen Partner?«, fragte Arlis. »Ich meine: Wenn sie wirklich so einfach ist, wie Sie sagen, und zugleich so Erfolg versprechend, dann wäre das doch nur eine weitere Partei, mit der Sie Ihren Gewinn teilen müssten.«

»Sie würden eine hervorragende Geschäftsfrau abgeben, Arlis. Aber leider ist es mit einer guten Idee allein nicht getan. Selbst die beste Erfindung der Welt muss immer noch produziert und vertrieben werden. Ich fürchte, bei einer Unternehmung der Größenordnung, wie ich sie anstrebe, geht es nicht ohne einen solventen Partner.«

In diesem Moment kam Geyer zurück.

»Im Nachhinein muss ich Mr Holmes beipflichten. Es war vielleicht nicht besonders klug, dass Sie dort hineingegangen sind«, sagte er und nahm neben Holmes Platz. Dann sah er zu Peizel hoch. »Fahren Sie, William. Und nehmen Sie die Alexander Street. Das ist ein Umweg, aber ich kenne den Verkehr um diese Zeit.«

Holmes bedeutete Peizel mit einem angedeuteten Nicken, zu tun, was Geyer gesagt hatte, und wandte sich erst wieder zu Geyer um, nachdem sich der Wagen in Bewegung gesetzt hatte.

»Haben Sie noch Interessantes von Miss Winters erfahren?«

»Schwerlich«, antwortete Geyer. »Sie hat nicht aufgemacht, obwohl ich mehrmals geklopft habe. Ich werde es später noch einmal versuchen.«

Etwas knallte. Holmes meinte einen hellen Lichtblitz aus den Augenwinkeln heraus wahrzunehmen, und gleichzeitig drang ein ganzer Chor von Schreien und erschrockenen Rufen an sein Ohr.

Arlis fuhr erschrocken herum, doch das sonderbare blaue Flackern war bereits wieder erloschen, und auch der Chor aus Schreckensrufen wurde schon wieder leiser.

»Was war da los?«, fragte Christen alarmiert.

Holmes zuckte nur mit den Achseln, und wäre sie nicht so neu in der Stadt gewesen, dann hätte er es vermutlich sogar dabei belassen. »Wahrscheinlich nur ein Unfall.«

»Und das sagen Sie so, als wäre es das Selbstverständlichste der Welt?«

Niemand hatte sich je die Mühe gemacht, die Opfer zu zählen, die der moderne Verkehr tagtäglich unter der Bevölkerung Chicagos forderte, aber Holmes nahm an, dass die Zahl zwei-, wenn nicht gar dreistellig war. Aber das war ein Thema, mit dem man eine empfindsame junge Frau wie Arlis besser nicht belastete. »Ich glaube nicht, dass Sie das sehen wollen, Miss Christen.«

»Ihre Sorge rührt mich, Mr Holmes«, sagte Arlis kühl, »aber vielleicht überlassen Sie es doch mir, zu beurteilen, was ich sehen möchte und was nicht.«

»Ich muss Doktor Holmes leider zustimmen«, sagte Geyer. »Das ist wirklich nichts, was Sie sich zumuten sollten.« Er tauschte einen Blick mit Holmes. »Wahrscheinlich wieder ein Gerösteter.«

»Ein … *was?*«, fragte Arlis; und Holmes verspürte für einen Moment das ernstliche Verlangen, die Tür auf- und Geyer hinauszustoßen. »Nur so ein Unsinn, den sich die Zeitungen ausgedacht haben.«

»Ein *Gerösteter?*«, insistierte Arlis. Sie wandte sich demonstrativ und in scharfem Ton an Geyer. »Was genau soll das bedeuten?«

»Doktor Holmes hat recht«, sagte Geyer. »Es waren die Zeitungen, die sich diese wenig pietätvolle Bezeichnung ausgedacht haben.«

»Wofür?«, hakte Arlis nach. Auch in diesem Punkt, dachte Holmes, war sie das vollkommene Ebenbild ihrer Schwester. Wenn sie sich einmal in ein Thema verbissen hatte, dann gab sie erst auf, wenn sie die Antworten bekam, die sie hören wollte.

»Es ist die Straßenbahn, Arlis«, sagte er. »Die Hochspannungskabel sind gefährlich. Leider geschehen immer wieder Unfälle, weil die Menschen einfach zu unvorsichtig sind. Sie bekommen tödliche Stromschläge oder werden von der Bahn überfahren. Die modernen Zeiten verlangen manchmal einen hohen Preis von den Menschen.«

»Und Sie glauben, ich würde den Anblick eines Toten nicht verkraften, weil ich ja nur eine Frau bin? Ich habe schon Tote gesehen.«

»Nicht solche«, sagte Holmes.

»Und niemand unternimmt etwas dagegen?«, fragte Arlis. »Das ist skandalös!«

»Was denn?«, meinte Geyer. »Soll man etwa einen Zaun um die ganze Bahn ziehen?«

»Aber das ist doch …«, begann Arlis, unterbrach sich dann mit sichtlicher Anstrengung und behielt den Rest von allem, was ihr so überdeutlich auf der Zunge lag, für sich.

Für den Großteil der Rückfahrt breitete sich eine unbehagliche Stille zwischen ihnen aus, die sogar noch einmal eine unangenehmere Qualität annahm, als der Verkehr dichter wurde und Peizel den Wagen immer wieder anhalten musste, um anderen Droschken Platz zu machen oder einem Radfahrer oder Fußgänger auszuweichen – wobei Ersteres nicht ohne eine Flut deftiger Flüche abging und Letzteres schon einmal damit, dass er ganz im Gegenteil die Peitsche knallen und den Wagen anrucken ließ, was die Fußgänger zu einem hastigen Sprung auf den Bürgersteig hinauf veranlasste.

Der Wagen wurde langsamer und musste einen Moment stehen bleiben, um eine Lücke im dichten Verkehr abzuwarten und nach links abzubiegen; was von Peizel natürlich mit einer neuerlichen Flut durchaus fantasievoller Verwünschungen kommentiert wurde. Dann bugsierte er das zweispännige Gefährt mit ganz erstaunlichem Geschick durch ein Tor, das Geyer selbst dann noch als viel zu schmal für den Wagen vorkam, als sie es längst passiert hatten. Dahinter lag ein erstaunlich großer, von schmuddeligen Ziegelsteinwänden eingefasster Innenhof, der noch größer gewirkt hätte, wäre er nicht hoffnungslos vollgestellt gewesen.

Überall stapelten sich Holz, fertig zugeschnittene Bretter oder auch solche, die noch darauf warteten, weiterverarbeitet zu werden, große Kisten und Weidenkörbe voller Abfälle und Werkzeuge, halb fertiggestellte Möbelstücke und Dinge, die Geyer nicht einmal erkannte. Aus einer nur halb geschlossenen Schiebetür erschien, offenbar vom Geräusch des Wagens angelockt, ein halbwüchsiger Bursche mit wirrem Haar. Er starrte sie einen Moment lang mit großen Augen an und verschwand dann ebenso schnell wieder, wie er gekommen war. In den allgegenwärtigen Gestank mischte sich nun auch noch der Geruch nach Sägespänen und frischer Farbe.

Geyer erblickte ein in kunstvoller Frakturschrift gemaltes Schild über dem Tor: *Feinste Möbel und Inneneinrichtung. John Pearlman.*

»Es dauert wirklich nur einen Moment«, versicherte Holmes, während er bereits die Hand nach der Tür ausstreckte. »Allerhöchstens fünf Minuten, und danach gehöre ich wieder ganz Ihnen.«

Er stieg aus und wartete, bis Peizel vom Wagen kletterte und sich zu ihm gesellte, bevor sie nebeneinander in der Schreinerwerkstatt verschwanden.

Ann Arbor, Michigan, 1883

Es tut mir aufrichtig leid, Mr Mudgett, vor allem nach dem Schicksalsschlag, den Sie gerade erst hinnehmen mussten«, sagte Dekan Wintershall zum dritten Mal, seit Herman auf dem Stuhl vor dem Ehrfurcht gebietenden Schreibtisch Platz genommen hatte. »Hatten Sie ein gutes Verhältnis zu Ihrem Vater?«

»Ja«, log Herman. Er war nervös. Kyle hatte ihm natürlich nicht gesagt, was Wintershall von ihm wollte, aber zum Dekan gerufen zu werden bedeutete selten etwas Gutes.

Ein Ausdruck von schlecht geschauspielertem Mitgefühl erschien auf Wintershalls backenbärtigem Gesicht. »Das ist gut«, sagte er, »Vielleicht ist es Ihnen ja ein Trost, dass sich Ihr Vater nun in einer besseren Welt befindet und Gott über ihn wacht.«

Herman sagte vorsichtshalber nichts dazu und beließ es bei einem traurigen Blick. So ziemlich jede Welt wäre besser als diese, da war Herman sich sicher, ebenso wie er wusste, dass Gott ganz bestimmt nicht über die Seele seines Vaters wachte – ganz einfach weil es weder das eine noch das andere wirklich gab. Aber das jetzt auszusprechen käme bei Wintershall gewiss nicht gut an, und er hatte das Gefühl, dass er den eigentlichen Grund für dieses Gespräch noch nicht einmal erfahren hatte.

Wintershall deutete sein Schweigen offensichtlich falsch, denn er räusperte sich ein paarmal unbehaglich und benutzte nun den alten Trick, dessen sich viele Lehrer bedienten, und starrte seine Stirn an, um so den Eindruck zu erwecken, er könne seinem Blick beliebig lange standhalten. »Darf ich fragen, woran Ihr Vater gestorben ist, Herman?«

»Das Herz«, antwortete Herman.

»Dann hat er nicht lange leiden müssen, hoffe ich doch.«

Herman hatte keine Ahnung. Das letzte Mal hatte er seinen Vater vor drei Jahren gesehen, als sie sich im Streit getrennt hatten und er hierhergekommen war, um sein Medizinstudium aufzunehmen. Das Letzte, was er von ihm gehört hatte, war seine wütende Prophezeiung, dass er das Studium ohnehin nicht schaffen würde, weil ihm das Zeug dazu fehlte, und dass er diesen Wahnsinn aus verschenkter Lebenszeit und Hochmut mit keinem Cent unterstützen würde.

»Es ging ganz schnell«, sagte Herman. »Meine Mutter hat mir geschrieben, dass er einfach eingeschlafen und am Morgen nicht mehr aufgewacht ist.«

»Ein Tod, wie man ihn sich wünschen sollte«, sagte Wintershall. Dann zog er die Augenbrauen zusammen. »Geschrieben? Sie waren nicht bei der Beerdigung?«

Herman verneinte. »Ich musste zwei wichtige Klausuren schreiben, und …« Er zögerte. »Und ich hatte auch kein Geld für die Fahrkarte.«

»Das tut mir leid«, sagte Wintershall. Es klang sogar fast ehrlich. »Dennoch. Ich muss leider noch einen anderen Punkt ansprechen.«

»Sir?«

»Es gibt ein Problem, Mr Mudgett. Ich habe mit Ihren Dozenten gesprochen und mir Ihre Noten und Studienunterlagen angesehen. Sie sind ein guter Student, und ich weiß Ihr Engagement zu schätzen. Aber leider kann ich meine Entscheidungen nicht von persönlichen Sympathien abhängig machen. Ich bin auch den anderen Studenten verpflichtet. Und natürlich auch dieser Institution.«

»Ich verstehe nicht ganz, Sir.«

»Ihre Studiengebühren«, sagte Wintershall betrübt. »Sie sind jetzt seit vier Monaten damit in Verzug. Fast schon fünf, um genau zu sein.«

»Ich weiß«, antwortete Herman so kleinlaut, wie er nur konnte. »Und ich versichere Ihnen, dass ich …«

»Ich weiß wirklich nicht, warum«, fuhr Wintershall fort, »aber Mr Kyle hat ein gutes Wort für Sie eingelegt. Sie wissen, wer Mr Kyle ist?«

»Der Hausmeister.« Herman war alarmiert. Er nickte.

»Aus irgendeinem Grund scheint er einen Narren an Ihnen gefressen zu haben«, bestätigte der Dekan. »Wie gesagt: Ich bin an meine Vorschriften gebunden und kann eigentlich keine Ausnahmen machen, auch nicht, um einem Hausmeister zu Gefallen zu sein. Aber dennoch und in Anbetracht des schweren Schicksalsschlages, den Sie gerade erst erlitten haben, habe ich entschieden, Ihnen noch eine Chance zu geben.«

»Eine Chance?«

Wintershall nickte, und nun erschien ein väterlich gütiger Ausdruck auf seinem Gesicht. Herman nahm an, dass er eine ganze Auswahl der unterschiedlichsten Mienen bereithatte, die er nach Belieben auf- und absetzen konnte, und die allesamt dasselbe bedeuteten, nämlich nichts. »Ich nehme davon Abstand, Sie unverzüglich der Universität zu verweisen, Mr Mudgett«, sagte er, »und gebe Ihnen die Möglichkeit, die ausstehenden Studiengebühren bis zum Ende des Monats zu begleichen.«

»Bis Ende des Monats«, wiederholte Herman. Das waren noch nicht einmal drei Wochen! Wie um alles in der Welt sollte er bis dahin eine *solche* Summe aufbringen?

»Sie müssen mir nicht danken, Herman«, antwortete der Dekan jovial. »Ich weiß, was ich meinen Studenten schuldig bin. Bringen Sie die Sache in Ordnung, und ich werde dafür sorgen, dass dieser unschöne Zwischenfall nicht in Ihrer Akte auftaucht.«

Er sagte es auf eine Art, die Herman klarmachte, dass er nicht weitersprechen würde, weil von seiner Seite alles gesagt war.

»Dann … danke ich Ihnen, Herr Dekan«, sagte er zögernd,

während er bereits aufstand und den wackeligen Stuhl zurückschob.

Draußen auf dem Flur wartete Kyle auf ihn, schmutzig und mit verstrubbeltem Haar und wie immer unbekümmert an seiner Pfeife paffend. Als er Hermans gewahr wurde, bescherte er ihm das zweifelhafte Vergnügen, ihm seine vom Tabak braun gewordenen Zähne mit einem breiten Grinsen zu präsentieren.

»Ich hoffe, der junge Herr Studiosus hatte ein erfreuliches Gespräch mit dem Dekan«, sagte er. »Lange genug hat es ja gedauert.«

»Und Sie haben die ganze Zeit auf mich gewartet, nur um mich das zu fragen?«, erwiderte Herman. Immerhin hatte Kyle es sich nicht nehmen lassen, ihn höchstpersönlich aus der Mensa zu holen und hierherzueskortieren – wodurch die lange Reihe von Tagen, die er mit knurrendem Magen verbracht hatte, um einen weiteren ergänzt wurde –, sondern offensichtlich auch die ganze Zeit hier auf ihn gewartet.

»Aber ich muss doch sicher sein, dass alles in Ordnung ist, Mr Mudgett«, antwortete Kyle spöttisch. »Ich bin hier Hausmeister. Und man erwartet von mir, dass ich ein Auge darauf habe, dass hier alles seine Ordnung hat. Und das bezieht sich nicht nur auf einen klappernden Fensterladen oder ein klemmendes Schloss, sondern auch auf das Wohlergehen unserer angehenden Herren Doktoren. Schließlich sind sie unser größtes Kapital, wie unser geschätzter Dekan immer zu sagen pflegt. Ist also alles in Ordnung?«

»Ich glaube, das wissen Sie mindestens so gut wie ich«, sagte er forsch, nur um seinen eigenen Tonfall schon zu bereuen, noch bevor das letzte Wort über seine Lippen gekommen war. Kyle war nicht unbedingt für seinen Humor bekannt oder gar seine Duldsamkeit.

Heute aber hatte er Glück. Kyle feixte nur noch breiter und sog an seiner Pfeife. »Ach, du meinst den Schulverweis, der dir droht?«, griente er. »Ja, die Welt ist ein schlechter Ort, und ganz besonders grausam ist sie zu angehenden jungen Doktoren, nicht wahr? Wäre doch wahrlich eine Schande, wenn der junge Herr die Universität verlassen müsste, nach all den Jahren und nur ein paar Monate, bevor du deinen Abschluss machst, nicht wahr?«

Herman brauchte nun fast seine gesamte Willensstärke, um nicht zu sagen, was ihm wirklich auf der Zunge lag, nämlich dass Kyle nicht nur ganz genau wusste, was hinter dieser Tür besprochen worden war, sondern auch zu einem nicht unerheblichen Teil Schuld daran trug: Tatsächlich arbeiteten Holmes und er nun schon seit zehn Monaten für den Hausmeister, und sowenig er auch nur eine Sekunde der Zeit missen wollte, die er in seinem privaten Königreich des Todes zugebracht hatte, so sehr verfluchte er zugleich jene schicksalhafte Nacht, in der Kyle sie auf dem Friedhof überrascht hatte. Der Hausmeister hatte Wort gehalten und sie weder angeschwärzt noch ihnen den nächtlichen Nebenverdienst verboten. Doch ihre pekuniäre Situation war seither beständig schlimmer geworden. Es reichte Kyle nicht, sie wie die Sklaven für sich schuften zu lassen und nur sporadisch (und schlecht) zu bezahlen. Er beanspruchte selbstverständlich auch eine bescheidene Provision, wenn es um die Vergütung für die Körper ging, die sie nach wie vor an die anatomische Abteilung verkauften. Und ebenso selbstverständlich war dieser Anteil im gleichen Maße größer geworden, wie die Arbeit zunahm, die sie umsonst für ihn verrichten mussten, und die Zeit damit weniger wurde, die sie für sich selbst arbeiten konnten. Holmes konnte diesen Verlust immerhin zum Teil kompensieren, indem er auf die eine oder andere Annehmlichkeit verzichtete; aber die Annehmlichkeiten, auf die Herman immer öfter verzichtet hatte, waren eine warme Mahlzeit oder ein Getränk, das nicht nur aus Leitungswasser bestand. Oder eben auch seine Studiengebühren.

»Auf jeden Fall vielen Dank, dass Sie gewartet haben«, sagte er.

»Aber das ist doch wohl das Mindeste, was ich für den jungen Herrn tun kann«, sagte er. »Geh ruhig voraus. Wir können auch im Gehen plaudern.«

Herman war nicht nach Plaudern zumute, schon gar nicht mit dieser *Kreatur*. Aber er kannte diesen speziellen Tonfall. Kyle hatte nicht nur auf ihn gewartet, um sich noch ein bisschen an seinem Unglück zu laben, sondern noch eine weitere Überraschung auf Lager.

Er war guter Dinge, schon bald herauszufinden, welche.

Den halben Weg zur Mensa legten sie schweigend zurück, dann sagte Kyle: »Ich hätte vielleicht einen Vorschlag, wie du deine Probleme lösen könntest.«

»So?«

»Denk in Ruhe darüber nach, was es dir wert ist, die letzten Jahre nicht umsonst hier für deinen Abschluss geschuftet zu haben«, sagte er. »Wir besprechen die Einzelheiten dann morgen. Ich muss noch ein paar Dinge klären, aber ich denke, wir werden uns schon einig.«

Sie erreichten die Mensa. Obwohl die Mittagszeit fast um war, herrschte noch die gewohnte Mischung aus Geschäftigkeit und Lärm. Kyle blieb abrupt stehen.

»Ach, das hätte ich beinahe vergessen!«, meinte er. »Da ist Besuch für dich gekommen, Mudgett.«

Bevor Herman ihn nach einer Erklärung fragen konnte, drehte sich Kyle einfach um und eilte davon.

Herman würde sich später um diesen Besuch kümmern. Nun galt seine ganze Aufmerksamkeit erst mal dem Loch in seinem Magen, das der Hunger dort hineingefressen hatte. Er durchquerte die Mensa und ging zu dem Tisch, wo ihn Kyle vorhin abgeholt hatte. Er konnte sein Glück kaum fassen, als er seine stehen gelassene Mahlzeit unberührt vorfand. Er ließ sich auf den Stuhl fallen. Natürlich war alles kalt, aber sehr viel besser hatte es auch nicht geschmeckt, als es warm aus der Küche gekommen war. Und Hunger war und blieb nun einmal der beste Koch. Während er seinen knurrenden Magen besänftigte, vergaß er beinahe sogar das Gespräch mit dem Dekan und den ominösen Besuch. Allerdings nur so lange, bis er hochsah und den Hausmeister erblickte, der zurückkam und nicht mehr allein war. In seiner Begleitung befanden sich

Holmes und eine ältere Frau, die ganz in Schwarz gekleidet war.

»Mutter?«

Herman sprang auf, umrundete den Tisch und schloss seine Mutter ungestüm in die Arme.

»Mutter! Du bist hier? Aber warum hast du denn nichts gesagt! Du hättest schreiben können oder ein Telegramm schicken! Ich hätte dich doch am Bahnhof abgeholt ...«

»Webster«, begrüßte ihn seine Mutter. Sie war die Einzige auf der Welt, die ihn bei seinem zweiten Vornamen nannte (und einer von nun sehr wenigen Menschen, die diesen überhaupt kannten). Früher hatte er sich maßlos darüber geärgert, ja, eine Zeit lang sogar ernsthaft geglaubt, dass sie ihm diesen albernen Namen nur gegeben hatte, um ihn zu demütigen und vor seinen Freunden und aller Welt der Lächerlichkeit preiszugeben. Jetzt berührte ihn der Klang dieses ehemals verhassten Wortes tief in seinem Herzen, denn es transportierte mehr angenehme Erinnerungen, als ihm bewusst gewesen war.

»Wie ... wie geht es dir?«, fragte er unbeholfen. Zugleich hätte er sich für diese Frage am liebsten selbst geohrfeigt. Wie sollte es ihr schon gehen, nachdem Vater gestorben war?

»Gut«, behauptete sie trotzdem. »Vor allem jetzt, wo ich sehe, wie gut es dir zu gehen scheint – obwohl du schrecklich dünn geworden bist. Bekommst du nicht genug zu essen, oder arbeitest du zu viel?«

Herman kannte seine Mutter und wusste, dass sie ihre eigene Frage für sich schon beantwortet hatte und es ohnehin keine Rolle spielte, was er sagte, also schwieg er gleich. Und er wurde auch nicht enttäuscht. Kaum hatte sie sich vollends aus seinem Griff gelöst, ging sie um den Tisch herum und beugte sich über den Teller, von dem er gerade gegessen hatte. Sie war zwar diskret genug, sich jeden Kommentar zu verbieten, aber der Blick, mit dem sie zuerst ihn und dann Kyle maß, machte das auch überflüssig.

»Du arbeitest zu viel«, schloss sie endlich. »Und wie ich dich kenne, schläfst du auch nicht genug.«

»Ich fürchte, dass das für jeden hier gilt, Ma'am«, mischte sich Kyle ein. Er lächelte schief. »Unsere Studenten müssen alle sehr viel und sehr hart arbeiten, und Ihr Sohn macht da keine Ausnahme. Auch wenn er einer der Besten ist, das versichere ich Ihnen.«

Holmes, der schräg hinter dem Hausmeister stand, starrte ihn regelrecht fassungslos an, und auch Herman wäre um ein Haar eine entsprechende Bemerkung entschlüpft; nicht nur, weil er mit allem gerechnet hätte, nur nicht damit, dass Kyle auch nur ein gutes Wort über ihn verlor, sondern auch und vor allem vor Erstaunen, dass sich der Faustkeil überhaupt derart gepflegt ausdrücken konnte. Holmes und er hatten seit einem Jahr eine Wette laufen, dass Kyle pro Tag nicht mehr als fünf Worte benutzte, die mehr als zwei Silben hatten.

»Das beruhigt mich«, antwortete seine Mutter. »Vor allem jetzt. Ich war ein wenig in Sorge, weil er sich so lange nicht mehr gemeldet hat.«

Sie ließ endlich von seinem Teller ab und kam wieder um den Tisch herum, und Kyle überraschte ihn noch einmal und jetzt sogar noch mehr, als er in perfekter Gentlemanmanier einen Stuhl zurückzog, auf den sie sich setzen konnte. Natürlich tat er das nur, um Henry und ihn in einem möglichst schlechten Licht dastehen zu lassen.

Es funktionierte.

»Und da sagt man immer, dass die Männer in der großen Stadt nicht wissen, wie man sich einer Dame gegenüber benimmt«, sagte seine Mutter. »Ich danke Ihnen, junger Mann. Wenigstens einer, der weiß, was sich gehört.«

Kyle griente nur schmutzig, und Holmes kam einer weiteren Charmeoffensive des Faustkeils zuvor, indem er mit einem schnellen Schritt zwischen sie trat und zugleich auf Herman deutete. »Herman war bestimmt genauso überrascht über Ihre Ankunft wie ich. Wir – er – hat nicht mit einem Besuch gerechnet. Jedenfalls nicht so kurz nach …«

Er zog es dann doch vor, den Satz nicht zu Ende zu sprechen. Hermans Mutter bedachte ihn mit einem Blick, bei dem die meisten anderen auf der Stelle im Erdboden versunken wären, und wandte sich dann, zwar lächelnd, dennoch aber in unüberhörbar vorwurfsvollem Ton an Herman selbst. »Ich habe dir einen Brief geschrieben«, sagte sie. »Gleich am Tag der Beerdigung. Nachdem du nicht gekommen bist.«

»Ist das wahr?«, mischte sich Kyle ein, noch immer in diesem Tonfall, der so gar nicht zu ihm passen wollte. »Das kann ich mir gar nicht vorstellen!«

»Das ist … eine lange Geschichte«, erwiderte Herman ausweichend. »Aber ich …«

»Warum holen Sie Mrs Mudgett nicht ein Glas Wasser, Mr Kyle?«, unterbrach ihn Holmes. »Oder vielleicht eine Tasse Kaffee. Ich bin sicher, nach der anstrengenden Reise würde sie sich darüber freuen.« Er unterstrich seine Worte mit einer auffordernden Geste, die allein zu jedem anderen Zeitpunkt Anlass genug für Kyle gewesen wäre, seine Fäuste fliegen zu lassen. »Ich gebe Ihnen das Geld später.«

Kyle sah eher aus, als überlege er, ob er Holmes bei lebendigem Leibe häuten oder doch lieber auf das nächsterreichbare Rad knüpfen sollte, doch dann erschien ein dünnes, gemeines Lächeln in seinen Augen. »Lass gut sein, Jungchen«, sagte er, von der einen Sekunde auf die nächste wieder in seinen gewohnten Duktus zurückfallend. »Wir finden schon einen Weg, wie du das wiedergutmachen kannst.«

Und damit fuhr er auf dem Absatz herum und verschwand in der Menge. Henry sah ihm lange und mit einem Gesichtsausdruck nach, der so gar nicht zu dem Holmes passen wollte, den Herman kannte. Ihm selbst gelang es nun endlich, seiner Mutter direkt in die Augen zu sehen. Auch wenn er nicht ganz sicher war, ob er es wirklich wollte. Da war eine Schwärze in ihrem Blick, die ihn erschreckte.

»Das ist ein wirklich ganz reizender Mann«, sagte sie. »Wieso hast du ihn nie in einem deiner Briefe erwähnt?«

»Es tut mir wirklich leid, dass ich nicht zur Beerdigung kommen konnte«, sagte Herman, schon um ihre Frage nicht beantworten zu müssen. »Ich wollte es, aber …«

»Schon gut, Webster.« Seine Mutter streckte den Arm über den Tisch und legte ihm die Hand auf die Rechte. Ihre Haut fühlte sich heiß an, fast schon ein wenig fiebrig und so trocken und rau wie altes Sandpapier. Herman musste sich beherrschen, um den Arm nicht erschrocken zurückzuziehen. War sie krank? »Ich verstehe dich. Ich billige es nicht, und es bricht mir das Herz, aber ich kann dich verstehen. Ich habe mit Doktor Holmes gesprochen, während ich auf dich gewartet habe. Er hat mir alles erzählt.«

»Nennen Sie mich einfach Henry«, bot Holmes ihr an. »Ich bin übrigens noch kein Doktor.«

»Aber Sie werden es bald sein«, sagte Hermans Mutter, »genau wie Webster. Und Sie sind sein Freund. Er braucht Sie jetzt. In einem Augenblick wie diesem ist ein guter Freund das Wichtigste, was man überhaupt haben kann.«

Herman tauschte einen fragenden Blick mit Holmes – Henry war nicht nur sein bester Freund, sondern auch sein einziger, aber er hatte ihn seiner Mutter gegenüber nie erwähnt, weder in seinen Briefen noch bei den wenigen Besuchen in den Semesterferien, die er sich hatte leisten können.

»Du hättest mir sagen müssen, dass du hier einen so guten Freund gefunden hast«, sagte seine Mutter. »Dein Vater und ich waren immer in großer Sorge, wie es dir hier so ganz allein in einer fremden Stadt ergehen mag. Wir hatten nie Zweifel, dass du dein Studium abschließt und eines Tages als Arzt nach Gilmanton zurückkehrst. Aber ich war dennoch in Sorge, ob du glücklich bist. Ich bin sehr froh, dass du hier Freunde gefunden hast.«

»Das ist doch jetzt völlig …«, begann Herman, und seine Mutter unterbrach ihn abermals, und mit einem angestrengten Seufzen, das vielleicht auch ein nicht mehr ganz unterdrücktes Schluchzen war.

»Ich weiß, dass du mir wohl nicht glauben wirst, aber dein Vater hat dich wirklich sehr geliebt. Er wäre sehr stolz, wenn er dich jetzt sehen könnte.«

»Ach ja?«, fragte Herman spröde. »Wäre er das?«

»Er konnte es nie zeigen«, bestätigte seine Mutter, »weder dir noch deinen Geschwistern gegenüber. Nicht einmal mir gegenüber. Aber tief in seinem Inneren war er ein guter Mensch. Er hat sich nichts mehr gewünscht, als dass du und deine Geschwister es eines Tages besser haben solltet als wir. Und er hat dafür gesorgt.«

Und wie?, dachte Herman. Wenn es sein Plan gewesen war, ihn und seine Brüder möglichst früh aus dem Haus zu treiben, damit sie an einem anderen Ort ihr Glück suchten, dann hatte er jedenfalls Erfolg gehabt. Aber er sah auch, wie seine Mutter litt, und wie schwer es ihr fiel, wenigstens noch den Anschein von Fassung zu wahren. Sosehr er seinen Vater verachtet und gehasst hatte, so wenig wollte er seiner Mutter noch mehr Schmerz zufügen. Von allen hatte sie am meisten unter der bibelfesten Tyrannei seines Vaters gelitten.

»Lass uns später darüber reden«, sagte er unbehaglich.

»Ich habe nicht viel Zeit, Webster«, fiel ihm seine Mutter ins Wort. »Von hier aus geht täglich nur ein Zug nach Boston, und er fährt bereits in einer Stunde ab.«

»Boston?«

»Ich habe meiner Schwester telegrafiert, und sie hat zugestimmt, dass ich für eine Weile bei ihr bleiben kann, bis ich weiß, wie alles weitergeht. Du erinnerst dich an Tante Mae?«

Herman schüttelte den Kopf. »Wie alles weitergeht?«

Seine Mutter antwortete nicht gleich, und als sie es tat, wich sie seinem direkten Blick aus, und er spürte, wie schwer es ihr fiel, überhaupt zu sprechen.

»Ich habe …« Sie fuhr sich nervös mit den Fingerknöcheln über die Lippen und setzte neu an. »Ich werde das Haus verkaufen und auch alles andere. Ich wünschte, ich müsste es nicht tun, aber dein Vater hat mir nicht viel hinterlassen. Und die Medikamente, die er brauchte, waren sehr teuer.«

»Es ist alles weg?«, vergewisserte sich Herman.

»Es war niemals viel da, Webster«, antwortete seine Mutter, nicht nur überhastet, sondern auch unüberhörbar im Tonfall einer Verteidigung. Herman war ein bisschen empört. Aus diesem Grund hatte er ganz bestimmt nicht gefragt. »Aber du musst dir keine Sorgen um dein Studium machen. Es ist alles geregelt. Ich habe dir doch gesagt, dass dein Vater gut für dich gesorgt hat.«

»Was soll das heißen?«

»Es ist wohl wahr, dass er mir nicht viel mehr als Schulden hinterlassen hat und ich mein Leben in Zukunft anders organisieren muss. Aber er war zugleich auch vorausschauend genug, um auch dir etwas zu hinterlassen.« Sie griff in ihren Beutel und zog einen schmalen Briefumschlag heraus, den sie über den Tisch schob. Herman starrte ihn an und rührte keinen Finger, um danach zu greifen.

»Was ist das?«

»Eine Lebensversicherung über dreitausend Dollar«, antwortete seine Mutter. »Dein Vater hat sie zu deinen Gunsten abgeschlossen, als du dein Studium begonnen hast.«

»Eine Lebensversicherung?« Herman starrte den Brief an, als wäre er giftig. »Davon wusste ich nichts.«

»Niemand wusste etwas davon. Dein Vater hat die Police bei Doktor Estan deponiert und ihm sein Ehrenwort abverlangt, niemandem etwas davon zu sagen. So wenig wie von seiner Krankheit. Ich habe erst am Tag seines Todes davon erfahren.«

»Und Ihr Gatte … Hermans Vater … war bereits krank, als er diese Versicherung abgeschlossen hat?«, schaltete sich Holmes ein.

»Er hat sie wohl gleich abgeschlossen, nachdem er von Estan erfahren hatte, wie es um ihn steht, ja. Es war ihm sehr wichtig, dass Herman sein Studium beenden kann.«

»Aber dann haben wir …«, begann Holmes, und Herman unterbrach ihn, indem er sich in entschlossenem Tonfall an seine Mutter wandte.

»Ich will das nicht.« Zugleich schob er den Umschlag mit einer demonstrativen Bewegung wieder in ihre Richtung zurück.

»Mein Vater hatte kein Recht, die ganze Familie ins Unglück zu stürzen. Ich will dieses Geld nicht, und ich will vor allem nicht, dass du das Haus verkaufen und dein ganzes Leben hinter dir zurücklassen musst.« Er schüttelte bekräftigend den Kopf. »Dreitausend Dollar sind genug, um dich für zwei Jahre zu versorgen, und bis dahin habe ich mein Studium abgeschlossen und kann dich unterstützen.«

»Das würde deinem Vater nicht gefallen«, sagte seine Mutter unglücklich.

»Ich fürchte, da besteht noch ein ganz anderes Problem«, sagte Holmes. Herman konnte ihm ansehen, wie wenig wohl er sich bei diesen Worten fühlte. Er wich sowohl seinem als auch den Blicken seiner Mutter aus. Schließlich zog er einen Stuhl heran und nahm darauf Platz.

»Ich weiß, es geht mich nichts an, aber …«

»Das ist wahr«, sagte Herman kühl.

»… aber ich muss es trotzdem sagen«, fuhr Holmes fort. »Es könnte sein, dass die Police nichts wert ist.«

Herman starrte ihn an, und seine Mutter fragte: »Wieso? Die Beiträge sind immer pünktlich bezahlt worden.«

»Das ist nicht der entscheidende Punkt«, unterbrach sie Holmes. »Ich kenne mich ein wenig mit Versicherungen aus. Mein Onkel hat eine Zeit lang Versicherungspolicen verkauft, und ich habe das eine oder andere aufgeschnappt.«

»Und?«, fragte Herman. Er erschrak fast selbst, als er hörte, wie aggressiv seine Stimme klang.

»Es ist so, dass die Versicherungen ihre Kunden vorher nach ihrem gesundheitlichen Zustand befragen«, antwortete Holmes, »und bekannte Risiken ausschließen.«

»Du meinst, sie zahlen nicht?«, fragte Herman.

»Nicht wenn Ihr Mann schon krank war, als er die Versicherung abgeschlossen hat. Wenn Sie es gestatten, dann sehe ich mir die Police einmal an. Ich bin kein Spezialist, aber ein wenig kenne ich mich doch aus.«

Hermans Mutter schob ihm den Umschlag hin, und Herman musste sich nun mit aller Kraft beherrschen, um nichts zu sagen, was ihrer Freundschaft möglicherweise ein Ende bereiten würde. Holmes meinte es zweifellos gut, aber musste er seine Mutter in der jetzigen Situation mit einer solchen Hiobsbotschaft konfrontieren? Herman wäre es lieber gewesen, sein Freund hätte das zunächst unter vier Augen mit ihm besprochen.

»Bleib wenigstens bis morgen«, sagte Herman, während Holmes das Dokument studierte. »Es gibt ein Gasthaus in der Stadt, in dem immer Zimmer frei sind. Oder du nimmst mein Zimmer, und ich schlafe heute Nacht bei Henry.«

»Das würde ich gerne«, antwortete seine Mutter, »aber es geht nicht. Meine Schwester wartet auf mich, und ich habe auch schon eine Fahrkarte, die verfallen würde.«

»Ich fürchte, das sieht nicht gut aus«, sagte Holmes und faltete das Blatt zusammen. »Die Police enthält leider genau den Passus, der Vorerkrankungen ausschließt.«

»Und die Herzerkrankung meines Vaters ist vermerkt?«, fragte Herman.

Holmes schob die Police in den Umschlag zurück. »In diesem Dokument nicht«, sagte er, »aber es gibt mit Sicherheit ein zusätzliches Papier, in dem alle Details und Ausschlüsse aufgelistet sind. Hat Ihnen Ihr Arzt den Totenschein ausgehändigt?«

»Henry, das ist jetzt wirklich nicht der Zeitpunkt für so etwas«, begann Herman, doch seine Mutter nickte und zog einen zweiten Umschlag aus ihrem Beutel, den Holmes ebenfalls öffnete und ihm ein amtlich aussehendes Dokument entnahm. Sein Gesicht verdüsterte sich. »Ja, das habe ich befürchtet«, sagte er. »Hier steht es ganz eindeutig. Todesursache Herzversagen. Und wenn Ihr Gatte seine Erkrankung bei der Versicherung gemeldet hat …« Er ließ den Satz unbeendet, aber es war auch nicht nötig, weiterzusprechen.

»Sie wollen sagen, diese Police ist … wertlos?«, fragte Hermans Mutter.

»Das würde ich so nicht unbedingt sagen.«

Herman bemerkte plötzlich, dass Kyle hinter ihnen stand. Der Hausmeister trug ein hölzernes Tablett mit vier dampfenden Kaffeebechern in beiden Händen und machte ein so seriöses Gesicht, wie Herman es noch nie zuvor bei ihm erlebt hatte. Herman wusste nicht, wie lange er schon dastand und ihre Unterhaltung belauschte, aber es war auf jeden Fall zu lange.

»Der Kaffee.« Henry stand auf und nahm ihm das Tablett aus den Händen. »Das ist wirklich sehr freundlich von Ihnen, Mr Kyle. Aber ich glaube, Herman möchte jetzt lieber allein mit seiner Mutter sein.«

»Ja, das kann ich durchaus verstehen«, sagte Kyle, klaubte sich eine der Kaffeetassen vom Tablett und nahm Platz. »Und ich möchte auch nicht aufdringlich erscheinen, Mrs Mudgett, aber ich kam nicht umhin, einen Teil Ihres Gespräches mitzuhören.«

»Wenn Sie nicht aufdringlich sein wollen«, fauchte Herman, »warum lassen Sie uns dann nicht einfach in Ruhe?«

»Das alles ist wirklich sehr traurig, aber ich kann Ihnen vielleicht helfen.« Kyle unterbrach sich und trank einen Schluck Kaffee.

»Helfen?«, fragte Hermans Mutter.

Herman war ebenfalls überrascht, schwieg aber wohlweislich. Der einzige Mensch, dem Kyle in seinem ganzen Leben geholfen hatte, war höchstwahrscheinlich Kyle selber.

»Diese Bürokraten sind doch alle gleich«, schnaubte Kyle. »Solange sie unser Geld einstreichen können, ist alles eitel Sonnenschein, und sie sind zuvorkommend und nett, und es gibt überhaupt keine Probleme. Aber wehe, es geht ans Bezahlen, dann fallen ihnen plötzlich tausend Gründe ein, warum sie uns leider doch nicht helfen können. Das ist einfach nicht richtig.«

»Aber in diesem Fall ist es leider so«, sagte Henry.

»Humbug«, sagte Kyle. »Wahrscheinlich haben sie den armen Mr Mudgett einfach so lange beschwatzt, bis er unterschrieben hat, um seine Ruhe zu haben! Erzählen Sie mir nichts über Versicherungsvertreter!«

»Und wie genau wollen Sie uns helfen, Mr Kyle?«, fragte Hermans Mutter zögernd.

»Darf ich das einmal sehen?« Kyle griff – ohne auf eine Antwort zu warten – nach der Sterbeurkunde, las sie mit aufmerksam zusammengekniffenen Augen durch und machte ein abfälliges Geräusch. »Dieser Doktor Estan war Ihr Hausarzt?«

»Er behandelt die ganze Familie. Er ist ein sehr guter Arzt.«

»Er ist ein Dummkopf, der Sie und Ihre ganze Familie mit einem Federstrich ins Unglück stürzt«, blaffte Kyle. »Wenn hier etwas anderes stünde – ein schlimmer Unfall mit tödlichen Folgen zum Beispiel –, dann müsste sich Ihr Sohn jetzt keine Sorgen um den Rest seines Studiums machen, und Sie könnten Ihr Haus behalten.«

»Aber wäre das denn legal?«

»Es wäre auf jeden Fall *richtig*«, sagte Kyle. Er streckte die Hand nach dem Umschlag mit der Police aus und ließ sie zusammen mit dem Totenschein in der Jackentasche verschwinden. »Wenn Sie mir das für eine Weile leihen könnten, kann ich vielleicht etwas für Sie tun.«

»Also, ich bin nicht sicher.«

»Ich kann natürlich nichts versprechen«, fuhr Kyle unverdrossen fort. »Aber gehen Sie noch nicht gleich zur Versicherung, wenn Sie in Boston sind. Warten Sie noch ein paar Tage ab. Der Versicherung wird es nur recht sein, wenn sie etwas später zahlen darf. Sie haben Ihre Ansprüche doch noch nicht geltend gemacht oder gar irgendetwas unterschrieben?«

»Natürlich nicht.«

»Das ist gut.« Kyle stand auf und schlug mit der flachen Hand auf die Jackentasche, in die er den Totenschein gesteckt hatte. »Und jetzt verabschieden Sie sich in Ruhe von Ihrem Sohn. Es war mir eine Freude, Sie kennenzulernen.«

Damit ging er. Hermans Mutter sah ihm ebenso verwirrt wie verstört nach, dann schüttelte sie den Kopf und sagte: »Wirklich, ein ganz reizender Mann, euer Mr Kyle.«

Chicago, Illinois, 1893

Die Luft roch nach Sägemehl, frischer Farbe und kaltem Tabakqualm, und es war so dunkel, dass man kaum die Hand vor Augen sehen konnte. Peizel konnte sich nur vorsichtig bewegen, um nicht irgendwo anzustoßen, etwas umzuwerfen oder ein anderes verräterisches Geräusch zu verursachen. Er kam nur langsam voran, aber das wäre auch bei besserem Licht kaum anders gewesen. In der Halle herrschte ein einziges Chaos, wie er schon am Nachmittag festgestellt hatte, als er zusammen mit Holmes hier gewesen war. Jetzt grenzte es ans Unmögliche, sich durch das Durcheinander aus Material, Möbelstücken in unterschiedlichsten Fertigungsstadien, Werkzeugen und Farbeimern zu tasten. Peizel verstand nicht, wie ein Mann, in dessen Werkstatt ein solches Chaos herrschte, Möbel von so außergewöhnlicher Qualität herstellen konnte.

Peizel lauschte mit angehaltenem Atem und wollte gerade vorsichtig weitergehen, als er das Geräusch einer Tür hörte, dann schnelle Schritte. Seine Hand glitt in die Jackentasche und schloss sich um den Perlmuttgriff des Rasiermessers, das er darin trug. Die Schritte kamen näher, stockten dann und entfernten sich schließlich wieder. »Verdammtes Katzenvieh!«, nörgelte eine Stimme, und die Tür schlug zu.

Peizel gab noch weitere drei oder vier Sekunden zu, ehe er es auch nur wagte, wieder zu atmen, und sogar noch länger, bevor er das Messer losließ und die Hand aus der Tasche nahm. Er wollte nicht töten. Noch nicht.

Er ließ eine weitere gute Minute verstreichen, in der er darauf wartete, dass sich seine Augen endlich an diese verdammte

Dunkelheit gewöhnten, dann gab er es auf und tastete sich vorsichtig weiter. Bei seinem Besuch am Nachmittag hatte er bemerkt, dass es eine Verbindungstür gab, die in das anschließende Büro- und vermutlich auch Wohngebäude führte. Durch die Ritzen der dünnen Bretterwand schimmerte Licht, nicht annähernd genug, um irgendetwas zu erkennen, aber es wies ihm den Weg.

Ohne weitere Zwischenfälle erreichte er sein Ziel, ertastete die Klinke und war kein bisschen überrascht, sie verschlossen vorzufinden. Aber der Schließmechanismus aus billigstem Material hielt seiner enormen Kraft ebenso wenig stand wie das vermeintlich sicher verriegelte Fenster, durch das er in die Werkstatt eingestiegen war. Peizel schürzte verächtlich die Lippen, als das Schloss schon nach wenigen Augenblicken mit einem hellen Knacken zerbrach und die Tür nach innen schwang. Dieser Kerl verkaufte nicht nur Möbel, sondern auch Türen und Fenster. Warum hatten eigentlich Schuster immer die schlechtesten Schuhe?

Das Licht, das ihn hierhergelockt hatte, fiel durch eine offene Tür am Ende des schmalen Korridors, in den er gelangte. Er hörte Stimmen, ohne die Worte zu verstehen, hielt einen Moment inne und zog nun doch das Rasiermesser.

Er war beunruhigt. Pearlman hatte keine Familie und lebte allein, und er hatte nicht nur gewartet, bis alle seine Arbeiter nach Hause gegangen waren, sondern sogar noch eine Viertelstunde zugegeben, um auch ganz sicherzugehen, den Schreiner allein anzutreffen. Jetzt musste er umdisponieren und überlegte sogar, sein Vorhaben wenigstens für den Moment aufzugeben und später wiederzukommen. Aber ein vorsichtiger Blick konnte ja nicht schaden.

Auf Zehenspitzen schlich er weiter, erreichte die Tür und hielt noch einmal inne, um zu lauschen. Diesmal verstand er die Worte.

»Ich hätte nicht übel Lust, ihn trotzdem anzuzeigen«, sagte Pearlman gerade. »Dieser Kerl ist ein Hochstapler! Er bestellt nur das Beste vom Besten – und hat es bekommen, das versichere ich Ihnen! Aber wenn es ans Bezahlen geht, dann hat er gerade keine Zeit, ist nicht zu sprechen und lässt sich verleugnen oder kommt mit tausend anderen Ausflüchten daher! Wissen Sie, wie lange ich auf mein Geld warten musste?«

»Sicher zu lange«, antwortete eine Stimme, die Peizel nicht kannte, »aber am Ende hat er doch bezahlt.«

»Aber nach wie vielen Monaten!«, schnaubte Pearlman. »Ich hatte Unkosten! Ich musste Material kaufen, und ich muss meine Arbeiter bezahlen! Wissen Sie, dass ich vor dem Ruin stehe? Noch einen Monat, und ich hätte damit anfangen müssen, Arbeiter zu entlassen! Nein, ich will, dass diesem Kerl das Handwerk gelegt wird!«

Peizel bewegte sich lautlos weiter und lugte um den Türrahmen, bereit, jederzeit loszustürzen, sollte er Pech haben und Pearlman oder sein Besucher gerade in seine Richtung blicken und ihn sehen. Aber ausnahmsweise hatte er Glück. Hinter der Tür lag ein großes und hell erleuchtetes Zimmer, das pedantisch aufgeräumt und sauber war – vielleicht um die beeindruckende Sammlung erlesener Möbelstücke zur Geltung zu bringen, von denen es hier drinnen eindeutig zu viele gab. Augenscheinlich war das nicht nur Pearlmans Wohnzimmer, sondern zugleich auch sein Ausstellungsraum.

Pearlman selbst saß an einem großen Tisch mit kunstvoll gedrechselten Beinen und sah tatsächlich ungefähr in seine Richtung, aber eben nicht genau, so dass er ihn nicht sofort erblickte. Vielleicht war er auch zu sehr darauf konzentriert, an seinem Bier zu schlürfen, das er in einem großen Glaskrug in beiden Händen hielt. »Ich bestehe darauf, den Kerl anzuzeigen!«

»Das ist Ihnen natürlich unbenommen, Mr Pearlman«, antwortete sein Besucher, »aber ich kann Ihnen da keine großen Hoffnungen machen.«

Der Mann drehte Peizel den Rücken zu, so dass er sein Gesicht nicht sehen konnte. Trotzdem fuhr er so erschrocken zusammen, dass er um ein Haar ein verräterisches Geräusch verursacht hätte, als er die schwarze Uniform des Mannes erkannte und auf den zweiten Blick auch den ebenfalls schwarzen, hohen Helm, der neben ihm auf dem Tisch lag; gleich neben dem hölzernen Schlagstock und einem abgegriffenen Notizbuch. Das Einzige, was nicht ganz zum Erscheinungsbild der Chicagoer Polizei passen wollte, war der bereits halb geleerte Bierkrug, den er ebenfalls in beiden Händen hielt. »Wenn man es nur vom rechtlichen Standpunkt aus betrachtet, dann hat Doktor Holmes sich nichts zuschulden kommen lassen.«

»Er hat …«, begehrte Pearlman auf, wurde aber sofort von dem Constable unterbrochen.

»Es ist ja nicht so, als könnte ich Sie nicht verstehen, Mr Pearlman. Sie sind nicht der Erste, der mit einer Beschwerde über Doktor Holmes zu uns kommt.«

»Worauf warten Sie dann noch?«

»Ich habe ein wenig recherchiert, nachdem Sie bei uns waren. Es kommt immer wieder zu solch unangenehmen Vorfällen, seit er hier lebt. Es scheint zu Doktor Holmes' normaler Vorgehensweise zu gehören, Rechnungen prinzipiell nur mit gehöriger Verspätung zu zahlen, wenn überhaupt.«

»Worauf wartet die Polizei dann noch? Verhaften Sie den Kerl!« Pearlman nahm einen großen, schlabbernden Zug aus seinem Bierkrug. »Auf der Stelle!«

»Mit welcher Begründung? Ein solches Verhalten verstößt vielleicht gegen kaufmännische Gepflogenheiten und ganz gewiss gegen die guten Sitten, aber es ist nicht strafbar.« Der Polizist hob abermals die Hand, als Pearlman seinen geräuschvollen Biergenuss unterbrach, um sich noch weiter zu echauffieren. »Ich kann Sie durchaus verstehen, Mr Pearlman, und ich versichere Ihnen, dass ich diesen Doktor Holmes im Auge behalten werde. Aber mehr kann ich nicht tun, schon gar nicht jetzt, wo er bezahlt hat … die Summe war doch vollständig?«

»Inklusive Zinsen«, bestätigte Pearlman wenig begeistert. »Ich habe es zweimal nachgezählt. Sie können sich selbst überzeugen. Ich habe die Summe noch hier im Tresor.«

»Das trifft sich gut«, sagte Peizel, indem er durch die Tür trat, das Rasiermesser in der rechten Hand verborgen und ein breites Lächeln auf dem Gesicht. Pearlman hob mit einem Ruck den Kopf, riss die Augen auf und hätte beinahe seinen Bierkrug fallen gelassen, und der Polizist drehte sich mit einer unerwartet schnellen Bewegung auf seinem Stuhl herum und setzte zugleich dazu an, aufzustehen.

Genau damit hatte Peizel gerechnet. Sein Arm kam in einer kreiselnden Bewegung hoch, aus der heraus sein Daumen zugleich auch die Klinge des Rasiermessers herausklappte. Genau wie er es erwartete, sprang der Constable im richtigen Moment auf, so dass die Klinge das Fleisch seiner Kehle fast widerstandslos teilte. Eine Blutfontäne schoss aus dem aufgeschlitzten Hals des Mannes, der zu Boden sackte. Er versuchte zu sprechen, aber das konnte er nicht mehr, und auch für die Bewegung, mit der er beide Hände an den Hals schlagen wollte, fehlte ihm die Kraft. Peizel sah mitleidlos auf ihn hinab, ohne Pearlman auch nur eine Sekunde aus den Augen zu lassen. Der Mann starb, so schnell, dass er dabei zusehen konnte, wie das Leben aus ihm herauswich. Er war fast enttäuscht, nur sehr wenig Schmerz und überhaupt keine Angst in diesen erlöschenden Augen zu erkennen. Allenfalls war da ein grenzenloses Erstaunen, gemischt mit einer Spur von Empörung.

Peizel ging langsam um den Tisch herum. »Sie können das Geld gleich wieder aus dem Tresor nehmen und mir übergeben.«

Pearlman erwachte endlich aus seiner Erstarrung, allerdings nur so weit, seinen Bierkrug nun endgültig loszulassen, so dass er auf den Tisch fiel und sich sein Inhalt auf der sorgfältig polierten Platte verteilte.

»Wer sind … Moment, Sie kenne ich doch«, stammelte er. Zugleich versuchte er aufzustehen, sank aber auch praktisch sofort wieder zurück, als Peizel das Messer hob und drohend mit der blutbesudelten Klinge fuchtelte.

»Peizel«, antwortete Peizel fröhlich. »William Peizel, stets zu Diensten. Wir haben uns heute Nachmittag kennengelernt.«

Pearlmans Augen wurden groß. »Natürlich. Sie waren zusammen mit Holmes hier! Der Fahrer!«

»Ja, das auch«, antwortete Peizel. »Aber dann und wann erledige ich auch einen Botengang für ihn. Jetzt zum Beispiel hat er mich geschickt, um sein Geld zurückzuholen. Es ist in Ihrem Safe, sagen Sie?«

»Sein Geld? Aber ich ...« Pearlman biss sich auf die Unterlippe, schluckte mehrmals und klammerte sich mit beiden Händen an der Tischplatte fest, als hätte er Angst, vom Stuhl zu fallen. »Sie wollen mich umbringen«, sagte er schließlich.

»Umbringen?« Peizel schüttelte heftig den Kopf und machte ein nachdenkliches Gesicht. »Nein, davon hat Doktor Holmes nichts gesagt. Ich soll nur sein Geld zurückholen.« Er machte eine auffordernde Geste in keine bestimmte Richtung. »Gehen wir?«

Der Polizist stieß einen schrecklichen, röchelnden Laut aus, obwohl er das doch eigentlich gar nicht mehr konnte, und Pearlman schluckte noch härter und starrte auf den reglosen Körper hinab.

»Natürlich werden Sie mich umbringen«, sagte Pearlman stockend. »Aber das brauchen Sie nicht, verstehen Sie?«

»Das Geld«, erinnerte Peizel sanft.

»Sobald ich es Ihnen gegeben habe, bin ich ein toter Mann«, beharrte Pearlman. Sein Blick ließ den sterbenden Polizisten los, richtete sich aber nicht auf Peizel, sondern begann unstet durch den Raum zu irren, wahrscheinlich auf der Suche nach einem Fluchtweg, möglicherweise auch einem Versteck, wobei das eine so sinnlos gewesen wäre wie das andere.

»Nein, ich werde Ihnen nichts antun«, versicherte Peizel. »Geben Sie mir das Geld, das Doktor Holmes Ihnen ausgehändigt hat, und ich bin schon wieder weg.«

»Sie bekommen das Geld«, antwortete Pearlman. »Und Sie können Doktor Holmes ausrichten, dass ich verstanden habe. Ich werde ihn nicht mehr belästigen, und ich werde auch niemandem sagen, was hier passiert ist.«

»Nein«, bestätigte Peizel. »Das werden Sie nicht.«

»Hören Sie!«, sagte Pearlman. Er klang jetzt verzweifelt. »Im Safe ist noch mehr Geld, weit mehr. Sie können es haben, alles.«

Allmählich begann Pearlman ihm zu gefallen. Peizel konnte seine Furcht beinahe riechen, denn der Mann war halb wahnsinnig vor Angst, aber er kämpfte trotzdem auf seine Art um sein Leben. Was ihm gefiel. Er hasste es, wenn seine Opfer zu schnell aufgaben, schmeckte enttäuschte Hoffnung doch beinahe noch besser als reine Furcht. Er sagte gar nichts, sondern wedelte nur noch einmal auffordernd mit dem Rasiermesser und trat einen halben Schritt zurück. Sein Fuß stieß gegen den toten Polizisten, und er hatte das Gefühl, dass er sich bewegte, auch wenn sein Verstand darauf beharrte, dass das gar nicht möglich war. Verwirrt machte er einen weiteren Schritt zur Seite, um auf den toten Polizisten hinabzusehen, und Pearlmann nutzte die Gelegenheit, um mit einem blitzschnellen Satz aufzuspringen und an ihm vorbeizustürzen.

Peizel schlug mit dem Rasiermesser nach ihm. Die Schneide zerteilte Pearlmans Jacke und das Hemd darunter und hinterließ eine dünne rote Linie, die sich diagonal über den Rücken des Mannes zog und nicht einmal besonders tief war, aber sofort heftig zu bluten begann. Pearlman stieß einen gellenden Schrei aus, prallte gegen den Türrahmen und fiel der Länge nach hin. Peizel war mit einem einzigen großen Schritt über ihm, rammte ihm das Knie zwischen die Schulterblätter und riss seinen Kopf in den Nacken. Mit der anderen Hand setzte er ihm das Rasiermesser an die Kehle und drückte fest genug zu, um ihm eine weitere heftig blutende Wunde zuzufügen; nicht tief genug, um ihn zu töten, aber Peizel wusste aus eigener Erfahrung, wie höllisch ein solcher Schnitt schmerzte und – viel wichtiger – dass bei einer derartigen Verletzung sofortige und absolute Todesangst einsetzte und fast jedermanns Widerstand brach, und eines Mannes von so geringem Mut wie Pearlman erst recht.

»Nicht klug«, grollte er. Gleichzeitig schnitt er noch ein bisschen tiefer, so dass warmes Blut auf seine Finger tropfte.

Pearlman gurgelte eine Antwort, die Peizel zwar nicht verstand, ihn aber dazu bewog, das Messer wieder zurückzuziehen, denn Pearlmans Stimme hörte sich ganz so an, als wäre er dabei, an seinem eigenen Blut zu ersticken, was auch zweifellos geschehen würde, wenn er nicht rasch zu einem Arzt kam.

»Los jetzt! Zum Tresor!«

Pearlman wimmerte irgendetwas und verkrampfte beide Hände mit solcher Kraft um den Hals, als hätte er vor, sich selbst zu erwürgen, und Peizel drehte ihn grob an der Schulter herum und versetzte ihm einen derben Stoß. Pearlman spuckte Blut, prallte gegen die Wand und krümmte sich. Peizel zog das Rasiermesser quer über seinen Handrücken, um ihn noch ein bisschen mehr zu motivieren.

Pearlman heulte vor Schmerz, nahm die Hände aber trotzdem nicht herunter, so dass Peizel ihm einen weiteren, wenn auch jetzt eher oberflächlichen Schnitt versetzte.

»Hören Sie auf!«, flehte er. »Bitte! Ich gebe Ihnen alles, was Sie wollen!«

Pearlman stolperte weiter. Offensichtlich hatte er kaum noch die Kraft, weiterzugehen, denn er hinterließ eine schmierige rote Spur an der Wand, und Peizels Geruchssinn verriet ihm, dass er auch die Kontrolle über gewisse andere Körperfunktionen verloren hatte. Jetzt sollte er Verachtung empfinden, zumindest aber Ekel, aber er jubilierte im Gegenteil innerlich. Körperliche Qual war eine Sache, aber fast jedermann vermochte sie zuzufügen. Einen Mann – selbst einen Feigling wie Pearlman – zu erniedrigen, war ein viel exquisiterer Genuss.

Pearlman führte ihn zu einer Tür, die er bei seinem Hinweg gar nicht bemerkt hatte, und nahm eine Hand vom Hals, um einen einzelnen Schlüssel aus der Hosentasche zu ziehen, den er ungeschickt ins Schloss zu schieben versuchte.

Peizel nahm ihm die Mühe ab, indem er die Tür kurzerhand eintrat.

Sie gelangten in einen winzigen, fensterlosen Raum. Es gab kein Licht, so dass er seine Umgebung nur schemenhaft erkannte. Pearlman schwankte um einen überfüllten Schreibtisch herum und auf einen schäbigen Schrank zu, dessen Türen nur noch schräg in den Angeln hingen. Dahinter kamen jedoch keine Regalböden zum Vorschein, sondern ein kniehoher Geldschrank.

Pearlman ließ sich vor dem Tresor in die Hocke sinken oder wollte es zumindest, fiel aber stattdessen schwer auf die Knie und prallte mit Schulter und Gesicht gegen die harte Metalltür. Peizel trat hinter ihn und ließ seinen Blick prüfend über das zerschrammte Metall tasten. Es gab kein Schlüsselloch, sondern nur einen matten Messinggriff und ein Zahlenrad, dessen Beschriftung schon fast unleserlich geworden war. Peizel beglückwünschte sich in Gedanken dazu, seinen allerersten Plan – nämlich Pearlman kurzerhand zu töten und auf eigene Faust nach dem Geld zu suchen – verworfen zu haben. Er hätte den Tresor gewiss gefunden, aber ohne ein Schweißgerät oder eine Stange Dynamit wäre er wohl kaum weitergekommen.

»Aufmachen«, befahl er knapp.

Pearlman stemmte sich mühsam in eine halbwegs sitzende Position und nahm die Hand vom Hals. Die Wunde blutete noch immer, nicht allzu heftig, aber kein bisschen weniger als bisher. Er hatte zu tief geschnitten. Keine Macht der Welt würde den Mann noch retten.

Pearlman brauchte drei Anläufe, um die Hand auch nur nach dem Stellrad auszustrecken, und dann noch länger, um es zu drehen, denn es war glitschig von seinem Blut. Den Tresor zu öffnen, reichte seine Kraft nicht mehr. Peizel half ihm, indem er die Tür mit der freien Hand aufriss.

Hinter der massiven Eisentür befand sich nichts als zwei abgegriffene Aktenmappen und eine zerbeulte Geldkassette. Peizel nahm die Dokumente heraus und verstreute sie achtlos auf dem Fußboden, erst dann klappte er die Kassette auf und fand darin denselben braunen Briefumschlag, den Holmes Pearlman vor wenigen Stunden übergeben hatte, sowie ein schmales Bündel Geldscheine. Peizel legte den Umschlag auf den Tresor, nahm das Geldbündel an sich und zählte die Scheine flüchtig nach. Es waren weniger als vierzig Dollar, wie er ohne Überraschung feststellte, denn das Bündel bestand ausschließlich aus Eindollarnoten. Offenbar hatte Pearlman die Wahrheit gesagt, als er gerade behauptet hatte, kurz vor dem Ruin zu stehen.

»Warum … tun Sie das?«, stöhnte Pearlman.

Peizel klappte umständlich das Rasiermesser zusammen und steckte es ein, bevor er antwortete. »Damit alles nach einem Einbruch aussieht natürlich.«

»Aber Sie haben doch, was Sie wollen«, wimmerte Pearlman. Er versuchte sich auf den Rücken zu drehen, aber Peizel ließ es nicht zu. So vorsichtig, wie es ihm mit seinen groben Fingern möglich war, öffnete er den Umschlag, überzeugte sich davon, dass die Summe noch vollständig war, und steckte ihn dann in dieselbe Tasche, in der er das blutige Rasiermesser trug. Aus derselben Bewegung nahm er es wieder hervor, klappte die Schneide mit dem Daumen heraus und ließ sich vor Pearlman in die Hocke sinken.

»Das ist nicht ganz richtig«, sagte er lächelnd. »Doktor Holmes hat, was er wollte. Ich noch nicht.«

Chicago, Illinois, 1893

»Und Sie sind sich auch wirklich sicher, dass wir hier richtig sind?«, fragte Arlis mit einem misstrauischen Unterton in ihrer Stimme.

Holmes lächelte sie an. »Wir sind ganz genau da, wo ich Sie hinbringen wollte, meine Liebe.«

»Wir sind also mit diesen *Fahrrädern* durch die halbe Stadt gefahren, damit Sie mir *das hier* zeigen?«, vergewisserte sich Arlis. »Nichts? Oder allerhöchstens eine leere Straße?«

Das stimmte nicht ganz. Die Straße war nicht vollkommen leer. Das, was er Arlis hier zeigen wollte, war nur bereits im Grau der hereinbrechenden Abenddämmerung verschwunden.

»In einer Hinsicht habe ich allerdings einen Fehler gemacht, das muss ich zugeben«, sagte er. »Wir sind zu früh.«

»Zu früh wozu?«

»Lassen Sie sich überraschen. Ihrer Schwester hat es gefallen. Nur noch ein wenig Geduld.«

Die Natur hatte sich anscheinend auf seine Seite geschlagen und bereitete alles vor, um den Moment perfekt zu machen: Der Wind hatte gedreht und trug nun eine erfrischende Brise vom See heran, und in der entsprechenden Richtung kam ihm die Dämmerung auch irgendwie *wattiger* vor; ein anderes Wort fiel ihm dafür nicht ein. Vor ihnen lag eine sanfte Kuppe, die den direkten Blick auf den See versperrte, aber er wusste, dass am Ufer nun ein leichter Nebel aufkam. Besser hätte er die Kulisse selbst nicht arrangieren können.

Holmes brauchte kaum noch eine Minute, um mit dem Rad

den höchsten Punkt der Straße zu erreichen, wo er abermals anhielt und auf Arlis wartete, die einen oder zwei Atemzüge brauchte, um zu ihm aufzuschließen, und dann genauso abrupt anhielt, wie er es erwartet hatte, und genauso überrascht aussah wie erhofft. Aber Endres hatte ja schließlich auf diese Weise reagiert, als er sie das erste Mal hier heraufbrachte.

»Ja, das ist in der Tat … beeindruckend.«

Holmes lächelte nur stumm und sah auf den See hinab, der im schwindenden Licht des Abends eher zu erahnen als noch wirklich zu erkennen war. Hier und da blinzelte ein einzelnes Licht wie ein heruntergefallener Stern in der Schwärze – es waren einige wenige Boote, die sich trotz der fortgeschrittenen Stunde noch auf den See hinausgewagt hatten. Obwohl er schon so oft hier gewesen war, beeindruckte ihn der Anblick immer wieder aufs Neue, und heute sogar ganz besonders. Wie ihm schon der Geruch verraten hatte, trieb der Wind nicht nur einen Hauch von Frische vom See herauf, sondern auch einen leichten Nebel, der alle Geräusche dämpfte und die Straßenlaternen mit einem verwaschenen Lichthof umgab.

»Kommen Sie, meine Liebe«, sagte er. »Es ist nicht mehr weit.«

Ohne ihre Antwort abzuwarten, trat er in die Pedale und wollte sogleich wieder Tempo wegnehmen, damit Arlis nicht zu weit zurückfiel. In der nächsten Sekunde musste er sich beinahe anstrengen, um nicht seinerseits den Anschluss zu verlieren, denn Arlis schoss in einem Tempo an ihm vorbei, das alle seine Fragen, die ihre Erfahrung mit einem solchen Beförderungsmittel betrafen, obsolet werden ließ. Arlis fuhr Rad, als hätte sie ihr ganzes Leben lang nichts anderes getan.

Er holte sie erst ein, als sie die ersten Gaslaternen bereits passiert hatten, und es gelang ihm auch nur, weil sie am Ende doch so etwas wie Erbarmen zeigte und nicht nur langsamer fuhr, sondern am Ende sogar anhielt, um auf ihn zu warten.

»Ich muss Abbitte bei Ihnen leisten, Doktor Holmes«, sagte sie. »Allmählich beginnt mir dieser Ausflug doch ein gewisses Vergnügen zu bereiten.« Sie gab sich nicht einmal Mühe, das spöttische Aufblitzen in ihren wunderschönen Augen auch nur unterdrücken zu wollen. »Und was genau wollten Sie mir nun zeigen? Doch nicht nur eine leere Straße?«

»Im Grunde schon«, gestand Holmes. »Sie erinnern sich an das Gespräch mit Mr Geyer heute Vormittag? Diese Straße wurde im Zuge der Vorbereitung auf die Weltausstellung geplant und gebaut, komplett mit Kanalisation und Straßenbeleuchtung.«

»Nur die Häuser fehlen«, fügte Arlis hinzu. »Und alles andere auch.«

Treffender hätte Holmes es auch nicht formulieren können. Tatsächlich führte die Straße ins Nichts, und sie kam auch dorther. Ihre Planung (und erst recht ihr Bau) war neben der Weltausstellung selber wohl die auffälligste von zahllosen offiziell sanktionierten Dummheiten gewesen. Sie war breiter als die meisten Chausseen der Stadt und beidseitig von modernen Gaslampen flankiert, die durch ein weiteres Wunder der modernen Technik jeden Abend pünktlich mit Einbruch der Dämmerung angingen und morgens wieder erloschen. Allerdings beleuchteten sie nicht mehr als eben eine leere Straße, an der nach allgemeinem Dafürhalten wohl auch niemals Häuser entstehen würden.

Aber der Anblick hatte auch etwas Positives, zumindest für Holmes. Er war einfach … *schön*. Der Nebel war gerade schwach genug, um den See und das umliegende Land nicht vollkommen zu verschlucken, aber er verwischte alle Umrisse und verlieh jeder einzelnen Lampe einen matt leuchtenden Halo, so dass sie sich inmitten einer Allee aus Sternen wähnten, die direkt ins Nirgendwo führte.

»Sie überraschen mich in der Tat immer wieder, Doktor Holmes«, sagte Arlis. »Ein interessanter Ort. Aber Sie haben mich nicht nur wegen dieser Bausünde hergebracht, oder?«

Holmes schüttelte den Kopf. »Nur noch ein kleines Stück.«

So hell das Licht der modernen Gaslaternen auch war, sorgten Dunkelheit und Nebel doch dafür, dass sie das Ende der Straße erst sahen, als sie es schon fast erreicht hatten: Es war ein erstaunlich weitläufiges, gepflastertes Oval, ebenso wie die Straße selbst von einer Reihe moderner Gaslaternen flankiert und sogar mit einem breiten Trottoir versehen, das in regelmäßigen Abständen abgesenkt war, um eine bequeme Zufahrt für Droschken oder auch die modernen Automobile zu gewähren, von denen man in letzter Zeit immer mehr in der Stadt sah. Nur dass die dazugehörigen Grundstücke niemals erschlossen worden waren und die geplanten Häuser wohl niemals gebaut werden würden, wie so vieles in dieser Stadt, das seinen Weg niemals von den Blaupausen der Architekten in die Wirklichkeit gefunden, sehr wohl aber viel Geld gekostet hatte, das an anderer Stelle dringend benötigt werden würde. Aber vielleicht gerade weil er so unübersehbar seines eigentlichen Sinnes entleert war, hatte dieser Platz etwas fast Mystisches. Er kam gerne hierher, und nicht nur wegen der Einsamkeit.

»Das ist es?«, drang Arlis' Stimme in seine Gedanken, und sie klang nicht gerade begeistert.

Holmes sah sie perplex an. Er hatte tatsächlich gehofft, sie mit diesem Ort zu beeindrucken, den außer ihm nur sehr wenige in dieser Stadt noch kannten. »Es gefällt Ihnen nicht?«

»Gefallen? Wollen Sie sich über mich lustig machen?«

Jetzt starrte er sie wirklich fassungslos an. Dass seine geplante Überraschung ziemlich nach hinten losgegangen war, konnte er überdeutlich auf ihrem Gesicht ablesen.

»Ich glaube, ich weiß, was Sie meinen …«, sagte er zögernd – und sich selbst im Stillen dafür verfluchend, keine besseren Worte zu finden.

Arlis zog die Unterlippe zwischen die Zähne und wich seinem Blick nun ganz unverblümt aus. »Ich glaube, es war ein Fehler, überhaupt hierherzukommen«, sagte sie.

»Zu mir?«

»In diese Stadt«, antwortete sie, noch immer ohne ihn anzusehen. »Sie ist schrecklich.«

»Ja, so muss sie Ihnen vorkommen«, antwortete Holmes unbehaglich. »Manchmal vergesse ich, wie Chicago auf jemanden wie Sie wirken kann.«

»Auf eine Landpomeranze, die irgendwo in der Wildnis aufgewachsen ist, meinen Sie?«

»Einer jungen Frau, die in sicheren Verhältnissen und wohlbehütet aufgewachsen ist«, antwortete er sanft. »Ich bin es, der sich entschuldigen muss, Arlis. Ihre Schwester hat am Anfang genauso reagiert. Ich hatte es vergessen. Es tut mir leid.«

»Sie waren auch mit Endres hier?«,

»An diesem Ort?« Holmes nickte, und nun – ganz kurz nur – blitzte es wieder amüsiert in ihren Augen auf. »Ich verstehe«, sagte sie. »Sie bringen also alle unbedarften jungen Mädchen vom Lande hierher?«

Eine ehrliche Antwort konnte es nur schlimmer machen, weshalb er es auch erst gar nicht versuchte. »Ich komme gerne hierher«, sagte er stattdessen.

»An diesen ... heruntergekommenen Ort?«, vergewisserte sie sich verblüfft. »Ist das etwa Ihre Vorstellung von Romantik?«

»Ich finde es sehr friedlich hier«, antwortete Holmes unbeeindruckt. »Es ist so still. Und es zeigt einem, wie diese Stadt hätte sein können.«

»Wenn man noch mehr Geld sinnlos verschwendet hätte, das an anderer Stelle dringend gebraucht wird, meinen Sie? Zum Beispiel um Menschen ein Dach über dem Kopf zu ermöglichen, an einem Platz, an dem ihre Kinder nicht Gefahr laufen, von einem Stromschlag getötet zu werden, weil sie so dumm waren, draußen spielen zu wollen?«

In den – zugegeben wenigen – Jahren, in denen er als Arzt gearbeitet hatte, hatte er genug Kinder gesehen, die vom Pferd gefallen waren und sich dabei das Genick gebrochen hatten, oder denen eine Sense den Fuß abgetrennt oder eine vermeintlich harmlose Kuh das Horn in den Bauch gerammt hatte, so dass sie elend verblutet waren. Die Liste hätte sich noch – fast – beliebig fortsetzen lassen, aber Arlis war nicht in der Stimmung für diese Art von Argumenten. Und auf ihre Art hatte sie ja sogar recht.

»Es tut mir aufrichtig leid«, sagte er. »Ich hatte gehofft, dass es Ihnen hier gefällt. Ihrer Schwester hat es gefallen.«

»Dann sind wir uns vielleicht doch nicht ganz so ähnlich, wie es den Anschein hat.«

»Ja, vermutlich«, sagte er unbehaglich. »Trotzdem: Es tut mir leid, und ich verspreche, es wiedergutzumachen.«

»Und wie?«

»Ich könnte Ihnen eine Seite dieser Stadt zeigen, die ganz anders ist. Es ist nicht einmal sehr weit.«

»Ganz anders?«, wiederholte Arlis. »Womöglich noch einsamer?«

»Ganz im Gegenteil, Arlis«, versicherte Holmes. »Ganz im Gegenteil.«

Ann Arbor, Michigan, 1883

»Die Drahtschere, bitte.« Holmes streckte die Hand aus, ohne dass sein Blick die improvisierte Verbindung zwischen Schultergelenk und Oberarmknochen des Skeletts losgelassen hätte, und Herman hob seinerseits den Arm, um ihm das Gewünschte zu reichen. Er war ein wenig erstaunt, nicht nur über den fordernden Ton in Holmes' Stimme, den er so gar nicht von ihm kannte, sondern auch über das ganz und gar unerwartete Geschick, das sein Studienkollege und Freund plötzlich an den Tag legte. Holmes war – obgleich er niemals einen Hehl daraus gemacht hatte, dass er diese Ausbildung nur begonnen hatte, um seinem Vater zu Gefallen zu sein – immer der bessere Student gewesen, und Herman hatte auch nicht den geringsten Zweifel, dass er auch ein sehr guter Arzt werden würde. Aber sein handwerkliches Geschick war bisher eher unterdurchschnittlich gewesen. Umso erstaunter war Herman, mit welchem Geschick er die einzelnen Knochen des Skeletts zusammengesetzt und die Gelenke mit dünnen Drähten so miteinander verbunden hatte, wie Herman selbst es wohl auch nicht besser gekonnt hätte. Er war fast ein wenig neidisch auf seinen Freund.

»Du hast heimlich geübt«, sagte er in scherzhaftem Ton.

Holmes klaubte die rostige Drahtschere von Hermans ausgestreckter Hand, ohne hinzusehen, und Herman ertappte sich bei der Vorstellung, wie leicht es doch wäre, die Hand im richtigen Moment zu schließen, um Holmes zwei oder drei seiner schlanken Pianistenfinger abzutrennen. Das Werkzeug war täuschend klein und die Klingen rostig genug, um einen Eindruck von Harmlosigkeit zu vermitteln, der ganz und gar nicht stimmte. Die Feder war kräftig genug, um einen so dünnen Knochen wie den in einem menschlichen Finger praktisch ohne zusätzlichen Kraftaufwand zu durchschneiden. Herman wusste das. Er hatte es schließlich oft genug getan. Aber dieses Mal war etwas anders. Zum Teil lag es natürlich an dieser morbiden Umgebung, Kyles geheimem Keller und seinem ganz privaten Königreich des Todes, in dem er menschliches Fleisch auf so viele unterschiedliche Arten umgestaltet hatte, dass er das Zählen schon lange aufgegeben hatte. Und auch der Gedanke, seine Künste irgendwann einmal an einem lebenden Körper auszuprobieren, war ihm schon mehr als einmal gekommen.

Aber Holmes? Henry war sein Freund, der einzige Freund, den er jemals gehabt hatte und jemals haben wollte.

Spätestens jetzt sollte sich sein schlechtes Gewissen melden. Stattdessen brauchte er plötzlich all seine Willenskraft, um es nicht tatsächlich zu tun. Es wäre so leicht. Eine einzige kurze Bewegung, fast ohne Kraft, und der Keller würde von gellenden Schreien und dem reißenden Echo unerträglicher Pein widerhallen und …

Ein Zupfen an seiner Hand riss Herman aus seinen Gedanken, aber erst, als er Holmes' verwirrtem Blick begegnete, realisierte er überhaupt, dass er tatsächlich die Hand um die Drahtschere geschlossen hatte; wenn auch, ohne dass es Holmes ein paar Finger gekostet hatte.

Holmes wandte sich wieder dem Skelett zu und nahm seine unterbrochene Tätigkeit wieder auf. Er verzwirbelte den dünnen Draht mit der Schere, knipste die überstehenden Enden sorgsam ab und bewegte den Arm des Skeletts prüfend. Dann drehte er sich ganz zu Herman um. »Ich habe dich schon ein paar Tage hier vermisst. Und zwischen den Vorlesungen habe ich dich auch nicht besonders oft gesehen. Wüsste ich es nicht besser, würde ich vermuten, dass du mir aus dem Weg gehst.«

Herman deutete lediglich ein Schulterzucken an. Was sollte er auch sagen? Henry hatte ja recht, wenn auch nur zum Teil.

Er ging nicht ihm aus dem Weg, sondern überhaupt jedem. Wäre es möglich gewesen, dann wäre er auch sich selbst aus dem Weg gegangen.

»Ich verstehe.« Henry seufzte sehr tief und sehr ehrlich und legte die Drahtschere auf die Werkbank zurück. »Du machst dir Sorgen.«

Herman hob abermals die Schultern.

»Ich nehme an, du hast noch nichts von deiner Mutter gehört?«

Wie denn? Ihr Besuch war drei Tage her. Seine Mutter hatte nicht geschrieben und auch kein Telegramm geschickt. Und was das vollmundige Hilfsversprechen von Kyle anging: Der Hausmeister hatte kein Sterbenswort mehr über die Sache verloren.

Holmes seufzte noch einmal und noch tiefer, und er tat es auch auf eine Art, die Herman annehmen ließ, dass es nur die Vorbereitung für etwas anderes und vermutlich Unangenehmes war. Er behielt recht, auch wenn Henry sich wieder herumdrehte und das fertiggestellte Skelett ansah, bevor er antwortete.

»Ich weiß, dass du das nicht hören willst«, begann er, »und ich vermute, dass ich deine Antwort schon kenne. Willst du dir mein Angebot nicht doch noch einmal überlegen?«

»Du hast recht«, sagte Herman. Holmes sah über die Schulter zu ihm. »Ich will das nicht hören, und du kennst meine Antwort.«

»Herman. Wir sind doch Freunde.«

»Natürlich.«

»Warum erlaubst du mir dann nicht, mich auch wie ein Freund zu verhalten?«

»Weil ich nicht will, dass ...«

»Weil du mein Geld nicht willst, ich weiß«, unterbrach ihn Holmes. Er drehte sich wieder ganz zu ihm um. »Ja, das hast du jetzt oft genug gesagt. Ich habe es verstanden – akustisch. Nachvollziehen kann ich es nicht.« Er hob die Hand, als Herman etwas sagen wollte. »Du willst kein Geld von mir annehmen, weil dein Stolz das nicht zulässt, und weil du niemandem etwas schuldig sein willst. Das ehrt dich nicht nur, das macht dich auch zu einem noch viel besseren Freund, als du sowieso schon bist. Aber du solltest trotzdem noch einmal darüber nachdenken.«

»Das habe ich«, antwortete Herman. Da war ein Bild vor seinem inneren Auge, das er einfach nicht abschütteln konnte: die rostigen Schneiden der Drahtschere, die Henrys Fingerknochen mit einem ekelhaft schmatzenden Laut durchtrennten, und sein fassungsloses Gesicht, auf dem im allerersten Moment kein Platz für Entsetzen oder auch nur Schmerz war, weil er einfach nicht verstand, wie ihm geschah. Und wie auch? Er schüttelte das Bild ab, auch wenn es ihn enorme Mühe kostete.

»Ja, und es ist Unsinn!«, begehrte Holmes auf. »Vergiss deinen verdammten Stolz! Es sind noch ein paar Monate bis zur Prüfung, und wir wissen beide, dass du sie bestehen wirst. Viel leichter als ich – wenn Wintershall dich nicht vorher der Schule verweist.«

»Es sind nur ein paar Hundert Dollar.«

»Und hast du sie?«, unterbrach ihn Holmes. Da er die Antwort kannte, schüttelte er auch praktisch gleichzeitig den Kopf. »Willst du wirklich die vergangenen Jahre wegwerfen, nur weil du zu stolz bist, um meine Hilfe anzunehmen?«

»Nein«, antwortete Herman. »Aber ich kenne deine finanzielle Situation, Henry. Du kannst dir diese großmütige Geste nicht leisten.«

»Das stimmt«, bekannte Holmes mit einem schiefen Grinsen. »Und ich werde dich vermutlich hassen, wenn ich die nächsten Monate auf die eine oder andere Annehmlichkeit verzichten muss; vor allem auf solche, die mit der holden Weiblichkeit zu tun haben. Und ich werde dich vermutlich noch mehr hassen, wenn ich für dieselbe Zeit das gleiche köstliche Mensaessen genießen darf wie du. Und sogar noch mehr, wenn ich abends mit einem Glas Wasser zu Bett gehe statt eines Weines oder eines kalten Bieres. Aber es funktioniert.

Ich habe es durchgerechnet. Wenn wir zusammenlegen und einigermaßen sparsam sind.«

Das *Zusammenlegen* würde einigermaßen einseitig ausfallen, dachte Herman. Er besaß noch etwas mehr als vier Dollar, und selbst wenn Kyle dieses Mal für das Skelett zahlte – was eher unwahrscheinlich war –, besserte das seine Bilanz nicht wirklich auf.

»Verdammt, spring über deinen Schatten und lass dir helfen«, sagte Holmes. Er klang tatsächlich ein bisschen zornig. »Und wenn nicht das, dann gönn' einem guten Freund wenigstens die Genugtuung, für den Rest deines Lebens in seiner Schuld zu stehen.«

Das war nicht lustig. Schon weil es die Wahrheit war und der Hauptgrund, aus dem er Henrys Angebot so vehement ausgeschlagen hatte.

»Du bist wirklich ein guter Freund«, sagte er. »Aber ich kann das nicht annehmen.«

»Wenn das keine wahre Freundschaft ist!«, ertönte Kyles Stimme, der unbemerkt den Raum betreten hatte. Sein Grienen wurde noch ein bisschen schmieriger, während er näher schlurfte und seine Sturmlaterne wie üblich so nahe an der Kante der überladenen Werkbank abstellte, dass sie von den Gesetzen der Schwerkraft entbunden sein musste, um nicht herunterzufallen. Irgendwann, da war Herman sicher, würde sie es tun und diesen ganzen Keller in Brand setzen, und vielleicht die gesamte Universität. Mitsamt Kyles verfluchtem Grinsen.

Der Gedanke weckte eine andere, verlockende Vorstellung in Herman, und für einen unendlich kurzen Moment meinte er, Schreie zu hören und den Gestank von brennendem Fleisch zu riechen. Er verjagte die Bilder aus seinem Kopf, aber nicht ganz. Die Vorstellung war zu kostbar, um sie zu vergessen.

»Mr Kyle«, sagte er kühl.

Kyle ignorierte ihn und schlenderte zu dem Skelett, das Holmes gerade fertiggestellt hatte, um es lange und aufmerksam zu betrachten. Er suchte nach Fehlern, vermutete Herman. Dass er keine fand, schien seine Laune eher noch zu verschlechtern.

»Sind die Herren also endlich fertig geworden«, sagte er, als seine Inspektion abgeschlossen war. »Wurde auch Zeit. Professor Stevens hat schon zweimal gefragt, wo sein neues Demonstrationsobjekt bleibt.«

Das war gelogen. Holmes wusste es, und Kyle wusste, dass sie beide es wussten, aber irgendwie machte das die Bemerkung sogar noch schlimmer, denn es führte ihm seine Hilflosigkeit nur noch deutlicher vor Augen. Kyle warf ihm denn auch nur einen spöttischen Blick über die Schulter zu und zog den Moment noch einmal für eine geraume Weile in die Länge, indem er weiter so tat, als betrachte er intensiv das Skelett. Schließlich nickte er. »Ich habe schon bessere Arbeit gesehen, aber Professor Stevens ist ja gottlob dafür bekannt, nicht allzu kleinlich zu sein. Und es eilt ein bisschen. Also schafft es nach oben, und dann kommt ihr zurück und macht hier sauber. Wie wollt ihr jemals richtige Ärzte werden, wenn ihr es nicht einmal schafft, einen Keller in Ordnung zu halten?«

Nichts von alledem hätte Herman tangieren dürfen, denn zum einen war es schlichtweg nicht wahr, und zum anderen wusste er nur zu gut, warum Kyle das sagte, nämlich nur um ihn zu demütigen und zornig zu machen. Es funktionierte. Kalte Wut stieg in ihm auf, und er war plötzlich froh, dass er Holmes die Drahtschere gegeben und auch sonst nichts in Reichweite hatte, das er ihm über den Schädel schlagen konnte.

Selbstverständlich blieb seine Reaktion Kyle nicht verborgen, und er grinste nur noch breiter.

Das war zu viel. Dass er Kyle töten würde, hatte er schon am ersten Abend in dieser Totengruft mit sich selbst ausgemacht, doch er hatte sich auch fest vorgenommen, es erst an seinem letzten Tag hier zu tun. Vielleicht auch erst, nachdem er die Universität offiziell verlassen hatte, um später zurückzukommen und so erst gar nicht in den Kreis der Verdächtigen aufgenommen zu werden. Wobei Herman bezweifelte, dass es an der ganzen Universität überhaupt irgendjemanden gab, der dem Hausmeister auch nur eine einzige Träne nachweinte; ausgenommen vielleicht der örtliche Schnapshändler und die Betreiber der verschiedenen Hurenhäuser in Ann Arbor. Es wäre vernünftig, so zu handeln; und würde ihn möglicherweise vor sehr weit mehr Unbehagen bewahren als nur ein paar weiteren Erniedrigungen. Trotzdem: Wenn Kyle auch nur noch ein einziges Wort sagte, dann konnte er für nichts mehr garantieren.

Henry legte ihm die Hand auf die Schulter und drückte auch deutlich fester zu, als nötig gewesen wäre, um nur seine Aufmerksamkeit zu erregen. Sein Blick versuchte ihm etwas zu signalisieren, das er nicht verstehen musste, um zu wissen, was es war.

»Hilfst du mir?«, fragte er. »Das Ding ist zwar nicht schwer, aber ich möchte nicht, dass es auf halbem Wege noch beschädigt wird.«

Herman bedankte sich im Stillen bei Henry, der ihn möglicherweise vor einer großen Dummheit bewahrt hatte. Natürlich würde er Kyle töten, aber erst, wenn seine Zeit hier offiziell vorüber war. Und er würde ihn für jede weitere Erniedrigung, die er bis dahin noch erdulden musste, mit weiteren Stunden exquisiter Qualen bezahlen lassen. Das vielleicht Wichtigste, das er in den zurückliegenden Jahren des Medizinstudiums gelernt hatte, war, auf wie viele unterschiedliche Arten man einem menschlichen Körper Schmerz zufügen konnte; und wie erstaunlich viel davon er ertrug, wenn man mit der entsprechenden Vorsicht und dem nötigen Fachwissen zu Werke ging.

Henry und er brachten das Skelett nicht nur unversehrt nach oben, sondern ernteten auch ein Lob von Professor Stevens, der sich mit seiner neuesten Errungenschaft äußerst zufrieden zeigte. Trotzdem war mehr als eine halbe Stunde vergangen, als sie in den Keller zurückkehrten. Den Rest des Vormittages benötigten sie, um unter Kyles gestrengen Blicken die Spuren ihrer heutigen Arbeit zu beseitigen. Kyle rührte während der ganzen Zeit keinen Finger, geizte aber dafür nicht mit spitzen Bemerkungen und Mäkeleien, die Herman scheinbar allesamt ignorierte, in Wahrheit aber sorgsam zur Kenntnis nahm und für später archivierte.

»Na ja, das sieht ja sogar einigermaßen passabel aus«, sagte Kyle immerhin, als sie fertig waren. »Schade nur, dass man den jungen Herrn Doktoren immer auf die Finger sehen muss, wenn man sicher sein will, dass sie etwas auch wirklich erledigen. Was soll nur aus uns allen werden, wenn das tatsächlich unsere Zukunft ist?«

Herman wollte antworten, doch Holmes kam ihm zuvor. »Unsere Vorlesung hat schon angefangen, Mr Kyle. Wir kommen gleich danach zurück und machen noch einmal gründlich sauber, aber jetzt müssen wir uns beeilen.«

»Ja, die letzten Klausuren vor den Prüfungen stehen an, ich weiß«, sagte Kyle. Er nahm zum ersten Mal die Pfeife aus dem Mund, seit er hereingekommen war. »Da zählt jede Minute, die man vielleicht versäumt, nicht wahr?«

Holmes antwortete auch darauf nur mit einem wortlosen Nicken, und sogar Herman gelang es irgendwie, nichts von alledem auszusprechen, was ihm so heiß wie Feuer auf der Zunge brannte.

»Dann geht ruhig«, sagte Kyle hämisch. »Nicht dass der Menschheit noch zwei geniale Ärzte entgehen, nur weil sie zu spät zu einer Vorlesung kommen.« Sein Blick fixierte Herman. »Oder wenigstens einer.«

Henry legte ihm erneut die Hand auf die Schulter und schob ihn mit sanfter Gewalt zur Tür.

Gerade als sie diese fast erreicht hatten, sagte Kyle: »Auf ein Wort, Mudgett.«

Herman raunte Holmes zu: »Geh nur. Ich komme schon allein zurecht.«

»Bist du sicher?«

Herman nickte. Natürlich war er nicht sicher, aber was glaubte Henry dann, was sie zu zweit gegen den Faustkeil ausrichten konnten, wozu er allein nicht imstande war? Er wandte sich zu Kyle um.

»Mr Kyle?«

»Ich nehme an, du hast noch nichts von deiner Mutter gehört?« Kyle sog an seiner Pfeife, legte die Stirn in ärgerliche Falten, als nichts geschah, und nahm den zerkauten Stiel aus dem Mund. Mit der anderen Hand griff er in die Jackentasche und zog einen ledernen Tabaksbeutel heraus. Herman schüttelte zur Antwort auf seine Frage nur stumm den Kopf.

»Das ist bedauerlich.« Kyle begann im Raum herumzuschlendern, während er sich eine neue Pfeife stopfte. »Die arme Frau tut mir aufrichtig leid, glaub mir. Zuerst dieser schreckliche Verlust, und nun droht ihr auch noch der Bankrott. Und trotzdem denkt sie nur daran, wie sie dir helfen kann. Jemand wie du hat eine solche Mutter gar nicht verdient.«

Herman sagte auch dazu nichts – was das mit Abstand Freundlichste war, was er in diesem Moment tun konnte –, und Kyle stopfte in aller Seelenruhe seine Pfeife zu Ende, bevor er vor dem leeren Becken stehen blieb und einen ersten, paffenden Zug nahm. »Aber vielleicht kann ich dir in dieser Sache ja behilflich sein, Mudgett.«

»Das haben Sie bereits schon einmal versprochen und nichts getan«, entfuhr es Herman. »Ich denke, ehrlich gesagt, dass wir Ihnen völlig egal sind.«

»Wie gut du mich doch kennst«, entgegnete Kyle mit einem dünnen Lächeln. »Oder auch nicht. Du hast völlig recht, Jungchen. Du und dein feiner Freund seid mir tatsächlich egal. Aber deine Mutter nicht. Sie ist eine tapfere Frau, und sie hat es nicht verdient, ihren Sohn jetzt auch noch scheitern zu sehen.«

Kyle bedachte das Mazerationsbecken – das genau genommen nichts mehr als eine emaillierte Badewanne war – abermals eine ganze Weile nachdenklich und verbarg sein Gesicht kurzzeitig hinter einer übel riechenden grauen Qualmwolke. Herman meinte das tückische Funkeln seiner Augen trotzdem wahrzunehmen.

»Und du und dein Freund habt hier tatsächlich sauber gemacht?«, fragte er.

Herman schwieg. Kyle war in jeder einzelnen Minute dabei gewesen und hatte es gesehen.

»Wie können Sie uns helfen?«, fragte er.

Kyle beugte sich vor und sog übertrieben schnüffelnd die Luft durch die Nüstern ein. »Dieses Becken sieht mir nicht besonders sauber aus, Mudgett. Weißt du denn nicht, dass Reinlichkeit das oberste Gebot in der Medizin ist? Ich dachte, du willst Arzt werden.«

»Und wie genau wollen Sie meiner Mutter nun helfen?«, fragte Herman mühsam beherrscht.

»Da war ja dieses kleine Problem mit der Sterbeurkunde, du erinnerst dich?« Kyles Blick ließ die gelbfleckige Wanne nicht los.

»Und?«, erkundigte sich Herman.

Kyle nahm einen weiteren, zeitraubenden und paffenden Zug aus seiner Pfeife, bevor er wieder unter die Jacke griff und ein zusammengefaltetes Blatt herausnahm. »Ich hoffe doch, deine Mutter hat auf meinen Rat gehört und ist noch nicht bei der Versicherung vorstellig geworden. Mit diesem Dokument sollte es kein Problem für sie sein, ihre Ansprüche geltend zu machen.«

Herman griff nach dem Blatt und war nicht überrascht, als Kyle es ihn zwar lesen ließ, aber knapp außer seiner Reichweite hielt.

»Dein Vater ist bei einem bedauernswerten Unfall gestorben«, erklärte Kyle. »Du weißt doch, wie gefährlich das Leben auf dem Lande ist.«

»Und Sie wissen, dass so etwas illegal ist. Für mich sieht es aus wie Urkundenfälschung.«

»Wie kommst du auf diese Idee? Diese Urkunde ist vollkommen authentisch, mit Stempel und Unterschrift. Der Unterschrift desselben Arztes übrigens, von dem die meisten der Objekte stammen, mit denen dein Freund und du seit Jahren euer Einkommen aufbessert.«

Sein eigenes nicht zu vergessen, fügte Herman in Gedanken hinzu. Aber er hütete sich auch, das laut auszusprechen, denn die verkappte Drohung in diesen Worten war ihm keineswegs entgangen. »Und was verlangen Sie dafür?«

»Nichts«, antwortete Kyle mit gespielter Empörung. »Ich möchte lediglich deiner Frau Mutter helfen, das ist alles. Na ja, ich hatte Auslagen und wüsste es zu schätzen, wenn du sie mir erstattest.«

»Womit?«, fragte Herman kühl. Er war nicht überrascht.

Kyle zauberte ein zweites Blatt Papier aus der Tasche, und Herman konnte sogar selbst spüren, wie jedes bisschen Farbe aus seinem Gesicht wich. Bei dem Papier handelte es sich um nichts anderes als um einen Schuldschein, auf dem unübersehbar sein Name prangte. Und eine Summe, die geradezu absurd war.

»Sie sind ja wahnsinnig!«, entfuhr es ihm. »Warum sollte ich das unterschreiben?«

»Weil es deiner Mutter einen Scheck über dreitausend Dollar sichert.«

»Wohl eher Ihnen!«

Herman staunte fast ein bisschen selbst über seinen Mut, hob aber auch gleichzeitig wieder nur scheinbar gleichmütig die Schultern.

Kyle wackelte mit dem Kopf. »Nun stell dich mal nicht so an, Jungchen«, sagte er. »Der Rest reicht für die außenstehenden Studiengebühren und auch noch für die letzten Monate. Du willst doch deiner Mutter nicht das Herz brechen, indem sie zusehen muss, wie ihr Sohn mit Schimpf und Schande von der Universität gejagt wird? Du kannst deinen Anteil ja mit deiner Mutter teilen, wie es sich für einen guten Sohn gehört. Mir ist es gleich. Ich hatte jedenfalls Unkosten, die du auf jeden Fall ersetzen wirst, Jungchen.«

»Und wenn ich die Prüfungen nicht schaffe?«

»Dann hast du zumindest alles getan, was in deiner Macht stand.« Kyle wedelte erneut mit dem Schuldschein, und diesmal hatte die Bewegung etwas deutlich Befehlendes. Und mehr als nur die Spur einer Drohung. »Du kannst unterschreiben, und ich will mal außerordentlich großzügig sein und sogar warten, bis die Versicherung bezahlt hat, bevor du mir das Geld gibst, oder du gibst es mir gleich, und wir vergessen die ganze Sache.«

Herman antwortete nicht. Seine Gedanken rasten, doch sie kreisten um ein ganz anderes Thema, als der Hausmeister annehmen musste. Kyle, dessen Großmut im Augenblick keine Grenzen mehr zu kennen schien, stand noch immer neben der emaillierten Wanne, über deren Zustand er sich gerade mokiert hatte. Da er nur zu gut wusste, mit welch gefährlichen Chemikalien sie hier umgingen, hatte er vom ersten Moment an penibel auf Sauberkeit geachtet, dennoch aber nicht verhindern können, dass die ehemals weiße Emaille längst porös und fleckig geworden war und einen scharfen Geruch verströmte, der auch nie wieder weggehen würde. In Hermans Vorstellung war es für einen unendlich süßen Moment Kyles hässliche Fratze, in die sich diese Flecken fraßen, größer und dunkler und nasser wurden, bis sie das Fleisch darunter erreichten und es zischend zu verflüssigen begannen, um schließlich den weißen Knochen freizulegen. Er hatte diesen Gedanken schon ein paarmal gedacht, aber stets nur theoretisch und von einem rein wissenschaftlichen Standpunkt aus: Wie es wohl wäre, Säure, Klingen und Knochensägen nicht nur an Toten auszuprobieren, sondern in lebendiges Fleisch zu tauchen und das Gewölbe von gellenden Schreien der Agonie und Todesangst widerhallen zu hören. Vielleicht war ja heute der Moment. Er sah Kyle an und den Totenschein in seiner Hand, der sowohl über seine als auch die Zukunft seiner Mutter entscheiden würde. Was hinderte ihn eigentlich daran, ihn zu nehmen und Kyle im Gegenzug das zu geben, was ihm schon seit so langer Zeit zustand, nämlich einen langen, langsamen und qualvollen Tod? Er hatte Matthews Schreie nie vergessen, und irgendwann würde er sie auch wieder genießen.

Aber noch nicht heute.

»Also?« Kyle wedelte zum dritten Mal und jetzt unübersehbar ungeduldig mit dem Papier. »Ist der junge Herr Doktor zu einer Entscheidung gekommen?«

Herman griff nach Schuldschein und Stift, malte sorgfältig seine Unterschrift auf das Papier und nahm im Gegenzug den Totenschein entgegen. Seine Hände zitterten sacht, was Kyle aber natürlich falsch interpretierte.

»Ich wusste doch, dass wir uns einig werden«, sagte er. »Du bist ja doch ein vernünftiger Junge.«

»Und wann bekomme ich das Geld?«, fragte Herman.

»Sobald die Versicherung gezahlt hat«, antwortete Kyle fröhlich, »und deine Mutter dir das Geld anweist.«

»Das kann Wochen dauern.«

»Oder auch Monate«, pflichtete ihm Kyle bei. Seinem Gesichtsausdruck nach zu urteilen, schien ihn die Vorstellung zu amüsieren. »Du weißt ja, wie sich die Versicherungen anstellen, wenn sie auch nur einen einzigen Dollar rausrücken sollen. Aber mach dir keine Sorgen. Ich mag dich, Jungchen, und deshalb warte ich damit auch, bis deine Mutter das Geld schickt. Und ich habe sogar mit dem Dekan gesprochen und ihm deine problematische Lage geschildert. Er hat mir zugesagt, dass sich die Universität ebenfalls gedulden wird, bis du wieder flüssig bist.«

Herman nahm eher an, dass Kyle Wintershall mit irgendetwas erpresst hatte. Er schwieg.

»Ein kleines Dankeschön wäre jetzt angebracht«, sagte Kyle.

»Ja«, bestätigte Herman. »Das wäre es wohl.«

»Na ja, vermutlich überwältigt dich einfach nur die Freude«, seufzte Kyle. Er steckte den Schuldschein ein und wandte sich zum Gehen. »Sorge dafür, dass deine Mutter dieses Papier bekommt. Ich höre dann von dir, Webster.«

»Ja, gewiss«, antwortete Herman.

Bald.

Chicago, Illinois, 1893

Das *Electric Building* trug seinen Namen vollkommen zu Recht, aber das sah man erst, wenn man es betreten hatte und sich im Schein der zahllosen elektrischen Lampen und Laternen umsah, die all die Wunder der modernen Elektrizität beleuchteten. Von außen betrachtet ähnelte es mehr einem britischen Parlamentsgebäude als einer Ausstellungshalle – oder dem, was sich diejenigen unter einem britischen Parlamentsgebäude vorstellen mochten, die noch nie ein solches zu Gesicht bekommen hatten. Es war ein großer Bau mit pompösen Säulen und kühn geschwungenen Torbögen und Fenstern, dessen Architektur vor allem darauf abzielte, beeindruckend und machtvoll auszusehen, und diesen Zweck auch ausgezeichnet erfüllte, wie Holmes zugeben musste.

Er kam sich klein und bedeutungslos vor, während sie die Freitreppe hinaufgingen, und stockte sogar kurz, als sie unter dem hohen Türsturz hindurchschritten, da er beinahe den Eindruck hatte, er müsse darum bitten, eintreten zu dürfen.

»Sie sollten sich nicht ins Bockshorn jagen lassen«, sagte Arlis. »Die Dinge sind nicht immer so, wie sie scheinen.«

Holmes blieb auf der obersten Stufe noch einmal stehen und sah über die Schulter zurück, um ihr einen fragenden Blick zuzuwerfen.

»Auf ein einfaches Mädchen vom Lande wie mich wirkt dieses Gebäude natürlich ungemein beeindruckend und einschüchternd«, erklärte Arlis. »Und sollten Sie als echter Gentleman da nicht eher mir Mut zusprechen statt ich Ihnen?«

Holmes seufzte. »Sie nehmen mir wohl den Ausflug mit den Fahrrädern immer noch übel.«

Darauf antwortete Arlis gar nicht mehr, unterließ es aber auch nicht, mit einem deutlichen Stirnrunzeln an sich herabzusehen und ihr derangiertes Kleid und ihre ruinierten Schuhe zu mustern. Nichts davon befand sich in einem so schlimmen Zustand, dass sie sofort aufgefallen wären, aber Arlis hatte auf dem Weg hierher auch keinen Hehl daraus gemacht, was sie von der Abkürzung hielt, über die Holmes sie das letzte Stück geführt hatte.

Holmes erinnerte sich gut an das Geräusch, mit dem ihr Kleid zerrissen war, als sie durch die Lücke im Zaun gestiegen waren – und auch das lang anhaltende bedrohliche Schweigen, das diesem Laut für eine geraume Weile gefolgt war.

Nun plagte ihn das schlechte Gewissen. Er hatte lediglich Zeit sparen wollen, als er Arlis durch die Lücke im Zaun geführt hatte. Die Stelle am Seeufer, zu der die leere Straße sie geführt hatte, grenzte zwar an das Ausstellungsgelände – unglücklicherweise lag der Eingang aber genau am entgegengesetzten Ende. Es hätte sie eine geschlagene Stunde gekostet, über die normalen Straßen dorthin zu kommen, selbst mit dem Fahrrad. Der direkte Weg über die nicht erschlossenen, verwilderten Grundstücke war wesentlich kürzer gewesen. Außerdem hatte er gedacht, dass Arlis nichts gegen ein kleines Abenteuer einzuwenden hätte. Da hatte er sich wohl geirrt.

Immerhin sprach sie jetzt wieder mit ihm. Auch wenn er ganz und gar nicht sicher war, ob er sich darüber freuen sollte.

Er winkelte galant den Arm an, so dass er sie die letzten Schritte ins Gebäude geleiten konnte.

»Ich muss gestehen, Sie haben nicht übertrieben, Doktor Holmes«, sagte sie und ließ den Blick durch die große Halle schweifen.

»Henry«, sagte Holmes, was Arlis wie üblich ignorierte.

»Das ist … wirklich beeindruckend«, sagte sie. »Auch wenn ich noch immer nicht ganz sicher bin, ob es mir auch gefällt.«

Das wiederum überraschte Holmes kein bisschen. Wenn Arlis ihrer Schwester auch nur halb so ähnlich war, wie er all ihren gegenteiligen Beteuerungen zum Trotz annahm, dann konnte sie gar nichts anderes sagen.

»Also dann. Zeigen Sie mir alles«, sagte Arlis. Sie zwang sich zu einem Lächeln.

»Jederzeit, wenn Sie es wünschen«, antwortete Holmes. »Leider fehlt uns aber heute für eine ausführliche Besichtigung die Zeit. Die Ausstellung schließt in zwei Stunden, und so lange brauchen wir allein für dieses Gebäude, und sogar das nur, wenn wir uns auf das Allerwichtigste konzentrieren.«

»Und warum haben Sie mich dann mitten in der Nacht hier herausgebracht?«

Es war nicht mitten in der Nacht, sondern gerade einmal früher Abend, aber sie darauf hinzuweisen, konnte es nur schlimmer machen. »Weil es der kürzeste Weg ist.« Er machte eine Kopfbewegung. »Wenn wir außenrum gehen, dann brauchen wir mindestens eine halbe Stunde länger.«

»Länger wohin?«

»Wenn ich Ihnen das sage, dann wäre es keine Überraschung mehr, und Sie wollen mir doch nicht den Spaß verderben, oder?«

»Und Sie hatten mit dieser Masche bei meiner Schwester Erfolg?«

»Ja«, bekannte Holmes fröhlich.

»Und warum hat sie sich dann in einen anderen verliebt?«, wollte Arlis wissen.

Holmes überging die Frage und bedeutete ihr, ihm zu folgen. Einen Moment lang sah es so aus, als wollte sie sich widersetzen, doch dann zuckte sie nur mit den Schultern und setzte sich in Bewegung. Holmes atmete innerlich auf. Auch wenn er sich Mühe gab, wenigstens äußerlich ruhig zu erscheinen, so sah es unter dieser Maske doch vollkommen anders aus. Er war nervös, und an diesem Zustand änderte sich auch nichts; allerhöchstens, dass es noch schlimmer zu werden schien. Er hatte sich diesen Abend wahrlich anders vorgestellt.

Anderseits war er auch noch nicht vorbei.

Holmes war nicht zum ersten Mal hier, und dennoch konnte er sich der Faszination gerade dieser speziellen Halle nicht entziehen. All diese lauten, summenden, blitzenden und monströsen Maschinen schüchterten ihn ein. Aber zugleich war da auch etwas Verlockendes, dem er sich ebenso wenig entziehen konnte: Alles hier war groß, gewaltig und auf schwer zu greifende Weise gewalt*tätig*, obwohl die zugrunde liegende Technik eigentlich klein und in der Welt des Verborgenen angesiedelt war. Da waren brachiale, surrende und rauschende Generatoren, Gebilde von stumpfgrauer oder auch messingblitzender Farbe, zischende Lichtbögen und klappernde und stampfende Apparaturen, deren Zweck ihm verborgen blieb. Dazwischen erhoben sich prachtvolle Pavillons der unterschiedlichen Hersteller und Anbieter, die nur deshalb winzig aussahen, weil sich das Electric Building selbst bis in eine schier unvorstellbare Höhe von mehr als hundert Fuß emporschwang, wo das Dach von gusseisernen Streben getragen wurde, die massiv genug erschienen, um einen Eisenbahnzug zu tragen. Trotz der fortgeschrittenen Stunde war die Halle noch so gut besucht, dass sich Holmes unwillkürlich fragte, ob sie wirklich Zeit sparten, wenn sie diese vermeintliche Abkürzung nahmen. Dennoch wirkte die Menschenmasse winzig und verloren zwischen den Maschinenkolossen und futuristischen Gebilden.

Arlis riss sich einen Moment vor ihm von dem bizarren Anblick los und bedeutete ihm mit einer wortlosen Geste, vorauszugehen. Sie folgte ihm in so geringem Abstand, dass er ihre Nähe körperlich spüren konnte.

Sie schlängelten sich durch die Besuchermasse und wären vermutlich noch schneller vorangekommen, hätte Alis nicht immer wieder Halt gemacht, um sich das eine oder andere Ausstellungsstück genauer anzusehen oder stirnrunzelnd eine Plakette oder ein Schild mit komplizierten Erklärungen zu studieren, die auch Holmes nicht verstand.

Schließlich erreichten sie den rückwärtigen Eingang. Auf dem Weg hierher war am Himmel noch ein letzter Rest von verblassendem Grau gewesen. In der Zeit, die sie für die Durchquerung der Halle gebraucht hatten, war es nun endgültig dunkel geworden. Und Arlis reagierte genau so, wie Holmes es gehofft hatte. Denn der Anblick, der sich ihnen bot, war wahrhaft überwältigend.

Mit dem Electric Building hatten sie das schlagende Herz der Zukunft durchquert, den Atem ihrer eisernen Seele gespürt und dem Knistern ihres elektrischen Pulsschlages gelauscht. Doch nun blickten sie in ihr strahlendes Antlitz. Unter ihnen bereitete sich ein Meer aus Millionen und Abermillionen Lichtern aus, als hätte der Sternenhimmel einen Zwillingsbruder geboren, der nun hier unten strahlte.

Holmes meinte, einmal gelesen zu haben, dass es allein auf dem Gelände der Columbia Exposition mehr Glühbirnen und elektrische Scheinwerfer gab als im ganzen restlichen Chicago zusammen. Das war natürlich hoffnungslos übertrieben, doch wenn man hier stand und auf dieses Lichtermeer hinuntersah, war man zweifellos geneigt, es zu glauben.

»Habe ich schon erwähnt, dass Sie wissen, wie man eine Frau beeindruckt, Doktor Holmes?«, fragte Arlis, ohne den Blick von der leuchtenden Pracht unter ihnen zu lösen.

Holmes wäre auch erstaunt gewesen, wäre es ihm nicht gelungen. Ihrer Schwester war es ganz genauso ergangen, als er sie das erste Mal hergebracht hatte, und selbst er hatte das allererste Mal minutenlang einfach nur dagestanden und sich gefragt, ob er wirklich sah, was er sah.

Da das Electric Building auf einer sachten Anhöhe errichtet worden war, wohl um seine ohnehin beeindruckende Wirkung noch mehr zu unterstreichen, breitete sich das gesamte Gelände der Weltausstellung unter ihnen aus wie eine winzige Spielzeuglandschaft: eine Stadt komplett mit Straßen, Chausseen, einem künstlich angelegten See und einer Unzahl beeindruckender Paläste, von denen einige selbst das Electric Building noch in den Schatten stellten. Schon am Tage beeindruckend, wirkte es jetzt im künstlichen Licht der unzähligen Glühlampen wie eine verzauberte Welt, die direkt aus der Märchenfantasie eines Kindes stammte und sich bis zum Horizont und noch darüber hinaus zu erstrecken schien, nur an einer Seite begrenzt von der schwarzen Sichel des Lake Michigan. Holmes hatte nicht nur diesen Moment sorgfältig gewählt, sondern auch die Reihenfolge der beiden Überraschungen, die er noch für Arlis vorbereitet hatte.

Diesmal schien sein Plan besser aufzugehen. Arlis stand da und sah auf das Lichtermeer hinab, und obwohl er ihr Gesicht nur aus den Augenwinkeln sah, entging ihm doch nicht, wie sehr der Anblick sie beeindruckte.

»Das ist in der Tat erstaunlich …«, sagte sie schließlich.

»Ich dachte mir, dass es Ihnen gefällt. Ihrer Schwester hat es auch gefallen.«

»… erstaunlich und beängstigend zugleich.« Arlis schenkte ihm einen kritischen Blick.

»Was meinen Sie damit?«

»Haben Sie sich schon mal überlegt, was all das kostet?«, erwiderte Arlis.

»Kostet?«

»All diese Lichter. All diese Gebäude. All diese Technik. Wenn das unsere Zukunft ist, dann ist sie monströs. Wo soll all die Energie herkommen, die man dazu braucht? Und sollen die Menschen wirklich unter solchen Umständen in gigantischen Städten dahinvegetieren?«

Holmes hütete sich, darauf zu reagieren, obwohl es da eine Menge gegeben hätte, was er sagen konnte. Aber deshalb waren sie nicht hier. Arlis war offensichtlich schwieriger als ihre Schwester. Vielleicht hatte er aber auch einfach nur vergessen, wie Endres gewesen war. Er hatte von jeher dazu geneigt, die Erinnerung zu verklären.

»Es tut mir leid, dass es Ihnen nicht gefällt«, sagte er. »Aber vielleicht könnte ich es ja wiedergutmachen.«

»Eine womöglich noch größere Überraschung?«, fragte Arlis ironisch.

»Ja, aber eine, die ihnen ganz bestimmt gefällt«, versicherte Holmes. »Kommen Sie, meine Liebe. Es ist nicht mehr weit.«

Arlis widersprach nicht, und das war nach dem katastrophalen Beginn dieses Abends vermutlich schon mehr, als Holmes von Rechts wegen erwarten konnte.

Sie überquerten eine von Gaslampen flankierte Chaussee, die sich auf den zweiten Blick als moderne elektrische Lampen entpuppten. Anfangs hatte Holmes die Tatsache verwundert, dass sich jemand die Mühe machen sollte, eine so moderne Gerätschaft dergestalt zu entwerfen, dass sie aussah, als wäre sie aus dem vorigen Jahrhundert. Mittlerweile amüsierte es ihn aber, auch wenn er es immer noch nicht ganz verstand. Aber das traf auf große Teile der gesamten Ausstellung zu.

Arlis hatte Halt gemacht vor einem Exponat, das Holmes eher albern fand, auch wenn es ganz bestimmt nicht das einzige seiner Art hier war: einer mannsgroßen Indianerfigur, die eher grob aus Holz geschnitzt, dafür aber umso aufwendiger bemalt war. Ihre Gesichtszüge waren hoffnungslos übertrieben und wirkten mit der großen Adlernase und den tiefliegenden, stechenden Augen bedrohlich. Der Indianer hielt zwar eine schrecklich überdimensionierte Friedenspfeife in den Händen, aber alles an ihrer Haltung erweckte den Eindruck, es wäre eine Waffe.

Arlis spürte seinen Blick, erwiderte ihn stirnrunzelnd über die Schulter und begann: »Das ist –«

»Abscheulich?«, fiel ihr Holmes ins Wort.

»Lesen Sie jetzt auch schon meine Gedanken?«

Nein, aber in Ihrem schönen Gesicht, hätte Holmes antworten können, sagte aber stattdessen: »Ich benutze nur dasselbe Wort wie ihre Schwester, als sie das erste Mal vor einer solchen Figur stand. Ich glaube sogar, es war dieselbe.«

»Dann sind wir uns anscheinend doch ähnlicher, als ich vorhin zugeben wollte«, antwortete Arlis. Sie sah wieder den hölzernen Krieger an. »Hat Endres Ihnen erzählt, dass es unweit unserer Heimatstadt ein Indianerreservat gibt, in dem die letzten Überlebenden dieses stolzen Volkes eingesperrt sind und wie die Tiere im Zoo begafft werden?«

Endres hatte es vielleicht nicht mit diesen Worten gesagt,

aber im Prinzip schon. Und nun, einmal darauf aufmerksam geworden, erinnerte Holmes sich auch wieder, dass er sich damals genauso unwohl gefühlt hatte wie Arlis jetzt. Etwas an dieser Figur flößte ihm Unbehagen ein. Und es war ganz und gar nicht nur ihre mangelnde künstlerische Ausführung.

»Sie sind ein so stolzes Volk«, sagte Arlis. »Ihnen hat dieses Land einmal gehört, und es ist noch nicht so lange her, wie sich die meisten von uns wünschen. Sie haben es nicht verdient, so gedemütigt zu werden.«

Holmes sah die hölzerne Figur weiter an, und etwas Sonderbares geschah: Er hatte geglaubt, gegen Arlis' vielleicht doch etwas zu negative Sicht der Dinge gefeit zu sein, und doch meldete sich nun sein schlechtes Gewissen, als wolle ihn der vorwurfsvolle Blick des geschnitzten Kriegers an etwas erinnern, das er niemals erlebt hatte.

Er schüttelte die Vorstellung ab, auch wenn es ihm unerwartete Mühe bereitete.

Sie gingen ein weiteres Stück die breite Chaussee entlang und bogen dann nach rechts ab, und ganz wie er es gehofft hatte, riss Arlis erstaunt die Augen auf und konnte auch einen überraschten Laut nicht unterdrücken.

»Das ist …«

»Der deutsche Pavillon«, erklärte Holmes. »Beeindruckend, nicht? Man kann gegen die Deutschen sagen, was man will, aber wenn sie etwas machen, dann machen sie es gründlich.«

Zugleich konnte er Arlis' Erstaunen deutlich verstehen. Ihm selbst war es genauso ergangen, als er das erste Mal hier gewesen war. Der Name Pavillon war dem Gebäudekomplex, dem sie sich nun näherten, eindeutig nicht angemessen. Zwar war allein das Electric Building vermutlich zweimal so groß wie der deutsche Pavillon – und es gab noch deutlich größere Bauten auf dem Gelände der künstlichen Stadt –, doch was sich nun vor ihnen erhob, das war weder ein Pavillon noch ein gigantomanischer Protzbau (wie Arlis es genannt hätte), sondern eine mittelalterliche Kleinstadt, samt hübscher, strohgedeckter Fachwerkhäuser, einer verputzten Wehrmauer und eines dreißig Fuß hohen Wachturms. Selbst das Licht, in das er wie alles hier in verschwenderischer Fülle getaucht war, wirkte anders, irgendwie älter, als stamme es zwar aus starken Scheinwerfern, aber aus solchen, die mindestens fünfhundert Jahre alt waren.

»Haben Sie nicht erzählt, das hier wäre eine Ausstellung der Zukunft?«, fragte Arlis.

»Eher eine Ausstellung der *Möglichkeiten*«, gab Holmes zurück. »Außerdem sind die Dinge nicht immer so, wie es den äußeren Anschein hat.«

»Eine Ihrer persönlichen Weisheiten?«

»Nein, eher die Erfahrung eines Hoteliers«, antwortete er schmunzelnd. »Kommen Sie. Es ist nicht mehr weit.«

Gelächter und fröhliche Musik scholl ihnen entgegen, als sie sich dem Irrläufer aus längst vergangener Zeit näherten, aber es waren nicht die jahrhundertealten Lauten- und Leierklänge, die man beim Anblick dieser Bauernburg ganz unwillkürlich erwartete, sondern fröhliche Banjo- und Geigenmusik. Durch einen gemauerten Torbogen betraten sie einen kopfsteingepflasterten Dorfplatz, auf dem sich gleich mehrere Spanferkel über einem großen eisernen Rost drehten. Eine Musikkapelle spielte zwar die heitere Südstaatenmusik, die sie schon von Weitem gehört hatten, war aber dabei in etwas gekleidet, das Holmes für deutsche Trachten hielt. Überall flanierten fröhliche Leute, beobachteten die Kapelle, aßen oder tranken Rootbeer, sofern sie nicht aus einem der pittoresken Fachwerkhäuser kamen oder gerade darin verschwanden, um sich weitere Exponate anzusehen. Dabei würde es sich wohl um Kuckucksuhren und Lederhosen handeln, vermutete Holmes. Er selbst war niemals dort drinnen gewesen, umso öfter aber dafür in dem kleinen Kiosk, der wie das Wachhäuschen einer mittelalterlichen Burg in das Torhaus eingelassen war. Er bedeutete Arlis mit einer Geste, auf ihn zu warten, und ging dorthin. Da die junge Frau hinter dem Schalter ihn bereits kannte (sie sprach einen breiten Tennessee-Slang, hatte aber das Haar trotzdem zu zwei blondgefärbten Zöpfen geflochten und trug ein aufwendiges Trachtenkleid), wechselte sie nicht nur ein paar freundliche Worte mit ihm, sondern gab ihm auch deutlich mehr, als ihm zustand und sie vermutlich durfte.

»Ich habe uns eine kleine Wegzehrung besorgt«, sagte er, als er zu Arlis zurückkam und den Arm ausstreckte. Arlis hob ganz automatisch die Hand und machte ein verblüfftes Gesicht, als er die Faust öffnete und ein halbes Dutzend großer Goldmünzen auf ihre Handfläche regnen ließ.

»Wegzehrung?«

»Jedenfalls kein Sauerkraut«, erwiderte Holmes fröhlich. Er nahm eine der vermeintlichen Münzen wieder an sich und griff mit dem Fingernagel unter ihren Rand. Was wie massives Gold aussah, entpuppte sich als dünne Metallfolie, unter der eine Münze aus dunkelbrauner Schokolade zum Vorschein kam. Holmes brach sie in zwei Teile, von denen er eines in den Mund nahm und genüsslich zu kauen begann.

»Welche Weisheit kommt jetzt?«, fragte Arlis. »Es ist nicht alles Gold, was glänzt?«

»Das auch«, sagte Holmes, ungeniert mit vollem Mund kauend. »Aber es schmeckt auch ganz hervorragend. Probieren Sie.«

»Ich esse keine Schokolade«, sagte Arlis.

»Diese schon«, versicherte Holmes. »Vertrauen Sie mir. Sie werden es nicht bereuen.«

»Weil Endres es schließlich auch immer getan hat?«, fragte Arlis schnippisch, nahm aber trotzdem eine der vermeintlichen Münzen zwischen Daumen und Zeigefinger und hielt sie ins Licht. Ihre Miene verdüsterte sich noch weiter. »Und dann auch noch ein Gold Eagle! Das grenzt an Anmaßung!«

»Vielleicht. Aber eine ganz und gar köstliche. Probieren Sie!«

Arlis nahm ihm die übrig gebliebene Hälfte aus den Fingern und knabberte vorsichtig daran. Einen Moment später vertilgte sie sie ganz, und nach einem weiteren Augenblick packte sie auch schon eine ihrer eigenen Münzen aus und mampfte sie mit sichtlichem Genuss.

Als sie bei der zweiten angekommen war, sagte Holmes: »Teilen Sie sie sich lieber ein. Man kann sie nirgendwo in Chicago kaufen. Ich glaube sogar in ganz Amerika nicht. Außer hier. Sie verkaufen sie nicht. Es ist ein Geschenk des deutschen Kaisers, für einen Besucher des Pavillons. Aber es gibt eben nur einen pro Besuch.«

Arlis blickte fragend auf die immer noch drei Schokoladenmünzen auf ihrer Hand, und Holmes sagte: »Die junge Dame am Eingang war großzügig.«

»Weil sie Ihrem Charme nicht widerstehen konnte?«

»Das vermute ich«, gestand Holmes lächelnd. »Aber kommen Sie, das war noch nicht alles. Ich habe noch eine weitere Überraschung für Sie – auch wenn sie ein wenig Mut erfordert.«

Arlis blickte ihn fragend an, verlegte sich aber darauf, einen weiteren Golden Eagle auszupacken und mit sichtlichem Vergnügen zu essen, statt etwas zu sagen, und folgte ihm. Holmes zog nun doch die Taschenuhr aus der Weste und warf einen verstohlenen Blick auf das Ziffernblatt. Wie meist, wenn man sie in angenehmer Gesellschaft verbringt, war die Zeit nur so verflogen, und sie mussten sich sputen. Holmes beglückwünschte sich im Stillen dazu, gewisse Vorbereitungen getroffen zu haben – vor allem, als sie um die letzte Ecke bogen und die schier endlose Schlange sahen, die wider besseres Wissen noch immer vor dem Kassenhäuschen anstand. Der Zufall ging nicht so weit, dass es in diesem Moment geschlossen wurde, aber ein großes handgemaltes Schild verkündete bereits, dass die letzte Fahrt in einer halben Stunde begann, während die Schlange der Wartenden mindestens für zwei Fahrten gut war. Das konnte jeder sehen, der Augen hatte – was die Menschen nicht daran hinderte, sich noch immer am Ende dieser Schlange einzureihen, als wären sie ganz versessen darauf, nach einer halben Stunde Wartezeit mit enttäuschten Gesichtern wieder abzuziehen. Wenn sich Menschen in Gruppen bewegten, überlegte er, dann neigten sie offensichtlich dazu, sich umso irrationaler zu verhalten, je größer diese Gruppe wurde.

Er setzte dazu an, eine entsprechende Bemerkung zu Arlis zu machen, und tat es dann doch nicht, als er begriff, dass sie gar nicht mehr neben ihm ging. Sie hatte im selben Moment angehalten, in dem sie um die Ecke gebogen war und das Rad in seiner ganzen Pracht erkennen konnte. Und seiner Größe, nicht zu vergessen.

Arlis hatte den Kopf in den Nacken gelegt und starrte mit wortwörtlich offen stehendem Mund nach oben – was Holmes ihr nicht verübeln konnte. Jedem erging es so, der die gigantische Konstruktion zum ersten Mal sah, und schließlich hatte er ihren Weg ganz bewusst sorgfältig so geplant, dass sie es trotz seiner zyklopischen Größe erst im allerletzten Moment sah. Holmes ließ ihr geduldig Zeit, den imposanten Anblick zu verarbeiten. Oder es wenigstens zu versuchen.

»Das ist … wirklich nicht zu fassen«, sagte sie schließlich.

Holmes setzte ein breites Lächeln auf. »Ich habe Ihnen doch eine Überraschung versprochen.«

»Und die ist Ihnen gelungen«, sagte Arlis, ohne den Blick von der riesigen Eisenkonstruktion zu nehmen. »Allerdings frage ich mich, ob ich mich wirklich darüber freuen soll. Ich nehme aber an, Sie werden jetzt sagen, dass es eine großartige Ingenieursleistung ist?«

»Das ist es auch.«

»Und wozu ist es gut?«

»Zu allem oder zu gar nichts«, gestand Holmes freimütig. »Das kommt ganz auf den Standpunkt an. Sagen Sie jetzt nicht, Sie hätten noch nie vom berühmten Ferris Wheel gehört!«

»Nein, habe ich in der Tat nicht.«

»Ihre Schwester hat nichts davon in ihren Briefen erwähnt? Das wundert mich. Sie war sehr davon beeindruckt, damit zu fahren.«

»Das bin ich auch, aber …« Arlis riss die Augen auf. »Was soll das heißen, damit zu *fahren?*«

»Zu nichts anderem ist es gut«, sagte Holmes. »Es ist eine … wie soll ich sagen? *Freizeitattraktion.*« Er machte eine Geste auf das Riesenrad, das sich in diesem Moment knarzend in Bewegung setzte und nach einem kleinen Stück schon wieder zum Stehen kam. »Von seinem höchsten Punkt aus kann man nicht nur die gesamte Ausstellung überblicken, sondern bei gutem Wetter beinahe ganz Chicago.«

Arlis wurde ein bisschen blass, während sie den Kopf noch weiter in den Nacken legte. »Wie groß ist dieses Ding, um Himmels willen?«

»Über zweihundertfünfzig Fuß«, antwortete er stolz. »Und es dreht sich in wenigen Minuten einmal komplett im Kreis. Mr Ferris ist sicher, dass Attraktionen wie diese schon bald die ganze Welt erobern werden.«

»Ja, und bald darauf werden auch Menschen fliegen«, fügte Arlis spöttisch hinzu.

Davon war Holmes zwar fest überzeugt, aber nach einer weiteren Diskussion dieser Art stand ihm im Moment wirklich nicht der Sinn. Er hob nur die Schultern und sagte mit dem charmantesten Lächeln: »Möchten Sie wissen, wie es sich anfühlt?«

»Was?«, ächzte Arlis. Natürlich wusste sie genau, was er meinte, das bewies allein schon die Schnelligkeit, mit der ihr Gesicht jegliche Farbe verlor.

»Ich würde Ihnen gerne die Stadt zeigen«, sagte er mit einer neuerlichen Geste auf das Riesenrad, dessen Kabinen gerade in diesem Moment abermals schaukelnd zum Halten kamen, »und zwar aus einer Perspektive, wie sie bisher nur sehr wenige gesehen haben.«

»Von dort oben?«, vergewisserte sich Arlis.

Statt zu antworten und ihr so vielleicht noch die Gelegenheit zu geben, doch noch all ihren Mut zusammenzukratzen und *Nein* zu sagen, wedelte er nur auffordernd mit der Hand, und Arlis schloss sich ihm auch gehorsam an. Holmes entging weder der hoffnungsvolle Blick, mit dem sie das immer noch länger werdende Ende der Warteschlange maß, noch die Spur von Entsetzen, die sich in genau diesen Blick mischte, als er sich keineswegs brav anstellte, sondern die ärgerlichen Blicke und Kommentare der anderen Wartenden ignorierend schnurstracks daran vorbeispazierte und die kurze Holztreppe zum Riesenrad hinauf ansteuerte.

Aus dem gelegentlichen Murren wurde ein ganzer Chor protestierender Rufe, als sie ein Stück nach rechts schwenkten, die Plattform durch ein schmales Tor betraten, das einer der Angestellten eigens für sie öffnete und hinter ihnen auch genauso hastig wieder schloss.

Holmes bedankte sich mit einem artigen Nicken bei dem dienstbaren Geist, ging aber nicht weiter, sondern geduldete sich, bis der Mann das Tor sorgsam verriegelt hatte und vorausging. Nur ein Stück neben ihnen kam eine der großen Kabinen schaukelnd zum Stehen, und beide Türen öffneten sich, um eine Traube von neugierig schwatzenden oder auch angemessen beeindruckt wirkenden Passagieren zu entlassen. Doch statt den Eingang für die wartenden Fahrgäste freizugeben, schüttelte der Mann, der Arlis und ihn durchgelassen hatte, nur den Kopf und sagte laut: »Diese Gondel ist geschlossen, die Herrschaften. Es tut mir leid. Bitte warten Sie auf die nächste.« Zugleich hob er aber auch schon die Linke, um Arlis und Holmes herbeizuwinken.

»Bitte beeilen Sie sich, Sir. Wir können das Rad nicht zu lange anhalten.«

Der Protest wurde energischer, und auch Arlis setzte zu Widerspruch an, doch Holmes kam ihr zuvor, indem er sie kurzerhand am Oberarm ergriff und durch die offene Tür bugsierte. Er widerstand der Versuchung, dem Mann ein verschwörerisches Lächeln zuzuwerfen, und schloss stattdessen rasch die Tür. Unverzüglich setzte sich die Gondel mit einem so unerwartet kräftigen Ruck in Bewegung, dass Arlis ins Schwanken geriet und sich hastig auf eine der beiden ungepolsterten Bänke fallen ließ.

»Das ist also der Höhepunkt des Abends?«, fragte sie. »Sich dreist an allen Leuten vorbeischummeln, die seit Stunden warten, und dann so lange durchgeschüttelt werden, bis einem speiübel wird?«

»Es hört gleich auf«, versicherte Holmes. »Das Rad hält nur auf seiner ersten Umkreisung immer wieder an, um Passagiere aufzunehmen oder aussteigen zu lassen. Danach dreht es sich kontinuierlich. Sie werden sehen, es ist ein großartiges Erlebnis.«

Im Moment war es das offensichtlich nicht. Arlis wurde blass und saß verkrampft auf der harten Bank. Holmes beging nicht den Fehler, das Gespräch in diesem Moment fortzusetzen, sondern geduldete sich, während die Gondel ruckend und mit der Sturheit einer Maschine ihre erste Runde drehte. Dies war in der Tat der unangenehme Teil der Fahrt. Holmes entging nicht, dass Arlis versuchte, nicht aus dem Fenster zu sehen und die offenbar aufkommende Übelkeit zu unterdrücken. Ihm war es bei seiner ersten Fahrt auch nicht anders ergangen – an die Höhe, in der sich die Kabine bewegte, musste man sich erst einmal gewöhnen.

Die Gondel ruckelte dem unteren Ende ihrer Kreisbahn entgegen, und Arlis schwieg beharrlich weiter, bis die Plattform und damit auch die immer noch beachtliche Warteschlange wieder in Sichtweite kamen. Arlis ertappte sich bei dem albernen Gedanken, dass die aufgebrachte Menge noch immer auf sie warten würde, um die Gondel zu stürmen wie ein wütender Bauernmob die Festung eines verhassten Feudalherren.

Sie stand vorsichtig auf und näherte sich dem Ausgang. Statt jedoch anzuhalten, bewegte sich die Kabine weiter und wurde ganz im Gegenteil sogar ein wenig schneller, wenn auch nur so sacht, dass man es kaum spürte.

»Das eigentliche Vergnügen beginnt jetzt erst«, sagte Holmes. »Kommen Sie, geben Sie sich einen Ruck, Arlis. Mr Ferris hat mir versprochen, eine Extrarunde zu fahren. Genießen Sie die Aussicht.«

Als sie nicht darauf reagierte, sondern ihn nur mit einem kühlen Blick von Kopf bis Fuß maß, legte er ihr die Hand auf die Schulter und schob sie sacht an eines der Kabinenfenster. Die erwartete Empörung blitzte in ihren Augen auf, und sie versteifte sich ein wenig. Doch je höher sie kamen, desto mehr beanspruchte die grandiose Aussicht ihre Aufmerksamkeit, ganz wie er es erwartet hatte.

Sosehr sie gegen alle ihre Beteuerungen den Ausflug mit den Fahrrädern genossen hatte, so wenig vermochte sie sich auch der Faszination dieses Augenblickes zu entziehen, das konnte Holmes ihr ansehen.

»Also gut, ich gebe es ja zu: Der Ausblick ist überwältigend«, sagte Arlis schließlich.

Mit jedem Stück, das sie weiter nach oben kletterten, wuchs das fantastische Gemälde aus Licht und ineinanderfließenden Schatten und Formen unter ihnen. Aus dieser Höhe war gut zu erkennen, dass es sich bei der Ausstellung tatsächlich um eine ganze Stadt handelte, nicht nur was Aufbau und Komplexität anging, sondern auch schlichtweg ihre Größe. Der Zaun, durch den sie hereingekommen waren, war von hier aus schon nicht mehr zu sehen, und das andere Ende der Ausstellung war noch um ein Mehrfaches weiter entfernt.

Holmes wusste, dass es Dutzende von Pavillons waren, doch von hier aus und in der schwerelosen Bewegung des Riesenrades hätten es auch Hunderte sein können – von filigranen kleinen Gebilden bis hin zu gewaltigen Palästen, die allein eine Ausdehnung besaßen, wie sie früher mancher Markt nicht gehabt hatte. Die Nacht hatte alle Farben ausgelöscht, das Meer aus Glühlampen und Scheinwerfern aber neue hinzugefügt, so dass der Anblick noch traumartiger und zugleich bizarrer wirkte.

»Wunderschön«, sagte Arlis.

Am oberen Ende ihrer Rundreise angekommen, bot die Gondel ihren Passagieren tatsächlich einen fantastischen Ausblick über die gesamte Ausstellung und den See und auf der anderen Seite über einen Großteil der Stadt.

Holmes überließ alles dem Zauber des Augenblickes, der mehr für ihn tun konnte als alle Worte, die ihm einfielen. Er musste Arlis nicht einmal ansehen, um das zu begreifen. Es war plötzlich ein wenig wie mit ihrer Schwester. Da war eine Seelenverwandtschaft zwischen ihnen, die sich jedem Versuch einer rationalen Erklärung entzog, zugleich aber auch immer deutlicher wurde.

Schließlich war es Arlis, die das bewundernde Schweigen brach, nachdem die Gondel den Zenit ihrer Reise überschritten hatte und sich schon wieder auf halbem Wege nach unten befand.

»Das ist fantastisch«, sagte sie, riss sich mit sichtlicher Mühe vom Anblick des Lichtermeeres unter ihnen los und sah auf eine sonderbar scheue Art zu ihm hoch.

Die Gondel fuhr erneut an den wartenden Menschen vorbei und stieg wieder in die Höhe.

»Sie überraschen mich doch immer wieder, Doktor Holmes«, sagte Arlis.

»Henry.« War das ein Lächeln, das da um ihre Lippen spielte?

»Vor allem frage ich mich immer mehr, wie meine Schwester auf diesen Betrüger Mudgett hereinfallen konnte, wo sie doch einen so charmanten Mann in ihrer unmittelbaren Nähe hatte. Dieser Mudgett muss ja etwas ganz Besonderes sein.«

»Zweifellos«, antwortete Holmes. »Sonst wäre Ihre Schwester wohl kaum auf ihn hereingefallen.«

»Weil sie ja schließlich eine intelligente junge Frau ist.«

Er räusperte sich und berührte sie zaghaft am Handgelenk. »Da gibt es etwas, das ich Ihnen gestehen muss«, begann er unbehaglich.

Arlis sah ihn fragend an. Sie blickte auf seine Hand hinab. Seine Finger hatten begonnen, ganz sacht ihre zarten Knöchel zu streicheln, und sie konnte noch so demonstrativ die Stirn runzeln und tadelnd blicken, ihre instinktive Reaktion ließ sich nicht unterdrücken. Sie spürte, wie ein plötzlicher Schauer durch ihren Körper lief und sich die feinen Härchen auf ihrem Handrücken aufrichteten.

»Ich habe vielleicht … nicht die ganze Wahrheit gesagt«, begann er zögernd.

»Worüber?«

»Über Mudgett«, sagte er.

»Kennen Sie ihn doch besser, als Sie zugegeben haben?«

»Das scheint Sie nicht zu überraschen …«

»Ich bin des Lesens mächtig, Doktor Holmes«, antwortete Arlis reserviert. »Meine Schwester hat mir das eine oder andere geschrieben …«

… und was sie nicht von ihr wusste, das würde sie zweifellos brühwarm von Geyer erfahren, sobald er es herausgefunden hatte, vollendete Holmes den Satz in Gedanken. Und das würde er. Dass er den Versicherungsdetektiv nicht leiden konnte bedeutete nicht, dass er ihn auch nur eine Sekunde lang unterschätzte.

»Sie kennen Mudgett nicht nur flüchtig.«

»Das ist richtig«, gestand er.

»Sonst hätten Sie ihn ja wohl auch kaum in Ihr Haus aufgenommen oder wären als Bürge für das eine oder andere seiner fragwürdigen Geschäfte aufgetreten.« Arlis zog langsam ihre Hand zurück.

»Ich hätte es gleich sagen sollen, ich weiß«, begann Holmes, und was immer er noch hatte sagen wollen, ging in Arlis' erschrockenem Keuchen unter, als ein plötzlicher Ruck durch die Gondel fuhr. Geistesgegenwärtig hielt Holmes sich an einer Stütze fest und streckte zugleich den anderen Arm nach Arlis aus, damit sie nicht stürzte. Doch eine zweite, noch heftigere Erschütterung brachte die gesamte Gondel zum Schaukeln und warf Arlis gegen ihn. Holmes kippte nach hinten, klammerte sich mit der Linken nur noch fester an die Stange und hätte um ein Haar laut aufgeschrien, als ein scharfer Schmerz durch sein Handgelenk schoss.

Die dünne Strebe, an die er sich klammerte, hielt dem Gewicht nicht stand. Das Metall gab mit einem peitschenden Knall nach, und Holmes kippte nicht nur haltlos noch hinten, sondern riss auch Arlis mit sich. Er vermutete, dass sie auf ihn fiel und ihr so das Schlimmste erspart blieb, aber ganz sicher konnte er nicht sein, denn der Boden der Gondel kam ihm zugleich in einer heftigen Schaukelbewegung entgegen, dass er heftig genug mit dem Hinterkopf gegen das harte Holz prallte, um beinahe das Bewusstsein zu verlieren. Für einen Augenblick versank alles in einem rauschenden Strudel aus chaotischen Lauten und Schmerz. Er schmeckte Blut und konnte spüren, wie sich sein Bewusstsein dem schwarzen Schlund der Ohnmacht näherte. Doch er kämpfte sich wieder ins Wachsein empor.

Das Erste, was er wieder halbwegs registrierte, war Arlis' Gewicht, das warm und verführerisch auf ihm lastete. Dann klärte sich sein Blick, und er sah in ein Paar dunkler Augen, das ihn besorgt musterte.

»Ist alles in Ordnung?«

Selbst wenn ihm Arlis' Gewicht nicht den Atem genommen hätte, hätte er in diesem Moment nicht antworten können, denn ihre bloße Nähe raubte ihm zusätzlich den Atem. Sie war auf unbeschreiblich schöne Art schwer und weich, und er spürte gerade noch rechtzeitig, wie sein Körper auf die Berührung ihrer weichen Brüste reagierte. Hastig stemmte er sich auf die Ellbogen hoch und zog das rechte Knie an, so dass Arlis zuerst erschrocken und dann eindeutig peinlich berührt von ihm herunterglitt und sich noch hastiger in die Höhe stemmte.

Seine Kopfschmerzen explodierten für einen Moment zu reiner Agonie. In seinem Mund sammelte sich nach Kupfer schmeckendes Blut, und er konnte sich gerade noch beherrschen, nicht auszuspucken. Sein Schädel dröhnte, als hätte ihn jemand mit einem Hammer geschlagen.

»Sind Sie verletzt?«

Holmes widerstand gerade noch der Versuchung, den Kopf zu schütteln, und zwang stattdessen ein schiefes Lächeln auf seine Lippen, während er sich zugleich weiter auf die Ellbogen und in eine halbwegs sitzende Position hochstemmte. Es sollte umgekehrt sein, aber es war Arlis, die die Hand ausstreckte und ihn mit unerwarteter Kraft auf die Füße zog. Sofort musste er wieder nach einem Halt greifen und dachte vorsichtshalber erst gar nicht darüber nach, ob die Gondel noch immer so heftig schwankte oder sich einfach die ganze Welt um seinen dröhnenden Schädel drehte. Wahrscheinlich beides.

»Danke«, murmelte er benommen.

»Ich denke, dass ich mich wohl eher bei Ihnen bedanken muss, Doktor Holmes«, antwortete Arlis. »Wenn Sie mich nicht aufgefangen hätten, dann wäre vielleicht etwas wirklich Schlimmes passiert.«

Holmes trat mit immer noch klopfendem Herzen und zitternden Knien neben sie. Sein Kopf schmerzte so schlimm, dass ihm die Tränen in die Augen schossen. Dennoch erkannte er, dass es wohl der Boden unter ihren Füßen war, der wild hin und her schaukelte, und nicht nur sein misshandelter Schädel.

»Ich nehme nicht an, dass das Teil dieser Attraktion ist?«, fragte Arlis mit bebender Stimme.

»Ich fürchte nein«, antwortete Holmes. Er versuchte mit wenig Erfolg die Tränen wegzublinzeln und drehte vorsichtig den Kopf. Sämtliche Gondeln, die er von seiner Position aus sehen konnte, schwankten wie kleine Boote auf stürmischer See hin und her. Je mehr das pochende Rauschen des Blutes in seinen Ohren nachließ, desto deutlicher hörte er den Chor aus aufgeregten Rufen und Schreien, die aus der Tiefe zu ihnen heraufwehten. Und dann war da ein sachtes, aber auch bedrohlich machtvolles Zittern, das sich in die allmählich abklingende Schaukelbewegung unter ihren Füßen mischte. Holmes fragte sich, ob die gewaltige gusseiserne Konstruktion der heftigen Erschütterung und den gegenläufigen Vibrationen wohl gewachsen sein würde.

»Sind wir in Gefahr?«, fragte Arlis.

»Ganz bestimmt nicht«, versicherte er, obwohl er sich alles andere als sicher war. »Ich nehme an, es handelt sich um eine technische Störung, die zweifellos rasch behoben wird.«

Holmes presste die Stirn gegen die Fensterscheibe, um nach unten zu sehen. Der Winkel war nicht steil genug, und das Glas beschlug fast augenblicklich unter seinem Atem. Dennoch meinte er zu erkennen, dass dort unten eine gewaltige Aufregung herrschte, fast schon so etwas wie Panik. Menschen und Lichter bewegten sich hektisch, und die aufgeregten Rufe nahmen noch immer zu.

»Können Sie etwas erkennen?«, fragte Arlis.

»Wie es aussieht, kümmert man sich bereits um das Problem. Ich bin sicher, dass es sich nur um wenige Augenblicke handeln kann, bis es weitergeht.«

»Bis wir befreit werden, meinen Sie?«

Holmes zwang sich zu einem Lächeln. »Sehen Sie es positiv, Arlis. So können sie nach ihrer Heimkehr wenigstens von einem großen Abenteuer erzählen, das sie erlebt haben.«

Arlis maß ihn mit einem vorwurfsvollen Blick, schüttelte dann aber den Kopf. »Ich bin ja selbst schuld. Ich hätte mich nie auf dieses Abenteuer einlassen dürfen. Anders als Sie bin ich nicht der Meinung, dass man dieser modernen Technik vorbehaltlos trauen sollte.«

»Es sind nur Zahnräder und Getriebestangen«, antwortete Holmes, die Stimme in seinen Gedanken ignorierend, die ihm immer dringender riet, jetzt besser den Mund zu halten. »Und eine Menge massives Eisen. Wenn man es genau nimmt, dann ist diese ganze Konstruktion eher altmodisch.«

»Außer, dass sie zweifellos von Ihrer geliebten Elektrizität angetrieben wird oder etwas noch Ausgefallenerem.«

»Eseln«, sagte Holmes.

Arlis blinzelte. »Eseln?«

»Um genau zu sein, Maultieren«, bestätigte Holmes. »Sechs Stück, glaube ich.«

»Dieses ganze technische Wunderwerk wird von ein paar Zahnrädern und einem halben Dutzend *Maultieren* angetrieben?«, vergewisserte sich Arlis. »Wie ein zweitausend Jahre altes römisches Wasserrad?«

»Nicht alles Alte muss automatisch schlecht sein, nur weil es alt ist«, erwiderte Holmes.

»Sie meinen, so wie nicht alles Neue automatisch gut sein muss, nur weil es neu ist?«

Arlis wirkte einen Moment lang verwirrt, aber dann mussten sie beide lachen, und die Spannung wich zumindest teilweise. Arlis hatte noch immer (genau wie Holmes, auch wenn er es niemals zugegeben hätte) Angst, aber die Spannung war gebrochen.

Das Schaukeln der Gondel hörte allmählich auf, aber Holmes hatte sich das Zittern der Konstruktion nicht eingebildet. Es war noch immer da.

»Dann … müssen wir uns wohl oder übel in Geduld fassen«, sagte Arlis zögernd. Sie zwang sich zu einem Lachen. Oder versuchte es wenigstens.

Holmes humpelte zum anderen Ende der Gondel, um von dort aus einen Blick nach unten zu werfen. Obwohl seine Augen allmählich aufhörten zu tränen, konnte er immer noch nicht viel erkennen. Unter ihnen herrschte eine gewaltige Aufregung, die nur immer noch größer wurde, denn aus allen Richtungen strömten immer noch mehr Schaulustige herbei, um ihre Neugier zu befriedigen.

»Können Sie erkennen, was passiert ist?«

Holmes schüttelte stumm den Kopf.

Eine geraume Weile standen sie einfach nur nebeneinander da und sahen dem Treiben gut zweihundert Fuß unter sich zu, in dem Holmes allmählich ein gewisses Muster zu erkennen meinte, auch wenn es nicht zu benennen war.

Schließlich seufzte Arlis sehr tief, ging in die Mitte der Kabine zurück und ließ sich auf eine der ungepflasterten Bänke sinken. »Ich nehme an, wir müssen uns wohl doch auf eine längere Wartezeit einrichten«, sagte sie. »Vielleicht sogar die ganze Nacht?«

»Es tut mir aufrichtig leid«, antwortete Holmes, während er ihr gegenüber Platz nahm. »Wenn ich auch nur geahnt hätte, dass so etwas passiert, dann …«

»… hätten Sie einen Picknickkorb mitgenommen?«, unterbrach ihn Arlis.

»Mindestens. Und ein paar Kerzen und ein Buch – falls es doch länger dauert.«

Arlis runzelte die Stirn. »Sonst würde Ihnen nichts einfallen, wenn Sie eine ganze Nacht zusammen mit mir eingesperrt werden?«

Holmes sah sie ein bisschen perplex an, und Arlis schien erstaunt über ihre eigene Forschheit. Es war zu dunkel, um es mit Bestimmtheit zu sagen, aber er meinte zu erkennen, wie sie ein bisschen errötete.

»Wir sind vorhin unterbrochen worden«, sagte Arlis, nachdem eine weitere, unbehagliche Weile verstrichen war.

»Unterbrochen?« Er wusste genau, worauf sie hinauswollte.

»Sie wollten von Doktor Mudgett erzählen«, erwiderte sie, »und warum Sie mir nicht die Wahrheit gesagt haben.«

Holmes seufzte. »Das tut mir leid. Ich entschuldige mich dafür. Ich hätte Ihnen gleich die Wahrheit sagen sollen, ich weiß. Aber ich versichere Ihnen, dass Webster Mudgett Ihrer Schwester nichts zuleide getan hat. Das könnte er gar nicht.«

»Weil er Ihr Freund ist?«

»Webster ist der aufrichtigste Mensch, den ich je kennengelernt habe«, antwortete Holmes ernst. »Ich weiß nicht viel über sein Zusammenleben mit Ihrer Schwester, im Grunde nicht mehr, als ich Ihnen schon gesagt habe. Aber die beiden waren sehr verliebt.«

»Hat er Ihnen das gesagt?«

Holmes verneinte. »Über solche Dinge spricht Webster niemals. Und er und Endres haben sich in meiner Gegenwart auch immer tadellos benommen. Aber man konnte spüren, wie glücklich sie waren.«

»So lasen sich auch ihre Briefe«, bestätigte Arlis, runzelte aber zweifelnd die Stirn. »Trotzdem fällt es mir schwer zu glauben, dass er nicht einmal eine Andeutung gemacht haben soll – vor allem wenn sie wirklich so gute Freunde waren, wie Sie behaupten.«

»Webster und ich sind die besten Freunde«, sagte er, »schon seit unserer Studienzeit. Aber er hat stets eine gewisse Distanz gewahrt. Ich habe es immer respektiert.«

»Distanz?«

»Seine Gefühle«, sagte Holmes. »Manche, die ihn kennen,

glauben, er wäre gar nicht fähig, Gefühle zu empfinden. Aber das stimmt nicht.«

»Sonst hätte sich meine Schwester auch gewiss nicht auf ihn eingelassen.«

»Und ich wäre nicht mit ihm befreundet«, pflichtete ihr Holmes bei. »Dennoch spricht er nie wirklich über Privates. Ich selbst war vielleicht am meisten überrascht, als Ihre Schwester verkündet hat, dass sie mit ihm zusammenzieht.«

»Und Sie waren tatsächlich noch nie zuvor in seiner Wohnung?«

»Bis heute nicht, nein.«

»Weil er es nicht wollte?«

Holmes zögerte. »Wenn ich jetzt Ja sage, dann wäre das die Wahrheit, aber nicht so, wie Sie vielleicht annehmen. Oder gar Mr Geyer.«

»Den Sie nicht unbedingt in Ihr Herz geschlossen haben, ich verstehe«, stellte Arlis fest. »Aber ich bin durchaus imstande, meine eigenen Schlüsse zu ziehen. Ich will Ihnen gerne glauben, schon weil alles andere nur schlimmer wäre. Ich kann nur nicht verstehen, dass weder meine Schwester noch Ihr vermeintlich bester Freund auch nur ein Sterbenswörtchen über ihre Pläne verloren haben sollen, sondern einfach so verschwunden sind.«

»Und doch ist es so«, antwortete Holmes. »Ich habe erst aus Ihren Briefen erfahren, dass Sie den Kontakt zu Endres verloren haben.«

»Und Sie zu Ihrem Freund.«

»Vielleicht hatte es ja etwas mit dem zu tun, was Miss Winters erzählt hat.«

»Diese unmögliche Person?«, empörte sich Arlis. »Das ist grotesk! Meine Schwester ist ganz gewiss nicht schwanger!«

Und wenn doch?, hätte Holmes um ein Haar zurückgegeben, konnte sich aber gerade noch beherrschen. Allein die Heftigkeit, mit der Arlis auf die bloße Andeutung reagierte, machte ihm klar, was es für ihre Schwester bedeuten musste, mit der Schande einer unehelichen Schwangerschaft vor ihre

Familie zu treten. Durchaus ein triftiger Grund, in einer Nacht-und-Nebel-Aktion zu verschwinden. Aber Mudgett? Webster mochte eine Menge Fehler haben, aber eines war er ganz gewiss niemals gewesen: ein Feigling.

Holmes kramte eine ganze Weile in seinem Gedächtnis, um eine Episode zu finden, die Mudgetts Charakter treffend beschrieb und ihn in Arlis' Augen wenigstens zum Teil rehabilitierte, und gerade als er sich irritiert einzugestehen begann, dass es keine gab, erzitterte die Gondel abermals sacht, und zugleich ertönte ein leises, bedrohliches Knarzen.

»Was …?«, keuchte Arlis.

Holmes nahm sich nicht einmal die Zeit, ihr auch nur einen beruhigenden Blick zuzuwerfen, sondern war mit einem einzigen Satz wieder auf den Füßen und am Fenster. Die Gondel schaukelte ganz leicht, aber spürbar, und der aufgeregte Lärm, der aus der Tiefe zu ihnen heraufwehte, hatte eine andere Qualität angenommen. Wieder presste er das Gesicht gegen das Glas, konnte aber beinahe noch weniger erkennen als gerade.

»Was geschieht dort, Mr Holmes?«, fragte Arlis. Ihre Stimme war schrill.

Holmes hätte gerne geantwortet, aber er wusste es einfach nicht.

»Bleiben Sie zurück«, befahl er, während er hastig zur Tür ging und die Klinke herunterdrückte. Die Tür rührte sich nicht, aber der simple Hebelmechanismus, mit dem sie sich nach ihrer Abfahrt automatisch verriegelt hatte, hielt ihn kaum eine Minute lang auf. Holmes hörte ein leises Klicken und ließ sich auf die Knie sinken, dann griff er nach oben und betätigte die Klinke ein zweites Mal, und diesmal schwang die Tür gehorsam nach außen.

Arlis sog scharf die Luft zwischen den Zähnen ein. »Seien Sie bloß vorsichtig!«

Nichts anderes hatte Holmes vor. Mit deutlich mehr Furcht, als ihm lieb war, schob er sich vor und musste ein kurzes, aber ungemein heftiges Schwindelgefühl niederkämpfen, bevor sich sein Blick klärte. Was er sah war bizarr genug.

Eine Anzahl Gestalten war über die Eisenkonstruktion des Rades auf das Dach der untersten Gondel geklettert und befestigte nun etliche starke Taue an den massiven Streben. Im ersten Moment dachte Holmes, er würde Zeuge einer haarsträubenden Rettungsaktion, bei der die unglückseligen Passagiere einer nach dem anderen aus den gestrandeten Gondeln abgeseilt wurden. Doch dann erkannte er seinen Irrtum; auch wenn die Wahrheit kaum weniger haarsträubend schien.

Die Männer kletterten ebenso rasch und geschickt wieder auf den Boden zurück und griffen nach den Seilen. Unterstützt von zwei Dutzend weiterer Helfer zogen sie die Taue straff, und das Knarzen und Ächzen wiederholte sich und war dieses Mal deutlich lauter; ein Geräusch, das ihn an das Gebälk eines uralten Dachstuhls denken ließ, der im Begriff stand, zusammenzubrechen.

»Was passiert da?«, verlangte Arlis zu wissen.

»Sie holen uns raus«, antwortete Holmes. »Aber bleiben Sie besser, wo Sie sind. Und halten Sie sich fest.«

Zumindest diese letzte Warnung war überflüssig. Die Taue wurden noch straffer gezogen, und tatsächlich begann das ganze gewaltige Rad nicht nur noch lauter zu knarren und zu zittern, sondern setzte sich nach einem letzten trotzigen Zögern in Bewegung, wenn auch nur quälend langsam.

Endlose Minuten vergingen, bis die erste Gondel weit genug nach unten gezogen worden war, um die Türen zu öffnen und die gefangenen Passagiere wieder in die Freiheit zu entlassen – was nicht ohne einen gehörigen Tumult und lautstarken Protest abging –, und dann noch einmal deutlich mehr Zeit, bis die Männer die Taue gelöst hatten und zur nächsten Gondel hinaufstiegen, um die Prozedur zu wiederholen. Holmes überschlug im Kopf die Anzahl der Kabinen, die noch vor ihnen an der Reihe waren, und die Zeit, die es dauern würde, und kam zu einem Ergebnis, das ihm nicht gefiel.

Dennoch zwang er ein zuversichtliches Lächeln auf sein Gesicht, als er die Tür schloss und sich aufrichtete, um zu Arlis zurückzugehen. »Es ist alles in Ordnung«, sagte er. »Wir brauchen nur ein wenig Geduld. Vielleicht eine Stunde.« Oder auch zwei. Oder drei.

»Eine Stunde?«, ächzte Arlis, sie verdrehte die Augen. »Ja, ungefähr so habe ich mir einen romantischen Abend in der Stadt vorgestellt. Aber wenn wir hier schon die halbe Nacht festsitzen, dann lassen Sie uns die Zeit nutzbringend verwenden.«

»Nichts lieber als das«, antwortete Holmes. »Und was?«

»Erzählen Sie mir von Ihrem Freund, Doktor Holmes. Doktor Mudgett. Und zwar alles.«

Ann Arbor, Michigan, 1883

Ich finde, sie sieht aus wie meine Tante Eleanor«, sagte Holmes.

Die Worte galten Professor Armitrage und waren die Antwort auf eine Frage, die Herman nicht verstanden hatte – hauptsächlich, weil er voll und ganz damit beschäftigt war, seinen rebellierenden Magen unter Kontrolle zu behalten.

Er empfand Holmes' Bemerkung als ebenso unpassend wie geschmacklos. Wenn es dem altehrwürdigen Professor mit dem schulterlangen weißen Haar genauso erging, dann ließ er es sich jedenfalls nicht anmerken.

»Das will ich hoffen, Mr Holmes«, antwortete er feixend, »schon um Ihrer Tante Eleanor willen, aber natürlich auch ihres Mannes und der übrigen Familie. Aber was können Sie mir darüber hinaus noch über die teure Verstorbene sagen?«

Die Frage galt Holmes, doch obwohl sich Herman hütete, auch nur zu ihm aufzublicken, hatte er das unbehagliche Gefühl, dabei durchdringend von Armitrage angestarrt zu werden. Und hatte er das *teure* nicht auf eine ganz bestimmte Art betont?

Zumindest was das anging, hätte Herman seine Frage sogar auf den Cent genau beantworten können, denn es war noch keine zehn Stunden her, dass Holmes und er die vermeintliche Doppelgängerin seiner Tante aus ihrem Grab auf dem Armenfriedhof geholt und hierhergebracht hatten.

»Zum Beispiel die Todesursache?«, hakte Armitrage nach, als Holmes nicht antwortete. Vermutlich war er auch nicht ganz sicher, wem die Frage überhaupt gegolten hatte.

»Auf den ersten Blick möchte man meinen, sie wäre an Untererernährung und allgemeinem Mangel gestorben«, sagte er dann umso hastiger.

Armitrage nickte bedächtig. »Und auf den zweiten?«

»Bei genauerer Betrachtung der inneren Organe jedoch«, fuhr Holmes fort und schlug die Decke zurück.

Herman wandte sich hastig ab. Er brauchte für einen Moment all seine Konzentration, um seinen rebellierenden Magen zu beherrschen, als sich ihm ein unerwünschter Blick auf den ausgezehrten Leib der Toten und zugleich auf ihr Inneres bot. Holmes hatte nicht nur ihren Brustkorb geöffnet, sondern auch die Bauchdecke zweigeteilt und die beiden nicht ganz gleichen Hälften säuberlich auseinandergeklappt. Bittere Galle sammelte sich unter seiner Zunge, und er widerstand nur mit Mühe der Versuchung, sie hinunterzuschlucken, was alles nur noch schlimmer gemacht hätte.

Immerhin bestand kaum die Gefahr, dass er seinen Mageninhalt auf den Fußboden des Sektionssaales spucken würde, denn sein Magen war seit drei Tagen leer. Und wie die Dinge lagen, würde er das auch noch für mindestens drei oder vier weitere Tage bleiben. Trotzdem atmete er ein paarmal sehr tief ein und aus, um die Übelkeit zu bekämpfen.

»Fühlen Sie sich nicht wohl, Mr Mudgett?«, fragte Armitrage, unangemessen amüsiert. »Sie werden doch nicht etwa dünnhäutig werden, nach all der Zeit?«

»Nur eine kleine Unpässlichkeit, Herr Professor«, antwortete Herman. »Ich muss wohl etwas Falsches gegessen haben.«

»Etwas Falsches gegessen«, wiederholte Armitrage, nun unüberhörbar spöttisch und ein wenig schadenfroh. »Oder ist es eher die Nervosität wegen der bevorstehenden Prüfung?« Er beantwortete seine eigene Frage sogleich mit einem Kopfschütteln. »Dazu besteht absolut kein Anlass, Mr Mudgett.«

»Dürfen wir daraus schließen, Herr Professor …«, begann Holmes und wurde von Armitrage unterbrochen:

»… dass Sie das, was Sie bisher nicht gelernt haben, in den letzten beiden Tagen auch nicht mehr lernen werden, meine

Herren. Das hier war gute Arbeit, Mr Holmes, aber Sie und Ihr Freund sollten einen guten Rat von mir annehmen. Machen Sie es wie die meisten Ihrer Kommilitonen und nutzen Sie die beiden letzten Tage vor den Prüfungen, um zur Ruhe zu kommen. Entspannen Sie sich. Feiern Sie ein wenig, und trinken Sie einen guten Scotch. Solange Sie es damit nicht übertreiben, ist das völlig in Ordnung. Gute Leistungen lassen sich nicht erzwingen.«

Damit nickte er ihnen noch einmal fröhlich zu und ging, fügte aber noch fröhlicher hinzu: »Und räumen Sie die Schweinerei hier auf, bevor Sie ins nächste Wirtshaus überwechseln.«

»Das werden wir, Herr Professor«, versicherte Holmes, wartete, bis Armitrage außer Hörweite war, und fügte etwas leiser hinzu: »Aufgeblasener Fatzke.«

Dann zog er das fleckige Tuch wieder über die Leiche und wandte sich mit gerunzelter Stirn an Herman.

»Etwas Falsches gegessen? Wohl eher gar nichts, habe ich recht? Wie lang? Zwei Tage?«

»Drei«, gestand Mudgett. Wenn er den heutigen Tag mitrechnete, an dem sein Magen ebenfalls leer bleiben würde, vier.

Holmes sah ihn vorwurfsvoll an.

»So schlimm ist es nicht«, versicherte Herman. »Ich habe schon länger gedarbt.«

»Aber da hast du nicht drei Tage vor dem Examen gestanden«, antwortete Holmes.

Leer oder nicht, sein Magen bestand darauf, etwas von sich zu geben. Herman musste die Hände zu Fäusten ballen, damit Holmes ihr Zittern nicht sah. Dabei hatte er die Wahrheit gesagt: Es war nicht das erste Mal, dass er den Hunger kennenlernte, aber so schlimm sollte es nicht sein. Nicht nach drei Tagen. Auch wenn er vermutlich niemals ein wirklich guter Arzt werden würde, so hatte er doch immerhin genug gelernt, um zu wissen, dass drei Tage Hunger allenfalls ein kleines Ärgernis darstellten und keine Gefahr. Armitrage hatte vermutlich recht, und er war einfach nur nervös.

»Dann lass mich dir helfen!«, verlangte Holmes.

»Das tust du doch schon, seit wir uns kennen«, antwortete Herman.

»Anscheinend nicht genug«, sagte Holmes. »Oder willst du unbedingt in Ohnmacht fallen, wenn du vor der Prüfungskommission stehst?«

Es war nicht das erste Mal, dass sie dieses Gespräch führten, und Herman zweifelte auch nicht daran, dass seine Sorge echt und ohne Hintergedanken war. Aber Tatsache war, dass es Holmes seit einer geraumen Weile auch nicht sehr viel besser erging als ihm. Aus einem Grund, über den Holmes nicht sprach, hatten seine Eltern ihre finanzielle Unterstützung vor drei Monaten eingestellt, und da er das Sparen niemals gelernt hatte, war es ihm noch deutlich schwerer gefallen als Herman, mit dem plötzlichen Mangel zurechtzukommen. Tatsächlich bestand ihr beider gemeinsames Einkommen seit nunmehr einem Monat ausschließlich aus dem Hungerlohn, den ihnen Kyle für ihre nächtlichen Ausflüge auf den Friedhof und andere und vermutlich nicht minder illegale Aufträge bezahlte. Wenn er sie denn bezahlte; was immer seltener der Fall war, seit sie sich auf sein Angebot mit dem gefälschten Totenschein eingelassen und damit endgültig erpressbar gemacht hatten.

Herman verscheuchte den Gedanken. In einer guten Woche war dieser Albtraum vorbei, so oder so. Und er würde sich lange und ausgiebig mit Kyle unterhalten, auch wenn dieses Gespräch sehr einseitig ausfallen würde.

»Mach dir keine Sorgen um mich«, sagte er. »Ich habe schon Schlimmeres überstanden.« Er zwang sich zu einem Lächeln. »Vielleicht sollten wir auf den Professor hören und unsere letzten Cents zusammenkratzen. Vielleicht reichen sie ja noch für ein Bier.«

Er konnte Henry ansehen, dass er zu einer weiteren und vermutlich noch schärferen Entgegnung ansetzte, doch dann beließ er es bei einem Seufzen und einem angedeuteten Schulterzucken. Statt einen sinnlosen Versuch zu starten, um an seine Vernunft zu appellieren, bedeutete er ihm mit einer wortlosen Geste, die fahrbare Trage zu holen, auf der sie die Tote hereingebracht hatten. Er schwieg, bis sie den Leichnam in das besudelte Tuch eingeschlagen und auf den altersschwachen Wagen verladen hatten, und auch noch, während sie ihn aus dem Saal schoben, nur begleitet vom erbärmlichen Quietschen der schlecht geölten Räder (solcherlei Tätigkeiten fielen in Kyles Aufgabenbereich, was bedeutete, dass sie nie ausgeführt wurden) und den ebenso neugierigen wie scheuen Blicken der wenigen anderen Studenten, die sich zu dieser fortgeschrittenen Stunde noch hier aufhielten. Herman war nicht ganz sicher, ob es wirklich so war oder er es sich nur einbildete, aber in letzter Zeit schien es ihm, dass Holmes und er immer öfter auf eine ganz bestimmte Art von den anderen Studenten angesehen wurden. Manchmal kam es ihm vor, als tuschelten sie hinter ihren Rücken, und viel zu viele Blicke wurden hastig gesenkt und zu viele Gespräche plötzlich unterbrochen, wenn sie in Hörweite kamen; als wären Holmes und er inzwischen die Einzigen an der ganzen Universität, die noch glaubten, dass nicht jedermann von ihrem zweifelhaften Abkommen mit dem Faustkeil wusste.

Aber auch das war in einer guten Woche vorbei.

Und er wusste sogar schon, wie.

Das Objekt seiner vornehmlich düsteren Überlegungen kam ihnen entgegen, als sie den Saal verließen, um Armitrages letzter Anweisung nachzukommen und den Leichnam zu entsorgen. Die Pfeife, von der Herman mittlerweile argwöhnte, dass sie längst an Kyles Lippen angewachsen war, qualmte in seinem linken Mundwinkel, und in seinen Augen glitzerte es schon wieder hämisch. »Da sind sie ja, die beiden angehenden Doktoren«, krähte er. »Ich habe euch schon gesucht.«

»Wir Sie auch, Mr Kyle«, antwortete Holmes forsch. »Sie haben die letzte Lieferung noch nicht bezahlt.«

So wenig wie die Lieferung davor und die davor, fügte Herman in Gedanken hinzu.

Kyle nahm die Pfeife aus dem Mund und schlug mit der anderen Hand das Laken zurück, unter dem das bleiche Gesicht besagter *letzter Lieferung* zum Vorschein kam. Herman sah sich unbehaglich um. Angesichts der Uhrzeit war es in dem großen Gebäude bereits ruhiger geworden, aber das bedeutete nicht, dass sie völlig unbeobachtet waren.

»Es trifft sich, dass wir uns hier begegnen«, sagte Kyle, ohne dass sein Blick das bleiche Gesicht der Toten losgelassen hätte. Hinter seinen Augen ging etwas vor, das konnte Herman ihm deutlich ansehen. Etwas Finsteres, das ihn erschreckte und zugleich auch auf eine Art und Weise erregte, die ihn sich noch schuldiger fühlen ließ. »Ich hatte schon Angst, ihr hättet sie bereits verbrannt. Aber zum Glück habe ich sie ja noch rechtzeitig gefunden. Glück für die beiden angehenden Doktoren.«

»Glück?«, fragte Holmes misstrauisch.

Kyle antwortete nicht gleich, sondern fuhr mit den Fingerspitzen über die eingefallenen Wangen der Toten bis zum Mundwinkel hinab und dann über ihre rissigen Lippen. Herman merkte sich den genauen Weg, den seine Fingerspitzen genommen hatten, um sie später und am Gesicht dieses Widerlings nachzuvollziehen, und selbstverständlich mit einem Skalpell.

»Glück für euch, die Herren«, antwortete Kyle, »denn das spart euch den Weg noch einmal zum Friedhof hinaus.«

»Zum Friedhof?«

»Es beginnt zu regnen, und nach Dunkelwerden ist es wirklich ein unangenehmer Ort«, bestätigte Kyle. »Außerdem sollten die Herren sich schonen. Steht nicht in ein paar Tagen eine wichtige Prüfung an?«

Kyle zog die Hand zurück und fuhr sich mit den Fingerspitzen über die Lippen, wie um den Geschmack der Toten zu kosten. Nein. Herman strich das *wie um* aus seinen Gedanken. Dieser Mann war ein Vieh, schlimmer als jedes Tier.

»Die letzte Zahlung …«, begann Holmes, und Kyle sog schmatzend an seiner Pfeife und fuhr so unbeeindruckt fort, als hätte er gar nichts gesagt:

»Wie es der Zufall will, ist gerade noch eine Bestellung hereingekommen. Ich brauche bis morgen früh ein weibliches

Skelett. Sie hat doch keine Knochenbrüche oder Missbildungen?«

»Bis morgen früh?«, ächzte Herman.

Kyle tat so, als sähe er auf eine Taschenuhr, die er gar nicht besaß. »Es ist noch früh, und ihr spart euch den Weg zum Friedhof. Wenn ihr euch sputet, seid ihr bis Mitternacht fertig.«

»Aber Sie haben noch nicht einmal für unsere letzte Arbeit bezahlt!«, protestierte nun auch Herman.

Kyle nahm die Pfeife aus dem Mund. »Jetzt bin ich aber ein bisschen enttäuscht, Jungchen«, sagte er. »Das klingt ja fast, als würdest du mir nicht trauen. Habe ich das verdient?«

Holmes warf ihm einen warnenden Blick zu, sich im Zaum zu halten.

»Nein, das habe ich ganz und gar nicht«, beantwortete Kyle seine eigene Frage selbst und mit einem schlecht gespielt verletztem Gesichtsausdruck. »Der junge Herr scheint vergessen zu haben, dass er ohne meine Großzügigkeit gar nicht mehr hier wäre. War ich so kleinlich, als es darum ging, deiner bedauernswerten Mutter zu helfen, oder dich vor dem Rauswurf zu bewahren? Nein, das war ich nicht.«

»Herman hat es nicht so gemeint«, sagte Holmes rasch. »Wir sind nur beide ein bisschen nervös. Wegen der bevorstehenden Prüfung.«

»Dann haben wir uns verstanden«, knurrte der Hausmeister. »Ich komme um Mitternacht nach unten. Seht zu, dass ihr bis dahin fertig seid.«

Er ging ohne ein weiteres Wort, und Herman sah ihm finster nach.

»Vergiss den Dummkopf«, knurrte Holmes. »In ein paar Tagen lachen wir über ihn.«

Herman zog es vor, auch dazu nichts zu sagen, sondern verwandte seine zornige Energie lieber darauf, Holmes zu helfen.

»Weißt du, was das Schlimmste ist?«, fragte Holmes, nachdem sie eine Weile schweigend nebeneinander hergegangen waren. »Er hat im Grunde recht.«

»Der Faustkeil? Womit?«

»Mit gar nichts. Aber wie er sich aufführt. Wahrscheinlich haben wir noch Glück, dass der Kerl viel zu fantasielos ist, um sich noch mehr Gemeinheiten auszudenken.«

»Der Bursche ist ein Betrüger!«

»Genau wie wir.«

Herman blieb stehen. »Wir?« Er schüttelte heftig den Kopf. »Du hast damit nichts zu tun.«

»Ich war dabei«, erwiderte Holmes ernst. »Ich bin nicht einmal ganz sicher, ob es nicht in Wahrheit sogar meine Schuld ist, weil ich mit diesem ganzen Gerede von Versicherungen und Gerechtigkeit angefangen habe.«

»Du hast damit gar nichts zu tun«, widersprach Herman. Er fragte sich, worauf Holmes eigentlich hinauswollte. »Wenn ich mich richtig erinnere, hast du sogar versucht, mich von der Idee abzubringen.«

»Es ehrt dich, dass du für mich lügen würdest«, antwortete Holmes mit einem flüchtigen Lächeln, das in einem noch ernsteren Blick mündete. »Aber selbst wenn es wirklich so gewesen wäre, würde das rein gar nichts ändern. Wenn Kyle jemandem erzählt, was wir getan haben …«

»Ich. Was *ich* getan habe.«

»Wir würden nicht nur beide von der Universität geworfen, sondern auch vor Gericht landen und wahrscheinlich sogar im Gefängnis. Deine Mutter würde alles verlieren. Und du und ich vermutlich auch noch unsere Approbationen … falls wir sie denn überhaupt bekommen.«

»Und nicht vorher verhungert sind, meinst du.«

Holmes blieb ernst. »Er wird uns nicht bezahlen«, sagte er. »Weder für diese arme Seele hier noch für alles andere. Im Gegenteil.«

»Worauf willst du hinaus?«

Holmes sah sich in alle Richtungen um, bevor er antwortete. »Dir ist doch klar, dass es nicht vorbei ist, wenn wir die Universität verlassen, oder?«, fragte er.

»Was?«

»Kyle.« Holmes klang bitter. »Ich wollte es dir nicht sagen, weil ich weiß, dass du dir nur selbst die Schuld geben würdest, aber es hat schon angefangen.«

»Was?«, fragte Herman noch einmal.

»Ich habe dir nie gesagt, warum mich meine Eltern nicht mehr finanziell unterstützen, und du hast nie danach gefragt.«

»Es geht mich auch nichts an.«

»Sie tun es auch nicht«, sagte Holmes. »Ich meine: Sie haben mir ihre Unterstützung nicht entzogen, sondern schicken mir weiter Geld.«

»Aber du gibst es Kyle«, vermutete Herman. Er war nicht einmal wirklich überrascht, erstaunlicherweise aber auch nicht wirklich zornig oder auch nur empört. Es passte einfach zu gut, so dass Herman sich eher fragte, wieso er nicht von selbst darauf gekommen war. »Wie lange schon?«

»Seit drei Monaten«, antwortete Holmes. »Gleich nachdem er dir den Totenschein gegeben hat.«

»Er erpresst dich«, stellte Herman fest. »Aber warum dich? Wieso ist er nicht zu mir gekommen?« Er beantwortete seine eigene Frage in Gedanken gleich selbst – weil es sinnlos war, jemanden zu erpressen, der nichts hatte –, und Holmes reagierte nur mit einem bitteren Verziehen der Lippen und stemmte sich gegen das Wägelchen, um seinen Weg fortzusetzen.

Wieder gingen sie eine ganze Weile schweigend nebeneinanderher, dann und scheinbar unvermittelt sagte Holmes: »Er wird nicht aufhören, nur weil wir nicht mehr hier studieren.«

»Was soll er schon tun? Dafür sorgen, dass wir exmatrikuliert werden?«

Holmes bedachte ihn mit einem Blick, als hätte er soeben die dümmste Frage der letzten zehn Jahre gestellt. Für den Rest des Weges sprach er kein Wort mehr, was wohl auch dem schweißtreibenden Unterfangen geschuldet war, die Tote an ihren Bestimmungsort zu bringen. Denn sie mussten nicht nur ans andere Ende des weitläufigen Gebäudes, sondern auch mehrere Etagen nach unten; und bei aller Fortschrittlichkeit verfügte die Universität nicht über den Luxus eines Aufzugs.

Zudem bemühten sie sich, den anderen Studenten aus dem Weg zu gehen und so wenig Aufsehen wie nur möglich zu erregen. Sie brauchten eine halbe Stunde. Als sie endlich in Hermans privatem Königreich des Todes angenommen waren, waren sie beide in Schweiß gebadet und so erschöpft, dass ihnen die Knie zitterten. Mit einem letzten Kraftakt hoben sie die tote Frau von der Bahre auf eine besudelte Tischplatte.

Sie brauchten beide eine kurze Verschnaufpause, ehe sie sich an den letzten und schwersten Teil der Arbeit machten – und da sie heute nur wenige Stunden Zeit hatten, jetzt auch den unappetitlichsten. Denn wenn sie die Arbeit bis Mitternacht erledigen wollten, blieb ihnen nichts anderes übrig, als das Fleisch von den Knochen zu schneiden, statt es in Säure und anderen ätzenden Flüssigkeiten aufzulösen.

Hermans Magen rebellierte schon bei der bloßen Vorstellung. Normalerweise machte es ihm nichts aus, sondern war eben eine Arbeit, die getan werden musste, aber heute – und vielleicht bei dieser besonderen Toten – war es etwas anderes. Vielleicht war es einfach sein leerer Magen oder sein allgemeiner schlechter körperlicher Zustand, möglicherweise aber auch der Umstand, dass Holmes der Toten einen Namen und somit eine Identität gegeben hatte. Er war sehr froh, dass Holmes ihre Verschnaufpause noch ein wenig ausdehnte, statt sich sofort an den grausigen Teil ihrer Arbeit zu machen.

»Sie könnte die Lösung sein«, sagte Holmes.

»Die Lösung wofür?«

»Kyle. Er wird nicht aufhören.«

»Was will er uns schon antun, wenn wir erst einmal weg sind?« Herman hätte sich seine eigene Frage mühelos und auf sehr viele unterschiedliche Weisen beantworten können – und Holmes auch beruhigen, denn er wusste nur zu gut, dass Kyle weder sie noch irgendeinen anderen Menschen je wieder belästigen würde, sobald die Prüfungen hinter ihnen lagen.

»Sie wäre die Lösung«, sagte Holmes noch einmal.

Herman sah verwirrt zwischen der Toten und Holmes hin und her. Er schwieg.

»Nicht wirklich sie«, erklärte Holmes, »aber sie hat mich auf eine Idee gebracht, die unser Problem … vielleicht lösen könnte.«

Herman sagte immer noch nichts, aber er wurde hellhörig. Holmes' Art zu reden hatte sich verändert. Er sprach nun schleppend, so als müsse er sich jedes Wort gründlich überlegen, bevor er es aussprach.

»Aber es wäre nicht … nicht ganz legal.«

Etwas regte sich in den Schatten, die den größten Teil des düsteren Gewölbekellers ausfüllten; eine düstere Präsenz, die von Anbeginn an hier unten existierte und diesen Raum zu dem machte, was er nun einmal war. Herman hatte sie vom ersten Moment an gespürt, und vielleicht war ja nun der Zeitpunkt gekommen, in dem auch Holmes in sein dunkles Königreich des Schmerzes eintrat und die süße Faszination dessen spürte, was die meisten anderen so vollkommen falsch als *böse* bezeichneten.

»Was Kyle tut«, sagte Herman schließlich und als klar wurde, dass Holmes nicht von sich aus weitersprechen würde, sondern Hilfe auf dem letzten Stück seines Weges benötigte, »ist auch nicht legal. Du hast es selbst gesagt. Und du hast recht: Er wird uns nicht in Ruhe lassen, ganz egal, wie viel Zeit vergeht.«

Wenn Holmes überhaupt auffiel, wie plötzlich er seine Position geändert hatte, dann ließ er es sich jedenfalls nicht anmerken. Er sah ihn etliche Sekunden lang durchdringend an und stand dann mit einem Ächzen wie ein uralter Mann auf, um zu der emaillierten Wanne zu gehen, in der sie schon so viele Skelette von ihrer fleischlichen Hülle befreit hatten. Anstrengend und lang, wie der Weg hier herunter gewesen war, humpelte er ein bisschen, und es verging noch eine geraume Zeit, bis seine Bewegungen wieder flüssiger wurden. Bald darauf begann sich ein wohlvertrauter scharfer chemischer Geruch in der Luft bemerkbar zu machen, als Holmes damit begann, die Mazerationslösung vorzubereiten. Er begann zu husten, was Herman zu einem tiefen Stirnrunzeln veranlasste, denn weder ging Holmes mit der angezeigten Vorsicht an diese gefährliche Arbeit noch trug er wenigstens eine der Atemmasken, die Herman eigens für sie gebastelt hatte.

Herman schwieg auch dazu. Holmes war kein Dummkopf und sich der Gefahr vollkommen bewusst, und er war auch alles andere als leichtsinnig. Ihn bewegte etwas sehr Wichtiges, und er wollte ihn bei diesen Überlegungen nicht stören.

»Ich habe dir von meinem Onkel erzählt, der Versicherungspolicen verkauft«, brach Holmes schließlich das Schweigen. »Er war Eleanors Mann. Sie war die Erste, für die er eine Police abgeschlossen hat, kaum zwei Jahre vor ihrem Tod. Er hat sie wirklich geliebt, musst du wissen, aber ihr Tod hat ihn trotzdem zu einem reichen Mann gemacht, wenigstens für eine Weile.«

»Und?«, fragte Herman. Die vage Vorahnung von Enttäuschung machte sich bemerkbar. Worauf wollte Henry hinaus? Er war fast sicher gewesen, dass er zu demselben Schluss gekommen war, was Kyles zukünftige Lebenserwartung anging, und nun nur so herumdruckste, weil er nicht wusste, wie er ihm diesen seiner Meinung nach ungeheuerlichen Vorschlag machen sollte. Jetzt kamen ihm Zweifel.

»Wenn man sich nur ein wenig in den entsprechenden Abläufen auskennt«, fuhr Holmes fort, sich in immer kürzeren Abständen räuspernd und dann und wann von einem trockenen Husten unterbrochen, mit dem sein Körper seinen Verstand daran zu erinnern versuchte, was er gerade seinen Lungen antat, »dann ist es gar nicht so schwierig.«

»Was ist gar nicht so schwierig?«, fragte Herman geduldig. Kyle umzubringen? Nein, das würde nicht schwierig sein.

»Einen Menschen zu erschaffen«, antwortete Holmes.

»Einen Menschen erschaffen? Ich wusste gar nicht, dass dein zweiter Name Frankenstein ist.«

Holmes blieb ernst, aber er trat einen halben Schritt aus den ätzenden Schwaden heraus, die aus dem Emaillebecken stiegen. »Natürlich nur auf dem Papier«, sagte er. »Es ist im Grunde sogar ganz leicht. Wir schließen eine Lebensversicherung auf eine beliebige Person ab. Eine Person, die es wirklich gibt, versteh mich nicht falsch, mit allen Papieren und Unterlagen, die notwendig sind. Sie müssen echt sein, damit sie auch einer amtlichen Überprüfung standhalten. Die Versicherungen sind da sehr genau und überprüfen alles doppelt und dreifach. Aber wenn die Police einmal ausgestellt und die erste Prämie bezahlt ist, dann ist es dafür umso einfacher.«

»Was?«, fragte Herman verwirrt.

Holmes atmete tief ein, als müsse er Mut für seine nächsten Worte sammeln. »Man schließt eine Lebensversicherung auf den Namen einer Person ab, die gar nichts davon weiß, und zahlt auch pünktlich die Prämien. Und dann sucht man sich den passenden Leichnam. Natürlich nicht sofort, sondern erst nach einigen Monaten oder einem Jahr.«

»Und?«, fragte Herman zum wiederholten Mal. Natürlich wusste er, worauf Holmes hinauswollte, und ihm war auch sofort der Fehler in diesem kruden Plan aufgefallen. Aber Holmes war nicht dumm, und er war gespannt, wie er dieses kleine Problem zu lösen gedachte.

»Hat man den passenden Leichnam gefunden, dann meldet man den Todesfall der Versicherung und kassiert die Prämie«, sagte Holmes. »Es muss ein natürlicher Tod sein, nichts, wofür sich die Polizei interessieren würde, alles hieb- und stichfest. Wenn die Versicherungsgesellschaft einen gültigen Totenschein hat, erfolgt die Zahlung automatisch, und niemand stellt weitere Fragen.«

»Und wir wären um ein paar Tausend Dollar reicher«, sagte Herman und schüttelte zugleich den Kopf. »Du glaubst doch nicht ernsthaft, dass wir mit so einer haarsträubenden Idee durchkämen.«

»Solange wir es nicht übertreiben. Die Versicherungssumme darf nicht zu hoch sein, und wir müssten ein wenig Zeit verstreichen lassen. Und natürlich verschiedene Versicherungen aussuchen.«

»Damit es nicht auffällt, ich verstehe«, Herman wiederholte sein Kopfschütteln. »Und du glaubst nicht, dass es irgendwann auffällt, wenn sich der angeblich Verstorbene noch bester Gesundheit erfreut?«

»Ich habe nicht gesagt, dass die Idee schon perfekt ist«, antwortete Holmes. »Aber wir finden die Lösung, da bin ich sicher. Wir bezahlen Kyle, und mit ein wenig Glück bleibt uns vielleicht sogar noch genug übrig, um unsere Praxis zu gründen.«

Dabei lag die Lösung doch auf der Hand, dachte Herman. Aber es war eine Mudgett-Lösung, keine Holmes-Lösung, und er wusste, dass Henry sich niemals darauf einlassen würde. Aber er hatte die Hoffnung noch nicht ganz aufgegeben.

»Wenn du so sicher bist, dass Kyle uns auch weiter erpressen wird, dann gibt es doch noch eine andere Lösung«, sagte er vorsichtig. »Auch wenn sie ein wenig ... Mut erfordert.«

»Ich habe darüber nachgedacht«, sagte Holmes.

»Dass Kyle wegmuss?«

»Ja.« Holmes nickte zögernd, und er wich seinem Blick auch weiter aus. »Und ich wäre auch bereit dazu, auch wenn mir schon bei dem bloßen Gedanken schlecht vor Angst wird.«

Herman sah ihn zweifelnd an. »Du wärst also bereit. Kyle ...?«

»Anzuzeigen, ja«, sagte Holmes. »Dieser Unhold treibt schon viel zu lange sein Unwesen. Jemand muss ihm das Handwerk legen.«

Das hatte Herman nicht gemeint. Er forderte ihn trotzdem mit einem stummen Nicken auf, weiterzusprechen.

»Aber es würde nichts nutzen, fürchte ich. Ich kenne Typen wie ihn zur Genüge. Sie sind wie Ungeziefer. Es ist ganz egal, wie heftig du auf sie einprügelst. Alles prallt von ihrem dicken Panzer ab, und sie finden immer ein Schlupfloch. Es wäre sinnlos. Er würde alles abstreiten und vermutlich auch noch damit durchkommen. Und selbst wenn er ins Gefängnis käme ...«

»... würden wir ihm wahrscheinlich dort Gesellschaft leisten«, pflichtete ihm Herman bei. »Dann bleibt uns wohl nur noch eine andere Wahl. Wir müssen ihn umbringen.«

Er hielt Holmes bei diesen Worten so aufmerksam im Auge, wie er nur konnte, ohne zu starren, und für einen ganz kurzen Moment regte sich noch einmal vorsichtige Hoffnung in ihm, als Holmes nicht sofort antwortete, sondern ihn nur aus großen Augen ansah.

Dann schüttelte er den Kopf. »Kyle weiß gar nicht, was für ein Glück er hat, nicht schon längst an jemanden geraten zu sein, der wirklich so denkt«, sagte er ernst. »Es sollte mich nicht wundern, wenn er irgendwann einfach verschwindet und nie wieder gesehen wird.«

Das würde bestimmt nicht geschehen, dachte Herman. Er war einverstanden mit dem Teil, der mit dem Verschwinden zu tun hatte, nicht jedoch mit dem zweiten Teil von Holmes' Prophezeiung. Ganz im Gegenteil, er würde dafür sorgen, dass Kyle noch sehr lange Zeit an dieser Universität gesehen wurde.

Wenn auch vielleicht nicht in seiner Rolle als Hausmeister.

Chicago, Illinois, 1893

Zwei solch aufregende Ereignisse an einem Abend waren eindeutig zu viel, dachte Geyer missmutig. Mit klammen Fingern zündete er sich die dritte Zigarre in Folge an und sah zu, wie sich das gewaltige Rad quälend langsam weiterdrehte, um nach einem halben Meter wieder zum Stehen zu kommen. Er war kein alter Mann, aber doch schon eindeutig aus dem Alter heraus, in dem er auch nur irgendein Vergnügen beim Anblick solch zweifelhafter Attraktionen empfunden hätte. Schon gar nicht nach einem Abend wie diesem.

Aus dem Augenwinkel heraus nahm er eine Gestalt wahr, die mit eiligen Schritten an ihm vorbei auf das Rad zueilte. Er erkannte den Mann sofort anhand seiner massigen Gestalt. »Wilfred?«, rief er überrascht.

Der Mann stoppte und wandte sich mit einem entnervten Gesichtsausdruck zu ihm herum.

»William«, antwortete Peizel.

»William, genau. Was tun Sie hier?« Er glaubte nicht eine Sekunde lang, dass dieses Treffen ein Zufall war.

Peizels Blick suchte die nähere Umgebung ab, was ihn aber auch nicht daran hinderte, die Lippen zu einem abfälligen Lächeln zu verziehen. »Ich bin mit dem Doktor verabredet – eigentlich schon vor zwei Stunden.«

»Dann scheint er sich wohl zu verspäten.«

Peizel maß ihn mit einem Blick, als hätte er gerade etwas ziemlich Dummes gesagt, und stellte seinerseits eine Frage, statt auf Geyers Worte einzugehen. »Und was genau tun Sie hier? Sich das Ferris Wheel ansehen?«

»Ihre Köchin hat mir gesagt, wo ich Miss Christen und Doktor Holmes finde«, antwortete Geyer.

Er trat einen halben Schritt zurück und musterte Holmes' Fahrer unauffällig. Peizels Atem ging schwerer als normal, und nicht nur auf seiner Stirn perlte Schweiß. Auch sein Hemd klebte in großen dunklen Flecken unter der Jacke an seiner Brust, als wäre er die ganze Strecke hierhergerannt.

»Ist etwas passiert, oder warum haben Sie es so eilig?«, fragte er geradeheraus.

Peizel legte den Kopf in den Nacken und blinzelte an der gewaltigen Konstruktion des Rades hinauf, das sich gerade erneut und mit einem bedrohlichen Ächzen in Bewegung setzte, als ein weiteres halbes Dutzend Taue straff gezogen wurden.

»Sie haben geholfen, und nun …« Und erst dann verstand er wirklich. »Miss Christen und der Doktor sind dort oben?«

Peizel nickte nur kurz und ging dann weiter in Richtung Rad. Geyer schluckte seine Empörung über diesen neuerlichen Mangel an Manieren hinunter und beeilte sich stattdessen, Holmes' unhöflichem Faktotum zu folgen, das sich mit seinen breiten Schultern eine Gasse durch die Menschenmenge bahnte.

Geyer war vor einer guten Stunde hier angekommen und hatte schon auf halbem Wege zum Ferris Wheel mitbekommen, dass es irgendein Problem gab. Offensichtlich war ein wichtiges Teil der kühnen Konstruktion gebrochen oder anderweitig ausgefallen, und nun saßen etliche der Mutigen, die diese Weltneuheit ausprobiert hatten, in luftiger Höhe fest; manche mehr als zweihundert Fuß, wenn die Angaben stimmten, die er über dieses haarsträubende Stück überflüssiger Technik gelesen hatte. Bisher hatte ihn dieser Gedanke allenfalls mit einer gewissen Schadenfreude erfüllt, die nun jedoch jäher Sorge wich. Wenn Arlis tatsächlich dort oben war, dann bedeutete das nichts anderes, als dass sie seit mindestens zwei, wenn nicht mehr Stunden in dieser misslichen Lage festsaß, eingesperrt in einem winzigen Holzkasten und in unerreichbarer Höhe, und noch dazu in der Gesellschaft eines Mannes wie

Holmes, der ihm mit jedem Moment rätselhafter und unheimlicher wurde.

Das Vorankommen wurde schwieriger, je näher sie der hölzernen Plattform kamen, hinter der das Rad in die Höhe wuchs. Auf dem letzten Stück wäre er ohne Peizel, der als Eisbrecher voranging, wohl gar nicht mehr von der Stelle gekommen. Hinter ihnen nahm das Gedränge und Geschiebe sogar noch weiter zu, als immer noch mehr Menschen aus allen Teilen des Ausstellungsgeländes herbeieilten, um ihre Neugier zu befriedigen. Es gab wohl nicht viel, was Menschen mehr anzog als ein Unglück oder auch nur die Nachricht von einem solchen.

Oben auf der Plattform angekommen, wurde es nicht wirklich besser, denn hier herrschte nicht nur ein ebensolches Gedränge, sondern auch eine spürbar gereizte Stimmung. Überall wurde gerufen und gedrängelt, gestikuliert und erregt durcheinandergeschrien. Eine greifbare Spannung von der gefährlichen Art lag in der Luft, von der Geyer nur zu genau wusste, dass sie beim nichtigsten Anlass explodieren konnte. Nicht weit entfernt herrschte ganz besondere Aufregung. Erregte Stimmen schwirrten in der Luft, Fäuste wurden geschüttelt und hysterische Worte gerufen, die er nicht verstehen musste, um ihren Sinn zu begreifen. Wenn es etwas gab, das noch schlimmer war als Neugierige, dann waren es Menschen, die sich über etwas beschwerten; und ganz besonders wenn sie nicht nur glaubten, im Recht zu sein, sondern es auch noch waren. Geyer vermutete, dass er den Hauptverantwortlichen für diese Katastrophe im Herzen der kleinen Menschentraube zur Linken finden würde, und war sehr froh, im Moment nicht an seiner Stelle zu sein.

Er war gerade rechtzeitig gekommen, um den letzten Akt des Dramas mitzuerleben, wenigstens was Arlis Christen und Holmes anging. Peizel hatte seinen Platz an den Zugseilen wieder eingenommen und tat sein Bestes, um die Gondel gegen den Widerstand der ungezählten Tonnen störrischen Gusseisens weit genug nach unten zu bugsieren, um die Türen öffnen zu können, und endlich wurde Geyer auch klar, was am Anblick dieser speziellen Gondel nicht gestimmt hatte:

Die Gondel war so gut wie leer. Er konnte die Silhouetten zweier Menschen hinter den beschlagenen Scheiben erkennen, wo sich in der darüberliegenden Gondel Dutzende drängelten, und ganz unbewusst hatte er wohl auch registriert, dass sich diese viel leichtere Gondel anders bewegte, während sie an ihrer mechanischen Aufhängung schwankte. Waren Arlis und Holmes etwa *allein* dort drinnen? Unvorstellbar, was dieser Kerl ihr in all der Zeit hätte antun können!

Zumindest für den letzten Gedanken erteilte sich Geyer wortlos einen Verweis (was war mit ihm los? Wo war seine Objektivität geblieben, auf die er doch immer – mit Recht – so stolz gewesen war?), konnte aber trotzdem nicht anders, als sich rüde nach vorne zu drängeln, als die Kabine mit einem letzten schaukelnden Ruck zum Halten kam und die Tür aufging.

Holmes stieg aus der Gondel und reichte Arlis die Hand. Sie stiegen die hölzerne Treppe hinab, die jemand eilfertig hinstellte.

»Miss Christen!« Geyer drängte sich rücksichtslos das letzte Stück zu ihr durch. »Sind Sie unversehrt?«

»Natürlich ist sie unversehrt, Mr Geyer«, antwortete Holmes an ihrer Stelle; und in einem Ton und mit einem dazu passenden Blick, als wäre allein schon diese Frage eine kleine Unverschämtheit. »Miss Christen war keinen Moment in Gefahr, seien Sie unbesorgt. Schließlich war ich bei ihr.«

Vielleicht war es ja gerade das, was Geyer Sorgen bereitete. Niemand war hinter Arlis Christen aus der Tür getreten, was bedeutete, dass Holmes und sie tatsächlich ganz allein in der großen Kabine gewesen waren. Und das sollte ihn beruhigen?

»Es ist alles in Ordnung, Mr Geyer«, sagte nun auch Christen. »Aber vielen Dank für Ihre Sorge.«

Holmes maß Geyer mit kritischem Blick. »Darf ich fragen, was Sie hier tun, Mr Geyer? Wollten Sie auch eine Runde mitfahren?«

»Ich habe Sie gesucht«, sagte Geyer.

»Und Sie werden uns auch gewiss verraten, warum«, sagte Holmes, ohne auf die Antwort zu warten. »Aber das hat Zeit bis später. Da ist Mr Ferris.«

»Der Besitzer dieser Monstrosität?«, fragte Arlis.

»Wenn Sie sich vielleicht einen Moment um Miss Christen kümmern könnten, Mr Geyer. Es gibt da ein oder zwei Punkte, über die ich dringend mit Mr Ferris reden muss.«

Dann eilte Holmes im Sturmschritt davon, um sich ins Getümmel zu stürzen.

»Ich hoffe, dass er dem Betreiber dieser sogenannten Attraktion ein paar gebührende Worte sagen wird«, meinte Arlis. »Dieses Ding ist ja gemeingefährlich!«

Arlis und Geyer wichen weiter zurück, als sich die nächste Kabine näherte und mit einem metallischen Scheppern in ihrer Parkposition einrastete. Diesmal ging es nicht so reibungslos vonstatten wie gerade, denn jemand dort drinnen hatte offensichtlich nicht die Geduld, das automatische Entriegeln der Tür abzuwarten, sondern warf sich kurzerhand mit der Schulter gegen das dünne Holz. Ein Teil des Türrahmens und ein Hagel zahnstocherkleiner Holzsplitter flogen durch die Luft, dicht gefolgt von einem vierschrötigen Burschen. Hinter ihm quoll eine ganze Traube von Menschen aus der Tür, Männer, Frauen und eine erstaunliche Anzahl Kinder, die unverzüglich zu lamentieren und weinen begannen.

»Ich habe Doktor Holmes Vorhaltungen gemacht, eine Kabine nur für uns zwei gebucht zu haben, während alle anderen warten mussten«, sagte Arlis, »aber vielleicht sollte ich ihm eher dankbar sein.«

»Das war Holmes' Idee?«

»Er scheint diesen Mr Ferris wohl zu kennen«, antwortete sie mit einem Blick in die entsprechende Richtung. »Allerdings glaube ich nicht, dass jetzt der richtige Moment für eine Beschwerde ist.«

Geyer sah erneut über die Schulter zurück. Mindestens fünfzig Passagiere, wenn nicht sogar die doppelte Anzahl, schien genau gegenteiliger Meinung zu sein. Die Debatte hielt immer noch an, und eigentlich wartete er nur darauf, dass die ersten Fäuste flogen. Erstaunlicherweise geschah das nicht. Stattdessen beobachtete er nun einige eher verblüffte als wütende Gesichter. Was ging da vor sich?

»Vielleicht sollten Sie hingehen und sich überzeugen, dass es Doktor Holmes gut geht«, schlug Arlis vor.

»Wie ich Doktor Holmes einschätze, kann er ganz gut auf sich selbst aufpassen«, antwortete Geyer. »Außerdem ist Wilfred in der Nähe.«

»William.« Arlis sah sich demonstrativ um. »Wo?«

Das fragte sich Geyer mittlerweile auch, verfolgte den Gedanken aber auch nicht weiter. »Vielleicht trifft es sich ganz gut«, sagte er stattdessen. »Ich wollte ohnehin allein mit Ihnen reden.«

Arlis legte den Kopf auf die Seite. »Worüber?«, fragte sie sehr ernst.

»Ich war noch einmal in der Wohnung Ihrer Schwester, um mit Miss Winters zu sprechen«, antwortete er. »Ich wollte es in Holmes' Gegenwart nicht so direkt sagen, aber ich konnte mich des Eindrucks nicht erwehren, dass sie mehr weiß, als sie uns heute Mittag verraten hat.«

»Und was hat sie Ihnen verraten, das Doktor Holmes nicht erfahren darf?«

»Ich konnte nicht mit ihr reden«, antwortete Geyer. »Als ich ankam, stand das Haus in Flammen.«

»Das Haus hat gebrannt?«, vergewisserte sich Arlis erschrocken. »Und Miss Winters?«

»Die Feuerwehr hatte alles abgesperrt, aber ich konnte mit ein paar Nachbarn sprechen«, antwortete Geyer. »Niemand hat sie gesehen, seit das Feuer ausgebrochen ist.«

»Was soll das heißen – ist sie verschwunden … oder gar tot?«

»Natürlich könnte sie sich in Sicherheit gebracht haben, aber …« Geyer seufzte. »Es steht zumindest zu befürchten, dass sie es nicht geschafft hat.«

»Die arme Frau«, sagte Arlis. »Gab es noch mehr Opfer?«

»Soviel ich weiß, nicht«, antwortete Geyer. »Natürlich muss man abwarten, bis das Feuer endgültig gelöscht und die Trümmer anschließend durchsucht worden sind, aber es sieht zumindest so aus, als wären keine weiteren Opfer zu beklagen.«

Geyer drehte sich halb herum und vergewisserte sich, dass Holmes nicht in der Nähe war und ihr Gespräch belauschte. Er war nirgends zu sehen. Wenn er sich in der Menschenmenge am anderen Ende der Plattform aufhielt, dann hatte sie ihn vollends verschlungen.

»Mr Geyer, wieso kann ich mich des Eindrucks nicht erwehren, dass es da doch etwas gibt, das Sie mir sagen wollen?«, fragte Arlis mit kritischem Blick.

Geyer seufzte, nicht nur laut, sondern auch innerlich. Was war nur mit ihm los? Er hatte normalerweise keine Probleme damit, schlechte Nachrichten zu überbringen oder einen Verdacht zu äußern. Wäre es so, hätte er seinen Beruf verfehlt. »Wir sollten ehrlich zueinander sein.«

»Das wäre eine Idee«, sagte Arlis.

»Wie stehen Sie zu Doktor Holmes?«

Arlis legte fragend den Kopf auf die Seite.

»Ich hatte den Eindruck, dass er Ihnen nicht ganz gleichgültig ist, Arlis.«

»Und wenn das so wäre?«

»Dann würde es Ihnen vermutlich nicht gefallen, wenn ich Ihnen sage, dass er Sie belogen hat.«

Ganz anders, als er erwartet hatte, reagierte sie weder verstimmt noch überrascht, sondern sah ihn nur nachdenklich an und nickte schließlich.

»Mudgett. Ich weiß. Er kannte ihn nicht nur flüchtig.«

»Das wissen Sie? Woher?«

Arlis machte eine Kopfbewegung auf die Gondel über sich. »Wir hatten eine Menge Zeit. Er hat mir alles gestanden. Sie waren nicht nur Kommilitonen, sondern gute Freunde.«

»Hat er Ihnen auch erzählt, warum er uns belogen hat?«

»Würden Sie einen Freund nicht auch zuerst einmal gegenüber Fremden vorbehaltlos verteidigen? Wir sollten nicht zu streng mit ihm sein. Immerhin hat er mir nun bei der ersten passenden Gelegenheit die Wahrheit gesagt, was ihm sicherlich nicht leichtgefallen ist.«

Arlis setzte eine nachdenkliche Miene auf. »Und nun sagen Sie mir bitte, was das Feuer bei Miss Winters mit Holmes zu tun hat.«

»Ich konnte mit einigen der Nachbarn reden, während wir der Feuerwehr zugesehen haben. Ihre Schwester war wohl tatsächlich schwanger. Sie hat kein großes Geheimnis daraus gemacht.« Er machte eine kurze Pause und wog die nächsten Worte ab, denn es war nun einmal offensichtlich, dass Arlis gewisse Gefühle für Holmes hegte. »Und ich … ich frage mich, ob Holmes tatsächlich nichts davon gewusst hat.«

»Und warum sollte er das verschweigen?«

»Das weiß ich nicht«, antwortete Geyer. »Aber ich weiß, *dass* er uns etwas verschweigt. Ihnen kann nicht entgangen sein, wie Miss Winters ihn angesehen hat. Sie hat ihn heute nicht das erste Mal gesehen, dessen bin ich mir sicher. Und vielleicht gibt es da noch mehr über seinen Freund, das er uns nicht sagt.«

»Ja, vielleicht«, sagte Arlis, was ihn beinahe schon überraschte.

»Irgendetwas stimmt mit diesem Doktor Holmes nicht«, beharrte Geyer.

Arlis schüttelte den Kopf und bedachte ihn mit einem Blick, den er vorsichtshalber gar nicht erst zu deuten versuchte.

»Mr Geyer, sind Sie sicher, dass Ihr Verdacht nicht einfach auf Eifersucht beruht, ich meine, ihr Männer benehmt euch ja ständig wie balzende Truthähne, sobald ein weibliches Wesen in der Nähe ist. Sie glauben doch wohl nicht wirklich, dass Holmes irgendetwas mit diesem Brand zu tun hat, oder?«

Selbst wenn es so wäre, hätte Geyer es in diesem Moment wohl kaum zugegeben. Er schüttelte stumm den Kopf.

»Das ist gut, denn es bewahrt Sie vor der Peinlichkeit, sich bei Doktor Holmes entschuldigen zu müssen«, sagte sie mit einem fast schon maliziösen Lächeln.

»Sie waren den ganzen Tag zusammen?«, vermutete Geyer.

»So gut wie.« Arlis machte eine Geste zum Riesenrad hinauf. »Und für die letzten beiden Stunden hat er ein ziemlich gutes Alibi. Ich muss Sie enttäuschen.«

Das war er nicht. Geyer war klar, dass Holmes das Feuer nicht mit eigenen Händen gelegt und mit aller Wahrscheinlichkeit auch sonst nichts damit zu tun hatte. Aber da war etwas an Holmes, das ihn irritierte. Diesen Mann umgab ein Geheimnis, das spürte er einfach, und es hatte nicht nur damit zu tun, dass er ihnen sein wahres Verhältnis zu Mudgett verschwiegen hatte. Da war noch mehr. Etwas Unheimliches umgab diesen Mann, etwas wie eine finstere Aura, die ihren Ursprung tief hinter seinen vermeintlich so freundlichen Augen hatte und alles Licht und jedes Leben zu negieren schien, das in seine Nähe kam.

Geyer schüttelte den Gedanken ab oder versuchte es wenigstens. Vielleicht hatte Arlis recht, und er war einfach nur eifersüchtig – wie hatte sie es genannt, ein balzender Truthahn? –, und vielleicht enthielt dieser Vorwand mehr Wahrheit, als er zugeben mochte. Aber das war es nicht allein. Wenn er etwas gelernt hatte, dann, Gefühle von Fakten zu trennen; auch wenn ihm das eine oft genug geholfen hatte, das andere zu finden. Bei Holmes wollte ihm das einfach nicht gelingen. Und allein das war schon Grund genug für ihn, vielleicht nicht nur Mudgett, sondern auch diesen angeblichen Doktor Holmes noch einmal etwas genauer unter die Lupe zu nehmen.

Aber selbstverständlich ohne dass Arlis etwas davon erfuhr.

Der Zufall kam ihm zu Hilfe, nicht weiter mit ihr über dieses Thema reden zu müssen, wenigstens nicht sofort. Etwas polterte, und irgendwo in der metallenen Konstruktion über ihren Köpfen wurde ein erschrockener Ruf laut, der sie beide hochsehen ließ. Dem Schrei folgte kein stürzender Körper, sondern nur ein unflätiger Fluch, dem ein mehrstimmiges schadenfrohes Gelächter antwortete, doch Arlis und er waren dennoch nicht die Einzigen, die es vorzogen, die hölzerne Plattform zu verlassen, um nicht doch noch von irgendetwas (oder irgendwem) getroffen zu werden. Erst als sie ein gutes Stück entfernt und wieder inmitten der sich allmählich zerstreuenden Menschenmenge waren, blieb Geyer wieder stehen und sah zur Plattform zurück. Von Holmes war immer noch nichts zu sehen, auch wenn sich die Menschentraube am anderen Ende der Plattform jetzt ebenfalls aufzulösen begann. So rasch und heiß das Feuer der Neugier aufgelodert war, so schnell erlosch es offensichtlich auch wieder.

Statt Holmes entdeckte Geyer aber Peizel. Er hatte ihn noch bei den Männern vermutet, die bei der Bergung der havarierten Gondeln halfen. Stattdessen befand er sich nahezu am anderen Ende des großen Platzes. Was tat er dort?

»Wen suchen Sie?«, erkundigte sich Arlis.

»Mr Holmes«, antwortete Geyer. »Ich möchte ihm doch noch die eine oder andere Frage stellen.« *Falls es Ihnen nicht unangenehm ist.* Aber das sprach er lieber nicht laut aus.

Er fragte sich noch immer, was in den zwei Stunden wirklich geschehen war, die Holmes und sie allein in der leeren Kabine verbracht hatten. Unabhängig davon, dass er sich denken konnte, wie sie auf eine entsprechende Frage reagieren musste, setzte er dazu an, sie laut zu stellen. Doch Arlis hatte bereits etwas Neues entdeckt und stellte sich auf die Zehenspitzen, so dass er nicht einmal mehr wirklich überrascht gewesen wäre, wenn sie wie ein Kind vor dem Schaufenster eines Süßwarenladens auf und ab gehüpft wäre.

»Da ist er ja! Dort hinten, sehen Sie?«

Geyer sah genau genommen wenig mehr als nichts. Er hatte große Menschenansammlungen nie gemocht, und einer der Gründe war genau der: Er sah so viele Gesichter vor sich, dass sie allesamt zu einem einzigen zusammenzuschmelzen schienen. Er konnte nur den Kopf schütteln. »Wilfred?«

»Sein Name ist William, Mr Geyer«, belehrte ihn Arlis in

unwilligem Ton. »Und ich weiß, dass Sie das wissen und ihn nur so nennen, um Doktor Holmes zu ärgern. Also wäre ich Ihnen dankbar, wenn Sie es unterlassen würden, wenigstens in meiner Gegenwart … außerdem habe ich nicht William gemeint, sondern Doktor Holmes.«

Arlis bedachte ihn schon wieder mit einem leise verärgerten Blick, hakte sich kurzerhand bei ihm unter. »Kommen Sie, Mr Geyer, gehen wir zu ihm.«

Sie brauchten unerwartet lange, um den Platz zu überqueren, denn dass er nun nicht mehr aus allen Nähten platzte, bedeutete nicht, dass er leer gewesen wäre. Geyer hörte schon nach wenigen Schritten auf zu zählen, wie oft er angerempelt wurde oder Bekanntschaft mit Ellbogen oder Knien machte.

Sie waren beide außer Atem und ein wenig derangiert, als sie das Ziel erreichten, das Arlis ausgemacht hatte. Von Peizel oder gar Holmes war aber keine Spur mehr zu sehen.

»Und wo ist er nun, Ihr Doktor Holmes?«, fragte Geyer.

»Ich hätte geschworen, ihn gerade noch hier irgendwo gesehen zu haben. Zusammen mit Mr Peizel.«

In einer solchen Menschenmenge konnte wahrscheinlich ihre eigene Mutter an ihr vorbeilaufen, ohne dass sie sie erkannte, dachte Geyer, aber er tat ihr dennoch den Gefallen, sich noch einmal aufmerksam umzusehen. Wenn schon nicht Holmes, so war doch zumindest sein vierschrötiger Adlatus auffällig genug, um selbst aus einer solchen Menschenmenge hervorzustechen. Aber er konnte auch ihn nirgendwo entdecken.

»Das verstehe ich nicht. Ich weiß, was ich gesehen habe«, sagte Arlis noch einmal und forderte ihn mit einem Nicken auf, ihr zu folgen. »Kommen Sie, schauen wir uns dort vorne noch einmal um.«

»Ich kann Sie ebenso gut nach –«, begann er und sprach das *Hause bringen* gar nicht mehr aus, sondern beeilte sich lieber loszuhasten, um nicht doch den Anschluss zu verlieren, als sie bereits ihr nächstes Ziel ansteuerte, eine aus massiven Schalbrettern errichtete fensterlose Hütte, aus der ihnen ein

Schwall intensiver Wärme und ein leiser Stallgeruch entgegenschlugen. Geyer hörte aufgebrachte Stimmen, die offenbar miteinander stritten, konnte aber nicht verstehen, worüber.

Geyer wollte näher herantreten, als plötzlich die Tür aufging und niemand anderes als Holmes ins Freie trat, gefolgt von einem dunkelhaarigen Mann mittleren Alters, der elegante Kleider und den bekümmertsten Gesichtsausdruck trug, den Geyer seit Langem gesehen hatte. Er erhaschte auch einen flüchtigen Blick in den Raum dahinter, der ihn aber eher verwirrte, denn er sah große eiserne Zahnräder, breite Lederriemen und eine Unzahl größtenteils rostiger Ketten, zu seiner maßlosen Verblüffung aber auch einen Esel, der in ein kompliziertes Geschirr eingebunden war, aber einfach nur dastand und die ganze Aufregung mit der stoischen Gelassenheit seiner Art an sich abprallen ließ. Dann wurde die Tür geschlossen.

»Doktor Holmes!« Arlis überwand ihre Überraschung zuerst und eilte Holmes und seinem Begleiter die letzten Schritte entgegen. »Und ich war sicher, Sie dort drüben gesehen zu haben; zusammen mit William.«

Holmes sah nicht einmal in die Richtung, in die sie unwillig gestikulierte. »Aber ich habe Ihnen doch gesagt, dass ich mit Mr Ferris reden muss, meine Liebe.« Er machte eine Kopfbewegung auf den Dunkelhaarigen neben sich.

»Mr Ferris?«, fragte Arlis. »Der Besitzer dieser Höllenmaschine?«

Ferris schrumpfte prompt ein bisschen zusammen und sah noch ein bisschen unglücklicher aus. »Gnädige Frau, ich versichere Ihnen …«

»Was ist passiert?«, fragte Geyer.

Ferris warf ihm einen fast dankbaren Blick zu und räusperte sich. »Eine gebrochene Zahnstange«, sagte er. »Nur eine kleine Ursache, aber eine große Wirkung, fürchte ich.«

»Aber es ist niemand zu Schaden gekommen«, fügte Holmes hastig hinzu. »Wenigstens etwas.«

Arlis' Gesicht verfinsterte sich noch weiter, da sie in diesem Punkt wohl anderer Meinung zu sein schien. »Ich muss Ihnen sagen, dass ich nicht sonderlich begeistert von Ihrer sogenannten Weltneuheit bin, Mr Ferris«, sagte sie. »Es hätten sehr wohl Menschen zu Schaden kommen können, das ist Ihnen doch hoffentlich klar?«

»Ich versichere Ihnen, dass Sie keinen Moment lang …«, begann der unglückselige Ferris, doch er kam gar nicht dazu, seinen Satz zu beenden, denn Arlis fuhr unbeeindruckt fort.

»Und es waren Kinder dabei, Mr Ferris. Viele Kinder, die sich wahrscheinlich zu Tode geängstigt haben! Wie um alles in der Welt wollen Sie das mit Ihrem Gewissen vereinbaren?«

So wie Geyer den Mann einschätzte, hatte er so etwas wie ein Gewissen nicht, sondern gehörte zu jenen nur auf Profit bedachten Geschäftsleuten, wie sie diese Stadt in immer größerer Anzahl und immer schneller hervorbrachte. Aber er vermutete auch, dass Arlis mit ihrer Tirade noch nicht zu Ende war, und verspürte nicht das Bedürfnis, nun auch noch verbal auf den bedauernswerten Mann einzuprügeln. Wenn Endres Christen ihrer Schwester auch nur im geringsten Maße geähnelt hatte, dann verstand er immer weniger, warum sie jetzt nicht nach Doktor Mudgett suchten, der spurlos verschwunden war.

Als Nächstes schien jedoch Holmes auf ihrer Agenda zu stehen, denn Sie wartete nur noch einen Atemzug lang mit kampflustig funkelnden Augen darauf, dass Ferris widersprach (was er nicht tat), und legte dann den Kopf in den Nacken, um zu Holmes hochzusehen.

»Und Sie, Doktor Holmes … Sie sind mir natürlich keinerlei Rechenschaft schuldig, aber ich mag es auch nicht, angelogen oder für dumm verkauft zu werden. Ich habe Sie vor wenigen Augenblicken dort drüben gesehen, zusammen mit Mr Peizel.«

Sie deutete auf eine weitere, lang gestreckte Baracke ein gutes Stück entfernt, vor deren Eingängen gleich mehrere lange Schlangen anstanden. Geyer nahm an, dass es sich dabei um die Toilettenhäuschen handelte. Vielleicht war es Holmes ja einfach peinlich zuzugeben, ein gewisses Bedürfnis verspürt zu haben, nachdem er über zwei Stunden in luftiger Höhe eingesperrt gewesen war.

»William ist hier?«, vergewisserte sich Holmes. »Wo?«

»Dort drüben, wo ich ihn vor ein paar Minuten zusammen mit Ihnen gesehen habe«, sagte Arlis.

Holmes schien einen Moment über eine angemessene Antwort nachzudenken, hob dann aber nur die Schultern und wandte sich wieder an Ferris. »Denken Sie über meinen Vorschlag nach, Mr Ferris. Ich weiß, er ist ein wenig unorthodox, aber Sie sollten ihn zumindest in Erwägung ziehen.«

»Ich … denke darüber nach«, sagte Ferris zögernd. Er sah sehr unglücklich aus. Er hob den Arm, wie um Holmes' Hand zu schütteln, warf dann jedoch noch einen letzten unsicheren Blick in Arlis' Richtung und verabschiedete sich mit einem angedeuteten Nicken. »Wir bleiben in Verbindung, Doktor Holmes.«

Arlis blickte ihm stirnrunzelnd nach, bis er in der Menge verschwunden war, ohne sich mit einem Abschied oder irgendeiner anderen Formalität aufgehalten zu haben. »Ein unmöglicher Mensch«, sagte sie. »Man sollte doch meinen, dass er zumindest eine Entschuldigung für angebracht hält!«

»Seien Sie nicht zu streng mit ihm, meine Liebe«, sagte Holmes. »Mr Ferris ist eigentlich ein ausgesprochener Gentleman, aber im Moment steht für ihn wirklich sehr viel auf dem Spiel.«

»Ach ja?«, fragte Arlis spitz.

»Nicht weniger als seine gesamte Existenz«, sagte Holmes ernst und mit einer Geste zum Riesenrad hinauf. Jetzt, wo sie sich ein gutes Stück davon entfernt hatten, kam es Geyer sogar noch größer und furchteinflößender vor.

»Mr Ferris hat nicht nur sein gesamtes Vermögen in dieses Projekt gesteckt, sondern sich darüber hinaus auch noch für viele Jahre verschuldet. Wenn es kein Erfolg wird, dann ist er ruiniert.«

»Ja, ich bin sicher, das hat der geniale Ingenieur auch von

sich behauptet, der das Gatling-Gewehr erfunden hat«, vermutete Arlis mit finsterem Gesicht.

»Es war ein einfacher Farmer, Miss Christen, und eigentlich wollte er keine neue Waffe erfinden, sondern nur eine bessere Saatmaschine«, sagte Holmes. Diese Antwort mochte den Tatsachen entsprechen, aber sie war nicht besonders klug, wie unschwer auf Arlis' Gesicht abzulesen war.

»Die Welt wäre vermutlich ein besserer Ort, wenn nicht alle Menschen erfolgreich mit ihren Ideen wären«, sagte sie.

Holmes lag dazu eine Menge auf der Zunge, das war ihm deutlich anzusehen, aber nun war selbst er klug genug, diesen Strang ihrer Unterhaltung zu kappen. Stattdessen griff er in die Jackentasche und zog eine sorgsam zusammengefaltete Fünfdollarnote heraus, die er Arlis reichte. Sie nahm sie zwar ganz instinktiv entgegen und klappte sie auseinander, sah ihn aber nur verständnislos an.

»Was ist das?«

»Mr Ferris' Entschuldigung«, antwortete Holmes, »auf die sie doch so großen Wert gelegt haben.«

»Geld?«, fragte Arlis verwirrt.

»Etwas anderes ist mir in der Kürze der Zeit nicht eingefallen«, gestand Holmes mit einem verlegenen Schulterzucken. »Ferris zahlt jedem eine Entschädigung, der festgesessen hat.«

»Fünf Dollar?« Geyer überschlug im Kopf die Zahl der Passagiere, die in das vollbesetzte Rad passten, und kam auf eine atemberaubende Zahl. »Das wird teuer.«

»Und noch teurer, wenn ihn einige der Passagiere verklagen oder die Ausstellungsleitung gar entscheidet, das Rad zu schließen«, antwortete Holmes.

»Und das war Ihre Idee?«

Holmes nickte. »Ja. Und zusätzlich bekommt jeder noch Freikarten für sich und seine gesamte Familie. Aber nun lassen Sie uns nicht weiter über Mr Ferris reden. Sie sagten, Sie haben William gesehen?«

»Zusammen mit Ihnen, ja«, beharrte Arlis.

Holmes ignorierte das. »Dann lassen Sie uns nach ihm suchen. Ich hoffe, er hat ausnahmsweise einmal getan, was ich ihm aufgetragen habe.«

»Und was wäre das?«, erkundigte sich Geyer.

Holmes setzte sich bereits in Bewegung, und statt Geyers Frage zu beantworten, stellte er selbst eine. »Darf ich fragen, was Sie hier tun, Mr Geyer? Ich dachte, Sie wären unterwegs und suchen nach Mudgett und Arlis' Schwester?«

»Ich habe schlechte Neuigkeiten, fürchte ich«, sagte er. »Eine unserer Spuren hat sich buchstäblich in Rauch aufgelöst. Mudgetts Haus ist abgebrannt.«

»Ein Feuer?« Holmes blieb stehen. »Um Himmels willen! Was ist mit der armen Miss Winters und den anderen Hausbewohnern?«

Wenn sein Erschrecken geschauspielert war, dann perfekt. Geyer hatte eine Menge Erfahrung mit Lügnern, und wenn Holmes auch zu dieser Spezies gehörte, dann zweifellos zu den besten.

Aber vielleicht sagte er auch die Wahrheit. Er mochte Holmes nicht, aber das bedeutete nicht, dass er ihm Unrecht tun musste. »Ich weiß nicht, was Miss Winters zugestoßen ist, oder ob überhaupt etwas«, antwortete er. »Aber ich habe gute Beziehungen zu den Behörden. Wenn sich etwas Neues ergibt, dann werde ich sofort informiert.«

Er behielt Holmes bei diesen Worten aufmerksam im Auge, doch er schauspielerte entweder meisterlich oder hatte tatsächlich ein reines Gewissen. Geyer hätte nicht einmal sagen können, welche Antwort ihm lieber gewesen wäre.

»Und Sie informieren dann umgehend uns, nehme ich an«, sagte Holmes. »Glauben Sie, dass dieses Feuer Zufall war, oder hat es etwas mit unseren Nachforschungen zu tun?«

»Und was bringt Sie auf diese Idee?«, fragte Geyer.

»Zum einen der Umstand, dass Sie sich eigens die Mühe gemacht haben, zu so später Stunde nach uns zu suchen und eigens hier herauszukommen«, antwortete Holmes. »Und natürlich der, dass Sie mich hochnotpeinlich verhören, Inspektor.«

»Ich bin kein Inspektor.«

»Aber Sie führen sich wie einer auf«, antwortete Holmes, »und zwar wie einer von der unangenehmen Sorte. Ich nehme Ihnen das nicht übel, Mr Geyer. Schließlich bezahlt Sie Miss Christen nicht dafür, vertrauensselig zu sein. Aber wenn Sie mir aus irgendeinem Grund misstrauen, dann sagen Sie es.«

»Aber dann wäre ich auch kein guter Detektiv, oder?«

»Wie gesagt, ich verüble Ihnen nichts, Mr Geyer«, sagte Holmes. »Aber seien Sie ehrlich zu mir.«

»Was mir ein wenig schwerfällt«, antwortete Geyer. »Sie waren es auch nicht.«

»Weil ich Ihnen über mein Verhältnis zu Herman nicht ganz die Wahrheit gesagt habe«, antwortete Holmes. »Ich verstehe, und es tut mir leid. Ich hätte das nicht tun sollen, ich weiß, aber Herman ist …« Er schien nach dem richtigen Wort zu suchen. »Ein Freund«, sagte er schließlich. »Ich kann immer noch nicht glauben, dass er etwas getan haben soll, das …«

Jetzt fehlten ihm endgültig die Worte, doch Arlis kam ihm zu Hilfe. »Ich verstehe Ihre Beweggründe, Doktor Holmes, und ich nehme an, dass es Mr Geyer auch tut.« Sie bedachte Geyer mit einem sonderbaren Blick – unmöglich zu sagen, ob er verschwörerisch oder strafend war – und fuhr in hörbar verändertem Ton fort. »Ich bin sicher, dass so etwas nicht noch einmal vorkommt. Das ist doch so, oder?«

»Selbstverständlich«, antwortete Holmes.

»Gut«, sagte Arlis. »Und nun haben Sie hoffentlich Verständnis dafür, dass mein Bedarf an Abenteuern für einen Tag erfüllt ist. Welcher der beiden Gentlemen wäre wohl so freundlich, mich zurück ins Hotel zu begleiten?«

Chicago, Illinois, 1893

Mudgett hatte nicht richtig zugegriffen und es auch selbst gemerkt, dennoch aber geglaubt, dass es für diesen kurzen Moment schon irgendwie gehen würde, aber er hatte seine eigene Kraft entweder über- oder das Gewicht des leblosen Körpers unterschätzt. Porters nackter Leichnam löste sich mit einem Ruck aus seinen Fingern, den er bis in die Schultergelenke hinauf spürte, und glitt so vehement in die emaillierte Wanne, dass Mudgett sich gerade noch mit einem erschrockenen Schritt rückwärts in Sicherheit bringen konnte, um nicht von dem aufspritzenden Menstruum getroffen zu werden.

Sein Gehilfe hatte weniger Glück oder reagierte nicht schnell genug, was aber auf dasselbe hinauslief: Ein gehöriger Schwall der leicht gelblichen Flüssigkeit verfehlte sein Gesicht zwar um Haaresbreite, landete aber mit einem hörbaren Platschen auf seiner Jacke, durchtränkte den Ärmel und fiel als dünner ätzender Regen auf den Handrücken. Peizel gab ein unterdrücktes Grunzen von sich, das vielmehr zornig als schmerzerfüllt klang, machte ebenfalls und viel zu spät einen tapsigen Schritt zurück und setzte dazu an, die ätzende Flüssigkeit mit der anderen Hand wegzuwischen. Er hätte es auch getan, hätte Mudgett ihn nicht mit einem erschrockenen Laut zurückgehalten und zusätzlich die Hand gehoben.

»Lassen Sie das, Sie Narr!«, sagte er scharf. »Oder wollen Sie sich die andere Hand auch noch verätzen?«

»Aber es tut weh!«, beschwerte sich Peizel.

Was daran liegen mochte, dass er das Menstruum eigens entwickelt hatte, um menschliches Gewebe möglichst schnell und gründlich aufzulösen, dachte Mudgett. Schließlich hatte er fast ein Jahr mit den unterschiedlichsten Ingredienzien experimentiert, bevor er endlich die richtige Mixtur gefunden hatte, und Peizel hatte ihm bei den allermeisten dieser Versuche assistiert, die längst nicht alle ohne die eine oder andere kleine Blessur abgegangen waren.

»Lassen Sie das«, sagte er noch einmal, während er bereits mit großen Schritten um den Mazerationstank herumeilte und die Hände nach Peizels Arm ausstreckte. In der Wanne begann das Menstruum bereits seine Wirkung zu entfalten. Erste, noch kleine Bläschen sprudelten an die Oberfläche des Tanks, der nun, mit dem zusätzlichen Volumen von Porters Leichnam, bis auf kaum eine Fingerdicke unter dem Rand gefüllt war. Den ersten Blasen würden bald mehr und größere folgen, die Flüssigkeit würde sich trüben, und in wenigen Minuten schon wäre die Luft hier drinnen so voller Rauch und beißender Dämpfe, dass ein einziger Atemzug reichte, um sich die Lungen zu verätzen.

Das war etwas, woran Mudgett noch arbeiten musste. Es gab durchaus Mazerationslösungen, die ohne die gefährlichen Dämpfe und den Gestank auskamen, der manchmal selbst durch die Türdichtungen kroch und sich im ganzen Haus bemerkbar machte, doch damit ließ sich allerhöchstens eine Ratte verarbeiten oder eine wirklich kleine Katze. Bei einem so großen Körper wie dem Porters und der gebotenen Eile musste er schon schwereres Geschütz auffahren, was wiederum bedeutete, dass Peizel und er diesen Raum in spätestens fünf Minuten verlassen und versiegelt haben mussten, weil ein einziges unvorsichtiges Luftholen hier drinnen dann so tödlich war, dass sie sich auch ebenso gut gleich zu Porter in die Wanne legen konnten. Mudgett meinte jetzt schon ein ganz leises Kratzen tief hinten im Hals zu spüren. Wahrlich nicht zum ersten Mal empfand er ein tiefes Bedauern, Holmes niemals nach der genauen Rezeptur der Lösung gefragt zu haben, die sie damals an der Universität entwickelt hatten.

Er verharrte trotzdem noch einmal für einen Moment, um

den nackten Mann in der Wanne einer kritischen Musterung zu unterziehen. Er war gestern nicht bis zum Schluss geblieben, während Peizel das Geschenk genoss, das er ihm gemacht hatte. Das Zusehen hatte Mudgett noch nie Freude bereitet. Er tat alles, was er tat, zu hundert Prozent, aber er tat es am liebsten selbst und verabscheute es geradezu, andere seine Aufgaben erledigen zu lassen. Doch Porter hatte lange geschrien, und so laut, dass er es selbst durch die gepolsterte Tür hindurch gehört hatte, von der ihm der Tischler versichert hatte, sie wäre absolut schalldicht (*seine* Schreie jedenfalls hatte sie zuverlässig gedämpft), und was er nun durch die rasch trüber werdende Flüssigkeit hindurch sah, das bestätigte diesen Eindruck nur. Porters Gesicht war im Augenblick des Todes zu einer Grimasse so absoluten Entsetzens erstarrt, dass Mudgett einen dünnen Stich von Neid verspürte, um dieses Vergnügen gebracht worden zu sein; auch wenn ihm zugleich natürlich der eine oder andere Fehler auffiel, den Peizel gemacht hatte. So hatte Porter zum Beispiel keine Augen mehr. Peizel hatte sie ihm herausgeschnitten, was zweifellos höchst zufriedenstellend gewesen war, zugleich aber auch nicht besonders klug, denn er hatte sein Opfer auf diese Weise natürlich auch geblendet und ihm so jede Möglichkeit genommen, zu sehen, was als Nächstes mit ihm geschehen würde; eine zweite, zusätzliche Folter, die die körperliche Pein ins Unermessliche steigern konnte. Mudgett hatte das pure Entsetzen in den Augen eines Opfers zu oft gesehen, um das nicht zu wissen oder sich gar freiwillig dieses Vergnügens zu berauben. Peizel musste noch viel lernen.

Das Kratzen tief in seinem Rachen verstärkte sich, und er war sicher, dass auch der Geruch bereits spürbar zugenommen hatte. Jeder einzelne Atemzug, den sie jetzt noch hier drinnen nahmen, mochte ihre Leben um eine Woche verkürzen – was in Peizels Fall keinen Unterschied mehr machte, bei ihm selbst aber sehr wohl. Mudgett hielt sich für einen Mann in den besten Jahren, und er hatte noch eine Menge vor.

Ohne ein weiteres Wort (und vor allem Zeit) zu verlieren, ergriff er Peizel an seinem unversehrten Arm und führte ihn rasch aus dem Raum. Als er die Tür mit den dicken Kautschukdichtungen schloss, brodelte der Tank schon wie ein Suppentopf, der zu lange auf dem Herd stand, und grauer Dampf begann die Luft zu trüben. Das war ein weiteres Problem, mit dem er sich beizeiten beschäftigen musste, dachte er betrübt, eine vernünftige Lüftung für diesen Raum, die die schädlichen Gase entfernte und auch dafür sorgte, dass man nicht zwei geschlagene Tage warten musste, bis man ihn wieder betreten konnte. Es würde eine Menge Geld und noch mehr Zeit und Anstrengungen kosten, zumal er das meiste selbst bauen und die gesamte Anlage auch selbst konstruieren musste. Das war das Problem mit den Problemen, dachte er. Nur zu oft führte die Lösung des einen gleich dazu, dass man mindestens zwei neue bekam.

Er beeilte sich, die Tür zu verriegeln, verzichtete sogar auf sein gewohntes sicherndes Rütteln an der Klinke und trat gerade noch rechtzeitig genug an Peizels Seite, um seine Hand zurückzureißen, die er in eine Schale mit Wasser tauchen wollte, wohl, um den Schmerz zu dämpfen.

»Kein Wasser, Sie Narr!«, schimpfte er. »Oder wollen Sie dabei zusehen, wie diesmal *Ihnen* das Fleisch von den Knochen fällt? Wasser macht es nur schlimmer, das muss ich Ihnen doch nicht sagen, oder?« Obwohl die Vorstellung nicht eines gewissen Reizes entbehrte. Sie war natürlich übertrieben. Peizel würde nicht das Fleisch von den Knochen fallen, aber der Gedanke, ihn vor Schmerz keuchen und sich winden zu sehen, wie er hilflos beobachten musste, wie das vermeintlich lindernde Wasser seine Hand nur weiter verätzte, statt ihm zu helfen, hatte etwas ungemein Erregendes.

Aber es war wie mit Porters Augen: Der Schaden, den dieses kurzzeitige Vergnügen anrichtete, würde den Nutzen bei Weitem übersteigen. Peizel würde nicht nur mindestens eine hässlich vernarbte Hand zurückbehalten, sondern sie auch für Tage nicht mehr richtig benutzen können.

Und Mudgett brauchte Peizels Stärke. Statt also zuzusehen, wie sich der kantige Riese selbst verstümmelte, reichte er ihm lediglich ein schmutziges Tuch, das neben der Schale auf der Werkbank lag. »Tupfen Sie sich die Hand damit ab«, sagte er. »Aber nur tupfen. Wenn Sie das Menstruum in ihre Haut reiben, wird es nur noch schlimmer, und dann kann auch ich nichts mehr tun, und Sie müssen die nächsten sechs Wochen Handschuhe tragen. Wollen Sie das?«

Peizel sagte nichts dazu, griff aber nach dem Tuch und tat, wie ihm geheißen. Mudgett ging hinaus und holte seine Arzttasche, um ihr eine Rolle Verbandsmull sowie eine kleine Tüte mit Silberpuder zu entnehmen, das er für einen Fall wie diesen immer zur Hand hatte. Es war nicht das erste Mal, dass sich einer von ihnen an dem Menstruum verletzte; wenn auch noch nie so schlimm. Als Peizel das Wort Menstruum das erste Mal gehört hatte, hatte er gar nicht mehr mit einem anzüglichen Grinsen aufhören können; aber das war ihm vergangen, nachdem er das erste Mal mit Mudgetts Rezeptur in Berührung gekommen war.

»Halten Sie still«, sagte er barsch. »Ich weiß, dass es wehtut, aber es wird nur schlimmer, wenn Sie herumzappeln.«

Peizel tat nichts dergleichen, sondern streckte ihm die verätzte Hand entgegen und zuckte nicht einmal, während Mudgett die betroffenen Stellen mit seinem Pulver behandelte und dann einen festen Verband angelegte – nur zwei Lagen, damit er tatsächlich einen Handschuh darüberstreifen konnte, was längst nicht so auffällig war wie eine bandagierte Hand –, doch Mudgett wusste auch aus eigener leidvoller Erfahrung, wie schmerzhaft seine Hilfe war. Er mutmaßte schon lange, dass Peizel zu den Menschen gehörte, die von Natur aus wenig Schmerz verspürten, und dies schien ihm der endgültige Beweis zu sein. Das war gut zu wissen, wenn der Moment kam, ihn zu töten. Er würde es nicht riskieren können, ihm hinlänglich genug wehzutun, um ihn auszuschalten. Es würde schnell geschehen müssen, was bedauerlich war, aber auch unumgänglich.

»Sie müssen besser aufpassen, Mr Peizel«, sagte er. »Das ist jetzt das zweite Mal, dass ich Sie verbinden muss. Oder liegt es an Mr Porter? Beide Verletzungen haben Sie sich zugezogen, während wir mit ihm beschäftigt waren.«

Peizels Lippen wurden nun doch zu einem schmalen und blutleeren Strich, auch wenn Mudgett fast sicher war, keinen Ausdruck von Schmerz zu beobachten, sondern vielmehr Peizels verzweifelte Bemühungen, etwas nicht auszusprechen, das ihm wie glühender Stacheldraht auf der Zunge lag. Zum Beispiel die Bemerkung, dass das kleine Missgeschick ausschließlich und allein seine Schuld gewesen war. Was ja auch den Tatsachen entsprochen hätte.

Stattdessen deutete er nur ein Kopfnicken an, zog die Hand zurück und ballte sie ein paarmal zur Faust, wie um zu prüfen, ob ihn der Verband nicht zu sehr beeinträchtigte. »Muss wohl an Porter liegen«, brummte er. »Ich konnte den Kerl vom ersten Moment an nicht leiden.«

Mudgett bezweifelte, dass es überhaupt jemanden gab, den William Peizel leiden konnte, seine beiden Kinder und seine Frau vielleicht einmal ausgenommen, aber nicht einmal dessen war er sich sicher. Er wunderte sich nicht einmal, dass Peizel kein Wort darüber verlor, so offenkundig und dreist als Sündenbock hergenommen zu werden. Es passte zu dem Bild, das er sich von Peizel gemacht hatte. Zu der Veränderung, die mit ihm vonstattenging.

Trauer überkam ihn, als er an das dachte, was unweigerlich kommen musste. Soweit er eines solchen Gefühls überhaupt fähig war, empfand er eine gewisse Sympathie für den großen Mann, und außerdem war er natürlich überaus nützlich.

Der Gedanke gefiel ihm nicht, schon weil er ahnte, wohin er führen musste, und er brach ihn ab. Mit einer barschen Geste befahl er Peizel, ihm noch einmal die Hand hinzuhalten, und zog den Verband ein wenig fester, gerade genug, um die Grenze zwischen unangenehm und schmerzhaft zu überschreiten. Es war weder nötig noch bereitete es ihm Vergnügen, sondern war reine Gewohnheit.

»Danke«, sagte Peizel trotzdem.

Mudgett machte das wütend, so zornig, dass er sich gerade

noch beherrschen konnte, Peizel nicht zu packen und etwas zu tun, das er allerspätestens in dem Moment bedauern würde, in dem er es tat. Stattdessen verstaute er übertrieben umständlich die Tüte mit dem Silberpuder wieder in seinem Arztkoffer und trat dann noch einmal an die Werkbank heran, um sich die Hände zu waschen. Er dehnte diese Tätigkeit aus, solange es ging, ohne sich selbst dabei lächerlich vorzukommen, und die ganze Zeit über fühlte er Peizels Blicke auf sich lasten.

»Ich brauche Sie heute nicht mehr, Mr Peizel«, sagte er. »Soviel ich weiß, haben Sie ohnehin noch eine Menge zu tun. Also tun Sie, was immer es ist, aber schonen Sie Ihre Hand, wenn es geht.«

Peizel antwortete nicht, und obwohl Mudgett nicht einmal hinsah, spürte er, dass sein Blick noch einmal durchdringender wurde. Er wusste sogar, warum.

»Ist da sonst noch irgendetwas?«, fragte er, indem er sich zudem herumdrehte, um ihm direkt in die Augen zu sehen; was ihn deutlich mehr Kraft kostete, als er erwartet hatte.

Peizel hielt seinem Blick natürlich nicht stand, aber es dauerte doch deutlich länger, als normal sein sollte, und Mudgetts Unbehagen stieg. Konnte es sein, dass es heute schon so weit war?

Nein, das war es nicht. Peizel senkte fast schon erschrocken den Blick, sah einen Moment lang überallhin, nur nicht in seine Richtung, und fuhr sich schließlich nervös mit dem bandagierten Handrücken über das Kinn. Mudgett wusste nicht, warum, denn es gab nicht die geringste Ähnlichkeit zwischen ihnen, aber in diesem Moment erinnerte er ihn auf fast unheimliche Weise an Matthew. Es war lange her, dass er das letzte Mal an den Jungen aus Gilmanton gedacht hatte.

Dann rettete sich Peizel in ein nervöses Lachen, und der Moment war so schnell vorbei, wie er gekommen war. Sein Blick irrte immer noch unstet durch den Raum und blieb schließlich an der geschlossenen Tür hinter Mudgett hängen. »Warum tun wir das?«, fragte er.

Mudgett sah ihn an, als begreife er den Sinn dieser Frage nicht.

»Ich weiß, dass es mich nichts angeht, aber ich frage mich das schon die ganze Zeit«, fuhr Peizel nervös fort.

»Was?«

»Das.« Peizel deutete noch einmal und jetzt mit beiden Händen auf die geschlossene Metalltür mit ihren wulstigen Dichtungen.

»Das?« Mudgett bemühte sich nun seinerseits um einen fragenden Ausdruck. »Aber wir wollen doch keine Spuren hinterlassen, Mr Peizel. Oder möchten Sie den Leichnam lieber in einen Teppich einrollen und einen nebeligen Abend abwarten, um ihn in den See zu werfen?«

»Ich ... ich habe den Wechsel gesehen, den Porter unterschrieben hat«, sagte Peizel nervös. »Und auch die Summe.«

»Sie werden Ihren fairen Anteil bekommen«, sagte Mudgett, »keine Sorge. Oder habe ich Sie jemals übervorteilt? Immerhin finanziere ich auch Ihre privaten Unternehmungen und Ihre kostspieligen Vergnügungen.« Womit er ganz und gar nicht nur die Hurenhäuser meinte, in denen Peizel regelmäßig verkehrte. »Und vergessen Sie nicht, wer das alles hier finanziert. Was glauben Sie, was der Unterhalt dieser ganzen Anlage hier kostet?« Deutlich mehr, als ihm lieb war, und wahrscheinlich deutlich weniger, als Peizel glaubte.

Der bärtige Riese schüttelte nur heftig den Kopf und sah kurz aus wie ein zu groß geratener Sonntagsschüler, der in flagranti mit der Hand im Klingelbeutel ertappt worden war.

»Das meine ich nicht«, sagte er rasch. »Ich meine, ich weiß, dass Sie mich fair bezahlen, und auch, dass Sie das ganze Risiko tragen und ohne Sie ja auch nichts von alledem hier wäre.«

Gut, dass er es begriff. »Was meinen Sie dann?«

»Ich sehe all dieses Geld, und ich weiß auch, dass Sie das meiste davon brauchen, um das alles hier zu bezahlen. Aber ich sehe eben die Zahlen, und ...«

»Und?«

»Wie viel bezahlt Ihnen die Universität für eines von diesen …«

»Skeletten?«, half Mudgett aus, als Peizel auch nach zwei weiteren Sekunden immer noch nach dem richtigen Wort suchte.

»Skeletten«, bestätigte er. »Was bezahlen sie Ihnen? Fünfzig Dollar?«

»Ja«, log Mudgett. In Wahrheit waren es zwanzig, aber warum er bei diesem Geschäft so viel und so konsequent draufzahlte, das ging Peizel nun wirklich nichts an.

»Fünfzig«, bestätigte Peizel nervös. »Und allein von Porter haben Sie …«

»Dreitausend Dollar bekommen«, führte Mudgett den Satz an seiner Stelle zu Ende. Er meinte Peizel anzusehen, wie dankbar er ihm dafür war, und fuhr mit einem wissenden Nicken fort: »Und nun fragen Sie sich, warum wir uns mit diesem Kleinkram abgeben, wo es doch auf der anderen Seite um so viel Geld geht. Und uns noch dazu so viel Arbeit machen.«

»Das frage ich mich schon die ganze Zeit.«

»Nun, zum einen, weil wir wirklich keine Spuren hinterlassen sollten, Mr Peizel«, sagte Mudgett in nun ganz bewusst leicht arrogantem Ton. »Und zum anderen natürlich gibt es keinen Grund, überheblich zu werden. Warum etwas wegwerfen, woraus man immer noch Nutzen ziehen kann?« Er hasste Verschwendung, was Peizel eigentlich wissen sollte.

»Ich habe mich auch nur gefragt, ob sich das Risiko wirklich lohnt«, sagte Peizel unbehaglich.

Und das ging ihn nun erst recht nichts an. »Was wollen Sie wirklich?«, fragte Mudgett. »Ich merke doch, dass Ihnen etwas auf dem Herzen liegt. Und es ist nicht der selige Mr Porter.«

Peizel druckste zwar noch einen Moment herum. »Ich habe vorhin fast einen Herzschlag bekommen«, begann er, seinem Blick weiter ausweichend. »Ich dachte im ersten Augenblick wirklich, sie wäre wieder da.«

Mudgett wusste sehr genau, wovon er sprach, fragte aber trotzdem: »Wer?«

»Das Mädchen«, erwiderte Peizel. »Christen.«

»Miss Christen«, erinnerte Mudgett sanft, »weilt nicht mehr unter uns.« Er machte eine Kopfbewegung auf die schwere Metalltür, hinter der sich die Luft mittlerweile in den Atem der Hölle verwandelt haben musste und Fleisch fraß. »Sie ist schon vor einem halben Jahr von uns gegangen, haben Sie das vergessen?«

»Nein«, antwortete Peizel. Er begann nervös an dem Verband zu zupfen. »Ich meine, ja, ich weiß, dass sie tot ist, aber die Ähnlichkeit ist unglaublich. Ich hätte fast etwas Dummes gesagt. Ich dachte, sie steht vor mir.«

»Sie ist ihre Schwester«, erinnerte Mudgett.

»Ich weiß«, sagte Peizel. »Aber die Ähnlichkeit zwischen den Fotos von Miss Christen und ihrer Schwester ist fast nicht zu begreifen. Ich dachte wirklich, sie wäre zurückgekommen.«

»Zurückgekommen«, wiederholte Mudgett gedehnt. »Von den Toten, meinen Sie? Sie glauben doch nicht etwa wirklich an solchen Unsinn, oder?«

»Natürlich nicht«, beeilte sich Peizel zu versichern. Er klang nicht wirklich überzeugend und fuhr sich nervös über das Kinn. »Ich frage mich, ob sie es weiß.«

»Peizel, bitte …«

»Aber man sagt doch, dass Geschwister manchmal irgendwie … miteinander verbunden sind.«

»Zwillinge«, verbesserte ihn Mudgett. »Und es ist so, wie Sie es selbst sagen: Man *sagt*, dass es so wäre. Die Leute reden viel Unsinn. Angeblich soll der eine Zwilling spüren, wenn der andere Zahnschmerzen hat oder ihn ein Schicksalsschlag trifft, und all dieser Unsinn. Aber selbst wenn es so wäre: *Diese* Miss Christen ist nicht Endres' Zwilling, sondern ihre ältere Schwester. Und darüber hinaus glaube ich nicht an all diesen übersinnlichen Kram. Und das sollten Sie auch nicht.«

Peizel nickte zwar, aber er wirkte jetzt noch weniger überzeugt. »Man kann nie wissen.«

»Doch«, tadelte Mudgett. »Wenn es so etwas wie Geister

gäbe, mein lieber Peizel, meinen Sie wirklich, dass wir beide dann noch am Leben und unversehrt wären?«

»Wahrscheinlich nicht«, antwortete Peizel mit genauso wenig Überzeugung wie zuvor. »Aber wenn sie ihr nun doch alles verraten hat? Einen Brief geschrieben oder so?«

»Meinen Sie nicht, dass man uns dann längst verhaftet hätte, Mr Peizel?« Mudgett bemühte sich, noch immer einigermaßen verständnisvoll zu klingen, doch es fiel ihm zunehmend schwer. Dabei konnte er die Reaktion auf Christens Anblick gut verstehen. Doch allmählich übertrieb Peizel es, und Mudgett machte sich eine weitere gedankliche Notiz auf einer immer länger werdenden Liste. Nicht, dass es überhaupt noch notwendig gewesen wäre. Die Entscheidung war längst gefallen.

»Ich weiß«, antwortete Peizel. Er zupfte weiter an seiner bandagierten Hand, und Mudgett nahm sich fest vor, ihm nicht zu helfen, wenn er den Verband ruinierte. »Aber sie ist … gefährlich. Ich finde es nicht gut, dass sie hier ist. Was, wenn sie etwas herausfindet?«

»Wie sollte sie das?«

»Das weiß ich nicht«, gestand Peizel rundheraus. »Aber ich bleibe dabei. Sie ist gefährlich. Sie ist klug. Wir sollten sie wegmachen.«

Mudgett wusste nicht, ob es vielleicht nur dieses eine Wort war, das ihn so jäh und so absolut zornig machte. *Wegmachen?* Das war ganz gewiss kein Wort, das er im Zusammenhang mit Christen hören wollte, weder mit Endres noch ihrer Schwester. Er musste sich beherrschen, um Peizel nicht zu packen und so lange zu schütteln, bis er sich entschuldigte.

Natürlich tat er das nicht, und er verbat es sich sogar, auch nur ein einziges entsprechendes Wort zu verlieren, doch sein Gesicht hatte er offensichtlich nicht annähernd so gut unter Kontrolle. Vielleicht las Peizel auch etwas in seinen Augen. Der große Mann wich jedenfalls nicht nur einen, sondern gleich drei Schritte zurück und nahm eine verteidigende Haltung an, und plötzlich erschien etwas in seinen Augen, das seinerseits dazu angetan gewesen wäre, Mudgett Angst zu machen, hätte es auch nur länger als eine Sekunde Bestand gehabt. Aber das hatte es nicht, und so verging der gefährliche Moment noch einmal, ohne dass etwas geschah.

Schließlich entspannte sich Peizel nicht nur, sondern zwang sich auch zu einem nervösen Lächeln.

»Tut mir leid«, sagte Peizel stockend. »Ich hätte das nicht sagen sollen, ich weiß.«

»Schon gut«, antwortete Mudgett. Ihm fiel sogar selbst auf, wie kratzig seine Stimme klang.

»Ich weiß ja, wie Sie zu Miss Christen gestanden haben, und ich wollte doch nur …«

»Sie haben auf eine gewisse Weise vielleicht sogar recht. Wir müssen vorsichtig sein. Diese junge Frau ist sehr klug. Sie könnte gefährlich werden. Aber Sie werden sie nicht anrühren, haben Sie das verstanden? Niemand wird sie anrühren!«

Peizel nickte. Er war klug genug, gar nichts mehr zu sagen, gab sich aber auch keine wirkliche Mühe, irgendwie zu verhehlen, wie wenig ihm gefiel, was er hörte.

»Wenigstens nicht sofort«, sagte Mudgett (was eine glatte Lüge war. Aus einem Grund, der sich ihm selbst nicht erschloss und über den er auch nicht nachdenken wollte, kam der Gedanke einfach nicht infrage, Arlis Christen etwas anzutun. Das war das Mindeste, was er ihrer Schwester schuldig war, und sich selbst für das, was er ihr angetan hatte), schüttelte aber auch den Kopf, um Peizel davon abzuhalten, noch mehr Unsinn zu reden. Er wollte sich nicht gezwungen sehen, ihn schon heute zu töten. »Sie werden ganz im Gegenteil darauf achten, dass ihr kein Haar gekrümmt wird, haben Sie das verstanden?«

Peizel nickte schmallippig. Er schwieg.

»Und werfen Sie vor allem ein Auge auf Holmes«, fuhr Mudgett fort. »Ich weiß, er ist naiv und erscheint manchmal etwas tollpatschig, aber das sollte uns nicht dazu verleiten, ihn zu unterschätzen. Er ist nicht dumm.«

Natürlich war er das nicht. Wer, wenn nicht er, sollte das wohl am besten wissen?

Ann Arbor, Michigan, 1883

Nach dem Lärm, dem Stimmengewirr und der allgemeinen Anspannung, die wie das Summen eines unsichtbaren Hornissenschwarmes gewesen war, der noch hinter dem Horizont lauerte und nur auf einen Vorwand wartete, hervorzubrechen und seine ganze tödliche Macht zu entfesseln, schien die Stille in seinen Ohren zu dröhnen. Die Dunkelheit jenseits des Halbkreises aus gelbem Licht, den die einzelne Sturmlaterne mühsam aufrechterhielt, schien noch einmal tiefer geworden zu sein, und wie schon so oft hatte er den Eindruck, dass sich etwas darin bewegte; etwas, das unweigerlich verschwand, sobald er versuchte, es mit Blicken zu fixieren. Es war fast ein Jahr her, dass sie Kyles ganz privates Königreich des Wahnsinns entdeckt hatten – und etwas hatte sich geändert, er wusste nur noch nicht, was.

»Und du bist wirklich sicher, dass er kommt?«, drang Holmes' Stimme unangenehm störend in seine Gedanken. Keiner von ihnen hatte einen Ton gesprochen, seit sie hier hinuntergekommen waren.

»Ich bin sogar ganz sicher«, antwortete er, mit einiger Verspätung und ohne den Blick von der Dunkelheit im hinteren Teil des Gewölbekellers zu nehmen. Etwas bewegte sich darin und starrte aus unsichtbaren Augen zurück. »Er ist gierig.«

»Das überrascht mich jetzt, dass dir das auch schon aufgefallen ist«, witzelte Holmes, was Herman ihm ein wenig verübelte. An diesem besonderen Ort hatte ein Lachen nichts verloren, heute sogar weniger denn je. Mudgett tröstete sich damit, dass auch Holmes das bald begreifen würde.

Als er keine Antwort bekam, fuhr Holmes in ernsthaftem Ton fort: »Es gibt überall etwas zu trinken. Und auch anderes, das unserem hochgeschätzten Hausmeister gefallen könnte. Ich an deiner Stelle wäre nicht so sicher, dass er kommt.«

Womit er von seinem Standpunkt aus gesehen zweifellos recht hatte, dachte Herman. Es war der Tag nach den letzten Prüfungen, die Würfel waren gefallen, und auch wenn die Ergebnisse noch nicht bekannt gegeben worden waren, so war der Druck doch endlich gewichen, und die nervöse Anspannung hatte einer allgemeinen Erleichterung Platz gemacht. Wer die Universität noch nicht verlassen hatte, um anderenorts Entspannung oder die eine oder andere Vergnügung zu suchen, der nahm an den unzähligen Zusammenkünften und Partys teil, die jetzt überall gefeiert wurden. Selbst die ansonsten so gestrenge Universitätsleitung drückte in diesen Tagen beide Augen zu. Wer jetzt noch nicht betrunken war, der würde es spätestens heute Abend sein. Und selbstverständlich machte Kyle da keine Ausnahme, auch wenn er behauptete, nur überall nach dem Rechten zu sehen und darauf zu achten, dass die Studenten nicht allzu sehr über die Stränge schlugen. Die Wahrheit war viel einfacher: Wo es Bier gab, war Kyle nicht fern, und wenn es umsonst war, schon gar nicht.

»Noch ein wenig Geduld«, bat er. »Er kommt.« Es gab etwas, das der Faustkeil noch ungemein mehr schätzte als Alkohol. Geld. Auch wenn es ihm zumeist dann doch wieder nur dazu diente, noch mehr Alkohol zu kaufen.

Die Antwort von Holmes bestand dieses Mal nur aus einem resignierenden Seufzen und einem vorwurfsvollen Blick, und ganz schwach machte sich nun doch Hermans schlechtes Gewissen bemerkbar. Henry und er waren sich gerade in den letzten Monaten besonderer Not noch einmal nähergekommen, und er wusste nur zu gut, wie sehr sich sein Freund eingeschränkt hatte, um ihm zu helfen. Es wäre nur recht und billig, ihm heute das kleine Vergnügen zu gönnen und mit den anderen Studenten zu feiern. Aber dafür war keine Zeit. Nicht heute, denn es war wieder ein besonderer Tag, genau wie damals in Estans Praxis und Jahre später, als er Matthew und Frank getötet hatte; und damit auch den Indianer, wenn auch nicht mit eigenen Händen.

Etwas regte sich in der Finsternis, und nun spürte er ihre Ungeduld. Ihr Pakt war schon alt, und mit einer einzigen Ausnahme war es bisher er gewesen, der davon profitiert hatte. Sein dunkler Verbündeter war geduldig, und doch hatte Herman in letzter Zeit immer deutlicher gespürt, dass sich auch seine Geduld dem Ende näherte.

Nicht mehr lange, versprach er lautlos. Bald. Heute.

»Also, ich warte noch eine Viertelstunde«, sagte Holmes. Mudgett sah nicht zu ihm zurück, doch er hörte, wie er den Deckel seiner Taschenuhr aufschnappen ließ. »Wenn er bis dahin nicht aufgetaucht ist, wende ich mich erfreulicheren Beschäftigungen zu. Und du solltest das auch tun.« Der Uhrendeckel schnappte mit einem Geräusch wie eine Mausefalle wieder zu. »Du erinnerst dich an die Rothaarige aus dem zweiten Semester?«

»Die dir schon dreimal einen Korb gegeben hat?« Herman war nicht nach dieser Art von Geplänkel. Aber er musste auch verhindern, dass seinen Freund endgültig die Geduld verließ und er ging. Wo blieb Kyle? Seine Botschaft hatte an Klarheit nichts zu wünschen übrig gelassen. Wenn er nicht mehr auf Kyles Geldgier zählen konnte, worauf dann?

»Viermal, um genau zu sein«, antwortete Henry. »Und trotzdem hat sie zugesagt, sich mit mir zu treffen, stell dir vor. Und ich bin recht sicher, dass sie auch noch eine Freundin hat. Ich könnte ein gutes Wort für dich einlegen. Ich meine ...«, seine Stimme wurde auf eine gutmütige Art spöttisch, »... jetzt, wo du deinen Doktortitel praktisch in der Tasche hast, da wird es doch auch Zeit für den Rest, oder?«

Tatsächlich hatte Henry schon mehr als einmal (nicht nur) im Scherz die Vermutung geäußert, dass er noch unberührt war, was auch den Tatsachen entsprach. Aber Tatsache war auch genauso, dass es ihn verdammt noch mal nicht das Geringste anging, und Herman hatte auch das mehr als einmal sehr deutlich gesagt. Freundschaft hin oder her, es gab nun einmal Dinge, über die er nicht redete.

»Ich weiß ja, dass du nicht gerne über dieses Thema sprichst«, fuhr der zukünftige *Doktor* Holmes unverdrossen fort, »aber du weißt wirklich nicht, was dir entgeht.«

»Wenn ich das Gefühl hätte, dass mir etwas entginge«, erwiderte Herman, »dann würde ich es ausprobieren.«

»Na, das sind ja ganz neue Töne von unserem jungen Herrn Studiosus. Er wird doch nicht etwa erwachsen werden?«

Das war Kyles Stimme. Seine noch breitere Aussprache und die abgeschliffenen Konsonanten machten Herman klar, dass er anscheinend schon eine Menge getrunken haben musste.

»Oder muss ich schon Herr Doktor sagen? Das täte mir leid, wenn ich dem jungen Herrn zu nahe getreten wäre.« Das letzte Wort ging in einem gewaltigen Rülpser unter, den er mit sichtlichem Vergnügen und offenem Mund von sich gab. Holmes, der direkt neben Kyle stand, verzog angewidert das Gesicht und trat demonstrativ einen Schritt nach hinten.

»Mr Kyle.« Herman rang sich immerhin ein mattes Nicken ab, aber er musste sich auch eingestehen, dass es ihm plötzlich nicht mehr möglich war, Kyles Blick standzuhalten. Sein Verstand sagte ihm zwar, dass es völliger Unsinn war, doch für einen Moment war er fest davon überzeugt, dass Kyle ihm einfach ansehen musste, was als Nächstes kam.

Kyle kicherte betrunken und vollführte eine übertriebene Verbeugung, bei der er um ein Haar das Gleichgewicht verloren hätte. »Doktor Mudgett, Ihr Ruf hat mich ereilt, und Ihr gehorsamer Diener ist sofort herbeigeeilt. Was also kann ich für Sie tun?«

Herman ließ sich nicht von der Darbietung des Hausmeisters blenden. Er war nicht so betrunken, wie er vorgab. Hinter dem Alkoholschleier funkelte sein Verstand hellwach in seinen Augen. Ahnte er etwas?

»Also, was genau willst du von mir, Jungchen?«

Auch Holmes entging nicht, wie klar Kyle diese Worte

plötzlich aussprach. Etwas Neues erschien in Kyles Augen, und mit einem Male wurde Herman klar, wie naiv Henry und er gewesen waren. Hatten sie wirklich auch nur eine einzige Sekunde lang geglaubt, einen Mann wie Kyle in eine Falle locken zu können?

Herman wappnete sich innerlich. »Sie haben uns ertappt, Mr Kyle«, sagte er mit gespielter Zerknirschung.

»Ach ja?«, feixte Kyle. »Wobei denn?« Er nahm die Pfeife aus dem Mund, schlenderte an ihnen vorbei und fläzte sich gegen die Werkbank, auf der sie so lange ihre schrecklichen Vorbereitungen getroffen hatten. Nachdem er die Pfeife dort abgelegt hatte, zog er ein monströs groß geratenes Taschenmesser hervor. Holmes Augen weiteten sich.

»Es gibt etwas zu besprechen, das nicht jedermann hören muss«, sagte Herman, ohne dass er das unsichere Zögern wirklich noch spielen musste. Sein Herz klopfte.

»So?«, erkundigte sich Kyle. Er schnippte die schwarz gewordene Klinge des Taschenmessers heraus, maß ihn mit einem langen, abschätzenden Blick und grub dann eine Zwiebel aus der anderen Jackentasche. Das schmuddelige Taschentuch, das daran klebte, stopfte er mit einer achtlosen Bewegung zurück.

»Ich will ganz ehrlich zu Ihnen sein, Mr Kyle«, begann Herman. »Henry und ich waren am Anfang nicht besonders glücklich mit unserer Übereinkunft.«

»Nein?«, griente Kyle. »Das wundert mich. War ich etwa nicht immer fair zu euch? Ihr habt eine Menge Geld verdient, wenn ich mich richtig erinnere.«

Es war erbärmlich wenig gewesen, und einen Gutteil davon war er ihnen immer noch schuldig und würde es auch bleiben, aber das spielte jetzt keine Rolle mehr.

»Immerhin sind Sie nicht verhungert«, antwortete Herman.

Kyles Augen wurden schmal, aber er sagte nichts dazu, sondern benutzte sein Taschenmesser, um die Zwiebel in der Mitte zu teilen. Herman mutmaßte, dass die schartige Klinge auch schon lebendiges Fleisch geschnitten hatte.

»Und?«, fragte Kyle schließlich.

»Nun, wir werden nicht mehr lange hier sein«, antwortete er zögerlich.

»Nein, werdet ihr nicht.« Kyle schnitt eine fingerdicke Scheibe von seiner Zwiebel ab und biss hinein.

»Ich meine: Henry und ich werden in ein paar Tagen von hier weggehen. Wir haben uns überlegt, zusammen eine Praxis zu eröffnen.«

»Aber das kostet Geld«, fügte Henry hinzu.

»Und Ärzte verdienen nicht besonders gut«, sagte Herman. »Jedenfalls nicht am Anfang.«

Kyle biss erneut in seine Zwiebel, dass es nur so krachte. »Und?«, fragte er kauend. »Ihr wollt mich doch nicht etwa anpumpen, oder?« Die bloße Vorstellung schien ihn zu amüsieren.

»Wir haben zusammen gutes Geld verdient«, sagte Herman noch einmal, »auch wenn die Aufteilung vielleicht ein bisschen einseitig war. Aber es gibt keinen Grund, damit aufzuhören.«

»Allerdings müsste die Verteilung des Gewinns neu verhandelt werden«, fügte Henry hinzu. Immerhin war er nicht völlig verstummt, nachdem Kyle hereingekommen war, was Herman nicht im Geringsten überrascht hätte. Ein wenig hatte er sogar damit gerechnet.

»Ich verstehe nicht ganz, worauf du hinauswillst, Jungchen«, sagte Kyle, mit offenem Mund kauend. Mit Zwiebelsaft vermischter Speichel lief an seinem Kinn hinab und tropfte auf seine Brust. »Du hast es selbst gesagt. Ihr seid in ein paar Tagen hier weg, so oder so. Da fällt mir ein: Du schuldest mir noch eine Kleinigkeit.«

Herman hatte bisher gedacht, es wäre genau andersherum, aber auf diese Diskussion würde er sich nicht einlassen. Er brauchte all seinen Mut, um weiterzusprechen, aber es musste sein. Kyle war ein wenig intelligenter Mann, doch was ihm an Klugheit abging, das machte er mit Bauernschläue, Rücksichtslosigkeit und dem Instinkt eines Aasräubers mehr als wieder wett. Er rechnete mit einem gewissen Widerstand, jetzt, wo die Karten so offensichtlich neu verteilt wurden, und würde nur noch misstrauischer werden, wenn er ausblieb. Deutlich forscher, als er sich fühlte, fuhr er fort.

»Sie haben uns selbst auf die Idee gebracht, Mr Kyle.«

»Mein Freund Henry kennt sich ein wenig mit Versicherungen aus«, fuhr Herman fort, »und ich habe mich in den letzten Monaten ebenfalls ein bisschen informiert – nach dem unglückseligen Zwischenfall mit meinem Vater. Sie erinnern sich?«

Kyles Augen wurden schmaler. »Die Versicherung hat doch bezahlt, oder?«

»Und genau das ist unsere Idee«, sagte Herman. »Der Totenschein war jedenfalls echt. Die Versicherung hat es nachgeprüft.«

»Natürlich war er echt«, sagte Kyle verächtlich. »Was denkst du dir?«

»Können Sie mehr davon besorgen?«, fragte Henry.

Kyle hörte einen Moment lang auf zu kauen und sah zuerst ihn, dann Herman nachdenklich an. »Mehr? Wozu?«

Herman machte eine Kopfbewegung in die Dunkelheit und die Richtung, in der die emaillierte Wanne stand. »Haben Sie die Toten jemals gezählt, die wir hier unten vorbereitet haben? Nicht nur die, für die Sie bezahlt worden sind, sondern alle.«

»Nein.«

»Aber wir«, log Herman. »Es waren weit über hundert. Männer, Frauen und auch ein paar Kinder.«

»Und?«, fragte Kyle. Herman meinte regelrecht zu sehen, wie die Gedanken hinter seiner Stirn arbeiteten, ohne zu irgendeinem Ergebnis zu kommen.

»Wenn wir nur auf einen von zwanzig eine Lebensversicherung abgeschlossen hätten, dann wären wir jetzt gemachte Männer«, sagte Henry. »Sie auch, Mr Kyle.«

Kyle schnitt eine weitere Scheibe von seiner Zwiebel ab, während Henry ihm seinen Plan erklärte, der jetzt noch immer genauso wenig funktionieren konnte wie in dem Moment, in dem er ihn Herman vorgetragen hatte. Herman bezweifelte allerdings, dass Kyle der fundamentale Fehler darin auffallen würde. Nicht bevor es zu spät war.

»Ihr wollt die Versicherung bescheißen«, sagte Kyle, nachdem er eine Weile über das Gehörte nachgedacht hatte, sich mit wenig schauspielerischem Talent um einen empörten Ton bemühend. Er hatte die Zwiebel fast vertilgt und schluckte den letzten Bissen geräuschvoll hinunter, bevor er weitersprach. »Das haben vor euch schon andere versucht, Jungchen. Schlauere Leute als ihr. Ist mir zu gefährlich.«

Herman hatte mit dieser Reaktion gerechnet, denn Kyle war trotz allem ein Feigling, der allem misstraute, was seinen geistigen Horizont überstieg. Er ging zur anderen Seite der Werkbank, öffnete eine Tür und nahm die Flasche und die drei sauberen Gläser heraus, die er schon am Vortag dort deponiert hatte. Kyle verfolgte seine Bewegungen aus misstrauisch zusammengekniffenen Augen, aber er erhob keine Einwände, als Herman ihnen allen drei eingoss – wobei Kyles Portion gut doppelt so groß war wie Henrys und seine eigene zusammen.

»Willst du mich betrunken machen, Jungchen?«, fragte er.

»Würde mir das denn gelingen?«

Kyle schnaubte nur verächtlich und nahm einen schmatzenden großen Schluck. »Ein ausgezeichneter Tropfen«, sagte er. »Bestimmt nicht billig. Eine Flasche wie die hab ich bisher nur einmal gesehen. Auf dem Schreibtisch des Dekans.«

Genau von dort – beziehungsweise aus seinem Aktenschrank – hatte Herman sie gestohlen. Er nippte nur an seinem Drink und prostete Kyle mit Verschwörermiene zu. Der Whisky schmeckte ausgezeichnet, aber das Laudanum, das er hineingemischt hatte, verlieh ihm auch einen leicht süßlichen Geschmack. Er konnte nur hoffen, dass Kyle weder das eine noch das andere kannte.

»Schmeckt nicht übel«, sagte der Hausmeister auch prompt, nachdem er das Glas mit einem einzigen Zug geleert hatte. »Auch wenn mir ein ehrliches Bier lieber ist. Und dafür gebt ihr feinen Herrschaften also so viel Geld aus?« Was ihn aber nicht daran hinderte, ihm das Glas auffordernd hinzuhalten. Herman goss ihm einen weiteren großzügigen Schluck ein, doch dann verkorkte er die Flasche demonstrativ wieder und stellte sie außerhalb von Kyles Reichweite auf die Werkbank, damit er nicht noch mehr trank. Herman hatte wirklich viel Laudanum benutzt, um auch ganz sicherzugehen, und er wollte Kyle nicht umbringen. Noch nicht.

»Nutzt aber nichts«, fuhr er fort, indem er auch das zweite Glas mit einem einzigen Zug hinunterstürzte. »Ich habe mich wohl in euch getäuscht. So eine Idee hätte ich euch zwei Hosenscheißern gar nicht zugetraut. Aber da mache ich nicht mit. Die Sache ist mir zu heiß. Ich will den Rest meines Lebens nicht im Gefängnis verbringen.«

»Das werden Sie nicht«, versprach Herman, was vollkommen ehrlich gemeint war. »Ich verstehe Ihr Zögern, Mr Kyle, aber Sie sollten wenigstens darüber nachdenken.«

»Wenn es so einfach wär, dann hätt's doch schon einer gemacht, oder?«, erwiderte Kyle mit kruder Logik.

»Wissen Sie denn, warum es das perfekte Verbrechen nicht gibt?«, mischte sich nun auch Holmes ein.

»Nein. Aber du wirst es mir bestimmt gleich sagen.«

»Weil es nicht mehr perfekt wäre, wenn man davon gehört hätte«, antwortete Holmes. »Niemand wird etwas merken. Wir werden nicht so viel nehmen, dass es auffällt, und es trifft nur die Versicherungen, die bekannt dafür sind, ihre Kunden zu übervorteilen, wann immer sie es können. Ich nenne das ausgleichende Gerechtigkeit.«

Kyle zog eine Grimasse, und auch Herman fragte sich, warum Henry das sagte. Kyles Gewissen zu beruhigen wäre vergebliche Liebesmüh, denn Herman glaubte nicht, dass der Faustkeil über ein solches verfügte. Vielleicht war es ja Henrys eigenes Gewissen, das er mit seinem Geplapper besänftigen wollte.

Herman fragte sich aber auch, ob das Laudanum vielleicht schon wirkte. Möglicherweise hatte er es mit der Dosierung ja doch übertrieben. Aber es war erst wenige Augenblicke her, und genau wie er selbst hatte Henry nur an seinem Glas genippt, wohingegen Kyle noch gar keine Wirkung zeigte.

Kyle setzte sein leeres Glas an und legte den Kopf in den Nacken, um auch noch des allerletzten Tropfens habhaft zu werden, und Herman streckte den Arm nach der Flasche aus und schenkte ihm noch einmal ein, und sogar noch mehr. Kyle grinste dankbar und blies ihm seinen Atem ins Gesicht, der nach Zwiebeln und schlechten Zähnen und Schnaps stank.

»Da brat mir doch einer einen Storch«, sagte er grienend. »Die beiden jungen Herren Doktoren wollen ein Ding drehen. Und noch dazu ein ganz großes. Vielleicht seid ihr ja doch keine so großen Feiglinge, wie ich gedacht habe.« Er stürzte auch das dritte Glas hinunter und fuhr sich genießerisch mit der Zungenspitze über die Lippen.

»Sie könnten wirklich eine Menge Geld verdienen«, sagte Holmes.

»Das brauch ich nicht«, antwortete Kyle, der schon wieder zu der Flasche hinüberschielte. »Ich habe alles, was ich brauche.«

Herman lauschte aufmerksam in sich hinein. Er hatte niemals Laudanum oder andere Drogen genommen, und anders als die meisten seiner Kommilitonen – Holmes eingeschlossen – trank er nur sehr selten Alkohol, so dass er praktisch keinerlei Erfahrung darin hatte, wie er sich jetzt fühlen sollte. Sein Herz klopfte bis zum Hals, und wo sein Magen sein sollte, da war nur ein Klumpen aus sauer schmeckendem, stacheligem Eis. Doch das mochte auch ganz ordinäre Angst sein. Nicht vor dem, was er tun würde, aber vor Kyle.

Herman spürte plötzlich ein sonderbares Gefühl, das er in Ermangelung eines besseren Vergleichs als Schwindel bezeichnete, auch wenn es das nicht war. Das Laudanum wirkte offensichtlich schneller, als er es erwartet hatte.

Nur bei Kyle zeigte es bisher keine Wirkung.

»Hast du denn eigentlich schon deinen Doktor?« Kyle sah

Herman an, wollte aber wohl gar keine Antwort hören, denn er stieß sich bereits von der Kante der Werkbank ab und ging in weitem Bogen um Herman herum, um nach der Whiskyflasche zu greifen. Herman setzte ganz automatisch dazu an, ihn zurückzuhalten, besann sich aber dann eines Besseren. Er konnte kein Risiko eingehen. Nicht bei einem Mann wie Kyle.

»Warum fragen Sie das?«, fragte er stattdessen.

Kyle entkorkte die Flasche und nahm einen Schluck ohne den Umweg über ein Glas. Eigentlich, überlegte Herman, müsste allein der Alkohol jetzt allmählich Wirkung zeigen. Kyle war schon angetrunken hier heruntergekommen, und er hatte ein gutes Viertel der Flasche allein getrunken. Aber er schien ganz im Gegenteil mit jedem Moment nüchterner zu werden. Konnte es sein, dass sich die Wirkung von Laudanum und Alkohol gegenseitig aufhob? Nein. Davon hätte er gehört.

»Ach, nur so«, behauptete Kyle. »Man hört ja das eine oder andere.«

»Und was?«

»Nichts Bestimmtes«, behauptete Kyle, und Herman hatte das Gefühl, dass er sich ganz besondere Mühe gab, nicht glaubwürdig zu klingen. »Das eine oder andere eben, wenn sich die Herren Professoren und Dozenten unterhalten. Über ihre Schüler und die Noten oder wie sie sich bei den Prüfungen geschlagen haben, weißt du?«

Herman schluckte die Frage hinunter, die ihm auf der Zunge lag und die Kyle deutlich in seinen Augen lesen musste. Er spürte, wie ihm die Situation zu entgleiten begann, was schlimm genug war, aber er würde gewiss nicht zulassen, dass Kyle nun anfing, ihn zu manipulieren.

Vielleicht war es aber auch schon zu spät. »Die Herren wollen also zusammen eine Praxis eröffnen. Schön zu wissen, dass sich die jungen Leute heutzutage Gedanken über ihre Zukunft machen und nicht einfach so in den Tag hineinleben, nicht wahr?« Kyle kicherte. »Vielleicht melde ich mich ja eines Tages noch einmal bei euch und schaue nach, was aus den jungen Herren geworden ist. Dann können wir über alte Zeiten reden. Und über all die aufregenden Dinge, die wir zusammen erlebt haben.«

Sehr viel deutlicher konnte er gar nicht werden, ohne es wirklich zu sagen, dachte Herman. Henry hatte recht gehabt. Sie würden ihn niemals loswerden, solange er lebte.

»Dann werden wir uns jetzt nicht einig?«, fragte er. »Hören Sie sich unsere Idee wenigstens zu Ende an. Der Plan ist gut, und …«

»Papperlapapp«, unterbrach ihn Kyle. Jedenfalls nahm Herman an, dass er das sagte, denn seine Aussprache war noch undeutlicher geworden. Der kurze Moment der Nüchternheit verging so rasch, wie er gekommen war. Jetzt gelang es ihm auch nicht mehr, seinen Blick länger als einen Moment auf einen bestimmten Punkt zu konzentrieren, und Herman fiel darüber hinaus auf, dass er sich mit der freien Hand an der Werkbank festhalten musste, weil er so stark schwankte. Jetzt?, überlegte Herman und schüttelte praktisch gleichzeitig auch in Gedanken schon den Kopf. Er musste warten, bis das Laudanum seine volle Wirkung entfaltete. Kyle hatte seinen Spitznamen nicht umsonst. Er war vermutlich stärker als Henry und er zusammen. Er musste sich gedulden, so schwer es ihm auch fiel, und dasselbe galt für seinen finsteren Verbündeten.

Kyle setzte dazu an, einen weiteren Schluck zu nehmen, besann sich dann aber anders und ließ für einen Moment seinen Halt los, um den Korken in die Flasche zu fummeln, was ihm nur mit erheblicher Mühe gelang. Ein tiefes, sehr nachdenkliches Stirnrunzeln erschien auf seinem Gesicht, während er abwechselnd die Flasche, Henry und Herman betrachtete.

»Das ist wirklich ein guter Tropfen«, sagte er. »Er hat es in sich, wie?« Er kicherte, wobei weiterer, mit Zwiebelsaft vermischter Speichel über sein Kinn sabberte. Herman musste sich beherrschen, um nicht angewidert vor ihm zurückzuweichen, und ihm wurde ein wenig übel. Vielleicht war es aber auch Angst. Er war jetzt sicher, dass Kyle etwas ahnte.

»Ich verstehe. Die jungen Herren wollen mich betrunken machen, wie? Hat sich gelohnt, wenigstens für mich.« Er betrachtete die Flasche, und Herman konnte ihm ansehen, dass er ernsthaft überlegte, sich noch einen weiteren kräftigen Schluck zu gönnen oder auch gleich die ganze Flasche auszutrinken. Zumindest Letzteres würde er nicht zulassen, auch wenn er keine Vorstellung hatte, wie.

Stattdessen verkorkte Kyle die Flasche jedoch nur noch fester und versuchte sie einzustecken, doch seine Finger wollten ihm nicht mehr richtig gehorchen. Die Flasche glitt an seiner Tasche vorbei und wäre auf dem Boden zerschellt, hätte Herman nicht gedankenschnell zugegriffen und sie am Hals aufgefangen.

»Gute Reaktion«, lallte Kyle. »Ich bin beeindruckt. Und jetzt sag mir, warum ihr mich wirklich hergelockt habt. Ihr könnt nicht geglaubt haben, dass ich mich auf diesen Unsinn einlasse, oder?«

Herman erriet seine Worte mittlerweile mehr, als dass er ihn noch verstand. Solange es gedauert hatte, bis die kombinierte Wirkung von Alkohol und Laudanum einsetzte, umso stärker schien sie jetzt zu kumulieren. Ungeduld regte sich in der Dunkelheit des Gewölbekellers, und jetzt war es ein Fordern, dem er sich nicht mehr lange widersetzen konnte.

Kyle begann wie das sprichwörtliche Schilfrohr im Wind zu schwanken, und Herman fragte sich zum ersten Mal besorgt, ob seine Kraft überhaupt ausreichte, ihn zu tragen und zu tun, was getan werden musste. Kyle reichte ihm zwar kaum bis zum Kinn, aber er war fast so breit wie hoch und Herman kein sehr kräftiger Mann. Vielleicht würde Holmes ihm ja helfen.

Aber eigentlich glaubte er das nicht.

»Nein«, antwortete er mit einiger Verspätung. Plötzlich überkam ihn eine große Ruhe. Alles würde gut werden, das wusste er einfach. Es fiel ihm mit einem Mal überhaupt nicht mehr schwer, Kyles Blick standzuhalten. »Ehrlich gesagt, nicht. Aber es gibt da noch etwas, das ich Ihnen zeigen möchte.«

Kyle versuchte die Benommenheit wegzublinzeln. »Und was? Noch eine von deinen Verrücktheiten?«

»Im Gegenteil.« Herman stellte die Flasche behutsam auf

den Tisch zurück und gab Henry das vereinbarte Zeichen. Holmes reagierte auch wie verabredet, aber nicht sofort. Er nippte noch einmal an seinem Glas, zog dann die Stirn kraus und betrachtete den Rest, der sich noch in seinem Glas befand. In seinen Augen erschien eine Frage, die Herman nicht beantworten wollte. Endlich aber stellte er das Glas auf die Werkbank und ging zur Tür. Kyle folgte ihm mit ebenso aufmerksamen wie betrunkenen Blicken und klammerte sich nun mit beiden Händen an die Tischkante, um nicht zu fallen. Ein schweres Klacken erscholl, und die elektrischen Glühbirnen unter der Decke leuchteten auf und vertrieben mit ihrem kalten Licht den Schein der Petroleumlampe; zusammen mit den Schatten, die seine Vorbereitungen bisher sorgsam vor Kyles Blicken verborgen hatten. Da war noch etwas, das lautlos davonhuschte und sich dem Erkennen entzog, aber auch nicht so schnell, dass Herman seine Anwesenheit nicht gespürt hätte. Ob Kyle es wohl auch bemerkte?

»Was?«, murmelte der Hausmeister. Es war ihm wirklich nicht entgangen. *Etwas*, das lauerte und wartete.

»Kommen Sie.« Mit einer Forschheit, die ihn selbst fast genauso überraschte wie Kyle, ergriff Herman den schwankenden Hausmeister am Ellbogen und führte ihn auf die messingblitzende Konstruktion zu, die sich über der zerschrammten Wanne erhob. Er hatte fast eine ganze Nacht gebraucht, um sie zu installieren, aber das Ergebnis war der Mühe wert gewesen. Es sah immerhin spektakulär genug aus, um selbst den Schleier aus Benommenheit zu durchdringen, der Kyles Bewusstsein umgab – wenn auch sicher nur für einen Moment.

»Was … was soll das denn sein?«, fragte Kyle schleppend.

»Unser Abschiedsgeschenk für Sie, Mr Kyle«, antwortete Herman. »Sie erinnern sich doch bestimmt, wie es hier ausgesehen hat, bevor ich mich der Anlage angenommen habe?«

Wenn er sich nicht entsann, dann taten es zumindest die zahlreichen Narben und alten Verätzungen auf Kyles Händen und Unterarmen, die er sich eingehandelt hatte, während er mit seinen selbst zusammengepantschten Laugen und Säuren hantierte. Eigentlich war es ein Wunder, dass er sich nicht schon vor Jahren das halbe Gesicht weggeätzt hatte. Herman hatte viele Tage gebraucht, um die Anlage wenigstens halbwegs sicher zu machen.

»Und?«, fragte Kyle.

»Ich habe sie noch einmal verbessert.«

»Du bist ein richtiger Bastler, wie?«, höhnte Kyle.

»Sie müssen jetzt nur noch die Flüssigkeiten einfüllen und diese drei Ventile bedienen. Das wird es Ihnen erleichtern, wenn Henry und ich nicht mehr hier sind.« Herman deutete auf die neuen Teile seiner Konstruktion, und Kyles Blick folgte der Bewegung gehorsam.

»Und das machst du nur, weil du mich so ins Herz geschlossen hast?«, fragte er höhnisch.

Herman schüttelte den Kopf. »Henry und ich hatten gehofft, dass es Ihnen eine kleine Anerkennung wert ist.«

»So, habt ihr gehofft?«, wiederholte Kyle. »Und wenn nicht?«

»Wir wollen nicht viel«, sagte Herman. »Nur das, was Sie uns ohnehin noch schuldig sind. Dann bekommen Sie die Bedienungsanleitung – denn ohne die können Sie nichts mit der Apparatur anfangen.«

Kyle drehte langsam den Kopf und maß ihn mit einem Blick von oben bis unten, in dem etwas Schlimmeres als Verachtung zu lesen war. Er wollte etwas sagen, doch dann entdeckte er die Plane aus schwarzem Segeltuch, die Herman über die Wanne gebreitet hatte. Herman hatte sich große Mühe gegeben, sie so dicht wie möglich anzulegen, und doch wunderte er sich, dass Kyle der Geruch nicht aufgefallen war. Ihm selbst trieb er schon beinahe die Tränen in die Augen, jetzt, wo sie der Wanne so nahe waren.

»Und wozu ist das da gut?« Kyle deutete unsicher auf ein rotes Stellrad, das auffällig und groß über den Wannenrand hinausragte.

Die ehrliche Antwort wäre gewesen: *zu nichts*.

Stattdessen jedoch machte Herman ein wichtiges Gesicht und ging langsam in die Hocke, um die rot lackierte Eisenstange aufzuheben, die er unter der Wanne deponiert hatte. Wie das Rad selbst war sie von auffälliger Form und Farbe und diente keinem anderen Zweck als dem, Kyles Aufmerksamkeit zu beanspruchen. Und den erfüllte sie offensichtlich, wenn auch vielleicht nicht so, wie Herman gehofft hatte, denn Kyles Augen wurden schmal.

»Was soll das?«, fragte er misstrauisch.

Herman lächelte. »Es gehört beides zusammen«, sagte er und bemühte sich, einen hörbaren Klang von Stolz in seine Stimme zu legen. »Ich erkläre es Ihnen. Es wird Ihnen die Arbeit enorm erleichtern, das versichere ich. Allerdings …«

»Was?«, grollte Kyle. Sein Blick tastete misstrauisch über die Eisenstange in Hermans Hand, die nicht nur beeindruckend aussah, sondern auch ein formidables Schlagwerkzeug abgab (und genau das war), und kehrte dann wieder zu dem schwarzen Segeltuch zurück.

Alles lief so perfekt, dachte Herman, als hätte er die Szene geduldig mit dem Hausmeister einstudiert. Der Bursche war so erbärmlich berechenbar.

»Was zum Teufel geht hier vor?«, lallte er. »Du willst dich doch nicht vollkommen lächerlich machen, Jungchen, oder?«

»Sehen Sie nach, Mr Kyle«, sagte Herman. »Es wird Ihnen gefallen.«

Kyle sah stirnrunzelnd zu ihm hoch, gehorchte aber und versuchte, die schwere Plane mit nur einer Hand wegzuziehen. Herman hörte, wie Henry hinter ihm näher kam, und seine Hand schloss sich fester um die Eisenstange.

Durch ihr eigenes Gewicht beschleunigt, fiel die Abdeckung der Wanne mit einem schweren Laut zu Boden, der zumindest den Anfang von Kyles entsetztem Keuchen übertönte. Der Rest wurde zu einem halb erstickten Krächzen, als er einen Schwall der ätzenden Dämpfe einatmete, die sich unter der Plane aufgestaut hatten und ihn nun regelrecht ansprangen.

»*Was zum Teufel …?*«, japste Kyle, taumelte erschrocken

einen Schritt zurück und stieß ein bellendes, hartes Husten aus. Weiter kam er nicht, denn Herman ergriff seine Eisenstange nun mit beiden Händen und rammte ihm das Ende mit aller Gewalt in den Leib. Seine Kraft reichte nicht aus, ihm eine Wunde zuzufügen, vielleicht war seine Jacke auch einfach zu dick, oder Herman war doch nervöser, als er wahrhaben wollte. Dennoch reichte die schiere Wucht des Hiebes, um ihm mit einem Pfeifen die Luft aus den Lungen zu treiben und ihn wie in einer absurden Imitation seines schartigen Taschenmessers zusammenklappen zu lassen. Hinter ihm stieß Holmes ein eigenes, kaum weniger erschrockenes Keuchen aus, und Herman trat einen halben Schritt zurück, suchte mit gespreizten Beinen nach festem Stand und schlug noch einmal und mit noch größerer Gewalt zu.

Diesmal hatte er mehr Erfolg. Die Eisenstange traf Kyle quer über die gekrümmten Schultern und schmetterte ihn mit solcher Gewalt auf den Boden, dass er sowohl das Bewusstsein als auch die Kontrolle über seine Blase verlor, wie Herman angeekelt feststellte.

»Herman, was machst du denn da?«, stammelte Henry. »Hast du den Verstand verloren?«

Herman war nicht leichtsinnig genug, auch nur einen Sekundenbruchteil in seiner Aufmerksamkeit nachzulassen oder gar wegzusehen, aber er erkannte trotzdem aus den Augenwinkeln, wie Holmes näher kommen wollte, und machte eine hastige Geste, stehen zu bleiben. Sein Herz klopfte, und das schwere Eisenstück in seinen Händen verlieh ihm ein Gefühl überwältigender Macht, wie er es bisher nur ein einziges Mal in seinem Leben verspürt hatte. Aber er beging nicht den Fehler, Kyle auch nur für einen Sekundenbruchteil zu unterschätzen. Der Kerl war so stark wie ein Ochse und vermutlich nicht nur genauso blöd, sondern auch ebenso zäh.

»Aber du kannst doch nicht …«, stammelte Henry. »Was tust du da? Du hast ihn umgebracht!«

»Das habe ich nicht«, sagte Herman unwillig. »Und ich tue ganz genau das, was wir besprochen haben. Hast du den Strick?«

»Wir wollten ihn nicht umbringen!«, keuchte Henry. »Du hast gesagt, dass wir ihn nur …«

»Ein bisschen erschrecken werden und weit genug einschüchtern, damit er uns auch wirklich in Ruhe lässt«, fuhr ihn Herman an. »So schnell stirbt es sich nicht, das sollten Sie wissen, *Herr Doktor*. Und schon gar nicht dieser Kerl. Er hat einen Schädel wie ein Ochse!«

»Du hättest ihn umbringen können! Das war nicht verabredet!«

»Du hast ihn doch gehört, oder?« Herman stieß den bewusstlosen Hausmeister vorsichtig mit dem Fuß an, erzielte aber keinerlei Reaktion. »Er wird uns nicht in Ruhe lassen, wenn wir ihn nur höflich darum bitten. Willst du dich den Rest deines Lebens von diesem Kerl erpressen lassen?«

»Nein.«

»Dann fessele seine Hände, bevor er aufwacht und auf uns losgeht. Dann müsste ich ihm nämlich wirklich den Schädel einschlagen, weißt du?«

Henry druckste noch einen Moment lang herum und sah ihn aus Augen an, in denen nichts als blankes Entsetzen geschrieben stand, einem Blick, der allein schon fast diesen Abend wert gewesen wäre, und den die Tatsache, dass es sein Freund war, der ihn auf diese Weise ansah, nur umso süßer machte. Doch dann schluckte er nur hart und hatte es jetzt umso eiliger, neben dem Hausmeister auf ein Knie zu sinken und dessen Arme auf den Rücken zu drehen. Seine Hände zitterten so heftig, dass er mehrmals ansetzen musste, bis es ihm gelang, Kyles Handgelenke zusammenzubinden.

»So war das nicht vereinbart«, beharrte er. »Jetzt wird er uns bestimmt nicht mehr in Ruhe lassen! Wir wollten ihm nur ein bisschen Angst machen.«

»Und was glaubst du, was wir hier tun?«, fragte Herman. »Glaubst du wirklich, ein Kerl wie er lässt sich so einfach entmutigen?«

Holmes überzeugte sich davon, dass die Knoten auch wirklich fest genug waren, sprang dann hastig auf und verzog angewidert das Gesicht, als ihm wohl klar wurde, worin er gerade gekniet hatte. Aber er verlor kein Wort darüber.

»Und was jetzt?«, stammelte er.

»Jetzt warten wir, bis er wach wird, und dann machen wir ihm unmissverständlich klar, dass es gesünder für ihn ist, uns in Zukunft in Ruhe zu lassen«, sagte Herman grimmig. »Und dass wir zurückkommen, sollte irgendjemand auf die Idee kommen, uns Schwierigkeiten zu machen. Ich weiß, dass es dir nicht gefällt. Wenn es dir zu viel wird, dann geh hinaus.«

»Und du?«

Herman entspannte sich ein wenig, aber er ließ die Eisenstange nicht sinken. »Ich mache ihm klar, was passiert, wenn er uns nicht in Frieden lässt«, sagte er noch einmal. »Ich kann jetzt nicht mehr zurück.«

»Aber wir könnten doch einfach …«, begann Henry zwar noch einmal, sprach den Satz aber nicht einmal mehr zu Ende, sondern sah auf den Bewusstlosen hinab. Er zitterte am ganzen Leib, und sein Gesicht war grau vor Furcht, aber anscheinend hatte er begriffen, dass es kein Zurück mehr gab. Sie hatten den Tiger am Schwanz gepackt, und wenn sie losließen, dann würde er sie fressen. Er machte eine Bewegung, wie um sich noch einmal neben Kyle hinzuknien, und fuhr dann so erschrocken zusammen, dass er fast das Gleichgewicht verloren hätte, als Kyle ein Grunzen ausstieß und sich halb auf die Seite rollte. Auch Herman ergriff seine Eisenstange wieder fester und spannte sich, doch es war wohl nur ein unbewusstes Regen gewesen. Kyle wachte nicht auf.

»Und wenn wir ihn doch umgebracht haben?«, flüsterte Henry. Seine Furcht war buchstäblich zu riechen, und Herman verspürte ein sachtes Bedauern und ein düsteres Verlangen …

Nein.

Er gestattete sich nicht, diesen Gedanken auch nur zu Ende zu denken. Holmes war sein Freund, der einzige, den er jemals gehabt hatte. Er war tabu.

»*Ich* habe ihn umgebracht, wenn überhaupt«, sagte er,

»nicht *wir.* Vielleicht ist es wirklich besser, wenn du jetzt gehst. Ich mache das hier allein.«

»Und wenn er wach wird, und du Hilfe brauchst?«

Kyles Hände waren auf dem Rücken zusammengebunden, und Herman war ziemlich sicher, ihm mindestens das Schulterblatt gebrochen zu haben, wenn nicht mehr. Darüber hinaus hätten sie gegen einen freien und wirklich wütenden Kyle wohl auch zu zweit nicht wirklich eine Chance gehabt. Aber das Angebot rührte ihn, gerade weil er wusste, wie sehr Henry Gewalt verabscheute.

Vielleicht war das auch der Grund, aus dem er sich plötzlich selbst sagen hörte: »Ich meine es ernst, Henry. Geh besser. Ich unterhalte mich noch ein bisschen mit ihm und lasse ihn dann frei.«

Holmes rang sich ein Kopfschütteln ab, was wohl das Maximum an Widerstand war, den er jetzt noch aufbringen konnte. Herman empfand ein vages Bedauern, aber auch ein Gefühl tiefer Dankbarkeit; doch er versuchte nicht noch einmal, seinen Freund zum Gehen zu überreden. Es wäre auch sinnlos gewesen. Zwar hatte er diesen einen verbotenen Gedanken tatsächlich nicht zu Ende gedacht, doch allein der Anfang war schon zu viel gewesen. Dinge waren in Gang gekommen, die er nun nicht mehr aufhalten konnte. Die Dunkelheit war auf seinen Freund aufmerksam geworden, und sein finsterer Verbündeter duldete keine Konkurrenz.

»Was ist das?«

Herman war so in Gedanken versunken gewesen, dass er nicht einmal gemerkt hatte, dass Holmes nun näher an der Wanne stand und die Hand vor das Gesicht gehoben hatte, um sich vor den ätzenden Dämpfen zu schützen.

»Ich bin nicht zum Saubermachen gekommen.«

»Wir waren das letzte Mal zusammen hier unten«, sagte Holmes, »und wir haben auch zusammen sauber gemacht.« Er drehte sich wieder ganz zu ihm herum und machte gleichzeitig einen Schritt seitwärts, um besser atmen zu können. »Weil wir vielleicht zum letzten Mal hier sind und du ganz sicher sein wolltest, dass wir keine Spuren hinterlassen, falls Kyles kleine Schweinerei irgendwann auffliegt.«

»Ich musste die neue Anlage ausprobieren.«

Das klang sogar in seinen eigenen Ohren dünn.

»Du hast das alles ganz genau so geplant«, fuhr Henry mit belegter Stimme fort. »Du wolltest ihn von Anfang an umbringen, habe ich recht?«

»Uns bleibt doch gar nichts anderes übrig, Henry. Er wird uns nie in Ruhe lassen. Irgendwann wird er wieder auftauchen und uns erpressen, spätestens wenn er Geld braucht. Oder er liefert uns aus reiner Bosheit ans Messer.«

»Wir hätten uns niemals mit ihm einlassen dürfen.«

»Aber das haben wir nun einmal«, erwiderte Herman. »Und jetzt gibt es kein Zurück mehr.«

Bis zu diesem Punkt war sein Plan aufgegangen, warum also ging jetzt alles so schrecklich schief? Seinen ärgsten Feind hatte er mühelos besiegt, indem er seine überlegene Intelligenz und ein wenig Heimtücke und schauspielerisches Talent eingesetzt hatte. Wieso also gelang es ihm dann nicht, auch seinen besten Freund zu überzeugen?

»Und etwas war in der Flasche, nicht wahr?« Henry fuhr sich mit den Fingerspitzen über die Lippen, wie um seine Behauptung auch auf diese Weise zu überprüfen.

»Nur ein wenig Laudanum«, gestand Herman. »Nicht viel.« Was nicht stimmte. Aber Henry hatte auch nur einen kleinen Schluck getrunken – ganz so, wie Herman gehofft hatte.

»Um ihn langsamer zu machen«, sagte Henry bitter. »Ich kann das hier nicht, Herman. Und ich werde auch nicht zulassen, dass du es tust. Ich bin kein Mörder, und ich lasse nicht zu, dass du zu einem wirst.«

»Dann solltest du gehen«, sagte Herman.

Kyle regte sich stöhnend, und Herman konzentrierte sich für einen Moment ganz auf ihn und hob auch seine Eisenstange wieder um eine Winzigkeit. Aber seinem schmatzenden Stöhnen folgte kein weiterer Laut mehr. Dafür regte sich die Ungeduld in der Schwärze stärker. Sie würde nicht mehr lange warten.

»Du machst das hier allein«, wiederholte Henry bitter. »Du bist wahnsinnig, Herman. Wann ist es passiert? Wann genau hast du den Verstand verloren?«

»Lass es, Henry«, beharrte Herman sanft. »Ich verstehe, wenn dich das alles hier erschreckt, und auch, wenn du nichts damit zu tun haben willst. Aber wir können nicht mehr zurück.« Er verbesserte sich. »*Ich* kann nicht mehr zurück. Geh einfach und lass mich tun, was ich tun muss.«

»Nein«, sagte Henry, sehr leise und sogar mit einem Lächeln, aber auch in verändertem und sehr entschiedenem Ton. »Wir sind keine Verbrecher, Herman. Und ich lasse nicht zu, dass du zu einem wirst!«

Was war das, dachte Herman, Dummheit oder naive Freundschaft, die einfach die Augen vor der Wirklichkeit verschloss? Er wollte das nicht, und tatsächlich bereitete ihm schon der bloße Gedanke körperliche Übelkeit. Er hatte niemals in seinem ganzen Leben einem Menschen weniger etwas antun wollen als Henry, und doch begann er mit kaltem Entsetzen zu begreifen, dass er ihn vielleicht töten musste. Wenn er es ernst meinte, dann blieb ihm keine andere Wahl, schon weil sein finsterer Verbündeter nicht zulassen würde, dass er alles verdarb. Noch war seine Begehrlichkeit nicht geweckt, aber wie lange würde er seinen Freund noch schützen können? Und wie lange würde die Dunkelheit noch zulassen, dass er es überhaupt versuchte?

»Henry, bitte!«, flehte er. »Ich kann es dir jetzt nicht erklären, aber es ist alles sehr viel komplizierter, als du glaubst. Vertrau mir einfach.«

Henry schüttelte heftig den Kopf. »Nein, Herman, das lasse ich nicht zu.«

Es war zu spät, wurde Herman klar. Die Finsternis war endgültig auf Henry aufmerksam geworden und hatte in ihm dasselbe entdeckt wie in allen anderen Menschen: Beute. Aber er wollte ihn nicht töten. Jeden anderen, jeden einzelnen Menschen auf der ganzen Welt, wenn es sein musste, aber nicht Henry. Was sollte er nur tun?

Die Entscheidung wurde ihm abgenommen, als die Welt in Stücke brach. Etwas raschelte, dann ein reißender, harter Laut wie von einer Klaviersaite, die zersprang, und ein wuchtiger Schlag traf ihn in die Seite und schleuderte ihn haltlos davon und gegen einen der gemauerten Pfeiler, die das Gewölbe trugen. Es tat nicht einmal weh, doch sein Kopf prallte mit solcher Wucht gegen den Stein, dass alles vor seinen Augen verschwamm und rot wurde und er kraftlos an der Säule hinab zu Boden rutschte. Die Eisenstange entglitt seinen Fingern und schlitterte quietschend davon, und er rechnete damit, das Bewusstsein zu verlieren, zumal nun auch alle Kraft aus seinem Körper wich und seine Glieder so schwer wie Blei wurden.

Doch das geschah nicht. Stattdessen schien die Zeit plötzlich nach anderen Gesetzen abzulaufen. Alles geschah furchtbar schnell und mit der schrecklichen Unaufhaltsamkeit einer Naturgewalt – und doch sah er zugleich alles mit schon fast übernatürlicher Klarheit, als hätte das Schicksal (oder etwas weitaus Dunkleres) entschieden, ihm die Konsequenzen seines Zögerns unbarmherzig vor Augen zu führen. Kyle hatte Henry mit einer Hand gepackt und so mühelos hochgerissen, dass seine Zehenspitzen kaum noch den Boden berührten. Kyles Hände waren frei. Die Reste des morschen Strickes, den er anscheinend ohne Mühe zerrissen hatte, baumelten wie krude Armbänder von seinen Gelenken.

»Du hättest auf deinen Freund hören sollen, Jungchen«, knurrte er, dann ballte er die andere Hand zur Faust und schlug sie Henry mit solcher Gewalt ins Gesicht, dass Herman selbst über die Entfernung hinweg hören konnte, wie seine Nase brach. Blut spritzte unter Kyles Faust hervor und verwandelte Henrys Gesicht in eine gesprenkelte rote Clownsmaske, und Kyle riss den Arm zurück, um noch einmal zuzuschlagen. Aber er verzichtete darauf, denn Henry war bereits bewusstlos und sackte mit verdrehten Augen und blutüberströmtem Gesicht in seinem Griff zusammen.

Kyle ließ ihn fallen und versetzte ihm aus reiner Bosheit noch einen Tritt, der seine Rippen knacken ließ, bevor er sich herumdrehte und mit wenigen Schritten auf Herman zukam. Auch sein Gesicht war blutig, aber Herman konnte nicht sagen, ob er sich beim Sturz auf den harten Boden verletzt hatte oder es von Henry stammte.

»Und jetzt zu dir, Jungchen«, grollte er. »Ich nehm' alles zurück, was ich über dich und deinen kleinen Freund gesagt hab. Du bist gar kein kleiner Feigling. Aber du bist dämlich, und noch viel schlimmer, du scheinst mich auch für dämlich zu halten. Hast du wirklich geglaubt, ich fall' auf diesen ganzen Zirkus rein?«

Er baute sich breitbeinig über Herman auf, ballte die Hände so fest zu Fäusten, dass seine Gelenke wie trockener Reisig knackten, und maß ihn mit einem langen Blick, in dem Herman nicht einmal sonderlich viel Wut erkannte, dafür aber etwas sehr viel Schlimmeres: die absolute Entschlossenheit, zu töten.

»Immerhin hast du dir eine Menge Arbeit gemacht«, höhnte Kyle. Er versetzte ihm einen Tritt gegen den Oberschenkel, der eine Welle aus betäubendem Schmerz bis in seine Hüfte hinaufschießen ließ. Aber das war vermutlich noch nicht einmal ein Vorgeschmack dessen, was kommen würde. Kyle würde ihn töten, und er würde zweifellos auch Henry töten, und Herman wusste in diesem Moment nicht, was schlimmer war.

Kyle versetzte ihm einen zweiten Tritt und kniff die Augen zusammen, als der erhoffte Erfolg ausblieb und er möglicherweise zu dem Schluss kam, dass sich sein Opfer nur beherrschte, um ihm den Triumph nicht zu gönnen. In Wahrheit war Herman immer noch so gut wie gelähmt. Sein Körper (außer den Teilen, die für die Übermittlung von Schmerz zuständig waren) war immer noch taub. Er war hilflos und zehnmal mehr Opfer, als es Matthew und Frank jemals gewesen waren, denn die hatten wenigstens noch fliehen können oder um ihre Leben betteln.

Der Hausmeister holte zu einem weiteren Tritt aus, ließ den Fuß aber dann wieder sinken und sah sich suchend um. Sein Gesicht hellte sich auf, als er die Eisenstange entdeckte, die nur ein kleines Stück neben der Wanne zum Liegen gekommen war, beinahe genau dort, wo Herman sie versteckt hatte. Er hob sie auf und ließ das schwere Werkzeug zweimal in seine linke Handfläche klatschen, während er zurückkam, langsam und jeden Schritt genießend und Hermans Gesicht aufmerksam im Blick behaltend. Wahrscheinlich suchte er nach Angst in seinen Augen, um sich daran zu ergötzen.

Zumindest in diesem Punkt enttäuschte ihn Herman. Er war viel zu empört, überrascht und erschrocken, um Angst zu haben. Was hier geschah, das war nachgerade unmöglich. Er war hierhergekommen, um zu töten, nicht getötet zu werden! Wie konnte das sein, wo er doch einen so mächtigen Verbündeten hatte?

»Was mach' ich denn jetzt mit dir, Bürschchen?« Kyle ließ sich neben ihm in die Hocke sinken und presste ihn brutal gegen die Säule. Diesmal *tat* es weh, und Hermans Blick verschleierte sich schon wieder, als ihm die Tränen in die Augen schossen. Trotzdem sah er jetzt, dass das Blut auf Kyles Gesicht nicht nur von Henry stammte. Tatsächlich hatte er sich beim Sturz auf den harten Steinboden übel verletzt. Seine Oberlippe war gespalten, und ihm fehlte ein Stück aus einem Schneidezahn. Aber er schien den Schmerz gar nicht zu spüren, und Henry gestand sich endgültig ein, wie naiv er doch gewesen war, ernstlich zu glauben, er könnte einen Kerl wie ihn so einfach übertölpeln. Wenn überhaupt, dann hatte er Kyle vermutlich noch geholfen, weil der Alkohol ihn aggressiv und das Laudanum ihn unempfindlich gegen Schmerz gemacht hatte. Er konzentrierte sich, um seinen Körper mit schierer Willenskraft dazu zu zwingen, ihm wieder zu gehorchen, aber es half nichts. Vielleicht war ja irgendetwas in ihm zerbrochen, als Kyle ihn gegen den Pfeiler geschleudert hatte.

»Eigentlich fast schade, dass ich dich und deinen kleinen Freund jetzt umbringen muss«, sagte Kyle. »Eure Idee hat mir wirklich gefallen, weißt du? Einfach ein paar Jahre abwarten und die Herren Doktoren dann besuchen, um über alte Zeiten zu plaudern. Ihr seid schließlich nicht die ersten Studenten, die sich hier ein kleines Zubrot verdienen.« Er versetzte Herman einen weiteren, harten Tritt. »Schätze, ich muss mich nun doch mit den Akten beschäftigen und sehen, wie es meinen früheren Studenten so ergangen ist.«

Offensichtlich war er nicht einen einzigen Moment lang wirklich besinnungslos gewesen, sondern hatte jedes Wort gehört, dachte Herman. So viel zu seinem genialen Plan.

»Wirklich schade, wo du dir doch so viel Mühe gegeben hast«, feixte Kyle. »Das alles muss doch wirklich viel Arbeit gewesen sein, oder? Ich versteh' gar nicht, wie du das alles geschafft hast, noch dazu vor den Prüfungen. Ihr beiden scheint ja noch über ungeahnte Kräfte zu verfügen. Ich hätt' euch härter rannehmen sollen.«

»Henry hat damit nichts zu tun«, brachte Herman hervor, mühsam und nur im Flüsterton, aber immerhin konnte er sprechen. Vielleicht bekam er ja auch die Kontrolle über den Rest seines Körpers zurück. Aber er bezweifelte, dass er noch lange genug leben würde, um etwas damit anzufangen.

Kyle trat ihn noch einmal und betrachtete die Eisenstange auf eine Art, als überlege er, welchen Knochen er ihm damit zuerst zertrümmern sollte, schob sie dann aber unter seinen Gürtel und stand ächzend aus der Hocke auf. Ohne die allergeringste Mühe zog er Herman zugleich mit sich hoch und zerrte ihn hinter sich her auf die Wanne und Henrys reglos daliegenden Körper zu. Herman war nicht einmal sicher, ob er überhaupt noch lebte. Er hatte gesehen, wie brutal Kyle zugeschlagen hatte.

»Nobel bis zum letzten Moment, der junge Herr Studiosus, der nun doch kein Doktor mehr werden wird«, lallte Kyle. »Versucht seinen Freund zu schützen. Was für eine Schande.« Unmittelbar neben der Wanne stieß er Herman erneut zu Boden und versäumte es auch nicht, ihm einen weiteren Tritt zu versetzen, der die Innenseite seines Oberschenkels traf und auf ein anderes Körperteil gezielt gewesen war, das er um Haaresbreite verfehlte. »Umso mehr, wo ich es dir jetzt sagen kann. Ist zwar verboten, aber ich bin sicher, dass du mich nicht verraten wirst. Ich hab die Herren Professoren belauscht, weißt du? Du hast es geschafft. Keiner weiß genau, wie, und alle sind doch ziemlich überrascht, aber du hast alle Prüfungen bestanden. Ist schon ein Witz, was? Da hast du wahrscheinlich zuallerletzt damit gerechnet, und dann schaffst du die Prüfungen und bist jetzt ein richtiger Doktor und hast nicht mal mehr was davon.«

»Lassen Sie Henry gehen«, murmelte Herman. »Das war alles allein meine Idee. Er wollte es nicht. Sie haben es doch gehört!«

Kyle ignorierte ihn und verzichtete sogar darauf, ihn erneut zu treten, zog die Eisenstange aber wieder unter dem Gürtel hervor und wandte sich seiner Nonsens-Konstruktion zu.

»Ich nehme an, jetzt wirst du mir die Gebrauchsanleitung nicht mehr geben?«

»Lassen Sie Henry gehen, und ich sage Ihnen alles, was Sie wollen«, antwortete Herman. Er lauschte in sich hinein. Abgesehen von den pochenden Schmerzen, wo Kyle ihn getreten hatte, fühlte sich sein Körper immer noch taub an, aber er erlangte die Kontrolle über seine Muskeln doch allmählich zurück. Wenn es ihm gelang, Kyle so lange hinzuhalten, bis er sich wieder richtig bewegen konnte, dann …

… was?

Hätte er die Kraft dazu gehabt, hätte er über seinen eigenen närrischen Gedanken gelacht. Was sollte er schon tun? Kyle zu einem ehrlichen Boxkampf herausfordern? Der Kerl war mindestens dreimal so stark wie er, und wahrscheinlich wusste er nicht einmal, was das Wort *fair* bedeutete. Warum half ihm die Finsternis nicht? Er hatte einen Pakt mit dem Tod geschlossen, und heute hatte er seinen Teil des Handels einlösen wollen, wieso also ließ er es zu, dass nun alles so entsetzlich falsch lief?

»Vielleicht denke ich noch einmal darüber nach«, fuhr der Hausmeister fort. »Dein Freund wird ganz bestimmt nichts sagen … aber halt! Du kannst mir gar nichts erklären, weil das alles hier einfach nur Unsinn ist, nicht wahr? Oder wozu ist das hier gut?«

Genau wie Henry zuvor hielt er sich die Hand vor Mund und Nase, während er sich vorbeugte und den Inhalt der Wanne in Augenschein nahm.

»Das ist doch nicht etwa noch ein Stück von dem armen Mädchen, das ihr vor einer Woche hergebracht habt? Mit Verlaub, Doktor Mudgett, aber das ist ekelhaft.«

Herman sah die Bewegung aus den Augenwinkeln und versuchte noch die Bauchmuskeln anzuspannen, aber es war zu spät. Kyle trat ihm diesmal in die Seite, und der Schmerz explodierte bis in seine Kehle hinauf und hätte fast dazu geführt, dass er sich übergab.

»Da wollte der junge Herr Beinahe-Doktor ganz besonders schlau sein, wie?« Kyle zerrte ihn auch diesmal wieder an den Haaren in die Höhe, stieß ihn gegen den Wannenrand und zwang ihn ohne spürbare Anstrengung, sich vorzubeugen und die ätzenden Dämpfe einzuatmen, die sofort in seiner Kehle brannten und seine Augen tränen ließen. Selbst während der Stunden, die er für seine Vorbereitungen gebraucht hatte, hatte er es nach Möglichkeit vermieden, sich den schrecklichen Inhalt der Wanne genauer anzusehen. Nun zwang ihn Kyle mit purer körperlicher Gewalt, es zu tun, einen zischend-blubbernden Brei aus ätzenden Chemikalien und halb verflüssigtem Gewebe, das nur auf neues Fleisch wartete, das es in seine Bestandteile zerlegen und auflösen konnte.

»Lass mich raten, Jungchen«, sagte Kyle. »Du hast diese Sauerei hier zusammengerührt, damit niemand mehr sagen kann, wessen Überreste genau das sind, falls unglücklicherweise noch jemand hineinfallen sollte … zum Beispiel *ich*.«

Er hatte ihn mit nur einer Hand und beleidigender Beiläufigkeit im Nacken gepackt, drückte ihn zugleich aber auch mit unwiderstehlicher Kraft weiter nach vorne. Ätzende Dämpfe strichen über sein Gesicht, ein Gefühl wie heißes Sandpapier, das seine Haut zerfraß und seine Augen immer schneller und immer heftiger tränen ließ. Sobald sein Vorrat an Tränen aufgebraucht war, würden seine Augäpfel verbrennen, und dasselbe galt für seine Lungen. Herman wollte nichts mehr, als seine Angst hinauszubrüllen, doch wenn er das tat, dann würde ein einziger Atemzug ausreichen, um seine Lungen zu schwarzer Schlacke zu schmelzen.

Die schiere Todesangst gab ihm die Kraft, sich mit beiden Händen und versteiftem Rücken gegen den Wannenrand zu stemmen, um dem furchtbaren Druck wenigstens für den Moment standzuhalten. Aber wie lange noch? Kyles Griff war wie Eisen, und die verzweifelte Anstrengung verbrannte das bisschen Sauerstoff in seinen Lungen mit zehnfacher Schnelligkeit. Gleich würde er atmen müssen. Und dann sterben.

»Hab mich immer gefragt, was das Zeug wohl einem lebenden Gesicht antut, weißt du?«, höhnte Kyle. »Gleich weiß ich es. Und wenn es dich tröstet, Jungchen, deinen Freund bring ich nach dir um. Also beeil dich nicht zu sehr, sondern warte auf der anderen Seite auf ihn. Er kommt gleich nach.«

Es war unmöglich. Herman *hatte* jetzt Angst, nackte Todesangst, ein Gefühl, gegen das er sich bisher gefeit gewähnt hatte, aber viel größer noch war die totale und absolute Verwirrung, dass das alles hier überhaupt passierte. Es konnte nicht sein, denn der Tod war sein Verbündeter, und er sein Werkzeug und nicht sein Opfer. *Was hatte er falsch gemacht?*

»So, jetzt hast du dich genug gewehrt, Kleiner«, höhnte Kyle. »Es wird langweilig.«

Damit drückte er Herman weiter nach unten. Seine durchgedrückten Arme, mit denen er sich so verzweifelt am Wannenrand abstützte, knickten ein, etwas in seinem Rücken schien zu zerbrechen, und sein Gesicht näherte sich der brodelnden Säure. Kyle sagte noch irgendetwas, das Herman nicht mehr verstand, weil es im Rauschen seines eigenen Blutes und dem rasenden Hämmern seines Herzschlags unterging. Er wappnete sich gegen den grausamen Schmerz, der nun kommen musste und alles auslöschte. Er betete zu einem Gott, an den er niemals geglaubt hatte, dass es schnell ging.

Stattdessen war der grausame Druck plötzlich nicht mehr da, so unerwartet, dass er fast doch das Gleichgewicht verloren hätte und in die tödliche Lauge gestürzt wäre. Irgendwie – vermutlich durch nichts anderes als pures Glück – gelang es ihm, sich im letzten Moment abzustützen und zurückzuschnellen. Er prallte mit der Schläfe gegen den Wannenrand und hätte um ein Haar das Bewusstsein verloren. Alles wurde dunkel und dumpf, und da waren Geräusche wie von einem Kampf und ein zorniges Schreien und Knurren. Sein Verbündeter war am Ende doch noch gekommen, um ihm beizustehen.

Aber etwas stimmte nicht. Herman erkannte wenig mehr als Schatten, die einen knurrenden Tanz über ihm aufzuführen schienen, doch etwas daran war nicht so, wie es hätte sein sollen. Er konnte nicht sagen, was, aber der Unterschied war da, und er war von der Art, die über sein Leben entscheiden mochte.

Mit einer gewaltigen Willensanstrengung gelang es ihm, Dunkelheit und Schwäche zurückzudrängen und sich auf die Seite zu wälzen. Die Finsternis hatte Gestalt angenommen und sah nun aus wie Henry, der mit blutigem Gesicht und irrem Blick hinter Kyle aufgetaucht war und beide Arme um seinen Hals geschlungen hatte, um ihn von seinem Opfer wegzuzerren. Seine Kraft reichte nicht, um ihn zu Boden zu ringen, aber er hatte ihn immerhin aus dem Gleichgewicht gebracht, und so verzweifelt, wie er sich an ihn klammerte, gelang es dem Hausmeister nicht, ihn abzuschütteln. Seine Hände fuhrwerkten wild in der Luft herum und grapschten nach Henrys Gesicht, aber seine Arme waren einfach zu kurz, um ihn zu erreichen.

Nicht, dass es nötig gewesen wäre. Kyle stellte sein sinnloses Gefuchtel ein und machte zwei, drei zornige Schritte zurück, bis er Henry mit schrecklicher Gewalt gegen einen der gemauerten Pfeiler schmetterte. Aus Henrys angestrengtem Schnauben wurde ein krächzender Schrei, und Kyle machte einen umgekehrten, stampfenden Schritt nach vorne, bekam endlich einen von Henrys plötzlich kraftlosen Armen zu fassen und schleuderte ihn über seinen Rücken davon. Holmes schlug schwer auf dem Steinboden auf und rollte ein Stück weit davon, und noch bevor er ganz zur Ruhe gekommen war, war Kyle schon bei ihm und trat ihm in den Leib. Henry krümmte sich zu einem Ball zusammen und übergab sich würgend. Kyle ließ von ihm ab. Wenn auch nur, um mit einem zornigen Knurren auf den Absatz herumzufahren und sich einem anderen Opfer zuzuwenden.

Herman konnte sich nicht einmal erinnern, wie, aber er hielt plötzlich wieder die Eisenstange in der Hand, die Kyle fallen gelassen haben musste, und ihm war klar, dass er nur noch diese eine, unwiderruflich letzte Chance hatte, sich des Paktes für würdig zu erweisen, den er vor so langer Zeit geschlossen hatte. Er war auch schon halb auf den Beinen, ohne sich daran zu erinnern, sich überhaupt bewegt zu haben.

Mit einem Schrei schnellte er vollends in die Höhe und zugleich auf Kyle zu, um sein eisernes Werkzeug mit aller Gewalt zu schwingen. Kyle duckte sich so knapp unter der Eisenstange weg, dass der Luftzug seine wenigen verbliebenen Haare fliegen ließ, und schlug ihm die Faust gegen den Arm. Der Hieb war nicht hart genug, um sein Handgelenk zu brechen, aber es tat so weh, als *hätte* er es getan. Herman schrie vor Schmerz und taumelte zur Seite, ließ aber die Eisenstange nicht los, sondern schwang sie mit verzweifelter Kraft und landete einen ungeschickten Treffer an Kyles Schläfe. Der Hausmeister grunzte vor Schmerz, und seine Augen trübten sich. Er wankte. Aber er fiel nicht.

Herman schwang die Eisenstange zu einem zweiten Hieb, und Kyle kam ihm zuvor, indem er ihm die flachen Hände vor die Brust stieß, so dass er zurücktaumelte. Herman ließ die Eisenstange nicht los, denn ihm war klar, dass sein Leben davon abhing, doch er kam nicht dazu, noch einmal zuzuschlagen. Kyles Augen waren immer noch trüb, und er blutete heftig aus einer neuen Platzwunde über der Schläfe, aber das alles schien ihn nur noch wütender zu machen. Mit nur einer Hand packte er Hermans Handgelenk und quetschte es so fest zusammen, dass er die Eisenstange nun doch losließ; seine andere Pranke schloss sich um Hermans Kehle und begann sie zu zerquetschen. Zugleich drängte er ihn noch weiter zurück, bis seine Kniekehlen wieder gegen den Wannenrand stießen.

Er bekam keine Luft mehr und begann mit der freien Hand auf Kyles Gesicht einzuschlagen, hatte aber das Gefühl, sich dabei selbst deutlich mehr wehzutun als dem Hausmeister. Der Druck auf seine Kehle nahm nur noch einmal zu. Rote Ringe begannen vor seinen Augen zu kreisen, und seine Lungen brannten, als hätte er die tödliche Säure bereits eingeatmet. Zugleich begann Kyle ihn unerbittlich weiter nach hinten zu drücken. Alles drehte sich um ihn.

Gerade als er spürte, wie ihn endgültig die Kräfte verließen und seine Sinne zu schwinden begannen, ließ der Druck nach. Kyle ließ ein ärgerliches Knurren hören und machte ein paar ruckhafte Bewegungen, bei denen sich sein Griff noch weiter lockerte, so dass Herman einen einzelnen, rasselnden Atemzug nehmen konnte. Die Luft brannte wie Säure in seiner Kehle (aus der sie auch zu einem guten Teil bestand), und das Herz klopfte in seiner Brust, als wollte es zerspringen. Aber er konnte atmen, und die schiere Todesangst verlieh ihm zusätzliche Kraft, so dass es ihm irgendwie gelang, seine Hand loszureißen und sich ein Stück weit aus Kyles Umklammerung zu winden. Kyle knurrte noch unwilliger und schien an irgendetwas zu zerren, und endlich erkannte Herman auch, woran: Henry klammerte sich mit beiden Armen und verzweifelter Kraft von hinten um seine Beine. Seine Kraft reichte nicht, um ihn zu fällen, aber er brachte ihn aus dem Gleichgewicht und lenkte ihn ab, und Herman erkannte seine Chance. Alle Energie aufbietend, die er noch irgendwie in sich fand, und indem er Kyles Pranke ignorierte, die an seiner Kehle hing wie eine missgestaltete Spinne, die sich in ihre Beute verbissen hatte, drehte er sich herum und packte Kyles anderen Arm mit beiden Händen und versuchte ihn auf den Rücken zu drehen. Es gelang ihm nur zum Teil, denn Kyle war wirklich unglaublich stark, und der Zorn verlieh ihm noch zusätzliche Kräfte.

Aber es reichte, um den erstickenden Griff an seiner Kehle noch weiter zu lockern und den Hausmeister endgültig aus dem Gleichgewicht zu bringen. Kyle schwankte, versuchte sich loszureißen und brachte sich dabei mehr oder weniger selbst endgültig aus dem Gleichgewicht, und Herman verdoppelte seine Anstrengungen noch einmal, so dass Kyle in der Hüfte einknickte und nun in gefährlicher Schräglage über der Wanne hing.

»Seine Beine!«, schrie Herman. *»Nimm seine Beine!«*

Henry hatte sie ja schon und wusste mit diesen Worten vermutlich wenig anzufangen, falls er sie überhaupt hörte, zerrte und riss aber nur umso heftiger an Kyles Unterschenkeln, und der Hausmeister ließ ein noch zornigeres Grunzen hören und endlich Hermans Kehle los, um sich mit der frei gewordenen Hand auf dem Wannenrand abzustützen. Herman rammte ihm das Knie in die Seite. Kyle ächzte und kippte weiter nach hinten, fing sich aber im nächsten Augenblick auch schon wieder. Doch zum allerersten Mal meinte Herman auf seinem Gesicht auch so etwas wie Furcht zu erkennen oder doch zumindest Überraschung und Unsicherheit.

Er versuchte seinen Arm weiter zu verdrehen und rammte ihm zugleich die Schulter gegen die Brust, doch Kyles einzige Reaktion bestand aus einem noch zornigeren Knurren – und darin, seinen Arm loszureißen und aus derselben Bewegung heraus nach ihm zu schlagen. Seine Faust streifte Hermans Schläfe kaum, und doch hätte ihn der Hieb beinahe zu Boden geschleudert.

Kyle drückte den Arm durch, um sich weiter hochzustemmen, und Henry ließ seine Unterschenkel zumindest für einen Moment los – und biss ihm in die Wade!

Kyle brüllte, vermutlich mehr vor Überraschung und Wut als Schmerz, trat mit dem anderen Bein nach ihm und traf ihn seitlich am Kopf, so dass er nach hinten geschleudert wurde und benommen liegen blieb. Mehr als diesen einen Sekundenbruchteil, in dem Kyle nur auf einem Bein und mit einer Hand balancierte, begriff Herman, würde er nicht mehr bekommen.

Herman nutzte diese Chance. Er hatte nichts mehr zu verlieren, also warf er sich mit seinem ganzen Körpergewicht gegen den Hausmeister, brachte ihn endgültig zu Fall und stürzte an ihn geklammert über den Wannenrand und in den brodelnden Morast aus Säure und halb aufgelöstem menschlichen Gewebe.

Es war nicht einmal so schlimm, wie er erwartet hatte. Kyle schlug so hart mit dem Hinterkopf auf dem Wannenboden auf, dass die gesamte Konstruktion dröhnte. Er wollte ganz automatisch einen Schrei ausstoßen, bezahlte aber für diesen Reflex mit einem kräftigen Schluck ätzenden Schlamms, der in seinen aufgerissenen Mund schwappte. Aus seinem Brüllen wurde ein blubbernder Geysir aus Blut und dampfender Säure, und Herman drehte hastig den Kopf zur Seite, um sein Gesicht und seine Augen zu schützen. Gleichzeitig stieß er sich von Kyles Schultern ab und katapultierte sich nicht nur wieder in die Höhe, sondern rammte den Faustkeil auch noch weiter in den zersetzenden Schlamm. Dann war er irgendwie wieder draußen, brach auf dem harten Steinboden zusammen und rollte instinktiv davon, um nicht von der Säure getroffen zu werden, die hinter ihm aufspritzte.

Trotzdem war er mit einem einzigen Satz wieder auf Händen und Knien, hechtete nach der Eisenstange und schloss beide Hände um das kalte Metall.

Keinen Augenblick zu früh.

Die Wanne hatte sich in einen spritzenden Höllenpfuhl verwandelt, in dessen Zentrum sich ein kreischender und um sich schlagender Dämon aufrichtete. Kyles Kleider, Haar und Haut trieften nicht nur vor Nässe, sondern *dampften*, und der rote, braune und brodelnde Morast, der sein Gesicht besudelte, verwandelte ihn endgültig in eine Schreckensgestalt, die direkt aus der Hölle kam.

Herman war mit zwei Schritten bei ihm, schwang die Eisenstange mit aller Gewalt und traf ihn hart an der Schulter. Kyle wankte und fiel so schwer auf ein Knie, dass die Lauge schon wieder bis über seinen Kopf aufspritzte. Seine Hand klammerte sich an den Wannenrand, um sich hinauszuziehen, mit der anderen grapschte er nach Hermans Gesicht und bespritzte ihn mit einer Mischung aus Lauge und seinem eigenen, heißen Blut. Es brannte, wo die Tropfen seine Haut berührten, und Herman meinte verbranntes Haar und schmorendes Fleisch zu riechen.

Sein nächster Hieb traf Kyles Hand und zerschmetterte sie, und der Hausmeister kippte nach hinten, als Herman ihm die Eisenstange gegen die Brust stieß.

Er ließ ihm nicht die Chance, noch einmal aufzustehen. Mit einem einzigen Schritt war er bei ihm, ergriff die Stange mit beiden Händen an ihrem hinteren Ende und drückte Kyle damit unter Wasser, bevor er sich erneut hochstemmen konnte.

Kyle bäumte sich mit aller Gewalt auf und bog den Rücken durch, um der zersetzenden Umarmung der Flüssigkeit zu entkommen, und er war sogar noch stärker, als Herman ohnehin schon gefürchtet hatte. Er schrie und versuchte, sich mit beiden Händen an den Wannenrand zu klammern, und so unmöglich es Herman auch erschien, gelang es ihm doch, sich Stück für Stück wieder nach oben zu kämpfen.

Aber am Ende reichte seine Kraft dann doch nicht. Es war, als zerbreche etwas in Kyles Körper. Er wurde regelrecht in die Wanne gerammt, und erst, als sein Gesicht wieder unter Wasser war, wurde Herman überhaupt klar, dass er selber die ganze Zeit geschrien hatte und es vermutlich auch jetzt noch tat.

Kyle begann sich hin und her zu werfen und in Agonie mit Armen und Beinen um sich zu schlagen, so dass das Menstruum noch höher aufspritzte, Hermans Kleider und Haar durchnässte und sein Gesicht in Brand zu setzen schien. Seine Hände fühlten sich an, als würde ihm die Haut abgezogen, und sein Gesicht stand in Flammen, aber er konnte nicht loslassen, denn das hätte seinen sicheren Tod bedeutet. Also hielt er die Stange umklammert und zwang sich, die ätzende Luft weiter einzuatmen, und ließ keinen Sekundenbruchteil in seiner Aufmerksamkeit nach, bis Kyles Bewegungen schließlich langsamer wurden und dann ganz erlahmten. Seine Hände ließen den Wannenrand los und trieben kraftlos auf dem Wasser, und aus seinem Mund stieg ein letzter Schwall öliger Luftblasen.

Herman wartete trotzdem noch eine gefühlte Ewigkeit, bevor er endlich zurücktaumelte, die Eisenstange fallen ließ und zu Holmes hinüberging und neben ihm auf die Knie sank.

Er hatte ihn für bewusstlos gehalten, wenn nicht sogar Schlimmeres. Doch Henrys Augen waren offen und weit, und der Ausdruck vollkommenen Terrors darin machte ihm auch klar, dass er die ganze Zeit über wach gewesen war und alles gesehen hatte. Er zitterte am ganzen Leib, und seine Lippen bewegten sich unentwegt, ohne den mindesten Laut von sich zu geben.

»Es ist alles vorbei, Henry«, sagte Herman schwer atmend. »Du brauchst keine Angst mehr zu haben.«

Seine Worte waren mehr ein Krächzen als alles andere. Sein Hals schmerzte unerträglich, und das Atmen fiel ihm so schwer, dass es kein unbewusster Vorgang mehr war, sondern er sich auf jedes einzelne Ein- und Ausatmen konzentrieren musste. Und auch der Schmerz, den er bisher vermisst hatte, erwachte nun immer stärker. Sein Gesicht und seine Hände brannten wie Feuer, und als er die Hände vor die Augen hob, sah er, wie rot und entzündet seine Haut war, nass und wie mit zahllosen nadelstichgroßen Wunden übersät, in denen nun noch kleinere helle Blutstropfen erschienen, die sich unverzüglich mit der Nässe auf seiner Haut vermengten und einen dünnen rosa Film zu bilden begannen. Seine Hände sahen nicht nur so aus, als wäre er lebendig gehäutet worden, sondern fühlten sich mittlerweile auch so an, und er vermutete, dass sein Gesicht auch keinen wesentlich erfreulicheren Anblick bot.

Immerhin war er klug genug gewesen, die Augen zu schließen, so dass sie nicht verletzt waren, doch wenn er die Säure nicht bald abwischte, dann würde er sich für den Rest seines Lebens an diesen Moment erinnern, jedes Mal, wenn er in den Spiegel sah oder die Hände vor das Gesicht hob.

Aber zuallererst musste er sich um Henry kümmern.

»Bist du verletzt?«, fragte er. »Hat er dir etwas gebrochen oder Schlimmeres?«

»Was … was haben wir getan, Webster?«, stammelte Henry. »Er ist tot. Wir haben ihn umgebracht!«

»*Er* wollte *uns* umbringen, Henry«, antwortete Herman. »Wir hatten gar keine andere Wahl, als uns zu wehren!«

»Wir haben ihn umgebracht«, beharrte Henry.

Er war sichtbar nicht in der Verfassung, vernünftig zu reden. Er konnte von Glück sagen, wenn Kyles Fäuste ihm nicht ein paar Knochen gebrochen oder innere Organe verletzt hatten, und als angehender Arzt wusste Herman nur zu gut, dass das auch durchaus der Fall sein mochte und Henry es im Moment einfach nur noch nicht merkte.

Er streckte die Hand aus, um Henry zu helfen, und zog den Arm dann hastig wieder zurück, als er vor dem Anblick seiner eigenen Hand erschrak; ihr Zustand hatte sich noch verschlimmert. Sie sah jetzt tatsächlich aus wie gehäutet und tat immer schlimmer weh. Da es nicht das erste Mal war, dass sich einer von ihnen bei ihrer gefährlichen Arbeit verletzte, gab es einen ausreichenden Vorrat entsprechender Gegenmittel, aber die würden ihm herzlich wenig nutzen, wenn die ätzenden Laugen ihre volle Wirkung entfaltet hatten. Er stand auf, machte einen großen Schritt über Holmes weg und fuhr dann mitten in der Bewegung wieder herum, als sein Freund einen erschrockenen Schrei ausstieß.

Der Dämon war wieder da. Das Etwas, das einmal Kyle gewesen war, kletterte mit umständlichen, eckigen Bewegungen aus der Wanne, eine Schleppe roter und dampfender Flüssigkeit hinter sich herziehend, in der Fetzen seiner zerfallenden Kleider und seines eigenen Fleisches hingen. Seine Bewegungen hatten etwas Spinnenhaftes, während er aus der Wanne krabbelte, und ganz wie eine solche, der die Hälfte ihrer Beine ausgerissen worden waren, verlor er das Gleichgewicht und schlug schwer mit dem Gesicht voran auf den Boden.

Herman war mit zwei schnellen Schritten bei ihm und hielt

nach seiner Waffe Ausschau, doch sie war unerreichbar, obgleich sie praktisch vor ihm lag, denn Kyle war direkt darüber zusammengebrochen und hatte die Eisenstange halb unter sich begraben. Seine Hände scharrten mit schrecklichen, schlürfenden Lauten über den Boden und hinterließen blutige Striemen auf dem Stein, und er gab die grässlichsten Laute von sich, die Herman jemals gehört hatte.

»Was ist das?«, wimmerte Holmes. »Herman, wie kann das sein? Er … er ist tot! Er muss doch tot sein! *Wie kann er denn noch leben?*«

Das konnte er nicht, dachte Herman, nicht nach allem, was er jemals gelernt hatte, nicht als Student der Medizin und nicht in seinem Leben davor. Aber es war Kyle, und er war nicht nur am Leben, er bewegte sich und fuhr fort, diese grässlichen Laute von sich zu geben, die keine menschliche Kehle jemals von sich geben sollte.

Herman überwand endlich sein Entsetzen und seinen Ekel und wollte nun doch nach der Stange greifen, um sie unter Kyles Körper hervorzuziehen. Es hätte nicht viel gefehlt, und die Bewegung hätte ihm eine Hand oder einen Finger gekostet, denn das Etwas, das einmal Kyle gewesen war, bäumte sich mit einem matschig saugenden Laut auf und tastete nach ihm, und in seinen wie Wachs zerfließenden Fingern lag plötzlich das monströse Taschenmesser. Der Horngriff war halb aufgelöst, so dass die robuste Mechanik darunter sichtbar geworden war, aber die Klinge blitzte so sauber wie frisch poliert, wo die Säure Dreck und eingetrocknetes Blut von Jahrzehnten weggefressen hatte, und sie war nach wie vor scharf wie ein Skalpell. Herman riss die Hand im letzten Augenblick zurück, so dass ihn die Klinge nur streifte. Dennoch reichte es aus, ihm eine klaffende Wunde an der Hand zuzufügen, die sofort heftig zu bluten begann und höllisch wehtat.

Herman sprang mit einem Schrei zurück. Die schreckliche Kreatur stemmte sich taumelnd weiter in die Höhe und fuchtelte immer hektischer mit dem Messer. Die Klinge zischte mit einem Geräusch durch die Luft, als würde Seide zerschnitten.

Blut und ätzende Säure spritzten, und Herman prallte einen weiteren Schritt zurück und schrie nun in reinem Entsetzen auf, als er das allererste Mal direkt in die zerklüftete Ruine blickte, die Augenblicke zuvor noch Kyles Gesicht gewesen war.

Jetzt war es ein grinsender Totenschädel, als wäre sein finsterer Verbündeter aus den Schatten getreten und hätte Gestalt angenommen. Haut, Fleisch und Lippen schmolzen wie heißes Wachs in der Sonne und liefen in Fäden ziehenden Tropfen an seinem Schädel hinab, so dass an zahlreichen Stellen schon der bleiche Knochen zum Vorschein gekommen war und seine Zähne zu einem grässlichen Grinsen gebleckt waren. Seine Lider waren verschwunden, und die Augen zu weißen Kugeln geliert, die blutige Tränen weinten. Er war blind, und eigentlich sollte er tot sein, aber da war noch irgendetwas in ihm, das ihn gegen jede Logik und die Gesetze der Natur aufrecht hielt, als wäre sein Zorn auf seinen Mörder so groß, dass er ihn selbst über den Tod hinaus noch verfolgte.

Henry stieß einen entsetzten Schrei aus, was Herman aus der Starre riss und ihn davor bewahrte, doch noch von der Klinge getroffen zu werden. Seine Hand schmerzte unerträglich, als wäre mit dem Schnitt noch etwas anderes in sein Fleisch gefahren, das ihn nun von innen heraus verzehrte. Er taumelte vor dem schrecklich Anblick der Kreatur zurück, wobei er durch sein Studium und ihren Nebenerwerb hier unten Schlimmes gewohnt war. Vielleicht war es einfach nur Pech, oder sein finsterer Verbündeter wollte es ihm nicht zu leicht machen, jedenfalls stolperte er über irgendetwas, das nicht da sein sollte, und schlug schwer auf Rücken und Hinterkopf, was ihn für einen Moment Sterne sehen ließ.

Als sich die roten Punkte vor seinen Augen lichteten, war Kyle über ihm. Sein Messer stocherte nach Hermans Gesicht, verfehlte es um Haaresbreite und schlug Funken aus dem Steinboden, während es sich quietschend von ihm wegbewegte. Herman schlug nach dem Etwas und landete einen harten Treffer an seinem Kinn, der aber nicht die geringste Wirkung zeigte, außer dass ein Stück von Kyles Wange davonflog. Das Messer beendete seinen Funken sprühenden Halbkreis und hob sich zu einem weiteren und dieses Mal besser gezielten Stoß nach Hermans Gesicht. Die Klinge sauste herab, verfehlte aber ihr Ziel. Die Wucht, mit der sie auf den Boden prallte, reichte aus, um sie abbrechen zu lassen. Kyle kippte mit einem sonderbar erleichtert klingenden Seufzer zur Seite und lag dann still.

Herman rollte sich mit einiger Verspätung, dafür aber umso schneller zur Seite, stemmte sich auf die Ellbogen und kroch rücklings davon. Saurer Speichel sammelte sich immer schneller unter seiner Zunge, seine Hand schmerzte unerträglich, und er spürte, wie ihm übel wurde. Hysterie stieg in ihm hoch und drohte das Wenige zu verschlingen, was von seinem klaren Denken noch übrig war.

Er hörte Henrys Stimme, aber seine Worte weigerten sich, Sinn zu ergeben. Alles drehte sich um ihn, dann explodierte die Übelkeit so plötzlich in seinen Eingeweiden, dass er gerade noch den Kopf drehen konnte, bevor er sich mit schmerzhafter Wucht übergab – und dann noch einige weitere Male, obwohl sein Magen längst leer war und er nur noch ein paar zähe Fäden grüner Galle auf den Boden speien konnte.

Als er sich mühsam wieder aufsetzte, bewegte sich etwas in der Schwärze. Er konnte nicht erkennen, was es war, und das war auch gar nicht möglich, denn es war die Dunkelheit selbst, die reine Abwesenheit von allem Hellen und Lebendigen, die ihn aus unsichtbaren Augen betrachtete und taxierte, so wie sie es nahezu zeit seines Lebens getan hatte, um auf diesen einen Moment zu warten.

Etwas berührte seine Seele, und die Angst erlosch. Schmerz und Schwäche lösten sich auf wie das letzte Glimmen von Tageslicht in der Dämmerung.

Eine große Ruhe überkam Herman. Mit einem Mal ergab alles Sinn. Wie hatte er auch nur für eine Sekunde glauben können, dass sein dunkler Verbündeter ihn im Stich ließ?

Herman stand auf, fuhr sich mit dem Handrücken über den Mund, um bittere Galle und Erbrochenes wegzuwischen, sammelte sich noch einen Moment und vertrieb auch noch die letzte Spur von Unsicherheit oder gar Furcht von seinem Gesicht, bevor er sich endgültig herumdrehte.

Etwas schepperte, hell und in der Stille des Gewölbekellers nachhallend; die Eisenstange, die Holmes aufgehoben hatte, um Kyle damit endgültig den Schädel einzuschlagen. Henrys Gesicht bot einen fast noch schrecklicheren Anblick als das Kyles. Es war nicht gehäutet, sah aber genauso aus, denn unter all dem Blut und schlimmeren Dingen, die seine Haut besudelten, war er so bleich wie schmutziger Schnee, und in seinen Augen flackerte etwas, das Herman einen eisigen Schauer über den Rücken gejagt hätte, hätte er es nicht zugleich auch erkannt und etwas nur zu Vertrautes darin gesehen.

»Henry?«, fragte er sanft. Er musste vorsichtig sein, denn er erinnerte sich nur zu gut daran, wie es das erste Mal gewesen war, als er jemanden getötet hatte, und Henry war ein viel sensiblerer und zerbrechlicherer Mensch, als er es jemals gewesen war.

»Henry?«, fragte er noch einmal. Holmes stand mit hängenden Schultern und weit nach vorne gebeugt da, den leeren Blick auf den verkrümmten Körper zu seinen Füßen gerichtet, und im ersten Moment schien es, als hätte er ihn auch diesmal nicht gehört. Doch dann hob er mühsam den Kopf, und sein Blick flackerte unstet, als er vergeblich versuchte, sein Gesicht zu fixieren.

»Er ist tot, Herman«, stammelte er. »Ich … ich habe ihn umgebracht.«

»Du hast mir das Leben gerettet, Henry«, antwortete Herman sanft. Obwohl seine Hand noch immer unerträglich schmerzte und jede Minute, die er weiter verstreichen ließ, vermutlich für den Rest seines Lebens Spuren in seinem Spiegelbild hinterlassen würde, legte er ihm beide Hände auf die Schultern und blickte ihn eindringlich an.

»Sieh mich an, Henry«, verlangte Herman, sanft und so fordernd zugleich, dass Holmes gar keine andere Wahl blieb, als zu gehorchen. Wahnsinn flackerte in seinen Augen, hinter ihm regte sich etwas Schleichendes und Forderndes in der Dunkelheit, und Herman wusste, wie wichtig jedes einzelne Wort war, das er nun sagte.

»Sieh mich an«, verlangte er noch einmal, obwohl Henry es ja längst tat. Aber er war nicht sicher, ob er ihn wirklich sah, denn sein Blick war der eines Menschen, der in den tiefsten Abgrund der Hölle geschaut hatte.

»Du hast ihn nicht *ermordet*. Du hast mir das Leben gerettet. Er wollte mich umbringen, und danach hätte er dich getötet.«

»Aber er ... er war ein Mensch, und ich habe ihn umgebracht.«

Hermans Meinung nach musste man die Definition des Wortes *Mensch* schon sehr weit ausdehnen, um es auf Kyle anzuwenden, doch er schüttelte nur sanft den Kopf und zwang ein Lächeln auf seine Lippen. »Wir hatten keine Wahl, Henry. Du musstest es tun. Wenn dich ein tollwütiger Hund angreift, dann hast du auch kein schlechtes Gewissen, wenn du ihn erschlägst, oder?«

Henry antwortete jetzt nicht mehr, und Herman war nicht sicher, ob seine Worte überhaupt zu ihm durchdrangen.

»Du musstest es tun, Henry. Sonst hätte er uns getötet. Und wahrscheinlich noch andere. Diese ... Kreatur hat schon zahllose Leben ruiniert. Wir haben die Welt von einer Plage befreit. Jemand musste es tun.«

»Aber ich habe ihn umgebracht, Herman«, schluchzte Henry. »Ich habe einen Menschen getötet.«

Und es würde nicht der letzte bleiben, dachte Herman. Endlich hatte er verstanden, was das Lauern und Sondieren in den Schatten wirklich bedeutet hatte. Der Tod hatte es nicht auf seinen einzigen Freund abgesehen gehabt, um seine Treue auf die Probe zu stellen, wie er insgeheim schon befürchtet hatte. Das genaue Gegenteil war der Fall. Er hatte ihm einen Verbündeten geschickt, einen Helfer aus Fleisch und Blut, mit dem er seine Mission fortan gemeinsam fortführen konnte.

Noch wusste er es nicht, aber Henry hatte heute seine Unschuld verloren, und das tat weh.

Aber der Schmerz würde vergehen, und danach würde er mehr wollen, und Herman war dafür bereit. Ein warmes Gefühl ergriff von ihm Besitz und ließ ihn für einen Moment sogar Schmerz und Schrecken vergessen.

Er war nicht mehr allein.

Chicago, Illinois, 1893

Der Tag war lang gewesen, und eigentlich hätte er in sein Bett fallen und wie ein Stein einschlafen und erst spät am nächsten Morgen erwachen sollen. Doch das genaue Gegenteil schien der Fall zu sein. Holmes war tatsächlich so müde, dass sich seine Glieder wie Blei anfühlten, und auch in seinem Mund war der staubige Geschmack der Müdigkeit, doch er fand keinen Schlaf. Zu viel war an diesem Tag geschehen, als dass seine Gedanken anders konnten, als hinter seiner Stirn zu kreisen und ihn wach zu halten.

Alles war so katastrophal schiefgelaufen, wie es nur ging, und die Krönung war die Fahrt mit diesem dreimal verdammten Riesenrad gewesen! Tatsächlich *hatte* er sie als Höhepunkt des Abends geplant und eine nicht unerhebliche Summe investiert, um die Fahrt ganz allein mit Arlis zu genießen, statt zusammen mit zwei Dutzend lauten, schwatzenden und übel riechenden Kirmesbesuchern – und dann das! Äußerlich war sie – natürlich – ganz ruhig geblieben und hatte die Situation sogar mit Humor genommen, aber viel schlechter hätte es gar nicht laufen können.

Und dann noch dieser verdammte Geyer! Der Kerl hatte tatsächlich die Dreistigkeit besessen, ihm nicht nur nachzuspionieren, sondern auch noch ungefragt zu Arlis und ihm in den Wagen zu steigen und mit zurück ins Hotel zu fahren – als wären William und er zusammen nicht in der Lage, auf Arlis achtzugeben!

Es wurde Zeit, dass er etwas gegen diesen selbst ernannten Detektiv unternahm. Er wusste noch nicht, was, aber ihm würde schon etwas einfallen, und nötigenfalls gab es da ja auch noch William. Er hatte es noch nicht oft getan, aber das eine oder andere Mal eben doch, und wenn es um außergewöhnliche Lösungen ging, dann war William manchmal erstaunlich kreativ.

Etwas polterte, und Holmes öffnete widerwillig die Augen, um nach der Ursache des Geräusches zu sehen, doch er scheiterte. Er war so müde gewesen, dass er nicht einmal Licht eingeschaltet, sondern sich nur des Großteils seiner Kleider entledigt und noch in Socken und Gamaschen auf dem Bett ausgestreckt hatte, ohne auch nur die Decke zurückzuschlagen oder sich den Schlafanzug anzuziehen. Holmes überlegte träge, das Versäumte nachzuholen, denn es war schon nach Mitternacht, und die Herbstkühle drang durch die undichten Fenster. Aber selbst dazu war er zu müde. Wenn es noch unangenehmer wurde, konnte er immer noch unter die Decke kriechen, ohne sich übermäßig zu bewegen.

Er schloss die Augen wieder, und diesmal war es das Geräusch der Tür, das ihn die Lider erneut heben und sich sacht erschrocken auf die Ellbogen hochstemmen ließ. Die Tür schwang mit einem Quietschen auf, das jedem Schauerroman Ehre gemacht hätte, und ein heller Schemen huschte herein.

»Wer …?«, begann Holmes und richtete sich gleichzeitig weiter auf, um nach der modernen elektrischen Lampe auf dem Nachttisch zu greifen und sie einzuschalten, doch der Schemen drückte die Tür hinter sich ins Schloss und sagte:

»Tun Sie das nicht, Henry.«

Holmes führte die Bewegung zwar nicht zu Ende, ließ den Arm aber auch nicht sinken und strengte die Augen an, ohne allerdings sehr viel mehr zu erkennen. »Arlis? Sind Sie das?«

»Erwarten Sie denn noch mehr Damenbesuch, mitten in der Nacht?«

Holmes ließ endlich doch den Arm sinken – schon weil er allmählich schwer wurde – und setzte sich weiter auf. Einen Moment lang fragte er sich ganz ernsthaft, ob er eingeschlafen war und träumte, doch dann stieß sich der Schemen von der Tür ab und blieb auf halber Strecke zum Bett wieder stehen.

»Ich hoffe, ich störe nicht«, sagte sie mit gespieltem schlechten Gewissen. »Sie haben doch noch nicht geschlafen, oder?«

»Nein«, antwortete er hastig. »Und selbst wenn …«

»… würden Sie es ganz gewiss niemals zugeben, nicht wahr?«, unterbrach ihn Arlis, schmunzelnd und mit einem Kopfnicken, mit dem sie ihre eigene Frage gleich beantwortete. »Was mir meine Schwester über Sie geschrieben hat, ist wohl tatsächlich wahr.«

»Was hat sie Ihnen denn geschrieben?«

»Dass Sie ein Gentleman alter Schule sind«, antwortete Arlis, »eine im Aussterben begriffene Spezies, wie Sie vermutlich wissen.«

»Und das ist alles? Alles, was sie Ihnen über mich geschrieben hat, meine ich?«

»Wo denken Sie hin«, antwortete Arlis verschmitzt. »Aber den Rest kann ich Ihnen natürlich nicht verraten.«

»Natürlich nicht«, sagte Holmes. Dann fiel ihm auf, dass er nur in Unterwäsche (und Socken) vor ihr auf dem Bett lag, und er vollführte ein paar vermutlich ziemlich lächerlich aussehende Verrenkungen, um sich zuzudecken. Arlis' Augen funkelten amüsiert, doch sie sparte sich jeden Kommentar und wartete, bis er damit fertig war, sich zum Narren zu machen.

»Ich wollte Sie wirklich nicht wecken, Henry, aber es gibt da doch etwas, das mir auf der Seele brennt.« Aber natürlich verriet sie ihm nicht sofort, was das war, sondern drehte sich stattdessen um und ging zum Fenster, um die Vorhänge zurückzuziehen. Es wurde nicht wirklich hell im Zimmer, aber das Mondlicht verwandelte ihre Gestalt in eine scharf umrissene Silhouette, die ihre ohnehin atemberaubende Figur noch einmal weiter betonte, und Holmes sah nun auch, wieso ihm ihre Gestalt gerade so geisterhaft und hell erschienen war: Sie trug nicht mehr das Kleid, das sie am Abend angehabt hatte, sondern weiße Spitzenunterwäsche.

»Ich nehme Ihnen nicht übel, was vorhin in Mr Ferris' Attraktion geschehen ist, Henry«, sagte sie. »Im Gegenteil. Auch auf die Gefahr hin, dass Sie es für ungebührlich halten, muss ich doch zugeben, dass ich die Zeit allein mit Ihnen ein bisschen genossen habe.«

Holmes hielt die Bemerkung nicht für ungehörig – schon gar nicht aus dem Mund einer jungen Frau, die er seit kaum vierundzwanzig Stunden kannte und die nun in Unterwäsche in seinem Schlafzimmer stand. Denn das war doch genau das, was er sich gewünscht hatte.

»Das wollte ich Ihnen einfach nur sagen, Henry«, fuhr Arlis fort. Sie drehte sich um, trat jedoch nicht ganz vom Fenster weg, sondern wandte ihm nun ihre Silhouette zu, wie um ihm die Gelegenheit zu geben, sie auch in aller Ausführlichkeit zu bewundern. Zwar verbarg ihre mit zahllosen Spitzen und verspielten Schleifen und Rüschen besetzte Unterwäsche ihren Körper nahezu genauso gründlich, wie es jedes Kleid getan hätte, doch allein das Wissen um das, was sich darunter verbergen mochte, war schon beinahe mehr, als er in diesem Moment ertrug. »Arlis, Sie sollten jetzt ...«, begann er, doch Arlis fuhr so ungerührt fort, als hätte er gar nichts gesagt: »Ich hätte es Ihnen schon eher sagen sollen, ich weiß, aber dieser unmögliche Mr Geyer war die ganze Zeit dabei, und ich finde, dass er schließlich nicht alles wissen muss.«

»Unmöglich?«, vergewisserte sich Holmes. Hatte er richtig gehört?

»Ein schrecklicher Mensch, wenn Sie mich fragen«, bestätigte sie. »Ich weiß nicht, was mich geritten hat, diesen Angeber und Wichtigtuer zu engagieren.«

»Und wir sprechen wirklich von demselben Frank Geyer?«, fragte Holmes noch einmal. Machte sie sich über ihn lustig?

Arlis zog eine Schnute. »Ich habe Ihren Spott wohl verdient. Wenn es Sie beruhigt, werde ich ihm gleich morgen früh sagen, dass ich seine Dienste nicht länger benötige.«

Holmes war schlichtweg sprachlos. Er war jetzt fast sicher, dass Arlis ihn auf den Arm nahm.

»Aber ich bin nicht gekommen, um über Mr Geyer zu sprechen, Henry. Dazu ist diese Nacht doch viel zu schön, meinen Sie nicht?«

»Und warum … sind Sie dann hier? Und noch dazu in Unterwäsche?« Bei den letzten Worten spürte er, wie ihm die Schamesröte ins Gesicht schoss.

»Gefällt sie Ihnen etwa nicht?« Arlis blinzelte ihm verschwörerisch zu. »Sie ist ein wenig verwegen, ich weiß, aber ich habe gehört, dass so etwas in der großen Stadt gerade Mode ist. Man hat mich doch nicht etwa falsch informiert?«

»Keineswegs«, beeilte sich Holmes zu versichern. »Es ist nur so, dass … also …« Bevor er endgültig ins Stammeln geriet, hörte er lieber auf zu reden und konzentrierte sich darauf, sie nicht zu unverblümt anzustarren.

»Aber um Ihre Frage zu beantworten, Henry: Eigentlich wollte ich Ihnen nur sagen, dass Sie heute Morgen recht hatten.«

»Und womit?«

»Als ich angekommen bin, da haben Sie gesagt, dass keine Frau in Chicago, die ihre fünf Sinne noch beisammenhat, in einem weißen Kleid aus dem Haus gehen würde.«

»Also …«

»Ich muss gestehen, dass ich im ersten Moment ein wenig beleidigt war. Aber ich habe mir das weiße Kleid angesehen, das ich bei meiner Ankunft hier getragen habe.« Sie kam nun doch näher, mit sehr langsamen Schritten und wiegenden Hüften. »Und was soll ich Ihnen sagen? Es sieht aus, als hätte ich es mindestens eine Woche lang bei der Feldarbeit getragen. Also habe ich entschieden, dass es nicht besonders klug ist, ein weißes Kleid zu tragen, und es ausgezogen.«

»Aha«, sagte Holmes. Sein Herz klopfte.

»Das war doch klug, oder?« Arlis kam noch näher, blieb vor ihm stehen und sah stirnrunzelnd an sich herab. Ein überraschter Ausdruck erschien auf ihrem ebenmäßigen Gesicht. »Obwohl, wenn ich es mir recht überlege, dann habe ich ja immer noch etwas Weißes an.«

»Aha«, sagte Holmes noch einmal. Etwas Klügeres fiel ihm in diesem Moment nicht ein.

»Was machen wir denn da?« Arlis runzelte die Stirn, überlegte einen Moment angestrengt und nickte dann. »Ja, am besten ziehe ich es aus, bevor es am Ende auch noch schmutzig wird.«

Holmes konnte sie nur mit offenem Mund anstarren, doch das schien Arlis als Antwort völlig zu genügen, denn sie lächelte plötzlich auf eine ganz andere Art, hob die Hände und begann die Schnüre ihres mit Spitzen besetzten Mieders zu lösen, und das war der Moment, in dem Holmes erwachte.

Natürlich war er allein. Es war still im Zimmer, und die Vorhänge nach wie vor geschlossen, so dass er kaum die Hand vor Augen sah. Er wartete mit flachem Atem, bis sich sein Herzschlag beruhigt hatte, setzte sich dann auf und streckte die Hand nach der Lampe auf seinem Nachttisch aus.

Das gelbe Licht stach wie mit dünnen Nadeln in seine Augen, aber er zwang sich, den Schmerz zu ertragen und sich in dem großen Zimmer umzusehen. Es war leer. Die Tür war geschlossen, und er war allein. Natürlich war er allein. Es war ein Traum gewesen.

Holmes saß minutenlang einfach da und versuchte des inneren Aufruhrs Herr zu werden, der in ihm tobte. Es war ein Traum gewesen, und was sollte es auch anderes gewesen sein, denn Dinge wie diese passierten nicht im richtigen Leben, und wenn doch, dann zumindest nicht *ihm*.

Aber er fragte sich auch, warum er auf diese Art von Arlis geträumt hatte, und nicht zum ersten Mal. Auch gestern hatte er von Arlis geträumt, und auch wenn er sich immer noch erfolgreich weigerte, sich an Einzelheiten zu erinnern, so hatte ihm doch allein sein körperlicher Zustand beim Erwachen gezeigt, dass es etwas ganz Ähnliches gewesen sein musste.

Aber das war gar nicht seine Art. Nicht bei Arlis. Holmes hielt sich selbst für einen gesunden jungen Mann mit einer normalen Libido, die er auch ohne falsche Scham auslebte, wann immer sich die Gelegenheit dazu bot – aber Arlis war nicht *so*. Sie war etwas Besonderes, und er hatte das Gefühl, sie zu besudeln, wenn er auf diese Weise an sie dachte.

Er spürte selbst, dass seine Gedanken auf Pfade abzugleiten begannen, die er nicht beschreiten wollte, und setzte sich mit einem Ruck auf, wodurch ihm prompt schwindelig wurde. Anders als in seinem Traum angenommen *hatte* er geschlafen, das bewiesen allein seine verspannten Nackenmuskeln und der schlechte Geschmack in seinem Mund, doch er fühlte sich, als hätte er es seit einer Woche nicht mehr getan. Er hatte Mühe, einen klaren Gedanken zu fassen, geschweige denn einen vernünftigen.

Und nach allem, was am vergangenen Abend passiert war, sollte er sich eigentlich nicht wundern, wenn er verrückte Träume hatte.

Holmes musste ein paarmal angestrengt blinzeln, bis es ihm gelang, die Zeiger der Uhr abzulesen, und das Ergebnis trug auch nicht gerade dazu bei, seine Laune zu heben. Er hatte tatsächlich sogar etliche Stunden geschlafen und sollte sich – wenn schon nicht ausgeruht – so doch wenigstens nicht so zerschlagen und matt fühlen. Der Zwischenfall in Ferris' Weltausstellungssensation hatte ihn wohl doch mehr mitgenommen, als er wahrhaben wollte.

Es war zu früh, um aufzustehen, aber er spürte auch, dass er keinen Schlaf mehr finden würde, und bereitete sich missmutig darauf vor, noch mindestens eine Stunde wach im Bett zu liegen, bevor er auch nur daran denken konnte, aufzustehen und möglicherweise Sylvia zu Tode zu erschrecken, indem er zum Beispiel noch vor ihr in der Küche auftauchte.

Etwas polterte. Holmes sah mit einem Ruck zur Tür, und da war tatsächlich ein winziger Teil in ihm, der hoffte, dass sie aufging und Arlis hereinkam.

Spätestens jetzt sollte sich sein schlechtes Gewissen wieder melden, was es aber nicht tat, und auch die Tür ging nicht auf. Aber er hatte das Poltern gehört, und es war dem Geräusch aus seinem Traum zu ähnlich gewesen, um keine Bedeutung zu haben. Vielleicht war es ja umgekehrt, überlegte Holmes, und das

Poltern war in seinen Traum gedrungen und hatte den Rest ausgelöst.

Was das Geräusch in der richtigen Welt aber nicht erklärte.

Nun war dieses Haus ein Hotel, und auch wenn es im Moment alles andere als gut belegt war, so gab es doch ein paar Gäste, so dass Arlis und er nicht allein im Haus waren. Dennoch war er beunruhigt.

Holmes rang noch einige Momente mit sich selbst, schloss die Augen dann wieder und versuchte sich zu entspannen. Vielleicht geschah ja ein Wunder, und er schlief doch wieder ein.

Jemand beobachtete ihn.

Das Gefühl war so intensiv wie eine Berührung, aber sehr viel unangenehmer, wie das Sondieren und Tasten dürrer Spinnenbeine. Holmes riss die Augen auf und sah sich in alle Richtungen um, aber natürlich war er allein – was nichts daran änderte, dass er sich weiter auf eine schon fast körperlich unangenehme Art beobachtet fühlte, als schliche etwas Unsichtbares und Bedrohliches durch die Dunkelheit im hinteren Teil des Zimmers. Der Gedanke war absurd, aber diese Erkenntnis half wenig. Seine Müdigkeit war wie weggeblasen.

Er schlug die Decke zurück, war mit zwei schnellen Schritten am Fenster und riss die Vorhänge auf. Silbernes Mondlicht strömte herein und löschte alle Farben aus, vertrieb aber auch die Dunkelheit und die bedrohlichen Schatten.

Doch vielleicht nicht schnell genug, denn für einen unendlich kurzen Moment, tatsächlich nur den Bruchteil eines Atemzuges, *sah* er etwas, etwas Großes und Bedrohliches, das lautlos davonhuschte und mit den Schatten verschmolz.

Holmes sah sich mit aufgerissenen Augen um. Sein Herz klopfte, und sein Mund war mit einem Mal so trocken, dass er kaum noch atmen konnte. Was geschah mit ihm? Verlor er den Verstand, oder träumte er immer noch?

Und was, wenn es wahr war und er den unheimlichen Schatten wirklich gesehen hatte?

Holmes ließ diesen Gedanken nicht zu. Vielleicht war die

Erklärung ja viel simpler, und er war einfach total übermüdet und am Ende seiner Kräfte, so dass er zu halluzinieren begann. Als Arzt wusste er nur zu gut, wie schnell so etwas passieren konnte, und wie unmöglich es für den Betroffenen war, Wahrheit von Illusion zu unterscheiden.

Wieder hörte er etwas. Diesmal war es kein Poltern, sondern ein Scharren und Kratzen, das direkt aus den Wänden zu kommen schien. Waren das Ratten?

Holmes erwog diese Möglichkeit für einen Moment ganz ernsthaft. Das Gebäude war praktisch neu, und er hatte nicht nur den Bau zum Großteil selbst überwacht; der ausführende Bauunternehmer hatte ihm zudem auch versichert, dass es vom Standpunkt eines Schädlings aus praktisch eine uneinnehmbare Festung war.

Aber in einer Stadt wie Chicago konnte man nichts und niemandem trauen, und das betraf wohl auch die ansässigen Handwerker.

Holmes lauschte angestrengt. Das Geräusch wiederholte sich und klang jetzt anders, fast wie Schritte, vielleicht auch ein gedämpftes Atmen und möglicherweise und ganz im Hintergrund die Fetzen von Stimmen. Je angestrengter er lauschte, desto schwerer fiel es ihm jedoch, überhaupt etwas zu identifizieren, aber umso sicherer war er auch, sich die Geräusche nicht nur einzubilden. Etwas war in den Wänden.

Sein Verstand beharrte darauf, dass es Ratten oder irgendwelches andere Ungeziefer war, allen gegenteiligen Beteuerungen sämtlicher Bauunternehmer der Stadt zum Trotz, doch da war auch etwas in ihm, das darauf beharrte, eine Stimme gehört zu haben, die aus dem Nichts (oder aus den Wänden?) gekommen war, und grotesk oder nicht, er wusste auch, dass ihm dieser Gedanke keine Ruhe lassen würde, bis er der Sache auf die eine oder andere Weise auf den Grund gegangen war. Also konnte er es genauso gut auch gleich tun. Und im Moment hatte er ohnehin nichts Besseres vor.

Noch immer mit einer spürbaren Mattigkeit kämpfend, die einfach nicht weggehen wollte, zog er sich an und blieb noch einmal eine geschlagene Minute und sogar mit angehaltenem Atem stehen, um zu lauschen, jetzt aber ohne Erfolg. Wenn es die Geräusche überhaupt gegeben hatte, waren sie verstummt.

Jetzt wäre wohl der Moment gewesen, vernünftigerweise aufzugeben und einen weiteren Versuch zu starten, vielleicht doch noch eine Stunde Schlaf zu ergattern. Aber da war etwas, das ihn störte – vielleicht nur ein Gefühl, kaum mehr als eine fast verschüttete Erinnerung, die sich nach langer Zeit wieder zu regen begann, ohne wirklich Gestalt anzunehmen.

Holmes schüttelte den Gedanken ab und sah zu der Flasche Portwein auf dem Nachttisch hinüber, aus der er sich am vergangenen Abend einen kräftigen Schluck genehmigt hatte. Nicht zu viel – er war alles andere als betrunken gewesen, als er sich endlich auf dem Bett ausgestreckt hatte –, sondern gerade genug, um nach einem aufregenden Abend die notwendige Bettschwere zu haben, aber zusammen mit dem Mangel an Schlaf und all der Aufregung der zurückliegenden Tage war es vielleicht doch nicht die klügste Entscheidung gewesen.

Ein Grund mehr, diesem seltsamen Geräusch auf den Grund zu gehen. Ratten im Gebälk waren ihm allemal lieber, als sich ernsthaft fragen zu müssen, was mit ihm möglicherweise nicht stimmte.

Wie um sich selbst zu beweisen, dass mit ihm alles in Ordnung war, ging er hin, genehmigte sich ein weiteres halbes Glas und verließ dann mit energischen Schritten das Zimmer. Er wusste nicht wirklich, wo er mit seiner Suche anfangen sollte, geschweige denn, ob es überhaupt etwas zu finden gab, aber hier liegen bleiben konnte er auch nicht mehr. Da war immer noch der Schatten, den er aus den Augenwinkeln wahrgenommen hatte. Dass er ihn nicht mehr sah, bedeutete nicht, dass er nicht mehr da war. Holmes dachte vorsichtshalber darüber nach, was diese Überlegung nun genau über seine momentane Verfassung aussagte, und versuchte, sich an die genaue Richtung zu erinnern, aus der jene seltsamen Geräusche gekommen waren. Da sein Zimmer nicht nur das größte im ganzen Hotel, sondern auch ein Eckzimmer war, fiel ihm die Auswahl nicht besonders schwer. Es gab nur eine Wand, die nicht an die Außenmauer angrenzte, und das benachbarte Zimmer stand prinzipiell leer, wenn das Hotel nicht vollkommen ausgebucht war – was zu seinem Leidwesen noch niemals der Fall gewesen war, seit er dieses Hotel betrieb.

Dennoch öffnete er die Tür und schaltete das Licht ein – wie alle Zimmer hatte auch dieses elektrische Beleuchtung – und sah genau das, was er erwartet hatte, nämlich ein leer stehendes Zimmer, dem zumindest er ansah, dass es noch niemals einen zahlenden Bewohner gehabt hatte. Er durchsuchte es trotzdem, was schnell getan war, denn trotz ihrer Größe bestand die Suite nur aus zwei Räumen und einem winzigen Bad mit eigener Toilette, was selbst in einer Stadt wie Chicago einen erstaunlichen Luxus darstellte. Er öffnete sämtliche Schranktüren und lugte sogar unter das Bett, obwohl er sich dabei ein bisschen albern vorkam. Natürlich fand er nichts, woraufhin er tatsächlich an die Trennwand zu seinem eigenen Zimmer trat und sie abklopfte. Das Ergebnis war das, was er sich hätte denken können: das Geräusch von gutem amerikanischen Ziegelstein, aus dem das gesamte Haus gebaut war.

Als er sich herumdrehte, fuhr er erschrocken zusammen. Arlis stand in der offenen Tür und sah ihn mit gerunzelter Stirn an. Anders als in seinem Traum trug sie nicht nur Unterwäsche, sondern einen hochgeschlossenen Hausmantel, unter dem jedoch ihre nackten Knöchel und Füße hervorlugten. Holmes starrte ihre wohlgeformten Waden eindeutig länger an, als es sich gehörte, und als ihm dieser Umstand schließlich selbst auffiel, rettete er sich in ein verlegenes Lächeln.

»Miss Christen! Ich habe Sie doch nicht etwa geweckt?«

Arlis sah ihn auf dieselbe gutmütig-spöttische Art an wie in seinem Traum, aber was sie sagte, war etwas vollkommen anderes. »Es ist kurz nach halb fünf am Morgen, Doktor Holmes. Wie kommen Sie nur auf die verwegene Idee, dass Sie mich geweckt haben könnten?«

Holmes nahm die Spitze, ohne mit der Wimper zu zucken,

hin. »Das tut mir ausgesprochen leid«, sagte er. »Ich wollte Sie wirklich nicht wecken.«

»Das haben Sie nicht«, behauptete Arlis. »Ich konnte sowieso nicht gut schlafen. Der gestrige Abend war doch ziemlich aufregend. Ich bin so etwas nicht gewohnt, müssen Sie wissen. Was suchen Sie hier? Überprüfen Sie die Arbeit Ihrer Haushälterin?«

»Nein«, sagte Holmes, ebenso rasch wie wenig überzeugend. »So etwas würde ich niemals tun. Es gehört sich nicht.«

»Aber wenn ich mich in diesem Zimmer umsehe, dann wäre es vielleicht dennoch angebracht«, sagte Arlis. Es war Holmes unmöglich zu entscheiden, ob sie das ernst meinte oder sich wieder über ihn lustig machte.

»Aber was tun Sie dann um diese Zeit hier?«

»Ich dachte, ich hätte etwas gehört«, sagte Holmes, eigentlich nur, um zu verhindern, dass sie noch weiter auf diesem Thema herumritt, und Arlis nickte mit gewichtiger Miene und sagte: »Ich auch.«

Holmes musste sich beherrschen, damit sie ihm sein Erschrecken nicht zu deutlich anmerkte. »Sie haben etwas gehört? Was?«

»Ich bin nicht sicher«, gestand sie. »Zuerst dachte ich, es wäre nur ein Geräusch von der Straße gewesen. Ein Hund oder ein Pferd oder sonst etwas … aber dann war ich doch sicher, eine Stimme zu hören.«

»Eine Stimme?« Diesmal gelang es ihm nicht mehr ganz, nicht beunruhigt zu klingen.

»Ja, und dabei haben Sie doch gesagt, dass wir so gut wie allein im Hotel sind, oder?«

Holmes konnte sich nicht erinnern, eine derartige Bemerkung gemacht zu haben, aber das spielte im Moment keine Rolle. »Was für eine Stimme?«, insistierte er.

»Das ist ja das Seltsame«, erwiderte Arlis. »Im ersten Moment war ich nicht sicher, aber dann schien die Stimme doch eindeutig aus Ihrem Zimmer zu kommen.«

Holmes glaubte ihr kein Wort. Er hatte Sylvia Anweisung

gegeben, ihr die einzige andere Suite des Hotels zuzuweisen, die nicht nur eine Etage höher, sondern auch am anderen Ende des weitläufigen Gebäudes lag, und so massiv, wie das Haus gebaut war, hätte er hier unten vermutlich eine Pistole abfeuern können, ohne dass sie es oben in ihrem Zimmer gehört hätte. Aber warum sollte sie lügen, und wenn sie es nicht tat, was hatte sie dann gehört … wobei die Frage korrekter (und beunruhigender) wohl eher hätte lauten müssen: Was hatten *sie* gehört?

»In der Tat dachte ich sogar, ich hätte Schritte draußen auf dem Flur vor meinem Zimmer gehört«, fuhr Arlis fort. »Deswegen bin ich ja aufgestanden und wollte nachsehen.«

»Das war sehr mutig von Ihnen.« Man hätte es auch leichtsinnig nennen können. Oder dumm. Aber vielleicht sagte er das besser nicht laut.

»So oder so, ich habe nachgesehen. Natürlich war niemand da, doch dann habe ich Sie hier unten gehört und beschlossen, nachzusehen.« Sie deutete ein Schulterzucken an. »Gibt es denn einen bestimmten Grund, aus dem Sie genau dieses Zimmer so gründlich durchsuchen?«

»Gründlich?« Es dauerte noch einen Moment, doch dann gestand er sich ein, dass sie wohl deutlich länger in der offenen Tür gestanden und ihn beobachtet hatte, als ihm bisher klar gewesen war. »Ich habe auch etwas gehört«, sagte er.

»Auch eine Stimme?«, fragte sie und ließ ihren Blick bezeichnend über die Wand tasten, die er gerade so sorgsam abgeklopft hatte.

»Um ehrlich zu sein, habe ich eher an vierbeinige Gäste gedacht«, gestand er. »Ratten oder Mäuse.«

Arlis trat mit angeekeltem Gesichtsausdruck zu ihm herein. »Sie meinen, es gibt hier wirklich Ratten?«

»Natürlich nicht«, versicherte er hastig. »Ich wollte nur auf Nummer sicher gehen, das ist alles.« Und außerdem *hatte* er Stimmen gehört, und zwar aus diesem Zimmer, dessen war er sich mittlerweile sicher.

Arlis ging an ihm vorbei und klopfte nicht nur dieselbe Stelle ab, sondern legte auch das Ohr an die Wand und lauschte mit übertrieben gerunzelter Stirn. »Nichts«, sagte sie dann. »Keine Stimmen. Und es piepst auch nichts.« Sie zuckte mit den Achseln. »Wahrscheinlich sind es nur die normalen Geräusche, die jedes Haus von sich gibt. Ich bin in einem alten Haus aufgewachsen, Doktor Holmes, und kann ein Lied davon singen, wie unheimlich sie sein können.« Sie trat von der Wand zurück. »Aber dieses Haus ist neu, nicht wahr?«

»So gut wie«, bestätigte Holmes. »Früher stand hier eine kleine Apotheke, aber davon ist praktisch nichts mehr vorhanden. Die Bausubstanz war schlecht. Wir haben sogar den Keller abgerissen und neu gebaut.«

Arlis trat von der Wand zurück. »Dann ist es ja vielleicht der Geist der ehemaligen Besitzerin, der hier herumspukt, weil ihm nicht gefällt, was Sie aus dem Haus gemacht haben.«

Holmes lächelte zwar pflichtschuldig, aber er war auch irritiert. Woher wusste sie, dass die Apotheke einer Frau gehört hatte, und dass sie gestorben war? Er musste allerdings nur einen Moment über diese Frage nachdenken, um die Antwort zu wissen. »Mr Geyer hat gründlich recherchiert.«

»Das will ich hoffen«, sagte Arlis, ohne auch nur ein schlechtes Gewissen zu heucheln. »Er war überaus fleißig. Ich kann Ihnen die Baupläne für dieses Gebäude zeigen, wenn Sie wollen.«

Das bezweifelte Holmes. »Wieso interessiert sich Mr Geyer für mich und mein Hotel?«

»Er hat es mir so erklärt, dass er sich für alles interessiert, was irgendwie mit Mudgett zu tun hat«, antwortete Arlis. Sie begann im Zimmer auf und ab zu gehen, was Holmes aus irgendeinem Grund unangenehm war. »Ich persönlich halte das für übertrieben, aber er ist der Fachmann.«

»Und ich bin Websters Freund, ich verstehe«, sagte Holmes. »Was mich automatisch ebenfalls zu einem Verdächtigen macht.«

»Nicht was mich angeht«, antwortete Arlis. »Ich habe nie viel von Sippenhaft gehalten. Und wo geht es dorthin?« Sie deutete auf die Verbindungstür.

»Zum Bad. Aber dort habe ich schon nachgesehen.«

»Hier hat jedes Zimmer ein eigenes Bad? Das ist ja das reinste Luxushotel.«

»Nur drei«, antwortete Holmes. »Ihr Zimmer im dritten Stock, mein eigenes und das hier.«

»Gab es dafür einen bestimmten Grund?« Arlis klang beeindruckt.

»Luxus kostet Geld«, antwortete Holmes. »Ich hätte gerne jedes Zimmer mit einem eigenen Bad ausgestattet, aber meine Mittel waren begrenzt.«

»Nicht allzu sehr, wie mir scheint«, sagte Arlis. »Ich weiß, wie teuer dieses Gebäude war. Selbst Mr Geyer hat sich über die enormen Kosten gewundert.«

»Qualität hat ihren Preis«, antwortete Holmes kurz angebunden. Er musste sich beherrschen, um nicht zu verärgert zu klingen. Gab es eigentlich irgendetwas, was dieser Geyer nicht über ihn wusste? Und was zum Teufel ging ihn das überhaupt an?

Arlis öffnete die Tür zum Bad, tastete nach dem Lichtschalter und legte ihn um. Ihr eigenes Zimmer hatte ebenfalls elektrische Beleuchtung, genau wie jeder einzelne Raum dieses Hauses. Dennoch erschien ein Ausdruck fast kindlicher Freude auf ihrem Gesicht, als die moderne Glühlampe unter der Decke aufleuchtete.

Es war nicht das erste Mal, dass Holmes so etwas erlebte. Chicago war eine moderne Stadt, doch selbst hier hatte noch lange nicht jedes Haus elektrisches Licht. Für jemanden, der aus einem von Gott und den Menschen halb vergessenen Kaff am Rande der Wildnis kam, musste es ein kleines Wunder sein, von dem man sicher schon gehört hatte, das einen trotzdem aber immer wieder in Erstaunen versetzte.

»Ich muss mich doch sehr wundern, Doktor Holmes«, sagte Arlis. »Sagten Sie nicht, dass Sie mir das größte Zimmer geben wollten?«

Ihr spöttischer Ton entging ihm keineswegs, aber er ignorierte ihn. »Das ist es auch«, sagte er. Bis auf sein eigenes Zimmer, das aber schließlich auch seine Wohnung war.

»Zumindest dieses Bad ist deutlich größer als meines«, sagte Arlis leicht verschnupft. »Und es hat sogar einen Schrank, sehen Sie nur!«

Unverzüglich steuerte sie das Objekt ihrer Empörung an, was Holmes mit beinahe noch größerem Unbehagen erfüllte, so dass er ihr folgte und sich um ein Haar dabei ertappt hätte, sie am Arm zu ergreifen und zurückzuhalten.

Er wäre jedoch ohnehin zu spät gekommen. Arlis hatte den Schrank bereits erreicht und öffnete die breiten Doppeltüren.

Holmes verspürte eine schon fast absurde Erleichterung, als dahinter lediglich ein leerer Schrank zum Vorschein kam. Was hatte er anderes erwartet?

»Das ist erstaunlich«, sagte Arlis. »Ein so großer Schrank in einem Badezimmer? Er nimmt viel zu viel Platz weg.«

»Möchten Sie diesen Schrank vielleicht in Ihrem Zimmer haben? Ich sage William Bescheid, dass er ihn hochbringt.«

»Das dürfte sich kaum lohnen, für die wenigen Tage«, antwortete Arlis. »Aber danke für das Angebot.«

Sie wandte sich wieder dem offenen Schrank zu. »Ich frage mich trotzdem, warum er hier steht.« Sie trat einen halben Schritt in den Schrank hinein und klopfte mit den Fingerknöcheln an die Rückwand. Es klang hohl.

»Das ist sonderbar«, sagte sie. »Haben Sie das gehört?« Und bevor Holmes sie daran hindern konnte, drückte sie mit beiden Handflächen auf die Rückwand. Etwas klickte, und in dem vermeintlich massiven Holz entstand ein haarfeiner, senkrechter Spalt.

»Eine Geheimtür!«, rief Arlis erstaunt. »Doktor Holmes, in Ihrem Haus gibt es Geheimgänge? Was haben Sie nur noch alles vor mir verheimlicht?«

Holmes sagte nichts dazu, und das konnte er in diesem Moment auch gar nicht, denn er war mindestens ebenso überrascht wie Arlis. Es gab keine Geheimgänge in seinem Haus, wozu auch?

Aber war er da auch wirklich sicher? Wenn er ganz ehrlich zu sich selbst war – und noch viel erschreckender wurde ihm das erst im Nachhinein klar –, hatte ihn der Anblick dieses Schrankes ebenfalls überrascht, denn er konnte sich beim besten Willen nicht erinnern, dass es ihn überhaupt *gab*.

Er schwieg zu alledem, und er erhob auch keine Einwände, als Arlis die Fingernägel in den Spalt quetschte und zu ziehen begann. »Verletzen Sie sich nicht«, sagte er lediglich. »Ich hol ein Werkzeug, und …«

Das Klacken wiederholte sich – lauter –, und die als Rückwand getarnte Tür des Schrankes teilte sich und schwang gehorsam auf. Dahinter kam jedoch nichts Geheimnisvolleres als eine weitere und nun gänzlich ungetarnte Tür zum Vorschein.

Arlis reagierte mit einem eher ärgerlichen Blick, trat vollends in den vermeintlichen Schrank hinein und fuhr mit den Fingerspitzen über die Tür. »Sie ist aus Eisen.«

Holmes sah genauer hin. Die Tür war in Weiß lackiert und glich einer ganz normalen Kassettentür, wie er sie überall im Hotel hatte einbauen lassen. Aber auf den zweiten Blick waren die Angeln so massiv wie bei einer Tresortür, und auch der Griff und das überdimensionierte Schlüsselloch darunter hätten eher zu einem begehbaren Safe gepasst, wie man sie in großen Banken vorfand. Das Ding musste eine viertel Tonne wiegen, wenn nicht mehr!

»Seltsam«, räumte er zögernd ein.

»Ich finde es mehr als *seltsam*«, sagte sie und streckte die Hand nach der wuchtigen Klinke aus, um sie herunterzudrücken, doch sie rührte sich nicht. »Abgeschlossen. Was ist auf der anderen Seite?«

»Ein weiteres Zimmer«, sagte Holmes. »Das ist eine ganze normale Verbindungstür.«

»Eine ganz normale Verbindungstür aus Panzerstahl?« Arlis ließ die flache Hand auf das weiß lackierte Metall klatschen und schüttelte heftig den Kopf. »Wohl kaum.«

Das mit dem Panzerstahl war zweifellos übertrieben, aber er hütete sich, noch einmal zu widersprechen. Arlis beherrschte sich äußerlich, doch man musste keine Gedanken lesen können, um zu sehen, wie es hinter ihrer Stirn zu arbeiten begann.

»Wahrscheinlich hat William den Schrank deshalb hierhergebracht«, sagte er. »Um diese Tür zu verbergen.«

Arlis' Blick machte auch ohne Worte klar, was sie von dieser haarsträubenden Erklärung hielt. Sie rüttelte nur noch einmal an der störrischen Klinke, trat dann rücklings aus dem Schrank heraus und schloss ihn sorgsam, bevor sie sich in sehr ruhigem und sehr bestimmtem Ton an ihn wandte. »Ich möchte das Nebenzimmer sehen.«

Das war keine Bitte, wenigstens keine von der Art, die er abzuschlagen gewagt hätte. Außerdem war er viel zu verwirrt, um sich zu einer solchen Anstrengung aufzuraffen. Er nickte ihr nur kurz zu und ging dann in sein Zimmer zurück, um den Generalschlüssel zu holen. Arlis wartete schon vor der Tür des Nebenzimmers auf ihn, als er zurückkam. Ohne ein weiteres Wort schloss er auf, tastete nach dem Lichtschalter und trat als Erster und mit klopfendem Herzen ein.

Das Zimmer stand ebenso (und auch schon fast genauso lange) leer wie das benachbarte, machte aber einen etwas gepflegteren Eindruck. Es gab kein eigenes Bad und auch keinen weiteren Raum und ergo auch keine zweite Tür.

»Das ist jetzt aber wirklich seltsam«, sagte Arlis, nachdem sie bis zur Mitte des Zimmers gegangen war und sich einmal langsam um sich selbst gedreht hatte.

Holmes konnte ihr auch jetzt in Gedanken nur beipflichten, und er sagte auch jetzt dazu nichts. *Seltsam* war noch gelinde ausgedrückt. In der Ecke, in der er die Rückseite der Verbindungstür erwartet hätte, erhob sich ein wuchtiger Kamin, in dem noch ein paar halb verkohlte Holzscheite lagen, und die Luft roch ganz schwach nach kaltem Zigarrenrauch; und noch schwächer nach etwas anderem und Unangenehmem, das er nicht richtig einordnen konnte.

Er wäre vermutlich fast ein bisschen enttäuscht gewesen, wäre Arlis nicht an die entsprechende Wand herangetreten, um sie sorgsam mit den Fingerknöcheln abzuklopfen, und zwar nicht nur in unmittelbarer Nähe des Kamins, sondern auf ganzer Länge.

»Können Sie mir das erklären?«

»Nein«, antwortete Holmes wahrheitsgemäß. »Ich verstehe es auch nicht.« Da war etwas. Etwas, das tief im Hintergrund seines Bewusstseins an seinen Gedanken kratzte.

»Und es überrascht Sie vermutlich nicht, wenn ich Ihnen sage, dass ich diese Antwort erwartet habe.«

Holmes betrachtete noch einmal aufmerksam die verdächtige Wand. Nichts ergab Sinn, es sei denn …

Der Gedanke entglitt ihm, bevor er vollends Gestalt angenommen hatte, und Holmes rettete sich in ein langsames Schulterzucken. »Ich verstehe es so wenig wie Sie«, sagte er. »Aber Sie haben recht, es ist in der Tat seltsam. Und es ergibt nicht wirklich Sinn.«

»So kann man es auch ausdrücken.«

Holmes wollte es nicht zugeben, aber allmählich begann ihn ihre Art zu ärgern, ihn für etwas verantwortlich zu machen, an dem er so wenig Anteil hatte wie sie. »Wenn Sie es wünschen, dann suche ich die Baupläne heraus, und wir versuchen das Geheimnis zusammen zu ergründen«, sagte er.

»Sie brauchen einen Bauplan, um herauszufinden, wohin eine Tür in Ihrem eigenen Haus führt?«

In einem Haus mit weit über hundert Türen? Durchaus.

»Ich bin genauso überrascht wie Sie, Miss Christen«, sagte er, in deutlich reserviertem Ton. »Aber ich werde der Sache auf den Grund gehen. Schon um mich eventuell noch einmal mit einem gewissen Bauunternehmer zu unterhalten.«

»Sie wollen mir wirklich erzählen, es gibt eine auffällige Tür nur fünf Meter neben einem Zimmer, das Sie seit Jahren bewohnen, und Sie wissen nicht nur nicht, wohin sie führt, sondern nicht einmal, dass es sie gibt?«

»Ich fürchte, dass es ganz genau so ist«, antwortete er. »Aber ich versichere Ihnen, dass ich gleich die entsprechenden Unterlagen einsehen werde. Ich möchte es selbst wissen.«

Eine Menge von dem, was er bisher in ihren Augen gesehen hatte, war nicht mehr da, als sie ihn mit einem sehr langen Blick maß und dann noch einmal die Wand.

»Dann schlage ich vor, dass Sie das tun und wir uns beim Frühstück darüber unterhalten«, sagte sie. »Ich bin um zehn mit Mr Geyer verabredet, unten in Ihrem Restaurant. Und es wäre schön, wenn Sie bis dahin schon etwas herausgefunden hätten.«

Chicago, Illinois, 1893

Vielleicht war heute schon der Tag, dachte Mudgett betrübt. Er hatte gehofft, dass ihm noch mehr Zeit blieb, ein paar Monate, vielleicht sogar ein Jahr oder doch wenigstens einige wenige Wochen. Doch wenn Peizel so weitermachte, dann würde er ihn heute noch umbringen – auch wenn er nicht die geringste Ahnung hatte, wie.

Er konnte sich nicht erinnern, Peizel jemals so aufsässig und aggressiv erlebt zu haben. Und so leichtsinnig. Im allerersten Moment hatte er sich ernsthaft gefragt, ob Peizel eigentlich den Verstand verloren hatte (und in einer Ecke seines Verstandes fragte er sich das immer noch), und hätte er eine Waffe dabeigehabt, dann hätte er ihn möglicherweise auf der Stelle erschossen. Er war immer noch nicht ganz sicher, ob er es nicht besser wirklich getan hätte.

Obwohl erschießen eindeutig zu schnell ging, angesichts dessen, was sich dieser *Irre* geleistet hatte. Mudgett spürte, wie sich ein dünnes Lächeln auf seine Lippen stahl, als er dieses Wort dachte. Nicht Wenige hätten vermutlich auch ihn als irre (und noch schlimmer) bezeichnet, hätten sie gewusst, was er tat. Aber das tangierte ihn nicht. Und wieso auch? Die meisten Menschen, die er kannte – selbst die wenigen, die er wirklich schätzte –, waren Kleingeister, die niemals verstehen würden, wie wichtig und vor allem *richtig* das war, was er tat, und natürlich wusste niemand von seinem Pakt mit der Dunkelheit. Es hatte einen Moment gegeben – einen einzelnen, kurzen Moment –, in dem er etwas in Peizel zu sehen geglaubt hatte, das ihm Anlass zu der Hoffnung gegeben hatte, eine verwandte Seele gefunden zu haben, einen Verbündeten in seinem ewigen Kampf für die Finsternis, der der Aufmerksamkeit seines dunklen Beschützers würdig genug war, um nicht länger nur Gehilfe und nützliches Werkzeug zu sein, sondern zu einem gleichberechtigten Partner zu werden.

Aber natürlich war Peizel das nicht gewesen, sondern das, was er schon im allerersten Moment in ihm erblickt hatte, eine ebenso willfährige wie brutale Waffe, der es an Fantasie ebenso mangelte wie einem wirklichen Begreifen dessen, was sie taten. Er würde ihn töten müssen, und vielleicht schon heute.

»Aber was hätte ich denn tun sollen?«, drang Peizels Stimme in seine Gedanken, fast schon schrill und mit einem hörbaren Unterton beginnender Hysterie. Mudgett sah nicht hin, sondern starrte weiter auf die beiden verstümmelten Leichen, die unter der schwarzen Plane zum Vorschein gekommen waren.

Ein Polizist. Dieser Irrsinnige hatte einen Polizisten umgebracht!

»Holmes hat mir aufgetragen ...«

»... Miss Christen, Geyer und ihn in demselben Wagen nach Hause zu fahren, in dem Sie zwei Leichen transportieren?«, schnitt ihm Mudgett das Wort ab. Er musste sich beherrschen, um ihn nicht anzuschreien oder auch etwas anderes zu tun. Peizel konnte von Glück sagen, dass er keine Waffe zur Hand gehabt hatte, als er die Plane zurückschlug und sah, was darunter verborgen gewesen war.

»Gott im Himmel, Mann, haben Sie auch nur eine Sekunde lang darüber nachgedacht, was passiert wäre, wenn auch nur einer von ihnen einen Blick unter diese Plane geworfen hätte?«

Peizel schien noch ein weiteres Stück in sich zusammenzuschrumpfen, und seine Augen waren nun endgültig die des sprichwörtlichen geprügelten Hundes. Aber tief darin sah Mudgett auch noch etwas anderes, das ihm gar nicht gefiel. Vielleicht blieben ihm nicht einmal mehr Tage.

»Aber warum sollten sie das tun?«, fragte Peizel.

»Das spielt überhaupt keine Rolle«, blaffte Mudgett mit einiger Verspätung. »Sie hätten alles verderben können!«

Ihm fiel noch etwas auf, das seinen Zorn noch einmal gesteigert hätte, hätte er es zugelassen. Peizel war nicht nur unvorstellbar leichtsinnig gewesen, sondern zu allem Überfluss auch noch schlampig. Er hatte die beiden Leichen mit der Plane zugedeckt, statt sie wenigstens darin einzuwickeln, was das Mindeste gewesen wäre. Von den geschlossenen Türen der Remise aus führte eine deutlich sichtbare Spur schwarz eingetrockneter Blutstropfen bis unter den Wagen, wo sie sich zu einer halb gelierten Pfütze gesammelt hatten. Mudgett zweifelte keine Sekunde lang daran, dass sich diese Spur durch die halbe Stadt bis zum Gelände der *Columbia Exposition* und von dort aus weiter bis zum Hotel und der Remise zog. Unvorstellbar, wenn es nicht dunkel und Chicago nicht das gewesen wäre, was es nun einmal war!

Er sparte es sich, etwas dazu zu sagen, aber sein Zorn brodelte noch höher, so dass er die Hände zu Fäusten ballte und sein Blick über die Wände der Remise tastete, an denen allerlei Werkzeuge aufgehängt waren, wie man sie an einem Ort wie diesem brauchte und erwartete. Nicht wenige davon gaben auch formidable Waffen ab.

Er verwarf diesen Gedanken fast genauso schnell wieder, wie er ihm gekommen war. Peizel mit irgendetwas anderem als einer Schusswaffe und auf sichere Distanz anzugreifen, kam glattem Selbstmord gleich, denn er gehörte zu genau jener Art von Menschen, die selbst dann noch weitermachten, wenn sie eigentlich schon tot waren. Wenn man es genau nahm, überlegte Mudgett, dann war Peizel kaum mehr als eine stärkere und brutalere (wenn auch nicht ganz so übel riechende), jüngere Version von Kyle, und er erinnerte sich noch zu gut an seine letzte Begegnung mit dem ehemaligen Hausmeister, der seinen Dienst jetzt als skelettiertes Anschauungsobjekt im Anatomiesaal verrichtete.

Irgendwie gelang es ihm, seiner Gefühle Herr zu werden und sich auf die praktischen Aspekte des Hier und Jetzt zu konzentrieren. »Räumen Sie das weg«, sagte er. »Und danach machen Sie hier sauber. Ich traue diesem Narren Holmes durchaus zu, diese Christen durch das ganze Haus zu führen, damit sie in allen Ecken herumschnüffeln kann.«

Peizel sah ihn zwar vorwurfsvoll an, trat aber ohne zu murren um den Wagen herum und zog die schwere Segeltuchplane herunter.

Mudgett geduldete sich, bis Peizel die blutige Plane zusammengerollt und so verstaut hatte, dass sie zumindest auf den allerersten Blick nicht zu sehen war, und auch noch, bis er die beiden Toten aus ihrer bizarren Umarmung löste und den ersten vom Wagen zog. Er identifizierte ihn als Pearlman, wenn auch nicht anhand dessen, was von seinem Gesicht übrig war, sondern des Umstandes, dass er keine Uniform trug – im Gegensatz zu der anderen Leiche.

Ein Polizist! Er fasste es immer noch nicht wirklich, dass dieser Wahnsinnige einen Polizisten getötet hat! War das nicht das Allererste gewesen, was er ihm beigebracht hatte? Niemals, wirklich unter gar keinen Umständen, einen Polizisten oder irgendeinen anderen Vertreter der Obrigkeit zu töten? Peizel hatte sich ein paar entsprechende bissige Kommentare nicht sparen können, aber die Wahrheit war schlicht, dass es zu gefährlich war, Polizeibeamte umzubringen. Die Chicagoer Polizei mochte nicht die hellste sein, aber auch sie verstand nicht den allergeringsten Spaß, wenn es um einen der ihren ging.

Mudgett wartete, bis Peizel auch noch den toten Polizisten vom Wagen gehoben hatte. Seine Hände waren jetzt blutig, und auch sein Gesicht war nicht ganz ungeschoren davongekommen, und wenn er bedachte, in welchem Zustand sich die beiden Toten befanden, dann war das auch nicht verwunderlich. Peizel musste in etwas wie einen Blutrausch geraten sein, als er die beiden umgebracht hatte, was ein gewisses Licht auf seine Behauptung warf, er hätte gar keine andere Wahl gehabt, als auch den Polizisten zu töten. Anders als er selbst war Peizel ein Schlächter, dem brutale Gewalt und roh zugefügte Qual ausreichten, um seine primitiven Bedürfnisse zu befriedigen, wohingegen er selbst sich – mit Recht – als Künstler bezeichnete, der geduldig daran arbeitete, das Töten zu einer nie gekannten Perfektion zu erheben. Wobei Qual und vor allem die Furcht, die mit deren Erwartung einhergeht, durchaus dazugehörten. Aber vielleicht würde er bei Peizel eine Ausnahme machen und ihm etwas von seiner eigenen Medizin zu kosten geben. Noch vor Tagesfrist war er entschlossen gewesen, William ein gnädiges und schnelles Ende zu schenken, aber der Anblick der beiden schrecklich verheerten Körper auf dem Boden zwischen ihnen überzeugte ihn davon, dass er diese Gnade nicht verdiente.

»Da ist noch etwas«, sagte er, während er Peizel dabei zusah, wie er eine schwere Werkbank am anderen Ende der Remise zur Seite wuchtete, was selbst seine Kräfte bis ans Äußerste zu beanspruchen schien. Mudgett rührte keinen Finger, um ihm zu helfen.

»Und was?«, erkundigte sich Peizel. Sein Atem ging schwer. Er versuchte sich den Schweiß von der Stirn zu wischen und hinterließ dabei eine blutige Kriegsbemalung aus roten Streifen. Mudgett hätte gelacht, hätte ihn der unverschämte Ton nicht geärgert, in dem Peizel die Frage stellte. Aus seinem Verdacht wurde etwas, das noch nicht ganz Gewissheit war, aber doch schon fast. Peizel probte den Aufstand. Noch reichte sein Mut nicht, um auch den allerletzten, entscheidenden Schritt zu tun, aber er war auch schon viel zu weit auf diesem Weg, um noch umkehren zu können.

»Miss Christen hat Sie gehört, Peizel«, sagte er. »Und Holmes ebenfalls. Um ein Haar hätten sie Sie ertappt.«

»Wann?«, fragte Peizel, und auch jetzt wieder keineswegs in devotem Tonfall, sondern eindeutig trotzig. Fast schon aggressiv.

»Vorhin, als Sie unten waren.« Wobei sie über die Frage, was er eigentlich ganz allein dort unten gewollt hatte, später sprechen würden. Wenn es denn ein *Später* für Peizel gab. »Und ich bin nicht sicher, ob sie die Geheimtür nicht entdeckt haben.«

»Holmes hat keinen Schlüssel«, sagte Peizel, was von allen dummen Antworten, die Mudgett sich vorstellen konnte, die mit Abstand dümmste war. In der nächsten Sekunde korrigierte er sich, denn Peizel fügte noch etwas sehr viel Dümmeres hinzu. »Wir müssen endlich darüber nachdenken, Holmes loszuwerden. Er wird zu einem Problem.«

»Holmes ist tabu«, beschied ihm Mudgett. »Hatte ich das schon einmal erwähnt?«

Peizel zog trotzig die Unterlippe zwischen die Zähne, doch statt der aufsässigen Antwort, mit der er nun beinahe rechnete, ging er in die Hocke und legte die verborgene Klappe hinter der Werkbank frei, die einmal eine Kohlenrutsche gewesen war. Jetzt diente sie anderen Zwecken. Noch immer, ohne einen Finger zu rühren, sah Mudgett zu, wie Peizel die beiden Toten zu der Klappe schleifte und es der Rutsche und der darunterlauernden Dunkelheit überließ, sie zu verschlingen. Er wartete auch, bis er die Klappe wieder geschlossen und die Werkbank an ihre Position zurückgeschoben hatte. Der Lärm musste im ganzen Haus zu hören sein, und das schwere Möbelstück hinterließ eine deutlich sichtbare Schleifspur auf dem Boden. Auch darüber, dachte Mudgett, musste er sich Gedanken machen. Vielleicht irgendetwas mit Rädern oder Kufen.

»Gut«, sagte er dann. »Jetzt beseitigen Sie die ganze Schweinerei hier, und vergessen Sie nicht, den Wagen zu säubern. Holmes wird ihn heute wahrscheinlich den ganzen Tag über brauchen. Und wenn Sie schon so wild darauf sind, sich jemandes zu entledigen, dann denken Sie vielleicht einmal über Mr Geyer nach.«

»Aber Sie haben gesagt …«, begann Peizel, und Mudgett unterbrach ihn mit einer ärgerlichen Geste.

»Ich weiß, was ich gesagt habe«, sagte er. »Aber manchmal muss man seine Meinung eben ändern.«

Nicht nur, was Frank Geyer anging.

Newark, New York, 1887

Er hätte dieses verdammte Judenmädchen nicht töten sollen. Die Juden brachten nichts als Ärger, genau wie die Nigger, das wusste jeder, aber Herman hatte noch nie viel von dem gehalten, was der sogenannte Volksmund sagte, denn es war meistens doch nichts anderes als ausgemachter Blödsinn.

Diesmal hätte er vielleicht besser darauf gehört.

Sie waren ihm dicht auf den Fersen. Nicht im wortwörtlichen Sinne – die Straße hinter ihm war leer, wenn er von den üblichen Ratten und einem anhänglichen Straßenköter absah, der ihm seit einer Viertelstunde beharrlich folgte und ab und zu ein verräterisches Kläffen hören ließ. Aber die Schlinge zog sich zu, wie man so schön sagte.

Herman schüttelte diesen wenig konstruktiven Anflug von Selbstmitleid ab, der ihm in seiner momentanen Lage nun gar nicht weiterhalf (und zudem überhaupt nicht zu ihm passte), machte eine weit ausholende Geste, wie um mit einem imaginären Stein nach dem Hund zu werfen, und registrierte ohne sonderliche Überraschung, dass die einzige Reaktion des Köters aus einem fast schon mitleidigen Blick und einem heftigen Schwanzwedeln bestand. Er bedauerte es fast ein bisschen, keine Waffe dabeizuhaben, mit der er diese gottverdammte Töle über den Haufen schießen konnte.

Noch so ein alberner Gedanke, der aber schon besser zu ihm passte. Herman verscheuchte ihn ebenfalls, entschied, den Hund fortan mit Missachtung zu bestrafen (zumindest bis er einen Revolver auftrieb), und trat mit einem entschlossenen Schritt aus der verdreckten Gasse auf die viel breitere, belebte –

und kaum weniger schmutzige – Hauptstraße hinaus, um in der Menschenmenge unterzutauchen. Das war immer noch das beste Versteck, und solange er in Bewegung und nicht zu lange an einem Ort blieb, befand er sich wenigstens halbwegs in Sicherheit.

Allerdings hatte er das vor drei Wochen auch schon einmal gedacht und vor zwei Wochen, vor einer Woche und das letzte Mal vor drei Tagen in einem anonymen billigen Hotel in einem der am wenigsten vornehmen Viertel Manhattans, in dem dieser gottverdammte Detektiv ihn um Haaresbreite erwischt hätte. Wenn man es genau nahm, dann hatte er ihn sogar in der Falle gehabt. Hätte sich das Hotel nicht in einer Stadt befunden, die per Gesetz vorschrieb, dass jedes Gebäude ab einer bestimmten Höhe eine Feuertreppe haben musste, dann würde er sich jetzt nicht durch eine Menschenmenge drängen, sondern säße vermutlich auf einer harten Pritsche in einem sehr kleinen, vergitterten Raum und würde darauf warten, dass man ihn abholte und zum Galgen führte – falls der Kerl ihn nicht gleich über den Haufen geschossen hätte (eine Waffe mit gespanntem Hahn hatte er jedenfalls in der Hand gehabt) –, und hätte Herman das letzte Stück nicht mit einem Sprung überwunden, den keiner seiner Verfolger nachzumachen gewagt hatte, weil er sich dabei eigentlich mindestens beide Beine hätte brechen müssen, wenn nicht jeden einzelnen Knochen im Leib.

Er hatte sich nicht nur nichts gebrochen, sondern war seinen Verfolgern danach auch noch mit einem rekordverdächtigen Sprint davongelaufen, aber seine Hüften und Knie taten immer noch weh, und sein Rücken bestrafte jede unvorsichtige Bewegung mit einer so wütenden Schmerzattacke, dass an eine Wiederholung dieser Art von Flucht nicht einmal mehr zu denken war.

Ein unheimliches, lang anhaltendes Dröhnen drang in seine Gedanken. Herman wusste, was dieses Geräusch bedeutete, da er es seit seiner Ankunft hier schon ein paarmal gehört hatte, aber er hob dennoch fast erschrocken den Kopf und sah gerade noch rechtzeitig genug nach Osten, um das Geräusch mit einem monströsen Umriss in Verbindung zu bringen, der über den Horizont herangekrochen kam; eines der modernen Dampfschiffe, die die alte Welt mit der neuen verbanden und immer mehr und in immer schnellerer Folge Einwanderer herbrachten, die dafür sorgten, dass die Straßen noch überfüllter waren, die Armen noch ärmer (und mehr) wurden und die Reichen noch reicher. Herman hatte für sich noch nicht endgültig entschieden, was er davon halten sollte, aber er glaubte nicht, dass es ihm gefiel. Sicher, Amerika war ein riesiges Land, das Menschen verschlang wie ein nimmersatter Moloch und ständig Nachschub an Fleisch brauchte, und es litt trotz all der vergangenen Jahre noch immer an den Nachwirkungen des Bürgerkriegs und dem daraus resultierenden Mangel an Männern fast einer ganzen Generation; aber Herman bezweifelte dennoch, dass seine Onkel und so viele andere Männer in diesem Kampf gekämpft und ihre Leben geopfert hatten, um den Boden für eine neue Generation polnischer Hungerleider, irischer Raufbolde und deutscher Erbsenzähler zu bereiten.

Das tiefe Bassdröhnen des Dampfschiffes erklang noch einmal, um die Ankunft einer weiteren Schiffsladung Menschen anzukündigen, und Herman setzte seinen Weg fort, ohne genau zu wissen, wohin. Er wurde nicht nur von diesem verdammten Detektiv und einer ganzen Heerschar Constables verfolgt, auch seine finanzielle Lage begann allmählich prekär zu werden. Sein Geld reichte noch für zwei oder allerhöchstens drei Übernachtungen, wenn er mit einer wirklich bescheidenen Unterkunft vorliebnahm, und auch wenn seine Studentenzeit nun schon ein paar Jahre zurücklag, erinnerte er sich noch gut genug daran, wie sich Hunger anfühlte.

Eine Zeit lang schlenderte er vermeintlich ziellos umher, wobei ihn seine Schritte immer näher zum Kai brachten, bis er schließlich auf der Ufermauer stand und sich halb erschlagen vom Anblick all der gewaltigen Schiffe fühlte, die sich so weit aneinanderreihten, wie sein Blick reichte, und vermutlich noch ein gutes Stück darüber hinaus. Mehr Schiffe lagen weiter draußen vor Anker, und auch der Überseedampfer brachte sich mit einem tiefen, dampfgetriebenen Dröhnen noch einmal in Erinnerung. Herman kam sich klein vor und so unbedeutend, wie sich wohl jeder Mann angesichts dieser ungeheuerlichen Zurschaustellung dessen gefühlt hätte, was menschlicher Erfindungsgeist und Wille zu erschaffen vermochten. Aber es war wenig Erhabenes an diesem Gefühl. Es ärgerte ihn. Es war *nicht richtig*. Nichts sollte größer sein als sein Pakt mit der Dunkelheit und ihre gemeinsame Mission – die nebenbei bemerkt bald zu Ende sein würde, wenn ihm nicht etwas Geniales einfiel.

Herman war natürlich klar, dass ihn seine Schritte nicht wirklich zufällig hierhergeführt hatten. Vielmehr hatte zumindest ein Teil von ihm auch den Gedanken erwogen, seiner Flucht den Stempel der Endgültigkeit zu verleihen und nicht nur diese Stadt, sondern auch gleich das Land und den Kontinent zu verlassen. Doch allein der Anblick all dieser Schiffe und der Unzahl von Menschen, die sie ins Land brachten, ließ ihn auch praktisch sofort begreifen, dass es diese Option nicht wirklich gab. Es wäre einfach nicht richtig gewesen.

Und er mutmaßte auch, dass sein finsterer Verbündeter es nicht zulassen würde. Sein Platz war hier.

Eine geraume Weile stand er einfach da und verschwendete Zeit, die er nicht hatte, damit, über Dinge nachzudenken, an die er sich hinterher nicht mehr erinnerte. Es war dennoch keine vergeudete Zeit. Er wusste jetzt immerhin, was er *nicht* wollte.

Weiter davonlaufen.

Freilich war dieser Gedanke leichter gedacht als in die Tat umgesetzt. Anders als seine Verfolger wusste er wenig mehr von seinen Gegenspielern, als dass es sie gab, und dass sie ebenso hartnäckig wie fähig zu sein schienen. Er hatte nur einen kurzen Blick auf das Gesicht des Mannes geworfen, der ihn jagte: ein Bursche, der nur wenig älter war als Herman, mit gewaltigem Backenbart und beginnender Stirnglatze. Er war mit gezückten Waffen in sein Hotelzimmer gestürmt und hätte diese vermutlich auch benutzt, hätte Herman auch nur eine Sekunde gezögert und ihm die Gelegenheit dazu gegeben. Herman bezweifelte inzwischen, dass es sich wirklich um einen Polizisten handelte. Er arbeitete vermutlich mit der Polizei zusammen und schien sogar eine gewisse Befehlsgewalt zu haben, aber er war dennoch mittlerweile fast davon überzeugt, es mit irgendeiner Art von privatem Ermittler zu tun zu haben; einem jener fast legendären Privatdetektive, von denen die meisten glaubten, dass es sie gar nicht gab, die aber über umfassende Verbindungen, nahezu unbegrenzte Ressourcen und keinerlei Skrupel verfügten.

Er hätte sich dieses stupsnasige blonde Judenmädchen doch besser ein wenig genauer angesehen, bevor er es in sein Zimmer gelockt hatte, um sich für den Rest der Nacht mit ihm zu amüsieren – wenn auch auf andere Art, als sie erwartet haben mochte. Aber wie hätte er es wissen können? Er hatte erst aus der Zeitung erfahren, dass sie eben nicht nur ein nervöses kleines Mädchen auf der Suche nach einem verruchten Abenteuer gewesen war, sondern auch die Tochter eines wirklich reichen Judenbastards, der nun Himmel und Hölle in Bewegung setzte, um des Mörders seines Kindes habhaft zu werden.

Und was ihm am meisten zu schaffen machte, war der Umstand, dass er nicht die leiseste Ahnung hatte, wie dieser verdammte Schnüffler ihm überhaupt auf die Spur gekommen war. Er war nach wie vor sicher, keinen Fehler gemacht zu haben. Das Mädchen war nicht sein erstes Opfer gewesen, seit er Ann Arbor verlassen hatte, und er wäre schwerlich mit einem Dutzend Morde davongekommen, wenn er Fehler machte oder gar Spuren hinterließ. Aber dieser Bursche hatte ihn gefunden, mehr als einmal, und er war ihm so dicht auf den Fersen, dass er seine Nähe fast schon körperlich zu spüren meinte, selbst in diesem Moment.

Vielleicht um sich selbst zu beweisen, wie albern dieser Gedanke war, blickte er sich aufmerksam in alle Richtungen um und stellte genau das fest, was er auch erwartet hatte, nämlich dass er nahezu allein am Kai stand und niemand von ihm Notiz nahm. Herman lächelte über seine eigene Nervosität, gemahnte sich in Gedanken aber auch zu Disziplin. Er hatte allen Grund, nervös zu sein, aber nervöse Menschen begingen Fehler, und das konnte er sich nicht leisten. Klugerweise sollte er sich wohl besser darauf konzentrieren, ein Quartier für die Nacht und ein Versteck zu finden.

Trotzdem drehte er sich noch einmal zum Wasser und ließ seinen Blick über die lange Reihe nebeneinander vertäuter Schiffe gleiten. Er würde das Land nicht wirklich verlassen – sein Wirkungsbereich war hier, und Amerika war nun wahrlich groß genug, um sich vor einem dahergelaufenen Privatdetektiv zu verstecken, ganz egal wie gut er auch sein mochte – aber der Anblick all dieser still daliegenden Schiffe brachte ihn auf eine andere Idee. Schiffe überquerten nicht nur den Ozean. Ganz im Gegenteil hatten sich die meisten der Schiffe, die jetzt gerade vor ihm lagen, vermutlich noch nie außer Sichtweite des Festlandes entfernt, sondern verbanden die Küstenstädte miteinander, und gerade der Umstand, dass seine geografische Lage Newark eigentlich zu einer Falle machte (in die er sich noch dazu selbst hineinmanövriert hatte), mochte sich im Nachhinein doch noch als Vorteil erweisen. Hier legten täglich zahlreiche Schiffe ab, die nicht nur andere Welten ansteuerten, sondern auch den Kanal und die großen Flüsse hinauffuhren, an denen sich eine prosperierende Stadt an die andere reihte. Herman war noch nie auf einem Schiff gewesen und hatte somit keinerlei Erfahrung mit der Seefahrt, doch allein die Vorstellung, den sicheren Boden unter seinen Füßen gegen das schwankende Deck eines zerbrechlichen Schiffes einzutauschen, das sich hilflos den Gewalten eines launischen Ozeans und des noch viel unberechenbareren Wetters aussetzte, war ihm zuwider. Er hatte ganz gewiss kein Salzwasser im Blut. Aber vielleicht genug Süßwasser, um einen oder zwei Tage einen der großen Flüsse hinaufzufahren und seinem Verfolger so eine lange Nase zu machen.

Außerdem war die Falltür eines Galgens auch nicht unbedingt das, was man unter *sicherem Boden* verstand.

Erneut hatte er das Gefühl, beobachtet zu werden, und da er gelernt hatte, auf seine Gefühle zu hören, fuhr er auf dem Absatz herum und stellte fest, dass er tatsächlich angestarrt wurde – von dem verlausten Straßenköter, der ihm den ganzen Weg gefolgt war und nun schwanzwedelnd dastand. Er brauchte wirklich dringend einen Revolver.

Vielleicht sogar dringender, als er bisher angenommen hatte. Durch den Hund auf eine bestimmte Richtung aufmerksam geworden, fiel ihm noch etwas anderes auf. Ganz am Ende des Kais, kaum größer zu erkennen als die Spielzeugsoldaten eines Kindes, waren zwei uniformierte Polizisten aufgetaucht, was gerade in einer Gegend wie dieser nichts Ungewöhnliches war. Aber sie *benahmen* sich ungewöhnlich.

Zuallererst einmal waren sie zu zweit, was nicht der Norm entsprach, denn wie fast alle großen Städte litt auch New York unter permanenter Geldnot, so dass die Polizei chronisch unterbesetzt war und die Beamten ihre Streife zumeist allein gingen. Und diese beiden waren auch nicht einfach nur auf Streife. Sie bewegten sich scheinbar ziellos, blieben aber auch immer wieder stehen, um die Menschen ringsum einer genaueren Musterung zu unterziehen. Zweimal sprachen sie auch einen Passanten an und ließen sich seine Papiere zeigen. Beides waren junge Männer ungefähr seines Alters und auch ungefähr seiner Statur. Und nun, einmal darauf aufmerksam geworden, fiel ihm auch noch etwas anderes und weit Beunruhigenderes auf: Die beiden Constables waren nicht allein. In ausreichendem Abstand, aber noch nahe genug, um sie und das, was sie taten, beobachten zu können, folgte ihnen eine weitere Person. Der Mann trug einen unauffälligen grauen Gehrock und Melone, und er war eindeutig zu weit entfernt, um sein Gesicht zu erkennen. Herman wusste trotzdem sofort und jenseits allen Zweifels, wer er war.

Allmählich wurde ihm der Kerl unheimlich. Es war schlechterdings unmöglich, dass er ihn hier aufspürte. Vor einer Stunde hatte er selbst noch nicht gewusst, dass ihn seine Schritte zum Hafen führen würden. Nach seiner Flucht aus dem heruntergekommenen Hotel war er mehr oder weniger ziellos durch die Stadt geirrt und hatte die Abende in zwielichtigen Kneipen und einer billigen Absteige verbracht, einer von der Art, in der er im Sessel geschlafen hatte, weil ihn allein der Anblick der verdreckten Matratze angeekelt hatte. Die Tage war er praktisch ununterbrochen in Bewegung gewesen, indem er mit der Straßenbahn ziellos durch die Stadt gefahren war und sich jedes Kaufhaus, jeden Park, jedes Denkmal und jede Touristenattraktion angesehen hatte, auf die er zufällig stieß. Es war einfach unmöglich, dass ihm der Bursche immer noch so dicht auf den Fersen war. Konnte der Kerl seine Gedanken lesen?

Tief in seinem Inneren regte sich etwas, ein vertrautes Tasten und Sondieren. Es war noch zu vage, um es zu greifen, aber Herman kannte dieses Gefühl, denn es war nicht das erste Mal. In ihm reifte ein Plan heran. Nicht sein Plan, sondern der seines unsichtbaren Verbündeten. Er wusste noch nicht, wie er aussehen würde, aber er verspürte trotzdem eine tiefe Erleichterung. Was auf dieser ganzen Welt sollte ihn denn aufhalten, wenn der Tod selbst auf seiner Seite stand?

Er beobachtete seine drei Verfolger noch einen Moment und kam zu dem Schluss, dass ihm ausreichend Zeit blieb, sich unauffällig zu entfernen; aber er wusste gar nicht so recht, ob er das überhaupt wollte. Auch wenn er das Geheimnis möglicherweise nie lüften würde, Tatsache war, dass dieser Bursche ihn anscheinend immer und überall aufspürte, und das auch in immer kürzeren Abständen. Doch offensichtlich wusste er nicht genau, wie Herman aussah, sonst hätten sich seine uniformierten Fußtruppen wohl kaum die Mühe gemacht, die Passanten zu kontrollieren – was hieß, dass er zumindest noch einen kleinen Vorteil auf seiner Seite hatte. Womit dieser berufsmäßige Menschenjäger ganz bestimmt nicht rechnete war, dass sich seine Beute umdrehen und ihrerseits zum Angriff übergehen würde.

Allerdings gewiss nicht zu seinen Bedingungen.

Der Hund gab einen seltsamen Laut irgendwo zwischen einem Knurren und einem Winseln von sich, aber er wedelte dabei auch mit dem Schwanz, was Herman auf eine Idee brachte. Sie kam ihm selbst ein bisschen gewagt vor, aber manchmal war die beste Tarnung ja vielleicht gar keine Tarnung. Er versenkte die Hand in der Jackentasche (die vollkommen leer war), woraufhin der Hund die Ohren aufstellte und schwanzwedelnd näher kam; wenn auch sehr vorsichtig.

»Na komm schon«, sagte Herman.

Der Hund winselte, legte die Ohren an und kam in jetzt eindeutig demütiger Haltung näher, wenn auch immer noch schwanzwedelnd. Herman wusste zwar, dass Schwanzwedeln bei Hunden ebenso oft ein Zeichen von Furcht wie von Freude war, baute für die kleine Scharade, die er im Sinn hatte, aber einfach darauf, dass dies nicht unbedingt Allgemeinwissen und dem Bild zuträglich war. Sobald er auf die Straße hinaustrat, konnte er nicht mehr hoffen, nicht gesehen zu werden.

Der Hund kam gehorsam näher und ließ sich den Kopf streicheln. Er verlor nun offenbar seine Angst, denn er stellte aufmerksam die Ohren auf, begann noch emsiger mit dem Schwanz zu wedeln und wie ein Welpe um Herman herumzuhüpfen. Herman entschuldigte sich im Stillen bei dem Hund für die (ohnehin nicht ganz ernst gemeinten) Mordgedanken von gerade und ging mit raschen Schritten, aber ohne zu rennen, weiter. Für ein kurzes Stück bewegte er sich sogar auf die beiden Constables und ihren aufmerksamen Begleiter zu, bevor er einen der ausgelassenen Sprünge des Hundes nutzte, um die Richtung zu wechseln. Es schien tatsächlich zu funktionieren. Sie suchten einen Mann seines ungefähren Alters und seiner Statur, keinen jungen Burschen, der ausgelassen mit seinem Hund am Hafen spazieren ging.

Unbehelligt erreichte er die erste Seitenstraße und musste sich wirklich beherrschen, um nicht sofort hineinzustürmen und so vielleicht im letzten Moment doch noch alles zunichtezumachen. Er widerstand auch der Versuchung, sich über die Schulter umzublicken, wurde sich aber (und das wortwörtlich) schmerzhaft der Tatsache bewusst, dass er ein leichtes Humpeln nicht mehr ganz unterdrücken konnte.

Aber vielleicht war das ja auch ganz gut.

Er widerstand auch der Versuchung der zweiten Gasse und bog erst bei der dritten Gelegenheit ab, vorgeblich um dem Hund zu folgen, der laut kläffend hineinstürmte, aber schon nach wenigen Schritten wieder anhielt und ihn schwanzwedelnd und leise winselnd aufforderte, es ihm gleichzutun. Herman wäre dieser Aufforderung zu gerne gefolgt, und jetzt wäre wohl auch der Moment gekommen, sein Tempo deutlich zu erhöhen. Aber er konnte es nicht. Wenn er die Zähne zusammenbiss und den Schmerz ignorierte, konnte er das Humpeln vermeiden, aber nennenswert schneller würde er sich kaum bewegen können. Es wurde Zeit für einen wirklichen Plan.

Als er das Ende der Gasse erreichte – die im Grunde nicht mehr war als eine kaum anderthalb Meter breite Baulücke zwischen zwei Lagerhäusern –, wusste er, was er tun musste.

Falls ihm die nötige Zeit dafür blieb. Und er fand, wonach er suchte. Und sein Geld reichte. Wahrscheinlich würden ihm noch eine Menge weiterer *Und* einfallen, wenn er nur lange genug darüber nachdachte. Hätte er viel auf dieses kleine Wörtchen gegeben, dann wäre er jetzt nicht hier, eine Menge Menschen wären noch am Leben, die es nicht verdient hatten, und er wäre vermutlich immer noch in Gilmanton und hätte die Poststelle seines Vaters übernommen. Falls man ihn nicht vorher aufgehängt hätte, weil er Reverend Folsom oder irgendeinen anderen dieser alten Narren erschlagen hätte.

Der Gedanke ließ ihn nicht nur lächeln, sondern erfüllte ihn auch mit neuer Zuversicht. Er sollte jetzt eigentlich ein schlechtes Gewissen haben, dass er auch nur eine Sekunde lang gezweifelt hatte. Seit jenem schicksalhaften Tag in Doktor Estans Behandlungszimmer – und vielleicht auch schon zuvor, auch wenn er es in seiner kindlichen Einfalt nicht gemerkt hatte – hatte sein Leben unter dem Schutz seines unsichtbaren Verbündeten gestanden, und er würde seine schützenden Hände auch jetzt wieder über ihn halten. Dass Herman seine Pläne für diesen Moment noch nicht erkannte, bedeutete nicht, dass es sie nicht gab.

Was er suchte, war nicht leicht zu finden – schließlich konnte er nicht einfach danach fragen –, aber andererseits war er hier am Hafen und in einem Viertel, das sich in dieser Hinsicht nicht von irgendeinem anderen Hafenviertel irgendwo auf der Welt unterschied. Er brauchte nicht einmal lange, bis er die entsprechende Straße fand – wenn es denn nur eine war –, in der es lauter war, Tabaksqualm und Gelächter und ausgelassene Musik aus einigen offen stehenden Türen drangen und hinter mancher Gardine rotes Licht brannte. Das meiste von dem, was hier so ganz offen zur Schau gestellt (und angeboten) wurde, war selbst in einer modernen Stadt wie New York illegal, so dass er ein wenig mehr Diskretion und Verstohlenheit erwartet hätte, aber die Behörden waren hier in dieser Hinsicht entweder besonders lax oder wurden besonders gut geschmiert – und in Wahrheit wohl beides. Herman war es nur recht. Je zwielichtiger eine Gegend war, umso leichter war es im Allgemeinen, dort unterzutauchen und seine Spuren zu verwischen. Herman hatte das nicht wirklich vor, aber sein hartnäckiger Verfolger schien genug über ihn zu wissen. Er würde gewiss nicht darauf hereinfallen, wenn er den Dummkopf spielte.

Noch immer begleitet von dem Hund, der einen Narren an ihm gefressen zu haben schien (oder vielleicht auch immer noch auf den nicht vorhandenen Inhalt seiner Jackentasche spekulierte), ging er bis zum Ende der Straße, nur um festzustellen, dass die daran anschließende noch ein wenig verruchter und deutlich heruntergekommener war. Er musste jetzt nur noch ein paar Schritte tun, bis er das erste Mal angesprochen wurde.

Das Mädchen konnte allerhöchstens dreizehn oder vierzehn Jahre alt sein, versuchte aber mit sehr viel Schminke (und sehr wenig Geschick) ein paar Jahre älter auszusehen, doch in dem aufgesetzten Lächeln in ihren Augen erkannte Herman auch eine große Unsicherheit. Sie machte das noch nicht sehr lange, aber schon lang genug, um in jedem Mann wie ihm einen potenziellen Kunden zu erkennen; und eine mindestens ebenso große potenzielle Gefahr.

Was die Gefahr anging, war ihr Instinkt nur zu richtig, wenn auch nicht an diesem Abend.

»Einen hübschen Hund haben Sie da, Mister«, sagte sie. »Gehen Sie mit ihm spazieren?«

»Das ist wohl kaum die richtige Gegend dafür«, antwortete Herman.

»Was tun Sie dann hier?«, wollte sie wissen.

Für jemanden ihrer Profession, dachte Herman, stellte sie sich nicht besonders geschickt an. Aber auch das kam ihm nur zupass. Er hatte nicht viel Zeit. »Ich bin nicht interessiert.«

Was nicht stimmte, wenn es auch an etwas anderem lag, als sie annehmen konnte. Und zu ihrem Glück hatte er auch keine Zeit. Aus dem Interesse in ihren Augen wurde jedenfalls etwas anderes, und Herman griff rasch in die Jackentasche und fügte hinzu: »Aber du kannst dir trotzdem einen Dollar verdienen, wenn du willst.«

Er zog nicht nur die Dollarnote aus der Jacke, was den Hund zu einem hoffnungsvollen Ohrenaufstellen veranlasste, sondern auch ein rotes Taschentuch, außer seiner Brieftasche beinahe alles, was er von seinem persönlichen Besitz aus dem Hotelzimmer gerettet hatte. Der Hund sah wohl ein, dass weder das eine noch das andere für ihn bestimmt war, und gab ein enttäuschtes Winseln von sich. Der Blick des Mädchens wanderte aufmerksam zwischen der Dollarnote in seiner einen und dem Taschentuch in seiner anderen Hand hin und her. Ob sie wohl wusste, was für interessante Dinge man mit einem simplen Taschentuch anstellen konnte?

»Ich fürchte, ich habe mich verlaufen«, sagte er, während er die Dollarnote der Länge nach zusammenfaltete und halb unter seinen Gürtel schob. »Ich bin mit einem Freund verabredet, aber ich muss zu meiner Schande gestehen, dass ich vergessen habe, wo. Die Adresse, verstehst du?« Während er sprach, faltete er das Taschentuch zusammen und steckte es so in seine rechte Gesäßtasche, dass ein dreieckiger Zipfel hervorsah, den er sorgfältig nach unten strich. Das Mädchen legte die Stirn in Falten, und in ihrem Blick erschien pure Verachtung.

Aber sie sah auch immer wieder die Dollarnote an; eindeutig mehr, als sie von den meisten normalen Freiern in einer Gegend wie dieser bekommen würde.

»Du kannst den Dollar haben, wenn du mir sagst, wo ich meinen Freund vielleicht finde«, sagte er. »Es gibt doch bestimmt so etwas wie einen Treffpunkt für Freunde, die sich aus den Augen verloren haben.«

Vielleicht war das zu viel oder das Mädchen einfach noch zu jung und noch nicht verdorben genug, denn aus der Verachtung in ihren Augen wurde etwas noch sehr viel Schlimmeres, und er konnte sehen, wie sie zumindest innerlich ein Stück vor ihm zurückwich.

Aber natürlich siegte am Ende die Gier. »Gehen Sie in das *Black Swan*«, sagte sie. »Zwei Straßen weiter und dann nach rechts.«

Herman gab ihr den Dollar, der wie weggezaubert verschwand.

»Aber man wird Sie nicht reinlassen. Ihre Freunde bleiben lieber unter sich, glaub ich.«

»Es sei denn … ?«, vermutete er.

Ihr Blick war Antwort genug. Herman zog eine zweite Dollarnote aus der Tasche und versuchte eine Miene aufzusetzen, die unmissverständlich klarmachte, dass es keine dritte geben würde.

»Sagen Sie, dass Martha Sie schickt.«

»Ist das dein Name?«

»Nein, aber man wird Sie reinlassen.«

»Wenn nicht, müsste ich zurückkommen«, sagte Herman, schwächte seine Worte aber auch gleich mit einem Lächeln ab – und selbstverständlich damit, ihr den Dollar zu geben. Das Mädchen würdigte diese Drohung keiner Antwort, aber die Mischung aus Verachtung und Ekel in ihren Augen machte es auch überflüssig, noch irgendetwas zu sagen. Sie ging schnell und ohne noch etwas zu sagen. Herman nahm sich fest vor, zurückzukommen und sie zu suchen, wenn alles vorbei war.

Aber jetzt musste er erst einmal in das *Black Swan*.

Sein Geld war gut angelegt gewesen, denn er fand das Gasthaus genau an der bezeichneten Stelle, und der Name, den das Mädchen ihm genannt hatte, (und ein weiterer Dollar) öffnete ihm auch die Tür. Er durfte sogar den Hund mit hineinnehmen. Obwohl er es eigentlich gar nicht wollte.

Das Lokal war nur mäßig besucht. Hinter der Theke stand eine ältliche Matrone, von der Herman annahm, dass ihre besten Tage nicht nur vorbei waren, sondern dass sie niemals welche gehabt hatte. An einem der Tische saß ein junges Pärchen, das zumindest äußerlich weder in dieses Lokal noch in eine so heruntergekommene Gegend zu passen schien. Es roch nach kaltem Pfeifenrauch und noch etwas anderem und Süßlichem, und natürlich wurde er von allen einen Moment lang misstrauisch beäugt. Nach ein paar Sekunden erlahmte das allgemeine Interesse an ihm aber ebenso schnell wieder. Vielleicht wirkte das Tuch in seiner Tasche ja auch besser, als er erwartet hatte.

Um es nicht zu übertreiben, stopfte er es ganz in die Tasche, nahm an der Bar Platz und bestellte mit einer wortlosen Geste ein Bier. Für alles andere reichte sein Geld nicht mehr, und außerdem machte er sich nichts aus hartem Alkohol und vertrug ihn auch nicht.

Er machte sich in Gedanken eine Notiz, sich in Zukunft behutsam daran zu gewöhnen, schon damit er einen klaren Kopf behielt, wenn er doch einmal in die Bredouille geriet, etwas Stärkeres als Bier trinken zu müssen.

Seine Bestellung kam. Herman bezahlte und nahm gleich einen großen Schluck. Das Bier schmeckte schal, aber er verzog trotzdem anerkennend die Lippen, woraufhin die Wirtin nicht nur wortlos das Geld einstrich, sondern nach einem kurzen Moment auch zurückkam und ihren gewaltigen Busen über die Theke hievte, um sich vorzubeugen und dem Hund eine kleine Leckerei hinzuwerfen, die noch schneller zwischen den Zähnen des Hundes verschwand als die beiden Dollarnoten vorhin in den Händen der jungen Hure.

»Einen schönen Hund hast du da«, sagte eine Stimme hinter ihm.

Herman nahm einen weiteren Schluck von dem schalen Bier und wischte sich den Schaum aus dem Bart, bevor er sich halb auf dem Barhocker herumdrehte und den Sprecher ansah. Er hatte sich gut genug in der Gewalt, um nichts zu sagen und auch seine Züge unter Kontrolle zu behalten, aber er gestattete sich ein angedeutetes Lächeln, das ihn möglicherweise schüchtern aussehen ließ. Innerlich jedoch jubilierte er. Besser hätte er es kaum planen können.

Der Bursche war vielleicht eine halbe Handspanne größer als er und einige wenige Jahre älter, aber von ähnlicher Statur und Haarfarbe. Anders als er hatte er keinen Bart und trug das Haar schulterlang, und seine Kleider hatten auch schon bessere Zeiten gesehen, waren aber nicht von der billigsten Sorte. Sie wären nicht als Brüder durchgegangen, waren sich aber vom Typus her ähnlich. Er hatte ein offenes, sympathisches Gesicht und sehr helle, aufmerksame Augen. Er musste genügen.

»Er ist mir zugelaufen«, antwortete Herman, nachdem er seine Musterung abgeschlossen hatte. »Plötzlich war er einfach da, und jetzt werde ich ihn nicht mehr los.«

»Manchmal kann man sich seine Freunde nicht aussuchen.« Der Bursche angelte sich ein Bier von der Theke, das die Wirtin ihm ungefragt hingestellt hatte, und machte eine Kopfbewegung zu einem freien Tisch nahe der Tür. Herman war fast ein wenig überrascht, wie forsch der Bursche zu Werke ging. Aber vielleicht war das in seinen Kreisen ja so üblich. Herman war noch nie in einem Gasthof wie diesem gewesen und bei Leuten wie diesen, und er legte auch keinen Wert darauf. Da war noch immer ein Teil in ihm, der nichts anderes wollte, als schleunigst von diesem kranken Ort mit seinen abartigen Menschen zu verschwinden.

Stattdessen ließ er sich vom Barhocker gleiten, schnappte sich sein Bier und folgte seinem neuen Freund zu dem Tisch. Der Hund folgte ihm aber schwanzwedelnd. Er passte in diese Stadt, fand Herman. Er schien auch nicht der Hellste zu sein.

»Ich bin Jack«, sagte der junge Bursche, während er ihm galant einen Stuhl zurückzog und wartete, bis er Platz nahm. Gleichzeitig bestellte er mit gespreiztem Mittel- und Zeigefinger zwei weitere Bier, obwohl sie ihre noch nicht einmal zu einem Viertel ausgetrunken hatten. »Eigentlich Jacob, aber so nennt mich niemand.«

»Herman.«

»Ein hübscher Name«, sagte Jack. »Er klingt sehr freundlich, aber zugleich auch stark.«

Herman verspürte einen fast körperlichen Ekel, den er nur noch mit Mühe unter Kontrolle hielt. Der Plan mochte gut sein, aber er verlangte wirklich eine Menge von ihm. Er zwang sich zu einem schüchternen Lächeln und nippte an seinem Bier.

»Bist du hier aus der Gegend, Herman?«, setzte Jack neu an. Offenbar spürte er, dass seine erste Charmeoffensive gescheitert war.

Die Frage verriet Herman zugleich, dass Jack selbst es nicht war, sonst hätte er die Antwort gewusst. Er reagierte nur mit einem angedeuteten Kopfschütteln und trank erneut einen Schluck Bier. Mochte Jack ihn ruhig für etwas schlicht halten, das machte die Überraschung am Ende nur noch größer.

»Ich bin auch zum ersten Mal hier«, plapperte Jack fröhlich weiter.

»Wie ich. Aber es scheint ein netter Laden zu sein.« Herman zögerte einen Moment. Was würde ein Mann wie der, für den Jack ihn zu halten schien, in einer Situation wie dieser sagen? »Diskret.«

Jack zog die linke Augenbraue hoch. »Und was tust du so – außer herrenlose Hunde zu adoptieren, meine ich?«

»Ich habe studiert und dann ein paar Jahre als Grundschullehrer in einem Kaff in New Hampshire gearbeitet«, antwortete er, ohne direkt auf die Frage einzugehen. »Aber ehrlich gesagt ist das nichts für mich.«

Herman betrachtete kurz das Bierglas in seiner Hand und stellte sich vor, wie er es zerbrach, um dann das schmierige Grinsen aus Jacks Gesicht zu schneiden. Alles an dem Kerl widerte Herman an, vor allem sein vertraulicher Ton, als wären sie seit Jahren die besten Freunde.

»Das Leben in der Provinz«, sagte Jack mitfühlend. »Ja, das kann ich verstehen. Das ist, als hätte man lebenslange Einzelhaft in einem anderen Jahrhundert, nicht wahr?«

Herman verneinte. »In einem anderen Jahrtausend. Mit dreimal Gottesdienst am Tag und sonntags noch einer Extramesse.«

Jack lachte. Die Wirtin kam und brachte die bestellten Biere, die Herman auch gleich bezahlte, obwohl seine Barschaft dadurch praktisch aufgezehrt war.

»Die Leute dort haben Anstoß an meinem Lebenswandel genommen«, fuhr Herman fort. »Als ob sie das etwas anginge!«

Einen kurzen Moment lang war er fast sicher, es übertrieben zu haben, denn in den Augen seines Gegenübers erschien ein eindeutig misstrauischer Ausdruck. Aber er verschwand auch genauso schnell wieder, wie er gekommen war. »Du hast recht«, sagte er, »das geht niemanden etwas an. Jeder sollte so leben, wie er will. Das ist auch mein Motto.«

»Und deshalb bist du nach New York gekommen?«, vermutete Herman. »Weil man hier leben kann, wie man möchte.«

Jack trank einen großen Schluck aus seinem Glas und stellte es kopfschüttelnd auf den Tisch zurück. »Ich bin nur auf der Durchreise«, sagte er. »Mein Schiff legt morgen früh bei Sonnenaufgang ab. Ich hätte wahrscheinlich jetzt schon an Bord gehen können, aber ich weiß ehrlich gesagt nicht, ob es mir gefällt. Vielleicht werde ich ja seekrank. Und selbst wenn nicht, ist es bestimmt kein Vergnügen, drei Wochen lang in einer winzigen Kabine eingeschlossen zu sein.«

»Drei Wochen? Wohin um Himmels willen geht die Reise? Nach China?«

»Nicht ganz«, antwortete Jack lachend. »England.«

»Du willst auswandern?«

»Zuerst einmal nur für ein Jahr. Ich habe eine Stelle in London angeboten bekommen. Aber wenn es mir dort gefällt …

die Engländer sollen ja ein sehr freundliches Völkchen sein. Vielleicht bleibe ich auch länger.«

»Gibt es denn niemanden hier, der dich vermissen wird?«

»Den einen oder anderen, den *ich* vermissen werde … aber eigentlich nein.« Er leerte sein Glas und wollte gleich die Hand heben, um eine weitere Bestellung aufzugeben, doch Herman schüttelte rasch den Kopf und schob ihm sein eigenes Glas über den Tisch, an dem er kaum genippt hatte. Jack sah ihn zwar einen halben Herzschlag lang fragend an, griff aber dann danach und leerte das Glas in einem Zug.

Herman musste sich abermals beherrschen, um sich seine wahren Gefühle nicht anmerken zu lassen. Beinahe so sehr wie das, was dieser Kerl war, verabscheute er Säufer – und er verabscheute Menschen, die weder Maß noch Ziel bei dem kannten, was sie taten.

Es wurde Zeit. Herman wusste nicht, wie weit seine Verfolger noch entfernt waren, aber sein Gefühl sagte ihm, dass sie besser nicht mehr allzu lange hierbleiben sollten.

»Willst du noch lange bleiben?«, fragte er.

In Jacks Augen glomm eine widerwärtige Vorfreude auf, die in Herman das heftige Gefühl wachrief, sich übergeben zu wollen. Trotzdem erwiderte er sein Lächeln, und er musste wohl ein zumindest passabler Schauspieler sein, denn aus dem Ausdruck in Jacks Augen wurde etwas noch Ekelerregenderes.

»Ich habe ein Zimmer«, sagte Jack. »Nur ein paar Straßen von hier.«

Hermans Kehle war vor Ekel so zugeschnürt, dass er gar nicht antworten konnte. Er spürte, wie ihm die Schamesröte ins Gesicht schoss, als er aufstand und die Blicke der anderen Gäste mit fast körperlicher Intensität auf sich fühlte. Allein dafür würde der Kerl bezahlen. Herman bedauerte nur, dass nicht so viel Zeit blieb, wie er es sich gewünscht hätte.

Sie verließen das *Black Swan* und wandten sich nach links, zurück in die Richtung, aus der Herman gerade gekommen war, was ihm nicht gefiel. Es begann bereits zu dämmern, und mit dem Sonnenlicht verschwand auch die letzte Wärme des Tages, wohingegen die Zahl der Menschen auf der Straße deutlich zugenommen hatte. Musikfetzen wehten von irgendwoher an sein Ohr, und sehr weit entfernt erklang auch wieder das Dröhnen eines Schiffshorns. Wurde es denn hier niemals still?

»Zeigst du mir das Schiff?«, bat er.

Jack blieb stehen, sah ein bisschen verwirrt aus. Wahrscheinlich konnte er es gar nicht mehr abwarten, seine kranken Gelüste zu befriedigen. Aber nach einer Sekunde hob er die Schultern und machte eine Kopfbewegung nach vorne. »Warum nicht? Ist kein großer Umweg. Aber erwarte nicht zu viel. Es ist nicht gerade ein Luxusdampfer.«

Er hatte die Wahrheit gesagt. Nur wenige Minuten später und auf einem anderen Weg erreichten sie den Kai wieder, und Jack blieb abermals stehen und deutete auf ein rostrotes Monstrum, das wie ein gestrandeter Eisenwal dalag und sowohl einen monströsen Schornstein als auch zwei hoch aufragende Masten hatte. Hinter den niedrigen Decksaufbauten brannte bereits trübes Laternenlicht, und weiter zum Heck hin meinte Herman etwas wie einen Kran zu erkennen, der irgendwie sonderbar aussah, auch wenn die hereinbrechende Dämmerung es unmöglich machte, Genaueres zu erkennen.

»Ein Frachter?«

Jack lächelte schief. »Mein zukünftiger Arbeitgeber zahlt die Überfahrt auf einem Passagierschiff, aber auf der *Swallow* kostet die Passage nicht einmal die Hälfte. Und für die Differenz kann ich in London gute drei Monate leben«, sagte er. »Ich lege keinen Wert auf Luxus.«

Das traf sich gut, dachte Herman, denn wenn das Innere dieses Seelenverkäufers hielt, was sein Äußeres versprach, dann war er wohl das genaue Gegenteil. »Aber du musst nicht noch Kohle schaufeln oder Bananen gerade biegen?«, witzelte er.

»Das will ich nicht hoffen«, antwortete Jack. »Und auch, dass die Mannschaft nicht aus Kannibalen besteht.« Er kam Hermans nächster Frage mit einem noch schieferen Grinsen zuvor. »Ich war noch nicht an Bord. Nur mein Gepäck ist schon da. Den Schlamassel, den ich mir selbst eingebrockt habe, lerne ich noch früh genug kennen.«

Nein, das wirst du nicht, dachte Herman und sah noch einmal zu dem Schiff mit dem hochtrabenden Namen hinauf. Im gleichen Maße, in dem das Tageslicht weiter verblasste, schienen seine Umrisse bedrohlicher und finsterer zu werden.

»Ich halte nichts davon, mir den Kopf über kommendes Unglück zu zerbrechen«, setzte Jack in verändertem Ton und nicht ganz überzeugend neu an. »Aber vielleicht kann ich ja noch ein paar schöne Erinnerungen mitnehmen, die mir helfen, die Reise zu ertragen.«

Herman antwortete nicht darauf. Er hatte schon vor langer Zeit aufgehört, an Gott zu glauben, und Menschen wie Jack waren einer der Gründe dafür. Wenn es so etwas wie einen allmächtigen Schöpfer gäbe, wie hätte er dann Kreaturen wie ihn erschaffen können, die eine Beleidigung für alles waren, was menschlich und gesund war?

»Es wird allmählich kühl«, sagte er mit einem übertrieben gespielten Schaudern.

»Hafenklima«, bestätigte Jack. »Man merkt wirklich, dass du noch nicht aus der Provinz rausgekommen bist. Aber mein Zimmer ist gleich in der nächsten Straße. Ich denke, wir bekommen dort bestimmt einen heißen Tee. Und schlimmstenfalls habe ich auch noch eine warme Decke in meinem Zimmer.«

Herman deutete nur ein Nicken an und sah sich in alle Richtungen um, während er Jack in zwei Schritten Abstand folgte. Abgesehen von ein paar Schiffsarbeitern, die auf die altmodische Art einen kleinen Frachter entluden, indem sie Kisten und Säcke über eine Anzahl wippender Planken an Land schleppten, waren sie praktisch allein, doch schon der Hund, der nach wie vor ausgelassen um sie herumtobte, sorgte dafür, dass man sich bestimmt an sie erinnerte.

Herman hatte irgendetwas Verruchtes erwartet oder doch zumindest ein Gebäude, dem man schon von außen den zweifelhaften Charakter seiner Bewohner ansah. Doch Jack führte ihn zu einer ganz normalen, wenn auch bescheidenen Pension. Im Kamin des kleinen Salons, der die untere Etage beherrschte, brannte ein flackerndes Feuer, und sie wurden tatsächlich von einem verlockenden Duft nach frisch aufgebrühtem Kaffee empfangen – und einem griesgrämigen Concierge, der Jack zwar kommentarlos seinen Zimmerschlüssel aushändigte, sich aber keine Mühe machte, den Ausdruck angewiderter Verachtung aus seinen Augen zu verbannen. Er wurde sogar noch ein bisschen intensiver, als sich sein Blick von Jacks Gesicht löste und über das von Herman tastete.

Herman nahm ihm diese Reaktion nicht übel. Der Mann stieg ganz im Gegenteil ein wenig in seiner Achtung. Auch wenn er nicht verstand, dass er eine solche Ungeheuerlichkeit in seinem Etablissement duldete. Immerhin war es nicht nur zutiefst unmoralisch, sondern wurde auch mit empfindlichen Strafen belegt. Aber anscheinend tickten die Uhren in einer Großstadt wie New York etwas anders.

Von dem in Aussicht gestellten Tee war nicht mehr die Rede, und Herman fragte auch nicht danach, sondern folgte Jack die mit verschlissenen Teppichresten belegten Stufen in die erste Etage hinauf. Der Hund wirkte jetzt eindeutig misstrauisch und sehr aufmerksam, folgte ihnen aber trotzdem nicht nur die Treppe hinauf, sondern auch in das Zimmer, das am Ende eines langen Flures lag. Die drei anderen Türen, an denen sie vorbeikamen, standen offen, so dass Herman erkennen konnte, dass die dahinterliegenden Zimmer leer standen. Vielleicht war die Pension ja so schlecht belegt, dass sein Besitzer aus reiner Verzweiflung wirklich *jeden* Gast annahm. Herman sollte es recht sein.

Jack riss ein Streichholz an, mittels dessen er eine einzelne Lampe entzündete, die für deutlich mehr Schatten als wirkliche Helligkeit zu sorgen schien, bedeutete ihm mit einer wortlosen Geste, auf dem einzigen vorhandenen Stuhl Platz zu nehmen, und ließ sich vor dem Kamin in die Hocke sinken, um mit geschickten Bewegungen binnen erstaunlich kurzer Zeit ein prasselndes Feuer zu entzünden. Herman sah ihm einen Moment lang zu, wie er in der Hocke dasaß und darauf achtete, dass nichts das Wachstum der Flammen beeinträchtigte, setzte sich aber nicht, sondern ging zum Fenster und öffnete es.

»Ich dachte, dir ist kalt?«, wunderte sich Jack.

»Das ist es auch«, antwortete Herman. »Aber wir haben doch das Feuer. Und wenn es nicht reicht, dann wärmst du mich eben.«

Er glaubte an diesen Worten ersticken zu müssen, aber in Jacks Augen erschien ein freudiges Glitzern (er würde sie ihm bei lebendigem Leibe herausschneiden, das war das Mindeste, schwor sich Herman, ganz egal, wie wenig Zeit ihm auch blieb), und Herman beugte sich aus dem Fenster und nahm einen tiefen Zug der kühlen Abendluft. Sie roch tatsächlich ein bisschen nach Salzwasser, aber auch nach schmorender Holzkohle, Unrat und schalem Bier und einer Menge anderer Dinge, über die er lieber nicht nachdachte.

In Wahrheit sah Herman natürlich nicht hinaus, um die zweifelhafte Aussicht oder die frische Luft zu genießen, die sich unter all dem Gestank verbergen mochte. Vielmehr blickte er unauffällig nach rechts und links. Das Fenster zum Nachbarzimmer befand sich wenig mehr als zwei Armeslängen entfernt, war aber trotzdem unerreichbar, denn es gab weder einen Fenstersims noch irgendeine andere Möglichkeit, sich festzuhalten, und da das Gebäude nur zwei Stockwerke maß, natürlich auch keine Feuertreppe. So viel zu seiner Idee, sich nötigenfalls ins Nachbarzimmer zu retten oder auf dieselbe Weise zu entkommen wie aus dem Hotelzimmer vor zwei Tagen. Er schloss das Fenster wieder, verriegelte es aber nicht.

Jack erhob sich, ging zur Tür und legte den Riegel vor. Als er zurückkam, zog er die Jacke aus und warf sie achtlos über die Stuhllehne. Der Hund knurrte leise.

»Hast du etwas zu trinken hier?«, fragte Herman.

»Das hier ist eine einfache Pension, kein Grandhotel mit Zimmerservice«, antwortete Jack. »Ich dachte, du wolltest nichts trinken.«

»Nicht die Pferdepisse im *Black Swan*«, antwortete Herman, und das war eindeutig der falsche Ton, denn etwas in Jacks Augen erlosch, und Herman meinte, ihm regelrecht anzusehen, wie viel von seinen Sympathien ihn diese Bemerkung kostete. Aber in der nächsten Sekunde hatte er sich auch schon wieder in der Gewalt und zwang sich zu einem nervösen Nicken.

»Ja, das Bier dort ist … von minderer Qualität«, sagte er. »Ich kann nach unten gehen und sehen, ob sie hier vielleicht etwas Besseres haben.«

»Das wäre nett«, sagte Herman. »Und nimm den Hund mit. Wahrscheinlich hat er Flöhe. Und ich will nicht, dass er zusieht.«

Er hatte gefürchtet, es damit endgültig übertrieben zu haben, doch Jacks Blick wurde plötzlich wieder weich. Er nickte. »Ja, das kann ich verstehen.«

»Bind ihn draußen vor der Tür an«, sagte Herman. »Vielleicht kommt sein Besitzer ja vorbei und findet ihn. Und wenn nicht, dann nehme ich ihn später mit. Dann hätte ich wenigstens einen Freund in dieser Stadt, wenn du weg bist.«

»Noch bin ich ja da«, sagte Jack, wollte aber offenbar auch gar keine Antwort hören, denn er griff nach dem einfachen Strick, der dem Hund als Halsband diente, und verließ das Zimmer. Er ließ die Tür offen, was Herman nur recht war.

Herman wartete, bis das leise Winseln des Hundes auf der Treppe verklang, drehte sich dann um und nahm Jacks Jacke vom Stuhl. Sie war überraschend schwer und der Stoff von besserer Qualität, als er bisher geglaubt hatte. Rasch durchsuchte er sämtliche Taschen und fand eine Handvoll Kleingeld sowie eine eher bescheidene Summe in Fünf- und Zehndollarnoten, die er nach kurzem Überlegen wieder zurücksteckte. Dann nahm er sich Jacks Brieftasche vor und erlebte nicht nur eine Überraschung, sondern sah tatsächlich zweimal hin, um sich selbst davon zu überzeugen, dass er auch wirklich sah, was er sah.

Besser hätte er es nicht einmal planen können.

Jack war tatsächlich nur ein Jahr älter als er, stammte aus einem Kaff im Mittleren Westen, dessen Namen er noch nie gehört hatte, und in seiner Brieftasche befanden sich nicht nur seine persönlichen Papiere, sondern auch die Karte für eine Schiffspassage auf der *HMS Swallow* von Newark nach London, und darüber hinaus die Kopie eines auf ein Jahr befristeten Anstellungsvertrags an einem von der katholischen Kirche geleiteten Kinderkrankenhaus im Londoner West End. Jack Morgan war nicht einfach nur ein unternehmungslustiger junger Mann, der nichts von Frauen hielt, sondern auch *Doktor* Jacob Morgan. Er hatte vor zwei Jahren promoviert und war Arzt.

Herman hörte Stimmen aus dem Erdgeschoss und beschloss, sich später über die schon fast astronomisch geringe Wahrscheinlichkeit dieses Zufalls zu wundern (oder sich bei seinem unsichtbaren Verbündeten zu bedanken, alles so perfekt arrangiert zu haben), legte die Brieftasche auf den Tisch und zog seine eigene Brieftasche aus der Jacke. Nachdem er alles entfernt hatte, was auf seine Identität hinwies – die Quittung aus einem gewissen Hotel in New York sowie die entwertete Fahrkarte nach New York ließ er, wo sie waren –, stopfte er sie in Jacks Innentasche und hängte die Jacke dann sorgfältig über den Stuhl. Er vergaß auch nicht, das Rasiermesser in seine Jackentasche gleiten zu lassen, mit dem er das Judenmädchen getötet hatte. Rasch steckte er Jacks Brieftasche ein, ging zum Kamin und tat das, was er schon vor langer Zeit hätte tun sollen: Er warf jedes Stück Papier, das auf seine wahre Identität hingewiesen hätte, in die Flammen und sah zu, wie es verbrannte. Herman Webster Mudgett gab es jetzt nicht mehr, Doktor Jacob Morgan dafür gewissermaßen zweimal. Wenn auch nur für wenige Minuten …

Herman wartete, bis auch das letzte Stück Papier zu schwarzer Asche verkohlt war, und stand im selben Moment auf, in dem Jack zurückkam; ohne Hund, dafür aber mit einer Flasche Champagner in der einen und zwei langstieligen Gläsern in der anderen Hand. Für einen ganz kurzen Moment stockte er in der Bewegung, und sein Blick wanderte zu seiner Jacke. Die Andeutung eines Stirnrunzelns erschien über seinen Augen. Irgendetwas gefiel ihm nicht, dachte Herman.

»Ich bin ein Putzteufel«, gestand Herman mit einem schiefen Grinsen. »Unordnung ist mir einfach zuwider.«

Der junge Arzt sah nicht wirklich überzeugt aus. Aber nur für eine weitere halbe Sekunde, dann gab er sich einen sichtbaren Ruck und hob in einer triumphierenden Geste die Flasche. »Wie du es haben wolltest«, sagte er, »ein anständiger Schluck.«

Er gab Herman die beiden Gläser und begann mit routinierten Bewegungen die Flasche zu öffnen. »Der alte Zausel unten behauptet, es wäre Champagner. Aber ich wäre da vorsichtig.«

»Und der Hund?« Herman betrachtete nachdenklich das einfache Sektglas in seiner rechten Hand, billige Massenware, wie man sie in jedem Ramschladen für ein paar Cent erstehen konnte. Perfekt.

»Ich habe ihn draußen angebunden, aber ich hatte nicht das Gefühl, dass es ihm gefällt.« Jack drehte mit einem gekonnten Schwung den Korken aus der Flasche, was sich wie ein entfernter Pistolenschuss anhörte. Was immer in der Flasche war, schäumte zumindest wie echter Champagner und tropfte auf den Teppich, den aber ohnehin nichts mehr ruinieren konnte. »Wahrscheinlich wird er gleich anfangen, wie ein läufiger Wolf loszuheulen, und die halbe Nachbarschaft aufwecken.«

Das wollte Herman doch hoffen. »Läufig klingt gut«, sagte er.

Jacks Lächeln entgleiste für einen Moment. Vielleicht hatte er sich doch noch einen Rest von Anstand bewahrt, zumindest was die Sprache anging. Nicht, dass ihn das retten würde.

Er goss beide Gläser ein und hörte genau im richtigen Moment auf, bevor sie überschäumen konnten. Er tat so etwas ganz eindeutig nicht zum ersten Mal. Ebenso gekonnt stellte er die Flasche auf den Kaminsims und streckte den Arm aus, um

Herman eines der Gläser abzunehmen. Er kam dabei sehr viel näher, als notwendig gewesen wäre.

Jack nippte an seinem Glas. »Und du bist auch ganz sicher, dass du das willst?«, fragte er, ganz leise und mit einer Stimme, die jetzt samtweich klang und ein bisschen kehlig. »Es muss dir nicht peinlich sein. Ich sehe dir an, dass du es noch nicht oft getan hast. Du kannst Nein sagen. Ich bin dir nicht böse.«

Abgesehen vom Ende der Welt oder etwas ähnlich Dramatischem gab es nicht viel, was ihn noch davon abhalten konnte. Herman signalisierte ihm mit den Augen ein Nicken, gewann aber noch einmal einen Moment, indem er ebenfalls an seinem Glas nippte. Es schmeckte scheußlich.

Jack stellte sein Glas neben die Flasche auf den Kaminsims, zog ihn mit der einen Hand näher an sich heran und legte die andere in seinen Nacken, und Herman begriff trotz allem zu spät, was er tat. Ihre Lippen berührten sich, und Jacks Zungenspitze fuhr über seine Zähne und suchte den Weg in seinen Mund, zuallererst noch vorsichtig und tastend, fast scheu, dann fordernd. Es war unbeschreiblich ekelhaft.

Oder sollte es sein.

Aber das war es nicht.

Im allerersten Moment empfand er etwas wie eine absurde Enttäuschung, denn er hatte erwartet, dass ihn ein Blitz heiligen Zornes durchfahren würde, der alles in ihm zu Asche verbrannte, das menschlich und anständig war, aber da war eigentlich … gar nichts. Jacks Lippen waren weich und schmeckten nach Zigarrenrauch und Bier und ganz schwach nach etwas anderem und Männlichem, und seine Hand löste sich nun von seinem Nacken und begann seinen Rücken hinunterzuwandern, ein Gefühl wie tausend Ameisen, das in jeden einzelnen Nerv in seinem Körper floss und ihn schlagartig in Brand setzte.

Jacks andere Hand ging nun auch auf Wanderschaft, um seinen Körper zu erforschen und Gefühle und Dinge darin zu wecken, die nicht sein durften; und dann wurden seine Lippen noch weicher und sanfter und warm und klebrig süß, als Herman das Glas mit dem Daumen der rechten Hand abbrach und ihm den dünnen Stiel mit solcher Gewalt in den Hals rammte, dass er ebenfalls zersplitterte und er sich selber einen tiefen Stich zuzog. Jack versteifte sich und wollte zurückweichen, doch nun war es Herman, der ihn mit dem anderen Arm unerbittlich festhielt. Er ließ auch nicht zu, dass er seinen blutigen Kuss beendete, sondern presste seine Lippen weiter auf die Jacks und erstickte so den Schrei, zu dem er ansetzte. Warmes Blut sprudelte aus Jacks Mund, salzig und ein wenig nach Eisen schmeckend und unbeschreiblich süß. Herman musste sich mit aller Kraft beherrschen, um diesen köstlichen Lebenssaft nicht aus ihm herauszusaugen und in großen Schlucken zu trinken, um die Energie darin seiner eigenen Kraft hinzuzufügen.

Als hätte der Hund draußen auf der Straße den grausigen Schmerz ebenfalls gespürt, stieß er in genau diesem Moment ein lang gezogenes Heulen aus, und gleichzeitig überwand auch Jack seinen Schock und warf sich mit aus Verzweiflung geborener Kraft zurück, mit der er nicht nur Hermans Griff sprengte, sondern auch zwei Schritte weit gegen den Kaminsims stolperte und hart genug mit dem Schädel dagegenprallte, dass Herman das trockene Knacken hörte, mit dem er brach. Aus dem Schrei, der über seine Lippen kommen wollte, wurde ein blubbernder Strom schaumiger roter Blasen. Selbst wenn es nicht so gewesen wäre, hätte er nicht schreien können, erkannte Herman, denn er sah nun, dass sein gläserner Dolch nicht nur Jacks Halsschlagader durchstochen hatte, sondern in seinem Rachen wieder ausgetreten war und die Zunge an den Gaumen nagelte.

Jacks Blick trübte sich weiter, aber er verlor nicht das Bewusstsein, sondern griff in einem blinden Reflex um sich, als er vor dem Kamin zusammensackte. Seine tastenden Finger rissen die Flasche und das Glas vom Sims, die klirrend auf dem Boden zerbrachen, fanden jedoch keinen Halt, und er fiel nicht nur schwer auf den Rücken, sondern sein Hinterkopf landete Funken sprühend in dem brennenden Holz. Es zischte hässlich, als das Blut einen Teil der Flammen löschte, und das Zimmer war von einem Sekundenbruchteil zum anderen vom Gestank nach schmorendem Fleisch und verbranntem Haar erfüllt. Funken und glühende Holzstücke stoben aus dem Kamin und begannen Brandflecken und kleine Glutnester in den Teppich und die zerschrammten Dielen darunter zu brennen, und Jack versuchte abermals zu schreien und brachte auch jetzt wieder nur ein qualvolles Husten und einen weiteren Schwall schaumiges Blut hervor. Seine Fersen trommelten in Agonie auf den Fußboden.

Herman ließ ihn zwanzig endlose Sekunden lang brennen, bevor er ihn an den Knöcheln ergriff und aus dem Kamin zerrte. Was von seinem Haar noch übrig war, schwelte, und Herman war fast froh über das Blut auf seinem Gesicht, verbarg es doch, was die Flammen ihm schon in diesen wenigen Augenblicken angetan hatten. Er hätte ihn gerne noch länger brennen lassen, doch dass Jack nicht schrie, bedeutete nicht, dass es still war. Seine Füße trommelten noch immer auf den Boden, und er schlug in blinder Agonie um sich und warf den Kopf hin und her. Herman trat ihm in die Seite, was keinerlei sichtbare Wirkung hatte, krallte dann die Hand in sein geschmortes Haar und zog seinen Kopf auf die Seite und weit in den Nacken. Jacks Fersen trommelten immer heftiger auf den Fußboden. Irgendwo im Haus rief eine erboste Stimme, und der Hund heulte immer lauter und schriller. Er hatte nicht mehr viel Zeit.

Die Hand, mit der er Jacks Haare gepackt hatte, schmerzte nicht nur unerträglich, sondern blutete auch immer heftiger. Er hatte sich wirklich übel verletzt, was ihn aber nicht störte. Im Gegenteil. Er war nicht sicher, ob er den Mut gehabt hätte, sich selbst zu verletzen. Und er ließ auch nicht los, sondern zwang Jacks Kopf noch weiter in den Nacken, bis er einen einzelnen, keuchenden Atemzug tat. »Das ist gut so, Jack«, sagte er. »Atme! Nicht, dass du mir am Ende noch erstickst.« Er schüttelte den Kopf und bemühte sich um einen strafenden Gesichtsausdruck. »Schließlich sollst du noch begreifen, dass das nur die gerechte Strafe für das ist, was du der Natur und allen Regeln Gottes und der Menschen angetan hast, du krankes Tier!«

Die Stimme draußen wurde lauter, und er hörte Schritte die Treppe heraufpoltern. Trotzdem nahm er sich die Zeit, Jacks Kopf noch weiter auf die Seite zu drehen, so dass er ihn ansehen musste. Seine Augen waren trüb, aber Herman sah ihm trotzdem an, dass er bei Bewusstsein war und ihn erkannte und begriff, was mit ihm geschah.

»Ich hatte mir etwas Besseres für Sie ausgedacht, Doktor Morgan, aber leider werden Sie in zwei Minuten das Bewusstsein verlieren und in fünf verblutet sein. Aber wenn es Ihnen ein Trost ist: Wenn es so etwas wie eine Hölle gibt, dann treffen wir uns dort ganz bestimmt wieder.« Auch wenn er daran zweifelte, denn er glaubte nicht an Gott und somit auch nicht an den Teufel und die Hölle. Aber er war sich sicher: Selbst wenn es einen Teufel gab, würde sich nicht einmal dieser mit solchem menschlichen Abschaum abgeben.

Die aufgeregte Stimme kam näher, dann wurde gegen die Tür gehämmert, und Herman meinte, auch draußen auf der Straße erregte Rufe zu hören. Etwas prallte gegen die Tür, vielleicht, dass sich jemand mit der Schulter dagegenwarf. Wenn ihre Qualität der des übrigen Etablissements entsprach, dann würde sie dieser groben Behandlung nicht sehr lange standhalten. Aber das sollte sie auch nicht.

Herman gönnte sich selbst noch den Luxus, sich weitere zwei Sekunden an dem Ausdruck vollkommenen Entsetzens in Jacks Augen zu weiden, dann beugte er sich über ihn, packte ihn bei den Aufschlägen und ließ sich nicht nur neben ihn auf den Boden fallen, sondern warf sich zugleich auch herum, so dass der immer noch zuckende Arzt auf ihm zu liegen kam. Jack spuckte ihm Blut und rot gefärbten Schleim ins Gesicht. Wieder prallte etwas gegen die Tür. Holz splitterte.

»Was geht dadrinnen vor?«, schrie eine schrille Stimme. »Aufmachen!«

»Hilfe!«, brüllte Herman, so laut er konnte. »Helft mir! Der Kerl bringt mich um!«

Jack würgte irgendetwas hervor, das möglicherweise sogar eine Antwort war, wahrscheinlich aber nur ein sinnloser Laut der Qual, und Herman löste eine Hand von seiner Jacke und hämmerte ihm die Faust ins Gesicht. Auf die kurze Distanz und auf dem Rücken liegend hatte der Schlag keine große Wirkung, aber sein Gesicht und seine Kleider bekamen noch mehr Blut ab, und mit der anderen Hand hielt er Jack zugleich fest, damit er nicht von ihm herunterrollte. Gleichzeitig schrie er noch einmal mit überschnappender Stimme um Hilfe.

Die Tür erbebte unter einem weiteren heftigen Aufprall, hielt aber wie durch ein Wunder noch immer stand, und statt ihm noch einmal ins Gesicht zu schlagen, griff Herman in Jacks Jackentasche und zog das Rasiermesser heraus, das er vor wenigen Augenblicken erst hineingesteckt hatte, und fügte sich selbst einen diagonalen Schnitt quer über die Wange zu, der sofort heftig zu bluten begann. Und es gelang ihm sogar, das Messer in Jacks rechte Hand zu schieben. Die Zeit reichte nicht mehr, um es perfekt zu machen, denn in diesem Moment zerbarst die Tür, und zwei Männer unterschiedlichen Alters stolperten in einem Hagelschauer aus zerbrochenem Holz und Splittern herein. Einer von ihnen umklammerte sofort geistesgegenwärtig Jacks Rechte, die das Rasiermesser hielt, und riss sie zurück. Herman versetzte Jack einen zusätzlichen Stoß mit beiden Händen, der ihn von ihm herunterschleuderte.

»Hilfe!«, schrie er. »Der Kerl ist wahnsinnig! Er wollte mich umbringen!« Seinem unbekannten Retter gelang es unter Aufbietung aller Kraft, seinem fast toten Gegner das Messer zu entringen (wobei er sich kräftig in die Finger schnitt), und Herman kroch rücklings ganz unter Jacks zuckendem Körper heraus und presste wimmernd die Hand gegen seine zerschnittene Wange.

»Passen Sie auf!«, keuchte er. »Er ist wahnsinnig! Er wollte mich umbringen!«

Auch der zweite Mann unterstützte nun den anderen dabei, einen Mann niederzuringen, der eigentlich gar nicht mehr leben konnte und es vielleicht auch gar nicht mehr tat. Herman erkannte ihn jetzt. Es war der griesgrämige Concierge, der sie hereingelassen und Jack vermutlich ein kleines Vermögen für eine Flasche minderwertigen Schaumweins abgenommen hatte.

»Seien Sie vorsichtig«, wimmerte er, während er sich mit beiden Füßen und einem Ellbogen abstützte, um so weit von der schrecklichen Szene wegzukriechen, wie es in dem kleinen Zimmer nur möglich war. Die andere Hand presste er so fest gegen die Wange, wie er konnte, um den pochenden Schmerz zu betäuben. »Der Kerl wollte mir die Kehle durchschneiden!«

»Der tut niemandem mehr was«, verkündete der Mann grimmig, der Jack das Messer entrungen hatte. »Er ist tot.« Was ihn nicht davon abhielt, Jacks Handgelenk weiter mit eiserner Kraft zu umklammern.

»Was ist denn hier nur passiert?« Der Concierge prallte so erschrocken vor Jack zurück, als sähe er überhaupt erst jetzt, in welchem Zustand er sich befand, und fuhr dann ein zweites Mal und noch erschrockener zusammen, als er all die Brandflecken und zahllosen Glutnester im Teppich erblickte. Hastig und mit bloßen Händen begann er, sie auszuschlagen.

»Was ist hier passiert?«, fragte der andere Mann. »Wieso hat er Sie angegriffen?«

»Das weiß ich nicht«, antwortete Herman, während er sich mühsam wieder in die Höhe arbeitete, die Hand noch immer gegen die blutende Wange gepresst. Die Wunde brannte wie Feuer. Hoffentlich hatte er nicht zu tief geschnitten. Er legte keinen Wert auf eine Narbe, die er möglicherweise für den Rest seines Lebens behielt.

»Ich weiß nicht, warum er das getan hat«, sagte er. »Wir haben geredet. Und etwas getrunken, und dann … dann hatte er plötzlich das Messer in der Hand und wollte mich umbringen.«

»Sie wollten nur etwas trinken?« Die beiden Männer tauschten einen beredten Blick aus. Ganz offensichtlich hatten sie schon über Jack und Herman gesprochen, und er konnte sich lebhaft vorstellen, wie.

Herman schüttelte übertrieben entrüstet den Kopf. »Ich

weiß jetzt auch, was er war, aber ich bin nicht so! Ich habe ihn in diesem Gasthaus kennengelernt und fand ihn nett, aber das war alles! Wir wollten nur etwas trinken, und ein bisschen reden, aber dann wollte er … Aber ich bin nicht so, und als ich nicht wollte, da hat er das Messer gezogen. Ich hatte doch keine Wahl!«

»Das kannst du alles der Polizei erzählen«, fauchte der Concierge. Er hatte die letzten Flammen ausgeschlagen und betrachtete missmutig seine versengten Handflächen. »Das ganze Haus hätte abbrennen können! Mr Grimes, wären Sie wohl so freundlich, nach einer Streife Ausschau zu halten?«

Der Angesprochene richtete sich zwar gehorsam auf, aber es gelang ihm nicht, seinen Blick von dem schrecklich verstümmelten Leichnam zu lösen. Er verließ rückwärtsgehend das Zimmer, erst dann fuhr er auf dem Absatz herum, und Herman hörte ihn die Treppe hinunterpoltern.

»Verdammt noch mal, musstest du ihn so zurichten?«, fauchte der Concierge. »Von dem Kerl ist ja kaum noch was übrig!«

»Er wollte mich umbringen«, beharrte Herman. Er nahm die Hand von der Wange und deutete anklagend auf den klaffenden Schnitt, den er sich selbst zugefügt hatte, und registrierte beunruhigt, wie sich die Augen des Mannes weiteten. Es musste wirklich übel aussehen. »Der Kerl hatte ein Messer! Er wollte mir die Kehle durchschneiden!«

Er bekam nur einen bösen Blick als Antwort und hob die Hand wieder an die Wange. Der Schnitt schmerzte höllisch, hörte aber bereits auf zu bluten. Hauptsache, es sah möglichst schlimm aus. »Wer war der Kerl überhaupt?«

»Ein Gast«, grummelte der Concierge. Sein Zorn, der wohl ohnehin eher Ausdruck seines Schreckens gewesen war, verrauchte fast so schnell, wie er gekommen war. »Hat sich als Mr Smith eingetragen, aber das tut hier jeder Zweite.«

Das wunderte Herman kein bisschen, jetzt, wo er wusste, von welch abartiger Kreatur er die Welt befreit hatte. Die Menschen in dieser Gegend mochten tolerant (oder geldgierig) genug sein, um die Augen vor manchem zu verschließen, aber anstelle des jungen Arztes hätte er seinen richtigen Namen wohl auch nicht genannt.

»Ich hab gleich gemerkt, dass mit dem Kerl was nicht stimmt«, fuhr der Concierge fort. »Er war irgendwie komisch. Unheimlich.«

»Ich brauche einen Arzt«, sagte Herman.

»Es gibt einen Doktor, nur ein paar Straßen entfernt. Ich lasse ihn rufen, aber zuerst warten wir auf die Polizei. Sie werden ein paar Fragen an dich haben.«

»Kann ich mich wenigstens waschen?«, fragte Herman. Seine Stimme bebte vor Schmerz, was er nicht einmal schauspielern musste. Der Schnitt hörte nun endgültig auf zu bluten, aber er tat immer mehr weh.

»Unten ist ein Bad. Aber ich komme mit. Ich habe keine Lust, den ganzen Schlamassel allein auszubaden. Hoffentlich hast du ein paar gute Antworten parat.«

Herman nötigte sich ein Nicken ab und folgte ihm aus dem Zimmer und die Treppe hinab. Hinter der Theke führte eine schmale Tür in ein zwar winziges, wenn auch unerwartet sauberes Bad, in dem es durchdringend nach Zitronen roch. Es gab eine Toilette mit einer modernen Wasserspülung, eine Badewanne und ein Waschbecken mit blitzenden Messingarmaturen. Und vor allem ein Fenster.

»Da im Schrank sind Handtücher«, brummte der Alte. »Aber komm nicht auf dumme Ideen. Ich warte draußen vor der Tür.«

Herman wartete, bis er die Tür hinter sich zugezogen hatte und ihm der Schatten darunter verriet, dass er tatsächlich direkt davor stehen geblieben war. Glaubte dieser alte Narr wirklich, dass er ihn an irgendetwas hindern konnte?

Er bedauerte ein bisschen, dass ihm wohl keine Gelegenheit bleiben würde, ihn eines Besseren zu belehren, trat ans Waschbecken und drehte den Hahn auf, während er all seinen Mut zusammenraffte, um einen Blick in den Spiegel darüber zu werfen.

Er sah schlimm aus. Sein Gesicht war eine einzige Maske aus Blut und gefrorenem Schmerz, und den Ausdruck in seinen Augen würde jeder, der die Wahrheit nicht kannte, für Angst und Entsetzen halten.

Mit zusammengebissenen Zähnen wusch er sich Gesicht und Hände und betrachtete das Ergebnis anschließend kritisch im Spiegel. Er sah immer noch schlimm aus, aber für den Moment musste es reichen. Im Nachhinein würde es sich wohl als Vorteil erweisen, dass Jack seine Luxusschiffspassage gegen einen Platz auf einem Frachter getauscht hatte, auf dem man sich die Fahrgäste möglicherweise nicht so genau ansah.

Er ließ den rauschenden Wasserstrahl laufen, als er zum Fenster ging und hinausstieg, um sich auf den Weg zur *HMS Swallow* zu machen.

Chicago, Illinois, 1893

Wider Erwarten war er gegen Ende der Nacht doch noch eingeschlafen, aber er war nicht sicher, ob er nicht besser beraten gewesen wäre, doch nach unten zu gehen und sich ein vorgezogenes Frühstück zuzubereiten, statt der trügerischen Verlockung des Bettes nachzugeben.

Holmes war erst lange nach seiner gewohnten Zeit und wieder einmal mit hämmernden Kopfschmerzen und verkrampften Schultermuskeln aufgewacht, als hätte er eine zu schwere Last mit der falschen Technik getragen; oder vielleicht auch nur falsch gelegen. So oder so erschrak er so heftig, als er die Augen aufschlug und sein Blick auf das Ziffernblatt der großen Standuhr fiel, dass er sich mit einem Ruck aufsetzte und ihm prompt so schwindelig wurde, dass er um ein Haar aus dem Bett gefallen wäre. Es gelang ihm, den drohenden Sturz in ein ungeschicktes Zurückplumpsen auf die Kissen zu verwandeln, was seinen ohnehin verspannten Nackenmuskeln noch mehr zusetzte. Er blieb etliche Atemzüge reglos mit geschlossenen Augen liegen und wartete darauf, dass der hämmernde Schmerz zwischen seinen Schläfen aufhörte, aber das geschah nicht. Stattdessen wurde ihm nun auch noch übel.

Er war eindeutig krank. Das musste die Erklärung sein. Er hatte sich irgendetwas eingefangen, wahrscheinlich schon vor Tagen, und der gestrige Abend und der aufregende Zwischenfall im Ferris-Wheel hatten ihm den Rest gegeben. Einmal darauf aufmerksam geworden, registrierte er jetzt auch den typischen Geschmack von Krankheit tief in seinem Rachen. Er fühlte sich leicht fiebrig, und das alles war wohl auch der

Grund für seinen peinlichen Traum gewesen. Hätten die Dinge auch nur ein wenig anders gelegen, dann hätte er jetzt das einzig Vernünftige getan – oder wenigstens auf den Arzt in sich gehört – und sich die Decke über den Kopf gezogen, um bis zum nächsten Morgen durchzuschlafen und seinem Körper so die Gelegenheit zu geben, des unerwünschten Eindringlings Herr zu werden.

Leider lagen die Dinge nun einmal so, wie sie lagen. Arlis erwartete ihn in einer halben Stunde zu einem gemeinsamen Frühstück mit Geyer, und selbst wenn er so unhöflich wäre, sie zu versetzen (was er ganz gewiss nicht tun würde, solange er noch auf allen vieren kriechen konnte), würde er sie ganz bestimmt nicht mit diesem Kerl allein lassen, noch dazu in seinem eigenen Haus!

Sehr viel vorsichtiger setzte er sich noch einmal auf, wurde mit dem erwarteten neuerlichen Schwindelgefühl belohnt und ließ etliche Sekunden verstreichen, bis er es wagte, behutsam aufzustehen und ins Bad zu tappen. Er vermied es ganz bewusst, in den Spiegel zu sehen, während er sich mit eiskaltem Wasser wusch und sich auch etliche Handvoll davon in den Nacken schaufelte. Da er auch dieses Mal wieder in seinen Kleidern eingeschlafen war, waren sie nicht nur zerknittert, sondern hoffnungslos durchnässt, was ihn aber nicht weiter kümmerte, da er sich ohnehin umziehen musste. So konnte er weder Arlis noch sonst jemandem unter die Augen treten.

Er malträtierte sich weiter so lange mit eisigem Wasser, bis er kurz davorstand, mit den Zähnen zu klappern, dann schlurfte er ins Zimmer zurück, zog sich frische Kleider an und ging noch einmal ins Bad. Dieses Mal wagte er es sogar, in den Spiegel zu sehen. Auch wenn er sich hinterher fast wünschte, es nicht getan zu haben.

Das Haus kam ihm sonderbar fremd vor, als er sein Zimmer verließ und sich auf den Weg nach unten machte, als hätte er den bizarren Traum nicht gänzlich abgeschüttelt und wäre somit auch nicht vollständig Teil dieser Welt. Vielleicht lag es schlicht daran, dass er sonst nie zu spät aufstand. Jetzt fühlte er sich mitten in den neuen Tag hineingestoßen. War er schon so ein Gewohnheitstier, dass er tatsächlich nervös wurde, wenn etwas seine tägliche Routine störte?

Als er die Treppe hinunterging, hörte er Stimmen. Eine davon gehörte Arlis. Er ging schneller, erreichte schließlich das Restaurant und sah zuallererst ein älteres Ehepaar, das zu seinen wenigen Hotelgästen und entweder zur Gattung der passionierten Langschläfer gehörte oder sein Frühstück über Gebühr ausgedehnt hatte, denn es saß an einem reich gedeckten Tisch, und Sylvia war gerade in diesem Moment dabei, ihnen noch einmal Kaffee nachzuschenken. Beide begrüßten ihn mit einem freundlichen Nicken, das er erwiderte, auch wenn es ihm schwerfiel, einen anderen als finsteren Ausdruck beizubehalten, als er Arlis an einem Tisch am anderen Ende des Raumes entdeckte. Der Mann, der ihr gegenübersaß, war nicht nur bester Laune, sondern verpestete auch mit einer qualmenden Zigarre die Luft.

»Miss Christen«, begrüßte er Arlis, während er an den Tisch trat und ihr ein Lächeln schenkte. Deutlich kühler und mit einem Blick, der alles andere als freundlich war, fügte er hinzu: »Mr Geyer.«

»Doktor Holmes.« Geyer sog an seiner Zigarre und paffte eine übel riechende Qualmwolke in seine Richtung.

Holmes zog sich einen Stuhl zurück. »Darf ich?«

»Es ist Ihr Hotel und Ihr Stuhl, Doktor«, antwortete Arlis mit einem spöttischen Funkeln in den Augen.

Geyer steuerte ein ermutigendes Nicken bei und wedelte auffordernd mit seiner Zigarre.

»Ich hoffe, Sie konnten trotz all der Aufregung noch ein wenig schlafen, Arlis«, begann Holmes, nachdem er sich gesetzt hatte.

»Nein«, antwortete Arlis, lächelte ihn aber bei diesem Wort so strahlend an, als spräche sie über etwas ausgesprochen Vergnügliches. »Aber das macht nichts. Ich fühle mich bestens.« Sie machte eine Geste auf ihr bärtiges Gegenüber. »Das liegt nicht zuletzt an Mr Geyer. Ich liebe es geradezu, mit guten Neuigkeiten geweckt zu werden.«

»Sie haben etwas herausgefunden?«, fragte Holmes.

Geyer nickte gewichtig und paffte an seiner Zigarre. Holmes konnte ihm ansehen, wie sehr er die Situation genoss.

»Hat er Ihre Schwester gefunden?«, wandte er sich wieder an Arlis.

»Noch nicht, aber es gibt eine vielversprechende Spur.« Arlis wandte sich direkt an den Versicherungsdetektiv. »Sagen Sie es ihm, Frank.«

Frank, dachte Holmes. Interessant. Nein: ärgerlich.

Geyer griente sogar noch breiter und langte mit der anderen Hand nach seiner Tasse, um einen Schluck Kaffee zu schlürfen. Holmes hoffte, dass er daran erstickte.

»Frank hat möglicherweise eine Spur gefunden, die uns weiterhilft«, sagte Arlis an Geyers Stelle. »Stellen Sie sich vor, jemand hat meine Schwester und Doktor Mudgett am Bahnhof gesehen, wie sie eine Fahrkarte nach Boston gekauft haben.«

»Nicht so rasch.« Geyer hob besänftigend die Hand. »Bis jetzt habe ich nur herausgefunden, dass ein junges Paar eine Fahrkarte nach Boston gekauft und den Zug offensichtlich auch genommen hat. Ein Paar, auf das die Beschreibungen von Doktor Mudgett und einer sehr hübschen jungen Frau passen.«

»Einer *schwangeren* jungen Frau«, erinnerte Arlis.

Geyer seufzte. »Ich verstehe Sie, Miss Christen, aber ich muss Ihren Optimismus dennoch ein wenig dämpfen – schon um Sie vor einer Enttäuschung zu bewahren. Der Kartenverkäufer hat mir eine Beschreibung gegeben, die recht vielversprechend klingt, aber das ist auch schon alles.« Er trank noch einen Schluck Kaffee. »Es wäre einfacher gewesen, wenn ich eine Fotografie von Ihrer Schwester oder Doktor Mudgett gehabt hätte.«

»Ich besitze keine Fotografie meiner Schwester«, antwortete Arlis. »Das heißt: Natürlich habe ich Fotografien von Endres, eine ganze Menge sogar. Aber ich muss zu meiner Schande gestehen, dass ich nicht daran gedacht habe, eine mitzubringen.«

Sylvia kam und brachte ein drittes Frühstücksgedeck für Holmes, das sie mit dem für sie üblichen Scheppern und Getöse auf dem Tisch ablud, so dass das Gespräch für die Zeit erstarb, die sie dafür brauchte. Die Tischdecke kam zwar wie durch ein kleines Wunder ungeschoren davon, doch Holmes musste sich dennoch beherrschen, um Sylvia nicht anzufahren, während sie umständlich das Tablett ablud und ihm dann noch viel umständlicher eine Tasse einschenkte. Sobald er einen passenden Ersatz für sie gefunden hatte, würde er sie entlassen, das nahm er sich fest vor – wobei er sich sehr wohl der Tatsache bewusst war, dass es ihm schwerfallen würde, jemanden zu finden, der mit so bescheidenen Mitteln solche Wunder in der Küche vollbrachte, und das noch dazu für so wenig Geld.

Nachdem sie gegangen und wieder so etwas wie Ruhe eingekehrt war, fuhr Geyer so selbstverständlich fort, als hätte es die Unterbrechung gar nicht gegeben: »Eine Fotografie wäre zwar praktisch gewesen, aber wenn es Ihnen nichts ausmacht, dann würde ich Sie bitten, mich einfach zum Bahnhof zu begleiten. Der entsprechende Schalterbeamte hat heute Mittag wieder Dienst, und ich bin mit ihm verabredet.«

»Weil er sich bestimmt an meine Schwester erinnert, wenn er mich sieht«, sagte Arlis. »Eine hervorragende Idee.«

»Und Sie, Doktor Holmes?«

Was sollte dieser sonderbare Unterton in seiner Stimme, dachte Holmes verärgert. Wie kam es nur, dass dieser Kerl ihm ständig das Gefühl gab, ihm zu misstrauen oder ihn zu verdächtigen? Er nickt bedächtig. »Ich begleite Sie gerne.«

»Das habe ich nicht gemeint«, antwortete Geyer. »Vielmehr frage ich mich, ob Sie vielleicht eine Fotografie von Doktor Mudgett besitzen, Doktor Holmes.«

Er hatte nicht einmal ein Foto von sich selbst, wie sollte er da ein Bild von Mudgett haben? Holmes hatte nie viel von Fotografie und der um sich greifenden Manie gehalten, alles und jeden fotografieren und für alle Ewigkeit festhalten zu müssen. Er schüttelte stumm den Kopf.

»Fühlen Sie sich nicht wohl, Doktor Holmes?«, fragte Geyer

mit geheuchelter Sorge. »Nichts für ungut, aber Sie sehen nicht wirklich gesund aus.«

Holmes schluckte die Antwort hinunter, die ihm dazu auf der Zunge lag, und sah stirnrunzelnd in seine Tasse. Winzige kreisförmige Wellen entstanden in unablässiger Folge auf der Oberfläche der schwarzen Flüssigkeit und bewegten sich nach außen. Seine Hände zitterten, und es gelang ihm trotz aller Anstrengung nicht, es zu unterdrücken. Es war nicht nur die Müdigkeit. Da war noch etwas, tief in ihm, das an ihm zehrte.

»Ja, Sie hatten eine aufregende Nacht, ich habe davon gehört«, fuhr Geyer qualmend fort. »Miss Christen hat mir von dieser ominösen Geheimtür berichtet. Haben Sie mittlerweile herausgefunden, wohin sie führt?«

Bis vor wenigen Stunden hatte er ja noch nicht einmal gewusst, dass es sie gab. Holmes trank einen weiteren Schluck Kaffee und setzte die Tasse behutsam mit beiden Händen ab. »Ich habe geschlafen«, erinnerte er. »Aber ich werde gleich die Adresse des Bauunternehmers heraussuchen und ihn anschreiben. Es ist eine Firma hier aus Englewood. Ich bin gespannt auf die Antwort.«

Holmes bedauerte die Worte schon, bevor er sie ganz ausgesprochen hatte, denn Geyers Gesicht – das, was hinter den grauen Rauchschwaden davon sichtbar war – hellte sich prompt auf.

»Dann machen wir doch auf dem Weg zum Bahnhof den kleinen Umweg dorthin und fragen persönlich«, sagte er. »Das geht deutlich schneller.«

»Eine gute Idee«, lobte Arlis.

Holmes zog nur wortlos die Schultern hoch. Er hielt es für Zeitverschwendung, bestenfalls. Und was hatte diese sinnlose Tür mit Endres Christen und Webster Mudgett zu tun? »Ich bin nicht sicher, ob sie sich dort noch an mich erinnern«, sagte er. »Es ist eine ziemlich große Firma, die eine Menge Aufträge annimmt. Und es ist schon ein paar Jahre her.«

»Ein Bauprojekt wie dieses?« Geyer machte eine wedelnde Geste mit seiner Zigarre, und Holmes registrierte aus den Augenwinkeln und voller Unbehagen, wie das Paar am Nachbartisch aufhörte zu reden und in ihre Richtung sah. »Ich bitte Sie, Doktor Holmes! Stilltens ist eine mittelgroße Baufirma, und Ihr Hotel der größte Auftrag, den sie in den letzten Jahren ausgeführt hat. Man wird sich erinnern.«

»Stilltens?«, fragte Arlis.

»Der Name des Bauunternehmens.« Geyer legte die Zigarre in seinen Aschenbecher, in dem sich schon zwei weitere Zigarrenstummel befanden – wie lange saßen die beiden schon hier und redeten über ihn?, dachte Holmes ärgerlich –, griff in seine Jacke und zog ein hoffnungslos zerfleddertes Notizbuch mit abgewetztem Einband hervor. Als er hektisch in den mit einer winzigen Handschrift vollgekritzelten Seiten zu blättern begann, wusste Holmes auch, warum sie so zerfleddert waren. »Stillton«, verbesserte er sich. »Verzeihung.« Er klappte das Buch zu, legte es vor sich auf den Tisch und sah Holmes mit einem Blick an, für den er ihm am liebsten die Zähne eingeschlagen hätte.

Holmes deutete verärgert auf das Buch. »Was soll das? Sie haben Erkundigungen über mich eingezogen? Warum? Wofür bezahlt Miss Christen Sie eigentlich: mir nachzuspionieren oder ihre Schwester zu finden?«

»Ich spioniere Ihnen nicht nach, Doktor Holmes. Wäre es so, würde ich nicht so freimütig mit Ihnen über meine Ermittlungsfortschritte reden. Aber ich habe mich vorbereitet, und dazu gehört auch und vor allem, möglichst alle Informationen zusammenzutragen, die es gibt. Eine gute Vorbereitung ist der halbe Weg zum Erfolg.«

»Und dazu gehört es auch, mein Leben auszuspionieren?«

Das Paar am anderen Tisch stand auf und verließ das Restaurant. Er hatte wohl lauter gesprochen, als gut war.

Geyer sagte gar nichts dazu. Er schlug das Buch wieder auf. Holmes versuchte ganz unverhohlen, die Schrift zu entziffern, aber das wäre ihm nicht einmal dann gelungen, hätte die Seite nicht auf dem Kopf gestanden. Geyers Handschrift war ebenso winzig wie krakelig. Die Seiten sahen aus, als wären zornige Spinnen darübergekrochen, die Federkiele statt Beine hatten.

»Manchmal ergeben sich Dinge aus anderen Dingen, die scheinbar nichts miteinander zu tun haben, wissen Sie? Man kann nie genug Informationen haben.«

»Sie meinen, so viele, bis man am Ende den Wald vor lauter Bäumen nicht mehr sieht?«

Geyer wollte antworten, doch Arlis brachte ihn zum Schweigen, indem sie die Hand hob und ihn und Holmes abwechselnd strafend ansah. »Möchten die Herren, dass ich mich auf die Suche nach Schwertern oder Duellpistolen mache?«

Holmes blickte sie nur finster an, aber Geyer machte ein vage betroffenes Gesicht. »Verzeihung«, sagte er. »Sie haben natürlich recht. Ich war vielleicht ein bisschen ungeschickt in meiner Wortwahl. Ich versichere Ihnen, Doktor Holmes, dass ich Sie keineswegs verdächtige. Ich habe im Vorfeld meiner Ermittlung lediglich Fakten zusammengetragen. Hauptsächlich über Doktor Mudgett, aber auch über jeden, der mit ihm zu tun hatte.«

Geyer log. Er traute Holmes genauso weit über den Weg wie dieser umgekehrt ihm – nämlich gar nicht. Holmes wollte das Thema nicht weiter vertiefen, schon weil Arlis dabei war. Doch die Sache war noch nicht erledigt.

»Sie haben also keine Fotografie von Mudgett?«, vergewisserte sich Geyer, als Holmes ihm nicht den Gefallen tat, seine Entschuldigung anzunehmen, sondern ihn nur weiter anstarrte.

»Nein«, wiederholte Holmes. Er machte eine Kopfbewegung auf das Buch. »Ich hätte fast erwartet, dass Sie uns eines zeigen.« Das brachte ihm schon wieder einen ärgerlichen Blick von Arlis ein.

Geyer begann in seinem Buch zu blättern und hatte nun sichtbare Mühe, ein triumphierendes Grinsen zu unterdrücken. Er nahm eine postkartengroße Fotografie mit gezacktem Rand heraus und legte sie mit dem Bild nach unten auf den Tisch. »Ihr Freund ist ein geheimnisvoller Mann, Doktor Holmes«, sagte er. »Es gibt tatsächlich nur ein einziges Bild von ihm. Jedenfalls habe ich nur eines finden können.«

Er drehte das Foto mit einer auf Wirkung bedachten Geste herum, und nicht nur Arlis riss erstaunt die Augen auf. »Das ist –«

»Herman Webster Mudgett, in seiner Heimatstadt Gilmanton und im Alter von zehn Jahren«, sagte Geyer, als Arlis nicht weitersprach, sondern nur die Hand ausstreckte und das Foto mit spitzen Fingern aufnahm. Tatsächlich zeigte es einen blonden Jungen in einem schon leicht schäbig gewordenen Sonntagsanzug, der in der für Fotografien typisch steifen Haltung dasaß und sich um ein möglichst grimmiges Gesicht bemühte.

Aber das war nicht alles.

Holmes verstand nicht allzu viel vom Fotografieren, doch selbst er sah, dass es sich um eine Aufnahme von großer künstlerischer Qualität – oder zumindest dem entsprechenden Anspruch – handelte. Ob sie ihn erfüllte, vermochte er nicht zu beurteilen, aber sie war auf jeden Fall beunruhigend. Die Schatten erschienen ihm unnatürlich tief, wie mit einem Skalpell aus der Wirklichkeit herausgeschnitten, und das Bild auf jene ganz bestimmte Art körnig, die einem fast das Gefühl gab, hineingreifen zu können. Trotz der gekünstelten Haltung, in der Mudgett dasaß, hatte der Junge etwas Angespanntes, fast Sprungbereites, das an ein Raubtier auf der Lauer erinnerte. Das Unheimlichste aber waren seine Augen. Da war etwas tief in ihnen, das Holmes auf dem Grund seiner Seele berührte und ihn schaudern ließ.

»Das ist unheimlich«, murmelte Arlis. Sie hatte es auch gesehen. »Das ist Herman Mudgett?«

»Ihnen fällt es also auch auf«, stellte Geyer fest. »Ja. Der Mann, der dieses Bild gemacht hat, soll hinterher gesagt haben, er hätte das Böse selbst fotografiert.«

»Das ist ein zehnjähriger Junge«, sagte Holmes verächtlich.

»Und wenn man ganz genau hinsieht, hat er sogar eine gewisse Ähnlichkeit mit Ihnen, finde ich«, fuhr Geyer fort. »Auch wenn Bilder von Kindern dieses Alters ja alle irgendwie gleich aussehen, nicht wahr?«

»Frank, bitte«, seufzte Arlis.

»Verzeihung.« Geyer räusperte sich unecht und zwang einen anderen Ausdruck auf sein Gesicht. »Aber dieses Bild hat tatsächlich eine eigene Geschichte – um genau zu sein, derjenige, der es gemacht hat. Es war ein Wanderfotograf, müssen Sie wissen. Ein Indianer namens Johnny Two Horses von zweifelhaftem Ruf.«

»Wieso zweifelhaft?«, fragte Arlis. Sie drehte das Bild in der Hand, als hoffte sie ernsthaft, den Mann, der es aufgenommen hatte, auf diese Weise zu sehen. »Weil er ein Indianer war?«

»Zum Teil sicherlich«, räumte Geyer ein. »Aber es gab Gerüchte. Er war ein Krüppel, und noch dazu ein Roter. Es wurde nie bewiesen, aber man munkelt, er hätte eine gewisse Vorliebe für kleine Jungen gehabt, wenn Sie verstehen, was ich meine.«

»Das tue ich in der Tat«, sagte Arlis. »Sie wollen also sagen, dass er sich an Mudgett vergangen hat? Ist das die unheimliche Geschichte dieses Bildes?«

»Nein.« Geyer nahm das Foto wieder an sich und schob es in sein Buch. »Am selben Tag hat der Indianer zwei andere Jungen aus Gilmanton umgebracht. Auf äußerst brutale Weise.«

»Er hat zwei Kinder ermordet?«, ächzte Arlis.

»Noch dazu die besten Freunde von Mudgett«, sagte Geyer. »Ich glaube, es waren sogar seine einzigen Freunde.«

»Davon hat er mir nie etwas erzählt«, versicherte Holmes, obwohl er nicht ganz sicher war, dass das auch stimmte. Die Worte rührten etwas in ihm an, von dem er nicht wusste, was es war. Aber es war nichts Angenehmes.

»Das wundert mich nicht«, sagte Geyer. »Kinder in diesem Alter neigen dazu, schlimme Dinge zu verschweigen. Manchmal vergessen sie sie sogar, so schwer es fällt, das zu glauben. Aber das heißt nicht, dass es keine Auswirkungen auf sie hat. So etwas verändert einen Menschen.«

»Sie meinen, so sehr, dass er am Ende junge Frauen schwängert und dann verschwinden lässt«, vermutete Holmes.

Geyer ignorierte das. »Der Indianer wurde jedenfalls verhaftet und vor Gericht gestellt. Er hat bis zuletzt seine Unschuld beteuert, aber natürlich haben sie ihn am Schluss doch aufgehängt.«

»Natürlich«, sagte Arlis böse.

»Er hat immer geschworen, dass er es nicht war«, wiederholte Geyer. »Er hat sogar behauptet, dass es Mudgett gewesen ist.«

»Ein zehnjähriger Junge?«, fragte Arlis. »Das ist lächerlich!«

»Umso mehr, als es auch noch andere Beweise gegeben hat«, bestätigte Geyer. »Sie haben ihn jedenfalls aufgeknüpft. Mehr konnte ich nicht herausfinden.«

Für einen Moment breitete sich ein ungutes Schweigen zwischen ihnen aus, was wohl nicht zuletzt an der bedrückenden Geschichte lag, die er gerade erzählt hatte. Schließlich räusperte sich Holmes und fragte: »Und deshalb haben Sie uns dieses Bild gezeigt?«

»Es war nicht leicht aufzutreiben, das können Sie mir glauben«, sagte Geyer, schüttelte zugleich aber auch den Kopf. »Die Einwohner von Gilmanton sind nicht stolz auf diesen Teil ihrer Stadtgeschichte, wie Sie sich vorstellen können. Aber das da *ist* tatsächlich das einzige Bild Ihres Freundes. Nach dieser schrecklichen Geschichte war er wohl etwas fotoscheu.«

»Wundert Sie das?«, fragte Arlis.

»Es sollte zumindest an der Universität von Ann Arbor eine Fotografie von ihm geben«, fuhr Geyer ungerührt und mit einem neuerlichen Kopfschütteln fort. »Aber seltsamerweise gibt es auch dort keine einzige Fotografie. Als hätte jemand dafür gesorgt, dass sie verschwinden.«

»Was genau wollen Sie damit sagen?«, fragte Holmes.

»Nur das, was ich sage«, antwortete Geyer. »Dass es keine Fotografien von Doktor Herman Mudgett gibt.«

»Und das macht ihn automatisch verdächtig?«

»Es ist zumindest ungewöhnlich«, sagte Geyer. »Sie sagen, Sie haben nach dem Studium den Kontakt zu ihm verloren und ihn erst vor etwas mehr als einem Jahr hier in Chicago wiedergetroffen?«

Holmes nickte. »Warum?«

»Weil es seltsam ist.« Geyer drückte seine Zigarre in den Aschenbecher und steckte das Notizbuch ein. »Sie sind nicht der Einzige, der Doktor Mudgett aus den Augen verlor, als er mit dem Studium fertig war. Natürlich konnte ich noch nicht allzu gründlich recherchieren, aber es ist irgendwie so, als hätte er nach seinem Weggang aus Ann Arbor gar nicht mehr existiert. Er scheint buchstäblich verschwunden zu sein und ist erst im vergangenen Jahr und hier wieder aufgetaucht. Es scheint im ganzen Land keinen Doktor Mudgett gegeben zu haben. Weder an einer Klinik noch mit einer eigenen Praxis.«

»Er hat mir einmal erzählt, dass er eine Zeit lang als Lehrer gearbeitet hat«, sagte Holmes. »Und er war wohl auch eine Weile im Ausland. Aber ich weiß nicht, wo.«

»Und auch nicht genau, wann, nehme ich an?«

Den letzten Teil dieser Frage, fand Holmes, hätte er sich getrost sparen können. Er schüttelte stumm und grimmig den Kopf.

»Nun, das überrascht mich nicht, so sorgfältig, wie Doktor Mudgett alles aus seinem Leben geheim gehalten hat. Man könnte fast meinen, dass es ihn gar nicht wirklich gegeben hat, nicht wahr?« Er schob seinen Stuhl zurück und stand auf. »Aber jetzt haben wir genug über die Vergangenheit gesprochen. Lassen Sie uns zum Bahnhof fahren und mit dem Schalterbeamten sprechen. Und auf dem Weg dorthin statten wir Mr Stillton einen Besuch ab.«

Chicago, Illinois, 1893

Geyer umbringen?

Natürlich hatte Peizel nichts dagegen, diesen aufgeblasenen Wichtigtuer zu töten. Wahrscheinlich hätte er ihn auch dann umgebracht, wenn Mudgett es ihm nicht befohlen hätte, spätestens in dem Moment, in dem er ihm das nächste Mal krumm kam oder mit seiner überheblichen Art. Wahrscheinlich würde er ihn sogar dann umbringen, wenn er es nicht wollte, allerspätestens wenn der Kerl ihn noch einmal Wilfred nannte oder Wilhelm oder was ihm sonst noch einfallen mochte, um seinen Namen zu verballhornen.

Aber Mudgett stellte es sich ein bisschen zu leicht vor, denn schließlich war da ja auch noch Holmes. Dieser romantische Dummkopf, dem Worte wie Ehre und Anstand eindeutig ein bisschen zu schnell über die Lippen kamen, und der in letzter Zeit ohnehin mehr und mehr zu einem Problem wurde. Vielleicht sollte er ihn ja als Nächsten umbringen, damit hätten sich eine Menge Probleme auf einmal gelöst.

Peizel spürte, wie sich seine Lippen zu einem Lächeln kräuselten (das darüber hinaus nichts in ihm berührte), als er diesen absurden Gedanken dachte. Ja, das wäre wahrscheinlich das Einfachste.

Schade, dass es nicht ging.

Irgendwo am Rand seines Bewusstseins waren Geräusche, die er weder zuordnen konnte noch wollte, die aber etwas eindeutig Beunruhigendes hatten, so dass er aus seinem ohnehin fruchtlosen Sinnieren auftauchte und sich wieder auf die staubige Realität der Remise konzentrierte. Holmes hatte ihm gesagt, dass er den Wagen am Nachmittag brauchte, und Mudgett hatte ihm noch einmal eingeschärft, ihn auch ja gründlich zu säubern und sich auch anschließend noch mindestens zweimal davon zu überzeugen, dass auch keine verräterischen Spuren zurückgeblieben waren. Das hatte er getan, und darüber hinaus auch noch die Remise gründlich inspiziert und die Blutflecken vom Boden entfernt. Bei den zwei größten war ihm das nicht ganz gelungen, aber er hatte sie mit Sägespänen bestreut und irgendwelchen Krempel daraufgehäuft, so dass sie wenigstens nicht auf Anhieb als das auffielen, was sie waren.

Peizel hielt das alles für reichlich sinnlos. Außer Holmes, Mudgett und ihm selbst kam praktisch nie jemand hierher; und Holmes nur äußerst selten. Außerdem konnte man diesem gutgläubigen Dummkopf ja ohnehin beinahe alles erzählen. Wahrscheinlich hätte er ihm auch geglaubt, wenn er behauptet hätte, sich gestoßen und danach heftiges Nasenbluten gehabt zu haben.

Weit schwieriger war es gewesen, die Fahrräder zu säubern. Peizel hatte die beiden Toten unter einer Plane verborgen und die Fahrräder obenauf gelegt, was sie vor dem Schlimmsten hätte bewahren sollen, doch irgendwie war es den beiden trotzdem gelungen, die Räder so gründlich mit Blut und Scheiße zu besudeln, dass er fast eine Stunde gebraucht hatte, um sie auch nur notdürftig zu reinigen. Der Gestank klebte noch immer in seinen Kleidern und wahrscheinlich auch an seinen Haaren und seiner Haut. Er hoffte nur, dass Holmes nicht auf die Idee kam, gleich heute schon wieder eine Tour mit diesen lebensgefährlichen Gefährten zu machen. Er hatte ohnehin nie verstanden, was ihn daran so faszinierte. Die Dinger waren unbequem, langsam und mordsgefährlich.

Die Geräusche kamen näher und wurden zu Schritten und Stimmen, von denen eine Holmes gehörte, was ihm ganz und gar nicht gefiel. Der Kerl sollte vor Müdigkeit nicht mehr aus den Augen sehen können und irgendwo vor sich hin dösen, statt hier herumzuschnüffeln. War er in der vergangenen Nacht etwa misstrauisch geworden?

Aber selbst wenn, was wollte er schon tun? Holmes war ein Schwächling und ein Träumer, der allenfalls für sich selbst eine Gefahr darstellte.

Stimmen und Geräusche kamen näher, und Peizel richtete sich gerade noch rechtzeitig aus der Hocke auf, um Holmes, das Mädchen und niemand anderen als Frank Geyer die Remise betreten zu sehen. Vielleicht war das ja der Moment, Mudgetts Wunsch nachzukommen und dem Kerl den Schädel einzuschlagen. Holmes würde das nicht gefallen, und dem Mädchen noch viel weniger.

Und Mudgett …

… würde es auch nicht gefallen.

Er hatte schon vor langer Zeit begriffen, dass Mudgett auf seine ganz eigene krude Art großen Wert auf Diskretion legte; und einen Kerl wie Geyer vor zwei unvorbereiteten Zeugen kaltzumachen, konnte man nicht unbedingt als *diskret* bezeichnen.

Peizel brauchte für diesen scharfsinnigen Gedankengang exakt so lange wie Holmes und seine beiden Begleiter, die Remise zu betreten und stehen zu bleiben. Alle drei reagierten auf unterschiedliche Weise. Arlis Christen sah sich aufmerksam und erst stirnrunzelnd und dann unverhohlen naserümpfend im Halbdunkel des Schuppens um, Holmes wirkte aus irgendeinem Grund verärgert und der Versicherungsschnüffler ganz offen misstrauisch, und das auf eine Art, die es irgendwie noch schlimmer machte. Er suchte etwas und machte keinen Hehl aus seinem Unmut, es nicht auf Anhieb zu finden.

»William.« Holmes winkte ihn herbei und legte die Stirn in Falten, als er das ölverschmierte Tuch in seinen Händen sah. Jedenfalls hoffte Peizel, dass er die hässlichen Flecken für Öl oder Wagenschmiere hielt. Peizel fuhr sich noch einmal mit dem Lappen über die Finger und warf ihn dann in hohem Bogen hinter sich. Holmes blickte zwar noch strafender, aber er sparte sich jeden Kommentar dazu.

»Haben Sie den Wagen vorbereitet?«, fragte er, ohne sich

mit einer überflüssigen Formalität wie etwa einer Begrüßung aufzuhalten.

»Noch nicht«, antwortete Peizel. Was stellte er sich denn vor? Er hatte nahezu den gesamten Rest der Nacht gebraucht, um den Pritschenwagen und die Fahrräder zu säubern. »Sie haben doch gesagt, dass Sie erst am Nach…«

»Wir mussten unsere Pläne kurzfristig ändern«, unterbrach ihn Holmes in unerwartet gereiztem Ton. Er wirkte nicht nur nervös, sondern auch sehr müde. Seine Hände zitterten, und sein Gesicht war blass, mit dunklen Ringen unter den Augen. »Also spannen Sie bitte den Wagen an. Wir fahren zum Bahnhof und vorher noch zu einer anderen Adresse.«

»Die Pferde sind noch nicht gefüttert«, sagte Peizel.

»Wir wollen auch nicht zum Pferderennen, sondern nur in die Stadt«, antwortete Geyer verächtlich und sah sich aufmerksam um. Peizels Herz machte einen erschrockenen Sprung, als er stehen blieb und mit der Schuhspitze in einem der Sägemehlflecken zu scharren begann.

»Spannen Sie die Pferde an«, sagte Holmes. »Bitte.«

Es gefiel Peizel gar nicht, wie Geyer den Raum inspizierte, doch ihm fiel auch kein plausibler Grund ein, ihn hinauszuwerfen, also ging er und tat, was Holmes ihm aufgetragen hatte.

Er beeilte sich, schon weil er Geyer keine Sekunde länger als unbedingt nötig in der Remise wissen wollte, und verzichtete sogar darauf, sich umzuziehen, obwohl Holmes ihm mehrfach eingeschärft hatte, in Miss Christens Gegenwart besonderen Wert auf Sauberkeit zu legen. Holmes maß ihn denn auch prompt mit einem strafenden Blick, verzichtete aber auf jeden Kommentar und nannte ihm lediglich die Adresse, während er Christen in den Wagen half. Die Straße lag noch in Englewood und somit nicht weit entfernt, aber an seinem anderen Ende und in einem eher schäbigen Viertel. Er hätte sich nicht weiter gewundert, hätte Mudgett ihm dieses Ziel genannt, aber Holmes?

Er fuhr los, kaum dass Geyer als Letzter eingestiegen war

und die Tür hinter sich zugezogen hatte. Da es noch früh am Tag war, war der Verkehr auf der Straße mäßig und nahm sogar noch ab, je näher sie ihrem Ziel kamen. Peizel besaß keine Uhr – so gut bezahlte ihn Mudgett nicht, und selbst wenn, hätte er keinen großen Sinn in einer solchen Anschaffung gesehen –, aber er schätzte, dass sie weniger als zehn Minuten unterwegs gewesen waren, als sie ihr Ziel erreichten und vor einem zweistöckigen Backsteingebäude anhielten. Peizel fragte sich, was Holmes hier zu finden hoffte, denn das Haus war unübersehbar verlassen, und das schon seit einer geraumen Zeit. Vor den meisten Fenstern waren Läden vorgelegt, soweit sie nicht gleich vernagelt waren, und etliche Scheiben eingeschlagen. Unrat lag verstreut auf dem Boden, Schmutz hatte sich in Tür- und Fensternischen angesammelt, und ein leichter Geruch wie nach verschmortem Gummi lag in der Luft. Die Straße war sehr still, selbst für eine Gegend wie diese. Zwei oder drei Steinwürfe entfernt hatte eine Gruppe schmuddeliger Kinder ihr Spiel unterbrochen und linste argwöhnisch zu ihnen herüber, ansonsten wirkte hier alles wie ausgestorben. Peizel wünschte sich, er hätte eine Waffe mitgenommen. Englewood galt als sichere Stadt, in der sich selbst eine Frau nach Dunkelwerden noch allein auf die Straße wagen konnte, ohne Schlimmes befürchten zu müssen, aber seine Erfahrung in einer anderen Art von Leben, als Holmes es kannte, identifizierte diese Gegend auch als eine von der Sorte, in der Menschen spurlos verschwinden konnten, ohne dass man jemals wieder von ihnen hörte.

Umständlich kletterte er vom Bock und umrundete den Wagen sogar noch umständlicher (und langsamer), so dass er erst an der Tür ankam, als Holmes schon längst ausgestiegen war und der jungen Frau half. Er wollte sie nicht berühren. Etwas an dieser Frau, die ihrer Schwester auf so unheimliche Weise ähnelte, machte ihn nervös. Er mochte sie nicht.

Holmes maß ihn mit dem erwarteten ärgerlichen Blick, dem später vermutlich noch eine gehörige Standpauke folgen würde, beließ es für den Moment aber auch dabei und schlug die Tür zu, wobei er Geyer um ein Haar die Finger gequetscht hätte. Peizel behielt mit einiger Mühe ein schadenfrohes Grinsen für sich.

Christen löste (nicht ohne Anstrengung, die Peizel nicht entging) ihre Finger aus Holmes' Hand und sah sich so demonstrativ missbilligend um, dass es schon fast komisch wirkte. »Und Sie sind ganz sicher, dass wir hier richtig sind?«, fragte sie, anscheinend an niemand Bestimmten gewandt.

Holmes antwortete trotzdem. »Hier hat sich wohl einiges verändert«, räumte er ein.

»Ja, das kommt mir auch so vor.« Geyer klemmte sich die qualmende Zigarre zwischen die Lippen und benutzte zwei Hände, um ein abgegriffenes Notizbuch aus der Jacke zu ziehen, das irgendwie aussah, als bestünde es nur aus fliegenden Blättern. Ein paar Augenblicke lang raschelte er emsig darin herum, studierte schließlich eine Seite übertrieben lange und nickte. »Die Adresse stimmt.«

»Ach, tatsächlich?«, fragte Holmes. »Wie beruhigend. Dann bin ich doch noch nicht vollkommen verkalkt und finde eine Straße wieder, in der ich schon ein dutzendmal gewesen bin.«

Geyer steckte das Buch ein und ignorierte die Bemerkung.

»Aber was ist denn hier passiert?«, murmelte Christen. Sie machte ein paar Schritte auf die vernagelte Tür zu und blieb wieder stehen, als zerbrochenes Glas unter ihren Schuhsohlen knirschte. »Das ist ja nur noch eine Ruine!«

Geyers Blick wurde irgendwie seltsam, als er sich an Holmes wandte. »Das ist also das vertrauenswürdige Bauunternehmen, das Ihr Hotel errichtet hat, Doktor Holmes? Also, ich würde meine Absätze nicht zu einem Schuhmacher bringen, der in solchen Schuhen herumläuft.«

Peizel sah zuerst ihn, dann das halb verfallene Haus und dann noch einmal Geyer an. Was hatte denn diese Ruine mit *Schuhen* zu tun?

»Sie müssen bankrottgegangen sein«, sagte Christen nachdenklich. »Oder etwas Schlimmeres.«

»Obwohl es doch eine so solvente Firma gewesen ist, mit einem so guten Ruf?«, spöttelte Geyer.

Holmes funkelte ihn an, und Peizel nahm sich vor, ihn vielleicht doch schon heute umzubringen. Vielleicht sollten sie ja doch hinein- und dem Geheimnis dieses Hauses auf den Grund gehen. Baufällige Häuser bargen mannigfaltige Gefahren. Menschen konnten leicht zu Schaden kommen.

»Als ich das letzte Mal hier war ...«, begann Holmes scharf, und Christen hob energisch die Hand, um den drohenden Streit im Keim zu ersticken. Vollkommen unpassend dazu erschien ein fast märchenhaftes Lächeln auf ihrem Gesicht, als sie sagte: »Es gibt keinen Grund zum Streiten, meine Herren. Wir fragen einfach jemanden, was hier passiert ist.«

»Und wen?«, fragte Geyer säuerlich.

Die Frage war nicht ganz unberechtigt. Auch die benachbarten Gebäude machten einen nicht gerade bewohnten Eindruck. Tatsächlich und des unbestrittenen wirtschaftlichen Aufschwungs zum Trotz, den ganz Chicago erlebte, schien dieses Viertel seine besten Zeiten hinter sich zu haben, ganz vorsichtig ausgedrückt.

»Was ist mit diesen Kindern?« Christen deutete auf das halbe Dutzend Straßenjungen, von dem sie misstrauisch beäugt wurden. Vielleicht auch verschlagen. Sie wollte unverzüglich losgehen, doch Holmes legte ihr rasch die Hand auf die Schulter und schüttelte ebenso energisch den Kopf.

»William.«

Peizel marschierte los. Ganz wie er es erwartet hatte, ergriffen die Burschen die Flucht, noch bevor er die halbe Entfernung überwunden hatte, und Peizel überlegte ganz kurz, ihnen nachzulaufen, was zwar völlig sinnlos gewesen wäre, aber Holmes vielleicht zufriedengestellt hätte. Es war aber nicht nötig. Einer der Jungen rannte nur ein paar Schritte weit und blieb dann wieder stehen, als er über die Schulter zurücksah und feststellte, dass er nicht verfolgt wurde.

»Warte«, rief Peizel trotzdem noch einmal. »Ich will nichts von dir.«

»Warum rennen Sie mir dann nach?«

»Bin ich nicht«, antwortete Peizel. »Willst du einen Quarter verdienen?«

Die Augen des Jungen wurden schmal vor Misstrauen. »Wofür?«

»Mein Chef und die feine Lady da haben nur ein paar Fragen zu dem Haus und den Leuten, die früher darin gewohnt haben.«

»Die alte Maurerfirma?«

»Weißt du was darüber?

Der Junge antwortete mit einer Bewegung, in der sich ein Kopfschütteln und ein Nicken vereinten, aber die Aussicht auf einen Vierteldollar gewann natürlich die Oberhand. »Wenn Sie was versuchen, meine Freunde sind in der Nähe«, sagte er.

Peizel nickte nur und ging zu Holmes und den anderen zurück, und der Junge folgte ihm zwar gehorsam, blieb aber auch in sicherer Fluchtdistanz wieder stehen. Holmes setzte dazu an, etwas zu sagen, doch Christen kam ihm zuvor, indem sie einen Schritt vortrat und dem Jungen die Hand entgegenstreckte.

»Ich bin Miss Christen«, sagte sie. »Aber du kannst mich Arlis nennen, wenn du möchtest.«

Der Junge sah ihre Hand eindeutig misstrauisch an, aber dann drückte er sie, wobei er den weißen Spitzenhandschuh vermutlich ruinierte.

»Er hat mir einen Quarter versprochen«, sagte er.

»So, hat er das?«, fragte Holmes. »Dann wollen wir hoffen, dass er ihn dir auch gibt.« Gleichzeitig maß er Peizel mit einem verärgerten Blick, griff aber trotzdem in die Tasche und zog ein schmales Päckchen Dollarnoten aus der Tasche, das auf ungewöhnliche Weise gefaltet war. Geyers Blick wurde sehr nachdenklich, als er es aufklappte und eine einzelne Dollarnote herauszog.

»Du bekommst sogar einen ganzen Dollar, wenn wir mit deinen Antworten zufrieden sind«, sagte er, »und du die Wahrheit sagst.«

Der Junge wollte nach der Banknote greifen, doch Holmes

zog den Arm rasch zurück und schüttelte zusätzlich den Kopf. »Wohnst du hier in der Gegend?«

»Ja. Aber Sie hab ich hier noch nie gesehen.«

»Wir sind auch nicht von hier«, antwortete Arlis lächelnd. »Aber wir suchen nach jemandem, der früher einmal in diesem Haus gelebt hat.«

»Die sind schon lange weg«, antwortete der Junge, wobei sein Blick unablässig zwischen der Dollarnote in Holmes' Hand und Christens Gesicht hin- und herirrte. »Schon bevor meine Mom und ich hergezogen sind.«

Holmes machte ein bedauerndes Gesicht, und Peizel sah ihm an, dass er den Dollar nun wieder einstecken würde, doch Christen nahm ihm den Geldschein rasch aus der Hand und gab ihn dem Jungen.

»Aber du weißt doch bestimmt etwas«, sagte sie. »Kinder sind doch immer gut informiert.«

Peizel spannte sich, nur für den Fall, dass der Bursche auf die Idee kommen sollte, sich den Dollar kurzerhand mit einer beherzten Flucht zu verdienen, und er sah ihm auch an, dass er einen Moment lang mit genau diesem Gedanken spielte. Aber dann nickte er und steckte die Banknote ein.

»Ich hab gehört, sie wären pleitegegangen«, sagte er.

»Das Geschäft gibt es nicht mehr?«, vergewisserte sich Christen, was Peizel einigermaßen überflüssig fand. Man sah es dem Haus schließlich an.

»Schon ein paar Jahre«, antwortete der Junge. »Mr. Stillton, der Inhaber, hat sich aufgehängt, und danach ist der ganze Laden vor die Hunde gegangen. Meine Mom sagt, dass es ihm recht geschehen wäre, so wie sie die Leute ausgebeutet haben.«

»Dann sollten wir vielleicht einmal mit deiner Mutter sprechen«, sagte Geyer, und noch bevor der Bursche überhaupt begriff, was er tat, packte er ihn am Arm und hielt ihn mit eisernem Griff fest. »Bring uns zu ihr.«

»Aber ich habe doch gar nichts getan!«, protestierte der Junge. »Er hat mir den Dollar freiwillig gegeben, und ich habe alle Ihre Fragen beantwortet!«

Holmes löste Geyers Hand vom Arm des Jungen und maß den Detektiv mit einem ärgerlichen Blick. »Sie haben doch gehört, was der Junge gesagt hat. Die Firma existiert nicht mehr, und da Mr Stillton nicht mehr unter den Lebenden weilt, wird er uns bezüglich der Baupläne auch nicht mehr weiterhelfen können.« Er nickte dem Jungen zu. »Geh nach Hause, Junge. Es tut mir leid.«

Der Junge ließ sich das nicht zweimal sagen, sondern verschwand wie der Blitz, und Holmes wartete, bis er außer Sicht gekommen war, und fuhr dann so heftig auf dem Absatz herum, als wollte er sich im nächsten Moment mit Fäusten auf Geyer stürzen, sagte aber dann nur in eisigem Ton: »Ich darf Sie doch um ein bisschen zivilisiertes Benehmen bitten, Mr Geyer! Nur weil dieser Junge nicht unserem sozialen Stand angehört, gibt Ihnen das nicht das Recht, ihn so zu behandeln, als wäre er Ihr Eigentum.«

»Ich wollte lediglich …«

»Irgendetwas über mein Hotel herausfinden, was mich schlecht dastehen lässt?« Holmes zeigte aufgeregt auf die Ruine. »Sollen wir vielleicht hineingehen und in alten Schränken und Akten herumwühlen? Wer weiß, vielleicht finden wir ja noch irgendwelche Pläne, die in ein geheimes Labyrinth unter meinem Haus führen, in dem sich Herman Mudgett und Miss Christens Schwester verstecken.«

Geyer blickte ihn kühl an, während Christen ob der Heftigkeit dieses unerwarteten Ausbruchs völlig irritiert war. Sie warf sogar Peizel einen Hilfe suchenden Blick zu, den dieser aber ignorierte, indem er so tat, als hätte er ihn gar nicht bemerkt. Was glaubte sie denn, dass er tun sollte? Wenn er sich in diesen Streit einmischte, dann auf eine Art, die ihr gewiss nicht gefallen würde.

Noch viel mehr erstaunte ihn jedoch Holmes' Reaktion, der doch sonst so viel Wert auf Contenance und gepflegte Umgangsformen legte. Mudgett würde nicht begeistert sein, wenn er davon erfuhr.

»Vielleicht klären wir das später«, mischte sich Christen

mit einem unbehaglichen Räuspern ein. »Doktor Holmes wird die Pläne sicherlich noch irgendwo in seinen Unterlagen haben. Wenn meine Schwester sie sortiert hat, dann sind sie zweifellos bestens geordnet. Ich schlage vor, wir sehen die Unterlagen gleich nach unserer Rückkehr gemeinsam durch, und wahrscheinlich lachen wir dann auch alle gemeinsam, wenn sich alles als ganz harmlos herausstellt.«

Der angespannte Ton in ihrer Stimme wollte nicht so recht zur Wahl ihrer Worte passen, aber Holmes behielt zumindest alles für sich, was ihm noch so sichtbar auf der Zunge lag, und beließ es lediglich bei einer vielsagenden Miene. Er öffnete mit einer Hand den Wagenschlag und streckte die andere aus, um ihr beim Einsteigen behilflich zu sein. Statt jedoch danach zu greifen, wandte sich Christen mit einem fragenden Blick an Peizel.

»Wie lange brauchen wir bis zum Bahnhof, William? Ich darf doch William sagen, hoffe ich?«

Peizel nickte. »Eine halbe Stunde.«

Christen schien einen Moment angestrengt darüber nachdenken zu müssen, dann wandte sie sich an Holmes und Geyer. »Glauben Sie, ich könnte Sie beide eine halbe Stunde allein im Wagen lassen, ohne dass die Gefahr besteht, dass Sie sich gegenseitig die Augen auskratzen?«

»Miss Christen?«, fragte Geyer.

»Ich würde gerne mit Mr Peizel oben auf dem Kutschbock mitfahren, falls er nichts dagegen hat«, sagte Christen.

»Das halte ich für keine gute Idee«, sagte Holmes. Geyer nickte zustimmend, und Peizel war ebenfalls dieser Meinung.

»Ich schon«, sagte Christen leichthin. »Aber ich kann mir natürlich auch gerne eine Mietdroschke nehmen, wenn Sie darauf bestehen. Immerhin ist es Ihr Wagen.«

»Das ist doch Unsinn«, polterte Holmes. »Aber es gibt keinen Grund, oben auf dem Wagen mitzufahren. Es ist unbequem und auch nicht ganz ohne Risiko.«

»Aber was soll mir denn passieren?«, fragte Christen, ging

an Peizel vorbei und kletterte mit nicht nur für ihn vollkommen unerwartetem Geschick auf den Kutschbock.

»Geben Sie bitte gut auf sie acht, William«, sagte Holmes. »Und nehmen Sie den sichersten Weg, nicht den kürzesten.«

»Rechnen Sie mit einem Indianerüberfall, Doktor Holmes?«, fragte Christen vom Kutschbock aus. »Oder einem plötzlichen Schneesturm?«

»Chicago ist eine gefährliche Stadt, Miss Christen«, antwortete Holmes. »Und in manchen Teilen ist der Verkehr im wahrsten Sinne des Wortes mörderisch – wovon Sie sich gestern Abend ja selbst überzeugen konnten.«

Christen lächelte zur Antwort nur auf ihn herab, und Holmes zog die linke Augenbraue hoch, spitzte die Lippen und stieg ohne ein weiteres Wort ein. Der gesamte Wagen schaukelte, als Geyer ihm folgte und die Tür wuchtig hinter sich ins Schloss warf.

Peizel stieg ebenfalls auf den Bock und versuchte, so weit von Christen weg Platz zu nehmen wie möglich, was auf der schmalen Bank aber kaum ging. Er ließ die Peitsche knallen, und der Wagen setzte sich mit einem Ruck in Bewegung. Eines der Pferde wieherte protestierend.

»Ich hoffe, ich habe Sie mit meiner Bitte nicht verärgert, William«, sagte Christen, nachdem sie ein kurzes Stück gefahren und einmal abgebogen waren, »oder Sie gar in irgendwelche Schwierigkeiten gebracht.«

»Schwierigkeiten?«

»Doktor Holmes schien von meiner Idee nicht unbedingt begeistert zu sein.«

»Nein«, bestätigte Peizel. »Und ich auch nicht.«

»Wegen der Indianer?«

»Wegen der Stadt«, antwortete Peizel. Sie bogen ein zweites Mal ab, und ihm kam der Wind zu Hilfe, der in diesem Moment drehte und einen intensiven Schwall des typischen Schlachthausgestanks mit sich brachte, der Chicago zu trauriger Berühmtheit verholfen hatte. Der Wagen rumpelte durch ein Schlagloch, und Christen zog eine Grimasse und klammerte sich mit einer Hand an die Bank, während sie mit der anderen in ihrem Beutel kramte und ein weißes Spitzentuch herausnahm, das sie in einer affektierten Geste unter die Nase drückte. Gleichzeitig meinte er einen ärgerlichen Ruf aus dem Wageninneren zu vernehmen. Die lange Liste an Zurechtweisungen, die ihm Holmes zweifellos später am Tag präsentieren würde, war gerade wohl noch einmal um einen Punkt länger geworden.

Aber vielleicht setzten er und dieser verdammte Detektiv ja auch nur ihren unterbrochenen Disput fort.

»Ja, allmählich beginne ich zu verstehen, was Doktor Holmes gemeint hat«, sagte Christen mit einem schiefen Lächeln. »Eine Kutschfahrt durch diese Stadt ist wirklich ein Abenteuer für sich.«

Peizel hätte am liebsten gar nicht geantwortet, doch das hätte sie vermutlich nur provoziert, noch mehr zu schwatzen, also nötigte er sich ein dünnes Lächeln ab. »Man gewöhnt sich daran.«

Das war wohl die falsche Antwort, denn er konnte regelrecht sehen, wie es hinter Christens Stirn zu arbeiten begann. Aber zugleich hatte er ein weiteres und auch deutlich tieferes Schlagloch nur ein kleines Stück vor ihnen entdeckt, das er sorgsam anvisierte – was sich als gar nicht so einfach erwies, denn die Pferde versuchten ihm instinktiv auszuweichen.

Wie erwartet erzitterte der Wagen wie unter einem Kanonenschuss, und diesmal war er sicher, einen zornigen Ruf aus seinem Inneren zu hören, der Holmes' Liste noch einmal um ein ansehnliches Stück verlängerte. Aber darauf kam es jetzt auch schon nicht mehr an. Christen hüpfte neben ihm auf der Bank so heftig auf und ab, dass er für einen Sekundenbruchteil nicht sicher war, sie nicht ganz vom Wagen fallen zu sehen, und einen jähen Stich seines schlechten Gewissens verspürte. Doch sie fand das Gleichgewicht wieder und maß ihn mit einem Blick, über den er vorsichtshalber nicht nachdachte.

»Eine beachtliche Leistung«, sagte sie schließlich.

»Die Straßen sind schlecht«, sagte er, »aber es wird besser, wenn wir –«

»Ich meinte, dieses kleine Loch so präzise zu treffen«, unterbrach ihn Christen. »Sie sind wirklich ein guter Fahrer.«

»Miss?«

»Ich verstehe Sie ja«, erwiderte Christen. »Sie wissen nicht genau, was Sie von mir halten sollen, aber Sie hätten mich lieber nicht hier oben, nicht wahr?« Sie tupfte sich mit dem Taschentuch über die Lippen und betrachtete es anschließend stirnrunzelnd; als hätte sie erwartet, Blut darauf zu erblicken. Jetzt meldete sich Peizels schlechtes Gewissen mit Macht.

»Aber ich war auch nicht ganz ehrlich zu Ihnen, William«, fuhr Christen fort. Sie knüllte das Tuch in der Faust zusammen und sah ihn Antwort heischend an. Lange.

»So?«, fragte er schließlich.

»Ich wollte die Gelegenheit nutzen, um allein mit Ihnen zu reden«, bestätigte sie.

»So?«, fragte Peizel noch einmal.

»Ich beobachte Sie jetzt schon seit zwei Tagen, William«, sagte sie. Peizel war alarmiert, zumindest so lange, bis sie fortfuhr: »Ich glaube, Doktor Holmes kann sehr froh sein, einen Angestellten wie Sie zu haben.«

»Ich bin …«

»… nicht nur sein Angestellter, ich weiß«, unterbrach ihn Christen. Das hatte er nicht sagen wollen, beließ es aber bei einem Blick, den sie auslegen konnte, wie immer sie wollte. »Ich kann mich täuschen, aber ich glaube, dass er eine gewisse Freundschaft zu Ihnen empfindet, und umgekehrt scheint es mir auch so zu sein, habe ich recht?«

Damit lag sie so weit daneben, wie es nur ging.

»Und Sie sind ja auch Geschäftspartner, nicht wahr?«, plapperte Christen fröhlich weiter. »Er hat mir von der Erfindung erzählt, die Sie gemeinsam gemacht haben, und ich glaube herausgehört zu haben, dass er sehr stolz auf Sie ist. Und er scheint auch Ihre Kinder zu mögen.«

»Hat er das gesagt?«, fragte Peizel und schalt sich zugleich in Gedanken selbst, überhaupt mit ihr zu reden. Diese Frau war ihm nicht nur wegen ihrer frappierenden Ähnlichkeit mit ihrer Schwester unheimlich. Er war ihr nicht gewachsen, das spürte er mit jedem Augenblick deutlicher. Er hätte niemals zulassen dürfen, dass sie zu ihm auf den Kutschbock stieg.

»Nein, aber ich habe gesehen, wie er über sie gesprochen hat«, antwortete Christen. »Ich bin eine Frau. Wir spüren so etwas.«

Peizel hielt das für ausgemachten Blödsinn, zwang aber einen Ausdruck auf sein Gesicht, als fühle er sich durch diese Bemerkung geschmeichelt. Christen wartete allerdings vergeblich auf eine gesprochene Antwort.

Sie bogen auf eine deutlich belebtere Straße ein, und Peizel zog sich eine Zeit lang erfolgreich damit aus der Affäre, sich vermeintlich auf den dichter werdenden Verkehr zu konzentrieren. Es war nicht einmal vollkommen geschauspielert, denn er hatte Holmes' eindringliche Mahnung nicht vergessen und versuchte, ohne die gewohnte Rücksichtslosigkeit zu fahren, was sich als gar nicht so einfach erwies.

Christen beugte sich nach hinten und legte zusätzlich den Kopf auf die Seite, um zu demonstrieren, dass sie lauschte. »Nichts zu hören«, sagte sie dann. »Entweder sie haben sich vertragen, oder sie sind beide schon tot.«

Peizel tat ihr nicht den Gefallen, zu lachen oder auch nur eine Miene zu verziehen. Er wünschte sich, sie hätten ihr Ziel schon erreicht. Zwar hatte er beschlossen, Holmes' Anweisung zu ignorieren und auf dem kürzesten Weg zum Bahnhof zu fahren – sollte er sich doch aufregen und Gift und Galle spucken. Was wollte er ihm denn tun, ihn rauswerfen? Ganz gewiss nicht – aber vor ihnen lag trotzdem noch eine gute halbe Stunde Fahrt, und Christens Gegenwart wurde ihm mit jedem Moment unangenehmer. Zudem war diese ganze Aktion vollkommen sinnlos. Mudgett war seines Wissens niemals am Bahnhof gewesen, und so leichtsinnig, es auch noch zusammen mit dem Mädchen zu tun, wäre nicht einmal dieser naive Narr Holmes, geschweige denn Mudgett.

Der Gedanke weckte ein sachtes Gefühl von Melancholie in ihm, denn ihm war klar, dass ihre gemeinsame Zeit bald zu Ende gehen würde; spätestens seit der Nacht, in der sie Porter getötet hatten. Irgendetwas war in dieser Nacht mit Mudgett geschehen, aber Peizel wusste einfach nicht, was. Vielleicht gab es gar keinen Grund. Nach den Monaten, die sie sich jetzt kannten und ihrer gemeinsamen Tätigkeit nachgingen, wurde es möglicherweise einfach Zeit weiterzuziehen.

Manche Dinge gingen eben zu Ende. Peizel bedauerte das zwar, sah diesem Moment aber eher gelassen entgegen und sogar nicht ohne eine gewisse vorweggenommene Schadenfreude. Holmes schon gar nicht, aber in nicht geringem Umfang auch Mudgett machten sich vermutlich nicht einmal eine Vorstellung davon, wie schwierig es war, immer wieder dafür zu sorgen, dass der eine nichts von dem anderen erfuhr; oder doch zumindest Holmes nichts von dem unerwünschten Untermieter. Er bedauerte fast, nicht Mäuschen spielen zu können, wenn Mudgett begriff, was für einen Spagat er tagtäglich bewältigen musste, damit Holmes auch weiter der ahnungslose Dummkopf blieb.

Und auch was seine finanzielle Zukunft anging, so sah sie eher rosig aus. Die Erfindung, die Holmes und er gemacht hatten (oder eher Mudgett und er), würde ihn gewiss nicht über Nacht zum Millionär machen, aber Peizel war guten Mutes, dass sein Anteil ihm über die Jahre einen ansehnlichen Nebenverdienst sicherte. Und wenn nicht … nun, dann gab es immer noch Doktor Herman Webster Mudgett, dem sein Schweigen doch bestimmt eine gewisse monatliche Zuwendung wert war.

»Also gut, Sie scheinen ein Mann zu sein, der nicht viel von Plaudereien hält«, drang Christens Stimme in seine Gedanken, »was Sie mir im Prinzip eher sympathischer macht.«

Peizel sah sie durchdringend an. Er wusste nicht genau, was sie ihm sagen wollte, aber er glaubte nicht, dass es ihm gefiel.

»Ich wollte mit Ihnen reden, ohne dass Doktor Holmes oder Mr Geyer dabei sind. Und Sie haben mein Wort, dass niemand etwas von dem erfährt, was Sie mir möglicherweise anvertrauen.«

»Mit mir reden?«

»Über meine Schwester«, sagte Christen. »Sie haben sie gekannt?«

»Nein. Sie war schon fort, als ich Doktor Holmes kennenlernte.«

»Und Mudgett?«, fragte Christen. »Er ist ein guter Freund von Doktor Holmes. Sie werden doch mit ihm gesprochen haben.«

»Nicht sehr oft«, antwortete Peizel. »Und niemals über Ihre Schwester.«

»Das macht nichts«, sagte Christen. »Sie müssen mir alles erzählen, was Sie über Doktor Mudgett wissen.«

Das würde er ganz bestimmt nicht tun. Er wusste, dass Christen nicht aufhören würde zu insistieren, aber er nahm sich fest vor, ihr nichts zu erzählen, was sie nicht sowieso schon wusste.

Natürlich funktionierte es nicht.

Whitechapel, London, 1888

Die Luft im *Ten Bells* war so schlecht und stickig, dass man vermutlich nicht nur meinte, sie schneiden zu können, und Herman kämpfte seit dem Moment, in dem er hereingekommen war, mit einem immer quälender werdenden Hustenreiz, den er nur noch mit Mühe unterdrücken konnte.

Nicht, dass es einen Unterschied gemacht hätte. Die heruntergekommene Kaschemme war bis auf den letzten Platz besetzt, wie jeden Tag um diese Zeit, und wer nicht schon betrunken war und grölte oder nicht weniger lautstark nach weiterem Bier oder Härterem schrie oder sich mit einem anderen Zecher unterhielt – der schon mal am anderen Ende des Gastraums stand –, der hustete mindestens genauso lautstark und ausdauernd, röchelte oder gab andere unangenehme Geräusche von sich. Etliches von diesem röchelnden Husten lag sicherlich an der miserablen Luft hier drinnen oder dem Pfeifen- und Zigarrentabak, mit dem die meisten Gäste ihre Lungen zusätzlich ruinierten, aber Herman hätte sein Medizinstudium nicht gebraucht, um zu erkennen, dass dieser Ort nicht nur ein Sündenpfuhl war, sondern auch eine mindestens ebenso große Brutstätte für alle möglichen Krankheiten, von denen die Schwindsucht wahrscheinlich noch am wenigsten unappetitlich war. Von den Gästen, die er momentan hier drinnen sah, würde kaum einer alt genug werden, um sich über die gesundheitlichen Folgen des Tabakrauchens Gedanken machen zu müssen. Herman tat das genauso wenig, denn er hatte dem Rauchen genau wie dem Trinken schon aus dem Grund abgeschworen, weil er beides für Zeichen charakterlicher Schwäche hielt. Aber er fragte sich trotzdem, was zum Teufel er eigentlich hier tat.

Natürlich wusste er die Antwort auf seine eigene Frage. Sie saß neben ihm am Tisch, trank das dritte Bier innerhalb einer Stunde und war eine einigermaßen passable Partie, zumindest wenn man den Rest der anwesenden Weiblichkeit als Maßstab anlegte – und wenn sie weniger getrunken hätte. Herman hatte sich schon vorgenommen, unter irgendeinem Vorwand wieder zu gehen, als sie ihr zweites Bier bestellt hatte; was ungefähr zehn Minuten nach ihrem Eintreffen der Fall gewesen war. Warum er immer noch hier und vor seinem ersten und längst schal gewordenen Bier saß, wusste er selbst nicht genau.

»Du bist also Arzt«, drang Marie-Jeanettes Stimme in seine Gedanken, als sie das dritte oder vierte Mal ein Gespräch in Gang zu bringen versuchte. Vielleicht war es auch schon das zehnte Mal. Herman hatte aufgehört zu zählen. Er konnte sich auch nicht erinnern, ihr so viel von sich verraten zu haben, aber es musste wohl so sein.

»Drüben am Saint-Mary's-Kinderhospiz«, antwortete er widerwillig.

»An einem Krankenhaus?« Marie-Jeanette beugte sich vor, so dass er fast schon genötigt wurde, ihren kaum verhüllten Busen zu betrachten; was aber längst nicht das einzige eindeutige Angebot war, das sie ihm gemacht hatte. Nicht einmal das eindeutigste. Aber was hatte er erwartet, in einer Gegend wie dieser? »Dann musst du ja ein richtig guter Doktor sein, wenn sie dich in einem Hospital arbeiten lassen. Verdienst bestimmt eine Menge Geld, wie?«

»Nein«, antwortete Herman, auch wenn es nur eingeschränkt stimmte. Doktor Jack Morgan, der neue junge Arzt aus Amerika, der sich vom Fleck weg nach England hatte engagieren lassen, verdiente tatsächlich erbärmlich wenig, aber er hatte nicht lange gebraucht, um sich auch hier gewisse andere Einkommensquellen zu erschließen, die ihn nicht reich machten, ihm aber ein einigermaßen komfortables Leben ermöglichten. »Und es ist kein Hospital, sondern ein Hospiz.«

»Und das ist ein Unterschied?« Marie-Jeanette – so übermäßig und nebenbei bemerkt falsch, wie sie den Namen betont hatte, nahm er an, dass er falsch war – zündete sich einen dünnen schwarzen Zigarillo an und sah schlagartig zehn Jahre älter aus, als der graubraune Rauch um ihr Gesicht wehte. Wahrscheinlich so alt, wie sie auch wirklich war.

»In ein Krankenhaus bringt man die Kranken, um sie wieder gesund zu machen«, antwortete er geduldig. »Deshalb braucht man dort auch besonders gute Ärzte, die vermutlich auch besser bezahlt werden. In ein Hospiz bringt man Menschen, die keine Chance auf Heilung mehr haben, damit sie dort in Würde sterben können.«

»Und da braucht man schlechte Ärzte, die weniger verdienen«, vermutete Marie-Jeanette. Bei jeder anderen hätte er jetzt nach einem spöttischen Funkeln in den Augen Ausschau gehalten.

»Die Ärzte im Hospiz verdienen in der Tat nicht besonders gut«, sagte er. »Aber das heißt nicht, dass die Arbeit dort leichter wäre. Im Gegenteil.« Vielleicht war das die größte böse Überraschung gewesen, die diese unerwartete Reise für ihn gehabt hatte. Die Überfahrt war so katastrophal gewesen, wie er es erwartet hatte – sogar noch schlimmer, so dass er fast die gesamte Zeit abwechselnd über die Reling gebeugt oder vor Übelkeit wimmernd in seiner schäbigen Koje verbracht hatte –, und als er endlich in London angekommen war und seine neue Stellung antrat, da hatte er ernsthaft bedauert, Jack umgebracht zu haben. Sonst wäre er wahrscheinlich zurückgefahren, um es noch einmal zu tun, dieses Mal allerdings sehr viel langsamer. Er mochte keine Krankenhäuser, und er mochte auch keine Kranken, und am allermeisten verabscheute er kranke Kinder. Er hatte noch nie ein Kind getötet, mutmaßte aber, dass er es konnte, wenn die Zeit gekommen war. Der Anblick eines Kindes jedoch, das an einer Krankheit oder irgendeinem sinnlosen dummen Unfall starb, empörte ihn zutiefst. Die vielen Leben, die er genommen hatte – und alle die, die er noch nehmen würde –, dienten einem bestimmten Zweck, denn sie waren Teil des großen Planes, den sein Verbündeter für ihn erdacht hatte. Dass er nicht wirklich wusste, wie dieser Plan aussah, änderte nichts, denn er hatte noch sehr viele Jahre vor sich, um die große Wahrheit hinter den Dingen zu begreifen. Dass ein Kind starb, dessen Leben noch nicht einmal richtig angefangen hatte, erschien ihm eine schreckliche Verschwendung. Und es stimmte ihn traurig, auch wenn es ihm selbst fast ein bisschen absurd vorkam.

»Muss schlimm sein«, sagte Marie-Jeanette mit furchtbar schlecht geschauspielertem Mitgefühl. »Das könnt' ich nicht, jeden Tag den Leuten beim Sterben zusehen.«

Aber das tat sie doch, dachte Herman, an jedem einzelnen Tag, an dem sie hierherkam oder draußen über die verseuchten Straßen ging. Sie wusste es nur nicht, das war der einzige Unterschied.

»Und in ein Kinderhospiz bringen sie nur Kinder, die sterben müssen?«

Herman nickte, und Marie-Jeanette verzog abfällig die Lippen. »Ich verstehe. Die Kinder der besseren Leute, die's sich leisten können.«

»Es macht keinen Unterschied, ob ein Kind armer oder reicher Leute stirbt«, belehrte sie Herman sanft, aber das galt nur für seinen Tonfall. Ihre Worte machten ihn zornig. »Und das Hospiz wird von der Kirche geleitet, und die macht erst recht keinen Unterschied.«

»Solange einer nur ein guter Katholik ist, wie?«, fragte Marie-Jeanette böse.

»Das ist vollkommen egal«, erwiderte Herman, erzielte damit aber nur ein abfälliges Lachen.

»Ja, drüben auf der anderen Seite des Flusses vielleicht. Dann schau dir mal die Pfaffen hier bei uns an. Von der Kanzel predigen sie Bescheidenheit und Demut, aber in Wahrheit saufen sie Wein, und abends stecken sie genauso die Köpfe unter unsere Röcke wie alle anderen auch.«

Das war so ziemlich das Erste, was er ihr glaubte, seit er hier hereingekommen war und sie sich ungefragt an seinen Tisch gesetzt und ihm ebenso ungefragt ihren Namen genannt hatte. Es überraschte ihn nicht, brachte ihn aber auf eine Idee, die ihm seltsamerweise bisher noch gar nicht gekommen war. Vielleicht sollte er seine Tätigkeit auf die Männer in den schwarzen Talaren ausweiten. Es wäre sicher eine interessante Erfahrung, zu hören, was sie in ihren letzten Momenten zu sagen hatten.

Aber er verwarf diesen Gedanken auch, kaum dass er ihm gekommen war. Herman war nicht untätig gewesen, seit seiner Ankunft hier in London – oh nein, ganz und gar nicht –, aber er war auch sehr diskret vorgegangen, und London war eine große Stadt, in der täglich Menschen einfach verschwanden. Doch einen Priester zu töten war alles, nur nicht diskret.

»Ich verstehe«, behauptete Marie-Jeanette. »Du willst nicht drüber sprechen. Muss auch schlimm sein, all diese toten Kinder und so. Und jetzt bist du bestimmt gekommen, um dich von all den schrecklichen Dingen zu erholen, nicht wahr? Da bist du bei Marie-Jeanette genau richtig. Ich bring dich schon auf andere Gedanken, das versprech' ich dir.«

Sie zeigte etwas, das sie wahrscheinlich für ein verführerisches Augenklimpern hielt, und Herman überlegte, ob er ihr sagen sollte, dass sie tatsächlich drauf und dran war, ihn auf andere Gedanken zu bringen. Wenn auch wahrscheinlich auf andere Art, als ihr vorschwebte. Oder sie sich auch nur vorstellen konnte.

Er verbot sich auch diesen Gedanken. Er hatte noch nie eine Prostituierte getötet, und er würde es auch ganz gewiss nicht tun. Er verachtete Prostituierte. Sie waren unrein und als Opfer nicht würdig.

»Also, Süßer«, sagte Marie-Jeanette, in veränderter Tonlage und mit einer Stimme, die sie für lüstern halten mochte, auch wenn sie eigentlich nur versoffen klang. »Wollen wir uns einfach ein paar schöne Stunden zusammen machen? Ich versprech' dir, dass ich dich all die schlimmen Dinge vergessen lasse.«

Irgendwo im Hintergrund des Pubs kam Lärm auf, der sich

zu einem ausgewachsenen Streit auswuchs, noch bevor er ganz den Kopf gedreht hatte, um nach der Ursache für diese Aufregung zu sehen. Es gelang ihm auch nicht wirklich, weil das *Ten Bells* einfach zu überfüllt war, aber er hatte einen flüchtigen Eindruck von hektischer Bewegung und aufgebrachten Stimmen und vielleicht einer blitzenden Messerklinge. Herman spannte sich unmerklich. Er war zwar wirklich hierher nach Whitechapel gekommen, um sich ein wenig Abwechslung zu verschaffen, aber er hatte wahrlich nicht an eine Wirtshausschlägerei gedacht, in die er möglicherweise hineingezogen wurde, und sei es nur als Zeuge.

Bevor es jedoch so weit kommen konnte, wurde die Tür aufgestoßen, und eine schwarz gekleidete Gestalt mit einem ebenfalls schwarzen, hohen Helm betrat den Pub und steuerte so zielsicher und selbstverständlich auf den Ursprung der allgemeinen Aufregung zu, als hätte er draußen vor der Tür gestanden und nur darauf gewartet, dass genau dieser Streit ausbrach. Eine Schleppe aus respektvoller Stille folgte ihm, und selbst der Streit an der Theke hörte auf, noch bevor er ganz da war. Herman konnte nicht verstehen, was er sagte, doch es funktionierte. Er war angemessen beeindruckt.

»Wer ist das?«, fragte er.

»Constable Nobles.« Marie-Jeanette nickte gewichtig. »Der ist in Ordnung, sogar für einen Bobby. Ist so etwas wie die gute Seele von Whitechapel.«

Herman kam er eher vor wie Goliaths großer Bruder. Der Kerl maß deutlich über sechseinhalb Fuß, war so breitschultrig, dass er die schwarze Uniform schier zu sprengen schien, und sein Helm streifte beinahe die Decke. Wie alle Londoner Streifenpolizisten war er bis auf einen schwarzen Hartholzknüppel unbewaffnet (was Herman nie wirklich verstanden hatte). Doch Nobles brauchte wohl auch keine Waffe – nicht nur wegen seiner beeindruckenden Statur. Er strahlte etwas aus, das auf schwer fassbare Weise einschüchternd war.

Herman griff mit beiden Händen nach seinem Bier und trank nun doch einen großen Schluck, wobei er hoffte, dass

Marie-Jeanette nicht auffiel, dass er sich eigentlich nur hinter dem Glas zu verstecken versuchte.

Selbstverständlich machte er es damit eher schlimmer.

»Du musst keine Angst haben, Süßer«, sagte Marie-Jeanette. »Nobles tut keiner Fliege was zuleide. Sein Motto ist leben und leben lassen. Solange du nicht gerade die Kronjuwelen geklaut hast, tut er dir nichts. Und vermutlich lässt er dich selbst dann laufen – wenn er seinen fairen Anteil kriegt und ich ein gutes Wort für dich einlege.« Sie beugte sich aufreizend noch weiter vor. »Soll ich das tun?«

»Ich habe die Kronjuwelen nicht gestohlen«, sagte Herman. »Und ob ich mir dein gutes Wort leisten kann, weiß ich nicht.«

»Qualität hat ihren Preis«, kicherte Marie-Jeanette.

»Und wie hoch wäre der?«

»Eigentlich ein Pfund«, antwortete sie wie aus der Pistole geschossen. Schließlich saßen sie auch schon lange genug beisammen, um ihn eingehend taxiert zu haben. Er fand diese Forderung ziemlich dreist, umso mehr, als er ganz bewusst weder seine besten Kleider angezogen hatte noch sich allzu spendabel gab. Ihr drittes Bier hatte er Marie-Jeanette selbst bezahlen lassen. Er zögerte lange genug, dass sie fortfuhr: »Aber weil du ein so süßer Junge und zum ersten Mal hier bist, mach ich's dir für die Hälfte. Es gibt ein paar verschwiegene Gassen, ganz in der Nähe.«

»Verschwiegene Gassen?«, fragte Herman. »Du meinst im Freien, wo uns jeder sehen kann?« Das war widerlich, und etwas von seinen wahren Gefühlen schien sich wohl auch auf seinem Gesicht zu spiegeln, denn Marie-Jeanette wirkte eine Sekunde lang verunsichert. Aber sie fing sich auch schnell wieder. »Ich habe auch ein Zimmer, aber das kostet mehr.«

Herman fragte nicht, wie viel, und setzte sogar dazu an, entrüstet aufzustehen und mit einer angemessen empörten Bemerkung zu gehen. Stattdessen jedoch dachte er einen Moment über ihren Vorschlag nach, der immerhin einen unauffälligen

Weg darstellte, von hier zu verschwinden. Und wenn sie tatsächlich ein Zimmer hatte, in dem sie ungestört waren … Er hatte sein Messer dabei. Er hatte es immer dabei.

Die Entscheidung wurde ihm abgenommen. Der Streit an der Theke war inzwischen ganz zum Erliegen gekommen, und der Constable wandte sich um und kam beunruhigenderweise nun auf ihn zu. Er sah ihn auch direkt an. Nicht ungefähr in seine Richtung oder die ihres Tisches, sondern genau *ihn*.

Herman erkannte seinen Irrtum gerade noch rechtzeitig genug, bevor er etwas Unbedachtes tun konnte. »Mary Jane Kelly«, sagte Nobles mit einem knappen Nicken. Er klang nicht wirklich freundlich. »Hast du genug zusammengestohlen, um dir ein Bier leisten zu können?«

»Deine Witze waren auch schon mal besser, Sean«, sagte Marie-Jeanette. *Oder Mary Jane?*

Nobles schien noch einmal um mindestens einen Fuß zu wachsen, als er sich zu Herman umdrehte und auf ihn herabsah. »Ein neues Gesicht? Mister …?«

»Morgan«, antwortete Herman. »Doktor Jack Morgan.«

»Doktor Morgan.« Nobles zeigte sich von seinem akademischen Titel nicht besonders beeindruckt. »Hat diese Dame Sie belästigt? Oder Ihnen irgendwelche ungehörigen Angebote gemacht?«

»Jetzt hör mit dem Quatsch auf, Sean«, sagte Mary Jane Kelly. »Ich würde einem so feinen Gentleman doch nie irgendein ungehöriges Angebot machen.« Und um das auch gleich zu beweisen, streckte sie die Hand aus und berührte Nobles im Schritt. »Wer braucht schon einen so feinen Pinkel von der anderen Seite, wenn er so etwas Großes wie dich haben kann?« Sie klimperte in Hermans Richtung mit den Augenwimpern. »Nichts für ungut, Süßer.«

Herman verzog keine Miene. Er fühlte sich in zunehmendem Maße angewidert. Was hatte er sich nur dabei gedacht, hierherzukommen? Whitechapel genoss nicht umsonst einen gewissen Ruf, und er hatte das letzte Jahr doch ganz gut überstanden, ohne sich in den Sumpf menschlichen Abschaums zu begeben. Er fühlte sich besudelt, allein schon, weil er hier war. Er würde aufstehen und gehen. Jetzt.

Gerade als er es tun wollte, traten zwei weitere Frauen an ihren Tisch, deren Aussehen und Auftreten wenig Zweifel an ihrer Profession aufkommen ließen. Beide waren deutlich jünger als Mary Jane – oder sahen zumindest so aus –, waren schon fast ordinär aufreizend gekleidet und so schreiend bunt geschminkt, dass es in den Augen schmerzte, sie nur anzusehen, und eine von ihnen, wenn nicht beide, stanken derart, dass es ihm die Kehle zuschnürte.

»Sean, mein Großer«, krähte die Jüngere der beiden. Sie hatte eine unangenehme Stimme, die ganz allein ausgereicht hätte, alle in Herman verbliebenen dementsprechenden Gefühle wie ein eisiger Wasserguss abzutöten, hätte es denn noch welche gegeben. Er stellte sich vor, wie es wäre, wenn er ihr diese Stimme langsam und sacht herausschnitt. »Bist du ganz sicher, dass du das willst? Ich meine …« Sie ließ ein schrilles Hexenkichern hören. »… wer weiß schon, wo diese Hand vorher war?«

Mary Jane zog eine Grimasse und fuhr fort, den schwarzen Stoff von Nobles' Uniformhose zu kneten, und der Constable sah stirnrunzelnd einen Moment lang auf ihre Hand hinab und wandte sich dann in sacht tadelndem Ton an die andere Frau. »Mach keinen Ärger, Mary Ann«, sagte er.

»Mach ich nicht«, kicherte Mary Ann, und dann an Hermans Tischnachbarin gewandt: »Wer hier Ärger macht, wird sich noch zeigen. Hatte ich nicht gesagt, dass du dich hier nicht mehr blicken lassen sollst, Mary Jane?«

»Ach ja?«, fauchte Kelly. »Und mit welchem Recht?«

»Mit dem ältesten der Welt, du Miststück: dem der Stärkeren.«

Constable Nobles unterbrach den Streit. »Ich habe das so gemeint, wie ich gesagt habe, Mary Ann Nichols.« Er sprach immer noch mit ruhiger Stimme, in der aber eine subtile Drohung mitschwang. Herman meinte, die Autorität, die dieser Mann ausstrahlte, regelrecht mit Händen greifen zu können.

Er war ein weit würdigeres Opfer, als eine der drei Frauen jemals sein könnte. »Ich will hier keinen Ärger. Also merk dir das besser, sonst komme ich wieder.«

Mary Ann war klug genug, nichts mehr darauf zu antworten, warf Mary Jane aber noch einen drohenden Blick zu, den diese mit gleicher Münze heimzahlte, wandte sich noch einmal an Herman, sah ihn kaum weniger drohend an, wenn auch respektvoller. Nobles brachte es wortlos zuwege, dass sie nichts mehr sagte, und blickte ebenfalls auf Herman hinab. »Sir.«

Sir klang gut, fand Herman. Anders als in Amerika nannte hier in London irgendwie jeder jeden Sir, selbst wenn es der geringste Bettler war, aber so, wie Nobles es tat, hatte es etwas Besonderes. Er spürte, dass der Respekt dieses Mannes echt war, und stufte ihn auf der Liste seiner potenziellen Opfer ein Stück weiter nach unten. Nicht viel.

Der Constable tippte mit zwei aneinandergelegten Fingern an den Rand seines Helms und ging ohne ein weiteres Wort, und sowohl Herman als auch die drei Frauen sahen ihm schweigend nach, bis er durch die Tür verschwunden war, wozu er sich so weit nach vorne beugen musste, dass ihm fast der Helm vom Kopf gefallen wäre. Niemand lachte. Schließlich war es Mary Ann Nichols, die sich wieder zu ihnen herumdrehte und Mary Jane verächtlich von Kopf bis Fuß maß. »Fühl' dich nicht zu sicher, du Schlampe«, sagte sie. »Das ist noch nicht vorbei. Wir sehen uns wieder.«

»Worauf du dich verlassen kannst«, erwiderte Mary Jane. Da war etwas in ihrer Stimme – und auch tief in ihren Augen –, das Herman nachdenklich stimmte. Statt aufzustehen und diesen unangenehmen Ort zu verlassen, wie es ihm sein Verstand riet, gestikulierte er dem schmuddeligen Wirt hinter der Theke zu, Mary Jane ein weiteres Bier zu bringen. Sie wirkte ein bisschen erstaunt.

»Da hast du dir ja einen fetten Fisch geangelt«, krächzte Mary Ann. »Nimm ihn nur gründlich aus. Ist der letzte, den du hier fängst.«

Dann wandte sie sich ab und ging mit ihrer Begleiterin an die Theke, und Mary Jane starrte ihnen aus Augen nach, die vor Hass brannten.

»Das scheinen mir nicht unbedingt Ihre besten Freundinnen zu sein«, begann Herman vorsichtig.

Mary Janes Augen blitzten auf, und einen Moment lang war er nicht sicher, ob sich ihr Zorn nun auf ihn entladen würde. Er versuchte ihren Blick zu erforschen und das, was er gerade am Grunde ihrer Augen gesehen zu haben glaubte, aber er war nicht sicher. Vielleicht sah er nur, was er sehen wollte.

»Diese verdammten Huren«, grollte sie. »Glauben, sich wie die Königinnen aufführen zu können, nur weil sie es gut mit Nobles können. Verdammtes Dreckstück!«

Nach dem, was er gerade erlebt hatte, fand Herman es einigermaßen seltsam, wenn eine Hure die andere als Hure beschimpfte. Er machte jedoch nur ein fragendes Gesicht, das Mary Jane als Aufforderung reichte, mit vor Zorn bebender Stimme und nach einem schlürfenden Schluck Bier fortzufahren: »Irgendwann schneide ich ihnen die hübschen Gesichter in Streifen, das schwöre ich.«

»So hübsch finde ich sie gar nicht«, sagte Herman.

»Sind sie auch nicht«, fauchte Mary Jane. »Aber sie halten sich für was Besseres, meinen es irgendwie geschafft zu haben, weil sie sich die feinen Herren vom anderen Themseufer schnappen. Vor allem Nichols, diese Schlampe.«

»Feine Herren?«, fragte Herman.

»Solche wie du, mein Süßer«, antwortete Mary Jane. »Lass dich nicht von dem täuschen, was du hier siehst. Hier kommen oft feine Gentlemen aus den besseren Teilen der Stadt her, um sich von uns zu holen, was sie von ihren Frauen zuhause nicht bekommen.«

»Und was wäre das?«, fragte Herman.

Mary Jane leerte ihren Bierkrug. Ein wenig Schaum blieb in ihrem Mundwinkel zurück. Es sah aus wie Erbrochenes. »Ich dachte, wir wären uns einig, dass ich es dir zeige.«

Herman musste sich beherrschen, damit ihm nicht übel

wurde. »Geben Sie mir einen kleinen Hinweis«, sagte er. »Ich bin neugierig.«

»Dann macht es doch hinterher nur umso mehr Spaß«, versprach Kelly. »Ich war eine Weile in Paris, weißt du? In Frankreich. Hab da 'ne Menge interessanter Sachen gelernt. Ich versprech' dir, dass du nicht enttäuscht bist.« Sie fuhr sich mit der Zungenspitze über die Lippen, die wie ein gehäuteter Wurm aussah, und nun wurde Herman wirklich übel.

Der Wirt kam und brachte zwei Krüge Bier, von denen er nur einen bestellt hatte. Herman bezahlte sie trotzdem klaglos, und ihm entgingen auch nicht die neugierigen Blicke, mit denen Mary Jane den Inhalt seiner Geldbörse erforschte. Er hatte nichts dagegen, denn er hatte ganz bewusst nicht viel Geld eingesteckt, wusste er doch schließlich, in welche Gegend er sich wagte. Aber was für ihn nicht viel war, das mochte eben in einer Gegend wie dieser eine Menge sein. Herman fragte sich beiläufig, was ein Menschenleben hier in Whitechapel wohl wert war. Vermutlich nicht viel.

Als der Wirt die Münzen einstrich und sich trollte, sah er noch einmal zur Theke und den beiden anderen Frauen, die jede einen Krug Bier in der einen und einen qualmenden schwarzen Zigarillo in der anderen Hand hielten und lautstark lachend miteinander schwatzten. Dass sie dabei ständig in ihre Richtung sahen, ließ ihn allerdings eher vermuten, dass sie sich die Mäuler über Mary Jane zerrissen. Wahrscheinlich auch über ihn.

»Denen wird das Lachen noch vergehen«, versprach Mary Jane düster. »Ihnen und ihren verfickten Freundinnen, diesen verdammten Schlampen!«

Selbst ihr Repertoire an Beschimpfungen war offensichtlich beschränkt. »Was haben sie Ihnen denn getan?«, fragte Herman, beantwortete seine eigene Frage aber auch gleich selbst. »Ach ja, wegen der feinen Herren vom anderen Flussufer. Sie haben Angst, dass sie Ihnen die Kundschaft wegschnappen, nehme ich an. Das hätte ich auch, an Ihrer Stelle.«

Mary Jane verzog angesichts dieses unbeholfenen Kompliments geschmeichelt die Lippen und schüttete einen weiteren Schluck Bier in sich hinein, und Herman sah rasch weg. »Sie wollten mir von den feinen Gentlemen erzählen«, erinnerte er.

»Na, solche wie du.«

»Ich bin kein …«

»Du glaubst doch nicht wirklich, dass ich auf diese alberne Verkleidung reinfalle«, unterbrach ihn Mary Jane. »Oder irgendein anderer hier?«

»Was für eine Verkleidung?«

Mary Jane maß ihn mit einem fast mitleidigen Blick. »Die eines feinen Herrn vom anderen Themseufer, der sich seine ältesten Sachen angezogen hat und glaubt, dass keiner es merkt. Die Klamotten machen den Mann nicht aus, sondern der, der drinsteckt, weißt du? Woher hast du sie überhaupt? Von deinem Diener geborgt?«

»Ich habe keinen Diener«, sagte Herman, perfekt den Ertappten heuchelnd. »Und ich bin auch nicht vom anderen Themseufer. Ich arbeite nur dort.«

»Jeder, der nicht aus Whitechapel ist, kommt vom anderen Themseufer«, belehrte ihn Mary Jane, »und du bist bestimmt nicht der Erste, der auf die Idee kommt, sich so genial zu verkleiden, weil er all die schlimmen Sachen über uns gehört hat und sich jetzt fürchtet, dass er sofort ausgeraubt oder gleich ermordet wird, wenn er sich hierhertraut.«

»Ist diese Angst berechtigt?«, fragte Herman geradeheraus.

Zu seiner Überraschung reagierte Mary Jane nicht verletzt oder zornig, sondern lachte sogar. »Dann wären wir aber schön dumm«, sagte sie, »und so blöd sind nicht mal Mary Ann und ihre Schlampenschwestern. Komm mal am Wochenende her, dann wirst du dich wundern, wie viele von den feinen Gentlemen du hier triffst. Ein paar von ihnen haben sich am Anfang auch verkleidet, bis sie gemerkt haben, wie albern das ist.«

»Selbst wenn es so wäre«, antwortete Herman vorsichtig, »dann hätte ich vermutlich nicht genug Geld eingesteckt, damit wir … ins Geschäft kommen. Das wäre doch eine ziemlich nachlässige Tarnung, oder?«

»Aber ich bitte Sie, Doktor Morgan«, sagte Mary Jane spöttisch, »ein so vornehmer Gentleman wie Sie hat doch Kredit bei mir. Wenigstens beim ersten Mal.«

Mit einem Mal begriff Herman, dass er sich geirrt hatte. Es war unmöglich. Selbstverständlich war es das. Selbst wenn er nicht so leichtsinnig gewesen wäre, Constable Nobles seinen richtigen falschen Namen zu nennen, wäre es viel zu auffällig, wenn Mary Jane jetzt zusammen mit ihm verschwand und nie wieder gesehen wurde. Und auch wenn es nicht so gewesen wäre, wurde ihm klar, welch gefährlichem Trugschluss er um ein Haar erlegen wäre. Der Gedanke, dass das Verschwinden eines Menschen in einer Gegend wie dieser nicht zu schnell auffallen würde, lag nahe, war aber vermutlich vollkommen falsch, schon, weil die Polizei hier viel schneller von einer Gewalttat ausging als von irgendetwas anderem. Er hätte nicht hierherkommen sollen, weder in diese Stadt noch in dieses Viertel oder dieses ganze verdammte Land. Sosehr es ihm bei dem Gedanken an eine weitere Seefahrt auch grauste, wurde es möglicherweise doch Zeit, sich auf den Heimweg zu machen. Er gehörte einfach nicht hierher.

»Und jetzt überlegst du, ob du es mit deiner Gentlemanehre vereinen kannst, bei einer Hure in der Kreide zu stehen?«, fragte Mary Jane, die sein ausgedehntes Schweigen gründlich falsch deutete.

»Nein«, antwortete er. Es wurde Zeit, dass er dieses aufdringliche Weibsstück loswurde. Und er wusste auch, wie. »Ich musste nur über das nachdenken, was deine Freundin gerade gesagt hat.«

»Meine Freundin?«, wiederholte Mary Jane misstrauisch.

Herman machte eine Kopfbewegung auf ihre Hand, die das Bierglas hielt. »Ich weiß wirklich nicht, wo diese Hand schon überall gewesen ist. Und ich glaube, ich will es auch gar nicht wissen.«

Mary Janes Augen wurden schwarz vor Wut. »Du verdammter …«, krächzte sie, beendete den Satz mit einem wütenden Zischen und sprang dann so abrupt auf, dass sie den

Krug umwarf, dessen Inhalt sich über die Tischplatte ergoss. Wahrscheinlich war das auch gut so, denn sonst hätte sie ihm das Bier mit ziemlicher Sicherheit ins Gesicht geschüttet.

Der Moment war auch so schon peinlich genug, denn jedermann an den Nachbartischen starrte ihn an, und auch wenn ihm sein Verstand sagte, dass das gar nicht möglich war, hatte er das Gefühl, dass der Rest des Pubs es auch tat. Immerhin verzichtete sie darauf, eine noch dramatischere Szene zu machen, und beließ es nur bei einem abschließenden verächtlichen Blick und ging, um sich auf die Suche nach einem anderen potenziellen Freier zu machen.

Allerdings schien sie damit nicht besonders erfolgreich zu sein. Herman wollte es gar nicht, ertappte sich aber dabei, ihr aufmerksam zuzusehen, wie sie ihr Glück bei etlichen anderen Gästen versuchte und sich dann zur Theke durchschob, um etwas zu trinken zu bestellen. Der Bursche, der Herman und ihr gerade noch Bier gebracht hatte, schüttelte jedoch nur den Kopf, worauf ein kurzer Disput entbrannte, von dem er zwar nichts verstand, der aber erst endete, als der Wirt Anstalten machte, zornig hinter seiner Theke hervorzustürmen. Unter dem schadenfrohen Gelächter nicht weniger Gäste verließ Mary Jane Kelly schließlich das *Ten Bells*. Herman war auch zu weit entfernt, um sich dessen sicher sein zu können, aber er hätte trotzdem geschworen, dass Mary Ann Nichols und ihre Begleiterin am lautesten lachten.

Herman nahm seinen unterbrochenen Gedankengang wieder auf. In dem knappen Jahr, in dem er jetzt in London war und dafür bezahlt wurde, Kindern beim Sterben zuzusehen, hatte er eine kleine Summe angespart, kein Vermögen, aber immerhin genug, um sich eine Passage auf einem modernen Dampfschiff leisten zu können, die um einiges komfortabler wäre als die Hinfahrt, und auch dieser hartnäckige Privatschnüffler würde gewiss nicht am Ufer stehen und auf ihn warten. Wahrscheinlich war er immer noch damit beschäftigt, die Belohnung zu verprassen, die ihm dieser Judenbastard zweifellos dafür bezahlt hatte, den vermeintlichen Mörder seiner

Tochter aufzuspüren. Allein die Vorstellung seines Gesichtsausdrucks, wenn er in seiner protzigen Villa auftauchte und ihm erzählte, wer er wirklich war, wäre schon fast die Strapaze einer weiteren Überseepassage wert. Herman nahm sich vor, gleich morgen, wenn seine Schicht im Hospiz vorbei war, eine Reiseagentur aufzusuchen und sich nach der nächsten Passage nach New York zu erkundigen. Auf einem Schiff, das diesen Namen auch verdiente.

Das Gefühl, beobachtet zu werden, störte seine Überlegungen, so dass er hoch und direkt in Mary Anns Gesicht sah. Sie war allein an seinen Tisch getreten, und er hatte das Gefühl, dass sie nicht erst seit einer Sekunde dort stand und ihn anstarrte.

»Madam?«, fragte er und wappnete sich zugleich gegen den unangenehmen Klang ihrer Stimme.

Nicht umsonst. »Madam, wie vornehm. Hat sich die alte Mary Jane ja wirklich einen richtigen Gentleman geangelt, wie? Spendierst du mir ein Bier? Was sie kann, das kann ich viel besser, glaub mir.«

»Nein«, antwortete Herman. »Und ich glaube, ich gehe jetzt besser. Ich bin hier wohl falsch.«

Ihr Blick ließ wenig Zweifel daran, dass sie die verkappte Beleidigung in seinen Worten sehr wohl verstand. Aber es schien ihr nichts auszumachen, denn sie schürzte nur verächtlich die Lippen und wandte sich um, hielt dann aber mitten in der Bewegung noch einmal inne. »Du warst trotzdem klug, dich nicht mit ihr eingelassen zu haben. Du hättest dir sonst was holen können. Bei mir nicht. Ich bin sauber, weißt du? Ich bade fast jede Woche.«

»Das ist schön für Sie«, antwortete Herman kühl, »aber trotzdem: nein danke.«

Mary Ann schürzte nur abfällig die Lippen, warf darüber hinaus aber nur den Kopf in den Nacken und rauschte davon. Herman sah ihr nach, bis sie das Lokal verlassen hatte, und blieb auch dann noch ein oder zwei Minuten sitzen. Das Letzte, was er wollte, war, ihr draußen auf der Straße zu begegnen und sich eines vielleicht noch viel aufdringlicheren Versuchs erwehren zu müssen, ihm ihre Dienste anzubieten. Erst als er sicher war, dass sie mindestens eine, besser noch zwei Straßen entfernt sein musste, stand er ebenfalls auf und verließ das *Ten Bells*.

In der knappen Stunde, die er in der heruntergekommenen Kaschemme gewesen war, hatte es zu nieseln begonnen, und die Temperaturen waren empfindlich gefallen. Es war so dunkel, dass es ihm schon fast ein bisschen unheimlich vorkam, denn es gab im Vergleich zu den anderen Stadtteilen nur wenige Gaslaternen, von denen auch nur jede zweite wirklich zu brennen schien. Herman zog sich fröstelnd die altmodische Pelerine enger um die Schultern. Sie gehörte zur Garderobe von Morgan, die er an Bord der *Swallow* gefunden und als sein rechtmäßiges Erbe requiriert hatte. Die Kleider passten zwar halbwegs, aber der Kerl hatte wirklich einen grässlichen Geschmack gehabt.

Das unbehagliche Wetter hatte wenigstens den Vorteil, dass er allein auf der Straße war, und der Regen wusch den Großteil des Gestanks aus der Luft, der sonst wie eine unsichtbare Glocke über diesem Teil der Stadt hing und ihm so die Kehle zugeschnürt hatte, dass er um ein Haar umgekehrt wäre, als er vorhin gekommen war. Fremd, wie er hier war, musste er sich einen Moment lang orientieren, um sich überhaupt auf die korrekte Richtung zu besinnen, in die er gehen musste. Dann zog er den Hut tiefer in die Stirn und marschierte gesenkten Hauptes und mit weit nach vorne gebeugten Schultern los, um wenigstens das Gesicht aus dem Regen zu halten. Trotzdem war er schon nach wenigen Schritten so durchnässt, dass die Enden seines Schnurrbartes traurig nach unten hingen und ihm der Regen wie Eiswasser in den Nacken lief. Er hätte weiter geradeaus gehen können, was kürzer war, aber der Wind nahm zu, und durchgefroren, wie er schon war, würde es bald unerträglich werden, also bog er in eine schmale Seitenstraße ein, die zwar nahezu vollkommen dunkel war, aber einigermaßen windgeschützt. Er fürchtete weder die Dunkelheit noch alles, was sich darin verbergen mochte – und wie auch, schließlich war die Dunkelheit seine ureigenste Verbündete –, sehr wohl aber eine ganz banale Erkältung, die sich nur zu leicht zu einer ausgewachsenen Lungenentzündung oder Schlimmerem mausern konnte. Wie so etwas endete, das sah er Tag für Tag bei seiner Arbeit im Hospiz. Er war trotz allem nicht so naiv, sich für unverwundbar zu halten.

Die Gasse war nicht ganz so dunkel, wie er erwartet hatte, doch was den Wind anging, hatte er recht: Kaum aus ihm heraus, zog die Kälte ihre scharfen Zähne aus seinem Fleisch, und seine eigenen Zähne, die gerade anfangen wollten zu klappern, ließen es bleiben. Außerdem stellte er fest, dass er nicht ganz so allein war, wie er erwartet hatte.

Vor ihm waren Stimmen, und er meinte einen verschwommenen Umriss wahrzunehmen, ohne Genaueres zu erkennen. Auch die Worte waren nicht zu verstehen, aber es handelte sich ganz eindeutig nicht um ein freundschaftliches Gespräch. Vorsichtshalber blieb er stehen und lauschte einen Moment mit schräg gehaltenem Kopf, ging aber schließlich weiter. Er bewegte sich behutsam, um kein verräterisches Geräusch zu verursachen, doch als er in Sichtweite kam, stellte er fest, wie überflüssig diese Vorsichtsmaßnahme gewesen war.

Vor ihm befanden sich zwei Frauen. Die eine wandte ihm den Rücken zu, so dass er ihr Gesicht nicht erkennen konnte, die andere war Mary Ann Nichols. Sie stand mit dem Rücken an der Wand da und presste die Linke gegen die Wange, die so heftig blutete, dass es rot zwischen ihren Fingern hervorquoll. Ihre Augen waren schwarz vor Angst. Die andere Frau drückte sie mit einer Hand noch fester gegen den feuchten Ziegelstein, in der anderen hielt sie ein bösartig aussehendes Rasiermesser, auf dessen Klinge hellrotes Blut schimmerte. Sehr vorsichtig ging er weiter. Kälte und Regen waren vergessen, als seine Hand in die Jackentasche glitt und nach seinem eigenen Rasiermesser tastete.

»Ich hab dich gewarnt, Mary Ann Nichols«, sagte die Frau mit dem Messer, deren Stimme er nun als die von Mary Jane

Kelly erkannte. »Dich und die anderen Schlampen. Ich hab euch gesagt, dass ich mir das nicht bieten lasse, aber ihr konntet ja nicht aufhören!« Sie versetzte Nichols einen Stoß, der ihren Hinterkopf hart genug gegen die Wand schlug, um ihren Blick für einen Moment zu trüben, aber nicht, um ihr das Bewusstsein zu rauben. Das Messer fuchtelte drohend vor ihrem Gesicht herum. »Ihr habt gedacht, mit der dummen alten Mary Jane könnt ihr es machen, weil sie sich sowieso nicht wehren kann, und weil ihr die feinen Herren vom anderen Ufer im Rücken habt, wie? Mal sehen, ob das immer noch so ist, wenn ich dir deine hübsche Visage zerschneide. Was meinst du, welcher von deinen reichen Gentlemen dich dann wohl noch anschaut?«

Damit schwang sie das Messer, und nicht nur Herman glaubte, dass sie jetzt auf Mary Anns andere Wange zielte, denn sie schrie entsetzt auf und schlug nun auch die andere Hand vor das Gesicht, um sich zu schützen.

Stattdessen zielte Kelly auf ihre Kehle.

Das Messer schnitt so mühelos durch ihr Fleisch wie durch nasses Reispapier, und Mary Anns Kehle öffnete sich wie ein grausiger, lückenloser Mund, und dann sogar noch weiter, als Mary Jane die Finger in ihr Haar krallte und ihren Hinterkopf gegen den Stein rammte. Blut spritzte und verteilte sich in der regengeschwängerten Luft fast sofort zu einem rosafarbenen Nebel, der auch Kellys Gesicht und Hände besudelte, woraufhin sie ein zorniges Kreischen hören ließ und zu einem zweiten und diesmal auf ihre Augen gezielten Messerhieb ausholte. In ihrer Panik schlug die sterbende Frau jedoch so blindlings um sich, dass ihre Faust Mary Janes Gesicht zuerst traf, diese dann zurückstolperte und nur mit Mühe ihr Gleichgewicht behielt. Durch die abrupte Bewegung halb herumgewirbelt, erblickte sie Herman, riss das Messer wieder in die Höhe und stürzte sich mit einem schrillen Schrei auf ihn, vielleicht um einen gefährlichen Zeugen auszuschalten, vielleicht auch in blinder Panik.

Herman würde sie später fragen. Ohne die geringste Mühe wich er dem unbeholfen geschwungenen Messer aus und schlug sie hart genug, um sie halb besinnungslos zu Boden zu schleudern. Das Messer flog in hohem Bogen davon und landete meterweit aus ihrer Reichweite auf dem Kopfsteinpflaster. Herman bückte sich trotzdem und hob es auf, um es zusammenzuklappen und einzustecken, bevor er sich zu Mary Ann Nichols umwandte.

Um ein Haar hätte er den kostbaren Moment versäumt, aber eben doch nicht ganz, wie er erleichtert feststellte.

Nichols war zu Boden gesunken und saß in schon fast obszöner Haltung mit gespreizten Beinen und gegen die Wand gelehnt da, die Hände in dem vergeblichen Versuch um die Kehle verkrampft, das Blut zurückzuhalten, das in Strömen daraus hervorsprudelte und ihre Bluse und ihr Kleid in der Nacht schwarz färbte. Der Regen hatte ihr Gesicht schon fast wieder sauber gewaschen, so dass er sehen konnte, dass Mary Jane ihr nur einen flüchtigen Schlitz auf der Wange zugefügt hatte, kaum mehr als ein Kratzer, auch wenn er heftig blutete. Umso tiefer war der Schnitt in ihrem Hals, da er mit absoluter Wut und der daraus resultierenden Kraft geführt worden war.

Und wer hatte je behauptet, dass eine durchschnittene Kehle ein gnädiger Tod sei? Es ging schnell, doch es war gewiss nicht leicht, denn Mary Ann Nichols' Gesicht war eine Maske absoluter Qual, nicht nur Furcht, sondern vollkommener, unvorstellbarer körperlicher Pein, diesen Unterschied kannte er nur zu gut. Das Entsetzen, die alles verzehrende Angst vor der großen Schwärze, in die sie immer schneller hineinstürzte, las er in ihren Augen, ein vollkommenes Grauen, das alles hinwegfegte und ihre letzten Sekunden auf dieser Welt zu einem Vorgeschmack der Hölle machte, die möglicherweise auf sie wartete. Herman sog jeden Sekundenbruchteil dieser Furcht in sich auf wie einen köstlichen Wein, selbst dann noch, als der letzte Lebensfunke in ihren Augen schon längst erloschen war. Es war nicht so gut, wie selbst zu töten. Nicht einmal annähernd. Aber es war besser als nichts, und vor allem besser als erwartet.

Herman genoss jeden noch so winzigen Moment des wohligen Schauers, der ihn durchströmte, bevor er sich aus der Hocke erhob und zu Mary Jane Kelly zurücksah. Sie kam gerade in diesem Moment wieder zu sich und stemmte sich benommen auf einen Ellbogen. Ihr Blick flackerte, und er las einen schwachen Abglanz derselben Todesangst in ihren Augen wie den, den er gerade in Nichols' Blick gesehen hatte. Und noch etwas anderes.

Beinahe hätte er laut jubiliert. Er hatte sich doch nicht getäuscht.

»Keine Angst«, sagte er. »Ich will dir nichts tun.« Und warum sollte er?

»Sie … sie hat es verdient«, stammelte Mary Jane Kelly. »Sie hat mich angegriffen, und … und ich musste mich doch wehren!«

»Nein«, sagte Herman. »So war es nicht. Ich habe alles gesehen.«

»Aber sie hat mich …«, begann Kelly schrill, und dann wurden ihre Augen groß, als seine Hand in die Tasche glitt und mit dem Rasiermesser wieder daraus auftauchte, das er noch in derselben Bewegung aufklappte. Herman genoss jeden Lidschlag der Todesangst, die er in ihren Augen las.

»Ich habe alles gesehen, aber ich werde dich nicht verraten, keine Angst«, sagte er. »Aber du warst ein bisschen ungeschickt, das muss ich schon sagen. Soll ich dir zeigen, wie man es richtig macht?« Er ging abermals in die Hocke und beugte sich über Nichols. Fast schon sanft, um die Haut darunter nicht zu verletzen, zerschnitt er ihre Bluse, so dass sie die schon schlaff werdenden Brüste darunter sehen konnten. Dann benutzte er das Messer noch einmal. Kelly begann zu würgen.

»Ich kann dir zeigen, wie man es richtig macht, wenn du es lernen willst«, sagte er. »Du hast gesagt, du hast ein Zimmer? Wohnst du dort allein?«

Mary Jane Kelly nickte, und Herman benutzte das Messer noch einmal, bevor er die Klinge sorgsam an Nichols' Kleid abwischte, das Messer zusammenklappte und einsteckte, auch wenn es wenig Befriedigung brachte, in totes Fleisch zu schneiden. Er stand auf. »Dann gehen wir jetzt dorthin.«

»Sie … sie werden mich verhaften«, stammelte Kelly. Sie begann zu weinen. »Alle wissen, dass wir Streit hatten. Sie werden mich einsperren und aufhängen!«

»Vielleicht«, sagte Herman. »Aber vielleicht auch nicht. Hast du Papier und Bleistift in deinem Zimmer? Ich muss einen Brief schreiben.«

Chicago, Illinois, 1893

Irgendwie war Holmes der Tag zwischen den Fingern zerflossen, ohne dass er sagen konnte, wo all die Stunden eigentlich geblieben waren und was genau er in dieser Zeit getan hatte. Zu einem Gutteil nichts, denn er hatte versucht, wenigstens einige der versäumten Stunden Schlaf nachzuholen, bevor ihm sein Körper endgültig den Gehorsam verweigerte. Es hatte nicht wirklich funktioniert. Nach kaum zwei Stunden – und auch das hatte ihm erst ein Blick auf die Uhr verraten, denn es kam ihm vor, als wären es nur Minuten gewesen – war er in kalten Schweiß gebadet und mit klopfendem Herzen auf seinem zerwühlten Bett aufgewacht, mit dem ihm schon vertrauten schlechten Geschmack im Mund und einem dumpfen Druck hinter den Augen, der noch kein wirklicher Schmerz war, aber durchaus das Potenzial hatte, es zu werden. Und außerdem war sein Kopf voller chaotischer Bilder, die von einem mindestens ebenso chaotischen Albtraum kündeten, den er gottlob vergessen hatte.

Müde war er ins Bad geschlurft und hatte sich seinem Spiegelbild gestellt, um es aufmerksam und mit dem Blick eines Arztes zu betrachten: blass, dunkle Ringe unter den Augen und ein Netz winziger Schweißtröpfchen auf der Stirn, die wächsern glänzte. Sein Schweiß roch schlecht, und seine Hände zitterten leicht. Der üble Geschmack tief in seinem Rachen und das leise Fiebergefühl hätten ihm wohl auch ohne ein Medizinstudium verraten, was er nun schon seit zwei Tagen befürchtete: Er wurde krank oder war es vielleicht schon. Wenn er Glück hatte, war es ja nur eine harmlose Erkältung, wie sie typisch für diese Jahreszeit war, und die genauso schnell wieder verschwand, wie sie sich gemeldet hatte.

Aber vielleicht reagierte er ja auch nur allergisch auf diesen Idioten Geyer. Allein der Klang dieses Namens hatte ausgereicht, ihm auch noch den Rest des Nachmittags zu verhageln.

Ihr gemeinsamer Ausflug hatte so ergebnislos geendet, wie er begonnen hatte – und wie er es Geyer, nebenbei bemerkt, auch prophezeit hatte –, nämlich selbstverständlich ohne das geringste Ergebnis. Geyer gehörte nicht nur zu jenen Detektiven, die prinzipiell niemandem irgendetwas glaubten, sondern auch noch zu jener ganz besonders unangenehmen Unterspezies, für die jede Unschuldsbeteuerung eigentlich nur ein verkapptes Geständnis und jedweder Unschuldsbeweis nur ein ganz besonders raffinierter Trick war. Der Schalterbeamte, dem er sie in der Tonlage eines Polizeiinspektors bei einer Gegenüberstellung vorgeführt hatte, hatte Arlis nicht wiedererkannt, und er konnte sich auch trotz Geyers hartnäckigem Insistieren nicht erinnern, einem Mann eine Fahrkarte verkauft zu haben, auf die Mudgetts Beschreibung gepasst hätte.

Immerhin hatte es einen Lichtblick gegeben: Geyer hatte verkündet, dass er nicht mit ihnen zurück ins Hotel fahren würde, sondern den Rest des Tages anderweitig mit Ermittlungen beschäftigt sei und erst am Abend wieder zu ihnen stieße. Aber Frank Geyer wäre nicht Frank Geyer gewesen, hätte er nicht noch eine Überraschung für Holmes parat gehabt, indem er ihm ganz unverfroren eine ganze Liste von Hausaufgaben mitgegeben hatte, die bis zum Abend zu erledigen seien. Und das in einem Tonfall, der alle zu einem zustimmenden Nicken veranlasste, so dass Holmes es unterlassen hatte, in passender Art dagegen zu protestieren. Jetzt ging die Sonne unter, und Holmes saß noch immer vor seinem überladenen Schreibtisch, der auch sonst keinen wirklich aufgeräumten Anblick bot, nun aber aussah, als wäre eine Bombe darauf explodiert. Arlis hatte recht gehabt, dachte er müde: Er hätte ihre Schwester niemals einfach so aus seinen Diensten entlassen dürfen.

Allerdings hätte vor *diesem* Chaos wohl auch Endres kapituliert.

Den Großteil davon hatte er selbst angerichtet, indem er tief in seinem persönlichen Archiv gegraben und sämtliche Unterlagen rausgesucht hatte, die mit dem Bau des Hotels zu tun hatten. Es waren eine Menge, viele davon großformatige, mehrfach zusammengefaltete oder gerollte Pläne, die ausgebreitet vermutlich gleich mehrfach ausgereicht hätten, um seine gesamte Suite zu tapezieren. Jetzt stritten sie sich unbarmherzig nicht nur um den Platz auf seinem Schreibtisch und dem Großteil des Fußbodens, sondern auch um seine Aufmerksamkeit.

Das meiste davon sagte ihm überhaupt nichts. Holmes war Arzt, Hotelier und Geschäftsmann – in beliebiger Reihenfolge –, aber ganz gewiss kein Bauingenieur oder Statiker. Umso erstaunlicher war, dass er auf etlichen dieser Pläne sogar seine Handschrift wiedererkannte. Und der eine oder andere schien sogar komplett aus seiner Feder zu stammen. Zwar konnte er sich erinnern, dass Stillton und er damals ganze Nächte zusammengesessen und über den Plänen für ein Gebäude gebrütet hatten, das ihrem Ehrgeiz nach zu den beeindruckendsten und modernsten Englewoods gehören sollte, wenn nicht sogar ganz Chicagos. Dennoch konnte er sich partout nicht daran erinnern, auch selbst Hand an die Zeichnungen gelegt zu haben. So etwas *konnte* er gar nicht.

Aber es war eine aufregende Zeit gewesen und anstrengend, eine Zeit, in der er über Wochen und Monate nicht nur für zwei, sondern gleich für drei oder vier gearbeitet und womöglich noch weniger geschlafen hatte als in den letzten Tagen. Stillton, der zwar ein zuverlässiger Handwerker war, aber dennoch ein Mann mit einem simpel gestrickten Verstand, hatte viele seiner Anregungen und Wünsche schlichtweg nicht verstanden, was zu mehr als einer hitzigen Diskussion geführt hatte. Aber am Ende hatte er das Hotel nicht nur sehr zuverlässig, sondern sogar in Rekordzeit errichtet, auch wenn Holmes bei der einen oder anderen Gelegenheit mit sanftem Druck hatte nachhelfen müssen oder auch einem kleinen Bestechungsgeld an der richtigen Stelle. Im Ergebnis war Holmes mit der Leistung der Firma sehr zufrieden gewesen, und es hatte ihm leidgetan, vom Konkurs des Unternehmens und insbesondere dem Tod von Stillton zu hören.

Aber er verstand einfach nicht, welcher Teufel diesen Kerl geritten haben mochte, dieses Monstrum von Tür einzubauen.

Bei einer zweiten Inspektion allein und bei Tageslicht hatte sich die Tür als nicht ganz so monströs herausgestellt wie in der Nacht und seiner ersten Überraschung, aber sie bestand dennoch aus massivem Metall und musste, wenn auch nicht Tonnen, so doch viele hundert Pfund wiegen. Allein sie hier heraufzuschaffen, musste der Kraft etlicher Männer bedurft haben, und Holmes wäre nicht überrascht gewesen zu erfahren, dass selbst die Statik des Hauses eigens angepasst worden war, um dieser enormen Belastung standzuhalten. Er hätte sich sogar noch mit der Erklärung anfreunden können, dass es sich um eine Brandschutztür handelte, die Stillton ohne sein Wissen eingebaut hatte, um irgendeiner überflüssigen Feuerwehrvorschrift Genüge zu tun – aber diese Tür war auf keinem Plan eingezeichnet, und sie führte nirgendwohin. Auch den Raum, den Arlis und er in der vergangenen Nacht untersucht hatten, hatte er im Laufe des Nachmittags noch einmal gründlich inspiziert, mit demselben Ergebnis. Es war zum Verrücktwerden! Holmes liebte Rätsel, aber nur solche, die man auch lösen konnte.

Es begann zu dämmern, und er überlegte, das Licht einzuschalten, stand jedoch stattdessen auf, um seine Jacke anzuziehen und das Zimmer zu verlassen. Er konnte sich immer noch nicht wirklich konzentrieren, und alles, was er erreichen würde, wäre vermutlich, seine Kopfschmerzen zu verschlimmern oder mit dem Gesicht auf einem Stapel Bauzeichnungen einzuschlafen, die er dann möglicherweise auch noch vollsabberte. Beides wäre gleich peinlich, also würde er nach unten gehen und sich um das Tagesgeschäft kümmern. Ganz kurz überlegte er, stattdessen nach oben zu gehen und an Arlis' Zimmertür zu klopfen, entschied sich aber dann dagegen. Etwas sagte ihm, dass sie es als ungebührlich empfinden würde. Außerdem kümmerte er sich jetzt schon seit Tagen praktisch nur noch um Arlis Christen (und Geyer), und sein Hotel führte sich nicht von allein.

Er ging zum Empfang und war nicht einmal erstaunt, diesen verwaist vorzufinden. Gleich am Anfang seiner Karriere als Hotelier hatte er versucht, die Rezeption mit Studenten und anderen jungen Leuten zu besetzen, die billig waren und froh über jede Anstellung sein sollten, die ihnen angeboten wurde. Das stimmte auch, nur leider hatten sie sich auch als höchst unzuverlässig erwiesen, und nachdem er nach etlichen anderen Zwischenfällen einen der Burschen eines Nachts mit seiner Freundin in einem leer stehenden Zimmer erwischt hatte, war er auf die Idee verfallen, es mit dem anderen Ende des Spektrums zu versuchen. Rentner waren deutlich zuverlässiger – und nebenbei sogar noch einmal billiger – und die Gefahr, sie bei solcherlei Aktivitäten zu überraschen, eher gering. Unglückseligerweise neigten sie zum Kränkeln. Und sie starben wie die Fliegen. Holmes hoffte, dass (wie war doch gleich noch sein Name? Matt?) Matt also nur mit einem plötzlichen Anfall von Gicht oder Rheuma zuhause im Bett lag und nicht auch schon wieder gestorben war. Es wurde zunehmend schwieriger, Personal zu finden.

Missmutig schlug er das Gästebuch auf, und seine Laune sank noch weiter, als er feststellte, dass kein einziger neuer Gast eingecheckt, sehr wohl aber das Paar von heute Morgen das Haus verlassen hatte. Er hoffte, dass es nicht an der kleinen Szene am Frühstückstisch lag, war sich zugleich aber sehr wohl darüber im Klaren, dass es vermutlich doch so war. Das Hotel lief wirklich nicht gut. Ohne die Einnahmen aus der Apotheke und den beiden anderen Ladenlokalen hätte er vermutlich bereits schließen müssen, und wenn kein Wunder geschah, dann war es wohl auch bald so weit. Wenn er ehrlich war, dann waren die Weltausstellung und all die Gäste, die sie nach Chicago brachte, seine letzte Hoffnung gewesen, die *Burg* doch noch zu retten. Die Ausstellung war gekommen, aber die Heerscharen von Gästen waren ausgeblieben.

Als Nächstes führte ihn sein Weg in die Küche. Es musste wohl doch schon später sein, als er dachte, denn überall standen Töpfe und Schalen mit Lebensmitteln bereit, die Sylvia schon für das Abendessen im Restaurant bereitgestellt hatte – erwartete sie eine komplette Reisegesellschaft, von der er nichts wusste? Von ihr selbst aber war nichts zu sehen. Auf dem modernen Gasherd stand ein großer Topf mit Wasser, das vollkommen nutzlos vor sich hin kochte, was Holmes für eine schreckliche Verschwendung teurer Energie hielt, für die er schließlich bezahlen musste, und der Gedanke weckte einen Groll in ihm, der ihn im ersten Moment schier zu überwältigen drohte. Im zweiten erschreckte er ihn.

So zu reagieren war gar nicht seine Art. Holmes hielt sich selbst für einen beherrschten Menschen und war es auch. Zwar handelte es sich tatsächlich um einen Fall von Verschwendung, aber letzten Endes auch nur um eine Kleinigkeit, und er wusste trotz allem sehr wohl, was er an Sylvia hatte.

Wieso also reagierte er so gereizt?

Er gab sich die Antwort gleich selbst: weil er übermüdet und krank und nahezu am Ende seiner Kräfte war.

Er entschuldigte sich in Gedanken bei ihr für etwas, das er gar nicht gesagt hatte, ging aber trotzdem zum Herd und drehte das Gas ab, bevor er die Küche verließ und weiter nach ihr suchte.

Er fand sie praktisch auf Anhieb, aber der Anblick ließ ihn nicht nur innehalten, sondern weckte auch die irrationale Wut von gerade erneut und sogar noch stärker, so dass er mitten im Schritt stehen blieb und die Hände so fest zu Fäusten ballte, dass es wehtat.

Sylvia befand sich im Restaurant, das nur zwei Gäste hatte, nämlich Arlis Christen und Frank Geyer, die in schon fast vertrauter Haltung an dem großen Tisch am Fenster saßen (und viel zu nahe beisammen, nach Holmes' Meinung) und mit ihr sprachen. Vielleicht war *sprechen* auch das falsche Wort. Denn

Holmes war zwar zu weit entfernt, um irgendetwas zu verstehen, doch die Gesichter und Körpersprache von Geyer und vor allem Sylvia sprachen Bände. Geyer *unterhielt* sich nicht mit ihr. Er *verhörte* sie.

Jetzt konnte er gar nicht weitergehen. Hätte er es getan, dann hätte er sich womöglich sofort auf Geyer gestürzt, um ihn am Schlafittchen zu packen und stehenden Fußes nach draußen zu expedieren. Zum zweiten Mal fragte er sich, was eigentlich mit ihm los war, auch wenn sich sein schlechtes Gewissen jetzt in Grenzen hielt. Es ging um Geyer, und er wollte ihm wehtun. Wirklich und ernsthaft weh.

Sylvia musste sein Starren gespürt haben, oder er hatte doch ein verräterisches Geräusch gemacht, denn sie versteifte sich plötzlich und fuhr dann mit einem Ruck zu ihm herum. Ihr Gesicht war ein einziger Ausdruck schlechten Gewissens. Was um alles in der Welt hatte sie Geyer erzählt?

Auch Arlis und der Detektiv drehten sich auf ihren Stühlen herum, und ihre Reaktionen waren bemerkenswert. Geyer betrachtete ihn kühl, was ihn nicht wirklich überraschte, denn er hatte schon lange begriffen, wie beherrscht und berechnend dieser Mann unter seiner aufgesetzten Jovialität in Wahrheit war (und wie gefährlich), und in seinen Augen war ein schwacher Ausdruck von Zufriedenheit, der Holmes ganz und gar nicht gefiel. Arlis hingegen …

Er erkannte auch in ihrem Blick etwas, das ihm noch weniger gefiel. Auf eine andere Art wirkte sie fast genauso erschrocken wie Sylvia.

Noch einmal: Was hatte sie ihnen erzählt?

Er würde sie fragen, und Gnade ihr Gott, wenn er mit ihren Antworten nicht zufrieden war.

»Doktor Holmes«, begrüßte ihn Geyer. Holmes bemerkte überhaupt erst jetzt, dass in seiner Hand schon wieder eine Zigarre qualmte, mit der er die Luft im Restaurant verpestete. Arlis schien es nicht zu stören. Er antwortete mit einem wortlosen und kaum angedeuteten Nicken.

»Gerade wollte ich Ihre reizende Assistentin bitten, nach

oben zu gehen und Sie zu holen. Wir haben ein paar Dinge zu besprechen.«

»Meine *reizende Assistentin* sollte jetzt eigentlich in der Küche sein und das Abendessen vorbereiten«, sagte Holmes, während sein Blick Geyers Gesicht losließ und sich auf Sylvia richtete. »Ich habe mir die Freiheit genommen, den Herd abzudrehen, Sylvia. Wollten Sie das ganze Hotel niederbrennen?«

Sylvia wurde plötzlich so blass, als wäre ein unsichtbarer Radiergummi über ihr Gesicht gefahren und hätte jegliche Farbe ausgelöscht. »Aber ich nur wollen …«, begann sie.

»Es war meine Schuld«, mischte sich Arlis ein. »Wenn Sie jemanden zurechtweisen wollen, dann mich, Doktor Holmes. Ich habe sie aufgehalten.«

Sie log, und sie gab sich nicht einmal Mühe, es überzeugend zu tun. Holmes sah sie nur wortlos an, dann wieder Sylvia.

»Ich habe Sylvia nach einem Rezept gefragt, und Sie wissen ja, wie wir Frauen sind, wenn wir einmal ins Schwatzen kommen.«

»Nein«, sagte Holmes kühl. »Das weiß ich nicht.«

»Seien Sie froh«, erwiderte Arlis schmunzelnd. Sie stand auf. »Und ich will Sie auch gar nicht weiter mit Weibergeschwätz langweilen. Nicht, dass ich am Ende noch den guten Eindruck ruiniere, den ich hoffentlich bei Ihnen hinterlassen habe.« Sie ging um den Tisch herum und hakte sich bei Sylvia unter, als wären sie die besten alten Freundinnen. »Kommen Sie, meine Liebe. Lassen wir die Männer mit ihren ach so wichtigen Geschäften allein, und Sie verraten mir endlich das Rezept für diesen köstlichen Mandelkuchen, den Sie uns heute Morgen kredenzt haben.«

Sylvia sah sehr unglücklich aus, und wenn Holmes eines wusste, dann dass sie nicht backen konnte, so talentiert sie als Köchin auch war. Aber Arlis gab ihr auch gar keine Gelegenheit zu protestieren, sondern zerrte sie schon fast gewaltsam nach draußen.

Holmes sah ihr mit gemischten Gefühlen nach. Einerseits

war er beinahe erleichtert, dass Arlis gegangen war, denn es wurde Zeit, dass er allein mit Geyer sprach und ihm unmissverständlich klarmachte, dass seine Anwesenheit hier nicht länger erwünscht war. Aber er fühlte sich auch hilflos, und sosehr er sich dagegen zu wehren versuchte, auch ein wenig zornig auf Arlis.

»Mr Geyer, wir müssen …«

»… unter vier Augen miteinander reden«, fiel ihm Geyer ins Wort und deutete zugleich auf einen freien Stuhl am Tisch. Holmes rührte sich nicht. »Insofern trifft es sich ganz gut, dass Miss Christen nicht dabei ist. Sie sollten sich setzen, Doktor Holmes. Glauben Sie mir, Sie möchten nicht, dass Miss Christen erfährt, was ich Ihnen zu sagen habe.«

Holmes nahm widerwillig Platz. »Ist etwas mit ihrer Schwester?«, fragte er. »Oder Mudgett?«

»Nein«, antwortete Geyer. »Das heißt: Ich weiß noch nichts Neues. Darüber wollte ich auch nicht mit Ihnen reden.«

»Sondern?«

»Über Sie, Doktor Holmes«, antwortete Geyer. »Es gibt da ein paar Fragen, die ich Ihnen stellen muss. Wir können es natürlich auch in Miss Christens Anwesenheit tun, wenn es Ihnen wirklich nichts ausmacht. Ich wage es aber zu bezweifeln.«

»Halten Sie das für klug, Mr Geyer«, fragte Holmes, »mich in meinem eigenen Haus zu bedrohen?«

»Ich bedrohe Sie nicht, Doktor Holmes«, sagte Geyer. »Ich stelle nur Fragen. Ihnen und anderen.« Er wedelte mit seiner Zigarre, als Holmes antworten wollte. »Lassen Sie mich vorher eines klarstellen. Ich bin ein sehr erfolgreicher Detektiv. Ich löse die allermeisten meiner Fälle. Nicht alle, aber doch eine ansehnliche Zahl. Ich glaube, dass es auch daran liegt, dass ich anders arbeite als die meisten meiner Kollegen.«

»Sie schleichen sich in die Häuser unbescholtener Menschen und beleidigen und bedrohen sie so lange, bis sie alles zugeben, nur um ihre Ruhe zu haben?«

Geyer ignorierte die Provokation. »Ich halte nichts von

versteckten Ermittlungen und Geheimniskrämerei, Doktor Holmes«, sagte er. »Wenn ich etwas herausfinde oder mir etwas auffällt, dann konfrontiere ich den Betreffenden damit und warte auf seine Reaktion. Ich ziehe es vor, mit offenen Karten zu spielen.«

»Wie nobel«, sagte Holmes. »Und womit wollen Sie mich konfrontieren?« Er ertappte sich bei einem Gedanken, der ihn bis ins Mark erschreckte: Vor dem als backenbärtiger Weihnachtsmann verkleideten Detektiv lag ein auf Hochglanz poliertes Essbesteck, und er fand die Idee immer verlockender, die Gabel zu nehmen und sie tief in Geyers Auge zu stechen, damit das überhebliche Funkeln darin für alle Zeiten erlosch.

Geyer legte seine Zigarre in den Aschenbecher und zog sein Notizbuch aus der Jacke, um es vorsichtig auf den Tisch zu legen. Er klappte es nicht auf. »Es lag nicht einmal in meiner Absicht, aber wenn man über Doktor Herman Mudgett recherchiert, dann kommt man nicht umhin, auch das eine oder andere über Sie zu erfahren, Doktor Holmes.«

»Ich habe bereits gesagt, dass wir Freunde sind«, sagte Holmes. »Ist das vielleicht ein Verbrechen?« Zugleich fragte er sich immer nachdrücklicher, warum er überhaupt mit diesem Kerl sprach. Was fiel ihm ein, ihn in seinem eigenen Haus zu verhören?

»Keineswegs. Und ich verstehe auch, dass Sie Ihren Freund schützen wollen.« Geyers Zeigefinger stieß auf das Notizbuch herab, wie um anzudeuten, wie viele Geheimnisse sich darin verbargen, die nur darauf warteten, dass es aufgeklappt wurde, um sie preiszugeben. »Sie haben dieses Hotel mit der Prämie aus einer Lebensversicherung bezahlt, deren Begünstigter Sie waren?«

»Sie sind hier der Versicherungsdetektiv«, erwiderte Holmes. »Sagen Sie es mir.«

»Gänzlich unbeleckt in Versicherungsdingen sind Sie auch nicht«, stellte Geyer fest. »Hatten Sie nicht einen Onkel, der auch in der Versicherungsbranche tätig war?« Sein Zeigefinger rammte erneut das Notizbuch. »Denselben Onkel, dessen Versicherungssumme Sie nach seinem unerwarteten Ableben eingestrichen haben?«

»Ich war der Begünstigte, das ist richtig. Aber ich habe ihn kaum gekannt.«

»Und trotzdem hat er Sie in seine Police eintragen lassen?«

»Er hatte wohl keine anderen Verwandten mehr«, antwortete Holmes. »Unsere Familie ist nicht mehr sehr groß. Ich fürchte beinahe, sie wird mit mir aussterben.« Seine Stimme wurde um gleich mehrere Nuancen kühler. »Sie haben über mich recherchiert, Mr Geyer?«

»Es gab ein paar Ungereimtheiten bei der Abwicklung der Versicherung«, fuhr Geyer unbeeindruckt fort. »Aus diesem Grund hat es auch ungewöhnlich lange gedauert, bis die Summe schließlich an Sie ausbezahlt worden ist.«

»Aber am Ende haben sie bezahlt«, sagte Holmes. »Ich muss doch nicht ausgerechnet Ihnen sagen, dass eine Versicherung nur dann bezahlt, wenn sie wirklich keine andere Wahl mehr hat, oder?« Hörte der Kerl ihm überhaupt zu, oder hatte er diese Rede vor dem Spiegel eingeübt und spulte sie nun herunter, ganz egal, was er auch sagte oder tat? Obwohl …

Holmes betrachtete die Gabel, die nur ein Stück neben dem Aschenbecher mit Geyers qualmender Zigarre lag. Etwas gab es ja vielleicht doch, um ihn zum Schweigen zu bringen.

»Infolgedessen sind Sie auch mit Ihren Zahlungen gegenüber Mr Stillton in Verzug geraten, was letztendlich zum Bankrott seiner Firma geführt hat.«

»Und damit zu Stilltons Selbstmord?« Holmes war empört. »Ist es das, was Sie damit sagen wollten, Mr Geyer?«

»Es ist mir gelungen, Mr Stilltons Witwe ausfindig zu machen und mit ihr zu reden«, antwortete Geyer. »Sie gibt Ihnen nicht unmittelbar die Schuld am Niedergang der Firma, und damit dem Tod ihres Mannes, der daraus resultierte. So, wie es den Anschein hat, hat ihr Mann wohl nicht viel mit ihr über seine Geschäfte geredet. Aber ist es nicht so, dass Sie Stillton mit einer Flut von Schadenersatz- und Regressansprüchen überzogen haben, kaum dass sich der Bau dieses Hauses seiner Vollendung näherte?«

»Zeigen Sie mir ein einziges Bauvorhaben in dieser Größe, bei dem es keine Probleme gibt.«

»Und auch Ihr übriges Finanzgebaren ist bemerkenswert«, sagte Geyer ungerührt. »Haben Sie überhaupt schon einmal eine Rechnung bezahlt, ohne dass man Sie mit einem Gerichtsbeschluss dazu gezwungen hätte?«

»Was für ein Humbug«, sagte Holmes, »und selbst wenn es so wäre, was geht Sie das an? Werden Sie dafür bezahlt, mein Geschäftsgebaren zu durchleuchten oder Miss Christens Schwester zu suchen?«

»Wussten Sie, dass es schon mehrere offizielle Ermittlungsverfahren gegen Sie gab, Doktor Holmes? Bisher weiß ich von dreien, aber ich habe ja auch gerade erst angefangen zu ermitteln, und ich habe das Gefühl, dass es noch mehr sein könnten.«

»Jetzt reden Sie wirklich Unsinn«, schnaubte Holmes. »Davon wüsste ich doch etwas, meinen Sie nicht?«

»Vielleicht wissen Sie es ja«, erwiderte Geyer. Seine Finger strichen über den abgegriffenen Einband des Notizbuchs. »Vielleicht auch nicht. Da ist aber noch so etwas, was ich sonderbar finde. Alle Ermittlungsverfahren wurden eingestellt, entweder, weil die Anzeigen plötzlich zurückgezogen wurden, oder, weil sich die Zeugen nicht mehr erinnerten, oder sie sind gestorben oder spurlos verschwunden.«

Holmes starrte ihn an. Er musste *ihn* anstarren statt die Gabel, um dann vielleicht etwas sehr Dummes zu tun. »Tja, wie es den Anschein hat, haben Sie mich erwischt«, sagte er. »Dieses Hotel hier und alles andere sind nur Tarnung. In Wahrheit bin ich ein verrückter Massenmörder, der seine Opfer im Keller stapelt. Dorthin führt auch die Geheimtür oben im ersten Stock.« Er stand mit einer so heftigen Bewegung auf, dass der Tisch zitterte, und seine Stimme war jetzt nur noch einen Deut davon entfernt, zu schreien.

»Ich glaube, Sie gehen jetzt besser, Mr Geyer. Bevor ich die

Polizei rufe und Sie hinauswerfen lasse. Sie können sich ja bei den Beamten über mich beschweren oder von diesen angeblichen Ermittlungen gegen mich berichten.«

Geyer zeigte sich unbeeindruckt, aber das überraschte Holmes nicht. »Sehen Sie, Doktor Holmes, das habe ich gemeint, als ich gesagt habe, dass ich auf eine Reaktion warte.«

»Gehen Sie!«, sagte Holmes. »Sofort!«

»Wenn Sie tatsächlich mit alledem nichts zu tun haben«, fuhr Geyer fort, ohne sich zu rühren oder gar aufzustehen, »dann sollten Sie vielleicht überlegen, wer daran interessiert sein könnte, Sie in ein schlechtes Licht zu rücken. Oder gar als Sündenbock aufzubauen. Und vielleicht auch, wer genug über Sie weiß und nahe genug an Sie herankommt, um so etwas überhaupt zu bewerkstelligen.«

Holmes wollte das nicht hören. »Sie sollten gehen«, sagte er noch einmal. »Ich meine es ernst. Gehen Sie, oder ich rufe die Polizei und lasse Sie verhaften.«

Geyer sah ihn noch einen Moment lang mit undeutbarem Blick an und nahm dann Notizbuch und Zigarre wieder an sich, bevor er umständlich aufstand. »Ich bedauere Ihre Reaktion, aber sie überrascht mich auch nicht. Tatsächlich erlebe ich so etwas oft. Ich schlage vor, dass ich jetzt gehe und Sie sich erst einmal beruhigen, und danach versuchen Sie in aller Ruhe über das nachzudenken, was ich Ihnen gerade gesagt habe. Wenn ich mich irre, dann bin ich der Erste, der sich bei Ihnen entschuldigt.«

»Das ist jetzt das allerletzte Mal, dass ich Sie zum Gehen auffordere«, sagte Holmes. »Ich gehe jetzt zur Tür. Entweder zusammen mit Ihnen oder um nach einem Polizisten zu suchen.«

»Denken Sie über das nach, was ich gesagt habe«, sagte Geyer, während er um den Tisch herumkam. »Ich komme dann morgen wieder.«

»Kaum«, sagte Holmes. In zwei Schritten Abstand folgte er Geyer bis zum Ausgang und verzichtete nicht nur auf eine Verabschiedung, sondern begleitete ihn auch noch zwei Schritte weit auf die Straße hinaus und blieb mit finsterem Gesicht stehen, bis er gegangen und außer Sicht war. Seine äußerliche Ruhe täuschte. Er war so aufgewühlt und zornig, dass er noch mindestens vier oder fünf Minuten länger draußen stehen blieb und ins Leere starrte, denn ganz egal, wem er drinnen jetzt begegnet wäre, es hätte vermutlich in einer Katastrophe geendet. Er wartete, bis seine Hände aufhörten zu zittern und sich sein rasender Herzschlag wenigstens so weit beruhigt hatte, dass man das Pochen der Zornesadern an seinen Schläfen nicht mehr sah. Was fiel diesem verdammten Kerl ein, ihm solche Ungeheuerlichkeiten an den Kopf zu werfen?

Er ging ins Restaurant zurück, und der Zorn, den er gerade noch so mühsam eingesperrt hatte, wollte schon wieder aufflackern, als er den Tisch sah, an dem sie gerade noch gesessen und den Sylvia selbstverständlich noch nicht abgeräumt hatte. Dabei hatte er ihr immer und immer wieder eingeschärft, dass es keinen weniger einladenden Anblick gab als einen Tisch voller benutztem Geschirr, weshalb jeder Tisch sofort und ganz egal was auch geschah, gleich abzuräumen war, sobald die Gäste aufgestanden waren. Wahrscheinlich war es gut, dass Sylvia selbst in diesem Moment nicht hier war, sonst hätte er möglicherweise etwas gesagt, das ihm hinterher leidtat.

Holmes blieb weitere zwei oder drei Minuten stehen, um sich zu beruhigen; immerhin weit genug, bis ihm sein Verstand sagte, dass ein geharnischter Verweis auch ausreichte. Schließlich wusste er, was er an Sylvia hatte, und dass er es sich gar nicht leisten konnte, sie zu verlieren. Unglückseligerweise wusste Sylvia das auch, und das war auch nicht unbedingt dazu angetan, seine Laune zu verbessern.

Fast gegen seinen Willen ging er in die Küche und hatte ein unangenehmes Déjà-vu, als er unbemerkt eintrat und Arlis und Sylvia in ein Gespräch vertieft vorfand. Er konnte auch jetzt nichts verstehen, doch allein Sylvias angespannte Körperhaltung und ihr Gesichtsausdruck machten ihm klar, dass sie nicht über das Rezept von Mandelkuchen sprachen.

»Der Tisch muss abgeräumt werden«, sagte er barsch.

Sylvia schien etwas sagen zu wollen, senkte aber dann nur den Blick und stürmte an ihm vorbei, während Arlis einen Moment lang fast bestürzt aussah. Aber sie verlor kein Wort darüber, sondern fragte stattdessen: »Ist Mr Geyer schon gegangen?«

»Ja«, antwortete Holmes knapp. Arlis' Blick wurde noch fragender, so dass er hinzufügte: »Ich habe ihn rausgeworfen.«

»Rausgeworfen?«, wiederholte Arlis.

»Weil ich ihn sonst vermutlich niedergeschlagen hätte.«

»Warum?«

»Weil er ein Dummkopf ist und der unhöflichste und unverschämteste Mensch, den ich jemals kennengelernt habe.«

»Aha«, sagte Arlis. »Und wie kommen Sie zu der Überzeugung?«

Holmes zögerte zwar, aber schließlich wiederholte er, was Geyer ihm gerade gesagt hatte, wenn auch in leicht abgeschwächter Form. Arlis würde es sowieso hören, und es war ihm lieber, wenn sie es von ihm hörte statt von diesem Kretin. Die Sache mit den Ermittlungsverfahren, die es angeblich gegen ihn gegeben haben sollte, ließ er weg.

»Das sind wirklich haarsträubende Vorwürfe«, sagte Arlis, als er zu Ende erzählt hatte. »Aber Sie hätten Ihre schlechte Laune trotzdem nicht an Sylvia auslassen sollen. Sie kann nun wirklich nichts dafür.«

Außer, dass sie ihm ganz offensichtlich etwas verheimlichte und hinter seinem Rücken tuschelte. »Sie haben recht«, sagte er. »Das war dumm von mir. Und ungerecht. Ich werde mich bei ihr entschuldigen.«

»Das sollten Sie«, sagte Arlis, »und zwar am besten gleich. Und danach gehen wir beide hinauf in Ihr Zimmer.«

»Wozu?«, fragte Holmes verdutzt.

Arlis bedachte ihn mit einem Blick, bei dem er schon wieder rote Ohren bekam. »Nun, zuallererst einmal, um gemeinsam über Frank Geyer herzuziehen. Und danach reden wir über das, was er Ihnen vorgeworfen hat.«

»Ich versichere Ihnen, dass ...«

»… an alledem nichts dran ist«, fiel ihm Arlis sanft ins Wort. »Das will ich Ihnen gerne glauben. Aber an etwas anderem, was er gesagt hat, ist vielleicht doch etwas dran. Sehen wir uns Ihre Unterlagen gemeinsam an, vor allem die Baupläne und Zeichnungen und alle Rechnungen und den gesamten Schriftverkehr mit Mr Stillton. Möglicherweise überzeugen wir Frank Geyer ja davon, dass alles ein wenig anders war, als er so messerscharf schlussfolgert.«

»Verstehen Sie denn etwas davon?«

»Vom Lesen?« Arlis sah ihn treuherzig an. »Ich habe es einmal gelernt.«

»Von Bauplänen und Buchführung.«

»Nicht das Geringste«, gestand Arlis rundheraus. »Aber, wie gesagt, bin ich des Lesens mächtig, und man sagt mir zumindest nach, ich hätte ein Händchen für Papierkram, genau wie meine Schwester. Und vier Augen sehen ja bekanntlich mehr als zwei.«

Holmes zögerte zwar noch einen Moment, aber dann nickte er, und Arlis machte eine auffordernde Geste. »Gut. Jetzt gehen Sie und entschuldigen sich bei der armen Sylvia. Ich warte oben in Ihrer Suite auf Sie.«

Chicago, Illinois, 1893

Dass Geyer gegangen war, hatte nichts mit Holmes' kindischer Drohung zu tun gehabt, und er machte sich auch nicht auf den Rückweg in die Stadt. Jedenfalls noch nicht gleich, denn er hatte hier in Englewood noch etwas zu erledigen. Als er ganz sicher war, von Holmes nicht mehr gesehen zu werden, bog er bei der ersten Gelegenheit ab, ging forschen Schrittes einmal um den Block herum und machte sich dann auf den Weg in die entgegengesetzte Richtung. Er hatte einen Fußmarsch von einer guten halben Stunde vor sich, wenn er den Stadtplan richtig gelesen hatte und sein Ziel auf Anhieb fand (und die Adresse korrekt war). Zeit genug also, um über sein Gespräch mit Holmes und vor allem dessen Reaktion nachzudenken.

Zu einem endgültigen Schluss war er noch nicht gekommen. Natürlich hatte er nicht ganz die Wahrheit gesagt. Er würde den Teufel tun und jedem alles sagen, was er über ihn herausgefunden hatte, aber Tatsache war, dass er einfach die Erfahrung gemacht hatte, dass es oft am ergiebigsten war, kräftig auf den Busch zu klopfen, statt im Geheimen zu forschen und ein Puzzleteil nach dem anderen zusammenzusetzen. Holmes' überaus heftige Reaktion hatte ihn nicht überrascht. Schon weil er weit Schlimmeres erlebt hatte, bis hin zu einer Situation, in der der Beschuldigte (der sich später als vollkommen Unschuldiger herausgestellt hatte) mit den Fäusten auf ihn losgegangen war. Er war auch längst nicht davon überzeugt, dass Holmes wirklich etwas mit Endres Christens Verschwinden oder gar Mudgetts zumindest zwielichtigem Part in dieser ganzen Geschichte zu tun hatte. Aber je mehr er in der Vergangenheit von Doktor Henry Howard Holmes grub, desto sonderbarer kam er ihm vor. Diesen Mann umgab ein Geheimnis, und er würde herausfinden, ob es harmloser oder düsterer Natur war.

Das war das Problem an seinem Beruf, dachte Geyer ein bisschen wehmütig: Manchmal musste man Menschen weh- oder auch Unrecht tun, und manchmal auch solchen, die einem eigentlich sympathisch waren.

Nicht, dass Letzteres auf Holmes zugetroffen hätte.

In solcherlei Überlegungen versunken, bemerkte er zunächst nicht, wie sich seine Umgebung allmählich zu verändern begann. Die Häuser wurden kleiner und vor allem schlichter und ein wenig schmuddeliger; und dasselbe galt auch für die Menschen, denen er begegnete. Dies war noch nicht wirklich eine Arme-Leute-Gegend, aber sie hatte die Tendenz dazu, und Geyer lebte nun schon lange genug in dieser Stadt, um zu erkennen, in welche Richtung sich die Waagschale unbarmherzig weiter neigte. Dann und wann warf ihm einer der anderen Passanten einen neugierigen Blick zu. Fremde verirrten sich offenbar nicht besonders oft in dieses Viertel.

Geyer musste mehrmals stehen bleiben, um sein Notizbuch zurate zu ziehen, und da sich Straßenschilder in diesem Viertel nicht unbedingt großer Beliebtheit erfreuten, auch mehrmals nach dem Weg fragen. Mindestens einmal wurde er in die falsche Richtung geschickt (absichtlich, da war er sich ziemlich sicher) und musste eine gute halbe Meile den Weg wieder zurückgehen, so dass er am Ende deutlich länger als die veranschlagte halbe Stunde brauchte und es längst vollends dunkel geworden war, als er sein Ziel erreichte. Es überraschte ihn ein wenig, auf angenehme Art. Es war ein schmuckes, wenn auch recht kleines Haus, das hinter einem gepflegten Vorgarten und einem weiß gestrichenen, hüfthohen Lattenzaun lag. Hinter einem der Fenster brannte Licht: der warme Schein einer Petroleumlampe, nicht das kalte elektrische Licht, das die Stadt immer schneller eroberte und an das er sich weder gewöhnen konnte noch wollte. Als er das Gartentor öffnete und sich der Tür näherte, wehte ihm der Duft von frisch aufgebrühtem Kaffee entgegen. Er meinte, ein Kinderlachen zu hören, war aber nicht sicher, ob seine Fantasie es nicht erfunden hatte, weil es so gut zu diesem pittoresken Gebäude passte. Das ganze Haus, gerade in diesem schwachen Licht, hatte etwas ebenso Friedfertiges wie Anheimelndes. Vor der Tür blieb er noch einmal stehen, sah prüfend an sich herab und fuhr sich glättend mit beiden Händen über die Kleider. Dieses Haus schien ihm eines von jener Art zu sein, bei denen man einen guten Eindruck machen sollte, um eingelassen zu werden.

Er zog sein Notizbuch aus der Jacke und presste es in der abgeknickten Hand gegen die Brust, wodurch er ein wenig wie ein Bibelverkäufer aus dem Mittleren Westen aussah, und genau das wollte er auch.

Da es keine Glocke gab – was er bei einem Haus in dieser Gegend auch nicht erwartet hatte –, klopfte er an, und bevor er es ein zweites Mal tun konnte, näherten sich von drinnen leise und sehr schnelle Schritte, so dass ihm gerade noch Zeit blieb, den höflichen Schritt von der Tür zurückzutun, bevor sie auch schon geöffnet wurde und er in ein freundliches Gesicht blickte, von dem er nicht recht entscheiden konnte, ob es noch einem Kind oder schon einer sehr jungen Frau gehörte.

»Mrs Vandermeer?«, fragte er. »Angela Vandermeer?«

»Edith Vandermeer«, erwiderte die junge Frau. »Angela Vandermeer war meine Mutter.«

»Ist sie zu sprechen?«, fragte Geyer und begriff seinen Fauxpas einen Sekundenbruchteil zu spät. »Sie *war* Ihre Mutter?«

»Sie ist gestorben, vor vier Monaten.«

»Oh«, sagte Geyer. »Das tut mir leid, ich wollte nicht …«

»Das haben Sie auch nicht«, half ihm Vandermeer aus der unangenehmen Situation; oder versuchte es wenigstens.

Sie ließ die Hand auf dem Türknauf liegen, trat aber zwei Schritte zurück und machte eine einladende Geste mit dem anderen Arm. »Aber wenn Sie ein Freund meiner Mutter waren, dann sind Sie in Ihrem Haus willkommen. Treten Sie doch ein. Vielleicht kann ich Ihnen ja weiterhelfen.«

Er war einigermaßen perplex. »Sie sollten vielleicht nicht ganz so vertrauensselig sein, Miss Vandermeer«, sagte er. »Lassen Sie Fremde immer so leicht in Ihr Haus?« Allerdings hinderte ihn das nicht daran, ihrer Aufforderung Folge zu leisten und einzutreten.

Vandermeer wartete nicht nur mit der Hand auf dem Knauf, bis er an ihr vorbeigegangen war, sondern schloss die Tür auch hinter ihm, bevor sie antwortete. »Aber Sie sind kein Fremder für mich, Mr Geyer.«

Jetzt war er wirklich überrascht und drehte sich beinahe schon erschrocken zu ihr um. »Kennen wir uns?«

»Ich erinnere mich noch gut an Sie«, antwortete die junge Frau. »Sie sind Frank Geyer von der Versicherung. Habe ich recht?«

»Ja, aber ich …«

»… erinnern Sie sich nicht an mich?«, fiel sie ihm ins Wort. »Das kann ich verstehen. Ich nehme an, dass Sie ständig neue Menschen kennenlernen und neue Gesichter sehen. Da kann man sich unmöglich alle merken.«

Aber das sollte er. Es war sein größtes Kapital, so gut wie nie etwas zu vergessen. Und Gesichter schon gar nicht.

»Und außerdem«, fügte Vandermeer hinzu, indem sie die flache Hand auf Höhe ihres Oberschenkels ausgestreckt hielt, »war ich damals erst so groß. Wir haben uns kennengelernt, als Sie meine Mutter damals aufgesucht haben. Nach Vaters Tod.«

Geyer kramte angestrengt in seinem Gedächtnis, und endlich besann er sich. Es war etliche Jahre her, aber wenn er diese Jahre von ihrem Gesicht abzog und berücksichtigte, dass sich Menschen in diesem Alter wohl am schnellsten und umfassendsten veränderten …

»Edith Vandermeer«, sagte er. »Natürlich. Bitte verzeihen Sie.«

»Da gibt es nichts zu verzeihen«, antwortete sie lächelnd. »Ich war damals noch ein Kind, das andauernd reingelaufen kam und furchtbar neugierig und aufdringlich war und Sie bei Ihren wichtigen Geschäften gestört hat.«

Ganz genau so war es gewesen. Geyer erinnerte sich jetzt, obwohl er immer noch Schwierigkeiten damit hatte, das Gesicht dieser hübschen jungen Frau mit der sommersprossigen Göre in Einklang zu bringen, die sie damals gewesen war.

»Sind Sie auch jetzt wieder in einer Versicherungsangelegenheit hier?«, fragte sie. »Aber ich bin eine unmögliche Gastgeberin, bitte verzeihen Sie. Nehmen Sie doch Platz. Möchten Sie etwas trinken? Einen Kaffee oder vielleicht etwas Stärkeres?«

»Ich kann nicht lange bleiben«, sagte Geyer und sah sich unauffällig um. Das Zimmer war größer, als er beim Anblick des Hauses erwartet hatte, aber das lag möglicherweise daran, dass es nahezu das gesamte untere Stockwerk beanspruchte, und schlicht, aber geschmackvoll eingerichtet. Er steckte das Notizbuch ein und ging zu dem liebevoll gedeckten Tisch, um sich zu setzen. Augenscheinlich erwartete sie Besuch. »Mein Besuch hat nur indirekt mit Ihnen oder Ihrer Mutter zu tun. Aber ich hoffe, dass Sie mir trotzdem weiterhelfen können, Miss Vandermeer.«

»Edith.«

»Edith. Sie erinnern sich, dass ich damals bei Ihnen war, um mit Ihrer Mutter über den bedauerlichen Unfalltod Ihres Vaters zu sprechen.«

»Die Versicherung hat Sie geschickt, weil sie wohl gehofft haben, dass Sie irgendetwas herausfinden, was ihnen einen Vorwand gibt, die fällige Versicherungssumme nicht auszahlen zu müssen«, sagte Vandermeer, und jetzt erinnerte er sich endgültig. »Ich wiederhole nur, was meine Mutter damals gesagt hat.«

»Hat sie das?«

»Und noch eine Menge mehr«, versicherte Edith. »Aber das möchte ich lieber nicht wiederholen. Und ich habe es eigentlich auch nicht so wirklich geglaubt.«

Das war noch einer von wenigen echten Nachteilen seines

Berufes. Eigentlich mochte ihn niemand. »Ich erinnere mich, dass mich die Gesellschaft damals beauftragt hat, Ihrer Mutter ein paar Fragen bezüglich der Lebensversicherung Ihres Vaters zu stellen.«

»Weil die Police gerade einmal ein knappes halbes Jahr alt war, bevor mein Vater einen tödlichen Unfall hatte«, sagte Vandermeer. Sie nickte. »Ich verstehe. Aber Sie haben doch alles genau untersucht, und es gab nichts auszusetzen.«

»Nichts an der Versicherung oder an den Umständen, unter denen Ihr Vater ums Leben gekommen ist«, bestätigte Geyer. »Deshalb bin ich nicht hier.«

»Und warum *sind* Sie hier, Mr Geyer?«

»Ich recherchiere in einem anderen Fall, und ich hatte gehofft, dass Ihre Mutter mir ein paar Fragen beantworten kann. Erinnern Sie sich, ob sie und Ihr Vater manchmal über seine Arbeit gesprochen haben?«

»Niemals«, antwortete Vandermeer. Sie klang immer noch misstrauisch, aber auch ein bisschen verächtlich. »Sie hat sich nicht für das interessiert, was er getan hat. Nur für das Geld, das er nach Hause brachte.« Sie zog eine Grimasse. »Auch wenn es ihr niemals genug war.«

»Das tut mir aufrichtig leid«, sagte Geyer, und er meinte es auch so.

»Aber mein Vater hat mit mir gesprochen. Er hat mir fast jeden Abend erzählt, was er am Tag getan hat. Ich habe ihm immer gerne zugehört.«

Geyer hatte schon dazu angesetzt, sich zu erheben, aber nun ließ er sich wieder zurücksinken. »Ich glaube, ich könnte jetzt doch auf Ihr Angebot zurückkommen, Edith«, sagte er. »Eine Tasse Kaffee wäre wirklich wunderbar.«

Vandermeer sah ihn etliche Sekunden lang und auf sehr sonderbare Weise an, und auch das Misstrauen verschwand keineswegs aus ihrem Blick, sondern schien sogar noch zuzunehmen. Hatte er etwas Falsches gesagt? Schließlich aber stand sie auf, verschwand durch eine von nur zwei weiteren Türen, die es hier unten gab, und kam schon nach einem kurzen Moment mit einem Tablett mit zwei Tassen und einer dampfenden Kanne zurück. Er hatte sich nicht getäuscht, in zweierlei Hinsicht. Der Kaffee war frisch aufgebrüht, und sie erwartete wohl tatsächlich Besuch. Geyer überlegte flüchtig, wie alt das Mädchen sein mochte; kaum älter als fünfzehn oder sechzehn. Er wusste auch, dass sie keine Geschwister hatte und nach dem Tod ihrer Mutter nun auch Vollwaise war. Lebte sie hier etwa allein?

Edith goss zwei Tassen ein, und Geyer rief sich in Erinnerung, dass ihn das nun wirklich nichts anging und er auch aus einem anderen Grund hier war. Einem sehr viel wichtigeren Grund.

»Ihr Vater war Schmied, nicht wahr?«, begann er, nachdem er einen Schluck des brühheißen Getränks genommen hatte und anerkennend das Gesicht verzog. Wenigstens hoffte er, dass es so wirkte. So köstlich der Kaffee duftete, so scheußlich schmeckte er.

»Er hat das Schmiedehandwerk gelernt, aber er hat alles gemacht, was irgendwie mit Metall zu tun hatte«, antwortete sie. »Ich kannte ihn gar nicht ohne schmutzige oder verbrannte Hände. Suchen Sie einen Schlosser, Mr Geyer?«

»Sie kennen das große Hotel am Ortseingang?«

»Die Burg?« Vandermeer nickte. »Jedermann kennt es. Ich habe mich immer gefragt, wer so verrückt ist, hier in Englewood ein solches Hotel zu bauen. Es muss mehr Zimmer haben als Englewood Einwohner.«

»Ihr Vater war damals einer der Handwerker, die daran mitgewirkt haben?«

»Und er war sehr stolz darauf.«

»Ja, das glaube ich gerne«, sagte Geyer, während er sich überwand und einen weiteren Schluck Kaffee trank. »Wissen Sie, was genau er dort gemacht hat?«

»Gemacht?« Sie runzelte die Stirn. »Was man auf einer Baustelle eben so macht, nehme ich an. Er hat Rohre verlegt und all das. Warum fragen Sie?«

»Hat er irgendetwas von einer Tür erzählt? Einer besonderen Tür, meine ich?«

»Eine Tür? Er war kein Schreiner.«

»Einer Tür aus Metall.«

»Einer Feuerschutztür?«, fragte Vandermeer. Geyer nickte und setzte sich aufmerksam hin, doch Vandermeer schüttelte den Kopf. »Davon hat er viele gebaut. Er war sehr stolz darauf, und er hat immer gesagt, dass seine Türen die sichersten seien und sogar einem Großbrand standhalten würden. Aber er hat nie eine in der Burg eingebaut, soviel ich weiß.«

»Aha«, sagte Geyer. Dann, nach einem weiteren Schluck Kaffee, fragte er: »Warum nennen Sie das Hotel die *Burg?*«

»Weil es die meisten tun. Mein Vater hat es so genannt. Ich glaube sogar, er war der Erste, der diesen Namen damals aufgebracht hat.«

»Weil es so groß ist?«

»Er hat immer gesagt, es hätte Verliese wie eine mittelalterliche Burg.«

»Verliese?«, wiederholte Geyer und war schlagartig hellwach. »Was hat er damit gemeint?«

»Große Keller eben«, antwortete Edith. Sie klang immer noch nervös. Sie war auf eine ganz bestimmte Art angespannt, die er sonst nur von Menschen kannte, die etwas zu verbergen hatten oder ein schlechtes Gewissen. »Mehr weiß ich nicht. Es ist lange her, und ich war damals noch ein Kind. Für mich war das alles furchtbar aufregend, aber ich habe nicht viel verstanden, wenn ich ehrlich sein soll.«

»Verständlich«, sagte Geyer.

»Was interessiert Sie an diesem Ort?«

»Es geht nicht so sehr um das Hotel«, versicherte Geyer, vielleicht eine Spur zu schnell. »Ich ermittle im Umfeld des Bauunternehmers, der es damals errichtet hat.«

»Mr Stillton?«

»Sie kennen ihn?«

»Mein Vater hat ein paarmal von ihm gesprochen«, sagte Edith. »Aber was interessiert Sie so sehr an Stillton? Soviel ich weiß, ist er ein ehrbarer Geschäftsmann.«

»Es geht auch nicht um ihn persönlich«, antwortete Geyer,

und er zögerte auch noch einen Moment und überlegte sich seine nächsten Worte sehr genau. Er hatte nie viel davon gehalten, großartige Lügengebäude zu errichten. Man verstrickte sich nur zu schnell in Widersprüche, und Vertrauen, das einmal dahin war, war meist auch unwiederbringlich. Die Wahrheit war einfach bequemer. Andererseits mochte es sich als Vorteil erweisen, dass sie nichts von Stilltons Tod zu wissen schien. »Ich ermittle nicht nur in Todesfällen, müssen Sie wissen.«

»Und was machen Sie dann hier, Mr Geyer?«, fragte sie betont. Sie sagte nicht die Wahrheit, das spürte Geyer. Sie *verbarg* etwas vor ihm.

»Tatsächlich ermittle ich inzwischen auch in älteren Fällen, jetzt und im Speziellen in einem Fall, der zwei Jahre zurückliegt.«

»Aha«, sagte Vandermeer. Sie wirkte beunruhigt, und dass sie angestrengt versuchte, es sich nicht anmerken zu lassen, machte es nur noch schlimmer. Sie nahm ihre Tasche auf den Schoß, und das nur – da war Geyer ziemlich sicher –, damit er nicht sah, dass ihre Hände zu zittern begonnen hatten.

»Mr Stillton hat damals mehrere Anzeigen wegen Diebstahls erstattet. Es sollen Materialien von erheblichem Wert auf der Baustelle abhandengekommen sein. Die Polizei hat diese Diebstähle niemals aufklären können, und meine Gesellschaft musste dafür aufkommen.«

»Sie wollen doch nicht behaupten, dass mein Vater …!«

»Diese Diebstähle begannen überhaupt erst nach dem schrecklichen Unfall Ihres Vaters«, sagte er rasch. Das war ebenso gelogen wie die Diebstähle selbst. Aber manchmal, dachte er bedauernd, ging es wohl doch nicht anders. Er spürte, dass er auf der richtigen Fährte war. Er hatte nur noch keine Ahnung, wohin sie ihn brachte. »Mir ist bei der Durchsicht der alten Unterlagen nur aufgefallen, dass auf dieser Baustelle ungewöhnlich viel Metall verarbeitet worden ist. Selbst für ein Projekt dieser Größe. Hat Ihr Vater irgendwann einmal etwas in dieser Art erwähnt?«

»Ja«, antwortete sie, eindeutig zu seiner Überraschung. »Aber es ist lange her, Mr Geyer, und ich war damals noch ein Kind. Er hat irgendetwas gesagt, dass sie sehr viele Rohre dort brauchten. Und Ketten, Leitungen und so weiter. Große Mengen.«

»Ketten und Rohre?«, hakte Geyer nach.

»Und andere seltsame Gerätschaften«, bestätigte sie. »Ich glaube, er hat einmal auch etwas von einem großen Ofen erzählt. Es ist wohl ein sehr modernes Gebäude. Aber mehr weiß ich wirklich nicht.« Sie schnitt ihm mit einer energischen Bewegung das Wort ab, bevor er es überhaupt ergreifen konnte, und straffte die Schultern. »Warum sagen Sie mir nicht geradeheraus, was Sie wollen? Ich bin vielleicht noch jung, aber ich bin nicht dumm.«

Geyer sah sie nur fragend an.

»Es ist vollkommen legal, Mr Geyer«, sagte sie. »Das war es damals bei meinem Vater, und das ist es auch jetzt.«

»Davon bin ich nicht ganz überzeugt«, antwortete Geyer vorsichtig. Wovon zum Teufel sprach sie?

»Meine Mutter hat alles von einem Anwalt prüfen lassen, was eine Menge Geld gekostet hat. Es ist ungewöhnlich, aber rechtens.«

»Ich fürchte, ich verstehe nicht genau, Miss Vandermeer.«

»Dafür verstehe ich, dass Sie mich anscheinend für dumm halten, Mr Geyer«, antwortete Vandermeer mit einer Schärfe, die er jemandem ihres Alters niemals zugetraut hätte. »Man hat Sie geschickt, um mich einzuschüchtern, habe ich recht?«

»Nein«, antwortete Geyer. Er wusste ja nicht einmal, wovon sie sprach.

»Meine Mutter hat mir gesagt, dass das passieren wird«, fuhr sie fort, indem sie aufstand und zu einer kleinen Kommode neben der Tür ging. »Ich habe sogar schon eher mit Ihnen gerechnet. Oder jemandem wie Ihnen.«

»Tatsächlich?«, fragte Geyer hilflos.

Vandermeer kam zurück und reichte ihm ein ordentlich bedrucktes Kärtchen. »Das ist die Adresse der Anwaltskanzlei, die meine Mutter beauftragt hat. Gehen Sie dorthin und sprechen Sie mit ihnen. Aber ich bin sicher, dass es nichts nutzen wird.« Sie bemühte sich um ein grimmiges Gesicht. »Es ist legal. Sie haben das erste Mal bezahlt, und Sie werden auch dieses Mal bezahlen. Und nun wäre ich Ihnen dankbar, wenn Sie gehen. Ich erwarte noch Besuch.«

WHITECHAPEL, LONDON, 1888

Die Kreide war noch nicht ganz trocken gewesen, und da es zu nieseln begonnen hatte, fingen die ungelenken Buchstaben bereits an zu verlaufen und noch unleserlicher zu werden, als Mary Ann Kelly sie ohnehin schon auf die Wand gekritzelt hatte. Zu Hermans Missvergnügen verbesserte das jedoch weder ihre unleserliche Handschrift noch die katastrophale Rechtschreibung. Er hoffte, dass er sein Gesicht gut genug unter Kontrolle hatte, damit sie ihm nicht ansah, was er wirklich dachte.

Andererseits konnte es ihm auch egal sein. Ihre gemeinsamen Tage waren gezählt. Er hatte noch nicht ganz entschieden, ob und wenn ja, wie er sie töten würde, oder ob er einfach verschwinden und sie ihrem Schicksal überlassen sollte – das aus nichts anderem als dem Galgen bestehen konnte, wenn sie Glück hatte. Mit etwas weniger Glück mochte sie auch den Rest ihres Lebens im Irrenhaus verbringen. Diese Vorstellung gefiel ihm, denn Kelly *war* ganz eindeutig irre.

»So, bist du nun endlich zufrieden? Mir wird nämlich allmählich kalt.« Kelly ließ das halb aufgeweichte Stück Kreide in eine der zahllosen Taschen ihres Kleides verschwinden und patschte die Handflächen aneinander, was eine Anzahl hässlicher weißer Schmierer auf ihren Fingern hinterließ. Einige davon färbten sich auch unverzüglich rosa, was ihn zwar nicht wirklich überraschte, aber ungemein ärgerte. Hatte er ihr nicht wieder und wieder eingeschärft, sich zu säubern, wenn ihre Arbeit getan war? Es waren gerade die vermeintlichen Kleinigkeiten, die die meisten zu Fall brachten.

Aber er sparte sich auch jeden Kommentar dazu, der ohnehin nur verschwendeter Atem gewesen wäre. Er würde wohl grausam zu ihr sein und sie am Leben lassen.

Kelly sah stirnrunzelnd auf ihre besudelten Hände und wischte sie dann an ihrem Kleid ab.

»Verrätst du mir jetzt auch, was dieser Unsinn bedeutet, Jack?«, fragte sie, nachdem sie wohl endgültig eingesehen hatte, dass er nicht antworten würde.

Ganz genau das war es, dachte Herman amüsiert, selbst ohne die haarsträubenden Fehler, die sie gemacht hatte: Unsinn. Aber das hieß nicht, dass es sinnlos wäre.

Kelly sah sich den Text erneut an. Dort stand: *Die Juten sin Menschen, die nich gruntlos beschuldigt werden*. Sie las es noch einmal laut vor und blickte dann ratlos zu Herman. »Und was genau soll das bedeuten?«

»Juden schreibt man anders«, sagte er, statt ihre Frage direkt zu beantworten. »Nebst einigen anderen Worten in diesem Text. Eigentlich den meisten. Und eigentlich bedeutet er gar nichts.«

»Warum sollte ich ihn dann schreiben?«, fragte Kelly.

»Ich werfe nur ein bisschen Nebel.«

Jetzt wirkte sie endgültig hilflos, und Herman hätte beinahe gelacht, wenn auch aus einem vollkommen anderen Grund, als sie ahnen konnte. Sie sah sich dabei sogar in der schmalen Gasse in beide Richtungen um, und es dauerte noch eine geschlagene Sekunde, bis er begriff, was dieser Blick bedeutete. Tatsächlich war das, was er für feinen Nieselregen hielt, nichts anderes als der feuchte Londoner Nebel, der von der Themse heraufkroch und nun auch die verwinkelten Straßen von Whitechapel erreicht hatte. Er begann bereits ihre Kleider zu durchfeuchten und Kellys aufdringliche Schminke zu ruinieren; womit er ihr aber eher einen Gefallen tat. Nebel werfen. Ja, darüber würde sie eine Weile nachdenken.

»Vergiss es«, sagte er. »Du hast recht. Es wird allmählich kalt, und es wäre vermutlich besser, wenn uns niemand bei dieser kleinen Schmiererei beobachtet. Das könnte alles verderben.« Wenn sich dieser potenzielle Zeuge zum Beispiel fragen könnte, wo all das Blut auf ihrem Kleid – wenn man genauer hinsah, auch in ihrem Haar und auf ihrem Gesicht – herkam. Sie würde nie eine Künstlerin werden, und wie auch? Sie war eine brutale Schlächterin, die aber immer noch Mühe hatte, ihren Magen (und ihre übrigen Innereien) unter Kontrolle zu behalten, wenn das Schneiden und Bluten begann; wohingegen er doch die Ästhetik des fließenden Blutes und die fast sphärische Leichtigkeit und Eleganz bewunderte, mit der geschliffener Stahl das Fleisch zu teilen vermochte. Nachdem sie Mary Ann mit so großer Brutalität getötet hatte, hatte er sich noch einzureden versucht, dass es dem lang gepflegten Hass auf ihre vermeintliche Konkurrentin geschuldet war. Aber die Frau, die sie heute Nacht getötet hatten, hatte sie nicht einmal gekannt, und sie war nur noch brutaler vorgegangen und auf eine Art, die selbst ihn erschreckt hatte. Sogar wenn er sich selber weiter belogen und an die Hoffnung geklammert hätte, in ihr so etwas wie eine Mitstreiterin gefunden zu haben, hätte ihm spätestens diese Nacht klargemacht, dass es unmöglich war, denn durch ihre Unbeherrschtheit musste sie sie beide früher oder später in Gefahr bringen; falls sie es nicht schon längst getan hatte.

Im Gegensatz zu Kelly (und den meisten anderen Einwohnern Whitechapels) hielt Herman die Londoner Polizei weder für unfähig noch für so überheblich oder korrupt, dass sie das Leben einer ermordeten Hure nicht kümmerte. Spätestens morgen früh, sobald der dritte Leichnam gefunden wurde, musste ihnen klar werden, dass es sich keineswegs um einen Zufall handelte, sondern sie es mit einem Mörder zu tun hatten, der gezielt Jagd auf Huren machte. Und dann würden sie ihrerseits anfangen, Jagd auf diesen Mörder zu machen.

Genau genommen eine Mörder*in*, verbesserte sich Herman in Gedanken. Er würde dafür sorgen, dass ihnen dieser kleine Unterschied bewusst war.

»Nebel werfen«, murmelte Kelly noch einmal, und dann lachte sie schrill. Hätte der dichter werdende Nebel dem Geräusch nicht die Schärfe genommen, wäre es wahrscheinlich in ganz Whitechapel zu hören gewesen, so unangenehm klang es in Hermans Ohren. »Jetzt verstehe ich! Du legst eine falsche Spur! Deshalb hast du auch diesen Brief geschrieben!«

»Hast du ihn gelesen?« Sie hatten ihn immerhin in der Zeitung abgedruckt.

»Nein, aber ich hab davon gehört. Die alte Maggie hat ihn mir mindestens dreimal vorgelesen, und ich glaub, jedem anderen in Whitechapel auch. Ich fand ihn toll geschrieben … aber ich hab immer noch nicht ganz verstanden, wieso du ihn mit deinem richtigen Namen unterschrieben hast.«

Das hatte er ja auch gar nicht. »Jack ist doch ein Allerweltsname«, antwortete er. »So heißt doch fast jeder Zweite oder Dritte. Und die Polizei wird bestimmt dasselbe glauben wie du, nämlich dass es sich um ein Pseudonym handelt.«

»Nicht um einen falschen Namen?«

Es gelang Herman mit Mühe, ein Seufzen zu unterdrücken. »Wir müssen jetzt gehen«, sagte er. »Es wird wirklich langsam kalt.«

»Na, dann sollten wir zu mir gehen, damit ich dich anständig wärmen kann.« Kelly klimperte mit den Augenlidern. »Die Polizei hat mit ihrer Vermutung nämlich vollkommen recht, weißt du? Ich bin ein ganz schlimmes Mädchen.«

Herman wurde der Verlegenheit enthoben, darauf antworten zu müssen, denn in diesem Moment drehte der Wind und trug ein fernes Raunen und Geräusche allgemeiner Aufregung heran. Schritte und Stimmen, möglicherweise Schreie, und vielleicht auch das ferne Schrillen einer Polizeipfeife.

»Sie haben sie gefunden«, sagte Herman. »Wir müssen jetzt wirklich los.«

Sie wandten sich gemeinsam um und kamen genau zwei Schritte weit, bevor sich die Nebelschwaden vor ihnen teilten und eine blonde Frau in einem ausladenden, für die herrschenden Temperaturen aber viel zu dünnen Kleid aus dem Nebel trat. In der Nacht und immer noch halb hinter dünnen grauen Schwaden verborgen, sah ihr Gesicht noch verlebter und ordinärer geschminkt aus als sonst, und obwohl Herman sehr sicher war, sie noch nie zuvor gesehen zu haben, wusste er doch sofort, *was* sie war.

»Mary Jane Kelly«, begann sie, sah sie einen Moment lang abfällig und Herman dann deutlich länger und forschend an. »Ja, ich habe schon läuten hören, dass sich die alte Mary Jane einen feschen jungen Doktor von der anderen Flussseite geangelt hat. Aber ich hätte nie gedacht, dass er so fesch ist.«

»Kate Conway. Was suchst du hier?«, fragte Kelly.

»Vielleicht dasselbe wie du?«, entgegnete Conway. »Obwohl du es ja schon gefunden hast … auch wenn ich es nicht verstehe.« Sie wandte sich wieder direkt an Herman. »Sie sind wirklich Arzt? Und noch dazu an einem Krankenhaus für reiche Kinder?«

Was um Himmels willen hatte Kelly denn noch alles erzählt? Warum denn nicht gleich von ihren gemeinschaftlichen Unternehmungen? Er schwieg.

»Und diskret ist er auch noch, der süße Doktor«, sagte Conway. »So einen wünscht sich doch jede von uns. Und Sie sind wirklich sicher, dass Sie mit in Kellys verlauste Bude gehen wollen? Wenn Ihnen kalt ist, kann ich Sie auch aufwärmen. Sogar viel besser als Mary Jane, glauben Sie mir.«

»Verschwinde jetzt lieber, Kate«, zischte Kelly. »Sonst …«

»Sonst?«, fragte sie zwar, sah Mary Jane aber nicht einmal an, sondern fuhr an Herman gewandt fort und kam dabei nahe genug, dass er registrieren konnte, wie schlecht sie roch. »Sind Sie wirklich sicher, dass Sie nicht wollen, Sir? Was wollen Sie mit dieser alten Frau? Sie könnte doch Ihre Mutter sein. Ich passe viel besser zu Ihnen. Und ich kann auch mehr Tricks, glauben Sie mir.«

Kelly riss sie so grob an der Schulter zurück, dass sie fast das Gleichgewicht verloren hätte. »Du verschwindest jetzt auf der Stelle«, fauchte sie, »oder du hast deinen letzten Kunden gehabt.«

»Tatsächlich?«, fragte Conway lächelnd. »Und wenn ich nicht gehe?« Sie zog die Brauen zusammen, denn in diesem

Moment hatte sie die Schrift auf der gegenüberliegenden Wand bemerkt. »Und was ist das da? Hast du das geschrieben?«

Sie ging näher an die Ziegelsteinmauer heran und verengte die Augen, wie um die halb zerlaufene Schrift besser entziffern zu können. »Falls man das überhaupt schreiben nennen kann. Was soll denn das bedeuten?«

Sie trat wieder einen Schritt zurück und legte den Kopf in den Nacken, wie um die Schrift in ihrer Gesamtheit auf sich wirken zu lassen. »Jude schreibt man übrigens anders, und …« Etwas in ihrem Gesicht änderte sich, und Herman sah unauffällig nach rechts und links – sie waren allein –, während seine Hand in die Tasche glitt und nach dem Messer suchte.

»Was soll dieser Unsinn heißen? Und was ist das da auf deinem Kleid? Ist das … Blut?«

Kelly lächelte, deutete ein Schulterzucken an und zog ihren Beutel auf, und Conways Augen wurden groß, als sie das Rasiermesser sah, das sie herauszog und aufklappte. Sie ächzte vor Schrecken.

Aber sie war keineswegs gelähmt oder zögerte auch nur einen einzigen Moment, sondern reagierte ganz im Gegenteil mit schon fast unheimlicher Schnelligkeit, versetzte Kelly einen Stoß mit den flachen Händen vor die Brust und wirbelte herum, um davonzustürzen.

Herman hatte damit gerechnet und hätte sie mühelos erwischt, hätte sich Kelly nicht genau in diesem Augenblick ebenfalls auf sie geworfen, so dass die beiden Frauen zusammen gegen die Wand fielen und sein geschwungenes Messer Conways Kehle um Haaresbreite verfehlte und sich dafür mit einem schmatzenden Laut tief in Kellys linke Schulter grub. Sie schrie so gellend auf, als hätte er ihr stattdessen einen rot glühenden Schürhaken in den Leib gerammt, schlug die Hand gegen die Schulter und brach zusammen. Herman verlor durch die plötzliche Bewegung ebenfalls das Gleichgewicht und fiel so heftig auf die Knie, dass ein stechender Schmerz bis in seine Hüfte hinaufschoss. Praktisch sofort war er wieder auf den Beinen und riss auch das Messer erneut in die Höhe, doch Conway hatte ihre Chance bereits ergriffen und verschwand mit wehenden Röcken im Nebel.

Herman jagte sofort hinterher, doch sein geprelltes Knie und seine Hüfte taten sich zusammen und versagten kurzzeitig den Dienst, so dass er abermals ins Stolpern geriet und gefallen wäre, hätte er sich nicht gegen die Wand sinken lassen, wo er haltlos zu Boden glitt. Hinter ihm wimmerte Kelly schrill und stammelte etwas, das ihn nicht interessierte. Conway war nur noch ein verschwommener Schemen im Nebel, und das Geräusch ihrer Schritte wurde bereits schwächer. Noch ein paar Augenblicke, und sie war fort, und alles wäre vorbei.

Herman mobilisierte seine gesamte Willenskraft, um den pochenden Schmerz zu ignorieren und aufzuspringen. In der Sekunde, die er dafür brauchte, verschwand sie endgültig, so dass er nur noch dem leiser werdenden Echo ihrer Schritte nachrannte, im ersten Moment humpelnd und mit zusammengebissenen Zähnen, doch schon bald wieder schneller. Dennoch verlor er sie nach einigen weiteren Schritten.

Er stürmte noch ein Stück weiter, blieb stehen und lauschte mit angehaltenem Atem, was nicht viel nutzte, denn nun hämmerte sein Herz so laut, dass es jedes andere Geräusch übertönte. Erst nach etlichen weiteren kostbaren Sekunden (die er nicht hatte) meinte er wieder etwas zu hören und humpelte weiter. Sein Knie tat immer noch weh, aber nun war es nur lästig, und wenn es sein musste, konnte er so schnell laufen wie nötig.

Das Problem war der Nebel, der nicht nur seine Sicht behinderte, sondern auch alle Geräusche dämpfte und zugleich so verzerrte, dass es ihm schier unmöglich war, die Richtung festzustellen, aus der sie kamen. Er war nicht ganz sicher, aber welche Alternative hatte er schon?

Einfach nur auf sein Gefühl achtend, stürzte er los, wandte sich auf gut Glück nach rechts und gleich darauf noch einmal in dieselbe Richtung, wo er erneut stehen blieb und nach kurzem Lauschen wieder vom Geräusch ihrer trappelnden Schritte belohnt wurde. Er lief weiter, versuchte sein Tempo noch einmal zu erhöhen und verlor das Geräusch abermals, stürmte aber unverdrossen weiter und ortete es nur wenige Augenblicke später genau in der Richtung, in die er rannte. Doch Herman machte sich nichts vor. Der Nebel machte es immer schwerer, sich wirklich zu orientieren. Er hatte bisher nur Glück gehabt, aber es war nur eine Frage der Zeit, bis ihn dieses Glück verließ. Sehr wenig Zeit.

Wohin würde die Frau sich wenden? Sie war in blinder Panik davongestürmt, wie es wohl die meisten an ihrer Stelle getan hätten, aber inzwischen würde wohl auch sie anfangen, wieder nachzudenken – wohin also würde sie laufen?

Vermutlich dorthin, wo es mehr Menschen und damit vermeintliche Sicherheit gab, von hier aus also in Richtung des *Ten Bells* und der umliegenden Straßen, in denen selbst jetzt, schon lange nach Mitternacht, noch genügend Menschen wären.

Herman flehte, dass der Nebel nicht auch seinen Orientierungssinn vollkommen durcheinandergebracht hatte, gab die Verfolgung der Schritte auf, deren Richtung ihn ohnehin nur narrte, und setzte alles auf eine Karte, indem er nach links abbog und seiner Intuition folgte statt immer wieder unterbrochenen Echos, die von sonst woher kommen mochten.

Er legte einen kurzen Zwischenspurt ein, den er unmöglich lange durchhalten konnte, aber wenn er sie nicht innerhalb der nächsten zwei oder drei Minuten einholte, dann war sowieso alles vorbei, und seine Abreise aus England würde wohl doch etwas überstürzter ausfallen müssen als geplant.

Als er durch die dritte oder vielleicht doch schon vierte Gasse stürmte, in der nichts weiter als wallender Nebel gewesen war, prallte er gegen eine Gestalt, die das Gleichgewicht verlor und zu Boden stürzte. Doch sie hatten beide Glück. Herman, weil er trotz allem nicht fiel und nur einen ungeschickten Stolperschritt tat, bevor er wieder in seinen alten Rhythmus zurückfand und weiterstürmte, und der Fremde, weil alles viel zu schnell gegangen war, als dass er auch nur die Chance gehabt hätte, Hermans Gesicht zu erkennen, so dass er das Messer nicht benutzen musste. Er rannte nur noch schneller, wobei er mehr als einmal blind in eine regelrechte Nebelwand hineinstürmen musste und nur hoffen konnte, nicht gegen ein verborgenes Hindernis zu prallen und zu stürzen oder sich womöglich schwer zu verletzen, hatte aber erneut Glück und sah Conway schließlich nur ein Stück vor sich. Sie rannte immer noch aus Leibeskräften, aber ihre Bewegungen hatten das meiste von ihrer Eleganz verloren, und sie stolperte mehr dahin, als dass sie lief. Trotz allem aber immer noch sehr schnell.

Dennoch möglicherweise zu spät, denn Conway rannte jetzt nicht in eine weitere Gasse hinein. Vor ihr öffnete sich ein schlampig gepflasterter Platz, der von den hier üblichen zweigeschossigen Backstein- und Fachwerkhäusern gesäumt und zu Hermans Entsetzen alles andere als leer war. Trotz der späten Stunde brannte hinter etlichen Fenstern noch Licht, und hinter mindestens einem davon erkannte er auch Bewegung. Auf dem Platz selbst standen mehrere Fuhrwerke und neben einem davon auch eine Anzahl Gestalten. Da der Nebel auch diesen Platz schon zu erobern begann, sah er wenig mehr als Schemen.

Nicht nur er. Conway stürmte plötzlich nach rechts und mobilisierte noch einmal alle Kräfte, um auf die Kutschen und die Gestalten daneben zuzustürmen. Hätte sie in diesem Moment angefangen zu schreien oder auch nur einen lauten Ruf ausgestoßen, dann wäre alles vorbei gewesen. Aber aus irgendeinem Grund tat sie es nicht.

Herman holte sie auf halber Strecke ein und versuchte sie an der Schulter herumzureißen, doch der Stoff ihres Kleides gab nach, so dass er nur ein paar schwarze Fetzen in der Hand hielt. Conway schrie jetzt doch, aber Hermans Griff ließ sie auch straucheln, so dass Herman sie endgültig einholte und mit dem Messer zuschlug.

Er verfehlte sie zum zweiten Mal, weil sie in diesem Moment stürzte und schwer mit Schulter und Hüfte auf dem nassen Pflaster aufschlug. Herman wäre um ein Haar über sie gestolpert und musste etliche hastige Schritte machen, um sein

Gleichgewicht zurückzufinden, und als er herumfuhr und das Messer hob, war auch Conway schon wieder auf den Beinen und jagte davon. Der Nebel hatte die Geräusche ihres Sturzes und möglicherweise auch ihren Schrei gedämpft, aber ihm blieb keine Zeit, sich darüber Gedanken zu machen. Er hetzte hinter ihr her, obwohl der Nebel immer dichter wurde und er sie nicht einmal genau sah.

Bevor er sie endgültig aus dem Blick verlor, warf er sich mit einem fast schon verzweifelten Satz nach vorne, wobei er zugleich mit dem Rasiermesser zuhackte. Irgendetwas traf er. Das Messer berührte kurzzeitig einen Widerstand, durch den es nach einem Sekundenbruchteil umso müheloser schnitt, und etwas Warmes und Klebriges besudelte seine Hand. Herman hörte etwas wie einen begonnenen Schrei, der dann umso unvermittelter wieder abbrach, und noch etwas anderes und viel Erschreckenderes: aufgeregte Rufe und Stimmen, die näher kamen. Herman stürmte weiter, prallte gegen etwas, das mit einem sonderbar weichen Laut zu Boden ging, und endlich hatte das Schicksal ein Einsehen mit ihm.

Oder zumindest der Wind, der in diesem Moment drehte und die Nebelschwaden in die andere Richtung blies.

Conway hatte sich herumgewälzt und halb aufgesetzt, aber sie würde diese Bewegung nie zu Ende führen. Sie saß vornübergebeugt da und hatte beide Hände um den Hals gekrallt. Dickes, zähflüssiges Blut quoll zwischen ihren Fingern hervor und in Strömen aus ihrem Mund, und ihre Augen schienen im ersten Moment schwarz vor Angst zu sein, bis er genauer hinsah und begriff, was er mit seinem ersten Messerhieb getroffen hatte.

Ihm blieb keine Zeit, den Moment zu genießen. Stimmen und Schritte und ihre Verursacher waren noch im Nebel verborgen, aber sie kamen rasch näher, und er musste weg, wollte er es nicht mit drei oder vier oder gar noch mehr Gegnern zugleich aufnehmen. Er war nicht sicher, ob er es nicht vielleicht sogar gekonnt hätte, denn ein entschlossener Mann mit einem Rasiermesser mochte es durchaus mit einer erheblichen Übermacht aufnehmen. Aber er war kein Kämpfer. Gewalt – diese Art von Gewalt – war ihm zuwider. Außerdem wäre das Risiko viel zu groß. Er ließ das Rasiermesser in der Manteltasche verschwinden und stürmte los.

Am Anfang ging es ganz gut, denn niemand verfolgte ihn, und auch das Schreien und Rufen hielt sich in Grenzen und verstummte schon nach wenigen Augenblicken wieder, doch der Nebel wurde immer dichter, und so lächerlich es ihm im Nachhinein auch erscheinen mochte, er verlief sich schlichtweg. Statt der wenigen Minuten, die er gebraucht hatte, um Conway einzuholen, benötigte er ein Mehrfaches dieser Zeit, um die Gasse wiederzufinden, in der er Kelly zurückgelassen hatte; und als es ihm endlich gelungen war, blieb er wie vom Donner gerührt stehen und glaubte einen Moment lang einfach nicht, was er sah.

»Was tust du hier?«, fragte er fassungslos.

»Bluten«, sagte Kelly. Sie hockte in unveränderter Stellung am Boden und presste die rechte Hand auf die Schulter, die über und über mit Blut besudelt war. »Wär' nicht nötig, weißt du? Ich kenn' da nämlich einen Arzt, der mir helfen könnte, aber der ist einfach weggelaufen, um einer anderen Frau nachzustellen.« Sie wischte sich mit einer blutigen Hand die Tränen aus dem Gesicht, und das Ergebnis sah so katastrophal aus, wie zu erwarten gewesen war. »Hast du die Schlampe wenigstens erwischt?«

»Es ist alles erledigt«, antwortete Herman. »Was zum Teufel tust du hier?«

»Ich habe auf dich gewartet, was dachtest du denn?«, antwortete Kelly gereizt. Ihre Stimme bebte, ob vor Wut oder Schmerz, vermochte er nicht zu sagen. »Verdammt, du hast mir fast den Arm abgeschnitten! Wolltest du mich umbringen?«

Selbstverständlich. Aber nicht heute. Möglich, dass er sie noch brauchte. »Und da bleibst du hier, statt nach Hause zu gehen?«, fuhr er sie an. »Worauf hast du gewartet? Dass jemand vorbeikommt und *das da* sieht?« Er deutete aufgeregt auf die

Schrift an der Wand. Aus irgendeinem Grund hatte die Nässe, die der Nebel gebracht hatte, darauf verzichtet, sie vollkommen auszulöschen. »Was glaubst du, was passiert, wenn jemand das entdeckt und dich gleich daneben gesehen hätte? Bist du scharf auf den Galgen?«

»Wieso?«, fragte Kelly.

Herman überlegte ernsthaft, ihr gleich hier und jetzt die Kehle durchzuschneiden, beherrschte sich aber mit Mühe und schluckte auch alles hinunter, was ihm noch auf der Zunge lag. Auch das wäre nichts anderes als verschwendeter Atem gewesen.

Stattdessen zerrte er Kelly so grob auf die Füße, dass sie schon wieder vor Pein wimmerte, und gab ihr dann noch einen Stoß, der sie vorwärtsstolpern ließ.

Chicago, Illinois, 1893

Selbst nachdem der aufdringliche Detektiv schon eine ganze Weile verschwunden war, hatte es noch einmal endlose Minuten gedauert, in denen sie einfach dagestanden und darauf gewartet hatte, dass sich ihr rasender Herzschlag wieder beruhigte und ihre Hände aufhörten zu zittern. Es wollte ihr allerdings selbst jetzt nicht recht gelingen. Ihr Puls hatte sich zwar ein wenig besänftigt, doch dafür schlug ihr Herz noch so hart und schwer, dass sie jedes einzelne Pochen bis in die Finger- und Zehenspitzen fühlen konnte, und ihre Hände hörten nur deshalb scheinbar auf zu zittern, weil sie sie so fest um den Kaffeebecher schloss, dass das dicke Porzellan ein protestierendes Knirschen hören ließ. Es kostete sie sogar Mühe, ihren Griff weit genug zu lockern, um es nicht wirklich zu zerstören.

Sie war nicht einmal sicher, was schlimmer war: der Zorn auf diesen arroganten Dummkopf, der sie offenbar für noch dümmer und ein naives Kind hielt, oder ihr Ärger über sich selbst, ihn überhaupt hereingelassen und vor allem mit ihm *geredet* zu haben.

Natürlich hätte sie ihn nicht einfach abweisen können, ohne sein Misstrauen noch mehr zu schüren. Ihre Mutter hatte sie oft genug gewarnt, dass genau das geschehen würde, spätestens in dem Moment, in dem sie ihre Forderung stellte und Geld verlangte; etwas, das Versicherungen wohl prinzipiell als persönliche Beleidigung auffassten. Und genau so war es nun schließlich gekommen, obwohl die Versicherung nach inzwischen drei Monaten noch nicht einmal reagiert hatte – geschweige denn bezahlt –, und sie hatte sich mental gut auf dieses Gespräch vorbereitet geglaubt.

Die Wirklichkeit hatte leider etwas anders ausgesehen.

Genau davor hatten ihre Mutter – und auch Webster – sie gewarnt: Männer wie Frank Geyer waren Spezialisten darin, einen mit vorgetäuschter Freundlichkeit einzulullen, und bis zu einem gewissen Grad war ihm das auch gelungen. Zu ihrem großen Ärger musste sie sich eingestehen, dass sie nicht nur viel zu viele seiner Fragen beantwortet, sondern ihn darüber hinaus auch noch auf Fragen gebracht hatte, auf die er ohne sie möglicherweise niemals gekommen wäre. Webster würde nicht begeistert sein. Ganz und gar nicht.

Aber er musste ja nicht unbedingt davon erfahren.

Edith tröstete sich damit, dass Webster sie ja schließlich genauso sehr liebte wie sie ihn und ihr sicherlich vergeben würde, selbst wenn er die Wahrheit herausfand. Aber es war einfach besser, wenn er erst gar nichts davon erfuhr.

Wenigstens nicht alles.

Und auch nicht sofort.

Sie hörte endlich auf, die Tasse zu malträtieren, stellte sie auf den Tisch zurück und besann sich eines Besseren, indem sie sowohl sie als auch die Tasse des Detektivs und die Kaffeekanne auf das Tablett zurückstellte und dieses in die Küche trug. Sie würde alles spülen, um jeglichen Beweis für Geyers Besuch auszulöschen, und da das ganze Haus nach frischem Kaffee duftete, auch den restlichen Kaffee wegschütten, und eine neue Kanne aufbrühen; was zwar ein gehöriges Loch in ihr Haushaltsbudget für diese Woche reißen musste, aber einfach sicherer war. Sie hatte Webster schon mehr als einmal dabei beobachtet, wie er Dinge sah oder Zusammenhänge erkannte, von denen sie nicht einmal gewusst hatte, dass es sie gab. Er mochte sich fragen, warum die Kaffeekanne schon halb leer war. Und Edith war schon immer der Meinung gewesen, dass der allerbeste Streit ein vermiedener Streit war.

Mit dem Spülen wurde sie fertig, ohne das Haus verlassen zu müssen, doch für frischen Kaffee reichte das Wasser nicht mehr, so dass sie zur Pumpe in dem kleinen Garten hinterm Haus gehen musste. Sie hoffte, damit fertig zu sein, bevor Webster kam. Heute war Mittwoch, und damit einer von zwei Tagen in der Woche, an denen er sie regelmäßig besuchte, und allein der Gedanke an die kommenden Stunden weckte schon wieder ein warmes Gefühl prickelnder Vorfreude in ihrem Leib.

Nur manchmal regte sich jetzt noch ihr schlechtes Gewissen, meist, wenn Webster wieder gegangen war und sie sich all der verbotenen Dinge erinnerte, die sie miteinander getan hatten. Dinge, die ihrer Seele geradewegs den Weg ins ewige Höllenfeuer ebneten; wenigstens wenn wahr war, was ihre Mutter immer gesagt hatte.

Aber wenn auch nur die Hälfte davon stimmte, dann war …

Edith dachte diesen Gedanken nicht mehr zu Ende, als sie ins Wohnzimmer trat und es nicht mehr leer vorfand. Die Hintertür stand offen und hatte nicht nur empfindliche Abendkälte hereingelassen, sondern auch Webster, der jetzt auf sonderbar angespannt aussehende Art genau in der Mitte des Zimmers stand und sie mit einem Lächeln ansah, hinter der sich noch etwas anderes verbarg, das sie schaudern ließ.

»Webster?«, begann sie unbeholfen. »Was machst du denn hier? Ich meine …«

»Wir waren verabredet«, erinnerte sie Webster. »Heute ist Mittwoch, hast du das vergessen?«

»Natürlich nicht. Ich war nur … Wie bist du hier hereingekommen?«

»Es gibt kein Zimmer, in das ich nicht hereinkäme«, antwortete Webster ernsthaft. »Vor allem dann nicht, wenn die Tür offen ist.«

Edith sah ganz automatisch zur Haustür und begriff, noch während sie es tat, ihren Fehler, denn Webster betrat das Haus niemals durch die Vordertür, und das aus nachvollziehbaren Gründen. Dann tat sie spontan vielleicht nicht das Klügste, das ihr einfiel, aber das Einzige: Sie überwand die letzten Schritte zwischen ihnen und stellte sich auf die Zehenspitzen, um seinen Nacken mit den Armen zu umschlingen und ihm einen langen, zärtlichen Kuss zu geben. Im allerersten Moment wirkte er kühl, fast schon abweisend, doch dann erwiderte er ihren Kuss nicht nur, sondern schloss sie seinerseits so fest in die Arme, dass ihr beinahe der Atem wegblieb. Gleichzeitig wurde die Berührung seiner Lippen fordernder, und das auf eine Art, die sie überhaupt nicht kannte.

Sein Mund löste sich erst wieder von ihrem, als sie tatsächlich keine Luft mehr bekam, und kaum war er wieder einen Schritt zurückgewichen, fuhr er in so unverändertem Ton fort, als wäre gar nichts geschehen: »Du hattest Besuch?«

»Nein«, antwortete Edith. »Doch. Aber es war kein ... Also, ich würde es nicht *Besuch* nennen.«

»Wie sonst? Frank Geyer? Oder hat er dir einen anderen Namen genannt?«

»Nein, er hat ...« Edith stockte. »Du hast mich belauscht!« Jetzt sollte sie eigentlich zornig werden.

»Ich kam nicht umhin«, antwortete Webster. »Ich wollte gerade klopfen, als ich etwas gehört habe.« Etwas in seinem Blick änderte sich. Sie konnte nicht sagen, was, aber es gefiel ihr nicht. »Was hat er gewollt?«

Also hatte er wenigstens nicht genau verstanden, was sie gesagt hatten. Edith überlegte sich ihre nächsten Worte sehr genau, denn sie wollte ihn nicht noch mehr verletzen. Sie bereute bereits, ihn überhaupt belogen zu haben. »Es war genau so, wie du vorausgesagt hast. Er hat eine Menge Fragen gestellt. Aber ich habe keine davon beantwortet. Das habe ich dir zu verdanken. Schließlich hast du mich vor solchen Kerlen wie ihm gewarnt.«

»Das habe ich«, sagte Webster.

»Er war ziemlich verärgert, als er weggegangen ist«, fuhr Edith fort. Sie hoffte, dass er ihr ihre Nervosität nicht zu deutlich ansah. »Ich habe ein bisschen Angst, dass er wiederkommt. Er ist wirklich ein unangenehmer Mensch.«

»Mach dir darüber keine Sorgen«, sagte Webster. »Ich kümmere mich darum.« Er stupste ihr spielerisch mit der Fingerspitze auf die Nase. »Wenn du wirklich nichts verraten hast, hat er auch nichts in der Hand.«

»Nichts in der Hand? Aber du hast gesagt, es wäre ganz legal.«

»Das ist es auch«, versicherte Webster lächelnd. »Und wenn du tatsächlich nichts gesagt hast, dann spielt es ja sowieso keine Rolle, oder?«

So wie er das sagte, gefiel es ihr noch viel weniger, aber sie gestattete sich auch nicht, diesem Gedanken weiter zu folgen, sondern löste sich endgültig aus seinem Unterarm und setzte dazu an, sich in derselben Bewegung umzudrehen, doch Webster hielt sie rasch an der Schulter zurück. »Wo willst du hin, schöne Lady?«

Wie sie es liebte, wenn er das sagte und vor allem *wie*, denn sie spürte, dass er diese Worte nicht einfach nur so dahinplapperte, sondern wirklich ernst meinte. Für die meisten anderen, ihre Nachbarn eingeschlossen, war sie immer noch ein Kind, auch wenn niemand den Anstand hatte, es ihr wenigstens offen ins Gesicht zu sagen. Für ihn nicht. »Wasser holen«, antwortete sie. »Ich weiß doch, wie du frischen Kaffee liebst.«

Webster schnüffelte übertrieben. »Aber hier riecht es doch verlockend nach frisch aufgebrühtem Kaffee.«

»Schon, aber …«

»Der Kaffee hat Zeit.« Webster verschloss ihre Lippen mit einem weiteren Kuss, und seine Stimme flüsterte dicht an ihrem Ohr und in verändertem Ton weiter. »Ich habe dich drei lange Tage nicht gesehen, Liebes. Ich dachte, dass du dich jetzt auf etwas anderes freust.«

Natürlich tat sie das, und wenn sie ehrlich war, tat sie es seit dem Moment vor drei Tagen, an dem er gegangen war. Aber so überrascht, wie sie gerade gewesen war, hatte sie nicht zu hoffen gewagt, dass es ihm ebenso erging. Edith hatte das Gefühl, dass ihr Herz vor Glück zerspringen musste, und selbstverständlich meldete sich ihr schlechtes Gewissen auch wieder, ihm irgendetwas anderes unterstellt zu haben.

Sie gingen nicht, sondern rannten schon beinahe die Treppe

nach oben, und da Webster hinter ihr war, nutzte er seine Position auch, um bereits an den Schnüren ihres Kleides herumzunesteln, noch bevor sie das Schlafzimmer überhaupt erreichten. Ihr Körper reagierte entsprechend, so dass sie es kaum abwarten konnte, sich die Kleider vom Leib zu reißen und ihn zu sich auf das zerwühlte Bett zu ziehen. Sie hatte es nicht gemacht, nachdem er das letzte Mal hier gewesen war, weil sein Geruch noch immer an der Wäsche gehaftet hatte und sie sich an ihr letztes Beisammensein hatte erinnern wollen, während sie endlose Tage auf seine Rückkehr wartete.

Diesmal war es anders. Webster nahm sie so stürmisch und fordernd, wie sich ein Verdurstender in der Wüste auf einen Tropfen Wasser stürzen mochte. Er war so wild und rücksichtslos, dass er ihr ein paarmal wirklich wehtat, aber es war ein süßer Schmerz, der zugleich auch von lodernder Lust durchdrungen war, und gegen den sie sich nicht wehrte, sondern ihn im Gegenteil willkommen hieß. Ebenso genoss sie die Wellen verbotener Wollust, die sich ein ums andere Mal in ihr aufbauten, bevor er schließlich erschöpft von ihr herunterrollte und schwer atmend auf dem Rücken liegen blieb.

Er brauchte nur wenige Minuten, um sich zu erholen und neue Kräfte zu sammeln, und das zweite Mal liebten sie sich zärtlich und sanft, auf eine Art, die sie ebenso wenig kannte wie seine Wildheit und fast schon Brutalität zuvor. Er war nun so zärtlich und ausdauernd, dass sie den verbotenen Rausch gleich drei Mal erlebte, und diesmal – und zugleich auch zum ersten Mal – war sie es, die in seinen Armen einschlief, als es schließlich vorbei war.

Sie spürte aber auch, dass nur wenige Minuten vergangen sein konnten, ehe sie die Augen wieder aufschlug und die Dachschräge über sich ansah, eingehüllt in seinen Geruch und seine Wärme und noch immer erfüllt vom prickelnden Echo dieser unglaublichen Momente; eine Erinnerung, die allein ausreichte, um schon wieder jenes sündige Verlangen in ihrem Schoß zu wecken. Behutsam, um ihn nicht aufzuwecken, schmiegte sie sich noch fester an seine nackte Brust und musste sich plötzlich beherrschen, um sich nicht über ihn zu beugen, ihn zu küssen oder noch ganz andere Dinge zu tun. Aber das hätte sich nicht gehört.

Andererseits gehörte sich nichts von dem, was sie hier oben taten. Wenn man es genau nahm, dann gehört es sich nicht einmal, dass sie überhaupt in diesem Haus war.

Da sie spürte, wohin dieser Gedanke sie führen wollte, löste sie sich behutsam aus seiner Umarmung, stand auf und betrachtete noch einmal zärtlich seinen schlafenden Körper, ehe sie sich lautlos umwandte, ihre Kleider vom Boden auflas und das Zimmer verließ.

Sie schloss lautlos die Tür hinter sich, bevor sie sich wieder anzog. Webster würde nicht lange schlafen, das wusste sie. Vielleicht reichte die Zeit ja, frischen Kaffee aufzubrühen und den Tisch zu decken, um nachzuholen, was sie gerade versäumt hatten. Sie würde die Gasbeleuchtung löschen und stattdessen einige Kerzen entzünden, die sie eigens für Augenblicke wie diesen aufgehoben hatte, und wenn sie eine Weile zusammengesessen und geredet und den romantischen Moment genossen hatten … Wer weiß, vielleicht würde Webster doch noch einmal in Stimmung geraten, und vielleicht würde sie dann das tun, was sie gerade nur gedacht hatte.

Sie musste die Toilette aufsuchen, die sich in einem kleinen Verschlag hinter dem Haus befand, machte aber einen Umweg über die Küche, um eine Kanne zu holen und gleich frisches Wasser für den Kaffee mitzubringen. Webster würde gewiss nicht lange schlafen, und sie wollte unbedingt fertig sein und ihn mit einem romantisch gedeckten Tisch überraschen, wenn er herunterkam.

Während sie in den Hof ging und tat, was nötig war, überlegte sie noch einmal, welch großes Glück sie doch gehabt hatte, auf einen Mann wie Webster getroffen zu sein, nachdem das Schicksal ihr und ihrer ganzen Familie so übel mitgespielt hatte. Und nicht nur sie.

Ihre Mutter hatte es ihr erst kurz vor ihrem eigenen Tod erzählt, aber es war tatsächlich auch Webster zu verdanken, dass sie nicht schon nach dem Unfall ihres Vaters ins Elend gestürzt waren, denn es war eben Webster gewesen, der ihren Eltern damals beiden zum Abschluss einer Lebensversicherung geraten und ihnen dieses unglaubliche Angebot gemacht hatte. Zwar war sie alles andere als reich, und selbst wenn die Versicherung endlich bezahlt und sie ihren Anteil bekommen hatte, würde es nur das Nötigste und auch nur für einige wenige Jahre reichen, aber es war Webster selbst, der sich als ein wahres Geschenk des Himmels erwiesen hatte. Sie war entsetzt und regelrecht schockiert gewesen, als er sie das erste Mal berühren wollte, und hatte große Angst gehabt und sich fast zu Tode geschämt. Aber das war lange her – fast drei Monate, was in ihrem Alter noch eine lange Zeit darstellte –, und inzwischen genoss sie jede Sekunde, die sie in seinen Armen verbrachte.

Ihre Mutter hatte sie vor so etwas gewarnt (wobei sie niemals konkret gesagt hatte, was sie mit *so etwas* eigentlich meinte), und sie war sich auch durchaus der Tatsache bewusst, dass sie nun ganz genau jene Art von Leben führte, über die sich ihre Mutter immer empört hatte: junge Frauen, die sich von lasterhaften Männern aushalten ließen und dafür mit ihrer Unschuld und ihrem guten Ruf bezahlten und auch ihr Seelenheil aufs Spiel setzten.

Aber was sollte an dem, was sie gemeinsam hatten, schlecht sein? Es stimmte, dass er ihr Geld gab, um zu leben und sich wenigstens dann und wann einen kleinen Luxus leisten zu können, aber das hatte er auch schon getan, bevor sie mehr als nur gute Freunde gewesen waren, ohne irgendwelchen Hintergedanken und einfach nur, weil er ein guter Mensch war. Zwar war ihr klar, dass sich viele ihrer Nachbarn die Mäuler über sie zerrissen und sie mehr oder weniger offen verachteten, denn sie hatte nicht wirklich damit rechnen können, dass ihr regelmäßiger Herrenbesuch unbemerkt blieb, auch wenn Webster immer nur nach dem Dunkelwerden und durch die Hintertür kam.

Es war ihr egal, denn wie konnte das, was sie miteinander erlebten, etwas Schlechtes sein. Gott hätte den Menschen nicht die Möglichkeit gegeben, etwas so Wundervolles zu erleben, wenn es eine Sünde wäre. Zu einer solchen machten es nur die, die es selbst nicht haben konnten und neidisch und verbittert waren. Webster und sie würden ein langes und glückliches Leben zusammen führen, das wusste sie.

Webster stand bereits wieder am Fuße der Treppe, als sie mit einer gefüllten Wasserkanne zurückkam, und richtete gerade abschließend seine Kleidung. Er lächelte, als er sie sah, aber irgendetwas an diesem Lächeln war seltsam. Es kam ihr beinahe traurig vor.

»Ist alles in Ordnung?«, fragte sie.

Webster antwortete mit einem neuerlichen Lächeln und einem Kopfnicken, doch als sie an ihm vorbei und in die Küche gehen wollte, ergriff er sie rasch mit einer Hand am Oberarm und nahm ihr mit der anderen die Kanne ab, um sie auf den Tisch zu stellen. Edith deutete seine Berührung falsch und versuchte ihn zu küssen, und Webster nahm nun auch noch die andere Hand zu Hilfe und schob sie auf Armeslänge von sich.

»Warum hast du das getan?«, fragte er, viel mehr traurig als vorwurfsvoll oder etwa zornig.

»Was?«, fragte Edith verwirrt. Was hatte sie getan?

»Ich habe dich so dringend gebeten, nicht mit irgendjemandem von der Versicherung zu sprechen«, antwortete er traurig.

»Aber das habe ich nicht!«, protestierte sie.

»Dieser Frank Geyer ist gefährlich«, fuhr Webster fort, noch immer in vage traurigem Ton, aber auch, als hätte sie gar nichts gesagt. »Er spielt den Dummkopf und väterlichen Freund, aber er ist weder das eine noch das andere. Es war ein sehr großer Fehler, der nicht hätte passieren dürfen.«

»Aber ich habe nicht …«, begann Edith noch einmal und spürte dann selbst, wie ihr die Schamesröte ins Gesicht schoss, als sie begriff, dass es nur einen einzigen Grund dafür geben konnte, aus dem er das alles wusste. Er hatte sie belauscht und anders, als sie zunächst vermutet hatte, doch alles gehört.

»Ich bedauere das wirklich, denn ich habe die Abende mit dir genossen«, sagte Webster.

»Aber ich habe doch nur …«

»Du hast ihm von der Versicherung erzählt«, unterbrach sie Webster kopfschüttelnd. »Er wusste nichts davon, weißt du? Aber jetzt wird er anfangen, herumzuschnüffeln und Fragen zu stellen. Ich kenne Männer wie ihn. Sie sind wie die Bluthunde. Wenn sie erst einmal Witterung aufgenommen haben, dann lassen sie nicht mehr locker. Er wird wiederkommen.«

»Ich werde ihm nichts verraten!«, beteuerte Edith. »Ich schwöre dir, dass ich nicht einmal mehr mit ihm rede!«

»Nein, das wirst du nicht«, sagte Webster. »Es tut mir wirklich leid, meine Liebe. Es war sehr schön mit dir.«

»Was … was soll das heißen?«, stammelte Edith. »Aber du kannst doch nicht …«

Sie sprach nicht weiter, als er sie noch einmal mit einem langen und traurigen Blick maß und sich dann ohne ein weiteres Wort umwandte und zur Tür ging. Erst als er die Hand nach dem Türknauf ausstreckte, fand sie ihre Sprache wieder.

»Webster, bitte!«, flehte sie. »Du kannst nicht gehen! Ich habe doch gar nichts getan!«

Webster streckte die Hand weiter nach der Tür aus und öffnete sie. Aber er ging nicht. Stattdessen machte er einen Schritt zur Seite, um Platz für einen anderen Mann zu machen, der draußen im Garten gewartet haben musste. Edith hatte ihn noch nie gesehen, und sie war auch ganz froh darum. Es war ein sehr großer Mann, fast schon ein Riese, mit schäbigen Kleidern, Ehrfurcht gebietenden Händen, denen man ansah, wie stark sie waren und was für schreckliche Dinge sie möglicherweise schon getan hatten, und einem brutalen Gesicht mit einer hässlich entzündeten Narbe auf der Wange.

»Wer sind Sie?«, fragte sie erschrocken. »Und was wollen Sie hier? Webster, wer ist das?«

»Es tut mir so leid, Edith«, antwortete Webster, »aber du hättest nicht mit ihm reden dürfen.« Dann trat er endgültig durch die Tür in den Garten hinaus, und im Vorbeigehen wandte er sich an den großen Mann mit dem brutalen Gesicht. »Tun Sie es schnell, Mr Peizel. Ich möchte nicht, dass sie leidet.«

Chicago, Illinois, 1893

Ich habe Sie gestern Abend vermisst, Doktor Holmes«, begrüßte ihn Arlis am nächsten Morgen mit einem vorwurfsvollen Blick. »Wo sind Sie gewesen?«

Holmes wäre froh gewesen, hätte er es selbst gewusst. Er war noch eine ganze Weile im Foyer stehen geblieben, denn er traute Geyer durchaus zu, nach ein paar Minuten zurückzukommen, um hinter seinem Rücken weiter herumzuschnüffeln und sein Personal zu verhören.

Geyer war nicht zurückgekommen, doch statt sofort nach oben zu gehen und seine Verabredung mit Arlis einzuhalten, hatte er sich auf die Suche nach Sylvia gemacht, um sie zur Rede zu stellen – und vor allem zu erfahren, was sie Arlis und Geyer erzählt hatte. Er hatte nichts zu befürchten, ganz einfach weil er sich nichts vorzuwerfen hatte, aber er kannte Geyer mittlerweile gut genug, um zu wissen, wie unberechenbar und boshaft dieser Mann war. Er traute ihm durchaus zu, eine harmlose Bemerkung so lange zu verdrehen und hin und her zu deuten, bis etwas daraus geworden war, das er ihm zum Vorwurf machen oder auch ganz offen gegen ihn verwenden konnte.

Sylvia war jedoch aus unerfindlichen Gründen nicht aufzufinden gewesen. Und danach … Er erinnerte sich nicht genau, was dann gewesen war. Und das war ein bisschen beunruhigend. Er hatte schlecht geschlafen und war mit den schon gewohnten Kopfschmerzen und dem üblen Geschmack auf der Zunge aufgewacht. Er hatte Arlis nicht angetroffen und versucht, sich wieder in seine Arbeit zu vertiefen, daran erinnerte er sich noch, musste aber irgendwann einmal doch eingeschlafen sein. Allmählich begann er sich Sorgen zu machen. Er war zwar weder ein außergewöhnlich talentierter Student noch ein begnadeter Arzt gewesen, doch er wusste sehr wohl, wie gefährlich auch eine simple Erkältung werden konnte, wenn man sie nur lange genug verschleppte. Sobald das alles hier vorbei war, das nahm er sich vor, würde er einen Kollegen aufsuchen und sich gründlich untersuchen lassen. So angespannt, wie seine geschäftliche Situation im Moment war, konnte er es sich schlicht nicht leisten, krank zu werden.

»Ich wurde aufgehalten«, antwortete er ausweichend. »Ich weiß, es ist unverzeihlich, und es tut mir auch wirklich leid. Ich wollte später zu Ihnen kommen, aber ich muss wohl eingeschlafen sein.«

»Fühlen Sie sich nicht wohl?«, fragte Arlis.

»Wie kommen Sie darauf?«

»Mit Verlaub, weil man es Ihnen ansieht, Doktor Holmes«, antwortete Arlis. Sie machte eine Geste auf einen freien Platz ihr gegenüber. »Es muss wohl etwas an dem Sprichwort sein, dass der Schuster stets die schlechtesten Schuhe hat. Waren Sie nicht einmal Arzt, Doktor Holmes? Sie sollten wirklich mehr auf Ihre Gesundheit achten.« Ihr Blick wurde tadelnd. »Ich wette, Sie haben heute noch nicht einmal etwas gegessen. Also setzen Sie sich, und ich lade Sie zu einem Frühstück in Ihrem eigenen Hotel ein.«

Holmes musste zwar beinahe gegen seinen Willen lächeln und setzte sich auch, aber er fühlte sich zunehmend unwohler. Als er die Hand ausstreckte, um sich einen Kaffee einzuschenken, zitterte sie so heftig, dass Arlis ungefragt aktiv wurde und ihm die kleine Mühe abnahm. Sie sparte sich jeden Kommentar dazu, aber die Art, wie sie ihn ansah, sagte alles.

»Ich muss mir etwas eingefangen haben«, murmelte er. »Vielleicht vorgestern auf der Ausstellung. Es war doch recht kühl in der Gondel.«

»Ja, das ist möglich«, sagte Arlis. Dann hellte sich ihr Gesicht auf, als wäre ihr plötzlich etwas eingefallen.

Sie schob die noch nicht einmal ganz gefüllte Tasse so schnell zu ihm herüber, dass sie fast überschwappte, stand auf, eilte zum Nachbartisch und kam mit einer zusammengefalteten Zeitung zurück, der man ansah, dass sie schon gelesen worden war. Sie setzte sich und begann, sie auf dem Tisch glatt zu streichen, ohne viel Rücksicht auf die ringsum aufgestellten Frühstücksutensilien zu nehmen.

»Es steht ein interessanter Bericht über Ihren Freund Ferris in dieser Zeitung«, sagte sie. »Sie erinnern sich an den Ärger, den es gab?«

Wie könnte er nicht? Es hätte nicht viel gefehlt, und der aufgebrachte Mob hätte den armen Ferris in Stücke gerissen. Er nickte und benutzte beide Hände, um die Kaffeetasse an die Lippen zu führen.

»Und Sie erinnern sich gewiss auch, dass Mr Ferris jedem Gast, der in seinem famosen Rad stecken geblieben ist, eine Entschädigung von fünf Dollar gezahlt hat?«

»Es hat ihn ein stattliches Sümmchen gekostet«, bestätigte Holmes müde.

»Das ist wohl wahr«, sagte Arlis zwar, schüttelte zugleich aber auch den Kopf. »Aber wie es scheint, war es wohl gut angelegtes Geld.« Sie drehte die Zeitung herum, so dass er den Artikel lesen konnte, auf den ihr wippender Zeigefinger deutete. Er versuchte es, aber er war wohl noch immer nicht ganz wach, denn die Buchstaben tanzten vor seinen Augen, so dass er es bei einem hilflosen Blick in ihre Richtung beließ.

»Die Sache hat sich anscheinend wie ein Lauffeuer herumgesprochen«, sagte Arlis. »Gestern Abend jedenfalls standen die Leute wortwörtlich bis auf die Straße Schlange. Die meisten sind nicht einmal an die Reihe gekommen.«

»Die Chicagoer sind ein mutiges Völkchen«, sagte er lahm.

»Wohl eher ein geldgieriges«, erwiderte Arlis. Ihr Finger stieß auf das abgedruckte Bild des Ferris-Wheels hinab, als wolle sie ein Loch hineinstoßen. »Der Verfasser dieses Artikels vertritt die Auffassung, dass jeder Einzelne in der Schlange wohl eher gehofft haben dürfte, ebenfalls stecken zu bleiben, um so in den Genuss der Entschädigung zu kommen. Und ich schließe mich dieser Meinung an.«

Das tat Holmes auch, wenngleich er es bei einem knappen Nicken beließ. Wahrscheinlich war es eher Zufall, dass sich die Dinge jetzt so entwickelten, aber eine bessere Werbung hätte sich Ferris gar nicht einfallen lassen können.

»Fünf Dollar sind für manchen in dieser Stadt ein Wochenlohn«, sagte er. »Und wenn man es genau nimmt, dann ist ja niemandem etwas passiert.«

»Außer einem sympathischen jungen Doktor, den ich kenne«, fügte Arlis hinzu. Holmes sah sie überrascht an, und Arlis machte auch prompt ein Gesicht, als wäre ihr die Bemerkung peinlich. »Sie sollten wirklich einen Kollegen aufsuchen und sich etwas verschreiben lassen«, fügte sie mit einem unbehaglichen Räuspern hinzu.

»Ich bin selbst ein Kollege«, antwortete Holmes in gereizterem Ton, als er selbst beabsichtigt hatte. »Ich werde mir etwas verschreiben und in meine eigene Apotheke gehen, um es abzuholen.«

Arlis wirkte verunsichert, was er ihr nicht verdenken konnte. Am liebsten hätte er sich bei ihr entschuldigt. Warum er es dann doch nicht tat, wusste er selbst nicht. Nach einigen wenigen Sekunden, die sich zu einer Ewigkeit zu dehnen schienen, räusperte sie sich unbehaglich und faltete die Zeitung wieder zusammen.

»Ich habe jedenfalls die Zeit genutzt, in der ich auf Sie gewartet habe, um ein wenig Ordnung in Ihre Unterlagen zu bringen und mir einen groben Überblick zu verschaffen«, sagte sie. »Ich muss schon sagen, mein lieber Doktor, in Ihren Papieren herrscht ein ziemliches Durcheinander. Haben Sie denn gar keine Angst, bei einer Buchprüfung in arge Erklärungsnot zu geraten?«

»Nein«, antwortete er spröde. Was sollte das sein? Eine Drohung? Und wer zum Teufel hatte ihr gestattet, in seinen Papieren herumzuschnüffeln?

Holmes erschrak vor seinen eigenen Gedanken. Mit ihm

stimmte wirklich etwas nicht, und er sollte etwas dagegen unternehmen, bevor er noch etwas sagte oder tat, das er bereute.

»Verzeihung«, murmelte er.

Arlis verzieh gar nichts, wie ihm ihr Blick klarmachte, aber sie nickte trotzdem und sagte: »Da gibt es nichts zu verzeihen. Ich kenne das. Wenn ich mich unwohl fühle, bin ich auch unausstehlich.«

»Bin ich das?«, fragte er betroffen.

»Ein bisschen.« Arlis lachte. »Aber Sie haben noch nicht den Fehler begangen, mich wirklich zu verärgern. Ich habe mir die Pläne wieder und wieder angesehen. Aber von dieser Tür ist tatsächlich auf keinem etwas zu sehen.«

»Ich weiß«, antwortete Holmes.

»Und Mr Stillton wird uns wohl auch keine Auskunft mehr geben können«, fuhr Arlis fort. »Also werden wir dieses Geheimnis wohl nur lüften, wenn es uns gelingt, diese Tür zu öffnen.«

»Und warum?«, fragte Holmes.

So wie Arlis ihn ansah, verstand sie nicht einmal die Frage.

»Was erwarten Sie hinter dieser Tür zu finden?«, fragte er. »Glauben Sie vielleicht, ich halte Ihre Schwester dort versteckt?« Er erschrak fast selbst bei seinen Worten und wusste auch nicht, warum er das gesagt hatte, aber er konnte auch nicht anders. »Ich versichere Ihnen, dass dem nicht so ist.«

»Dann lassen Sie uns gemeinsam nachsehen«, sagte Arlis kühl. »Dann wissen wir ja, was dahinter ist.«

Um ein Haar hätte er sie mit einer scharfen Bemerkung zurechtgewiesen, besann sich dann aber im letzten Moment anders. Sie benahmen sich beide gerade äußerst unvernünftig – was er in Arlis' Fall sogar verstand –, und wenn nicht einer von ihnen einlenkte, dann mochte der Himmel wissen, wie es endete. Und da er sich für den Vernünftigeren von ihnen hielt, war es auch an ihm, mit diesem Unsinn aufzuhören.

»Bitte verzeihen Sie«, sagte er, stand auf und schob umständlich den Stuhl an seinen Platz zurück, bevor er weitersprach. »Sie haben vollkommen recht. Ich bin irgendwie nicht ganz ich selbst, fürchte ich. Ich werde tatsächlich in die Apotheke gehen und etwas zur Beruhigung holen. Ich schlage vor, dass wir uns in meinem Zimmer treffen, sobald ich zurück bin. Vielleicht genehmige ich mir auch noch einen kleinen Spaziergang um den Block. Die frische Luft tut mir bestimmt gut.«

»Bestimmt«, sagte Arlis. Sie wirkte vage enttäuscht, fand Holmes, fast als hätte sie sich auf eine Fortführung des beginnenden Streits gefreut. Er spürte aber auch, wohin dieser Gedanke führen wollte, und brach ihn mit einer bewussten Anstrengung ab.

»Ich sage Sylvia Bescheid, dass sie Sie in mein Zimmer lässt.«

»Das wird nicht nötig sein«, antwortete Arlis und stand ebenfalls auf. »Ich habe einen Schlüssel.«

»Zu meinem Zimmer?«, fragte er überrascht. »Woher?«

»Von Sylvia.«

»Sylvia hat Ihnen …?«

»Bitte machen Sie jetzt keine Szene«, unterbrach ihn Arlis. »Wenn Sie jemandem die Schuld geben wollen, dann mir. Sie wollte es nicht, aber ich habe sie überredet.«

Holmes sagte auch dazu lieber nichts, sondern nickte nur knapp (und vermutlich unfreundlich) und drehte sich dann auf dem Absatz herum und ging. Eigentlich rannte er schon fast. Seine Kopfschmerzen waren nicht besser geworden, sondern sehr viel schlimmer, und auch das Zittern seiner Hände wollte nicht aufhören. Es war besser, wenn sie das Gespräch nicht fortsetzten, denn er befand sich in einer Verfassung, in der er vermutlich schon Streit angefangen hätte, hätte ihn jemand nach der Uhrzeit gefragt.

Es gab eine Verbindungstür, aber er zog es vor, das Hotel zu verlassen und außen herum zur Apotheke zu gehen, um ein paar Atemzüge frische Luft zu schnappen. Es half natürlich nichts, aber wenigstens wurde der Druck zwischen seinen Schläfen nicht noch größer. Dafür schmerzte das Licht der Morgensonne zusätzlich in seinen Augen. Und auch das Klingeln der

Glocke über der Tür kam ihm unnatürlich laut vor, und nach dem hellen Sonnenlicht draußen hatte er im ersten Moment Mühe, überhaupt etwas zu sehen.

»Doktor Holmes? Heute schon?«

Holmes wusste nicht, was der Apotheker mit dieser Frage meinte, und es interessierte ihn im Augenblick auch nicht. Es wäre auch sinnlos gewesen zu fragen, denn der Mann verschwand schon wieder in seinem winzigen Hinterzimmer und raschelte einige Momente angelegentlich herum, bevor er zurückkam. Holmes' Augen hatten sich schon wieder hinlänglich genug an das schwache Licht gewöhnt, um zu erkennen, dass er eine bauchige Papiertüte trug, in der sich zwei dicke und sichtlich schwere Flaschen abzeichneten. Er sah den Apotheker fragend an.

»Zwei Flaschen, wie üblich«, sagte der Mann. »Oder benötigen Sie heute mehr?«

Holmes wusste nicht einmal, wovon er sprach. Er war auch nicht in der Stimmung, darüber nachzudenken. »Ich habe mir ein leichtes Fieber eingefangen, wie es scheint«, sagte er. »Geben Sie mir bitte etwas dagegen und zur allgemeinen Stärkung. Und ein wenig Chinin.«

Der Apotheker sah ihn jetzt eindeutig verstört an und blickte auch noch einmal lange auf seine Tüte hinab, sagte aber dann doch nichts, sondern ergriff sie nur fester und trollte sich. Diesmal hörte Holmes ihn deutlich länger im Hinterzimmer herumrascheln, und es kam ihm auch irgendwie unwilliger vor. Er hoffte intensiv, dass er nicht versuchte, ihn in irgendeine Diskussion zu verwickeln, nach der ihm nun wirklich nicht der Sinn stand.

Wenn man es genau nahm, stand ihm der Sinn nach gar nichts. Er hatte das Gefühl, dass es nicht mehr weit war, bis ihm selbst das Denken Schmerzen bereitete.

Er versuchte sich abzulenken, indem er seinen Blick durch den lang gestreckten Raum schweifen ließ. Er wusste nicht, ob es an seinem momentan angeschlagenen Zustand oder etwas anderem lag, aber alles hier drinnen kam ihm dunkler und infolgedessen auch ein wenig schäbiger vor, als hindere etwas das helle Vormittagslicht daran, durch die sauber geputzten Scheiben hereinzufallen. Es war, als wäre der gesamte Raum ein kleines Stück weit in Richtung der Nacht gerutscht.

Der Gedanke ließ ihn schaudern, denn er wollte so gar nicht zu dem Bild passen, das er von sich selbst hatte. Es musste wohl wirklich so sein, wie man es ihm im Studium immer und immer wieder gesagt hatte, nämlich dass Krankheit und Not vor allem die dunklen Seiten im Menschen zum Vorschein brachten.

Dabei sollte gerade diese Apotheke eigentlich den gegenteiligen Effekt haben, denn er hatte jedes einzelne Möbelstück hier drinnen eigenhändig entworfen und zum Teil auch mitgeholfen, es zu bauen. Und er hatte ganz besonderen Wert auf ein freundliches und helles Äußeres gelegt, große Fenster, die viel Licht hereinließen, und fast schwerelos anmutendes Mobiliar statt der finsteren Höhlen voller brachialer Möbelstücke, die den Besucher einschüchterten und mit dem unterschwelligen Wunsch erfüllten, möglichst schnell wieder zu gehen, wie es bei den meisten Apotheken, die er kannte, der Fall war.

Das Gegenteil war der Fall. Holmes hatte das Gefühl, so sehr von den Schatten bedrängt zu werden, dass er kaum noch atmen konnte.

Der Apotheker kam zurück, diesmal mit einer deutlich kleineren Tüte, die er vor ihm auf die Theke stellte. Holmes wollte nach seiner Brieftasche greifen, doch der Mann kam ihm zuvor. »Wir verrechnen es dann wie üblich«, sagte er.

Holmes wusste auch nicht, was er damit meinte, und es interessierte ihn auch nicht. Alles begann sich um ihn zu drehen, wenn auch nur für einen einzelnen Moment.

»Ist auch wirklich alles in Ordnung mit Ihnen, Doktor Holmes?«, fragte der Apotheker.

»Nein«, sagte Holmes ehrlich. »Ich fühle mich tatsächlich nicht besonders wohl. Ich werde wohl einen kleinen Spaziergang machen, um einen klaren Kopf zu bekommen.«

»Wenn Sie mir die Bemerkung gestatten, Doktor Holmes, aber Sie sollten stattdessen vielleicht doch lieber zu einem Arzt gehen.«

Holmes gestattete es nicht, aber er war auch einfach zu träge, um eine entsprechende Bemerkung zu machen. Er musste auch zweimal zugreifen, um die Tüte zu fassen zu bekommen, was dem Apotheker ebenfalls nicht entging. Immerhin sparte er es sich, weiter auf dem Thema herumzureiten.

Was nicht hieß, dass er endlich die Klappe gehalten hätte. Er wechselte lediglich das Thema. »Hat sich das kleine Missverständnis mit Mr Pearlman aufgeklärt?«, fragte er.

Holmes hatte nicht einmal Lust, zu antworten, tat es aber doch; allein weil er die Frage nicht verstand. »Problem?«

»Es scheint da wohl ein kleines Missverständnis gegeben zu haben«, sagte der Apotheker, dem es sichtlich unangenehm war, dass er das Thema überhaupt angesprochen hatte.

Holmes sah ihn eine geschlagene Sekunde lang verständnislos an, bis es hinter seiner Stirn fast schon hörbar *klick* machte und er sich ein angedeutetes Nicken abrang. »Ja, es gab da wohl einen dummen Fehler bei der Buchführung«, sagte er, »aber ich habe das Missverständnis aufgeklärt.«

»Das ist gut«, antwortete der Apotheker. »Es war ein wirklich unangenehmer Zwischenfall.« Er sagte das mit leisem Vorwurf, den Holmes nicht ganz verstand. Er verstand auch immer noch nicht wirklich, wovon der Mann überhaupt sprach.

»Das tut mir leid«, antwortete er trotzdem. Die Tüte in seiner Hand raschelte, so stark zitterten seine Finger.

»Ist auch wirklich alles in Ordnung?«, fragte der Apotheker noch einmal. Er klang besorgt.

»Ja«, log Holmes. »Aber ich denke, ich werde tatsächlich ein paar Schritte gehen, um einen klaren Kopf zu bekommen.«

»Dann lassen Sie die Tüte hier«, sagte der Apotheker. Er sah nicht so aus, als hätten ihn seine Worte überzeugt. »Ich bringe sie Ihnen ins Hotel.«

Holmes bedankte sich mit einem neuerlichen wortlosen Nicken und wandte sich rasch um, bevor der Bursche vielleicht noch auf ein anderes Thema kommen und ihm weiter auf die Nerven gehen konnte.

Als er die Apotheke verließ, musste er abermals blinzeln und verzog nicht nur das Gesicht, sondern hob auch schützend die Hand über die Augen, um das grelle Sonnenlicht abzuwehren. Etwas war anders, aber er wusste nicht, was. Vielleicht er.

Statt direkt ins Hotel und zu Arlis zurückzueilen, wandte er sich nach links und begann die breite Hauptstraße hinunterzugehen. Manchmal waren Bewegung und ein wenig frische Luft immer noch die beste Medizin.

Nachdem er etliche Schritte gegangen war, begannen sich die Spinnweben hinter seiner Stirn tatsächlich aufzulösen, und er erkannte, dass sich die Straße wirklich ein wenig verändert hatte. Der Verkehr schien dichter als normal, und hier und da standen Passanten in kleinen Grüppchen beieinander und debattierten. Den Grund für diese Aufregung vermochte er nicht zu erkennen, doch als er die Kreuzung erreichte und abbiegen wollte, um tatsächlich einmal um den Block zu spazieren, wie er es angekündigt hatte, kam ihm eine ganze Wagenkolonne entgegen, die schon etwas Besonderes war. Es waren Fahrzeuge der Chicagoer Feuerwehr, gleich drei der großen, rot lackierten Fahrzeuge, und sogar die moderne Version, die nicht mehr von Pferden gezogen, sondern von Verbrennungsmotoren angetrieben wurde. Sie waren nicht in Eile, sondern rollten eher gemächlich dahin. Die Wagen waren voller Ruß und Schmutz, und auch die Gesichter der Männer, die er hinter den Fenstern und auf den messingverkleideten Pritschen sah, wirkten abgekämpft und schmutzig. Ein intensiver Brandgeruch stieg ihm in die Nase, als der Konvoi an ihm vorüberrollte, und er ertappte sich dabei, genau wie alle anderen stehen zu bleiben und ihm hinterherzugaffen, bis er außer Sicht gekommen war. Irgendwo musste es gebrannt haben, und es schien wahrlich kein kleines Feuer gewesen zu sein.

Kopfschüttelnd (auch über sich selbst) ging er weiter und erreichte nach etlichen Minuten die nächste Kreuzung, wo er sich nicht nur abermals nach links wandte, sondern noch eine weitere Überraschung erlebte, die sich nach einigen Augenblicken aber wohl eher als Schrecken herausstellte.

Es war eine weitere Wagenkolonne, die dieses Mal aber aus traditionellen zweispännigen Droschken bestand, auch jetzt wieder drei, die in deutlich forscherem Tempo auf der Parallelstraße aus derselben Richtung kamen. Sie gehörten nicht zur Chicagoer Feuerwehr, denn auf ihren Türen prangte das Emblem der städtischen Polizei.

Und in einer davon saß Frank Geyer.

Holmes erkannte ihn zuallererst an seiner Zigarre, an der er so begeistert paffte, dass man meinen konnte, der Wagen hätte Feuer gefangen, doch als das Fuhrwerk in wenigen Schritten Abstand an ihm vorüberklapperte, gab es keinen Zweifel mehr. Er sah in die andere Richtung, so dass er ihn umgekehrt nicht erkannte, doch es war ganz zweifellos der Versicherungsdetektiv, der in ein intensives Gespräch mit zwei Männern in schwarzen Polizeiuniformen vertieft war. Holmes sah ihm verwirrt nach, bis der Wagen vorübergerollt war, und auch noch weiter, bis die ganze Kolonne die nächste Kreuzung erreicht hatte und abbog.

Dann verdüsterte sich sein Gesicht, als ihm die Richtung klar wurde, in der Geyer unterwegs war: nach links, und damit zurück in Richtung Hotel.

Die Mattigkeit war verflogen und für einen Moment auch das Fiebergefühl. Holmes machte sich forschen Schrittes auf den Rückweg. Er wäre gerannt, hätte ihm sein Verstand nicht klargemacht, dass er diese Entscheidung schon nach wenigen Schritten bereuen würde; und außerdem wollte er nicht verschwitzt und außer Atem ankommen, wenn er Geyer zur Rede stellte.

Das Schicksal hatte sich wieder einmal einen besonders üblen Scherz mit ihm erlaubt, denn er war auf seiner Runde am vom Hotel am weitesten entfernten Punkt angelangt gewesen, und so brauchte er gute fünfzehn, wenn nicht gar zwanzig Minuten, um dorthin zurückzukommen, und obgleich er seine Ungeduld beherrscht hatte und mit gleichmäßigen und langsamen Schritten gegangen war, klebte das Hemd mit kalten Schweißflecken an seinem Rücken, und er war so außer Atem, dass er beschloss, ein paar Minuten innezuhalten und sich auf das große Ledersofa im Foyer zu setzen, um wieder zu Atem zu kommen, bevor er die Treppe nach oben in Angriff nahm.

Der Apotheker hatte Wort gehalten und die Tüte mit seinen Medikamenten auf den Tresen gestellt, doch die Zufriedenheit darüber verging auch rasch wieder, als er den Empfang dahinter noch immer verwaist vorfand. Wie zum Teufel sollte er denn ein Hotel betreiben, wenn niemand da war, der den Leuten ein Zimmer vermietete?

Holmes spürte, dass seine Laune schon wieder auf den Nullpunkt zu sinken drohte, und brach den Gedanken mit einiger Mühe ab, indem er sich versprach, sich des Problems ernsthaft anzunehmen, sobald er die Zeit dafür fand. Noch immer verärgert, aber schon nicht mehr so maßlos wütend wie noch vor einem Augenblick, stand er auf, nahm die Tüte mit seinen Medikamenten an sich und ging mit bewusst langsamen Schritten die Treppe hinauf. Auch als ehemals nicht allzu talentierter Medizinstudent erinnerte er sich, dass Stimmungsschwankungen ihre Ursache nur zu oft in simplem körperlichen Unwohlsein hatten, und das wirklich Allerletzte, was er wollte, war, seine Laune möglicherweise an Arlis auszulassen und sie noch mehr zu verärgern, als er es vermutlich ohnehin schon getan hatte.

Ein Vorsatz, an den zu halten ihm allerdings womöglich schwerfallen würde, denn oben angekommen stellte er fest, dass die Tür zu seiner Suite weit offen stand, und er hörte auch Arlis' Stimme, als er näher kam. Entweder führte sie also Selbstgespräche, oder jemand war bei ihr. Er hatte auch schon eine ungefähre Vorstellung, wer.

Er ging wieder schneller, schon um nicht mit schlurfenden Schritten und wie ein uralter kranker Mann vor Arlis aufzutauchen, und als er durch die Tür trat, wurde aus seinen finsteren Vorstellungen Gewissheit. Arlis hatte ein kleines Wunder vollbracht, wenn er bedachte, dass er kaum eine halbe Stunde fort gewesen war, denn sein Zimmer sah schon wieder beinahe ordentlich aus. Karten und Blaupausen waren vom Fußboden aufgehoben und zusammengerollt und gefaltet, Folianten und Aktendeckel ordentlich aufgestapelt, und sie selbst saß hinter seinem Schreibtisch und blätterte in einem von zahlreichen großen Aktenordnern, die sie vor sich ausgebreitet hatte. Als sie das Geräusch seiner Schritte hörte, sah sie auf, und ihm war, als huschte ein Ausdruck echter Freude über ihr Gesicht.

Seine eigene Miene verdüsterte sich jedoch nur noch mehr, als er auch Geyer entdeckte, der auf der anderen Seite des Zimmers stand und ebenfalls in einer aufgeschlagenen Akte blätterte. In seinem Mundwinkel qualmte eine Zigarre, was Holmes' Laune schlagartig noch einmal verschlechterte.

»Mr Geyer, finden Sie es passend, im Schlafzimmer eines Nichtrauchers eine Zigarre zu paffen?«, fragte er, ohne sich mit einer Begrüßung aufzuhalten oder auch nur an Arlis' missbilligendem Blick Anstoß zu nehmen.

Geyer sah mit einem Ruck von seiner Lektüre hoch, und er schien im ersten Moment nicht einmal zu verstehen, wovon er überhaupt sprach. Dann wirkte er regelrecht verdutzt, nahm die Zigarre aus dem Mund und sah einfach nur hilflos aus, bevor er den Aktendeckel aufs Bett warf und mit schnellen Schritten im angrenzenden Bad verschwand. Er schloss die Tür nicht hinter sich, und Holmes konnte hören, wie er die Wasserspülung betätigt. Er hoffte, dass es eine teure Zigarre gewesen war.

Arlis sah ihn ein bisschen erschrocken an, doch sie enthielt sich jeden Kommentars, und auch Holmes schwieg, bis Geyer nach wenigen Sekunden zurückkam. Einen ganz kurzen Moment lang überlegte er, sich bei ihm für seinen scharfen Ton zu entschuldigen, schon um bei Arlis einen guten Eindruck zu machen, entschloss sich dann aber dagegen, als er in Geyers Gesicht blickte. Er sah irgendwie ertappt aus, aber nicht im Geringsten reumütig.

»Es tut mir sehr leid, Doktor Holmes«, sagte er in einem Ton, der irgendwie das Gegenteil auszudrücken schien. Und es wohl auch sollte. »Das war gedankenlos von mir. Ich bitte um Entschuldigung.«

Holmes tat ihm nicht den Gefallen, auch nur irgendetwas zu sagen, sondern drehte sich mit verändertem Ausdruck zu Arlis um. »Ich habe etwas länger gebraucht als erwartet. Das tut mir leid. Aber wie ich sehe, haben Sie mir etwas verschwiegen, meine Liebe.«

»Etwas verschwiegen? Was?«

»Dass Sie über Zauberkräfte verfügen, Arlis«, sagte er ernsthaft und mit einer Geste auf seinen Schreibtisch. »Ich hätte eine Woche gebraucht, um hier wieder Ordnung zu schaffen.«

»Wohl eher einen Monat, so wie es hier aussah«, antwortete Arlis mit ernstem Gesicht, zugleich aber auch einem Lächeln, das ihren Worten die Schärfe nahm. »Haben Sie hier überhaupt jemals so etwas wie Ordnung gehabt?«

»Nicht, seit Ihre Schwester mich verlassen hat«, gestand Holmes.

Arlis schmunzelte, und Geyer nutzte die Gelegenheit, zwischen sie zu treten.

»Fühlen Sie sich wohl genug, um mit uns zu reden, Doktor Holmes?«, fragte er. »Ich meine: Miss Christen hat mich davon in Kenntnis gesetzt, dass Sie gesundheitlich ein wenig angeschlagen sind. Und mit Verlaub, Doktor Holmes, Sie sehen wirklich nicht gerade aus wie das blühende Leben.«

»Es geht schon«, antwortete Holmes knapp.

»Wie Sie wünschen. Ich habe interessante Neuigkeiten.«

»Über Miss Christen?«

»Über Ihren Freund Mudgett«, sagte Geyer. »Ich habe gestern Abend noch ein paar Informationen eingeholt.«

»Und heute Morgen.«

»Heute Morgen?«

»Ich habe Sie gesehen«, bestätigte Holmes. Er war gespannt, wie Geyer reagieren würde. »In einem Polizeiwagen.«

»Ja, das ist richtig. Ich habe Inspektor Willis zufällig auf dem Weg hierher getroffen, und er war so freundlich, mich ein Stück mitfahren zu lassen.« Er lächelte schmerzlich. »Aus dem

Alter, in dem ich Freude an ausgedehnten Spaziergängen gehabt habe, komme ich allmählich heraus.«

Er log, das war klar, aber Holmes nahm das wortlos hin. Man konnte es mit der Ehrlichkeit schließlich auch übertreiben.

Geyer setzte sich auf die Bettkante. »Wussten Sie, dass Ihr Freund Mudgett auch in der Versicherungsbranche tätig ist?«

»Herman?« Holmes hätte beinahe gelacht. »Das verwechseln Sie jetzt, Mr Geyer. Wie so manches andere übrigens auch. Ich war es, dessen Onkel in diesem Geschäft tätig war.«

»Ich weiß«, sagte Geyer, was Holmes ignorierte.

»Ich habe versucht, Herman das eine oder andere darüber zu erzählen, aber das war nicht seine Welt. Er ist eher praktisch veranlagt. Zahlen sind nicht seine Freunde.« Er lächelte bei diesen Worten, aber das war nur gespielt. Innerlich begann er schon wieder vor Wut zu brodeln. Sein Herz klopfte.

»Jetzt unterschätzen Sie sich, mein lieber Doktor«, sagte Geyer. »Sie sind offensichtlich ein besserer Lehrer, als Sie selbst anzunehmen scheinen. Ich konnte aufgrund der kurzen Zeit natürlich noch keine wirklich umfangreichen Ermittlungen anstellen, aber das Wenige, was ich herausgefunden habe, ist wirklich erstaunlich.«

»Wieso?«, fragte Arlis. Sie wirkte beunruhigt und sehr aufmerksam. Offensichtlich hatte Geyer seine Erkenntnisse noch nicht mit ihr geteilt.

»Es ist ein wenig kompliziert«, begann er, doch Holmes unterbrach ihn:

»Und was hat das alles mit Endres' Verschwinden zu tun?«

»Es hat möglicherweise etwas mit Mudgetts Verschwinden zu tun«, antwortete Geyer, »und somit auch mit dem von Miss Christen.«

»Was genau soll das heißen?«

Geyer unterbrach ihn mit einer unwilligen Geste und bedeutete ihm, Platz zu nehmen. Holmes gehorchte, wenn auch eher, weil sich seine Knie mittlerweile anfühlten, als hätten sie sich in Pudding verwandelt.

»Unsere Ermittlungen Mr Stillton betreffend endeten ja in einer Sackgasse, wie Sie wissen«, begann Geyer, nachdem Holmes sich gesetzt hatte und Arlis ins Bad gegangen war, um ihm ein Glas Wasser zu holen. Auf dem Schreibtisch stand eine gute Flasche Portwein, aber er hatte ihren entsprechenden fragenden Blick mit einem Kopfschütteln beantwortet; wenn er jetzt Alkohol trank, würde er vermutlich endgültig zusammenklappen.

Holmes nippte an seinem Wasser. »Ich erinnere mich«, sagte er säuerlich.

»Und doch war unser gemeinsamer Ausflug vielleicht nicht ganz umsonst«, fuhr Geyer fort. »Wie Sie ja wissen, bin ich hauptsächlich in der Versicherungsbranche tätig, und ich hatte die ganze Zeit über das Gefühl, dass mir der Name schon einmal untergekommen ist.«

»Stillton?«

»Nur am Rande«, sagte Geyer. »Mr Stilltons Name tauchte im Zuge einer anderen Ermittlung auf, die im Zusammenhang mit einer Lebensversicherung steht. Ein Arbeiter – ein Schlosser und Schmied, um genau zu sein –, der für Mr Stillton tätig war: Stephen Vandermeer. Sagt Ihnen dieser Name etwas?«

»Sollte er?«, fragte Holmes.

»Vielleicht. Immerhin hat er beim Bau dieses Hotels mitgeholfen.«

»Haben Sie auch nur eine Vorstellung, wie viele Handwerker hier beschäftigt waren?«

»Sie glauben, er hätte diese ominöse Tür eingebaut?«, fragte Arlis.

»Schwer zu sagen.« Geyer deutete ein Achselzucken an. »Es ist nur eine vage Idee, aber eine solche Tür wird man wohl nicht bei einem normalen Schreiner bekommen.«

Holmes pflichtete ihm im Stillen bei. Er hatte auch die eine oder andere vage Idee, was Frank Geyer anging.

»Und wie können wir herausfinden, ob er es war?«, wollte Arlis wissen.

»Nun, leider können wir Mr Vandermeer nicht mehr fragen«, sagte Geyer. »Er hatte einen tödlichen Unfall, schon vor ein paar Monaten, kurz vor der endgültigen Fertigstellung des Hotels. Und Sie haben gar nichts davon gehört, Doktor Holmes?«

Holmes funkelte ihn nur an, und Geyer fuhr an Arlis gewandt fort: »Ich hatte die schwache Hoffnung, dass seine Witwe vielleicht etwas weiß, aber wie sich herausgestellt hat, ist sie vor drei Monaten ebenfalls verstorben.«

»Und?«, fragte Holmes spröde. »Worauf wollen Sie hinaus?« Vielleicht, dass jeder starb, der etwas mit seinem Hotel zu tun hatte? Das war so grotesk, dass er beinahe gelacht hätte.

»Auf gar nichts«, sagte Geyer. »Aber wie gesagt: Ich hatte das Gefühl, den Namen schon einmal gehört zu haben, und nachdem ich zurück in meinem Büro war, habe ich einige alte Unterlagen durchgesehen und mich schließlich wieder erinnert. Vandermeer ist damals unter ... sagen wir: ungeklärten Umständen ums Leben gekommen. Die Polizei hat den genauen Hergang niemals ganz rekonstruieren können.«

»Was für ein Unsinn!«, blaffte Holmes. »Davon hätte ich gehört!«

»Nicht unbedingt«, sagte Geyer. »Entgegen der weit verbreiteten Meinung kann die Polizei manchmal doch sehr diskret sein. Vor allem, wenn sie erfolglos war. So etwas gibt niemand gerne zu. Aber das war es auch nicht, was mich stutzig gemacht hat.«

»Sondern?«, fragte Arlis, als er nicht sofort weitersprach, sondern Holmes auf eine Weise ansah, die es ihm immer schwerer machte, wenigstens äußerlich Ruhe zu bewahren.

»Die Versicherung«, sagte Geyer als Antwort auf Arlis' Frage, wobei er Holmes weiter fixierte. »Oder, genauer gesagt, die Höhe der Versicherung. Ich meine, ein einfacher Handwerker und eine solch horrende Versicherungssumme?« Geyer schüttelte heftig den Kopf. »Allein die Prämien hätten einen Gutteil seines Einkommens aufgezehrt.«

»Aber er hat sie bezahlt?«

»Im Voraus und gleich für ein Jahr«, bestätigte Geyer. »Das ist sehr ungewöhnlich. Und gestern habe ich zudem erfahren, dass auch seine Frau eine Lebensversicherung in bedeutender Höhe abgeschlossen hatte. Sie hätte es sich niemals leisten können – und ein Detail ist ganz besonders pikant: Beide Versicherungen wurden bei unterschiedlichen Gesellschaften abgeschlossen, was schon einigermaßen seltsam ist. Doch sie wurden außerdem vom selben Versicherungsmakler abgewickelt!«

»Und das ist ungewöhnlich?«, erkundigte sich Arlis.

»Nicht, wenn man verhindern will, dass man bei der Versicherung misstrauisch wird«, antwortete Geyer. Er sah Holmes weiter an, und irgendwie klangen seine Worte wie ein Vorwurf.

Holmes wurde immer zorniger. Er trank einen weiteren großen Schluck Wasser, was die Alternative dazu war, diesen unverschämten Kerl anzuschreien. Wenn nicht sogar mehr zu tun.

»Und noch etwas«, fuhr Geyer fort, als die erhoffte Antwort ausblieb. »Ich konnte gestern Abend noch mit einem Kollegen sprechen, der sich an Mr Vandermeer erinnert hat. Die Gesellschaft konnte es damals nicht beweisen, weshalb sie letzten Endes bezahlen musste, aber sie hatten den Verdacht, einem besonders raffinierten Betrug aufgesessen zu sein.«

»Und wie sollte dieser Betrug ausgesehen haben?«, erkundigte sich Arlis.

Holmes' Finger schlossen sich fest um das Wasserglas. »Das ist ja alles ganz interessant, Mr Geyer«, sagte er gepresst, bevor Geyer die Frage beantworten konnte, »aber was hat das alles mit Endres Christen zu tun?«

Oder mit ihm?

»Darauf komme ich jetzt«, antwortete Geyer. »Und das ist der wirklich interessante Teil. Wie gesagt handelt es sich zum großen Teil um Hypothesen, und nichts davon konnte bisher bewiesen werden. Dennoch ergibt es für mich allmählich einen Sinn.«

»Und hätten Sie auch die Freundlichkeit, uns an Ihrer Erkenntnis teilhaben zu lassen?«, fragte Holmes. Er stellte das Glas auf den Tisch zurück. Auch Arlis wirkte irritiert.

Geyer stand auf, ging um den Schreibtisch herum und bediente sich ungefragt am Portwein, bevor er weitersprach. »Wie es den Anschein hat, hat jemand Mr Vandermeer das Geld gegeben, um die Versicherung abzuschließen und die Police zu bezahlen, und allem Anschein nach auch seiner Frau.«

»Aber warum sollte jemand so etwas tun?«, fragte Arlis. Holmes' Herz schlug so schwer, dass er es bis in die Fingerspitzen spüren konnte, und er schloss die Hände fest um die geschnitzten Stuhllehnen, damit Geyer ihr Zittern nicht sah.

»Außer aus reinem Altruismus?« Geyer hob die Schultern. »Da fällt mir eigentlich nur ein Grund ein: weil man sich mit dem Versicherungsnehmer einigt, dass die Summe im Schadensfall aufgeteilt wird.«

Im Schadensfall? So, wie Geyer das sagte, klang es nach einem eingeschlagenen Fenster oder einem abgedeckten Dach, dachte Holmes, nicht nach einem Menschenleben.

»Aber ist es nicht illegal?«, fragte Arlis.

»Das wäre im Zweifel wohl eine Frage für die Gerichte«, antwortete Geyer. »Und auch das nur, wenn man es beweisen kann, was schwierig sein dürfte. So wie es aussieht, sind alle Geschäfte in bar abgewickelt worden, und es gibt keine Spuren.«

»Ich habe die Frage schon einmal gestellt, aber ich wiederhole sie gerne«, sagte Holmes gepresst. »Was zum Teufel hat das alles mit Miss Christen zu tun?«

»Oh, habe ich das nicht erwähnt?«, fragte Geyer mit geschauspielerter Überraschung. »Es deutet alles darauf hin, dass es Doktor Mudgett war, der diese Versicherungsverträge vermittelt hat.«

»Und auch das Geld vorgeschossen?«, fragte Arlis.

»Das nehme ich an.« Geyer hob zusätzlich die Schultern.

»Und wozu sollte das gut sein?«

»Wie gesagt ...« Geyer bemühte sich um ein nachdenkliches Gesicht. »Eine Jahresprämie zu investieren und die halbe

Versicherungssumme einzustreichen – wenn nicht mehr – scheint mir ein gutes Geschäft zu sein.«

»Aber doch nur, wenn es bei dieser einen Prämie bleibt«, gab Arlis zu bedenken. »Oder höchstens einigen wenigen. Und es ist eine wirklich sehr langfristige Investition.«

»Nicht, wenn man weiß, dass man nur diese eine Prämie bezahlen muss«, antwortete Geyer.

Holmes' Hände schlossen sich fester um die Lehnen des Stuhls, so dass das Holz nun ein protestierendes Knacken hören ließ. Sein Herz schlug ihm bis zum Hals.

»Was wollen Sie damit sagen?«, fragte Arlis.

»Er will damit sagen«, antwortete Holmes, bevor Geyer es tun konnte, »dass Herman diesen Leuten ein so großzügiges Angebot machen konnte, weil er vorhatte, sie anschließend umzubringen. Habe ich recht, Mr Geyer?« Er gab Geyer aber nicht die Gelegenheit zu antworten, sondern fuhr lauter und mit vor Zorn bebender Stimme fort: »Was bilden Sie sich eigentlich ein, Sie unverschämter Mensch? Sie kommen hierher, verhören mich in meinem eigenen Haus ...«

»Ich habe Sie nicht verhört, Doktor Holmes.«

»... und jetzt bezichtigen Sie meinen Freund auch noch des Mordes?«

»Das habe ich nicht.«

»Vielleicht haben Sie es nicht ausgesprochen, aber das war auch nicht nötig«, sagte Holmes wütend. »Behandeln Sie mich nicht wie einen Idioten, Mr Geyer! Ihre Unverschämtheiten reichen mir allmählich!« Er begann wild mit den Händen in der Luft herumzufuhrwerken und sprang auf. »Ich lasse nicht zu, dass Sie den Ruf meines Freundes beschädigen, nur weil Sie nichts finden, was Sie mir ans Zeug flicken könnten!«

»Henry?«, fragte Arlis. Sie klang besorgt, was Holmes aber nur noch wütender machte. Zweifellos hatte sie sich mit diesem Mistkerl zusammengetan, und das möglicherweise sogar schon, bevor sie überhaupt hierhergekommen war. Hatte sie nicht selbst zugegeben, dass Geyer und sie sich schon gekannt hatten, bevor sie nach Chicago gekommen war? Ein solch hinterhältiger Plan hätte durchaus zu Geyer gepasst.

»Ich möchte, dass Sie gehen!« Er schrie fast. »Verlassen Sie mein Haus, auf der Stelle!«

Arlis erhob sich nun ebenfalls. »Henry, Sie haben da etwas falsch verstanden«, sagte sie. Sie versuchte ihm beruhigend die Hand auf den Unterarm zu legen, doch er schüttelte ihre Berührung nicht nur ab, sondern musste sich beherrschen, um sie nicht auch noch von sich zu stoßen.

»Nein, das habe ich nicht!« Jetzt schrie er wirklich oder versuchte es doch wenigstens, auch wenn seine Stimme ihm schon nach den ersten Worten den Dienst aufzukündigen begann. »Ich bin sehr enttäuscht von Ihnen, Arlis! Nachdem ich Ihre Schwester kennengelernt habe, hätte ich wahrlich ein bisschen mehr Anstand von Ihnen erwartet! Haben Sie beide das von Anfang an geplant?«

»Henry?«, fragte Arlis verstört.

Holmes erschrak vor seinen eigenen Worten. Er hatte das nicht sagen wollen, und er wollte auch jetzt nicht weitersprechen, aber er konnte gar nicht anders, als noch lauter zu werden und Dinge zu sagen, die er nicht sagen wollte, und wenn er nicht achtgab, möglicherweise Dinge zu tun, die er nicht tun wollte. Etwas erwachte in ihm, eine Wut, von der er bis zu diesem Moment nicht einmal gewusst hatte, dass er sie aufzubringen imstande war.

Und das war nicht alles. Er wollte Geyer packen und ihm *wehtun*. Was geschah mit ihm? *Was machte dieser Kerl mit ihm?*

»Doktor Holmes«, sagte nun auch Geyer, »ich versichere Ihnen, dass es mir fernlag …«

»Halten Sie den Mund!«, brüllte Holmes. Seine Hände zuckten unkontrolliert, und es bedurfte all seiner Kraft, sie daran zu hindern, sich um Geyers Kehle zu legen und zuzudrücken, um das Leben aus ihm herauszupressen. Er hatte Angst vor sich selbst. »Verschwinden Sie! Verlassen Sie auf der Stelle mein Haus, beide, und …«

Er konnte nicht weitersprechen, und seine Stimme kippte

endgültig und wurde für einen Moment zu einem lächerlichen Quietschen, bevor sie ganz verstummte, und alles drehte sich um ihn. Sein Herz hämmerte so schnell in seiner Brust, dass die einzelnen Schläge ineinander überzugehen schienen und körperlich wehtaten, und seine Beine vermochten das Gewicht seines Körpers nicht länger zu tragen. Er konnte gerade noch einen hastigen Schritt machen und sich auf die Bettkante sinken lassen, sonst wäre er gestürzt.

»Henry?«, fragte Arlis. Ihre Stimme klang ehrlich erschrocken, und auf ihrem Gesicht lag ein Ausdruck von Angst. »Was ist mit Ihnen?«

Holmes konnte nicht antworten. Er wollte es, aber in seinem Kopf drehte sich alles. Er sank nach hinten und hatte das Gefühl, mit dem Hinterkopf auf Beton zu schlagen, statt auf weiche Kissen. Ihm wurde übel.

»Henry?«, fragte Arlis noch einmal. Vielleicht sagte sie auch etwas anderes. Er verstand es nicht. Vor seinen Augen wurde alles grau, dann rot.

Dann schwarz.

Whitechapel, London, 1888

Das Zimmer als schäbig zu bezeichnen wäre nicht geschmeichelt gewesen, sondern eine glatte Lüge. Beginnend mit seiner Studentenunterkunft in Ann Arbor bis hin zu seinem bescheidenen Mansardenzimmer drüben im Saint-Mary's-Hospiz war Herman niemals anspruchsvoll oder gar verwöhnt gewesen, was sein Logis anging, aber dieses Loch hätte nicht nur bequem in die meisten Schränke gepasst, die er jemals sein Eigen genannt hatte, sondern starrte auch vor Dreck, und das Mobiliar bestand aus einem schmalen Bett, das schon quietschte, wenn man es nur ansah, einem schlampig zusammengezimmerten Schrank sowie einem Tisch und zwei ungleichen wackeligen Stühlen, die diesen Namen nicht verdienten, geschweige denn, dass er ihnen guten Gewissens sein Gewicht anvertraut hätte.

Das Schlimmste war der Gestank. Die Wände starrten vor Schmutz, und auf dem Boden meinte man festzukleben, wenn man den Fehler beging, länger als einen Atemzug auf derselben Stelle zu stehen. Es gab in diesem Haus weder fließendes Wasser noch eine Toilette, womit es sich nicht von den allermeisten anderen Gebäuden in diesem Viertel unterschied. Kelly benutzte stattdessen einen hölzernen Eimer mit Deckel, und so wie es hier roch, hatte sie ihn vermutlich das letzte Mal gesäubert, bevor Herman nach England gekommen war. Oder vielleicht auch noch nie.

Selbstverständlich hatte sich ihm Kelly gleich am ersten Abend angeboten – und zwar umsonst und aus reiner Dankbarkeit ihrem Retter gegenüber, wie sie nicht müde wurde zu betonen –, doch selbst wenn sie fünfzehn Jahre jünger und nur ein Zehntel so verlebt gewesen wäre, wäre er in einer solchen Umgebung niemals in Stimmung gekommen. Tatsächlich hatte er Kelly kein einziges Mal angerührt, seit sie zusammen waren, und das würde er auch nicht. Nicht nur weil sie war, was (und wie) sie nun einmal war, sondern weil es einfach nicht richtig gewesen wäre. Auch wenn sich sehr schnell herausgestellt hatte, dass sie doch nicht das war, was er so gerne in ihr gesehen hätte, so war da doch etwas Besonderes zwischen ihnen, und alles Körperliche hätte das zerstört.

Nicht, dass es jetzt noch einen Unterschied machte.

Herman unterzeichnete den Brief, an dem er die letzten anderthalb Stunden gearbeitet hatte, schraubte sorgfältig die Kappe auf seinen Füllfederhalter und steckte das Schreibgerät ein, bevor er den Brief noch ein weiteres Mal auf Fehler in Rechtschreibung und Grammatik durchsah. Alles war in Ordnung, was sich bei etwas gründlicherem Nachdenken aber als vielleicht gar nicht einmal so klug erwies. Immerhin hatte er in seinen letzten Mitteilungen ganz bewusst den einen oder anderen Fehler sowohl semantischer als auch orthografischer Natur eingebaut, um ein wenig Nebel zu werfen, wie er es Kelly gegenüber gesagt hatte, und dieser nicht nur fehlerfreie, sondern auch weitaus präziser formulierte Brief würde …

… zweifellos nur für noch mehr Verwirrung sorgen, führte eine lautlose Stimme hinter seiner Stirn den Satz zu Ende. Und genau das war doch der Sinn all dieser falschen Hinweise und irreführenden Spuren gewesen, oder?

Es war nicht seine eigene Stimme, die er da hörte, auch wenn sie so klang und sich seiner Wortwahl und seines Duktus bediente, sondern die Stimme seines dunklen Verbündeten, der ihn wieder einmal auf den richtigen Weg wies. Wer war er schon, die Pläne des Todes zu hinterfragen?

Herman las den Brief noch ein abschließendes Mal durch, faltete ihn zusammen und besann sich dann noch einmal um, so dass er das Blatt zurück auf den Tisch legte und glatt strich, bevor er noch ein zusätzliches Postskriptum daruntersetzte. Es konnte nicht schaden, für ein bisschen zusätzliche Verwirrung zu sorgen. Mit dem zweiten Anlauf versiegelte er den Brief endgültig und schrieb eine Adresse darauf, die er nicht nur auswendig kannte. Er war sogar schon zweimal dort gewesen und hatte sich das Gebäude und die Menschen, die darin arbeiteten, angesehen, und eines von diesen beiden Malen war er ernsthaft in Versuchung gewesen, tatsächlich hineinzugehen und für noch mehr Verwirrung zu sorgen. Ein verlockender Gedanke, aber natürlich vollkommen undurchführbar.

»Womit hast du diesmal unterschrieben, Jack?«, erkundigte sich Kelly. »Wieder mit *aus der Hölle?*«

Er hätte ihr diesen Brief niemals vorlesen dürfen, dachte Herman, und es war eigentlich auch nur einem Moment der Schwäche (und purer kindlicher Angeberei) geschuldet, dass er es überhaupt getan hatte. Er bedauerte diesen Moment zutiefst, denn es verging kein Tag, an dem sich Kelly nicht darin gefiel, eine – wie sie meinte – geheimnisvolle Bemerkung und die eine oder andere Andeutung zu machen. Und das vermutlich nicht nur ihm gegenüber. Früher oder später würde sie sich um Kopf und Kragen reden. Wahrscheinlich früher.

Aber das konnte ihm gleich sein. In ein paar Stunden – Herman zog seine Taschenuhr hervor und klappte den Deckel auf: fünf Stunden, um genau zu sein – konnte ihm alles gleich sein, was auf dieser Seite des Ozeans geschah.

»Warum siehst du dauernd auf die Uhr?«, fragte Kelly. Dass sie auf ihre erste Frage keine Antwort bekommen hatte, hinderte sie nicht daran, noch eine weitere zu stellen und wahrscheinlich noch eine dritte und fünfte und zwanzigste, bis diese Nacht endgültig vorüber war. Herman hätte ihr zum Abschied nur zu gerne wenigstens die Zunge herausgeschnitten, aber das hätte nicht in seine Pläne gepasst. Schließlich brauchte nicht nur die Polizei einen Schuldigen, sondern vor allem die Öffentlichkeit. Und er hatte dafür gesorgt, dass genug Hinweise in dieses schmutzige Zimmer führten.

»Gehst du heute Nacht noch einmal weg, Jack?« Kellys dritte Frage.

»Ich hatte daran gedacht«, antwortete Jack wider besseres Wissen. Er sollte jetzt lieber gar nichts mehr sagen. »Aber es ist kalt geworden – hier drinnen übrigens auch.« Er drehte sich auf seinem knarrenden Stuhl herum, behutsam, damit das altersschwache Möbelstück nicht unter seinem Gewicht zerbrach, und versuchte Kelly anzusehen, ohne sich seine Gefühle anmerken zu lassen. Es war tatsächlich frisch in dem winzigen Zimmer, und wäre der Herbst nicht für Londoner Verhältnisse ungewöhnlich mild gewesen, dann wäre ihr Atem jetzt wahrscheinlich schon als grauer Dampf vor ihrem Gesicht erschienen. Vielleicht wäre das noch nicht einmal das Schlechteste gewesen, sinnierte Herman, denn das gelbstichige Petroleumlicht der einzigen Lampe ließ nicht nur ihren Teint ganz besonders unvorteilhaft erscheinen, sondern betonte auch all die kleinen Unreinheiten und Pickel und Abszesse auf ihrer Haut; und vor allem die unübersehbaren Spuren, die ein ausschweifendes und zügelloses Leben in ihrem Gesicht hinterlassen hatte.

Herman hatte sie nie für eine Schönheit gehalten. Er war schließlich nicht blind. Aber nun, in diesem ganz bestimmten Licht und vielleicht auch diesem ganz bestimmten Moment, wurde ihm zum ersten Mal bewusst, wie übel das Leben ihr wirklich mitgespielt hatte. Er hatte Kelly nie gefragt, wie alt sie war, und es interessierte ihn auch nicht, doch nun wurde ihm klar, dass sie kaum älter sein konnte als er. Und dennoch zugleich schon eine alte Frau, verbraucht und ausgezehrt von einem Leben, das niemand führen sollte, nicht freiwillig und schon gar nicht unfreiwillig.

»Es ist wirklich kalt hier«, sagte Kelly. Sie schauderte übertrieben, und da sie anscheinend der Meinung war, ihre schauspielerischen Talente noch nicht genug demonstriert zu haben, ließ sie sich halb auf das schmale Bett sinken, zog die Knie an und die zerschlissene Decke halb über sich, bis sie auf eine Art dasaß, die sie wohl für verführerisch hielt. »Warum kommst du nicht zu mir unter meine Decke, und wir wärmen uns gegenseitig?«

»Heute nicht«, antwortete Herman.

»Weil heute Dienstag ist oder Freitag oder was weiß ich?« Kelly stülpte die Unterlippe vor. »Du findest immer neue Ausreden. Bin ich dir zu alt, oder interessierst du dich gar nicht für Frauen?«

»Doch«, antwortete Herman müde. Wie oft hatten sie dieses Gespräch schon geführt?

»Nur nicht für mich.«

»Das ist doch Unsinn«, sagte Herman. Ihm stand wirklich nicht der Sinn nach dieser Art von Gespräch, aber er tröstete sich damit, dass es die letzte Nacht war, in der er ihr Gerede ertragen musste.

»Ich kann baden, wenn es das ist, was dich stört«, sagte sie.

Beinahe hätte er gelacht, zwang sich stattdessen jedoch zu einem sanften Lächeln und zugleich einem veränderten Ton in seiner Stimme. »Ich interessiere mich für Frauen, Kelly«, sagte er. »Und auch für dich. Aber nicht so.«

»Nicht so?« Kelly zog die Augenbrauen zusammen. »Ich versteh'. Weil ich eine Hure bin.«

»Huren kann ich an jeder Ecke für ein paar Pennys bekommen«, sagte er. »Aber was wir beide zusammen haben, ist etwas Besonderes.«

»Und deshalb schläfst du nicht mit mir?«

»Ich habe daran gedacht«, sagte Herman. »Aber das würde alles zerstören, glaub mir.«

»Nein«, antwortete sie. »Ich meine: Doch, ich glaub dir, aber ich versteh' es nicht.«

Das hatte Herman auch nicht erwartet. Und wenn, dann würde sie es gewiss nicht so verstehen, wie es wirklich gemeint war. Er empfand eine vage Trauer, die er im ersten Moment nicht einmal begriff. Dann empörte sie ihn. Es war doch nicht möglich, dass er tief in sich so etwas wie Sympathie für diese heruntergekommene, versoffene Hure empfand.

Und wenn es doch so war – was sagte das über ihn?

»Du wirst es verstehen«, sagte er. »Bald. Ich habe selbst eine Weile gebraucht, bis ich es verstanden habe.«

»Was verstanden?«

»Den großen Sinn hinter allem«, antwortete Herman.

»Was für einen verdammten Sinn?«, fragte Kelly.

Diesmal war Hermans Lächeln nicht gespielt. »Ich weiß, dass du glaubst, du hättest Mary Ann Nichols nur getötet, weil sie dich wütend gemacht hat, und weil sie dir das Geschäft verderben wollte«, sagte er. »Und für alle anderen würde das auch so aussehen, aber so war es nicht, glaub mir. Es gibt keinen Zufall. Alles, was wir tun, und alles, was uns zustößt, folgt einem großen Plan.«

»Tatsächlich?« Kelly lachte hässlich. »Und wie sollte der aussehen?«

»Das weiß ich nicht«, antwortete Herman, was weder vollkommen der Wahrheit entsprach noch gänzlich gelogen war. »Am Anfang dachte ich genau wie du, aber das war ein Irrtum. Es hat alles einen Sinn. Dass wir ihn noch nicht erkennen bedeutet nicht, dass es ihn nicht gibt.«

Kelly sah ihn sehr nachdenklich an, und er konnte sehen, wie es hinter ihrer Stirn arbeitete. Sie nickte. »Du meinst Gott und so? Da glaub ich nicht dran.«

»Ich auch nicht«, sagte Herman. Das entsprach der Wahrheit. »Gott habe ich noch nie gesehen. Aber den Tod schon oft.«

Sie machte ein Gesicht, als hätte sie wirklich verstanden, was er sagte. »Gehen wir heute Nacht nun noch mal raus oder nicht?«

Er hatte schon selbst daran gedacht, denn schließlich stand ihm eine geraume Weile der Abstinenz bevor, sich aber dann dagegen entschieden. Ein gewisses Risiko blieb immer, ganz gleich, wie vorsichtig und gründlich vorbereitet man war. Und an einem Tag wie heute war es einfach besser, kein Risiko einzugehen. Er verneinte. »Das würde ich gerne, aber ich habe noch viel zu tun.«

Kelly schwieg eine ganze Weile, in der sie ihn auf eine Art ansah, die er nicht wirklich zu deuten imstande war. Dann fragte sie: »Du musst noch deine Koffer packen, oder? Oder hast du das schon gemacht?« Sie antwortete sich auch gleich selbst mit einem Nicken. »Doch, ich glaub schon. Du bist ein kluger Mann, der alles ganz genau plant und keine Fehler macht. Ist dein Gepäck schon an Bord?«

»Ich verstehe nicht, wovon du sprichst«, sagte er und kam sich selbst dabei albern vor.

»Die *Montreal*«, antwortete Kelly. »Der Kohlefrachter, auf dem du eine Kajüte gemietet hast. Ich kenne ein paar Jungs von der Mannschaft. Vorgestern war ich an den Docks, weißt du, wollte mal sehen, ob ich ein paar alte Freundschaften auffrischen und vielleicht ein paar Pennys verdienen kann.«

»So?«, murmelte Herman. Er war so perplex, dass ihm nichts Originelleres einfiel, auch wenn er es selbst als würdelos empfand, jetzt noch zu leugnen.

»Und weißt du, wen ich da gesehen habe?«

»Nein.« Herman fragte sich, warum er das sagte. Er wusste es doch ganz genau.

»Doktor Jack Morgan, den berühmten Kinderarzt aus dem St. Mary's, drüben am anderen Ufer«, antwortete Kelly. »Zuerst hab ich gedacht, ich hab mich vertan, denn was soll ein so feiner Mann wie du auf einem dreckigen Kohlefrachter? Aber dann hab ich mit dem Zahlmeister gesprochen. Nicht nur gesprochen, wenn du verstehst. Zuerst wollte er nicht so recht mit der Sprache raus, aber dann doch. Du ahnst ja gar nicht, was die Männer im Bett alles ausplaudern. Ich könnte dir Geschichten erzählen ...« Sie machte eine wegwerfende Handbewegung. »Aber viel spannender ist die Geschichte, die er mir erzählt hat.«

»Ich muss zurück nach Amerika«, antwortete Herman. Er hätte sich gerne eingeredet, dass er sich wieder gefangen hatte, aber das wäre nicht wahr gewesen. »Es ist etwas mit meiner Familie. Vergangene Woche kam ein Telegramm aus Boston. Mein Vater ist schwer krank, und ich muss zurück.«

»Auf einem Kohlefrachter?« Kelly glaubte ihm kein Wort, und er an ihrer Stelle hätte es auch nicht getan.

»Es ist preiswerter als ein Passagierschiff«, behauptete er. »Ich bin kein reicher Mann.«

»Du bist Arzt.«

»An einem Kinderhospiz, das von der Kirche betrieben wird«, erinnerte er. »Sie halten dort mehr von Gottes Lohn als vom schnöden Mammon.«

»Und von Geld?«, fragte Kelly.

Bei jedem anderen hätte er gelächelt und es für einen Scherz gehalten. Aber Kelly meinte das ernst. »Davon auch nicht«, seufzte er. »Marie-Jeannette, es tut mir leid. Ich weiß, ich hätte es dir sagen sollen, aber ich … Ich wusste einfach nicht, wie. Ich wollte dir nicht wehtun.«

»Und dich einfach so davonzumachen ist besser?«

»Nein«, bekannte Herman. »Das ist feige, ich weiß. Aber ich habe niemals versprochen, für immer hierzubleiben.«

»Und ich will nicht, dass du gehst«, nörgelte Kelly.

»Aber warum sollte ich bleiben?«, erwiderte Herman. Zugleich hob er die Hand, als Kelly auffahren wollte. »Ich habe dir alles beigebracht, was ich weiß. Du bist die perfekte Schülerin. Ich kann dir nichts mehr zeigen.«

»Du redest Scheiße, Doktor Jack«, sagte Kelly. Sie setzte sich wieder etwas gerader auf und zog die Knie fast bis ans Kinn hoch und die dünne Decke enger um die Schultern, wodurch sie zusammen mit ihrem übertriebenen Schmollmund nun endgültig wie ein quengeliges Kind aussah. Ohne den schwarzen Grind auf ihren Lippen, die schlechten Zähne und das Netzwerk aus geplatzten haarfeinen Säuferäderchen auf ihren Wangen hätte sie beinahe niedlich ausgesehen.

Herman sah rasch weg, bevor er etwas sagte, das er vielleicht bedauerte. Aus einem Grund, den er selbst nicht ganz verstand, wollte er sie nicht verletzen.

»Du hast Angst, dass sie dir auf die Schliche kommen, und machst dich aus dem Staub«, sagte sie. »Und was aus mir wird, ist dir egal.«

»So ist das nicht«, erwiderte er lahm. Seine Verwirrung wuchs immer mehr. Was war nur mit ihm los? Wo waren seine Worte geblieben?

»Nein, so ist es tatsächlich nicht«, polterte Kelly. »Du

machst dich aus dem Staub und wirfst mich der Meute zum Fraß vor.«

»Du willst mit mir kommen?«, fragte er ungläubig. »Nach Amerika?«

»Niemand geht nach Amerika, und du schon gar nicht«, sagte Kelly. »Du bleibst schön hier. Wir gehören zusammen, du und ich. Wer weiß, vielleicht zieh' ich ja auch zu dir in deine schicke Reiche-Leute-Wohnung auf der anderen Seite und lass es mir eine Weile gut geh'n.«

»Das geht nicht«, antwortete er. »Ich meine, selbst wenn ich wollte: Die Wohnung gehört dem Hospiz und das gehört der Kirche. Sie erlaubt so etwas nicht.«

»So etwas«, wiederholte Kelly. »Eine Hure im Haus?« Sie lachte leise. »Soll ich dir mal alle Pfaffen aufzählen, die ihre Hände schon an meinem Arsch hatten?«

»Musst du dich immer so ordinär ausdrücken?«, tadelte Herman.

»Den meisten gefällt es«, erwiderte Kelly achselzuckend. »Und lenk nicht ab. Wir wollten über dich sprechen. Und über mich.«

Nein, das wollte Herman nicht, denn er wusste, wie es enden würde, und das wollte er noch sehr viel weniger, auch wenn er es selbst nicht ganz verstand. »Du kannst nicht mit mir kommen«, sagte er so sanft, wie es ihm nur möglich war. »Weder nach Amerika noch ins Hospiz. Ich kann dir ein wenig Geld dalassen, und ich verspreche auch, dir noch mehr zu schicken, sobald es mir möglich ist.«

»Am Arsch«, sagte Kelly. Ihre Augen blitzten kampflustig. »Du bleibst schön hier, Doktor Jack. Hier in London und hier bei mir.«

»Und du bist ganz sicher, dass du das willst?«, fragte Herman.

Kelly verstand, was er meinte, und wie hätte es auch anders sein können? Erstaunlicherweise wirkte sie kein bisschen beunruhigt, von Angst gar nicht zu reden. Was wiederum ihn ein wenig beunruhigte. Hatte er irgendetwas übersehen?

»Ich bleibe bestimmt nicht hier und halt' den Kopf für das hin, was du getan hast.«

»Wir«, erinnerte Herman. »Was *wir* getan haben.« Und genau genommen sie. Er hatte Conway getötet, weil sie sonst entkommen wäre, bei den anderen hatte er lediglich assistiert.

»Am Arsch«, sagte Kelly noch einmal. Sie schien an dem Wort Gefallen gefunden zu haben. »Du glaubst doch nicht wirklich, dass ich dir das abkaufe.«

»Was?«

»Dass es nur die vier waren«, schnaubte Kelly. »Wie viele hast du umgebracht, bevor wir uns kennengelernt haben?«

»Warum?«, fragte Herman. Er war nicht überrascht, nicht einmal zornig, sondern auf eine traurig machende Art enttäuscht. Er hatte das nicht gewollt – auch das nicht, was nun kam.

»Aber ist ja auch egal«, sagte Kelly. »Die Polizei wird schon den Rest rausfinden.«

»Die Polizei?«

»Hast du etwa geglaubt, ich halt' allein den Kopf hin?«

»Es würde dich auch selbigen kosten«, sagte Herman, erntete aber nur ein heftiges Kopfschütteln und eine Grimasse.

»Kann schon sein. Kann auch nicht sein – wenn ich ihnen alles erzähle, lassen sie sich vielleicht auf einen Handel ein.«

»Und sie würden natürlich dir glauben und nicht mir?«

»Du meinst, dem feinen Herrn Doktor aus der Stadt glaubt man eher als der Hure aus Whitechapel?« Kelly machte ein ordinäres Geräusch. »Du hättest deine kleinen Briefchen nicht schreiben sollen, Doktor Jack. Keiner glaubt, dass eine wie ich sich so gequirlt ausdrücken kann. Und du liest wohl keine Zeitung. Viele halten den Schlitzer für einen Arzt.«

Herman schwieg auch dazu, aber er musste sich eingestehen, dass sie zum Teil recht hatte – zu einem unangenehm großen Teil. Im Grunde sollte er ihr dankbar sein, ihn auf seine Fehler aufmerksam gemacht zu haben. Bevor er die Stadt verließ, würde er noch etliche der falschen Spuren wieder verwischen müssen, die er gelegt hatte. Nicht alle, dazu blieb ihm einfach nicht mehr die Zeit, doch die meisten waren ohnehin so subtiler Natur, dass die Polizei sie ohne eine kleine Hilfestellung kaum fand.

»Und selbst wenn nicht, dann steh'n wir nebeneinander unter dem Galgen«, sagte Kelly grimmig. »Ist mir immer noch lieber, als allein für alles beschuldigt zu werden.«

Irgendetwas in seinem Blick musste sich verändert haben, denn Kelly wirkte für einen ganz kurzen Moment erschrocken, doch sie fing sich auch sofort wieder, und Trotz nahm die Stelle erwachender Furcht in ihren Augen ein. »Lass dein Messer stecken, Jack.« Sie machte eine Kopfbewegung auf seine Jackentasche. »Du hast es doch dabei, oder?«

Herman nickte stumm.

»Bevor du es rausholst und was tust, was mir gar nicht gefällt, muss ich dir noch was sagen«, fuhr sie fort. »Wenn etwas passiert oder ich einfach verschwinde oder so was, dann habe ich einen Brief geschrieben, der am nächsten Tag zur Polizei geht. Da steht alles drin. Bestimmt nicht so hochgestochen und fehlerfrei wie deine, aber sie werden ihn schon entziffern, keine Sorge. Steht alles ganz genau drin, was wir zusammen gemacht haben. Und ich kenn' die Polizei. Sie sind vielleicht nicht die Schlausten, doch wenn sie einmal anfangen zu graben, dann hören sie nicht auf, bevor sie nicht alles herausgefunden haben.«

»Und diesen Brief hast du jemandem gegeben, dem du vertraust.«

»Natürlich willst du gerne wissen, wem«, sagte Kelly. »Aber das sag ich dir nicht. Ganz egal was du mit mir machst.«

Herman schätzte, dass er eine Minute bräuchte, um alles von ihr zu erfahren, was er wollte, und vielleicht anderthalb, um sicher zu sein, dass es auch die Wahrheit war. Er schwieg.

»Ich weiß, dass du mich jetzt hasst und überlegst, wie du mich trotzdem umbringen kannst. Aber das musst du nicht. Ich will dich nicht erpressen oder so was. Mir geht's nicht um Geld.«

»Sondern?«

»Dich«, antwortete sie. »Ich will, dass du bei mir bleibst. Du wirst dich schon dran gewöhnen.«

»An dich?«

»Warum nicht? Ich hab unter meinem Rock dasselbe wie die feinen Ladys.« Begriff sie eigentlich nicht, wie sehr es ihn anwiderte, wenn sie so sprach? Aber er verstand auch, warum sie das tat. Selbst ihr musste klar sein, dass sie damit nicht durchkam, und ihm war – noch ein Fehler, und möglicherweise sogar der schlimmste – bisher noch gar nicht klar gewesen, was sie in Wahrheit in ihm sehen musste. Nämlich nicht einfach nur einen weiteren Freier, der noch dazu ihre sadistischen Neigungen teilte. Vielmehr musste er für sie den Weg in eine vollkommen andere Welt bedeuten, ein Ausweg aus einem Leben, das sie niemals hatte führen wollen, und hinein in eines, das ansonsten für immer außerhalb ihrer Reichweite bleiben würde.

»Ich tu alles, was du willst«, fuhr sie fort, als er nicht antwortete. Jetzt klang sie ein bisschen verzweifelt, gab sich aber alle Mühe, wenigstens seinem Blick standzuhalten. »Ich kann mich ändern. Du kaufst mir schöne neue Kleider und bringst mir bei, mich wie eine feine Lady auszudrücken und zu bewegen und Bücher zu lesen und all das. Du kannst mich haben, sooft du willst, und ich kann dir auch helfen, deine kranken Kinder zu pflegen. So was wollte ich immer schon. Ich liebe Kinder.«

Solange es nicht ihre eigenen waren, schränkte Herman in Gedanken ein. Aber er glaubte ihr, und er suchte vergeblich nach Zorn in sich. Sie tat ihm einfach nur leid.

»Ja«, sagte er, »das könnten wir tun.«

In Kellys Augen erschien ein Funkeln von Unglauben, und Herman wartete, bis es zu einer verzweifelten Hoffnung heranwuchs, dann schlug er zu, so hart und ansatzlos aus der Hüfte, dass sie den Hieb vermutlich nicht einmal kommen sah, bevor seine Faust ihre Kinnspitze traf und ihr Bewusstsein auslöschte. Kelly fiel lautlos zur Seite und aufs Bett. Ihre Unterlippe platzte auf, und Blut lief über ihr Kinn und fügte der Unzahl hässlicher Flecken auf der Decke noch einige neue hinzu.

Herman blieb etliche Sekunden lang stehen und sah auf die bewusstlose Frau hinab. Seine Hand schmerzte, doch das war alles, was er empfand. Er sollte zornig sein, war es aber nicht, doch er verspürte auch keine Freude bei dem, was er nun tun musste. Sie war kein Opfer. Nicht die Art von Opfer, die er normalerweise bevorzugte, Menschen, die er kaum oder allerhöchstens flüchtig kannte, oder die sein unsichtbarer Verbündeter für ihn ausgesucht hatte. Was nun kam, war einfaches blutiges Handwerk, das getan werden musste.

Er überzeugte sich davon, dass sie wirklich bewusstlos war und es auch noch eine Weile bleiben würde, dann begann er Kelly unter Zuhilfenahme des Rasiermessers auszuziehen, wobei er penibel darauf achtete, nur ihr Kleid und die fadenscheinige Wäsche zu zerschneiden und die Haut darunter nicht einmal zu ritzen. Es war das erste Mal, dass er sie nackt sah, und er war im Nachhinein froh, ihre diversen Angebote ausgeschlagen zu haben. Sie starrte vor Schmutz, von ihrem Körpergeruch ganz zu schweigen, und er empfand eine leichte Übelkeit. Trotzdem zwang er sich, sie an Hand- und Fußgelenken an die Bettpfosten zu fesseln und auch noch einen Streifen aus ihrer Unterwäsche zu schneiden, mit dem er sie knebelte. Dann kniete er sich über sie und wartete, bis sie wieder zu sich kam. Es wäre barmherziger gewesen, ihr die Kehle durchzuschneiden, so dass sie das Bewusstsein gar nicht mehr zurückerlangte, und er war durchaus in der Stimmung für Barmherzigkeit. Doch das konnte er nicht, so gerne er Kelly diese letzte Gnade erwiesen hätte.

Darauf zu warten, dass sie von selbst wach wurde, dauerte ihm nun doch zu lange, also ohrfeigte er sie, nur leicht, aber mehrmals hintereinander, bis ihre Augenlider zu flattern begannen und sie den Kopf wegdrehte, um seinen Schlägen auszuweichen. Sein letzter Hieb fiel deutlich härter aus, so dass Kellys Unterlippe unter dem Knebel noch weiter aufplatzte und sich der vergilbte Stoff rot färbte. Sie versuchte den Kopf noch weiter zur Seite zu drehen, was ihr aber nicht gelang, weil er mit der Linken ihr Kinn ergriff und sie zwang, ihn anzusehen.

»Bist du wach?«, fragte er.

Kellys Augen füllten sich mit Tränen, doch sie signalisierte ihm ein Nicken.

»Und du verstehst, was ich sage?«

Ein abermaliges Nicken.

»Das ist gut«, sagte Herman. »Dann hör mir ganz genau zu, und sieh hin.«

Er zog das Rasiermesser aus der Jackentasche, und Kellys Augen wurden groß und füllten sich mit schwarzer Panik, als er die Klinge herausklappte und die Schneide unter ihrer linken Brustwarze ansetzte. Nicht fest, aber doch entschlossen genug, damit sie ein leises Brennen verspüren musste.

»Ich nehme jetzt den Knebel herunter«, sagte er. »Wenn du schreist oder irgendetwas anderes Dummes versuchst, schneide ich sie ab. Hast du das verstanden?«

Kelly begann unter ihrem Knebel zu schluchzen, aber nach einer weiteren Sekunde signalisierte sie ihm ein neuerliches Nicken. Herman zog mit einer Hand den improvisierten Knebel herunter, aber er ließ das Messer, wo es war.

»Gut«, sagte er. »Dann wirst du mir jetzt die Wahrheit sagen. Wem hast du diesen Brief gegeben? Ich merke es, wenn du mich anlügst, das weißt du.«

Sie wagte es nicht, auch nur ein Wort zu sagen, konnte aber ein leises Wimmern nicht unterdrücken.

»Also?«, verlangte er. »Wer hat diesen Brief? Und bevor du antwortest: Ich werde dich jetzt fesseln und knebeln und den Brief dann holen, und sollte sich herausstellen, dass du mich angelogen hast, dann komme ich zurück, und ich glaube, du kannst dir vorstellen, was ich dann mit dir mache.«

»Es gibt … keinen Brief«, stammelte Kelly. »Bitte, das musst du mir glauben! Ich hab das nur so gesagt!«

Herman verstärkte den Druck auf die Messerklinge um eine Winzigkeit. Nicht genug, um sie zu verletzen oder gar Blut fließen zu lassen, wohl aber, um ihr jetzt wirklich wehzutun. Vorsorglich hielt er ihr mit der anderen Hand den Mund zu und zog sie erst wieder zurück, als sie beinahe zu ersticken drohte.

»Das war nur eine Warnung«, sagte er. »Also: Wer hat diesen Brief?«

»Niemand«, wimmerte Kelly. »Ich schwöre! Ich habe das nur erfunden, damit du mir nichts tust!«

»Ich glaube dir nicht«, sagte Herman. »So schlau bist du nicht.«

Tatsächlich glaubte er ihr sehr wohl, nicht einmal so sehr wegen ihrer verzweifelten Beteuerungen, sondern weil er spürte, dass sie die Wahrheit sagte. Ihre Angst war viel zu groß, als dass sie jetzt noch lügen konnte. Er schwieg noch einen weiteren Moment, in dem er sich an dem schwarzen Flackern der Panik in ihren Augen erfreute, dann zog er das Messer zurück.

»Ich glaube dir«, sagte er. »Und mein Kompliment. So eine kluge Idee hätte ich dir gar nicht zugetraut. Und ich bin dir nicht böse. Ich an deiner Stelle hätte wahrscheinlich dasselbe versucht.«

Lächelnd tätschelte er ihre Wange, benutzte dann beide Hände, um den improvisierten Knebel wieder nach oben zu schieben und zugleich fester zu zurren. Kelly versuchte zu schreien und bäumte sich mit aller Kraft unter ihm auf. Aber seine Fesseln hielten.

»Wie gesagt, ich glaube dir«, fuhr er in fast freundlichem Ton fort. »Aber selbst wenn du gelogen hast, macht das nichts. Du hast nämlich vollkommen recht. Ich habe alles ganz genau geplant. Du hast deinen Zahlmeister nicht zufällig nach dem Namen seines Passagiers gefragt?«

Kelly starrte ihn nur aus aufgerissenen Augen an, so dass er an ihrer Stelle den Kopf schüttelte und gleichzeitig aufstand. »Nein. Das hast du nicht, sonst hättest du erfahren, dass er den Namen Jack Morgan noch nie gehört hat. Es wäre doch dumm, zweimal hintereinander unter demselben falschen Namen zu reisen. Ich halte es zwar für eher unwahrscheinlich, aber es wäre schon fast peinlich, wenn ich eurer tüchtigen Polizei entgehe, nur um von ihren New Yorker Kollegen in Empfang genommen zu werden, die vielleicht schon auf Doktor Jack Morgan warten. Er war ein sehr böser Mann, musst du wissen.«

Er ging zum Tisch, legte das Messer aufgeklappt auf die zerschrammte Platte und zog seine Jacke aus. Sorgsam hängte er sie über die Stuhllehne, legte den Binder und die Manschettenknöpfe ab und begann sein Hemd aufzuknöpfen. Hinter ihm begann sich Kelly heftiger auf dem Bett hin und her zu werfen. Herman sah nicht einmal hin, sondern entkleidete sich zur Gänze, legte seine Sachen penibel gefaltet auf den Tisch und sah noch einmal auf die Uhr, bevor er sich wieder herumdrehte, jetzt vollkommen nackt. Bis auf das Messer, das er wieder aufnahm und in der Linken hielt. Kellys Augen weiteten sich vor Furcht.

»Oh nein, keine Angst«, sagte er lächelnd. »Es ist nicht das, was du denkst. Ich möchte nur nicht, dass meine Kleider schmutzig werden. Ich gehe von hier aus direkt zum Hafen.« Er lächelte noch wärmer. »Und wir brauchen diese letzten Stunden, die ich noch hier bin, doch ganz allein für uns, oder?«

Kelly bäumte sich mit der Kraft der absoluten Verzweiflung auf, zerrte an ihren Fesseln und warf den Kopf hin und her und versuchte zu schreien, aber die Stricke und auch der improvisierte Knebel waren viel zu stark.

Sie hielten viele Stunden lang.

Chicago, Illinois, 1893

Sein Zeitgefühl musste irgendwie zersplittert sein, denn es kam ihm einerseits vor, als hätte er kaum die Augen geschlossen, als er auch schon wieder erwachte, und zugleich schienen viele Stunden verstrichen zu sein. Sowohl Kopfschmerzen als auch übler Geschmack waren noch da, beides jedoch in erträglichem Maße, und er musste zweimal angestrengt blinzeln, weil seine Augenlider vom Schlaf verklebt waren, bevor es ihm gelang, sie zu heben.

»Es stimmt also tatsächlich«, sagte eine Stimme, die ihm vage bekannt vorkam. Es war eine angenehme Assoziation. »Ärzte sind die schlechtesten Patienten.«

Etwas war in dieser Stimme, das die Worte zu einer Aufforderung machte, also schlug er die Augen ganz auf und stemmte sich auf beide Ellbogen hoch und drehte den Kopf, um auf die Nachttischuhr zu sehen. Im allerersten Moment weigerten sich die Zeiger, stillzustehen, so dass er nichts als einen zitternden Schatten erkannte, dann stellten sich seine Augen scharf. Er hatte tatsächlich gute drei Stunden verloren. Ein bisschen viel für einen kleinen Schwächeanfall. Was zum Teufel war passiert?

»Jetzt wären Sie eigentlich an der Reihe, mich zu fragen, wie ich das meine«, fuhr Arlis fort. Ihre Stimme kam von der anderen Seite des Bettes, aber es erschien ihm viel zu mühsam, den Kopf zu drehen.

»Was ist passiert?«, fragte er. Seine Stimme klang rau, als hätte er viel zu lange nichts getrunken.

»Der Herr Doktor war ein wenig unpässlich«, antwortete

eine andere Stimme an Arlis' Stelle. *Sie* weckte keine angenehmen Assoziationen. »Daraufhin hat Miss Christen darauf bestanden, einen richtigen … ich meine, einen anderen Arzt zu rufen.«

Geyer. Ärgerlich wollte Holmes sich herumdrehen und wäre fast wieder auf das Bett zurückgefallen, als ein dünner, aber ungemein schmerzhafter Stich durch seine linke Armbeuge schoss. Holmes sah verwirrt an sich hinab und stellte fest, dass sein Hemdsärmel bis zum Bizeps hochgeschoben worden war. Ein eher schlampig angelegter und zum Teil durchgebluteter Verband schmiegte sich so eng um Ellbogen und Armbeuge, dass er nicht nur wehtat, sondern auch seine Bewegungsfreiheit einschränkte. Darunter war ein heftiges Brennen zu spüren, das ihm bestätigte, was seine Augen zeigten und was er sich immer noch weigerte zu glauben.

»Was haben Sie getan?«, fragte er. Jetzt war ihm die Mühe nicht mehr zu groß, mit einem Ruck den Kopf zu drehen und Geyer anzufunkeln. Durch die plötzliche Bewegung wurde ihm prompt schwindelig. Vielleicht war es auch eher sein Ärger, als er Geyers unverhohlen schadenfrohem Grienen begegnete. Er hielt etwas in den Händen, das er nicht genau erkennen konnte. Seine Augen hatten sich wohl entschieden, erst nach dem Rest seines Körpers ganz zu erwachen.

»Ich habe gar nichts getan«, verkündete Geyer fröhlich. »Das war Ihr geschätzter Kollege, Doktor Holmes.«

»Kollege?« Holmes hob anklagend seinen malträtierten Arm. »Sagten Sie nicht, Sie hätten einen Arzt gerufen?« Und warum eigentlich? »Das hier sieht mir eher nach einem Metzger aus. Der Kerl hat mich *zur Ader gelassen!*«

»Manchmal sind die altbewährten Mittel immer noch die besten«, sagte Geyer amüsiert. »Ihr Kollege war wenigstens der Meinung, dass es hilft, und Sie sind ja auch wach, oder?«

Holmes verzichtete wohlweislich darauf, zu antworten. Er war noch nicht in der Verfassung, sich auf einen Schlagabtausch mit Geyer einzulassen. Er sah auch keinen Sinn darin. Stattdessen setzte er sich – behutsam – weiter auf, schwang die

Beine vom Bett und lauschte in sich hinein. Kopfschmerzen und Schwindel waren noch immer da und dachten auch gar nicht daran, sich zu verflüchtigen, aber nun kannte er wenigstens ihren Grund. Ein Aderlass! Großer Gott, sie waren doch nicht mehr im finsteren Mittelalter!

Statt sich weiter zu ärgern, atmete er ein paarmal tief ein und aus und redete sich sogar mit einem gewissen Erfolg ein, dass der Sauerstoff die grauen Spinnweben aus seinem Sichtfeld vertrieb. Er sah Geyer an, der noch immer mit etwas herumspielte, das er nun als modernes Klappmeter aus Aluminium identifizierte, und suchte dann nach einem erfreulicheren Anblick. Er fand ihn in Gestalt von Arlis Christen, die auf der anderen Seite des Bettes und in diskretem Abstand dastand und nur darauf gewartet zu haben schien, dass er sie ansah, denn sie setzte ihre begonnene Rede von gerade fort, als wäre gar nichts gewesen.

»Gut, wenn Sie die Frage nicht stellen, dann tue ich es eben oder beantworte sie am besten auch gleich selbst. Ihr Kollege war ziemlich besorgt, was Ihren allgemeinen Zustand angeht, Doktor Holmes.«

»Was für ein Kollege?«, murmelte Holmes. »Sind Sie sicher, dass es ein Arzt war und kein indianischer Medizinmann?«

»Wann haben Sie das letzte Mal geschlafen, Doktor Holmes?«, fuhr Arlis in tadelndem Tonfall fort. »Ich meine, richtig geschlafen, nicht nur eine oder zwei Stunden. Ihr Kollege hat sich wirklich besorgt gezeigt. Er meint, Sie treiben einen unverantwortlichen Raubbau mit Ihrer Gesundheit, und ich kann ihm in diesem Punkt nur zustimmen.«

Holmes sagte lieber gar nichts, bevor ihm etwas wirklich Unfreundliches entfuhr; diesen Teil seines Wortschatzes reservierte er lieber für Geyer. Er blickte missmutig an seinem Arm hinab, was Arlis aber nicht daran hinderte, fröhlich weiterzuplappern. »Ihr geschätzter Kollege hat einen Zustand Besorgnis erregender Erschöpfung bei Ihnen konstatiert. Aber um ehrlich zu sein, hätte ich keinen Arzt gebraucht, um zu dieser Erkenntnis zu gelangen.«

»Ach?«, fragte Holmes. Das war zumindest in diesem Moment das Freundlichste, was er zustande brachte.

»Wenn Sie mir nicht glauben, dann werfen Sie einen Blick in den Spiegel«, sagte Arlis fröhlich. »Sie sehen aus wie der Tod auf Latschen, wenn Sie mir diese Offenheit gestatten. Mit Ihren Augenringen könnten Sie eines Ihrer geliebten Fahrräder neu bestücken, und Ihre Hautfarbe würde jedem Polarbären gut zu Gesicht stehen.«

Das war zweifellos übertrieben, aber es kam der Wahrheit zugleich auch näher, als ihm lieb war. Vielleicht hatte er sich doch mehr eingefangen als eine harmlose Erkältung, und selbst wenn es nicht so war, war er doch drauf und dran, es zu etwas Schlimmerem zu machen. Ihm war auch klar, dass es wahrscheinlich nicht mehr als ein ausgiebiges Dampfbad und zwölf oder sechzehn Stunden ununterbrochenen Schlafes bräuchte, um wieder auf die Beine zu kommen. Aber das würde auch bedeuten, Arlis für einen ganzen Tag Geyers verderblichem Einfluss zu überlassen, und das würde er ganz gewiss nicht tun.

»Wir müssen Ihre Schwester finden«, sagte er.

»Und Sie glauben, das geht besser, wenn Sie endgültig zusammenklappen und ich Sie pflegen muss?«

»Das würden Sie tun?«, fragte Holmes.

»Nein«, antwortete Arlis. Holmes hätte nicht einmal sagen können, was ihn mehr ärgerte, ihre provozierende Aufgekratztheit oder das unverschämte Grinsen, mit dem Geyer ihre kleine Kabbelei kommentierte.

»Was zum Teufel treiben Sie da eigentlich?« Er machte eine ärgerliche Kopfbewegung auf den Zollstock zu, mit dem Geyer die ganze Zeit herumklapperte.

»Ihr Assistent war so freundlich, mir dieses nützliche Werkzeug auszuleihen«, antwortete Geyer. »Es stört Sie doch nicht?«

»Doch«, sagte Holmes.

Geyer ging zum Tisch. Holmes folgte ihm mit dem Blick und registrierte beiläufig, dass sein Schreibtisch so ordentlich aussah wie an dem Tag, an dem er angeliefert worden war. Wenigstens in den ersten zehn Minuten. Arlis war nicht untätig gewesen, während er geschlafen hatte. Aus irgendeinem Grund ärgerte ihn das. Nein, das war das falsche Wort. Es beunruhigte ihn.

»Es hat mir große Dienste erwiesen, dieses kleine Stück menschlichen Erfindungsreichtums«, fuhr Geyer fort. Er steckte das Klappmeter ein und nahm ein Blatt Papier vom Tisch, das eng mit Zahlen und geometrischen Kritzeleien bedeckt war. »Miss Christen und ich waren so frei, uns Ihre Unterlagen ein wenig genauer anzusehen. Ihr Einverständnis vorausgesetzt. Diese Tür, die scheinbar ins Nichts führt, hat mir einfach keine Ruhe gelassen. Ich liebe Rätsel, schon von Berufes wegen, aber ich hasse Dinge, die der Logik ins Gesicht lachen.«

»Aha«, sagte Holmes. »Und was genau heißt das, in einer Sprache, die auch ein normaler Mensch versteht?«

»Dass ich Dinge hasse, die der Logik ins Gesicht lachen«, erwiderte Geyer ernsthaft.

Holmes wollte auffahren, doch Arlis kam ihm zuvor, indem sie die Hand hob und sich mit strenger Miene an Geyer wandte. »Frank, bitte«, sagte sie. »Dafür haben wir jetzt wirklich keine Zeit. Sagen Sie es ihm.«

»Also gut. Ich habe nachgedacht, Doktor Holmes«, antwortete Geyer.

»Ach, tatsächlich? Hat es wehgetan?« Dieses Mal war es Holmes, den Arlis' strafender Blick traf.

Geyer zog es vor, die Bemerkung ganz zu überhören. »Ich bin geneigt, Ihnen zu glauben, Doktor Holmes«, sagte er. »Schon weil Miss Christen mir gesagt hat, dass Sie mindestens genauso überrascht waren wie sie selbst, diese Tür zu entdecken. Und mit Verlaub, ich erkenne einen Lügner, wenn ich ihn sehe. Und Sie kommen mir nicht so vor.« Er wedelte mit seinem Blatt. »Eine Tür, die nirgendwohin führt, ist ein Ding der Unmöglichkeit, dessen sind wir uns alle einig. Aber auf der anderen Seite dieser Tür ist nichts. Und weil das eben unmöglich ist, bedeutet es, dass dort doch irgendetwas sein muss.«

Holmes seufzte leise. Arlis verdrehte die Augen, und Geyer

hob beide Hände, wie um sich zu ergeben. »Ich gebe zu, es klingt ein bisschen albern.«

»Das tut es«, sagte Holmes.

»Es gibt kein Problem, das man nicht mit Logik lösen könnte«, sagte Geyer. »Also habe ich mir die Pläne noch einmal angesehen, die Sie Miss Christen überlassen haben. Insbesondere den Grundriss dieses Zimmers.«

»Meiner Suite?«, fragte Holmes.

»Ich habe seine Maße mit denen auf der Bauzeichnung verglichen«, bestätigte Geyer, während er mit der flachen Hand auf die Tasche klopfte, in der das Klappmeter war. »Es ist elf Zoll schmaler, als es sein sollte. Ich weiß natürlich, dass kein Gebäude der Welt wirklich hundertprozentig den Plänen entspricht, aber diese Abweichung ist zu groß für einen bloßen Fehler.«

»Elf Zoll?«, zweifelte Arlis.

»Ich habe auch die anderen Zimmer in dieser Etage kontrolliert«, sagte Geyer, »und selbstverständlich die Innenmaße für das Mauerwerk abgezogen. Alles zusammengenommen fehlen gute zwei Yards.«

»Sie vermuten eine doppelte Wand«, sagte Holmes.

»Aber das würde doch auffallen«, fügte Arlis kopfschüttelnd hinzu.

»Das sollte man meinen«, sagte Geyer. »Aber der Grundriss dieses Gebäudes ist … eigenwillig, und ein geschickter Architekt könnte vieles zusätzlich verschleiern.«

»Ja, das wäre möglich«, sagte Holmes. »Aber das wüsste ich, meinen Sie nicht? Ich habe einen Großteil selbst entworfen.«

»Und Sie sind völlig sicher, dass alles ganz genau nach Ihren Plänen ausgeführt worden ist?« Geyer beantwortete seine eigene Frage mit einem Kopfschütteln. »Es fällt mir doch schwer, das zu glauben.«

»Und warum sollte Stillton das getan haben?«

»Weil es ihm jemand gesagt hat?«

»Und wer?«, fragte Holmes. »Ich?«

»Möglicherweise«, erwiderte Geyer ungerührt. »Oder Ihr Freund Mudgett.«

»Herman ist …«

»… nicht erst seit ein paar Monaten in der Stadt«, unterbrach ihn Geyer. »Das hat er Ihnen vielleicht erzählt, aber er muss schon weitaus länger in Chicago sein.« Er hob abermals besänftigend beide Hände, als Holmes auffahren wollte. »Bevor Sie sich jetzt wieder echauffieren, Doktor Holmes, ich bin vorhin nicht dazu gekommen, zu Ende zu berichten. Fühlen Sie sich jetzt in der Lage, den Rest zu hören?«

Holmes funkelte ihn nur zornig an, doch das reichte Geyer als Antwort. »Um es zusammenzufassen: Gegen Ihren Freund wurde schon diverse Male wegen des Verdachts auf Versicherungsbetrug ermittelt.«

»Mit welchem Ergebnis?«, fragte Holmes kühl.

Geyer antwortete nicht sofort, sondern tauschte einen beredten Blick mit Arlis. Der Einzige in diesem Raum, begriff Holmes, dem Geyers Informationen noch fremd waren, war offensichtlich er.

»Mit keinem«, gestand Geyer schließlich. »Ihr Freund Mudgett scheint so eine Art Gespenst zu sein. Es ist nicht leicht, ihn zu fassen. Aber das bedeutet nicht, dass es uns gar nicht gelingt.«

Holmes verstand endgültig, wie wichtig es Geyer offensichtlich war, Mudgett zu diskreditieren, nur damit in Arlis' Augen etwas davon auch auf ihn abfärbte. »Und was hat das nun alles mit Endres' Verschwinden zu tun?«

»Auf den ersten Blick vielleicht nichts«, gestand Geyer, »aber um ehrlich zu sein, gehen mir allmählich die Optionen aus.«

»Ich verstehe. Sie verfolgen lieber eine falsche Spur als gar keine.«

Geyer schenkte ihm zwar einen bösen Blick, ging aber nicht weiter auf diese Bemerkung ein. »Niemand weiß, wohin Doktor Mudgett und Miss Christen verschwunden sind«, sagte er. »Wenn sie noch in der Stadt sind, dann sind sie untergetaucht, und wenn sie Chicago verlassen haben, dann ohne Spuren zu hinterlassen.« Er deutete ein Schulterzucken an. »Wie gesagt: Ihr Freund ist ein Gespenst. Hätte er nicht trotz allem in der Vergangenheit so viele Spuren hinterlassen, dann könnte man meinen, dass es ihn gar nicht gibt. Aber solche Fälle sind mir im Grunde die liebsten. Einen kleinen Dieb mit der Hand in der Zuckerdose zu ertappen ist kein Kunststück. Ein Gespenst wie Ihren Freund Mudgett zu fassen, schon eher.«

Arlis schien etwas sagen zu wollen, doch Holmes kam ihr zuvor, indem er sich in eisigem Ton an Geyer wandte. »Ich wäre Ihnen äußerst dankbar, Mr Geyer, wenn Sie nicht in jedem Satz, in dem Sie den Namen Mudgett nennen, auch erwähnen würden, dass er mein Freund ist. Wenn Sie glauben, mir etwas vorwerfen zu müssen, dann tun Sie es.«

»Gäbe es denn etwas, was ich Ihnen vorwerfen könnte?«, fragte Geyer.

»Frank, bitte«, mischte sich Arlis ein. »Doktor Holmes hat recht. So etwas nutzt niemandem. Ich möchte meine Schwester finden, nicht die möglichen Verbrechen von Mr Mudgett in der Vergangenheit aufklären.«

»Manchmal ist der kürzeste Weg ein scheinbarer Umweg«, sagte Geyer. Er schien wohl Gefallen daran gefunden zu haben, sich wie ein untalentiertes Orakel auszudrücken. Arlis gefiel es offensichtlich nicht, denn sie sah ihn mehr als nur ein bisschen missbilligend an, und ihre Augenbrauen zogen sich zu einem steilen V zusammen, das jedes weitere Wort überflüssig machte. »Je mehr ich über Mudgetts Vergangenheit herausfinde, desto eher gelingt es mir möglicherweise auch, ihn aufzuspüren«, fügte Geyer ein wenig hastig hinzu.

»*Meinen Freund* Mudgett«, sagte Holmes. »Das haben Sie zu erwähnen vergessen.«

»Henry«, seufzte Arlis.

»Ja. Sie haben recht«, gestand Holmes. »Das war albern, und ich entschuldige mich. Aber ich kann Ihnen nicht helfen. Wie es aussieht, weiß Mr Geyer inzwischen mehr über Herman als ich. Und was diese Tür angeht – einmal ganz davon abgesehen, dass ich nicht glaube, dass sie auch nur irgendetwas mit Ihrer Schwester zu tun hat –, habe ich wirklich keine Ahnung.«

»Ein Schlüssel wäre hilfreich«, sagte Geyer. »Ich nehme nicht an, dass Sie ihn haben?«

»Nein«, antwortete Holmes. »Ich kann William natürlich beauftragen, ein Schweißgerät zu besorgen, wenn es Sie beruhigt.«

Arlis wirkte schon wieder leise verärgert, doch Geyer lachte nur. »Ein gutes Brecheisen würde es vermutlich auch tun«, sagte er. »Aber ich glaube nicht, dass wir gleich zu so drastischen Mitteln greifen müssen. Ich kenne einen oder zwei Leute, die sich mit verschlossenen Türen auskennen. Wenn Sie einverstanden sind, komme ich morgen zusammen mit einem davon her und öffne diese Tür.«

»Wenn Sie dann endlich mit diesen unsinnigen Verdächtigungen aufhören, soll es mir recht sein«, seufzte Holmes.

»Ich bin der Erste, der sich bei Ihnen entschuldigt, wenn sich alles als harmlos herausstellt.« Geyer machte ein nachdenkliches Gesicht. »Interessiert es Sie denn gar nicht, was Ihr Freund Mudgett möglicherweise getan hat? Allmählich ergibt sich ein Bild, und ich hätte erwartet, dass Sie es auch erkennen. Ich kann Sie sogar verstehen. Doktor Mudgett ist Ihr Freund, und wer gibt schon gerne zu, von einem Freund hintergangen zu werden? Aber interessiert es Sie denn nicht, was er wirklich getan hat? Möglicherweise stellt sich auch heraus, dass ich mich im Irrtum befinde. Oft genug sind die Dinge nicht so, wie sie zu sein scheinen. Wie gesagt: Ich habe keine Schwierigkeiten damit, mich zu entschuldigen.«

Wahrscheinlich hatte er auch reichlich Übung darin, dachte Holmes missmutig. Aber er behielt diese Bemerkung für sich. Bis zu einem gewissen Punkt bereitete es ihm sogar ein morbides Vergnügen, sich mit Geyer herumzuzanken, aber es war auch müßig, und er wollte es vor allem nicht mehr in Arlis' Gegenwart tun.

Und da war auch noch eine ganz leise, unerwünschte Stimme in seinem Kopf, die penetrant auf der Frage beharrte, ob in Geyers aberwitzigen Behauptungen nicht vielleicht doch ein Fünkchen Wahrheit steckte.

»Ich würde ja vorschlagen, dass ich Sie beide für eine Weile allein lasse, damit Sie diese leidige Angelegenheit in Ruhe zu Ende diskutieren können«, sagte Arlis, »aber ich fürchte, ich würde nur noch einen von Ihnen lebend vorfinden. Wollen Sie nicht endlich mit diesen Albernheiten aufhören?«

»Nein«, antworteten Geyer und Holmes wie aus einem Mund. Geyer schmunzelte. Holmes nicht.

»Das ist nicht konstruktiv«, sagte Arlis.

»Aber es macht Spaß«, erwiderte Geyer.

»Mir nicht«, fügte Holmes hinzu. Arlis verdrehte die Augen.

»Manchmal ist ein wenig Herumalbern durchaus gut, um die Spannung zu lösen und wieder einen klaren Kopf zu bekommen. Aber Sie haben natürlich recht. Wir haben keine Zeit für so etwas.« Geyer wandte sich direkt an Holmes. »Ich werde Ihrer Köchin Bescheid geben, dass sie Ihnen einen starken Kaffee aufbrüht. Und danach versuchen wir es noch einmal.«

»Sylvia?« Arlis schüttelte den Kopf. »Sie ist nicht da, fürchte ich. Ich habe schon zweimal nach ihr gesucht, aber sie scheint nicht im Haus zu sein.« Fragend sah sie auf Holmes hinab. »Haben Sie ihr Gehalt nicht pünktlich gezahlt?«

Holmes tat ihr den Gefallen, sich ein Lächeln abzuringen, aber er schüttelte auch den Kopf; was er augenblicklich bedauerte, denn das Schwindelgefühl wurde noch stärker. »Vermutlich hat sie sich selbst einen Tag freigegeben«, sagte er. »Es wäre nicht das erste Mal.« Sylvia war talentiert, aber nicht unbedingt zuverlässig.

»Ich kann Ihnen einen Kaffee kochen«, schlug Arlis vor.

Holmes dachte einen kurzen Moment ernsthaft darüber nach, deutete dann aber (vorsichtig) ein Kopfschütteln an und hatte das Gefühl, dass sie irgendwie erleichtert war.

»Vielleicht haben Sie recht, und ich sollte mich einfach eine Weile ausruhen.« Zugleich fragte er sich verwirrt, warum er das sagte. Er wollte nichts weniger, als gleich wieder einzuschlafen und so unendlich kostbare Zeit zu verschwenden. Auch wenn seine Vernunft ihm erklärte, wie wichtig es wäre. Sein Herz klopfte noch immer, und seine Hände hatten nur aufgehört zu zittern, weil er nahezu seine gesamte Willenskraft darauf verwandte. Er war körperlich am Ende seiner Kräfte. Wenn er die Warnsignale weiter so beharrlich ignorierte, dann würde er bald wirklich *zusammenklappen*, wie Arlis es ausgedrückt hatte.

Holmes war ganz plötzlich wieder sehr müde. Er hatte alle Mühe, die Augen offen zu halten. Arlis hatte recht, und so ungern er es zugab, Geyer auch.

Aber er ebenfalls. Eine Stunde Schlaf war alles, was er brauchte.

Oder vielleicht auch zwei.

Chicago, Illinois, 1893

Ich mag mich ja vielleicht irren«, sagte Mudgett, »aber hatte ich Sie nicht gebeten, sich dieses lästigen Detektivs anzunehmen, Mr Peizel?« Er musste sich beherrschen, um wenigstens noch ruhig zu klingen, und wären sie an einem anderen Ort gewesen, dann hätte er Peizel vermutlich angebrüllt – mindestens –, doch hier und jetzt war Vorsicht angesagt. Was nicht hieß, dass er es vergessen würde.

Peizel stülpte denn auch nur kampflustig die Unterlippe vor. »Und wie hätte ich das tun sollen?«, fragte er herausfordernd. »Der Kerl ist doch nie allein! Entweder die Christen ist bei ihm oder Holmes. Und er wird langsam misstrauisch.«

»Geyer?« Was für eine Überraschung.

»Holmes«, antwortete Peizel. Mudgett konnte ihm ansehen, dass er noch mehr sagen wollte, von dem ihm vermutlich nichts gefallen würde, doch dann verzog er nur trotzig die Lippen und griff ungefragt nach einer Schale mit Obst, die hinter ihm auf der Anrichte stand. Er nahm sich einen Apfel und biss krachend hinein, bevor er weitersprach. »Wir müssen vorsichtiger sein. Er hätte die Tür niemals sehen dürfen!«

Mudgett empfand nicht nur seine Wortwahl als unangemessen aufsässig. Peizel war bereit für eine Palastrevolution, das wusste er schon länger, aber er erschrak dennoch, wie schnell es nun plötzlich zu gehen schien. Peizel war nur noch eine Winzigkeit davon entfernt, sich ihm ganz offen zu widersetzen oder Schlimmeres zu tun. Und auch bis zu diesem letzten Schritt war es nicht mehr lange hin.

Mudgett nahm ganz demonstrativ die Obstschale und schob

sie aus Peizels Reichweite. Ein weiteres Indiz, wie weit seine Aufsässigkeit schon gediehen war. Nicht nur, dass er hier in der Küche nichts zu suchen hatte; es war ihm strengstens untersagt, sich an den Lebensmitteln hier zu bedienen. Und er wusste auch genau, wie widerwärtig Mudgett seine Angewohnheit fand, mit vollem Mund zu sprechen. Was vermutlich der einzige Grund war, aus dem er es tat.

»Lassen Sie Holmes meine Sorge sein«, sagte er streng. »Und was die Tür angeht …« Er sparte es sich, noch einmal darauf hinzuweisen, dass es letzten Endes Peizels Schuld gewesen war, dass Arlis diese Tür überhaupt entdeckt hatte. »… so haben Sie hoffentlich getan, was ich Ihnen aufgetragen habe?«

Peizel nickte schmallippig, doch der Ausdruck von Trotz in seinen Augen nahm eher noch zu. Für eine Sekunde fragte sich Mudgett ernsthaft, ob es nicht tatsächlich jetzt schon so weit war, nicht bald, nicht in ein paar Tagen oder Wochen, sondern jetzt, genau in diesem Augenblick.

Der gefährliche Moment verging. Für dieses Mal. Zu einem weiteren, das nahm Mudgett sich fest vor, würde er es nicht kommen lassen.

»Ich möchte, dass Sie sich noch heute Nacht Mr Geyers annehmen«, sagte er. »Sobald wir hier fertig sind. Das fehlte noch, dass er noch mehr neugierige Augen und gespitzte Ohren hier hereinbringt.«

»Und wenn er nicht allein ist?«, schmatzte Peizel, zu allem Überfluss jetzt auch noch mit offenem Mund, so dass Mudgett nicht nur seine schlechten Zähne sehen konnte, sondern auch den Brei aus Apfelstückchen und Speichel dahinter. Sein Magen rebellierte ein wenig.

»Dann verdienen Sie sich eine zusätzliche Prämie«, antwortete er. »Es sei denn natürlich, es handelt sich um Miss Christen. Sie krümmen ihr kein Haar.« Er machte eine herrische Geste, mit der er das Thema für beendet erklärte. »Aber im Moment haben wir noch eine andere Aufgabe. Bereiten Sie alles vor.«

Er streckte fordernd die Hand aus, und Peizel, der sichtbar

zum Widerspruch angesetzt hatte, machte stattdessen nur ein noch trotzigeres Gesicht und rammte die Faust in die Jackentasche, um einen großen Schlüssel zu zücken. Allein die Ruppigkeit, mit der er ihn Mudgett aushändigte, hätte ihm unter normalen Umständen einen weiteren scharfen Verweis eingehandelt.

Mudgett schwieg jedoch, nahm den Schlüssel wortlos an sich und wartete ebenso schweigend, bis Peizel die Küche verlassen hatte. Auch dann ließ er noch eine kurze Weile verstreichen, in der er mit geschlossenen Augen dastand und lauschte. Das Haus war still, stiller als ein Hotel um diese Tageszeit sein sollte, was ihm im Moment jedoch nur recht war. Arlis und dieser neugierige Detektiv waren oben in ihre Suite gegangen – was genau genommen ziemlich ungehörig war, Detektiv hin oder her –, und Holmes würde vermutlich bis zum nächsten Morgen durchschlafen, so erschöpft, wie er war. Ein weiterer Punkt, um den er sich beizeiten kümmern musste. Holmes sollte es besser wissen, denn er war trotz allem immer noch Arzt, aber er betrieb tatsächlich Raubbau mit seiner Gesundheit, genau wie Arlis es gesagt hatte. Das konnte er auf keinen Fall zulassen.

Fast eine Minute lang lauschte er mit angehaltenem Atem, erst dann durchquerte er die Küche und trat durch eine schmale Tür, die in den Personaltrakt führte, der genau genommen nur aus drei nebeneinanderliegenden winzigen Kammern bestand, die zusammen gerade einmal halb so groß wie seine eigene Suite waren. Zwei davon standen leer und hatten es auch immer getan, denn das Hotel hatte noch niemals genug abgeworfen, um mehr als eine einzelne Angestellte zu bezahlen. Das dritte Zimmer gehörte Sylvia. Mudgett benutzte den Schlüssel, den er von Peizel bekommen hatte, um es zu öffnen, und machte sich in Gedanken eine Notiz, Peizel einen entsprechenden Verweis zu erteilen, als er eintrat und feststellte, dass das elektrische Licht brannte – Strom kostete schließlich Geld, und das fand er nicht auf der Straße –, und dann gleich noch einmal, als er Sylvia sah.

Sie saß auf dem einzigen Stuhl, den es hier drinnen gab. Ihre Hand- und Fußgelenke waren an die Armlehnen und Stuhlbeine gefesselt, und Peizel hatte sie so brutal geknebelt, dass es ihm schon fast wie ein kleines Wunder vorkam, dass sie nicht längst erstickt war. Einen Moment lang überlegte er ganz ernsthaft, den Knebel sogar noch ein wenig fester anzuziehen und zuzusehen, wie sie starb, was sicherlich die einfachste Lösung gewesen wäre. Und es würde ihm wohl auch ein gewisses Vergnügen bereiten, einfach einmal gar nichts zu tun und der Natur ihren Lauf zu lassen.

Aber jetzt war nicht der Moment für Vergnügungen, und außerdem war da noch etwas, das getan werden musste.

Als er hereingekommen war, hatte sie reglos und so weit nach vorne gesunken auf dem Stuhl gesessen, wie es die Stricke zuließen, mit denen Peizel sie gebunden hatte, so dass er sie für bewusstlos hielt. Beim Geräusch der Tür jedoch hob sie mühsam den Kopf und blinzelte ein paarmal, und in ihren Augen stand nichts als pure Angst geschrieben. Offensichtlich hatte sie jemand anderen erwartet. Peizel, wen sonst?

Mudgett drückte die Tür hinter sich zu, und endlich erkannte Sylvia ihn wohl, denn ihr Blick klärte sich, und wilde Hoffnung nahm die Stelle schwarzer Todesangst in ihren Augen ein. Mudgett trat hinter sie, und er konnte nur mit Mühe der Verlockung widerstehen, den Knebel mit einem Ruck fester zu ziehen.

Stattdessen fummelte er etliche Sekunden lang an dem viel zu festen Knoten herum, den Peizel gebunden hatte, und büßte gleich zwei Fingernägel ein, bis es ihm endlich gelang, ihn zu lösen. Sylvia nahm einen keuchenden halben Atemzug, der in ein qualvolles Husten überging, und Mudgett, der nicht ganz sicher war, dass sie sich nicht im nächsten Moment übergab, umkreiste den Stuhl in respektvollem Abstand und blieb auch in ebensolchem stehen, während er darauf wartete, dass sich ihr qualvolles Husten beruhigte. Es dauerte eine endlose Minute.

»Geht es wieder?«, fragte er dann.

Sylvia rang sich ein angedeutetes Nicken ab und versuchte aufzustehen, was natürlich nicht gelang. Der Stuhl zitterte und fiel mit einem Ruck zurück, der das gesamte Möbelstück bedrohlich knacken ließ. Sylvia schien es nicht einmal zu bemerken. Ihr fiel anscheinend auch nicht auf, dass Mudgett keine Anstalten machte, sie loszubinden, sondern nur dastand und mit ausdrucksloser Miene auf sie hinabsah.

»Ist alles in Ordnung?«, fragte er schließlich.

Sylvia reagierte zuerst gar nicht, und dann mit einer Kopfbewegung, von der sie vermutlich selbst nicht genau wusste, was sie bedeutete. »Mr William«, krächzte sie. Ihre Stimme hörte sich rau an. Etwas in ihrem Hals musste verletzt sein. »Er mich hat … geschlagen. Ich nichts getan!«

Das bezweifelte Mudgett, aber er fragte sich zugleich leise amüsiert, wie lange es wohl dauern würde, bis ihr aufging, dass er nicht gekommen war, um sie zu retten. »Was ist passiert?«, fragte er.

»Ich nicht wissen«, behauptete Sylvia. »Mr William sagen, ich schlechte Dinge erzählt über Sie. Aber das nicht wahr! Bitte, Sie müssen glauben!« Ihre Stimme zitterte und stand kurz davor zu brechen, was ihren schweren slawischen Akzent noch schlimmer machte. Mudgett ging auf, dass er nicht einmal genau wusste, aus welchem Land sie kam. Er hatte nie danach gefragt, und es spielte jetzt keine Rolle mehr.

»Was ist passiert?«, fragte er nur noch einmal.

»Nichts getan«, stammelte Sylvia. »Mr William sagen, dass ich schlecht gesprochen habe zu Miss Christen, aber das nicht wahr!«

»*Was* haben Sie denn zu *wem* gesagt, meine Liebe?«, fragte er.

Sylvia stemmte sich erneut vergeblich gegen ihre Fesseln. Der Stuhl knackte noch lauter. Sie setzte dazu an, noch etwas zu sagen, doch stattdessen erschien etwas Neues in ihren Augen, an dem er sich sekundenlang labte. Er hatte sich fest vorgenommen, Vergnügen und Notwendigkeit zu trennen – aber warum sollte er ein so köstliches Geschenk ausschlagen? Seine

Hand glitt in die Jackentasche und strich über den Perlmuttgriff des Rasiermessers, das er darin trug.

»Sie haben mit Miss Christen gesprochen«, sagte er.

»Nein! Ja, aber … Aber sie mich nur gefragt, ob …« Sie schluckte so hart, dass es sich wie ein Stein anhörte, und ihr Blick saugte sich für einen Moment an seiner Jackentasche fest, als könnte sie das Rasiermesser darin sehen.

»Sie mich losmachen«, flehte sie. »Bitte!«

Mudgett ließ sie sich noch einen Moment winden, dann zog er betont langsam das Rasiermesser aus der Tasche, ließ eine weitere geschlagene Sekunde verstreichen und klappte dann noch langsamer die Klinge heraus. Sylvias Augen weiteten sich, und aus der Angst in ihrem Blick wurde etwas anderes und Schlimmeres, das er genoss wie einen köstlichen Wein. Betont langsam und das Messer so haltend, dass die Schneide buchstäblich um Haaresbreite an ihrem Gesicht vorbeiglitt, trat er näher und durchtrennte vorsichtig zuerst die Stricke um ihren Fußgelenken, dann die an ihren Händen. Peizel hatte die Fesseln so fest angelegt, dass ihre Haut wund gescheuert und blutig und ihre Finger schon blau angelaufen waren.

»Bleiben Sie noch einen Moment sitzen«, sagte er, als Sylvia Anstalten machte, sofort aufzustehen. Er verspürte wenig Lust, sie aufzufangen.

Natürlich versuchte sie es trotzdem und sank prompt mit einem schmerzerfüllten Wimmern wieder zurück.

»Nur ein paar Minuten«, sagte er, während er aufstand und das Messer sinken ließ. Er steckte es nicht ein. »Warten Sie, bis die Blutzirkulation wieder in Gang gekommen ist.« Nicht, dass er so lange warten würde. Er sah ihr in die Augen, bis sie dazu ansetzte, etwas zu sagen, dann ließ er sich dicht vor ihr in die Hocke sinken und fing ihren Blick ein. »Und während wir darauf warten, berichten Sie mir genau, was geschehen ist.«

Sylvia versuchte mit tauben Fingern ihre Handgelenke zu massieren, was ihr aber nicht recht gelingen wollte. »Ich nicht wissen. Mr William …«

»Arlis«, fiel ihr Mudgett ins Wort. »Ich möchte wissen, was Sie Miss Christen erzählt haben.«

»Ich nichts gesagt«, stammelte Sylvia. »Nicht gesprochen mit ihr.«

»Das ist gelogen«, sagte Mudgett lächelnd. »Ich habe Sie beobachtet, Sylvia. Ich konnte nur nicht genau verstehen, was Sie gesagt haben. Aber einiges eben doch. Sie sollten mich nicht belügen.«

Sylvias Blick flackerte, und Mudgett konnte sehen, wie die Erkenntnis in ihr dämmerte. »Aber ich nicht schlecht gesprochen über Sie«, behauptete sie. Mudgett spürte, dass sie log. »Sie nur gefragt nach Schwester.«

»Endres?«

»Schwester Endres, ja.« Sylvia nickte heftig. »Aber ich nichts gesagt. Ich nur gesagt, dass Sie sich gut verstehen, aber nichts sonst.«

Das war mindestens genauso gelogen. Mudgett sah nachdenklich auf das Rasiermesser in seinen Händen hinab, doch wenn Sylvia diesen subtilen Wink verstand, dann ignorierte sie ihn. »Ich nichts verraten«, beharrte sie.

»Nichts verraten«, wiederholte Mudgett. »Aber was hätten Sie Miss Christen denn verraten können, meine Liebe?«

Sylvia starrte ihn aus großen Augen an, doch bevor sie in die Verlegenheit kam, zu antworten, näherten sich Schritte, und die Tür wurde aufgerissen. Mudgett musste sich nicht herumdrehen, um zu wissen, wer hinter ihm hereinkam. Ein einziger Blick in Sylvias Gesicht reichte vollkommen.

Sie sprang mit einem erschrockenen Ausruf in die Höhe oder versuchte es wenigstens, hatte aber ihre tauben Gliedmaßen vergessen, so dass ihre Beine praktisch sofort unter ihr nachgaben und sie gestürzt wäre, hätte Mudgett sie nicht im letzten Moment aufgefangen; mit nur einem Arm und ungeschickt, weil er sich selbst aus der Hocke hochstemmen musste. Als Ergebnis hätte er um ein Haar selber das Gleichgewicht verloren, und wäre Peizel nicht im letzten Moment hinzugesprungen, dann hätte er sie wohl eher mit sich zu Boden gerissen, statt sie aufzufangen.

Sylvia schrie noch einmal und jetzt in reiner Panik, dann brach sie umso abrupter ab, als Peizel sie brutal herumwirbelte und ihr so hart mit dem Handrücken ins Gesicht schlug, dass das Blut spritzte. Bevor sie zu Boden fallen konnte, riss er sie erneut herum, presste sie rücklings an sich und schlang den anderen Arm von hinten um ihren Hals, um ihr Mund und Nase zuzuhalten. Die junge Frau wehrte sich mit verzweifelter Kraft und begann um sich zu schlagen und mit den Beinen zu strampeln, doch selbstverständlich war Peizel viel zu stark für sie; so wie er für fast jeden zu stark gewesen wäre. Schon nach wenigen Augenblicken wurden ihre Bewegungen schwächer und erlahmten schließlich ganz, aber Mudgett wartete trotzdem ab, bis sie endgültig die Gegenwehr eingestellt hatte. Erst dann bedeutete er ihm mit einer Geste, die Hand von ihrem Gesicht zu nehmen, damit sie nicht erstickte. Peizel gehorchte zwar, drückte seine Pranke aber sofort wieder auf ihren Mund, als sie schreien wollte.

»Ist alles bereit?«, fragte Mudgett.

Peizel nickte, und Mudgett ging noch einmal umständlich in die Hocke, um das Rasiermesser aufzuheben und zusammenzuklappen. Sylvias Blick folgte jeder seiner Bewegungen, bis er das Messer eingesteckt hatte und aufstand, und die Angst in ihren Augen erreichte neue und ungeahnte Höhen. »Bringen Sie sie nach unten, Mr Peizel«, sagte Mudgett. »Aber tun Sie ihr nicht unnötig weh.«

Möglicherweise hatte er sich nicht deutlich genug ausgedrückt, oder Peizel und er hatten radikal unterschiedliche Vorstellungen davon, was *unnötig* war und was nicht, denn er drehte ihr so hart den Arm auf den Rücken, dass Mudgett zu hören meinte, wie ihr Schultergelenk knackte. Zugleich presste er ihr die Hand fest genug auf den Mund, dass sie schon wieder kaum Luft bekam, um ihren Schrei zu ersticken. Mudgett folgte ihm in gewissem Abstand, machte sich aber die Mühe, sorgsam das Licht zu löschen, nachdem er sich gründlich im

Zimmer umgesehen hatte. Später, wenn alles vorbei war, würde er Peizel noch einmal herschicken, damit er Sylvias Gepäck zusammensuchte und jede Spur ihrer Anwesenheit tilgte. Holmes würde sich zwar wundern, aber auch bald zu dem Schluss kommen, dass sie eine bessere Stellung gefunden oder der Arbeit hier einfach überdrüssig geworden und bei Nacht und Nebel verschwunden war, wie schon etliche vor ihr.

Peizel und seine zappelnde Gefangene warteten in der Küche auf ihn. Mudgett ging an ihnen vorbei zu einem von gleich drei großen Vorratsschränken, dessen Regalböden die momentane Situation des Hotels perfekt widerspiegelten, denn sie waren nur zu einem Bruchteil belegt. Seine Finger tasteten nach zwei bestimmten Punkten hinter dem obersten Bord und drückten sie mehrmals und in einer Reihenfolge, die es praktisch unmöglich machte, den geheimen Mechanismus zufällig zu betätigen. Ein schweres Rasseln erscholl, als würden Steine in einen gusseisernen Kessel geworfen, als sich das System aus Ketten und Gegengewichten in Gang setzte und die gesamte Rückwand des vermeintlichen Schrankes zur Seite glitt. Mudgett hatte das ausgeklügelte System selbst erdacht und bis zur letzten Schraube und dem letzten Kettenglied eigenhändig gebaut und installiert, und so fiel ihm auch ein leises Scharren und Ruckeln auf, das jedem anderen vermutlich entgangen wäre. Ihm nicht. Das war das Problem mit derartig komplizierten Mechanismen: Sie bedurften ständiger Wartung. Sobald diese lästige Geschichte vorbei war, würde er sich darum kümmern müssen. Wie um so vieles andere auch. Nicht zum ersten Mal fragte er sich, wie er all diese Arbeit bewältigen sollte ohne Peizels Hilfe.

Aber auch dieses Problem würde er später lösen.

Er trat einen halben Schritt zur Seite, um Peizel vorbeizulassen, und obwohl er nicht hinsah, konnte ihm der Ausdruck neuer Verwirrung und neuerlichen Schreckens auf Sylvias Gesicht gar nicht entgehen, als sie dieses Eingangs in eine neue und ihr vollkommen unbekannte Welt gewahr wurde, an dem sie unzählige Male vorbeigegangen war, ohne etwas von seiner

Existenz zu ahnen. Dabei war es nur einer von gleich mehreren verborgenen Zugängen. Ob sie wohl wusste, dass es nur einen einzigen Grund geben konnte, aus dem er ihr dieses Geheimnis offenbarte?

Vermutlich. Es gab etliches, was man gegen Sylvia ins Feld führen konnte, aber gewiss nicht, dass sie dumm war.

Der hinter der vermeintlichen Rückwand zum Vorschein gekommene Gang war so schmal, dass Peizel mit seinen breiten Schultern Mühe hatte, sich hindurchzuzwängen, zumal er ja auch noch Sylvia festhalten und zugleich am Schreien hindern musste. Statt der üblichen wenigen Augenblicke brauchten sie lange Minuten, um Mudgetts privates Königreich des Schmerzes zu erreichen, und als er die schwere schalldichte Tür hinter sich schloss, stellte er fest, dass sich Peizel ausnahmsweise einmal an seine Anweisungen gehalten hatte. Der große Raum lag nahezu dunkel da. Nur eine einzelne Kerze brannte, und das wenige Licht reichte gerade aus, einen zitternden gelben Kreis rings um den schwarzen Altarklotz zu bilden, auf dem Peizel sie aufgestellt hatte. Alles dahinter verschmolz zu vagen Schemen, die der Fantasie genügend Spielraum ließen, um bedrohlicher zu sein, als es die Wirklichkeit jemals gekonnt hätte. Der Anblick tat seine Wirkung, wie Sylvia augenblicklich bewies, indem sie erneut versuchte, sich loszureißen. Natürlich war Peizel viel zu stark für sie, doch selbst er hatte für einen Moment Mühe, sie zu halten, zumal er nach wie vor nur eine Hand benutzen konnte. Mit der anderen Hand hielt er ihr noch immer den Mund zu.

Mudgett bedeutete ihm mit einem entsprechenden Blick, die Hand von ihrem Gesicht zu nehmen, trat näher und schlug ihr so hart in den Leib, dass ihr begonnener Schrei zu einem halb erstickten Würgen wurde und sie in Peizels Griff zusammensackte. Er geduldete sich, bis sie wieder halbwegs zu Atem gekommen war – nicht genug, um zu schreien –, und bedeutete Peizel mit einer weiteren Geste, sie wieder auf die Beine zu zerren. Während er es tat, nahm er das Rasiermesser aus der Tasche und ließ mit einer tausendfach geübten Bewegung aus dem Handgelenk die Klinge herausschnappen. Sylvias Augen füllten sich mit Furcht, doch Peizel ließ ihr nicht einmal genug Zeit, zu erschrecken (was Mudgett ein wenig bedauerte), sondern zwang sie brutal herum und dazu, den Arm auszustrecken und die Hand auf den gewaltigen Hackklotz zu legen, und Sylvia half ihm noch ganz unfreiwillig, indem sie instinktiv die Finger spreizte, um sich abzustützen. Mudgett war mit einem einzigen schnellen Schritt neben ihr, schwang das Rasiermesser und trennte ihr den Daumen ab, und da Peizel und er ein wirklich gut eingespieltes Team waren, die kaum noch Worte brauchten, um sich zu verständigen, hielt ihr Peizel nun blitzartig wieder den Mund zu, um ihren Schrei zu ersticken (nicht, dass es irgendjemand hinter den dicken Mauern des Kellers hätte hören können, aber Peizel wusste, wie sehr Mudgett das sinnlose Geschrei ihrer Opfer hasste), und quetschte mit der anderen Hand den verstümmelten Fingerstumpf mit solcher Gewalt zusammen, dass nur ein einzelner, wenn auch ungemein heftiger Blutschwall herausschoss. Sowohl er selbst als auch Mudgett wichen den roten Tropfen geschickt und schon beinahe ohne ihr eigenes Zutun aus; schließlich hatten sie hinlängliche Erfahrung in so etwas.

Mudgett wartete geduldig, während Sylvia sich aufbäumte und selbst unter Peizels Hand noch so laut aufschrie, dass man es ohne die schalldichte Tür vermutlich noch ein Stockwerk höher gehört hätte. Sie verlor kurzzeitig das Bewusstsein, und es war wohl der reine körperliche Schmerz, der sie schon nach ein paar Augenblicken wieder aufweckte. Peizel hatte in der Zwischenzeit seinen Schnürsenkel schnell dazu benutzt, den Stumpf ihres Daumens abzubinden. Er blutete anschließend noch immer, aber nicht mehr so sehr, dass sie verbluten würde. Jedenfalls nicht in der Zeit, die ihr noch blieb.

»Mr Peizel wird die Hand jetzt herunternehmen, damit Sie besser atmen können, Sylvia«, sagte er. »Aber nur, wenn Sie mir Ihr Wort geben, nicht zu schreien oder Mr Peizel oder mich zu beleidigen oder irgendwelche sinnlosen Drohungen auszustoßen oder sonst etwas Dummes zu tun. Wollen Sie mir das versprechen?«

Er musste sich abermals gedulden, bis er eine Antwort bekam, aber damit hatte er gerechnet. Wenn man es genau nahm, dann verarbeitete sie den Schock sogar erstaunlich schnell. Es vergingen nur wenige Minuten, bis sie nicht mehr am ganzen Leib zitterte und aus den würgenden Lauten hinter Peizels Hand ein Schluchzen wurde.

»Sie dürfen natürlich weinen, wenn Sie das möchten«, fuhr er fort, »und ich wüsste es zu schätzen, wenn Sie meine Fragen beantworten würden. Aber wenn Sie schreien oder mich belügen, dann werde ich Sie bestrafen.« Er machte eine Kopfbewegung auf ihre blutende Hand. »Haben wir uns verstanden?«

Es dauerte einen weiteren langen Moment, bis sie mit einem angedeuteten Nicken antwortete. Er hatte sie wohl richtig eingeschätzt. Sie war eine sehr tapfere junge Frau.

»Gut. Ich wusste, dass Sie vernünftig sind.« Mudgett bedeutete Peizel mit einer Geste, die Hand von ihrem Gesicht zu nehmen. Im allerersten Moment schien es, als wollte sie doch schreien, doch sie beherrschte sich und sah ihn nur aus tränenverschleierten Augen an.

»Sie werden sich fragen, warum ich das getan habe«, fuhr Mudgett im Plauderton fort. »Ich werde es Ihnen sagen: weil Sie mich angelogen haben, Sylvia. Und ich muss sicher sein, dass Sie das nicht noch einmal tun. Das verstehen Sie doch, oder?«

Sylvias Lippen begannen zu zittern. Sie versuchte zu antworten, brachte aber nur ein abgehacktes Nicken zustande. Mudgett reichte es als Antwort. »Dann sagen Sie mir jetzt ganz genau, was Sie Miss Christen über mich erzählt haben.«

»Aber ich gar nichts sagen«, begann Sylvia, und Mudgett gab Peizel einen kaum sichtbaren Wink.

Dieses Mal benutzte Peizel seinen Schnürsenkel zuerst und Mudgett das Messer danach.

Chicago, Illinois, 1890

Es tut mir wirklich und aufrichtig leid«, sagte Herman. »Ich wünschte ehrlich, ich hätte bessere Nachrichten für Sie, Mr Vandermeer, aber ich halte nichts davon, meine Patienten anzulügen.«

»Und Sie sind da … ganz sicher?«, fragte Vandermeer. »Ich meine: Sie haben alles genau überprüft, und …«

»Drei Mal«, antwortete Herman. »Glauben Sie mir, ich würde niemals leichtfertig mit einer solchen Diagnose umgehen.« Er legte die Hand mit gespreizten Fingern auf den Aktendeckel vor sich. »Es steht Ihnen natürlich frei, die Meinung eines Kollegen einzuholen, und …«

»Das ist nicht nötig.«

»Tatsächlich wäre es mir sogar lieber, wenn Sie noch einen anderen Arzt konsultieren würden, um eine zweite Meinung einzuholen«, beharrte Herman. Er strich betont nachdenklich über den rauen Karton des Aktendeckels – der nichts anderes enthielt als ein halbes Dutzend Blätter voller sinnlosem, aber präzisem und sehr beeindruckend aussehendem Gekrakel auf Latein – und hob die Hand, als Vandermeer etwas sagen wollte. »Vergessen Sie nicht, ich praktiziere schon lange nicht mehr als Arzt.«

»Aber Sie sind ein guter Doktor«, widersprach Vandermeer. Seine Stimme war leise, kaum noch mehr als ein Flüstern, und der Umstand, dass er ein wahrer Bär von einem Mann war, schien das Beben in seinen Worten nur noch zu betonen. Es war nicht das erste Mal, dass Herman so etwas erlebte. Oft waren es gerade die Größten und vermeintlich Stärksten, die angesichts ihres Endes am schnellsten zusammenbrachen und am lautesten mit dem Schicksal haderten, während die Kleineren und vermeintlich Schwächeren Hiobsbotschaften weit gefasster aufnahmen. Herman sinnierte, ob es vielleicht schlichtweg dem Umstand zuzuschreiben war, dass Erstere sich zeit ihres Lebens für unbesiegbar gehalten hatten und sie die Erkenntnis, am Ende doch sterblich zu sein, doppelt hart traf, während Letztere tief in sich immer gewusst hatten, dass ihnen so etwas widerfahren musste, und schon früh im Leben einen gewissen Fatalismus entwickelt hatten.

Aber solche Überlegungen waren müßig. Zumindest im Moment, in dem er Wichtigeres mit Mr Vandermeer zu besprechen hatte.

»Ihre Einschätzung ehrt mich«, antwortete er, »aber die Medizin bleibt nicht stehen. Ganz im Gegenteil schreitet die Forschung mit Riesenschritten voran. Zwar versuche ich, mich schon aus persönlichem Interesse so gut es geht auf dem Laufenden zu halten, aber es wäre mir trotzdem lieber, wenn Sie noch eine zweite Meinung einholen würden, Mr Vandermeer. Immerhin geht es um nichts Geringeres als Ihr Leben.« Und was hatte er schon zu verlieren? In den letzten Wochen hatte er die Dosis an Digitalis, die er dem hünenhaften Schmied unbemerkt verabreichte, kontinuierlich erhöht. Einen Mann mit einer auch nur etwas weniger robusten Konstitution hätte sie vermutlich schon längst umgebracht. Jeder Arzt, der nicht wirklich ganz genau hinsah, musste zwangsläufig zu genau dem Ergebnis kommen, das er selbst Vandermeer gerade vorgetragen hatte. Und die Ärzte, die genau genug hingesehen hätten, um statt einer schweren Herzinsuffizienz eine schleichende Vergiftung zu konstatieren, konnte sich Vandermeer nicht leisten.

Als hätte er Hermans Gedanken gelesen, sagte Vandermeer in diesem Moment auch prompt: »Das kann ich mir nicht leisten, Herr Doktor. Ärzte sind teuer.«

Seine Hände – wenn man es genau nahm, waren es Schaufeln, die mit einer brachialen Kraft zupacken konnten, die Herman schon beim Hinsehen mit eisiger Furcht erfüllte – schlossen sich um die Lehnen des zierlichen Stuhls, in dem er Platz genommen hatte. Herman überlegte kurz, was Mr Vandermeer mit diesen Pranken wohl anstellen würde, sollte er jemals die Wahrheit herausfinden; doch dann vertrieb er den Gedanken schnell wieder, denn das stand nun wirklich nicht zu befürchten.

Vandermeer musste dreimal ansetzen, um den Satz zu Ende zu bringen. »Um ehrlich zu sein, weiß ich noch nicht einmal genau, wie ich Sie bezahlen soll, Herr Doktor.«

»Machen Sie sich darum keine Sorgen«, sagte Herman und machte eine wegwerfende Geste. »Ich werde mit Sicherheit kein Geld dafür verlangen, einem Mann zu sagen, dass er nicht mehr lange zu leben hat.«

Das war hart, aber keineswegs unbeabsichtigt. Herman wusste, dass er sich im Allgemeinen gut auf seine Menschenkenntnis verlassen konnte, aber in diesem Fall musste er völlig sicher sein, sich nicht in seinem Gegenüber zu täuschen. Er hätte dieses Risiko gerne vermieden, aber es gab Dinge, bei denen er nun einmal auf Hilfe angewiesen war.

Vandermeer starrte ihn sicherlich eine Minute lang an, in der er nicht einmal blinzelte und sein Blick geradewegs durch ihn hindurch und seine Gedanken auf Wanderschaft zu gehen schienen. Schließlich holte er so tief Luft, dass es sich fast wie ein kleiner Schrei anhörte – was es wohl auch war –, und versuchte sich zu einem bitteren Lächeln zu zwingen.

»Und wie lange … habe ich noch?«

Statt zu antworten, erwiderte Herman seinen Blick schweigend und mit perfekt geschauspielertem Mitgefühl und stand schließlich auf, um zu der kleinen Anrichte neben der Tür zu gehen. Gezielt nahm er das Glas, das er für Vandermeer vorbereitet und an einen besonderen Platz gestellt hatte, füllte es zur Hälfte mit Portwein – gerade genug, um den bitteren Geschmack des Digitalis zu überdecken – und goss sich selbst ein zweites und deutlich größeres Glas ein. Bevor er es zum Schreibtisch trug, zog er noch eine Schublade auf und entnahm ihr ein kleines Fläschchen aus dickem braunen Glas, das zwei Dutzend weiße Tabletten enthielt. Vandermeer nahm es gehorsam entgegen, aber er starrte es an, als enthielte es eine krabbelnde Meute ganz besonders ekliger Insekten.

»Gehen Sie sparsam damit um«, sagte Herman, während er ihm zugleich das Weinglas reichte. Vandermeer ergriff das ebenfalls, sah es aber nur verwirrt an. »Sie sollten sie nur nehmen, wenn die Schmerzen schlimm werden.« Wie zum Beispiel jetzt gleich, sobald er den Wein getrunken hatte.

»Sie sind teuer«, vermutete Vandermeer.

»Das auch«, sagte Herman, »vor allem aber stark. Manche Medikamente verkehren ihre Wirkung ins Gegenteil, wenn man zu viel davon nimmt.« Er prostete Vandermeer zu und nippte erst dann an seinem eigenen Wein, als der Schmied einen vorsichtigen Schluck genommen hatte.

»Trinken Sie aus«, sagte er. »Er wird Ihnen guttun.«

»Ist das denn richtig?«, erkundigte sich Vandermeer. Selbst im Sitzen war er noch fast so groß wie Herman, der vor ihm stand. Trotzdem kam er ihm plötzlich klein und verwundbar vor und so ängstlich und verstört, dass er wohl Mitleid mit ihm empfunden hätte, hätte er es zugelassen.

»Alkohol bei einem schwachen Herz?« Herman schüttelte heftig den Kopf. »Nein, gewiss nicht. Aber Rotwein in Maßen durchaus.« Er ermutigte Vandermeer mit einer entsprechenden Geste, sein Glas zu leeren, und sprach erst weiter, als er gehorcht hatte und es ihm zurückgab. Sorgsam stellte Herman das Glas auf den Tisch hinter sich, um es später in die Küche zu tragen und gründlich auszuwaschen. »Es ist genau wie mit dieser Medizin, müssen Sie wissen. In vorsichtigen Dosen genossen hat ein guter Rotwein eine durchaus gesundheitsfördernde Wirkung. Solange man es nicht übertreibt … Erst kürzlich habe ich einen Artikel in der Fachpresse gelesen, in dem ein Kollege über eine bestimmte Region in Italien berichtet, in der sich die Leute nicht nur außergewöhnlich guter Gesundheit erfreuen, sondern auch überdurchschnittlich alt werden. Es scheint, dass zumindest einer der Gründe dafür darin zu finden ist, dass man dort traditionell ein Glas Wein zum Abendessen konsumiert, und das schon von Kindesbeinen an. Ich gestehe, dass ich nicht genau weiß, was von dieser Theorie zu halten ist. Aber sie gefällt mir.«

»Dann sollte ich vielleicht nach Italien übersiedeln«, sagte Vandermeer.

»Das wäre durchaus eine Überlegung wert«, bestätigte Herman, »zumal das Klima dort ohnehin besser ist als hier in Chicago. Aber das gilt wohl für die gesamte Welt.« Er lachte leise, leerte sein eigenes Glas und wurde schlagartig wieder ernst. »Aber verzeihen Sie, ich schweife ab. Ich nehme nicht an, dass Ihnen im Moment nach Scherzen zumute ist. Und um Ihre Frage zu beantworten: Ich weiß es nicht. Niemand könnte Ihnen diese Frage guten Gewissens und ehrlich beantworten.«

»Weil die Wahrheit so schlimm ist?«

Selbstmitleid, dachte Herman. Das war unerwartet, aber es passte gut in seine Pläne. Er hatte vorgehabt, noch mindestens einen oder zwei Tage zu warten, aber vielleicht war der Moment ja günstig.

»Weil es niemand weiß«, antwortete er. »Es mögen nur wenige Monate sein, aber mit ein wenig Glück und der gebotenen Vorsicht können es auch noch viele Jahre werden.«

»Monate«, murmelte Vandermeer.

»Oder auch viele Jahre«, wiederholte Herman. »Sie sollten vielleicht in Erwägung ziehen, Ihren Beruf zu wechseln. Körperliche Arbeit ist prinzipiell gut für die Gesundheit, aber es ist wie mit dem Wein und den Medikamenten. Zu viel des Guten wandelt sich rasch ins Schlechte. Und nach allem, was ich gesehen habe, arbeiten Sie wirklich sehr schwer. Sie sollten über einen Berufswechsel nachdenken.«

»Ich habe nichts anderes gelernt«, sagte Vandermeer. »Und ich habe eine Familie zu versorgen.«

»Eben darum sollten Sie vorsichtig sein«, erwiderte Herman streng. »Sie werden Ihre Familie schwerlich unterstützen können, wenn Sie tot sind.«

Vandermeer zuckte heftig zusammen. Er sagte nichts, aber

seine Kiefer begannen zu mahlen, und Herman erinnerte sich daran, gewisse Worte besser zu meiden, auf die Vandermeer aus verständlichen Gründen im Moment empfindlich reagierte.

Er ging zur Anrichte und goss sich ein weiteres – halbes – Glas Portwein ein, nicht weil ihm danach war, sondern um Vandermeer zu beruhigen. Er trank auch nicht wirklich, sondern nippte nur an dem süßen Getränk. »Sie haben eine Tochter, nicht wahr?«

»Edith, ja. Sie macht uns viel Freude. Und sie ist gut in der Schule.«

»Sie geht zur Schule?«, vergewisserte sich Herman. Er war ein bisschen überrascht. Er erinnerte sich, das Mädchen einmal gesehen zu haben, als es zusammen mit seiner Mutter auf die Baustelle genommen war, um Vandermeer Essen zu bringen. Ein wirklich hübsches Kind, dem man jetzt schon ansah, zu was für einer schönen jungen Frau es in wenigen Jahren werden würde. Dass das Kind einer Arbeiterfamilie zur Schule ging, war ungewöhnlich.

»Und sie bringt nur gute Noten nach Hause«, erklärte Vandermeer stolz. »Meine Frau und ich …«

Seine Stimme versagte, und nun musste Herman sich beherrschen, um nicht zu hastig in sein Weinglas zu schauen. Es rührte ihn unerwartet heftig an, diesen so großen und starken Mann mit den Tränen kämpfen zu sehen.

»Vielleicht gibt es da etwas, was ich für Sie tun kann, Mr Vandermeer«, begann er vorsichtig.

»Und was?«

Herman trank sein Glas aus, ging um den Schreibtisch herum und setzte sich. Er zog eine Schublade auf und entnahm ihr einen sorgsam verschnürten Aktendeckel, dessen Inhalt bisher einzig ihm bekannt war. Vandermeer blickte ihn an und schien darauf zu warten, dass er seine Frage beantwortete, doch Herman legte nur die Hand auf den Aktendeckel und sah ihn seinerseits erwartungsvoll an.

»Und was ist das?«, fragte Vandermeer schließlich. »Ein neues Wundermittel oder so etwas?«

»Nein«, antwortete Herman ernst. »Was Ihre Gesundheit angeht, so kann ich nicht besonders viel für Sie tun, fürchte ich; außer dafür zu sorgen und Ihnen hoffentlich dabei zu helfen, das Unvermeidliche so lang wie möglich hinauszuzögern. Aber vielleicht ... kann ich noch etwas anderes für Sie tun.«

»Und was?«, fragte Vandermeer noch einmal. Es klang misstrauisch, aber auch ein bisschen verzweifelt, was Herman im Stillen begrüßte, wusste er doch schließlich am besten, wozu verzweifelte Menschen bereit waren. Aber er hielt Vandermeer auch für einen grundehrlichen Menschen, was sich durchaus als problematisch herausstellen mochte. Er überlegte sich seine nächsten Worte sehr genau.

»Bevor ich Ihnen meinen Vorschlag unterbreite, möchte ich, dass Sie sich über eines ganz im Klaren sind«, sagte Herman. »Es ist nicht ganz legal.«

»Ich werde niemandem ...«, begann Vandermeer.

»Schaden?«, fiel ihm Herman ins Wort. Er schüttelte den Kopf. »Das müssen Sie auch nicht, und ich würde es auch niemals von Ihnen verlangen, keine Sorge. In der Tat bin ich nicht einmal sicher, ob Sie sich irgendeines Vergehens schuldig machen würden, bei dem, was mir vorschwebt. Ich dagegen wohl schon.«

»Und was wäre das?«, fragte Vandermeer.

Herman schob ihm den Aktenordner über die polierte Tischplatte hinweg zu. »Wie es der Zufall will, habe ich erst vor ein paar Tagen mit Mr Stillton über Sie gesprochen«, sagte er. »Er war voll des Lobes, was Ihre Arbeit angeht. Er sagt, Sie hätten magische Hände, wenn es um Metall geht.«

»Ich gebe mir Mühe«, antwortete Vandermeer. Er wollte nach dem Aktendeckel greifen, doch Herman schüttelte erneut den Kopf.

»Zwei Bedingungen«, sagte er.

»Bedingungen? Wofür?«

»Sie dürfen niemandem von unserer Vereinbarung erzählen, nicht einmal von meinem Vorschlag, falls Sie ihn ablehnen sollten«, antwortete Herman. »Nicht einmal Ihrer Frau, zumindest nicht, bevor ich nicht mit ihr gesprochen habe. Und dasselbe gilt für den Inhalt dieser Mappe. Sie dürfen zu niemandem darüber reden, egal ob wir uns einig werden oder nicht.«

Vandermeer nickte, vielleicht eine Spur zu hastig, für Hermans Geschmack, was aber andererseits auch keinen Unterschied mehr machte. Er spürte fast immer, wenn ihn jemand belog, und sollte er zu dem Schluss kommen, dass Vandermeer nicht ehrlich zu ihm war, dann würde er ihn eben überreden, ein weiteres halbes Glas Portwein zu trinken, und sein Zustand würde sich möglicherweise dramatisch verschlechtern.

»Ich möchte Sie bitten, einen Blick auf diese Geräte zu werfen, die ich konstruiert habe«, fuhr Herman fort, jetzt mit einer auffordernden Geste, den Aktendeckel zu öffnen. Vandermeer sah ihn verwirrt an und griff dann so zögernd nach dem Aktendeckel, als hätte er Angst, von ihm gebissen zu werden. Sein Gesichtsausdruck wandelte sich jedoch mehr und mehr zu Staunen und schließlich beinahe so etwas wie Bewunderung, je länger er die eng mit Zeichnungen und Notizen in Hermans akribischer Handschrift bedeckten Seiten las.

»Haben Sie das alles entworfen?«, fragte er.

»Eine Passion von mir«, gestand Herman übertrieben beschämt. »Ich würde mich freuen, Ihr fachmännisches Urteil zu hören.«

»Wofür ist das alles gut?«

»Das tut nichts zur Sache«, antwortete Herman, ganz bewusst eine Spur schärfer, als angemessen erschien. Genauso unvermittelt wieder sanfter werdend, fuhr er fort: »Trauen Sie sich zu, das zu bauen?«

Vandermeer betrachtete die Pläne nachdenklich, und Herman kam nicht umhin, ihn fast ein wenig dafür zu bewundern, wie nervenstark er sich gab nach dem, was er gerade erfahren hatte. »Es wäre einfacher, wenn ich wüsste, wozu all diese … Dinge gut sind.«

Herman beugte sich über den Tisch und nahm ihm den Aktendeckel weg, bevor er antwortete. Und eigentlich antwortete er auch nicht wirklich. »Wie ich schon gesagt habe: Ich fürchte, ich kann nicht sehr viel für Sie tun, Mr Vandermeer. Aber möglicherweise kann ich etwas für Ihre Frau und Ihre Tochter tun.«

»Was meinen Sie damit?«, fragte Vandermeer misstrauisch. Seine Augen wurden schmal.

»Sie wissen, wie die Zukunft einer verwitweten Frau in dieser Stadt aussieht«, antwortete Herman erbarmungslos. »Noch dazu einer Witwe mit einem Kind. Sagen Sie es ganz offen, wenn Sie der Meinung sind, dass es mich nichts angeht ... aber ich nehme nicht an, dass Sie über größere Ersparnisse verfügen?«

Vandermeer schüttelte stumm den Kopf.

»Wenn Sie auf meinen Vorschlag eingehen, dann wüssten Sie Ihre Familie wenigstens finanziell abgesichert«, sagte Herman. Er öffnete eine weitere Schublade in seinem Schreibtisch und zog einen großformatigen braunen Briefumschlag heraus. »Haben Sie schon einmal darüber nachgedacht, eine Lebensversicherung abzuschließen?«

»Eine Lebensversicherung?« Vandermeer sprach das Wort aus wie etwas Anstößiges oder etwas, das er noch nie gehört hatte. Dann lachte er bitter. »Das ist nur etwas für Reiche.«

Herman war sicher, dass er noch niemals auf diesen Gedanken gekommen war. »Das stimmt nicht ganz, spielt aber im Moment ohnehin keine Rolle«, sagte er. »Ich mache Ihnen ein Angebot, und ich bin mir sehr wohl des Umstandes bewusst, mich Ihnen damit auf Gedeih und Verderb auszuliefern. Ich kenne einen Agenten, der für gleich mehrere große Assekuranzen tätig ist, und ich habe auch bereits mit ihm gesprochen. Er wäre bereit, Ihnen eine Versicherungspolice über zehntausend Dollar auszustellen.«

»Zehn ...?« Vandermeer ächzte.

»Zehntausend Dollar«, bestätigte Herman, schüttelte zugleich aber auch den Kopf und machte eine besänftigende Geste mit beiden Händen. »Aber es gibt ein paar Bedingungen, Sie sollten sich Ihre Entscheidung also sehr genau überlegen.«

»Aber wie … ich meine … niemand würde mir doch eine Versicherung über so viel Geld verkaufen«, murmelte Vandermeer verstört. »Nicht mit meinem kranken Herzen! Und ich könnte mir die Beiträge dazu auch gar nicht leisten.«

»Das ist beides richtig«, sagte Herman. Er schob den Umschlag über den Tisch in Vandermeers Richtung. »Die Beiträge für das erste Jahr würde ich Ihnen vorschießen, und von Ihrer Krankheit weiß außer Ihnen selbst und mir niemand etwas. Was mich angeht, kann das auch so bleiben. Weiß Ihre Frau Bescheid oder Ihre Tochter?«

»Nein.«

»Das sollte vorerst besser auch so bleiben«, sagte Herman. »Sie haben natürlich vollkommen recht. Bei einer Versicherung in dieser Höhe ist eine Gesundheitsprüfung obligat. Ich kann Ihnen ein entsprechendes Gesundheitszeugnis besorgen.«

»Und wie?«, fragte Vandermeer misstrauisch.

»Ich bin Arzt«, erinnerte Herman. »Und auch wenn ich nicht mehr praktiziere, kenne ich doch noch genug ehemalige Kollegen, die mir noch die eine oder andere Gefälligkeit schulden.«

Vandermeer schwieg. Sehr lange. »Warum tun Sie das, Doktor?«, fragte er schließlich.

»Zum einen, weil mir Ihre Familie leidtut«, antwortete Herman. »Ich war nicht immer wohlhabend. Ich weiß, wie weh Hunger tut und wie bittere Armut schmeckt. Ich möchte Ihrer Frau und Ihrer Tochter ein solches Schicksal ersparen.«

»Und zum anderen?«, fragte Vandermeer mit einer Stimme, die klarmachte, was er von dieser Antwort hielt.

»Die Hälfte«, gestand Herman unverblümt. »Wenn der Moment gekommen ist, bekommt Ihre Frau die Hälfte der Versicherungssumme und mein Vertrauensmann und ich die andere. Fünftausend Dollar sind immer noch sehr viel Geld. Genug für Ihre Frau, um Ihrer Tochter eine gute Ausbildung zu sichern und selbst noch einmal von vorne zu beginnen. Ich wünschte, ich könnte mehr für Sie tun, aber das ist leider alles.« Er machte eine auffordernde Kopfbewegung auf den Umschlag. »Es ist alles vorbereitet. Sie müssen nur noch unterschreiben … aber ich würde Ihnen raten, noch eine Nacht darüber zu schlafen oder auch länger.«

»Ich muss mit meiner Frau darüber sprechen«, sagte Vandermeer.

»Ich verstehe Ihren Wunsch, aber davon sollten Sie zunächst absehen. Die Angelegenheit ist sehr delikat und nicht legal, wie ich bereits sagte«, erwiderte Herman. »Vielleicht lassen Sie besser mich mit Ihrer Frau reden. Ich könnte gewisse Details aussparen und die Sache so darlegen, dass sie für sie akzeptabel ist.« Er tat so, als müsse er einen Moment nachdenken. »Heute ist Mittwoch, nicht wahr? Warum kommen Sie nicht am Sonntag nach der Kirche mit Ihrer Frau auf einen Kaffee und ein Stück Kuchen zu mir, und wir reden in aller Ruhe und gemeinsam über alles? Und bringen Sie Ihre reizende Tochter mit.«

Chicago, Illinois, 1893

Peizel tobte vor Wut. Äußerlich war er vollkommen ruhig und sein Gesicht so ausdruckslos und versteinert wie immer, und man hätte schon sehr genau hinsehen müssen, um zu erkennen, dass er überhaupt noch atmete. Doch hinter dieser Maske aufgesetzter Teilnahmslosigkeit sah es anders aus. Vollkommen anders.

Was bildete sich dieser Kerl ein? Mudgett hatte nie einen Hehl daraus gemacht, dass er ihn für wenig mehr als einen Handlanger hielt, ein nützliches Werkzeug, dem er jegliche Schmutzarbeit aufbürden und das er mit Undankbarkeit und Häme dafür belohnen konnte, und Peizel hatte es ohne zu murren und klaglos hingenommen. Schließlich bezahlte ihn Mudgett – zwar nicht angemessen, aber doch gut genug, um davon zu leben und sich und seiner Familie sogar einen bescheidenen Wohlstand bieten zu können –, und er empfand bei dem, was sie gemeinsam in Mudgetts Keller taten, fast ebenso große Freude wie er jetzt selbst, wenn auch vermutlich auf eine ganz andere Art. Mudgett behauptete, einem höherem Ziel zu dienen und irgendeinem ominösen Plan zu folgen, den Peizel niemals verstanden hatte und vermutlich auch niemals verstehen würde, weil er einzig in Mudgetts verdrehtem Hirn existierte. In Wahrheit tat er es, dessen war sich Peizel sicher, weil er einfach ein Sadist war, der Spaß am Quälen und Blutvergießen hatte. Er hatte sich selbst diese Ausrede zurechtgebastelt, um nicht mit der Schuld leben zu müssen. Bis zu einem gewissen Punkt galt das auch für Peizel selbst, aber es gab einen entscheidenden Unterschied: Peizel war ehrlich genug zu sich selbst, um ganz genau zu wissen, was er war. Und er hatte auch kein Problem damit, es zuzugeben. Er genoss es, Macht auszuüben, das war schon immer so gewesen, auch wenn es lange gedauert hatte, bis ihm das überhaupt klar wurde.

Peizel hatte schon in sehr jungen Jahren gelernt, seine Fäuste einzusetzen, zuerst, um sich seinen Platz in der Welt aus Armut und Gewalt zu erobern, in die er hineingeboren worden war, und später, um zu kompensieren, was ihm an Intelligenz und Bildung fehlte. Wie die meisten Kinder aus den Arbeitervierteln Chicagos war er Mitglied in einer der zahllosen Banden geworden, die die Straßen der Stadt terrorisierten und für einen beständigen Nachschub sowohl in den Gefängnissen als auch auf den Friedhöfen sorgten, und seine Größe und angeborene Rücksichtslosigkeit hatten ihm zu einem raschen Aufstieg in der zwielichtigen Hierarchie ebenjener Banden verholfen. Er hatte einen Mann getötet, bevor er fünfzehn geworden war, und einen zweiten zur Feier seines einundzwanzigsten Geburtstags, und hätte er Mudgett nicht getroffen, dann wäre sein Ende am Galgen oder im Zuchthaus wohl so gut wie sicher gewesen.

Mudgett hatte alles verändert.

Peizel hatte von Anfang an gespürt, dass es da etwas zwischen ihnen gab, eine sonderbare Verbindung, die er unmöglich mit Worten beschreiben konnte; wie das Band zwischen zwei Brüdern, die im Moment ihrer Geburt getrennt worden waren und sich nach einem halben Leben zum ersten Mal sahen und dennoch sofort spürten, dass dasselbe Blut in ihren Adern floss. Eingeschüchtert vom Reichtum und dem selbstbewussten Auftreten dieses ebenso gut aussehenden wie charismatischen Mannes, wäre es Peizel niemals in den Sinn gekommen, auch nur ein Wort von alledem auszusprechen, doch Mudgett musste es wohl ganz ähnlich ergangen sein, denn nachdem er offiziell in seine Dienste getreten war, hatte es nicht einmal einen Monat gedauert, bis er ihn in sein düsteres Geheimnis eingeweiht hatte und sie das erste Mal gemeinsam Blut vergossen.

Nach dem ersten Schock und dem ersten Rausch, das warme Rot unter seinen Händen zu spüren, war Peizel selbstverständlich klar geworden, dass Mudgett ihn augenblicklich ebenfalls getötet hätte, wäre er zu dem Schluss gekommen, sich doch in ihm getäuscht zu haben und ihm nicht vertrauen zu können. Doch das war in Ordnung, denn Peizel hätte es umgekehrt ganz genauso gemacht, und was Mudgett ihm im Gegenzug geschenkt hatte, das war dieses kleine Risiko allemal wert. Peizel hatte sich verändert, so gründlich und nachhaltig, wie er es selbst niemals für möglich gehalten hätte.

Schon nach ihrem zweiten gemeinsamen Blutvergießen hatte er aufgehört, seine Frau zu schlagen, nach dem dritten oder vierten Mal seine Kinder, und je tiefer er in die Geheimnisse von Mudgetts Folterkeller vorgedrungen war, desto seltener waren auch die allabendlichen Kneipenbesuche geworden und die beinahe ebenso regelmäßig stattfindenden Raufereien und Kämpfe, denen er niemals aus dem Weg gegangen war, ja, die er oft genug selbst provoziert hatte. Etliche seiner Freunde hatten sich von ihm abgewandt, als sie nach und nach begriffen, dass es den alten William Peizel nicht mehr gab, auf dessen Stärke und Streitlustigkeit sie sich immer verlassen konnten (und die sie oft genug für ihre eigenen Zwecke eingesetzt hatten), doch das machte nichts. Schon nach wenigen Monaten in Mudgetts Diensten war er ein vollkommen anderer Mensch geworden.

Peizel trank nicht mehr, zumindest nicht mehr als andere, die sich dann und wann ein Gläschen gönnten, um in Stimmung zu kommen oder sich nach einem Tag voller anstrengender Arbeit zu entspannen, er ging Ärger und körperlichen Auseinandersetzungen aus dem Weg, soweit es möglich war, und schließlich hörte er sogar auf, in Hurenhäuser zu gehen, bekam er doch nun von seiner Frau alles und aus freien Stücken, nachdem er aufgehört hatte, sie zu schlagen, und ihr sogar dann und wann ein Lächeln oder ein freundliches Wort gönnte. Selbst seine Kinder hatten keine Angst mehr vor ihm. Peizel lebte den dunklen Teil seines Selbst nun einzig in Mudgetts privatem Königreich des Schmerzes aus, und je mehr Blut er vergoss, desto brutaler und grausamer das wurde, was er dort unten tat, umso sanftmütiger und ruhiger schien er in der Welt außerhalb der Dunkelheit zu werden. Peizel hatte oft darüber sinniert, warum das so sein mochte, ohne jemals zu einer Antwort zu gelangen, und letzten Endes spielte es auch keine Rolle. Mudgett hatte ihm das größte Geschenk gemacht, das er nur erwarten konnte, und er empfand trotz allem eine tiefe Dankbarkeit dafür. Selbst jetzt noch.

Was nichts daran änderte, dass er momentan innerlich vor Zorn schäumte. Geyer umbringen – wie stellte sich Mudgett das vor, mitten in der Stadt und vor aller Augen? Peizel hatte nicht eine Sekunde lang den Fehler gemacht, diesen Mann zu unterschätzen, wie es Mudgett offenbar getan hatte. Zwar hatte er keine Angst vor diesem abgebrochenen Zwerg, dem er mit einer Hand und ohne sich anzustrengen den Hals brechen konnte, doch was dem Burschen an körperlicher Gewandtheit und Kraft fehlte, das machte er mit Verschlagenheit und einer Vorsicht wieder wett, denen Peizel nichts entgegenzusetzen hatte. Ihm war absolut klar, dass Geyer sehr viel intelligenter war als er – vielleicht sogar intelligenter als Mudgett oder Holmes – und er sich die Mühe sparen konnte, ihm eine geschickte Falle stellen oder ihn übertölpeln zu wollen. Er würde ihn sich schnappen und in eine dunkle Ecke zerren und ihm den Schädel einschlagen, und gut.

Aber dazu musste er seiner erst einmal habhaft werden.

Peizel stand jetzt schon seit einer guten halben Stunde im Schatten einer Toreinfahrt auf der anderen Seite des großen Platzes, an dem das Hotel lag, und wartete darauf, dass Geyer das Haus verließ. Seine Finger waren noch warm vom Blut des Polackenmädchens, das Mudgett und er geschlachtet hatten, und in seiner Nase war noch immer der Gestank ihres Sterbens, was ihm die Wartezeit ein wenig erleichterte. Aber der Rausch des Tötens ließ allmählich nach, und jede weitere Minute schien nun um eine Winzigkeit länger zu werden als die davor. Er verstand nicht, wo Geyer blieb. Vor einer halben

Stunde, als er in der hohlen Wand hinter Christens Suite gestanden und Geyer und sie belauscht hatte, hatte sich Geyer bereits verabschiedet und gesagt, dass es da noch etwas gäbe, was er unbedingt heute erledigen müsse, bevor Holmes sein Fieber weggeschlafen habe und am nächsten Morgen aufstehe, und Peizel hatte sich sogar gesputet, um die Geheimgänge zu verlassen und sich hier auf die Lauer zu legen.

Seitdem wartete er.

Nicht zum ersten Mal glitt seine Hand in die Jackentasche und strich über die einzige Waffe, die er mitgenommen hatte, einen mit Sand und Schrotkugeln gefüllten Lederbeutel, der einen formidablen Totschläger abgab. Er glaubte nicht, dass er die Waffe brauchte, um einen Mann wie Geyer zu töten, und er hatte auch nicht vor, sich auf einen langwierigen Kampf mit ihm einzulassen. Aber sicher war sicher.

Peizel begann sich jedoch ernsthaft zu fragen, ob es heute überhaupt so weit kommen würde. Er hatte seinen Beobachtungsposten so gewählt, dass er das große Eckzimmer im oberen Stockwerk im Auge behalten konnte, in dem sich Geyer und Christen aufhielten. Die Vorhänge waren zugezogen, so dass er keine Einzelheiten erkennen konnte, doch dann und wann bewegten sich Schatten vor dem elektrischen Licht. Sie waren zwar nicht auseinanderzuhalten, aber es waren eindeutig zwei, und außer Christen und Geyer hielt sich momentan niemand in dem Hotel auf. Holmes zählte nicht, denn er schlief den Schlaf des Gerechten und würde frühestens beim nächsten Sonnenaufgang erwachen und sich vermutlich an nichts mehr erinnern.

Ohne dass es ihm selbst bewusst gewesen wäre, erschien ein fast gequälter Ausdruck auf Peizels Gesicht, als er an Holmes dachte. Alles wäre so viel einfacher, wenn er es nur mit Mudgett zu tun hätte oder nur mit Holmes.

Das Problem waren beide zusammen.

Er wusste mit Holmes umzugehen und auch mit Mudgett, aber die Balance zwischen beiden zu halten war ein Drahtseilakt, bei dem er schon mehr als einmal nur um Haaresbreite einer Katastrophe entgangen war. Mudgett allein war schon schwierig genug, aber sollte Holmes jemals herausfinden, was sein guter alter Freund Mudgett buchstäblich vor seiner Nase in seinem Hotel trieb …

Aber wie sollte er das, solange er nicht … Das elektrische Licht hinter den Vorhängen erlosch, und die plötzliche Dunkelheit schnitt Peizels Gedanken ab. Er zog sich noch weiter in den schwarzen Schatten des Torbogens zurück und erstarrte nicht nur zu absoluter Reglosigkeit, sondern hielt sogar instinktiv den Atem an, bevor ihm klar wurde, wie albern er sich gerade benahm.

Peizel schüttelte über sich selbst den Kopf. Das Hotel war groß – er hatte sich oft genug darüber geärgert, *wie* groß, selbst wenn man die geheimen Wege zwischen den Wänden nahm –, so dass Geyer Minuten brauchen würde, um den Ausgang zu erreichen, selbst wenn er rannte – und warum sollte er das tun?

Das Hotel blieb einige Augenblicke lang so vollkommen dunkel, dass es zu einer schwarzen Klippe in der Nacht zu werden schien, an der selbst das wenige verbliebene Licht noch zerschellte. Es wirkte abweisend und düster, fast schon ein bisschen feindselig, und Peizel dachte nicht zum ersten Mal darüber nach, mit wie wenig Aufwand man das gesamte Gebäude um so vieles freundlicher gestalten könnte: Ein wenig Farbe und ein paar einladende Lampen über dem Eingang und hinter den großen Fenstern der Ladengeschäfte im Erdgeschoss, die die ganze Nacht über brannten und das Hotel in etwas wie eine Zuflucht verwandelten statt etwas noch Schwärzerem, um das man lieber einen Bogen machte.

Er hatte Holmes gegenüber diesen Vorschlag sogar schon öfter gemacht, aber nichts als Spott geerntet und den Hinweis, dass elektrischer Strom schließlich Geld kostete, das sich nicht von selbst verdiente, indem man ihn des Nachts verschwendete. Von demselben Holmes übrigens, der sich immer wieder darüber beschwerte, dass seine Nachbarn das Hotel hinter vorgehaltener Hand *die Burg* nannten und sich von seiner bloßen Anwesenheit schon bedroht fühlten. Peizel fragte sich, was sie wohl sagen würden, wenn sie wüssten, wie treffend diese Bezeichnung in Wahrheit war.

Mit der für diese neumodische Erfindung typischen Plötzlichkeit – die Peizel immer noch ein wenig unheimlich war – ging das elektrische Licht im Eingangsbereich des Hotels an, und einer der beiden großen Türflügel schwang nach außen. Peizels Hand glitt in die Jackentasche, um sich um den Totschläger zu schließen. Das vertraute Gewicht der Waffe hatte etwas Beruhigendes, und das brauchte er im Moment mehr, als er sich eingestehen mochte.

Verwirrt stellte Peizel fest, dass er nervös war. Aber warum? Er hatte aufgehört zu zählen, wie viele Männer (und auch ein paar Frauen) Mudgett und er in den letzten Monaten getötet hatten. Dutzende, wenn nicht mehr. Was also machte da ein weiterer Toter aus, noch dazu einer, der ihnen sehr gefährlich werden konnte, so dass es ja eigentlich nichts anderes als legitime Notwehr darstellte, ihn umzubringen?

Peizel beantwortete sich seine eigene Frage sogleich selbst: weil es eben doch ein Unterschied war. Dort unten, in den düsteren und nach Chemikalien und Blut riechenden Katakomben ihrer eigenen Welt, galten auch ihre eigenen Gesetze, nicht die der Menschen und ihrer lächerlichen Vorstellung von Moral und Recht. Was sie dort taten, das war weder falsch noch richtig, sondern einfach das, was sie taten. Aber irgendwie war es, als würde dadurch das, was sie außerhalb ihres privaten Universums taten, nur umso schlimmer. Ein komplizierter Gedanke, den Peizel nicht wirklich verstand (und auch nicht zum ersten Mal dachte), der ihn aber über die Maßen beunruhigte.

Sein Gedankengang wurde abermals abgeschnitten, als Geyer zwar aus dem Haus trat, die Tür aber nicht hinter sich schloss – eine zweite Gestalt verließ mit ihm das Hotel, die er zwar über die große Entfernung hinweg ebenfalls nicht genau erkennen konnte, bei der es sich aber trotzdem um niemand anderen als Arlis Christen handeln konnte.

Peizel zog die Hand mit einer so schuldbewussten Bewegung aus der Tasche, als hätte sich der Totschläger darin plötzlich in rot glühendes Eisen verwandelt, und sein Herz begann zu klopfen. Was, wenn Christen nicht nur mit nach unten gekommen war, um Geyer zu verabschieden, sondern ihn begleitete? Er konnte unmöglich tun, was Mudgett ihm aufgetragen hatte, wenn sie dabei war. Es sei denn …

Eine einzelne Sekunde lang fragte er sich, warum er nicht einfach tat, was ihm seine eigene Vernunft riet und nicht die Mudgetts, und sie beide tötete und sich damit all ihrer Probleme mit einem Schlag entledigte. Mudgett würde zornig sein, sicher, aber schließlich hatte er schon einmal eine Christen getötet, und am Ende mochte er einsehen, dass …

Die Heftigkeit, mit der sich sein schlechtes Gewissen meldete, ließ Peizel zusammenzucken, als hätte er versehentlich glühende Kohle berührt. Wieso dachte er so etwas? Christen war tabu, daran hatte Mudgett keinen Zweifel gelassen. Der Moment mochte kommen, in dem er sich ihm offen widersetzte, aber heute noch nicht.

Peizels Geduld wurde auf eine harte Probe gestellt, denn weder Christen noch Geyer machten Anstalten, sich zu verabschieden, noch sich gemeinsam auf den Weg zu machen. Minute um Minute standen sie da und redeten, wobei Geyer immer wieder den Kopf drehte und die Straße hinabsah, so als würde er auf etwas warten.

Und genau das tat er auch, wie Peizel endlich begriff, wenn auch vermutlich zu spät. Am Ende der Straße erschien aus Richtung Englewood ein helles elektrisches Licht, zu dem sich kaum einen Atemzug später ein metallisches Scharren und Kollern gesellte, aber es verging noch einmal eine geschlagene Sekunde, bis Peizel begriff, was er da sah, und vor allem was es für seine Pläne bedeutete. Gegen den gemurmelten Fluch, der über seine Lippen kam, konnte er rein gar nichts tun.

Es war nicht die Loop, von der Mudgett so begeistert und ausdauernd schwärmte, sondern ihre konventionelle Verwandte, die von Pferden gezogene Trambahn, was für Peizels Vorhaben aber von ebenso verheerender Konsequenz war.

Wenn Geyer in diese Tram stieg, dann hatte er praktisch keine Chance, ihm unbemerkt zu folgen; und erst recht nicht, sollten etwa er und Christen gemeinsam einsteigen. Peizel war noch niemals mit diesem modernen Beförderungsmittel gefahren, aber es verkehrte nahe und oft genug am Hotel, als dass er wusste, dass es nur einen einzigen Wagen gab, in dem sich nicht einmal ein fünfjähriges Kind verstecken konnte, geschweige denn ein erwachsener Mann von seiner Statur.

Peizels Gedanken rasten. Einen Moment lang war er nahe dran, einfach loszustürmen und Geyer den Schädel einzuschlagen, ganz gleich wer bei ihm war und ihn sehen würde. Mudgett würde sehr wütend werden und ihm Vorhaltungen machen (und vermutlich einen ganzen Monatslohn einbehalten) und am Ende doch wieder alles richten, so wie er es immer getan hatte. Ein blitzartiger Raubüberfall, ein Mord unter vielen, die es täglich hier gab, das war in dieser Stadt nicht einmal mehr eine Randnotiz in der Zeitung wert.

Allerdings dachte er diesen Gedanken nicht einmal ganz zu Ende, bevor ihm auch schon aufging, wie närrisch er war. Es war nicht möglich. Nicht, solange diese verdammte Christen in der Nähe war.

Mit ihr hatte der ganze Ärger angefangen! Er hätte dieses verdammte Weibsstück umbringen sollen, im selben Moment, in dem sie aus der Loop gestiegen war, oder spätestens in dem Flur vor Mudgetts Wohnung, ganz egal, ob Holmes nun dabei war oder nicht. Ihretwegen würden sie noch beide am Galgen enden!

Peizel wartete mit klopfendem Herzen und vor Zorn und Frustration am ganzen Leib zitternd, bis die Tram näher kam und den Haltepunkt nur einen Steinwurf vom Eingang des Hotels entfernt ansteuerte. Die Tram kam rasselnd und vom unwilligen Schnauben der beiden Zugpferde kommentiert zum Stehen, und Geyer verabschiedete sich mit einem vertraulichen Handschlag von Christen, der ihm Peizels Meinung nach ganz und gar nicht zustand, und schritt dann zügig aus, um den Haltepunkt zu erreichen.

Christen blieb noch vor der Tür stehen und wartete, bis die Tram abgefahren war, bevor sie sich herumdrehte und langsam ins Haus zurückging.

Als das Licht in der Empfangshalle endlich ausgegangen war, stürmte Peizel los. Zwar bestand immer noch die Gefahr, dass Christen im Schutze der Dunkelheit drinnen stehen geblieben war und ihn sah, aber dieses Risiko musste er eingehen, wenn er überhaupt noch die Chance haben wollte, Geyer einzuholen. Wie die Dinge lagen, hatte er jetzt überhaupt nur noch eine Chance.

Er eilte über die Straße und durch das Tor auf den Hinterhof und in den Geräteschuppen, der sich an die Rückwand des Hotels lehnte. Mit fliegenden Fingern und so hastig, dass er gleich mehrere Fingernägel einbüßte, riss er eines der beiden Fahrräder von der Ladefläche des Wagens, stürmte zur Straße zurück und auch noch ein paar Schritte weiter, bevor er es übertrieben heftig auf den Boden rammte und sich aus derselben Bewegung heraus in den Sattel schwang – mit dem Ergebnis, um ein Haar der Länge nach auf dem Trottoir zu landen.

Peizel war kein geübter Radfahrer, sondern hielt diese Art der Fortbewegung bestenfalls für albern und unwürdig, doch eine von zahlreichen (gescheiterten) Geschäftsideen Holmes' war es gewesen, eine Anzahl Velos zu erstehen und gegen Gebühr zu verleihen, also hatte er darauf bestanden, ihm wenigstens die Grundzüge des Radfahrens beizubringen, wofür Peizel ihm zumindest in diesem Moment sehr dankbar war. Nach einigem gefährlichen Hin-und-her-Gewackel, wobei er ganz instinktiv das Richtige tat und kräftig in die Pedale trat, fand er seine Balance wieder und gewann rasch genug an Tempo, um die roten Petroleumlampen am hinteren Ende der Tram nicht aus den Augen zu verlieren und allmählich aufzuholen. Schließlich musste er sein Tempo sogar zurücknehmen, um nicht zu dicht aufzufahren und womöglich von Geyer erkannt zu werden, sollte er zufällig aus dem Fenster sehen.

Die Bahn fuhr zuerst eine, dann eine zweite und schließlich die dritte Haltestelle an, ohne dass Geyer – oder überhaupt irgendjemand – ausgestiegen wäre, und Peizel begann es allmählich schwerzufallen, noch mitzuhalten. Sie fuhr nicht einmal außergewöhnlich schnell, aber er hätte wohl doch besser aufpassen sollen, als Holmes ihm das Velofahren beizubringen versucht hatte, denn er schien irgendetwas grundlegend falsch zu machen: Sein Rücken schmerzte, und seine Wadenmuskeln begannen zu verkrampfen und reagierten auf jeden Tritt mit heftiger werdenden Schmerzen.

Einen Moment lang erwog er sogar den Gedanken, am nächsten Haltepunkt einzusteigen und es an Ort und Stelle zu Ende zu bringen. Sie waren weit genug von Englewood und dem Hotel entfernt, und er war dem Wagen ein paarmal nahe genug gekommen, um zu sehen, dass er so gut wie leer war, und er hatte aus seinem früheren Leben genug Erfahrung in solcherlei Dingen, um zu wissen, dass sich ihm niemand in den Weg stellen würde. Und wenn doch ... nun, dann würde sein Totschläger eben mehr Arbeit bekommen.

Aber das würde Mudgett noch sehr viel weniger gefallen.

Einmal ganz davon abgesehen, dass er möglicherweise nicht einmal mehr in der Lage sein würde, ein fünfjähriges Kind zu überwältigen, wenn er noch lange auf diesem Ding saß und hinter der Tram herraste. Seine Waden schmerzten mittlerweile so sehr, dass es ihm die Tränen in die Augen trieb. Er war nicht sicher, dass er noch laufen konnte, wenn er von diesem verdammten Ding stieg.

Die Tram kam abermals zum Stehen, und kaum hatte Peizel dasselbe getan, stiegen Geyer und ein weiterer Fahrgast aus. Sie legten einige Schritte gemeinsam zurück, und Peizels ungutes Gefühl verstärkte sich noch einmal, als sie dabei unter einer Straßenlaterne hindurchgingen und er erkannte, dass es sich bei der zweiten Gestalt nicht um einen beliebigen nächtlichen Reisenden handelte. Der Mann trug eine schwarze Uniform, und den gleichfarbigen hohen Helm hatte er unter den linken Arm geklemmt.

Wieso zum Teufel sprach Geyer mit der Polizei?

Peizel lehnte das Fahrrad an die Wand und setzte die Verfolgung zu Fuß fort, wobei er das Licht mied, das in zahlreichen Fenstern brannte. Er war sich darüber im Klaren, dass er sich alles andere als unauffällig benahm. Die Straßen waren trotz der vorgerückten Stunde nicht annähernd so leer, wie er es sich gewünscht hätte.

Ein- oder zweimal verlor er Geyer und seinen Begleiter aus den Augen, als sie unerwartet abbogen, so dass er einen kurzen Zwischenspurt einlegen musste. Einmal kam er ihnen gefährlich nahe, als er um eine Ecke bog und um ein Haar in sie hineingerannt wäre. Sie waren stehen geblieben, offenbar um sich zu orientieren, und hätte einer von beiden in diesem Moment auch nur einen Blick über die Schulter geworfen, hätte er ihn unweigerlich gesehen.

Peizel wich zurück und presste sich mit angehaltenem Atem und klopfendem Herzen gegen die Wand, fest davon überzeugt, dass Geyer und der Polizist im nächsten Moment zurückkommen und ihn fragen würden, was zum Teufel er hier tat. Falls der Polizist nicht gleich eine Waffe zog und ihn über den Haufen schoss. Seine Hand glitt in die Jackentasche und schloss sich um den Totschläger.

Ausnahmsweise meinte es das Schicksal gut mit ihm. Sein Herz schlug vor Aufregung so hart, dass es in seinen Ohren dröhnte und er nicht verstand, worüber die beiden sprachen, aber sie klangen ein wenig ratlos. Möglicherweise hatten sie sich verirrt und würden im nächsten Moment zurückkommen. Peizel zog den Totschläger aus der Tasche.

Sein Blick tastete unstet über die Häuser auf der anderen Straßenseite. Er war so sehr darauf fixiert gewesen, die beiden Männer nicht aus den Augen zu verlieren, dass ihm erst jetzt auffiel, wie sehr sich ihre Umgebung verändert hatte.

Die Häuser waren kleiner und allgemein schäbiger, es gab kaum noch Straßenlaternen – zumindest keine, die noch brannten –, und in manchen Winkeln, in Toreinfahrten und Tür- und Fensternischen hatte der Wind altes Papier und Unrat abgeladen. Es war keines der besseren Viertel, und es hatte bereits jenen Zustand schleichenden Verfalls erreicht, bei dem es keine Umkehr mehr gab; ein Umstand, den Peizel möglicherweise zu seinem Vorteil nutzen konnte.

Er war fast sicher, dass sie beobachtet wurden. Zwar brannte hinter keinem der Fenster zu beiden Seiten Licht, doch Peizel hatte lange genug in einer Gegend wie dieser gelebt, um zu wissen, dass sich hinter leeren Fenstern oft genug neugierige Augen verbargen. Genauso sicher wusste er aber auch, dass sich niemand einmischen würde, ganz egal was er tat. Vermutlich wäre er am besten beraten, den Vorteil der Überraschung auszunutzen und die beiden umzubringen.

Der Polizist bereitete ihm ein wenig Sorge – nicht weil er eine Uniform trug, was für ihn eher so etwas wie einen zusätzlichen sportlichen Anreiz dargestellt hätte, sondern weil er ein ausnehmend kräftig gebauter, großer Mann war. Und wenn er die schwarze Uniform zu Recht trug, dann wusste er, in welcher Art von Viertel sie sich befanden, und war auf der Hut. Er musste eben schnell sein und sich ihn zuerst vornehmen.

Peizel atmete tief ein, verbarg die Hand mit dem Lederbeutel hinter dem Rücken und trat mit einem entschlossenen Schritt und gerade rechtzeitig genug um die Ecke, um ein schwarz uniformiertes Bein hinter der nächsten Biegung verschwinden zu sehen. Peizel schluckte einen Fluch hinunter und sprintete los. Schon nach wenigen Augenblicken erreichte er die Abzweigung, zwang sich auf dem letzten Stück wieder langsamer zu gehen und beglückwünschte sich im nächsten Moment dazu, es getan zu haben, denn der Polizist war nur noch wenige weitere Schritte gegangen und dann stehen geblieben. Er war allein, und er drehte sich genau in diesem Moment herum und sah ihm so direkt ins Gesicht, als hätte er auf ihn gewartet. Vielleicht hatte er es ja.

Peizel gelang es nicht nur, den Totschläger unauffällig in der Tasche verschwinden zu lassen, sondern auch, ein wenig langsamer zu gehen und den Blick auf genau jene Art zu senken, die der Polizist in einer Gegend wie dieser erwarten mochte. Er deutete sogar ein Nicken an, als er ihn passierte; dann schritt er bewusst um eine Winzigkeit schneller aus, ganz wie jemand, dessen Gewissen eben nicht rein genug war, um nicht froh zu sein, nicht angehalten zu werden. Er widerstand der Versuchung, nervös zu ihm zurückzusehen, meinte die misstrauischen Blicke des Cops aber umgekehrt mit fast körperlicher Intensität im Rücken zu fühlen. Er hatte einen Fehler gemacht, das war ihm nun klar. Wenn Geyer mit diesem Polizisten über ihm gesprochen hatte, dann wusste der Mann zweifellos, wer er war, und konnte sich auch ausrechnen, dass er nicht zufällig hier war, schon gar nicht zu dieser Uhrzeit. Wenn er überhaupt eine Chance gehabt hatte, sich dieses lästigen Zeugen zu entledigen, dann hatte er sie soeben verspielt.

Am Ende der Straße angelangt, riskierte er es doch noch, hinter sich zu sehen, und schalt sich zum zweiten Mal in Gedanken selbst einen Narren. Er nahm sich offenbar ein wenig zu wichtig. Der Polizist hatte längst kehrtgemacht und verschwand gerade in einer schmalen Seitenstraße. Wahrscheinlich hatte er ihn längst vergessen.

Aber wo war Geyer? Peizel ging vorsichtshalber ein paar Schritte weiter, bevor er endgültig stehen blieb und die Straße aufmerksam mit Blicken absuchte. Geyer musste in eines der Häuser verschwunden sein, zu nichts anderem hätte die Zeit gereicht, aber in welches? Die meisten der ein- oder zweigeschossigen Gebäude machten einen heruntergekommenen oder verwahrlosten Eindruck, und etliche schienen auch leer zu stehen, aber es blieben auch immer noch viel zu viele übrig, um einfach aufs Geratewohl drauflloszusuchen. Geyer hatte ihn ausgetrickst, ob nun absichtlich oder durch Zufall. Wie es aussah, blieb ihm wohl nichts anderes übrig, als abzuwarten, bis er wieder auftauchte. Falls er sich nicht zu einem verschwiegenen Stelldichein mit einer Dame der nicht ganz so feinen Gesellschaft in einem der Häuser hier traf und erst am nächsten Morgen herauskam. Peizel konnte sich das nicht vorstellen – nicht bei einem Mann wie Geyer –, aber so, wie es das Schicksal heute auf ihn abgesehen zu haben schien, würde ihn auch das nicht mehr wirklich überraschen.

Peizel suchte sich ein Versteck in den Schatten und bereitete sich innerlich auf eine weitere endlose Wartezeit vor.

Letzten Endes war es dann weniger als eine halbe Stunde, auch wenn es ihm wie ein Zehnfaches dieser Zeit vorkam. Hinter einer Tür auf der anderen Seite der Straße erschien das flackernde Licht einer Kerze, und Geyer trat zusammen mit einem dunkelhaarigen Mann in groben Kleidern auf die Straße hinaus. Sie waren auch jetzt wieder zu weit entfernt, als dass er etwas von ihrer Unterhaltung verstand, aber es schien sich nicht um ein Gespräch unter Freunden zu handeln, wenn er die begleitenden Gesten richtig deutete. Und es dauerte eine geraume Weile, die Peizel nutzte, um sich über sein weiteres Vorgehen klar zu werden.

Sehr viel mehr Fehler hätte er kaum noch machen können, wie er sich missmutig eingestand. So deutlich, wie er dem Cop sein Gesicht gezeigt hatte, hätte er ihm auch gleich seinen Namen nennen und die entsprechenden Papiere vorlegen können. Das einzig Vernünftige, was er jetzt noch tun konnte, war im Grunde, nichts zu tun – außer zu Mudgett zurückzugehen und zu Kreuze zu kriechen. Er würde nicht begeistert sein. Ganz und gar nicht.

Zum ersten Mal fragte sich Peizel ganz ernsthaft, ob Mudgett ihn töten würde. Peizel hatte diese Möglichkeit stets einkalkuliert, denn Mudgett war ein Mann ohne jegliches Gewissen, dem ein Menschenleben buchstäblich weniger galt als der Schmutz unter seinen Fingernägeln. Sollte er eines Tages zu dem Schluss kommen, dass Peizel ihm nicht mehr von Nutzen war, dann würde er sich, ohne zu zögern, von ihm trennen, und Peizel würde den Rest der Ewigkeit als skelettiertes Ausstellungsstück bei einer Kalamitätenschau oder im Glaskasten einer Universität verbringen. Peizel hatte keine Angst vor Mudgett – warum sollte er? –, doch er war sich der Gefahr vollkommen bewusst, die von ihm ausging. Und er hatte stets gewusst, dass dieser Moment kommen würde.

Aber wenn es nach ihm ging, dann noch nicht heute.

In seine Grübeleien versunken, hätte er um ein Haar die

zweite Chance verpasst, die Geyer ihm bot, denn er hatte sein wenig freundschaftliches Gespräch mit dem Grauhaarigen zwar beendet, ging aber nicht weiter, sondern machte eine ärgerliche Geste auf die Tür zu, woraufhin die beiden Männer hintereinander ins Haus zurückgingen; und Peizel gab sich selbst keine Gelegenheit, noch weiter zu zweifeln, sondern überquerte mit schnellen Schritten die Straße und näherte sich dem Eingang, den Geyer freundlicherweise für ihn offen gelassen hatte. Die einfachsten Ideen waren oftmals zugleich auch die besten.

Oder vielleicht auch nicht, denn rein gar nichts war so, wie es sein sollte.

Die Haustür stand weit offen, und der dahinterliegende Hausflur war nicht dunkel, wie er es erwartet hatte, sondern von unerwartet modernen Gaslampen fast taghell erleuchtet, so dass er sowohl das erstaunlich saubere Treppenhaus erkennen konnte, als auch Frank Geyer, der auf der unteren Stufe stand und ihm mit einem Gesichtsausdruck entgegensah, in dem nicht die allermindeste Spur von Überraschung zu erkennen war, und schon gar keine Furcht; was allerdings auch an dem großen Revolver liegen mochte, mit dem er auf Peizels Gesicht zielte.

»Und ich dachte schon, Sie wollten dort drüben Wurzeln schlagen, Wilfred«, sagte er lächelnd. »Ist Ihnen nicht kalt geworden, in Ihrer dünnen Jacke?«

»William«, antwortete Peizel automatisch.

»Wenn Sie mit mir sprechen wollen, hätten Sie das wirklich einfacher haben können«, plapperte Geyer fröhlich weiter. Der Revolver zielte unverrückbar auf einen Punkt zwei Fingerbreit über Peizels Nasenwurzel. Der Hahn der Waffe war gespannt, und Geyers Zeigefinger lag locker auf dem Abzug.

»Wobei ich Ihre sportliche Leistung durchaus anerkennenswert finde, Wilfred. Ich gestehe, dass ich beeindruckt davon bin, wie mühelos Sie der Trambahn gefolgt sind. Aber wenn Sie mich sprechen wollten, warum haben Sie es nicht gleich vor dem Hotel getan?«

»Was …?«, begann Peizel, doch Geyer ließ ihn nicht zu Wort kommen.

»Hat Holmes Sie geschickt?«

»Nein«, antwortete Peizel, was zwar der Wahrheit entsprach, bei Geyer aber nicht unbedingt auf Glauben zu stoßen schien. Er zog eine Grimasse.

»Ich werde es Ihrem Herrn und Meister selbst noch einmal sagen, aber sollten Sie ihn vor mir treffen, dann richten Sie ihm bitte aus, dass er gerne selbst zu mir kommen kann, wenn er mir etwas zu sagen hat.« Er legte den Kopf auf die Seite, und sein Blick wurde gespielt nachdenklich. »Oder wollten Sie mir am Ende gar nichts sagen, sondern etwas antun?«

»Ich … verstehe nicht«, murmelte Peizel, was sich selbst in seinen eigenen Ohren nicht besonders glaubhaft anhörte.

»Lassen Sie mich raten: Doktor Holmes hat Sie geschickt, damit er hinterher behaupten kann, dass er nichts davon weiß und somit auch nichts damit zu tun hat?« Sein Lächeln erlosch ebenso schlagartig wie endgültig. »Was wollen Sie, Wilfred? Mich nur ein bisschen verprügeln, um mich einzuschüchtern, oder sollten Sie mich gleich umbringen?«

Peizel hütete sich, zu antworten. Sollte Geyer ruhig denken, er hätte ihn eingeschüchtert, das machte ihn höchstens leichtsinnig. Viel mehr Sorge bereitete ihm die Frage, wo der andere Mann geblieben war, der mit Geyer hier hereingegangen war.

Zwar konnte er ihn weder sehen noch etwas hören, doch das bedeutete nicht, dass er nicht auf dem nächsten Treppenabsatz oder hinter einer Tür stand und alles beobachtete, und das Letzte, was er gebrauchen konnte, war ein weiterer Zeuge. Um den Polizisten konnte er sich nötigenfalls später kümmern, aber das Gesicht des Grauhaarigen hatte er noch nicht einmal gesehen.

»Falls Sie nach Mr Francis suchen, so kann ich Sie beruhigen, Wilfred«, sagte Geyer. »Ich habe ihn weggeschickt. Wir wollen doch nicht, dass Unbeteiligte zu Schaden kommen, nicht wahr?«

»Ich verstehe nicht, was Sie von mir wollen«, stammelte Peizel, während seine Gedanken immer verzweifelter nach einem Ausweg aus dieser Situation suchten.

Geyer legte die Stirn in Falten, als müsse er ernsthaft über diese Frage nachdenken. »Ich hätte tatsächlich die eine oder andere Frage an Sie, Wilfred. Aber korrigieren Sie mich ruhig: Waren Sie es nicht, der mir heimlich gefolgt ist? Also lautet die Frage doch wohl eher: Was wollen *Sie* von *mir?*«

Peizel presste nur die Lippen zu einem trotzigen Strich zusammen. Mudgett hätte seine helle Freude an dieser Situation, dessen war er sicher, und sollte er jemals davon erfahren, sie auch ganz bestimmt zum Anlass nehmen, ihm wieder einen seiner endlosen Vorträge über Umsicht und die Wichtigkeit einer gründlichen Planung zu halten. Allerdings hatte er nicht vor, ihm davon zu erzählen.

»Gut, wenn Sie es vorziehen, den großen Schweiger zu spielen, dann stelle ich eine Frage«, sagte Geyer mit einem Lächeln, das keines war. »Was wollen Sie von mir? Hat Holmes Sie geschickt, um mich umzubringen? Antworten Sie endlich!«

»Und wenn ich es nicht tue?«, fragte Peizel trotzig. »Erschießen Sie mich dann?«

»Tatsächlich könnte ich das«, antwortete Geyer ungerührt. »Ein Mann Ihres zweifelhaften Rufs, zu dieser späten Stunde und in einer Gegend wie dieser? Niemand würde viele unbequeme Fragen stellen.«

»Das tun Sie nicht«, behauptete Peizel überzeugt. Er wünschte nur, er hätte nicht nur überzeugt *geklungen*. Möglicherweise hatte er diesen drolligen kleinen Kerl ja unterschätzt. Unauffällig versuchte er, sein Körpergewicht ganz auf das linke Bein zu verlagern, um aus der Schusslinie springen und sich auf Geyer stürzen zu können, sollte es sich als nötig erweisen. Doch Geyer wedelte ärgerlich mit dem Revolver. »Lassen Sie das!«

Er hatte sich wirklich von Geyer täuschen lassen, dachte Peizel. Und allmählich kam ihm der Verdacht, dass das genau der Grund war, aus dem sich dieser Kerl so benahm, als könnte er nicht bis drei zählen.

»Und was Ihre optimistische Mutmaßung angeht«, fuhr Geyer im Plauderton fort, »so haben Sie durchaus recht. Ich erschieße Sie nicht – es sei denn, Sie zwingen mich dazu. Dann allerdings werde ich keine Sekunde zögern, seien Sie gewiss. Aber ich könnte Sie verhaften lassen, William, und für lange Jahre ins Gefängnis werfen. Möchten Sie das?«

»Ich habe nichts getan.«

»Irgendetwas würde sich schon finden«, versicherte Geyer. »Man muss nur tief genug graben, dann findet sich bei jedem etwas. Und wenn ich es selbst hineinlege.«

Geyers Tod würde nicht leicht werden, beschloss Peizel, oh nein, gar nicht leicht. »Was wollen Sie?«

»Das gefällt mir schon besser«, antwortete Geyer. »Und um Ihre Frage zu beantworten: Eigentlich will ich gar nichts von Ihnen, Wilfred. Wenn man es genau nimmt, dann meine ich es sogar gut mit Ihnen. Auch wenn ich nicht erwarte, dass Sie es verstehen oder mir glauben.«

Womit er vollkommen recht hatte, dachte Peizel, und zwar in beiderlei Hinsicht.

»Hören Sie mir einfach einen Moment zu, und tun Sie mir und sich selbst den Gefallen, in Ruhe über meine Worte nachzudenken. Wollen Sie das tun?«

Erwartet der Kerl wirklich eine Antwort darauf?, dachte Peizel. Er starrte Geyer nur an, aber das schien ihm als Reaktion vollkommen zu genügen.

»Ich weiß, dass Sie nur das tun, was Holmes von Ihnen verlangt, William«, fuhr Geyer fort. »In gewissem Sinne ehrt Sie das. Man kann den Wert eines treuen Angestellten gar nicht hoch genug einschätzen, finde ich. Und ich bin auch nicht an Ihnen interessiert, nichts für ungut. Aber Sie sollten Folgendes bedenken: Sie schulden Doktor Holmes nichts. Jedenfalls nicht so viel, wie es Sie kosten würde, wenn sich herausstellt, dass er etwas mit dem Verschwinden von Miss Christens Schwester zu tun hat – wovon ich fest überzeugt bin –, und er

Sie am Ende wahrscheinlich noch belastet. Wovon ich übrigens ebenso fest überzeugt bin.«

Peizel verstand. Geyer hatte offensichtlich vor, ihn gegen Holmes aufzuwiegeln. Er bedauerte fast ein bisschen, ihm nicht sagen zu können, wie es sich wirklich verhielt. Aber das würde er nachholen, eine Sekunde, bevor er ihm die Kehle herausriss; oder vielleicht auch zehn, damit ihm noch Zeit genug blieb, um zu begreifen, wie sehr er sich getäuscht hatte.

»Was wissen Sie über Doktor Mudgett?«, fragte Geyer nun. »Und sagen Sie jetzt bitte nicht, Sie wüssten nichts, denn ich weiß, dass das nicht stimmt. Doktor Holmes behauptet, er hätte ihn seit Monaten nicht mehr gesehen – aber Ihr Dienstherr ist ein erbärmlicher Lügner, müssen Sie wissen.«

Das war vielleicht das erste Mal, dass sie wirklich einer Meinung waren, aber Geyer hatte ja keine Ahnung …

»Gut, Sie wollen nicht antworten«, sagte Geyer. Er klang enttäuscht. »Ich an Ihrer Stelle täte es vermutlich auch nicht. Dann werde ich reden, und Sie hören mir einfach zu, einverstanden?«

Peizel sollte es recht sein. Die Hauptsache war, dass Geyer möglichst lange weiterredete. Der Revolver in seiner Hand wurde nicht leichter. Täuschte er sich, oder zitterte seine Hand schon ganz sacht?

»Doktor Holmes weiß über Mudgett und Miss Christen Bescheid, habe ich recht?«, fuhr Geyer fort. Peizel war jetzt sicher, dass sein Arm zitterte. Er hatte wenig Erfahrung mit Revolvern, aber das Ding musste gut und gerne zwei Pfund wiegen, wenn nicht mehr, und Geyer war kein sehr kräftiger Mann; ein solches Gewicht am ausgestreckten Arm zu halten wäre auf Dauer sogar ihm selber schwergefallen. »Den Verdacht hatte ich von Anfang an, um ehrlich zu sein, aber seit wir in Mudgetts Wohnung waren, weiß ich, dass es so ist.«

»Ach ja?«, fragte Peizel.

Geyer nickte. »Holmes war nicht das erste Mal dort«, sagte er. »Er hatte sich gut in der Gewalt, das gebe ich gerne zu, aber es ist mein Beruf, den Leuten hinter die Stirn zu blicken. Er hat diese Wohnung nicht zum ersten Mal gesehen. Und ist Ihnen aufgefallen, wie Mudgetts Nachbarin auf Doktor Holmes reagiert hat? Sie kannte ihn.« Er nickte erneut, wohl um seine eigenen Worte zu bekräftigen. »Doktor Holmes lügt, Wilfred. Ich weiß noch nicht, ob er etwas mit Endres Christens Verschwinden zu tun hat oder nur seinen Freund schützen will, aber er sagt uns nicht die Wahrheit. Ich habe das eine oder andere über Ihren Dienstherrn herausgefunden, was Ihnen unbekannt sein dürfte, und glauben Sie mir: Er ist nicht der Ehrenmann, für den Sie ihn halten.«

Peizel sagte auch dazu nichts. Geyers Hand zitterte jetzt sichtbar.

»Doktor Holmes ist nicht so clever, wie er glaubt«, fuhr Geyer fort. Feiner Schweiß perlte auf seiner Stirn, obwohl es hier drinnen eher kühl war, fast schon kalt. »Ich weiß nicht, was er Ihnen versprochen oder möglicherweise auch schon für Sie getan hat, aber Sie sollten sich fragen, ob Sie wirklich mit ihm untergehen wollen. Sie haben doch sicher keine Lust, sich eine Zelle mit ihm zu teilen oder neben ihm auf dem Galgen zu stehen, nehme ich an.«

»Der Doktor hat nichts damit zu tun«, sagte Peizel. Er versuchte erneut, sein Gleichgewicht zu verlagern, und diesmal schien Geyer es nicht zu bemerken.

»Ja, und ich bin fast geneigt, Ihnen zu glauben, dass Sie das tatsächlich denken«, sagte Geyer. »Aber das spielt im Grunde auch keine Rolle. Ich will ehrlich zu Ihnen sein, William: Sie interessieren mich nicht. Ich will Miss Christen finden, und wenn sich herausstellt, dass Mudgett ihr etwas angetan hat, werde ich den Kerl zur Verantwortung ziehen. Und dasselbe gilt für Holmes, falls er etwas damit zu tun hat. Wollen Sie wirklich den Kopf für etwas herhalten, womit Sie nichts zu tun haben?«

»Ich ... verstehe nicht«, murmelte Peizel. Er verlagerte sein Gewicht ein winziges Stückchen weiter, und diesmal folgte der Lauf der Waffe der Bewegung erst mit einer geschlagenen Sekunde Verzögerung.

»Dann will ich es Ihnen ganz deutlich sagen«, antwortete Geyer. »Doktor Holmes hat Dreck am Stecken. Ich weiß noch nicht, wie viel und wie übel er riecht, aber ich bin dabei, es herauszufinden. Sie können mir dabei helfen oder zusammen mit ihm untergehen. Haben Sie das verstanden? War es einfach genug?«

Peizel ließ ganz bewusst drei, vier, schließlich fünf Sekunden verstreichen, und er nickte auch nur sehr zögerlich.

»Und wie ist Ihre Antwort?«, fragte Geyer.

Peizel machte ein nachdenkliches Gesicht, hob gespielt unschlüssig die Schultern und wiegte den Kopf hin und her. »Ich weiß nicht«, nuschelte er. »Der Doktor war immer gut zu mir. Und ehrlich. Ich meine, er hat mich nie belogen.«

»Ich hätte mich gewundert, wenn Sie anders denken würden, William.« Er lachte leise und so abfällig, dass Peizel ihm allein dafür am liebsten schon den Schädel eingeschlagen hätte. »Ihr Doktor Holmes ist ein charmanter Mann, nicht wahr? Er hat ein einnehmendes Wesen, und man sieht ihm die Ehrlichkeit regelrecht an, habe ich recht?« Jetzt wurde sein Lachen ganz eindeutig verletzend, und Peizel musste sich beherrschen, um nichts zu tun, was er bedauern würde. »Nun, lieber William, dann will ich Ihnen einmal das verraten, was ich selbst schmerzhaft als Allererstes in meinem Beruf lernen musste: Alle erfolgreichen Betrüger sind charmant und machen einen ehrlichen Eindruck. Das ist die grundlegende Voraussetzung für diesen Beruf. Ein Betrüger, dem man ansieht, dass er ein Betrüger ist, wird es schwer haben, Opfer zu finden.«

Peizel wollte es nicht, aber die Worte berührten etwas in ihm, das nicht sein sollte. Natürlich nichts, was Holmes anging. Geyer war ein Narr, wenn er das wirklich glaubte. Holmes war ein gutgläubiger Dummkopf, der nur halbwegs ungeschoren durchs Leben stolperte, weil Mudgett ihm hinter den Kulissen immer wieder aus der Patsche half und all den Unsinn geradebog, den er anstellte. Doch ohne es zu wissen, hatte Geyer Mudgett beschrieben, und zwar so genau, dass es schon fast unheimlich war. Nur, dass Peizel es natürlich ganz genau wusste und es ihm nicht nur nichts ausmachte, sondern dies genau die Eigenschaften waren, die er an seinem Mentor und Lehrmeister bewunderte.

Und doch ... da war etwas, das nicht sein sollte.

»Hören Sie auf«, hörte er sich selbst murmeln. »Das ... das ist nicht wahr. So ... so ist der Doktor nicht.«

»Sie wissen, dass ich die Wahrheit sage«, beharrte Geyer. Er lächelte, und er tat es ganz bewusst (aber nicht vollkommen überzeugend) auf die Art eines gütigen Vaters, der seinem naiven Kind geduldig das Leben zu erklären versuchte. Er war ein noch viel erbärmlicherer Lügner als Holmes, dachte Peizel. »Seien Sie vernünftig, William. Ich finde heraus, was Holmes mit der ganzen Geschichte zu tun hat, das sollte Ihnen klar sein. Und es gibt keinen Grund, aus dem Sie für seine Fehler büßen müssen.«

»Ich glaube Ihnen nicht«, antwortete Peizel. »Doktor Holmes ...«

»... hat Sie benutzt, William«, fiel ihm Geyer ins Wort. »Sie wollen das nicht zugeben, und ich verstehe Sie sehr gut. Niemand gesteht gerne ein, dass er einem Lügner aufgesessen ist. Auch ich nicht.« Sein Lächeln wurde noch gönnerhafter. »Ich habe es Ihnen gerade schon einmal erklärt, und ich tue es gerne noch einmal. Es ist keine Schande, einem gewieften Betrüger aufzusitzen. Es gibt einen Grund, aus dem es Menschen wie mich gibt, wissen Sie?«

Und gleich gab es einen weniger.

Peizel sprang ihn an.

Geyer hatte in seiner Aufmerksamkeit um eine Winzigkeit nachgelassen, genau wie Peizel es sich erhofft hatte. Und mehr als diese eine Chance brauchte er nicht. Peizel stieß sich mit dem linken Bein und aller Kraft ab, wodurch er mit einer Behändigkeit auf den Versicherungsdetektiv zuflog, die dieser einem Mann seiner Statur und vermeintlichen Schwerfälligkeit anscheinend niemals zugetraut hätte, denn er starrte ihn einfach nur verwirrt an und machte weder Anstalten, seine Waffe zu benutzen noch sich überhaupt zu bewegen. Peizel holte zu einem gewaltigen Schwinger aus, der dem kleinen Mann das Gesicht zu Brei schlagen musste und es wohl auch getan hätte, hätte er getroffen.

Doch sein linkes Bein knickte einfach unter ihm weg, weil er viel zu lange und in viel zu verkrampfter Haltung dagestanden hatte. Sein wütender Schwinger verfehlte Geyer hoffnungslos, und statt wie ein lebendiges Geschoss gegen ihn zu prallen und ihn einfach unter sich zu zermalmen, stolperte er unbeholfen an ihm vorbei und hatte seine liebe Mühe, überhaupt auf den Beinen zu bleiben.

Geyer half der Entwicklung noch ein wenig nach, indem er fast gelassen einen halben Schritt zur Seite machte und ihm kräftig in die Kniekehle trat, und Peizel verlor endgültig das Gleichgewicht und schlug der Länge nach neben ihm auf die Treppe, und das hart genug, dass ein scharfer Schmerz durch seine Hüfte schoss und ein noch viel schlimmerer in seinem Kiefer explodierte. Er schmeckte Blut, und für einen Moment wurde ihm schwindelig, und alles schien sich in graue Watte und ein Gefühl verlockender Wärme zu verwandeln.

Vielleicht auch für mehr als nur einen Moment, denn als er sich wieder auf Ellbogen und Knie hochzustemmen versuchte und den Kopf drehte, um nach Geyer Ausschau zu halten, stand dieser in drei oder vier Schritten Entfernung da und sah mitleidlos und voller unverhohlener Verachtung auf ihn herab.

»Sie enttäuschen mich«, sagte er. »Ich hätte Sie für klüger gehalten, ob Sie es glauben oder nicht.« Er schüttelte traurig den Kopf. »Ich biete Ihnen die Gelegenheit, mit halbwegs heiler Haut aus dieser Geschichte herauszukommen, und das ist Ihre Antwort, Wilfred?«

»William«, nuschelte Peizel, wobei er gleichzeitig einen Schwall zähes Blut und etwas über die Lippen brachte, das verdächtig nach einem Stück Zahn aussah.

»Wie auch immer.« Geyer machte eine ärgerliche Geste, aber Peizel fiel auch auf, dass der Arm mit der Waffe jetzt locker an seiner Seite hinabhing und er nicht mehr auf ihn zielte.

»Sind Sie so dumm, oder gibt es da etwas, womit Holmes Sie in der Hand hat? Erzählen Sie es mir. Wenn es nicht gerade ein Mord oder ein geplantes Attentat auf den Präsidenten ist, kann ich Ihnen helfen.«

Er kam näher, und Peizel spuckte einen weiteren Pfropfen Blut auf die Treppenstufe. Gleichzeitig stemmte er sich weiter in die Höhe und lauschte in sich hinein. Sein Kiefer schmerzte unerträglich, und etwas stimmte mit seiner Hüfte nicht. Aber das war nicht weiter schlimm. Wenn er mit Geyer fertig war, konnte er immer noch seine Wunden lecken. Er zog eine übertrieben gequälte Grimasse und tat so, als wäre es ihm nicht möglich, sich weiter hochzuarbeiten, und Geyer kam wunschgemäß näher.

»Ich kenne Männer wie Sie zur Genüge und auch ein paar Frauen. Früher oder später landen Sie in der Gosse oder im Gefängnis oder auch am Galgen. Ich will Holmes, und ich will wissen, was mit Miss Christen passiert ist, und ich werde beides bekommen. Ob Sie dabei mit über die Klinge springen oder nicht, ist mir herzlich egal. Es ist Ihre Entscheidung.«

Er war nahe genug, fand Peizel.

Diesmal legte er all seine Kraft in die Bewegung, mit der er sich mit beiden Armen abstieß und zugleich nach hinten austrat.

Statt dem Angriff auszuweichen, wie er erwartet hatte, machte Geyer ganz im Gegenteil einen großen Schritt nach vorne und schlug ihm den Revolver ins Gesicht. Roter Schmerz explodierte hinter Peizels Stirn und in seinem Kiefer, und er fiel schwer auf die Treppe zurück. Alles drehte sich um ihn, und er musste heftig würgen, um nicht an seinem eigenen Blut zu ersticken. Geyers Worte drangen nur noch wie ein verzerrtes Rauschen in sein Bewusstsein.

»Sie sind erbärmlich«, sagte er. »Aber wenn das Ihre Entscheidung ist, soll es mir recht sein.«

Er versetzte Peizel einen zweiten und nicht ganz so heftigen Schlag gegen die Schläfe, der aber trotzdem ausreichte, ihm für Augenblicke die Besinnung zu rauben, denn als sich der blutige

Nebel vor seinen Augen lichtete, war er allein. Die Haustür stand immer noch offen, und jemand hatte das Gaslicht gelöscht. Er meinte Geräusche zu hören, aber das konnte auch das Pochen seines eigenen Herzens in seinen Ohren sein.

Noch immer drehte sich alles um ihn, und sein Kiefer fühlte sich an wie zerschmettert und war es möglicherweise auch. Er spuckte Blut, brachte es mit Mühe und Not fertig, sich nicht zu übergeben, und brauchte drei Anläufe, um in die Höhe zu kommen, und musste sich lange Sekunden am Treppengeländer festhalten, um nicht gleich wieder zu fallen. Er konnte nicht denken. Außer an Geyer.

Wie er es bis zur Tür schaffte, hätte er hinterher nicht mehr sagen können, aber er kam gerade noch rechtzeitig, um zu sehen, wie der Versicherungsdetektiv am Ende der Straße um die nächste Ecke verschwand, ohne sich auch nur noch einmal zu ihm herumzudrehen. Der verdammte Mistkerl fühlte sich offenbar sehr sicher.

Purer Zorn (der zu einem Gutteil ihm selbst galt) flammte in Peizel auf und ließ ihn für einen Moment alles andere vergessen, so dass er, ohne zu zögern, hinter Geyer herstürmte, aber so rasch der heiße Schub gekommen war, so schnell verzehrte er sich in seiner Raserei auch selbst. Schon nach wenigen Schritten geriet er ins Taumeln und schlitterte eher mit der Schulter an der Wand entlang, als wirklich noch zu rennen. Aus seinem Mund lief immer noch Blut, das an seinem Kinn hinab- und auf seine Kleider tropfte, und er war jetzt sicher, dass sein Kiefer gebrochen war. Und auch mit seiner Hüfte stimmte etwas ganz und gar nicht. Dieser Mistkerl hatte ihm wirklich übel mitgespielt, und er würde es ihm zehnfach heimzahlen.

Wenn er ihn einholte, hieß das.

Geyer hatte sich nicht besonders schnell bewegt, war aber auch nicht gerade geschlendert, und jeder Schritt bereitete Peizel mittlerweile enormen Schmerz. Er musste sich nicht mehr an die Wand lehnen, aber er humpelte stark, und allmählich begann ihm die Pein die Tränen in die Augen zu treiben. Auch dafür würde dieser Kerl bezahlen. Peizel bedauerte nur, dass die Nacht schon halb vorbei war, so dass ihm nur noch ein paar Stunden blieben, um sich mit ihm zu amüsieren.

Auf dem letzten Stück begann er zu rennen, obwohl ihm der Schmerz das Gefühl gab, einen glühenden Draht in der Hüfte zu haben, der sich unbarmherzig tiefer in sein Fleisch grub, aber die Quälerei lohnte sich: Als er um die Ecke humpelte, war Geyer nur noch ein kurzes Stück vor ihm, und irgendwie brachte er trotz allem das Kunststück fertig, sich zu einem verzweifelten Endspurt zu zwingen. Da er dabei alles andere als leise war, musste Geyer ihn zwangsläufig hören und sah über die Schulter zurück, als er noch drei oder vier Schritte von ihm entfernt war, und ein Ausdruck absoluter Fassungslosigkeit erschien auf seinem Gesicht. Trotzdem war er zugleich aber auch geistesgegenwärtig genug, um in die Tasche zu greifen, vermutlich, um den Revolver zu ziehen.

Dieses Mal war er nicht schnell genug. Peizel überwand das restliche Stück zwischen ihnen, riss den Totschläger aus der Jackentasche und schmetterte ihn Geyer seitlich ins Gesicht. Zur Abwechslung war es jetzt Geyer, der einen keuchenden Schrei ausstieß und Blut spuckte, während er zurück- und mit haltlos rudernden Armen gegen die Wand stolperte. Den Revolver hatte er gerade weit genug aus der Tasche bekommen, dass er jetzt in hohem Bogen davonflog. Peizel setzte Geyer nach, schwang seinen Totschläger erneut und traf ihn diesmal am Hals, so dass sein Schrei abrupt verstummte, während er an der Wand entlang zusammensackte und die Hände um die Kehle schlang.

Peizel riss den Totschläger in die Höhe und ließ die Waffe dann wieder sinken, denn er brauchte plötzlich alle Kraft, um sich überhaupt noch auf den Beinen zu halten. Außerdem wollte er Geyer nicht umbringen.

Nicht so schnell jedenfalls.

Ihm war schwindelig, und sein Herz hämmerte bis in die Fingerspitzen. Außerdem brauchte er einen Moment, um den beißenden Schmerz in seiner linken Hüfte auszublenden. Peizel war ganz und gar nicht sicher, wer bisher der Sieger in dieser ungleichen Auseinandersetzung war. Bestenfalls stand es wohl unentschieden.

Aber der Spaß fing ja auch gerade erst an.

Es dauerte eine Weile, bis aus Geyers krächzendem Würgen und Keuchen wieder unregelmäßig rasselnde Atemzüge wurden. Möglicherweise versuchte er auch etwas zu sagen, aber das interessierte Peizel nicht. Er ging vor Geyer in die Hocke, steckte den Totschläger ein und zog mit derselben Bewegung ein Rasiermesser aus der Tasche. Von seinem Naturell her bevorzugte er eher brachialere Waffen oder auch die bloßen Fäuste, aber Mudgett hatte ihm oft genug gezeigt, was für wunderbare Dinge man mit einem so einfachen Barbierwerkzeug anstellen konnte.

»Ich wollte Ihnen wirklich nur ein paar Fragen stellen und sollte Ihnen von Doktor Holmes ausrichten, wie leid ihm das alles tut, die Sache mit Mudgett und so. Doch Sie gehen einfach auf mich los und schlagen mich mit einer Waffe.« Peizel betrachtete nachdenklich das Rasiermesser und drehte die Klinge hin und her, so dass sie im Mondlicht aufblitzte. »Ich halte nichts von Waffen. Waffen sind was für Feiglinge.«

Geyer murmelte eine Antwort, die Peizel ebenso wenig verstand wie das davor. Vielleicht hatte er ihn ja auch gar nicht verstanden. Peizels Kiefer tat nicht nur höllisch weh, sondern begann auch allmählich anzuschwellen, und das Sprechen fiel ihm immer schwerer.

»Sie hatten ganz recht«, fuhr er trotzdem fort. »Der Doktor hat mich geschickt, um Ihnen gut zuzureden, aber daraus wird jetzt nichts mehr.«

»Machen Sie … es nicht … noch schlimmer«, krächzte Geyer. Seine Stimme klang, als wäre etwas in seinem Kehlkopf gebrochen. »Sie können noch … gehen. Noch ist nichts Schlimmes … passiert.«

»Wird es auch nicht«, nuschelte Peizel. »Wenigstens nicht mir.«

Er hob das Messer, und Geyer griff in die Jackentasche, als hätte er ganz vergessen, dass sich der Revolver nicht mehr darin befand, sondern unerreichbar Meter entfernt auf dem Straßenpflaster lag. Aber etwas stimmte nicht. Es war die falsche Tasche, und noch während sich Peizel fragte, ob Geyer tatsächlich so verwirrt war, züngelte eine winzige gelbe Flamme aus dem teuren Stoff und sengte ein kreisrundes Loch hinein.

Es war kein richtiger Knall, sondern eher etwas wie ein nasses Händeklatschen, kein Laut, der auch nur an einen Schuss erinnerte, und es tat auch im ersten Moment nicht besonders weh.

Aber dann kam der Schmerz doch. Als Geyer die winzige Deringer aus der Tasche zog und noch einmal abdrückte.

Peizel hatte solche Waffen immer für weibisch gehalten, denn ihr Kaliber war so klein, dass es nicht einmal eine etwas dickere Arbeitsjacke durchschlug. Der Schuss riss ihn trotzdem rücklings von den Knien, so dass er zuerst unsanft auf dem Hinterteil und dann und deutlich schmerzhafter auf Rücken und Hinterkopf landete. Warmes Blut lief über seine Brust und die Schulter, wo ihn die beiden Kugeln getroffen hatten. Der Schmerz verebbte so schnell, wie er gekommen war – allerdings nur, um einem Gefühl beinahe noch schlimmerer Schwäche und Benommenheit Platz zu machen, das sich in Wellen in seinem Körper auszubreiten begann. Wie in großer Entfernung registrierte er, wie Geyer aufstand und sich gekrümmt an der Wand entlangschob, und ein kleiner Teil von ihm musste wohl sogar noch zu logischem Denken imstande sein, denn ihm war vollkommen klar, dass Geyer nicht die Flucht ergriff, sondern seine Waffe holte, um ihm eine dritte und deutlich größere Kugel zu verpassen.

Peizel stemmte sich hoch. Er wusste nicht, woher er die Kraft dafür nahm, vermutlich aus der absoluten Gewissheit, dass er sterben würde, wenn er nicht verschwand, bevor Geyer seinen verfluchten Revolver gefunden hatte, aber irgendwie gelang es ihm nicht nur, auf die Beine zu kommen, sondern auch loszustolpern und immer schneller zu werden. Geyer schrie irgendetwas, dann krachte ein Schuss, der sich in der Stille der Gasse wie ein Kanonenschlag anhörte, und unmittelbar neben Peizels Schulter spritzten Funken und Steinsplitter aus der Wand.

Bevor Geyer besser zielen und noch einmal abdrücken konnte, hatte Peizel die Abzweigung erreicht und rannte wie von Furien gehetzt los.

Chicago, Illinois, 1893

Der nächste Morgen brachte gleich mehrere Überraschungen für Holmes, von denen zumindest eine angenehm hätte sein können, wären die Umstände auch nur ein wenig anders gewesen. Aber nach allem, was ihm in den letzten Tagen widerfahren war, hatte ein Teil von ihm wohl entschieden, prinzipiell alles Unerwartete auch als unangenehm einzustufen.

Es begann damit, dass er schon wieder verschlief. Holmes vermied es ganz bewusst, auf die Uhr auf seinem Nachttisch zu sehen, aber er wurde vom Kitzeln der Sonnenstrahlen in seinem Gesicht geweckt, was bedeutete, dass der Vormittag schon ein gutes Stück vorangeschritten sein musste. In Anbetracht dessen, dass er schon den gestrigen Tag zu einem Gutteil im Bett verbracht hatte, sollte er sich jetzt ausgeschlafen fühlen und vor Energie nur so aus den Nähten platzen, doch das genaue Gegenteil war der Fall. Holmes vermied es tunlichst, auch nur in Richtung des Spiegels zu sehen, als er ins Bad schlurfte, aber vor dem schlechten Geschmack in seinem Rachen und dem dumpfen Druck hinter seinen Schläfen konnte er die Augen nicht verschließen. Er beließ es bei einer Katzenwäsche, zog dann ganz gegen seine Gewohnheiten die Kleider vom gestrigen Tage noch einmal an – bis hin zu den Socken –, verließ sein Zimmer und wurde von einem Schweigen in Empfang genommen, das etwas Beunruhigendes hatte; nicht nur weil dies ein Hotel war und zu große Stille zu den natürlichen Feinden eines solchen gehörte. Da war noch etwas anderes, das er nicht greifen konnte, aber das schon seit einer Weile am Rande seiner Gedanken kratzte, und das stärker wurde.

Aber vielleicht fantasierte er auch nur irgendwelchen Unsinn zusammen.

Er brauchte einen starken Kaffee, und wenn das nicht half, vielleicht doch die Adresse des Arztes, den Arlis gestern gerufen hatte.

Die große Treppe zu nehmen wäre einfacher und auch schneller gewesen, doch der Anblick hätte ihn nur unnötig deprimiert, so dass er die engere und schon fast abenteuerlich steile Stiege für das Personal nahm; was nebenbei auch noch den Vorteil hatte, dass er die Küche durch den Hintereingang betreten würde, womit Sylvia bestimmt nicht rechnete. Es war nicht so, dass er ihr nicht traute, aber er hatte es sich schon vor langer Zeit zur Angewohnheit gemacht, bis zu einem gewissen Grad unberechenbar zu bleiben.

An diesem Morgen war es allerdings vergebliche Liebesmüh. Sylvia war nicht da. Irgendetwas war in Zusammenhang mit ihr, doch Holmes war einfach zu träge, um dem Gedanken weiter zu folgen. Vielleicht lag es auch daran, dass er stutzen musste. Denn trotz Sylvias Abwesenheit machte die Küche einen benutzten Eindruck. Im Herd brannte ein Feuer, und der unverwechselbare Geruch von frisch aufgebrühtem Kaffee hing in der Luft. Alles wirkte vage unaufgeräumt, ohne dass es ihm möglich gewesen wäre, den Finger auf die Veränderung zu legen. Hier war eine Schublade nicht ganz geschlossen, dort ein Kessel oder eine Schale nicht exakt an ihrem Platz. Ein angebissener Apfel verunzierte eine ansonsten liebevoll arrangierte Obstschale, und die Tür eines der großen Vorratsschränke stand offen. Holmes schob die Schublade zu, warf den angebissenen Apfel in den Abfalleimer und schloss die Schranktüren, hatte aber irgendwie das Gefühl, es dadurch nur noch schlimmer zu machen. Eigentlich hatte er sich vorgenommen, es bei einem sachten Verweis, vielleicht auch nur bei einem missbilligenden Blick zu belassen. Nun aber würde er Sylvia wohl doch ernstlich zur Rede stellen müssen.

Dazu musste er sie allerdings erst einmal finden.

Holmes rief halblaut ihren Namen, bekam erwartungsgemäß keine Antwort und lugte durch den Türspalt ins Restaurant, wo ihn die nächste Überraschung erwartete. Nach den Erfahrungen der letzten Tage hatte er es leer erwartet, doch gleich drei Tische waren eingedeckt und deutlich benutzt, auch wenn niemand zu sehen war. Es roch nach Kaffee und ganz schwach nach kaltem Zigarrenrauch, und nun meinte er auch Stimmen zu hören, vielleicht ein gedämpftes Lachen und Schritte.

Holmes runzelte die Stirn. Was war hier los? Der Geruch nach kalter Zigarre deutete auf Geyer hin, aber er hatte diesem unverschämten Burschen doch nun wahrhaft deutlich genug gesagt, was er davon hielt, wenn hier geraucht wurde. Vielleicht sollte er …

Ja, was eigentlich?

Es war wie mit Sylvia. Da war etwas, das mit Geyer zusammenhing, etwas Wichtiges, aber er hatte es vergessen. Es war ein bisschen unheimlich.

Holmes schüttelte auch diesen Gedanken ab, rief sich selbst scharf zur Ordnung und betrat das Restaurant. Es blieb so leer, wie er es durch den Türspalt gesehen hatte, aber er hörte die Stimmen jetzt deutlicher. Eine davon gehörte …

Nein, das war nicht möglich.

Müdigkeit und Kopfschmerz waren vergessen, und Holmes stürmte so rasch durch das Restaurant und in die Empfangshalle, dass er beinahe über seine eigenen Füße gestolpert wäre. Er kam gerade noch zurecht, um einen Mann mittleren Alters zu erblicken, der unter dem Gewicht eines Handkoffers gebeugt und mit deutlicher Schlagseite die Treppe hinaufwankte. Endres, die wieder das weiße Sommerkleid vom ersten Tag und das Haar offen trug, stand hinter der Empfangstheke und rief ihm irgendetwas nach, auf das der Mann mit einem jovialen Winken mit der freien Hand reagierte, ohne sich zu ihr herumzudrehen oder langsamer zu werden. Aber er lachte, als hätte sie einen besonders gelungenen Scherz gemacht, und Endres antwortete mit einer neuerlichen und vermutlich noch humorvolleren Bemerkung, denn nun lachte der Mann schallend, sah aber immer noch nicht zu ihr zurück, sondern beschleunigte seine Schritte ganz im Gegenteil sogar noch.

Erst als er auf dem Treppenabsatz verschwunden war, drehte sich Endres wieder zu ihm um; und sie tat es nicht irgendwie, sondern mit einer so betont beiläufigen Bewegung, als hätte sie sie sorgsam vor dem Spiegel eingeübt, um sich ihrer Wirkung auch vollkommen sicher zu sein. Sie hatte ganz genau gewusst, dass er hier stand und sie beobachtete, und sie überließ nichts dem Zufall.

»Doktor Holmes, ich habe gar nicht gemerkt, dass Sie schon aufgestanden sind.«

Das war so wenig wahr wie der Ausdruck von Überraschung, den sie auf ihr Gesicht zu zaubern versuchte, aber Holmes dachte auch diesen Gedanken nur am Rande, und ohne dass er irgendeine Bedeutung hätte. Nichts hatte mehr eine Bedeutung, als er ihr Gesicht sah, Endres' Gesicht, aus dem ihn Endres' Augen anlächelten.

Sie legte den Kopf auf die Seite. »Ist alles in Ordnung, Doktor Holmes?«

Er konnte auch darauf nicht antworten. Er war nicht einmal sicher, ob er in diesem Moment noch atmete oder sein Herz noch schlug. Es war Endres, der er gegenüberstand, und sie war es vom ersten Moment an gewesen. Ihre Schwester? Das war lächerlich! Endres war …

… nicht Endres.

Für einen Moment hatte er sich hinreißen lassen und war der Verlockung des Wunschdenkens erlegen. Aber Endres war fort, und sie würde auch nicht mehr zurückkommen. Mudgett hatte sie ihm weggenommen, so wie er sich zeit seines Lebens alles genommen hatte, was er haben wollte, und oft genug auch das, was ihn nicht interessierte, einzig aus dem Grund, damit ein anderer es nicht bekam.

»Ist auch wirklich alles in Ordnung?«, fragte Endres noch einmal.

Arlis, korrigierte sich Holmes in Gedanken. Sie war nicht Endres, auch wenn die Ähnlichkeit noch so groß war. Nur dass er es sich so verzweifelt wünschte, veränderte nicht die Wirklichkeit.

»Wir haben einen Gast?«, fragte er, unsicher und nur, um das Thema zu wechseln. Allmählich wurde er ärgerlich auf sich selbst. Es hätte besser werden müssen, doch je länger er mit Arlis zusammen war, desto mehr verunsicherte sie ihn.

»Mr Francis? Nein.« Arlis schüttelte den Kopf. »Aber ich habe zwei andere Zimmer vermietet.«

Holmes riss die Augen auf. »Sie haben *was*?«

»Vorhin sind gleich zwei Paare angekommen, die eine Unterkunft gesucht haben«, bestätigte Arlis unüberhörbar stolz. »Ein Zimmer nur für heute, das andere für drei Nächte, mit der Option auf eine Verlängerung. Das war doch in Ihrem Sinne, oder? Ich meine, ich habe doch nichts falsch gemacht?«

»Aber natürlich nicht«, beeilte sich Holmes zu versichern. »Ich war nur … wo ist Sylvia? Sie sollte hier am Empfang stehen, und nicht Sie, Arlis.«

»Ach ja, Sylvia«, seufzte Arlis. »Die Ärmste ist ja gewissermaßen so etwas wie Ihre Allzweckwaffe, scheint mir. Was genau sind noch einmal Ihre Aufgaben hier? Köchin, Zimmermädchen, Bedienung und Putzfrau, nicht wahr? Und jetzt auch noch Empfangsdame.«

»Nur am Vormittag, dann kommt der Concierge«, verteidigte sich Holmes. »Morgens gibt es hier kaum etwas zu tun.«

»Sie sollten sich schämen, Doktor Holmes.« Arlis drohte ihm spielerisch mit dem Zeigefinger, aber sie schmunzelte auch, um den Worten zugleich die Schärfe zu nehmen. »Es ist mir ein Rätsel, wieso sich das arme Mädchen so ausnutzen lässt, ohne auch nur einmal zu klagen.«

»Anscheinend hat sie das ja schon getan«, sagte Holmes säuerlich.

»Nicht ein Wort«, behauptete Arlis. »Aber ich habe Augen im Kopf. Wenn ich eines von meinem Vater gelernt habe, dann, dass gute Arbeitskräfte das wichtigste Kapital eines jeden Geschäftes sind. Eine Angestellte wie Sylvia müssten Sie normalerweise mit Gold aufwiegen.«

Das würde er ganz gewiss nicht tun, sondern ihr mindestens einen scharfen Verweis erteilen und den gesamten heutigen Tag vom Lohn abhalten. Schließlich wusste er aus langer leidvoller Erfahrung, wohin es führte, wenn man solche vermeintlich kleinen Nachlässigkeiten einreißen ließ.

»Wo ist sie überhaupt?«, fragte er.

»Jedenfalls nicht hier«, sagte Arlis spitz. »Genau genommen habe ich sie seit gestern Nachmittag nicht mehr gesehen. Vielleicht ist sie ja endlich zur Vernunft gekommen und hat eine besser bezahlte Anstellung gefunden … oder wenigstens eine, bei der man ihre Anstrengungen zu würdigen weiß.«

Holmes hütete sich, darauf auch nur mit einem Blick zu reagieren. In ihm war noch immer jene sonderbare Unruhe, mit der er schon aufgewacht war, und seine Gedanken beschäftigten sich mehr mit Sylvia, als normal schien. Trotz allem war sie doch sehr zuverlässig, und es war eigentlich gar nicht ihre Art, unentschuldigt zu fehlen oder auch nur zu spät zu kommen. Und da war noch etwas, etwas, das mit ihr zu tun hatte und das er nicht greifen konnte. Es war nichts Angenehmes.

»Haben Sie in ihrem Zimmer nachgesehen?«

»Das hätte ich, wenn ich wüsste, wo es ist«, sagte Arlis und unterließ es auch nicht, leicht schnippisch hinzuzufügen: »Wo haben Sie sie denn untergebracht? Im Keller?«

Holmes fuhr bei dieser Frage ganz sacht zusammen und war selbst verwirrt. Arlis runzelte auch prompt die Stirn, doch bevor sie nachhaken konnte – er wusste nicht, warum, war aber fest davon überzeugt, dass es nicht gut wäre, das Gespräch in diese Richtung weiterzuführen –, machte er eine Kopfbewegung zur Küche hin und ging auch sofort los. Arlis folgte ihm unaufgefordert durch das Restaurant, und sie musste wohl auf dem Kriegspfad sein, denn sie hatte noch eine weitere spitze Bemerkung auf Lager.

»Ich muss mich entschuldigen, Doktor Holmes, aber ich hatte bisher noch keine Zeit, hier aufzuräumen. Ich hole das nach, sobald ich die Zeit dafür finde. Ich muss noch das Gästebuch aktualisieren.«

Holmes biss sich auf die Unterlippe, um auch dazu nichts zu sagen; schon, weil er nur zu genau wusste, dass er bei dieser Art von Schlagabtausch chancenlos war. Und möglicherweise hätte er auch mit einer Schärfe geantwortet, die zwar Sylvia galt, Arlis aber nur noch weiter reizen musste. »Bitte verzeihen Sie mein Benehmen, Miss Christen«, sagte er unbeholfen. »Das war … ungehörig. Es tut mir leid. Ich bin wohl noch immer nicht richtig wach.«

»Zu dieser Uhrzeit?« Arlis legte den Kopf auf die Seite und maß ihn mit einem langen Blick. In ihren Augen blitzte es schon wieder spöttisch auf, aber darunter meinte er auch einen Ausdruck von echter Sorge zu erkennen. »Wenn das wirklich so ist, dann sollten Sie anfangen, sich ernsthaft Gedanken um Ihre Gesundheit zu machen, Doktor Holmes … es sei denn, Sie führen ein geheimes Doppelleben, von dem Sie mir nichts verraten wollen.«

Holmes blieb nicht nur ernst, sondern zuckte bei diesen Worten so heftig zusammen, als hätte sie eine offene Wunde berührt, und ein sonderbares Gefühl wie ein schlechtes Gewissen breitete sich in ihm aus. Es war absurd, und er verstand es selbst am allerwenigsten, doch seine Reaktion blieb Arlis nicht verborgen, denn nun war sie es, die plötzlich verlegen wirkte und nicht mehr zu wissen schien, wohin mit ihrem Blick; was seinem schlechten Gewissen umgekehrt nur noch einmal zusätzliche Nahrung gab.

Eine Sekunde verstrich, dann räusperte sich Arlis unbehaglich und versuchte sich in ein unechtes Lächeln zu retten. »Ja, jetzt sind wir wohl quitt«, sagte sie. »Und nachdem wir uns nun beide bemüht haben, uns nach Kräften zu blamieren, einigen wir uns auf ein ehrenhaftes Unentschieden und machen weiter, als wäre gar nichts gewesen, einverstanden?«

»Ja, das ist … wohl das Klügste«, antwortete er zögernd. Warum konnte man einen Moment nicht einfach zurücknehmen und noch einmal und besser von vorne beginnen? »Dann machen wir uns am besten auf die Suche nach Sylvia, um herauszufinden, was das alles hier bedeutet.«

»Und ich begleite Sie«, fügte Arlis hinzu.

Holmes setzte sich in Bewegung. »Sollte mich Sylvia wirklich im Stich gelassen haben, dann ist ihre Stellung vakant. Wären Sie daran interessiert? Die Probearbeit haben Sie jedenfalls mit Bravour gemeistert.«

Er hielt ihr die Tür auf und war sonderbarerweise fast peinlich berührt, als sie so dicht an ihm vorbeiging, dass er den Geruch ihres Haares in der Nase spüren konnte; ein feiner Duft, der jedes noch so teure Parfum mit Leichtigkeit in den Schatten stellte.

»Ich habe ernsthaft darüber nachgedacht«, antwortete Arlis. »Ich bin nahezu mittellos, wie Sie ja wissen. Sollten wir meine Schwester samt unseres verschwundenen Vermögens nicht wiederfinden, dann werde ich wohl oder übel für meinen Lebensunterhalt arbeiten müssen. Und was läge da näher als eine Anstellung in einem gut gehenden Hotel mit einem so charmanten Manager?«

Holmes war nicht einmal sicher, ob sie das nicht sogar ernst meinte, zumindest den Teil mit dem Lebensunterhalt, für den sie in Zukunft selbst sorgen musste. Er beschränkte seine Antwort auf ein unverfängliches Achselzucken und schloss aus einem absurden Ordnungssinn heraus die Verbindungstür hinter sich, ehe er sich seinerseits und in dem engen Flur beinahe noch dichter an ihr vorbeiquetschen musste, um zu Sylvias Zimmer zu gelangen.

Er klopfte zweimal an und ließ eine angemessene Zeit verstreichen, bevor er den Knauf drehte und die Tür öffnete.

Das Erste, was ihm auffiel, war, dass das Licht brannte, und das, obwohl er Sylvia nun weiß Gott oft genug eingeschärft hatte, dass sich ein Lichtschalter auch dann ohne Probleme betätigen ließ, wenn man aus einem Zimmer hinausging, nicht nur, wenn man es betrat. Ein seltsamer Geruch hing in der Luft, und obwohl auf den ersten Blick alles so zu sein schien, wie es sein sollte, hatte er einen vagen Eindruck von Unordnung; als wäre das gesamte Zimmer verwüstet und in aller Hast von jemandem wieder aufgeräumt worden, der eben nicht genau wusste, wo alles seinen Platz hatte.

Erst dann erkannte er seinen Irrtum. Nichts war mehr an seinem Platz, weil nichts mehr da war.

Wortlos drehte er sich einmal um sich selbst, um jeden Zentimeter des winzigen Zimmers zu inspizieren, und trat dann noch immer schweigend an den schmalen Schrank heran, der Sylvias wenige Habseligkeiten enthielt. Oder enthalten hatte, um genauer zu sein.

Die abgewetzte Reisetasche, mit der sie vor Monaten hier aufgetaucht war, um nach einer Anstellung zu fragen, war ebenso verschwunden wie die abgewetzten Blusen und das Paar löcheriger Strümpfe, was zusammengenommen praktisch ihren gesamten weltlichen Besitz dargestellt hatte.

»Was haben Sie?«, fragte Arlis. Sie klang alarmiert, was Holmes eine Menge darüber verriet, wie wenig er sich in der Gewalt zu haben schien.

»Nichts«, antwortete er. »Das ist es ja gerade.« Er trat einen halben Schritt zurück und zur Seite, damit sie in den leeren Schrank sehen konnte.

»Alle ihre Sachen sind fort. Ich fürchte, Sie haben recht, Arlis. Sylvia hat uns verlassen.«

Arlis sah ihn an, als hätte sie Probleme mit dem Wort *uns*, trat aber dennoch neben ihn und musterte den leeren Schrank konzentriert, wie um sich von der Richtigkeit seiner Behauptung zu überzeugen. »Und sie hat wirklich gar nichts gesagt?«, vergewisserte sie sich. »Keine Andeutung, nichts?«

»Sie haben als Letzte mit ihr gesprochen«, erinnerte Holmes. »Wie Sie wissen, war ich gestern ein wenig indisponiert.«

Arlis maß ihn mit einem sonderbaren Blick, und Holmes fuhr fort: »Wäre das jetzt nicht der Moment, mir zu verraten, was Sylvia und Sie gestern so Geheimnisvolles zu bereden hatten?«

»Selbst wenn es so wäre«, erwiderte Arlis spöttisch, »was

brächte Sie dann auf die Idee, dass ich es Ihnen jetzt verrate? Es gibt Dinge, die eine Frau nur mit einer anderen Frau bespricht. Ich dachte, das wüssten Sie.«

»Wenn es sich um ein solches Thema handelt, entschuldige ich mich«, sagte Holmes. »Aber wenn Ihr Gespräch etwas mit Sylvias Verschwinden zu tun hat, dann sollten Sie es mir sagen, immerhin fühle ich mich in gewisser Weise für sie verantwortlich.«

»Sollen wir vielleicht die Polizei rufen?«, fragte Arlis.

»Die Polizei? Warum?«

»Immerhin ist sie einfach verschwunden«, antwortete Arlis. »Ohne ein Wort der Erklärung. Keine Vorankündigung, kein Brief …«

Holmes bezweifelte, dass dieser polnische Bauerntrampel lesen und schreiben konnte, behielt diesen Gedanken aber vorsichtshalber für sich und schüttelte stattdessen den Kopf. »So etwas erlebe ich nicht zum ersten Mal«, sagte er. »So sind diese jungen Dinger nun einmal. Vielleicht hat sie eine bessere Stelle gefunden oder den Märchenprinzen aus ihren Träumen getroffen … glauben Sie mir, es ist nicht das erste Mal, dass ich so etwas erlebe. Die jungen Leute heutzutage halten nicht mehr viel von Anstand und zivilisierten Umgangsformen. Die Polizei würde uns nur genau dasselbe sagen.«

Arlis sah ihn leicht verärgert an, und Holmes fiel ein bisschen zu spät ein, dass sie selbst auch nicht nennenswert älter war als Sylvia. Er suchte nach irgendetwas, das er sagen konnte, ohne seinen Lapsus nur noch schlimmer zu machen, fand nichts, und Arlis schürzte die Lippen zu einem angedeuteten Schmollmund und wandte sich ab. Ihr Blick tastete über das ungemachte Bett (das war so gar nicht Sylvias Art, wie Holmes mit einem neuerlichen Gefühl von Beunruhigung registrierte), und sie runzelte die Stirn.

»Da ist Blut«, stellte sie fest.

Holmes trat näher an die schmale Pritsche heran, die man eigentlich nur mit einer Menge guten Willens als Bett bezeichnen konnte.

»Nur ein paar Tropfen«, sagte er unbehaglich. »Das muss nichts bedeuten, ich meine, vielleicht hatte sie nur …«

»Ja, ich verstehe, was Sie sagen wollen, Doktor Holmes«, sagte Arlis. »Ich bin auch eine Frau, und als solche ist mir so etwas ebenso wenig fremd, wie es das Ihnen als Arzt sein sollte.«

»Hat sie irgendwelche Freunde hier in der Stadt?«, fragte Arlis. »Oder Verwandte?«

»Wenn, dann weiß ich nichts davon«, antwortete Holmes. Er schloss die Schranktür und machte eine Geste zum Flur hin. Bevor er die Tür hinter sich schloss, löschte er sorgfältig das Licht.

Sie durchquerten die Küche, und Arlis ging mit schnellen Schritten voraus in die große Eingangshalle und trat hinter die Theke. Sie deutete mit so unübersehbarem Stolz auf das aufgeschlagene Gästebuch, dass Holmes es nicht übers Herz gebracht hätte, der Einladung nicht zu folgen und die beiden ausgefüllten Spalten auf der ansonsten deprimierend leeren Seite zu mustern. Beiläufig registrierte er, dass ihre Handschrift der ihrer Schwester so genau glich, als stammten sie von ein und derselben Person.

»Das ist wirklich beeindruckend«, sagte er. »Aber ich habe Ihnen doch bereits gesagt, dass Sie die Anstellung haben können, wenn Sie es möchten.«

»Aber ich möchte mich auch qualifizieren, und die Stellung nicht nur wegen meiner schönen Augen geschenkt bekommen.« Arlis hatte sich wohl entschieden, das Spiel mitzuspielen.

»Das haben Sie nicht.«

»Schöne Augen?«

»Nein«, antwortete Holmes. »Ich meine natürlich ja, was Ihre Augen angeht. Aber Sie machen das wirklich sehr gut, und das sage ich nicht nur, um Ihnen zu schmeicheln.«

»Es war nicht besonders schwer, dabei zuzusehen, wie sie den Meldezettel ausfüllen«, sagte Arlis. »Aber ich habe ihn auch richtig abgeheftet. Und sie haben im Voraus bezahlt, wenigstens für die erste Nacht.«

»Ich kann mein Angebot nur wiederholen«, sagte Holmes. »Wenn Sie sich tatsächlich entschließen sollten, hier in Chicago zu bleiben, sind Sie hier jederzeit willkommen.«

»Bin ich das denn jetzt nicht?«, erkundigte sie sich treuherzig.

»Ich glaube, Sie wissen, wie ich das gemeint habe«, antwortete Holmes. Er sollte die Situation genießen, aber aus irgendeinem Grund hatte er das Gefühl, dass es nicht richtig war. Etwas Schlimmes war oder würde geschehen, und es war nicht nur ein Gefühl, sondern vollkommene Gewissheit.

»Ja«, antwortete Arlis. »Und deshalb werde ich mich auch hüten, Ihnen jetzt eine Antwort zu geben. Am Ende sabotieren Sie noch Mr Geyers Bemühungen, nur damit ich hierbleibe und in Ihre Dienste trete.«

Holmes studierte die Einträge im Gästebuch noch einmal aufmerksam. Dann erinnerte er sich an etwas.

»Was ist mit dem dritten Zimmer?«

»Welches dritte? Oh ja, Sie meinen Mr Francis. Ich fürchte, er hat kein Zimmer gemietet.«

»Und was tut er dann hier?«

»Mr Francis ist ein Bekannter von Frank Geyer«, antwortete Arlis. »Sie erinnern sich, dass er jemanden schicken wollte, der sich um diese ominöse Tür kümmert?«

Und das sagte sie ihm erst jetzt? »Und wo ist Geyer?«

»Er wollte eigentlich längst hier sein«, sagte Arlis. »Ich habe Mr Francis gebeten, sich die Tür schon einmal anzusehen, während ich hier auf Frank warte. Sie haben doch nichts dagegen?«

Dass sie einen Wildfremden (und vermutlich keinen besonders ehrlichen Menschen) vollkommen allein in seinem Hotel herumspazieren ließ? Holmes hatte Mühe, seinen Ärger für sich zu behalten, und ganz schien es ihm auch nicht zu gelingen, denn Arlis sah nun wirklich betroffen aus. Allerdings nicht so sehr, dass auch nur ein einziges entsprechendes Wort über ihre Lippen gekommen wäre.

»Vielleicht warten Sie einfach hier, bis Geyer kommt«,

sagte er spröde. »Ich gehe inzwischen hinauf und sehe nach, ob ich Mr Francis ein wenig zur Hand gehen kann.«

Arlis' Lippen wurden zu einem dünnen Strich, und in ihren Augen erschien ein ärgerliches Funkeln, aber auch sie behielt jeglichen Kommentar für sich und nickte nur knapp, und Holmes wandte sich rasch ab und steuerte die Treppe an, bevor er noch etwas sagte, das ihm leidtun würde. Innerlich brodelte er vor Zorn. War Arlis tatsächlich so naiv, oder spielte sie ihm nur etwas vor, um ihn zum Narren zu halten?

Immer zwei Stufen auf einmal nehmend, stürmte er die Treppe hinauf. Dann sah er die offen stehende Tür und hörte das anhaltende Krachen und Poltern, das aus dem Zimmer dahinter drang. Was um alles in der Welt tat dieser Kerl da? Hatte Geyer ihn etwa angewiesen, das ganze Hotel in Trümmer zu legen?

Vielleicht nicht das ganze, aber was das kleine Badezimmer der Suite anging, gab er sich redliche Mühe, wie Holmes erkannte, kaum dass er eingetreten war. Die Badezimmertür stand offen, so dass er das Chaos erkennen konnte, das der Mann dahinter angerichtet hatte. Er hätte noch verstanden, wenn er die Türen des Schrankes ausgehängt hätte, hinter dem sich die Metalltür verbarg, doch über dieses Stadium war er längst hinaus und gerade dabei, mittels etlicher grober Werkzeuge auch den Rest des kostbaren Möbelstücks auseinanderzunehmen. Holmes ging zwar noch einmal schneller, hielt unter der Tür aber einen Moment inne, um sich wenigstens äußerlich zu beruhigen.

»Darf ich fragen, was Sie da tun?«

Der Bursche sah nicht einmal zu ihm zurück, sondern stemmte sich gegen sein Brecheisen und löste die Seitenwand des Schranks. Das Kreischen, mit dem das Holz zersprang, fühlte sich an wie glühende Splitter, die sich in Holmes' Fleisch bohrten.

»Das, wofür ich bezahlt werde«, antwortete Francis, vor Anstrengung keuchend.

Die Seitenwand zersprang mit einem Knall und löste sich in

unterschiedlich große Bruchstücke auf, von denen eines den Duschvorhang zerriss und ein anderes ein Stück aus dem Porzellan des Waschbeckens schlug.

»Und wer sollte das sein?«, fragte Holmes. »Der Sie dafür bezahlt, meine ich.«

Francis ließ endlich sein Brecheisen sinken, wischte sich mit dem Unterarm den Schweiß von der Stirn und hatte immerhin die Güte, sich nun doch zu ihm herumzudrehen. »Warum fragen Sie das?«

»Zum einen aus reiner Neugierde«, antwortete Holmes, »und zum anderen weil mein Name Holmes ist, Doktor Henry Howard Holmes. Und mir gehört das Hotel, das Sie da gerade so wenig fachmännisch demolieren!«

»Tatsächlich?« Francis wirkte wenig beeindruckt. »Dann hat Frank Ihnen doch bestimmt gesagt, dass ich komme.«

»Frank?«

»Frank Geyer.« Francis nickte. »Er hat mich beauftragt, herzukommen und diese Tür aufzumachen.«

»Und so etwas können Sie?«, fragte Holmes ärgerlich. »Bisher sehe ich nur, dass Sie recht talentiert darin zu sein scheinen, Zerstörung anzurichten.«

»Das Schloss, das ich nicht aufbekomme, ist noch nicht gebaut worden«, antwortete Francis, den zweiten Teil seiner Frage vorsichtshalber ignorierend.

»Und um das zu beweisen, müssen Sie das gesamte Zimmer in Schutt und Asche legen?«

»Soll ich das Ding nun aufmachen oder nicht?«, fragte Francis patzig.

»Ja, das sollen Sie!«, sagte eine Stimme hinter ihnen. Holmes fuhr zornig auf dem Absatz herum, und seine Laune sank sogar noch weiter, als er in Geyers breites Grinsen blickte.

»Wie ich sehe, haben Sie und Mr Francis sich ja schon kennengelernt.« Geyer wandte sich direkt an Francis. »Was sagst du? Bekommst du sie auf?«

»Es gibt kein Schloss, das ich nicht aufbekomme«, antwortete Francis. Das schien wohl so etwas wie sein Lieblingssatz zu sein. Allerdings fügte er dieses Mal noch hinzu: »Die Frage ist nur, wie lange ich dafür brauche. Wahrscheinlich umso länger, je öfter ich gestört werde.«

»Und wie lange meinst du, wird es dauern?«

»Ich hab ja noch nicht mal angefangen«, beschied ihm Francis. »Jetzt lass mich erst mal einen Blick auf das Schloss werfen, und dann sag ich es dir.«

Geyer ergriff sanft den Ellbogen von Holmes und führte ihn aus dem Raum. »Kommen Sie, lassen wir den guten Francis in Ruhe arbeiten.«

Holmes setzte dazu an, etwas zu sagen, doch dann wurde ihm endlich klar, was ihm die ganze Zeit über schon unterschwellig an Geyers Gesicht aufgefallen war. Er machte sich los und wich einen Schritt nach hinten.

»Was ist mit Ihrem Gesicht passiert?«, fragte er erschrocken.

»Mein Gesicht?« Geyer tastete mit den Fingerspitzen über den hässlichen blauen Fleck, der dicht unter seiner linken Schläfe begann und sich fast bis zur Kinnspitze hinabzog, wobei der dünne Ausläufer sich zu seinem Jochbein und über die gesamte Wange ausstreckte. Der Anblick erinnerte ein bisschen an die verunglückte schreckliche Kriegsbemalung eines Indianers.

»Oh ja, mein Gesicht. Ich hoffe, der Anblick ist nicht allzu abstoßend. Das ist der Preis, den man für Hochmut zu bezahlen hat, fürchte ich.«

»Aha«, sagte Holmes. Geyer musste ganz außergewöhnlich hochmütig gewesen sein. Er hatte nicht nur dieses prachtvolle Veilchen. Sein ganzes Gesicht war geschwollen und wirkte irgendwie aus der Fassung gebracht, und in seinen Mundwinkeln klebte verschorftes Blut. Und jetzt, einmal darauf aufmerksam geworden, entging ihm auch nicht mehr, wie vorsichtig sich Geyer allgemein bewegte; als bereite ihm jedes noch so kleine Regen Mühe oder sogar Schmerz. Der Mann war übel verprügelt worden, dachte Holmes. Er bedauerte ein bisschen, nicht dabei gewesen zu sein.

»Ich war leichtsinnig«, fügte Geyer noch hinzu. »So etwas passiert, wenn man sich seiner Sache zu sicher ist.«

»Ja, denselben Unsinn hat er mir auch erzählt«, sagte Arlis. Ihr Lächeln war erloschen, und sie wirkte ernsthaft verärgert. »Was soll das, Frank? Sind Sie zu stolz zuzugeben, dass Sie sich wie ein Schuljunge geprügelt haben?«

»Ganz so harmlos war es leider nicht«, antwortete Geyer mit plötzlichem Ernst, verzog die Lippen aber auch gleich wieder zu einem spöttischen Grinsen. Der Schorf in seinem Mundwinkel platzte auf, und es schimmerte rot und feucht. »Das ist nun einmal Berufsrisiko. Und Sie sollten den anderen erst einmal sehen.«

»Lebt er noch?«, fragte Holmes.

»Ich denke schon«, antwortete Geyer. »Ich war gnädig … bei der Gelegenheit, Doktor Holmes: Haben Sie William heute schon gesehen?«

»Peizel?« Arlis riss die Augen auf. »Sie wollen doch nicht sagen, dass er Sie so zugerichtet hat!«

Was für ein Unsinn, dachte Holmes. Er kannte Peizel, und es war keineswegs so, dass er ihm so etwas nicht zugetraut hätte. Aber dann wäre Geyer nicht mehr am Leben.

»Hätte er denn einen Grund dafür?«, fragte Geyer.

»Nein«, sagte Holmes, so ruhig er konnte. »Und warum beantworten Sie nicht einfach Miss Christens Frage?« Wenn er etwas hasste, dann war es das, was Geyer gerade tat, nämlich im Nebel zu stochern und doppelsinnige Andeutungen zu machen, um eine Reaktion zu provozieren. »Sie behaupten ernsthaft, William Peizel hätte Sie angegriffen?«

»Nein, natürlich nicht«, antwortete Geyer in einem Tonfall, der das genaue Gegenteil auszudrücken schien. »Ich kam eigentlich nur darauf, weil Miss Christen mir auf dem Weg hierher erzählt hat, Ihr Dienstmädchen wäre verschwunden. Es könnte ja sein, dass William etwas gehört oder gesehen hat.«

»William und Sylvia sind nicht gerade die besten Freunde«, sagte Holmes.

Geyer seufzte. »Sollten Sie Mr Peizel sehen, fragen Sie ihn

doch, ob er irgendetwas weiß, was uns weiterhilft. Oder schicken Sie ihn gleich zu mir.«

»Warum?« Damit er ihn verhören konnte wie einen gemeinen Verbrecher?

»Ich habe noch die eine oder andere Frage an ihn, was Ihren Freund Mudgett angeht.«

»Die können sie genauso gut auch ...«, begann Holmes, und Arlis mischte sich ein, indem sie nicht nur die Hand hob, sondern auch mit einem raschen Schritt zwischen sie trat.

»Ich bitte Sie!«, sagte sie. »Wir sind im Moment alle nervös. Es ist eine Menge passiert, und Sie scheinen mir noch immer ein wenig angeschlagen, Doktor Holmes. Vielleicht beruhigen wir uns ja auch alle erst einmal. Warum kommen Sie nicht mit mir hinaus und nach unten in die Küche, um mir alles zu zeigen?«

»In die Küche?« Was zum Teufel sollte er in der Küche – außer vielleicht ein Messer holen, um seine Unterhaltung mit Geyer fortzusetzen?

»Sie haben Gäste, Henry«, erinnerte Arlis. »Zwei Zimmer sind vermietet, und das Ehepaar aus Zimmer 21 hat sich zum Mittagessen angemeldet. Soviel ich weiß, haben Sie im Moment keine Köchin.«

»Sie meinen ...«, murmelte Holmes verwirrt und sprach dann nicht weiter, als Arlis ihn kurzerhand am Arm ergriff und mit sich aus dem Zimmer zog. Sie schloss mit der anderen Hand die Tür hinter sich, bevor sie ihn losließ und sich zur Treppe wandte.

»Ich meine, dass ich Frank und Sie momentan lieber in zwei unterschiedlichen Stockwerken weiß, bevor sie sich gegenseitig die Augen auskratzen oder Schlimmeres«, fuhr sie erst dann fort. »Sie sind bestenfalls rekonvaleszent, Doktor Holmes, und auch wenn er es niemals zugeben würde, weiß ich, dass es Frank nicht sehr viel besser geht. Er spielt den harten Mann, aber ich glaube, er kann sich kaum noch bewegen. Jemand hat ihm wirklich übel mitgespielt.«

»Mir bricht das Herz«, knurrte Holmes.

Das bescherte ihm zwar einen wirklich ärgerlichen Blick aus Arlis' schönen Augen, aber sie ging auch nicht weiter darauf ein, sondern gestikulierte abermals und mit beiden Händen zur Treppe. »Und um Ihre nächste Frage vorwegzunehmen: Nein, ich bin keine besonders gute Köchin. Aber ein Mittagessen für eine ganz normale Familie bekomme ich wohl noch hin. Hoffentlich.«

»Aber Sie müssen wirklich nicht …«

»… Ihnen in der Not unter die Arme greifen?« Arlis sah ihn strafend an. »Was wäre ich wohl für eine Freundin, wenn ich das nicht täte? Allerdings wäre ich Ihnen auch wirklich dankbar, wenn Sie sich schnellstmöglich nach einem Ersatz für Sylvia umsähen, sollte sie tatsächlich nicht wiederauftauchen.«

»Ich gehe sofort zu einer Arbeitsvermittlung«, versprach Holmes.

»Aber erst zeigen Sie mir, wo alles in der Küche seinen Platz hat«, bestimmte Arlis. »Und was Mr Geyer angeht, so bitte ich Sie für ihn um Entschuldigung. Mir ist nicht entgangen, dass Sie ihn nicht unbedingt ins Herz geschlossen haben, aber seien Sie nachsichtig, Henry. Haben Sie sich den armen Kerl genauer angesehen? Ich wundere mich fast, dass er sich noch auf den Beinen halten kann.«

Holmes sagte vorsichtshalber nichts dazu, sondern folgte ihr weiter schweigend die Treppe hinunter und zur Küche. Aber das hieß nicht, dass er Geyers Verhalten hinnehmen würde, ohne adäquat darauf zu reagieren.

Oh nein, ganz bestimmt nicht.

Chicago, Illinois, 1891

»Dieser Kuchen schmeckt wirklich ganz ausgezeichnet, Onkel Herman«, sagte Edith Vandermeer, und das musste wohl stimmen, denn sie schaufelte sich nicht nur das dritte Stück Apfeltorte auf ihren Teller, sondern warf auch einen sehnsüchtigen Blick auf den großen Krug mit süßer Limonade, den sie mit großer Ernsthaftigkeit und einigem Erfolg ganz allein zu leeren versucht hatte. Herman streckte den Arm über den Tisch und goss ihr Glas das dritte oder vierte Mal voll. Edith strahlte, während sich das Gesicht ihrer Mutter zu einer Miene der Missbilligung verzog.

»Benimm dich, Kind«, sagte sie. »Oder willst du deinen Vater und mich blamieren?«

Das rothaarige Kind mit den lustigen Zöpfen setzte zu einer Verteidigung an, doch Herman kam ihr zuvor. »Aber ich bitte Sie, Mrs Vandermeer«, sagte er. »Am Benehmen Ihrer Tochter ist ganz und gar nichts auszusetzen, glauben Sie mir.«

»Es gehört sich nicht, so zu schlingen«, beharrte Angela Vandermeer. Sie warf ihrem Mann einen Beistand einfordernden Blick zu, bekam aber nur ein spöttisches Achselzucken zur Antwort, mit dem dieser ihr wohl mitzuteilen versuchte, dass er sich raushielt. Schließlich wollte er es sich weder mit ihr noch mit seinem Arbeitgeber verderben.

»Nun, das kann man so oder so sehen«, antwortete Herman amüsiert. »Ich betrachte es als Kompliment. Freut es Sie denn gar nicht, wenn Ihre Gäste Ihre Kochkünste zu würdigen wissen?«

»Das hat doch …«

»Und gibt es ein größeres Kompliment, als einen Nachschlag zu verlangen?«, fuhr Herman nicht nur unverdrossen fort, sondern legte Edith ungefragt auch noch ein viertes, sogar noch größeres Stück Apfeltorte nach. Edith strahlte noch mehr, und ihre Mutter schien dazu anzusetzen, ihrem Standpunkt Herman gegenüber nun doch etwas nachdrücklicher Ausdruck zu verleihen, doch in diesem Moment erinnerte sich Vandermeer wohl doch daran, wer und was er war, denn er sagte in strengem Ton: »Lass das Kind in Frieden, Weib. Wenn uns hier jemand blamiert, dann du. Du solltest dankbar sein, dass ein so vornehmer Mann wie der Doktor uns überhaupt zu sich nach Hause einlädt.«

»Nach der hervorragenden Arbeit, die Sie in den letzten Monaten geleistet haben, ist das wohl das Mindeste, was ich für Sie tun kann, Mr Vandermeer. Ihre Gattin weiß möglicherweise gar nicht, was sie an Ihnen hat.« Er wandte sich direkt an sie und registrierte amüsiert, dass sie tatsächlich versuchte, ihn niederzustarren. Allerdings nicht lange. »Ihr Gatte ist ein wahrer Zauberkünstler mit Schweißgerät und Blechschere.«

»Mr Stillton …«, begann sie verwirrt, und Herman fiel ihr schon wieder ins Wort:

»Mr Stillton hat mir Ihren Gatten wärmstens empfohlen, und ich muss gestehen, dass ich skeptisch war, gerade weil er ihn so über den grünen Klee gelobt hat. Aber in diesem Fall hat er eher unter- als übertrieben. Ich bedauere es fast, dass unsere Arbeit nahezu getan ist. Ich werde seine Gesellschaft und seinen fachmännischen Rat vermissen.«

»Dann können Sie Ihr Hotel also bald eröffnen?«, fragte sie. Herman hatte nicht das Gefühl, dass es sie wirklich interessierte. Aber sie wirkte unsicher, spätestens seit dem Moment, in dem ihr Mann sie zurechtgewiesen hatte. So etwas war sie offensichtlich nicht gewohnt.

»Noch in diesem Monat«, antwortete Herman. »Das hoffe ich wenigstens. Wir liegen fast ein Vierteljahr hinter dem Zeitplan zurück, und allmählich wird es überall eng. Und ohne Ihren Gatten hätte alles wahrscheinlich noch sehr viel länger gedauert und noch mehr gekostet. Sie sind mein Lebensretter, Stephen.«

Er griff nach dem Weinglas, das neben seinem Kuchenteller stand, und prostete Edith zu, die zwar ein wenig verblüfft aussah, dann aber ihre Limonade nahm und die Geste begeistert erwiderte. »Auf deinen Dad, kleine Lady. Der erste Mensch, dem es erfolgreich gelungen ist, Cheops' Gesetz außer Kraft zu setzen.«

»Was?«, fragte Edith.

Herman lachte und stellte sein Glas wieder ab, ohne getrunken zu haben.

»Cheops' Gesetz«, sagte er. »Cheops war der Baumeister der großen Pyramide von Kairo. Hast du schon einmal davon gehört?«

»Natürlich«, sagte das Mädchen empört, aber Herman wusste, dass sie log und es ihr einfach nur peinlich war, ihr Unwissen zuzugeben.

»Dann weißt du ja auch, dass die große Pyramide das größte Bauwerk ist, das Menschen jemals erdacht haben«, fuhr er fort. »Und nach Cheops ist auch das Gesetz benannt, das seither auf jeder Baustelle und überall auf der Welt Gültigkeit hat. Es besagt, dass es immer doppelt so lange dauert und dreimal so viel kostet, wie man am Anfang glaubt – außer wenn dein Dad dabei ist. Ohne ihn würden wir jetzt nicht hier sitzen und selbst gebackene Apfeltorte essen, glaub mir.«

Edith sah ihn aus großen Augen an und verstand unübersehbar kein Wort, während ihre Mutter noch immer ein bisschen misstrauisch aussah. »Sie wollen uns schmeicheln, Doktor.«

»Selbstverständlich will ich das«, antwortete Herman. »Aber beschweren Sie sich nicht bei mir, sondern bei Ihrem Gemahl, meine Liebe. Es ist nicht meine Schuld, dass es wie pure Schmeichelei klingt, wenn ich einfach nur wahrheitsgemäß über die Qualität seiner Arbeit berichte.« Spätestens jetzt, das erkannte er, konnte auch sie seinen Worten nicht mehr folgen und rettete sich erwartungsgemäß in ein verlegenes Lächeln.

»Dafür ist Ihre Apfeltorte mindestens genauso sensationell«, sagte sie unbeholfen. »Ist sie tatsächlich selbst gebacken?«

»Selbstverständlich«, antwortete Herman. »Vom Bäcker meines Vertrauens, gleich unten am Ende der Straße. Ich fürchte, Kochen und Backen gehören nicht unbedingt zu meinen Talenten.«

»Obwohl Sie eine so prächtige Küche haben?«

Angela Vandermeer sah sich demonstrativ in der großzügig geschnittenen Küche um, in der sie saßen. Alles hier war hell und freundlich. Eine doppelte Reihe von Kupferkesseln und Pfannen war über den zwei modernen Herden aufgereiht, die er angeschafft hatte, um auf jeden noch so gewaltigen denkbaren Ansturm vorbereitet zu sein. Neues Porzellan war ordentlich in Regalen und Schränken aufgereiht und die Schubladen wohl gefüllt mit dem dazugehörigen Besteck. Es gab Gläser sowie Hand- und Spültuch in mehr als ausreichender Zahl und noch Tausende anderer Dinge, von denen er zum Teil noch nicht einmal gewusst hatte, dass es sie gab. Im Grunde fehlte ihm nur noch eines – das aber war von entscheidender Wichtigkeit.

»Ja, sie ist wirklich beeindruckend, nicht wahr? Die Firma, die sie eingebaut hat, hat mir versichert, dass es sich um die modernste Einrichtung handelt, die momentan verfügbar ist. Und wenn ich mir die Summe ansehe, die sie mir dafür in Rechnung gestellt haben, dann bin ich beinahe bereit, es zu glauben.« Er lächelte schmerzlich. »Können Sie sich vielleicht vorstellen, was eine Frau mit einer solchen Küche anfangen könnte?«

»Ich? Ich fürchte, ich verstehe nicht …«

»Ich muss Ihnen etwas gestehen, Mrs Vandermeer«, sagte Herman. »Ich war nicht ganz ehrlich zu Ihnen. Ich habe Sie und Ihre Familie nicht nur eingeladen, um mich bei Ihrem Mann erkenntlich zu zeigen.«

»Und warum dann?« Angela Vandermeer sah ihn misstrauisch an.

Herman machte eine Geste, die die gesamte Küche einschloss. »Deshalb, Mrs Vandermeer. Ich habe zwar eine Küche, aber keine Köchin.«

Herman sah aus den Augenwinkeln, wie sich Vandermeer versteifte. Er sagte noch immer nichts, aber zumindest seine Frau wirkte eher noch skeptischer. »Sie meinen jetzt aber nicht …?«

»Ich meine«, sagte Herman lächelnd, »dass ich in wenigen Wochen ein Hotel eröffne und mich allmählich auf die Suche nach geeignetem Personal machen muss. Ich habe auch schon mit einer Arbeitsvermittlung gesprochen, und es gibt genügend Interessenten, gerade hier in Englewood. Aber dann habe ich mich wieder an jenen Sonntag erinnert, an dem ich das erste Mal bei Ihnen zu Gast war, und an den köstlichen Braten, mit dem Sie mich verwöhnt haben.«

»Ich verstehe immer noch nicht …« Angela Vandermeer warf ihrem Mann einen fast Hilfe suchenden Blick zu, erntete aber nur eine vollkommen ausdruckslose Miene.

»Sie bieten mir an …?«

»Hier als Köchin zu arbeiten, ganz recht«, sagte Herman. »Bitte verzeihen Sie, ich wollte Sie nicht überfahren. Aber Ihr Gatte hat vor einer Weile erwähnt, dass Sie sich mit dem Gedanken tragen, wieder zu arbeiten, jetzt, wo Ihre Tochter etwas älter ist, und was liegt da näher, als Sie zu fragen? Immerhin konnte ich mich bereits von Ihren Kochkünsten überzeugen.«

»Ein Sonntagsbraten und die Küche für einen Hotelbetrieb sind zwei unterschiedliche Dinge«, gab Vandermeer zu bedenken, aber Herman schüttelte nur den Kopf.

»Sie bekämen natürlich Hilfe«, sagte er. »Mindestens eine Zugehfrau und bei großem Andrang – und wir wollen doch hoffen, dass das möglichst oft der Fall ist – auch mehr, je nach Bedarf.« Er lächelte Edith an. »Und für die junge Lady hier findet sich bestimmt auch eine angemessene Beschäftigung, sobald sie alt genug ist. Vorausgesetzt, deine Mutter hat nichts dagegen.«

Edith war nun endgültig verstört, und Herman wandte sich wieder an ihre Mutter. »Was sagen Sie?«

»Darüber … muss ich nachdenken«, antwortete sie zögernd. Sie war eine dunkelhaarige Frau, der man ansah, dass sie früher einmal recht hübsch gewesen sein mochte. Aber das war lange her – sie musste ein gutes Stück älter sein als ihr Mann –, und das Leben hatte es nicht gut mit ihr gemeint, denn sie wirkte verhärmt, und ihre Finger waren mit zahllosen winzigen Narben übersät. Herman fragte sich, ob ihre Tochter in dreißig oder vierzig Jahren wohl genauso aussehen würde. Das Mädchen war jetzt schon hübsch, aber eben noch ein Kind. Wenn auch vielleicht nur noch für ein oder zwei Jahre.

»Selbstverständlich«, sagte Herman. »Denken Sie nur in Ruhe über mein Angebot nach. Ich würde mich freuen.«

»Das kommt ein bisschen überraschend«, sagte sie.

»Wir besprechen das in aller Ruhe«, mischte sich Stephen Vandermeer ein, »aber ich danke Ihnen für das Angebot, Doktor. Sie sind wirklich überaus freundlich zu uns, aber Sie müssen verstehen, dass wir …« Er fuhr sich nervös mit der Zungenspitze über die Lippen, und Herman sah ihm an, wie schwer es ihm fiel, seinem Blick weiter standzuhalten. Aber er schaffte es, und beinahe wäre es Herman gewesen, der den Blick gesenkt hätte. Er war irritiert. Was hatte er falsch gemacht?

»Aber Steve, wir …«, begann seine Frau und brach auch sofort wieder ab, als ihr Mann ihr einen nachgerade vernichtenden Blick zuwarf.

»Wir reden darüber, aber nicht jetzt, sondern heute Abend zuhause«, wiederholte er. Obwohl er seine Frau dabei ansah, galten die Worte eindeutig Herman, und sie transportierten noch eine zweite Botschaft, die ihn zusätzlich alarmierte; Angela Vandermeer ebenfalls, wenn er ihren Gesichtsausdruck richtig deutete.

»Selbstverständlich«, sagte er rasch. »Ich wollte Sie nicht bedrängen, Stephen, bitte verzeihen Sie.« Er räusperte sich, suchte einen Moment vergeblich nach Worten und stand schließlich auf – ein wenig zu hastig, so dass Vandermeers Frau nachdenklich die Stirn runzelte und seine Tochter jetzt ein wenig erschrocken aussah.

»Warum zeigen Sie Edith nicht das Hotel, Mrs Vandermeer?«, fragte er. »Edith ist doch bestimmt neugierig. Ich wette, sie hat so etwas noch nie gesehen – habe ich recht, kleine Lady?«

»Oh ja!«, rief Edith begeistert. »Darf ich, Dad?«

Herman konnte die Antwort deutlich auf Vandermeers Gesicht ablesen, doch dann nickte er, auch wenn es ihm sichtlich schwerfiel. Edith sprang begeistert von ihrem Stuhl hoch, und auch ihre Mutter erhob sich, wenn auch zögernder, und ihr Blick streifte auch immer wieder das Gesicht ihres Mannes.

Vandermeer zögerte. »Also gut«, sagte er schließlich. »Aber nur umsehen, nichts anfassen, hast du verstanden? Hier ist alles neu und teuer. Und geht nicht in die obere Etage, die Zimmerleute sind dort oben noch nicht ganz fertig, und ihr könntet zu Schaden kommen.« Er erhob sich ebenfalls. »Der Doktor und ich gehen inzwischen in den Salon und rauchen eine Zigarre. Wir haben noch ein paar Dinge zu besprechen.«

Es gab keinen Salon, und Vandermeer wusste auch, dass Herman überzeugter Nichtraucher war, der Tabakqualm nicht nur verabscheute, sondern das Rauchen in seinem gesamten Hotel am liebsten völlig verboten hätte, wäre ihm nicht auch klar gewesen, dass er sich dann die Eröffnungszeremonie gleich sparen konnte.

Aber Herman verstand. Er schenkte Edith das freundlichste Lächeln, zu dem er sich im Moment aufraffen konnte, schob seinen Stuhl zurück und machte eine einladende Geste, ihm in das benachbarte Restaurant zu folgen.

Auch hier war alles hell und neu und roch nach frischer Farbe und Bohnerwachs. Auf den Tischen, an denen noch nie ein Gast gesessen hatte – und in den nächsten vier Wochen auch nicht sitzen würde –, lagen saubere Deckchen, und Herman hatte den großen Tisch am Fenster, von dem er für sich schon bestimmt hatte, ihn zu seinem persönlichen Stammplatz zu machen, wenn das Hotel zur Gänze ausgebucht und alle anderen Tische belegt waren, zur Probe schon einmal komplett eingedeckt; mit dem besten Geschirr, das er in seinem komplett neuen Fundus entdeckt hatte. Das Ergebnis sah bestenfalls nach viel gutem Willen aus. Weder Vandermeer noch seine Frau machten auch nur eine entsprechende Bemerkung, doch ihre Blicke sprachen Bände, und Herman musste sich eingestehen, dass ihm außer Kochen und Backen noch mindestens ein drittes Talent fehlte, um ganz allein ein Hotel zu führen.

Vandermeer trat um den großen Tisch herum ans Fenster und tat so, als blicke er interessiert hinaus, während Herman schweigend zusah, wie seine Tochter mit wippenden Zöpfen und so schnell die Treppe hinaufschoss, dass ihre Mutter alle Mühe hatte, mit ihr Schritt zu halten. Erst dann trat er an ein kleines Servierwägelchen neben der Tür, füllte zwei Gläser mit Portwein und ging damit zu Vandermeer zurück.

»Sie haben wirklich eine ganz außergewöhnliche Familie, Stephen«, sagte er, während er ihm ein Glas hinhielt. »Ich hoffe doch, Ihnen ist klar, wie viele Menschen Sie um eine solche Familie beneiden.«

Vandermeer musterte das Glas alles andere als begeistert und schüttelte dann den Kopf. Herman stellte das Glas auf den Tisch und nippte an seinem, während er darauf wartete, dass Vandermeer ihm sagte, was ihm so überdeutlich auf der Seele lag. Aber er wartete, bis selbst das Geräusch von Ediths Schritten nicht mehr zu hören war.

»Ihr Angebot, Angela einzustellen …«, begann er schließlich unsicher.

»Ich hoffe, ich war nicht zu forsch«, sagte Herman. »Ich weiß, ich hätte es wahrscheinlich zuerst mit Ihnen besprechen sollen, aber die Idee ist mir wirklich ganz spontan gekommen – die Sache mit der Versicherung ist nach einer solch glücklichen Nachricht für Ihre Frau vielleicht einfacher zu verdauen. Und Sie selbst haben doch gesagt, dass Sie sich Gedanken um die Zukunft Ihrer Familie machen, sollte es zum Schlimmsten kommen … oder täuschen mich meine Erinnerungen da?«

»Ja, das habe ich gesagt.«

»Wenn es eine Frage des Gehalts ist …«, begann Herman.

»Ich möchte nicht, dass meine Frau hier arbeitet«, unterbrach ihn Vandermeer, »und ich möchte auch nicht, dass meine Tochter noch einmal hierherkommt.«

Herman blinzelte. »Pardon?«

»Sie sind nicht gut für sie, Herr Doktor«, fuhr Vandermeer fort. Es fiel ihm sichtlich schwer, die Worte auszusprechen, aber er tat es auch auf eine Art, die Herman klarmachte, dass er sich das, was er ihm zu sagen hatte, sorgsam zurechtgelegt hatte.

»Sind Sie mit unserem kleinen Arrangement nicht mehr zufrieden, Stephen? Habe ich etwas falsch gemacht?«

»Nein«, antwortete Vandermeer. »Es ist nicht Ihre Schuld. Ich bin Ihnen dankbar für das, was Sie für mich getan haben, und vor allem für meine Familie. Das ist es nicht.«

»Was dann?«, fragte Herman. Er war alarmiert. Zwar hatte er gewisse Vorsichtsmaßnahmen getroffen, aber Vandermeer war durchaus in der Position, ihm schaden zu können.

»Ich hätte es nicht tun sollen«, antwortete Vandermeer. »Es war falsch, das alles mit der Versicherung. Es ist nicht rechtens.«

»Dass Sie sich um die Zukunft Ihrer Familie sorgen?«, fragte Herman. »Was soll daran nicht rechtens sein? Ich finde, es ehrt Sie, Stephen.«

»Ich war mein Leben lang ein ehrlicher Mann«, antwortete Vandermeer ernst. »Ich habe nie auch nur irgendetwas getan, was Unrecht gewesen wäre. Und ich bin stolz darauf. Es ist nicht richtig, dass es jetzt so enden soll.«

Beinahe hätte Herman gelacht. »Diese Einstellung ehrt Sie, Stephen«, sagte er, »und ich habe nichts anderes von Ihnen erwartet. Aber Ehre macht Ihre Familie nicht satt, wenn sie ihren Ernährer verliert, und sie schützt Ihre Tochter nicht vor einem Leben in Armut. Ihre Tochter geht jetzt zur Schule, nicht wahr?«

»Seit einem Jahr«, bestätigte Vandermeer. Unüberhörbar stolz fügte er hinzu: »Sie gehört zu den Besten in ihrer Klasse. Ihre Lehrerin hat es mir erst letzte Woche bestätigt.«

»Das freut mich für Sie«, sagte Herman. »Aber Sie wollen doch auch bestimmt, dass es so bleibt.«

»Das wird es auch«, versicherte Vandermeer, und das auf eine Art, die ihn eigentlich hätte warnen müssen, es aber nicht tat.

»Dann verstehe ich nicht, was Sie dagegen haben, wenn ich verspreche, mich um Ihre Familie zu kümmern, wenn Sie es eines Tages nicht mehr können«, antwortete Herman. Er musste sich beherrschen, um nicht selbst zornig zu werden. Vandermeers grundloses Misstrauen verletzte ihn. Was hatte er diesem Mann denn getan … außer ihn seit einem Jahr allmählich zu vergiften, hieß das.

Aber davon wusste er schließlich nichts.

»Ich weiß, dass Gott mich für das bestrafen wird, was ich getan habe«, fuhr Vandermeer fort, und Herman konnte sehen, wie schwer es ihm fiel, die Worte auszusprechen. »Und ich glaube, es dauert nicht mehr lange, bis er mich zur Rechenschaft ziehen wird, denn es … es wird schlimmer.«

Das wollte Herman doch hoffen. Schließlich hatte er die Dosis an Digitalis in den letzten Monaten beständig erhöht. Ihre Arbeit war fast getan, und er konnte wahrlich keine lästigen Zeugen gebrauchen.

»Die Schmerzen werden schlimmer«, erzählte Vandermeer weiter. »Manchmal wache ich nachts auf und habe Atemnot oder bin in Schweiß gebadet.«

»Haben Sie einen Kollegen konsultiert, um eine zweite Meinung einzuholen, wie ich es Ihnen geraten habe?«

Natürlich schüttelte Vandermeer den Kopf, und genau wie Herman es erwartet hatte, sagte er: »Was soll ein anderer Doktor denn anderes sagen? Ich kann selbst spüren, wie es um mich steht. Ich habe mich damit abgefunden. Wenn Gott entschieden hat, mich zu sich zu rufen, wer bin ich dann, seinen Ratschluss in Zweifel zu ziehen?«

Seltsam, aber er hatte Vandermeer niemals für ernsthaft religiös gehalten. Doch im Angesicht des Todes klammerten sich Menschen wohl an die verzweifeltesten Hoffnungen.

»Gott hat auch uns Ärzte und die Medizin erschaffen«, sagte Herman. »Glauben Sie, er hat uns all unser Wissen gegeben, damit wir tatenlos zusehen?«

»Das weiß ich nicht«, antwortete Vandermeer. Er griff nun doch nach dem Weinglas und leerte es mit einem einzigen Zug. »Und ich will nicht mit Ihnen darüber diskutieren. Sie können besser reden als ich. Besser als die meisten, die ich kenne. Ich hatte keine andere Wahl, um meine Familie zu versorgen.«

»Das weiß ich«, sagte Herman sanft. »Und wenn es wirklich so ist, dann ist es um Ihr Seelenheil ohnehin bereits geschehen, und Gott oder Teufel, niemand kann Sie mehr retten. Also geben Sie Ihrem Opfer wenigstens einen Sinn und gestatten Sie mir, mich um Ihre Frau und Ihre Tochter zu kümmern. Ich habe nur ehrenhafte Absichten, darauf gebe ich Ihnen mein Wort. Also sprechen Sie mit Ihrer Frau, damit Sie mein Angebot annimmt und hier im Hotel als Köchin arbeitet. Sie wissen, dass sie das kann.«

»Nein«, sagte Vandermeer.

»Es muss nicht sofort sein«, fuhr Herman fort. »Ich will Ihnen nichts vormachen, Stephen. Das war noch nie meine Art. Ihnen bleibt nicht mehr viel Zeit. Vielleicht noch ein paar Wochen oder sogar weniger. Sie werden Ihre Frau brauchen, damit sie Sie pflegt, wenn es zu Ende geht, und sie wird danach eine Weile brauchen, um zu trauern. Aber das Leben geht weiter, und das Geld von der Versicherung wird nicht ewig halten.«

»Vor allem, wenn Sie die Hälfte davon beanspruchen.«

»Sie waren damit einverstanden«, erinnerte Herman. »Ein Geschäft unter Ehrenmännern.«

»Ja«, sagte Vandermeer. »Aber ein kluger Mann hat mir einmal gesagt, dass Ehre nicht satt macht und auch das Schulgeld für meine Tochter nicht bezahlt.«

Herman hatte damit gerechnet und wäre wohl eher erstaunt gewesen, hätte Vandermeer es nicht versucht, doch er hatte auch nicht vor, sich auf diese Diskussion einzulassen. »Selbst wenn ich ihr die volle Summe gebe, reicht es nicht ewig«, sagte er. »Irgendwann ist das Geld aufgebraucht, aber das Schulgeld für Ihre Tochter ist immer noch fällig, und Ihre Frau muss weiter die Miete und Lebensmittel und Kleidung und im Winter Kohlen bezahlen. Ist es Ihnen nicht lieber, Sie wissen sie halbwegs versorgt?«

»Doch«, antwortete Stephen. »Und genau deshalb habe ich mit meiner Frau gesprochen.«

»Sie haben *was?*«, wiederholte Herman verdutzt. Er konnte selbst spüren, wie er erbleichte. »Stephen, sagen Sie mir, dass Sie ihr nicht …«

»Alles erzählt haben?« Vandermeer nickte. »Doch. Sie ist meine Frau, Doktor. Wir haben keine Geheimnisse voreinander. Sie weiß, dass ich sterbe. Und auch von unserer Vereinbarung.«

»Warum haben Sie das getan?«, fragte Herman. »Wir waren uns doch einig, dass ich heute mit ihr rede. Wissen Sie, welches Risiko ich mit der Sache eingegangen bin?«

»Und ich danke Ihnen dafür, und meine Frau ebenso«, antwortete Stephen. »Sie war sehr erschrocken, als sie es erfahren hat, und sehr traurig. Aber sie weiß, dass Sie es gut mit uns meinen. Sie müssen sich keine Sorgen machen. Sie wird nichts sagen.«

»Und Ihre Tochter?«

»Sie weiß von nichts, und auch nicht, dass ich krank bin«, antwortete Vandermeer. »Und das soll auch so bleiben.«

»Selbstverständlich«, sagte Herman. Vandermeer hatte soeben das Todesurteil seiner Frau ausgesprochen und wohl auch das seiner Tochter. Aber natürlich noch nicht jetzt. Zumindest nicht, was das Mädchen anging. Für sie hatte Herman andere Pläne.

Vandermeer atmete hörbar ein. »Sie werden es auch für sie tun.«

Es vergingen gute fünf Sekunden, in denen Herman ihn einfach nur anstarrte. »Wie?«, fragte er schließlich.

»All diese Apparate und Gerätschaften und Bottiche«, sagte Vandermeer langsam.

»Was soll damit sein?«, fragte Herman.

»Ich weiß nicht, wofür das alles gut ist. Ich habe nie gefragt, und ich habe nie jemandem davon erzählt. Aber es kann nicht rechtens sein, sonst würden Sie es nicht so geheim halten.«

»Ich habe Ihnen erzählt, warum niemand etwas von meinem privaten Labor wissen darf.«

»Weil Sie Angst haben, jemand könnte Ihre Forschungsergebnisse stehlen«, sagte Vandermeer. »Das glaube ich Ihnen. Aber Sie haben es selbst gesagt: Ehre macht niemanden satt. Ich habe alles aufgeschrieben und auch alle Zeichnungen aufbewahrt, die Sie mir gegeben haben. Ich will, dass meine Frau die gesamte Summe bekommt!«

»Sie enttäuschen mich«, sagte Herman mit bitterer Stimme. »Sie wollen mich erpressen. Ist das der Dank für alles, was ich für Sie getan habe?«

»Ich bin nicht stolz darauf«, sagte Vandermeer. »Aber ich muss an meine Familie denken. Ich verlange, dass Sie sich um sie kümmern, wenn ich nicht mehr da bin.«

»Natürlich«, antwortete Herman. »Das verspreche ich Ihnen.«

Und um seine Tochter natürlich auch.

Chicago, Illinois, 1893

Holmes gestand sich ein, dass er das ältliche Ehepaar wohl vollkommen falsch eingeschätzt hatte. Die Art, wie die beiden gekleidet waren und sich gaben, die scheuen Blicke und großen Augen, aus denen sie sich fast angstvoll umsahen wie Kinder in einem Geschäft voller feinster Glas- und Porzellanfiguren, die Angst hatten, schon durch die geringste unvorsichtige Bewegung oder einen Atemzug etwas zu zerstören, ihre leisen Stimmen und die sauberen, aber dennoch schäbigen Kleider, all das hatte ihn davon überzeugt, dass sie wohl zum ersten Mal im Leben in einem Hotel waren und alles hier zwar ehrlich bewunderten und bestaunten, sich aber dennoch nicht wirklich wohlfühlten; schon weil diese Welt so vollkommen fremd und dadurch bedrohlich auf sie wirkte.

Dennoch hatten sie sich nicht beklagt, weder über die etwas unorthodoxe Art, auf die Arlis den Tisch gedeckt hatte, noch nachdem sich Holmes ungefragt zu ihnen gesetzt und versucht hatte, ihnen ein Gespräch aufzuzwingen; für das Personal eines Hotels – egal ob niedrigste Dienstmagd oder Direktor – ein unverzeihlicher Fauxpas, der bei jedem anderen zur sofortigen fristlosen Kündigung geführt hätte.

Das Ehepaar hatte seine unbeholfene Konversation nicht nur klaglos hingenommen, sondern sogar tapfer versucht mitzureden; auch wenn er mutmaßte, dass sie nicht einmal jedes zweite Wort verstanden. Sie beschwerten sich nicht einmal über das Mittagessen, das Arlis improvisiert hatte. Und das wollte schon etwas heißen. Denn sosehr er die Nähe von Arlis auch genoss, als Köchin würde er sie ganz gewiss nicht einstellen.

Holmes hatte sich tapfer durch die Vorspeise gekämpft, dann aber schon nach zwei Bissen vor dem kapituliert, was Arlis als Hauptgang bezeichnete, doch die beiden alten Leute hatten ebenso tapfer wie wortlos durchgehalten und alles mit dem billigsten Wein hinuntergespült, den sein Vorratsschrank hergegeben hatte, und hätte er noch eines Beweises für seinen Verdacht bedurft, dann wäre es die gespielte Begeisterung gewesen, mit der sie sich beide über diesen (nicht viel) besseren Essig ausließen, von dem Holmes nicht einmal mehr wusste, wie er sich in seinen Weinvorrat verirrt hatte. Vermutlich ein Geschenk. Von jemandem, der ihn nicht leiden konnte.

Spätestens beim Dessert begann seinen beiden Gästen die Situation wirklich unangenehm zu werden, und wären sie nicht das gewesen, von dem Holmes mittlerweile sicher war, dass sie es waren, dann hätte er sie wohl jetzt allein gelassen und sich schon einmal mit dem Gedanken angefreundet, sie wohl nie wieder als Gäste in seinem Hotel begrüßen zu dürfen.

Stattdessen rief er nach Arlis und bestellte Kaffee, um das Essen angemessen abzuschließen, und damit musste er wohl auch die Grenzen ihrer Leidensfähigkeit erreicht haben, denn die beiden erhoben sich fast schon hastig und verabschiedeten sich mit dem Hinweis auf einen Spaziergang, den sie unbedingt unternehmen wollten.

Holmes war nahe dran, ihnen auf den Kopf zuzusagen, was er von ihnen hielt, entschied sich aber dann doch dagegen. Es lohnte den Aufwand nicht.

Arlis fand ihn einige Minuten später noch immer am selben Platz sitzend und die beiden so tapfer geleerten Teller betrachtend, die sie natürlich nicht abgeräumt, sondern nur zur Seite geschoben hatte, um Platz für die Dessertschalen zu schaffen. Sie balancierte ein viel zu großes hölzernes Tablett mit einer dampfenden Kaffeekanne sowie vier zierlichen Tassen samt Sahne- und Zuckerschälchen vor sich her, und Holmes musste sich beherrschen, um nicht den Atem anzuhalten, als er sah, wie ungeschickt sie sich dabei anstellte. Arlis hatte natürlich das beste Geschirr für ihre Gäste aufgetragen, und schließlich wusste er am besten, wie teuer es gewesen war.

Immerhin konzentrierte sie sich ganz darauf, ihre zerbrechliche Last unbeschadet (wenn auch unter gewaltigem Scheppern und Klirren, das noch im oberen Stockwerk des Hotels zu hören sein musste) zum Tisch zu tragen und abzustellen. Erst dann schien sie überhaupt zu bemerken, dass ihre beiden einsamen Gäste nicht mehr da waren.

»Haben Sie die beiden endgültig vergrault?«, fragte sie spöttisch.

»Vergrault?«

»Ich gestehe, dass ich mich auf diesem Gebiet nicht besonders gut auskenne, und ich bin auch das erste Mal in einem vornehmen Hotel zu Gast – aber ich kann mir nicht vorstellen, dass es normal ist, wenn sich der Hoteldirektor selbst zu seinen Gästen setzt und sie in ein Gespräch verwickelt, das sie gar nicht haben wollen.« Sie setzte sich ebenfalls. »Oder ist Ihnen gar nicht aufgefallen, dass sie nicht wirklich mit Ihnen reden wollten?«

»Waren das die beiden, die im Voraus bezahlt haben?«, fragte Holmes.

Arlis nickte. »Und das Essen ebenfalls. Warum? Sorgen Sie sich um Ihren Gewinn?«

»Ich muss mich bei Ihrem Mr Geyer entschuldigen«, sagte er. »Er lässt es sich zumindest eine ansehnliche Summe kosten. Er hätte nur jemanden engagieren sollen, der ein wenig talentierter ist.«

Wenn Arlis ihm etwas vormachte, dann perfekt. »Ich verstehe nicht, was Sie meinen.«

Holmes machte eine Kopfbewegung zur Tür. »Ich wette mit Ihnen um einen Einsatz, den Sie selbst bestimmen können, dass die beiden gerade weit genug spazieren gehen, um nicht mehr gesehen zu werden, wenn jemand das Hotel verlässt, den Eingang aber umgekehrt genau im Auge behalten.«

»Ich kann Ihnen wirklich nicht ganz folgen …«, begann

Arlis, und jetzt konnte Holmes einen leise verärgerten Unterton nicht mehr ganz aus seiner Stimme heraushalten, als er sie unterbrach:

»Wenn sie nicht im Voraus bezahlt hätten, dann würde ich sie für Zechpreller halten oder zwei bedauernswerte alte Leutchen, die sich am Ende ihres Lebens noch einmal etwas Besonderes leisten wollten und gerade eine wirklich bittere Enttäuschung erleben … oder ein beliebiger anderer verrückter Grund. Sie glauben ja gar nicht, was für seltsame Geschichten man in einem Hotel erleben kann.«

»Das glaube ich sehr wohl«, erwiderte Arlis. »Und umso weniger verstehe ich, was Mr Geyer …« Sie runzelte übertrieben die Stirn. »Sie glauben, Frank hätte die beiden hier eingeschleust? Aber es ist doch Unsinn! Wozu denn?«

»Um mich im Auge zu behalten«, antwortete Holmes. »Ihr Freund traut mir noch immer nicht. Oder vielleicht sollte ich besser sagen: immer weniger.« Er behielt Arlis aufmerksam im Auge, als er das sagte, und wenn sie ihm tatsächlich etwas vorspielte, dann tat sie es perfekt. »Mir kommt es nur so vor, als würde er mehr gegen mich ermitteln, als nach Ihrer Schwester zu suchen.«

»Frank ist nicht mein Freund, Henry«, antwortete Arlis. »Er arbeitet für mich, das ist alles, und …«

»Und?«, fragte Holmes, als sie nicht weitersprach.

Arlis hob unbehaglich die Schultern. Er sah ihr an, dass sie seinem Blick am liebsten ausgewichen wäre, aber noch tat sie es nicht. »Also gut«, sagte sie. »Ich habe Frank zwar versprochen, es Ihnen nicht zu sagen, aber es schmerzt mich, dass Sie mir zu misstrauen scheinen. Er verdächtigt Sie keineswegs, Henry. Er weiß, dass Sie meine Schwester mochten, und auch, dass sie Sie umgekehrt ebenfalls schätzt.«

Schätzt? Das war nicht das Wort, das er gerne gehört hätte. »Warum benimmt er sich dann so?«

»Weil er Sie für einen Ehrenmann hält, Doktor Holmes, ob Sie es glauben oder nicht«, sagte Arlis. »Genau wie ich, übrigens.« Sie goss ihm einen Kaffee ein, deutete auf die Zuckerschale und sah ihn fragend an. Holmes schüttelte den Kopf, nahm die Tasse und nippte vorsichtig daran. Kaffee kochen schien auch nicht unbedingt zu ihren Talenten zu gehören.

»Frank scheint anzunehmen, dass Sie mehr über Doktor Mudgett wissen, als Sie zugeben, um Ihren Freund zu schützen«, sagte Arlis schließlich, als ihr klar wurde, dass er nicht von sich aus weitersprechen würde.

»Und deshalb engagiert er diese beiden Schmierenkomödianten, damit Sie mich beschatten, weil er hofft, dass ich sie zu Herman führe, und damit zu Ihrer Schwester?« Holmes schüttelte den Kopf und zog eine Grimasse. »Das ist absurd.«

»Das habe ich auch gesagt«, sagte Arlis. »Aber Frank ist nun einmal gründlich und geht jeder Spur nach. Er hat nicht umsonst einen so guten Ruf in seiner Branche.«

»Und Sie? Glauben Sie auch, dass ich mehr über Herman weiß?«

»Ja«, antwortete Arlis unerwartet offen. »Das glaube ich. Ich glaube auch, dass Frank recht hat und Sie Ihren Freund nur beschützen wollen. Aber ich glaube nicht, dass Sie so weit gehen würden, etwas Schlimmes zu decken, und ich weiß, dass Sie Endres mögen und niemals zulassen würden, dass ihr etwas geschieht.«

»Dann glauben Sie auch nicht, dass ich William geschickt habe, um Geyer zu verprügeln?«

»Nein. Und das hat er auch nicht gesagt. Jedenfalls nicht mir gegenüber. Hat er das behauptet?«

»Nicht wirklich«, gestand Holmes. »Aber man kann durchaus etwas sagen, ohne es zu sagen.«

»Unsinn«, polterte Arlis. »Manchmal weiß ich wirklich nicht, wer von Ihnen schlimmer ist! Frank wird wenigstens dafür bezahlt, misstrauisch zu sein und alles und jeden zu verdächtigen, aber von Ihnen hätte ich ein wenig mehr Vernunft erwartet. Halten Sie Frank meinetwegen für einen Dummkopf, aber helfen Sie ihm, meine Schwester zu finden!«

Holmes wusste im ersten Moment nicht, welche Reaktion bei ihm überwog – der Ärger, wie sehr sie darauf beharrte, diesen Dummkopf Geyer gegen jede Logik immer noch zu verteidigen, oder seine Verwirrung, dass eine so intelligente und scharfsinnige junge Frau zugleich auch so naiv sein konnte.

»Ich versichere Ihnen, dass …«, begann er, sprach den Satz aber nicht zu Ende, sondern beließ es bei einem resignierenden Kopfschütteln und einem dazu passenden Seufzen. Er nippte noch einmal an seinem Kaffee und kam zu dem Schluss, dass er ihn besser kochend heiß getrunken hätte, was den Geschmack erträglicher machte. Er stand auf.

»Ich hoffe doch, Sie gehen jetzt nicht nach oben, um Frank zum Duell herauszufordern«, sagte Arlis.

»Dazu ist es zu spät«, antwortete Holmes. »Oder zu früh, je nachdem. Duelle finden prinzipiell im Morgengrauen statt.«

»Ich verstehe«, seufzte Arlis. Ihr Blick tastete über das Schlachtfeld, in das seine beiden Gäste und er den Tisch verwandelt hatten, und blieb an dem Teller mit seinem kaum angerührten Gericht hängen. Er wusste immer noch nicht genau, was es eigentlich sein sollte, und im Grunde wollte er es auch gar nicht wissen. »Ich nehme an, die Stelle als Köchin werden Sie mir jetzt doch nicht anbieten.«

»Niemand kann alles, meine Liebe«, antwortete er so diplomatisch, wie er es konnte.

»Das weiß ich«, antwortete Arlis. Sie klang ein bisschen beleidigt. »Aber das war nicht die Antwort, die ich hören wollte. Ich bin eine Frau.«

»Und ich ein Mann«, antwortete Holmes todernst. »Trotzdem habe ich kein Problem damit, zuzugeben, dass ich weder reiten noch schießen kann, und ich fürchte, auch im Fechten lassen meine Fähigkeiten eher zu wünschen übrig.«

Und mit dieser Denksportaufgabe ließ er sie stehen und ging zum Ausgang, rief aber auf dem letzten Stück auch noch: »Ich bin auf dem Weg zur Arbeitsvermittlung, und auf dem Rückweg schaue ich bei Mr Peizel vorbei und erkundige mich nach seinem Verbleib. Immerhin wäre es ja denkbar, dass er krank ist und einen Arzt braucht. Haben Sie seine Adresse?«

»Nein«, antwortete Arlis verwirrt. »Wozu sollte ich?«

»Nur falls mich Mr Geyers Aushilfsdetektive aus den Augen verlieren sollten«, rief er über die Schulter zurück, »steht die Adresse im Gästebuch, gleich auf der ersten Seite.«

»Doktor Holmes, das ist nicht …«, begann Arlis empört. Was sie noch sagen wollte, das wurde vom Geräusch der zuschlagenden Tür abgeschnitten, doch was immer es auch sein mochte, Holmes zweifelte nicht daran, dass sie recht damit hatte.

Er beschleunigte seine Schritte ganz instinktiv, kaum dass er die Burg verlassen und sich nach rechts gewandt hatte. Das Bürogebäude, in dem die Räume der Arbeitsvermittlung lagen, von der er von Anfang an den Großteil seines Personals bekommen hatte, befand sich gute zwei Meilen entfernt, so dass er normalerweise einen Wagen genommen oder auf die Tram gewartet hätte, deren Haltestelle sich praktischerweise direkt gegenüber dem Hotel befand. Aber er war immer noch nicht ganz wach. Die Schwere wollte einfach nicht aus seinen Gliedern weichen, und auch seine Gedanken bewegten sich noch immer träge.

Als Arzt fielen ihm mindestens ein Dutzend eher harmlose Gründe dafür ein, aber das Problem war eben, dass es der *Arzt* in ihm war, der das dachte. Harmlos oder nicht, mit seinem Körper war etwas ganz und gar nicht in Ordnung, und wer, wenn nicht er, wusste, wie schnell aus einer harmlosen Kleinigkeit etwas wirklich Schlimmes werden konnte, wenn man sie nur lang genug schleifen ließ. Sobald diese hässliche Geschichte vorbei war, das nahm er sich zum wiederholten Mal vor, würde er zu einem Kollegen gehen und sich gründlich untersuchen lassen. Bis dahin mussten ein wenig frische Luft und ein kleiner Spaziergang reichen. Meist waren es ohnehin die einfachsten Mittel, die den schnellsten Erfolg brachten.

Darüber hinaus würde ihm der kleine Spaziergang auch Gewissheit verschaffen, was seine beiden Hotelgäste anging. Und falls er ihnen nicht Unrecht tat, auch gleich zeigen, wie gut sie zu Fuß waren.

Wenn sie ihn verfolgten, waren sie gut, denn Holmes schlug

ein forsches Tempo an, wechselte zweimal willkürlich die Richtung und hielt zweimal direkt hinter einer Abzweigung an, um auf seine potenziellen Verfolger zu warten … die natürlich nicht kamen. Schließlich sah er selbst ein, wie närrisch er sich benahm, und legte den Rest der Strecke in normaler Gangart zurück. Vollkommen vergebens, wie er sich missmutig eingestand, als er endlich vor dem beeindruckenden dreigeschossigen Gebäude stand und die nicht minder beeindruckende zweiflügelige Tür verschlossen vorfand.

Er starrte die geschlossene Tür an, ohne etwas anderes zu tun, bis ihm des Rätsels Lösung aufging. Es war so einfach, dass er am liebsten laut aufgelacht hätte.

Heute war Sonntag.

Nicht nur das Bürogebäude war geschlossen, sondern auch alle Ladenlokale und Geschäfte, an denen er auf dem Weg hierher vorbeigekommen war, und auch das fiel ihm erst im Nachhinein und rückwirkend auf. Vielleicht sollte er tatsächlich zu einem Kollegen gehen und sich gründlich in Augenschein nehmen lassen, bevor ihm noch ein wirklich schlimmer Fehler unterlief.

Für den Rückweg würde er auf jeden Fall einen Wagen nehmen, auch wenn er normalerweise nichts davon hielt, sein schwer verdientes Geld für so etwas zu verschwenden. Aber sein Rücken schmerzte schon jetzt.

Verärgert machte er sich auf, ging aber nur ein paar Schritte weit, bevor er kehrtmachte. Er hatte die Wahrheit gesagt, als er Arlis gegenüber erwähnt hatte, dass William ganz in der Nähe wohnte, allerdings nicht, als er behauptete, ihn besuchen zu wollen. Wenn Peizel einen Tag unentschuldigt fehlte, dann war das allerhöchstens ein Grund für einen strengen Verweis; und natürlich auch, ihm einen Tag vom Lohn abzuhalten, und gleich noch einen zweiten als Strafe, damit so etwas nicht einriss.

Doch jetzt kam ihm eine bessere Idee. Williams Wohnung war tatsächlich nur zwei Blocks entfernt. Er würde nun doch zu ihm gehen und ihn einfach zum Hotel schicken, damit er mit dem Wagen zurückkam und ihn abholte. Und sich bei der Gelegenheit auch gleich versichern, dass er tatsächlich nichts über Sylvias Verschwinden wusste.

Und gnade ihm Gott, wenn er nicht da war oder etwa so krank, dass er den Weg zum Hotel zurück nicht schaffte!

Dergestalt eingestimmt, legte er die restliche Strecke forschen Schrittes und binnen nunmehr weniger Minuten zurück. Es waren tatsächlich nur noch zwei Blocks, und doch war es ihm, als hätte er unversehens eine vollkommen andere Welt betreten; oder doch zumindest eine andere Stadt. In gewisser Hinsicht kam dieser Vergleich der Wahrheit sogar näher, als ihm selbst bewusst war, denn zu einem Zeitpunkt, als er noch zusammen mit Mudgett Medizin in Ann Arbor studiert hatte, hatte ein anonymer Angestellter der Stadtverwaltung einen mehr oder weniger willkürlichen Strich auf einem Plan des Katasteramtes gezogen, und das Ergebnis hätte krasser nicht sein können: Er überquerte die Straße und trat aus einer hellen, sauberen Stadt mit ordentlich gepflegten Gebäuden und dazu passenden Passanten und Einwohnern in ein Viertel voller heruntergekommener Behausungen, die zumindest Holmes kaum noch mit dem Wort *Wohnung* assoziieren konnte. Auf dem Bürgersteig und in Winkeln und Nischen hatte der Wind (oder auch die Bewohner dieser schmuddeligen Behausungen) allen nur vorstellbaren Unrat abgeladen. Es roch schlecht, was nicht daran lag, dass der Wind etwa den Gestank der Schlachthöfe herantrug. Der üble Geruch stammte eher aus den Gebäuden selbst oder auch von ihren Bewohnen, von denen nicht wenige den Besucher aus einer fremden (und bei so manchem verhassten) Welt der Reichen und Sauberen misstrauisch oder auch ganz unverhohlen feindselig musterten. In den Monaten, die William Peizel jetzt für ihn arbeitete, war Holmes bisher nur zweimal hier gewesen, und nun fiel ihm auch wieder ein, warum das so war.

Schon fast bei Williams Adresse angelangt, gewahrte er eine Anzahl spielender Kinder auf der Straße, von denen er zwei nach wenigen weiteren Schritten als die von Peizel identifizierte: den zehnjährigen Howard und seine zwei Jahre jüngere Schwester Alice. Beide waren schon etliche Male bei ihm im Hotel gewesen, und er mochte sie (soweit er in der Lage war, Kinder zu mögen, die er im Allgemeinen eher als lästig und viel zu laut und aufdringlich empfand) und sie ihn ebenfalls – auch wenn er mutmaßte, dass das wohl eher an dem Umstand lag, dass sie stets ein Glas mit Zuckerstangen, Schokolinsen oder anderen Leckereien bei ihren Besuchen vorfanden. Jetzt hatte er jedoch den Eindruck, dass sie eher erschraken, als sie seiner gewahr wurden. Alice tuschelte einen Moment mit ihrem Bruder, ohne Holmes auch nur einen Sekundenbruchteil aus den Augen zu lassen, und fuhr dann herum, um in Windeseile ins Haus zu verschwinden, während ihr Bruder Holmes aus großen Augen mit jetzt unübersehbarer Furcht anstarrte. Holmes fragte sich zwar, warum, zwang sich aber in ein Lächeln und schritt sogar noch forscher aus. Die anderen Kinder verteilten sich rasch und verschwanden dann ebenfalls. Wäre ihm ein Grund dafür eingefallen, er hätte jede Wette gehalten, dass diese Kinder Angst vor ihm hatten.

»Howard«, begann er lächelnd. »Wie geht es dir, mein Junge? Wir haben uns ja schon eine ganze Weile nicht mehr gesehen.« Drei Wochen, um genau zu sein, aber für einen Knaben in Howards Alter war das eine lange Zeit. »Ich bin auf der Suche nach deinem Vater, mein Junge. Ist er oben?«

Er bekam auch jetzt keine Antwort. Howard sah ihn nur aus noch größeren Augen an, und da Holmes keine Lust auf eine Diskussion mit einem Zehnjährigen hatte, ging er an ihm vorbei und eilte mit raschen Schritten die Treppe hinauf.

Peizels Wohnung lag im zweiten Stock des schäbigen Mietshauses und war nicht nur die kleinste, sondern auch preiswerteste: hundertfünfzig Quadratfuß, aufgeteilt in zweieinhalb Zimmer, was selbst für Peizels bescheidene Ansprüche und seine eher kleine Familie winzig war. Vor Jahren hatte jemand den Euphemismus Kaltwasserappartement für überteuerte und eigentlich unbewohnbare Löcher wie diese geprägt. Holmes wusste sehr gut, was er Peizel bezahlte und was er dank ihres kleinen Arrangements noch zusätzlich verdiente, so dass er immer weniger verstand, wieso er es seiner Frau und den beiden Kindern zumutete, unter solchen Umständen dahinzuvegetieren.

Das Treppenhaus war so dunkel, dass er seine Umgebung nur schemenhaft wahrnahm, wofür er allerdings eher dankbar war. Er konnte die abblätternden Tapeten und all den Schmutz in Ecken und Winkeln regelrecht riechen. In der Luft hing ein wirklich übler Geruch, den er zwar nicht einzuordnen vermochte, der aber dennoch unangenehme Assoziationen in ihm weckte. Das schrille Keifen einer Frau drang durch eine der dünnen Türen und begleitete ihn fast den gesamten Weg die Treppe hinauf, und darunter, leiser, aber sehr viel unangenehmer, das Wimmern eines Kindes, dessen ganz besondere Tonlage dem Arzt in ihm zugleich auch etwas von der bedrohlichen Krankheit verriet, unter der es litt.

Es hatte eine Zeit gegeben – vor tausend Jahren, wie es ihm schien, auch wenn es in Wahrheit noch nicht einmal ein Jahrzehnt zurücklag –, da war er noch jung und idealistisch genug gewesen, um tatsächlich daran zu glauben, dass er eines Tages dabei mithelfen könnte, die Welt zu einem Ort zu machen, der ein kleines bisschen besser war als der, den er betreten hatte. Aber das war so lange her, dass er schon beinahe vergessen hatte, dass er jemals ernsthaft daran geglaubt hatte, und vor allem, warum er es eigentlich getan hatte. Idealismus war etwas für junge Leute und Poeten – am besten in Personalunion – und darüber hinaus ein Luxus, den sich nur die Allerwenigsten leisten konnten. Natürlich hätte er nach dem kranken Kind sehen und wahrscheinlich sogar seine Beschwerden lindern können, möglicherweise sogar seine Krankheit heilen und – wer weiß? – ihm vielleicht gar das Leben retten. Doch wem wäre damit gedient? So oder so würde seine Mutter vermutlich noch ein weiteres halbes Dutzend weiterer Bälger bekommen und hätte nur ein Maul mehr zu stopfen, und wenn das Kind etwa gegen jede Wahrscheinlichkeit doch erwachsen würde, dann würde es nur seinerseits anfangen, weitere nutzlose Kinder in die Welt zu setzen, die das allgemeine Elend nur noch verschlimmerten.

Holmes erschrak ein bisschen über seine eigenen Gedanken, aber sie überraschten ihn kein bisschen. So ging es ihm fast jedes Mal, wenn er in eine Gegend wie diese kam, was wohl auch einer der Gründe war, aus denen er Peizel so selten zuhause besuchte. Es waren die allgegenwärtige Armut und ihre beiden treuen Begleiter, Krankheit und Kriminalität, die ihn zutiefst erschreckten und diese Reaktion in ihm wachriefen.

Schnelle Schritte, die hinter ihm die Treppe heraufeilten, rissen ihn aus seinen Gedanken. Holmes blieb nicht stehen, sah aber über die Schulter zurück und entdeckte Howard, der seine Überraschung endlich überwunden hatte und ihm mit raschen trampelnden Kinderschritten folgte. Ganz kurz meinte er unten im Hausflur noch eine weitere Gestalt zu erkennen, war aber nicht sicher.

»Mein Dad ist nicht da, Doktor Holmes«, sagte er japsend, als er auf gleicher Höhe angekommen war. »Meine Mom sagt, er wäre heute Nacht nicht nach Hause gekommen. Sie ist ein bisschen in Sorge. Sie hat schon gesagt, dass sie noch bis heute Abend wartet und dann zum Hotel geht, um nach ihm zu suchen.«

»Deine Mutter ist eine sehr kluge Frau, mein Junge«, antwortete Holmes.

Peizel war die ganze Nacht über fort gewesen? Was bedeutete das? Zwar hatte er ihn schon mehrmals für längere Zeit fortgeschickt, um Besorgungen zu erledigen – nicht das erste Mal auch für mehrere Tage –, aber er erinnerte sich nicht, dass jetzt so etwas anlag, geschweige denn, ihm einen entsprechenden Auftrag gegeben zu haben. Seine Sorge stieg, zumal da ja auch noch Sylvias ominöses Verschwinden war. Er hatte richtig gehandelt, hierherzukommen. Irgendetwas stimmte mit William nicht.

Bevor er seine Bedenken in Worte kleiden konnte, hatte er den letzten Treppenabsatz erreicht, und die einzige Tür hier oben wurde geöffnet, ehe er die Hand danach ausstrecken konnte. Im unerwartet grellen Gegenlicht erkannte er nur einen schwachen Scherenschnittschatten, dafür jedoch umso deutlicher Mimi Peizels unangenehme Stimme, die wie üblich von einem Schwall Tabaksgestank sowie dem kaum weniger unangenehmen Geruch nach billigem Weinbrand begleitet wurde.

»Doktor Holmes? Also doch …?«

»Guten Tag, Mrs Peizel«, antwortete er steif. »Haben Sie jemand anderes erwartet?«

»Nein. Das heißt, Alice hat gesagt, dass Sie gekommen sind, aber … als ich …« Sie verhaspelte sich endgültig, machte eine unsichere Geste mit beiden Händen und trat endlich in die Wohnung zurück, wobei sie die Tür zugleich weiter aufzog. Zu ihrem schlechten Atem gesellte sich nun auch noch der Geruch nach kaltem Schweiß und der der letzten Mahlzeit, die sie zubereitet hatte – irgendetwas mit Kohl und einer Menge Zwiebeln –, und er konnte beim besten Willen nicht sagen, was unangenehmer war. Er erinnerte sich abermals, warum er so selten hierherkam.

»Ich hoffe, ich komme nicht ungelegen«, begann er, während er an ihr vorbeiging und die Gelegenheit nutzte, Alice ein flüchtiges Lächeln zuzuwerfen. Das Mädchen klammerte sich mit beiden Armen an das Bein ihrer Mutter, und das so fest, dass sie einfach mit zurückgeschleift wurde, als sie beiseitetrat, um Holmes einzulassen. Soweit er es erkennen konnte, hatte sich seit seinem letzten Besuch hier nichts verändert. Alles war noch immer genauso ärmlich und heruntergekommen wie zuvor, und es kam ihm eher noch schmutziger vor. Was machte Peizel mit all dem Geld, das er ihm zahlte?

Mimi Peizel wartete, bis auch ihr Sohn hereingekommen war, allerdings nur, um ihr Bein mit einer unwilligen Bewegung loszumachen und ihre beiden Kinder sofort ins andere Zimmer zu schicken; wenig mehr als ein fensterloser Verschlag, der der ganzen Familie als Schlafzimmer diente, wie Holmes von seinen vorigen Besuchen hier wusste.

»Wartet da«, befahl sie grob, »und untersteht euch zu lauschen. Ich habe mit dem Herrn Doktor etwas zu besprechen.«

Holmes hätte sie beinahe darauf hingewiesen, dass es praktisch einer Aufforderung zum Lauschen an die beiden gleichkam, sagte sich dann aber selbst, dass sie das vermutlich wusste und es ihr egal war, wenn sie nicht sogar nach einem Vorwand suchte, ihre Kinder zu bestrafen. Er hatte nie verstanden, warum sich Peizel mit dieser Frau abgab. Es war nicht nur der Umstand, dass sie rauchte und trank – beides Eigenschaften, die er ganz allgemein verabscheute, bei einer Frau aber für ganz besonders unangebracht hielt –, sondern ganz allgemein ihr zänkisches Wesen, die unangenehme Stimme und ihre noch weitaus unangenehmere Art, sich auszudrücken. Sie war nicht einmal hübsch, sondern hatte harte Züge, sogar für jemanden ihres Standes ganz außergewöhnlich schlechte Zähne und roch so übel, dass er sich fragte, wie betrunken William eigentlich gewesen sein musste, um mit ihr zwei Kinder zu machen.

»Ich will auch gar nicht lange stören«, begann Holmes. »Ich war zufällig in der Nähe und wollte nach Ihrem Gatten sehen, aber Ihr Sohn hat mir bereits gesagt, dass er nicht da ist.«

»Nein, ist er nicht«, sagte Mimi unfreundlich. »Ich hab ihn seit gestern Morgen nicht mehr gesehen. Ist die ganze Nacht nicht nach Hause gekommen.«

»Die ganze Nacht?«, vergewisserte sich Holmes.

»Haben Sie ihm gestern seinen Lohn ausbezahlt oder eine Prämie?«, fragte Mimi, nicht nur in einem Ton, der ihr nicht zustand, sondern auch auf so herausfordernde Art, dass er sich beherrschen musste, um nicht auf der Stelle zu gehen.

»Nein.«

»Dann hätte ich wenigstens gewusst, wo er ist«, antwortete sie. »Wäre nicht das erste Mal, dass er einen ganzen Wochenlohn in einer Nacht versäuft oder ins Hurenhaus bringt. Und ich kann dann sehen, wo ich Geld für Essen oder Kohle herbekomme!«

»Ich kann mir eigentlich nicht vorstellen, dass …«

»… der ach so aufrechte und ehrenhafte William Peizel säuft und ins Hurenhaus geht?« Mimi machte ein ordinäres Geräusch. »Was glauben Sie denn, wo ich diesen Ehrenmann kennengelernt habe? Er verbringt mehr Zeit im Wirtshaus und dort als zuhause, und was an Geld dann noch übrig ist, das steckt er in diese verrückte Idee, die ihm im Kopf herumspukt. Als hätten wir noch nicht genug Probleme!«

»Welche verrückte Idee?«

»Na die Erfindung, die Sie angeblich mit ihm gemacht haben, und durch die wir alle reich und berühmt werden!«

»Was für eine Erfindung?« Holmes wurde hellhörig. Natürlich wusste er, wovon Mimi sprach, aber es war die Art, auf die sie es tat, die ihn verwirrte.

»Na Ihre famose Kohlenschütte, oder wie Sie sie nennen wollen«, antwortete sie. »Sie haben sie doch zusammen erfunden, oder? Auch wenn Will behauptet, er hätte die meisten Ideen beigesteuert und Sie nur ein paar Ratschläge und ein bisschen Geld fürs Material.«

Selbst wenn es so gewesen wäre, dann musste ihr doch klar sein, in was für eine peinliche Situation sie ihren Mann mit Bemerkungen wie diesen brachte, dachte Holmes. Sein Groll auf Peizel war schon nahezu ganz verflogen. Wer mit einer Frau wie dieser geschlagen war, der verdiente ein gewisses Maß an Absolution.

»Es war nicht ganz so«, antwortete Holmes vorsichtig. »Aber Ihr Gatte hat tatsächlich einen gewissen Anteil daran. Einen nicht ganz unerheblichen Anteil«, fügte er rasch hinzu, als es in Mimis Augen schon wieder zornig aufblitzte.

Vielleicht war das ein Fehler, denn nun sah sie ihn einen Moment nachdenklich und dann auf eine vollkommen andere Art an, die ihm noch sehr viel weniger gefiel. »Ich glaube, ich sollte jetzt besser gehen. Es tut mir leid, wenn ich Sie gestört habe, Mrs Peizel.«

»Und Sie haben nie versucht, ihn von diesem Unsinn abzubringen?«, fragte Mimi und jetzt in ganz eindeutig vorwurfsvollem Ton.

»Warum hätte ich das tun sollen?«, erwiderte Holmes.

Statt direkt zu antworten, legte Mimi den Kopf auf die Seite und maß ihn mit einem Blick, als sähe sie ihn zum ersten Mal. »Mögen Sie einen Tee?«, fragte sie. »Oder einen Schluck Brandy?«

»Tee wäre gut«, antwortete Holmes. »Nur wenn es Ihnen nichts ausmacht, natürlich. Ich möchte Sie wirklich nicht aufhalten.«

»Das tun Sie nicht«, erwiderte Mimi, drehte sich augenblicklich weg und trat an ein offenes Regal neben dem Herd, um zwei Tassen herauszunehmen, aus denen er ganz bestimmt nicht trinken würde. Sie ging zu dem Gasherd und riss ein Schwefelholz an, um die Flamme zu entzünden.

»Wir haben jetzt auch Gas. Hat Will Ihnen davon erzählt?«

»Selbstverständlich«, antwortete Holmes.

»Als Einzige im ganzen Haus«, ergänzte Mimi stolz. »Will hat den Herd selbst montiert.«

»Tatsächlich?« Holmes trat neben sie und besah sich den klobigen Herd genauer. Bisher war es ihm nicht aufgefallen, nun aber umso deutlicher: Er kannte diesen Herd. Bis vor weniger als einem Monat hatte er in der Küche seines Restaurants gestanden, ehe er ihn gegen ein moderneres Exemplar ausgetauscht hatte; nicht zuletzt, weil Peizel behauptet hatte, dass er defekt sei und sich die Reparatur nicht wirklich lohne.

Er würde ein ernstes Wort mit ihm reden müssen.

Holmes ließ sich neben dem Herd in die Hocke sinken und begutachtete die Anschlüsse und Leitungen. Soweit er das beurteilen konnte, ohne das Möbel halb auseinanderzunehmen, hatte William alles vorschriftsmäßig und überaus präzise montiert. Aber schließlich war er Arzt und Hotelier und kein Mechaniker und hatte sich ohnehin stets auf Peizels fachmännischen Rat verlassen. Vielleicht ein bisschen zu sehr, wie es ihm jetzt schien.

»Ist alles in Ordnung?«, fragte Mimi leicht besorgt.

Holmes beeilte sich zwar zu nicken, was ihn aber nicht daran hinderte, sowohl den Gasherd als auch seine nähere

Umgebung noch einmal genauer in Augenschein zu nehmen, wenn auch mit demselben Ergebnis. Alles war überaus präzise und vorschriftsmäßig angeschlossen, wenn man von der Tatsache absah, dass diese ganze Aktion aufs Höchste illegal war und Peizel offensichtlich die Gasleitung für das Licht angezapft hatte, um seiner Frau eine Freude zu machen, die sie vermutlich nicht einmal zu würdigen wusste. Es konnte auch noch nicht sehr lange her sein. Peizels Werkzeug befand sich noch in einem geflochtenen Korb neben dem Herd, von dem er ebenfalls beinahe sicher war, ihn erst vor wenigen Tagen in der Remise hinter dem Hotel gesehen zu haben; genau wie die Rolle mit schwarzem Kautschukschlauch, die säuberlich zusammengebunden daneben auf dem Boden lag. Zwischen William und ihm bestand tatsächlich erheblicher Gesprächsbedarf.

Aber nicht jetzt.

»Es ist wirklich alles in Ordnung«, sagte er noch einmal. »William ist ein ganz ausgezeichneter Handwerker. Ich hätte keinen größeren Glücksgriff tun können als mit ihm.«

»Dann behalten Sie ihn doch«, sagte sie schnippisch. Vielleicht sogar dreister, als sie selbst beabsichtigt hatte, denn sie erschrak ein bisschen und hatte es jetzt nicht nur eilig, sich zu setzen, sondern wedelte auch aufgeregt mit beiden Händen Holmes zu, es ihr gleichzutun. Holmes ignorierte beides, aber er konnte ein fragendes Stirnrunzeln nicht unterdrücken, als sein Blick auf einen schmalen Bilderrahmen an der Wand neben dem Fenster fiel, der so aufgehängt war, dass ihn jeder, der am Tisch Platz nahm, unweigerlich sehen musste.

»Ja, da sehen Sie, was ich meine, Herr Doktor«, fuhr sie fort. »Nicht einmal hier hört er auf, sich ständig mit diesem Unfug zu beschäftigen. Er macht noch die ganze Familie völlig verrückt.«

In der Tat enthielt der Rahmen kein Bild oder Familienfoto, sondern eine nicht besonders saubere, aus einer größeren Seite herausgerissene Zeitungsanzeige, die er nur zu gut kannte, ebenso wie die beiden Kinder, die darauf abgebildet waren. Schließlich hatte er sie zum Großteil selbst entworfen, und die beiden – im Übrigen erstaunlich gut getroffenen – Kinder befanden sich gerade im Nebenzimmer und beobachteten sie vermutlich durch den Türspalt.

»Sie glauben nicht an unsere gemeinsame Erfindung?«, fragte er.

Mimis Blick wäre schon allein Antwort genug gewesen, aber sie stieß trotzdem noch verächtlich die Luft durch die Nase aus. »Will Peizel ist ein Träumer und ein Versager, der noch nie etwas zustande gebracht hat. Es ist nett, dass Sie ihn verteidigen wollen, aber ich kenne ihn besser.«

»Vielleicht doch nicht so gut, wie Sie möglicherweise glauben«, antwortete Holmes. Er trat an die Wand heran und musterte die gerahmte Verkaufsanzeige noch einmal so gründlich, als sähe er sie zum ersten Mal. »Ich versichere Ihnen, dass Sie Ihren Gatten unterschätzen. Tatsächlich geht unser kleines gemeinsames Projekt zum allergrößten Teil auf seine Initiative zurück. Ich habe wenig mehr dazu beigetragen, als ein wenig Geld vorzuschießen und die eine oder andere Verbindung zu knüpfen.«

»Und Sie glauben wirklich, diese verrückte Erfindung wird funktionieren?«, fragte Mimi. Sie versuchte sich zu beherrschen, aber es gelang ihr nicht, den Unterton von Gier ganz aus ihrer Stimme herauszuhalten. »Und wir werden so reich, wie Will es immer behauptet?«

»Reich?« Holmes schüttelte langsam den Kopf. »Nein. Nicht mit einem Kohlenkasten. Aber ein bisschen bescheidener Wohlstand … wer weiß? Vielleicht reicht es sogar für eine größere Wohnung in einer besseren Gegend.« Er hob rasch die Hand, um die Begeisterung in ihren Augen zu dämpfen. Nicht, dass sie möglicherweise nicht sogar berechtigt gewesen wäre, das konnte man nie wissen, aber sie widerte ihn an. »Mit dem Wort *reich* bin ich lieber vorsichtig. Andererseits hätte ich nicht Zeit und ein kleines Vermögen in unser gemeinsames Projekt investiert, wenn ich nicht daran glauben würde.« Er nickte bedächtig. »Ich halte es für ein gutes Geschäft.«

»Dann *werden* wir reich«, beharrte Mimi, und Holmes

sparte es sich, sie noch einmal verbessern zu wollen. Letzten Endes war es ja schließlich nur eine Frage der Definition. Und es sollte ihn auch gar nicht interessieren und tat es auch nicht, zumindest nicht was sie anging. Um die Kinder allerdings tat es ihm ein wenig leid.

»Wir müssen abwarten«, sagte er. »Vergessen Sie nicht, dass ich Geschäftsmann bin. Ich investiere nicht in ein Unternehmen, von dem ich mir keinen Gewinn verspreche. Es sieht in der Tat vielversprechend aus. Vor allem …« Er machte eine Kopfbewegung auf den Bilderrahmen. »… natürlich auch deswegen.«

»Eine Verkaufsanzeige in der Zeitung?«

»Unsere beiden Modelle«, antwortete er ernsthaft, wenn auch mit einem spöttischen Glitzern in den Augen, von dem er allerdings sehr sicher war, dass es ihr entging. »Wer könnte ihrem Charme wohl widerstehen? Sobald die Produktion anläuft, werde ich weitere Anzeigen in allen großen Zeitungen der Stadt schalten. Ihre beiden Kinder werden berühmt, Mrs Peizel.«

Mimi setzte zu einer spöttischen Entgegnung an, doch die beiden Kinder hinter ihrer Tür hielten es nun endgültig nicht mehr aus. Ungeachtet der vermutlichen Konsequenzen seitens ihrer Mutter stürmten sie heraus, und Alice klammerte sich kichernd und mit beiden Armen auf dieselbe Weise an Holmes' Bein, wie sie es gerade bei ihrer Mutter getan hatte. Nur dass er nicht ihre Mutter, sondern ein Fremder war, und noch dazu ein Mann. Holmes setzte fast erschrocken dazu an, sich aus ihrer vollkommen unschuldigen Umarmung zu lösen, begegnete Mimis Blick und begriff, dass er es dadurch in ihren Augen vermutlich nur noch schlimmer machen musste. Die Art, wie sie ihn ansah, sprach Bände. Er konnte sich nicht erinnern, dass es schon einmal vorgekommen war – aber plötzlich hatte er Lust, sie zu schlagen.

»Das da bin ich!« Howard deutete mit stolzgeschwellter Brust auf die gerahmte Verkaufsanzeige. »Und meine Schwester!«

»Ich weiß«, antwortete Holmes. Und wie auch nicht? Die Fotografie, die als Vorlage gedient hatte, war schließlich in seinem Hotel entstanden, und William und er hatten nahezu einen halben Tag gebraucht, um die beiden Racker wenigstens so weit zu bändigen, dass der Fotograf seine Arbeit tun konnte.

»Und das ist Daddys Erfindung!« Howard gestikulierte aufgeregt auf die beeindruckende Holzkiste, die die beiden Kinder auf dem Bild flankierten. »Er hat es gebaut. Damit werden wir reich! Wir können in eine größere Wohnung ziehen, und Daddy eröffnet sein eigenes Geschäft!«

»So, tut er das?« Holmes brachte es nicht übers Herz, den Jungen darüber zu informieren, dass sein Vater da vielleicht das eine oder andere verwechselt hatte, aber seine Mutter reagierte deutlich weniger rücksichtsvoll.

»Dein Vater ist ein alter Säufer, der nur Unsinn redet, und ihr hört jetzt auf der Stelle auf, alle beide!«, blaffte sie. »Ich habe euch gesagt, ihr sollt den Herrn Doktor nicht belästigen! Ihr verschwindet, oder ich stecke euch in eure famose Erfindung, bis euer Vater zurückkommt. Falls er dann noch gerade genug stehen kann, um euch rauszulassen, heißt das. Oder überhaupt noch weiß, dass es euch gibt.«

»Mrs Peizel, bitte«, seufzte Holmes. Fast wünschte er sich, dass Williams kühne Behauptung wahr wurde. Sollte er tatsächlich unerwartet zu einem gewissen Wohlstand gelangen, so hatte er schon eine ziemlich konkrete Vorstellung, von welchem Teil seines früheren Lebens er sich zuallererst trennen würde. »Es sind doch noch Kinder.«

Mimi schnaubte noch einmal abfällig durch die Nase und stand auf, um sich zum Herd zu wenden. Das Wasser kochte noch nicht, aber Holmes war ziemlich sicher, dass sie das nicht davon abhalten würde, den Tee damit aufzuschütten.

Bevor Sie zur Tat schritt, kramte sie jedoch einen dünnen schwarzen Zigarillo aus der Kitteltasche. Wohl um ein Schwefelholz zu sparen, benutzte sie die Gasflamme des Herds, um ihn anzuzünden, indem sie sich davor in die Hocke sinken ließ und das Gesicht so nahe an die Flamme brachte, dass Holmes sich ernsthaft fragte, ob er etwas unternehmen würde, sollte ihr ein Missgeschick unterlaufen.

Er kam nicht in die Verlegenheit, seine eigene Frage beantworten zu müssen. Mimi nahm einen paffenden Zug aus dem Zigarillo und richtete sich wieder aus der Hocke auf. Sie trat abermals ans Regal, um eine zerbeulte Blechdose und ein ebenso unappetitliches Tee-Ei zur Hand zu nehmen.

»Ich glaube, ich muss nun wirklich weiter«, begann er, aber Mimi ließ ihn nicht einmal diesen ersten Satz zu Ende bringen.

»Jetzt haben Sie den weiten Weg hier heraus schon gemacht, da kommt es auf ein paar Minuten auch nicht mehr an. Ich bin gleich fertig.«

Genau das war es ja, was Holmes befürchtete, aber die Falle war einmal zugeschnappt, und jetzt gab es kein Zurück mehr.

Er versuchte es dennoch. »Vielleicht könnte ich ja umgekehrt Sie und Ihre entzückenden Racker hier zum Sonntagskaffee bei mir einladen«, begann er. »Und ich denke, es wird sich auch noch ein Stück Kuchen finden.« Er wandte sich direkt an den Jungen. »Würde dir das gefallen?«

Howard strahlte, und seine jüngere Schwester hüpfte vor Aufregung. »Oh ja! Kuchen!«

»Und ich könnte mir sogar vorstellen, dass ich irgendwo sogar noch ein Glas mit Zuckerstangen gesehen habe«, fügte er noch hinzu. Alice hüpfte vor Aufregung noch höher, doch ihre Mutter brachte sie sofort und mit noch schärferer Stimme zur Räson.

»Ja, das klingt wirklich toll, und so machen wir es auch. Aber nicht heute. Jetzt lasst ihr den Herrn Doktor und mich in Ruhe, oder es setzt was!«

»Aber wir wollten ihm doch noch unsere Erfindung zeigen!«, bettelte Howard.

»Eure Erfindung?«

Mimi verdrehte die Augen und klemmte sich den qualmenden Zigarillo in den Mundwinkel. Der Rauch trieb ihr sofort die Tränen in die Augen, aber das hinderte sie nicht daran, mit der frei gewordenen Hand und ungewaschenen Fingern

Teeblätter aus der Blechdose zu klauben und in das halbierte Metallei zu stopfen. Etliche fielen zu Boden, und selbstverständlich zögerte sie keinen Augenblick, sie aufzuheben und in das Tee-Ei zu stopfen. Holmes wurde ein bisschen flau im Magen.

»Ich hab doch gesagt, dass Will noch die ganze Familie um den Verstand bringt, mit seinen Verrücktheiten!« Mimi stieß eine Qualmwolke aus wie ein missgelaunter mythischer Drache und spießte mit dem Zeigefinger wie mit einem Dolch in Howards Richtung. »Dieser kleine Spinner ist schon genauso verrückt wie sein Nichtsnutz von Vater. Er und seine Schwester glauben tatsächlich, sie müssten jetzt auch unter die Erfinder gehen!«

»Ihr habt eine Erfindung gemacht?«, erkundigte sich Holmes übertrieben interessiert.

Howard strahlte. »Daddy sagt auch, dass wir ...«

»William Howard Peizel«, fiel ihm seine Mutter mit einer Stimme und so scharf ins Wort, dass Holmes abermals und sogar noch intensiver das Bedürfnis verspürte, sie zu schlagen. »Wenn du nicht augenblicklich deine Schwester nimmst und verschwindest, dann gibt's was hinter die Ohren, ob der Herr Doktor nun dabei ist oder nicht! Nimm deine Schwester und bastelt meinetwegen weiter an eurer verrückten Erfindung rum! Der Herr Doktor und ich haben was zu besprechen, bei dem wir keine neugierigen Kinder gebrauchen können, die ständig dazwischenreden!«

»Was habt ihr denn erfunden, deine Schwester und du?«, erkundigte sich Holmes, was in diesem Moment die Alternative dazu war, sich Howards Mutter zuzuwenden und möglicherweise wirklich zu tun, worüber er bisher nur nachgedacht hatte.

»Dieselbe Kiste wie Daddy und du«, antwortete der Junge stolz und gestikulierte erneut zu der gerahmten Anzeige hoch. »Nur noch viel besser.«

»Howard, wirst du wohl still sein?«, polterte Mimi. »Was fällt dir ein, so mit dem Herrn Doktor zu reden?«

»Zeigst du es mir?«, fragte Holmes. »Vielleicht kann ich mir ja noch das eine oder andere von euch abschauen.«

Bevor sie etwas sagen konnte und mit einem Augenzwinkern, von dem er zu Recht hoffte, dass sie sich darüber ärgerte, wandte er sich an Mimi und sagte: »Vorher geben die beiden jungen Erfinder ja doch keine Ruhe. Ich mache es kurz und bin zurück, sobald der Tee fertig ist. Es duftet übrigens köstlich. Darf ich fragen, welche Sorte sie verwenden?«

»Weiß ich nicht«, antwortete Mimi verdutzt. »Will bringt ihn immer mit.«

Wahrscheinlich stahl er ihn im Hotel, dachte Holmes, ging aber auch darauf nicht ein. Sein Groll auf Peizel war längst erloschen und hatte einer Mischung aus Mitleid und Bewunderung Platz gemacht, dass er es über so viele Jahre mit dieser unmöglichen Person ausgehalten hatte. Wahrscheinlich waren die Kinder der einzige Grund, aus dem sie überhaupt noch lebte. Er würde Peizel nicht zurechtweisen, dass er heute Morgen nicht zur Arbeit erschienen war, sondern überlegte ernsthaft, ihm eine Lohnerhöhung zu geben. Aber fast im selben Moment wurde ihm auch klar, dass seine Frau das Geld doch nur für Tabak und Schnaps ausgeben würde.

Howard hüpfte auf einem Bein voraus, und Holmes folgte ihm ins Nebenzimmer, das zwar um etliches größer war als das benachbarte, dennoch aber kleiner wirkte, denn es war hoffnungslos vollgestopft und hatte nicht einmal ein Fenster. Neben dem (ungemachten) Bett, in dem Peizel und seine Frau schliefen, gab es einen zweiflügeligen Schrank und zwei ärmliche Deckenlager, auf denen wohl die Kinder schliefen. Und es roch so unangenehm, dass Holmes es vorzog, durch den Mund weiterzuatmen. Die moderne Gaslampe unter der Decke wirkte wie ein Anachronismus, und alles starrte vor Schmutz.

Howard deutete auf etwas, das einen Gutteil des übrig gebliebenen Platzes beanspruchte und Holmes auf den ersten Blick für einen altersschwachen Schrankkoffer hielt. Auf den zweiten auch, was ganz eindeutig daran lag, dass es einer war. Er blickte fragend und wollte gerade eine entsprechende Frage stellen, doch der Junge machte eine dramatische Geste auf ebenjenen Schrankkoffer, und nun fielen Holmes doch ein paar Kleinigkeiten auf: Der Koffer war und blieb ein Koffer, auch wenn er aufrecht stehend tatsächlich fast so groß wie ein kleiner Schrank war. Er hatte seine besten Tage schon lange hinter sich, um nicht zu sagen, er war kaum mehr als ein Trümmerstück, und jemand hatte es noch schlimmer gemacht, indem er ihn mit dickem schwarzen Stift beschmiert und zahlreiche kleine Zettelchen auf die Seiten geklebt hatte. Es gehörte schon eine Menge Fantasie dazu, aber endlich erkannte Holmes, was das alles darstellen sollte. Er versuchte ein Lächeln zu unterdrücken, und ganz gelang es ihm nicht.

»Das sieht ja aus wie unsere Kohleschütte!«, sagte er erstaunt. »Ich wusste immer, dass euer Vater nicht ganz allein auf die Idee genommen ist! Habt ihr ihm geholfen?«

»Das haben Alice und ich gebaut«, erklärte Howard stolz. »Ganz allein.«

»Ganz allein?«, zweifelte Holmes.

»Ganz allein«, bestätigte Howard. »Daddy wollte uns helfen, aber wir haben es ganz allein geschafft.«

»Dafür hat er sich anscheinend das eine oder andere bei euch abgeschaut«, sagte Holmes. »Da kommt mir doch so manches bekannt vor. Wo ist denn deine Schwester überhaupt?«

Howard setzte eine Verschwörermiene auf und konnte zugleich ein Kichern nicht ganz zurückhalten, und Holmes trat näher und ging mit schräg gehaltenem Kopf und konzentriertem Gesichtsausdruck langsam im Kreis um den Koffer herum. Die zweigeteilte Tür stand einen Spaltbreit offen, und er konnte auch dahinter ein quietschendes Kichern hören, das das Mädchen nicht ganz zurückhalten konnte. »Aber sie ist doch hier hereingegangen, das habe ich genau gesehen! Und es gibt keinen anderen Ausgang! Wo kann sie nur sein?«

Der Junge sah aus, als würde er gleich vor Lachen platzen, und Holmes ließ sich in die Hocke sinken, spähte unter das

Bett, öffnete die Schranktüren und hob sogar mit spitzen Fingern die Bettdecke an. »Das verstehe ich jetzt nicht! Sie muss doch irgendwo sein!«

Der Schrankkoffer kicherte jetzt immer lauter, und auch Howard hielt es kaum noch aus und trat immer hektischer von einem Bein auf das andere, und schließlich ging Holmes zum Schrankkoffer, riss die Türen auf und prallte übertrieben erschrocken zurück, als Alice jauchzend heraussprang.

»Na, das habt ihr aber toll gemacht«, sagte er anerkennend. »Das ist ja nicht nur eine Kohlenkiste, sondern auch ein ganz tolles Geheimversteck!«

»Falls Einbrecher kommen«, sagte Howard gewichtig.

»Oder Monster«, fügte Holmes hinzu. »Das ist sehr klug. Jeder sollte mindestens ein geheimes Versteck haben, finde ich.«

»Mindestens«, krähte Howard. Seine Schwester kicherte noch lauter und versuchte hakenschlagend davonzuflitzen, aber dazu war das Zimmer zu klein und zu vollgestellt. Holmes erwischte sie am Arm, wirbelte sie herum und in die Höhe, und Alice quietschte so schrill, dass es fast schon in den Ohren wehtat.

»Und es hat sogar noch einen Vorteil«, rief er ausgelassen. »Man kann vorwitzige kleine Mädchen darin einsperren, und niemand würde sie je wiederfinden. Und ihre kleinen Brüder natürlich auch.«

Blitzartig grapschte er nach Howard, doch der Junge tauchte wieselflink unter seiner Hand hindurch – und wäre um ein Haar gegen seine Mutter geprallt, die in diesem Moment die Tür aufriss und sich aus zornig blitzenden Augen umsah.

»Was zum Teufel ist hier los?«, polterte sie. »Ich habe euch gesagt, ihr sollt den Herrn Doktor in Frieden lassen, oder habe ich das nicht gesagt?«

Alice verstummte auf Holmes' Armen, und ihr Bruder war mit zwei hastigen Schritten hinter ihm, um sich hinter seinen Beinen zu verstecken und seine Mutter aus großen Augen anzusehen; wie ein unbedarfter Wanderer im Wald, der sich jählings einem Raubtier gegenübersieht.

»Ihre Kinder belästigen mich nicht, Mrs Peizel«, sagte Holmes. »Im Gegenteil.«

»Ja, das ist nett, dass Sie das sagen, Herr Doktor«, polterte sie, »aber ich weiß, dass es nicht stimmt. Es ist wohl so, wie Will immer sagt: Sie sind einfach zu gut. Kinder brauchen eine harte Hand.«

Holmes holte tief Luft zu einer noch viel geharnischteren Antwort, besann sich dann aber im letzten Moment doch eines Besseren. Ganz egal was er sagte oder tat, am Ende würden doch nur die Kinder darunter leiden. Darüber hinaus fiel ihm jetzt etwas auf, das durchaus das Potenzial gehabt hätte, ihm Sorgen zu bereiten, wäre er diesem Gedanken weiter gefolgt. So zerschrammt der Koffer auch war, die beiden großen Metallschließen an der Außenseite waren vollkommen funktionstüchtig. Ganz so witzig fand er seine Bemerkung von soeben plötzlich gar nicht mehr.

Sehr behutsam setzte er Alice ab und verstrubbelte ihr noch einmal spielerisch die Haare. »Macht nicht mehr so viel Krach«, sagte er lächelnd. »Eure Mutter und ich haben etwas Wichtiges zu besprechen.« Und das würde ihr ganz bestimmt nicht gefallen. Oh nein.

Howard noch einmal verschwörerisch mit dem linken Auge zublinzelnd, wandte er sich Mimi zu und verließ hinter ihr nicht nur das Zimmer, sondern zog die Tür auch sorgsam ins Schloss. »Mrs Peizel, Ihre Kinder sind wirklich nicht …«

»Ich weiß sehr wohl, was meine Kinder sind und was nicht, danke, Herr Doktor«, fiel ihm Mimi rüde ins Wort. »Und auch, wie ich mit ihnen umzugehen habe. Der Tee ist fertig.«

Holmes schluckte alles hinunter, was ihm dazu auf der Zunge lag, und folgte ihr wortlos zum Tisch, auf dem zwei dampfende Tassen auf sie warteten. Mimi musste seinen Blick von gerade wohl bemerkt und möglicherweise sogar richtig gedeutet haben, denn irgendwoher hatte sie zwei halbwegs saubere Tassen aufgetrieben und sogar zwei zerknüllte Servietten anstelle von Platzdeckchen aufgelegt. Das Ganze hätte durchaus rührend ausgesehen, wäre Mimi Peizel eben nicht Mimi Peizel gewesen. So schürte es seinen Ärger eher noch.

Sie setzte sich, bedachte ihn mit einem Blick, nach dem er es nicht mehr wagte, die unausgesprochene Einladung auszuschlagen, und fuhr sich nervös mit der Zungenspitze über die Lippen, wobei sie es fertigbrachte, den qualmenden Zigarillo in ihrem Mundwinkel nicht einmal zu berühren. Holmes konnte sehen, wie es hinter ihrer Stirn arbeitete. Und wie schwer es ihr fiel, die nächsten Worte auszusprechen.

»Es tut mir leid«, begann sie widerwillig. »Ich weiß, wie das auf Sie wirken muss, Herr Doktor. Aber glauben Sie mir, das sind nicht die kleinen Engel, die sie zu sein scheinen. Im Gegenteil. Es sind richtige kleine Teufel.«

»Es sind eben Kinder«, sagte Holmes, ahnte aber schon, es damit wohl eher schlimmer zu machen, und wurde auch nicht enttäuscht.

»Sie sind ganz der Vater«, schnaubte Mimi. »Aber ich will Sie nicht mit meinen Problemen belästigen. Trinken Sie. Der Tee schmeckt am besten, wenn er heiß ist.«

Holmes tat ihr den Gefallen, kostete vorsichtig und musste zugeben, dass der Tee tatsächlich ausgezeichnet war. Allerdings kam ihm der Geschmack auch verdächtig bekannt vor. Es fiel ihm allerdings immer schwerer, William diese kleine Stibitzerei übel zu nehmen. Stattdessen verzog er anerkennend das Gesicht, stellte die Tasse mit spitzen Fingern auf den Tisch zurück und räusperte sich unecht. »Mrs Peizel, ich bin …«

»Mimi, bitte.«

»Mimi.« Holmes seufzte. »Ich bin eigentlich nur gekommen, weil ich William etwas fragen wollte.«

»Ich bin seine Frau«, erinnerte Mimi. »Also fragen Sie mich. Wir haben keine Geheimnisse voreinander.«

Holmes bezweifelte das, nickte aber trotzdem und fuhr fort: »Es geht nicht um Ihren Gatten, Mrs … Mimi, sondern um meine Köchin.«

»Dieses Polackenmädchen?« Mimis Augen füllten sich

schlagartig mit neuem Misstrauen. »Was ist mit ihr? Was hat Will mit ihr zu schaffen?«

»Nichts«, beeilte sich Holmes zu versichern. »Und ich glaube, sie ist eher Ungarin oder so etwas.«

»Und was hat Will mit diesem ungarischen Polackenmädchen zu schaffen?«, fragte Mimi. Bei jeder anderen hätte Holmes jetzt gelächelt, aber er las in ihrem Gesicht, dass sie es nicht einmal merkte. Er las auch noch etwas anderes in ihren Augen, das ihm noch viel weniger gefiel. »Hat er seine verdammten Finger wieder einmal nicht …?«

»Nein, gewiss nicht«, sagte Holmes hastig. »Verzeihen Sie. Ich habe mich wohl missverständlich ausgedrückt. Ich möchte bestimmt nicht, dass Sie falsche Schlüsse ziehen.« Um sie sanftmütiger zu stimmen (und vor allem ein wenig Zeit zu gewinnen), trank er einen weiteren großen Schluck Tee und stellte die Tasse übertrieben präzise auf den feuchten Kranz auf der Serviette zurück. »Ganz im Gegenteil kann ich Sie beruhigen, Mimi. Ich glaube, das Verhältnis zwischen Sylvia und Ihrem Gatten ist nicht unbedingt das beste.«

»Hat er ihr etwas getan?«, fragte Mimi prompt. Anscheinend klopfte sie jedes Wort nach etwas ab, das sie gegen ihren Mann auslegen konnte.

»Nein«, antwortete Holmes. »Es geht wirklich nur um Sylvia. Sie ist seit zwei Tagen verschwunden. Einfach so. Kein Abschied, kein Brief, gar nichts. Alle ihre Sachen sind ebenfalls weg. Ich hatte die Hoffnung, dass William vielleicht etwas weiß, das uns hilft, dieses Rätsel zu lösen.«

Mimi sah kein bisschen weniger misstrauisch an. Aber sie schwieg etliche Momente lang und fragte schließlich: »Ist etwas verschwunden?«

»Ob Sie etwas gestohlen hat, meinen Sie?« Holmes machte eine Bewegung irgendwo zwischen einem Kopfschütteln und einem Achselzucken. »Darüber habe ich noch gar nicht nachgedacht, wenn ich ehrlich sein soll.« Davon abgesehen, dass es in seinem Hotel wenig zu stehlen gab. Vielleicht ein Päckchen Tee. Oder eine Rolle Kautschukschlauch.

»Dabei weiß doch jeder, dass diese Polacken klauen, was das Zeug hält«, sagte Mimi. Ihr Blick wurde ein wenig lauernd. »Dann haben Sie im Moment also keine Köchin?«

Auch darüber hatte er noch gar nicht nachgedacht, aber da es die Wahrheit war, nickte er ganz automatisch; wenn auch nur, um es augenblicklich zu bedauern.

»Ich will mich nicht selbst loben«, sagte Mimi, »aber ich bin eine ganz passable Köchin. Ich kenne mich natürlich nicht mit allen feinen Sachen aus, die man in einer Hotelküche macht, aber das kann man lernen.«

Holmes tat so, als würde er einen Moment tatsächlich über dieses Angebot nachdenken, und nickte dann noch einmal, zögerlich. »Auch so weit habe ich noch gar nicht gedacht«, sagte er ausweichend. »Aber ich behalte es im Hinterkopf. Vielleicht komme ich ja bei passender Gelegenheit darauf zurück. Jetzt aber muss ich mich erst einmal um Sylvias Verschwinden kümmern.«

»Wieso?«, fragte Mimi feindselig. »Sie ist weg.«

»Immerhin könnte etwas Schlimmeres geschehen sein«, antwortete Holmes, dem es immer schwerer fiel, Ruhe zu bewahren. »Möglicherweise muss ich die Behörden informieren.«

»Die Polizei?« Mimi machte ein abfälliges Geräusch und paffte an ihrem Zigarillo. »Sie sind ein guter Mensch, Herr Doktor. Vielleicht sogar ein bisschen zu gut. Die Polizei interessiert sich einen Dreck für Leute wie uns. Und noch viel weniger für irgendein verschwundenes Polackenmädchen.«

Holmes wünschte sich, sie würde aufhören, sie so zu nennen. »Das mag sein«, antwortete er, »aber ich sollte trotzdem –«

»Aber wenn Sie schon einmal hier sind, Herr Doktor«, unterbrach ihn Mimi, »können Sie mir ja auch alles über Wills Erfindung erzählen.« Sie nahm den Zigarillo aus dem Mund und deutete mit dem qualmenden Ende auf die gerahmte Anzeige an der Wand. »Wer weiß, vielleicht hab ich ihm ja wirklich Unrecht getan. Ehrlich, ich hab bisher geglaubt, dass er sich nur wieder wichtigmacht und angibt. Aber wenn Sie sagen, dass es wirklich funktioniert und man gutes Geld damit verdienen kann … was glauben Sie denn, wie viel?«

Holmes hatte plötzlich nicht übel Lust, die Tasse zu nehmen und ihr den heißen Tee ins Gesicht zu schütten. Er erschrak ein bisschen vor seinen eigenen Gedanken, konnte ihn aber trotzdem nicht ganz abschütteln. Er konnte sich auch nicht annähernd so sehr darüber empören, wie er es von sich selbst erwartet hatte.

»Das lässt sich unmöglich jetzt schon sagen«, antwortete er. »Wenn ich um das Geheimnis wüsste, jedes Geschäft zum Erfolg zu führen, dann wäre ich längst Millionär und würde auf meiner eigenen Yacht den Mississippi hinaufschippern. Aber ich bin guter Dinge, so viel kann ich sagen.« Er trank einen weiteren Schluck Tee, diesmal allerdings nur, um am Ende der Bewegung aufzustehen und sich zur Tür zu wenden. »Ich fürchte, ich muss jetzt wirklich gehen. Wenn ich Sie zum Abschied nur um den kleinen Gefallen bitten dürfte, Ihren Gatten noch einmal ins Hotel zurückzuschicken, sollte er hierherkommen, bevor ich mit ihm gesprochen habe.«

Mimi stand ebenfalls auf. Sie sagte nichts, wirkte aber einen kurzen Moment fast wie in Panik. Dann rang sie sich ein Nicken ab. »Natürlich, Herr Doktor. Und was die Sache mit der Köchin angeht …«

»Halte ich Sie auf dem Laufenden«, versprach Holmes. »Sie sind die Allererste, an die ich mich wenden werde. Versprochen.«

Mimi wollte noch mehr sagen, doch Holmes fuhr jetzt auf dem Absatz herum. Mit einem Male hatte er es wirklich eilig, zu gehen.

Bevor er noch etwas tat, was er bereuen würde.

Chicago, Illinois, 1892

Auf gewisse Weise erinnerte ihn der Moment an jene Nacht auf dem Armenfriedhof von Ann Arbor, auf dem für Holmes und ihn alles begonnen hatte – obwohl es jetzt weder Nacht noch er wirklich auf einem Armenfriedhof war. Aber es war auch nicht allzu weit bis zu dem Teil des Friedhofs, der den Armen und Vergessenen vorbehalten war; und als wäre der Anlass noch nicht trübselig genug, hatte es im selben Augenblick zu regnen begonnen, in dem der bescheidene Trauerzug die Kapelle verlassen und sich auf den Weg gemacht hatte, so dass es war, als hätte sich eine verfrühte Dämmerung sowohl auf den Tag als auch die Gemüter der Trauernden gelegt. Es war eigentlich gar kein richtiger Regen, sondern eher ein staubfeines eisiges Nieseln, das noch dazu ständig die Richtung wechselte. Auch der Trauerzug verdiente diesen Namen nicht wirklich, bestand er doch lediglich aus Angela Vandermeer selbst und ihrer Tochter sowie den beiden Totengräbern und einer einsamen Gestalt in schwarzem Ornat, von der Herman nicht einmal genau wusste, ob es ein katholischer oder protestantischer Priester war oder er vielleicht irgendeiner der zahllosen anderen Religionen und Glaubensrichtungen angehörte, die in diesem ach so toleranten Land ihr Unwesen trieben. Herman verachtete sie alle, sowohl die kleinen als auch die großen Sekten, aber er hatte gehört, dass Vandermeers Witwe ihre liebe Mühe gehabt hatte, überhaupt einen Geistlichen zu finden, der am Grab ihres Mannes sprach. Stephen Vandermeer war bei der Inszenierung seines eigenen Todes nicht besonders sorgfältig gewesen, noch dazu gab es Gerüchte – nicht mehr, dafür hatte er gesorgt –, und die Kirche hatte es eben nicht so mit Selbstmördern.

Herman war dem kleinen Trauerzug in respektvollem Abstand gefolgt und auch in ebensolchem stehen geblieben, während die kurze Zeremonie begann, aber er kam trotzdem nicht umhin, zu bemerken, wie wenig Begeisterung der Pfaffe an den Tag legte. Darüber hinaus kam ihm auch alles sehr gehetzt und lieblos vor; auch wenn er wenig Erfahrung damit hatte, wie man Beerdigungen in einer Großstadt wie Chicago handhabte.

Der Bursche spulte sein Sprüchlein herunter und konnte es offenbar gar nicht erwarten, alles möglichst schnell hinter sich zu bringen. Wie Herman diese verdammten Pfaffen verachtete!

Natürlich war ihm klar, dass das zu einem Gutteil an seinem Vater lag, der ihn zu einem gottesfürchtigen Menschen hatte erziehen wollen, wobei er der *Furcht* in diesem Begriff eindeutig zu viel Wert beigemessen hatte. Zum anderen hatte es mit einem gewissen Reverend aus Gilmanton zu tun, aber das war längst nicht alles. Wer, wenn nicht er, sollte wissen, dass die Welt nicht nur aus dem bestand, was man sehen, hören und anfassen konnte, sondern dass da noch sehr viel mehr war.

Und wer, wenn nicht er, sollte auch ebenso gut wissen, dass es zumindest den gütigen und alles verzeihenden Gott aus den albernen Geschichten nicht gab, die die Pfaffen Tag für Tag von ihren Kanzeln herab predigten. Er hatte noch nie einen Geistlichen getötet, aber das würde er bald nachholen, schon um zu sehen, wie es war. Und um herauszufinden, ob sich die Erde auftat, um ihn zu verschlingen, oder Gott einen Engel mit flammendem Schwert schickte, um seinen treuen Diener zu schützen.

Die kurze Predigt endete, und der Priester schlug noch einmal hastig das Kreuzzeichen und eilte dann mit wehender Soutane und ohne noch einmal zu den beiden Frauen zurückzusehen, davon, und Herman trat unter den ausladenden Ästen der mächtigen Ulme hervor, unter der er Schutz vor dem eisigen Nieselregen gesucht hatte. Sofort lief ihm der Regen eisig in den Nacken, und er schlug hastig den Kragen der altmodischen Pelerine hoch, die er an diesem Morgen angezogen hatte. Zusammen mit dem hohen Zylinder und dem affektierten Stöckchen musste er aussehen wie aus einem anderen Jahrhundert entsprungen, was ihm für den Anlass aber irgendwie passend erschien.

Angela Vandermeer und ihre Tochter entdeckten ihn praktisch gleichzeitig, doch ihre Reaktionen hätten unterschiedlicher nicht sein können. Edith weinte still am Grab ihres Vaters, aber ihr Gesicht hellte sich auf, als sie ihn gewahrte, und sie wollte unverzüglich loseilen, um sich von ihm trösten zu lassen. Ihre Mutter hielt sie jedoch mit einer so harschen Bewegung davon ab, dass sie ihr vermutlich wehtat, und obwohl sie einen beinahe undurchsichtigen schwarzen Schleier trug, wusste er doch, dass ihr Gesicht vollkommen unbewegt blieb. Abgesehen von jenem ersten Besuch in seiner Küche war das all die Monate über so gewesen, ebenso wie sie es nahezu vollkommen unterlassen hatte, mit ihm zu reden. In der ganzen Zeit waren es vielleicht zwei oder drei Dutzend Sätze gewesen, wenn überhaupt. Heute jedoch würde sie mit ihm reden müssen, ob sie wollte oder nicht. Er hoffte nur, dass sie ihm keine Szene machte. Er würde sie noch früh genug zum Schreien bringen. Wenn auch aus einem gänzlich anderen Grund.

Raschen Schrittes ging er um das offene Grab herum, schenkte Edith ein warmes Lächeln und wandte sich mit einem ernsten Nicken an Vandermeers Witwe. »Mrs Vandermeer. Mein aufrichtiges Beileid.«

Sie nickte nur knapp zur Antwort, und ihre Tochter nutzte die Gelegenheit, sich überraschend doch loszureißen und in seine Arme zu werfen. Ihre Tränen liefen heiß an seiner Wange hinab, und ihre Wärme und das Pochen ihres Herzens unter dem viel zu dünnen Sommerkleid fühlten sich so … *lebendig* an, dass er sich gerade noch beherrschen konnte, sie nicht auf ganz und gar unziemliche Art an sich zu ziehen, um sie zu trösten – oder möglicherweise auch etwas gänzlich anderes zu tun. Auch das würde er bekommen, daran gab es keinen Zweifel, und es würde ganz gewiss nicht mehr lange dauern. Edith hatte sich in den zurückliegenden Monaten auf ganz erstaunliche Weise verändert und war nun fast schon eine Frau, und er war fest entschlossen, diese Rose zu pflücken, wenn es an der Zeit war.

Herman musste ein spöttisches Lächeln unterdrücken, als er diesen Gedanken dachte, der in seiner Wortwahl so gar nicht zu den modernen Zeiten passen wollte, auf die sich das ausklingende Jahrhundert mit Riesenschritten zubewegte; als hätte er zusammen mit seinen altmodischen Kleidern auch die dazugehörige Wortwahl und Denkweise übergestreift. Er fühlte die Wärme und verlockende Weichheit des noch ein wenig knabenhaften Mädchenkörpers und erschrak ein wenig, als er spürte, wie sein Körper darauf zu reagieren begann.

Noch nicht. Wenn er bei dem, was er tat, eines gelernt hatte, dann dass Geduld die alleroberste Tugend war. Rasch, aber behutsam schob er Edith auf Armeslänge von sich weg und wandte sich wieder an ihre Mutter. Ganz wie er es erwartet hatte, begegnete er ihrem eisigen Blick, den er selbst durch den nahezu undurchsichtigen Schleier hindurch zu spüren meinte.

»Ich kann Ihnen gar nicht sagen, wie leid es mir tut. Es ging am Schluss recht schnell, habe ich gehört. Ich hoffe doch, Ihr Mann musste nicht allzu sehr leiden.« Herman räusperte sich, und es kostete ihn überraschend große Kraft, ihrem Blick standzuhalten. »Ich weiß, der Moment ist nicht günstig, aber es gibt wohl keinen passenden Augenblick für so etwas. Es gäbe da noch ein oder zwei Dinge, die ich mit Ihnen besprechen muss, Mrs Vandermeer.«

»Nicht heute«, antwortete sie, gerade als er der Meinung war, gar keine Antwort mehr zu bekommen. »Nicht heute.«

»Ich muss darauf bestehen, meine Liebe«, sagte er. »Auch ich habe Ihren Gatten geschätzt, sowohl als zuverlässigen Mitarbeiter als auch als Mensch. Ich weiß, wie sehr Sie sein Verlust schmerzen muss. Aber ich fürchte, dass die Angelegenheit keinen Aufschub duldet.«

Angela fragte ihn nicht, welche Angelegenheit, sondern

sah ihn nur wortlos an. Lange, sicher eine Minute, wenn nicht mehr, und das Nicken, mit dem sie dieses Schweigen schließlich abschloss, konnte er allenfalls erraten. »Ich muss zuerst meine Tochter nach Hause bringen«, sagte sie. »Edith ist …«

»Ich komme mit!«, schluchzte Edith und presste sich an Herman, so dass ihm schon beinahe die Luft wegblieb.

»Nein, das wirst du ganz bestimmt nicht«, sagte ihre Mutter bestimmt. »Ich bringe dich nach Hause. Deine Tante hat sich für den Nachmittag angesagt, und jemand muss da sein, um sie in Empfang zu nehmen.«

»Bis dahin sind Sie längst zurück«, sagte Herman rasch. »Ich bin mit dem Wagen hier. Mein Fahrer wird Edith und Sie nach unserer kurzen Unterredung nach Hause bringen, und wenn Sie es möchten, dann fährt er anschließend auch zum Bahnhof, um Ihre Schwester abzuholen.« Er machte eine auffordernde Geste mit der freien Hand. »Kommen Sie, Mrs Vandermeer. Ich habe Verständnis für Ihre momentane Situation, also sollten wir es so schnell wie möglich hinter uns bringen, damit Sie nach Hause gehen und sich ganz der Trauer widmen können. Und ich muss nicht eigens erwähnen, dass Sie es nur zu sagen brauchen, wenn Sie oder Edith irgendetwas benötigen.«

Er bekam darauf keine Antwort und hatte auch nicht damit gerechnet, doch sie hatte anscheinend verstanden. Seine Worte mochten freundlich geklungen haben, waren aber letztendlich nichts anderes als ein Befehl, und sie war klug genug, sich ihm nicht zu widersetzen. Herman meinte ihre Feindseligkeit jedoch beinahe mit Händen greifen zu können – was nicht weiter verwunderlich war, nachdem Vandermeer, dieser romantische Narr, ihr alles erzählt hatte.

Schweigend gingen sie zum Ausgang zurück, wo William mit dem Wagen auf sie wartete. Edith machte große Augen, als sie das zweispännige Fuhrwerk sah – Herman wusste, dass sie noch nie mit einem so luxuriösen Gefährt gefahren war –, während ihre Mutter den schlaksigen Riesen mit dem auffälligen Schnauzbart nur schweigend musterte und so auch ohne

Worte zum Ausdruck brachte, was sie von ihm hielt. Peizel arbeitete nun schon eine Weile für ihn, und Angela Vandermeer und er waren sich schon mehrmals begegnet. Herman vermutete, dass Peizel für sie dieselbe Verachtung übrighatte wie für alle anderen Frauen auch, und ihr schien es umgekehrt ganz genauso zu gehen. Auch das würde sich ändern, bevor dieser Tag zu Ende war.

»Ich darf wirklich mit der Kutsche fahren?«, fragte Edith ungläubig. »Wie eine feine Lady?«

»Du *bist* eine feine Lady, Edith«, antwortete Herman lächelnd. »Du wirst in deinem Leben noch oft mit solchen Wagen fahren und auch noch viel Prachtvollerem, glaub mir.« Aus den Augenwinkeln sah er, wie sich ihre Mutter versteifte, so dass er mit einer entsprechenden Geste und in verändertem Ton hinzufügte: »Aber nun steig ein. Wir sollten uns ein bisschen beeilen.«

Edith ließ sich das nicht zweimal sagen, sondern verschwand wie der Blitz im Wagen, während ihre Mutter stehen blieb und beide Hände hob, um den Schleier von ihrem Gesicht zu lüften. Ihre Züge waren wie Stein, doch Herman las auch eine eiserne Entschlossenheit in ihrem Blick. Sie sprach mit leiser und mindestens ebenso entschlossener Stimme.

»Ich möchte nicht, dass Sie das tun, Herr Doktor.«

»Was?«

»Sie machen ihr falsche Hoffnungen. Sie setzen ihr Flausen von einem Leben in den Kopf, das sie niemals haben wird. Und mir ist auch nicht entgangen, wie Sie sie ansehen.«

»Mrs Vandermeer, ich bitte Sie!«, erwiderte Herman. »Sie ist noch ein Kind!«

»Noch«, bestätigte sie grimmig. »Aber nicht mehr lange. Wahrscheinlich ist dies ihr letzter Sommer als Kind, und ich möchte, dass sie ihn genießt. Sie wird noch früh genug begreifen, dass das Leben nur aus Enttäuschungen und Mühe besteht.«

»Sie tun mir Unrecht, meine Liebe«, antwortete Herman betrübt, »und auch Ihrer Tochter. Ich mag Edith, das ist wahr, aber ich versichere Ihnen, dass ich nur die ehrbarsten Absichten habe. Aber Sie haben Ihnen Standpunkt klargemacht, und das respektiere ich.«

»Das will ich hoffen, Herr Doktor.« Angelas Lippen wurden zu einem blutleeren Strich, und für die Dauer eines einzelnen Gedankens erschien etwas in ihren Augen, das jeden anderen an seiner Stelle alarmiert hätte. Er selbst genoss diesen Anblick. Furcht war ein so köstliches Mahl. Und er war ein Meister darin, es zuzubereiten. Er hatte niemals auch nur eine einzige Bemerkung fallen gelassen und war selbst mit seinen Blicken vorsichtig gewesen, doch Angela Vandermeer mochte eine Xanthippe sein, wie sie im Buche stand, sie war zugleich aber auch eine Mutter, und sie hatte mit den untrüglichen Instinkten einer Mutter die Gefahr begriffen, in der ihr Junges schwebte.

Nicht, dass es ihr etwas nutzen würde.

Er deutete auf den Wagenschlag. »Machen wir uns auf den Weg. Wir können uns in meinem Hotel in Ruhe unterhalten – und ich möchte Ihnen dort auch noch etwas zeigen. Danach wird William Sie und Ihre Tochter nach Hause bringen.«

»Bringen wir es hinter uns.« Angela Vandermeer stieg ein und nahm demonstrativ neben ihrer Tochter Platz.

Die gut halbstündige Rückfahrt nach Englewood verlief stumm und in angespannter Atmosphäre.

Peizel stoppte den Wagen auf der gegenüberliegenden Seite des Hotels, sprang vom Bock und eilte um den Wagen herum, um die Tür aufzumachen und den Damen beim Aussteigen behilflich zu sein. Angela ignorierte seine ausgestreckte Hand, aber Edith zeigte sich hellauf begeistert, und dass ihre Mutter sie strafend ansah, machte es für sie eher noch aufregender. Selbst Herman fühlte sich peinlich berührt, dass sie in einem Moment wie diesem regelrecht in Verzückung zu geraten schien, hatte sie doch gerade ihren Vater zu Grabe getragen. Sie war eben doch noch ein Kind.

»Ich habe in der Küche Bescheid gegeben, dass du kommst«, sagte Herman zu ihr. »Warum siehst du nicht nach, ob es noch ein Stück Kuchen gibt? Und wer weiß, vielleicht findest du ja sogar noch einen Krug Limonade?«

»Darf ich, Mom?«, fragte Edith mit glänzenden Augen.

Herman sah Angela an, wie ungern sie es tat, aber schließlich nickte sie, und Herman fügte augenzwinkernd hinzu: »Dann geh. Du kennst ja den Weg. Aber pass auf der Straße auf – und lass noch ein Stück Kuchen für deine Mutter und mich übrig. Wir kommen gleich nach.«

Edith flitzte davon, bevor ihre Mutter es sich am Ende noch anders überlegen konnte, und Angela sah ihr nach, bis sie nicht nur außer Hörweite, sondern auch hinter den Türen des beeindruckenden dreistöckigen Gebäudes verschwunden war. Ihre Miene verfinsterte sich noch weiter.

»Machen wir es kurz«, sagte Angela knapp. »Ich weiß, warum wir hier sind, aber ich muss Sie enttäuschen. Die Versicherung hat bisher noch nicht bezahlt.«

»Und es wird auch noch eine Weile dauern, fürchte ich«, sagte Herman. »Es ist leider allgemeine Praxis bei den Versicherungen, die Zahlung so lange wie möglich hinauszuzögern. Tatsächlich könnte es noch Wochen dauern. Und Sie irren sich. Ich habe Sie nicht hierhergebeten, weil ich etwas von Ihnen möchte. Ganz im Gegenteil möchte ich Ihnen einen Vorschlag machen.«

»Sie verlangen nicht die Hälfte der Versicherungssumme?«, fragte Vandermeer misstrauisch.

Sie würde nicht die Hälfte bekommen. Das war sein Angebot an ihren Mann gewesen, und genau so hatte dieser es vermutlich an sie weitergegeben – aber Herman hatte schließlich die Prämien für die Versicherung vorgeschossen und auch noch andere, nicht unerhebliche Unkosten gehabt. Sie konnte sich glücklich schätzen, die Hälfte der Hälfte zu bekommen.

Trotzdem schüttelte er den Kopf, zwang sich zu einem Lächeln und ergriff sie sacht am Oberarm, um sie über die Straße zu führen. Vandermeer versteifte sich unter seiner Berührung und versuchte sich loszureißen, aber das ließ er nicht zu, sondern führte sie mit mehr oder weniger sanfter Gewalt über die

Straße. Eigentlich eher weniger. Er sprach erst weiter, als sie die Straße überquert hatten.

»Ich kann Ihre Reaktion verstehen, Mrs Vandermeer«, sagte er. »Sie schmerzt mich, aber ich habe auch Verständnis dafür, weil ich weiß, was es bedeutet, einen geliebten Menschen zu verlieren. Dennoch wünschte ich, Sie würden mir gestatten, Ihnen zu helfen. Schon um Ihrer Tochter willen.«

»Nein danke.« Vandermeer machte sich nun doch los und blieb stehen. »Ich brauche Ihre Hilfe nicht, Herr Doktor, und meine Tochter schon gar nicht. Ich will nicht undankbar erscheinen. Ich weiß, dass ich Ihnen dankbar sein muss, und auch, dass wir ohne Sie und Ihre Hilfe noch weit schlechter dastehen würden, aber ich …«

»Ich verstehe«, sagte er. »Sie hassen mich, weil ich es war, der Ihrem Mann die schlimme Nachricht überbracht hat, nicht wahr? Das ist in Ordnung, wenn es Ihnen dabei hilft, mit dem Schmerz fertigzuwerden.«

Ihr Blick wurde eher noch härter, aber sie schwieg.

»Ich meine es ernst, Angela«, sagte Herman, wobei er diesmal ganz bewusst ihren Vornamen benutzte. »Ich weiß, dass Sie keine Geschenke annehmen wollen, aber denken Sie an Ihre Tochter. Sie wollen doch, dass sie weiter zur Schule geht, damit sie einmal ein besseres Leben hat. Tun Sie sich selbst und Ihrer Tochter den Gefallen und denken Sie noch einmal über meinen Vorschlag nach. Die Stelle als Köchin ist immer noch vakant.«

»Sie haben eine Köchin«, sagte Vandermeer kühl, doch Herman schüttelte heftig den Kopf.

»In meiner Küche befindet sich eine Frau, die wahllos Dinge in heißes Wasser wirft und diese Tätigkeit Kochen nennt«, sagte er. »Warum sich meine Gäste das bieten lassen, ist mir selbst ein Rätsel. Aber noch ein paar Monate, und ich kann das Hotel wieder schließen.«

»Dann sollten Sie sich schnellstmöglich nach einer neuen Köchin umsehen.«

»Oder die nehmen, die ich kenne«, sagte Herman, ohne sie

auch nur einen Sekundenbruchteil aus den Augen zu lassen. Vandermeer war einen halben Schritt vor ihm zurückgewichen und hätte es sicherlich auch dabei nicht belassen, wäre Peizel nicht wie durch Zufall gerade so hinter ihr stehen geblieben, dass er ihr den Weg versperrte.

Herman verspürte einen dünnen, aber schmerzhaften Stich, denn es war nun wirklich nicht das erste Mal, dass ihm so etwas widerfuhr. Warum konnte es ihm, was das anging, nicht so ergehen wie Holmes? So ähnlich sie sich in vielerlei Hinsicht waren – selbst äußerlich –, so unterschiedlich war ihre Wirkung auf Frauen, denn wo Herman gehemmt war und oft genug vor seiner eigenen Forschheit zurückschreckte, da gab Holmes ihr nicht nur nach, sondern hatte mit Worten und Taten Erfolg, für die Herman allenfalls einen verächtlichen Blick oder eine entrüstete Bemerkung bekommen hätte (und in einem Fall sogar ganz konkret einmal eine Ohrfeige). Holmes hatte ein Charisma, dem sich kaum eine Frau entziehen konnte; und so mancher Mann ebenso wenig.

Herman schüttelte den Gedanken ab. »Ich weiß, dass der Moment ungünstig ist, aber wie ich Ihnen bereits gesagt habe, gibt es wohl keinen guten Moment für diese Art von Gespräch. Ich habe Ihrem Mann etwas versprochen, als wir uns das letzte Mal gesehen haben. Er hat wohl gespürt, dass es zu Ende geht.«

Vandermeer starrte ihn an. Ihre Augen schienen zu brennen. Sie schwieg.

»Ihr Mann war in Sorge«, fuhr er fort. »Um Sie als auch um Ihre Tochter. Ich musste ihm versprechen, mich um sie beide zu kümmern, und ich gedenke dieses Versprechen zu halten. Edith wird weiter zur Schule gehen können, und auch Sie müssen keine Angst vor dem Armenhaus haben. Im Gegenteil.«

Vandermeers Gesicht blieb so ausdruckslos wie bisher, aber Herman hätte seine besondere Begabung nicht einmal gebraucht, um hinter diese Maske zu blicken. Schon den Namen ihrer Tochter zu erwähnen, war beinahe mehr, als sie ertrug. »Ich habe Ihrem Gatten mein Wort gegeben, mich um Sie und Ihre Tochter zu kümmern wie um meine eigene Familie, und ich werde dieses Wort halten«, sagte er. »Selbst wenn Sie es nicht wollen. Ihr Mann hat diese Reaktion vorausgesehen, müssen Sie wissen.«

»Stephen hat mich vor Ihnen gewarnt«, sagte sie. »Er wollte das alles nicht: die Sache mit der Versicherung. Ihre Fürsorge. Das mit Edith.«

»Sie meinen, all das, was Ihnen und Ihrer Tochter ein finanziell gesichertes Leben garantiert, wenigstens für die nächsten Jahre?«, fragte Herman kühl.

»Es war nicht rechtens«, beharrte Angela. »Er wollte nicht so sterben.«

»Ich glaube, er wollte gar nicht sterben«, antwortete Herman. »Wer will das schon?«

»Ich weiß, was Sie sind, Herr Doktor«, sagte Angela. »Und ich weiß, was Sie tun.«

»Und was wäre das?«, erkundigte sich Herman. Er sah aus den Augenwinkeln, wie sich Peizel spannte, und versuchte ihm ein unauffälliges Signal zu geben, nichts zu tun. Nicht jetzt und nicht hier.

»Mein Mann war sein Leben lang ein aufrechter Mensch«, antwortete sie. »Er ist mit einer Lüge auf den Lippen gestorben, und er war sicher, dass Gott seine Seele dafür in die Hölle verbannen wird.«

Herman sah sich in dem bestätigt, was er ohnehin schon die ganze Zeit vermutet hatte: Angela war ebenso religiös verbrämt wie ihr verstorbener Gatte. Wenn all dieser Unsinn stimmte, mit denen die Kirchenobersten ihre Schäfchen seit mittlerweile beinahe zwei Jahrtausenden in Angst und Schrecken versetzten, dann war es ja wohl eher Mr Vandermeer selbst gewesen, der die schlimmste aller Todsünden begangen hatte. Herman ersparte es sich aber, noch einmal darauf hinzuweisen, was die Kirche von Selbstmördern hielt. Es war auch nicht nötig, denn er konnte in diesem Moment in ihrem Gesicht lesen wie in einem offenen Buch. Aber vielleicht war es ja an der Zeit, die Samthandschuhe auszuziehen. Er signalisierte Peizel vorsichtig, sich bereitzuhalten, und ging los. Vandermeer folgte ihm, und das musste sie auch, weil sich William hinter ihr in Bewegung setzte und sie mit seiner bedrohlichen Präsenz einfach vor sich hertrieb.

»Das alles ist wirklich sehr freundlich von Ihnen, Herr Doktor, aber Sie wissen, dass mein Mann …«

»… ein sturer Bock war, dem sein Stolz über das Wohl seiner Familie zu gehen schien«, fiel ihr Herman ins Wort, schickte aber auch sofort ein Lächeln hinterher, um seinen Worten die Schärfe zu nehmen. »Verzeihen Sie meine Offenheit, Angela, aber ich kann es nicht mehr verantworten, dazu zu schweigen. Sie wissen, wie es um Ihren Mann stand.«

Angela starrte ihn aus brennenden Augen an und zog die Unterlippe zwischen die Zähne. Sie schwieg.

Er schlug nicht den direkten Weg zum Eingang des beeindruckenden Rohbaus ein, sondern ging zu dem aus weiß ausgeblühten Backsteinen gemauerten Torbogen daneben. Er war samt des dahinterliegenden Hofs und des kleinen Schuppens so ziemlich alles, was von der kleinen Apotheke übrig war, die vor kaum einem Jahr noch hier gestanden hatte.

Sie überquerten den Hof, was sich als ein bisschen abenteuerlich herausstellte, denn der ohnehin beschränkte Platz war fast zur Gänze mit Baumaterialien, Kisten und Werkzeugen vollgestellt. Angela wirkte verwirrt, und bevor sie den Schuppen betraten, fragte sie:

»Was wollen wir hier? Das ist nicht der Weg zum Restaurant.«

»Aber der Hintereingang zur Küche«, antwortete Herman. »Ich möchte Ihnen nur etwas zeigen.«

»Und was?«

»Es dauert nicht lang, keine Sorge.«

Was tat er hier? Da war etwas wie die Stimme der Vernunft – falls es so etwas gab –, die ihn von der Verrücktheit abbringen wollte, die hinter seiner Stirn Gestalt anzunehmen begann. Aber wenn er auf seine Vernunft hören würde, dann wären Holmes und er vermutlich nie aus Ann Arbor herausgekommen und würden noch immer für Kyle menschliches Fleisch von Knochen kochen und diese anschließend mit Draht zu skurrilen Ausstellungsstücken zusammenbinden. Da war etwas, das getan werden musste.

»Ich möchte Ihnen jemanden vorstellen. Vielleicht wird das Ihre Meinung ja ändern«, sagte Herman und wies ihr den Weg.

»Meine Meinung worüber?«

»Über alles, meine Liebe. Über alles.« *Vor allem über ihren famosen Gott und seine verlogenen Stellvertreter auf Erden.*

Am Ende des Schuppens angekommen, standen sie vor einer hölzernen Klappe von vielleicht drei Fuß Kantenlänge. Obwohl die obersten Stufen einer gemauerten Treppe darunter zum Vorschein kamen, ragte auch das Ende einer roh zusammengezimmerten Leiter vor ihnen in die Höhe. Licht- und Geräuschfetzen drangen aus der Tiefe herauf, begleitet von einem intensiven Schwall eines durchdringenden Modergeruches.

»Und was wollen wir hier?«, erkundigte sich Vandermeer unsicher.

Herman dirigierte sie vorsichtig um das quadratische Loch herum, bevor er antwortete. Vandermeer stand jetzt direkt vor einem kniehohen Stapel dunkelroter und schwarzer Feldbrandsteine, und das war kein Zufall.

»Wozu bin ich hier?«, fragte sie noch einmal. Sie hatte jetzt ganz eindeutig Angst, was Herman in vollen Zügen genoss.

»Nur einen Moment Geduld, meine Liebe«, antwortete er. »Ich möchte Ihnen jemanden vorstellen.« Er ließ sich in die Hocke sinken und beugte sich vor, so weit es ging, ohne sich mit der Hand abstützen zu müssen. »Mr Jones?«

Im ersten Moment erzielte er keinerlei Erfolg, außer vielleicht, dass sich etwas an den polternden und schabenden Geräuschen änderte, die aus der Tiefe empordrangen, und ein schmales Gesicht starrte aus der Tiefe zu ihm hoch. Es starrte vor Schmutz, und um sich zu schützen, hatte der Mann eine schwere Lederkappe übergestreift. Der Mann hatte durchdringende Augen, deren Blick noch unangenehmer wirkte, als er die Augen zusammenkniff, um gegen das helle Licht über sich etwas zu erkennen.

»Herr Doktor?«, fragte er zögernd.

»Ganz genau«, antwortete Herman. »Ich wollte nur nach dem Rechten sehen. Wie kommen Sie voran?«

»Wie ich es befürchtet habe«, antwortete der Mann. »Nicht gut. Das ganze Mauerwerk ist mürbe. Ich hoffe nur, dass es kein Schwamm ist. Man sollte sich immer auch den Keller ansehen, bevor man ein Haus kauft.«

»Was würde ich nur ohne Sie tun, Mr Jones?«, seufzte Herman, deutete aber zugleich auch mit einem Lächeln auf Vandermeer. »Darüber reden wir noch in aller Ruhe. Eigentlich bin ich auch nur gekommen, um Ihnen Mrs Vandermeer vorzustellen. Wir sind uns noch nicht ganz handelseinig, aber ich versuche Ihr die Anstellung als Köchin schmackhaft zu machen.«

Er sah aus den Augenwinkeln, dass Vandermeer widersprechen wollte, und brachte sie dergestalt mit einer harschen Geste zum Verstummen, dass Jones die Bewegung nicht sehen konnte. »Wir wollen auch gar nicht lange stören. Ich zeige Mrs Vandermeer nur das Hotel.«

Jones wirkte ein bisschen verwirrt und beschloss endlich, es bei einem Schulterzucken zu belassen. »Dann … mache ich mal weiter«, sagte er. »Ich glaube, ich habe noch eine zugemauerte Tür entdeckt. Weiß Gott, wie groß dieses Labyrinth noch ist.«

»Seien Sie vorsichtig«, antwortete Herman lachend. »Und denken Sie daran: Wenn Sie einen verborgenen Schatz finden, dann gehört er mir.«

Jones lachte und drehte sich schließlich um. Herman wartete, bis sein Hantieren und Rumoren in der Tiefe wieder anhob. Er sprach sehr viel leiser weiter, als er sich wieder aus der Hocke erhob und sich an Vandermeer wandte. »Ein netter Mensch, nicht wahr?«

Vandermeer wirkte nun noch einmal verunsicherter. Auch Peizel runzelte die Stirn.

»Würden Sie einem so reizenden Mann Ihre Tochter anvertrauen, Angela?«, fragte Herman. »Oder sich mit ihm zum Tanztee verabreden?« Er schüttelte den Kopf, um seine eigene Frage zu beantworten. »Er macht einen vertrauenswürdigen Eindruck, oder?«

»Was soll das?«, fragte Vandermeer nervös.

»Ich habe mich über ihn erkundigt, wie über jeden, der für mich arbeitet«, fuhr Herman fort. »Er hat gut die Hälfte seines Lebens im Gefängnis verbracht. Seine erste Frau hat er totgeschlagen, aber man konnte ihm nichts beweisen, und er ist straflos davongekommen. Jetzt ist er zum zweiten Mal verheiratet, und er hat seine Frau schon mehrmals so übel verprügelt, dass sie im Hospital gelandet ist. Das letzte Mal hat sie ihr Kind verloren, und es ist nur eine Frage der Zeit, bis er sie ebenfalls umbringt … oder sie einfach verschwindet. Mr Jones ist ein wirklich schlechter Mensch.«

»Und warum … erzählen Sie mir das?«, fragte sie stockend.

»Das ist die falsche Frage«, erwiderte Herman mit einem milden Lächeln. Er deutete auf die aufgestapelten Ziegelsteine neben ihrem rechten Knie und und ließ ihr einen kurzen Moment Zeit, sich über die Bewegung zu wundern. »Die Frage muss lauten, warum habe ich ihn eingestellt, wo ich doch weiß, was für ein Ungeheuer er in Wahrheit ist. Ich will sie Ihnen gerne beantworten, Angela: um das zu tun, was Ihr Gott bisher versäumt hat.«

»Ich … verstehe nicht«, murmelte Vandermeer. Holmes war sicher, dass sie es ganz genau wusste und es nur nicht verstehen *wollte*.

»Jemand muss seine Arbeit tun, wenn er es aus irgendeinem Grund nicht selber tun will.«

Vandermeer erbleichte. »Das … das ist Gotteslästerung!«, hauchte sie.

»Kaum«, antwortete Herman lächelnd. Peizel, der noch immer schräg hinter Vandermeer stand und diesen Vortrag nicht zum ersten Mal hörte, konnte sich ein Feixen nicht mehr verkneifen.

»Denn sehen Sie, meine Liebe, wenn Ihr Gott wirklich allmächtig ist, dann wäre es doch logisch, dass ich nichts anderes tue, als seinen Willen auszuüben, nicht wahr? Dieser Mann hat bereits zwei Leben ausgelöscht – und das sind nur die, von denen ich weiß –, und er wird weitere Leben auslöschen und Menschen ins Unglück stürzen, wenn ihn niemand aufhält. Seine Frau war unschuldig und sein ungeborenes Kind noch sehr viel mehr. Ein gerechter Gott würde ihn aufhalten, bevor er noch größeres Unheil über unschuldige Menschen bringt. Oder ein Werkzeug wählen, das das für ihn erledigt.«

Vandermeer wurde blass und ihre Augen schwarz vor Angst.

»Wollen Sie ihn etwa … umbringen?«

»Nein«, antwortete Herman lächelnd. »Das werden Sie tun, Angela.«

»Sie … Sie sind verrückt!«

»Ich rufe Mr Jones jetzt noch einmal zurück, und Sie werden diese Steine nehmen und ihn damit erschlagen«, fuhr er ungerührt fort. »Es kann nichts schiefgehen. Sie sind schwer genug, und Mr Peizel hat sie so gestapelt, dass Sie sicher treffen werden. Sie müssen nicht befürchten, dass er heraufkommt und Ihnen etwas zuleide tut. Wobei Mr Peizel und ich Sie selbstredend beschützen würden, sollte das der Fall sein.«

»Das mache ich ganz bestimmt nicht!«, sagte Vandermeer mit bebender, aber zugleich auch entschlossener Stimme. »Ich bin keine Mörderin!«

»Er wird Menschen töten, das ist gewiss«, sagte Herman ruhig. »Zuerst seine Frau und danach vielleicht andere. Wenn Sie dabei zusehen, dann klebt deren Blut auch an Ihren Händen, das muss Ihnen klar sein, Angela.«

»Niemals«, sagte Vandermeer entschieden.

»Darüber hinaus zahle ich Ihnen eintausend Dollar und weiterhin ein monatliches Gehalt, über dessen Höhe wir uns noch einigen werden …«

»Hören Sie auf! Sie sind ja wahnsinnig!«

»… und ich übernehme selbstverständlich auch das Schulgeld für Ihre Tochter«, schloss Herman ungerührt. Dann beugte er sich vor und rief noch einmal: »Mr Jones!«

Wieder verging eine Weile, bis das Hämmern und Hantieren unter ihnen aufhörte und Jones herangeschlurft kam, um zu ihnen hochzusehen.

»Mrs Vandermeer?«, fragte Herman.

Vandermeer starrte ihn nun an und biss sich tatsächlich die Unterlippe blutig, sagte aber kein Wort und konnte es in diesem Moment wohl auch gar nicht, und Herman blickte sie eine kleine Ewigkeit lang stumm an. Dann seufzte er tief und wandte sich mit einem Verzeihung heischenden Lächeln an Jones.

»Es tut mir leid, Mr Jones. Ein Irrtum meinerseits. Bitte verzeihen Sie.«

Jones lächelte schmallippig zu ihnen hoch und setzte unübersehbar dazu an, etwas vermutlich wenig Freundliches zu sagen, beließ es aber dann bei einem wortlosen Achselzucken und wandte sich ab, um wieder zu seiner Arbeit zurückzukehren, und Herman gab Peizel einen fast unmerklichen Wink, woraufhin dieser Vandermeer einen Stoß zwischen die Schulterblätter versetzte. Nicht einmal sehr fest, und er griff darüber hinaus auch sofort nach ihrem Arm und hielt sie fest, so dass sie zwar einen halben Schritt nach vorne stolperte und erschrocken aufschrie, aber keine Sekunde lang in Gefahr schwebte, tatsächlich in die offen stehende Klappe zu stürzen. Doch der halbe Schritt reichte vollkommen aus.

Jones war bei ihrem erschrockenen Schrei stehen geblieben und sah über die Schulter zu ihnen hoch, und das genau im richtigen Moment, um zu sehen, wie ihr Knie gegen den Stapel Ziegelsteine stieß.

Peizel hatte ihn tatsächlich so arrangiert, dass schon die kleinste Berührung ausreichte, die kühne Konstruktion aus dem Gleichgewicht zu bringen, und Jones' Reaktion war nicht schnell genug. Er schrie zwar noch erschrocken auf und versuchte zurückzuweichen, aber damit machte er es nur schlimmer. Der erste Ziegel traf ihn flach und wie eine steinerne Ohrfeige im Gesicht und tat vermutlich sehr weh, fügte ihm aber keine ernste Verletzung zu. Der zweite dafür umso mehr. Seine spitze Kante bohrte sich in Jones' Auge. Blut und andere Dinge spritzten, und Jones kippte mit einem gurgelnden Schrei nach vorn und fiel gnädigerweise aufs Gesicht, so dass er nicht mit ansehen musste, wie der Rest des Ziegelsteinstapels auf ihn niederprasselte und seinen Schädel vollends zertrümmerte.

Vandermeer schrie gellend auf, und Herman musste Peizel nicht eigens auffordern, damit er hinter sie trat, sie mit einer Hand fest- und mit der anderen ihren Mund zuhielt.

Sie wehrte sich, aber nur schwach, und Herman wartete nicht nur ab, bis ihre Bewegungen langsamer wurden, sondern auch, bis ihr Gesicht zuerst rot und dann blau anzulaufen begann. Erst dann signalisierte er Peizel mit Blicken, die Hand von ihrem Mund zu nehmen.

»Sie … Sie verdammter … Mörder!« Vandermeer musste dreimal ansetzen, um wenigstens diese Handvoll Worte hervorzustoßen.

»Ich?« Herman schüttelte den Kopf. »Ich fürchte eher, dass Sie das waren, meine Liebe.«

Vandermeer ächzte. »Aber das ist nicht wahr! Ihr Diener hat mich gestoßen!«

»Zweifellos«, sagte Herman. »Dennoch war es Ihr wohlgeformtes Knie, das die Steine auf den bedauernswerten Mr Jones hinabgestoßen hat. Mr Peizel wird das ganz sicher bestätigen können. Nicht wahr, Mr Peizel?«

»Selbstverständlich, Herr Doktor«, bestätigte Peizel.

»Aber das ist nicht wahr!«, begehrte sie auf. »Sie verdammter …«

»Es besteht kein Grund, beleidigend zu werden, Mrs Vandermeer«, unterbrach Herman sie. »Selbstredend haben Sie recht, meine Liebe. Aber sowohl Mr Peizel als auch ich werden bezeugen, dass Sie den armen Jones getötet haben … der im Übrigen ein vollkommen unbescholtener Mann und ein liebender Familienvater war. Natürlich nicht absichtlich, denn warum sollten Sie das tun? Nein, nein, es war nur ein dummer Unfall. Eine kleine Ungeschicklichkeit, dem fatalerweise ein Mensch zum Opfer gefallen ist.« Er machte ein zuversichtliches Gesicht. »Ich bin sicher, das Gericht wird dies bei der Verkündung des Strafmaßes berücksichtigen.«

Vandermeer begann am ganzen Leib zu zittern. »Damit … damit kommen Sie nicht durch«, stammelte sie. »Ich werde allen sagen, wie es wirklich war, und man wird mir glauben!«

»Sind Sie da sicher?«, fragte Herman. »Ihr Wort gegen das eines Arztes und erfolgreichen Geschäftsmannes, der einen ausgezeichneten Ruf genießt und sich noch niemals etwas hat zuschulden kommen lassen? Darüber hinaus sollte es mich nicht wundern, wenn herauskäme, dass Ihr Mann keineswegs gesund und durch einen bedauerlichen Unfall ums Leben gekommen ist, sondern Selbstmord begangen und damit die Versicherung um viel Geld betrogen hat.« Er schüttelte den Kopf. »Und was wird dann aus Ihrer entzückenden Tochter?«

»Was wollen Sie damit sagen?«, entfuhr es Vandermeer.

»Sie müssen sich keine Sorgen machen«, sagte Herman. »Mr Peizel wird die Leiche fortschaffen und hier alles aufräumen. Niemand wird Sie verdächtigen oder Ihnen auch nur eine Frage stellen. Ich werde sogar noch ein Übriges tun. Die avisierten tausend Dollar bekommen Sie natürlich nicht, ebenso wenig wie die Monatszahlung, die ich Ihnen in Aussicht gestellt habe. Was übrigens ernst gemeint war. Aber Sie haben die Aufgabe nicht erfüllt. Trotzdem werde ich für die Ausbildung Ihrer Tochter aufkommen. Warum soll das Kind dafür büßen, dass seine Mutter feige ist?«

»Ich will Ihr blutiges Geld nicht«, stieß Vandermeer hervor. »Und ich gehe zur Polizei und werde alles sagen. Es ist mir gleich, ob sie mir glauben oder nicht.«

»Ja, das glaube ich Ihnen sogar«, sagte Herman lächelnd. »Aber das wäre ein Fehler. Niemand würde Ihre Version glauben, seien Sie gewiss. Darüber hinaus würde ich Mr Peizel selbstverständlich beauftragen, Sie umzubringen. Das würden Sie doch für mich tun, Mr Peizel, oder?«

»Selbstverständlich, Herr Doktor«, sagte Peizel.

»Allerdings erst eine geraume Weile, nachdem er Ihre Tochter getötet hat«, fügte Herman im Plauderton hinzu. »Und ich muss zu meinem Bedauern gestehen, dass es meinem Assistenten manchmal an guten Umgangsformen mangelt. Ich fürchte, er würde sich zuerst eine Weile, wie soll ich sagen … mit Ihrer Tochter amüsieren? Edith ist zwar fast noch ein Kind, aber der gute Peizel ist in dieser Hinsicht nicht sehr wählerisch. Nicht wahr, Mr Peizel?«

Diesmal beließ es Peizel bei einem schmutzigen Grinsen.

Herman ließ eine angemessene Frist verstreichen, in der er Vandermeer nicht einmal ansah, sondern sich die Zeit damit vertrieb, dabei zuzusehen, wie die Blutlache unter Jones' zertrümmertem Schädel allmählich größer wurde. Er hatte sich wohl geirrt. Der Mann bewegte sich, ganz schwach nur, aber er lebte noch. Darum würde sich Peizel kümmern müssen.

»Also gut«, flüsterte Vandermeer schließlich. »Ich werde nichts sagen. Aber ich will Sie nie wiedersehen. Und ich verbiete Ihnen, meiner Tochter noch einmal nahe zu kommen. Wenn Sie sie auch nur noch einmal ansehen, dann bring' ich Sie um, das schwöre ich Ihnen.«

Auch das glaubte ihr Herman. Er wäre sehr erstaunt gewesen, hätte sie irgendetwas anderes gesagt. »Ich sehe, wir verstehen uns«, sagte er lächelnd. »Und jetzt gehen Sie und holen Sie Ihre Tochter. Sie wissen ja, wo Sie sie finden. Und selbstverständlich respektiere ich Ihren Wunsch.«

Vandermeer starrte ihn noch eine Sekunde hasserfüllt an, dann stürmte sie davon, blieb aber schon nach zwei Schritten wieder stehen und sah zu ihm zurück. »Beantworten Sie mir noch eine Frage?«

»Selbstverständlich«, antwortete er. »Welche?«

»Warum tun Sie das?«, fragte Vandermeer.

»Ganz einfach, meine Liebe«, antwortete Herman lächelnd. »Weil ich es kann.«

Chicago, Illinois, 1893

»Doktor Holmes wird Sie umbringen«, verkündete Arlis, während sie unter nicht geringer Geräuschentwicklung versuchte, ein Tablett mit Tassen, einer dampfenden Kaffeekanne sowie zwei Tellern mit Gebäck und sorgsam gedrittelten Sandwiches durch die Tür zu balancieren, ohne es fallen zu lassen, irgendetwas zu verschütten oder ein anderes Unheil anzurichten – und das Ganze auch noch mit angehaltenem Atem und heftig blinzelnd, weil ihre Augen praktisch sofort zu tränen begannen, kaum dass sie das Zimmer betrat. Wenn man es genau nahm, dann sogar noch bevor sie es ganz betreten hatte.

Francis sah nur kurz zu ihr hin und konzentrierte sich dann wieder ganz auf die Eisentür. Doch Geyer nahm die Zigarre aus dem Mund und kam aus dem Badezimmer, um ihr zu helfen. Selbstverständlich zu spät. Immerhin gelang es ihr, das Tablett auf dem Tisch abzuladen, ohne etwas zu verschütten.

»Ich verspreche, dass wir hinterher alles wieder aufräumen«, sagte Geyer.

Arlis spähte durch die grauen Rauchschwaden ins Bad, das mittlerweile gänzlich in Trümmern zu liegen schien. Allzu viel aufzuräumen gab es dort drinnen nicht mehr. Holmes würde der Schlag treffen. Aber das hatte sie gar nicht gemeint.

Wortlos – wenn auch mit einem demonstrativen Husten – durchquerte sie das Zimmer und riss die beiden großen Fensterflügel auf. Die Luft, die hereinströmte, war so kalt, dass sie sofort zu frösteln begann und eine Gänsehaut bekam. Trotzdem wünschte sie sich beinahe, es gäbe mehr Fenster, die sie öffnen könnte.

»Ich fürchte, diese Tür würde jeder mittelgroßen Bank zur Ehre gereichen«, sagte Geyer.

»Die mittelgroße Bank, die vor mir sicher wäre, ist noch nicht gebaut worden«, rief Francis durch die offen stehende Badezimmertür. An solcherlei Bemerkungen schien er nicht nur besondere Freude zu haben, sie ließen auch Arlis' Vermutung, was seine Profession anging, wieder ein kleines bisschen mehr zur Gewissheit werden.

Geyer zog grienend an seiner Zigarre, doch statt eine weitere übel riechende Qualmwolke abzusondern, sah er sich suchend um, und Arlis versuchte nicht einmal, ihre Stimme irgendwie anders als süffisant klingen zu lassen.

»Ich fürchte, es gibt hier keinen Aschenbecher.«

»Wie in diesem ganzen Hotel«, grummelte Geyer und fügte auch mit übertrieben weinerlicher Stimme hinzu: »Wie soll dieses sogenannte Hotel funktionieren, wenn ein Mann hier nicht einmal in Ruhe eine gute Zigarre rauchen kann?«

»Sie könnten mit Doktor Holmes darüber reden, wenn er zurückkommt und sein Badezimmer sieht«, schlug Arlis vor.

»Wo ist er überhaupt?«, fragte Geyer, als er zurückkam.

»Ich glaube, ich habe ihn mit meinen Kochkünsten gründlich verschreckt«, gestand Arlis. »Er ist wohl auf dem Weg zur Arbeitsvermittlung, um nach einer neuen Köchin zu suchen.«

»Wäre es nicht angemessen, sich zuerst einmal nach dem Verbleib der alten zu erkundigen?«, fragte Geyer.

Er tat es in einem ganz bestimmten Tonfall, der Arlis aufhorchen ließ. »Sie meinen doch nicht etwa, dass er etwas mit Sylvias Verschwinden zu tun hat?«

Geyer sah sie nachdenklich an. »Erinnern Sie sich an unser allererstes Gespräch, unten im Restaurant?«

»Selbstverständlich.«

»Ich habe Ihnen gesagt, dass ich möglicherweise Dinge herausfinden werde, die Ihnen nicht gefallen.«

»Und ich habe geantwortet, dass ich es trotzdem hören möchte«, sagte Arlis. »Haben Sie denn etwas herausgefunden, von dem Sie glauben, dass es mir nicht gefällt?«

Geyer schüttelte den Kopf. »Nein, jedenfalls nichts Konkretes. Doch ich habe Erkundigungen über Doktor Holmes eingeholt, wie Sie wissen. Und es zeichnet sich zum Beispiel ab, dass dieses Hotel längst bankrott sein müsste.« Er lächelte flüchtig. »Ich habe einen Bekannten bei der Steuer.«

»Vielleicht hat er ja noch andere Einkünfte«, erwiderte Arlis, »oder betrügt die Steuer. Aber was hat das mit dem Verschwinden meiner Schwester zu tun?«

»Vielleicht nichts«, antwortete Geyer. »Ich trage Puzzleteile zusammen. Nicht alle davon müssen einen Sinn ergeben, aber um das zu erkennen, muss man sie erst einmal sehen.«

»Ja, das mag sein«, sagte Arlis. »Aber das ist nicht alles, oder?«

Geyer machte ein anerkennendes Gesicht. »Sie hören gut zu. Es ist nicht leicht, Ihnen etwas vorzumachen. Falls Sie Holmes' Angebot ausschlagen, in seiner Küche zu arbeiten, können Sie jederzeit als meine Assistentin anfangen.«

»Vor allem merke ich, wenn ich jemandem eine Frage stelle und er mir auszuweichen versucht.«

»Sie erinnern sich an die Papiertüte, die der Apotheker heute Morgen für Doktor Holmes gebracht hat?«

Arlis nickte, und Geyer deutete auf eine zerknüllte braune Tüte auf dem Tisch, die ihr bisher noch gar nicht aufgefallen war. »Ich war neugierig und habe nachgesehen, was sie enthält.«

»Und?«

Geyer antwortete nicht sofort, sondern umkreiste den Tisch und schob ihr die Tüte zu. Arlis öffnete sie (mit schlechtem Gewissen) und entnahm ihr eines von drei gleichen, bauchigen braunen Glasfläschchen.

»Mir hat es auch nichts gesagt«, erklärte Geyer, nachdem sie das fast unleserlich klein bedruckte Etikett einige Momente lang hilflos betrachtet hatte. »Deshalb bin ich vorhin noch einmal hinuntergegangen und habe mit dem Apotheker gesprochen.« Er machte eine kleine, auf Wirkung bedachte Pause. »Chloroform. In allen drei Flaschen.«

»Chloroform?«, wiederholte Arlis hilflos.

»Drei Flaschen«, bestätigte Geyer noch einmal. »Man benutzt es als Betäubungsmittel, aber auch für andere medizinische Zwecke, die weniger bekannt sind.«

»Was für Zwecke?«

»Darauf kommt es nicht an. Das Interessante ist vielmehr das Wort *medizinisch*. Holmes ist Arzt, nicht wahr?«

»Machen Sie es nicht so spannend, Frank«, sagte Arlis gereizt. »Worauf wollen Sie hinaus?«

»Das weiß ich selbst noch nicht genau«, erwiderte Geyer. »Aber selbst Ihnen mit all Ihrer Sympathie für Doktor Holmes sollte klar werden, dass mit ihm und diesem Hotel etwas nicht stimmt. Der Apotheker hat mir versichert, dass allein diese Menge ausreichen würde, um ein ganzes Bataillon Soldaten zu betäuben. Und Doktor Holmes bezieht regelmäßig große Mengen. Manchmal pro Woche eine Lieferung dieses Ausmaßes oder sogar noch mehr.«

»Jede Woche?« Arlis stellte das Fläschchen behutsam auf den Tisch zurück und spähte in die Papiertüte, als müsse sie sich davon überzeugen, dass die beiden anderen noch da waren. »Aber wozu?«

»Sie stellen die richtigen Fragen«, sagte Geyer anerkennend. »Aber ich kenne die Antworten noch nicht. Das Einzige, was ich weiß, ist, dass Doktor Holmes Chloroform bestellt, obwohl er angeblich nicht mehr als Arzt arbeitet, und dass es hier eine gut verborgene Tür gibt, die sich nicht so ohne Weiteres öffnen lässt.«

»Das ist alles nur eine Frage der Zeit«, mischte sich Francis aus dem Badezimmer heraus ein. »Und nicht mehr sehr lange.« Offenbar hatte er sehr gute Ohren, dachte Arlis. Sie war ein bisschen beunruhigt, denn das bedeutete auch, dass er alles andere gehört hatte, was sie hier sprachen.

»Sie meinen, hinter dieser Tür liegt ein Geheimlabor, in dem er irgendwelche grässlichen Experimente an lebenden Menschen macht«, sagte Arlis. Es sollte ein Scherz sein, aber die Absicht misslang kläglich, denn Geyer sah sie nur mit sonderbarem Ausdruck an und schien diese Möglichkeit ernsthaft in Erwägung zu ziehen.

»Nein, das wohl eher nicht«, antwortete er aber schließlich. Er lächelte nicht dabei. »Aber ich bin schon neugierig, was sich hinter dieser Tür verbirgt. Sie nicht?«

»Nur wenn es etwas mit dem Verschwinden meiner Schwester zu tun hat«, sagte Arlis. »Alles andere geht uns nichts an.«

Sie sagte ganz bewusst *uns*, nicht *mich*, und Geyer begriff diesen Unterschied sehr wohl, wie ihr sein Blick klarmachte. »Ich kann Sie beruhigen, Miss Christen. Ich bin kein Polizist, und ich arbeite auch nicht für die Steuer oder den Staatsanwalt. Meine Lippen sind versiegelt, solange wir nichts wirklich Schlimmes entdecken. Aber Ihnen sollte auch klar sein, dass wir auf Dinge stoßen könnten, die … nicht in Ordnung sind.«

»Zum Beispiel?«

»Es gibt Ärzte, die … lieber im Verborgenen arbeiten. Nicht jeder möchte, dass allgemein bekannt wird, mit welchen Problemen er zu einem Arzt geht, wenn Sie verstehen, was ich meine.«

Sehr viel besser sogar, als sie es eigentlich wollte. Sie schwieg.

Plötzlich erscholl aus dem Badezimmer ein schweres Klacken, gefolgt von Francis' triumphalem Aufschrei. Arlis und Geyer traten vom Tisch zurück und gingen zu ihm. Francis stand beinahe knöcheltief in einem Wust von zersplittertem Holz, Staub und Dreck und zerbrochenen Fliesen und allen nur vorstellbaren Trümmern. In der Luft hing ein unerträglicher Gestank. Francis' Gesicht glänzte vor Schweiß, als er von der Tür zurücktrat und sich zu ihnen herumdrehte.

»Ich habe doch gesagt, dass das Schloss noch nicht gebaut worden ist, das ich nicht aufbekomme«, erklärte er, schwer atmend, aber unüberhörbar zufrieden. »Auch wenn dieses kleine Biest ganz besonders hartnäckig war.«

»Du bekommst trotzdem nicht mehr Geld«, sagte Geyer gelassen.

»Und was ist nun dahinter?«, fragte Arlis ungeduldig.

Francis ging in die Hocke, um ein gebogenes Metallstück aufzuheben, das Arlis wie ein zu groß geratener Dietrich vorkam und wohl auch als solcher fungierte, denn er schob ihn in das Schlüsselloch, woraufhin sich das schwere Klacken wiederholte. Genau dasselbe hatte er vor ein paar Augenblicken schon einmal getan, begriff sie.

Francis zog an dem improvisierten Griff und zog aus Leibeskräften an der Metalltür, um sie auch nur einen Millimeter zu bewegen, und noch sehr viel mehr, um sie tatsächlich zu öffnen. Ein seltsam saugender Laut erscholl, gefolgt von einem hellen Zischen. Francis runzelte die Stirn, zog die Tür noch eine Winzigkeit weiter auf und machte ein verblüfftes Gesicht.

»Was?«, fragte Geyer.

Francis machte eine stumme Kopfbewegung. Geyers Blick folgte dem Hinweis, und auch seine Brauen zogen sich fragend zusammen.

»Was?«, fragte Arlis. Sie versuchte durch den Türspalt zu spähen, erkannte aber nichts als Dunkelheit.

»Da ist etwas, das ich hier nicht erwartet hätte«, antwortete Francis. »Eine Dichtung.«

»Und wozu braucht man so etwas?«

»In einer Tür wie dieser?« Geyer schüttelte den Kopf. »Gar nicht.«

»Diese Tür ist vollkommen luftdicht«, fügte Francis hinzu. »Und nicht nur das.« Er zog die Tür weiter auf. Die Dunkelheit dahinter lichtete sich nicht, doch Arlis meinte einen schwachen, zugleich aber stechenden Geruch wahrzunehmen, den die Schwärze ausatmete wie den schlechten Atem eines mürrischen alten Drachen.

Francis wies auf die Innenseite der Tür, die aus einem komplizierten Messinggestänge und unterschiedlich großen Zahnrädern bestand und eher dem Inneren einer großen Tresortür glich.

Geyer beugte sich vor, um in den Raum hinter der Tür zu blicken. Arlis konnte hören, wie er drinnen mit der flachen

Hand auf die Wand klopfte. Wieder erscholl ein sonderbar schweres, sattes Klacken, und die Dunkelheit wich dem grellen Schein einer nackten, sehr starken Glühbirne.

Francis machte ein beeindrucktes Gesicht und wollte an ihm vorbeigehen, doch Geyer verbaute ihm den Weg und zog die Tür auch wieder ein gutes Stück weit zu. Gleichzeitig schaltete er das Licht wieder aus. »Das war gute Arbeit, Mr Francis«, sagte er. »Ich werde Ihnen einen angemessenen Bonus zukommen lassen. Vielen Dank.«

»Aber …«, begann Francis verdattert, doch Geyer unterbrach ihn:

»Wirklich, ich bin sehr zufrieden, und Miss Christen ebenfalls. Sie finden den Weg hinaus allein?«

Sichtlich verärgert – und vermutlich halb krank vor Neugier – warf Francis alles in den abgewetzten Koffer, mit dem er gekommen war, und stampfte schließlich ohne ein Wort des Abschieds hinaus.

»Das war jetzt nicht besonders charmant von Ihnen, Frank«, sagte Arlis, als Francis außer Hörweite war.

»Sie bezahlen mich nicht dafür, charmant zu sein«, antwortete Geyer. »Und Sie mögen Doktor Holmes doch irgendwie, nicht wahr? Ich weiß nicht, was wir hier finden, aber Sie wollen sicher nicht, dass der gute Francis es sieht und alles Mögliche über Holmes herumerzählt.«

Arlis bedeutete Geyer ihr Einverständnis, und er wandte sich wieder um und schaltete das Licht ein.

Allzu viel gab es allerdings gar nicht zu sehen. Statt eines finsteren Gewölbes oder eines Folterkellers, der direkt aus den schlimmsten Kolportageromanen entsprungen war, erblickte sie einen kleinen, quadratischen Raum mit grau verputzten Wänden, der bis auf einen einzelnen Stuhl mit einer hohen Lehne vollkommen leer war. Von der Decke hing eine einfache Glühbirne in einer Fassung herab. Obwohl Arlis nicht wirklich etwas erwartet hatte, war der Anblick doch so unerwartet, dass sie verdutzt war. Ebenso wie Geyer.

»Tja«, sagte sie schließlich.

»Besser hätte ich es auch nicht ausdrücken können.« Geyer sog die Luft zwischen den Zähnen ein. »Kein finsterer Gewölbegang, kein Frankenstein-Labor. Trotzdem hat sich jemand große Mühe gegeben, diesen Raum zu verbergen. Es muss einen Grund dafür geben.«

Das war vermutlich sogar wahr, aber Arlis konnte beim besten Willen nichts Außergewöhnliches oder gar Gefährliches in der winzigen Kammer entdecken – mit einem deutlichen Gefühl der Erleichterung, wie sie sich leise eingestand.

»Das ist wirklich … bemerkenswert«, sagte Geyer, nachdem sie einige weitere Augenblicke schweigend nebeneinander gestanden und sich umgesehen hatten. »Ihr Doktor Holmes wird uns ein paar Fragen beantworten müssen.«

»Wieso?«, fragte Arlis. »Er hat doch schon gesagt, dass er nichts von dieser Tür weiß.«

Geyer kramte eine neue Zigarre aus der Jackentasche und zündete sie an, bevor er fortfuhr – ungeachtet der Tatsache, dass die Luft in der winzigen Kammer schon nach dem ersten paffenden Zug nahezu unerträglich wurde. »Das mag sein, oder auch nicht. Ich hätte mich gar nicht gewundert, wenn wir einen geheimen Gang zwischen den Wänden entdeckt hätten, durch den man die anderen Gäste beobachten kann, oder der als Versteck für Diebesgut oder Konterbande dient. Aber das hier …« Er sah sich demonstrativ einmal im Raum um. »Das ergibt überhaupt keinen Sinn.«

»Dafür hat jemand hier sehr viel Arbeit investiert«, sagte Arlis.

»Eben«, antwortete Geyer. »Was wiederum nur den Schluss zulässt, dass es eben doch einen Sinn hat. Wir können ihn nur nicht erkennen. Und je länger ich darüber nachdenke, desto unwahrscheinlicher erscheint es mir, dass Holmes wirklich nichts davon weiß. Ich meine: eine geheime Tür in eine geheime Kammer, in seinem eigenen Haus, das er zum Großteil selbst entworfen hat?«

Dem konnte Arlis wenig entgegenhalten, auch wenn sie spürte, dass die Antwort noch um einiges komplizierter und wahrscheinlich auch erschreckender war, als sie beide in diesem Moment schon annehmen mochten.

Nachdenklich ließ sie sich vor dem Stuhl in die Hocke sinken, um ihn eingehend zu betrachten. Er war groß und schmucklos und von äußerst massiver Machart, und ihr fiel auch erst jetzt auf, dass er am Boden angeschraubt war. Sowohl an Armlehnen als auch Beinen entdeckte sie große, stark abgewetzte Stellen, und auch wenn ihre Fantasie in solcherlei Dingen nicht annähernd so weit entwickelt war wie die Geyers, kamen sie doch beide zu demselben Schluss. Es war nicht nötig, den Gedanken laut auszusprechen.

»Hier geht wirklich etwas sehr Schlimmes vor«, sagte Geyer. »Sind Sie immer noch der Meinung, dass Doktor Holmes uns keine Antworten schuldet?«

»Ich werde ihn fragen«, versprach Arlis, während sie sich aus der Hocke erhob. Um ein Haar hätte sie dabei das Gleichgewicht verloren, aber sie versuchte trotzdem nicht, sich an dem Stuhl festzuhalten. Ihr war schon die Vorstellung zuwider, ihn zu berühren. Geyer blickte fragend, und sie fügte mit einem Blick auf seine qualmende Zigarre hinzu: »Falls ich bis dahin nicht erstickt bin, heißt das.«

Geyer sah zwar ein wenig schuldbewusst aus, aber dieses Mal löschte er seine Zigarre nicht, sondern hob nur die Schultern und nahm sogar noch einen weiteren Zug. Immerhin war er rücksichtsvoll genug, den Qualm nicht direkt in ihre Richtung zu blasen. »Verzeihung«, sagte er, »aber der Geruch hier drinnen ist wirklich zu schlimm. Sie sollten sich überlegen, auch einen Zug zu nehmen.«

Das würde sie ganz gewiss nicht tun, aber seine Worte machten ihr auch klar, dass er tatsächlich recht hatte. Der stechende Geruch, der ihr schon draußen aufgefallen war, war hier sogar noch viel intensiver.

»Erkennen Sie den Geruch?«, fragte er.

Arlis schüttelte den Kopf, und Geyer sah sie fast enttäuscht an, als hätte er auf eine andere Antwort gehofft. Er sagte allerdings nichts, sondern trat an die Rückwand heran und begann sie mit den Fingerknöcheln abzuklopfen. Auf die gleiche Weise verfuhr er auch mit den beiden Seitenwänden, trat schließlich wieder neben den unheimlichen Stuhl und legte den Kopf in den Nacken. »Wenigstens ist für genügend frische Luft gesorgt. Dort oben sind Lüftungsschächte. Obwohl … sie könnten noch etwas anderes bedeuten.«

»Und was?«

»Das weiß ich noch nicht«, antwortete Geyer und blies eine Rauchwolke unter die Decke. Der graue Qualm zog jedenfalls nicht durch die dünnen Schlitze ab. »So oder so, wir sollten nicht zu lange hier drinnenbleiben.«

Dagegen hatte Arlis nichts einzuwenden. Die Kammer kam ihr mit jedem Moment beengter vor, so als bewegten sich die Wände immer ein kleines Stück weiter auf sie zu, wenn sie nicht hinsah, und auch das Schwindelgefühl hatte kein bisschen nachgelassen. Ein bitterer Geschmack wie nach Metall begann sich auf ihrer Zunge breitzumachen.

Sie verließen die Kammer, und Arlis eilte auch aus dem angrenzenden Bad, während Geyer noch einen Moment zurückblieb, um das Licht zu löschen und die Tür bis auf einen schmalen Spalt zu schließen. Arlis war ihm dankbar dafür.

»Sie ist sogar schalldicht«, sagte er, während er zu ihr aufschloss und dabei auch die Badezimmertür hinter sich zuzog. »Ich denke, jetzt wird Ihr Freund Holmes nicht mehr umhinkönnen, uns einige Fragen zu beantworten.« Er machte eine Kopfbewegung zur Tür. »Von Rechts wegen müsste ich die Polizei verständigen. Wahrscheinlich werde ich das auch tun. Aber noch nicht sofort.«

»Weil er ein geheimes Zimmer in seinem eigenen Haus hat?«, fragte Arlis'. »Ist das etwa verboten?«

»Nein, das nicht«, antwortete Geyer grimmig. Er griff in die Jackentasche, und Arlis Augen wurden groß, als er die Hand wieder herauszog und sie den landläufigen Revolver erkannte, den er darin hielt. »Aber eine Gaskammer schon.«

Chicago, Illinois, 1893

Mudgett erinnerte sich nicht an jedes Wort, das Holmes mit Mimi Peizel gewechselt hatte, aber doch an genug des absurden Gespräches, um sich allmählich ernsthafte Gedanken zu machen – zum einen natürlich über Peizel, der ganz eindeutig zu viel redete und dabei die Grenzen des noch Tolerierbaren überschritt, aber auch und in zunehmendem Maße über Holmes.

Nun war das allein und zu seinem Leidwesen nichts Besonderes. So eng und außergewöhnlich die Beziehung zwischen ihm und Holmes auch war, und sosehr sie einander brauchten, war er ihm doch zugleich auch oft genug ein Rätsel und in letzter Zeit auch immer öfter ein Ärgernis. Doch der Schritt vom Ärgernis zur Gefahr war nicht besonders groß, und Mudgett hatte nicht vor, tatenlos abzuwarten.

Die Vorstellung, sich eines Tages von Holmes trennen zu müssen, erschien ihm gleichermaßen erschreckend wie absurd. Sie kannten sich seit mehr als zehn Jahren, und zwischen ihnen war etwas Besonderes. Niemals zuvor – und auch nicht danach – hatte er einen anderen Menschen so nahe an sich herangelassen, geschweige denn versucht, ihn in sein kostbares Geheimnis einzuweihen und nicht nur zu seinem Gehilfen, sondern zu seinem Verbündeten zu machen, und schon gar nicht hätte er die Ablehnung irgendeines anderen akzeptiert, ohne ihn augenblicklich zu töten.

Mit Holmes war es anders. Sie waren Freunde, vom ersten Moment an, in dem sie sich gesehen hatten, und seit jener schicksalhaften Nacht, in der er Kyle getötet hatte auf eine

Art, die sich die meisten anderen vermutlich nicht einmal vorstellen konnten.

Was nichts daran änderte, dass er ihn vernichten würde, wenn er zu einer Gefahr zu werden begann.

Möglicherweise war das ja heute schon der Fall.

Aber zuallererst musste er sich um ein anderes Problem kümmern. Er erinnerte sich nicht an alles, was Peizels unmögliche Ehefrau gesagt hatte (um ehrlich zu sein, sogar nur an sehr wenig), doch zusammen mit der Art, wie sich Peizel in den letzten Tagen benommen und wie er sich verändert hatte, ergab sich ein beunruhigendes Bild. Und deutlicher Handlungsbedarf.

Mudgett hatte sicherlich zehn Minuten verstreichen lassen, in denen er sowohl das Treppenhaus als auch die Straße im Auge behalten hatte, soweit es ihm möglich war, ohne das Haus zu verlassen, und ganz wie er es erwartete, war natürlich rein gar nichts geschehen. Holmes war nicht noch einmal aufgetaucht – warum auch? –, und auch von seinen beiden vermeintlichen Verfolgern zeigte sich keine Spur. Das lag mit ziemlicher Sicherheit daran, dass es sie gar nicht gab. Nicht so, wie Holmes es augenscheinlich meinte. Mudgett stimmte mit ihm überein, was seine Meinung über Geyer anging, nicht aber seine Einschätzung. Der Detektiv war gefährlich und ganz bestimmt nicht so dumm, zwei alte Leute als Aushilfsdetektive zu missbrauchen, die schon auffielen, wenn sie rein gar nichts taten.

Mudgett musste gegen seinen Willen lächeln, als er daran dachte, dass Holmes diese Möglichkeit ganz ernsthaft erwogen hatte. Manchmal war seine Naivität geradezu rührend.

Aber nicht heute.

Mudgett gab seinen Beobachtungsposten auf dem Treppenabsatz auf, ging die wenigen Schritte zur Tür zurück und hob die Hand, um zu klopfen, besann sich dann aber im letzten Moment eines Besseren und wechselte seine Position, so dass das Licht nicht direkt auf sein Gesicht fallen würde, wenn die Tür aufging. Dann klopfte er. Zwei Mal. Das erste Mal zeitigte gar keine Wirkung, doch als er erneut und vehementer klopfte, meinte er eine aufgeweckte Kinderstimme durch das dünne Holz zu hören und schnelle, tapsende Schritte, die näher kamen.

Es war jedoch Peizels Frau, die öffnete. Im ersten Moment wirkte sie einfach nur verärgert über die neuerliche Störung und vielleicht ein ganz kleines bisschen misstrauisch, als sie ihn erblickte und sein Gesicht wohl tatsächlich nicht genau erkennen konnte. »Ja?«

Mudgett machte es ihr leichter, indem er einen halben Schritt näher trat, und Mimi Peizel damit endgültig verwirrte. »Herr Doktor? Haben Sie noch etwas ...?« Sie stockte. »Sie ... Sie sind nicht Doktor Holmes.«

»Nein, das bin ich nicht«, antwortete Mudgett und hieb mit dem Rasiermesser nach ihrem Gesicht.

Er war unkonzentriert, und dazu kam, dass sie zwar erschrak, trotzdem aber schneller reagierte, als er ihr zugetraut hatte; wenn auch vollkommen falsch. Sie gab einen halblauten Schrei von sich und prallte zurück, jedoch in eine Richtung, mit der sie es nur schlimmer machte. Statt ihr Gesicht zu verheeren, wie es Mudgetts Absicht gewesen war, ohne sie sofort lebensgefährlich zu verletzen oder gar zu töten, schlitzte das Rasiermesser ihre Kehle von einem Ohr zum anderen auf. Aus ihrem Schrei wurde ein nasses Keuchen, und Blut spritzte wie ein roter Wasserstrahl und verfehlte sein Gesicht nur durch reinen Zufall. Lautlos und ohne auch nur die geringste Bewegung versucht zu haben, brach sie zusammen, und Mudgett musste schon wieder einen hastigen Schritt zur Seite machen, um nicht doch noch von ihr besudelt oder möglicherweise sogar von den Füßen gerissen zu werden.

Jemand schrie – eine helle, spitze Kinderstimme wie Fingernägel auf einer Schultafel –, und Mudgett registrierte eine Bewegung aus den Augenwinkeln und hieb instinktiv mit dem Messer danach, verfehlte sein Ziel aber und hätte um ein Haar einen zornigen Fluch ausgestoßen.

Stattdessen machte er ausnahmsweise einmal etwas richtig,

indem er die Tür mit einer Fußbewegung hinter sich zuschlug und den Schwung nutzte, um dem kreischenden Mädchen nachzusetzen.

Dieses Mal war es deren Mutter, die ihn aufhielt, so als wollte sie ihre Tochter noch im Tode beschützen, denn sein Fuß verfing sich an Mimis leblosem Körper, und er wäre in seiner Hast beinahe gefallen. Mit einem vermutlich ziemlich albern aussehenden Schritt konnte er zwar das Schlimmste verhindern, doch als er sein Gleichgewicht endlich wiederfand, war Alice endgültig verschwunden. Er hörte gerade noch die Tür zum Nebenzimmer ins Schloss fallen und war nicht im Geringsten überrascht, als er dem Mädchen nachsetzte und die Tür sich beharrlich weigerte, sich auch nur einen Spaltbreit zu öffnen. Alice mochte zu Tode erschrocken sein, aber sie war trotzdem geistesgegenwärtig genug, den Schlüssel herumzudrehen. Mudgett versetzte der Tür einen wütenden Stoß mit dem Knie, aber sie war wesentlich stabiler, als sie aussah, und das einzige Ergebnis seiner Unbeherrschtheit war ein dumpfer Schmerz, der durch sein Knie bis in die Hüfte hinaufraste. Auf der anderen Seite der Tür schrien nun beide Kinder. Dann ein Poltern und Scharren, und dann war ganz plötzlich Ruhe.

Sehr viel wütender auf sich selbst als auf die beiden Bälger setzte Mudgett dazu an, die Tür mit der Schulter aufzusprengen. Aber er führte auch diese Bewegung nicht zu Ende, sondern wandte sich stattdessen mit einem Ruck ab und ging zur Wohnungstür zurück. Nicht ohne der sterbenden Mimi (der Name war genauso unmöglich wie sie selbst, fand er) noch einen zornigen Tritt versetzt zu haben, dass sie es wagte, ihn nicht nur aufzuhalten, sondern ihn auch noch um das Vergnügen zu bringen, sich ausgiebig an ihrem Tod zu laben, ging er zur Tür, presste das Ohr dagegen und lauschte mindestens drei oder vier Minuten.

Nichts rührte sich. Das Haus blieb vollkommen still. Wie es aussah, hatte er Glück gehabt, und in den übrigen Wohnungen war niemand zuhause oder hatte die Schreie des Mädchens gehört.

Aber vielleicht waren die anderen Hausbewohner ja auch einfach nur daran gewöhnt, die Kinder schreien zu hören.

Nachdem er die Tür schließlich geöffnet und noch einmal abschließend durch den Spalt hinausgespäht hatte, legte er die Sicherheitskette vor, ging wieder zurück und rüttelte noch einmal vergeblich an der Türklinke. Wenigstens hatten die beiden aufgehört zu schreien.

Mudgett überlegte einen Moment angestrengt. Er hatte sich nicht besonders professionell benommen, und das war noch schmeichelhaft ausgedrückt. Das Mädchen hätte nicht entkommen dürfen, und dass noch niemand gegen die Tür hämmerte und energisch Einlass verlangte, kam ihm schon fast wie ein kleines Wunder vor. Holmes war anscheinend nicht der Einzige, der dringend ein wenig Ruhe und Schlaf benötigte.

Er drückte die Klinke erneut herunter und ließ die Hand diesmal darauf liegen. »Macht die Tür auf«, sagte er streng. »Ich verspreche, dass ich euch nichts tue. Aber nur, wenn ihr jetzt macht, was ich sage.«

Er bekam keine Antwort und hatte auch nicht damit gerechnet, versuchte es aber trotzdem noch ein letztes Mal. »Eure Mutter ist verletzt«, sagte er. »Ziemlich schlimm, fürchte ich. Wir müssen ihr helfen, aber das kann ich nicht allein, hört ihr? Ihr müsst mir dabei helfen, habt ihr das verstanden?«

Es gab auch darauf keine Antwort. Mudgett ließ sogar noch einmal zwei oder drei Sekunden verstreichen, dann und ohne sonderliche Anstrengung sprengte er die Tür mit der Schulter auf und trat hindurch. Die andere Hand mit dem immer noch aufgeklappten Messer verbarg er hinter dem Rücken.

Es gab jedoch niemanden, den er damit hätte erschrecken können.

Das Zimmer war leer. Es gab weder eine weitere Tür noch ein Fenster. Von den beiden Kindern war keine Spur zu sehen und auch nicht zu hören. Oder jedenfalls fast nicht.

Mudgett öffnete den wuchtigen Schrank und untersuchte ihn, spähte unter das Bett und inspizierte auch sonst jeden

Winkel des Zimmers, bevor er sich dem letzten möglichen Versteck zuwandte, von dem er ohnehin beinahe sicher war, dass sich die Kinder darin verbargen: einem verwahrlosten Schrankkoffer, der mitten im Zimmer stand und regelrecht danach schrie, aufgemacht zu werden.

Er ignorierte diese lautlose Aufforderung, ging vor dem Schrankkoffer in die Hocke und versuchte sich nicht anmerken zu lassen, dass er den kaum fingernagelbreiten Spalt ebenso bemerkt hatte wie das Paar angsterfüllter Augen, das ihn aus dem Inneren des Koffers ansah. »Das verstehe ich jetzt nicht«, murmelte er und sah sich übertrieben um. »Wo können sie nur sein? Ich habe doch alles abgesucht!«

Er stand auf, durchsuchte das Zimmer noch einmal polternd und ging schließlich wieder zum Koffer zurück. »Dann muss ich wohl allein Hilfe rufen«, sagte er. »Schade, dass sie weggelaufen sind, statt ihrer Mutter zu helfen. Sie wird sehr enttäuscht sein.« Und damit drückte er die beiden Deckelhälften nicht nur ganz zu, sondern ließ auch die großen Metallschließen einschnappen. Dann wartete er. So morsch, wie der Koffer war, hätte es selbst den beiden Kindern vermutlich keine große Mühe bereitet, sich daraus zu befreien, aber sie versuchten es nicht einmal – womit er zwar gerechnet hatte, was ihn aber dennoch ein wenig enttäuschte. Er wusste zwar selbst nicht genau, warum, aber er hätte den beiden gerne eine Chance gelassen. Wenn sie aber nicht wollten …

Er hatte noch keine konkrete Vorstellung, wie er weiter verfahren sollte, verließ sich aber einfach auf seine Intuition, als er wieder ins Nebenzimmer zurückging, wo er sich nachdenklich umsah. Er würde improvisieren müssen – aber das war immer schon seine besondere Stärke gewesen.

Das Schicksal enttäuschte ihn auch dieses Mal nicht. Er durchsuchte das Zimmer zweimal gründlich, und noch bevor er mit dem zweiten Durchgang fertig war, hatte er einen Plan. Im allerersten Moment kam er ihm selbst ein wenig gewagt vor, doch je länger er darüber nachdachte, desto mehr Gefallen fand er daran. Das einzig Bedauerliche war vielleicht, dass Peizel keine Gelegenheit mehr haben würde, das Resultat gebührend zu bewundern.

Neben dem Gasherd hatte er einen großen Korb mit allerlei Werkzeug, einer Rolle Kautschukschlauch und allerlei anderem Krimskrams gefunden, der ihn auf eine Idee brachte. Es war noch ein wenig Vorbereitung nötig, ehe er zur Tat schritt.

Zuallererst durchsuchte er das Zimmer noch einmal, fand aber nicht, was er brauchte, sondern ging wieder zurück in den Nebenraum, wo er einen Teil der zerschlissenen Bettwäsche in Streifen riss, bis er genügend beisammenhatte, um sie zu einem hinlänglich langen und stabilen Strick zu verknoten. Allein die verdreckte Wäsche anzufassen bereitete ihm körperlichen Ekel, aber er konnte das Messer nicht benutzen, ohne verräterische Blutspuren zu hinterlassen. Die ganze Zeit gaben die beiden Kinder keinen Ton von sich. Sie waren entweder besonders tapfer oder gelähmt vor Schrecken. Ihm sollte es recht sein. Das Ergebnis zählte.

Nachdem er seinen improvisierten Strick mehrmals um den aufrecht stehenden Schrankkoffer gewickelt hatte, um jeglichem Fluchtversuch der beiden vorzubeugen, ging er zurück und rollte den Schlauch auseinander. Er erwies sich als beinahe zwei Meter zu kurz.

Mudgett überlegte nur einen kurzen Moment, seinen Plan zu verwerfen und stattdessen einfach die Wohnung in Brand zu setzen, doch das brachte er nicht übers Herz.

Er wuchtete den schweren Schrankkoffer Zoll für Zoll durch das Zimmer und mit einiger zusätzlicher Anstrengung auch durch die Tür. Das Scharren und Poltern musste buchstäblich im ganzen Haus zu hören sein, und Alice begann jetzt zu weinen, während ihr Bruder sie mit angsterfüllter Stimme zu beruhigen versuchte.

Mudgett gönnte sich einige wenige weitere Minuten, um wieder zu Kräften zu kommen, und nutzte sie zugleich auch, um zu lauschen. Der Koffer dämpfte die Stimmen der weinenden Alice und ihres Bruders nur unzureichend, aber darüber hinaus blieb es vollkommen still. Möglicherweise war tatsächlich niemand sonst im ganzen Haus, wahrscheinlicher aber war, dass man in der Welt, in der Leute wie Peizel und seine Familie lebten, frühzeitig lernte, sich nur um die eigenen Angelegenheiten zu kümmern. Dieser Gedanke passte auch zu dem allgemeinen Eindruck, den dieses Loch erweckte. Alles hier war düster, ärmlich und starrte vor Schmutz. Selbst die Luft, die er einatmete, kam ihm schmutzig vor. Er tat Mimi – und vor allem ihren Kindern – einen Gefallen, indem er ihnen ersparte, in einer Welt wie dieser leben zu müssen. Seine zitternden Hände und der rasende Pulsschlag hatten sich wieder beruhigt, so dass er weitermachte.

Mit einem stumpfen Messer, das er in der Schublade des groben Holztisches fand, bohrte er ein daumendickes Loch in die Seite des Koffers, und Alice schrie noch spitzer und jetzt eindeutig in Panik auf.

»Ihr müsst keine Angst haben«, sagte er. »Ich tue euch nicht weh, das verspreche ich. Und es dauert auch nicht mehr lange.« Beides war sogar ehrlich gemeint.

Der Rest war schnell getan, und er kam nicht umhin, Peizels handwerkliches Geschick zu würdigen, als er sah, wie raffiniert er die Gasleitung angezapft und mit dem Herd verbunden hatte … einmal davon abgesehen, dass die nicht kleine Gefahr bestand, die ganze Bude in die Luft zu jagen. Dennoch hatte er unabsichtlich alles nahezu perfekt vorbereitet, so dass er nur noch wenige Handgriffe tun musste, um den abgewickelten Schlauch anzuschließen.

Indem er ihn mit der linken Hand knickte, verhinderte er, dass Gas in gefährlichen Mengen austrat. Behutsam ließ er sich neben der toten Mimi in die Hocke sinken und drehte sie mit der freien Hand und einem Fuß auf den Rücken, wobei er peinlich darauf achtete, weder Kleidung noch Schuhe mit Blut zu besudeln. Ebenso vorsichtig drückte er ihr das blutige Rasiermesser in die Hand und war zufrieden, dass die Leichenstarre noch nicht eingesetzt hatte, als er ihre Finger um den Perlmuttgriff schloss. Anschließend betrachtete er sein Werk noch einmal kritisch und war zwar nicht hundertprozentig zufrieden, aber es musste eben reichen. Ein zu perfektes Arrangement erweckte leicht Misstrauen, und zumindest auf den ersten Blick sah es ganz so aus, als hätte sich Mimi selbst die Kehle durchgeschnitten, nachdem sie getan hatte, was er nun tun würde.

Mudgett stand auf und ging zum Koffer zurück. Als er das andere Ende des Schlauchs durch das Loch schob, begann auch Howard zu schreien.

Aber nicht für lange.

Chicago, Illinois, 1893

Das kann nicht wirklich Ihr Ernst gewesen sein«, sagte Arlis zum wiederholten Mal. Geyer antwortete nicht, sondern nickte nur und nippte an seinem Kaffee, wobei er wenig begeistert das Gesicht verzog, weil er offenbar kalt geworden war. Er griff in die Jacke und zog einen Flachmann heraus. Nachdem er einen Gutteil des Inhalts in die Tasse geschüttet hatte, kostete er erneut und sah nicht unbedingt begeisterter aus als beim ersten Mal, nahm aber praktisch sofort einen zweiten Schluck.

»Was hoffen Sie hier überhaupt zu finden?«, fragte Arlis.

»Das weiß ich in dem Moment, in dem ich es gefunden habe«, antwortete Geyer, indem er mit der freien Hand in den Papieren blätterte, die den Tisch vor ihnen bedeckten. »Ihr Doktor Holmes verbirgt irgendetwas, und ich bin sicher, dass ich die Antwort hier irgendwo finde.«

»Das sollte Ihnen auch besser gelingen, bevor er zurückkommt«, sagte Arlis.

Geyer sah nicht unbedingt so aus, als versetzte ihn diese Vorstellung in Panik. Er paffte genüsslich an seiner Zigarre und suchte in den Papieren vor sich.

»Nehmen Sie zum Beispiel dieses Zimmer.« Geyer machte eine Kopfbewegung auf die offen stehende Tür. Sie hatten sie nicht geschlossen, um zu hören, wenn jemand das Hotel betrat. »Ich habe mir die Buchführung der letzten anderthalb Jahre angesehen, soweit ich etwas davon verstehe. Ist Ihnen klar, dass dieses Hotel im Prinzip bankrott ist?«

»Ja, das sagten Sie bereits«, antwortete Arlis kühl, »mehrmals sogar, glaube ich. Aber es ist meines Wissens noch nicht strafbar, bankrott zu sein.«

»Das stimmt nur bedingt«, antwortete Geyer. »Ein Bankrott ist sehr wohl strafbar, wenn man ihn kommen sieht und nichts dagegen unternimmt, also zum Beispiel seine Gläubiger nicht warnt oder gar sehenden Auges weitere Geschäfte abschließt, die man nicht bezahlen kann.« Er hatte endlich gefunden, wonach er suchte, und klappte einen mittelgroßen Folianten auf, dessen Seiten mit winzigen Ziffern- und Buchstabenkolonnen bedeckt waren. Zumindest auf den ersten Blick sagten sie Arlis nichts. »Abgesehen von Holmes' eigenen Räumlichkeiten hier und der Suite oben im dritten Stock, die Sie bewohnen, handelt es sich um das beste Zimmer im ganzen Hotel. Und dennoch scheint es so gut wie nie vermietet zu werden. Ich konnte keinen einzigen entsprechenden Beleg finden.«

»Dann sollten Sie vielleicht Ihren Freund bei der Steuer fragen«, sagte Arlis.

»Wenn ich ein Hotel besäße, das um seine Existenz kämpft, dann würde ich das zweitgrößte Zimmer nicht leer stehen lassen«, fuhr Geyer fort.

»Sie sagen es«, erwiderte Arlis. »Das zweitgrößte Zimmer. Und wahrscheinlich auch das zweitteuerste. Das ist nicht die Innenstadt, Frank. Potenzielle Gäste für eine kostspielige Suite verirren sich vermutlich nicht sehr oft hierher.«

»Ja, das ist möglich«, räumte Geyer ein, schüttelte aber auch den Kopf. »Dennoch ist das Zimmer, in dem Sie gerade wohnen, noch deutlich teurer, doch es wurde im Gegensatz zu diesem hier sogar ziemlich häufig vermietet.«

»Vielleicht wollte er einfach keine Gäste gleich neben seinem Schlafzimmer«, sagte Arlis. Sie hörte sogar selbst, wie das klang, und Frank machte sich nicht einmal die Mühe, mit mehr als einem mitleidigen Blick auf dieses jämmerliche Argument zu reagieren.

»Und dazu kommt noch das, was mir der Apotheker erzählt hat«, fuhr er unbeirrt fort. »Die Sache mit dem Chloroform.«

»Mit dem er seine ganz private Gaskammer betreibt«, sagte

Arlis bissig. »Das ist doch lächerlich! Warum sollte er so etwas tun?«

»Das weiß ich nicht«, antwortete Geyer. »Aber ich werde Mr Holmes fragen, sobald er zurück ist.«

In diesem Moment hörten sie ein Geräusch, vielleicht ein Rufen, und beide wandten sich zur Tür herum.

»Kundschaft?«, vermutete Geyer. »Bitte warten Sie hier. Ich bin gleich zurück.«

Er ging, und Arlis stand automatisch auf, um ihm zu folgen, überlegte es sich dann aber anders und begann in aller Hast wenigstens die schlimmsten Beweise für Geyers Attacke auf Holmes' Privatsphäre zu beseitigen.

Arlis stellte die Folianten, Akten und Bücher wieder an ihren Ort. Alles in allem brauchte sie kaum mehr als zehn Minuten, und die Zeit hätte für Geyer allemal ausreichen müssen, um wieder zurückzukommen. Wo also blieb er?

Arlis ging zur Treppe. Ihr Herz klopfte, und ihr Pulsschlag beschleunigte sich sogar noch einmal, als sie die Stufen hinabstürmte und den Polizisten in seiner schwarzen Uniform erblickte, mit dem Geyer sprach. Gerade als sie weit genug die Treppe hinab war, um etwas sagen zu können, verabschiedete sich der Beamte mit einem knappen Nicken.

»Was ist passiert?«, fragte Arlis und sah den betroffenen Ausdruck auf Geyers Gesicht, als er sich zu ihr umwandte.

»Der Constable ist auf der Suche nach William Peizel. Er hat auch nach Doktor Holmes gefragt. Es … hat ein Unglück gegeben.«

»Ist Holmes etwas zugestoßen? Reden Sie, Frank!«

»Es geht um Peizels Frau und Kinder«, antwortete Geyer unbehaglich. Er räusperte sich zweimal, bevor er weitersprechen konnte. »Die Nachbarn haben die Feuerwehr verständigt, weil es wohl nach Gas gerochen hat. Aber sie sind zu spät gekommen.«

»Heißt das, sie sind … tot?«

»Sie haben wohl nur seine Frau und die beiden Kinder gefunden«, antwortete Geyer.

»Was genau ist denn passiert?«, fragte Arlis.

»Ich weiß es nicht, Miss Christen«, antwortete Geyer. Er klang ehrlich. »Die Polizei pflegt in solchen Fällen zunächst nur Fragen zu stellen, nicht sie zu beantworten. Der Constable war vermutlich nicht einmal vor Ort, und selbst wenn, dann dürfte er bestimmt nichts sagen.«

»Also haben Sie ihn auch nicht weiter gefragt?«, vermutete Arlis.

»Nein«, bestätigte Geyer. »Aber ich kann Sie beruhigen. Ich habe auch von mir aus nichts Weiteres erwähnt.«

»Was hätten Sie denn erwähnen können?«

»Zum Beispiel, dass Mr Peizel verschwunden ist und niemand weiß, wohin oder weshalb«, schlug er vor. »Genau wie Sylvia. Und wenn ich es mir recht überlege, haben wir von Doktor Holmes auch schon lange nichts mehr gehört, nicht wahr? Wohin genau wollte er noch einmal, sagten Sie?«

»Er wollte sich um einen Ersatz für Sylvia kümmern«, antwortete Arlis. »Er ist zur Arbeitsvermittlung gegangen.«

»An einem Sonntag?«

Arlis sah ihn zuerst verwirrt an, doch dann erkannte sie, dass Geyer recht hatte.

»Vielleicht hat er nicht daran gedacht.« Wenn sie es vergessen hatte, warum dann nicht auch Holmes?

»Und er hätte längst zurück sein müssen«, beharrte Geyer. »Seit mindestens einer Stunde, wenn nicht mehr.«

»Und was genau wollen Sie damit sagen?« Als ob sie das nicht wüsste!

»Gar nichts«, behauptete Geyer trotzdem. »Aber der Constable kommt um acht Uhr zurück, zusammen mit seinem Vorgesetzten, falls sie Peizel bis dahin nicht gefunden haben. Möglicherweise eher. Ich hoffe, Doktor Holmes ist bis dahin wieder hier.«

»Und wenn nicht?«

»Dann werde ich wohl oder übel alles sagen müssen, was ich über William Peizel und Doktor Holmes weiß«, antwortete Geyer. »Und ich würde Ihnen dringend raten, dasselbe zu tun.«

Chicago, Illinois, 1893

Mudgett beglückwünschte sich im Nachhinein dazu, wieder einmal das gewesen zu sein, was Holmes schon während ihrer Studienzeit als *übervorsichtig bis an die Grenze zur Paranoia* bezeichnet hatte, denn sonst wäre er dem Polizisten vermutlich direkt in die Arme gelaufen. Das allein wäre wohl kein Problem gewesen, doch spätestens auf halbem Wege (und nicht zuletzt durch den einen oder anderen verstörten Blick, der ihm gefolgt war) war ihm klar geworden, dass seine Kleidung doch nicht ganz so ungeschoren davongekommen zu sein schien, wie er angenommen hatte. Auf seinen Manschetten prangten hässliche dunkelbraun eingetrocknete Blutflecke, und dasselbe galt für seine Schuhe und Gamaschen; ebenso wie für die Finger der linken Hand. In Ermangelung eines Spiegels konnte er nicht sagen, was mit seinem Gesicht war, aber zumindest hatte niemand auf dem Absatz kehrtgemacht und war schreiend davongelaufen.

Und in diesem Zustand war es nicht ratsam, einem Polizisten zu begegnen. Das lag natürlich nicht in seiner Absicht, dennoch hatte er, als er das Hotel erreicht hatte, ganz instinktiv die Straßenseite gewechselt und auch sein Tempo ein wenig zurückgenommen. Da erblickte er die Gestalt in der schwarzen Uniform vor sich, und hätte er es nicht getan, hätte es gut in einer Katastrophe enden können.

Der Cop steuerte schnurstracks das Hotel an, und nachdem Mudgett an der Trambahnhaltestelle auf der anderen Straßenseite Aufstellung genommen hatte, konnte er durch die große Glasfront erkennen, wie der Polizist mit Geyer redete. Anders als vorhin verstand er diesmal kein Wort, doch die ausladende Gestik und vor allem die Mimik der beiden machte klar, dass er sich nicht nach dem Weg erkundigte oder ein Zimmer nehmen wollte. Mudgett hätte seine linke Hand dafür gegeben, um auch nur die Hälfte dieses Gespräches zu verstehen.

Er war nicht allein an der Haltestelle, was durchaus seiner Absicht entsprach, denn die kleine Menschenansammlung bot ihm genau die Deckung, die er brauchte, und fiel zugleich nicht auf, weil man sie genau an einem Ort wie diesem erwartete. Aber es ging nur wenige Augenblicke gut, bis die unpassenden roten Flecken auf seinen Kleidern (und wohl auch auf seinem Gesicht, wie es schien) erneut auffielen. Jemand sagte etwas, und die anderen Wartenden wichen vor ihm zurück.

Zu seiner Erleichterung kam in diesem Moment die Straßenbahn, und Mudgett nutzte die Deckung, die der große Wagen und all die ein- und aussteigenden Fahrgäste boten, um sich ein gutes Stück zurückzuziehen und die Straße außer Sichtweite der *Burg* zu überqueren. Er betrat den Hof und ging schnellen Schrittes in die Remise, wo er einen Moment innehalten musste, um sich an das Halbdunkel zu gewöhnen, in dem seine Augen nach dem klaren Licht der Herbstsonne draußen kaum etwas sahen. Obwohl windgeschützt, war es hier drinnen doch so kalt, dass sein Atem zu grauem Dampf vor seinem Gesicht wurde, so dass er noch weniger erkannte und gleich zweimal schmerzhaft gegen die beiden Wagen stieß, die Peizel so ungeschickt abgestellt hatte, als hätte er es darauf angelegt, ihm eine Falle zu stellen. Oder wäre in großer Eile gewesen.

Irgendetwas stimmte hier nicht. Ganz und gar nicht.

Aus seiner vagen Verärgerung wurde jähes Erschrecken und dann blanke Wut, als er um ein Haar ins Leere getreten und in die Tiefe gestürzt wäre. Die geheime Klappe im hinteren Teil des Schuppens stand sperrangelweit offen. Eine winzige Unaufmerksamkeit hätte er möglicherweise mit dem Leben bezahlt oder zumindest mit einer bösen Verletzung. Doch das war nicht einmal das Schlimmste.

Jeder, der hier hereinkam, konnte den geheimen Eingang zu seinem verborgenen Königreich des Schmerzes sehen, einschließlich Geyers und dieses verdammten Polizisten! Was sollte das? War das Peizels ganz persönliche Art, Selbstmord zu begehen?

Mudgett gestattete sich nicht, diesem Gedanken bis zu seinem konsequenten Ende zu folgen, sondern konzentrierte sich lieber darauf, sein Gleichgewicht zurückzugewinnen und dann noch vorsichtiger die Stufen in die Tiefe hinabzusteigen. Instinktiv zog er auf dem letzten Stück den Kopf ein, um sich nicht zu stoßen, und griff gleichzeitig nach oben und zog die Klappe über sich zu, bevor er mit der anderen Hand nach der Petroleumlampe tastete, die hier immer griffbereit und neben einem Päckchen Schwefelhölzern auf einem eigens dafür gemauerten Sockel stand. Nahezu ohne sich der Bewegung auch nur bewusst zu sein, zündete er die Lampe an und drehte den Docht heraus, so weit es ging. Abgesehen von der gemauerten Treppe, die die Stelle der ursprünglichen Leiter eingenommen hatte, sah das düstere Kellergewölbe tatsächlich aus wie das Verlies einer tausend Jahre alten Burg, deren Erbauer sich um ein Millennium und einen Kontinent vertan hatten. Dieser Teil des Kellers war der einzige, der noch von der kleinen Apotheke übrig war, die einmal hier gestanden hatte, und er war ihm schon damals viel zu groß für das eher bescheidene Gebäude vorgekommen, das er damals gekauft hatte; selbstverständlich ohne auch nur einen einzigen Dollar dafür zu bezahlen. Die beiden ineinandergeschachtelten, aus fast schwarz gebrannten Ziegeln gemauerten Gewölbe waren so niedrig, dass er an ihrer höchsten Stelle zwar gerade noch so aufrecht stehen konnte, es aber ganz instinktiv nicht tat. Die beiden Räume waren vollkommen leer, abgesehen von einem deckenhohen Stapel aus sorgsam aufgeschichtetem Brennholz, erweckten aber immer irgendwie den Eindruck, hoffnungslos überfüllt und unordentlich zu sein; als wäre hier drinnen noch etwas, das zwar unsichtbar und lautlos war, dennoch aber viel Raum beanspruchte.

Mudgett spürte in der allerersten Sekunde und noch bevor das Licht ganz anging, dass etwas nicht stimmte, dann vertrieb gelbe Helligkeit die Schwärze, und er sah es auch: Seine Gamaschen und Schuhe waren nicht das einzig Blutige hier unten. Auf den Treppenstufen erblickte er schwärzlich eingetrocknetes Blut, und eine unterbrochene Spur unregelmäßiger Tropfen führte von der Treppe zum Brennholzstapel. Er stand nicht mehr ganz gerade, sondern schien auf schwer zu greifende Weise aus der Waage gebracht.

Mudgett ging hin und zog mit beiden Händen an dem Holzstapel, der sich quietschend bewegte. Mudgett machte sich in Gedanken eine Notiz, sowohl die Scharniere als auch die Räder der getarnten Tür bei Gelegenheit zu schmieren, und zog den vermeintlichen Holzstapel noch weiter zurück. Dahinter kam ein halbhoher Durchgang zum Vorschein. Auch hinter diesem brannte Licht, und Mudgett bemerkte erst jetzt den schwachen, aber unverkennbaren Geruch nach Blut, der in der Luft hing.

Aus reiner Gewohnheit löschte er nicht nur penibel das Licht, sondern zog auch den Holzstapel wieder an seinen Platz, nachdem er sich unter dem Durchgang hindurchgebückt hatte. Dieser Raum war wesentlich höher und ein gutes Stück größer, und auch er wirkte hoffnungslos vollgestopft, nur dass er es auch war. Mudgett musste sich schräg gehend zwischen zwei klobigen Truhen hindurchquetschen und umkreiste einen großen Bottich aus emailliertem Metall, eingewoben in ein goldfarbenes Spinnennetz aus Messingrohren und -spiralen. Obwohl alles so sauber war, dass man meinte, daraus essen zu können, verströmte die Apparatur noch immer einen sachten Geruch nach Tod und Säure, die auch nicht mehr verschwinden würde, und wenn er hundert Jahre lang daran herumschrubbte und -wienerte, und dasselbe galt auch für den klobigen Krematoriumsofen. Es war eine gute Woche her, seit das letzte Feuer darin gebrannt hatte, doch er meinte, die Hitze und den Schweinebratengeruch von verbranntem Menschenfleisch noch immer zu spüren; übrigens eines von ganz wenigen

Problemen, die er trotz aller Anstrengung und aller raffinierten Geruchsfilter, die er eigens zu diesem Zweck entworfen hatte, niemals hatte lösen können. Oder doch, wenn auch auf eine für ihn eher unorthodoxe Art, indem er Sylvia schlichtweg angewiesen hatte, eben Schweinebraten zuzubereiten, wenn es wieder an der Zeit war, den Ofen in Betrieb zu nehmen. Manchmal sogar freitags, was mehr als nur einmal zu lautstarken Meinungsverschiedenheiten zwischen ihm und seiner zwar eher mäßig talentierten, dafür aber umso bibelfesteren Köchin geführt hatte.

Zumindest dieses Problem hatte sich wohl erledigt, dachte Mudgett, während er mit einem großen Schritt über das hinwegstieg, was von Sylvia übrig geblieben war. Peizel hatte ihren versehrten Leichnam in eine Plane aus schwarzem Öltuch eingeschlagen, aber eben nicht gänzlich verschwinden lassen, wie er es ihm eigentlich aufgetragen hatte.

Mudgett betrat den benachbarten Raum und vergaß vor Überraschung für einen Moment sogar den Grund, aus dem er diesen Umweg gewählt hatte, um das Hotel zu betreten.

Peizel hatte es noch halb durch den Raum geschafft und war vor dem schwarzen Holzblock zusammengebrochen, der den gesamten Kellerraum durch seine Präsenz dominierte. Sein Gesicht lag in einer enormen Lache aus getrocknetem Blut. Im ersten Moment hätte man ihn für tot halten können. Doch Mudgett kniete neben ihm nieder und tastete nach seiner Halsschlagader. Er spürte einen regelmäßigen, wenn auch sehr schwachen Puls. Peizel lebte, und wie es aussah, lag er schon seit vielen Stunden so da.

Mudgett überlegte einen Moment, was zu tun sei – wobei er auch ganz ernsthaft die Möglichkeit in Betracht zog, ihn vollkommen undramatisch zu ersticken, hilflos und ohne Bewusstsein, wie er gerade war. Das wäre äußerst unbefriedigend, aber auch gefahrlos. Dann jedoch stand er im Gegenteil auf und stellte die Petroleumlampe auf die Werkbank neben der Tür, schaltete das elektrische Licht ein und ging zurück in den Nebenraum, um seine Arzttasche zu holen.

Er kam noch einmal in Versuchung, denn Peizel begann sich schwächlich zu bewegen, als er erneut neben ihm niederkniete und die Tasche aufklappte. Mudgett wusste nur zu gut, wie furchtbar stark William Peizel war; und was für übermenschliche Kräfte selbst eine verwundete oder auch sterbende Beute entwickeln konnte. Er wusste nicht, was Peizel zugestoßen war, aber er würde wohl kaum klar denken können, wenn er erwachte. Und dennoch … konnte er es einfach nicht tun. Eine bessere – und gefahrlosere – Möglichkeit, sich Peizels zu entledigen, würde sich wohl kaum noch finden, aber da war etwas in ihm, was es ihm einfach unmöglich machte. Vielleicht, weil Peizel – so absurd es ihm selber auch vorkommen mochte – das war, was einem Freund noch am nächsten kam.

Ganz oben in seiner Tasche lag ein schmales Lederetui, das eine einzelne Injektionsspritze enthielt. Ein winziger Stich, den Peizel nicht einmal spüren würde, der Druck seines Daumens auf den Kolben, gerade ausreichend, um eine Luftblase von der Größe einer Erbse in seine Vene zu pressen, und er konnte aufstehen und in aller Ruhe zusehen, wie Peizel qualvoll erstickte, entweder ohne überhaupt noch einmal wach zu werden oder vergeblich nach einem letzten Atemzug ringend und ohne zu begreifen, was überhaupt mit ihm geschah. Sein Verstand (und auch ein ganz kleines bisschen seine Angst vor diesem starken Mann) rieten ihm dringend, es genau so zu tun. Dies war nicht der Moment, auch nur das kleinste unnötige Risiko einzugehen. Er nahm das Etui aus der Tasche und klappte es auf.

Etwas regte sich in der Dunkelheit jenseits des schwarzen Altars, und Mudgett hätte um ein Haar erschrocken den Kopf gehoben, unterließ es aber dann, schon weil er wusste, dass er ohnehin nichts sehen würde. Sein finsterer Verbündeter war in der Schwärze nicht zu sehen, ganz einfach weil er die Schwärze *war*, allgegenwärtig und stets und an jedem Ort des Universums hinter den Dingen lauernd; selbst dort, wo es gar keine Orte mehr gab.

Mudgett legte das Spritzenetui in die Tasche zurück und

kramte stattdessen einen Moment darin herum, bis er einen winzigen braunen Flakon gefunden hatte. Mit nur einer Hand und deutlich mehr Anstrengung als erwartet drehte er Peizel auf den Rücken, jederzeit bereit, aufzuspringen, sollte er wach werden und um sich schlagen oder Schlimmeres. Doch er wachte nicht auf, sondern stöhnte nur leise, und Mudgett musste seine Stirn nicht eigens mit der Hand berühren, um zu fühlen, dass sie vor Fieber glühte. Peizels Züge waren unter halb eingetrocknetem Blut kaum noch zu erkennen, doch Mudgett sah zumindest in seinem Gesicht und auf den ersten Blick keine nennenswerte Verletzung. Woher also kam all dieses Blut?

Vielleicht konnte er ihn ja fragen. Mudgett schob die Hand unter Peizels Nacken, hob seinen Kopf behutsam an und entkorkte das Fläschchen mit dem Daumen. Er selbst drehte vorsichtshalber das Gesicht zur Seite, während er es Peizel unter die Nase hielt.

Im ersten Moment geschah gar nichts, doch gerade als er anfangen wollte, ernsthaft zu zweifeln, entfaltete das Ammoniumcarbonat seine Wirkung, und Peizel fuhr in die Höhe und atmete raschelnd ein. Mudgett verkorkte die Flasche mit Riechsalz sorgfältig und ließ sie wieder in seinem Arztkoffer verschwinden, bevor er sich wieder Peizel zuwandte. Er sagte noch nichts, sondern wartete darauf, dass sich Peizels rasselnder Atem beruhigte und sich sein Blick wenigstens halbwegs klärte. Es dauerte lange, und Mudgett nutzte die Zeit, um ihn etwas genauer in Augenschein zu nehmen.

Peizel bot einen wirklich schlimmen Anblick. Mudgett vermochte nicht zu sagen, was genau ihm zugestoßen war, doch seine Kleidung sah aus, als hätte er sich in Blut gewälzt oder wäre übel verprügelt worden, möglicherweise sogar angeschossen. Sein Gesicht war asymmetrisch angeschwollen und dunkelblau, violett und schwarz verfärbt, und in seiner blutgetränkten Jacke prangten zwei daumengroße runde Löcher; eines über seiner Schulter, das andere auf der Brust, unweit des Herzens. Es musste sich entweder um ein sehr kleines Kaliber gehandelt haben, oder er war sogar noch zäher, als Mudgett ohnehin angenommen hatte.

»Verstehen Sie mich?«, fragte er William.

Auch jetzt verging wieder eine beunruhigend lange Zeit, doch schließlich stemmte sich Peizel mühsam auf den Ellbogen des unversehrten Armes hoch und rang sich eine Bewegung ab, in die Mudgett zumindest so etwas wie ein Nicken hineindeuten konnte. Er versuchte etwas zu sagen, brachte aber nur ein neuerliches Stöhnen heraus, und Mudgett meinte hinter seinen aufgesprungenen Lippen zu erkennen, dass ihm mindestens zwei Zähne fehlten.

»Versuchen Sie nicht zu sprechen«, sagte er. »Warten Sie.«

Rasch stand er auf, verschwand abermals im Nebenzimmer und kam nach einem Augenblick mit einem massiven Holzstuhl zurück, der so schwer war, dass er beide Hände brauchte, um ihn überhaupt zu tragen.

»Ich helfe Ihnen«, sagte Mudgett. Er sparte sich die Frage, ob Peizel allein aufstehen konnte – die Antwort lag ja vor ihm –, und postierte sich mit halb gespreizten Beinen hinter ihm, so dass er ihm unter die Arme greifen und ihn unter Aufbietung nahezu aller seiner körperlichen Reserven halb in die Höhe und auf den Stuhl hieven konnte.

Peizel sank langsam nach vorne und wäre vermutlich vom Stuhl gefallen, hätte Mudgett ihn nicht im letzten Moment aufgefangen und in eine halbwegs stabile Position bugsiert. Eine Hand immer noch auf seiner Schulter, zog er den Arztkoffer mit dem Fuß zu sich heran und drapierte ihn auf Peizels Schoß. Mit einer Rolle Verbandsmull band er William an den Stuhl fest.

»Nur damit Sie nicht herunterfallen und sich noch mehr verletzen«, sagte er. »Ich würde gerne auch noch Ihre Arme fixieren, allerdings nur ganz locker. Sind Sie einverstanden?«

Er wertete Peizels Schweigen als Zustimmung und tat, was er angekündigt hatte. Peizel bewegte stöhnend den Kopf und versuchte etwas zu sagen, was von seinen angeschwollenen Lippen aber zu einem nahezu unverständlichen Nuscheln gemacht wurde.

»Gedulden Sie sich nur noch einen Moment«, sagte Mudgett. Er suchte ein anderes Medikament aus seinem Koffer, schob Peizel zwei kleine weiße Tabletten durch die aufgeplatzten Lippen und bedeutete ihm dann erneut, sich zu gedulden. So rasch er konnte, verschwand er zum dritten Mal im Nebenraum und kam diesmal sogar noch schneller zurück, eine halb volle Flasche Whisky schwenkend, die er entkorkte und Peizel an den Mund setzte. Im ersten Moment lief der hochprozentige Alkohol nur an seinem Kinn hinab, dann begann er zu husten, schluckte mühsam und mehrmals hintereinander und hustete schließlich noch qualvoller. Mudgett zog die Flasche zurück.

»Ich weiß, Medikamente und Alkohol vertragen sich normalerweise nicht«, sagte er, »aber in diesem speziellen Fall gebe ich Ihnen als Arzt die Erlaubnis, es ausnahmsweise einmal zu tun. Sie fühlen sich gleich besser.« Das vermeintliche Medikament war nichts anderes als reiner Traubenzucker, aber er baute auf die Macht des Placebos, die gerade bei einfachen Gemütern wie Peizel manchmal wahre Wunder wirkte.

Peizel reagierte nicht auf seinen lahmen Scherz, und wahrscheinlich hatte er ihn auch gar nicht gehört. Jetzt, wo er halb aufrecht und im hellen elektrischen Licht vor ihm saß, konnte Mudgett erst richtig sehen, wie blass seine Haut dort war, wo sie nicht von Blutergüssen verunziert oder von braunem Schorf besudelt wurde. Sein linkes Auge war faktisch zugeschwollen und das Jochbein darunter vermutlich gebrochen, und da er ihm so nahe gekommen war, entging ihm auch nicht mehr, wie übel er roch. Nicht nur nach kaltem Schweiß, Krankheit, Urin und Blut, sondern nach Tod. Peizel starb. Nicht irgendwann und irgendwo, sondern hier und jetzt. Wie es aussah, war er wohl gerade noch im richtigen Moment gekommen.

Die unsichtbare Schwärze hinter der Dunkelheit stimmte ihm zu, aber da war auch noch etwas. Etwas Abwartendes, vielleicht Forderndes.

»Ich möchte mir jetzt Ihre Verletzungen genauer ansehen, ist das in Ordnung?« Er wartete Peizels Antwort nicht ab, sondern beugte sich (angesichts des üblen Geruchs) mit angehaltenem Atem vor und versuchte die Jacke zu öffnen, wich aber auch sofort wieder zurück, als Peizel ein gequältes Wimmern ausstieß und sich so heftig bewegte, dass der Stuhl bedrohlich knirschte.

»Das hat keinen Zweck«, sagte er. »Sie verletzen sich nur selbst. Ich kann Ihnen Opium geben, um den Schmerz zu lindern. Möchten Sie das?« Plötzlich war er ganz der Arzt – etwas, das er im Grunde niemals wirklich gewesen war –, dem das Wohl seines Patienten am Herzen lag. »Ich möchte Ihnen nichts vormachen, William. Das wird den Schmerz lindern, aber es könnte auch gefährlich sein. Ich weiß nicht, wie schlimm Sie wirklich verletzt sind.«

Peizel zwang sich zu einem Nicken, und Mudgett (der eine Ablehnung ohnehin nicht akzeptiert hätte) griff wieder in seinen abgewetzten Arztkoffer und verabreichte ihm das angebotene Mittel. Die Wirkung trat nahezu augenblicklich ein – was sicherlich an der schon fast mörderisch hohen Dosierung lag –, und Peizel hörte zuerst auf zu stöhnen, dann zu zittern. Sein Blick klärte sich nicht ganz und würde das wohl auch niemals wieder tun, aber Mudgett las zumindest nicht nur noch Schmerz und beginnenden Wahnsinn darin.

»Ist es besser?«, fragte er. »Sind die Schmerzen weg?«

»Nein«, antwortete Peizel. »Aber sie sind mir jetzt egal.«

Mudgett tat ihm den Gefallen, leise zu lachen, auch wenn er nach wie vor Mühe hatte, ihn überhaupt zu verstehen. Jetzt war es allerdings wohl eher das Opium, das seine Stimme wie die eines Betrunkenen klingen ließ und die einzelnen Worte zu einem Brei vermengte.

»Was ist passiert?«, fragte er. »Wer hat Ihnen das angetan, und warum?«

»Geyer«, nuschelte Peizel.

Mudgett starrte ihn entgeistert an. »Geyer?«, wiederholte er ungläubig. »Sie wollen allen Ernstes behaupten, dass *Frank Geyer* Ihnen das angetan hat?«

»Dieser verdammte … Mistkerl«, brachte Peizel mühsam hervor. »Er ist heimtückisch.«

»Aber wie konnte er Sie so zurichten?«

Peizel bewegte sich mühsam. Er versuchte den Arm zu heben, wurde aber von der Schlinge aus Verbandsmull daran gehindert, mit dem Mudgett sein Handgelenk festgebunden hatte. »Ich bin ihm gefolgt«, nuschelte er.

»Aber das war gestern«, sagte Mudgett. Dann riss er noch erstaunter die Augen auf. »Moment mal … wollen Sie sagen, dass Sie die ganze Nacht und den halben Tag hier unten gelegen haben?« Mit diesen Verletzungen und dem großen Blutverlust? Wie konnte es sein, dass er überhaupt noch lebte? Der Arzt in ihm weigerte sich, das zu glauben.

»Gestern?« Für einen Moment verschleierte sich Peizels Blick wieder, klärte sich aber dann noch einmal. »Ich wollte zurück, aber … Holmes darf das nicht sehen. Sie müssen mir helfen. Es tut weh.«

»Aber wie konnte er das tun?«, fragte Mudgett noch einmal. Er spürte, dass Peizel die Wahrheit sagte – der Mann war ganz eindeutig nicht in der Verfassung zu lügen –, aber es fiel ihm dennoch schwer, ihm zu glauben. Peizel war doppelt so schwer wie Geyer und mindestens dreimal so stark!

»Er hat Sie niedergeschossen und dann auf Sie eingeschlagen«, vermutete er.

Zu seiner Überraschung schüttelte Peizel schwach den Kopf. »Er hat mich niedergeschlagen«, antwortete er. »Ich habe ihn unterschätzt. Plötzlich hatte er einen Revolver.«

»Geyer ist Ihnen entkommen?«, fragte Mudgett.

Natürlich wusste er, dass es so war – schließlich hatte er ihn vor kaum mehr als ein paar Minuten mit eigenen Augen gesehen, wie er oben mit einem Polizisten sprach, was plötzlich einen völlig neuen und nicht unbedingt beruhigenden Sinn zu ergeben schien – aber ihn interessierte vor allem Peizels Antwort. Dieser verdammte Dummkopf hatte sich von einem Mann wie Geyer derart zurichten lassen? »Sie haben doch nichts von mir erzählt?«

»Nein.« Peizel schüttelte den Kopf und versuchte noch einmal den Arm zu heben. Der Verbandsmull, mit dem Mudgett ihn gebunden hatte, knirschte bedrohlich, und er konnte hören, wie sich das dünne Gewebe zu dehnen begann und riss.

»Warten Sie, William«, sagte er rasch. »Ich mache Sie los. Nicht, dass Sie sich am Ende noch mehr verletzen.«

Tatsächlich hörte Peizel auf, an den improvisierten Fesseln zu zerren, und Mudgett nahm den Arztkoffer von seinem Schoß, griff hinein und ging gleichzeitig um den Stuhl herum, um ihn loszubinden, wie Peizel annehmen mochte, in Wahrheit jedoch aus einem ganz anderen Grund. Es gab noch einen letzten gefährlichen Moment, in dem er mit beiden Händen in seiner Arzttasche herumkramte, doch geschwächt und im Opiumrausch, wie Peizel war, reagierte er nicht darauf, und als er es im letzten Moment vielleicht doch noch begriff, war es zu spät.

Da er nur zu gut wusste, wie stark Peizel war, ließ er ihm nicht die allerkleinste Chance, sondern schlang den linken Arm von hinten um seinen Hals, zwang seinen Kopf mit aller Gewalt in den Nacken und presste ihm gleichzeitig mit der anderen Hand den mit Chloroform getränkten Wattebausch auf Mund und Nase, den er in seinem Koffer vorbereitet hatte.

Peizel bäumte sich mit solcher Macht auf, dass es ihm tatsächlich gelang, eine seiner Handfesseln zu zerreißen, und wahrscheinlich hätte er Mudgett im nächsten Moment auch gänzlich abgeschüttelt, hätte er nicht zugleich auch den Fehler gemacht, ganz instinktiv Luft zu holen und das ohnehin mehr als reichlich bemessene Chloroform damit umso tiefer einzuatmen. Dennoch warf er sich mit solcher Kraft nach hinten, dass der Stuhl umkippte und Mudgett das Knie gegen seinen Rücken stemmen musste und jedes bisschen Kraft aufbot, um nicht unter ihm begraben zu werden. Dann, so plötzlich, wie der Gewaltausbruch gekommen war, war er auch schon wieder vorbei, und Peizel erschlaffte von einem Sekundenbruchteil auf den anderen. Mudgett kippte ihn mitsamt des Stuhls wieder in die Waagerechte und ließ den Chloroformbausch einen Moment länger an seinem Platz, um auch ganz sicherzugehen. Er hätte ihn vielleicht sogar dort belassen und es zu Ende gebracht, hätte er nicht etwas wie ein unwilliges Regen in der Dunkelheit gespürt. Also ließ er ihn endlich sinken und erinnerte sich möglicherweise zu spät daran, dass Chloroform nicht nur ein äußerst zuverlässiges Betäubungsmittel war, sondern man einen Menschen damit auch ganz ausgezeichnet umbringen konnte; ohne es zu merken oder gar zu wollen.

Schon im nächsten Moment wurde ihm selbst schwindelig, und er musste eine Menge Willenskraft aufbieten, um nicht zu taumeln. Offenbar hatte er es mit der Dosierung ein bisschen zu gut gemeint.

Tatsächlich lief er einen Moment lang Gefahr, selbst das Bewusstsein zu verlieren. Alles drehte sich immer schneller um ihn, und er wollte den Wattebausch fallen lassen, wankte aber dann stattdessen zur Tür und warf ihn in hohem Bogen in den Nebenraum, bevor er sich gegen die Wand lehnte und so tief und konzentriert ein- und ausatmete, wie es nur ging.

Es wurde nicht wirklich besser. Seine Knie hatten immer größere Mühe, das Gewicht seines Körpers zu tragen, und sein Herz wollte immer langsamer schlagen. Da war eine Bewegung in seinen Augenwinkeln, die er gar nicht erst zu fixieren versuchte, und ganz kurz (und vielleicht zum allerersten Mal) meinte er die Stimme seines unsichtbaren Verbündeten zu hören, ein raschelndes Flüstern, das Worte in einer Sprache sprach, die niemals erfunden worden war. Er musste etwas tun. Die Dunkelheit verlangte nach einem weiteren Opfer, und es war ihr gleich, nach welchem.

Natürlich war Mudgett klar, dass er halluzinierte, und dass er sich sehr, sehr dumm benommen hatte. Vielleicht eine Sekunde länger und ein bisschen tiefer eingeatmet, und er hätte sich selbst betäubt, und er war ganz und gar nicht sicher, wer zuerst wieder aufgewacht wäre, und wie Peizel reagiert hätte … obwohl: Zumindest Letzteres stimmte nicht. Eigentlich wusste er recht gut, was Peizel getan hätte. Dasselbe, was er immer noch tun würde, wenn er wach wurde.

Der Nebel über seinen Gedanken lichtete sich nur ganz allmählich, und er ließ eine Schwere in seinen Gliedmaßen zurück, die ihn auf heimtückische Weise einzulullen versuchte. Und zu wissen, dass er halluzinierte, schützte ihn nicht im Geringsten vor ebenjener Halluzination. Er meinte jetzt einen Schemen im hinteren Teil des Gewölbes auszumachen, und das Scharren harter Füße (vielleicht Klauen?) zu hören, als versuche die Dunkelheit nun nicht nur eine Stimme, sondern tatsächlich auch Substanz zu erlangen. Verlor er den Verstand?

Doch er hatte keine Zeit, lange nachzudenken. Er musste sich um Peizel kümmern.

Gottlob fand er alles, was er brauchte, in mehr als ausreichender Menge und in Griffweite, so dass er nur wenige Minuten benötigte, um Peizel mittels eines stabilen Strickes und etlicher schwerer Lederbänder richtig an den Stuhl zu fesseln. Er wurde dabei nicht wach, sondern regte sich nur ein paarmal stöhnend, so dass Mudgett ihn schließlich zu schütteln begann und ihn dann erst sanft, dann deutlich heftiger ohrfeigte. Peizel stöhnte noch lauter und bewegte den Kopf hin und her, wachte aber immer noch nicht auf, so dass er noch einmal zu dem Flakon mit Riechsalz griff.

Selbst jetzt vergingen noch Sekunden, bis Peizels Lider zu flattern begannen. Er versuchte den Kopf wegzudrehen, doch Mudgett folgte ihm erbarmungslos mit der Flasche, obwohl er zu husten und kurz darauf qualvoll zu würgen begann. Seine Augen tränten, und sein Atem hörte sich mit jedem Luftholen schlimmer an. Das war es wohl auch, denn Mudgett wusste nur zu gut, was dieses vermeintlich harmlose Mittel seinem Rachen, den Stimmbändern und auch seinen Lungen antun konnte, wenn man nicht vorsichtig damit umging.

Nicht, dass das für William Peizel noch irgendeinen Unterschied machte.

Peizel versuchte zum wiederholten Male, das Gesicht von dem winzigen Flakon wegzudrehen, und als Mudgett es auch weiter nicht zuließ, stieß er ungeschickt mit dem Kopf danach, um ihm die Flasche aus der Hand zu schlagen. Mudgett wich dem unbeholfenen Angriff ohne irgendeine Mühe aus, versetzte ihm eine eher symbolische Ohrfeige und überlegte ernsthaft, ihm den Rest des Ammoniumcarbonats gewaltsam einzuflößen, selbst auf die Gefahr hin, dass er daran erstickte.

Stattdessen sagte er ruhig: »Versuchen Sie das noch einmal, und ich nagele Ihr Gesicht am Stuhl fest.«

Das war so, wie er vor ihm saß, gar nicht möglich, aber Peizel spürte sehr wohl die Entschlossenheit in seiner Stimme, und wahrscheinlich hatte er auch gar nicht mehr die Kraft, sich zu wehren.

»Gut«, sagte Mudgett. Er verschloss den Flakon sorgfältig, legte ihn in den Koffer zurück und zog stattdessen ein Skalpell heraus, wobei er pedantisch darauf achtete, sich nicht an der Klinge zu verletzen, die zehnmal so scharf war wie das Rasiermesser, das er immer bei sich trug. Peizel sog scharf die Luft zwischen den Zähnen ein und versteifte sich, als Mudgett sich vorbeugte und ihn noch einmal ohrfeigte.

»Sie Dummkopf«, schalt er. »Wollen Sie sich mit Gewalt verletzen? Ich möchte mir Ihre Wunde ansehen, das ist alles!«

Es war unmöglich zu sagen, ob Peizel ihm glaubte oder nicht, oder ob er ihn überhaupt noch verstand, aber er erstarrte, und das war alles, was im Moment zählte. Vorsichtig, weil er Peizel nicht traute und jederzeit mit einem weiteren Angriff rechnete, beugte sich Mudgett vor und schnitt Peizels Jacke genau wie das darunterliegende Hemd mit einer einzigen routinierten Bewegung entzwei, ohne die Haut darunter auch nur zu ritzen. Trotzdem sog Peizel schmerzlich die Luft ein; und dann noch einmal und sogar noch lauter, als er das Skalpell aus der Hand legte und den zerschlissenen Stoff auseinanderklappte. Er war nass und schwer und glänzte rot, und die Haut darunter war ebenso blutverkrustet wie sein Gesicht. Aber sehr viel schlimmer verletzt. In seiner Schulter gähnte ein Krater mit schwarz versengten Rändern und ein zweites und noch deutlich tieferes Loch unmittelbar neben seinem Herzen.

»Sie haben wirklich großes Glück gehabt, William«, sagte Mudgett. »Was war das, eine Deringer?«

»Ein verdammter Weiberrevolver«, bestätigte Peizel. Seine Aussprache war noch immer unpräzise, und seine Stimme zitterte vor verhaltenem Schmerz, aber Mudgett meinte trotzdem regelrecht zu spüren, wie seine Kraft zurückkam. All das änderte nichts daran, dass er sterben würde, selbst wenn Mudgett sein Leben nicht beendete. Peizels Wunden sahen nicht nur schlimm aus, sondern rochen auch schon brandig. In einer guten Klinik und mit den besten Medikamenten hätte er vermutlich eine gute Chance, am Leben zu bleiben und möglicherweise sogar den Arm zu behalten, aber selbstverständlich würde er weder das eine noch das andere bekommen.

»Das sieht schlimmer aus, als es ist«, sagte er trotzdem. »Ich werde die Wunde reinigen – ich sage Ihnen gleich, es wird nicht angenehm –, und ich gebe Ihnen auch noch etwas gegen die Schmerzen, aber zuerst muss ich wissen, was genau passiert ist. Was haben Sie Geyer erzählt?«

»Nichts«, antwortete Peizel. »Er ist einfach auf mich losgegangen, ohne was zu sagen. Als ob er was gewusst hätte.«

Auch das war gelogen, wie Mudgett genau spürte, doch er beschloss, es ebenfalls zu ignorieren. »Und danach?«

»Hat er mich geschlagen«, antwortete Peizel. »Hätte mich fast umgebracht, der verdammte Dreckskerl.«

»Mit derselben Waffe, mit der er Sie auch niedergeschossen hat, nehme ich an?«

Peizel nickte.

Mudgett taxierte sein zerschlagenes Gesicht mit einem sehr langen, nachdenklichen Blick. Es wollte ihm immer noch nicht in den Sinn, wie es einem Mann wie Geyer gelungen war, Peizel derart zuzurichten, aber eines war ihm dafür umso klarer: Er hatte ihn ganz bestimmt nicht mit einer besseren Spielzeugpistole wie einer Deringer verprügelt.

Fast wäre er mit einem Lächeln darüber hinweggegangen, doch das lautlose Flüstern jenseits der Dunkelheit ließ das nicht zu. Der Tod war verstimmt, und zu Recht. Er hatte Peizel jede nur denkbare Chance gegeben und ihn tiefer in sein Geheimnis eingeführt als jemals einen Menschen zuvor, er hatte ihm all seine kleinen Fehler und Unzulänglichkeiten und auch Unverschämtheiten durchgehen lassen, und zum Dank belog er ihn nicht nur, sondern brachte ihn auch durch seine Inkompetenz und Dummheit in Gefahr.

»Und Sie sind ganz sicher, dass es so war?«, fragte er lächelnd.

»Ich habe getan, was Sie verlangt haben.«

»Ich habe nicht verlangt, dass Sie sich von einem doppelt so alten Mann verprügeln lassen«, sagte Mudgett sanft.

»Er ist sofort auf mich los«, beharrte Peizel. »Ich hatte gar keine Chance. Er hat mir aufgelauert.«

Der Unmut wurde stärker, und nun galt er nicht nur Peizel allein, sondern begann sich auch Mudgett selber zuzuwenden, dass er sich diese neuerliche Unverschämtheit und vor allem Undankbarkeit bieten ließ.

»Wenn er Ihnen aufgelauert hat, muss er einen Grund gehabt haben, Ihnen zu misstrauen«, sagte er. »Haben Sie irgendetwas gesagt, was sein Misstrauen geweckt haben könnte?«

»Gar nichts«, behauptete Peizel. Mudgett betrachtete scheinbar versonnen die winzige Klinge des Skalpells, die so harmlos aussah und doch so viel Verheerung anrichten konnte, und er tat auch so, als fiele ihm nicht auf, dass Peizel insgeheim die Muskeln anspannte, um die Festigkeit seiner Fesseln zu testen. Um sie machte Mudgett sich keine Sorgen, sehr wohl allerdings um den Stuhl, auf dem Peizel saß.

»Und hat jemand etwas von diesem Zwischenfall mitbekommen?«

»Nein«, behauptete Peizel. »Er hat mir in einer dunklen …«

Mudgett zog ihm die winzige Messerklinge diagonal über den Handrücken, und Peizel brach mit einem erstaunten Keuchen ab, und seine Augen wurden groß. So scharf wie das winzige chirurgische Instrument war, tat es im ersten Moment vermutlich nicht einmal weh, doch dann füllte sich der klaffende Schnitt mit dunkelrotem Blut, und Mudgett meinte den Schrei regelrecht sehen zu können, der in seiner Kehle emporstieg, ohne aber dann letzten Endes über seine Lippen zu kommen.

»Sie sollten mich nicht belügen, William«, sagte er ruhig. »Sie wissen doch, dass ich so etwas merke.«

Peizel starrte weiter aus hervorquellenden Augen seine zerschnittene Hand an. Sein Unterkiefer klappte herunter, und er setzte dazu an, etwas zu sagen, hob aber dann nur stumm den Kopf und sah Mudgett ins Gesicht. »Aber … warum denn?«, flüsterte er.

»Ich bin enttäuscht, William«, antwortete er. »Wirklich schwer enttäuscht. Warum belügen Sie mich? Habe ich das verdient, nach allem, was ich für Sie getan habe?« Nur um sicherzugehen, dass Peizel seine Frage auch wirklich verstanden und er seine ungeteilte Aufmerksamkeit hatte, versetzte er ihm einen zweiten und sogar noch tieferen Schnitt, der den ersten in spitzem Winkel kreuzte. Zu seiner Überraschung schrie Peizel immer noch nicht, auch wenn sich seiner Kehle ein dumpfes, knurrendes Stöhnen entrang.

»Warum?«, presste er lediglich noch einmal hervor.

Dasselbe fragte sich Mudgett für einen Moment auch. Doch es erschien ihm einfach richtig, der konsequente Endpunkt einer Entwicklung, die schon vor langer Zeit ihren Anfang genommen hatte und keinerlei Begründung bedurfte. Peizels Zeit war gekommen, so einfach war das. »Was haben Sie Holmes erzählt«, fragte Mudgett, »und was weiß Ihre Frau?«

Natürlich war es inzwischen irrelevant, was sie gewusst hatte. Doch Mudgett war einfach neugierig auf Peizels Reaktion.

»Meine Frau?«, wiederholte Peizel schleppend. Etwas Neues erschien in seinem Blick, das Mudgett hätte freuen sollen, ihn aber im Gegenteil mit einem vollkommen grundlosen Gefühl von Schuld erfüllte.

»Wieso kommen Sie auf meine Frau. Was … ist mit ihr?«, nuschelte Peizel, als Mudgett nicht antwortete. »Sie haben ihr doch nichts getan?«

»Ihrer Frau fehlt nichts mehr, William«, antwortete Mudgett. Er behielt Peizel bei dieser Antwort aufmerksam im Auge, und er wurde nicht enttäuscht. Peizel nickte, schwerfällig und mehrmals hintereinander. Sein Kinn sank kraftlos auf seine Brust hinab, und er schmatzte ein paarmal, so als müsse er die

Worte kosten, um ihre wirkliche Bedeutung zu erfassen. Dann hob er den Kopf mit einem Ruck wieder, und seine Augen wurden nicht nur groß, sondern wenigstens für einen Moment auch wieder klar. Mudgett spannte sich innerlich, auf buchstäblich alles gefasst und ein wenig ärgerlich auf sich selbst, so leichtsinnig gewesen zu sein. Angeschlagen oder nicht, Peizel konnte ihn mit einer einzigen Bewegung kampfunfähig machen oder zumindest übel verletzen. Sich an seinem Schmerz zu laben war eine Sache, aber seine eigene Sicherheit dabei zu vernachlässigen, war unverzeihlich. Schließlich stand nicht nur sein Leben auf dem Spiel, sondern so vieles mehr. Aber seine improvisierten Fesseln hielten besser, als er befürchtet hatte.

»Was haben Sie meiner Frau angetan?«, keuchte Peizel. »Und meinen … Kindern?«

War es möglich, dachte Mudgett überrascht, dass Peizel seine Kinder tatsächlich *geliebt* hatte? Liebe war ein Wort, das nicht zu William Peizel passen wollte, doch zugleich ergaben sich daraus aufregende neue Möglichkeiten. Schmerz ließ sich schließlich nicht nur körperlich herbeiführen.

»Sie haben meine Frage nicht beantwortet, William«, sagte er. »Was haben Sie Ihrer Frau erzählt, und was weiß Holmes?«

»Ich habe nichts verraten«, beteuerte Peizel. »Niemandem. Wem sollte ich denn etwas erzählen?«

»Holmes, zum Beispiel«, antwortete Mudgett. »Oder diesem Schnüffler.« Holmes war das große Problem.

»Ich habe nichts gesagt«, beharrte Peizel.

Er log. Die Dunkelheit hinter Peizel bestätigte es, und da war auch noch eine lautlose, aber allmählich an Kraft gewinnende Stimme, die dasselbe tat. Peizel log. Er führte etwas im Schilde. Etwas Schlimmes. Unmöglich zu sagen, was, aber er log. Er musste sterben. Jetzt.

»Was haben Sie Holmes verraten?«, beharrte Mudgett. Er benutzte das Skalpell, um Peizel weiter zu motivieren, und dieser ließ ein tiefes, schmerzerfülltes Grunzen hören und stemmte sich noch einmal gegen seine improvisierten Fesseln.

Sie hielten noch immer und würden auch weiter halten, doch Mudgett registrierte auch noch etwas anderes und durchaus Erschreckendes: Peizel zitterte am ganzen Leib, und sein Gesicht war kreidebleich und glänzte vor kaltem, säuerlich riechendem Schweiß, alles Anzeichen dafür, dass es zu Ende ging, und dennoch klärte sich sein Blick zusehends. Auch das war dem Arzt in ihm nicht neu, ein allerletztes Aufbegehren, bevor das Ende dann umso jäher kam, aber er war auf eine absurde Art enttäuscht. Er hatte gehofft, dass Peizel länger durchhalten würde. So lange und treu, wie er ihm gedient hatte, hätte er ein würdigeres Ende verdient gehabt.

Mudgett setzte das Messer auf Peizels anderer Hand an, doch bevor er schneiden konnte, sagte Peizel mit plötzlich sehr ruhiger, fester Stimme: »Das sollten Sie nicht tun.«

Von allen denkbaren Reaktionen war das wohl die unwahrscheinlichste, so dass Mudgett das Skalpell zurückzog und ihn überrascht anstarrte. Hätte Peizel den Moment genutzt, um sich loszureißen und ihn zu attackieren, wäre dieser Versuch vermutlich von Erfolg gekrönt gewesen, so verdutzt, wie er war. Aber er tat es nicht.

»Was?«, fragte er schließlich.

»Sie sollten mich nicht töten«, antwortete Peizel, noch immer mit derselben, auf schon fast unheimliche Weise ruhigen Stimme.

»Und verraten Sie mir auch, warum?«

»Weil Sie mich brauchen. Niemand weiß, dass Sie hier sind. Niemand weiß, dass es Sie gibt! Was wollen Sie tun, wenn Holmes das alles hier entdeckt?«

Peizels vermeintliche Ruhe verblüffte Mudgett immer mehr. Er benutzte nicht nur Worte, von denen er niemals erwartet hätte, dass er sie überhaupt kannte, sondern sprach plötzlich mit vollkommen verändertem Duktus, als hätte das Wissen um sein bevorstehendes Ende eine Facette seiner Persönlichkeit zum Vorschein gebracht, von deren Existenz er bisher noch nicht einmal etwas geahnt hatte. Konnte es sein, dass Peizel ihm etwas vorgemacht hatte?

Mudgett wog diese Möglichkeit eine einzelne Sekunde lang ganz ernsthaft ab und wies sie dann als so absurd von sich, wie sie es auch war; und sei es nur, weil es einfach undenkbar war, dass ihn seine Menschenkenntnis so getäuscht haben sollte. Aber da war etwas anderes, das Peizel gesagt hatte. Statt das Skalpell endlich zu benutzen und dem lautlosen Flüstern der Dunkelheit nachzugeben, zog er die Klinge sogar noch weiter zurück.

»Was soll mit Holmes sein?«, fragte er.

Peizel atmete tief ein. »Er will es nicht sehen, aber in Wahrheit hat er es doch schon längst«, sagte er schleppend. »Und diese Frau und der Schnüffler …«

»Den Sie töten sollten«, erinnerte Mudgett mit sanftem Tadel.

»Sie werden ihm alles sagen«, fuhr Peizel anscheinend unbeeindruckt fort. »Geyer hat schon zu viel herausgefunden. Und Christen wird Holmes alles verraten.«

»Lassen Sie Holmes meine Sorge sein«, sagte Mudgett verärgert.

Aber er hat recht, flüsterte die Stimme der Dunkelheit. *Holmes ist schon lange misstrauisch. Er glaubt alles. Sie wird ihn gegen uns aufbringen. Du musst sie töten. So, wie du ihre Schwester getötet hast.*

»Er wird niemals verstehen, was wir getan haben«, murmelte Peizel. »Er wird alles zerstören.«

Und auch damit hat er recht, fuhr die wispernde Schwärze fort.

»Wie können Sie mit ihm reden, ohne mich?«

»So wie ich es die ganze Zeit über getan habe, bevor es Sie gab, William«, sagte Mudgett. Er stieß einen tiefen Seufzer aus. »Ich würde jetzt gerne sagen, dass es schnell geht und nicht wehtut, aber das wäre gelogen.« Er betrachtete versonnen die Klinge des winzigen Skalpells. Obwohl er es nun schon mehrfach benutzt hatte, schimmerte der rasiermesserscharfe Stahl noch immer jungfräulich, so als hätte er ihn gerade erst aus der Verpackung genommen. Vielleicht war er so scharf, dass nicht einmal Blut daran haften blieb.

»So lange, wie wir uns nun schon kennen, bin ich Ihnen zumindest jetzt die Wahrheit schuldig, nicht wahr? Obwohl ich Ihnen versichere, dass ich stets ehrlich zu Ihnen gewesen bin, William. Im Großen und Ganzen wenigstens.« Peizel versuchte sich hochzustemmen, aber seine Kraft reichte nicht einmal mehr, um seine Fesseln zu spannen. Mudgett registrierte es mit gemischten Gefühlen. Ein Großteil von ihm bedauerte zutiefst, dass Peizel wohl nur noch Augenblicke blieben und er so um das Vergnügen gebracht wurde, die Grenzen dieses so großen und über die Maßen starken Mannes zu erkunden. Aber ein gar nicht einmal so kleiner Teil von ihm war auch sehr froh, das Ausmaß ebenjener Stärke nicht herausfinden zu müssen, denn er hatte große Angst davor.

»Meine Frau«, murmelte Peizel. »Was haben Sie ihr angetan?«

»Sie hat nicht gelitten«, antwortete Mudgett, »so viel kann ich Ihnen versichern. Und auch Ihre Kinder nicht, falls Ihnen das ein Trost ist.«

»Sie haben sie getötet?«

Mudgett nickte.

»Sie haben Ihnen nichts getan. Meine Kinder mochten Sie.«

»Ich sie auch«, erwiderte Mudgett. »Deshalb habe ich auch Sorge getragen, ihnen kein unnötiges Leid zuzufügen. Das war das Mindeste, was ich Ihnen schuldig bin, William.«

»Sie sind wahnsinnig«, sagte Peizel im Tonfall einer rein sachlichen Feststellung.

»Wahnsinnig? Nein.« Mudgett schüttelte mit einem Lächeln den Kopf. »Nicht normal? Vermutlich. Wer will schon sein wie alle anderen? Sie sind das doch auch nicht.«

»Hören Sie auf«, murmelte Peizel. Er versuchte zu lachen, brachte aber nur ein schreckliches nasses Röcheln zustande. »Ich will Ihnen nicht mehr zuhören. Töten Sie mich endlich.«

»Ganz wie Sie wünschen«, sagte Mudgett.

Er beugte sich mit dem Skalpell in der Hand vor, und in diesem Moment zerriss Peizels rechtes Bein die improvisierte Fessel ohne die geringste Mühe und schnellte in Richtung seiner Leibesmitte. Mudgett sprang erschrocken und alles andere als geschickt zurück und entging der heimtückischen Attacke durch pures Glück, wenn auch nicht vollkommen. Statt seine Weichteile zu treffen und ihn vermutlich nicht nur augenblicklich zu Boden zu werfen, sondern wohl auch gleich das Bewusstsein zu rauben, explodierte der Tritt mit der Gewalt eines Hammerschlages auf seinem Oberschenkel, und Mudgett torkelte haltlos zwei Schritte zurück und gegen die Werkbank, woraufhin ein zweiter und noch schlimmerer Schmerz durch seinen Rücken raste. Rote Punkte tanzten vor seinen Augen, und für ein paar Sekunden bestand die Welt nur noch aus Pein. Etwas krachte, und er meinte einen Schrei zu hören, der nicht der seine war, weil Schmerz und Überraschung ihm einfach die Kehle zuschnürten, und irgendetwas entsetzlich Heißes streifte seine Hand.

Dann klärte sich sein Blick wieder, doch was er sah und hörte machte es eher schlimmer. Sein Bein fühlte sich an, als wäre der Knochen zermalmt, und vermutlich war er es auch. Ihm war entsetzlich übel, und seine rechte Hand war leer, das Skalpell verschwunden und er damit auch jedweder Möglichkeit beraubt, sich zu verteidigen.

Nicht, dass ihm diese Waffe noch irgendetwas genutzt hätte.

Dass er diesen Gedanken überhaupt noch denken konnte, lag daran, dass Peizel sich zwar mit der Kraft der schieren Verzweiflung losgerissen und den kompletten Stuhl in Stücke gebrochen hatte, dabei aber selbst auf beide Knie und Hände gefallen war und sichtliche Schwierigkeiten hatte, wieder in die Höhe zu kommen. Sein Hemd stand offen, und Mudgett konnte erkennen, dass die Wunde in seiner Brust wieder aufgebrochen war und sich ein pumpender Strom hellen Blutes daraus ergoss, und wieder meldete sich der Arzt in ihm zu Wort, der darauf beharrte, dass Peizel bei diesen starken Verletzungen längst das Bewusstsein hätte verlieren müssen oder es spätestens in der nächsten oder übernächsten Sekunde tat.

Und vielleicht wäre das sogar geschehen, hätten sich nicht ihre Blicke getroffen, als Peizel den Kopf hob und zu ihm hinübersah.

Es war der Blick eines Mannes, der wusste, dass er starb, hier und jetzt, und auch, dass er ins Gesicht seines Mörders und dem seiner Frau und seiner Kinder blickte.

Peizel schrie auf, stemmte sich mit ganz und gar unmöglicher Kraft und Schnelligkeit in die Höhe und warf sich auf ihn. Mudgett gelang es irgendwie, seinem allerersten titanischen Fausthieb auszuweichen, der ihm vermutlich den Kiefer zerschmettert hätte, so aber mit ungebremster Kraft direkt neben seinem Gesicht gegen die Werkbank prallte, woraufhin die meisten Knöchel in Peizels Hand brachen. Aber er gab nicht einmal einen Schmerzlaut von sich, sondern krallte die andere Hand in Mudgetts Jacke, riss ihn in die Höhe und versetzte ihm einen Kopfstoß, der seine Nase brach und bunte Blitze vor seinen Augen aufzucken ließ. Ohne auf seine zertrümmerte Hand zu achten, rammte er ihm die Faust in den Leib und nahm ihm damit auch noch das allerletzte bisschen Atem, und als wäre auch das noch nicht genug, presste er ihn mit solcher Gewalt gegen die Werkbank, dass seine Rippen knackten.

Dann, ganz plötzlich, schrie Peizel doch vor Schmerz auf und ließ ihn los. Etwas zischte, und Mudgett meinte flackernden Feuerschein aus den Augenwinkeln heraus wahrzunehmen. Ihm war so entsetzlich übel, dass er nahe daran war, einfach die Augen zu schließen und aufzugeben, nur damit es endlich vorbei war.

Stattdessen mobilisierte er noch einmal Kräfte, von denen er nicht einmal gewusst hatte, sie überhaupt noch zu besitzen, um sich von der Werkbank wegzustoßen. Es konnte kaum mehr als eine halbe Sekunde vergangen sein, aber in dieser winzigen Zeitspanne war viel geschehen. Peizel schrie, was wohl daran lag, dass seine rechte Hand brannte und die Flammen bereits an seinem Arm emporzüngelten, sofern sie nicht von seinem eigenen Blut zischend gelöscht wurden. Hinter ihm stand die Oberfläche der Werkbank in Flammen, denn die

Petroleumlampe war umgestürzt, so dass Petroleum auslief und sich eine rasch größer werdende, brennende Pfütze bildete.

Peizel schien seinen brennenden Arm zu ignorieren, denn er stürmte wieder auf Mudgett zu. Dieser wirbelte auf dem Absatz herum, ergriff den Drahtbügel der brennenden Petroleumlampe und schwang sie wie eine Keule nach Peizels Gesicht. Peizel versuchte die Arme hochzureißen, um sein Gesicht zu schützen, doch diesmal kam seine Reaktion zu spät. Einen feurigen Schweif wie ein brennender Meteorit hinter sich herziehend, fuhr die Petroleumlampe auf ihn herab und explodierte in einem Hagel aus Scherben und flüssigem Feuer in seinem Gesicht.

Das Zischen der Flammen, die von einem Sekundenbruchteil auf den anderen Peizels Kopf einhüllten und wie ein lodernder Wasserfall seinen Oberkörper herabrannen, übertönte für einen Moment sogar seine unmenschlich spitzen Schreie.

Peizel stolperte zurück, spürte Hitze und Schmerz und schlug instinktiv mit bloßen Händen die Flammen aus, die an einem Dutzend Stellen zugleich aus seinen Kleidern schlugen, wo ihn brennendes Petroleum getroffen hatte. Die Hitze war grausam und ließ ihn noch weiter rücklings stolpern, bis er gegen die verschlossene Tür auf der anderen Seite des Gewölbekellers stieß, und obwohl Mudgett große Mühe und nicht unbeträchtliche finanzielle Mittel darin investiert hatte, eine außerordentlich gute Belüftung in seinem unterirdischen Königreich der Pein zu installieren, stank es bereits so durchdringend nach Rauch und brennendem Mensch, dass er nur unter Qualen atmen konnte. Jeder einzelne Atemzug der vergifteten Luft, die er in die Lungen sog, kostete ihn wahrscheinlich einen Tag verbliebener Lebenszeit.

Doch der Anblick, der sich ihm bot, war diesen Preis mehr als wert.

Peizel brannte. Die flüssigen Flammen hatten mittlerweile seinen gesamten Körper erfasst und verwandelten ihn in eine lebendige Fackel. Er torkelte gegen die Wand und die Werkbank und näherte sich schließlich, eine Spur aus gleißenden

Fußabdrücken hinter sich herziehend, dem schwarzen Altar. Wenn Mudgett überhaupt noch Zweifel daran hatte, dass nichts von alledem hier Zufall sein konnte, so war es dieser Moment, der sie restlos zerstreute, denn der brennende Mann stolperte rücklings und mit wirbelnden Armen und solcher Wucht gegen den hölzernen Altar, dass er in der Art all der zahllosen Opfer darauf zu liegen kam, die er selbst darauf festgebunden hatte.

Jeder einzelne Atemzug schien eine größere Qual zu sein als der vorherige, und es war mittlerweile so heiß, dass Mudgetts Gesicht und seine Hände selbst in Flammen zu stehen schienen. Dennoch rührte er sich immer noch nicht, ja, er blinzelte nicht einmal, sondern sah wie gebannt zu, während die zuckenden Flammen Peizels Gesicht und Körper verzehrten.

Er konnte hinterher nicht sagen, wie lange es gedauert hatte – Minuten, Stunden oder auch eine Zeitspanne, für die es kein Wort gab. Mittlerweile hustete er ununterbrochen, und die Tränen flossen so stark, dass er kaum noch sehen konnte. Aber er harrte trotzdem aus, bis die Flammen kleiner wurden und schließlich ganz erloschen. Selbst dann stand er noch minutenlang da, lauschte dem dumpfen Hämmern seines Herzens und zugleich in sich hinein, verwirrt von dem, was er empfand. Oder sollte er sagen, *nicht* empfand?

Mudgett vermochte nicht zu entscheiden, was seine eigenen Empfindungen bedeuteten. Peizels Tod – obwohl enttäuschend kurz – war doch von exquisiter Qualität gewesen, nahezu einer der besten, die er jemals zelebriert hatte, und er hätte ihn genießen sollen und die Dunkelheit das Opfer entsprechend würdigen. Doch die Schwärze schwieg, und alles, was er empfand, war … seltsam.

In all den Jahren, die er dem Tod jetzt diente, hatte er nur ein einziges Leben genommen, das er mit noch größerem Bedauern beendet hatte. Aber das war etwas anderes gewesen, nicht einmal annähernd zu vergleichen. Peizel war … Dreck. Ein Ding, das nur zufällig wie ein Mensch aussah und keinerlei Gefühle verdiente, nicht einmal seine Verachtung.

Wieso also machte ihm der Anblick dann so zu schaffen?

Weil es noch nicht vorbei ist, flüsterte die Dunkelheit. Da war noch etwas, das getan werden musste. Peizel war nur der Anfang, der erste Schritt von etwas, das er schon lange hätte beginnen müssen und nun zum Abschluss bringen musste.

Hatte er wirklich geglaubt, dass es endlos so weitergehen könnte?

Mudgett schüttelte den Kopf über seine eigene Frage, riss sich endlich vom Anblick des verkohlten Etwas auf dem Richtblock los und zwang seine Gedanken mit einiger Anstrengung wieder in logische Bahnen. Er musste hier heraus, bevor Peizel am Ende doch noch seine Rache bekam und er an der vergifteten Luft starb.

Mudgett war nicht überrascht, an der Türklinke zu rütteln und sie verschlossen zu finden. Er konnte sich nicht erinnern, abgeschlossen zu haben, aber nach allem, was er hinter sich hatte, war das wohl auch nicht weiter verwunderlich. Wenn das alles hier vorbei war, würde er sich einige Tage, wenn nicht Wochen, der Erholung gönnen und die Zeit nutzen, um über sein weiteres Leben nach Chicago nachzudenken. In einer anderen Stadt oder auch in einem anderen Land. Möglicherweise war es ja auch an der Zeit, nach London zurückzukehren und den dortigen Zeitungen etwas zu geben, über das sie berichten konnten.

Die Dunkelheit pflichtete ihm schweigend bei, erinnerte ihn aber auch noch einmal daran, dass es da noch eine unerledigte Sache gab.

Mudgetts Lippen verzogen sich zu einem dünnen Lächeln, als er dem Gedanken bis zu seinem konsequenten Ende folgte. Vielleicht hatte Peizel ja ganz aus Versehen das Richtige getan, Geyer nicht zu töten. Die Welt würde sich weiterdrehen und weder in die eine noch andere Richtung verändern, wenn eine Kreatur wie Geyer starb, aber Holmes … das war eine andere Geschichte.

Mudgett konnte nicht einfach verschwinden und sich einbilden, dass damit alles erledigt war. Geyer würde nicht aufgeben, so wenig wie die Polizei, und dasselbe und in noch weitaus größerem Maße galt für Arlis. Sie alle – und vor allem die Öffentlichkeit – brauchten ein Opfer.

Er wandte sich um und verließ das Gewölbe und wenige Augenblicke später den Keller und auch die Remise. Er brauchte nicht lange, um einen passenden Knüppel zu finden, und er musste auch nicht sehr viel länger warten, bevor er spürte, dass Holmes kam.

Tat es ihm leid, was er jetzt noch tun musste?

Kein bisschen.

Chicago, Illinois, 1892

Herman hasste den Geruch dieser Wohnung. Das hatte er vom ersten Moment an getan, und in all den Monaten hatte sich nichts daran geändert. Dabei war es nicht einmal der Gestank nach feuchten Wänden, Schimmel und Moder oder der allgegenwärtige Geruch nach kaltem Schweiß und anderen körperlichen Dingen und nicht einmal die Atem abschnürenden Wolken aus kaltem Zigarrenqualm, die beinahe vierundzwanzig Stunden am Tag aus der darunterliegenden Wohnung heraufwehten; bei gutem Wetter und offen stehendem Fenster von außen, zu anderen Zeiten durch die Ritzen des morschen Fußbodens dieser jämmerlichen Bruchbude. All das hatte er gewusst, bevor Endres und er hier eingezogen waren, und billigend in Kauf genommen, waren es doch nur Probleme auf Zeit, die zweifellos zusammen mit den letzten Bewohnern verschwinden würden, sobald er die Miete nur weit genug erhöht und auch alle anderen ihm zur Verfügung stehenden Schrauben weiter angezogen hatte.

Womit er nicht gerechnet hatte, das war der Gestank der Armut, der wie ein klebriges Miasma über allem lag und in alle Ritzen und jedes Kleidungsstück und jede Pore kroch, ein nicht wirklich greifbarer Gestank, der einem den Atem selbst dann schwer machte, wenn man gar nicht zu atmen versuchte. All diese Facetten der Erbärmlichkeit kannte er zur Genüge, denn es waren Viertel wie diese, in denen er früher bevorzugt nach seinen Opfern gesucht hatte, Häuser und Straßen, in denen die Armen und Unerwünschten zuhause waren, die, die von niemandem vermisst wurden. Doch es gab eine andere und völlig unerwartete Gefahr, nämlich das Leben selbst, das hier vorherrschte. Herman hatte sich immun dagegen gewähnt, und solange er nur gelegentlich in diesen Pfuhl aus dumpfen Bedürfnissen und Erbärmlichkeit hinabtauchte, mochte das wohl auch stimmen. Doch dieses Leben zu *leben*, Tag für Tag die allgegenwärtige Armut und latente Gewalt einzuatmen, war etwas vollkommen anderes. Das Leben hier begann ihn zu verändern, unmerklich, aber auch unerbittlich. Und nicht nur ihn.

Das Geräusch der Tür drang in seine düsteren Überlegungen, die er in dieser Form beileibe nicht das erste Mal anstellte, und er drehte sich gerade noch rechtzeitig herum, um Endres hereinkommen und mit großer Sorgfalt die Tür hinter sich schließen zu sehen. Das tat sie immer mit derselben, übergroßen Sorgfalt, so, wie es Menschen taten, die ganz sichergehen wollten, dass jemand oder etwas ihnen nicht folgte und nicht zu ihnen hereinkam. Vielleicht das Leben, das die Straßen draußen beherrschte.

»Hallo, Liebster«, begrüßte ihn Endres, wie immer mit einem Lächeln, das das Licht im Raum ein wenig heller zu machen schien und in dem wie immer eine sachte Trauer mitschwang, deren wahren Grund sie ihm niemals gesagt und den er auch niemals erraten hatte.

»Endres, Liebes.« Herman ging ihr mit ausgestrecktem Arm entgegen, um ihr ihre Last abzunehmen. Während er es tat, drohte er ihr spielerisch mit dem Zeigefinger der anderen Hand. »Du sollst doch nicht so schwer tragen, Liebes. Und du solltest auch nicht nach dem Dunkelwerden allein auf die Straße gehen. Hatte ich dir das nicht gesagt?«

Endres zog Hut und Handschuhe aus und warf beides auf den Tisch. Herman konnte ihrem Gesichtsausdruck entnehmen, dass sie sich die Bemerkung sparte, dass schließlich er es gewesen war, der darauf bestanden hatte in eine Gegend wie diese zu ziehen.

»Ich war nur ein paar Schritte weit«, antwortete sie mit einiger Verspätung. »Ich wollte dir dein Lieblingsessen zubereiten, aber es war kein Salz mehr da, und es fehlte auch die eine oder andere Kleinigkeit. Du bleibst doch heute zum Essen?«

Statt zu antworten, fragte er seinerseits: »Mit wem hast du gesprochen?«

»Gesprochen?«

»Draußen auf dem Flur, bevor du hereingekommen bist«, antwortete Herman. Er hatte rein gar nichts gehört, aber ihm war nicht entgangen, dass die alte Vettel von nebenan neuerdings keine Gelegenheit ausließ, um mit Endres ins Gespräch zu kommen, ebenso wie sie ihm aus dem Weg ging, wo es möglich war. Und Endres' Reaktion bewies ihm auch, dass er mit seiner Vermutung ins Schwarze getroffen hatte. Er mochte es nicht, wenn sie ihn belog.

»Ach so, Miss Winters. Sie hat nur Guten Abend gesagt.«

So liebreizend und scharfsinnig Endres auch sein mochte, eine ebenso schlechte Lügnerin war sie, eine Eigenschaft, die Herman stets an ihr geschätzt hatte. Jetzt ärgerte es ihn, aber er beherrschte sich. »Du solltest dich nicht zu sehr mit dieser Person anfreunden«, sagte er, während er den Korb in die Küche trug. Seinem Gewicht nach zu schließen, musste er deutlich mehr enthalten als ein Pfund Salz und *ein paar andere Kleinigkeiten*. Beinahe hätte er nachgesehen, widerstand dem Impuls aber im letzten Moment und beschloss, es später nachzuholen, wenn Endres schlief oder beschäftigt war.

»Und was wollte sie?«, fragte er noch einmal.

»Miss Winters? Nichts«, sagte Endres. »Sie ist einfach eine einsame alte Frau, die sich über ein bisschen Unterhaltung freut, das ist alles. Du solltest nicht so garstig zu ihr sein. Das hat sie nicht verdient.«

»Sie ist ein altes Tratschweib, das seine Nase überall reinsteckt und ständig herumschnüffelt«, antwortete Herman, »und ich bin *nicht* garstig.« Er bemühte sich zugleich, seine Worte mit einem Lächeln zu entschärfen. Er stellte den Korb auf den Tisch neben dem Gasherd. Dann zog er Endres sanft zu sich und versiegelte ihre Lippen mit einem Kuss. Sie war im allerersten Moment so überrascht, dass sie gar nicht reagierte, denn es war lange her, dass er sich eine so spontane Gefühlsregung gestattet hatte, und gerade als sie ihre Überraschung überwunden hatte und seinen Kuss erwidern wollte, machte er sich los und schob sie auf halbe Armeslänge von sich.

»Damit sollten wir wirklich noch ein bisschen warten«, sagte er augenzwinkernd. »Du wolltest kochen, und seit wann genießt man den Nachtisch schon vor dem Hauptgang.«

Selbstverständlich antwortete sie nicht darauf, und Endres bemühte sich auch um einen angemessen entrüsteten Blick, doch Herman wusste natürlich, dass sie solch kleine Anzüglichkeiten im Grunde sehr wohl mochte, auch wenn sie es niemals zugeben würde. Wie übrigens die meisten Frauen.

»Ich helfe dir beim Kochen – wenn du mir versprichst, dich nicht mehr so viel mit dieser Winters abzugeben.«

»Wenn du darauf bestehst.« Endres wirkte ein bisschen enttäuscht, doch die Zeiten, in denen sie es gewagt hatte, ihm offen zu widersprechen, waren lange vorbei.

»Glaub mir, Liebes, solche Leute sind kein Umgang für uns.« Herman wechselte sowohl das Thema als auch seine Körpersprache. »Was kann ich tun, um dir zu helfen?«

»Mir nicht im Weg stehen?«, schlug Endres vor. »Und du bleibst wirklich hier? Den ganzen Abend?«

»Und auch die ganze Nacht«, bestätigte Herman. »Wir haben etwas zu besprechen.«

»Und was?«

»Wenn ich das jetzt schon verraten würde, dann wäre es keine Überraschung«, erwiderte Herman. »Und ich liebe Überraschungen. Aber es wird dir gefallen, so viel verrate ich dir doch schon.«

Endres machte ein übertrieben böses Gesicht und knuffte ihn mit der Faust in die Rippen, woraufhin Herman hörbar nach Luft japste und sich weit genug krümmte, um ihr einen weiteren Kuss zu stehlen. Sie versuchte ihn festzuhalten, doch er war darauf vorbereitet, so dass es ihm keine Mühe machte, ihr auszuweichen. Sie setzte ihm nach, und sie tollten eine Zeit lang ausgelassen herum wie die Kinder, bis es Endres schließlich gelang, ihn in die Ecke zu drängen und die Arme um ihn zu schlingen.

»So, und jetzt verraten Sie mir, welche Überraschung Sie für mich haben, Doktor Mudgett«, sagte sie, nachdem sie sich lange genug geküsst hatten, um beide vollkommen außer Atem zu sein. »Ansonsten sehe ich mich leider gezwungen, die Behörden davon in Kenntnis zu setzen, dass Sie eine unschuldige junge Frau in Ihre Gewalt gebracht haben und sie zwingen, hier unter höchst unmoralischen Umständen mit ihr zusammenzuleben.«

»Unschuldig? Nein.« Herman schüttelte feixend den Kopf, hob aber auch in einer Geste der Kapitulation die Hände über die Schultern. »In allen anderen Punkten bekenne ich mich schuldig und bitte um ein mildes Urteil.«

»Ganz bestimmt nicht«, sagte Endres finster. »Im Gegenteil. Die Strafe wird hart sein. Und sie wird sofort vollstreckt.«

Sie wollte ihm unverzüglich die Arme erneut um den Hals schlingen und zur Tat schreiten, doch diesmal ergriff er ihr Handgelenk und schob sie schon deutlich entschlossener von sich weg.

»Zuerst das versprochene Abendessen«, sagte er. »Und danach verrate ich es dir – wenn du mich hart genug bestrafst, heißt das.«

»Doktor Mudgett! Ich bin empört!«, sagte Endres.

»Und ich hungrig.«

»Dann sollte ich dich vielleicht einfach lange genug hungern lassen, bis du mit der Sprache rausrückst«, sinnierte Endres. »Hunger hat schon so manche Zunge gelöst.«

»Das ist Erpressung.«

»Nein«, sagte Endres. »Weibliche Überredungskunst.«

»Was im Großen und Ganzen wohl kaum ein Unterschied ist«, stellte Herman fest. »Und ich bin nicht sicher, ob ich mich wirklich erpressen lassen möchte.«

»Wenn du dir das Essen abgewöhnen willst?« Endres hob die Schultern.

»Dann wäre da ja immer noch Miss Winters von nebenan«,

sinnierte Herman. »Dem Geruch zu urteilen, der manchmal aus ihrer Wohnung dringt, scheint sie eine ganz passable Köchin zu sein.« Er machte ein nachdenkliches Gesicht. »Und was alles andere angeht … also *so* alt ist sie nun auch wieder nicht.«

»He!« Diesmal boxte ihn Endres hart genug in die Rippen, dass es wirklich wehtat, und Herman lachte auch nur darüber, damit sie nicht sah, wie schmerzlich er die Lippen verzog. Sie alberten noch eine weitere kurze Weile herum, aber schließlich bereitete Endres dem Herumtollen ein Ende und scheuchte ihn davon, um Wasser zu holen.

Herman half ihr, das Abendessen zuzubereiten, genau wie er es versprochen hatte – auch wenn ihn das sichere Gefühl beschlich, sie eher zu behindern.

Das Ergebnis war der Mühe wert. Endres war ohnehin eine gute Köchin, aber an diesem Abend hatte sie sich selbst übertroffen. Nicht nur das Essen war köstlich, sie hatte ein sauberes weißes Damasttuch aufgelegt, ihr bestes Geschirr aufgetragen und sogar eine Kerze angezündet, um eine romantische Atmosphäre zu schaffen – soweit das in einer Umgebung wie dieser möglich war, hieß das –, und zu seiner nicht geringen Überraschung stellte sie eine Flasche besten Portwein und zwei Gläser auf den Tisch. Endres trank niemals, und sie verachtete nicht nur Alkohol, sondern vor allem jene, die sich ihm hingaben, woraus sie auch nie einen Hehl gemacht hatte. Heute jedoch schenkte sie sich nicht nur selbst ein, sie stießen auch miteinander an, und sie trank sogar, wenn auch nur einen winzigen Schluck.

Herman leerte sein Glas übertrieben genießerisch und überlegte sogar, ihr nachzuschenken, nur, um zu sehen, wie sie reagieren würde, beließ es aber dann dabei, noch einmal an seinem leeren Glas zu nippen und ihr ein verschwörerisches Grinsen zu schenken. »Ich nehme an, nachdem es mit der Erpressung nicht geklappt hat, versuchst du es jetzt mit Bestechung?«

»Vielleicht habe ich ja auch eine Überraschung für dich«, erwiderte Endres, während sie ihm mit dem Weinglas zuprostete und es wieder absetzte, ohne dass ihre Lippen es auch nur berührt hatten.

»Und welche?«

Endres' Lächeln wurde noch einmal spöttischer. »Nichts da. Ich habe meinen Teil der Abmachung erfüllt. Du zuerst.«

Herman unterdrückte den Ärger, der bei diesen Worten in ihm aufwallen wollte. Endres' Benehmen war ungehörig, und selbstverständlich würden sie darüber reden müssen, aber sie genoss den Moment auch sichtbar, und er war in großzügiger Stimmung und gönnte ihr den kleinen Spaß. Statt sie also zurechtzuweisen, wie sie es verdient gehabt hätte, stülpte er eingeschnappt die Unterlippe vor und beschwerte sich in entsprechendem Ton:

»Das ist nicht fair, Miss Christen, das ist Ihnen doch klar, oder?«

»Selbstverständlich, Doktor Mudgett«, antwortete sie grienend. »Aber ich verstehe jetzt, warum Sie es tun. Es macht Spaß.« Sie kicherte. »Also, was ist jetzt deine große Überraschung?«

Herman überlegte, mit gleicher Münze zurückzuzahlen, nur um sie noch ein bisschen zappeln zu lassen, aber Tatsache war auch, dass er selbst begierig darauf war, seine Neuigkeit loszuwerden und ihre Reaktion zu beobachten. Er schenkte sich nach und trank einen kleinen Schluck, um seine Lippen zu befeuchten, bevor er sich in dem knarrenden Stuhl zurücklehnte und mit der freien Hand eine ausholende Geste machte, die das gesamte Zimmer einschloss.

»Ich weiß, dass du es bisher nicht gesagt hast, weil du mich nicht verletzen willst, aber das alles hier ist nicht deine Welt, habe ich recht? Du verdienst etwas Besseres. Und du bist auch Besseres gewohnt. Ich rechne es dir hoch an, nichts gesagt zu haben.«

Endres sagte auch jetzt noch nichts, aber sie wirkte mit einem Male sehr aufmerksam, und da war auch ein vager Ausdruck von Hoffnung in ihren Augen, dem sie nur noch nicht gestattete, ganz zu erwachen.

Herman ließ ganz bewusst noch eine oder zwei weitere Sekunden verstreichen, um seiner Eröffnung das nötige Gewicht zu verleihen, bevor er mit sanfter Stimme fortfuhr: »Ich habe in den letzten Tagen mit dem Hausbesitzer verhandelt, und wir sind uns einig geworden.«

»Mit dem Hausbesitzer?«, wiederholte Endres verwirrt. »Ich verstehe nicht …«

»Ich weiß, ich hätte es dir schon viel eher sagen sollen«, gestand Herman, »aber ich war nicht ganz sicher, ob wir uns wirklich handelseinig werden, denn es war schwierig. Und ich wollte dir eine unnötige Enttäuschung ersparen.«

»Ich verstehe nicht«, murmelte Endres noch einmal. Aus der Hoffnung in ihren wunderschönen Augen begann etwas anderes zu werden. »Ich dachte, das Haus gehört uns schon längst.«

»Nicht dieses, Dummerchen«, erwiderte Herman mit sanftem Spott. »Das Nachbarhaus. Erinnerst du dich denn nicht? Wir haben es zusammen besichtigt, vor drei Monaten.«

Endres starrte ihn an. Sie antwortete nicht gleich, aber in ihrem Gesicht begann es zu arbeiten, und er konnte darin lesen wie in einem offenen Buch. Er verstand nicht wirklich, was er sah. Schließlich sog sie so scharf die Luft zwischen den Zähnen ein, dass es fast wie ein unterdrückter Schmerzlaut klang. »Du willst das Nachbarhaus kaufen?«

»Wir«, verbesserte er sie. »Und um ganz genau zu sein: du. Ich habe schon alles vorbereitet. Gleich Anfang nächster Woche gehen wir zur Bank, um den Rest deines Erbes zu transferieren, und danach zum Notar. Ich weiß, man sagt, dass man niemanden im Vorhinein beglückwünschen soll, aber ich tue es trotzdem. Bald bist du Großgrundbesitzerin.« Er lächelte. »Oder wenigstens auf dem besten Weg dahin.«

»Ich? Aber wieso …?«

»Aber das habe ich dir doch erklärt, Liebes«, unterbrach Herman sie sanft. »Es gibt gewisse Gründe, aus denen ich nicht direkt als Finanzier in Erscheinung treten kann. Aber das spielt keine Rolle. Es gehört uns beiden.«

»Das Nachbarhaus? Aber du hast gesagt, dass das hier …«, Endres sah sich unbehaglich um, »… nur für eine Weile ist!«

»Und das stimmt auch«, bestätigte Herman. »Schon nächste Woche gehört uns das Nachbarhaus und bald darauf das nächste. Ich habe schon den Besitzer eruiert, und sobald alle Mieter aus diesem Haus ausgezogen und die Wohnungen neu und teurer vermietet sind, werde ich ihn aufsuchen und mit den entsprechenden Verhandlungen beginnen. Ich bin sicher, dass sich die Gegend bald entsprechend entwickelt. Chicago ist eine prosperierende Stadt. Nicht mehr allzu lange, und wir können das Doppelte, wenn nicht das Dreifache einnehmen. Du wirst sehen.«

»Nicht allzu lange?«, vergewisserte sich Endres. Sie klang ein bisschen trotzig, und Herman war nicht sicher, ob er ihr diesen ungehörigen Ton wirklich durchgehen lassen sollte. »Von wie vielen Jahren sprichst du genau? Ich werde eine alte Frau sein, wenn wir endlich wieder in einer anständigen Wohnung leben. Du hast mir versprochen, dass wir eine Familie gründen und ein schönes Heim haben!«

»Liebes«, sagte Herman lächelnd. »Es wird nicht lange dauern, aber woher solltest du das auch wissen?« Er schüttelte bekräftigend den Kopf.

»Weil ich ja so schrecklich dumm bin?«, fragte Endres böse.

Diese Aufsässigkeit ging nun doch beinahe zu weit, aber Herman beherrschte sich immer noch, fast schon selbst ein wenig überrascht von seiner eigenen Langmut. »Geschäftliche Dinge sind nichts für Frauen«, sagte er geduldig. »Manchmal dauert es eine Weile, bis ein Unternehmen richtig anläuft, aber wenn es erst einmal so weit ist, dann geht es immer schneller und schneller. Zerbrich dir nicht dein hübsches Köpfchen.«

»Mein dummes Köpfchen, meinst du?«, fragte sie spitz.

Irgendwie gelang es Herman, die Fassung zu bewahren, und statt sie in ihre Schranken zu weisen, streckte er den Arm über den Tisch, um nach ihrer Hand zu greifen. Wenigstens wollte er es, aber Endres zog die Finger schon fast erschrocken zurück, was ihm einen tiefen Stich versetzte. Schon ihr beim Zubereiten des Abendessens und all ihren kleinen Gesten und unbewussten Bewegungen zuzusehen, hatte ihn in eine gewisse Stimmung versetzt, und sie nun in all ihrer Schönheit und dem schmeichelnden Kerzenlicht vor sich zu bewundern, schürte das Feuer in seinen Lenden nur noch mehr.

»Ich habe es dir doch erklärt«, sagte er, zwar mühsam beherrscht, aber schon deutlich kälter.

Endres rührte keinen Muskel, aber irgendwie gelang es ihr trotzdem, die Distanz zwischen ihnen noch einmal zu vergrößern. »Du hast mir eine Menge erklärt, Herman«, sagte sie spröde. »Dass wir aus dem Hotel ausziehen müssen, und dass es notwendig ist, für eine Weile unter falschem Namen in diesem … diesem *Loch* zu leben. Dass ich dich nicht einmal hier mit deinem richtigen Namen ansprechen und mit keinem unserer Nachbarn reden darf. Aber du hast mit keinem Wort erklärt, *warum* das so ist.«

»Weil es viel zu kompliziert wäre«, antwortete Herman geduldig. »Ich versichere dir, dass du am Ende alles verstehen wirst. Und dass es dir gefällt.« Es fiel ihm immer schwerer, wenigstens den Anschein von Ruhe zu bewahren, und er spürte auch, dass es nicht mehr allzu lange so bleiben würde. Er liebte Endres, ganz zweifellos – jedenfalls soweit er in der Lage war, ein solches Gefühl zu empfinden –, aber selbst seine Geduld war endlich. Und schließlich lag es auch in seiner Verantwortung, sie vor sich selbst zu schützen.

»Ich bin nicht dumm, Henry«, sagte sie. »Ich habe versprochen, dir eine gute Frau zu sein und dich glücklich zu machen, aber ich weiß nicht, wie lange ich dieses Leben noch ertrage. Vor allem jetzt.«

»Jetzt?«, hakte er nach. »Was soll das heißen?«

Endres setzte zu einer noch schärferen Antwort an, beließ es dann aber bei einem ärgerlichen Blick und presste die Lippen zusammen.

»Ich habe dich etwas gefragt«, sagte Herman, immer noch lächelnd, aber mit einer Stimme, die kaum weniger kalt und schneidend war als die Klinge des Rasiermessers in seiner Jackentasche.

»Es ist nichts«, behauptete Endres. »Ich bin nur …« Sie suchte einen Moment nach Worten, und ihr Blick irrte unstet hierhin und dorthin, wie der eines gefangenen Tieres, das verzweifelt nach einem Ausweg sucht. »Wir sind jetzt schon so lange hier. Du hast gesagt, es wäre nur für ein paar Wochen, vielleicht einen Monat oder zwei. Und jetzt ist es schon fast …«

»Es ist nicht mehr für lange«, unterbrach Herman sie. »Und wenn du es möchtest, dann ziehen wir ins Nachbarhaus um. Die Wohnungen dort sind ein ganzes Stück größer. Wir können im Erdgeschoss wohnen, das spart dir die lästigen Treppen.«

Er hatte sich diesen Abend so schön vorgestellt und sich jede noch so banale Kleinigkeit in Gedanken ausgemalt, schon seit dem frühen Nachmittag, als er seine Verhandlungen zum Abschluss gebracht hatte und sich mit dem asozialen Dummkopf von nebenan auf einen Preis geeinigt hatte, den er selber nicht einmal für möglich gehalten hätte (was zu einem nicht geringen Teil an seinem Rasiermesser und all den fantasievollen Dingen lag, die ein Mann mit nur ganz wenig medizinischen Vorkenntnissen damit anfangen konnte). Nun fühlte er sich, als hätte Endres ohne Warnung oder gar Anlass einen Eimer eiskaltes Wasser über ihn ausgegossen. Er hatte nicht erwartet, dass sie ihm vor Dankbarkeit um den Hals fiel oder sein Verhandlungsgeschick, geschweige denn das, was er für ihre gemeinsame Zukunft getan hatte, tatsächlich begriff. Aber dieses Maß an Undankbarkeit war beinahe mehr, als er ertrug. Er musste sich beherrschen, um nicht aufzuspringen und etwas zu tun, das er bedauern würde.

»Das hast du vor drei Monaten auch schon gesagt«, antwortete Endres bitter. Sie versuchte ihn anzusehen, hatte aber nicht die Kraft, seinem Blick länger als eine halbe Sekunde standzuhalten. »Herman, ich liebe dich, und ich will gerne alles tun, was dich glücklich macht –«

»Alles, außer mit mir hier zu wohnen?«, fragte er.

»Nein!«, sagte Endres erschrocken. »Ich meine … ja. Ich würde auch mit dir hier leben, wenn das dein Wunsch ist. Aber ich verstehe nicht, warum! Es kann dir doch auch nicht gefallen, in solcher Armut zu vegetieren. Und wir haben es nicht nötig. Ich habe dir all mein Geld gegeben und das meiner Schwester ebenso.«

»Möchtest du es zurückhaben?«, fragte er und stellte sich in Gedanken zugleich selbst eine Frage, vor deren Antwort ihm ein bisschen bange war, nämlich die, was er tun würde, wenn sie *Ja* sagte.

Endres schüttelte jedoch heftig den Kopf. »Natürlich nicht! Ich verstehe es nur nicht.«

»Das ist wohl meine Schuld«, erwiderte Herman. »Ich hätte es dir besser erklären müssen. Es tut mir leid. Aber es ist nun einmal so, dass man zuerst Geld ausgeben muss, um Geld zu verdienen.«

»Und jetzt klingst du wie mein Vater.« Endres lächelte flüchtig und wurde sofort wieder ernst. »Aber warum hier? Wenn du Geld anlegen willst, wieso in einem heruntergekommenen Haus wie diesem, und noch dazu in einem solchen Viertel? Ich würde nicht einmal meinem schlimmsten Feind wünschen, sein Leben hier verbringen zu müssen. Warum investierst du nicht ins Hotel?«

»Du hast die Bücher geführt, Liebes«, antwortete Herman. »Du weißt, wie es um das Hotel steht. Ich habe nicht vor, gutes Geld schlechtem hinterherzuwerfen. Und ich habe auch noch andere Gründe.«

»Die du mir vermutlich nicht verraten willst«, sagte Endres, winkte aber auch ab, als er etwas darauf sagen wollte. »Es ist auch egal. Ich glaube dir, dass du recht hast, und ich weiß, dass du es gut mit mir meinst. Es ist wirklich meine Schuld, Herman. Ich dachte, ich könnte so leben, aber ich kann es nicht. Es tut mir leid. Jetzt nicht mehr.«

Es war das zweite Mal, dass sie das sagte, und Herman hatte das sichere Gefühl, dass sie es nicht *nur so* tat, sondern ihm etwas Bestimmtes mitteilen wollte. Er meinte sogar, zumindest zu ahnen, was es war, aber er war nicht in der Stimmung, darüber nachzudenken.

»Ein Jahr«, sagte er. »Gib mir ein Jahr, Liebes. Ich verspreche dir, dass wir beide in einem Jahr in einem hübschen kleinen Haus in einer besseren Gegend leben. Du wirst dir wunderschöne Kleider kaufen können und alles andere ebenfalls, was immer du dir auch wünschst. Vielleicht einen Urlaub. Wolltest du nicht immer schon einmal nach Europa?«

Endres nickte zwar (zögerlich), doch in ihren Augen erschien auch ein sonderbarer Ausdruck von Trauer, den er sich nicht erklären konnte und es auch gar nicht wollte. Seine Geduld mit ihrer kindischen Art war erschöpft. Ihm stand jetzt der Sinn nach etwas ganz anderem.

Herman ging um den Tisch herum und trat hinter sie, um ihr die Hände auf die Schultern zu legen. Endres erschauerte unter seiner Berührung, und im allerersten Moment versteifte sich ihr ganzer Körper, wenn auch nicht aus dem Grund, den er sich gewünscht hätte. Er spürte, dass sie etwas sagen wollte und all ihren Mut zusammennahm, um es zu tun, aber ihm war weniger denn je nach Reden zumute. Also verstärkte er den Druck seiner Finger so weit, dass es gerade so eben noch nicht wehtat, und jetzt wurde er mit einem Schaudern von genau jener Art belohnt, nach dem er sich gesehnt hatte.

»Herman, ich …«, begann sie trotzdem.

»Nicht jetzt«, unterbrach er sie flüsternd. »Wir können später reden.«

Seine Finger fuhren fort, sanft ihre Schultern und ihren Nacken zu massieren, und gleichzeitig strichen seine Daumen sacht an ihrem Rückgrat hinab, so weit er sie strecken konnte, ohne mit Massieren und Streicheln innezuhalten. Endres' Atem begann sich zu beschleunigen, und sie zitterte jetzt sacht am ganzen Leib, so dass er sich vorbeugte und zuerst ihre Schläfe, dann ihren Nacken küsste. Endres' Zittern nahm noch einmal zu, und ihr Atem wurde im gleichen Maße schneller wie schwerer. Als er sich wieder aufrichtete, legte sie den Kopf in den Nacken und rieb den Hinterkopf an seinem Leib, und Hermans Finger wanderten nun an ihrem Hals empor, bis seine Daumen das Pochen der Halsschlagader ertasteten. Unendlich behutsam, aber auch mit zunehmender Kraft drückte er zu. Endres' Herz begann schneller zu schlagen, sowohl in wachsender Erregung als auch aus dem instinktiven Bedürfnis, den Druck seiner Daumen zu überwinden und ausreichend frisches Blut in ihr Gehirn zu pumpen. Ihr Atem wurde noch einmal schwerer.

Gerade als er spürte, dass sie die Sinne zu verlassen drohten, nahm er den Druck auf ihren Hals weit genug zurück, damit sich ihre Gedanken und Gefühle wieder halbwegs klärten, ließ eine gute Minute verstreichen und drückte dann wieder fester zu. Endres zitterte, und aus ihrem schweren Atmen wurde ein Stöhnen, das sie am Anfang noch zu unterdrücken versuchte, dieses sinnlose Unterfangen aber bald aufgab.

Herman wiederholte den Vorgang in kürzer werdenden Abständen, bis er spürte, dass sie bereit war, dann trat er zurück, zog sie in derselben Bewegung sanft in die Höhe und hob sie auf die Arme, um sie ins benachbarte Schlafzimmer zu tragen. Endres klammerte sich an ihn und versuchte, seinen Kopf zu sich herabzuziehen, um ihn zu küssen, doch Herman drehte sich rasch weg. Früher am Abend und bevor sie alles verdorben hatte, hatte er sich vorgenommen, sich zu überwinden und sie ausnahmsweise einmal mit der Zärtlichkeit zu verwöhnen, nach der sie so sehr begehrte, und die ihm so zuwider war, aber diese Chance hatte sie mit ihrem kindischen Gehabe vertan.

Aber er war in großzügiger Stimmung, und so bemühte er sich immerhin, ihr nicht wehzutun, als er sie das erste Mal nahm. Auch wenn er wusste, dass sie Schmerz insgeheim genoss.

Als es vorbei war und sie erschöpft nebeneinanderlagen, fiel ihm auf, wie dunkel es hier drinnen war, dunkel und still genug, dass er um ein Haar eingeschlafen wäre. Nicht zum ersten Mal kam ihm zu Bewusstsein, dass Endres mehr und mehr darauf achtete, sowohl die Vorhänge zu schließen als auch das Licht zu löschen, wenn sie einander liebten. Das war früher anders gewesen. Nachdem es ihm endlich gelungen war, die Festung ihrer Tugendhaftigkeit zu erstürmen (so hoch waren ihre Mauern letztendlich gar nicht gewesen) und ihr all die verbotenen Freuden zu zeigen, vor der ihre Eltern und die Kirche sie zeit ihres Lebens gewarnt hatten, hatte sie zwar noch eine gewisse (kurze) Schamfrist verstreichen lassen, doch ihm war schon damals klar gewesen, dass sie all die Möglichkeiten ihres Körpers nicht nur genoss, sondern auch stolz auf ebendiesen Körper war, den Gott – oder wahrscheinlicher eine großzügige Natur und schieres Glück – ihr geschenkt hatte.

Sie hatte ihm diesen Körper gerne gezeigt. Doch das hatte sich geändert.

Wenn er es recht bedachte, dann war es Wochen her, dass er sie das letzte Mal wirklich nackt gesehen hatte und nicht nur als Schemen in einem abgedunkelten Zimmer.

Warum eigentlich?

Endres bewegte sich unruhig neben ihm in jenem schweren Schlaf, der oft der körperlichen Liebe folgt, und ihre Hand glitt unbewusst unter die Bettdecke und tastete nach ihm. Normalerweise hätte er sie weggeschoben, denn er hasste es, berührt zu werden, außer zu ganz bestimmten Gelegenheiten und zu einem ganz bestimmten Zweck, doch jetzt erschien es ihm angezeigt, ihre Berührung über sich ergehen zu lassen. Er biss sogar die Zähne zusammen und ertrug es, als sie so tat, als würde sie sich im Schlaf an ihn kuscheln. Sie war so berechenbar.

»Es tut mir leid«, sagte er nach einer Weile. Eigentlich flüsterte er es nur, so leise, dass sie unmöglich davon aufgewacht wäre, hätte sie tatsächlich geschlafen. Und natürlich fiel sie darauf herein. Was ihn einerseits amüsierte, zugleich aber auch schon wieder seinen Ärger weckte. Was erdreistete sie sich, ihn für so dumm verkaufen zu wollen?

»Was?«

Herman richtete sich halb unter dem dünnen Bettlaken auf und nutzte die Gelegenheit, sich aus ihrer klebrigen Umarmung zu befreien. Auch das war neu, und auch das fiel ihm erst jetzt und im Nachhinein wirklich auf. Seit wann verkroch sie sich sofort unter einer Decke, statt wie früher das Gefühl zu genießen, mit dem der Schweiß auf ihrer aufgeheizten Haut trocknete?

»Dass ich dich so überfallen habe«, antwortete er. »Die Begeisterung ist wohl einfach mit mir durchgegangen, bitte verzeih. Manchmal vergesse ich einfach, dass sich nicht jeder so über ein gelungenes Geschäft freut wie ich. Es tut mir leid. Ich hätte dich vorwarnen müssen.«

Herman erwartete keine Antwort und bekam auch keine, doch da war plötzlich ein irritierendes Gefühl in ihm, irgendwo auf dem schmalen Grat zwischen Spott und Verwirrung; als amüsierte sich ein Teil von ihm selbst über seine eigene Begriffsstutzigkeit. Da war etwas, das er übersehen hatte, etwas so Offensichtliches und Banales, dass es ihm regelrecht ins Gesicht schrie und er es trotzdem noch immer nicht sah.

Endres rückte ein Stück von ihm weg, rollte sich schließlich auf der anderen Seite aus dem Bett und stand auf. Ihre nackten Fußsohlen erzeugten helle, platschende Geräusche auf den Dielen, als sie um das Bett herum zum Fenster ging. Verwirrt versuchte Herman ihr mit Blicken zu folgen, doch obwohl er die Augen so sehr anstrengte, dass es beinahe schon schmerzte, blieb sie ein Schemen. Seine Verwirrung wuchs sogar noch mehr, als sie ganz ans Fenster herantrat und nicht nur die Vorhänge zurückzog, sondern auch beide Flügel weit öffnete, so dass graues Zwielicht und die Gerüche und gedämpften Laute der Straße hereindrangen. Er war verwirrt und überrascht; und das Gefühl, dass ein Teil von ihm selbst ihn für einen ausgemachten Trottel hielt, wurde noch einmal stärker. Er hasste es, nicht die Kontrolle zu haben.

»Du musst dich nicht entschuldigen«, sagte Endres. Ihre Stimme war kaum mehr als ein Flüstern, und sie stand mit dem Rücken zu ihm am offenen Fenster und drehte sich auch nicht zu ihm herum, so dass er sich konzentrieren musste, um sie überhaupt zu verstehen. Ganz flüchtig kam ihm der Gedanke, dass sie völlig nackt an diesem offenen Fenster stand und jeder sie sehen konnte, der unten vorbeiging und nur zufällig den

Blick hob. So etwas passte ganz und gar nicht zu ihr. Und es gefiel ihm noch viel weniger.

»Ich glaube, *ich* bin es, die *dich* um Verzeihung bitten muss.«

»Wofür?«, fragte Herman, in noch einmal stärkerem Maße beunruhigt, da er spürte, wie schwer es ihr fiel, diese Worte auszusprechen.

Statt zu antworten, sah sie über die Schulter zu ihm und drehte sich dann langsam um. Vor dem grauen Zwielicht des offenen Fensters sah er das, was er so lange nicht hatte bewundern dürfen: ihre zerbrechliche, wunderschöne Gestalt, die sanft geschwungenen Linien ihre Schultern und der schwarze Scherenschnitt ihrer kleinen, perfekt geformten Brüste und …

Herman sog die Luft zwischen den Zähnen ein.

»Wie lange schon?«, fragte er.

Er war nicht einmal zornig auf sie, aber umso mehr auf sich. Wie blind konnte man denn sein?

»Drei Monate«, sagte sie mit bebender Stimme. »Jetzt schon beinahe vier. Ich weiß, ich hätte es dir gleich sagen sollen, aber am Anfang war ich nicht ganz sicher, und dann wollte ich es wohl selber nicht wahrhaben. Und danach …«

Ihre Stimme brach. Herman konnte ihr Gesicht im grauen Gegenlicht nicht erkennen, doch sie zitterte jetzt am ganzen Leib, und nun konnte er ihre Furcht tatsächlich riechen, wie etwas, das sich in dem süßen Duft ihres Körpers und der zurückliegenden Momente mischte und es verdarb.

Langsam stand er auf, trat um das Bett herum und blieb in zwei oder drei Schritten Abstand und verändertem Winkel stehen, um ihre Silhouette eingehender zu betrachten. Im Nachhinein wurde ihm klar, was ihm seine Hände und ihr verändertes, sprunghaftes Benehmen längst verraten hätten, wäre er nicht so dumm gewesen, die Augen davor zu verschließen – und so nebenbei wohl auch seinen Verstand abzuschalten: Ihre Brüste waren voller geworden, und alles an ihrer ohnehin perfekten Figur wirkte um so vieles weiblicher. Nicht einmal das kleine Bäuchlein, das ihre ansonsten makellose Silhouette störte, vermochte etwas an diesem Eindruck zu ändern. Im Gegenteil. In Herman erwachte etwas vollkommen Neues und in noch viel größerem Maße Unerwartetes.

»Du bekommst also ein Kind«, stellte er fest.

»Ich weiß, dass ich es dir schon längst hätte sagen müssen«, antwortete Endres hastig. »Und es tut mir unendlich leid, aber ich … ich wollte das nicht, das musst du mir glauben.«

»Du wolltest wirklich nicht?«

Endres klang ein bisschen verzweifelt. »Ich weiß doch, dass du keine Kinder willst, jedenfalls jetzt noch nicht, und ich würde dir niemals …«

Herman unterbrach sie mit einer Handbewegung. Ihre verzweifelte Verteidigung war überflüssig. Selbstverständlich hätte sie es niemals gewagt, gegen seinen Willen schwanger zu werden. In ihrem Leben war kein Platz für Kinder, weder jetzt noch später. »Möchtest du es denn bekommen?«

»Bekommen?« Die Art, auf die sie das Wort wiederholte, war Antwort genug auf seine Frage, und eine tiefe Trauer überkam ihn. Aber auch schon wieder neuer Groll. Er liebte sie wirklich. Wieso also zwang sie ihn, so etwas zu tun?

»Ich glaube dir, dass es keine Absicht war«, fuhr er fort. »Und wenn du dieses Kind bekommen willst, dann akzeptiere ich das und werde selbstverständlich zu meiner Verantwortung stehen.«

Endres gab einen überraschten Laut von sich. »Du wirst nicht darauf bestehen, dass …?«

»Aber du solltest dir deine Entscheidung genau überlegen«, fuhr er fort. »Du bist noch sehr jung, und ich muss dir nicht sagen, von welch zarter Konstitution du bist. Eine Schwangerschaft könnte schwer werden und möglicherweise sogar gefährlich.«

»Du meinst, ich darf das Kind behalten?«

»Und selbst wenn alles gut verläuft, musst du dir darüber im Klaren sein, was auf dich zukommt«, fuhr er fort. »Ich werde dir keine große Hilfe sein. Ich konnte noch nie gut mit Kindern umgehen, und du weißt, dass ich selten zuhause bin. Für ein Kind zu sorgen, wird noch mehr Zeit von mir verlangen. Überlege dir ganz genau, wie du dich entscheidest.«

Endres machte einen einzelnen Schritt auf ihn zu und blieb wieder stehen, gerade nahe genug, dass er nun doch ihr Gesicht und den Ausdruck fassungslos-freudiger Überraschung darauf erkennen konnte und einer Hoffnung, die sie sich nicht gestatten wollte, die sie aber einfach überwältigte. »Das meinst du ernst?«

»Mit so etwas würde ich niemals scherzen«, sagte er ernst. »Es ist deine Entscheidung, die ich respektiere, ganz gleich wie sie ausfällt.«

Und welche Wahl hatte er schon? Ganz egal was er sagte oder tat, begriff er doch, dass er sie längst und endgültig verloren hatte, spätestens in dem Moment, in dem sie sich entschieden hatte, schwanger zu werden, ohne ihn um Erlaubnis zu fragen. Er konnte ihr befehlen, das Kind nicht auszutragen, und zweifellos würde sie ihm gehorchen, doch was dann? Sie hatte sich seinem Willen einmal widersetzt, und das bewies, dass sie es auch ein zweites Mal tun würde und ein drittes und viertes und fünftes.

»Oh, Herman, das ist …« Überwältigt vor Freude sprach Endres nicht weiter, sondern schlang mit einem Jauchzen nicht nur die Arme um seinen Hals, sondern warf sich so stürmisch gegen ihn, dass er zurück und gegen das Bett stolperte und schließlich rücklings auf das noch warme Laken fiel. Endres ließ auch dann noch nicht von ihm ab, sondern warf sich auf ihn und bedeckte sein Gesicht und seinen Hals so ungestüm mit Küssen, dass ihr letzten Endes die Luft wegblieb und sie von ihm ablassen musste, um wieder zu Atem zu kommen.

»Ich bin ja so glücklich«, sagte sie, keuchend vor Erschöpfung und überschäumender Freude. »Das ist der glücklichste Moment in meinem Leben, Herman! Ich hatte solche Angst, du würdest anders reagieren!«

»Du hattest Angst vor mir?«, tadelte Herman spöttisch. »Ich muss mich doch wundern. Jetzt tun Sie mir aber bitter Unrecht, Miss Christen.« Er schenkte ihr ein warmes Lächeln.

»Ich bin im Zweifel, dass es eine kluge Entscheidung ist, aber letzten Endes ist es *deine* Entscheidung.«

»Aber so …«

»… kennst du mich ja gar nicht?«, half Herman aus, als ihr schon wieder die Luft wegblieb. Ihr Herz klopfte so heftig, dass er es an ihrer Halsschlagader und der Schläfe sehen konnte.

»Ich hatte solche Angst, du könntest mir böse sein«, antwortete Endres. Sie war noch immer ein bisschen kurzatmig, versuchte aber schon wieder, ihn zu küssen.

Es fiel ihm immer schwerer, ihrem Drängen zu widerstehen, denn ganz gleich wie zornig er auch auf sie war und wie kurz es doch erst her war, dass er sie gehabt hatte, strahlte sie doch mit einem Male eine solche Energie und ein derartiges Maß an Glück aus, dass sein Körper schon wieder auf ihre bloße Nähe und ihre geballte Weiblichkeit reagierte, die sie verströmte wie einen unwiderstehlichen Duft. Natürlich blieb Endres das auch nicht verborgen, und sie tat nicht bloß das Ihre, um seine Lust nicht abkühlen zu lassen, sondern fachte sie im Gegenteil noch an. Sie liebten sich gleich drei Mal hintereinander, und das mit einem Ungestüm und einer Intensität, wie er es schon lange Zeit nicht mehr erlebt hatte.

Schließlich – seinem Gefühl nach musste es auf Mitternacht zugehen – schlief Endres erschöpft in seinem Arm ein, und auch Herman dämmerte für einige wenige Augenblicke weg, wachte aber schon bald wieder auf und lauschte dem gleichmäßigen und jetzt wieder ruhigen Schlag ihres Herzens. Zum allerersten Mal seit Langem war ihm das Gefühl ihrer Nähe nicht unangenehm, bis zu einem gewissen Grad genoss er sogar die Berührung ihrer weichen Haut auf der seinen. So behutsam, dass sie nicht aufwachte, zog er den Arm unter ihren Schultern hervor, stand ebenso vorsichtig auf und schlüpfte in Hose und Schuhe, bevor er zum Fenster ging und die beiden knarrenden Flügel schloss. Aus reiner Gewohnheit wollte er die Vorhänge zuziehen, überlegte es sich aber dann doch anders und drehte sich herum, um die schlafende Endres zu betrachten.

Sie hatte sich auf die Seite gedreht, die Knie angezogen und das Gesicht auf die rechte Hand gebettet, und mit ihrem offenen lockigen Haar sah sie aus wie eine schlafende Blumenelfe aus einem Kinderbuch; ein ziemlich kitschiger Vergleich, über den er beinahe sogar gelächelt hätte, der aber zugleich auch ungemein passend war. Sie *hatte* etwas Elfenhaftes, fand er, und sie war sicherlich die schönste Frau, die er jemals gehabt hatte.

Was für eine Schande, dass dieser wunderschöne schlanke Körper bald unförmig anschwellen und hässlich und fett und nie wieder derselbe sein würde, ganz egal wie sehr sie sich auch bemühte, denn mit dem, was sie getan hatte, hatte sie ihn unwiderruflich zerstört.

Herman wusste, dass es so war, ganz egal, was viele (zumeist Frauen) behaupteten, ganz einfach weil er wusste, wie die Natur funktionierte. Sie hatte keinen Sinn für Schönheit um ihrer selbst willen. Die Schönheit einer Frau diente dem einzigen Zweck, Männer anzuziehen und sich fortzupflanzen, und hatte sie dieses Ziel erreicht, dann wurde sie obsolet, egal was Dichter, Philosophen und Generationen verliebter Idioten auch behaupten mochten. Mit dem, wozu sie sich entschieden hatte, war ihr Kredit beim Leben aufgebraucht, und damit auch bei ihm. Es war eine Schande. Sie hatte kein Recht gehabt, diesen wunderschönen Körper zu ruinieren, nur um ein weiteres unnützes Leben in eine Welt zu werfen, in der es schon viel zu viele Menschen gab.

Sie hat kein Recht gehabt, *ihm* diesen wunderschönen Körper wegzunehmen.

Er zog nun doch die Vorhänge zu und durchquerte leise das Zimmer, und gerade als er die Hand nach dem Türknauf ausstreckte, regte sich Endres auf dem Bett und fragte mit verschlafener Stimme: »Wohin gehst du, starker Mann?«

»Wohin von Zeit zu Zeit alle starken Männern gehen müssen, ebenso wie die schwachen«, antwortete Herman. »Außerdem fühle ich mich aus irgendeinem Grund plötzlich gar nicht mehr so stark und brauche dringend einen kräftigen Schluck. Du auch?«

»Nein«, antwortete Endres. »Oder vielleicht ein Glas Wasser, und beeil dich. Ich möchte dich neben mir spüren.«

Herman lachte zur Antwort und war plötzlich sehr froh über die nahezu völlige Dunkelheit, denn so konnte sie nicht sehen, was er von dieser Antwort hielt. *Es beginnt schon*, dachte er. Aus der intelligenten jungen Frau mit dem Körper einer Göttin, in die er sich verliebt und der er das Geschenk des Lebens gemacht hatte, ohne dass sie es jemals erfahren würde, begann bereits etwas anderes zu werden.

Sorgfältig schloss er die Tür hinter sich und ging in die Küche, wo er sich ein weiteres Glas Portwein einschenkte und es mit kleinen, genießerischen Schlucken leerte, während er überlegte, was er jetzt tun sollte.

Nicht, dass es da noch irgendetwas zu überlegen gab. Er hatte nicht vorgehabt, lange hierzubleiben, und auch nicht wirklich, noch mehr Häuser oder gar die ganze Straße zu kaufen, wie er es Endres gegenüber behauptet hatte. Vielmehr würde er gleich in den nächsten Tagen eine Feuerversicherung in großer, aber gerade noch nicht verdächtiger Höhe auf dieses Gebäude und das benachbarte abschließen, und spätestens im nächsten Winter bei Beginn der Heizperiode würde es wohl einen weiteren von zahlreichen Bränden aus Unachtsamkeit geben, wie es in dieser Stadt nun wirklich nichts Besonderes war.

Zumindest war das sein Plan gewesen, bevor Endres alles zunichtegemacht hatte. Nun würde er seine Pläne ändern müssen, was ärgerlich war, aber auch kein Weltuntergang. Eine Vollmacht, um auch ohne Endres' Begleitung an ihr restliches Guthaben zu kommen, hatte er schon vor langer Zeit perfekt gefälscht, und auch für dieses Haus würde sich eine Lösung finden; vielleicht nicht so schnell, wie er es gehofft hatte, aber über kurz oder lang doch. Es war vielleicht an der Zeit, weiterzuziehen.

Was also *tat* er hier eigentlich noch?

Statt sich dieser Frage zu stellen, schenkte er sich auch noch den Rest aus der Flasche ein, die Endres mitgebracht hatte, und

leerte das Glas mit noch kleineren und noch lan
Schlucken, und auch das war ungewöhnlich genug,
trank nie, wenn er dem Tod huldigte, einerseits aus Vor
und um immer einen klaren Kopf zu bewahren, aber auch a
Respekt vor seinem stummen Verbündeten.

Nachdem er sein Glas geleert hatte, trug er es zum Spülstein und wusch es nicht nur sorgfältig aus, sondern verfuhr auch genauso mit Geschirr und Besteck des Abendessens. Und er wischte darüber hinaus auch noch den Tisch sauber; alles Dinge, an die er normalerweise nicht einmal denken würde. Konnte es sein, dass er nur Zeit schinden wollte, bevor er tat, was getan werden musste?

Was für ein Unsinn!

Schon um sich selbst zu beweisen, *was* für ein Unsinn es war, öffnete er den Spülschrank, in dem er seinen Arztkoffer versteckt hatte, trug ihn zum Tisch und kramte darin herum, bis er das Etui mit den Skalpellen gefunden hatte, das er schließlich aufklappte. Irgendwie war es jedoch so, als wollten ihm seine Finger nicht richtig gehorchen, was darin gipfelte, dass er sich selbst eine harmlose, aber heftig blutende Schnittwunde in das empfindliche Fleisch zwischen Daumen und Zeigefinger zufügte. Aber so konnte er wenigstens noch einmal Zeit gewinnen, indem er das Blut stillte und sich anschließend übertrieben pedantisch einen Verband anlegte.

Was war nur mit ihm los? Konnte es sein, dass Endres' Eröffnung eine Saite in ihm zum Klingen gebracht hatte, über deren Existenz er bisher nicht nur nichts gewusst hatte, sondern die er auch ganz bestimmt nicht wahrhaben wollte? Ein Kind, möglicherweise sogar ein Sohn, den sie ihm gebären und dessen Heranwachsen er beobachten und behutsam lenken konnte. Was, wenn er sich geirrt hatte und alles dem großen Plan seines dunklen Verbündeten entsprach? Er war nicht unsterblich, er war zwar noch jung, und dennoch war es vielleicht an der Zeit, über einen Nachfolger nachzudenken.

Unglaublich, welche Perfektion des Tötens ein solcher erreichen mochte, wenn er seine Ausbildung schon in frühester

Jugend begann, und wenn er ihn sorgsam anlernte und er auf seinem gewaltigen Wissen aufbauen konnte, statt sich alles allein mühsam zu erarbeiten und aus Fehlern zu lernen, wie er selbst es gemusst hatte! Und da war noch etwas. Tief in ihm wollte sich etwas rühren, ein Gefühl, das so fremd und *falsch* war, dass es einfach nicht wahr sein durfte. Niemals!

Entschlossen klappte er die Tasche wieder zu und verbarg sie sorgfältig in ihrem Versteck unter dem Spülstein, bevor er wieder ins Schlafzimmer zurückkehrte. Das Skalpell war so scharf, dass sie so gut wie nichts spüren würde, aber er brachte es nicht über sich, ihre Schönheit zu zerstören. So viel war er ihr schuldig.

Wieder im Schlafzimmer, ging er zuerst zum Fenster und zog die Vorhänge wieder auf, sehr leise, um Endres nicht zu wecken. Doch sie schlief so tief und fest, dass sie nicht einmal wach wurde, als er zum Bett zurückkehrte, sich neben sie legte und dann herumrollte, um sich über sie zu knien. Erst als er sich vorbeugte und nach ihren Handgelenken griff, um sie vorsichtig auf den Rücken zu drehen und ihre Arme auszubreiten, begann sie sich verschlafen zu regen. In der allerersten Sekunde blieben ihre Augen trüb, dann erkannte sie ihn, reagierte im ersten Moment verwirrt und schien die Lage dann gründlich misszuverstehen, denn sie raffte sich zwar zu einem matten Lächeln auf, signalisierte ihm aber mit den Augen ein Kopfschütteln und murmelte: »Ich bin müde, Liebster. Lass mich eine Stunde ausruhen, dann …«

Herman verschloss ihre Lippen mit einem Kuss. Gleichzeitig ließ er ihre Handgelenke los und kniete sich vorsichtig auf ihre Oberarme, gerade fest genug, ihr nicht wehzutun, sie aber zuverlässig festzuhalten. Endres verstand auch das falsch, und das war auch gut so, denn er wollte, dass sie glücklich war. Aus dem kurzen Moment der Überraschung in ihren Augen wurde etwas anderes, und ihre Lippen wurden weich. Herman erschauerte, als er die sanfte Berührung ihrer Hände auf dem nackten Rücken spürte, und noch einmal, ein allerletztes Mal, regte sich etwas in ihm, eine verzweifelte lautlose Stimme, die ihm zuschrie, aufzuhören, und die genauso wenig sein durfte wie alles andere. Er musste es tun.

Statt sie loszulassen, schlang er sanft die Hände um ihren Hals, und wieder suchten und fanden seine Daumen ihre Halsschlagader und pressten sich mit zunehmendem Druck darauf. Endres' Kuss wurde noch stürmischer, und sie begann leise vor Lust zu stöhnen, während sich in das Streicheln ihrer Hände auf seinem Rücken jetzt erste Fingernägel mischten. Herman drückte noch ein wenig fester zu. Sechs Pfund Druck, dachte er, drei auf jeder Seite und die Größe einer kleinen Münze, und nicht einmal eine Minute Zeit, mehr brauchte es nicht, um ein Menschenleben zu beenden.

Vielleicht begriff sie im allerletzten Moment sogar doch noch, dass er es diesmal nicht tat, um ihre Lust in ungeahnte Höhen zu steigern, doch wenn, dann erreichte dieses Wissen wohl nicht mehr rechtzeitig genug ihr Bewusstsein, um ihren allerletzten Gedanken in etwas Schlimmes zu verwandeln. Herman betete, dass es so war. Ihr Kuss erstarb auf seinen Lippen, und ihre Hände wurden kraftlos und glitten von seinem Körper, doch er blieb weiter reglos über sie gebeugt sitzen, für lange, lange Zeit.

Erst, als seine Tränen versiegten und salzig auf seinen Wangen einzutrocknen begannen, zog er die Hände zurück, um ihre Augen zu schließen.

Chicago, Illinois, 1893

Jetzt wird Holmes mich umbringen«, sagte Arlis, als sie in die Suite zurückkam, »ganz langsam und qualvoll. Und wahrscheinlich gleich mehrmals hintereinander.« Zugleich sah sie sich so aufmerksam in dem verwüsteten Zimmer um, als erwartete sie ernsthaft, ihn im nächsten Augenblick hinter einem Möbelstück hervorspringen und ein Messer schwingen zu sehen, um ihre Ankündigung augenblicklich in die Tat umzusetzen.

Geyer paffte an der Zigarre und betrachtete sie schmunzelnd. »Und warum genau fürchten Sie, dass Doktor Holmes es plötzlich so eilig haben sollte, Sie umzubringen – abgesehen von den gefühlten tausend Gründen, die uns beiden bereits bekannt sind?«

»Weil ich gerade seine letzten Hotelgäste weggeschickt habe«, antwortete Arlis. »Das ältere Ehepaar, das das zweifelhafte Vergnügen hatte, mit uns zu speisen, ist gar nicht erst wiedergekommen. Ich fürchte, ich habe sie mit meinen Kochkünsten vergrault.«

»Und die anderen?«

»Ich habe mir eine wilde Geschichte ausgedacht, die ich jetzt lieber nicht wiederholen möchte, und sie gebeten, sich ein anderes Hotel zu suchen«, sagte Arlis. »Und ihnen selbstverständlich nicht nur ihr Geld zurückgegeben, sondern ihnen auch eine Entschädigung gezahlt. Fünfzig Dollar, aus Holmes' Kasse.«

»Ein stolzes Sümmchen«, sagte Geyer anerkennend, und Arlis' Gesicht verdüsterte sich nur noch weiter.

»Das war nahezu alles, was sich noch in seiner Kasse befand«, sagte sie. »Und nicht nur dort. Ich fürchte, es steht wohl noch schlechter um sein Hotel, als wir ohnehin schon angenommen haben.«

»Tatsächlich?«, fragte Geyer.

»Ich habe mir seine Bücher noch mal ein wenig genauer angesehen – soweit das in der Kürze der Zeit möglich war.«

»Und?« Geyer nahm die Zigarre aus dem Mund.

»Ich bin keine Buchhalterin«, antwortete Arlis ausweichend, »aber soweit ich es beurteilen kann, ist dieses Hotel wirklich bankrott, ganz so, wie Sie vermutet haben.«

»Interessant. Finanzielle Schwierigkeiten sind immer ein starkes Motiv.«

»Wofür?«

»Für alles.« Geyer zwang sich zu einem Lächeln, das nicht einmal in die Nähe seiner Augen kam. »Davon abgesehen haben Sie Doktor Holmes vermutlich einen Gefallen getan. Er dürfte es wohl kaum zu schätzen wissen, wenn die Polizei hier auftaucht, während sein Hotel noch voller Gäste ist.«

»Sie wollen das wirklich tun?«, fragte Arlis ernst.

»Die Polizei rufen?« Geyer nickte. »Nach dem, was wir dort drüben gefunden haben, bleibt uns gar keine andere Wahl. Es sei denn, Doktor Holmes hat eine wirklich gute Erklärung für das alles – was ich allerdings zu bezweifeln wage.« Er deutete mit dem glühenden Ende seiner Zigarre auf die Tür, die Arlis hinter sich offen gelassen hatte, und schüttelte zusätzlich den Kopf. »Mir würde jedenfalls keine plausible Erklärung einfallen.«

»Deshalb warten wir ja auch, bis Doktor Holmes zurück ist«, sagte Arlis. »Wahrscheinlich stellt sich alles als ganz harmlos heraus.«

»Ja, möglicherweise«, sagte Geyer. Obwohl Sie beide wussten, dass es unnötig war, zog er seine Taschenuhr aus der Weste, klappte den Deckel mit dem Daumen hoch und warf einen sehr langen Blick auf das Ziffernblatt, bevor er ihn mit einem Knall wieder schloss.

»Also gut. Noch eine Stunde. Höchstens«, sagte er. »Länger kann ich wirklich nicht warten. Danach muss ich die Polizei ...«

Ein sonderbarer Laut unterbrach sie, etwas wie ein dumpfes Poltern, das durch die offen stehende Tür hereindrang. Geyer runzelte die Stirn, legte die Zigarre aus der Hand und bedeutete Arlis mit einer entsprechenden Geste zurückzubleiben. Auf die sie natürlich nicht hörte. Aber sie ließ ihn immerhin vorbeigehen und schloss sich ihm erst an, als er das Zimmer verließ und mit raschen Schritten den langen Flur zur Treppe entlangeilte.

Das Geräusch wiederholte sich, ein wenig verändert und noch beunruhigender jetzt, so dass sie nun ganz instinktiv doch einen etwas größeren Abstand zu ihm einhielt, während er die Treppe hinabeilte. Seine Schritte wurden wieder langsamer, als sie das Foyer erreichten. Er blieb in der Mitte des großen Raumes stehen. Arlis trat neben ihn.

Das Geräusch wiederholte sich nicht, und auf den ersten Blick war auch nichts Außergewöhnliches zu sehen. Vielleicht hatten sie sich getäuscht. Arlis wollte gerade eine entsprechende Bemerkung machen, doch in diesem Moment hob Geyer abrupt die Hand und wies zum Ausgang hin. Die doppelflügelige Schwingtür war geschlossen, aber von Geyer einmal darauf aufmerksam gemacht, sah sie nun, dass sie noch immer sacht zitterte, als wäre gerade erst jemand hindurchgegangen. Und sie sah noch mehr. Eine unregelmäßige, aber deutliche Spur winziger roter Flecke, die unmittelbar vor der Tür begann und zum Restaurant führte.

»Ist das ... Blut?«, flüsterte sie.

Statt zu antworten, griff Geyer abermals unter die Jacke und zog nun doch eine Waffe, ein wahres Monstrum von einem Revolver, von dem sich Arlis vergebens fragte, wie er ihn unter seiner Kleidung hatte verbergen können. »Bleiben Sie zurück«, sagte er.

Arlis hörte jetzt so wenig wie gerade auf seine Warnung, folgte ihm aber in sehr respektvollem Abstand, als er das Foyer durchquerte und die Linke nach der Tür ausstreckte; sehr vorsichtig, und zugleich mit dem Daumen der anderen Hand den Hahn der Waffe spannend. Auf seinem Gesicht war kein Anzeichen von Furcht oder auch nur Unsicherheit zu erkennen, aber eine große Konzentration, und er hatte mit einem Male so gar nichts mehr von dem gutmütigen, behäbigen Onkel an sich, den er sonst offenbar nur spielte.

Hinter der Tür erwarteten sie jedoch keinerlei größere Gefahren als die, mit denen die Küche dieses Restaurants für jedermann aufwartete, jedenfalls nicht in dem schmalen Spalt, um den er die Tür aufschob. Dennoch blieb er konzentriert und bedeutete Arlis auch mit einer unwilligen Kopfbewegung, noch einmal zurückzubleiben. Diesmal gehorchte sie ihm.

Wenn auch nur für gerade so lange, bis er durch die Tür getreten und für kaum eine Sekunde aus ihrem Blickfeld verschwunden war, denn dann hörte sie seinen erschrockenen Ausruf. »Arlis! Schnell!«

Sie war bei ihm, noch bevor er das letzte Wort ganz aussprechen konnte. Geyer war auf die Knie gefallen und bemühte sich um eine Gestalt, die verkrümmt vor ihm lag.

Holmes.

»Um Gottes willen!« Arlis war mit einem einzigen Schritt neben ihm, sank ebenfalls auf ein Knie und wollte die Hand nach Holmes ausstrecken, doch Geyer hielt sie mit einer raschen Bewegung zurück und schüttelte den Kopf.

»Nicht. Wir müssen erst sehen, was ihm fehlt.«

Tatsächlich blieb er etliche Sekunden lang reglos hocken und maß die wie tot daliegende Gestalt mit sehr aufmerksamen Blicken, und Arlis entging keineswegs, dass er die Waffe noch immer in der Hand hielt und auf Holmes zielte. Erst nach einer kleinen Ewigkeit entspannte er den Hahn wieder, steckte den Revolver ein und beugte sich weiter vor, um Holmes behutsam auf den Rücken zu drehen. Immerhin lebte er noch, denn er begann leise zu stöhnen und versuchte sogar ungelenk, Geyers Hände wegzuschieben.

Arlis erschrak, als sie sein Gesicht sah.

Es war blutüberströmt. Sein linkes Auge war zugeschwollen, die Wange fast schwarz verfärbt und seine Lippen aufgeplatzt, und die Zähne dahinter glänzten in hellem Rot. Er war bei Bewusstsein, aber sein Blick flackerte unstet, und es gelang ihm nicht, ihn wirklich zu fokussieren.

»Um Gottes willen!«, sagte Arlis noch einmal. »Henry, was ist passiert? Wer hat Ihnen das angetan?«

Holmes reagierte nur mit einem dumpfen Stöhnen, aber Geyer sagte: »Er ist übel verprügelt worden, wie es aussieht. Ich kann nur hoffen, dass das, was wir sehen, alles ist.« Unverzüglich begann er mit spitzen Fingern Holmes abzutasten. Er wimmerte leise und versuchte den Kopf wegzudrehen, doch Geyer führte seine Untersuchung zu Ende und schien sogar halbwegs zufrieden zu sein. »Wenigstens scheint nichts gebrochen zu sein«, sagte er. »Aber er könnte innere Verletzungen haben. Wir brauchen einen Arzt.«

»Dann laufen Sie los und holen Sie einen«, antwortete Arlis. »Ich bleibe solange hier und kümmere mich um ihn.« Wie immer sie das auch bewerkstelligen wollte, sollte er erwachen und tatsächlich ärztliche Hilfe brauchen. Sie hatte nicht die geringste Ahnung von so etwas.

Geyer nickte und wollte aufstehen.

»Nein.« Holmes ergriff ihn am Ärmel und hielt ihn fest. »Keinen Arzt. Nicht jetzt.«

Geyer machte sich ganz automatisch los und stand auch auf, allerdings nur halb, bevor er sich erneut fragend an Holmes wandte. »Wer war das? Peizel?«

Holmes schüttelte mühsam den Kopf. Sein Blick klärte sich, wenn auch nicht vollständig, und er versuchte sich sogar hochzustemmen, woran ihn Arlis aber energisch hinderte.

»Wer war das?«, fragte sie ebenfalls. »Wer hat Ihnen das angetan, Henry?«

»Und wieso wollen Sie keinen Arzt?«, fügte Geyer hinzu.

»Nicht jetzt«, murmelte Holmes. Sein Blick suchte den Arlis', und unter all dem Schmerz und der beginnenden Verwirrung darin las sie eine große Angst, die aber nicht ihm zu gelten schien. »Sie müssen weg. Schnell.«

»Wieso?«, verlangte Geyer zu wissen. »Verdammt, reden Sie! Was ist Ihnen passiert?«

»Laufen Sie weg«, flüsterte Holmes. »Er wird Sie ... umbringen.« Das winzige Aufbegehren schien seine letzten Kraftreserven zu verbrauchen, denn er sank wieder ganz zurück und hatte nun Mühe, die Augen offen zu halten. »Schnell, bevor er ... hier ist.«

Im Grunde erriet Arlis die Worte nur noch, denn seine Stimme wurde nun endgültig zu einem kaum noch verständlichen Flüstern, während ihn die Sinne zu verlassen begannen – worauf Geyer allerdings keine Rücksicht nahm, denn er packte ihn grob bei den Rockaufschlägen und schüttelte ihn.

»Von wem reden Sie?«, herrschte er Holmes an. »Verdammt, reden Sie, Mann!«

»Frank!«, sagte Arlis scharf und hielt ihn zurück.

Geyer hörte tatsächlich auf, Holmes weiter zu malträtieren, allerdings aus dem einzigen Grund, dass seine grobe Behandlung tatsächlich Erfolg zeitigte, denn Holmes' Blick klärte sich noch einmal, wenn auch gewiss nicht für lange. Mühsam ließ sein Blick Arlis' Gesicht los und richtete sich auf den Detektiv. »Bringen Sie Arlis weg«, stammelte er. »Schnell, bevor er ... kommt. Sie haben keine Chance gegen ihn.«

»Wer?«, herrschte ihn Geyer an. »Peizel?«

»Webster«, hauchte Holmes. »Hüten Sie sich vor ihm. Sie dürfen ihm nicht trauen.«

»Webster?« Geyer machte ein verwirrtes Gesicht. »Meinen Sie ... Doktor Mudgett?«

Holmes wollte antworten, doch seine Kraft reichte nur noch für einen letzten, flehentlichen Blick zu Arlis hinauf, dann schwanden ihm endgültig die Sinne, und sein Kopf sank zurück und schlug dumpf auf dem harten Steinboden auf. Er hatte nun endgültig das Bewusstsein verloren.

»Meint er ... Herman Webster Mudgett?«, fragte Geyer. Sein Gesicht verdüsterte sich. »Also doch.«

Arlis eilte um den bewusstlosen Holmes herum, ließ sich auf die Knie sinken und tastete nach seinem Puls. Er ging langsam, aber so schwer, als versuche sein Herz aus seiner Brust herauszuspringen. »Sie helfen mir, ihn in ein Bett zu bringen, und danach rufen wir einen Arzt. Über alles andere reden wir später.«

Ohne ihm die Gelegenheit zur Antwort zu geben, ergriff sie Holmes an den Fußgelenken, während Geyer ihn unter den Armen packte. Holmes war schwerer, als sie erwartet hatte, und ihn die Treppe hinauf und über den langen Flur zu tragen, überstieg fast ihre Kräfte, zumal er sich zwischendurch zu bewegen und halblaut zu stöhnen begann, was es auch nicht leichter machte. Arlis' Arme und Schultern schmerzten, und auch ihr Herz klopfte bis zum Hals, als sie Holmes endlich in seinem Zimmer hatten und auf das Bett legten.

Geyer überzeugte sich mit einem raschen Blick in ihr Gesicht davon, dass alles in Ordnung war, und ging dann zum Fenster, um auf die Straße hinabzusehen. Dann drehte er sich um und schüttelte den Kopf. »Es ist zu gefährlich. Ich kann Sie hier nicht allein lassen.«

»Haben Sie Angst, dass Doktor Holmes aufwachen und sich unschicklich benehmen könnte?«, fragte Arlis spöttisch.

Geyer blieb ernst. »Sie haben gehört, was er gesagt hat«, sagte er mit einer Geste auf das Bett. »Sie sollten das ernst nehmen. Oder möchten Sie demjenigen begegnen, der das getan hat?«

»Sie glauben tatsächlich, dass Mudgett ihn so zugerichtet hat?«, fragte sie. »Aber warum sollte er das tun? Er und Holmes sind Freunde!«

»Vielleicht sind wir ihm ja zu nahe gekommen.«

»Mudgett?« Arlis sah ihn mit neu erwachendem Ärger an. »Sie wissen also doch mehr, als Sie zugeben.«

»Ich weiß, dass mit Doktor Mudgett etwas nicht stimmt«, antwortete Geyer ernst. »Und ich bin auch überzeugt davon, dass Ihr Freund Holmes mehr über seine Machenschaften weiß, als er zugibt, und seinen alten Kommilitonen nur schützen will.« Mit einem grimmigen Nicken wies er auf den bewusstlosen Holmes. »Wenn es Mudgett war, der ihn so zugerichtet hat, dann wird ihm ja vielleicht jetzt klar, dass diese Freundschaft doch ein wenig einseitig ist.«

Arlis sagte vorsichtshalber nichts, und Geyer fuhr fort: »Wir gehen nach unten in die Apotheke oder einen der anderen Läden und schicken jemanden, der die Polizei und einen Arzt ruft.«

»Ich lasse ihn nicht allein«, beharrte Arlis.

»Haben Sie Angst, dass er wegläuft?«, fragte Geyer, kam ihrer Antwort aber auch gleich mit einer entsprechenden Handbewegung zuvor. »Wir sind in fünf Minuten wieder hier.«

»Ich bleibe«, sagte sie bestimmt.

Geyer setzte unübersehbar zu einer noch einmal schärferen Entgegnung an, doch dann erschien ein sehr nachdenklicher, fast alarmierter Ausdruck auf seinem Gesicht, der Arlis deutlich machte, dass er in ernster Sorge um sie war und nicht weiter mit sich verhandeln ließ.

»Was haben Sie?«, fragte Arlis.

»Es ist wahrscheinlich gar nichts«, antwortete Geyer. Es klang genau wie das, was es auch war, nämlich ein reichlich unbeholfener Versuch, sie zu beruhigen. »Aber es wäre mir trotzdem lieber, wenn Sie mitkommen. Bitte, Arlis.«

»Fünf Minuten?«

»Allerhöchstens.« Geyer ging zur Tür, und Arlis betrachtete noch einmal den bewusstlosen Holmes. Es war Unsinn, das wusste sie selbst, aber sie kam sich trotzdem feige vor, als wäre es eine ganz besonders perfide Art von Verrat, ihn allein hier zurückzulassen. Schließlich aber folgte sie Geyer.

Ein wenig verwundert sah sie zu, wie er die Tür hinter sich ins Schloss zog und sie dann nicht nur gleich zweimal verriegelte, sondern auch noch einmal prüfend am Türknauf rüttelte.

»Anscheinend haben Sie Angst, dass er aufwacht und wegläuft«, sagte sie. Geyer machte sich auch nicht einmal die Mühe, darauf zu reagieren, sondern ließ den Schlüssel in der Jackentasche verschwinden und ging los, blieb nach kaum drei Schritten wieder stehen, und sah nun eindeutig erschrocken aus. »Riechen Sie das?«

Arlis nickte zögernd. »Es riecht … verbrannt?«

»Verschmort«, korrigierte sie Geyer.

»Ich schwöre, dass ich nicht versucht habe zu kochen!«

Geyer schenkte ihr ein pflichtschuldiges Lächeln, drehte sich aber nur noch einmal um sich selbst und wies erneut nach rechts, auf die verschlossene Tür der benachbarten Suite. »Es kommt von dort.«

Geyer zog den Revolver, öffnete die Tür und ging hinein, die Waffe mit beiden Händen vor sich ausgestreckt.

»Es kommt ganz eindeutig von hier«, sagte Geyer und sah sich im Raum um, »aber hier brennt nichts.«

Geyer steckte die Waffe wieder ein. Der durchdringende Geruch wurde schlimmer.

Arlis half ihm, den Raum noch einmal gründlich zu inspizieren, wobei sie auch das verwüstete Bad nicht ausließen. Sie fanden nichts, aber der verbrannte Geruch wurde noch intensiver und kratzte jetzt in ihrem Rachen.

»Möglicherweise schmort irgendwo ein Stromkabel«, sinnierte Geyer. »Holmes hat das ganze Haus elektrifiziert, nicht wahr? Es wäre nicht der erste Brand, der durch ein schmorendes Kabel ausgelöst würde.«

»Dann sollten wir die Feuerwehr alarmieren«, sagte Arlis unbehaglich. Sie wollte hier weg.

Sie sah Geyer an, dass er in diesem Punkt etwas anderer Meinung zu sein schien als sie, doch er zögerte auch nur noch eine Sekunde und wies dann zum Ausgang. Er ging auch sofort los, blieb aber nach wenigen Schritten schon wieder stehen und sog hörbar die Luft durch die Nase ein. Etliche Sekunden lang tat er gar nichts, dann und ohne ein weiteres Wort der Erklärung trat er an eine der Wände heran und begann sie mit der freien Hand abzutasten.

»Was tun Sie da?«, fragte Arlis, ohne große Hoffnung auf eine Antwort. Sie bekam auch keine. Geyer klopfte die Wand noch einmal und jetzt mit den Fingerknöcheln ab und wirkte plötzlich sonderbar zufrieden. Er drehte den Revolver in der Hand herum.

»Was tun Sie da, Frank?«, fragte Arlis alarmiert und trat neben ihn. Vollkommen erwartungsgemäß bekam sie auch dieses Mal keine Antwort, doch Geyer bedeutete ihr mit einer ruppigen Kopfbewegung (die sie ignorierte) zurückzutreten, holte aus und schlug den Revolver mit großer Wucht gegen die Wand. Arlis gab einen erschrockenen Laut von sich, denn der Hieb wirbelte nicht nur Staub und winzige Holzsplitter auf, sondern ihr auch einen weiteren Schwall erstickend-klebrigen Brandgeruchs ins Gesicht.

»Das ist jedenfalls kein brennendes Kabel«, meinte Geyer, während er den Revolver ein zweites Mal und mit womöglich noch größerer Kraft schwang. Diesmal rammte der Knauf nicht nur ein kaum faustgroßes Loch in die vermeintlich so stabile Wand, sondern offenbarte dabei auch ihren wahren Charakter, der aus wenig mehr als einem dünnen Lattengerüst und ein bisschen Gips bestand, das sich unter der aufwendigen Textiltapete verbarg. Ein spürbarer Luftzug schlug ihnen entgegen; und ein noch einmal intensiverer Schwall jenes durchdringenden verschmorten Geruchs, in den sich nun auch noch eine andere Komponente mischte, über deren genaue Bedeutung Arlis lieber gar nicht nachdenken mochte.

»Jetzt haben wir sie doch noch gefunden«, fuhr Geyer unbeeindruckt fort. »Wollen Sie gar nicht wissen, was?«

»Verraten Sie es mir, Frank.« Arlis seufzte. Es wäre ihr lieber, sie müsste ihm nicht ständig alles aus der Nase ziehen.

»Die fehlenden sieben Fuß«, antwortete Geyer in nun wirklich unüberhörbar selbstzufriedenem Tonfall. Er sah sie an, als erwarte er, sie ob dieser Offenbarung in reine Verzückung ausbrechen zu lassen, und machte auch keinen großen Hehl aus seiner Enttäuschung, als sie es nicht tat.

»Ich habe Ihnen doch gesagt, dass ich mir den Grundriss dieses Gebäudes etwas genauer angesehen habe«, antwortete er. »Und es fehlen eben gute sieben Fuß, auch, wenn man ein außergewöhnlich dickes Mauerwerk unterstellt.« Er klopfte mit dem Revolverknauf gegen den Rand des Loches, das er gerade geschaffen hatte, und produzierte eine weitere Staub- und

Gipswolke. »Sieht das für Sie aus wie außergewöhnlich dickes Mauerwerk?«

Natürlich tat es das nicht, aber Arlis war auch nicht danach, diese Art von Unterhaltung fortzusetzen. »Was soll das?«, fragte sie scharf.

Geyer schlug noch einmal mit dem Knauf zu, steckte die Waffe dann endlich ein und nahm nun beide Hände zu Hilfe, um das Loch mit brachialer Gewalt und sehr schnell zu erweitern. Dahinter kamen Dunkelheit und sehr viel Staub zum Vorschein, in dem Arlis nur mit großer Mühe den Schemen einer aus groben Backsteinen gemauerten Wand zu erkennen meinte, die gute drei Fuß entfernt sein musste.

»Was bedeutet das, Frank?«

Geyer zerrte ein weiteres Stück aus der Wand, machte schließlich einen halben Schritt rückwärts und trat dann mit aller Kraft zu. So massiv die vermeintliche Mauer aussah, so wenig war sie es. Schon sein erster beherzter Tritt reichte, um sie vom Boden bis zur Decke zu spalten, und der zweite ließ ein fast mannsgroßes Stück zurückfedern, das wohl nur noch von der Tapete an Ort und Stelle gehalten wurde.

»Warten Sie hier«, sagte er, während er bereits gebückt in der halbhohen Öffnung verschwand, die er selbst geschaffen hatte.

Geyer rumorte einige Momente lang lautstark auf der anderen Seite der Wand herum und tauchte dann wieder auf, über und über mit Staub bedeckt und mit hektisch gerötetem Gesicht. »Das müssen Sie sich ansehen, Miss Christen«, sagte er.

»Sie glauben doch nicht etwa, dass ich dort …«

»Glauben Sie mir, es lohnt sich«, fiel ihr Geyer ins Wort. Gleichzeitig streckte er die Hand aus, um ihr zu helfen, und sie quetschte sich zu ihm hinein. Was das zersplitterte Holz und all der Schmutz und Staub ihrer Frisur und ihrem Kleid antun mochten, darüber dachte sie vorsichtshalber erst gar nicht nach.

Sehen konnte sie zumindest im ersten Moment nichts. Geyer machte einen halben Schritt zurück und wurde zu einem schwarzen Schemen ohne klar erkennbare Konturen, und nach einem weiteren verschwand er gänzlich. »Und was genau wollten Sie mir jetzt zeigen?«, fragte sie.

Geyer raschelte irgendwo vor ihr in der Dunkelheit herum, und Arlis fuhr erschrocken zusammen, als sie nicht nur seine Berührung am Arm spürte, sondern er sie auch schon beinahe grob weiterzog. Bevor sie jedoch gegen dieses ungehörige Benehmen protestieren konnte, blieb er schon wieder stehen und dirigierte sie an eine bestimmte Stelle. Etwas raschelte, und plötzlich tauchte ein schmales Licht vor ihr auf. Geyer musste sie nicht eigens auffordern, genauer hinzusehen.

Er musste ihr auch nicht erklären, was sie da sah.

Arlis stand lange Zeit einfach da und lugte durch den schmalen Sehschlitz, hin und her gerissen zwischen Unglauben, Staunen und immer größer werdender Empörung.

Es war nur ein schmaler Ausschnitt des dahinterliegenden Zimmers, den sie durch die kaum fingernagelgroße Öffnung erkennen konnte, aber der Blickwinkel war so gewählt, dass sie das große Doppelbett im hinteren Drittel der Suite komplett überblicken konnte. Wer immer hier stand, würde es sehen, und auch alles, was darin geschah.

»Also das ist doch …«, begann sie ungläubig und konnte dann nicht weitersprechen, weil ihr sowohl die Stimme versagte als auch die Worte fehlten, als sie endgültig begriff, was Geyers Entdeckung bedeutete.

Das war … *ungeheuerlich!*

Chicago, Illinois, 1892

Herman konnte nicht einmal genau sagen, wie er hierhergekommen war, doch es war ein sehr seltsamer Ort; auf der einen Seite war er so ganz anders, als er ihn sich vorgestellt hätte, und das auf eine Art, von der er nicht einmal sagen konnte, wie, und auf der anderen kam ihm alles hier auf schon fast unheimliche Weise vertraut vor, ein Gefühl – so bizarr der Gedanke ihm auch selbst vorkommen mochte –, als kehre er in ein Zuhause zurück, in dem er noch nie zuvor gewesen war.

Zum Teil lag es sicher an dem Geruch, der gewissermaßen auch der Geruch der ganzen Stadt war, wenn auch nirgendwo annähernd so intensiv wie hier: Ein klebrig süßes Miasma, das sich wie eine unsichtbare Fettschicht über alles und jedes legte, in jede Pore kroch und jeden Atemzug eine Winzigkeit schwerer werden ließ als den davor. Es war der Geruch der Schlachthöfe, dem niemand entkam, der sich in dieser Stadt aufhielt – nur, dass er hier ungleich intensiver war und im wahrsten Sinne des Wortes atemberaubend. Er empfand das als ein wenig seltsam, denn es war nichts anderes als der Geruch des Todes, der ihm doch eigentlich vertraut und alles andere als unangenehm sein sollte.

Wahrscheinlich lag es an seiner Fracht.

Mudgett hatte sich entschieden, dieses Wort zu benutzen, obwohl er es selbst als entwürdigend und schäbig empfand, doch Endres' Leichnam als ebensolchen zu bezeichnen wäre mehr gewesen, als er ertragen konnte. Wenn Endres nicht tot war, dann hatte er sie auch nicht ermordet, so einfach war das.

Wie leicht es doch war, sich selbst zu belügen, und wie erstaunlich gut es funktionierte, sogar, wenn man es wusste.

Herman schüttelte diesen wenig hilfreichen Gedanken ab und zwang sich, sich mehr auf den Weg und das Fahren zu konzentrieren, eine ebenso monotone wie simple Aufgabe, die ihm im Moment aber gerade recht kam, um seine Gedanken zu beschäftigen und von anderen und noch viel unerquicklicheren Dingen abzulenken.

Zum Beispiel der Frage, was er hier eigentlich tat.

Etwas sehr Unvernünftiges, so viel stand fest. Je weiter er sich seinem Ziel näherte, desto überzeugter war er, einen Fehler zu begehen. Er hatte noch länger als eine Stunde neben der toten Endres gesessen, und es war ihm selbst jetzt unmöglich zu sagen, was er in dieser Zeit gedacht hatte und was in ihm vorgegangen war. Es kam ihm vor, als wäre die Antwort auf beides: nichts. Vielleicht nicht nur im übertragenen Sinne. Vielleicht hatte er mit Endres auch einen Teil seiner selbst getötet und danach alles, was geschehen war, nicht nur aus seinen Gedanken getilgt, sondern die Zeit selbst ausgelöscht. Und vielleicht konnte er es ja so wenigstens für sich ungeschehen machen.

Das Pferd wurde unruhig und warf nicht zum ersten Mal den Kopf in den Nacken, so dass Herman sich gezwungen sah, die Zügel in der Art einer Peitsche knallen zu lassen, um es zur Räson zu bringen. Das musste sein, aber es missfiel ihm trotzdem. Er liebte Tiere und hatte nie Freude daran gefunden, ihnen Schmerz zuzufügen oder sie gar zu quälen. Doch das Pferd war nervös, vermutlich weil es die Nähe des Todes roch, dessen süßlich-fauliger Gestank mit jedem Atemzug nur noch schlimmer wurde, mit dem sie sich dem Schlachthof näherten. Mudgett konnte nur hoffen, dass es am Ende den Kampf gegen diese Angst nicht verlor und ihm rundheraus den Gehorsam verweigerte, ganz gleich, was er auch tat.

Was ihn zum zweiten Mal zu der Frage brachte, was er hier eigentlich machte.

Er weigerte sich auch jetzt, sich selbst eine Antwort auf diese Frage zu geben – obwohl er sie natürlich kannte –, denn dann hätte er auch zugeben müssen, dass er sich sehr, sehr dumm benahm. Seine leblose Fracht zurück ins Hotel zu bringen und damit auf dieselbe Weise zu verfahren wie mit den zahllosen anderen Toten, die bereits im Keller des Hotels verschwunden waren, wäre nicht nur sehr viel einfacher (und ungefährlicher) gewesen als diese nächtliche Exkursion in die fauligen Gedärme der Stadt, sondern auch das einzig Vernünftige, das er überhaupt tun konnte, aber er hatte es einfach nicht übers Herz gebracht. Er konnte nicht einmal sagen, warum.

Das Pferd scheute schon wieder, doch er hatte sein Ziel fast erreicht. Vor ihm lag ein mannshohes Lattentor, durch dessen Ritzen das Mondlicht in asymmetrischen Streifen fiel, und möglicherweise ausgelöst durch diesen Anblick schien der Todesgeruch in der Luft noch einmal schlimmer zu werden. Mudgett ließ den Zügel ganz prophylaktisch noch einmal knallen, und das Pferd griff erschrocken rascher aus, so dass jetzt nur mehr wenige weitere Augenblicke vergingen, bevor er das Tor erreichte und anhielt. Da er dem Tier nicht traute, zog er die Bremse des Wagens mit aller Kraft an und beeilte sich auch, vom Kutschbock zu springen und die wenigen Meter zum Tor im Laufschritt zurückzulegen.

Er erlebte eine böse Überraschung. Das Tor war verschlossen.

Mudgett stand eine geschlagene Sekunde lang einfach nur da und starrte das verriegelte Tor an, und gleich einige mehr investierte er darin, sich selbst mit einer Anzahl erlesener Beschimpfungen und wenig schmeichelhafter Bezeichnungen zu belegen, von denen *Dummkopf* noch die harmloseste war. Er hatte nicht einmal einen Gedanken daran verschwendet, dass das Gelände des Schlachthofes abgeschlossen sein könnte; schon gar nicht dieser unzugängliche Teil, den man am liebsten auch vor den Augen der eigenen Mitarbeiter schamhaft verborgen hätte. Da der durchdringende Schlachthausgeruch sieben Tage die Woche und an vierundzwanzig Stunden jeden Tag über der Stadt lag, hatte er wie selbstverständlich angenommen, dass das Töten im industriellen Maßstab ebenfalls ununterbrochen anhielt. Aber dem war offensichtlich nicht so. Das Gelände hinter dem mehr als mannshohen Lattenzaun lag in völliger Dunkelheit und absolut still da.

Mudgett überlegte einen Moment ernsthaft, das Tor aufzubrechen – was kein Problem darstellen sollte –, entschied sich aber dann auch beinahe augenblicklich dagegen. Dass die Straßen, durch die er hierhergefahren war, angesichts der vorgerückten Stunde nahezu menschenleer wirkten, bedeutete nicht, dass sie es waren oder er sich ernsthaft einreden konnte, von niemandem gesehen worden zu sein. Schon hierherzukommen, war ein nahezu unverantwortliches Risiko gewesen. Alles andere wäre reiner Selbstmord. Er würde wohl doch ins Hotel zurückkehren und mit Endres' sterblichen Überresten so verfahren müssen wie mit allen anderen vor ihr – sosehr ihn der Gedanke auch erschreckte.

Mudgett warf einen nachdenklichen Blick in den wolkenverhangenen Himmel hinauf. Er schätzte, dass es noch gute zwei Stunden bis zum Sonnenaufgang und, der Jahreszeit geschuldet, damit auch dem Moment war, in dem die Stadt begann, sich den Schlaf aus den Augen zu reiben und die Glieder zu strecken. Mehr als genug Zeit, um zurück zum Hotel zu fahren und zu tun, was getan werden musste. Aber er konnte es sich auch nicht leisten, noch unnötig herumzutrödeln.

Gerade als er sich herumdrehen und zum Wagen zurückgehen wollte, hörte er ein Geräusch, und wäre er einfach weitergegangen und auf den Kutschbock gestiegen, dann wäre vielleicht alles anders gekommen. Doch er war nicht nur ebenso verwirrt wie frustriert, zum ersten Mal seit vielen Jahren drohte er in Panik zu geraten, und als es ihm endlich gelang, ihrer Herr zu werden, war es zu spät. Aus den unidentifizierbaren Lauten wurde das Klirren eines Schlüsselbunds, dann sprang das Tor klackend auf, und ein derart grelles Licht richtete sich auf sein Gesicht, dass er geblendet die Hand vor die Augen hob.

»Na, was denn, haben wir uns verlaufen, mein Freund?«, fragte eine wenig freundlich klingende Stimme. Das Licht war so grell, dass er nur einen schwarzen Schemen ausmachen konnte. Ganz ohne sein Zutun machte sich seine Hand auf den Weg zur Jackentasche und dem Rasiermesser darin. Die Klinge hatte heute noch kein Blut gekostet, und sie war unzufrieden. Aber irgendetwas warnte ihn, die Bewegung zu Ende zu führen, und so zog er die Hand auch unverrichteter Dinge wieder zurück.

»Was suchen wir denn hier, noch dazu um diese Zeit?«, fuhr die Stimme fort. Das Licht senkte sich ein wenig, so dass es nicht mehr direkt auf sein Gesicht gerichtet war. Dennoch brauchten seine Augen noch etliche Sekunden, bis sie sich wieder weit genug erholt hatten, um richtig sehen zu können, und als es so weit war, war er froh, das Messer nicht gezogen zu haben. Er war nicht sicher, dass es ihm etwas genutzt hätte.

Vor ihm stand ein wahrer Riese von einem Mann. Genau genommen war er nicht einmal wirklich riesig – vielleicht ein Stück über sechs Fuß groß und von eher drahtigem als muskulösem Wuchs –, aber er strahlte etwas aus, das ihn weitaus größer und bedrohlicher aussehen ließ, als er war. Der Mann war sauber, aber sehr einfach gekleidet, hatte bereits schütter werdendes dunkles Haar, in dem sich eine beginnende Halbglatze zeigte, und einen gewaltigen Schnauzbart, dessen sorgsam gezwirbelte Enden kühn nach oben zeigten, und die gefühllosesten Augen, in die Herman jemals geblickt hatte. Er lächelte, aber in seinem Blick war etwas, das dieses Lächeln ins Gegenteil verkehrte.

»Ich habe mich wohl verfahren und wollte nach dem Weg fragen«, antwortete Herman unbeholfen, was selbst in seinen eigenen Ohren nach genau dem klang, was es war, nämlich einer lahmen Ausrede.

»Verfahren, so.« Der große Mann machte ein spöttisches Geräusch. Er maß Herman mit einem sehr langen, forschenden Blick von Kopf bis Fuß, dann zog er das Tor hinter sich zu und ging zum Wagen. Hermans Hand glitt abermals in die Tasche, als er sich über die Ladefläche beugte und das schwarze

Öltuch betrachtete, das er über seine schreckliche Last gebreitet hatte. Wenn er es wegzog, dann würde er wohl doch das Messer benutzen müssen.

»Ungefähr hundert Pfund, schätze ich«, murmelte der große Mann, wie an sich selbst gewandt. Hermans Hand schmiegte sich um den Perlmuttgriff des Rasiermessers, und tief in ihm begann die Dunkelheit zu flüstern. Das Opfer dieser Nacht hatte er ihr verwehrt, und sie war hungrig.

»Ich verstehe nicht ganz«, sagte er. »Ich muss irgendwo falsch abgebogen sein und hatte gehofft, Sie könnten mir den Weg zurück in die Stadt ...«

»Fünf Dollar«, fuhr der große Mann fort, während sein Blick weiter aufmerksam über die schwarze Plane tastete. Erkannte er die Form, die sich darunter abzeichnete?

»Sir?«, fragte Herman.

Der Riese wandte sich wieder zu ihm um. Sein Lächeln wurde sogar noch kälter. »Was haben wir denn?«, fragte er. »Schweinepest? Oder die Tollwut? Das Amt wird Ihnen den Laden zumachen, wenn das rauskommt.«

»Ich fürchte, ich verstehe nicht ...«

»Fünf Dollar«, sagte der Mann noch einmal, immer noch lächelnd, aber auch auf eine Art, die klarmachte, dass er kein *Nein* als Antwort akzeptieren würde. »Sieben, wenn Sie wollen, dass ich Ihnen helfe. Zehn, und ich mache es allein. Sie können hier auf mich warten.«

»Sie missverstehen da etwas«, sagte Herman nervös. »Ich habe mich tatsächlich nur verirrt und suche den richtigen Weg.«

»Zu den Abfallgruben, ich weiß«, antwortete der Mann. »Glauben Sie, Sie sind der Erste? Also, was darf's denn sein? Fünf, sieben oder zehn?«

Herman war noch immer nicht sicher, ob er den Burschen umbringen sollte oder ob er ihm gefiel. Vielleicht beides; das eine schloss das andere schließlich nicht aus.

Er tat so, als würde er einen Moment angestrengt über dieses Angebot nachdenken, und nickte schließlich so zögerlich, dass sein Gegenüber es als Furcht auslegen musste, was er ja schließlich auch sollte. »Zehn. Aber ich komme mit.«

»Das ist sehr vernünftig«, antwortete der große Mann. »Ist nicht ganz ungefährlich dadrinnen, wenn man sich nicht auskennt.« Er machte eine Geste zum Tor. »Ich mache auf. Fahren Sie den Wagen durch.«

Während er ging, um seine Ankündigung in die Tat umzusetzen, kletterte Herman rasch auf den Wagen und griff nach den Zügeln, als das Pferd sich weigerte, weiterzugehen. Selbst als er sie heftig genug knallen ließ, um es damit wie mit einer Lederpeitsche zu treffen, schnaubte es nur unwillig, blieb aber stehen. Am Ende musste ihm der Mann helfen, indem er nach dem Zaumzeug griff und den Willen des Tieres brutal brach.

»Störrische Viecher«, knurrte er, während er das Tier mit einem harten Zerren an der Trense dazu zwang, durch das Tor zu gehen. »Ist nicht das erste Mal, dass ich das erlebe. Die Biester wittern all das Blut und Gekröse und bekommen es mit der Angst zu tun.« Er lachte hässlich. »Vielleicht wissen sie ja auch, dass sie irgendwann ebenfalls hier enden.«

Herman musste sich beherrschen, um nichts zu sagen. Es missfiel ihm sehr, dass der Bursche so grob zu einem Tier war, das nur seinen Instinkten gehorchte. Doch er schwieg, während der Mann das Tor sorgsam wieder hinter ihnen verriegelte, und auch, als er ungefragt zu ihm auf den Wagen stieg. Aber er war umso erleichterter, das Messer nicht aus der Tasche gezogen zu haben, nachdem er gesehen hatte, wie mühelos er den Willen eines Pferdes gebrochen hatte. Auch wenn er nicht wirklich so aussah, irgendwie *war* er ein Riese.

»Ist das erste Mal, dass Ihnen so was passiert, wie?«, begann der Fremde, nachdem er ihm die Richtung gewiesen hatte und sie losgefahren waren.

»Was?«

»Dass Ihnen einer verseuchtes Fleisch andreht. Ich kenne das.« Er nickte so heftig, dass die Enden seines Schnurrbartes zu wippen begannen. »Diese verdammten Farmer pferchen die Schweine in die Eisenbahn und karren sie durch das halbe Land hierher, und es ist ihnen völlig gleich, ob sie lebendig oder krank oder tot hier ankommen. Für die zählt nur das Geld. Und es ist ihnen völlig egal, wer dafür bezahlt. Was sind Sie? Metzger?«

Der letzte Mensch, den er in seinem Leben sehen würde, dachte Mudgett. Laut und ohne seinen neuen Verbündeten direkt anzusehen, sagte er: »Hotelier.«

»Hotelier?« So wie er Herman ansah, schien ihn das über die Maßen zu beeindrucken. Er musterte ihn mit einem weiteren, langen Blick von Kopf bis Fuß. »Ich habe noch nie einen richtigen Hotelier gesehen. Ihnen gehört also ein Hotel?«

Wie das Wort schon sagt, dachte Mudgett. »Ja. Aber nur ein ganz kleines.«

»Und wenn jemand rausbekommt, dass Ihnen einer ein krankes Schwein angedreht hat, dann machen sie Ihnen nicht nur die Küche zu, sondern gleich das ganze Hotel«, sagte der Fremde. »Ich verstehe.«

»Ich weiß es nicht«, antwortete Mudgett. »Aber ich kann auf jeden Fall auf diesen Ärger verzichten.«

»Und das alles nur, weil irgendein verdammter Farmer sich ein paar Dollar mehr einstecken will.« Der Mann schnaubte. »Sie glauben nicht, was ich hier schon alles erlebt habe!«

»Sie arbeiten schon lange hier?«, fragte Mudgett. Ihm war nicht nach Konversation, aber der Bursche würde auch nicht aufhören, das spürte er.

»Ein paar Jahre«, antwortete der Mann. Er streckte Mudgett eine Pranke entgegen, die nicht deutlich kleiner war als ein Schaufelblatt. »Ich bin Will.«

Mudgett griff zögernd nach der dargebotenen Hand und musste sich beherrschen, um nicht angewidert die Lippen zu verziehen. Er hasste es, berührt zu werden. »Herman.«

»Herman, gut.« Wills Händedruck war so kräftig, wie er erwartet hatte, aber auch irgendwie schmierig. »Sie sind nicht der Erste, dem es so geht. Ich habe schon Sachen erlebt … da vorne rechts.«

»Warum tun Sie das?«, fragte Mudgett. »Sie können eine Menge Ärger bekommen, wenn jemand davon erfährt.«

»Nicht annähernd so viel wie Sie, Herman«, antwortete Will lächelnd. »Ein totes Schwein ist nichts. Hunde mit Tollwut sind schon eine andere Sache, und ein- oder zweimal kam auch schon mal einer mit …« Er sprach nicht weiter, doch auf eine ganz bestimmte Art bedachte er Herman mit einem dazu passenden Blick, als wollte er ihn in ein großes Geheimnis einweihen, schreckte dann aber im letzten Moment doch noch davor zurück. Das war dumm, dachte Herman, sehr dumm und sehr leichtsinnig. Aber irgendwie gefiel es ihm.

Da er nicht reagierte, schwieg auch Will nun für eine ganze Weile, in der sie zwischen den düsteren Gebäuden entlangrollten. Und es war nicht mehr nur der Gestank, der Herman den Atem nahm, sondern in viel größerem Maße das Wissen, wo sie sich befanden, nämlich in einer ganzen Fabrik, deren einziger Zweck genau das war, dem auch er sein Leben verschrieben hatte: das Töten. Doch während er unter Holmes' Hotel sein privates Königreich des Todes errichtet hatte, war das hier ein Imperium, eine ganze Industrie des Mordens, die zu unvorstellbarer Perfektion erhöht worden war. Jetzt, nachts und ohne das emsige Treiben und Murmeln der Heerscharen von Arbeitern, die sich dem Handwerk des Tötens widmeten, wirkte alles noch gespenstischer, aber auch auf schwer greifbare Weise zugleich erhabener. Dennoch fühlte er sich nicht so zuhause, wie er es eigentlich sollte. Dieses gewaltige Königreich des Todes war nicht perfekt, denn letzten Endes war es nur der Tod von Tieren, der hier zelebriert wurde, nicht der Gipfel der Kunstfertigkeit, den zu erreichen er zeit seines Lebens getrachtet hatte, nämlich das Opfer menschlicher Existenz.

»Die Abfallgruben sind da vorne«, sagte Will. »Noch einmal rechts abbiegen, dann sind wir da. Sie müssten es eigentlich schon riechen.«

Mudgett roch eine ganze Menge, vor allem einiges, das er gar nicht riechen wollte, aber wie zum Teufel sollte er eine einzelne Facette aus diesem infernalischen Gestank herausfiltern?

»Wie halten Sie diesen Gestank hier nur aus?«, fragte er.

»Ich esse kein Schweinefleisch mehr«, griente Will. »Aber

ab und zu fällt schon mal eine Speckschwarte ab, die ich verkaufen kann. Geben Sie mir die Adresse Ihres Hotels, und ich mache Ihnen ein gutes Angebot.«

Ein Angebot, das auszuschlagen er nicht akzeptieren würde, nahm Mudgett an. Der Bursche gefiel ihm immer besser. Er bedauerte es fast ein bisschen, ihn töten zu müssen. »Ich denke darüber nach«, versprach er.

»Tun Sie das. Ich liefere gute Ware. Und sie kommt nicht von da, wohin wir jetzt gerade fahren, versprochen.«

Mudgett zwang sich zu einem gequälten Lächeln und konzentrierte sich darüber hinaus darauf, das bockende Pferd durch eine schmale Gasse zwischen zwei fensterlosen Ziegelsteinmauern zu dirigieren. Der Gestank wurde noch einmal schlimmer, so dass man meinen konnte, ihn tatsächlich mit Händen greifen zu können, und als die Wände endlich vor ihnen zurückwichen, wusste er auch, warum.

Vor ihnen gähnte der Schlund zur Hölle. Jedenfalls kam es ihm so vor.

Es war ein rechteckiges, offenes Becken, dessen Tiefe nicht abzuschätzen war, denn es war mit einem schmierig widerlichen Brei aus blubbernder Fäulnis gefüllt, in dem aufgeblähte Fleischbrocken und Knochen aller Art und Größe trieben. Trotz des schwachen Lichts konnte Mudgett erkennen, dass die Luft darüber vor aufsteigender Fäulnis waberte, so dass er sich fragte, um wie vieles wohl jeder einzelne Atemzug hier sein Leben verkürzen mochte.

»Was zur Hölle ist das?«

»Die Abfallgrube«, antwortete Will. »Die Reste. Hier wird alles verarbeitet – wenn Sie wollen, kann ich Ihnen den Appetit auf alles verderben, was auch immer es sein soll.«

»Aber ich dachte, es wird ...«

»Verbrannt?«, kicherte Will. »Ja, das denken die meisten. Ist aber viel zu teuer und macht viel zu viel Arbeit. Die hohen Herren in der Teppichetage sparen jeden Cent.«

Obwohl ihm der Gestank mittlerweile tatsächlich die Tränen in die Augen trieb, konnte Mudgett inzwischen mehr erkennen; vor allem mehr, als er eigentlich sehen *wollte*. Das Becken war wirklich riesig, und es war nur eines von gleich mehreren, die durch einen mit rostigen Metallgittern abgedeckten Kanal miteinander verbunden waren, in dem eine ekelhafte schlammige Brühe brodelte.

»Das ist widerwärtig«, brachte er würgend hervor.

»Ja, aber auch billig«, sagte Will fröhlich. »Und keine Sorge. Was dadrin einmal verschwindet, das taucht nie wieder auf. Ein totes Schwein mehr oder weniger fällt hier wirklich nicht auf. Und alles andere auch nicht.«

Wieder dieser seltsame Blick, von dem Mudgett mittlerweile zu wissen glaubte, was er bedeutete, und den er auch jetzt wieder ignorierte. Schließlich streckte er fordernd die Hand aus. »Zehn Dollar, hatten wir gesagt.«

Herman griff in die rechte Jackentasche, strich über die samtene Perlmuttoberfläche des Rasiermessers und zog die Hand mit einem Kopfschütteln wieder heraus. »Wenn alles erledigt ist.«

»Das ist nur fair«, sagte Will; ein Wort, das Herman so gar nicht zu diesem Mann zu passen schien. Er war fast ein bisschen überrascht, dass er es überhaupt kannte. Bevor er jedoch etwas sagen konnte, sprang Will bereits mit einer vollkommen unerwartet behänden Bewegung vom Wagen und eilte nach hinten. Deutlich langsamer (und nachdem er die Bremse auch jetzt wieder mit aller Kraft angezogen hatte, denn er traute dem hypernervösen Pferd weniger denn je) tat Herman auf seiner Seite dasselbe und griff erneut in die Jacke. Diesmal schloss sich seine Hand fest um das Rasiermesser, und sein Daumen suchte nach dem Haken, mit dem er die Klinge herausklappen würde, während er die Waffe zog.

Will hatte bereits die hintere Klappe geöffnet und streckte beide Arme aus, um die Plane wegzuziehen.

»Das sollten Sie nicht tun«, sagte Mudgett hastig.

Will erstarrte mitten in der Bewegung und sah ihn fragend an.

»Es sieht wirklich nicht sehr schön aus«, sagte Mudgett

nervös. »Ich habe es nicht umsonst abgedeckt, bevor ich damit durch die halbe Stadt gefahren bin.«

»Glauben Sie, ich bin empfindlich?«, fragte Will amüsiert. Er schüttelte den Kopf.

»Sie sollten wirklich nicht …«, begann Herman schon fast verzweifelt, doch Will griff zu und zog die Plane mit einem einzigen kraftvollen Ruck weg. Darunter kam Endres' lebloser Körper zum Vorschein.

Herman musste die Stunden neben seiner toten Frau tatsächlich in einer anderen Zeit verbracht haben, denn er erinnerte sich nicht einmal im Nachhinein, sie wieder angezogen zu haben, doch sie trug das schlichte Kleid, mit dem sie am Abend vom Einkaufen zurückgekommen war. Das war gut so, denn er hätte es nicht ertragen, wenn dieser Mann sie nackt gesehen hätte. Das stand niemandem zu, nicht einmal Holmes.

Will starrte lange Zeit auf die Tote, dann sagte er: »Das sieht nicht aus wie ein totes Schwein.«

»Ich … ich kann das erklären«, stammelte Mudgett. »Es ist nicht so, wie es jetzt vielleicht für Sie aussieht.«

»Ja, wahrscheinlich«, polterte Will, ohne dass sein Blick die tote Endres losgelassen hätte. Mudgett gefiel gar nicht, wie er Endres' Gesicht ansah. »Aber wer sagt, dass es mich interessiert?«

»Ich kann Ihnen das wirklich …«

»Wir müssen sie ausziehen«, fuhr Will unbeeindruckt fort. »Und zerteilen. Tagsüber kommen eine Menge Leute her. Sie würden es sehen.«

»Nein«, sagte Mudgett entschieden. »Das kann ich nicht tun.«

»Ich kann es für Sie erledigen«, bot Will an.

»Nein!« Diesmal schrie er das Wort fast, und um ein Haar hätte er das Messer nun doch gezogen, um seiner Entscheidung damit Nachdruck zu verleihen.

Will sah ihn mehrere Sekunden lang nachdenklich an. »Ein hübsches Ding«, sagte er. »Ich kann Sie fast verstehen. War sie Ihre Frau?«

Mudgett schwieg auch dazu, und Will nötigte sich ein widerwilliges Schulterzucken ab und verschwand ohne ein weiteres Wort in der Dunkelheit. Mudgett blieb allein mit der toten Mutter seines Kindes zurück, das nun niemals geboren werden würde.

Er verscheuchte auch diesen Gedanken – oder versuchte es wenigstens –, wodurch er es aber eher schlimmer zu machen schien. Es gelang ihm nun kaum noch, dem Blick der erloschenen Augen standzuhalten. Auch das sollte nicht so sein, denn wer, wenn nicht er, wusste wohl besser, dass hinter ihnen nichts war als totes Gewebe, das schon zu verrotten begonnen hatte, auch wenn man es nicht sah? Alles Gerede vom Weiterleben nach dem Tod in einer unsterblichen Seele war nichts als ausgemachter Blödsinn. Nach dem Leben, das wusste er, kam rein gar nichts.

Herman war fast erleichtert, als Will zurückkam, einen mehr als mannslangen Stab mit einem eisernen Haken am Ende in der Hand. Noch immer ohne ein einziges Wort gesagt zu haben, trat er an den Rand der Grube und benutzte seinen Stab, um die übereinandergeschichteten Knochen und Abfälle beiseitezuräumen, was sich als reine Sisyphusarbeit erwies, denn die faulenden Klumpen rutschten immer wieder zurück. Doch nach einer Weile hatte er eine flache Grube geschaffen, die sich rasch mit einer schleimigen Brühe zu füllen begann. Durch seine Arbeit wurde der Gestank noch einmal schlimmer, so dass Mudgett angeekelt die Hand vor den Mund schlug und auch Will dazu überging, nur noch zwischen den Zähnen hindurchzuatmen.

Endlich zufrieden mit seiner Arbeit, legte Will den Stab aus der Hand und trat wieder an den Wagen heran, um die tote Endres so mühelos auf die Arme zu heben, als wöge sie rein gar nichts. Ebenso mühelos trug er sie zur Grube und warf sie – Zufall oder nicht – so hinein, dass sie auf dem Rücken in der allmählich schon wieder zusammensackenden Mulde zu liegen kam, die er geschaffen hatte. Mudgett wollte das alles nicht sehen. Es war das Entsetzlichste, das er jemals erlebt hatte, und es wurde sogar noch schlimmer, denn der Berg aus verrottendem Fleisch zitterte und bebte unentwegt, und die Bewegung übertrug sich auf Endres' Leichnam, so dass es tatsächlich so aussah, als versuche sie sich zu bewegen und aus ihrem grässlichen Grab zu entkommen.

Und wenn es so war?, flüsterte eine lautlose Stimme in seinen Gedanken. War sie tatsächlich tot? Er hatte sich davon überzeugt, so gut es in seinem aufgewühlten Zustand eben möglich gewesen war, hatte nach ihrem Puls getastet und ihre Temperatur gefühlt und das Ohr an ihre Lippen gelegt, um ihrem Atem zu lauschen, aber er hatte ihr weder die Kehle durchgeschnitten noch ihre Pulsadern geöffnet, und es nutzte auch nichts, dass sie noch immer aus ihren erloschenen Augen zu ihm hochsah und er nicht einmal mehr den Funken von Leben darin entdeckte. Was, wenn sie doch noch am Leben war? Was, wenn er einen schrecklichen Fehler gemacht hatte und sie jetzt in dieser schlimmsten aller nur denkbaren Pestgruben …

Will stocherte mit seiner Stange, und der Berg aus Kadavern und brodelnder Fäulnis kam endgültig ins Rutschen und begrub nicht nur Endres' leblosen Leib unter sich, sondern erlöste Herman auch von dem grauenhaften Anblick; zumindest dem Teil, der sich nicht unauslöschlich in seine Gedanken gebrannt hatte.

Einmal aus dem Gleichgewicht gebracht, geriet die gesamte grausige Hügelkette ins Wanken und brach zusammen. Der Gestank wurde noch einmal schlimmer und trieb nun auch Will zurück, und Mudgett meinte ein schreckliches nasses Schlürfen und Gluckern zu hören, und dann – endlich – war Ruhe.

»Da findet keiner mehr etwas«, sagte Will, ein wenig kurzatmig, weil er wohl versuchte, gleichzeitig die Luft anzuhalten und zu reden, was natürlich nicht ging. »Ich weiß nicht, wie, aber sie kippen irgendwas rein, Kalk oder etwas Chemisches, und nach einer Weile löst sich alles in Schlamm auf.«

Nachdem er gerade dabei zugesehen hatte, wie Endres in dem brodelnden Schlund verschwand, war das nicht wirklich das gewesen, was Herman hören wollte, doch Will ergriff ihn auch schon am Arm, führte ihn zum Wagen zurück und bugsierte ihn wenig sanft den Kutschbock hinauf. Er griff auch selbst nach den Zügeln, wendete den Wagen mit erstaunlichem Geschick und fuhr ein ganzes Stück den Weg zurück, bevor er das Schweigen erneut brach.

»Wollen Sie drüber reden?«, fragte er.

»Nein«, antwortete Mudgett.

»Aber Sie hatten einen Grund, es zu tun, nehme ich an.«

»Und wenn ich keinen gehabt hätte?«

»Wäre es auch egal. Geht mich wirklich nichts an. Meinetwegen kann jeder tun und lassen, was er will.«

Es dauerte noch einen Moment, aber endlich begriff Herman. »Das ist nicht das erste Mal, dass Sie so etwas tun.«

Will sah ihn nur seltsam an und hob schließlich die Schultern. »Hab mir gleich gedacht, dass irgendwas an Ihrer Geschichte faul ist. Ein totes Schwein wirft man einfach in den Fluss oder in den See.«

Das stimmte. Ein so dummer Fehler wäre ihm normalerweise niemals unterlaufen. Endres' Tod hatte wohl mehr getan, als ihm einige wenige Minuten zu stehlen. Aber allmählich kehrte sein logisches Denkvermögen doch zurück.

»Bleibt noch die Frage der Bezahlung zu klären«, sagte er.

Will nickte.

»Ich nehme an, mit zehn Dollar ist es nicht mehr getan«, vermutete Herman, woraufhin Will abermals nickte und ihn erwartungsvoll ansah.

»Wie viel schwebt Ihnen denn vor?«

»Fünfhundert«, antwortete Will, aber Herman war natürlich klar, dass es nur die Ouvertüre war, die erste Rate in einer womöglich lebenslangen Erpressung. Er musste Will töten, jetzt und auf der Stelle. Es sei denn …

»Wie heißen Sie, Will? Ihr ganzer Name meine ich. Mein Name ist Mudgett. Doktor Herman Mudgett.«

»Doktor.« Will nickte beeindruckt. »Peizel. William Peizel. Warum?«

»Peizel.« Mudgett maß nun ihn mit einem sehr langen, sehr aufmerksamen Blick. »Gut, William. Sie bekommen die fünfhundert Dollar. Ich gebe Ihnen sogar tausend, wenn Sie das möchten.«

»Tausend Dollar?« In Peizels Augen blitzte es gierig auf. »Im Ernst?«

»Wenn Sie es möchten«, bestätigte Mudgett. »Es sei denn, wir werden uns anders einig.«

»Anders einig?«, fragte Peizel misstrauisch. »Und wie?«

»Hätten Sie Lust, für mich zu arbeiten, William?«

Chicago, Illinois, 1893

Holmes hatte ja möglicherweise das gesamte Hotel elektrifiziert, aber das galt wohl nur für den der Öffentlichkeit zugänglichen Teil. Der Geheimgang setzte sich in mindestens eine Richtung fort, wie ihnen der (verbrannt riechende) Luftzug bewies, der sie letzten Endes ja auch hierhergeführt hatte, doch weder Arlis noch Geyer wagten es, ihm in völliger Dunkelheit weiter zu folgen, so dass sie schon nach wenigen Augenblicken wieder in die Suite zurückgingen. Geyer verschwand ohne ein weiteres Wort der Erklärung im angrenzenden Bad, und Arlis nutzte die Zeit bis zu seiner Rückkehr, um nach der anderen Seite des Gucklochs zu suchen. Jetzt, wo sie einmal wusste, worauf sie zu achten hatte, fiel es ihr leicht, das kaum fingernagelgroße Loch in dem Muster aus schwarzen und dunkelroten Rosen auf der teuren Textiltapete zu entdecken, doch ohne dieses Wissen wäre es ihr wohl auch ebenso unmöglich gewesen. Holmes hatte sich große Mühe gegeben, damit sein kleines Geheimnis auch ein Geheimnis blieb.

Wenn es denn Holmes gewesen war. Ganz sicher war sie trotz aller Empörung immer noch nicht.

Geyer kam zurück und schwenkte eine messingfarbene Karbidlampe, wie Arlis sie nur von Zeichnungen in Zeitschriften und Büchern kannte, in denen zum Beispiel über Bergbau oder auch Grubenunglücke berichtet wurde. »Wie schön, dass der gute Francis immer auf alles vorbereitet ist und ich ihn gebeten habe, sein Werkzeug hierzulassen.«

Geyer riss ein Streichholz an, um die Lampe zu entzünden. Arlis war nicht überrascht, als er die Flamme auch gleich noch nutzte, um sich eine neue Zigarre anzustecken. Allmählich fragte sie sich ernsthaft, wie viele von diesen Dingern er eigentlich bei sich hatte.

»Sie wollen dort drinnen doch nicht etwa rauchen?«

»Doch«, antwortete Geyer lakonisch, hob die Lampe in Brusthöhe und verschwand hinter der doppelten Wand. Seine Stimme wurde undeutlich und dumpf. »Begleiten Sie mich? Sie können auch dableiben, aber dann sollten Sie die Tür verriegeln.«

Allein hier zurückbleiben? Ganz bestimmt nicht! Arlis folgte ihm, so schnell sie konnte, ohne sich an den gefährlichen Rändern des Loches zu verletzen. Diesmal wies ihr nicht nur das blaustichige Licht der Karbidlampe den Weg, sondern auch das Glühen von Geyers Zigarre. Sie hätte nicht sagen können, was schlimmer war, der Gestank nach schmorendem Fleisch oder der Qualm der Zigarre, der sich in der Enge des Ganges noch einmal zu potenzieren schien.

Allerdings verschwendete sie schon in der nächsten Sekunde kaum noch einen Gedanken daran, denn nun erkannte sie ihre Umgebung zumindest schemenhaft, und sie musste sich eines eisigen Schauers erwehren, der sie überkam. Dabei entsprach sie mehr oder weniger genau dem, was sie hätte erwarten können: auf der einen Seite eine grob verputzte Lattenwand, die sich bei genauerem Hinsehen als wohl nachträglich eingezogen erwies, auf der anderen eine nackte Ziegelsteinmauer, die wie das ganze Hotel nur wenige Jahre alt sein konnte, aber mit Staub und Spinnweben bedeckt war, als stünde sie schon seit Jahrhunderten hier. Der Gang war so schmal, dass Geyer schräg gehen musste.

Nach einem halben Dutzend Schritten blieb er stehen und schwenkte die Lampe. Der Gang verzweigte sich nach rechts und links, und das Licht verlor sich in beiden Richtungen.

»Das ist ja das reinste Labyrinth«, murmelte Arlis.

»Sieben Fuß«, erinnerte Geyer. »Dieser Gang misst höchstens anderthalb. Irgendwo muss der Rest ja schließlich sein.« Er überlegte einen Moment und machte dann eine Kopfbewegung nach rechts. »Der Geruch scheint von hier zu kommen. Es riecht nach … Fleisch?«

Geyer ging wenige Schritte weiter, blieb erneut stehen und richtete den Lichtstrahl auf die glatte Wand zur Linken. Knapp in Augenhöhe sah Arlis ein schwarzes Tuch an einem Nagel. Geyer schob es mit spitzen Fingern zur Seite und krauste grimmig die Stirn, als dahinter ein weiteres Guckloch zum Vorschein kam.

»Ihr Freund Holmes ist wirklich ein überaus besorgter Gastgeber«, sagte Geyer. »Anscheinend sorgt er sich so um das Wohl seiner Hotelgäste, dass er sie jederzeit im Auge behalten möchte. Zweifellos um ihnen jeden Wunsch von den Augen abzulesen …«

Arlis schenkte ihm lediglich einen bösen Blick und ging weiter, blieb aber nach einem guten Dutzend Schritten vor einem weiteren schwarzen Tuch wieder stehen. Obwohl sie wusste, was sie dahinter sehen würde, nahm das Gefühl der Empörung noch einmal zu, bevor sie es zur Seite schob und in ein weiteres leeres Zimmer blickte. Geyer sparte sich diesmal jeden Kommentar, aber es war auch gar nicht nötig, dass er etwas sagte.

Eine vollkommen neue Art von Zorn ergriff von ihr Besitz. Ihre Hände begannen zu zittern, und sie ballte sie zu Fäusten, damit Geyer es nicht sah. »Das ist mein Zimmer.«

Geyer richtete den Lichtstrahl auf den Boden. »Hier sind Spuren. Es kann noch nicht lange her sein, dass jemand hier gestanden hat.«

Irgendwie gelang es ihr, die Empörung in einen Winkel des Bewusstseins zu verdrängen, wo sie sie nicht mehr daran hinderte, einen klaren Gedanken zu fassen, und sie gingen weiter. Es gab noch zwei weitere, mit dem obligaten schwarzen Tuch abgedeckte Löcher, die sie aber beide ignorierten.

Gerade als sie sich ernsthaft zu fragen begann, ob dieses Labyrinth vielleicht größer war als der Grundriss des gesamten Hotels, blieb Geyer abermals stehen und machte eine Geste, vorsichtig zu sein. Sie hatten das Ende des Ganges erreicht, und der Lichtstrahl enthüllte die ersten Stufen einer schmalen Treppe, die in halsbrecherischem Winkel in der Tiefe verschwand. Der Brandgeruch wurde stärker.

Arlis versuchte, nicht den Halt zu verlieren, als sie Geyer in geringem Abstand die schmalen Stufen hinabfolgte. Ihr Gefühl sagte ihr, dass sie deutlich mehr als ein Stockwerk in die Tiefe stiegen.

»Wir müssen schon im Keller sein«, sagte Geyer, als hätte er ihre Gedanken gelesen. »Wenn nicht sogar noch tiefer.«

Er blieb stehen. Das Licht der Karbidlampe traf auf ein Hindernis, das ihr im allerersten Moment wie eine Wand aus kompakter Schwärze vorkam, die undurchdringlich vor ihnen aufragte, doch dann bewegte Geyer seine Lampe, und das Licht enthüllte die Falten eines schweren Vorhangs von einem so tiefen Schwarz, dass es das Licht regelrecht aufzusaugen schien. Als Geyer danach griff, um ihn zur Seite zu schieben, ertönte ein schweres Klirren und Schaben, als bestünde er aus massivem Eisen. Geyers Grimasse nach zu schließen, musste er wohl auch annähernd so schwer sein.

Geyer bedeutete ihr mit einer unwilligen Kopfbewegung, an ihm vorbeizugehen. Hinter dem Vorhang war es nicht mehr vollkommen dunkel, das war das Erste, was ihr auffiel, und nun erkannte sie auch den Quell des vermeintlichen Kettenrasselns, nämlich tatsächlich eine schwere Kette, die aus der Dunkelheit über ihr herabhing. Ein unangenehmes, beinahe blutfarbenes Licht floss in Schlieren wie verseuchtes Wasser durch die Luft, und der Brandgeruch war jetzt sehr deutlich. Es roch nach Schweinefleisch. Aber da war auch noch eine scharfe, chemische Note, die sie nicht einzuordnen vermochte.

»Bleiben Sie hinter mir.« Geyer schob sie mit sanfter Gewalt aus dem Weg, stellte die Lampe auf den Boden und benutzte die frei gewordene Hand, um seinen monströsen Revolver zu ziehen, und auch wenn Arlis sich fast dagegen sträubte, es zuzugeben, so war sie in diesem Moment doch auch beinahe froh, dass er die Waffe bei sich hatte. Das hier war kein Ort, an den man unbewaffnet gehen sollte, das spürte sie einfach. Und wenn sie es genau nahm, kein Ort, an den sie überhaupt gehen sollte.

Geyer bedeutete ihr noch einmal, einen sicheren Abstand einzuhalten, ging die letzten drei oder vier Stufen weiter und benutzte den Lauf seines Monsterrevolvers, um einen zweiten und nicht mehr ganz so schweren Vorhang beiseitezuschieben. Das Licht dahinter war deutlich heller, doch irgendetwas hinderte sie daran, wirklich klar sehen zu können, und der Geruch explodierte regelrecht und sprang sie wie eine unsichtbare Pranke an, um ihr die Kehle zuzudrücken. Sie wusste jetzt, was dieser Gestank bedeutete, aber wie hätte sie sich diese Ungeheuerlichkeit eingestehen können?

Geyer hielt den Vorhang mit der freien Hand zurück, damit sie hindurchtreten konnte, machte einen einzelnen Schritt und blieb dann wieder stehen. »Um Gottes willen!«, keuchte er. »Arlis, bleiben Sie zurück!«

Natürlich dachte sie nicht daran, das zu tun, doch das unüberhörbare Entsetzen in seiner Stimme gab ihr zumindest die Gelegenheit, sich gegen das Furchtbare zu wappnen, das Geyer auf der anderen Seite entdeckt haben musste.

Wenigstens glaubte sie das.

Aber es gab Dinge, auf die man sich nicht vorbereiten konnte.

Arlis hatte einen flüchtigen Eindruck von gemauertem Ziegelsteingewölbe, düsterer Beleuchtung und einer verwirrenden Anordnung technisch anmutender Apparaturen, während sie an Geyer vorbeitrat, und dann fiel ihr Blick auf das monströse schwarze *Etwas*, das den Raum beherrschte, und sie vergaß alles andere.

Es war ein gewaltiger Quader aus schwarzem Stein oder schwarz gewordenem versteinerten Holz, gut einen Meter hoch und breit und doppelt so lang, einem mythischen schwarzen Altar gleich, auf dem einem barbarischen Gott geopfert wurde. Die Luft darüber und in seiner unmittelbaren Nähe flimmerte noch immer vor Hitze, und auf der geschwärzten Oberfläche, die Ströme von Blut gesehen haben musste, lag etwas, das sie im ersten Moment an ein Bündel verbrannter Kleider und Stofffetzen erinnerte. Auch wenn sie natürlich nur zu gut wusste, was es wirklich war.

Sie musste schon genau hinsehen, um mehr als fast zu Asche verkohlten Stoff und schwarze Schlacke zu erkennen. Nur hier und da meinte sie einen nassen roten Fleck zu erkennen, ein Stück gebleichter Knochen oder einen Klumpen gekochten Fleisches, das mit verkohltem Leder und versengten Kleiderfetzen verschmolzen war. Arlis hatte noch niemals zuvor gekochtes menschliches Blut gesehen – wer hatte das schon? –, doch bei der gewaltigen Lache, die sich am Fuße des Opfersteins gebildet hatte, schien es sich eindeutig um genau das zu handeln. Bewegte sich dieses grauenhafte Etwas? Arlis' Verstand versuchte ihr klarzumachen, wie unmöglich das war, aber was hatten Logik und Verstand in einem Moment wie diesem schon zu bedeuten?

»Kommen Sie nicht näher, Miss Christen«, sagte Geyer. Seine Stimme bebte. »Das ist … grauenhaft.«

Arlis' Verstand gab ihm nur zu recht, und wenn sie in diesem Moment überhaupt etwas wollte, dann auf dem Absatz herumzufahren und davonzustürzen, so schnell und so weit, wie es nur ging. Doch stattdessen trat sie nicht nur an Geyers Seite, sondern nach einem letzten tiefen Atemzug auch an ihm vorbei und näher an den schwarzen Block, so weit es ging. Erst in zwei oder drei Schritten Abstand weigerten sich ihre Beine einfach, weiterzugehen, doch sie sah auch so schon sehr viel mehr, als sie wollte.

Der verbrannte Körper war der eines Mannes, das konnte sie irgendwie erkennen, obwohl das bei seinem verheerten Zustand eigentlich unmöglich sein sollte. Er lag in einer verkrümmten Haltung da, von der sie niemals geglaubt hätte, dass ein menschlicher Körper sie überhaupt einnehmen konnte, ohne dass seine Knochen gebrochen und alle Gelenke aus den Pfannen gedreht wurden. Was von seiner Haut zu sehen war, das war zu schwarzer Schlacke zerschmolzen, zwischen denen es hier und da hellrot und gelb hervornässte.

»Wer ist das?«, krächzte sie.

Geyer trat neben sie. »Mr Peizel, nehme ich an.«

»Peizel?« Arlis riss ungläubig die Augen auf. Das war unmöglich. »Sie müssen sich irren. Dieser Mann hat nicht mehr gewogen als ich! Wenn es überhaupt ein Mann war und kein Kind!«

»Das liegt an der Hitze«, antwortete Geyer. »Das Feuer muss ungeheuer heiß gebrannt haben. Riechen Sie das Petroleum? Und noch etwas. Sehen Sie sich seine Haltung an.« Er zögerte, als wäre er plötzlich nicht mehr ganz sicher, ob er weiterreden sollte, tat es dann aber doch. »So schlimm der Gedanke auch sein mag, aber ich glaube, dass man ihn lebendig verbrannt hat.«

»Und wie kommen Sie auf die Idee, dass es Peizel gewesen sein könnte?«, fragte Arlis mit einer Stimme, die beinahe brach, und aus keinem anderen Grund als dem, das Entsetzen über seine letzten Worte nicht an sich herankommen zu lassen. Der Gedanke war ebenso unvorstellbar wie monströs.

Was sie danach tat, das wollte sie sogar noch viel weniger, aber es musste da wohl einen Teil in ihr geben, der sie regelrecht dazu zwang, nicht nur die bemitleidenswerte Gestalt genauer anzusehen, sondern auch ihr Gesicht, eine für alle Zeiten erstarrte Grimasse unvorstellbarer Qual mit verschmolzenen Zügen und einem unmöglich weit aufgerissenen Mund und schwarzen Kratern anstelle von Augen. Das sollte Peizel gewesen sein? Unmöglich.

»Sehen Sie die Schusswunde in der Schulter?«, fragte Geyer. Arlis war nicht sicher, überhaupt eine Schulter zu sehen, doch Geyer fuhr bereits fort: »Die ist von mir.«

Arlis blickte zweifelnd, doch dann verstand sie. »Hat *er* Sie vergangene Nacht verprügelt?«

»Er hat es versucht«, antwortete Geyer. »Sie wissen, was für ein Ochse von Mann er war. Ich musste schießen.«

»Aber wie kommt er hierher?«, murmelte Arlis. Ihre Gedanken überschlugen sich. »Und wieso haben Sie nichts gesagt und die Polizei nicht gerufen?«

»Weil er mir entkommen ist«, gestand Geyer. »Und ich habe ihn nicht wirklich schwer verletzt.«

»Mit einem Revolver?«, fragte Arlis zweifelnd.

»Einer Deringer«, konkretisierte Geyer. »Das ist eine bessere Spielzeugpistole, glauben Sie mir. Man kann sich damit verteidigen und zweifellos auch einen gewissen Schaden anrichten. Aber kaum jemanden umbringen.«

»Peizel hat Sie überfallen?«, vergewisserte sich Arlis.

»Er hat mir aufgelauert«, bestätigte Geyer. »Ich nehme an, in Holmes' Auftrag.« Er sah sich demonstrativ in dem von rotem Licht erhellten Gewölbe um. »Vermutlich ist er hierher zurückgekommen, um sich von Holmes verarzten zu lassen. Allerdings frage ich mich, warum es dann so geendet hat.«

»Sie glauben, Doktor Holmes hat das getan?«

Er sparte sich sogar den Atem, darauf zu antworten, sondern zog die Augenbrauen zusammen und wandte sich dann mit einem Ruck von dem grässlichen Anblick ab, und Arlis hatte es nun sehr eilig, es ihm gleichzutun. Nicht, dass sie glaubte, das entsetzliche Bild jemals wieder ganz aus dem Kopf zu bekommen oder den Geruch aus der Nase.

»Was zum Teufel ist das hier unten?«, murmelte Geyer. Er hielt den Revolver noch immer in der Rechten, und mit der anderen Hand hob er die Zigarre ans Gesicht und paffte so intensiv, dass das Ende beinahe weiß aufleuchtete und sein Gesicht hinter grauen Schwaden verschwand.

Arlis sah sich aufmerksam in dem unheimlichen Gewölbe um. Der monströse Opferaltar mit den Überresten von Peizel dominierte den Raum mit seiner Präsenz. Auf der gegenüberliegenden Seite standen zwei große Werkbänke, auf denen sich zahllose Werkzeuge, Flaschen, gläserne Behältnisse, Schalen, chirurgische Instrumente und tausend andere und ihr größtenteils unverständlich bleibende Dinge drängten. Auf dem Boden glitzerte zerbrochenes Glas, und auf den zweiten Blick erkannte sie die Trümmer eines zersplitterten Stuhls. Offensichtlich hatte hier ein Kampf stattgefunden.

Geyer sah sich mindestens so aufmerksam um wie sie, ging schließlich zur Tür und rüttelte einen Moment vergebens daran, bevor er zurückkam und sich daranmachte, den gesamten Keller gründlich zu inspizieren. Er ging vor einer der beiden Werkbänke in die Hocke und öffnete eine Tür, um dahinterzuspähen. Er nahm eine bauchige braune Glasflasche aus dem Schrank und stellte sie zurück, ohne auch nur auf das Etikett gesehen zu haben. »Es passt alles zu dem, was ich vermutet habe. Und Ihr Doktor Holmes scheint über beeindruckende Beziehungen zu verfügen.«

»Was wollen Sie mir damit sagen?«

Geyer stand ächzend auf und sah sie mit schräg gehaltenem Kopf an. »Um ehrlich zu sein, weiß ich tatsächlich ein wenig mehr über Ihren Freund Holmes, als ich Ihnen bisher gestanden habe. Als mich Ihr Brief erreicht hat, war ich so frei, schon im Vorfeld ein paar Erkundigungen über ihn einzuziehen. Und auch über dieses Hotel.«

»Warum?«, fragte Arlis in einem Ton, der die meisten anderen wohl davon abgehalten hätte, überhaupt zu antworten.

»Wie wir beide festgestellt haben, ist dieses Hotel in argen finanziellen Schwierigkeiten«, sagte er. »Aber irgendwie gelingt es Doktor Holmes immer im letzten Moment, doch noch einmal die Kurve zu kriegen.«

»Ist das nicht etwas, das einen guten Geschäftsmann ausmacht?«, fragte Arlis nicht nur ihn, sondern sich selbst auch immer verwirrter, wieso sie Holmes eigentlich immer noch verteidigte, trotz allem, was sie hier sah.

»Es gibt eine Menge Ungereimtheiten«, fuhr Geyer ungerührt fort. »Sie erinnern sich an unseren Besuch bei dem unglückseligen Mr Stillton?«

»Dem Bauunternehmer, der dieses Hotel gebaut hat?« Arlis nickte.

»Dem *verstorbenen* Bauunternehmer«, verbesserte sie Geyer. Er begann die Schubladen der Bank zu inspizieren. »Und er ist nicht der Einzige. Wie gesagt: Ich habe Erkundigungen eingezogen. Holmes' Geschäftspartner haben einen auffälligen Hang dazu, tödlich zu verunglücken, krank zu werden und zu sterben oder einfach zu verschwinden. Bisher konnte ihm nichts bewiesen werden, aber man beginnt sich in gewissen Kreisen schon Fragen zu stellen, was hier eigentlich los ist.«

Er schloss die Schublade und sprach auch nicht weiter, als wäre nun sie an der Reihe, etwas zu sagen. Vermutlich war sie es auch, wie die Dinge lagen, aber sie war viel zu verwirrt, um auch nur einen einzigen klaren Gedanken zu fassen. Statt auch nur ein Wort hervorzubringen, begann sie nun ihrerseits im Keller auf und ab zu gehen, hier etwas zu berühren und dort etwas anzusehen, ohne dass sie hinterher sagen konnte, was, geschweige denn warum. Sie hätte es wohl einfach nicht ertragen, untätig zu bleiben. Schließlich entdeckte sie eine weitere, halb hinter einem Vorhang verborgene Tür auf der anderen Seite des Kellers, probierte ohne große Hoffnung den Knauf aus und wurde mit einem hellen Klicken belohnt, mit dem das Schloss aufsprang. Sie wollte die Tür öffnen, doch Geyer war mit nur zwei raschen Schritten neben ihr, schob sie beiseite und tat es an ihrer Stelle, wobei er den Revolverlauf auf den breiter werdenden Spalt richtete. Zu sehen war allerdings nichts, weder im ersten Moment noch als die Tür weiter aufging. Der Raum dahinter war von gelbem elektrischen Licht erhellt, und Arlis erkannte weitere seltsame Umrisse und Dinge, die ihr nichts sagten.

Geyer bedeutete ihr mit einer Kopfbewegung, die Tür weiter für ihn aufzuziehen, und kaum hatte sie es getan, da sprang er auch schon hindurch und drehte sich, den Revolver an ausgestreckten Armen haltend, einmal um seine Achse, wobei er stolperte und beinahe die Balance verlor. Es hätte fast komisch ausgesehen, wäre ihr nicht praktisch in derselben Sekunde auch schon aufgefallen, dass es nicht nur an seinem Ungeschick lag, sondern er über etwas gestolpert war, das irgendwo hinter der Tür verborgen sein musste. Sie hatte das unbehagliche Gefühl, zu wissen, worüber.

Dieses Mal war die Stimme der Vernunft beinahe laut genug, um sie davon abzuhalten, ihm sofort zu folgen. Aber nur beinahe.

Hinter der Tür lag eine zweite Leiche. Sie war mit einer glänzenden schwarzen Plane abgedeckt, die unzählige Falten und Beulen warf und nicht einmal von Form und Größe her einem menschlichen Körper wirklich ähnlich, und doch wusste sie sofort und mit unerschütterlicher Sicherheit, was sie sah. Vielleicht hatte das Entsetzen ihre Sinne einfach so sehr geschärft, dass sie Dinge wahrnahm, die jedem anderen entgangen wären, oder es gab einen anderen und noch viel sonderbareren Grund. Sie hatte nicht einmal wirklich Angst, sondern fand sich in einem Zustand, der ihr so fremd und so unvertraut war, dass sie es nicht beschreiben konnte. Während Geyer den Raum gründlich in Augenschein nahm, ließ sie sich in die Hocke sinken und schlug die Plane zurück.

Die Hände der Frau, die darunter zum Vorschein kam, waren auf dem Rücken zusammengebunden, und sie lag mit dem Gesicht in einer fast schwarz eingetrockneten Blutlache, doch Arlis wusste dennoch sofort, wer es war; schon bevor sie noch einmal und mit beiden Händen zugriff, um sie herumzudrehen.

»Sylvia?«, fragte Geyer hinter ihr.

Arlis brachte nur ein angedeutetes Nicken zustande, aber das reichte Geyer wohl als Antwort, denn er schob seinen Revolver unter den Gürtel und ließ sich neben ihr in die Hocke sinken. Seine Kniegelenke knackten, und sie konnte hören, wie schnell und angestrengt sein Atem ging.

Eine Zeit lang betrachtete sie das Gesicht der Toten schweigend. Anders als das des bedauernswerten Opfers im Nebenraum (es war immer noch nicht möglich, ihn Peizel zu nennen, denn der Gestalt einen Namen zu geben und mit dem Mann zu identifizieren, den sie gekannt hatte, hätte den Anblick endgültig unerträglich gemacht) hatte ihr Gesicht einen beinahe schon friedlichen Ausdruck angenommen, obwohl ihr Zustand deutlich machte, dass ihr Tod alles andere als das gewesen sein musste.

»Glauben Sie immer noch, dass Holmes von alledem keine Ahnung hat?«, fragte Geyer.

Arlis zögerte einen Moment. »Aber was ist mit seinen Verletzungen. Hat er sich selber verprügelt? Er hat doch gesagt, dass Mudgett etwas damit zu tun hat.«

»Ja, das ist zweifellos richtig«, antwortete Geyer. »Sieht man einmal davon ab, dass Mudgett …« Statt weiterzusprechen, beugte sich Geyer vor und schlug die Plane ganz zur Seite. Er legte die Stirn in Falten und betrachtete die Tote. »Sie ist schlimm gefoltert worden. Wer um alles in der Welt tut so etwas? Und warum?«

Er sah die tote Sylvia noch einen Moment lang auf eine Art an, die Arlis fast mitleidig vorkam, dann breitete er die Plane barmherzig wieder über ihr aus. Dann stand er auf, wandte sich wortlos um und beugte sich über eine große Emaillewanne, die in ein kompliziertes Gewirr aus spiralförmigen Messingrohren, Stellrädern, Skalen und Ventilen eingesponnen war.

Arlis erkundete in der Zwischenzeit weiter das seltsame Gewölbe. Auf der anderen Seite des Raumes erhob sich ein gewaltiger Klotz aus schwarzem Eisen, der für Arlis' Geschmack eine unangenehme Ähnlichkeit mit einem übergroßen Brennofen hatte, und es gab noch mehr metallene Gerätschaften, Kisten und Truhen und Tische, die sie wie stumme Krieger aus einer eisernen Welt zu belagern schienen, die nur darauf warteten, von einem uralten Zauberspruch geweckt zu werden, um über Geyer und sie herzufallen.

Hinter ihr sog Geyer scharf die Luft ein, und Arlis fuhr auf der Stelle herum, darauf gefasst, mit einem neuen unerwarteten Schrecken konfrontiert zu werden, doch Geyer hatte lediglich die Hand vor den Mund geschlagen und war einen guten Schritt zurückgewichen. Arlis folgte seinem Blick und trat nun ebenfalls an die Wanne heran. Geyer streckte den Arm aus, um sie zu bremsen, und mahnte: »Seien Sie vorsichtig!«

Vielleicht hätte sie besser auf ihn gehört, denn sie hatte sich kaum über die Wanne gebeugt, da trieben ihr die Dämpfe schon die Tränen in die Augen, und sie hatte das Gefühl, Feuer zu atmen. Sie schlug die Hand vor den Mund. Sie musste ein paarmal blinzeln, um wieder sehen zu können.

»Was um alles in der Welt …?«, keuchte sie und konnte dann nicht weitersprechen. Ihre eigene Stimme klang fremd in ihren Ohren, als hätte schon dieser eine unvorsichtige Atemzug genügt, um ihre Kehle zu verätzen.

»Irgendeine Säure oder eine andere ätzende Chemikalie«, antwortete Geyer, genau wie sie mit angegriffener Stimme. »Atmen Sie das Zeug besser nicht ein.«

»Wir sollten jetzt wirklich gehen und den Rest der Polizei überlassen«, sagte Arlis unbehaglich.

»Nur noch einen Moment«, antwortete Geyer. »Nur noch dieses … was auch immer es ist.«

Er trat an den schwarzen Eisenblock heran, beugte sich vor, um den Mechanismus zu inspizieren, und schob dann einen Riegel zurück, den Arlis von ihrer Position aus noch nicht einmal gesehen hatte, woraufhin er eine schwere, eiserne Klappe aufzog. Dass die Apparatur sie an einen monströsen Brennofen erinnert hatte, kam nicht von ungefähr, denn sie war ganz genau das. Selbst in dem schwachen Licht konnte sie sehen, wie erstaunlich groß er war und dass er handspannendick mit pulveriger weißer Asche gefüllt war. Sie meinte eine Anzahl großer, ausgeblichener Umrisse darin wahrzunehmen, wollte aber gar nicht so genau wissen, worum es sich handelte.

Geyer offensichtlich schon, denn er streckte beherzt den Arm aus, beugte sich vor, so weit er konnte, und musste noch ein paar Sekunden lang ächzend und schnaubend herumtasten, dann jedoch zog er seinen Fund heraus und hielt ihn triumphierend in die Höhe. Es war ein Totenschädel.

Arlis schlug erschrocken die Hand vor den Mund, konnte aber einen kleinen Schrei doch nicht mehr ganz unterdrücken. Was sie so entsetzte war nicht nur der Schädel, und auch nicht der Umstand, dass ein gutes Drittel seines Hinterkopfs fehlte und unübersehbar war, dass nicht die Hitze den ausgeblichenen Knochen gesprengt hatte, sondern er mit brutaler Kraft eingeschlagen worden war.

Er war *winzig*.

»Sagen Sie mir, dass es am Feuer liegt, dass er so klein ist«, flehte sie.

Geyer schüttelte finster den Kopf. »Ich fürchte, nein. Das war ein Kind. Beinahe noch ein Säugling, würde ich sagen – aber wenn es Sie tröstet, ich bin sehr sicher, dass er schon tot war.«

»Das reicht!«, keuchte sie. »Ich will hier raus, auf der Stelle!«

Geyer sah nicht so aus, als wäre er unbedingt anderer Meinung. Ganz instinktiv setzte er dazu an, den Totenschädel in den Ofen zurückzulegen, überlegte es sich dann aber im letzten Moment doch anders und trug ihn mit beiden Händen zu einem der Metalltische, auf dem er ihn fast behutsam absetzte. Arlis war ihm sehr dankbar dafür.

»Das ist monströs«, murmelte er sichtlich erschüttert. »Schlimmer als alles, was sich ein Mensch ausdenken könnte.«

»Wer tut so etwas?«, fragte Arlis verzweifelt.

»Fragen Sie Ihren Freund Holmes!«, fuhr Geyer sie regelrecht an. »Und sagen Sie nicht, Sie können sich nicht vorstellen, dass er nichts von alledem weiß!« Er machte eine zornige Handbewegung, die den gesamten Raum einschloss. »Das hier ist sein Hotel! Ein Hotel mit doppelten Wänden, hinter denen er seine Gäste in ihren intimsten Augenblicken beobachten kann, und einer eigenen Gaskammer! Und das hier ist … ist eine verdammte Tötungsfabrik! Und Sie wollen mir ernsthaft erklären, dass er von alledem gar nichts weiß?« Den letzten Satz hatte er beinahe geschrien.

»Frank, ich wollte doch nur …«, begann Arlis.

Doch schon in der nächsten Sekunde verrauchte sein Zorn, und ein betroffener Ausdruck trat auf seinem Gesicht ein. »Verzeihen Sie, Miss Christen«, sagte er.

»Schon gut«, sagte Arlis. »Ich verstehe Sie.« Ihr selbst erging es ja auch nicht viel besser. Sie konnte nicht länger hier unten bleiben.

Geyer schenkte ihr einen fast dankbaren Blick, sah noch

einmal auf den schrecklichen Kinderschädel neben sich hinab und wollte sich umwenden, machte aber dann stattdessen mitten in der Bewegung noch einmal kehrt und trat an die Wand. Erst, als er die Hand hob und mit der Spitze des Zeigefingers darüberfuhr, sah Arlis, dass sich dort eine weitere getarnte Tür befand. Bevor er sie mit gespreizten Fingern aufdrückte, zog er mit der anderen Hand seinen Revolver und spannte den Hahn.

»Wir sollten gehen, Frank«, sagte Arlis nervös. »Lassen Sie die Polizei den Rest erledigen.«

»Sicher«, antwortete Geyer, was ihn aber nicht daran hinderte, die Tür weiter aufzudrücken. Ein leises, aber aufgrund seiner Frequenz fast schon in den Zähnen schmerzendes Quietschen erscholl, und Arlis hatte das unheimliche Gefühl, die Dunkelheit wie etwas Stoffliches durch den breiter werdenden Spalt wabern zu sehen.

Sie konnte sehen, wie Geyer tief einatmete, um seinen Mut zusammenzukratzen, dann stieß er die Tür mit einem energischen Ruck vollends auf und trat hindurch. Arlis wünschte sich, er hätte das nicht getan.

Eine Sekunde lang, die sich zu einer Ewigkeit dehnte, geschah gar nichts, doch gerade als ihre Anspannung zur echten Furcht werden wollte, hörte sie seine Stimme: »Alles in Ordnung, Miss Christen. Hier geht es nach draußen! Kommen Sie!«

Arlis folgte ihm, indem sie sich mit klopfendem Herzen unter dem niedrigen Türsturz hindurchbückte, und war im allerersten Moment schon wieder alarmiert, denn sie hatte erwartet, ins Freie zu treten, fand sich aber nur in einem weiteren Kellergewölbe und grauem Zwielicht wieder. In einiger Entfernung lockte jedoch ein helles Rechteck unter der Decke, zu dem eine steile, gemauerte Treppe emporführte. Der Brandgeruch war längst auch in diesen Keller gekrochen, aber sie spürte trotzdem den frischen Luftzug, der zu ihnen herunterwehte.

»Der gute Doktor hat sich eine Menge Arbeit gemacht, das

muss man ihm lassen«, sagte Geyer, allerdings in einem Tonfall, der nach dem genauen Gegenteil eines Kompliments klang. Arlis' Blick folgte seiner deutenden Geste, und sie sah, was er meinte. Die Rückseite der Tür war aufwendig getarnt, so dass sie gerade bei dem schwachen Licht hier unten wie ein Stapel sorgsam aufgeschichtetes Brennholz aussah. Er hatte recht. Holmes – oder wer auch immer diese Tür gebaut hatte – hatte sich wirklich große Mühe gegeben, den Eingang zu verbergen.

Arlis verbot sich selbst, dem Gedanken weiter zu folgen, und machte eine fordernde Bewegung auf das helle Rechteck unter der Decke. »Dort geht es hinaus?«

Geyer nickte und ging voraus, und Arlis folgte ihm die Treppe hinauf. Das Licht über ihnen war Tageslicht, aber es war nicht so hell, wie es sein sollte.

»Bleiben Sie zurück«, rief er, ein wenig atemlos. »Ich sehe erst nach, ob …«

Was immer er noch hatte sagen wollen, ging in Arlis' erschrockenem Ausruf unter, und viel zu spät wurde ihr klar, dass es vielleicht sogar ihr eigener Schrei gewesen war, der Geyer für genau den entscheidenden Sekundenbruchteil ablenkte, denn er sah alarmiert über die Schulter zu ihr zurück, und dieser eine Augenblick reichte dem hünenhaften Schatten, der in der Öffnung über ihm auftauchte, um sich auf ihn zu stürzen und die Waffe zur Seite zu schlagen. Im letzten Moment gelang es Geyer sogar noch, den Abzug durchzureißen, denn der Revolver stieß eine handlange orangefarbene Flammenzunge und ein Brüllen aus, das in der Enge des gemauerten Gewölbes wie die Explosion einer Seemine zu dröhnen schien. Doch Arlis sah auch, dass die Kugel den unheimlichen Angreifer um Haaresbreite verfehlte und der Rückstoß der gewaltigen Waffe Geyers Arm nach oben und zur Seite riss und der Schatten augenblicklich und mit scheinbar übernatürlicher Schnelligkeit nachsetzte und die Faust zu einem gewaltigen Hieb schwang, der Geyer nicht nur die Waffe fallen lassen ließ, sondern ihn auch endgültig aus dem Gleichgewicht brachte und rücklings die Treppe hinunterstürzen ließ.

Arlis überwand endlich ihren Schrecken, wirbelte auf dem Absatz herum und jagte davon, so schnell sie nur konnte.

Aber natürlich war es nicht einmal annähernd schnell genug.

Chicago, Illinois, 1893

Sie hatte sich das Erwachen schlimmer vorgestellt. Wenn sie es genau nahm, dann hatte sie es sich *gar nicht* vorgestellt, denn weder war sie in ihrem ganzen Leben schon einmal niedergeschlagen worden, noch hatte sie sich vorzustellen versucht, wie sich so etwas anfühlen mochte – warum auch? Aber *hätte* sie es sich vorzustellen versucht, dann hätte sie erwartet, dass es ganz anders wäre, mit rasenden Kopfschmerzen, klopfendem Herzen, panischer Angst und all den anderen Klischees, die man eben mit einer solchen Vorstellung verband.

Nichts davon war der Fall.

Es schien schon eher das Gegenteil zu sein. Arlis hatte das Gefühl, langsam und fast sanft aus einem ebenso tiefen wie erquickenden Schlaf zu erwachen, und noch bevor sie die Augen aufschlug, erreichte die Absurdität einen neuen Höhepunkt: Sie fühlte sich tatsächlich so ausgeruht und entspannt, als hätte sie viele Stunden lang tief geschlafen. Außerdem hatte sie überhaupt keine Angst.

Vielleicht war sie ja auch tot.

Arlis erwog diese Möglichkeit einen Moment lang ganz ernsthaft, lauschte in sich hinein und entschied sich dann zu einem klaren *Nein*, als sie spürte, dass sie aufrecht auf einem Stuhl saß und ihre Hände hinter der Lehne zusammengebunden waren. Aus irgendeinem Grund war ihr das noch nicht einmal unangenehm, doch wenn das hier das Jenseits war, dann würde sie wohl kaum gefesselt auf einem Stuhl sitzen, oder?

Dieser Gedanke war wohl der Gipfel der Albernheit, und möglicherweise hätte sie über sich selbst gelacht, wäre da nicht die hartnäckige Stimme der Vernunft gewesen, die darauf bestand, dass dies nicht der Moment für Albernheiten war, ganz egal, wie sie es auch betrachtete. Sie erinnerte sich an alles: den jähen Schrecken, Geyers überraschtes Keuchen, seinen erschrockenen Schrei danach und das grässliche Geräusch, mit dem sein Schädel auf der gemauerten Treppenstufe aufgeschlagen war, aber auch die Empörung über die Erkenntnis, vom Schicksal auf so monströse Weise hinters Licht geführt worden zu sein, die sichere Rettung zum Greifen nahe vor sich, nur um dann im allerletzten Moment in noch tieferes Entsetzen zu stürzen. Selbst die stampfenden Schritte ihres Verfolgers hallten noch jetzt in ihren Ohren nach.

Ja, ermahnte sie sich, sie *sollte* Angst haben. Unbedingt.

Das, zusammen mit dem Umstand ihrer auf dem Rücken zusammengebundenen Handgelenke, bewies ihr eindeutig, dass etwas nicht stimmte. Nicht mit ihr und nicht mit der ganzen Situation. Vielleicht war sie ja bewusstlos, und ein gnädiger Teil ihrer Fantasie hatte beschlossen, sie mit diesem Trugbild vor dem Schlimmsten zu beschützen.

Arlis schlug die Augen auf, und die Illusion zerplatzte wie eine Seifenblase und machte der bedrückenden Wirklichkeit des Folterkellers Platz, in dem sie Peizels verbrannten Leichnam gefunden hatten, und nun klopfte die Angst tatsächlich mit dürren Knochenfingern bei ihr an, fand aber aus irgendeinem Grund noch immer keinen Einlass. Sie saß tatsächlich auf einem Stuhl, und bewusstlos, wie sie gewesen war, nach vorne gesunken, so weit es die hinter der Lehne zusammengebundenen Hände zuließen. Ihre Schultern und ihr Nacken schmerzten, was wohl bedeutete, dass sie schon eine geraume Weile in dieser unnatürlichen Haltung dagesessen haben musste, und als sie die Beine bewegen wollte, konnte sie es nicht, denn sie waren mit groben Stricken an den Stuhlbeinen festgebunden.

Irgendwo waren Geräusche. Arlis vermochte sie nicht zu

identifizieren, doch ihr Verstand argumentierte – zu Recht –, dass wohl jedwedes Geräusch, das sie hier hörte, dazu angetan war, sie zu beunruhigen, und prompt stellte sich dieses Gefühl nicht nur ein, sondern sogar in weit größerem Maße, als ihr lieb war. Sie hob den Kopf und sah sich in beide Richtungen um, soweit sie den stechenden Schmerz ignorieren konnte, mit dem ihr verspannter Nacken auf die Bewegung reagierte. Die Geräusche wurden deutlicher, und sie meinte die Nähe eines anderen Menschen zu spüren, aber es gelang ihr nicht, den Kopf weit genug zu drehen, um ihn zu sehen. Jemand hatte eine schwarze Plane über Peizels Leichnam gebreitet, so dass ihr zumindest der furchtbare Anblick erspart blieb, wenn auch nicht der Geruch, der sie regelrecht anzuspringen schien, kaum dass sie einmal darauf aufmerksam geworden war. Auf der anderen Seite ihres Blickfeldes erhob sich ein grober Umriss, der so stand, dass sie ihn gerade nicht erkennen konnte. Etwas summte, ein tiefer, vibrierender Laut, den sie mehr in den Knochen spürte, als dass sie ihn wirklich hören konnte.

Dann, und erneut mit eigentlich unerklärbarer Verspätung, nahm sie etwas wahr, das sie nun wirklich beunruhigte: Sie trug ihr Kleid nicht mehr. Sie war nicht nackt, sondern hatte noch immer Unterwäsche samt ihrer Strümpfe an, aber das Kleid war verschwunden, und obgleich es ihr in einer Situation wie dieser selbst grotesk erschien, spürte sie doch, wie ihr die Schamesröte ins Gesicht schoss.

»Bleiben Sie ganz ruhig, Miss Christen«, sagte eine Stimme irgendwo hinter ihr und gerade außerhalb ihres Blickfeldes. »Ich habe Ihnen etwas gegen die Schmerzen gegeben, aber wenn Sie den Kopf zu heftig bewegen, dann beeinträchtigt das die Wirkung des Medikaments.«

Im ersten Moment war sie fast sicher, dass es sich um Holmes' Stimme handelte, aber da war zugleich noch eine andere Facette, die ihr fremd vorkam, und eine vollkommen andere Betonung – als versuche jemand mit seiner Stimme zu sprechen, dem es fast, aber eben doch nicht ganz gelang.

»Es dauert noch einige Momente, bis das Mittel seine volle

Wirkung entfaltet, und solange sollten Sie sich wirklich nicht bewegen. Hören Sie auf meinen ärztlichen Rat. Wenn es so weit ist, dann mache ich Sie los.«

»Doktor Holmes?«, fragte Sie. »Henry?«

Sie bekam keine Antwort, doch die Geräusche nahmen noch einmal an Intensität zu: ein Scharren und Ziehen und dann und wann ein grässlicher nasser Laut, auf den sich ihre Fantasie begierig stürzen wollte, um die allerschrecklichsten Implikationen daraus abzuleiten und zu farbigen Bildern zu erwecken. Irgendwie gelang es ihr, sie davon abzuhalten, doch ihr Herz schlug nun schneller. Hatte sie gerade tatsächlich die Angst vermisst? Nun kam sie, mit Riesenschritten.

Arlis versuchte, sich auf das Hier und Jetzt zu konzentrieren und alles andere auszublenden, ignorierte den *ärztlichen Rat* und setzte sich nicht nur ganz auf, sondern spannte auch die Muskeln, um die Stabilität ihrer Fesseln zu prüfen. Das einzige Ergebnis waren die versprochenen Kopfschmerzen, die für einen Moment so schlimm wurden, dass es ihr die Tränen in die Augen trieb. Sie entspannte die Muskeln wieder, und der Schmerz verebbte.

»Ich bin gleich bei Ihnen, Miss Christen«, fuhr die Stimme fort, die Holmes so sehr zu ähneln schien und trotzdem ganz anders war. »Ich muss nur noch ein paar Kleinigkeiten erledigen.«

»Ich habe nicht vor, wegzulaufen«, murmelte Arlis.

»Das hätte auch wenig Sinn«, antwortete die Stimme. Sie klang amüsiert, was für Arlis schon wieder ein weiterer Grund sein sollte, besorgt zu sein. Auf eine gewisse Weise war sie es auch, zugleich aber auch wieder nicht. Es war wie ein entzündeter Zahn, den man mit Alkohol betäubt. Der Schmerz ließ kein bisschen nach, aber er störte einen nicht mehr wirklich. Dann begriff sie: Der Mann mit Holmes' Stimme hatte es ja gerade selbst gesagt. Er hatte ihr ein Medikament gegeben. Offensichtlich betäubte es nicht nur den körperlichen Schmerz, sondern beeinträchtigte auch ihre Gedanken und Gefühle. Möglicherweise sollte sie ja dankbar dafür sein.

»Wer sind Sie?«, fragte sie, »und was haben Sie mit mir vor?«

»Sie sollten jetzt wirklich nicht reden, Miss Christen«, antwortete die Stimme. »Ich habe hier eine sehr diffizile Aufgabe, und wenn mir dabei ein Fehler unterläuft, dann könnte das wirklich unangenehme Folgen haben – vor allem für Ihren Freund Geyer.«

»Geyer?« Arlis erschrak, und auch ihr schlechtes Gewissen meldete sich, hatte sie bisher noch kaum einen Gedanken an ihn verschwendet, obgleich er eindeutig sein Leben für sie riskiert hatte. Sie meinte, etwas wie ein Lachen hinter sich zu hören, dann wurde ihr Stuhl anscheinend mühelos nach hinten gekippt und auf einem Bein gedreht. Wer immer es war, der hinter ihr stand und Holmes' Stimme gestohlen hatte, musste sehr stark sein.

Dann kam der Schemen vollends in ihr Blickfeld, und sie dachte den Gedanken nicht einmal zu Ende, denn nun sah sie, warum die gedrungene Form sie so beunruhigt hatte. Es war ein Stuhl ganz ähnlich dem, auf dem auch sie festgebunden war, und genau wie sie saß Geyer mit auf dem Rücken zusammengebundenen Händen und bis auf Unterwäsche und Strümpfe entkleidet darauf. Sein Kopf war nach vorne gesunken – wahrscheinlich war er bewusstlos –, so dass sie sein Gesicht nicht erkennen konnte, aber sie erschrak dennoch zutiefst, als sie das Blut sah, das auf seine nackte Brust getropft und dort eingetrocknet war, und ihre Erinnerung versäumte es auch nicht, sie noch einmal den grässlichen knackenden Laut hören zu lassen, mit dem sein Kopf auf der Treppenstufe aufgeschlagen war. War er tot?

Wie zur Antwort auf ihre unausgesprochene Frage versuchte Geyer den Kopf zu heben und gab zugleich ein halblautes Stöhnen von sich. Doch seine Kraft reichte nicht, die Bewegung auch nur halb zu Ende zu bringen, und sein Kopf sank wieder nach vorne.

»Was haben Sie ihm angetan?«, keuchte Arlis. »Um Himmels willen, Frank!«

»Angetan?« Die Stimme kicherte. »Nichts. Zumindest noch nicht. Aber ich fürchte, das werde ich noch.«

»Sie … Sie sind wahnsinnig!«, entfuhr es Arlis. Sie stemmte sich mit noch mehr Kraft gegen ihre Fesseln, und wieder explodierte der Schmerz hinter ihren Augen zu reiner Agonie, die ihr die Tränen über das Gesicht laufen ließ. Aber sie bäumte sich nur noch trotziger auf. »Machen Sie ihn los, auf der Stelle!«

»Nur gemach, meine Liebe«, sagte die Stimme amüsiert. »Und was alles andere angeht, so ist es wohl eher Ihre Schuld, dass sich der unglückselige Mr Geyer in dieser wirklich unerquicklichen Situation befindet.«

»Meine Schuld?« Arlis versuchte den Kopf zu drehen, um ins Gesicht des Schattens hinter ihr zu blicken, doch er wich gerade weit genug zurück, um weiter ein gesichtsloser Schemen zu bleiben. Trotzdem hatte er etwas auf furchtbare Weise Vertrautes an sich.

»Zweifellos«, antwortete er. »Letzten Endes waren Sie es, die Mr Geyer hierher- und dazu gebracht hat, sich in meine Angelegenheiten zu mischen. So etwas kann ich nicht dulden.«

»Was haben Sie vor? Wollen Sie ihn umbringen? Das lasse ich nicht …«

Eine Hand ruckte an ihrem Stuhl, nur ein einziges Mal, aber so hart, dass ein noch grellerer Schmerz durch ihren Schädel schoss und sie sich für eine Sekunde nichts mehr wünschte, als das Bewusstsein zu verlieren.

»Tu das nicht«, sagte eine andere Stimme hinter ihr. Selbst durch den Vorhang aus Schmerz und beginnender Übelkeit hindurch erkannte sie sie zweifelsfrei als die von Holmes – des echten Holmes.

»Henry, helfen Sie mir«, flehte sie, nun ganz im Gegenteil gegen die Ohnmacht ankämpfend, deren verlockender Umarmung sie noch immer nicht ganz entronnen war.

»Ich fürchte, der gute Henry kann Ihnen nicht helfen«, sagte die andere Stimme. »Er ist ein Dummkopf und ein erbärmlicher Feigling. Er hilft niemandem, am allerwenigsten sich selbst. Und ich fürchte, auch Ihnen nicht.« Ein leises, aber durch und durch böses Lachen. »Am Ende hat er auch Ihrer Schwester nicht geholfen, Miss Christen.«

»Endres?« Arlis setzte sich kerzengerade auf und vergaß Schmerz und Übelkeit. »Was ist mit ihr? Wo ist sie?«

»Er hat … recht«, sagte Holmes mit leiser, zitternder Stimme. »Ich konnte sie nicht retten, Arlis. Es tut mir so unendlich leid.«

Natürlich wusste sie, was es bedeutete, aber für einen allerletzten Moment gelang es ihr noch einmal, dieses Wissen einfach zu leugnen. »Was soll das heißen? Endres? Was haben Sie mit ihr gemacht, Sie Ungeheuer?«

»Glauben Sie nicht, dass es mir Freude bereitet hätte, Miss Christen«, antwortete die andere Stimme. »Aber mir blieb keine Wahl. Sie hat mich dazu gezwungen, etwas zu tun, was ich wirklich nicht wollte. Genau wie Sie.«

»Sie haben sie …?« Arlis wimmerte. »Mudgett. Sie sind Mudgett?«

»Doktor Herman Webster Mudgett«, antwortete er spöttisch. »Stets zu Diensten.« Aber zugleich schien es ihr auch, als schwänge eine ganz sachte Spur von Bedauern in diesen Worten mit.

»Dann machen Sie mich los, *das* wäre mir sehr zu Diensten«, antwortete Arlis mit zusammengebissenen Zähnen. Sie verstand selbst nicht, wie es ihr gelang, noch immer ruhig zu bleiben.

»Ihren Humor haben Sie offensichtlich noch nicht verloren«, sagte Mudgett amüsiert. Sie meinte sein zufriedenes Nicken hören zu können. »Das ist gut.«

»Weil ich ihn brauchen werde?«

»Nein«, antwortete Mudgett nach einem Schweigen. »Das wäre ein gar zu billiger Scherz. Ich fürchte, mit Humor hat das, was nun kommt, wenig zu tun. Und er würde auch wenig helfen.«

»Henry, helfen Sie mir!«, flehte Arlis. »Halten Sie diesen Wahnsinnigen auf!«

»Das kann er nicht«, antwortete Mudgett an Holmes' Stelle. »Glauben Sie mir, Arlis, er würde es gewiss gerne tun, aber er kann es nicht. Wenn man es genau nimmt …« Er unterbrach sich für einen Moment, in dem er um den Stuhl herumkam und sich so weit vorbeugte, dass sich ihre Gesichter auf gleicher Höhe befanden, wobei er die Handflächen auf den Oberschenkeln abstützte. »… kann er überhaupt nichts.«

Ann Arbor, Michigan, 1883

»Warum hast du das getan?«, flüsterte Holmes. »Warum hast du ihn umgebracht?«

Herman war weder überrascht, noch nahm er Henry diese Frage übel – obgleich sie wirklich sehr dumm war. Aber das gerade Erlebte musste ein gewaltiger Schock für ihn gewesen sein. Nicht nur der Kampf auf Leben und Tod, den Kyle ihnen aufgezwungen hatte, und auch nicht die Brutalität seines Sterbens, die selbst Herman – im Nachhinein – zu schaffen machte, und vermutlich nicht einmal der Umstand, dass er selbst ziemlich übel verletzt worden war, wenigstens für seine Verhältnisse. Es war nicht einmal alles zusammen.

Es war der Tod.

In gewisser Weise war es seine Schuld, dachte Herman. Das alles würde seinen Preis einfordern, und er würde gewiss hoch sein, aber noch war es nicht so weit, und er befand sich noch in gnädiger Betäubung, in der ihm das Schlimmste erspart blieb.

Nachdem sie so viele Monate hier unten und in der Gesellschaft des Todes verbracht hatten, war er der Überzeugung gewesen, sein Freund wäre bereit für den nächsten Schritt, aber das war ganz offensichtlich nicht so. Er selbst war es damals, vor so vielen Jahren in jener einsamen Scheune bei Gilmanton, auch nicht gewesen, hätte er nicht die Anleitung seines dunklen Verbündeten gehabt, und selbst da war es nahezu über seine Kräfte gegangen. Henry kannte den Tod, so wie jeder einzelne Student an dieser Universität, aber er hatte noch niemals getötet, und Herman maßte sich nicht an, ein auch nur annähernd so guter Lehrer zu sein wie der, den er damals gehabt hatte.

»Du hast ihn umgebracht«, sagte Henry noch einmal. Die Starre, die bisher von ihm Besitz ergriffen hatte, begann allmählich zu weichen. Seine Hände zitterten, und dieses Zittern breitete sich ebenso langsam wie unaufhaltsam in seinem gesamten Körper aus. Herman wusste, wie wichtig jetzt jedes einzelne Wort war, das er sagte, und so wählte er jedes mit großem Bedacht.

»Nein, Henry«, sagte er, während er zugleich auf seinen Freund zutrat und ihm die Hand auf die Schulter legte. »Das habe ich nicht getan. *Wir* haben es getan.«

Henrys Augen wurden groß. Er wollte etwas sagen, doch Herman fuhr mit leiser, eindringlicher Stimme fort: »Und wir haben ihn auch nicht umgebracht, Henry. *Er* wollte *uns* umbringen. Er wollte uns töten, und wir mussten uns verteidigen. Wir hatten gar keine andere Wahl.«

Henrys Augen wurden noch größer, und dahinter erwachte eine Dunkelheit, bei deren Anblick Herman am liebsten laut aufgejauchzt hätte. Aber er beherrschte sich. Henry war nicht wie er. Er war sanftmütiger, verwundbarer, und ein einziges falsches Wort konnte alles zerstören.

»Dieser Mann war böse, Henry«, sagte er mit leiser, eindringlicher Stimme. »Er war ein schlechter Mensch, das weißt du. Kyle hat zahllose Leben zerstört, und er hätte auch unsere Leben ruiniert. Er hat dich geschlagen, sieh dich doch an! Und er hat auch mich geschlagen. Er hätte uns beide umgebracht, wenn wir es zugelassen hätten, das weißt du.«

»Du hast ihn umgebracht«, wiederholte Henry nur. Herman war nicht sicher, ob er seine Worte überhaupt gehört hatte.

»Ich konnte nicht zusehen, wie er dich tötet«, sagte er. »Und ehrlich gesagt wollte ich auch nicht von ihm umgebracht werden.«

Bei den letzten Worten lächelte er, aber Henry sah ihn nur weiter aus weit aufgerissenen Augen an, und die Düsternis darin wurde sogar noch tiefer. Aber seltsam, Herman war jetzt nicht mehr sicher, ob sie wirklich das bedeutete, wonach er sich so verzweifelt sehnte. Hatte sein Freund den Ruf der Dunkelheit gehört, oder war das alles einfach nur zu viel für ihn?

»Ich verstehe, wie du dich fühlst«, sagte er sanft. »Aber wir müssen jetzt die Nerven behalten. Was geschehen ist, das ist schrecklich, aber es ist nun einmal passiert, und wir können es nicht rückgängig machen.«

»Aber er war ein Mensch«, beharrte Henry. Er zitterte jetzt am ganzen Leib, und Herman meinte hören zu können, wie hart sein Herz schlug. An seinem Hals pochte eine Ader. »Wir haben einen Menschen umgebracht, Herman.«

»Da bin ich gar nicht so sicher«, erwiderte Herman. »Kyle war ein böser Mann, Henry. Ein durch und durch böser Mann.« Er machte eine ausholende Geste, und Henry nutzte die Gelegenheit, einen Schritt zurückzutun und dabei zugleich seine Hand abzustreifen, was Herman einen tiefen Stich versetzte. Er fuhr trotzdem fort: »Er hätte unser beider Leben ruiniert, Henry. Deines und meines. Er hätte all das hier aufgedeckt und unsere Karrieren zerstört und unsere Zukunft. Wir wären ins Gefängnis gegangen, und selbst wenn nicht, wären wir niemals Ärzte geworden. Alles wäre umsonst gewesen. Die letzten Jahre, unser Studium, all die Zeit … wolltest du das?«

»Er war ein Mensch«, beharrte Henry.

»Ein schlechter Mensch«, sagte Herman. »Wir haben der Welt einen Gefallen getan, sie von ihm zu befreien. Ich glaube nicht, dass ihm jemand auch nur eine Träne nachweint. Falls überhaupt auffällt, dass er nicht mehr da ist.« Er machte einen weiteren Schritt nach hinten und maß Holmes mit einem langen Blick von Kopf bis Fuß. »Wir sollten ihn mazerieren und oben im großen Hörsaal aufstellen, damit er wenigstens einmal im Leben etwas Nützliches tut.«

»Wie kannst du nur so reden«, flüsterte Henry. »Wir haben einen Menschen umgebracht, Herman, begreifst du das denn nicht? Es ist doch vollkommen egal, ob er ein guter oder ein schlechter Mann war. *Er war ein Mensch!*«

»Wenn man den Begriff weit genug fasst …«, begann Herman, doch nun wurde Henry zornig und schnitt ihm mit einer Bewegung wie einem Schwerthieb das Wort ab.

»Hör auf, so zu reden!« Er schrie fast. »Wir haben einen Menschen getötet, und das ist unverzeihlich! Wir sind Mediziner, Herman! Ärzte! Wir haben geschworen, Leben zu retten, nicht sie auszulöschen! Wir sind keine Götter, die entscheiden, wer leben darf und wer nicht!«

»Du weißt, dass es nicht so war«, erwiderte Herman. Die Worte klangen hilflos, und ganz genau so fühlte er sich auch. Er konnte sich doch nicht so in Henry getäuscht haben.

»Er ist tot, Herman«, beharrte Henry. Die Dunkelheit verschwand aus seinen Augen und machte einer Entschlossenheit Platz, die Herman zutiefst erschreckte. »Vielleicht war es tatsächlich Notwehr, wie du es sagst. Wahrscheinlich sogar. Das wird sich herausstellen.«

Henry erschrak bis ins Mark. »Was … meinst du damit?«, fragte er misstrauisch. Das Hochgefühl, das für einen Moment von ihm Besitz ergriffen gehabt hatte, war erloschen, und eine abgrundtiefe Kälte begann sich seiner Seele zu bemächtigen. Bewegte sich da etwas, irgendwo in der Dunkelheit hinter Henry?

»Was hast du jetzt vor?«, fragte Holmes.

»Was schon? Wir müssen hier aufräumen und alle Spuren beseitigen. Niemand darf wissen, dass wir jemals hier gewesen sind. Es ist eine Menge Arbeit, ich weiß, aber …«

»Nein«, sagte Henry.

»Wir verlassen Ann Arbor morgen früh, gleich mit dem ersten Zug«, fuhr Herman fort. »Sie werden Kyle suchen, aber bis sie diesen Keller finden, sind wir längst …«

»Nein.«

»Was meinst du mit *nein?*«

»Ich laufe nicht weg, Herman«, sagte Henry ernst.

»Und was willst du tun?«

»Ich laufe nicht weg«, sagte Henry noch einmal.

»Du läufst nicht weg«, wiederholte Herman verächtlich. »Und was genau willst du tun, während du *nicht wegläufst?* Zum

Dekan gehen und ihm alles beichten oder vielleicht gleich zur Polizei? Willst du wegen einer … einer Kreatur wie Kyle dein Leben wegwerfen? Und meines gleich mit?«

Henry schwieg eine geraume Weile, in der er ihn ernst und voller stummer Trauer ansah. »Ich bin dein Freund, Herman, und du meiner«, sagte er schließlich. »Der beste Freund, den ich jemals gehabt habe. Ich bin dir dankbar für das, was du getan hast. Aber ich kann so nicht leben.«

»So?«

»Mit einer Lüge.« Herman wollte auffahren, doch Henry schnitt ihm mit einer Geste das Wort ab und fuhr mit leiser, aber beunruhigend fester Stimme fort. »Ich verstehe dich, Herman. Ich heiße deine Entscheidung nicht gut, aber ich akzeptiere sie.«

»Was genau soll das heißen?«, fragte Herman alarmiert.

»Ich nehme alles auf mich«, sagte Henry. »Ich werde sagen, dass ich Kyle hier unten überrascht habe und er mich angegriffen hat. Niemand wird erfahren, dass du dabei warst. Du kannst dich auf mich verlassen.«

Niemals zuvor hatte Herman ein Gefühl so abgrundtiefer Enttäuschung erlebt. Es war unmöglich, dass er sich so getäuscht haben sollte. Henry war sein Freund, der Mensch, der ihm von allen anderen Menschen auf der Welt am nächsten stand und ihm am nächsten gekommen war, und der Einzige, den er zu seinem Gefährten bei seiner großen Aufgabe hatte machen wollen. Und jetzt sollte er zu einer *Gefahr* werden? Das war absurd! Das durfte nicht sein!

»Überlege es dir noch einmal, Henry«, bat er. Irgendwo hinter Holmes begann sich etwas in der Dunkelheit zu regen. Schwärze, die zu Aufmerksamkeit und bösem Spott gerann und ihn wissen ließ, wie aussichtslos es vom ersten Moment an gewesen war. Seine Aufgabe war nur für ihn gedacht und sein Los die Einsamkeit. Er hatte sich selbst belogen, zu glauben, einen Freund gefunden zu haben.

»Du solltest jetzt gehen, Herman«, sagte Henry. »Nimm den ersten Zug morgen früh. Ich verspreche dir, dass ich so lange warte, bis er abgefahren ist. Niemand wird dich verdächtigen. Ich verspreche dir, dass ich niemandem etwas von dir sage.«

»Und dann behauptest du, dass du allein den Faustkeil überwältigt und umgebracht hast?« Herman lachte bewusst abfällig. »Wer sollte dir das glauben?«

»Ich hatte Glück«, antwortete Henry. Er deutete auf sein zerschlagenes Gesicht, auf dem das Blut noch nicht einmal ganz eingetrocknet war. »Und ich bin schließlich auch nicht ganz ungeschoren davongekommen.«

»So wenig wie ich.«

»Ein Grund mehr, dass du morgen früh nicht mehr hier sein solltest, wenn ich den Dekan hier herunterführe«, sagte Henry. »Geh in mein Zimmer. Unter der Matratze findest du einen Briefumschlag mit zweihundert Dollar, die ich als Notgroschen für schlechte Zeiten zurückgelegt habe. Nimm sie. Kauf dir eine Fahrkarte irgendwohin, und wenn das alles hier vorbei ist, dann werde ich dich finden.«

»Du … opferst dein Leben?«, fragte Herman. »Für mich?«

»So schlimm wird es schon nicht kommen«, sagte Henry leichthin. Er versuchte zu lachen. Es misslang. »Außerdem steht es dir nicht, wenn du melodramatisch wirst.«

Herman wurde nicht melodramatisch. Das war ein Wort, das ihm fremd war. Er hatte seinem Freund eine letzte Chance gegeben, das war alles. Er spürte nichts als Kälte. Seine Hand glitt in die Tasche und suchte nach dem zusammengeklappten Rasiermesser, das er am Morgen eingesteckt hatte, ohne eigentlich so recht zu wissen, warum. Jetzt wusste er es. Es war nicht seine Entscheidung gewesen, sondern die seines dunklen Begleiters. Wie alles, was er tat.

Mudgett zog das Rasiermesser aus der Tasche und klappte es auf. Henrys Blick folgte der Bewegung, und Herman hatte keinen Zweifel daran, dass er sofort und mit absoluter Sicherheit wusste, was sie bedeutete.

Henry versuchte nicht einmal, sich zu wehren, und das war vielleicht das Allerschlimmste.

Chicago, Illinois, 1893

Arlis starrte ihn an. Ihr Atem stockte. Ihr Herzschlag möglicherweise auch. Lange.

»Es gibt keinen Doktor Holmes«, fuhr Mudgett schließlich fort, mit einem Lächeln, das dem von Holmes aufs Haar glich und dennoch das genaue Gegenteil war. »Ich dachte, Sie hätten das schon von selbst herausgefunden, Arlis. Muss ich jetzt enttäuscht sein?«

Eigentlich *hatte* sie es gewusst, und nicht erst seit heute, sondern tief in sich und auf einer dem bewussten Zugriff entzogenen Ebene vielleicht von Anfang an, und dieses Wissen war die ganze Zeit über in ihr gewesen, wie das Pochen eines entzündeten Zahnes, das noch nicht zur Gänze zu echtem Schmerz erwacht war, sich aber schon ankündigte.

»Sie?«, flüsterte sie. »Sie sind Mudgett?«

»Nennen Sie mich Herman, Arlis«, sagte Mudgett lächelnd. »Oder auch Webster, was immer Ihnen lieber ist.«

Arlis' Gedanken wirbelten immer schneller hinter ihrer Stirn, aber zugleich spürte sie, wie sich ihr Herzschlag wieder verlangsamte und sie eine sonderbar betäubende Art von Ruhe überkam. Vielleicht eine weitere Wirkung des Medikaments, das er ihr verabreicht hatte.

»Sie haben meine Schwester umgebracht?«

»Warum stellen Sie diese Frage, Arlis?«, fragte Mudgett tadelnd. »Sie tun sich doch nur selbst weh. Mögen Sie Schmerzen? Sie können es ruhig zugeben. Es muss Ihnen nicht peinlich sein. Sie glauben gar nicht, mit welchen Abgründen menschlicher Perversionen ich bei meiner Tätigkeit schon konfrontiert worden bin.« Sein Lächeln wurde ein bisschen verschwörerisch, und er zwinkerte ihr mit einem Auge zu. »Ich versichere Ihnen, dass niemand von unserem kleinen Geheimnis erfahren wird.«

»Sie verdammter …«, begann Arlis, doch der Rest des Satzes ging in einem schmerzerfüllten Zischen unter, mit dem sie die Zähne zusammenbiss, als ein weiterer und diesmal wirklich schlimmer Schmerz durch ihren Schädel schoss und ihn zu spalten schien. Alles verschwamm vor ihren Augen, und als sie wieder halbwegs klar sehen konnte, war Mudgett vor ihr auf ein Knie gesunken und sah ihr aufmerksam und mit einem Ausdruck echter Sorge ins Gesicht.

»Ich muss mich bei Ihnen entschuldigen, Arlis«, sagte er. »Ich hätte wirklich nicht so fest zuschlagen dürfen. Ich hoffe nur, ich habe Sie nicht ernsthaft verletzt. Warten Sie, ich gebe Ihnen etwas, das Ihnen hilft.«

»Das will ich nicht«, murmelte Arlis. Selbst das Sprechen fiel ihr schwer, und ihr wurde jetzt ernstlich übel.

Mudgett kramte eine Weile außerhalb ihres Sichtfeldes herum (vielleicht sah sie ihn auch einfach nur nicht mehr, denn ihr Blick verschleierte sich immer schneller), doch dann spürte sie ein heftiges Brennen in der Armbeuge, und ihr Sehvermögen kehrte gerade rechtzeitig genug zurück, um die silberfarbene Injektionsspritze erkennen zu können, die er aus ihrem Arm zog; ein besonders großes, hässliches Instrument von der unangenehm anzuschauenden Art, mit zwei Metallringen an einer Seite und einer Nadel, die ihr in ihrem Schrecken so dick wie ein Bleistift vorkam. Der Einstich tat auch genauso weh, und was immer sie auch enthielt, brannte sich wie Feuer durch ihre Vene.

»Das ist jetzt vielleicht ein bisschen unangenehm«, sagte Mudgett in entschuldigendem Ton, »aber es vergeht gleich, und danach fühlen Sie sich besser. Versprochen.« Er verstaute die Spritze in einem abgegriffenen Lederetui, das er in der Jackentasche verschwinden ließ, und stand aus der Hocke auf. Arlis war noch immer schwindelig und auch immer noch leicht übel, aber ihr entging trotzdem nicht, wie vorsichtig er sich bewegte, und auch nicht, dass er humpelte. »Es geht ganz schnell. Aber bleiben Sie ruhig sitzen, bis es so weit ist.«

Arlis deutete mit einer (vorsichtigen) Kopfbewegung auf sein Bein. »War das Peizel?«

»In der Tat«, sagte Mudgett und schnitt eine Grimasse, vielleicht war es auch eine normale Miene, die von seinem zerschlagenen Gesicht zu einer solchen gemacht wurde. »Ich gestehe freimütig ein, dass ich ihn unterschätzt habe. Obwohl ich ihn doch am besten kennen sollte.«

»Mir bricht das Herz«, sagte Arlis. Sie konnte tatsächlich spüren, wie sich ihre Sinne bereits zu klären begannen, und zugleich breitete sich ein unangenehmer Geschmack wie nach rostigem Eisen in ihrem Mund und ein nicht minder unangenehmes Kribbeln in ihren Gliedmaßen aus.

»Ich werde mich in der Zwischenzeit ein wenig um unseren Freund Geyer kümmern«, fuhr Mudgett fort. »Nicht, dass er am Ende noch glaubt, ich wäre ein schlechter Gastgeber und hätte ihn vergessen.«

Sein Humpeln wurde noch deutlicher, als er die wenigen Schritte zu Geyer hinüberging und vor ihm stehen blieb. Einige Sekunden lang wartete er wohl darauf, dass Geyer sich seines Starrens bewusst wurde, und als er endlich einsah, dass das wohl nicht geschehen würde, stupste er ihn unsanft mit dem Fuß an. Geyer ließ ein halblautes Wimmern hören, und ein dünner Blutfaden tropfte zäh auf seine Brust hinab, aber das war auch schon seine ganze Reaktion.

»Nun ja, das schmälert das Vergnügen zwar ein wenig, macht es aber auch leichter«, sagte Mudgett zwar, machte gleichzeitig aber auch keinen Hehl aus seiner Enttäuschung. Humpelnd verschwand er aus ihrem Blickfeld und hantierte eine Zeit lang lautstark irgendwo herum, und Arlis nutzte diese Spanne, um noch einmal in sich hineinzulauschen und behutsam und zum wiederholten Male den festen Sitz ihrer Fesseln zu prüfen. Mit demselben Ergebnis wie gerade, aber diesmal wurde sie nicht mit einem neuen Schmerzanfall bestraft, und ihre Sinne klärten sich immer rascher. Was ihr Mudgett auch immer gegeben hatte, musste das reinste Wundermittel sein.

Arlis war allerdings alles andere als sicher, ob sie wirklich froh darüber sein sollte, denn im gleichen Maße, in dem sich die gnädige Betäubung von ihren Gedanken hob, spürte sie auch, dass sie nicht annähernd so glimpflich davongekommen war, wie sie bisher geglaubt hatte. In ihrem Nacken erwachte ein pochender Schmerz, wo Mudgetts Faust sie getroffen hatte, und auch ihre Schultergelenke taten weh, so fest, wie ihre Arme nach hinten gedreht waren. Sie hätte die Aufzählung noch nach Belieben fortsetzen können, sah aber wenig Sinn darin.

Und all das war nichts gegen den anderen und viel grausameren Schmerz, der tief in ihr erwachte. Mudgetts erste *Behandlung* hatte nicht nur die körperlichen Unbilden betäubt, sondern sie auch vor der ungleich entsetzlicheren Qual geschützt, die seine Worte und alles, was sie gerade erlebt hatte, für sie bedeuteten. Dieser Schutz erlosch jetzt, so schnell, dass sie fühlen konnte, wie die Furcht wie ein Ball aus zusammengedrücktem Stacheldraht in ihrer Kehle erwachte und ihr mit jedem Atemzug das Luftholen ein wenig schwerer werden ließ. Statt Blut schien ihr Herz nun mit glühenden Eisenspitzen vermengte Lava durch ihre Adern zu pumpen, und sie konnte an nichts anderes denken als daran, dass Endres tot war, ermordet von einem Mann, den sie vermutlich geliebt hatte und dessen Charme Arlis selber um ein Haar ebenfalls erlegen wäre.

»Warum haben Sie sie getötet?«, fragte sie, als Mudgett zurückkam. Er trug irgendetwas Großes, das sie nicht erkennen konnte und auch nicht wollte.

»Ihre Schwester?« Mudgett setzte seine Last mit einem lautstarken Klirren und Scheppern ab und sah sie stirnrunzelnd an. Es war schwer, in seinem angeschwollenen Gesicht zu lesen, aber Arlis meinte doch beinahe so etwas wie echten Schmerz darauf zu erkennen. »Ich sagte Ihnen doch, dass ich es nicht gerne getan habe.«

»Ich rede nicht mit Ihnen, Mudgett«, sagte Arlis. Sie fuhr

sich nervös mit der Zungenspitze über die Lippen. »Ich habe diese Frage Doktor Holmes gestellt. Henry. Ich weiß, dass er irgendwo dadrinnen ist. Und er ist stärker als Sie, Mudgett. Er weiß es nur nicht. Sie müssen kämpfen, Henry. Sie können das. Ich weiß, dass Sie es können.«

Mudgett starrte sie an. Er wollte antworten, brachte aber nur ein sonderbares Stöhnen hervor und hob die Hand, führte die Bewegung aber nicht einmal zu Ende. Sein Blick flackerte unstet. »Das … das kann ich nicht, Arlis«, flüsterte er. »Er ist … er ist zu stark für mich.«

»Das ist nicht wahr!«, antwortete Arlis. »Sie sind kein Feigling, Henry! Und Sie sind auch nicht schwach. Das redet er Ihnen nur ein, weil *er* in Wahrheit der Feigling und der Schwache ist!«

»Aber ich … ich kann es nicht«, stammelte Holmes. Seine Lippen begannen zu zittern, und Arlis meinte einen Ausdruck unsäglicher Qual in seinen Augen zu sehen. »Ich habe es versucht, aber … aber er ist zu stark für mich.«

»Das ist er nicht!«, sagte Arlis eindringlich. »Er lässt Sie das nur glauben, weil *er* in Wahrheit Angst vor Ihnen hat! Wehren Sie sich, Henry!«

»Aber ich weiß nicht, ob ich das kann.«

»Wenn Sie so denken, dann hat er schon gewonnen«, sagte Arlis. »Wehren Sie sich, Henry! Sie können es! Sie können ihn besiegen! Sie sind stark genug!«

»Glauben Sie wirklich?« Holmes' Gesicht nahm einen eindeutig gepeinigten Ausdruck an. Für eine Sekunde. Dann machte er einem breiten Lausbubengrinsen und einem spöttischen Funkeln in seinen Augen Platz.

»Das war gut, nicht wahr? Ich wette, Sie haben es geglaubt. Wenigstens für einen Moment.«

Arlis starrte ihn nur an und versuchte mit verzweifelter Kraft, die Tränen zurückzuhalten. Sie war nicht sicher, ob es ihr gelang.

»Sie lesen zu viele schlaue Bücher, meine Liebe«, sagte Mudgett und tippte sich mit dem Zeigefinger gegen die Schläfe.

»So funktioniert das nicht. Holmes ist nicht hier drinnen. Und ich bin auch nicht verrückt.«

»Darüber könnte man vermutlich geteilter Meinung sein«, sagte Arlis.

»Jetzt tun Sie mir Unrecht, Arlis«, sagte Mudgett schmollend. »Und Sie verletzen mich. Meinen Sie denn, ich hätte keine Gefühle?«

»Wollen Sie eine ehrliche Antwort darauf?« Es fiel ihr immer noch schwer, zu sprechen, und sie fühlte salzige Tränen über ihr Gesicht laufen. Aber nach ein paar Augenblicken ging es bereits besser. Alles war besser, als sich dem Entsetzen hinzugeben, das sie verschlingen wollte. Endres war tot, und das war grauenhaft, aber wenn sie zuließ, dass dieses Begreifen ihr Denken lähmte, dann würde sie ihr bald Gesellschaft leisten.

Nicht, dass das nicht sowieso der Fall sein würde, versäumte ihre Vernunft nicht, hinzuzufügen.

Aber auch diesen Gedanken ließ sie nicht zu.

»Ich glaube beinahe, nein«, antwortete Mudgett. Mit einem leisen Ächzen, das wohl seinem verletzten Bein geschuldet war, beugte er sich vor und hob etwas vom Boden auf. Arlis erkannte es nun als zusammengerolltes Kabel mit einem sonderbar geformten Ende aus Kupfer, das vage an eine zu groß geratene stumpfe Zange erinnerte. Zweifellos irgendein grässliches Folterinstrument. »Aber wie alles ist auch das eine Frage des Standpunktes. Wahrscheinlich würde die meisten das, was ich tue, erschrecken, und nur die Allerwenigsten würden es wohl gutheißen.«

»Warum tun Sie es dann?«

»Ja, die gleiche Frage hätte ich sicher auch gestellt, hätte ich nicht ein bestimmtes Erlebnis gehabt, das meinem Leben eine entscheidende Wendung gegeben hat«, antwortete Mudgett, während er sich bereits bückte, um ein zweites, gleichartiges Kabel vom Boden aufzuheben. Seine Mundwinkel zuckten, und sie sah ihm an, wie viel Mühe ihm jede Bewegung bereitete, vielleicht Schmerz. Er war bestimmt nicht mehr in der Lage, sich schnell zu bewegen. Wenn es ihr gelang, sich irgendwie loszumachen, dann konnte sie ihm vermutlich davonlaufen und ihn möglicherweise sogar überwältigen, so angeschlagen, wie er war.

»Verraten Sie mir, welche?«, fragte Arlis. Sie musste dafür sorgen, dass er weitersprach. Solange er redete, würde er ihr nichts tun. Hoffentlich.

»Das könnte ich«, antwortete Mudgett, »aber es hätte keinen Zweck. Glauben Sie mir, ich habe es mehr als einmal versucht, aber niemand hat es verstanden. Selbst Ihre Schwester nicht, obwohl sie mir so nahe war wie sonst kaum jemand. Nicht einmal ...« Er seufzte leise. »... Holmes.«

»Als ob es ihn jemals gegeben hätte!«, sagte Arlis verächtlich. Zugleich spannte sie noch einmal behutsam die Arme, aber es blieb dabei: Die Fesseln an ihren Handgelenken fühlten sich an wie grober Strick, aber sie waren so widerstandsfähig wie Eisen.

»Oh doch, es gab ihn«, antwortete Mudgett. »Er war ein guter Freund. Vielleicht der einzige wirkliche Freund, den ich jemals hatte.«

»Und Sie haben ihn trotzdem umgebracht«, vermutete Arlis. Sie versuchte ihre Fußgelenke loszureißen, aber das Ergebnis war dasselbe; abgesehen von einem hellen Knacken, das durch den gesamten Stuhl fuhr und Mudgett zwar mit einem Ruck aufsehen ließ, dann jedoch ein spöttisches Lächeln auf sein Gesicht zauberte. Offenbar wusste er ganz genau, wie stabil das Möbelstück war.

»Sie sollten das nicht tun, Arlis«, sagte er beinahe sanft. »Sie tun sich nur weh, glauben Sie mir. Und mir ist nicht daran gelegen, Ihnen Leid zu bereiten.«

Das war so absurd, dass sie nicht einmal darauf hätte antworten können, wenn sie es gewollt hätte. Er war verrückt. Hatte sie wirklich noch daran gezweifelt?

»Er war mein Freund, Arlis. Ich habe es nicht gerne getan. Und auch wenn ich gerade das Gegenteil gesagt habe und es der Wahrheit entspricht ...« Er hielt abermals inne bei dem, was immer er gerade tat, und berührte mit zwei aneinandergelegten Fingern seine Schläfe. »… irgendwie lebt er hier drinnen.«

Arlis sah ihn so fest an, wie sie konnte, und sie bemühte sich auch um einen möglichst sachlichen Tonfall. »Sie sind doch ein intelligenter Mann, Doktor Mudgett.«

»Das will ich zumindest hoffen.«

»Haben Sie jemals die Möglichkeit in Betracht gezogen, dass sie wahnsinnig sein könnten?«, fragte sie. »Ich will Sie nicht beleidigen, Herman. Ich meine das ernst. Sie sind Arzt. Ich nehme an, ein guter Arzt. Sie wissen, dass so etwas vorkommt.«

»Sie wollen mir schmeicheln, um Vertrauen zwischen uns zu schaffen«, stellte Mudgett fest, aber er lächelte auch, während er diese Worte aussprach. »Und um Ihre Frage zu beantworten, selbstverständlich habe ich diese Möglichkeit in Betracht gezogen, aber ich kann Ihnen versichern, dass es nicht so ist. Ich glaube nicht, dass Sie das verstehen. Niemand kann es verstehen, der nicht erlebt hat, was ich erlebt habe.«

»Und Sie sind der Meinung, dass das alles hier ganz normal ist?«, fragte Arlis. »Dieser private Folterkeller und dieses … dieses Mörderhotel?«

»Mörderhotel?« Mudgett schmunzelte. »Ein interessantes Wort. Darf ich es verwenden, sollte ich irgendwann einmal meine Memoiren schreiben?«

»Ich glaube nicht, dass es dort, wo Sie hingehen, Papier und Stift gibt«, antwortete sie.

»Sie sind ebenso scharfsinnig wie Ihre Schwester«, sagte Mudgett. »Bei ihr hat es mir immer besonders gut gefallen, aber ich weiß noch nicht, ob ich es an Ihnen mag. Aber keine Angst. Ich habe Ihnen versprochen, Ihnen nicht wehzutun, und ich halte mein Wort immer.«

Er war mit dem fertig, was immer er an Geyers Stuhl getan hatte, und trat zurück, um sein Werk zu begutachten. »Allerdings gilt das nicht für unseren guten Mr Geyer, fürchte ich.« Er stupste ihn leise an. »Sie können aufhören, den Bewusstlosen zu spielen, Frank. Ich bin Arzt. Ich merke so etwas.«

Geyer reagierte nicht, und Mudgett stieß ihn noch einmal

und jetzt deutlich härter mit dem Fuß an, schüttelte dann verärgert den Kopf und verschwand für einen Moment aus ihrem Blickfeld. Als er nach wenigen Sekunden zurückkam, trug er ein kleines Glasfläschchen in der Hand, das er entkorkte und Geyer unter das Gesicht hielt. Eine Sekunde verging, dann warf Geyer mit einem plötzlichen Ruck den Kopf in den Nacken und ließ eine Mischung aus einem Schrei und einem rasselnden Atemzug hören. Er bäumte sich mit solcher Kraft auf, dass der gesamte Stuhl zu wanken begann. Mudgett verkorkte sein Fläschchen sorgfältig wieder und steckte es ein.

»So ist es schon besser«, sagte er zufrieden. »Sie müssen mir meine kleine Schwäche vergeben, Mr Geyer, aber ich bin nun einmal ein eitler Mensch. Es würde mich enttäuschen, wenn Sie all die Mühe nicht würdigen könnten, die ich mir Ihretwegen gemacht habe.«

»Machen Sie mich los, und ich zeige Ihnen, wie sehr«, keuchte Geyer. Sein Gesicht war kaum weniger angeschwollen als das Mudgetts, und seine Nase musste gebrochen sein und blutete noch immer. Aber seine Augen waren klar, und er hatte kein Problem damit, verständlich zu sprechen. Mudgett hatte recht, dachte Arlis, er war die ganze Zeit über wach gewesen und hatte nur den Ohnmächtigen gespielt.

»Geben Sie sich keine Mühe, Mr Geyer«, sagte Mudgett. »Diese Fesseln haben schon weit Stärkeren standgehalten. Sie bereiten sich selbst nur unnötigen Schmerz.«

»Damit kommen Sie nicht durch!«, versprach Geyer. »Selbst wenn Sie uns umbringen, wird man Ihnen das Handwerk legen, Sie Wahnsinniger! Viele wissen, dass wir hier sind! Miss Christens Familie! Mein Freund Francis!«

»Und die Polizei nicht zu vergessen«, fügte Mudgett in fast fröhlichem Tonfall hinzu. »Sie haben doch nicht wirklich geglaubt, dass mir entgangen wäre, wie oft Sie in den letzten Tagen mit der Polizei gesprochen haben, oder?«

»Sie werden hängen, Sie Irrer!«, versprach Geyer. »Wenn man Sie nicht für den Rest Ihres Lebens in eine Klapsmühle sperrt oder gleich lobotomiert!«

Mudgett sah eine Weile schweigend und nachdenklich auf ihn hinab. »Und Sie halten es wirklich für klug, mir zu drohen?«, fragte er. »Wo Sie doch hilflos vor mir sitzen und ich mit Ihnen machen kann, was immer ich will?«

»Bringen Sie mich doch um, Sie Verrückter«, schnaubte Geyer. »Ich habe keine Angst vor Ihnen!«

»Aber das sollten Sie«, sagte Mudgett ernst. »Und ich würde wirklich nichts lieber tun, als es Ihnen zu beweisen. Aber Sie haben Glück. Ich weiß durchaus, dass die Behörden schon bald hier auftauchen und überall herumschnüffeln werden. Das ist sehr ärgerlich. Ich habe eine Menge Zeit und nicht unbeträchtliche finanzielle Mittel in diesen Ort investiert, und bisher haben sich meine Investitionen leider noch nicht amortisiert. Das ist wirklich sehr ärgerlich, glauben Sie mir.«

»Ach?«, polterte Geyer. Arlis sah, wie er die Muskeln anspannte, um sich loszureißen, dabei aber ebenso wenig Erfolg hatte wie sie. Mudgett sah ihm interessiert dabei zu.

»Aber es ist auch kein Weltuntergang«, fuhr er unbeeindruckt fort. »Ich werde wohl weiterziehen müssen. Nicht zum ersten Mal. Aber in einem Punkt haben Sie recht: Uns bleibt nicht mehr viel Zeit. Lassen Sie es uns zu Ende bringen.«

Er machte zwei weitere Schritte zurück und begutachtete sein Werk noch einmal abschließend. Arlis fiel erst jetzt auf, dass der Stuhl sich in einem entscheidenden Punkt von dem ihren unterschied: Mudgett hatte ein dünnes Geflecht aus haarfeinem Kupferdraht um Lehnen, Beine und Sitzfläche gewickelt, und nun sah sie auch, dass der gesamte Stuhl auf einer dicken Kupferplatte stand, und diese wiederum auf einer noch einmal dickeren Gummimatte. Es war nicht besonders schwer, sich vorzustellen, wozu diese Anordnung gut war.

»Bitte tun Sie das nicht, Herman«, sagte Arlis. »Sie müssen ihn nicht umbringen. Verschwinden Sie einfach.«

»Ich könnte das Haus anzünden und Sie hierlassen«, sinnierte Mudgett, schüttelte aber auch praktisch sofort den Kopf und entschärfte seine eigenen Worte mit einem Lächeln. »Keine Angst. So grausam könnte ich niemals zu Ihnen sein.

Ihre Schwester hat nichts gespürt, und ich versichere Ihnen, dass auch Sie nichts spüren werden.«

Was für ein Trost. Mudgett sah sie einen Herzschlag lang an, als erwarte er tatsächlich Dankbarkeit für dieses großartige Angebot, hob dann aber nur die Schultern und verschwand erneut aus ihrem Blickfeld, nicht ohne die beiden Kabel wieder von Geyers Stuhl gelöst zu haben. Zwei, drei, vielleicht fünf Sekunden lang geschah gar nichts, und Arlis wollte sich gerade an Geyer wenden, als Mudgett zurückkam. Er trug jetzt dicke Gummihandschuhe, die fast bis zu den Ellbogen hinaufreichten, und hielt die beiden Zangen mit gespreizten Backen in Kopfhöhe. Bedächtig befestigte er zuerst eine am hinteren rechten Stuhlbein, richtete sich wieder auf und berührte mit der anderen die Lehne, und Geyer bäumte sich auf und stieß einen gellenden Schrei aus. Etwas zischte, und Arlis meinte eine flatternde Aura aus winzigen grellblauen Funken wahrzunehmen, die für die Dauer eines Lidschlages seine gesamte Gestalt einhüllte. Das Licht flackerte, und ein neuer, gänzlich anderer und noch viel schlimmerer Brandgeruch erfüllte die Luft. Dann zog Mudgett die Zange zurück, und es war vorbei. Geyer sank mit einem erstickten Keuchen nach vorne und begann am ganzen Leib zu zittern.

Mudgett betrachtete ihn erneut lange und interessiert. »So wird es anscheinend nichts«, sagte er dann.

»Was sind Sie nur für ein Monster!«, sagte Arlis angewidert. Würde er das auch mit ihr tun?

»Schade, dass Sie es so sehen«, sagte Mudgett. »Ich versichere Ihnen, dass ich nicht aus Grausamkeit handele.«

»Sondern?«

Mudgett ging umständlich vor Geyer in die Hocke und begann seine Fesseln zu überprüfen und hier und da etwas fester anzuziehen. »Holmes hat die Wahrheit gesagt, Miss Christen. Er ist wirklich ein begnadeter Erfinder. Er hat schon eine Menge praktischer Dinge ersonnen.«

»Haben Sie nicht gerade gesagt, dass es ihn gar nicht gibt?«

»Nein, das habe ich nicht«, antwortete Mudgett. Er brauchte zwei Anläufe, um aufzustehen, denn sein Bein machte ihm sichtliche Schwierigkeiten. »Es ist kompliziert, das gebe ich zu. Sagen wir, dass ich Doktor Holmes dann und wann gestatte, die Geschäfte des Hotels zu führen oder der einen oder anderen gesellschaftlichen Verpflichtung nachzukommen, bei der ich aus verschiedenen Gründen nicht selbst in Erscheinung treten kann. Aber anders als ich mir seiner, ist er sich meiner Existenz nicht bewusst.«

»Ich glaube, es gibt einen Namen für diese Krankheit«, stöhnte Geyer. Er versuchte den Kopf zu heben, aber sein Kinn sank schon nach kaum einer Sekunde wieder auf die Brust zurück. Er zitterte immer noch am ganzen Leib.

»Tapfer bis zum Ende, nicht wahr?«, spöttelte Mudgett. »Sie sind ein wirklich harter Bursche. Vielleicht tröstet es Sie ja, zu erfahren, dass Ihr Tod der Wissenschaft dient. Der Elektrizität gehört die Zukunft, Mr Geyer. Haben Sie gehört, dass Mr Edison an der Entwicklung einer elektrischen Hinrichtungsmaschine für die amerikanischen Gefängnisse arbeitet?«

»Dann passt es ja in Ihren persönlichen Folterkeller«, sagte Geyer.

Mudgett lachte. »Ganz im Gegenteil. Mr Edisons Ziel ist natürlich eine besonders humane Art der Hinrichtung, ohne dass den Delinquenten unnötige Qualen bereitet werden. Es heißt, er hätte sogar schon geheime Experimente mit einem ausgewachsenen Elefanten durchgeführt, bis die Tierschützer dagegen Sturm gelaufen sind.« Er lachte erneut. »Wäre es nicht amüsant, wenn Doktor Holmes dem berühmten Thomas Edison zuvorkäme und der Welt einen funktionstüchtigen elektrischen Stuhl präsentierte? Sehen Sie es positiv, mein Freund. Vielleicht nenne ich ihn ja auch Geyer-Stuhl.«

»Hören Sie endlich auf, Sie Mistkerl«, sagte Geyer. »Bringen Sie mich schon um. Das ist immer noch besser, als Ihr Geschwätz ertragen zu müssen.«

»Ganz wie Sie wünschen«, sagte Mudgett fröhlich und ging wieder.

»Herman!«, flehte Arlis. »Tun Sie das nicht! Ich beschwöre Sie!«

Mudgett kam zurück und befestigte die zweite Zange erneut, und diesmal war es kein Zischen, sondern eher ein Knall, und anstelle von Funken glaubte Arlis ein Gewitter haarfein verästelter Blitze über Geyers Körper tanzen zu sehen. Sein Schrei war noch gellender, und er bäumte sich mit solcher Gewalt auf und gegen seine Fesseln, dass der massive Stuhl in allen Verbindungen knackte.

Endlose Sekunden lang floss der elektrische Strom zischend und knisternd durch Geyers Körper, dann war es endlich vorbei, und er sank kraftlos nach vorne, als Mudgett die Zange wieder zurückzog. Der Stuhl knirschte hörbar, und dort, wo Geyer daran festgebunden war, kräuselte sich grauer Rauch in die Luft. Es stank durchdringend nach verschmortem Haar und angebranntem Fleisch, und die Beleuchtung flackerte immer noch.

Mudgett ließ sich erneut vor ihm in die Hocke sinken und streckte den Arm aus, um seinen Kopf anzuheben. Geyer schien das Bewusstsein verloren zu haben, aber er lebte noch. Aus seinen Augenwinkeln sickerte Blut und malte ein schreckliches rotes Muster auf sein Gesicht, und am allerschlimmsten war, dass sich auch aus seinem offen stehenden Mund eine dünne Rauchfahne kräuselte.

»Ja, das war schon besser«, sagte Mudgett. »Noch eine letzte Feinabstimmung, und dann sollte es perfekt sein. Sie waren mir wirklich eine große Hilfe, Mr Geyer.«

»Mudgett, bitte!«, flehte Arlis. »Tun Sie das nicht! Er kann Ihnen nichts mehr tun, und ich schwöre Ihnen, dass ich nichts sagen werde!«

Mudgett stand noch umständlicher auf als beim ersten Mal und drehte sich zu ihr um. »Ich habe Ihnen doch gesagt, dass …«

»Wenn Sie es nicht meinetwegen tun, dann tun Sie es für Endres«, fiel ihm Arlis ins Wort.

»Ihre Schwester lebt nicht mehr, Miss Christen«, erinnerte Mudgett sie sanft.

»Aber Sie haben sie geliebt«, beharrte Arlis.

Mudgett starrte sie an, und für einen Moment, wortwörtlich für einen einzigen Augenblick, meinte sie etwas in seinen Augen aufblitzen zu sehen, das ihr auf schon fast unheimliche Weise vertraut erschien. Konnte es sein …? Nein. Sie glaubte Mudgett jedes einzelne Wort, das er gesagt hatte, aber auf der anderen Seite: Was hatte sie zu verlieren?

»Und Sie auch, Henry.«

Mudgett runzelte die Stirn. »Was soll das?«, fragte er scharf. »Ich habe Ihnen gesagt, dass es keinen Henry gibt. Ich habe ihn getötet, schon vor mehr als zehn Jahren.«

»Ich weiß, dass Sie sie geliebt haben, Henry«, fuhr Arlis in beschwörendem Ton fort. »Und Sie waren ihr auch nicht gleichgültig, das weiß ich aus ihren Briefen. Mudgett hat Sie Ihnen weggenommen, bevor sie sich Ihnen offenbaren konnte, und dann hat er sie umgebracht und weggeworfen wie ein kaputtes Spielzeug, dessen er überdrüssig war.«

»Hören Sie auf!«, sagte Mudgett drohend. Blanke Wut loderte in seinen Augen, aber tief darunter sah sie noch etwas anderes.

»Sie wissen, dass es wahr ist, Henry«, sagte sie. »Endres hat Sie geliebt, und er hat sie Ihnen gestohlen. Und ich liebe Sie auch, Henry. Lassen Sie nicht zu, dass er es noch einmal tut.«

»Sie sollen verdammt noch mal …«, begann Mudgett, und Geyer bäumte sich mit einem gewaltigen Brüllen auf und stemmte sich mit der absoluten Kraft reiner Todesangst gegen seine Fesseln.

Sie hielten.

Der Stuhl nicht.

Etwas zerbrach mit einem peitschenden Knall – im allerersten Moment war sie nicht einmal sicher, dass es nicht etwas in Geyers Körper war –, und der Stuhl brach in Stücke. Lehne und Beine flogen in gegensätzliche Richtungen davon, und Geyer versuchte, seinen Sturz mit einer zweiten und womöglich noch gewaltigeren Kraftanstrengung so umzulenken, dass er Mudgett traf und unter sich begrub. Und einen Moment lang sah es so aus, als könnte es tatächlich funktionieren.

Doch Mudgett wich zur Seite aus und belastete sein verletztes Bein dabei über die Maßen, so dass er strauchelte. Vielleicht war es sogar dieses Stolpern, das ihn rettete. So oder so verfehlte ihn Geyer buchstäblich um Haaresbreite, und Mudgett verlieh Geyers ohnehin schwerem Sturz noch einmal zusätzlichen Schwung, indem er neben ihm auf das (unverletzte) Knie fiel und ihm den Ellbogen in den Nacken hämmerte. In ihrem Entsetzen konnte Arlis nur hoffen, dass das schreckliche Knirschen, das sie hörte, das Geräusch von Mudgetts brechendem Ellbogen war, und nicht irgendetwas in Geyers Rücken.

Mudgett heulte jedenfalls vor Schmerz so laut auf, als wäre es so, kippte zur Seite und wälzte sich schwerfällig von Geyer fort, während Frank wie von einem Axthieb getroffen zu Boden fiel und sich nicht bewegte. Das Licht flackerte immer noch, und irgendwo in dem Wirrwarr aus zersplitterndem Holz und Kupferkabeln, in dem Geyer lag, stoben zischende Funken in die Höhe.

Arlis bäumte sich auf ihrem Stuhl auf und zerrte mit aller Gewalt an ihren Fesseln, aber es gelang ihr nicht einmal, sie zu lockern. Je mehr sie es versuchte, desto mehr verletzte sie sich, so dass sie zumindest das Gefühl hatte, ihr Blut flösse nun in Strömen über ihre Hände.

Mudgett wälzte sich noch einen Moment brüllend am Boden, dann hörte sein Schrei wie abgeschnitten auf, und er sprang auf die Füße, wobei er um ein Haar gleich wieder gestürzt wäre, weil sein verletztes Bein unter ihm wegknickte. Irgendwie gelang es ihm, in die Höhe zu kommen, wobei er den geprellten Arm mit der anderen Hand an den Leib presste. Falls er Geyer mit seinem Schlag nicht umgebracht hatte, dann musste er sich selbst mindestens ebenso schlimm verletzt haben wie ihn.

»Verdammtes Miststück!«, zischte er. »Dafür wirst du bezahlen!«

Mit einem humpelnden, aber sehr schnellen Schritt war er bei Arlis, holte weit über dem Kopf aus und schlug ihr so hart mit dem Handrücken ins Gesicht, dass sie beinahe das Bewusstsein verlor. Seine Stimme drang nur noch wie durch den Geräuschvorhang eines tosenden Wasserfalls an ihr Ohr, als er sie weiter anschrie: »Ich wollte es dir leicht machen, wie deiner Schwester, aber daraus wird jetzt nichts! Mit dir lasse ich mir ganz besonders viel Zeit!«

Arlis hatte Mühe, bei Bewusstsein zu bleiben. Sie konnte kaum noch etwas sehen, denn der brutale Schlag hatte ihre Brauen aufgerissen, so dass ihr das Blut gleich in beide Augen lief. Dennoch erkannte sie wie durch einen Schleier, dass Geyer sich mühsam auf die Ellbogen hochstemmte und nach Mudgetts Hosenbein griff.

Mudgett riss sich los und trat ihm aus derselben Bewegung heraus gegen die Schläfe, was zwar nicht ausreichte, um Geyer endgültig das Bewusstsein zu rauben, ihn aber benommen auf den Rücken schleuderte. Nur um sicherzugehen, ließ er noch einen zweiten Tritt folgen, fuhr dann auf dem Absatz herum und humpelte auf Geyers andere Seite. »Aber zuvor kümmere ich mich um Ihren wirklich lästigen Freund hier«, polterte er. »Es tut mir aufrichtig leid, aber ich werde wohl auf alle Feinheiten verzichten und meine Erfindung ein anderes Mal perfektionieren müssen.«

Noch immer zitternd vor Wut, hob er die beiden Kabel auf und schlug die Kupferzangen gegeneinander. Fingernagelgroße, fast weiße Funken explodierten in alle Richtungen und sanken nahezu schwerelos zu Boden. »Ich würde ja jetzt gerne sagen, leben Sie wohl, Mr Geyer, aber das wäre gelogen.«

Sorgsam darauf achtend, nicht auf die dicke Kupferplatte zu treten, auf der Geyer immer noch halb lag, schloss er die Backen einer der Zangen um seine Hand, so dass Arlis fast glaubte, er wäre irre genug, ihm aus schierer Grausamkeit die Finger zu zerquetschen, doch dieser Irrtum hielt nicht einmal eine Sekunde vor, bis ihr klar wurde, dass er noch viel grausamer war, denn er beugte sich vor und presste die zweite Zange kurz und heftig gegen Geyers Hals.

Geyers Schrei hatte nichts Menschliches mehr an sich. Er

bäumte sich auf und bog den Rücken unmöglich weit durch, und eine gelbe, zischende Flamme schlug aus seinem Hals. Sie konnte sehen, wie seine Haut Blasen schlug wie weiches Wachs auf einer Herdplatte, dann zog Mudgett die Zange wieder zurück, und Geyer fiel auf den Rücken und hörte auf zu schreien, zitterte aber weiter unkontrolliert am ganzen Leib, als hätte er den schlimmsten epileptischen Anfall aller Zeiten.

»Schon besser«, sagte Mudgett hasserfüllt. »Ein zäher Bursche, Ihr Freund, das muss ich ihm lassen. Sehen Sie genau hin, Arlis. Das werde ich Ihnen nicht antun, aber Sie werden sich gleich wünschen, mit ihm gehen zu können!« Er beugte sich vor, um Geyer die Zange diesmal ins Gesicht zu rammen, und Arlis kreischte in höchster Verzweiflung:

»Henry! Nicht!«

Mudgett erstarrte. Die Zange schwebte reglos kaum eine Handbreit über Geyers Augen, und etwas Seltsames geschah mit seinem Gesicht.

Arlis hatte so etwas noch nie zuvor im Leben gesehen, und sie wäre auch hinterher nicht in der Lage gewesen, es wirklich zu beschreiben. Mudgetts Gesicht veränderte sich, obwohl nichts darin anders zu werden schien. Jede Falte, jede Linie, jedes Haar und jede Pore waren haargenau dieselben wie noch eine halbe Sekunde zuvor, und doch schien er plötzlich ein vollkommen anderer Mensch zu sein. Aus dem Monster wurde ein Mensch. Wo noch vor einem Sekundenbruchteil nichts als reine Mordlust in seinen Augen gelodert hatte, erblickte sie jetzt einen Ausdruck unmenschlicher Pein.

»Henry, tun Sie es nicht!«, schrie sie. *»Nein!«*

Mudgetts *(Henrys?)* Hand zitterte. Langsam, wie gegen einen fast unüberwindlichen Widerstand ankämpfend, zog er die Zange wieder zurück, und der Ausdruck von Pein in seinen Augen nahm noch einmal zu und erreichte unsagbare Höhen.

»Laufen Sie … weg, Arlis«, stammelte er. »Ich kann ihn nicht …«

»Nein, Henry! Sie können ihn besiegen! Kämpfen Sie!«

Dann war das Ungeheuer wieder da und Holmes verschwunden, vielleicht für immer. Statt Entsetzen erblickte sie nun wieder ein Augenpaar, das schwarz vor Hass war. »Vielleicht gebe ich Ihnen ja doch eine kleine Kostprobe meiner Erfindung«, zischte er. Speichel lief an seinem Kinn hinab und tropfte auf die Kupferzange, wo er zischend verdampfte, und sie sah nun eindeutig in die Augen eines Wahnsinnigen. »Schon damit das verdammte hysterische Geheul endlich aufhört!«

Er streckte die Zange in ihre Richtung, und Arlis wappnete sich gegen den Schmerz, der nun kommen würde.

Stattdessen geschah etwas anderes.

Mudgett machte einen weiteren halben Schritt, erstarrte mitten in der Bewegung und gab ein gequältes Stöhnen von sich. Etwas in seinem Blick änderte sich abermals und wieder auf dieselbe, unmöglich mit Worten zu beschreibende Weise, und sie blickte erneut in ein anderes, von schwarzer Panik erfülltes Augenpaar. »Aber ich … kann nicht«, wimmerte er. »Er ist zu stark für mich.«

Und damit rammte er sich die beiden Kupferzangen mit aller Kraft rechts und links gegen die Schläfen.

Sämtliche Glühbirnen im Raum explodierten gleichzeitig, aber es war trotzdem nicht dunkel, denn nun verströmten die beiden Kontakte gleißend blaue Lichtbögen, die Mudgetts Kopf und Gesicht einhüllten und unverzüglich sein Fleisch zu verzehren begannen. Arlis schloss entsetzt die Augen, doch so gnädig war das Schicksal nicht zu ihr. Das Licht war so grell, dass es mühelos durch ihre Lider drang und ihr kein noch so furchtbares Detail erspart blieb. Vielleicht schrie Mudgett, denn sein Mund war weit aufgerissen, aber wenn, dann ging der Schrei im schrecklichen Zischen und Brodeln der elektrischen Flammen unter, die seinen Kopf und nur den hundertsten Teil einer Sekunde später auch seine Schultern einschlossen, seine Jacke in Brand setzten und das Gummi seiner Handschuhe schmelzen ließen. Es dauerte vielleicht eine Sekunde, wahrscheinlich weniger, und doch schien es einfach kein Ende nehmen zu wollen.

Dann, genauso plötzlich, wie es begonnen hatte, war es

vorbei. Mudgett, aus dessen Mund und leeren Augenhöhlen Flammen schlugen, taumelte zurück und ließ eine der großen Kupferzangen fallen. Die andere war mit seiner Hand verschmolzen. Er fiel unmittelbar neben Geyer, und das noch immer glühende Metall der Zange traf dessen Oberarm und brannte sich zischend in seine Haut.

Geyer war bewusstlos, aber der Schmerz weckte ihn. Er fuhr mit einem gequälten Schrei in die Höhe, schleuderte das glühende Metall davon und fiel in seiner Hast auf die andere Seite, wo er einen Moment reglos und schwer atmend liegen blieb, so dass Arlis schon fürchtete, er hätte erneut das Bewusstsein verloren; oder Schlimmeres. Wenn Geyer nicht mehr wach wurde, dann würde sie hier unten nie jemand finden, so hilflos auf den Stuhl gefesselt, wie sie war, und dann hätte Mudgett am Ende doch noch gewonnen.

Sekunden vergingen, in denen ihre Fantasie regelrecht Amok lief, und gerade als sie glaubte, dass es nicht mehr schlimmer kommen konnte, belehrte sie die Wirklichkeit eines Besseren. Irgendetwas brannte.

Diesmal war es nicht der Gestank nach brennendem Fleisch und verschmortem Haar, sondern ein viel unangenehmerer, fast chemischer Geruch, der mit jedem Atemzug schlimmer wurde. Arlis sah sich mit klopfendem Herzen um und erkannte, dass Mudgetts Leichnam aufgehört hatte zu schwelen, doch dafür hatte eines der mit dickem Gummi ummantelten Kabel Feuer gefangen. Die blauen Flammen breiteten sich rasend schnell aus. Irgendwann im Laufe des einseitigen Kampfes musste ein Behälter mit einer brennbaren Flüssigkeit zerbrochen sein, denn die Flammen wurden rasch größer, so dass Arlis schon nach wenigen Augenblicken das Atmen schwer wurde und sie zu husten begann, und in der nächsten Sekunde erfasste das Feuer auch Mudgetts Kleider, die dieser zweiten Attacke nicht mehr widerstanden und mit einem prasselnden Schlag in Flammen aufgingen. Die Hitze stieg ins Unerträgliche, und Arlis bekam kaum noch Luft.

So wie Geyer offensichtlich auch, denn er erwachte mit

einem qualvollen Husten, krümmte sich einen Moment auf der Stelle und fuhr dann mit einem Ruck in die Höhe. Arlis' Augen verschwammen mittlerweile vor Tränen, doch sie zuckte trotzdem heftig zusammen, als sie die schreckliche Brandwunde an seinem Hals sah, von allem anderen gar nicht zu reden. Dennoch stemmte er sich auf Hände und Knie hoch und kroch auf sie zu.

Ihr Bewusstsein schien schon im Schwinden begriffen zu sein, denn das Nächste, was sie sah, war, dass er vor ihr kniete und sich an ihren Fesseln zu schaffen machte. Die Flammen hatten sich schon über einen Großteil des Raumes ausgebreitet und fanden in all den brennbaren Chemikalien und Flüssigkeiten reichlich Nahrung, auf die sie sich begierig stürzten, und die Hitze nahm noch einmal zu, so dass Arlis sich wahrscheinlich nicht nur einbildete, sich mit jedem Atemzug die Lungen noch ein bisschen weiter zu verbrennen.

Geyer hatte Mühe, ihre Fußfesseln zu lösen, und dass sie in blinder Panik mit den Beinen zu strampeln versuchte und sich verzweifelt hin und her warf, machte es ihm auch nicht unbedingt leichter. Er strengte seine Muskeln ein allerletztes Mal an und zerbrach das Stuhlbein.

Der Stuhl kippte prompt nach vorne, und Geyer fing ihn nicht nur mit einer Hand auf, sondern riss in derselben Bewegung auch die Lehne ab und fing Arlis auf, als sie endgültig den Halt verlor und auf ihn zu stürzen drohte.

Hustend und beide gleichermaßen qualvoll wie nahezu vergeblich nach Atem ringend stolperten sie zum Ausgang, und Geyer stieß sie regelrecht durch die getarnte Tür, so dass sie nach zwei ungeschickt torkelnden Schritten das Gleichgewicht verlor und sich beide Knie aufschürfte, als sie auf den harten Kellerboden fiel. Da ihre Hände immer noch hinter dem Rücken zusammengebunden waren, hatte sie Mühe, allein wieder aufzustehen, so dass Geyer ihr abermals helfen musste. Nachdem er sie einige weitere Schritte fortgezerrt hatte, drehte er sie grob herum und ging hinter ihr auf die Knie, um ihre Handgelenke loszubinden. Es schien endlos zu dauern.

Ein dumpfer Schlag ließ den Boden unter ihren Füßen erzittern und Staub und winzige Ziegelsteinbröckchen von der Decke rieseln und wurde begleitet vom Geräusch zersplitternden Glases. Die Temperaturen stiegen jetzt auch hier draußen unangenehm an, und das Atmen wurde schon wieder zur Qual. Vielleicht war es an der Zeit herauszufinden, ob sie nicht auch mit auf dem Rücken zusammengebundenen Händen eine steile Treppe hinaufrennen konnte.

Sie wollte Geyer (motiviert durch eine zweite, wenn auch nicht ganz so heftige Detonation) gerade einen entsprechenden Vorschlag machen, als ihre Handfesseln zu Boden fielen. Um ein Haar wäre Geyer ihnen gefolgt, denn ihn drohten nun endgültig die Kräfte zu verlassen, und sie hätte hinterher nicht mehr sagen können, wer eigentlich wen stützte, als sie den Keller durchquerten und sich die steile Treppe hinaufquälten. Wahrscheinlich hätte es keiner ohne den anderen geschafft.

Das graue Licht hatte sie nicht getäuscht. Sie kamen nicht im Freien heraus, sondern in einer vollgestopften Scheune, in der Arlis im allerersten Moment gar nichts erkannte, nur einen allgemeinen Eindruck von Chaos. Ein altersschwacher zweispänniger Wagen beanspruchte den Großteil des vorhandenen Platzes, und überall lagen Werkzeuge und standen Kisten und Körbe mit allen möglichen Dingen herum. Täuschte Sie sich, oder roch es auch hier nach Tod?

Geyer, der es sich nicht hatte nehmen lassen, als Erster die Treppe hinaufzueilen, um sich umzusehen, drehte sich halb zu ihr herum und streckte ihr die Hand entgegen, doch sie entschied sich, auf seine Hilfe zu verzichten, als sie sah, in was für einem bejammernswertem Zustand er wirklich war. Es erschien ihr fast schon wie ein kleines Wunder, dass er sich überhaupt noch auf den Beinen halten konnte. Und sie glaubte auch nicht, dass das noch lange so blieb.

Arlis unterließ es vorsichtshalber, darüber nachzudenken, welchen Anblick sie selbst bieten mochte. Oder gar an sich hinabzusehen, um sich selbst davon zu überzeugen.

Wie als Antwort auf ihre unausgesprochene Frage ließ sich

Geyer neben der Öffnung auf die Knie sinken und beugte sich vor, um einen Blick in die Tiefe unter ihnen zu werfen. Fürchtete er etwa, verfolgt zu werden?

Bevor Sie eine entsprechende Frage stellen konnte, wehte ein weiterer dumpfer Knall aus der Tiefe zu ihnen herauf, gefolgt von einem Schwall glühend heißer Luft und dem Gestank chemischer Flammen. Geyer fuhr erschrocken zusammen, aber er stand nicht auf, sondern drehte nur das Gesicht weg, um die giftige Luft nicht einzuatmen.

»Ich glaube, ich habe irgendwo dort unten einen Feuerlöscher gesehen«, sagte er.

Arlis hätte beinahe gelacht. »Und ich glaube, wir sollten Sie schnellstens zu einem Arzt bringen, Frank«, sagte sie und streckte ihm die Hand entgegen.

Es wurde Zeit, dass sie von hier verschwanden. Der Teufel allein wusste, was für gefährliche Chemikalien Mudgett dort unten gelagert haben mochte. Sie wäre ganz und gar nicht überrascht gewesen, das ganze Haus in der nächsten Sekunde wie eine Bombe explodieren zu sehen.

Aber sie erschrak auch, als sie Geyers Hand berührte und feststellte, wie trocken und fiebrig sich seine Haut anfühlte. Sein Herz klopfte so hart, dass sie es bis in seine Fingerspitzen fühlen konnte. Wahrscheinlich hielt ihn nur noch eine Mischung aus Angst und absurdem Beschützerinstinkt aufrecht, dachte sie. Der Zusammenbruch würde dafür umso totaler sein. Und er würde nicht mehr lange auf sich warten lassen.

»Lassen Sie uns gehen, Frank«, sagte sie ernst. »Sie haben mir das Leben gerettet, und dafür danke ich Ihnen. Jetzt machen Sie mir bitte nicht noch ein noch schlechteres Gewissen, indem Sie es übertreiben und mir am Ende noch wegsterben, bevor Sie irgendjemandem erzählen können, was hier geschehen ist.« Sie zwang sich zu einem müden Lächeln. »Ich brauche Sie als Zeugen. Diese Geschichte würde mir allein niemand glauben.«

»Das Feuer wird nicht viel übrig lassen, um unsere Geschichte zu bestätigen«, gab Geyer zu bedenken. »Was immer dieser Irre dort unten auch gelagert hat, brennt heißer als die Hölle.«

Umso besser, hätte Arlis beinahe gesagt, beließ es aber bei einem angedeuteten Achselzucken. Sie wartete, bis er ganz aufgestanden war, dann trat sie hinter ihn, ergriff seinen Arm und begann ihn zum Ausgang zu bugsieren, was sich als nicht einfach erwies, da Geyers Bewegungen mit jedem Schritt langsamer und unsicherer wurden. Sie hoffte inständig, dass seine Kraft noch bis nach draußen reichte, denn sie glaubte kaum, dass sie in der Lage wäre, ihn zu tragen.

Sie erreichten die Tür und stolperten auf einen gepflasterten Innenhof hinaus, der vor einem offenen gemauerten Torbogen endete. Dahinter lockte die Straße mit all ihren banalen und alltäglichen Geräuschen. Irgendwo waren menschliche Stimmen; der süßeste Laut, den sie jemals gehört hatte.

Auf dem allerletzten Stück musste sie Geyer zwar nicht tragen, aber stützen, was ihre Kräfte schon beinahe überstieg, denn er war wirklich schwer. Sein Atem ging mittlerweile rasselnd. Jetzt, wo die Anspannung von ihm abfiel, erlahmten seine Kräfte immer schneller.

»Aber die Polizei …«, nuschelte er.

»Sie haben selber gesagt, dass Sie nicht an den Fähigkeiten der Chicagoer Polizei zweifeln«, sagte Arlis. »Ich bin sicher, sie werden alle Beweise finden, die nötig sind.« Sie mobilisierte noch einmal alle Kräfte, um die letzten Schritte bis zur Straße zu bewältigen, aber zugleich lachte sie auch. »Denken Sie lieber darüber nach, welchen Anblick wir beide gleich bieten, wenn wir Arm in Arm und nur in Unterwäsche auf die Straße hinausstolpern.«

Geyer sah sie verständnislos an. Sein Blick begann sich zu verschleiern. »Aber das Feuer …«, murmelte er.

»Lassen Sie es brennen, Frank«, sagte Arlis. »Lassen Sie es brennen.«

ENDE